SFV

ARTHUR SCHNITZLER

BRIEFE

1875-1912

Herausgegeben von Therese Nickl
und Heinrich Schnitzler

S. FISCHER

Manche der in dieser Ausgabe angeführten Daten wurden freundlicherweise von der Kommission für literarische Gebrauchsformen der Österreichischen Akademie der Wissenschaften, bei der zur Zeit an der Publikation der Tagebücher Arthur Schnitzlers gearbeitet wird, zur Verfügung gestellt.

Umschlaggestaltung Rambow, Lienemeyer, van de Sand
Satz und Druck Poeschel & Schulz-Schomburgk, Eschwege
Einband G. Lachenmaier, Reutlingen
Printed in Germany 1981
ISBN 3-10-073528-5

VORWORT

Im Nachlaß von Arthur Schnitzler befinden sich mehrere tausend Briefe, die größtenteils bisher unveröffentlicht geblieben sind. Der vorliegende Band, dem ein zweiter folgen wird, stellt eine Auswahl aus diesem umfangreichen Material dar. Die Herausgeber waren bemüht, sie möglichst vielfältig zu gestalten.

Die Anordnung der Briefe ist chronologisch. Die testamentarischen Bestimmungen, denen zufolge Briefe nur dann veröffentlicht werden dürfen, wenn dies ohne jede Kürzung oder Änderung geschehen kann, wurden aufs genaueste befolgt, stellten aber die Herausgeber zuweilen vor ein Dilemma wie z. B. in den Briefen an den Verleger Jolowicz, die prinzipielle Erwägungen zur Frage der Pornographie enthalten, aber größtenteils rein geschäftlicher Natur sind. – Die wenigen, schon früher anderweitig veröffentlichten Briefe wurden entsprechend gekennzeichnet. In einigen (ebenfalls wenigen) Fällen konnte nur eine relativ kleine Anzahl von Briefen aus einem sehr umfangreichen Komplex aufgenommen werden. So umfaßt allein der Komplex Glümer nicht weniger als 600 Briefe. Ein Gleiches gilt für die Briefe an Felix Salten, an Richard Beer-Hofmann, an Olga Waissnix, an Otto Brahm, an Hugo von Hofmannsthal und an Georg Brandes (in den letztgenannten Fällen sind jeweils Ausgaben des vollständigen Briefwechsels publiziert worden). Mehr als 2000 Briefe hat Schnitzler an seinen Verleger S. Fischer und dessen Mitarbeiter gerichtet. Die Auswahl umfaßt die Jahre von 1875 – Arthur Schnitzler war damals dreizehn Jahre alt – bis zu seinem Tode. Der letzte Brief wurde am 17. Oktober 1931 geschrieben; vier Tage später starb Arthur Schnitzler.

Der hier vorgelegte erste Band schließt mit dem Ende des Jahres 1912, in dem Schnitzler seinen fünfzigsten Geburtstag beging und die erste Gesamtausgabe: ›Gesammelte Werke in

zwei Abteilungen‹ (drei Bände ›Erzählende Schriften‹ und vier Bände ›Theaterstücke‹) bei S. Fischer in Berlin erschien.
Außer den hier veröffentlichten Briefen enthält der Nachlaß mehrere hundert Post- und Ansichtskarten, von denen nur einige berücksichtigt werden konnten, deren Anlaß oder Inhalt eine Veröffentlichung zu rechtfertigen schien. So gibt es z. B. allein einige hundert Ansichtskarten, die Arthur Schnitzler seinem lebenslangen Freunde Gustav Schwarzkopf von Reisen schrieb. Ebenso groß ist die Anzahl der an Familienmitglieder oder nahe Verwandte gerichteten Karten.
In früheren Jahren schrieb Arthur Schnitzler Briefe und Karten fast immer mit Bleistift, seltener mit Tinte. Ab etwa 1900 beschäftigte er eine Sekretärin, der er die Briefe diktierte. Ein Großteil der hier veröffentlichten Brieftexte ist auf diese Weise zustande gekommen.
Schnitzlers Handschrift ist eine Mischung von Kurrent und Latein, wobei diese beiden Schriftarten oft innerhalb ein- und desselben Wortes erscheinen. Da sie daher sehr schwer lesbar ist – eine Tatsache, die er wiederholt mit selbstkritischer Distanz ironisch feststellte –, ist die Entzifferung oft ein nicht leicht zu lösendes Problem. Es erübrigt sich zu bemerken, daß das Diktieren und die mit ihm verbundenen gelegentlichen Hörfehler der Sekretärin eine weitere und oft irreführende Fehlerquelle darstellen.
In den Jahren nach 1900 fungierte als Sekretärin Frieda Pollak, die ihre Tätigkeit bei Arthur Schnitzler im Jahre 1909 aufnahm und sie bis zu seinem Tode beibehielt. Frieda Pollak war gelegentlich auch die Sekretärin von Richard Beer-Hofmann, Felix Salten und Jakob Wassermann. Ihre Beziehung zu Schnitzler war weit mehr als die einer Angestellten. Sie wurde als zur Familie gehörig betrachtet, und man brachte ihr unbeschränktes Vertrauen entgegen. Frieda Pollak kam meist zweimal in der Woche zu Arthur Schnitzler. Am Vormittag wurde diktiert, und dann blieb sie gewöhnlich zum Mittagessen. Da Schnitzlers Tochter Lili offensichtlich Schwie-

rigkeiten mit dem Aussprechen des Namens Pollak hatte, verwandelte er sich in ihrem Kindermund in »Kolap«. In dieser Form wurde er von der Familie übernommen und taucht so auch in Briefen und vor allem in Schnitzlers Tagebüchern auf.

Schnitzler diktierte nicht nur Briefe, sondern auch seine literarischen Arbeiten so bald wie möglich nach ihrer ersten Niederschrift. Er begründete diese Arbeitsweise selbst damit, daß er seine eigene Schrift später nicht mehr lesen könne. Dies ist auch der Grund, warum sich im Nachlaß so wenige Handschriften erhalten haben. Die diktierten Briefe wurden von Arthur Schnitzler durchgesehen und mit zahllosen Bleistiftkorrekturen versehen. Daß diese Zusätze häufig so gut wie unleserlich sind, trägt nicht zur Erleichterung der Arbeit am Nachlaß bei. Soweit sie unmißverständlich lesbar waren, wurden sie in der vorliegenden Ausgabe berücksichtigt.

Arthur Schnitzler arbeitete meist an einem Stehpult, das er aus dem Besitz des Schriftstellers Felix Dörmann erworben hatte. Dieses Pult ebenso wie fast das gesamte Mobiliar des Schnitzlerschen Hauses in der Sternwartestraße 71 fiel den Ereignissen des Jahres 1938 zum Opfer, wurde damals konfisziert und ist unauffindbar geblieben.

Ein Grund für die chronologische Anordnung des Briefmaterials liegt in dem Umstand, daß der Ton sich im Laufe der Jahre häufig änderte. Die Entwicklung einer persönlichen Beziehung findet in solchen Änderungen einen bezeichnenden Ausdruck. Die Briefe an Otto Brahm z. B. beginnen mit einem formellen »Sehr geehrter Herr Direktor«, während später die Anrede »Lieber Freund« lautete. Auch andere Änderungen der Anrede sind für die Entwicklung einer Beziehung zum Adressaten oder zur Adressatin bezeichnend.

Der erste, in dieser Auswahl veröffentlichte Brief, der an den Vater vom 10. April 1875, ist weniger seines konventionellen Inhalts wegen charakteristisch, als für die Umgangsformen zwischen Eltern und Kindern in den bürgerlichen Familien jener Zeit.

Bei späterer Lektüre stand Schnitzler seinen eigenen Briefen distanziert gegenüber. So empfand er z. B. den Ton seiner Briefe an Olga Waisnix »unnatürlich und affektiert«. Der Ton der Mehrzahl der Briefe ist sachlich, oft betont nüchtern.

Arthur Schnitzler erhielt immer wieder Briefe von heute vergessenen und auch wohl damals nicht sonderlich bekannten Schriftstellern, die ihm ihre Arbeiten zur Beurteilung sandten. Solche Anfragen wurden ausnahmslos beantwortet, etwa eingesandte Manuskripte gewissenhaft gelesen und mit Verständnis, oft auch mit erbarmungsloser Schärfe beurteilt.

Es liegt in der Natur der Sache, daß Arthur Schnitzler häufig auch Anfragen über seine eigenen Arbeiten erhielt. Er beantwortete sie fast durchwegs ablehnend, da er der Ansicht war, daß ein literarisches Werk für sich selbst sprechen müsse, ohne eines Kommentars zu bedürfen. Als ein Beispiel für diese Einstellung mag der folgende Brief an Dr. Karl Oettinger vom 20. März 1905 gelten: »Ich danke Ihnen für das freundliche Interesse, das sich in Ihrer Frage vom 6. d. M. über den Fall Thameyer kundgibt. Aber Sie müssen entschuldigen, wenn ich Ihnen die Antwort schuldig bleibe, da es mir recht prätentiös vorkäme, zu einer so einfachen Geschichte eine Art von Kommentar zu verfassen. Wenn die Novellette nicht verständlich ist, so bitte ich freundlichst, sie als mißlungen zu betrachten.«

Zahlreiche Briefe, vor allem die an Verleger und Theaterdirektoren, sind Geschäftsbriefe. Wenn auch Schnitzler keineswegs juristisch ausgebildet war, so brachte er doch Problemen des Urheberrechts, das für ihn eine wichtige soziale Errungenschaft darstellte, von frühester Zeit an ein lebhaftes Interesse entgegen und nicht nur dann, wenn es sich um seine eigenen Werke handelte.

Ein erheblicher Teil der Briefe ist einem einzigen Werk gewidmet, der Dialogreihe ›Reigen‹. Sie erschien im Jahre 1900 als Privatdruck mit folgender Vorbemerkung, die in den späteren Ausgaben nicht wiederholt wurde: »Ein Erscheinen der nachfolgenden Scenen ist vorläufig ausgeschlossen. Ich habe sie nun als Manuscript in Druck gegeben; denn ich glaube, ihr Wert liegt anderswo als darin, daß ihr Inhalt den geltenden Begriffen nach die Veröffentlichung zu verbieten scheint. Da jedoch Dummheit und böser Wille immer in der Nähe sind, füge ich den ausdrücklichen Wunsch bei, daß meine Freunde, denen ich dieses Manuscript gelegentlich übergeben werde, es durchaus in diesem Sinne behandeln und als ein bescheidenes, ihnen persönlich zugedachtes Geschenk des Verfassers aufnehmen mögen.«

Bis zum Jahre 1918 und der damals erfolgten Aufhebung der Zensur konnte von einer Aufführung dieses Werkes natürlich keine Rede sein. Nach dem notorischen »Reigen-Prozeß« in Berlin (1921) hörten die Anfragen wegen der Gewährung der Aufführungsrechte keineswegs auf. Sie nahmen eher zu.

Die künstlerischen und technischen Möglichkeiten des Films interessierten Arthur Schnitzler in steigendem Maße. Im Nachlaß fanden sich nicht nur mehrere Filmentwürfe, sondern auch eine umfangreiche Korrespondenz mit Filmproduzenten und Filmregisseuren.

Briefe an Frauen stellen einen erheblichen Teil der im Nachlaß erhaltenen Briefe dar. Allein die Korrespondenz mit Marie Glümer umfaßt mehr als 600 Briefe, deren Ton vom leidenschaftlichen Liebesbrief bis zu empörten, ja hemmungslosen Beschimpfungen reicht. Die Briefe an Marie Reinhard sind vor allem dadurch bedeutungsvoll, daß sie einen ausführlichen Bericht über Schnitzlers Nordlandreise im Sommer 1896 enthalten, in deren Verlauf Schnitzler Henrik Ibsen besuchte. Ganz anders wieder der Briefwechsel mit Adele Sandrock, der am besten durch Arthur Schnitzler gekennzeichnet wird: »Was für eine köstliche Komödie!« Es erübrigt sich zu bemerken, daß die Korrespondenz mit seiner Frau Olga in zahlreichen Briefen ihren Niederschlag fand, ebenso wie die mit seiner letzten Lebensgefährtin, Clara Katharina Pollaczek.

Die Korrespondenz mit Otto Brahm, die zur Gänze veröffentlicht worden ist, nimmt eine in vielfacher Hinsicht einzigartige Stellung in Arthur Schnitzlers Briefwechsel ein. – Es ist auffallend, daß nur die allerwenigsten von seinen Freunden zu Duzfreunden wurden. Dazu gehören die Schulkollegen und einige Jugendfreunde. Selbst in der Beziehung zu einem so nahen Freund wie Hugo von Hofmannsthal blieb das »Sie« die einzige Anrede.

Bedauerlicherweise sind manche Briefe, die zweifellos bedeutungsvoll wären, verloren gegangen. Zu ihnen gehören vor allem Arthur Schnitzlers Briefe an Sigmund Freud. Nur die von Freud haben sich erhalten. In vielen Fällen legte Schnitzler Wert darauf, Kopien seiner eigenen Briefe nach dem Tode der Empfänger zu erhalten. Manche dieser Briefe wurden von den betreffenden Nachlaßverwaltern den Herausgebern in freundlicher Weise zur Verfügung gestellt; einige wenige konnten bei Auktionen oder in Antiquariaten erworben werden.

Die Briefe stellen insofern eine unschätzbare Quelle für Literatur- und Theatergeschichte dar, als sie zahlreiche Berichte und Urteile über Bücher, Theateraufführungen und zuweilen auch über Konzerte enthalten. Schnitzlers enge Beziehung zur Musik, wie auch sein frühes Erkennen der überragenden Bedeutung Gustav Mahlers, finden in diesen Briefen allerdings kaum einen Niederschlag, jedenfalls nicht den, der der Bedeutung der Musik in Schnitzlers Leben auch nur annähernd gerecht würde.

Der Nachlaß befand sich im Jahre 1938 in eigens im Auftrag von Arthur Schnitzler zu diesem Zweck angefertigten Schränken in seinem Arbeitszimmer. Nach dem sogenannten »Anschluß« Österreichs konnten die Briefe durch einen glücklichen Zufall gerettet und so vor der sicheren Beschlagnahme durch die Nazibehörden bewahrt werden. Im Schnitzlerschen Hause in Wien wohnte zu jener Zeit als Untermieter Eric A. Blackall, damals Student an der Wiener Universität, der inzwischen einer der angesehensten Germanisten in den USA geworden ist und jetzt an der Cornell University im Staat New York lehrt. Eric A. Blackall setzte sich als britischer Staatsbürger mit der Wiener Vertretung seines Heimatlandes in Verbindung, und es gelang ihm, die Überführung des gesamten Nachlasses nach Großbritannien in die Wege zu leiten. Nur ein Teil der Papiere, so vor allem die Originale der Tagebücher, konnten in Wien bleiben, wurden später von Schnitzlers Witwe und von seinem Sohn nach England gebracht, noch später nach den USA und befinden sich jetzt fast durchwegs wieder in Wien. Die Forschung muß Prof. Blackall zutiefst dankbar sein, da ohne seine tätige Hilfe der gesamte Nachlaß vernichtet worden wäre.

Wien, im April 1981 *Therese Nickl – Heinrich Schnitzler*

BRIEFE AUS DEN JAHREN 1875-1912

An den Vater [zum 10. April 1875]

Theurer Papa!
Mit frohem Herzen begrüß' ich den heutigen festlichen Tag. Gefühle des Dankes und der Liebe erwachen stärker denn je in meiner Brust, und als Worte überschreiten sie meine Lippen, – freilich haben sie auf dem Wege viel von ihrer Wärme und Innigkeit verloren.
Glück und Zufriedenheit seien Deine steten Begleiter; auf Deinen Lebensweg, der sich noch lange, lange, und immer durch lachende Fluren hinschlängeln möge, soll die Freude unvergängliche Rosen der Heiterkeit streuen. Geliebt von allen, die Dich kennen, geachtet von aller Welt mögen Deine Tage ruhig, ungetrübt selbst vom kleinsten Ungemach dahinfließen!
Ich werde mich bestreben, möglichst viel zu Deinem Glücke beizutragen.

Dein Dich innigliebender Sohn
Arthur

An die Mutter Vöslau, d. 17. Juli 1875.

Liebe Mama!
»Von heute bis auf morgen
Ist eine lange Frist«
sagte einer unsrer deutschen Dichter; aber in dieser langen Frist hat sich nicht so viel ereignet, daß man vier Octavseiten damit ausfüllen könnte.
Aber – die Phönizier haben die Schreibekunst einmal erfunden, und diese Gewohnheit hat sich bis auf uns vererbt.
Du könntest Dir eigentlich alles denken, was ich Dir hier schreibe. Gestern habe ich die drei Mandl's engagirt, mit mir einen kleinen Waldspaziergang zu machen. Wir einigten uns um ½6 in der Frühe auf dem Platze zu sein. Ich spaziere um ¼6 aus dem Hause und setze mich auf eine Bank auf der

Waldwiese, die wir genau bestimmt hatten. Ich warte. Es wird ½6. Das Kleeblatt der Mandl erscheint nicht. Es wird ¾6. Die Erwarteten scheinen noch äußerst selig zu schlummern. Die Glocke verkündet die sechste Stunde. Keine Spur von den Langschläfern. ¼7. Eben so wenig. Um ½7 endlich reißt der Strick meiner Geduld; (denn das kann man nicht mehr den Geduldsfaden nennen), und ich ziehe mit der längsten Nase ab, die je irgend ein enttäuschtes Menschenkind gehabt hat. Wenn Dich dieses Abenteuer nicht interessirt, – ich trage keine Schuld dran; wenigstens hat mein Brief um eine Octavseite zugenommen, und Du plagst Dich um die Zeit, in der Du das liest, weniger in der Küche u. mit der Nähmaschine.
– Heute war ich auch schon im Bad. Gottlob! es war sehr angenehm. Zuletzt muß ich noch auf den Spruch zurückkommen, mit dem ich diese Zeilen eröffnet habe; nur mit einer kleinen Veränderung.
»Zwischen heut und morgen
Liegt *keine* lange Frist.«
Das soll sich der Papa zu Herzen nehmen und nicht gar zu sehr eilen, mich abzuholen; denn – –
Gottlob! es war alles sehr angenehm.

Dein dankbarer Sohn
Arthur.

N.B. Viele Grüße der ganzen Sippschaft.

An den Vater 10/4 1878

Theuerster Papa!
An dem heutigen Tage bringe auch ich Dir die herzlichsten, tiefgefühlten Glückwünsche dar. Sie wollen dasselbe sagen, was ich täglich in meinem Innersten denke, was mein Herz stets und unverändert hegt. Sie fassen in Worte, was besser ungesagt bliebe; da diese Worte ja doch weit hinter dem zurückblieben, was das Herz empfindet. Mögst Du noch lang und glücklich leben; alle Deine Wünsche mögen in fröhliche

Erfüllung gehen, so daß Zufriedenheit in Dein Herz einkehrt, und Deine Tage in ungetrübter Heiterkeit dahinfließen. Sorgen mögen Dir stets fern bleiben, und jedweder Segen des Himmels und der Erde möge Dich beglücken.
Daß alles, was ich in diesen Zeilen niedergelegt, weit schöner sich erfüllt, als ich es auszudrücken wüßte, ist der innigste Wunsch und die ersehnteste Hoffnung
Deines dankbaren und Dich innigstliebenden Sohnes

Arthur.

An die Mutter Leider Wien, 24/7 83.

Liebste Mama! –
Sei nicht böse – das bitt' ich dich – vor allem, daß ich so schreibfaul bin. Aber es ist wirklich unausstehlich langweilig in Wien und ich fürchte immer, daß die Langeweile wie ein Fluidum sich in die Poren des Briefpapiers versteckt und dann auch in Ischl ihr Wesen treibt. Und das will ich beileibe nicht! Ich wünsche Euch das beste Wetter, die angenehmste Gesellschaft, das größte Amusement; ich wünsche, daß Ihr Euch in Ischl so wohl, so heimisch fühlt wie zu Hause u würde ein diesbezügliches Geständnis, ohne beleidigt zu sein, ja mit dem größten Vergnügen hinnehmen .. Wie ich meine Freiheit benütze, fragst du –? Oh liebste Mama, Du »machst Ironie«. Also höre: Gestern mußten wir wieder exerciren, heute hab ich von 6 – 8 Inspektion bei einem Cadet-Corporal, der bei dem miserabeln Wetter Zahnschmerzen bekommen und ein Glas Opium über den Durst getrunken hat. Freitag ist wieder exerciren, Samstag Nachtmanöver am Laaberg (schöne Gegend – aber wenigstens sieht man in der Nacht nicht, wo man ist!) – gar nicht zu sprechen von den täglichen Frühvisiten und schließlich von der Nachmittagsvisite, die ich vom 1.-10. August habe ... Wie gesagt, es ist schrecklich. – Wenn du übrigens meinst, daß Vöslau besonders entzückend ist, theure Mama, so ist das einer jener Holzwege, von denen bereits die

alten Römer sagten: Irren ist menschlich. Allerdings hat man viel »Ansprache« draußen; man sieht sozusagen vor lauter Bekannten die Waldwiese nicht (was übrigens ganz gut ist) und ich freue mich immer sehr, liebe, verwandte Gesichter zu sehn – aber wenn ich an Ischl denke ..... ?! Du weißt gar nicht, liebe Mama, wie gut du's hast! – Dem l. Großpapa geht es im ganzen recht gut; er fühlt sich zwar etwas schwach, im allgemeinen aber ist er viel besser.

... Gestern war ich aus lauter Verzweiflg – meine Feder erröthet – im Fürsttheater. Das Stück hieß (sogar im Fürsttheater frozzelt man mich): Frei will er sein. Frozzeln erinnert mich (Julius wird schon wissen warum) an die Fische im Wolfgangsee und bringt mich vermittelst dieser Ideenassociation darauf, euch um die geringsten Kleinigkeiten zu fragen, welche das reizende Salzkammergut betreffen. Also erzählt, erzählt – !? Ist der Wolfgangsee noch immer so naß wie früher (heuer vielleicht noch mehr!) Der Schafberg noch immer so hoch? War ich noch immer noch immer nicht oben? .. Oh ich werde ganz confus – und ich will schließen, umsomehr, als mich die militärische Pflicht zu dem Opiumcadeten ruft, welcher wahrscheinlich sofort gesund wird, wenn ich eintrete. Oder vielleicht muß er mich als Medicament löffelweise einnehmen – einen andern Grund für die Notwendigkeit meines Dortseins weiß ich wirklich nicht.

Julius wird morgen, spätestens übermorgen einen Brief von mir erhalten, unterdessen mag er gebeten sein, alle meine Bekannten (beiderlei Geschlechtes) zu grüßen; ihn, Gisa und dich küss' ich herzlichst, bitte alle um häufige Nachrichten und bin

Euer Euchliebender
Arthur

An den Vater [Sommer 1884?]

Liebster Papa!
Der gestrige Tag war gräulich verregnet; die projectirte Partie geht daher erst heute, meine Abreise morgen Samstag vonstatten. Daran schließt sich eine Bitte. Es geht mir mit meinem Gelde nach Zahlg der Hotelrechnung und der Fahrt nach Ischl knapp aus. Um nicht eventuell in eine peinliche Situation zu geraten, so habe die große Güte, mir die Unsumme von ungefähr 15 fl zu schicken, da ich sonst nicht einmal in der Lage wäre, z. B. auf der Reise eine Fensterscheibe zu zerbrechen oder eine Locomotive zu ruiniren. Nun ist der Mensch vor derartigem Unglück nie geschützt und ich möchte gegen unangenehme Folgen gefeit sein. Jedenfalls, liebster Papa sende mir das Geld gleich nach Erhalt des Briefes, so daß ich doch mit dem angenehmen Gefühl, ein wohlhabender Mann zu sein, von hier abreisen kann.
Es grüßt und küsst dich tausendmal

Dein dankbarer Sohn
Arthur.

An Julius herzlichen Gruß u Kuß

An den Vater [Bad Ischl, Sommer 1884]

Theurer Papa!
Trotz allem ... d. h. trotz der (im ganzen) mäßigen Gesellschaft hier und trotz des nicht ganz sommeraufenthaltsgemäßen Studiums sehne ich mich vorderhand nach unserm Wien sehr wenig zurück. Du wohl auch nicht, der jetzt sicher ein abwechslungsreicheres Leben führt als wir allhier. Wir sind sehr begierig auf Deine Nachrichten, deren Du für uns wohl interessantere bereit haben wirst als wir für Dich. Jeden Vormittag von der Entdeckung neuer Bacillen zu hören und gleich dazu von einem Mittel, das sie bereits in hunderttausendperzentiger Lösung vertilgt, (aber nur bei Kaninchen nützt) – wie

erhebend muß das sein; und ein wie viel erhebenderes, gleich den Abend darauf bei einem Glase Champagner über die Zuversicht und das – Selbstbewußtsein jener Forscher lächeln zu können, die bei all ihrem Eifer jeden Moment an irgend was unüberwindliches anrennen –
Es grüßt u küsst Dich herzlich

Dein Dich innigliebender
Arthur.

An die Mutter Wien. 9/8 86
[Briefkarte]

Liebste Mama!
– Schlecht geht's heute – in der Ordination nemlich – knapp die Reisespesen hereingebracht –
In Reichenau ists übrigens reizend. Neulich war Gustl Pick da und spielte uns seine feschesten »Tanz« vor; Samstag war ein höchst animirtes Kränzchen, und nur der Gedanke, meine theuern in Ischl endlich wiederzusehen, macht mir den Abschied vom Saurüssel und Atzberg so leicht. Ich denke Samstag morgens bei Euch einzutreffen, da ich Donnerstag und Freitag durch projectirte größere Partien noch festgehalten bin. – Der Thalhof, in specie Frau Waisnix u Frau Kohnberger erwidern deine Grüße aufs herzlichste.
Es grüßt und küßt dich tausendmal

Dein treuer Sohn
Arthur

An den Vater Wien 21./9/86.

Theuerster Papa! –
Heute habe ich dir bereits von neuen Patienten zu vermelden. Gestern erschien ein blutleerer, magen- und lungenleidender Friseurgehilfe; heute ein Hauptmann des Ruhestandes (einer derjenigen, die »das nächste Mal so frei sein werden«) und

eine Köchin. Merkwürdig, daß gar kein Papst oder Kaiser zu mir in die Privatordination kommt. –
Der erste Patient, der heute eintrat, gleichfalls ein neuer, machte, als er meiner ansichtig wurde, ein schauderhaft blödes Gesicht; ... ich, die Bedeutung dieses Gesichtes nur allzugut kennend, erwiderte auf diesen stummen Ausdruck seiner Enttäuschung sofort: »Der Professor kommt erst Ende der Woche«, worauf jener irgend eine Bemerkung machte, welche mir offenbar begreiflich machen sollte, daß ihn eigentlich nur der Ruf deines Namens, lieber Papa, hergelockt... und verschwand ...
Frau Margulies aus Sophia entliess ich heute »gebessert – auf Verlangen« in ihre Heimat; sie zahlte für ihre 6 Visiten und brachte heute als »Zuwag« gleich einen Sohn mit, der große Mandeln hatte, was uns beiden wenig Beschwerden machte. – Gestern reiste die Brodenserin ab, der du eine Mandel herausgeschnitten hast. –
Am häufigsten erscheinen die Sängerinen, Lehrerinen, u.s.w. Das wär' ein Malheur, wenn so eine einmal im Ernst gesund würde. »Sie erben sich aber vom Vater zum Sohne, vom Professor zum Assistenten – wie eine ew'ge Krankheit fort.« –
– Über deine bisherigen Berliner Berichte, aus denen jedenfalls eine gute Laune, und eine vollkommene Zufriedenheit mit deiner Reise spricht, waren wir – trotz ihrer Kürze alle sehr erfreut. Was! es ist doch ein Genuß, nur Korrespondenzkarten zu schreiben .. Wenn einen so ein Briefpapier anstarrt mit seinen vier großen weißen arroganten Seiten .... man steht anfangs immer ganz rathlos da, wenn einem noch so viel einfällt. Begreifst du jetzt meine berühmten Reisecorrespondenzen? Ich bin offenbar hereditär belastet.
... Ich schließe in der Hoffnung, daß du dich an der Spree fern vom Getümmel des medizinischen Wiener Lebens, der Montags-Revue und Antipolikliniker so gut erholst, als das bei

deiner Unermüdlichkeit überhaupt notwendig oder möglich ist und küsse dich tausendmal als dein dich innigstliebender dankbarer Sohn

Arthur

An Olga Waissnix Wien. Freitag 3 Uhr Nachts.

[22. Oktober 1886]

Verehrteste gnädige Frau!

Sie wünschen einen Brief von mir, der nur lustiges enthält – und wissen recht gut, daß ich Ihnen nichts abschlagen kann, – hier haben Sie also Ihren »lustigen« Brief –

Erfahren Sie denn, gnädige Frau, vor allem, daß auf der ganzen weiten Welt kein Mensch sich wohler befinden kann als ich. In aller Gottesfrühe fängt mein Glück bereits an. Ich stehe nämlich schon um 7 oder ½8 auf – und wie gerne ich das thue, bedarf keiner Versicherung. Dann mach ich mich auf den Weg ins Krankenhaus, schon im Hinbummeln alle die Freuden erwägend, die mir im Laufe des Tags erblühen können. Ich gehe aufs Krankenzimmer und wandle zwischen den Betten der Patienten hin und her; die Seligkeit, die ich hier in der Ausübung meines Berufes finde, zu schildern ist kaum möglich. Es ist ja so herrlich! jeder Kranke hört einmal auf krank zu sein – so oder so! – und wenn einer von diesen Armen vielleicht einmal die Insolenz hat, sich über seinen Zustand zu beklagen, so muß man ihn wohl daran erinnern, daß der liebe Gott in seiner unergründlichen Weisheit zwar viele hundert Krankheiten geschaffen – aber nur eine Gesundheit! Diesen Optimismus, der täglich neu genährt wird, im Herzen, geh' ich nun ins Café frühstücken und Zeitung lesen. Diese theilt mir immer nur angenehmes mit, und mein naives Gemüth empfindet in jedem Localbericht den Reiz einer pikanten, psychologischen Thatsache; die Feuilletons – und wären sie selbst von Pötzl oder Frey – sind mir Caviar für meinen literarischen Appetit, und wenn ich mich über die politischen Ereignisse orientire, so schwelge ich mit jenem Manne aus den Fliegen-

den Blättern in dem stolzen Bewußtsein, ein Zeitgenosse zu sein! –
Ich spaziere nun nach Hause; alle Leute, die mir entgegenkommen, sind mir ein Gegenstand aufrichtigsten Interesses; ich bin unausgesetzt in der Verfassung jenes Schwärmers, der »diesen Kuß der ganzen Welt« geben möchte, und wenn ich nicht die demselben Schwärmer entfahrene Äußerung: Seid umschlungen, Millionen! – in That umsetze, so sind sicher nur die Millionen und nicht ich daran schuld. –
Nach dem »Diner« studiere ich oder arbeite dies, jenes – immer mit jener heiligen ruhigen Begeisterung, die ein gütiges Geschick mir schon in die Wiege legte. Der Abend ist der Geselligkeit gewidmet – man kommt mit ein paar Bekannten zusammen – ausnahmslos Prachtmenschen – alle verstehen es mitzureden, mitzufühlen. Misgunst existirt nicht – dabei amüsirt man sich königlich; die Witze, die man hört, sind alle neu, die Mots so geistreich, die Betrachtungen über des Tages Arbeit und Vergnügen so fesselnd – so anregend. – Manchmal macht man auch einen Besuch; alle Leute die man besucht, sind natürlich liebenswürdig und – besonders! – feinfühlig; jeder hütet sich, an irgend etwas zu rühren, das einen andern vielleicht verletzen oder gar schmerzen könnte –
Häufig genug ist auch das Theater der Abschluß des Tags. Die heitern Stücke erfreuen mich durch ihren Humor und bei schlechten Witzen denk ich: es gibt noch schlechtere – in ernsten Dramen oder Opern – wenn irgend ein Held an einer traurigen Leidenschaft krankt oder gar daran zu Grunde geht, überkommt mich mit süßem Schauer das Bewußtsein: So ein Narr könntest Du ja nie sein! – und wieder hab ich einen Grund mich unnennbar selig zu fühlen.
Wenn ich dann spät Abends oder Nachts den verstrichenen Tag an mir vorüber ziehen lasse, dann hab ich die Empfindung, so recht aus dem vollen gelebt zu haben; und das Wort Fausts: »Entbehren sollst Du, sollst entbehren, das ist der ewige Gesang« kommt mir vor wie die abgeschmackte Phrase

eines nervösen Poeten. Die wonnige Ruhe, die mein Gefühlsleben wie mit schützenden Schleiern umhüllt, läßt mich niemals irgend ein Sehnen empfinden – nie irgend ein seelisches Leid erdulden … und so ziehen meine Tage in tief innerlichem Gleichmaß und Gleichmut hin, wonach Sie, verehrteste gnädige Frau, ja einsehen müssen, daß es keinen Menschen gibt, der Ihnen leichter einen – lustigen Brief schreiben konnte als

Ihr ergebener
Arthur Schnitzler

An Olga Waissnix Sonntag 31/10 86

Verehrteste gnädige Frau!
Um mich ganz »hineinzufeuern« in die Medizin, halte ich morgen meinen feierlichen Einzug ins Krankenhaus als Secundararzt der psychiatrischen Abtheilung … da ich ein Stimmungsfex bin, liegt mir das Gebiet am nächsten. Oh, ich schwärme für Contraste! Denken Sie nur! man unterhält sich mit einem Verrückten und läßt sich von den Trugbildern seiner Phantasie umgaukeln – und dann tritt man hinaus – mitten in das Reich der Vernunft – unter seinesgleichen sozusagen und berauscht sich geradezu an all der Masse von Verstand, die noch auf der Welt herrscht. Alles in allem genommen übt der Wahnsinn einen zauberischen Reiz auf mich aus. Stellen Sie sich einen gewöhnlichen Menschen vor … haben Sie sich ihn vorgestellt – gut! denken Sie sich ein halbstündiges Gespräch mit ihm … nichts wird berührt, was nicht die bare Alltäglichkeit wäre … man taucht unter in Banalität – der Mensch wird verrückt. Plötzlich ist er geistreich, amusant. Er redet Unsinn – aber es steckt Originalität – manchmal vielleicht was großes darin! Sein Geist spinnt Fäden zwischen den heterogensten Dingen, die er früher mit seinem armseligen Normalverstand nie hätte knüpfen können. Er wird phantastisch – er wird ein Poët – wenn auch der letzte Zug fehlt.

Gleichviel; es sind sozusagen die Truppen da ... nur fehlt die Strategie.
Allerdings könnt ich das auch ganz anders malen; weit andre Bilder aufrollen – aber da wir nur in Briefen und nicht in Octavbänden correspondiren, muß ich darauf verzichten. Da morgen nicht nur der erste – sondern noch dazu ein Montag ist, wäre morgen eine glänzende Gelegenheit, etwas Gescheidtes anzufangen; und da der Montag noch dazu ein Feiertag ist, könnte es mit einer gewissen Feierlichkeit geschehen! »Ins allgemeine möcht ich gerne tauchen und mit dem großen Strom der Zeiten gehn.« Aus dem vollen leben! Das wäre es! ... Schon wieder Gelegenheit zu einem Octavband, der wahrscheinlich etwas confus ausfallen würde. – Die verrückte Abtheilung wirft ihre Schatten voraus. –
Mein Zimmer im Spital will ich mir möglichst »stimmungsvoll« herrichten. Ich gehöre nemlich zu den unglückseligen Leuten, die eine weiße Tapete am Arbeiten hindern kann. Gute Ausrede, denken Sie sich. – Und dann ist's auch wegen der Contraste! – Ich bitte sehr: stellen Sie sich vor, dieser Brief sei ein Auszug aus einem unglaublich langen Briefe, der Ihnen eigentlich zugedacht ist. »Mein Geist wirft sonderbare Blasen auf«. An jede einzelne Bemerkung schließen sich nemlich in meinem Kopf eine solche Fülle von andern an, daß es mir um den Kopf, die Bemerkungen und manches andere beinahe leid thut. – Ja! noch etwas literarisches! Ihr Interesse für den alten Sagenkreis hat, wie Sie ja wissen, meine lebhafte Zustimmung; aber ich muß sagen, in manchem kenn ich mich kaum aus, was mich natürlich (bei meiner Sympathie für die alte deutsche Literatur) häufig verstimmt. Wenn es mir nur Zeit und Umstände gestatteten mich intensiver mit all den alten Liedern zu beschäftigen! Wenn ich könnte, wie ich wollte; es wäre unsagbar herrlich; ich schwärme für die alte deutsche Sage. (Wieder ein Octavband.) – Herrn M.C. Herz hab ich neulich gesprochen; im Momente, wo ich diese Zeilen schreibe, dürfte er wohl in Reichenau sein, wohin er, wie er mir sagt, jeden Sonn-

tag wallfahrtet. »Dem Walde dank ich seinen Gruß«. Wie schön muß es jetzt da draußen sein! Hier – schrecklich! die Sonne und dabei ein kalter Wind, der die letzten gelben Blätter über den Ring hinfegt. – Die Natur ist trübsinnig und versucht zu lächeln. –
Erlauben Sie mir, Ihnen meine ehrfurchtsvollsten Grüße zu senden und erfreuen Sie bald mit ein paar Zeilen

Ihren ergebenen
Arthur Schnitzler

An Olga Waissnix Wien, 12. Nov. 1886.

Verehrteste gnädige Frau!
Da sitz ich ungeheuer gemütlich meine Nachmittagscigarre rauchend in der Kanzlei unsrer Abtheilung und werde von Satz zu Satz von den Leuten, die kommen u gehn, unterbrochen. Die Leute, die da kommen und gehn, sind nemlich die Anverwandten der Unglücklichen, die sich auf der psychiatrischen Klinik befinden, und mir liegt die Verpflichtung ob, ihnen die Karten zu geben, welche zum Besuche der Kranken berechtigen. Welch ein Bild des Elends entrollt sich da! Ich, der doch eigentlich noch nicht so ganz im ärztlichen Berufe aufgegangen ist, sehe alles sozusagen von verschiedenen Standpunkten – Was für manche andre vielleicht flüchtig vorübergeht, gewinnt für mich sozusagen die Bedeutung einer Scene – paßt sich gewissermaßen meinem literarischen Gefühl an und erregt in mir das, was man so vieldeutig »Stimmung« nennt. Sie begreifen, daß ich mich ununterbrochen als Zuschauer einer Menge von bürgerlichen Trauerspielen fühle. L'assommoir könnte die Mehrzahl heißen! Die Ödigkeit der Existenz jagt die armen Teufel in die Schnapsboutique (Somlauer war es nicht), und dann jagt sie der Schnaps in den Irrsinn – zu uns. Oh ich könnte Ihnen Dramen erzählen! – Und jetzt – die Contraste! Man spaziert aus der Zelle der Tobsüchtigen heraus und überlegt gerade, was für ein schneidiges Ge-

fühl der Kesselflicker jetzt haben muß, welcher sich fest einbildet, er habe eine Million geerbt – und findet sich auch schon auf der Straße unter einer Masse von Vernünftigen! Es gibt wirklich viel von der Sorte – – Und eine viertel Stunde später streckt man sich behaglich auf einem Fauteuil im Café aus und freut sich, wie fidel die Vernünftigen Billard und Karten spielen . . . Und ein paar Momente später findet man sich in einem Concertsaale wieder, und es umbraust einen in all ihrer unfaßbaren Göttlichkeit Musik mit all ihren Wundern. Man schließt die Augen und schwelgt. Doch auch nicht; wenn z.B. irgend ein unmögliches Frauenzimmer aufs Podium tritt und mit einer stupenden Stimmlosigkeit eine Arie angeblich »singt«. O Dilettanten! Dilettanten! – Sie sind die Tempelschänder im Heiligtum der Kunst –

Im übrigen bewundere ich Ihre Intuitionsgabe. Nur Sie können eine solche besitzen. Auch möchte ich, wenn sich doch einige kleine Fehler eingeschlichen haben, lieber die Wirklichkeit als Ihre Intuition corrigiren. Was den Glückstag betrifft, so ging er mit jener Spurlosigkeit vorüber, welche sämtliche in der letzten Zeit hingegangnen Tage auszeichnete. Hélas!

Lesen Sie was schönes? Und was? Abgesehen von den deutschen Sagen, von denen ich hoffe, daß dieselben Sie mit eben derselben unsagbaren Gewalt anregen und fesseln wie mich. Ich kann mir nicht denken, daß sich in dieser Hinsicht meine Vorliebe auch nur um den Schein eines Scheins je würde ändern können. Es gibt nichts herrlicheres für mich!

Nehmen Sie den ehrfurchtsvollsten Gruß von Ihrem unveränderlich ergebenen

ArthSch

An Olga Waissnix Dienstag Nachts auf dem Journale
[21. Juni 1887]

Verehrte gnädige Frau!

Die Decoration vor allem: Eine echt österreichische Kanzleistube. Ich an einem hohen Schreibepult, Bücher, Acten rechts, links. Die Wände geweißt; die Bilder des Kaiserpaars in schmucklosem Rahmen mir gegenüber. Eine Standuhr; tick tack – tick tack, nur langsamer. Zwei Gasflammen mir zu Häupten; die Flammen brennen mit jenem eigentümlichen gleichförmig zischenden Geräusche. Draußen knarrt noch ab und zu eine Thür – der Schritt eines Beamten oder Dieners hallt zwischen den Tragbahren, den hölzernen Bänken auf dem steinernen Boden des Vorzimmers. Draußen vor den Fenstern Einsamkeit, Nacht, kalter Wind. Ich müßte einen Monolog halten, wenn ich nicht schriebe. In Jamben offenbar. Doch nein; ich plaudere; ruhig, gemütlich; – mit Ihnen. Sie sitzen neben mir, ich höre, verzeihen Sie das harte Wort, Ihre weiche Stimme. Sie glauben nicht, was Sie für hübsche Dinge sagen, wenn Sie nicht dabei sind – während Sie vielleicht mit einer frischen Sommerfrischlerin vor dem Thalhof auf und ab spazieren – auf der Terrasse, auf die die vielen stillen, fernen Sterne herunterschauen. Guten Abend, Kassiopeia! Mir ist, als hört' ich Ihre Schritte auf dem Kies; ich sehe ein paar Lichter aus den Fenstern glühen; ich sehe das weite schlafende Thal [vor] mir, Ihnen zu Füßen; mir ist, als tönten vom Curhause noch Stimmen her. Ich bin hier und dort; allein und mit Ihnen. – Die »ew'ge Frage« – – – Ja? – Die zertretene Marschall Niel heb' ich in Gedanken auf; ich athme ihren Duft; ich lege sie zwischen die Blätter des »guten Kameraden«. »Einen bessern findst du nit.« –

Und der heurige Sommer? Mitte Juli dürft ich Urlaub nehmen; meine Leute sind in Ischl; einen Theil der Zeit verbringe ich jedenfalls dort; vielleicht fahr ich dann zu den bairischen Schlössern oder tiefer in die Berge – was weiß ich? Keineswegs nehm ich den einzig richtigen Weg; die Fremdenliste sagt bis jetzt wenig tröstliches. Mitte August bin ich vielleicht wieder hier; meinen Papa zu vertreten – Mediziner vom Scheitel bis zur Zehe! Ach ich bin jetzt überhaupt so vermedizinirt. Außer Abend fast immer im Spital; journalistisch-medizinisch thätig – 's ist eigentlich recht öde. Ich bin immer froh, wenn einmal

Dame Phantasei mich heimsucht und fortreißt und mich Ihrer unverbrüchlichen Liebe versichert. Es ist eine »deutsche Brautschaft«, die mich mit ihr verbindet. Jahrelang geht's schon so fort. Ich fürchte schier, wir werden nebeneinander verblühen. – Oh manchmal ist mir so gottsjämmerlich zu Muthe –
– Eben wurde ich wieder gestört. Man brachte einen verrückten Kutscher ins Spital, der bereits tagelang in den Straßen Wiens herumirrt und etwas sucht, was er nicht finden kann. Wenns ein Poët wäre, so wärs's das mit Recht so beliebte Ideal, das er sucht; die blaue Blume. Es gibt Leute, die so glücklich sind und täglich ihre blaue Blume finden. Sie kaufen sich ein Los, machen den Haupttreffer, und die 100tausend Gulden sind ihre blaue Blume. Dort einer trinkt sich mit Fusel voll und der Rausch ist seine blaue Blume. Monsieur Gaston klopft bei Mlle. Fifine vom Vaudeville an und sie sagt: Oh es ist mir ein Vergnügen Ihre blaue Blume zu sein. Andre aber wissen wohl, wo ihre blaue Blume blüht und dürfen sie nicht pflücken. Die falschen blauen Blumen, deren es so viele gibt, welken gar rasch, wenn man sie gepflückt; – die echte erblüht erst recht an dem Herzen des Romantikers, für den sie bestimmt ist. –
Mein verrückter Kutscher ist untergebracht – erlauben Sie mir, Ihnen unter diesem angenehmen Eindrucke Gute Nacht zu sagen.

Le vôtre
ArthSch

An Olga Waissnix [16. September 1887]

Verehrte gnädige Frau!
Ich danke Ihnen! – Für alles; denn Sie sind so ein Wesen, dem man in einem fort danken muß. Vor allem für die Liebenswürdigkeit, daß Sie existiren – obzwar diese Liebenswürdigkeit nicht auf mich gemünzt ist – dann für Ihren Brief, aus dem es mir so herrlich entgegenwehte wie von einem Glet-

scherfeld, auf das die Mittagssonne strahlt – dann selbst für die Versicherungen meiner Unausstehlichkeit, in denen ich Ihnen nur theilweise beistimme – – Denn – Ihnen kann ichs ja gestehen – au fond bin ich gar nicht so unausstehlich – und wenn ich keine Launen hätte, könnte man sich sogar mit mir vertragen –

Ihr Interesse für das was ich »dichte u componire« hat mich zwar gerührt; doch in einem Sinne zu einem heftigen Lächeln verleitet – Wenn mir ein paar Accorde einfallen – so heißen Sie das – Composition! Was thäten Sie denn, wenn ich Symphonien schriebe –? Gewiß nicht! – Den Dichter laß ich – wenn auch mit schamhaftem Erröthen – gelten – denn sehn Sie, wenn so die Poesie über mich kommt – wie bei andern Kranken ein Fieber, dann spür ich manchmal oder glaube zu spüren, daß irgend was in meinem Kopf oder Herzen rege wird, das die Allgemeinheit nicht mit mir theilt. Man irrt sich da freilich: man glaubt Schöpfer zu sein und ist nur Enthusiast – – gleichviel. Es gibt da wunderbare Momente – man ist ganz wo anders – man ist höher, man ist überall – man ist ein Gott. – Freilich ein vacirender.

Ich schreibe jetzt Erzählungen, von denen Sie wohl ein oder die andre interessiren wird; die Stoffe sind meist etwas barock; die Ausführung gedrängt – Von der (größern) Erzählung Gabrielens Reue hab ich Ihnen wohl schon geschrieben? Sie werden sie, wenn ich mir erlauben darf, Sie Ihnen vorzulegen, in Kürze lesen – Nun dies und manches andre wollen wir wohl noch mündlich durchsprechen.

Ihren nächsten Brief bitte zu adressiren Wiesbaden, Naturforscherversammlung. Dahin fahre ich nemlich morgen Samstag ab, um bis Ende nächster Woche dort zu verweilen. Ich werde wohl gleich in den ersten Tagen meines Dortseins so glücklich sein, die Schwingen ihres Geistes um mich rauschen zu hören? Zu deutsch: schreiben Sie mir bald.

Le vôtre pour toujours
AS.

An Olga Waissnix Wien 31. Dec 1887

Verehrteste gnädige Frau!
Sylvester! – Ich aber sitze mutterseelenallein in meinem Spitalszimmer und habe »Dienst«. In diesem Augenblicke unterhalten Sie sich köstlich und haben keine Ahnung, daß ich mit Ihnen rede. Es liegt etwas recht erbärmliches darin, daß man so viele typische Dinge erleben muß. Z.B. daß es vor meinen Fenstern schneit, daß die Bäume im Hof kahl sind und daß keine Seele in den Alleen umherwandelt außer dem vermummten Nachtwächter – daß gerade hier in meinem »Stübchen« die Lampe brennt und eine halb geleerte Cognacflasche vor mir auf dem Tische steht – wie lächerliche Schablone ist das alles. Auch meine weihevolle Stimmung ist Schablone, und doch kann ich mich nicht recht von ihr befreien! Und wie viele Millionen haben vor mir dasselbe gefühlt und wie viele Millionen werden dasselbe nach mir fühlen – Auch Sie erleben in diesem Momente sicherlich Schablonen. Man stößt mit Ihnen an! man trinkt auf Ihr Wohl, man wünscht Ihnen ein glückliches neues Jahr. Hören Sie mein kleines Gläschen dazwischen klirren–? Es ist ein hochrothes kleines Liqueurglas mit goldnen Rändern – und stammt aus einer alten Garnitur – es kommt mir heute beinahe schauerlich vor. Komisch, wie? Aber man hat manchmal solche Augenblicke, wenn man nicht aus sich heraus kann. Dieses klingende rothe Glas könnte Ihnen tausenderlei Dinge sagen . . . wenn Ihr Champagnerkelch zu fragen geneigt wäre. Es möchte Ihnen hundert Räthsel lösen und hundert aufgeben – Es möchte Ihnen aber eines sicherlich so deutlich sagen, daß es ein Dutzend andrer klingender Gläser nicht übertönen könnten: derjenige, der es heut in trüber Schneenacht an die Lippen führt, wird stets derselbe bleiben, stets. Ich wollte jetzt irgend etwas thun, daß Sie mich hören müßten. Es nagt an mir, daß Sie in dieser Sekunde gar nichts von mir wissen. Lächerlich – toll! Nun, wie Sie meinen, aber eines geben Sie mir

zu, gnädige Frau, mein Schicksal ist nicht gerade liebenswürdig gegen mich.
... Trotzdem hab' ich es zu Stande gebracht, in der letzten Zeit einige schöne Stunden zu erleben, die ich freilich keinem Menschen verdanke. Aber ich habe geschrieben und es ist mir so manches eingefallen. Vielleicht ist dieses ein Unsinn und jenes Schund – gleichviel! ... Ich erinnere mich, dieses Thema bereits seiner Zeit berührt zu haben, und ich habe den Muth nicht, es auszuführen –
Mir ist jetzt nicht eben wohl, gnädige Frau, wahrhaftig, und manches quält mich!
Leben Sie wohl, ich erwarte die zwölfte Stunde, das neue Jahr, nicht; es kommt sicher von selbst, wie alles dumme. – Mein Glas hör ich klingen ... oder ists der Cognac in meinem Kopf? – Ich sehe eben: der goldne Rand ist theilweis abgesprungen; – mein altes Unglück.

Ihr AS.

An die Eltern Berlin, 7. April 88.

Liebste Eltern!
Mir kommt vor, als wäre ich schon Wochen lang hier. Die Linden sind mir ganz bekannt, und sogar an die abscheuliche Aussprache der Leute beginn' ich mich zu gewöhnen. Ich habe Berlin ganz und voll auf mich wirken lassen. Ich suchte noch niemanden auf, um in meinen Eindrücken als Fremder nicht gestört zu werden. Das Leben und Treiben imponirte mir gar nicht. Es ist vielleicht in manchen Straßen voller als in Wien, und um Mitternacht gibt es in der Umgegend des Café Bauer mehr Leute als zu der Zeit irgendwo auf dem Ring, aber ich kann das durchaus nicht so großartig finden. Es gehen halt mehr Leute spät schlafen als in Wien. Die »niedern Stände«, mit denen man ja als Ankommender und Wohnungssuchender vor allem zu thun hat, sind höchst widerlich. Jeder Kellner ist ein Intelligenzlackel; jeder Portier ist arrogant und jeder

Dienstmann thut, als wenn er Deutschland groß gemacht hätte. Die wahrhafte arische Frechheit, die viel unsympathischer ist als die jüdische, ist hier zu Hause. Von der Billigkeit merk ich gar nichts. Vor allem die Wohnungen! Ich habe mir natürlich die gewissen Studentenwohnungen in der medicinischen Gegend angesehen. Wo am Hausthor nicht angeschlagen steht »Herrschaftlich möblirte Wohnungen«, resp. »Zimmer« da soll man lieber gar nicht hinschaun. Die gewöhnlichen Zimmer von 35-50, 60 Mark sind ein Graus. Schlecht gemalte Wände, zerfetzte Möbel und zerlumpte Familien. Endlich fand ich in der Dorotheenstraße 60 ein verhältnismäßig anständiges Heim, dessen für Berlin merkwürdig geschmackvolle Ausstattung mir auffiel. Allerdings gehört es einem – Tapezierer. Den Preis werde ich Euch in Raten mittheilen. Heute die erste: vierzig Mark.

Gegessen hab ich in dem sogenannten Wr. Restaurant (nach unsern Begriffen dritten Ranges) wo es etwas theurer aber bedeutend schlechter ist als im Riedhof. Ein schmieriger Kerl, der herumgeht, Geschäftsführer spielt und wienerisch spricht, sowie das Vorhandensein von Gulyas und Eiernockerln sollen das wienerische markiren. Beispiele der Preise: Brodsuppe 30 Pfng, Omelette 1 Mark u. s. w. –

Schrecklich ist die Kälte, die hier herrscht. Mich friert in meinem Ueberzieher erbärmlich. Den gestrigen Abend sah ich mir Francillon im Residenztheater an. Es wird nicht so übel gespielt. –

– Jetzt gedenke ich einige Professoren-Besuche zu machen, über die mein nächster Brief berichten soll. So allein in einer fremden Stadt herum laufen, ist wirklich öd! Einen Wiener, den ich noch nie früher gesprochen, traf ich heute früh in dem Café Bauer, was geradezu wohlthuend auf mich wirkte. Um mich ganz glücklich zu machen, jüdelte er sogar ein bischen. Julius wäre ihm sicher um den Hals gefallen.

Ja noch eins: An den großen Anschlagsäulen, wo die Theater etc angekündigt sind, liest man große Plakate: D. A. B. Deut-

scher Antisemiten Bund. Die Mitglieder sind eingeladen zu dem Vortrage des Hrn X. X. aus Y.: Ueber den Antisemitismus als Partei etc. etc. – Sie schämen sich nicht einmal, das Gesindel!
Die Straßen sind fast alle von einer fabelhaften Länge; einige, die sich geniren, fangen plötzlich in der Mitte an anders zu heißen; eine Straße, ungefähr von der Länge der Langegasse in Wien heißt »Kurze-Straße«. – Charakteristisch!
Die Geschäfte alle weit weniger brillant als in Wien; die Elegants von einem protzigen Militairschritt, als wenn sie eben aus der Schlacht kämen. –
Indem ich zugebe, daß ich sehr viel übertrieben habe, bin ich Euer Euch innigst liebender

Arthur.

Grüße u Küsse an Julius u Gisa.

An die Eltern *Berlin* [etwa 10.] *April 88*

Theuerste Eltern! –
Ich kann natürlich nicht sagen, daß ich mich hier bereits heimisch fühle – aber fremd durchaus nicht mehr. Auch hab ich Berlin in manchem Unrecht gethan: es geht wirklich ein großstädtischer, ein ganz andrer Zug als in Wien durch dieses Leben, dem es vielleicht an Wärme, aber gewiß nicht an Bewegung fehlt. Nach Mitternacht (pardon, daß ich um diese Zeit noch auf bin) herrscht noch in einem gewissen unsrer innersten Stadt entsprechenden Theile eine fabelhafte Wachheit – da verkaufen Blumenjünglinge (noch um 2 Uhr Nachts) Rosenbouquets, Cigarrenladen sind offen; in den Kaffeehäusern wogt es; einzeln stehende Personen beiderlei Geschlechtes, Familien (jeder Art) ziehen durch die Straßen und freuen sich der deutschen Einheit, sowie des eignen bedeutenden Lebens. Wen das dynastische Gefühl zu erdrücken droht, der hat einen schwarzen Flor um den Arm und thut, als wenn der deutsche Kaiser speciell ihm gestorben sei. – Die Theater, wie man mir

erzählt und wie ich zum Theil selbst gesehen, sind alle immer voll; in einem ist Francillon zum 100., im andern die Schützenliesl zum 200., im dritten Farinelli zum 100., im vierten die Reise um die Erde zum 623. mal u.s.w.

– Daß das Leben jedoch hier billiger ist für den, der doch etwas sehen und nicht Volksküchen oder Stalehner-Kost zu sich nehmen will, als bei uns, kann ich und mit mir auch competentere Beurtheiler nicht finden. Ich benütze diese Gelegenheit Euch die zweite Rate meines Miethzinses anzugeben: 35. – Zusammen 75. Jede Kleinigkeit extra, Bedienung, Licht, etc. – Allerdings wohne ich jetzt wenigstens nett – und – es mag ja ein Fehler von mir sein – in einem schäbigen Local zu wohnen raubt mir alle Stimmung! –

Nun von meinen Besuchen: Fränkl äußerst liebenswürdig. Scheint pedantisch, anständig, nicht bedeutend. Oben in seiner Poliklinik große Nettigkeit; liebenswürdiger Assistent Rosenberg (Mentholwahnsinn). Man ist oben von 12-3. Gestern hab ich bereits einen Nasenpolypen kauterisirt und adenoide Vegetationen an der hintern Rachenwand, die hier viel häufiger sind als in Wien, mittelst einer in Wien glaub' ich nicht üblichen Methode operirt.

Krause hat seine Poliklinik zur selben Zeit; er empfing mich mit einer etwas blasirten Liebenswürdigkeit, wird im Sommersemester kaum lesen, und läßt sozusagen immer den historischen Hintergrund durchschimmern, wenn er auftritt. Doch stehe mir das Material zur Verfügung. –

Lazarus, den ich dieser Tage aufsuche, soll zur selben Zeit lesen. –

Leyden ist verreist. –

Die eigentlichen Vorlesungen beginnen erst Ende April. Nun einige wichtige Fragen, um deren stricte Beantwortung höflichst gebeten wird:

Soll ich *Westphal* besuchen?

Wie heißt »unser« *Kalischer* mit dem Vornamen.

Soll ich *Max August Fritsche* besuchen?

Wie heißt der von dir gemeinte Rosenthal mit dem Vornamen? Wie Behrend? Ist er Sanitätsrat oder Docent? – Heute such' ich Gerhardt, Senator auf. –
Bei Tewele war ich Sonntag.
Auch Josef Kainz war dort, ein »Urwiener« mit zwei reizenden Kindern.
Frau Rodenberg empfing mich mit vollendeter Liebenswürdigkeit; ihren Mann habe ich noch nicht kennengelernt; ich lasse Dr Schiff aufs allerherzlichste danken! –
Fränkl »hofft« mich auch bald im Kreise der Seinen sehn zu können. –
– Journalistisch ist hier nichts zu leisten, bevor das Semester anfängt: es ist alles ganz todt; viele sind verreist. –
Nun noch etwas: Ich habe die Miethe im vorhinein bezahlt, und auch in den allerersten Tagen als Debutant mehr ausgegeben, als mein Durchschnittsgeld per Tag ausmacht. Miethe und Reise (mit Gepäck etc.) allein machen ungefähr 160 Mark. Bleiben 90. Seit Donnerstag Abend bin ich da: ihr begreift also daß es mir sehr lieb wäre, schon Freitag im Besitze weitern Geldes zu sein! Es ist sehr peinlich, mit zehn Mark herumzugehn! Wie denkst du, liebster Papa, über einen wenn auch nur minimalen Reservefond, der bezweckt, daß ich Samstag nicht immer gar zu »ärmlich« herumgehe? – Ich unterwerfe mich ganz Euern weisen Entschlüssen. Hrn. Benvenisti hab ich aufgesucht; er war sehr charmant. – Ist das Geld (für alle Fälle! ich werds nicht brauchen!) bei Bleichröder angewiesen? –
Ich grüße und küsse Euch alle tausendmal.

Euer Arthur

An die Eltern *Berlin* [21.] *April 88*

Liebste Eltern! –
Gestern Vormittag war ich mit Dr. Löb im Krankenhaus Friedrichshain; einem prachtvollen in Pavillons erbauten Spi-

tal, wo Hr Dr. Heilsmann (er hat bei Papa gehört) den Cicerone machte. Heute führte mich Prof. Lewin, der Papa herzlich grüßt, in seiner Abthlg auf der Charité umher; u ich machte die Visite mit. Gestern Abend war ich bei Rodenbergs zu einem »freundschaftlichen Thee« geladen; man war allgemein sehr intelligent. Die Tochter des Hauses hat natürlich ein Autographenalbum mit geistreichen Worten der größten Dichter: So hat z.B. Ibsen hineingeschrieben. »Berlin, den 12. März 1888. Henrik Ibsen«. – (Aus!) Dann war ein Baron da, der Ibsen und den Geschmack der Haustochter verdammte, einen langen arischen Bart sowie allgemeine Bildung hatte. Die grassirt überhaupt hier schrecklich. An unserm Tisch (es wurde nemlich ein ziemlich gelungener Versuch gemacht zu soupiren) waren wir unser 6, drei Damen und drei Herren, und jeder konnte über alles mitreden. Einer fand zu meinem größten Ergötzen, daß die Wiener Kaffeehäuser »nu gar keinen Vergleich mit den Berliner Kaffeehäusern aushielten.« Der s.Z. berühmte Pianist Schulhof spielte ein paar halbvergangene Klavierstücke u mußte sich gleich darauf ins Stammbuch der Haustochter schreiben. Er kritzelte Noten hin. Da passirte ihm – ein Klex; den er sofort zum E. ernannte. »Eine Pfundnote« rief ein älterer Witzbold aus; was große Heiterkeit hervorrief. Nach dem Souper bekam man, wie hier üblich, wieder Bier zu trinken, »Patzenhofer«. Ein Assistent von Virchow, Dr. Israel, war anwesend und natürlich spielte auch die Bronchitis des Kaisers in die Unterhaltung. Glaubt nur nicht, daß Berlin düster gestimmt ist. Berlin kann überhaupt nicht gestimmt sein; man kann sich hier gewiß unterhalten, man kann sich ärgern, man kann einen Schmerz empfinden (den eignen), aber von dem intimen Reiz der »Stimmung« ist nichts zu bemerken. Sonderbar berührte es mich, als ich hundert Schritte weit vom königlichen Schlosse ausrufen hörte »Schlechtere Nachrichten vom Kaiser – nur zehn Pfennige! –«

– Und auf Mackenzie schimpft man hier! Das ist fabelhaft. Tobold war mir interessant. Er zeigte mir ein *Modell* (kein

Bild!) des kaiserlichen Kehlkopfes, das er sich nach der Consultation vom 18. Mai v.J. angefertigt. Alle waren damals klar darüber: Carcinom. Alle schlugen Laryngofissur vor, die damals wirklich leicht ausführbar – es ermöglicht hätte, das *allein erkrankte linke* wahre Stimmband zu entfernen. Nur M. war für endolaryngeale Behandlung; u wollte zuwarten. Nun sagt Tobold, wenn die Laryngofissur gemacht worden wäre, so hätte dieselbe das Leben des Patienten sicher auf lange, auf Jahre erhalten, verschließt sich aber, wie es scheint, der großen Möglichkeit, daß nach Entfernung des kranken Stimmbands von der Wundfläche aus noch viel rascher, als es nun geschehen, neue Wucherungen carc. Natur vielleicht hervorgesprießt wären. Tobold wirft M. geradezu Ungeschicklichkeit vor, was man hier sehr vielfach hört. Auch auf Krause ist man nicht gut zu sprechen. Tobold wollte s.Z. den Papa und Störk zur Consultation vorschlagen und hätte dir dann, wie er mir sagte, jedenfalls telegraphirt »Halten Sie sich bereit«.
– Der Kronprinz zieht fast täglich mit dem bekannten »klingenden Spiele« über die Linden. Schreckliche conventionelle Lüge. Und Berlin ist weder aufgeregt, noch verdüstert: nur ein Theaterdirector sagte mir: Zwei Landestrauer in einer Sähsong, das halten wir nich aus!
– Ich habe noch einige Fragen zu stellen, um deren möglichst schleunige Beantwortung ich bitte: Ein Doctor Fraunstädter macht eine Arbeit über Tuberculose u. Syphilis; er ersucht um eine Zusammenstellung der diesbezüglichen Arbeiten aus deiner Feder, l.Papa. – Ein Dr. Greifenhagen aus Rußland frägt nach dem Beginn des nächsten Kurses.
– Dr. Kalischer wird die Güte haben, mir ehestens eine Zusammenstellung jener Vereine etc. zu machen, an welche die Zusendung der I. Kl.Rsch geboten wäre: das Blatt kennt hier nemlich kein Mensch, außer mir und Dr. Kalischer. –
Von Rodenberg beste Grüße. Ich lasse Hrn Dr.Schiff nochmals bestens danken: man war sehr liebenswürdig gegen mich.
Mit meinen Besuchen komm ich noch immer nicht zu Ende: ich

habe über 40 zu machen, doch auch was andres zu thun; die Entfernungen sind groß, fast alle haben zur selben Zeit 4-5, 5-6 Sprechstunde; einen od den andern trifft man nicht u.s.w. – Ende nächster Woche hoff ich fertig zu sein. –
Julius u Gisa bitte ich um Entschuldigung, daß ich noch immer nicht ihre l. Zeilen speciell beantwortet habe: es wird schon kommen!
Tausend herzliche Grüße und Küsse von Euerm Euch innig liebenden

Arthur

An Jeanette Heeger *Berlin April? 88*

Mein ewig geliebter Schatz! Ich denk mir, du mußt dich wieder über meinen gestrigen Brief geärgert haben – es ist nichts anzufangen mit mir: nur mit deinen Küssen kannst du meinen bitterbösen Mund schließen. Sooft deine Briefe kommen, bin ich auf ein paar Augenblicke ruhig, beinah sorglos; dann aber geht der infame Hexentanz in meinem Innern wieder an. Sie reißen eine Truhe auf, wo vieles eingesargt und todt lag und breiten es aus, wollen es wieder lebendig machen. Verzeih mir, Kind, was kann der Mensch für seine Hexen? Unsagbar unglücklich bin ich, daß ich nicht zu dem ruhigen Bewußtsein des Glücks kommen kann, von dir geliebt zu sein. Wenn ich einmal unverwünscht dran denke, macht es mich glückselig! Es ist eine erbärmliche Kleinlichkeit der menschlichen Natur, daß sie sich nicht loslösen kann von gewesenem. Daß alte Worte nachklingen, daß traurige Schatten in die »blühende Gegenwart« hineinnicken. Aber warum denn, warum denn? Warum kann ichs nicht vertreiben, vernichten. Warum quäl ich dich und mich? Mich – ja gut – ! aber dich, das ist gemein, weil du's nicht verdienst, weil ja wirklich alles vorbei ist! – Ach, und doch alle diese elenden infamen Worte, du würdest sie mir zugute halten, wenn du einen Begriff von dem wüthenden Egoismus meiner Leidenschaft fühltest! – Einmal sagtest du . . »Es gibt Fälle, wo man nicht anders kann«, – – oder so ähnlich. Um Himmelswillen, jetzt bin ich weg von dir, und wenn es wirklich so ist – Es ist ein Unsinn, und nebenbei wirklich eine Gemeinheit, daß ich das nicht lassen kann! Fühlst du es auch, daß alle diese Quälerein nur, nur meine Liebe sind! Fühlst du auch, daß ich, während ich kleinlich und ungerecht deine arme Liebe peinige, zu gleicher Zeit dir zu Füßen sinken möchte und dir sagen: Nie ist ein Wesen so geliebt worden – Und doch: ich bin ja nicht bei dir: du siehst nicht, wie ich jetzt am Schreibtisch sitze, ach Gott, meine Verzweiflung, meine Sehnsucht siehst du nicht – du kannst nicht diese Geister bannen, die wieder alle auf mich losgelassen sind, denn du bist nicht da –

Wenn ich wirklich edel wäre, müßt ich diesen Brief zerreißen; aber ich bin nicht edel genug: ich muß die grausame Genugthuung haben daß du weißt, wie ich mich zermartre wegen – Schatten und Unsinn. Heut ist einer meiner allerschlimmsten Tage, und du verstehst es! Bist du mir böse? Kränkst du dich? Oh wenn ich nur bei dir sein könnte, deine süßen Lippen küssen, es wär ja alles wieder gut! Dann müßtest du auch an mich und nur an mich denken – Oh warum hab ich diesen Brief geschrieben? Warum hab ich die Kraft nicht, ihn zurückzuhalten. Zerreiß ihn gleich: denk er ist einer jener bittern Launen, die man ihm verzeihen muß, denn so bitter kann nur die wahnsinnigste süßeste Liebe sein! Ja, bist gut, mein Schatz?

Dein A

An Olga Waissnix [Berlin,] *Ende April 88*

Verehrteste gnädige Frau!

Wer Briefe, wie Ihren letzten so lange nicht beantwortet, verdient gar nicht, daß er sie bekommt, denn Sie glauben nicht, Sie wissen vielleicht gar nicht mehr, was für ein Ton durch diesen letzten Brief durchgegangen ist . . . Der reine Frühling!

– Wahrhaftig! Blütenduft wehte heraus. Sie besitzen die Genialität des Herzens, gnädige Frau, aber Sie werfen Ihre Werke in die Flammen. Meistens! Wenn ich den Brief so oft beantwortet hätte, als ich ihn las, so hätten Sie wohl ein Dutzend Briefe seitdem bekommen. Aber ich fand, so sonderbar es klingt, in all diesen Tagen weder Stimmung noch Lust! Ich weiß überhaupt nicht, was in der letzten Zeit mit mir vorgeht. Ich schrumpfe ein, mir ist, als hätte mein Geist nicht für einen Heller Schwungkraft mehr. Ich muß hoffen, daß das eine vorübergehende Phase ist; sonst könnt ich die Bude zusperren. – Stimmungslosigkeit –, kennen Sie das?! wissen Sie, was das für einen Menschen heißt, der sozusagen seinen täglichen gemütlichen Unterhalt von seinen Stimmungen bestreitet? – Und diese Worte dringen zu Ihnen aus einer Stadt, die mir neu ist, die mich mit ihrem Eindruck überstürzen sollte. – »Wo faß' ich Dich, unendliche Natur!« – – Mein Blut ist starr, irgend ein Fluidum, das durchflammt, fehlt. – Ich will nicht ungerecht sein: ich habe hier auch schon interessante Stunden erlebt; ja Stunden sogar, wo eine Ahnung wahrhaften Lebens mir aufging. Doch war dies nicht bei Hiller, nicht im Thiergarten, nicht Unter den Linden, nicht im Café Bauer, nicht im L'Anglais (das gesperrt ist!) – es war im Deutschen Theater bei classischen Stücken. Ist das nicht komisch? Ich bin im Grunde keiner von den wirklich frivolen; das wird mir manchmal klar; ich bin doch: –

Entschuldigen Sie, gnädige Frau; ich will lieber einmal versuchen, einen Brief an Sie zu vollenden, ohne mich zu loben. Wenn ich ein paar Seiten schreibe, fang ich nemlich immer an, auf meine Vorzüglichkeit hinzudeuten, was ich mir für die liebe Leserin doch als etwas langweilig vorstelle ...

... Ich lese Ihren Brief wieder. Wie kommt das nur? Sagte ich nicht Frühlingshauch? – Ist es nicht mehr Herbsthauch? ... »Erinnerungen« ... Immer die! Und ist es nur das? ... »Decrescendo« – sagten Sie. Das war auch, was mich »froissirte«.

Ach, es hat keinen Sinn, über solche Dinge aus der Entfernung zu reden; ich könnte Ihnen wohl schon was sagen. »Billig« denken Sie sich, aber bitte sehr, erinnern Sie sich nur einmal sehr genau, aber sehr genau, und es wird Ihnen einfallen. Bitte, schließen Sie die Augen und erinnern Sie sich.
– Ich reise von hier bald ab. Zuerst nach Wien, dann nach London. Vielleicht haben Sie Lust, mir bald zu antworten: dann trifft mich Ihr Brief noch bis Freitag den 11. Mai hier. Ich bleibe dann einige Zeit in Wien; wie lange weiß ich nicht; dahin schreiben Sie mir, wenn es beliebt, Hauptpost restante; Pfingsten reis' ich ab; habe ich bis dahin noch keine Antwort von Ihnen, so erfahren Sie aus London die Adresse
Ihres Sie wahrhaft verehrenden und ergebnen

Arthur S.

Von der Ada Christen kenn ich *gar nichts.*

An Karl Emil Franzos Berlin 29. 4. 88.

Hochverehrter Herr!
Ich nehme mir die Freiheit, Ihnen zwei Erzählungen zu übersenden, von denen ich mir selbst kaum einbilden will, daß sie für Ihre »Dtsch. Dichtung« der Vorzüge genug besitzen. Jedenfalls aber wäre mir ein Urtheil von Ihnen höchst erwünscht, um das Sie hiemit zwar unbescheiden, aber herzlichst gebeten sind. Ich unterließ es, persönlich mit Ihnen über diese Sache zu reden, da ich in dem Augenblicke dieser Bitte am liebsten ein ganz und gar unbekannter, gewiß aber nicht der gut empfohlene und so liebenswürdig aufgenommene »Sohn meines Vaters« sein möchte.
Mit besondrer Hochachtung

Ihr ergebner
Dr Arthur Schnitzler

An den Vater Berlin [etwa 10. Mai] *88*

Theuerster Papa!
Anbei schicke ich die Correctur zurück. Wie schreibt man im Plural: Selfmademen oder self mades men? *Mama möge in diesem Sinne die ersten Zeilen corrigiren,* sie weiß ja doch am meisten englisch von uns allen. Sonst hab' ich nur Buchstabenfehler ausgebessert. Den Ausfall auf den Antisemitismus überlasse ich deiner Umsicht. Wenn du willst kannst du die Stelle »Sogar der Antisemitismus« etc. weglassen. –
Wenn du es für durchaus nothwendig gehalten hättest, hätte ich auch aus dem Brief drei machen können; aber so wenig mir selbst diese Correspondenz behagt; ich erkenne ihr doch den Vorzug zu, daß sie concis ist und alles sagt, ohne viel zu schwefeln.
Noch eine Bitte: daß der Brief von mir ist, weiß man ja ohnehin; ich bitte dich, meine journalistische Zurückhaltung zu berücksichtigen und es einfach bei der Unterschrift A.S. bewenden zu lassen. Wenn mir etwas selber nicht gefällt, so unterzeichne ich es nicht gern mit meinem vollen Namen.
– Sosehr ich nun zugestehen muß, daß ich Berlin in meinen früheren Briefen an Euch bitter Unrecht gethan habe, so wenig kann ich meine Freude darüber unterdrücken, daß ich es bald wieder verlassen kann. Ob das nur die erbliche Schnitzlerische Unruhe ist, weiß ich nicht. – Ich denke also Montag Abend, nachdem ich den Sonntag in Dresden verbringen möchte, wieder in Wien, bei Euch zu sein, spätestens Dinstag früh.
Ich grüße und küsse Euch alle tausend Mal als
Dein Dich innigst liebender dankbarer Sohn Arthur

An die Eltern London, 23/5 88

Liebste Eltern!
Eben habe ich ein Telegramm an Euch abgesandt u nun folgt die ausführlichere Bearbeitung. –

Ich muß Euch vor allem aus Paris berichten, daß sich dort alles wohl befindet, daß Sandor genau so aussieht, wie vor 15 Jahren, und daß die Stadt Paris mich fascinirt hat. Ich muß sagen, daß ich mich riesig darauf freue, im Herbst dort einige Wochen zu verbringen.

Ich habe in den 24 Stunden meines Aufenthalts möglich viel gesehen; ich war im Louvre, im Pantheon, ich habe den Arc de triomphe bewundert und bin in den Champs Élysées spazieren gefahren. Ich war im Quartier latin, und habe das Treiben vor der Oper betrachtet; die Eleganz der Avenue d'Iéna ist mir nicht fremder als der Naturalismus der Hallen. Ich habe im Café Riche morgens meine Chokolade getrunken, und habe Abends im Hippodrom die goldene Pariser Jugend in ihren hippischen Begeisterungen belauscht. –

Gestern Abends fuhren wir, d. h. Felix und ich weg. Von Calais auf einem jener kleinen Nachtdampfer nach Dover. Es wurden ziemlich viel Leute seekrank: ich befand mich außerordentlich wohl: ja, eine leichte Uebelkeit, die mich auf der Eisenbahn befallen hatte, verschwand auf der offnen See. Als wir in Dover ans Land stiegen, that die Sonne vis à vis von uns genau dasselbe. Zuerst incognito, als kleiner rother Feuerball, aber bald konnte sie ihre himmlische Herkunft nicht mehr verbergen und strahlte einen ganzen Frühling aus. Die Sonne und die polnischen Juden – sie müssen sich immer zu derkennen geben.

Heute früh kamen wir also in London an; Otto erwartete uns an der Bahn, und wir fuhren in das reizende Häuschen, das Felix bewohnt. Dieser Garten, dieses Grün – und dieses Frühstück – es war herrlich. Dann fuhren wir mit einer jener hundert Bahnen zu einer jener hundert Stationen, die London mitten in seinem Herzen hat. Wir kamen bei London bridge an. Das läßt sich nun gar nicht schildern. Es ist großartig und ekelhaft. Der Verkehr auf der Londoner Brücke ist bekanntlich (ich weiß es seit zwei Stunden) der colossalste, der existirt. Ununterbrochen wird man überfahren, überholt, zertreten.

Unter der Brücke die Themse, grau, stolz, mit unzähligen Schiffen. Die Wagen können nicht weiter und kommen doch alle fort; die Menschen hasten davon mit Cylinder, Tabakspfeife, Zeitung und gloves in der Hand. Weit und breit kein weibliches Wesen, außer letzte Classe. Die Kaufläden unschön, nirgends ein wirkliches Wohnhaus; Geschäfte bis in den zweiten, dritten, vierten Stock.
– Ich habe mich aus dem Lärm der City in das ruhige Bureau Felixens geflüchtet, von wo diese Zeilen an Euch gelangen. Eben lese ich im Standard, (ich lese den Standard! wer lacht?) daß Oesterreich rüstet. Ich hoffe, die Kriegsfurie gönnt mir noch diese paar Monate der Fremde, die mich so vielfach anregen u wohl auch fördern werden. –
Ich komme noch mit einer Bitte an Mama ganz zum Schlusse. Beiliegend ein Brief an Frl. Rosa Weizmann. Er enthält eine Gratulation zur Hochzeit derselben, einer Schwester Adolf Weizmanns; diese Hochzeit findet Samstag den 26. Mai statt. Ich bitte nun, Dich, liebste Mama, irgend ein Nichts, meinethalben ein paar Blumen – mehr ist absolut nicht nöthig – an die auf dem Couvert angegebene Adresse befördern zu wollen – zugleich mit dem beiliegenden Briefchen. –
Ich schließe für heute; vielleicht besuch ich schon heute Semon. Was ists mit der »Post«?

Euer ewig dankbarer Sohn Arthur

Grüße und Küsse an Euch alle.
Felix grüßt und küsst Euch.

An Olga Waissnix London, Honor Oak 24. 5. 88

Verehrteste gnädige Frau!
Stellen Sie sich so ein echtes englisches Landhaus vor – acht Minuten weit von der City mit dem Schnellzug – stellen Sie sich dann weiter ein eben so echtes smoking-room vor, mit einem offenen Fenster, durch das ein stiller, grüner, nebliger Frühling hereinschaut; stellen Sie sich schließlich noch einen

äußerst interessanten und geistreichen jungen Mann vor, der in diesem smoking-room in diesem englischen Landhause an einem Tischchen sitzt und die Feder übers Papier eilen läßt: dann haben Sie das fertige Bild: Sir Arthur an Lady Olga einen Brief verübend. Gestern Früh bin ich in London angekommen. Nicht in London selbst, sondern in einem jener unzähligen Vororte, wo die große Stadt aufzuhören versucht. Ich war mit meinem Onkel gereist und hatte mich vierundzwanzig Stunden in Paris aufgehalten. Paris hat etwas eigenthümliches: es ist so, wie man sichs vorstellt. Ich war fascinirt. Paris ist der Traum, London ist das Erwachen. Es gibt in der weiten Welt nichts abscheulicheres als die City. Sie ist großartig und schauerlich zugleich, und je nach Stimmung, wird man das eine oder das andre mehr herausempfinden. Wenn man so z.B. am London-Brighton-Bahnhof ankommt und von drüben [über] die London Bridge mitten in das wogende Leben der Stadt hineingeschoben, hineingestoßen, geschleudert wird, und sich dann zwischen den Omnibussen, Cabs und Lastwagen immer weiter gerettet hat, dann kommt man wohl einen Augenblick zu Bewußtsein und läßt dieses Concert als stiller Beobachter an sich vorüber rauschen. Ringsum Geschäfte, Banken bis in den letzten Stock: kein Mensch wohnt in dieser Gegend. Hier eilt man morgens her, verdient und Abends flieht man wieder davon. Man eilt und flieht immer; hier gibt es keine Ruhe, keinen Stillstand. Dieses ewige Schnarren beängstigt und enervirt. Man hat wohl auch Glück und gelangt in stillere Gegenden: gegen das Westend hin. Man wandelt durch den majestätischen Hyde Park; man geht an den ruhigen Palästen und Gebäuden der Regent Street u.s.w. vorüber. Man sieht durch die Fenster den Reichthum in seinen verschiedenen Verkleidungen: man sieht in den Straßen Leute, die nichts zu thun haben; Equipagen fahren vorbei, und steife Lakaien stehen vor der Thüre der Häuser. Man biegt in eine Seitenstraße ein – und ist mit einem Schritte in einer andern Stadt. Raufende Neger, schmutzige Kinder. – So erzähl'

ich Ihnen da von einer Welt, die ich noch gar nicht kenne. Entschuldigen Sie – es ist die Nachmittagsbummelei von gestern, die in ihren oberflächlichen Eindrücken aus meiner Erinnerung hervorschlüpft. Lassen Sie mich was gestehn: ich weiß noch gar nichts: London ist eine unbegreifliche Stadt. Ich habe mich gestern auf den Hügel in Honor Oak gestellt und weit in die Ferne geschaut: ich sah nur Kirchen und Häuser im Nebel weit verschwinden, dahinter noch immer London, London... Es sind wohl große freie Strecken von Feld und Wald hie und dort; aber dahinter beginnen gleich wieder die Gehöfte und Häuser und Kirchen – wieder London, London! –
Ich weiß noch nicht, wo ich wohnen werde: für die ersten Tage bin ich bei meinem Onkel abgestiegen, und ich habe die Absicht, mich in irgend einem Boarding-house auf dem Lande anzusiedeln. Die Entfernungen sind so riesig, und dabei doch immer mit den Eisenbahnen so zunichte gemacht, daß es ganz gleichgiltig ist, wo man wohnt. –
Heute bin ich zum Lunch bei einem deutschen Arzte, durch den ich Aufklärungen über meine medizinischen Aussichten allhier zu erhalten hoffe. Dann wird sich erst mein Leben hier ordnen lassen.
Ich gebe Ihnen unterdessen meine Adresse, falls Sie mir in den nächsten Tagen schreiben wollten. Mr. etc.
per Adr. Felix Markbreiter
London, S.E., Honor Oak, Woodville Hall.
– Wie lang ist es her, daß ich bei Ihnen war! Erst acht Tage – es ist unglaublich! Zum Glück haben Sie mir wenigstens ein paar Worte mitgegeben, welche die Entfernung zwischen England und Österreich beträchtlich verringern.
Je eher Sie mir schreiben, umso früher kommt der Tag, an welchem ich mich gut gestimmt fühlen werde.
Leben Sie wohl, ich küsse Ihnen die Hand und bin so wie am Continent – als wenn sich da was ändern könnt'

always, always, always your friend

AS

An Olga Waissnix London, South Kensington,
18 Cromwell Place
Anfang Juni [1888]

Verehrteste gnädige Frau!
Aus den Räumen eines Boarding-houses dringen die folgenden Worte zu Ihnen. Ich nehme an, Sie wissen, was das heißt: ein Boarding-house. Ein Haus, in dem man um eine bestimmte Summe alles zum Leben notwendige bekommt, mit Ausnahme der Liebe: Wohnung, Breakfast, Lunch und Dinner. Außerdem hat man zum Rauchen extra ein smoking-room und zum elegant Dalümmeln das drawing-room mit Clavier. Nebenbei noch eine soi-disant Gesellschaft, welche während sämmtlicher Mahlzeiten englisch spricht, besonders über das Wetter. Auch ich rede mit, wenn der Pudding gut ist. Alles heißt übrigens hier Pudding, sogar der Milchreis. Sie begreifen, daß so etwas langweilt. Lassen Sie mich im übrigen über das Publicum meines Boarding kein Wort verlieren: es ist lächerlich alltäglich. Ein paar alte englische Damen, zwei oder drei, die es nächstens werden, ein deutscher Hauptmann, der immer schreit und ein paar stille überflüssige Englishmen. Mir ist's recht angenehm, daß draußen in Honor Oak, wohin ich durch eine glückliche Verbindung von unterirdischer und oberirdischer Eisenbahn zu gerathen weiß, mein Onkel, meine Tante, und ein Cousin von mir (Frau Doras richtiger Neffe), hausen, daß ich also eine Art Familie hier habe, die mich London als gar nichts so besonders fremdes empfinden läßt. Außerdem existirt hier ein deutscher Doktor, namens Semon, bekannt als Laryngoskop, musikalischer Mensch und Inhaber einer reizenden Frau, die mich in das medizinische London mit Grazie einzuführen verstand, deutsche Kellner, französische Chansonettensängerinnen und Wiener Familien, so daß also ein gewisser internationaler Zug gewahrt bleibt. Ich müßte übrigens lügen, wenn ich erzählte, daß ich meine Empfehlungsschreiben bereits abgegeben hätte. Hören Sie, wie ich so für gewöhnlich lebe. Nach dem Frühstück Studium; – medizinisch! Nach dem Lunch Spitäler.

Dinner meist in Honor Oak, dann Landbummelei; wenn in London, Theater. Hierauf vor dem Schlafengehen Briefe, Lecture. – Mitten in dieses Leben, grau wie ein Herbsthimmel, blitzte Ihr Brief. Ich fühle immer wieder das Bedürfnis, Ihnen für jeden Brief zu danken. Sie glauben gar nicht, was mir so ein paar Zeilen von Ihrer Hand bedeuten. Dieser herbe, süße Duft, der mir daraus entgegenweht, ist für meine Seele die Gebirgsluft, in der sie frei und mit vollen Zügen athmet. Ich bin immer ein ganz andrer, wenn ich einen Brief von Ihnen bekomme. Es kommt mir plötzlich vor, als wenn ich wirklich irgend wer wäre, was ein entschieden angenehmes lebensfrisches Gefühl erzeugt. Ein Autor sagte einmal jemandem: Sie glauben gar nicht, wieviel Lob ich vertragen kann; ich sage Ihnen: Sie glauben nicht, wie viel ... wie belieben Sie nur immer zu sagen? – Freundschaft ich vertragen kann. O hätten meine Worte nur die seltene Gewalt, alles das zu sagen, was man in sie hineinempfinden kann und herausempfinden soll. – Sie haben ja gelesen: Vormittag Studium, Nachmittag Spitäler. Ich stecke also drin in dieser Medizin, die mir niemals Lorbeern bringen wird. Trotzdem hab ich in irgend welchen inspirirten Minuten was gescheidtes oder auch etwas dummes angefangen – Ich habe wieder in meinen Plänen herumgeblättert und es packte mich wie eine Verpflichtung: du mußt das schreiben, du mußt die papierenen Leute auf die Beine stellen, du mußt dieses papierene Leben in Luft und Bewegung tauchen. So hab ich denn auch das und jenes wieder angefangen: Es klingt schon komisch, wie ich immer wieder sage: hätt ich nur Zeit, oder besser noch: hätt ich nur Zeit zur Stimmung. Aber ich drück ja damit nichts aus: weder eine Hoffnung, noch Eitelkeit, noch irgend was, das zur Außenwelt in Beziehung steht. Ich spür es ja so gut: genug steckt in meiner Phantasei, das regt sich alles und will sprechen, oder es will sich formiren, will Gestalt, Athem, Leben – mir fehlt die Ruhe, richtiger die Zeit zur Ruhe. Mit Ihnen darf ich ja doch offen sein, gnädige Frau, u da muß ich wohl gestehen, daß doch noch etwas in meiner Seele mitspielt, was mindestens der Eitelkeit verwandt ist: Ich kann die verfluchte Empfindung nicht loswerden, wenn ich so zwischen den Menschen (im allgemeinen) hin und hergehe, die Empfindung des Ärgers, daß diese alle, diese jämmerlichen banalen Menschen mich so ganz ohneweiters zu sich rechnen, – und daß sie es dürfen, müssen! Das ist vielleicht ein Stück Größenwahn. Möglich. Aber ist es nicht doch möglich, daß ich wirklich etwas zu sagen habe – daß ich es sagen kann, und daß ich es einmal sagen werde?! Man findet im ganzen, daß ich zu den glücklichsten Menschen gehöre. Nichts geht mir ab. Auch mein Weg ist mir geebnet; meine Carriere liegt vor mir. Ich würde mich überhaupt nicht getrauen, zu jemandem andern über diese Dinge zu reden als zu Ihnen. Die einen würden mich nicht verstehn – ganz einfach; die andern würden meinen: Kennen wir schon – die alte Geschichte, tausende glauben dazu geboren zu sein und wenn sie sich täuschen, so schieben sies auf alles andre, nur nicht auf ihre eigne Unfähigkeit – die dritten würden lachen, – Arroganz! Einbildung – man findet sich ja so rasch ab – Sie aber, wenn Sie vielleicht auch bei sich finden mögen, es sei nicht der Mühe werth über ein recht kleines Talent so große Worte zu machen, Sie begreifen wenigstens, was in meiner Seele vorgeht, sei dies nun ein natürlicher oder krankhafter Vorgang, Sie begreifen, wenn sich irgend etwas in mir auflehnt, zu allen diesen andern zu gehören, die »geboren werden, ein Weib nehmen und sterben«, Sie wissen auch, daß all dies so hingeschrieben ist wie ichs eben dachte und ersehn, daß ich nicht an mich glauben kann, obwohl mich irgend etwas dazu hindrängt – kurz Sie verstehn dies ohne es lächerlich zu finden und haben es heraus, daß ich nicht zu den allerglücklichsten gehöre. – Genug davon!

Was treiben Sie? Ich meine, Sie sollten nach London kommen, wie Sie es im Winter vorhatten. Ich sage Ihnen – nein nichts! Das Leben könnte nicht nur erträglich sein, sondern sogar wunderschön. Man zerpflückt es, indem man es zertüftelt.

Manche sagen: La sensation c'est la vie und fliehen vor jeder sensation.
Leben Sie wohl, schreiben Sie mir recht bald und seien Sie all dessen versichert, was ich Ihnen bisher gesagt habe.

Always yours

An die Eltern South Kensington, 15. 6 88

Meine theuern!
Mein Londoner Brief für d. I. Kl. R. ist wohl schon angekommen, u ich glaube es ist ganz recht, daß er sich ziemlich streng ans sachliche hält; es wird wohl für Wiener Leser nicht ganz uninteressant sein, diese englischen Aerztegrade kennen zu lernen, von denen man auf dem Continent eigentlich keine Ahnung hat. Vierzehn Tage später kann ein zweiter, nach weitern 14 Tagen ein dritter Brief erscheinen; Material genug war da und es wird sich noch manches ansammeln. Ich wiederhole nur eine Bitte betreffs einer genauen Correctur, die Julius zu übernehmen so gut sein möge. Ich danke ihm herzlich für seinen Brief; ich lasse ihn um nähere Aufschlüsse über die Untersuchungen gegen Dr. F. sowie über seine Aussichten bei Albert bitten. Onkel Felix bittet Dich, l. Mama, die Rechnung des Onkel Karl (Photographien) zu begleichen.
– Ich habe wieder ein neues Throat Hospital kennengelernt; es besteht seit einem Jahre, Dr. Whistler (Papa kennt ihn sicher) und Dr. Stewart sind die tonangebenden Leute; beide überaus liebenswürdig, Whistler zeichnet sich noch überdies durch große Gründlichkeit und längere englische Vorträge aus, die er mir zu halten pflegt. Mit meinem Englisch gehts ganz leidlich; ich lese täglich englische Zeitungen und den Lennox Brown; wie viel ich höre, könnt ihr Euch wohl denken. Ich studire ziemlich viel und bin soweit mit meinem Aufenthalt nicht unzufrieden. Ganz »gemütlich« kann man sich hier natürlich nicht fühlen, auch die Kost fängt an mir recht langweilig zu werden, aber ich sehe keineswegs

einen Grund, die projectirte Dauer meines Aufenthalts hier abzukürzen.
Meine Abende verbring ich entweder in Honor Oak (neulich war ich mit Felixens im Crystal Palace bei einem Feuerwerk, das zu dem Stuwersten gehört, was ich je gesehen) oder bummle in der Stadt umher, ohne daß mir noch etwas gestohlen wurde (ich habe immer möglichst wenig bei mir, was mir nicht schwer wird) – oder bin im Theater, resp einer Music-Hall. Auch das Londoner Leben, das eigentliche städtische Leben concentrirt sich auf einem allerdings ziemlich ausgebreiteten Fleck. Die City ergießt ihre ganzen Menschenmassen Abends in's Westend – die Eastend Leute rechnen nicht. Man hört so viel vom Verbrecherviertel: man findet es eigentlich überall: überallhin speit es seine Bewohner aus. Man macht sich keinen Begriff von dem Gesindel, das man zuweilen mitten unter dem elegantesten Publicum – das man nach dem Theater vor deren Thüren, am Strand, in Piccadilly u.s.w. findet. Soviel Reichtum und soviel Elend – und beides in so ausgeprägten Formen läßt sich nicht vorstellen. Jetzt, wo die season in der Blüthe steht, you know, sieht man zur Dinnerzeit in der Hydeparkgegend nichts als Equipagen und Cabs mit befrackten Männern und decolletirten Frauen. Alles fährt zu Soireen, zu Bällen – alles ist eingeladen – und keiner kennt den andern. In den feinen Restaurants und im Theater alles in Balltoilette. Auf der Straße nach den Theatern Jünglinge in bloßem Frack oder mit dem schwarzen Havelock, dazwischen ein unglaublich schäbiges Volk, das Zeitungen verkauft, Zündhölzeln, oder das sich sein Geld verdient, indem es einem die Straße kehrt, wenn man über dieselbe setzen will, – andre wieder, die nur dastehen, und starren, die es rings um sich glänzen sehen, dieses reiche wohllebige gesättigte London, und denen der Hunger, die Wuth, die Ohnmacht aus den Augen glotzt. Mich wundert es, daß das ganze Westend nicht eines Tages in die Luft geht. Denn so groß, so riesig es ist, der Osten mit seinen Ausläufern, die er nach allen Weltgegenden

der Stadt sendet, könnte es zerdrücken ... Es soll hier colossales in Wohltätigkeit geleistet werden: das verschwindet natürlich. Daß der Mob hier so fürchterlich roh und versoffen ist, scheint mir fast ein Glück: was würde geschehn, wenn die Leute zur Vernunft kämen? Wenn sie eines Tages hervorkröchen aus ihren Löchern, ihren Kellern, von den Ufern der Themse, aus ihren schmutzigen Häusern ... wenn eines Tages das Eastend Appetit auf ein Diner im Westend bekäme? So eine Art von Revolutionsappetit? Da werden auch die 14 tausend Policemen wenig helfen!..
Vorderhand ist es noch ruhig, und Ihr braucht nicht in Sorge für South Kensington zu sein. Morgen wird mein ungesalzener Spinat wie heut auf meinem Teller liegen – und keiner, ach keiner findet sich, der ihn mir wegträgt!.... Ungesalzener Spinat und Rhabarberpudding – das ist traurig; aber man muß auch das kennen lernen! Sonst befind ich mich wohl –

Euer ewig dankbarer
Arthur.

An die Eltern London, 25/6 88.

Meine theuern!
Nach einigen Wochen voll Nebel, Regen, Kälte ist der Sommer gekommen. Schwül, heiß, zuweilen auch etwas neblig Ich denke an das schöne Wien, wo man vergnügt ins Freie hinaus, und im Freien nachtmahlen kann. Im ganzen Umkreis von London – buchstäblich – kann man nirgends im Freien essen oder nur ein Glas Bier trinken. Keine Gasthausgärten, kein Prater! Wegen des Klimas, sagen sie, das ist aber lächerlich. Es liegt nur an diesem sonderbaren Conservatismus, an diesem albernen Festhalten an alten Gewohnheiten, wie das den Engländern anhaftet. Keine Kaffeehäuser mit Tischen auf der Straße, wo man die Leute vor sich hin und her bummeln sieht – d.h. wer bummelt hier überhaupt? Das gibts nicht. Das Straßenleben in Piccadilly oder in Regentstreet könnte sonst

einen zu freundlichen Charakter gewinnen. Immer geht man irgendwohin oder kommt irgendwoher; aber keiner geht spazieren. Samstag Abend fahren sie wohl auch aufs Land; die nobeln auf Riesenkutschen mit einem Lakaien, der immerfort trompetet. Die Herren sitzen oben mit ihren Cylindern und Gehröcken sowie Derbyhandschuhen. – Um London herum, in allen diesen unzähligen Hietzings, die nur das Unglück haben, sich gegenseitig zum verwechseln ähnlich zu sehen, liegen Riesenspielplätze, wo Criquet und Lawn tennis gespielt wird. Samstag Abend sind sie hier alle lustig; Sonntag dürfen sie nur besoffen sein – kein Theater, keine Unterhaltung ist gestattet, d.i. die Frömmigkeit. Von elf bis eins ist Kirchenzeit, auch die Wirtshäuser dürfen rings um London, (wohl auch in der Stadt selbst) nicht geöffnet sein, u neulich als wir von Honor Oak aus einen Spaziergang machten und, verdurstend an eine Thür klopften, fragte der Kellner »From London?« Nemlich er darf nur Leuten zu trinken geben, die von einer weiten Wanderung kommen. Sandor, der mit war, sagte: From Paris; ich »from Vienna,« und wir bekamen zu trinken. Sonntag verkehren auch weniger Trams, Omnibusse etc. als an Wochentagen. Gestern war ich zum Lunch bei Schiff geladen, wodurch ich an die Stadt gebunden war. Man zeigte sich sehr liebenswürdig; aß Lachs mit Gurkensalat (Nationalgericht) und noch andre ähnliche Gerichte. Wie jedermann wohnen Schiffs natürlich in einem Hause für sich, was mir am Londoner Leben eigentlich am besten gefällt. Vorgestern Diner Leversens. Sehr gemütlich. International. Englischer Hausherr. Wiener Hausfrau. Französische Verwandte. Gemütlicher Gang in die Dänische Ausstellung. Hier sind jetzt zu gleicher Zeit drei große Ausstellungen: Italienisch, Dänisch, Irisch. Die letztere kenne ich noch nicht. Die Hauptanziehungskraft der beiden erstern bilden colossale Rutschbahnen, auf denen alles, vom Lord bis zur kitchenmaid, zwischen papierenen Gletschern hin und herfährt. Nebstbei gibt es Bilder, Sculpturen, Industriegegenstände, Tableaux vivants, Grotten mit Skeletten, Musik, sehr gut mitten in die freie Luft hingestellte Panoramen (Capitol etc.) großartige Illumination – und unzählige Besucher jeden Abend. Natürlich kann man in alle diese Ausstellungen sozusagen direct mit der Eisenbahn hineinfahren; oder es führt ein langer unterirdischer Gang bis in das Allerheiligste. –

– Von medizinischen Notabilitäten hab ich neulich Althaus in seiner Wohnung, und Butlin (dem man gar nicht ansieht, daß er bereits ins Deutsche übersetzt ist) im St. Barthol. Hosp. aufgesucht. Ueberall ein schönes Material, das für Lehrzwecke absolut nicht ausgenützt wird. Freundliche Einladung (sit down) mich an seine Seite zu setzen und in seinen Kehlkopfspiegel zu gucken. Operation adenoider Veget. unter Narkose! Die Narkose wird hier nirgends genügend überwacht – nach unsern Wiener Begriffen. Daß man überhaupt erst nach dem Lunch operiren kann: diese Entdeckung haben die englischen Chirurgen gemacht. – Gestern hab ich eine medizinische Visite unter Dr. Ord, einer der allerbedeutendsten consulting physicians hier mitgemacht. Was es hier absolut nicht gibt, das ist einen groben Chef. Alles ist liebenswürdig, freundlich, höflich, vielleicht etwas kalt. Die Wärterinen großartig geschult, zum Theile wirkliche Damen. Roheit gegen einen Patienten kommt hier sicher auch nicht vor. Gewisse Wiener Primarii und Assistenten wären hier eine Unmöglichkeit. Gewiß aber Wiener Wärterinen! – Durch eine weise Ausnützung des Materials zu Lehrzwecken, weiters durch eine große Centralisation, durch vernünftige Organisation der Lehrstunden, durch Einrichtung wirklicher Curse, könnte man aus London die bedeutendste medizinische Schule der Welt machen. Aber wenn die Leute hier vieles haben, so fehlt ihnen der weite Blick. Auch der richtige Wille. Sie sind so ganz zufrieden. Sie wollen nur möglichst viel Geld verdienen – Praxis! Und die ist hier wirklich eine aurea, wenn man nur ein bischen Glück hat. In der Ordinationsstunde der Aerzte von einiger Reife gibt man nie weniger als ein Pfund. Meist eine Guinee, was ein Schilling mehr ist. Die Münze selbst existirt nicht mehr, aber das £ 1, sh. 1. hat sich erhalten. Viele sollen auf diesen Schilling bestehen, wie auf einem unveräußerlichen Recht. Mir kommts vor, wie ein Trinkgeld.

»Ich hätte gern nur immer fort gewacht,
Um so gelehrt mit Euch mich zu besprechen«

– aber ich bin heute nach Honor Oak geladen, und muß es diesmal unterbrechen.

– Das Packet [!] hab ich noch nicht: das Zollamt hält es noch zurück! Es ist unglaublich!

Mit tausend Küssen Euer dankbarer
Arthur.

An die Mutter London, 16/7 88.

Theuerste Mama!

Wie ich aus einem heute an mich gelangten Schreiben des l. Papa entnehme, ist Ostende eine festbeschlossene Sache. Ich bin darob hoch erfreut, und ich bin glücklich darüber, mit Euch vereint einige ruhige Wochen an der See verbringen zu können. »Ueber das weitere sprechen wir an Ort und Stelle« heißt es dann weiter, und es kommt mir vor, als wenn das eine leichte Abneigung gegen meinen Aufenthalt in Paris zu bedeuten hätte. Es thäte mir unendlich leid, wenn die ganzen Pariser Wochen, auf die ich mich schon unendlich gefreut habe, ins Wasser fallen sollten, und ich hoffe, Eure vereinigte Weisheit und Güte wird sich mit meiner Sympathie in Einklang bringen lassen. –

Heute hab ich mir anderthalb Akte eines echt englischen Melodramas angesehen, Joseph Sweetheart im Vaudeville Theatre. Es ist zu dumm. Während ich dem Stück beiwohnte, ereignete sich auf der Bühne folgendes: Ein Vicar schenkt einem Socialisten, der von seinen Verfolgern umgebracht werden soll, seinen letzten Rock. Ein Mädchen wird entführt. Ihr Bräutigam wird auf den Tod verwundet. Ein »Fremder«, entweder ein

englischer Kaiser Josef oder Wotan schenkt dem Sohn des Vicars eine Guinee. Eine Lady wird von dem Vicar hinausgeworfen (Jubel.) Dieselbe Lady beschuldigt einen Kammerdiener, dem sie soeben Herz *und* Hand antrug, was er ausschlägt (es gibt sonderbare Kammerdiener in England!) daß er ihr einen Kuß rauben wollte; der Kammerdiener wird hinausgeworfen, der Vicar fängt ihn auf. U.s.w. Ich ergriff nach einer halben Stunde die Flucht; es war zu viel für meine Nerven. –
Ende der Woche mach ich einen Ausflug nach der Isle of Wight – ich will doch noch schönere Erinnerungen von hier mitnehmen, als die an die Spitäler Londons.
Felix, Julie, Otto befinden sich wohl. Julie ist riesig stolz auf Sissy. Neulich bildete sie sich sogar ein, daß sie (Sissy) *höhnisch* gelacht habe. Ein zwölfmonatliches Mäderl, das höhnisch lacht! Glückliche Mutter!
Grüße und Küsse an Euch alle; Hrn Strakosch speziellen Gruß

Dein Dich innigstliebender Sohn
Arthur

An Jeanette Heeger [Ostende, Kursaal]
6. 8. 88

Nach einer Nacht voll böser Träume, mein Schatz, bin ich endlich durch deine verschiedenen Liebenswürdigkeiten erfreut worden, für die ich dir tausendmal danke. Ich konnte heute schon nicht mehr schlafen, so unruhig war ich wegen des langen Ausbleibens deiner Briefe. Dabei war ein Sturm, daß die Fenster von ganz Ostende klirrten und zitterten. Manchmal stellte ich mich zum Fenster und betrachtete das Meer, das womöglich noch unruhiger war als ich. Dann legte ich mich hin und träumte lauter Briefträger zusammen. Ich erwartete nemlich immer einen Brief von dir – auch im Traum. Da kam nun zuerst ein Brief von meinem Großvater, – englisch. Außerdem schickte er mir ein Gedicht, das ich seinerzeit einmal geschrieben hatte »Achill«, – dem Radetzky gewidmet. – Wieder kam ein Brief – von einem Wiener, den ich in London kennengelernt hatte. Ich erkannte die Schrift; ich las ihn gar nicht – dann war ich plötzlich im Meer draußen; mich fror, denn ich war im Nachtgewand. Alles ging durcheinander; schließlich erblickte ich dich – nur sahst du ganz anders aus; klein, häßlich, ich wunderte mich und ärgerte mich. Nebstbei kokketirtest du noch mit einem. Und wegen der reg' ich mich auf! dachte ich – Plötzlich klopfte es – es war Morgen; mein Kaffee kam und dein Brief. Eine viertel Stunde drauf deine recommandirte Sendung, mit der vortrefflichen Photographie, die mich riesig freute. – Ich hoffe, daß dich diese Zeilen schon völlig gesund treffen – wenn du nur so vernünftig bist, mich täglich auf dem laufenden über dein Befinden zu halten, so daß ich morgen, übermorgen etc wieder Briefe oder wenigstens Bulletins von dir bekomme. Noch einmal volle acht Tage ohne Nachricht – das heißt mir zuviel zugemuthet. Warum hast du nur den einen Brief nicht schon Dinstag weggeschickt, nachdem du doch weißt, wie nervös mich die Erwartung macht. Wie hast du Nachricht vom Tode G.s erhalten? – Wie gehts dir jetzt? Sei nur nicht verzagt, mein süßer Schatz; du bist in paar Tagen ganz gesund, sicher. Ich dürfte in drei Wochen spätestens in Wien sein, wahrscheinlich mit meinen Leuten zugleich ankommen. Ich bitte dich, schreibe mir nur recht fleißig.

– Ich schicke dir hier eine Kleinigkeit, – hast du denn meine 2 letzten Sendungen resp. recom. Briefe erhalten?

Ich küsse dich hunderttausend Mal, – werd mir gesund und sei gut –!

Ich bin der Deine, dich tausendmal umarmend.

An Olga Waissnix Wien. 25. 2 89.

Verehrte gnädige Frau!

Es sind mehr als dreiviertel Jahre, daß wir uns nicht gesprochen haben. Zwischen den letzten Worten, die zwischen uns hin und her gegangen sind, liegt ein bißchen Berlin, einiges

London, ein wenig Ostende und sehr viel Wien, alles in allem doch ein Stück Leben, das man rechnen muß, nachdem ja die ganze Geschichte nicht übermäßig lang ist. Sie finden es genügend, mich ab und zu durch ein paar Zeilen wissen zu lassen, daß Sie leben, die Menschheit verachten und die Natur lieben – das ist Ihre Sache; ich aber finde das nicht genügend, was wieder meine Sache ist, für welche zu plaidiren mir nicht verwehrt sein kann. Ich sage Ihnen also, daß ich es unbegreiflich finde Wochen lang zwischen denselben Mauern mit einem »guten Kameraden« zu weilen und ihn nie und nimmer wissen zu lassen, wo man eigentlich zu finden, zu sprechen – oder nur zu sehen ist. Unbegreiflich: das heißt ich sehe keine Gründe, die ins Gewicht fallen könnten gegenüber dem Wunsche einen wiederzusehen, der einem doch wahrhaftig ein guter Freund ist. Seien Sie doch so liebenswürdig, sich die vorstehenden Bemerkungen durch Erinnerungen aus Ihrem reichen und schönen Innenleben zu ergänzen. Wenn Sie die Gabe des lebendigen Gedächtnisses haben, so zweifle ich nicht, daß Sie mich völlig verstehn. Es gibt unsterbliche Stunden, die ewig jung sind, die dasselbe sind, ob man sie gestern oder vor Jahren erlebt hat. Jedenfalls aber werden Sie mir aufrichtig antworten, und nicht aus purer Güte sagen, daß Sie mir nachempfinden können. – Ein herrlicher Zug von Ihnen wäre es auch, wenn ich bald, sehr bald das von Ihnen hören möchte. Sie begreifen, daß es mich weder völlig befriedigen kann, wenn Sie meinem Papa tiefsinnige Bemerkungen über meinen Bart unterbreiten, noch wenn Sie zu beachten geruhn, daß ich im Gespräch mit einer Dame ein komisch-galantes Gesicht entwickle. All das kann nicht als vollwerthige Aufrechterhaltung unsres Verkehrs gelten. – Es kommt nun sehr darauf an, wie Sie all das, was ich hier gesagt habe, auffassen. Wie ist Ihnen? Als wenn man was Todtes zu erwecken suchte, oder was Schlummerndes aufküßte? Zum erstern gehörte freilich so was wie ein Wunder, zum letztern nichts als ein jugendfrisches Lippenpaar. –

Sonst, sehr verehrte gnädige Frau, geht es mir so gut und schlecht wie gewöhnlich. Der Geist der Medizin ist leicht zu fassen, also hab ich noch immer keine Patienten; der Lieder süßen Mund gab mir Apoll, folglich werd ich noch immer nicht im Burgtheater aufgeführt; das Leben ist der Güter höchstes nicht, was mich nicht hindert, weiter zu existiren als

Ihr allezeit ergebner
Guter Kamerad A.S.

An Marie Glümer [Sommer 1889]

Endlich, nachdem ich die unglaublichsten Papierln aufgehoben, erwisch' ich deinen Brief. Also *ich dich* trösten! Wird gut ausschaun – ich, der nimmer weiß, wie er weiter existiren soll. Ich kann dir nur sagen, daß ich dich liebe, wie noch nie ein menschliches Wesen geliebt worden, und daß mich diese letzten Tage wieder mit tausend Schmerzen gelehrt, daß ich ohne dich eigentlich keine Sekunde der Ruhe, des Glücks habe – Ich kann dir sagen, daß ich mich halb zu Tode gequält habe – auch über Dinge, die längst begraben sein sollten. Scheintodt, meine liebe Mizi – ach ja! – Ich glaube, daß ich dich quäle – Verzeih, verzeih, verzeih! Ich bitte dich, morgen pünktlich – ich habe überhaupt keine Faser mehr an mir, die nicht vor Nervosität zitterte. – Du hustest noch in gleicher Weise – Nun, morgen reden wir ernst und ausführlich. Sieh zu, ich fleh dich an, daß wir uns auch Nachm sehen können. Die Worte deiner M. sonderbar – not your sister – Mein geliebtes Engerl, nicht fremd sein morgen, wir sind ja die alten, du und ich, die so unendlich selig waren und es noch sein werden – wenn du brav und treu und gut bist – wie du's ja bist! Ich will, will dir vertrauen und ich glaube an dich, sonst bin ich kein Mensch, der noch weiterleben kann.
Tausend Küsse

Arth

An Jeanette Heeger [27. Juli 1889]

Meine liebe Jeanette! Erinnerst du dich an jene Bemerkung, die du machtest, es sind jetzt vier Wochen her: Hätt ich nur geheiratet.. oder so ähnlich. Wenn du dich daran erinnerst, wirst du manches begreiflich finden in den folgenden Zeilen, die zu schreiben mir eben nicht leicht wird. Mir ist in den letzten Wochen – und du hast es wohl bemerkt – öfter als je der Gedanke gekommen, daß du jene Äußerung ernster gethan, als du später eingestehn möchtest, und ich kann mir wohl vorstellen, was dich dazu veranlaßte.. Du hast daran gedacht, daß über kurz oder lang doch die Zeit kommen muß, wo mich Bedingungen verschiedner Art von deiner Seite reißen müssen. Wir beide haben oft im Rausche unsrer Gefühle daran vergessen. Denn es ist wahr: in jedem Augenblicke steckt ein Stück Ewigkeit – Heute, mein Kind, sehe ich ein, daß es mein Recht nicht ist dich an mich bis zu einem bestimmten Zeitpunkt zu fesseln, wo ich dir dann brüsk sagen müßte: Nun ist es aus. – Denn, niemals hab ich ein Mädel so unendlich, so heiß geliebt wie dich, und es ist mir unmöglich, die himmlischen Stunden zu vergessen, die ich an deiner Seite verlebt. Ich will also jenen Zeitpunkt nicht erwarten; heute schon will ich dich daran erinnern, daß du frei bist; ich will dir sagen, daß ich dich frei gebe. Nicht so ganz, mein Kind, als du denkst – denn ich rechne auf die Fortdauer deiner Freundschaft, so wie du auf die meine für immer und in jedem Falle rechnen kannst. Aber der Gedanke, daß ich dich hinhalte, vielleicht noch Monate oder Jahre und ich dir damit doch immer wieder ein Stück Zukunft raube, quält mich allzusehr. Du bist jung, blühend, schön; vielleicht liegt ein großes, dauerndes Glück auf deinem Wege – ich, der an deiner Seite mit eifersüchtigem Blicke hinwandle, hindre dich, es aufzuheben. Es ist mir mehr als einmal so vorgekommen; ich hab es dir auch manchmal gesagt. Ich, mein Kind, bin ein sehr unsichres Glück, wenn ichs überhaupt bin; das muß ich dir schon heute sagen, wo ich

noch frei bin, ja heute, wo ich dich so lieb habe, wie irgend je. Beherzige, was ich dir da geschrieben! – Ich bleibe recht lang weg – du hast Zeit, über diese Dinge ruhig nachzudenken; du fühlst, daß es richtig ist, du fühlst es umsomehr, als du selbst schon ähnliche Gedanken gehabt!
Lebwohl,

Dein A.

An Marie Glümer [4. August] *89*

Zwei Zeilen, mein süßer Schatz, von diesen heiligen Höhen – Ich schreibe diese Zeilen nemlich auf der Hütteneckalm – ungezählte Meter über dem Meeresspiegel (von mir wenigstens ungezählt) – in meiner heiligen Einsamkeit – dem ewigen Schnee vis à vis (aber sehr weit). Bin heute bereits auf dem Berggipfel Nr 2, da ich vor genau 2 Stunden auf dem Predigerstuhl war (Interessirt dich das überhaupt) – Verirrt 2 mal – Nun hinunter; unten folgt weiterer Bericht... Die Waldgegenden haben überhaupt an Weihe für mich gewonnen – jeder erinnert mich an dich; meine ganze Erinnerung duftet nach Wald und Mizi! – Also adio!

Goisern, ein paar Stunden später. –
So hier bin. Nach achtstündigem Marsch. Eigentlich ist alles das sehr nebensächlich, alles überhaupt außer der unbestrittenen und fürchterlichen Thatsache, daß ich und du, daß du und ich Meilen weit von einander entfernt sind! – – Ja richtig: gestern erwischte ich in Ischl noch den Brief, den du vor fast 8 Tagen an mich geschrieben, man wollte mir ihn eben nachschicken. Ich danke dir also noch nachträglich für deine süßen, süßen lieben Worte, die ja meine einzige Seligkeit bedeuten, wenn du nicht höchstselbst zu mir reden kannst! Mein Schatz! wie viel, wie unendlich viel bedeutest du mir! noch mehr als du selbst ahnst. Ich sehe in dir überhaupt das absolut einzige, was mich mit Freude an die künftige Zeit denken läßt – in dir

mein einziges Glück, das einzige was dieses sonst sehr schäbige Leben wirklich lebenswerth macht! – Wie ich dir für das unsägliche Glück danken soll, das du mir durch deine Liebe gewährst, das weiß ich nicht – wenn ich so darüber träume, kommt es mir selbst ganz unbegreiflich vor, daß es wirklich wahr sein soll, daß du, das süßeste auf der ganzen Welt – mich liebst! –

Nun brech' ich wieder auf – nach Ischl zurück – ich bleibe dort noch drei, vier Tage – du wirst also spätestens übermorgen im Besitze eines Briefes sein, der dir die nächste Adresse anzeigen soll – in diesem Augenblick hab ich noch keine Ahnung, wohin ich in den einzelnen Nächten mein müdes Wanderhaupt niederlegen werde! –

Also adieu, mein süßer angebeteter Schatz! ich danke dir nochmals tausendmal für Brief, für Existenz und Liebe!

– Um mich herum lauter Wälder! Lauter »grüner Unsinn«! Schöne Natur! .. Ja ja, aber ohne dich –? Mädel, sehr dumm, ohne dich, die Natur, das Leben, alles!

Der Deine mit tausend Küssen, A.

An Marie Glümer *Montag.* [5. August] *89*

Mein süßes Mädl!

Hast du schon meinen gestrigen Alpen & Goisern Brief? Ich denke ja! – Gestern war das so eine kleine Vorübung, für unsre große Partie, die wir Freitag antreten und die etwa zehn Tage dauern wird. My brother u ich haben das Kunststück zu Wege gebracht, uns gestern dreimal zu verirren, durch Bäche und Sümpfe zu waten, worauf bei mir am Abend ein erbärmliches Kopfweh resultirte, das gewisse, wohlbekannte! – Ja – also die große Partie! – Vorderhand schreibe mir nur weiter hieher – ich sage »weiter«, obwohl ich bisher noch nicht so glücklich bin – einen Brief von dir zu haben; morgen oder übermorgen erhältst du meine nächste Adresse, wahrscheinlich Hieflau oder Eisenerz oder Mariazell – hoffentlich haben sich da schon die Briefe von dir angesammelt, ebenso wie in der Endstation – Übrigens von hier aus werden mir die Briefe ganz prompt nachgeschickt – – Ich wohne da ganz schön – unter meinem Fenster fließt die Traun . . gegenüber das grünende Gebirg – aber ich empfinde eigentlich nichts recht von dieser ganzen Schönheit – ich habe eigentlich immer nur die eine Empfindung: daß du nicht da bist! Das heißt: es ist nichts da, nichts um mich, was mich freut! Für mich ist jetzt alles nur schön, insofern es eine Beziehung auf dich hat – in meinem Leben hab ich dieses Gefühl von Oedigkeit nicht gehabt, wie jetzt, wo *du* mir fehlst! Ich bin mit recht verstimmten Gedanken abgereist: zu Hause gab es Unannehmlichkeiten; ich hatte so das Gefühl! wenn *sie* nur da wäre, ich diese süße Hand, diesen geliebten Mund küssen könnte, dann wäre alles gut! Aber es wurde nichts gut! keine süße Hand! kein geliebter Mund war da, um mich mit seinem Duft zu berauschen – Und seit ich von dir geschieden bin, noch kein Wort, keine Zeile von dir – Ich sehne den Morgen herbei, der mir doch jedenfalls ein Lebenszeichen von dir bringt – Samstag früh, als ich bei N. vorbeifuhr, so nah von dir, da meinte ich, meine Augen müßten eine übernatürliche Kraft gewinnen und durch die Berge durchschauen können bis hin zu dir – Ich wollte irgendeine Waldpartie sehn, wo du, ein Buch in der Hand, studirst, dann war ich wieder eifersüchtig auf dieses Buch. Auch auf die Gestalten des Buchs, mit denen du redest, denen du deine Liebe erklärst! Ich wollte, du ließest das Buch fallen, schlössest die Augen, träumtest von mir. – Sag, kannst du das lesen, was ich da geschrieben – ich habe wirklich eine fürchterliche Schrift.

Leb wohl, mein süßer, süßer Schatz! ich bitt dich, schreib mir – jedes Wort ist eine Wohlthat, eine Liebkosung!

Der Deine mit hunderttausend süßen Küssen,

Arth

An Marie Glümer Dinstag Abend [6. August] *89*

Wie lang, mein süßer Schatz, bin ich weg von dir? – Zehn Jahre? Hundert Jahre? Tausend Jahre? Ich weiß es nicht mehr – ich weiß nur, daß sich die Zeit endlos dehnt. Dadurch daß noch kein Brief von dir in meinen Händen ist, kommt mir die Trennungsdauer noch vielmals länger vor. Ich bin halb verrückt. Wenn ich an dich denke (was manchmal geschieht) – mir deinen Mund, deinen Hals, deinen wiegenden Gang, deine Stimme, deine Augen, deinen Blick vorstelle, da ist mir als müßte ich vergehen. Und bald seh ich dich – in jener Ecke meines Zimmers, bald inmitten des Walds – ich seh dich, wie du mit den Rändern deines Strohhuts spielst, seh dich dann wieder in dem Ansbacher Wirtshaus sitzen mit der Wandertasche, dem Feldglas, dem Buch –! Und das alles spielt in der letzten Zeit, eigentlich in den allerletzten Tagen. Und mir ist, als kennt ich dich unendlich lange und hätte dich vor unendlich langer Zeit verlassen! –

Mittwoch früh [7. August]

Und wieder kein Brief! Jetzt kenn ich mich wohl nimmer aus! – Ich gehe jetzt weg, komme morgen zurück, besuche Bekannte in Weißenbach u Unterach – kannst dir denken, in was für Stimmung! – nun – letzte Hoffnung: daß ich morgen beim Zurückkommen was finde. Uebermorgen geh ich weg von Ischl; »nächsten« Brief bitte nach Eisenerz in Steiermark post restante zu senden.

Dein sehr verzweifelter A
mit hunderttausend Küssen

An Olga Waissnix Dienstag [27. August 1889]

Sehr verehrte gnädige Frau! –

Immerhin beginne ich Ihnen zu schreiben. In diesem Augenblick ist es nämlich noch nicht klar, ob ich Samstag hinaus komme. Wahrscheinlich reisen meine Eltern gerade Samstag ab; Sonntag werd ich allem Anschein nach ebenso wie die folgenden Tage manches zu thun haben in Vertretung meines Alten. Sollte sich diese Constellation ändern – so geb ich Ihnen vielleicht den Brief, wenn ich die heiligen Gefilde betrete ... Wie ich Ihnen aber in Wahrheit für die paar Zeilen danken soll, die Sie an mich gerichtet haben, das weiß ich nicht. Sie ahnen nicht was in solchen Worten, die von Ihnen kommen, für mich liegt. Da bin ich wirklich ein andrer, neuer, bessrer! – Es könnte leicht wie Pose aussehn, wenn ich sagte, daß Ihre Worte – in meine »Einsamkeit« gedrungen sind – aber Sie wissen, wie das zu nehmen ist. Das wäre wahrhaftig eine andre Existenz, wenn man so alle Tage mit Ihnen eine Stunde plaudern könnte. Man hätte dann vor allem das süße Gefühl, Ihnen am nächsten Tage sagen zu können, was man am vorigen vergessen zu sagen – Ich bin nemlich neulich fürchterlich »unausgesprochen« von Ihnen fort ... Sie haben etwas an mir bemerkt, was Sie liebenswürdig eine Verstimmung nennen und was vielleicht nur dumme Launenhaftigkeit ist. Die Gründe dafür?. Mancherlei, kleinere und größere, dümmere und gescheidtere, vergängliche und ewige. Kennen Sie die gewisse Sorte von Menschen, die einem immer sagt: Gott wie gut haben Sie's! ... Sie theilen gewiß meine Empfindung, daß man diese Leute köpfen sollte ... Aber auch das ist einem versagt! – Haben Sie eine ungefähre Idee von dem Abstand, der zwischen dem Leben liegt, wie es sich notwendig gestalten muß, und dem, das man führen möchte? .. Alte Geschichten .. Nimmer zu ändern. –

Donnerstag. [29. August]

Nach meinen Ideen fragen Sie mich. In meiner Mappe liegt gar manches Plänchen, mancher Plan; aber ich bin selten gesammelt. Zuerst muß ja immer alles dumme unsympathische weggeräumt sein, was schon an und für sich schwer gelingt. Um aber in die »Stimmung« zu kommen, nehm ich mir meist meine Papiere her, stöbre darin umher, lasse von dem einen oder andern Gedanken aus meine Phantasie weiterschweifen. Ich kann nun manchmal mit einer gewissen Ruhe irgend was zu schreiben beginnen. Manchmal wieder packt es mich, daß ich schreiben muß, es fliegt nur so hin – plötzlich, oft nach Minuten schon, zuweilen auch nach Stunden, ist mir, als wenn etwas in mir erstarrte. Und die Wellen versickern im öden Sande. Mich ergreift ein gelinder Schauder vor dem geschriebenen Zeug; ich getraue mich nicht, es wieder zu lesen. Und es können Tage und Wochen kommen, wo ich in der Erstarrung bleibe. Das ist dann bitter; – so gar nichts sein! Ja, dann ist man weniger als ein Greißler, der ja doch schließlich seinen Beruf hat. – Und dann die langen, grauen Stunden, wo einem zu allem die Lust fehlt – wo man nicht denken, nicht schreiben, nicht studiren, nicht einmal lesen kann! Und unterdessen verraucht das Leben, wie der Champagner, den man zu früh aus der Flasche ins Glas gegossen! Wer nur immer sagen könnte, wann man den Stöpsel springen lassen soll! Im ganzen ist es also jämmerlich. Begreiflich immerhin – Sie müssen sich nur vorstellen: die erste Stunde des Tags in einem dumpfen Saal, Kranke zu untersuchen, faden Amerikanern die Kehlköpfe erläutern. Froh also, wenn ich hinauskomme; nun sollte »gearbeitet« werden, das heißt mikroskopiert, vivisecirt, nachgelesen u.s.w. Selten hab ich mich dazu – Meist kommen jetzt zwei verfaulenzte stimmungslose Stunden, in der Kaffeehausecke. Dabei ist es Vormittag, die Leute »haben zu thun«, man schlägt eigentlich die Zeit todt. – Arbeiten kann ich um die Zeit nicht. In frühern Jahren bin ich um diese Zeit manchmal in ein Kaffeehaus gegangen, wo auch um diese Zeit die Lichter brannten, schrieb da auch dann und wann, es war das in meinen ersten Studentenjahren. – Nun wird also so gebummelt bis Mittag – Der Nachmittag – es muß, muß was gethan werden. Selten dieser oder jener Patient. Ich entschließe mich also, die Wissenschaft herzunehmen; lese in eins, zwei, sechs Büchern. Manchmal ereignet sich dann die sonderbare Selbsttäuschung, als flackerte ein Interesse auf. Bald aber wird klar, worauf die Täuschung beruhte: entweder in etwas, das den decorativen Sinn anregte, oder in irgend einer Association, die gemach aus dem physiologischen ins seelische, vielleicht selbst ins dramatische hinüberleitete – Manchmal statt medizinischer, belletristische Lecture. Oder beides. Nur zuweilen die Möglichkeit, sich in Stimmung zu versetzen. – Fürchterlich labil anfangs. Ein Misklang von woimmerher und ich kann alles wieder ins Pult hineinwerfen, ohne ein Wort geschrieben zu haben – An eine große Arbeit getrau ich mich nicht, denn wie ich so in die Mitte hineinkomme und plötzlich wieder – durch den Beruf – durch Zufälligkeiten die Stimmung verliere, so stehe ich ganz peinliches aus. »Haben schon viele dasselbe empfunden, wollte doch keiner davon gesunden«. – Die größere Arbeit, die mir am nächsten wäre, die ich sogar schon manchmal angefangen, und die ich eben wieder auf unbestimmte Zeit zurückgelegt, wäre eine Comödie »Die Blasirten«. – Natürlich an eine Aufführung von vorneherein nicht zu denken. Es ist ja wirklich um verrückt zu werden, wenn man sich so nach dem richten müßte, was »angenommen« werden kann. – Ich schreibe also wieder Kleinigkeiten, Plaudereien, vielleicht Skizzen, Novelletten. Was »Erfolge« anbelangt, so bin ich allerdings nicht hervorragend hoffnungsfreudig. – Und doch kann ich mich von einer manchmal aufglimmenden Ahnung nicht ganz abwenden, als wenn unter einer Bedingung doch irgendetwas gutes von mir hervorgebracht werden könnte – nemlich wenn ich thun könnte, was ich wollte, wenn das verdammte Berufhaben nicht wäre. Möglich auch, daß ich dann absolut nichts thäte. Und was weiter? – Ist es etwas gar so großes, zu arbeiten, zu verdienen? – Wir sind doch schließlich nur die Pfahlbauer der nächsten Jahrtausende. – Nun genug des »alten Lieds«. –

Thun Sie manchmal das gute, edle Werk mir zu schreiben – könnten Sie's nicht auch von Rodaun aus? – Wann kommen Sie nach Reichenau zurück? Kann man dann noch hinaus?

Welches sind Ihre weitern Pläne –? Ich kann leider nicht hinaus, diesen Samstag, das steht jetzt schon ziemlich fest. Ich bitte Sie, schreiben Sie mir einmal so recht, wie's aus der Feder fließt – aber misverstehen Sie mich nicht wieder – Ich bin nemlich stets derselbe stets der Ihre.

Mit vielen treuen Grüßen.

Dr. Goldmann bittet mich, ihn bestens zu empfehlen. [A.S.]

An Marie Glümer Mittwoch. [28. August] *89*

Mein süßer Schatz! Für alle Fälle schreibe ich dir – obwohl wir uns heute Nachmittag endlich sehen sollen! Aber ich glaube an mein Glück nicht mehr – weiß der Himmel, was wieder dazwischen kommt. Vorderhand regnet es . . . ich sehe mich dort schon im Guß herumspazieren und vergeblich warten. Aber in deiner Nähe werd ich heute meistens sein – und auch das ist viel . . ich kann nichts besseres thun, wenn ich so zu Haus an meinem Schreibtisch sitze, als die Augen schließen und mir jedes Platzerl vorstellen, das dort, in der Gegend liegt. – Sag, Mädl, es war dir doch nicht Ernst mit mancherlei, was du neulich geschrieben – ich beschäftige mich nicht gern – mit dir! . . weil ich mit Bleistift schreibe – Aber – Kind!. . Laß dir eins sagen! – daß ich niemals empfunden habe, was ich jetzt empfinde, daß du das süßeste, engelhafteste bist, daß ich vor Sehnsucht nicht weiß, was ich mit mir anfangen soll – Wahrhaftig . . die abgelaufenen Wochen waren fürchterlich! – Mich quälte viel – Erstens die Trennung, dann die malheureusen Nachrichten, die von dir kamen – und endlich – ach ja! eine wahnsinnige Eifersucht, die mich besonders des Nachts überkam – auf alles – auf die Vergangenheit, die Gegenwart, die Zukunft – Ich haßte alle Menschen, deinen Beruf, ich war toll – Ich schreibe dir das, ich wills dir nicht sagen, ich will dich nicht quälen; redlich nehm ich mir das vor – Und ich bin ein Mistrauensvirtuos! – Hast du eine Ahnung, was mir gewisse

Worte, die so in deine Briefe hineingeworfen waren, an die du dich gar nicht erinnerst, die gar nichts bedeuten, – was die mir angethan haben – – Es passirt mir auch, daß ich gemütlich über die Straße gehe oder da oder dort bin, und plötzlich fährt mir irgend ein eifersüchtiger Gedanke durch den Kopf, daß es mich heiß überläuft und mir wird, als könnt ich den Moment nicht erwarten, wo ich bei dir bin, wo deine Küsse mich beruhigen, wo ich dich bei mir habe, dich, mein einziges süßes Mädl – Bin ich ein elender? Oder nur ein so verrückt verliebter, daß ich in all der Zeit nicht einmal mit dem einfachen, süßen Gefühl an dich dachte.. Sie liebt mich – Nein, immerfort peinigte es mich:.. Mein Bild verwischt sich.. sie kommt darauf, daß sie sich geirrt hat, .. sie liebt mich nicht mehr. – Dazu dumme Träume – daß man emporfahren muß, geängstigt – Und jetzt stelle dir noch dazu so anmutige Bemerkungen von dir vor, die du zeitweise ausstreutest.. »*Wir werden uns kaum sehen können*« – *Sage dich langsam von mir los*... u.s.w. Das hast du geschrieben, du! du!.. Und wenn du wirklich glaubst, daß man das so thun kann, wie du's hinschreibst, wie soll ich da von deiner Empfindung denken! – Ich muß dir sagen, in dir ist mir irgend etwas aufgegangen, wie eine ganz neue Welt. Was ich bisher erlebt, Unsinn, vergessen. Du tauchst vor mir auf wie eine Erscheinung – Es ist nicht das gewöhnliche verliebt sein; du bezauberst, ach was, du verzauberst mich – Wo ist all mein Interesse für tausend andres? – Weg – Mir ist, als wäre mit einem Kuß auf deine Lippen alles weg, alles. Wie ist das nur! – Ich kann dir das kaum so sagen, wenn ich bei dir bin. Unmöglich – Und dann die Angst, du empfindest mir's nicht nach – Und wieder die Eifersucht – Ach, der reine Wahnsinn – Und »ich beschäftige mich nicht mit dir«!.. Wenn du mich fragst, ob ich eigentlich im Ernst an was andres gedacht hab als an dich, seit wir uns nicht gesehen, so müßt ich sagen – Nein. Wie weggeräumt.. Bevor ich es von dir gehört, daß du mich lieb hast, bevor ich dich wieder geküßt und umarmt, kann ich nichts denken, gewiß nichts arbeiten. Ja was man so mechanisch thut, das Tagewerk! – Aber sonst . . – Kommt in den vorhergehenden Zeilen irgend was vor, was dir unangenehm? – Sei mir nicht bös – Ich kann nichts dafür, ich hab so geschrieben, wie es mir aus der Feder geflossen. Du wirst doch sicher das richtige herauslesen – Liest man heraus, daß ich dich anbete? – so was ähnliches hab ich nemlich sagen wollen. Aber nein, noch viel mehr, viel tieferes – was man eben nicht sagen kann! So fühle es heraus, du kannst es!

– Heut Nachmittag also! Und wenn ich dich nicht treffe – Treff ich dich, so geb ich dir den Brief – Schadet ja nichts – so confus er sein dürfte – Also Montag kommst du – ? Ich ordinire dann schon allein – so um vier bin ich fertig – Aber Vormittag? – Und könnten wir nicht zusammen speisen – ? Nun, das hör ich ja heut alles – oder du schreibst mir's noch! –

Genug vorderhand. Leb wohl, sei tausendmal geküßt

von Deinem sich nicht gern mit Dir beschäftigendem, weiß Gott was in Wien treibenden, egoistischen, weibischen, komödiespielenden, schleuderhaften

A.

An Marie Glümer [4. September ?] *89*

Ich muß dir, liebste, schon im Coupé schreiben, zehn Minuten nachdem ich dich verlassen. Ich habe keine Ruhe mehr. Ja, und was eigentlich – Ich habe eine wahnsinnige Angst um unser Glück, nein mein Mädl, ohne dich, das heißt nichts, das ist einfach ein Unsinn. Das steht fest, und von da aus muß die Sache betrachtet werden – Wenn's dir so ist wie mir, dann ist ja eigentlich alles soweit gut. Darf ich denn noch daran zweifeln – Miza, du hast mich gern, gern, wie ich dich, gern bis zum Wahnsinn, zum Sterben – Miza, nicht – dir ist's wenn ich dich küsse wie mir – eine brennende einzige Seligkeit? Miza, Miza, wie soll ich dir sagen, wie ich dich lieb hab? Warum bist du nicht bei mir im Coupé, ich sitze da allein, warum sitzt du nicht da neben mir, dein Engelsköpferl an meiner Brust, daß ich deine Haare und deine Augen küssen kann – Allein wandelst du jetzt den Weg nach Haus im Nebel, dummes Leben!! Warum haben wir zwei heut nicht zusammenbleiben können, miteinander davon, wo immer hin, nur miteinander, du und ich? Du, Miza, ich sag dir, es ist nicht anders möglich, du mußt bei mir bleiben! Bedenk, ein kurzes, blödes, graues Leben, nur eine lichte süße Strecke – wo man mit dem zusammen geht, der der andre Theil ist, der wirkliche, endlich gefundene. – Das, Kind, bist du für mich. Dir hab ich entgegengelebt, dir bin ich entgegengegangen, seit allem Anfang – Ich hab es immer geahnt, gewußt! Sie, sie muß noch kommen, denn was war meine ganze Existenz bisher. Und du bist gekommen, du, du beste, liebste, engelhafteste, du, in deren Armen ich vergehen möchte, du, mein Glück, mein süßes Mädel – und ich soll dich verlieren, kaum daß ich zur Besinnung meines Glücks gekommen? Was ist denn eigentlich die ganze übrige Welt? Was hat sie denn dreinzureden? Was haben wir von der ganzen brutalen Welt, wenn eine Zeit um ist, die wir leichtsinnig verschleudert haben, und wir müssen uns sagen: Adieu, Licht, Sonne, Luft, Liebe, Leben! – Die Welt hat kein Recht, einem das gefüllte Weinglas vom Tisch wegzunehmen und zu sagen: Es schickt sich nicht zu trinken – Noch viel weniger schickt es sich, zu verdursten!

– Was folgt aus dem allen, mein Mädl; – daß ich dich nicht lasse! nein! nein! Daß ich nicht geliebt habe, bevor ich dich getroffen, daß ich dich, mein Mizimädl lieb habe, wie man's auf Erden nicht toller kann.

Denk an das, denk an mich, den Deinen, bitt' dich, mein süßer Schatz!

An Marie Glümer [5. September] *1889*

Mein süßes Mizimädl! Grau! kalt! ein dummer banaler Wind! So sieht ein Tag in Wien aus, wenn du nicht da bist – Was hab ich heut da zu thun, denkt sich die Sonne? Gehn ma wieder! Und schon steckt sie hinter dem bleiernen Dunst, der sich einbildet, der Himmel zu sein. – Und ich? was bin ich heute? Entkleidet der königlichen Würde, die mich ein paar Tage geschmückt hat! O wie bitter das ist! Ich höre nicht mehr mit einem Löffel auf den Grund einer Kaffeetasse stoßen – es sei denn von einem überflüssigen Menschen, der neben mir im Kaffeehaus sitzt – Jetzt sitz ich an meinem Schreibtisch; eben ist die Ordination vorbei. Auch der Fürst E. war da, den ich sehr in Verdacht habe, nur einer Frage wegen gekommen zu sein, die er an mich stellte. Kannst du denken was – Wer die Dame etc. – Ich hatte natürlich keine Ahnung, wen er meinte. Bist stolz? Weh dir, wenn du's bist! – Also da sitz ich jetzt, habe einen ganz blödsinnigen Abend vor mir. Tausend Dinge tanzen vor meinen Blicken auf u ab. Eine Reisetasche mit einem Fächer und einem Staubmantel – ein etwas laedirter Kamm – ein rollendes Coupé, in dem man zu zweien hin und allein zurückfährt . . eine Kerkerzelle, in der ein berüchtigter Falschmelder schmachtet, u.s.w. –

Und was, mein süßer Schatz, was machst du? . . doch warum frag ich dich? ich befehle dir doch! du mußt, mußt mich lieb haben, mußt, mußt in einem fort an mich denken – Und doch faß ich's noch nicht! Wirklich?– Dieses süße Mädl mit den Wunderaugen, mit dem ersehnten geliebten Mund, mit dem Kopf voll von Einfällen, dieses Mädl mit den Lippen zum Küssen, mit dem Hals zum Beißen (Fortsetzung folgt) –

Aber sag mir nur, was soll ich bis morgen thun – und wenn ich nur um 4 bei der Bahn sein kann. Heut hatt' ich bis nach halb fünf zu thun –! Gestern um die Zeit radelten wir hinaus! Wie reich war ich gestern, wie arm bin ich heut! Ah! (Aber ein andres Ah!)

Der Deine, mein Mädel, mit tausend und tausend Küssen.

An Jeanette Heeger [7. September 1889]
[Briefkarte]

Mein liebes Kind – ich vertrage diese ewigen Scenen nicht! sie zerquälen uns beide. Denke doch; manches ist nicht zu ändern. Es gibt eben eine große, vielästige Welt, außerhalb der vier Wände deines Zimmers, in denen ich mit dir glücklich bin. Ich brauche auch diese. So oft haben wir davon gesprochen! Ich hab's dir auch gesagt – kannst du dich nicht dreinfinden; nie werde ich dich ketten wollen. Ich habe kein Recht dazu. – Aber ich hänge mit vielen Fäden »draußen«, das heißt dort, wo nicht mein Mädel ist. Ich kann und will diese Fäden nicht durchschneiden. –
Entweder komm ich morgen Sonntag Abend von der Bahn zu dir oder ich avisire dich wegen Montag Abend.

Herzlichst Dein

An Marie Glümer [Reichenau, 8. September] *89*

Sei nicht böse, Schatz – dieses Papier! und wieder Bleistift – aber ich habe eben, in diesem Augenblicke, wo ich dir schreiben muß und will, kein Briefpapier und keine Tinte zur Verfügung – also nicht wahr, du weißt, daß ich dich liebe – trotzdem ich dir so schreibe? ja? – ich sitze auf einer Bank im Walde in Reichenau – ja auch diese Bäume heißen Wald! – was ich dir vor allem sagen muß, daß ich gestern den zweiten Brief nicht erhalten habe, d.h. also keinen, seit ich dich das letzte Mal gesehen – Ist der wohl wirklich verloren gegangen – Morgen Mittag erst, wo ich nach Wien komme, kann ich wieder einen Brief von dir in Händen haben! – Ich hab dir neulich gleich im Coupé geschrieben, wie ich von dir fortgegangen bin. Wie schrecklich wars mir neulich, als ich dich verlassen mußt. Gerade neulich! Noch ärger als sonst! Du warst so traurig und weintest! O mein Engel, wie gut, wie süß bist du! Ich quäl dich manchmal! Nicht wahr? das bin aber nicht ich dann, der dich quält – Da erwacht irgend ein fremder elender Bösewicht in mir! Denn ich! Wie möcht ich in Wahrheit, daß dein Leben wäre! Eitel Licht und Freude! Ich möchte dich so unsäglich glücklich wissen, wie ich dirs gar nicht sagen kann. Wenn ich fern von dir bin und ich denke an all die dummen Äußerlichkeiten, die da sind, um meiner Miza ihre getrübten Tage zu verbittern, wie ist mir da! Ich wollte, du kenntest nur den einen Schmerz – die Sehnsucht nach mir, wenn ich dich nicht in meinen Armen halte! – Was thust du jetzt wohl? . . Schlummerst wohl noch nach den Erfolgen des gestrigen Abends? Oder liegst schon auf in deinem Bette? Oder in der Hängematte –? O mein Mädel, mein süßes Glück, wenn wir so zusammen hinaus dürften in die Welt, unbekümmert um alle die Fäden, mit denen wir an der Alltäglichkeit und an der Heimat hängen – Gibts denn eine andre Heimat jetzt für mich als an deinen Lippen? Und wenn ich diesen rothen, schwellenden Mund küsse, versinkt da nicht alles um mich, was nicht du und deine Liebe ist! Mein Mädl, ich lieb dich, lieb dich unendlich und tief!

Der Deine, Dein

A

An die Eltern [9. September 1889]

Liebste Eltern!

Die letzte Nachricht, die wir von Euch erhielten, ist jener Meergruß. Seither seid Ihr wohl schon in Paris angelangt und stürzt Euch in den Trubel der Ausstellung. Ich selbst war gestern Sonntag in Reichenau, mir einen letzten Athemzug Sommer nach Wien mitzunehmen. – Die Praxis läßt sich nicht schlecht an; insbesondre erfreulich ists mir, daß die meisten der »neuen« den Wunsch äußerten, in meiner Behandlung zu bleiben u mich fragten, wo ich ordinire, wenn der Professor da sei. Heute war ein gewisser Siwek da, der auch schon bei dir war, lieber Papa, und behauptete, es sei ihm ganz angenehm, einmal mich angetroffen zu haben (die Concurrenz!!), welche Versicherg er mit dem Honorar von zehn Gulden bestärkte. Ein andrer Herr glaubte, (auch heute) der Professor sei zu theuer, u wollte seinen Sohn von mir weiter behandeln lassen – zahlte übrigens 5 fl, was sich ja auch Professoren manchmal gefallen lassen müssen. Die treuesten der Patientinen sind natürlich die lieben kleinen jungen Damen, die offenbar die Elektrizität und die Inhalation für das beste Heilmittel der Welt halten, weil sie gar billig sind. Durchschnittlich hab ich zehn Kranke am Nachmittag, das ist doch ganz gut? Einnahmen bisher, wenn ich die Michaelis [?]'schen 20 fl mitrechne 144 fl. – Den Hahns, die durchaus wissen wollten, wie viel, rechnete ich für sieben galvanok. und zwei ungebrannte Visiten vierzig Gulden. Ich bin doch nicht zu theuer? – Es scheinen alle mit mir ganz zufrieden zu sein, und ich hoffe, daß ich bald eine eigne Clientel zusammenkriegen werde. – Die nächste Nummer der Zeitung mach' ich etwas schöner wie die vorige; wenigstens 2½ Bogen. –

– Nun, bald kommt wohl einmal ein ausführlicher Bericht von Euch??

Dankbar Euch küssend

Euer Euch innigstliebender
Arhur

Bitte alle herzlich zu grüßen

An die Eltern Wien 16/9 89.

Liebste Eltern!

In dem Augenblicke, da diese Zeilen geschrieben werden, dürfte der l Papa soeben seinen Vortrag halten. Nun, ich wünsche Glück dazu! – Hier ist nach wie vor alles beim alten. Insbesondre sind die »neuen« unter den Patienten sehr spärlich gesäet. Allerdings gibt es rühmliche Ausnahmen, die hereinkommen mit der taktvollen Bemerkung: »Nun, ich hoffe, Sie werden das auch verstehen« oder so was. Ein russischer Kaufmann mit einer Halsentzündg war 3 mal da, zahlte jedesmal 20 fl. und war hingerissen von meiner Behandlung. Er kommt im Mai wieder extra nach Wien, um sich seine Nase behandeln zu lassen. – Mit der letzten Nummer bist Du hoffentlich zufrieden? –

Das Wetter ist so abscheulich wie möglich, kalt, stürmisch, der reine November. »Geholt« wurde ich bisher nirgends hin. –

Onkel und Tante Mandl, die heute bei mir übernachtet haben, erzählten uns, daß Ihr Euch mit Ausnahme der Hotelcalamitäten recht wohl fühlt; die Briefe folgen sich jetzt von Euch mit anerkennenswerther Raschheit; anfangs ist wohl einer oder zwei verloren gegangen. –

Im heutigen Blaue Donau Heft ist die Episode erschienen – zwischen den Blättern prangt ein Bild des Dtsch Volkstheaters, – offenbar ein Omen. Bei der Generalprobe des Volkstheaters war ich dabei; das Anzengruber'sche Stück ist nichts werth; einige glückliche Striche und Züge; aber die Handlung kindisch und einzelne Effekte melodramatisch niedrig. Besonders der Schluß ist unglaublich. Rosette Hellmesberger wird in den Zeitungen recht sehr gelobt; ist aber ein recht mäßiges Talent. – Tyrolt fand endlich wieder seinen Boden. Das Haus ist reizend. –

Mit Euerm nächsten Schreiben erfahren wir wohl schon den definitiven Tag Eurer Ankunft?

Es grüßt u küsst Euch herzlich

Euer Euch innigstliebender Sohn

Arthur.

An Marie Glümer Montag. [23. September 1889]

Oh träfe ich's nur einmal, mein Kind, genau das zu sagen, was ich sagen will – Wenn es mir gelänge, dann müßtest du ja endlich fühlen, was du mir bist! Dann wäre auch nimmer möglich, was gestern geschehn. Wie! oder fändest du auch dann noch das Herz, von einem Abschied zu sprechen? Du brächtest es über die Lippen, während man vor dir steht wie ein verzweifelnder, wie ein wahnsinniger, das ruhige Wort: Wir werden uns nimmer sehen als Liebende; es ist aus! – Aus! Aus! . . Laß es doch auf dich wirken, dieses Wort – mich durchschauerts wie nahende Tollheit, wenn ich den Gedanken ausdenke! – Und wahrhaftig! ich fragte dich: Wir sollen auseinander? – Und du sagtest: Ja, es ist das beste! – Du, du, du, die mir am Halse lagst und mir unter tausend Küssen schwurst, daß dich nichts von mir trennen könne! Du, der ich tausendmal gesagt, daß sie mein einziges Glück bedeute! . . Du, die vor wenig Wochen ausrief: »Ja, jetzt hat das Leben erst einen Sinn, ich lebe für dich, für dich werde ich arbeiten! Für dich will ich groß werden!« – Du, die in einer alles vergessenden großen Liebe in meinen Armen lagst! Du wirfst das schönste, beste edelste, was zwei Menschen erblühen kann, hin – für – Nun, vielleicht ist es sehr viel, was du eintauschen könntest – – Aber was rede ich! er ist ja vorbei! – Ich meine, dieser schreckliche Abend mit den schrecklichen Ideen – Dieser Abend, wo ich manches begriffen habe, was mir völlig unbegreiflich war! Aber wie muß ich dir erschienen sein! . . Aber ich konnte nicht anders! Es wäre ja sehr männlich gewesen zu sagen: Du schwankst? So – dann gehe ich! – Aber ich konnte nicht, ich wollte nicht gehen. Es war dir ja nicht Ernst. Es war die Nachwirkung ärgerlicher Momente – die ewige Beeinflußung aller der andern. Nicht du hast gestern manches gesagt! Nein, es ist nicht möglich! – Nicht wahr! nein Mizi? Du, das süße treue Mädl könntest nicht mit der fertigen Idee aus dem Hause treten: – So, nun genug der Scherereien zu Hause; sagen wir lieber *ihm* Adieu – Du warst verwirrt, du hast andres gesagt, als du wolltest – Nicht wahr? – Mizi! – Und es ist ja wieder gut! – Als wir schieden, küßtest du mich ja mit so innigen Lippen, und in deinen Augen lag etwas wie ein Glanz von ewiger Liebe! – So blicken die Mädeln doch nicht, die einen verlassen wollen! – Und doch, wie unsagbar quält mich der Gedanke: ich habe jene letzten Worte von dir erzwungen – ! Du warst ja so entschlossen: Nicht einmal, – zehnmal sagtest du mir Adieu! Wenn ich einmal ernstlich gegangen wäre – du wärst mir nicht nach; du wärest nach Hause – und hättest dir stolz gesagt: – Es ist aus – ich habe mich entschieden – Aber ich ließ es nicht zu. – Mein Mädl – mir ist's, als wenn ich auf der Stelle den Verstand verlieren müßte. Ich kann es nicht glauben, ich wehre mich dagegen mit aller Macht meiner unendlichen Liebe – daß der gestrige Abend ein erlebter war! Sag mirs doch, daß ich ihn nur geträumt habe! Sag mir, daß ich erst in den letzten zwei Minuten aufgewacht bin, wo du wieder der süße Engel warst, dem ich zu Füßen sinken möchte, dessen Worte mich selig machen, selig zum Vergehen! – Ich kann's mir nicht denken, das weitere Leben, ohne Hoffnung auf deine Worte, deine Küsse, deine Liebe. Und du liebst mich ja! Du hättest es mir ja schon viel früher sagen müssen, daß dus nicht thust! Und wenn du liebst, so kannst du nicht glauben, daß diese Liebe andern Elementen nachgeben muß. Du kannst auch nicht glauben, daß eine Liebe wie die unsre, dich erniedrigt. Oh meine Miza, das wäre keine Liebe. Ich bin wahnsinnig in meinen Wünschen vielleicht, aber ich denke, wenn es wahr ist, daß du mich liebst wie ich dich, dann muß dich doch dieses Bewußtsein, daß wir zwei, du und ich zusammengehören, für alles entschuldigen, was du böses erlebst – Wie erbärmlich bin ich mir gestern vorgekommen, als du auf meine stundenlange Rede – dieselbe bliebst, die du gekommen warst . . Mädel! dieses Wort: »es ist besser, wir gehen heute voneinander« – mach es mich vergessen, es bringt mich zum Wahnsinn! Es ist nicht möglich, daß du das meintest – Und in diesem Augenblicke wird dir wohl schon wieder zugesetzt! Und wieder beginnst du zu schwanken! Und wieder denkst du – ja, die andern haben Recht; nicht aber er. Und denkst: Lieber Frieden zu Hause, Bequemlichkeit zum Studiren – Herzensruhe – An das aber, was ich dir sagte, der dich anbetet, hast du wieder vergessen. Vergessen, daß du meine Seligkeit bist, vergessen, daß wir unsre Jugend trocknen Satzungen opfern, daß wir unser Glück, das uns mit bunten Flügeln zum Fenster hereingeflattert kommt, wieder hinausjagen wie eine Fledermaus, statt es mit seinen herrlichen Farben um uns herumsausen zu lassen – Ja, du schlägst das Fenster zu, schließt dich ein in dein Kämmerlein und draußen fliegt der Schmetterling davon, weit weg, nimmer zu fangen!

Später.

Zu arbeiten hab ich versucht! zu lesen! zu studiren! zu schreiben! – Köstlich! – Die Bücher und Schriften liegen vor mir wie todte Massen, kein Hauch von Leben flammt auf zu meinen müden Augen.– Ich habe mich beschieden, und bin dagesessen in meinem Schreibtischsessel und habe zu denken versucht – Denken! – Ich bin gelähmt; ich dusle so hin. Nur eine Empfindung lastet übermächtig auf mir – ein dumpfer Schmerz ohne Gleichen – und eine gibt's, ein »süßes Mädl«, die kann ihn wegblasen, wegküssen, wegschauen!
Eben lese ich wieder deinen letzten Brief, den ich heut Mittag erst bekam; er schließt: »bin Dein und möchte es ewig bleiben –« – Und was du ein paar Stunden nachdem du das schriebst, sagen konntest! – Mädl, ich beschwöre dich: Werde dir klar! Lass' mich nicht in dieser elenden Ungewißheit leben, die mich schließlich verrückt machen muß! – Ich weiß es ja – du mußt viel, viel ausstehn. Schau, Kind, ich bin ja nicht blind; ich weiß es ja. Ich will um nichts bitten, frei sollst du geben, was du gibst. – Aber vielleicht hast du in den letzten Tagen eine Ahnung bekommen, *was* du mir bist. Es gibt nun einmal keine Worte dafür. – Du leidest viel, sehr viel, und wie mir das alles weh thut, du weißt es ja, mein süßes Kind. Aber was ich gelitten habe in diesen letzten Tagen und Stunden durch Zweifel, Verzweiflung und Misverstandenwerden von Deiner Seite – das geht schon über das, was man bei gesundem Verstande aushalten kann – Ich kann dieses Leben so nicht ertragen. – Wie der seligste aller seligen käm ich mir vor, wenn du mir an den Hals stürztest und sagtest:

»Ich liebe dich – und wenn sie mich zu Hause quälen – ich liebe dich doch und wir wollen miteinander bleiben! Ich glaube, daß deine Liebe meinem Beruf und mir nicht schaden wird! Ich glaube, daß mich deine Liebe glücklich machen wird – ich lieb dich so innig, so ewig wie du mich – Ja! selig! zu selig. –

Oder, du sagst – »Ich liebe dich ›zwar‹ – aber zu Hause haben sie Recht, und wenn ich an dich denke ›so kann ich nicht studiren‹, und alle drei Wochen können wir einmal miteinander tratschen – ›das schadt' nichts‹ –« – Mein Kind, erinnerst du dich an den Bettler im Verschwender (an jenem Abend hattest du mich sehr gern!) der den Flottwell um sein halbes Vermögen anbettelt, und weniger nicht nimmt? –

Mein Schatz, ich sag dir nur eins mehr: Denk dir dabei, daß ich deine Hand nehme, die Fingerspitzen küsse und dann deine Augen – ich sag dir nur das eine: Ich liebe dich!

Und wenn du findest, daß diese Liebe, die das herrlichste, innigste ist, was ich je empfunden, deinen Lebensweg stört, so werd' ich mich still von Deiner Straße, die du wandelst, wegstehlen, von einem Winkel aus aber, ohne daß ich den Saum deines Kleids berühre, werd ich dich weiterlieben, lautlos und traurig, aber manchmal wird es dir durch die Erinnerung zittern . . . Warum sind wir von einander gegangen? –

Wahn! Wahn! –

Mein süßer, süßer Schatz, ich küsse deine Lippen!

A

Was thust du?

Abds gegen acht

Diese letzten Zeilen unter deinem Fenster –, Ich hab dich nicht gesehn, um 6, um 7, und jetzt war ich da

Leb wohl, mein liebstes!

An Marie Glümer 5. 10. 89

Mein Lieb! »Mache dir nichts draus!« – das ist sehr gut. Möchte deine Augen sehn, wenn ich mir wirklich nichts draus machte, daß du noch nicht einmal weißt, wann wir uns sehen können – Ja, Kind, ich finde, daß das rein zum Verzweifeln ist. Gewiß, Schatz, Briefe, so süß und lieb wie deine und Sätze »ich lebe ja nur für dich« haben ja unendlich viel tröstendes – aber können sie das Beisammensein ersetzen – ? Womit ich nicht dir, sondern nur den elenden Umständen Vorwürfe mache – natürlich. Mußt aber so gut sein, mir einige Fragen genau zu beantworten. Erstens einmal »du ahnst ein Gewitter –« sag doch warum? Was ist vorgefallen? Was hat man gesagt? Sind Bemerkungen gemacht worden? Bitte genaue Beantwortung. – Zweitens mit wem warst du gestern im Theater?– Drittens mit wem gehst du heute? – Was machst du denn nach 5 Uhr?– Was machst du denn die Vormittage?– Hältst du es für unmöglich, daß wir uns, wenn's Nachmittag u Abend gar so selten geht, irgend einmal Vormittag treffen? – Ich bitte eines wohl zu bemerken: ich will um alles in der Welt dich zu keiner Unvorsichtigkeit verleiten! um alles in der Welt nicht; aber wenn ich mir die Möglichkeit vorstelle, daß es einen Modus gäbe, uns zu sehen, ohne daß du davon Gebrauch machst, so möcht ich dich und mich umbringen. Ich hoffe, wir werden doch endlich Glück haben, d.h. zu Haus bei dir wird man sich beruhigen usw. – Du ahnst nemlich – sei nicht böse, aber es ist doch so – ahnst noch immer nicht, ein wie verlorener Mensch ich ohne dich bin, besonders jetzt, wo noch die fürchterlichen Zweifeltage der letzten Zeit kaum vergangen sind. Ich meine nemlich die Tage, wo *du selber* zweifeltest, d.h. nahe daran warst, mir Lebewohl zu sagen. Daher kommt meine unsagbar peinigende Unruhe, wenn ich dich nicht bei mir habe; noch immer, scheint es mir, könnten andre Einflüsse bedeutender sein, als der Gedanke an mich, den Entfernten. – Ich wache jeden Morgen mit der Idee auf – heute kommt der Brief: »Erinnere dich, was ich damals gesagt habe .. du siehst ein – « u.s.w. Kurzum, ich führe eigentlich ein jammervolles Leben. Und dann, vergiß auch nicht, jedesmal aufs neue, wenn wir uns »da« oder »dort« begegnen – jene bekannten Bemerkungen von Deiner Seite, die mich rasend machen. Kurz – aus allem muß ich immer das schreckliche sehn: daß deine Liebe nicht mächtiger ist als alles, alles andre. Noch hat sie es nicht vermocht, sich von Erinnerungen, von Vorurtheilen, kurzum, von der Welt, die etwas andres ist als sie, freizumachen, noch hat sie ihre »Aber«, ist noch immer das nicht, was mich seliger machen könnte, als alles! Schatz, du selbst weißt das und fühlst es. Aber ebenso weiß ich und fühle es, daß deine Liebe so werden wird, denn es ist unmöglich, daß nicht endlich alles versinkt, Menschen und Sachen, die ganze dumme Welt vor einer Liebe, wie die meine zu dir. Dann aber, mein Kind, wenn die Gewißheit, von dir geliebt zu werden, so wie ich's meine, geliebt so wie du von mir, wenn diese Gewißheit mir ins Herz dringt wie eine Fluth von Süßigkeit und Glück, dann wird deine Mahnung »Sei brav und arbeite« einen Sinn kriegen und befolgt werden. Da werd ich wirklich ein neuer, ein andrer, ein bessrer werden, denn nur das Glück kann gut machen. Vorderhand fühl ich mich nicht gesammelt genug, um mich mit Wissenschaft und Kunst zu zerstreuen, noch nicht heiter genug, um ernst zu sein. Zu nichts hab ich die rechte Lust – ich lese dies und das, schreibe dieses und jenes, ohne mich zu etwas ganz zu haben. Kommt nun gar eine Stunde in den Tag hineingeschneit, wie die gestrige war, in der ich dich erwartete, so bin ich gänzlich aus dem Gleichgewichte. Ich bin mir selbst ganz aus der Hand gegeben; du hast mich völlig in der deinen.

Noch eins, Engel. Die beste Vorsicht vergiß nicht: mir nächstens alle Briefe bringen. Das ist doch eine ewige Gefahr. Nicht? –

Nun Schatz, schließ ich den Brief – und bleibe wieder allein. »Aus meinen großen Schmerzen mach ich die dummen Briefe«

– Abend bin ich im Wiedentheater, wie dir bekannt; den morgigen hab ich mir, wie dir gleichfalls bekannt, verehrter Planet, – anders vorgestellt. Noch einmal zur Aff. Cl.– und dich von weitem sehen, nicht einmal mit den Augen sich genug sagen können – und um diesen Preis vielleicht gar neuen Verdacht erwecken – das kaum.– Vielleicht ist in diesem Moment in deinem herzigen Köpferl schon ein Plan für ein Wiedersehn fertig.
Nun hab ich dich genug gequält – laß dich mich deine duftenden Haare küssen und bleib mein treues geliebtes Mädel!

Ich bin
Dein.

An Marie Glümer [7.] *10. 89*
[Brieffragment]

Mein geliebtes Mädel – nun hab ich deinen letzten Brief gelesen – und nun neigt sich der 4. Tag, an dem ich dich nicht gesehn. Wie lang noch? – Morgen muß ich dich sehen, ich halt's nimmer aus. Du wirst nicht mehr husten und zu mir kommen – Du weißt, daß mir verschiedene, auf die nächste Zeit bezügliche Fragen auf den Lippen liegen, die ich mit abergläubischer Furcht auszusprechen mich scheue. Es ängstigt mich, daß du kein Wort darüber verlierst. Ich bebe, wenn ich weiter denke; ich kanns nicht glauben. Was ists mit dem aerztlichen Besuch – deine sister war ja heut bei dir? – Wie sonderbar mir deine Fragen, ob ich dich noch »grad so« liebe, vorkommen, kann ich dir kaum sagen. Wenn ich da in meinem Zimmer einsam sitze – keinen Gedanken im Kopf als dich und immer nur dich – keine andre Empfindung als eine verzweifelte, rasende Sehnsucht nach dir – keine andre Idee als wie halt' ich sie bei mir! – Da schauere ich förmlich zusammen, wenn ich lese, daß *du* zweifeln kannst. Ja – *ich*! Meine Qualen, mein Schatz, kennst du, hast ja selber genug daran zu leiden. Und was ich wieder jetzt auszustehen habe, diese letzten Tage, das ist grauenhaft. Ich muß es wieder von deinem Munde hören: daß du keinen je geliebt hast als mich. – – Jetzt höre ich nur diese verdammten Stimmen aus meinem Innern heraus, die mich höhnen, wenn ich rückhaltslos glauben, die mich niederschreien, wenn ich jubeln will.– Ich thue nichts, gar nichts, versuche zu lesen, ja auch zu schreiben – vergeblich; ich bin vernichtet.– Wie du in jenes andre Zimmer kommst, hast du mir nicht geschrieben; es regt mich furchtbar auf, dich da drin zu wissen. Sieh das nicht als kleinlich an; ich bin's nicht, du weißts ja ganz gut. Du verstehst auch alle diese Empfindungen, da wir ja eins sind. – – Woher weißt du, daß du mich *mehr, anders* liebst? – Mizi, ich bin heut außer mir, auch mein Kopf plagt mich sehr, und alles – du mußt mir nicht böse sein – Immerfort denk ich an dich, mein süßes, angebetetes Mädel – wieso darf auch irgendwer andrer an dich denken, wie ist das nur möglich! Mir flirrt es vor den Augen, Mizi, du hast geträumt, du warst nicht bei Bewußtsein – sag mir das – sag mir, daß es eine andre war, daß du, du, immer meine Mizi warst. Bist du mein, so wie noch nie ein Wesen dem andern gehört hat – – Ich fühle, daß ich heute meinen fixen Ideen nicht entrinnen kann, sie peinigen mich zu Tode. Mizi, du mußt morgen kommen; schreibe mir, wann. Ich werde um 8 vorbei kommen; aber wirf mir nicht den Brief herunter. Wir werden das so machen: Ich schicke officiell einen Dienstmann mit einem Buch und ein paar Zeilen hinauf; dem gibst du eine Antwort mit, wenn du so gütig sein willst, die u. a. enthält, wann ich dich morgen sehen kann. Der Dienstmann wird ein paar Minuten vor 8 kommen. Ich glaube, daß dir dieser Modus bequemer sein wird, als in dieses andre Zimmer zu verschwinden, dort Licht zu machen, Fenster aufzureißen u.s.w. – Also um 8 hast du das Buch, und ein paar Minuten drauf, kann ich, der in der Nähe wartet, Antwort haben. Jedenfalls komme ich dann um halb neun wieder bei deinem Fenster vorüber, und wenn ich dein geliebtes Köpferl beim geschlossenen Fenster erspähen kann, so werde ich selig sein.

Also nochmals: Dienstmann kommt knapp vor 8. Du gibst ihm (eventuell schon vorher geschriebnen Brief) mit. In diesem Brief steht, wann ich dich morgen sehe. Dann aber auch, daß du ganz, ganz die alte, meine geliebte, treue, angebetete Mizi bist. – Um ½9 geh ich dann vorbei – und werde schon wissen, daß du mein, für immer mein bist! Ist's dir recht so – ? Mizi, nicht mich für kindisch halten, ich kann dich in jenem Zimmer nicht herumirren sehn, es macht mich krank

[Schluß fehlt]

An Marie Glümer *8/10 89?*

Meine Miza! Ich habe wieder einmal das Bedürfnis mit brutaler Aufrichtigkeit zu dir zu sprechen. Was ich dir hier sage – das muß ich dir jetzt sagen – es überkommt mich mit unwiderstehlicher Gewalt. Vergiß es, kaum daß du's gelesen, zerreiße den Brief sofort, sprechen wir nie darüber. Also – ich gehe zu Grunde an meiner Eifersucht auf – vergangenes. Es macht mich nun einmal verrückt, ich kann mir nicht helfen. Immer, immer der Gedanke! Immer der Gedanke, daß du zurückdenkst, das ist's was mich quält, wenn ich allein bin, was mich befangen macht, wenn ich mit dir bin. Mir ist es geradezu – es ist fürchterlich, – als wenn ich in deinen Augen ein andres Bild erglänzen sähe. Manchmal allerdings, ich gestehe auch dies offen, ists mir besser – ich habe dann die Empfindung, als wenn wirklich nur du und ich auf der Welt wären, als wenn es keine Vergangenheit gäbe. Diese seligen Momente des Vergessens, die ich zuweilen an deinen Lippen verlebe, rächen sich aber fürchterlich, wenn ich dich einen Tag lang oder gar ein paar Tage nicht sehe. Wenn ich dann auch mit einem berühmten Autor ausrufe: »Hinweg, du Gespenst, stör nicht mein Glück« – ich bin ihm preisgegeben und es wühlt in meinem Herzen – Und bei alle dem weiß ich eins *so* sicher, wie daß es eine Miza und ein Glück gibt, – ich werd's schließlich überwinden – Ja, mein Schatz; ich werde weder mich noch dich quälen – ich werde, aber ich *werde* eben. Mit jenem schäbigen Egoismus, der nicht erlaubt, daß man sich allein quält, drängt es mich manchmal, dich zur Mitwisserin meiner Leiden zu machen – Dabei fühle ich, wie unglaublich ordinär das ist. Wie wirst du dich über diesen Brief ärgern! – und warum zerreiß ich ihn nicht? warum schicke ich ihn doch an dich ab? – warum versuche ich nicht lieber, dir, die ich so unsäglich lieb habe, jeden trüben Gedanken wegzuscheuchen, statt dir deine jungen Stunden zu vergällen – warum? warum? Warum vermag ichs nicht meine Schmerzen im Stillen zu tragen und vor dich stets lächelnd hinzutreten, und dir nur Briefe zu schreiben, aus denen einzig die Freude hervorblitzt, daß ich dich gefunden! – Warum muß ich dir mit wüsten Klagen kommen statt mit süßen Liebesliedern? Wie erbärmlich ist das! Ich weiß, diesen Brief, kaum daß er weg ist, werd ich hundertmal bereuen – aber ich werde ihn wegschikken. – Und du – wirst du mir böse sein? Natürlich – und mit Recht. Ich habe also zugleich das Gefühl, daß ich dir zu Füßen sinken und die Fingerspitzen küssen möchte. Und ich thu es auch, Kind, – und wie ich mir nun vorstelle, daß ich so vor dir liege, und meinen Kopf in deinen Schoß bette und ich spüre in meinen Haaren den Duft und Athem deines Munds – da ist mir auch schon besser – Ja, Kind, ich bin ein Narr! verzeih mir, wenn ich dich je gequält habe – ich werd es nie wieder oder höchstens zwanzig Mal wiederthun. Ich bete dich an! – und wenn es mir nicht so erginge, wie ich dir eben geschildert, so hätt ich dich wahrscheinlich nicht so rasend gern. Das ganze also nur ein Liebesgeständnis, ein Liebeslied in Moll und mit einigen Dissonanzen –

Also morgen, mein Schatz, mein Engel, Abend. Versprich mir nicht mehr böse zu sein. – Muß ich ihn denn wegschicken, diesen elenden Brief – Ja – ich muß. –

– Und jetzt les' ich wieder deine Verse … »Ja wahrlich denk' ich, du hast Gott vergessen, Gott und die Andacht, die in

Lieb' sich einen – mit Weh und Wonne, ungestilltem Sehnen, mit Freud und Schmerzensthränen, die wir weinen« – In Wirklichkeit, mein Mädel, bist du einfach ein Engel und ich ein Tropf, der den Himmel nicht versteht!

[Unterschrift unleserlich]

An Marie Glümer *14. 11. 89*

[Brieffragment]

Meine liebe Miza!

Ich komme von dir nach Hause, sehe mich wieder dir sofort schreiben. Ich konnte mich nicht niederlegen, ohne alle die entsetzlichen Gedanken, die mich bedrücken, dir gegenüber ausgesprochen zu haben – Du hast mich häufig genug gekränkt, geschmerzt, – aber verletzt wie heute noch nie. Mein Kind, du scheinst sonderbarer Weise immer zu vergessen, wenn du mit mir sprichst, daß du einen Menschen vor dir hast, der dich vergöttert. Nicht einen Buben, der in dich verliebt ist, nicht einen Lebemann, dem du zur Unterhaltung gut genug bist, sondern einen Mann, der vernünftig genug ist, das Leben zu verstehen und dich liebt; liebt, wie man eben nur einmal im Leben liebt. Eine Liebe dieser Art ist etwas empfindlich, vielleicht sogar sehr empfindlich; man ist ihr aber auch Rücksichten schuldig. Was dich bedrängt und quält, seh' ich sehr gut ein, und jede deiner Qualen fühl ich doppelt und zehnfach mit. Auch deine Launen begreife ich, ja ich begreife sogar, daß du die Nothwendigkeit empfindest, sie mich entgelten zu lassen. Allerdings denk' ich auch manchmal, daß du ein Wort finden könntest, das ich dir manchmal sogar auf die Lippen lege, um manches bittre wieder gut zu machen – denn du, Miza, kannst mit einem süßen Wort tausend Kränkungen verwischen – und da frage ich mich manchmal: Warum spricht sie dieses Wort nicht aus? – Und wenn ich mich das fragen muß, so steigen wieder alle die vergiftenden Zweifel in mir auf, die du mit so vollendeter Kunst rege zu erhalten verstehst. Warum, Miza, wenn du mich liebst, läßt du mich auch leiden, wenn du mich mit einer Silbe glücklich machen könntest? Warum quälst du mich, beleidigst meine Liebe, beleidigst dich selbst darin, wenn ich dir überhaupt irgend etwas bedeute, was über dem andern steht. Kind, bei allen mißlichen Dingen, die sich in Euerm Hause abspielen, hast du doch das Recht nicht, mich in der gewissen Weise abzufertigen, wie es dir bereits mehrere Male beliebt hat – als den gewissen »Glücklichen«, der zu egoistisch ist um das mitzufühlen, was dich bedrückt. Das vertrage ich nicht. Wenn du mich wirklich liebtest, würdest du dem Geliebten, dem Freunde aufrichtig entgegenkommen, würdest klagen, aber dabei doch nie vergessen, daß etwas da ist, was uns beide über alles Ungemach hebt, unsre Liebe, die etwas heiliges ist.

[Schluß fehlt]

An Marie Glümer [22. November 1889]

Mein geliebter Schatz – ich bin verzweifelt – war um zwölf in der Gasse, habe dich vergebens erwartet, bin vor deinem Fenster gewesen, ohne dich zu erblicken. Habe gehofft, daß du mir irgendwie Nachmittag eine Nachricht zukommen läßt – nun sitz' ich da in meinem Zimmer, es ist vier Uhr vorbei, u ich weiß nichts, nichts von dir. Du ahnst nicht, wie schmerzlich das ist! – Ich schreibe nun, will Abds vor dein Fenster gehn, vielleicht findet sich ein Modus, dir den Brief zukommen zu lassen – Von mir hast du offenbar nur den ins Haus, denn hättest du dir den andern holen können, so hättest du mir auch zugleich irgendwie Nachricht schicken können – Also du bist noch krank, liegst wohl. Warum aber hast du nicht wenigstens, wie gestern, deinen Bruder um ein Rec. geschickt? Ich bitte dich, Mizi, warum läßt du mich so leiden, ich halt's ja nicht aus.– Noch vier Stunden bis acht – und da vielleicht auch nichts! Alles ist wieder verzerrt – ich weiß nichts mehr, glaube nichts mehr, bin fassungslos. – Was soll ich thun, bis

ich wieder von dir höre, dich sehe – Du bist mir alles, alles – nun ist mir wieder, als wenn du dich mir entwinden wolltest. – Du bist doch dieselbe – Meine, meine Mizi? – Die Minuten schleichen, es ist fürchterlich –
5 Uhr – nun war ich vor deinem Haus – komme noch rathloser zurück.– Und es ist doch klar, daß du dieselbe bist, gut und du liebst mich doch – warum denn heute nicht mehr? – Aber fühlen will ichs – oder lesen – Es kommt mir, fern von dir, unmöglich, ein Traum vor, daß du mich liebst wie ich dich! –
Für alle Fälle, wenn du diesen Brief erhältst – bitt ich dich inständig, mir morgen im Lauf des Vormittags eine Nachricht zukommen zu lassen. Oder kann ich dich um 12 sehen? – Oder Nachmittag? – Bist du schon so wohl, daß du morgen wieder heraus kannst? – Ich geh zu Grund ohne dich! – Bedenk' es –!
Halb sieben Uhr – Ich habe schließlich, wie du bemerkt hast, einen Dienstmann zu dir geschickt – der mir endlich Nachricht bringt. Tausend Dank – jetzt bin ich wieder ein Mensch! – Aber du noch immer nicht besser? – Was soll das sein? – Du wirst heute – *im tiefsten Ernst gesprochen* – keinen Brief herunterwerfen; darfst nicht zum offnen Fenster. Ich habe gestern für dich gezittert – Habe dir gestern 2 Briefe geschrieben, einen an deine wirkliche Adresse, einen post rest. Hast du den *englischen* nicht bekommen? – Morgen früh muß ich Nachricht haben; schicke eventuell deinen Bruder, so daß ich zwischen 11 u 12 im Kastl deinen Brief finde – ich führe sonst kein menschenwürdiges Leben. Eventuell steht darin schon, wann wir uns wiedersehen können? Jedenfalls, bitte, genaue Vorschriften – ich bin glücklich zu thun, was du sagst. Also; ich gehe jetzt, dieses zu dir befördern – werde dann um 8 (Glockenschlag) vor deinem Fenster vorbeigehen; ersuche dich, keines aufzumachen – es ist heute eine naßkalte Luft – miserabel! Gestern mit Müh und Noth – eigentlich zufällig deinen Brief erwischt – zuerst nur das Fließpapier, dann am

Ende der Neumanngasse deine süßen, süßen Zeilen. Da wirbelte sie der Wind vor mir her. –
Also morgen früh bitte ich, Brief! Und wenn wir uns schon sehen könnten! Nun sind es zwei volle Tage! – Wenn wir uns morgen, was ich ja rechtzeitig erfahre, nicht treffen können – so hast du – *Punkt 7 Uhr* Abend Brief im Kastl. – Kannst du mich unmöglich holen lassen? –
Lies alles genau, damit du nichts übersiehst. Noch einmal: Kein Fenster öffnen, du verkühlst dich. Danke dir meinem guten Engel, hundert Mal, Millionen Mal für deine Liebe – bitte dich aber, dich zu schonen. Die plötzliche kalte Luft wäre Gift für dich. Du wirst mich sehen, ich werde wissen, daß du mein bist für ewige Zeiten!
Ich muß nun schließen, damit der Brief um 7 bei dir. Wenn du gut (wenn!) einen langen Brief morgen! Alles, was du denkst, über das *allernächste* wovon ich kaum zu schreiben wage – so klopft mir das Herz dabei – alles, was du immerfort machst, ob du ganz, ganz, mit jeder Faser mein bist, wie ich dein – Ich küss' dich unendlich Mal, mein einziges, geliebtes süßes Mädl –
Bleib mein, alles wird gut. Es gibt etwas heiliges, und alles, alles wird gut – wenn man nur *wahr* ist.

Der Deine für immer.

An Marie Glümer 3. 12. 89

Liebste Mizi!
Was war das für ein Fiaker? Und wer die Dame neben dir? Vor welcher du einem Dienstmann den Zettel für mich geben konntest? Offenbar eine eingeweihte? Von der ich nichts weiß! – Und wohin bist du gefahren? –
Habe die Güte mich *aufzuklären*, ja? – Vielleicht, wenn ich dich vor der Vorstellung nicht sprechen kann, nimmst du dir einmal fünf Minuten Zeit, um mir einen Brief statt des Zettels zu schreiben – Schatz, ja?

Meine neue Adresse – 3. Stock, Th. 7., das Haus kennst du – Vergiß auch nicht an die Karte! – Soll ich auch die immer gleiche Mahnung noch hiehersetzen? *Wahr* sein – ?
Ich bin wüthend, daß ich dich heute nicht sehen kann, liebe dich rasend, rasend, rasend. Ich bitt' dich, mein Kind, laß also was von dir hören – und mache, daß ich dir ganz vertrauen kann – Denk, was wir uns sind! Denke dran!
Adieu, Schatz, ich küsse dich viele Male.

Ich möchte dich vor jenem Abend so gerne wenigstens einmal auf die Lippen küssen.

An Jeanette Heeger *Ende 89.*

Liebe Jeanette!
Ich ziehe es vor, dir zu schreiben; – dir das noch einmal zu sagen, was ich dir in der letzten Zeit so oft gesagt, wäre mir zu schmerzlich! Aus diesen Worten schon ersiehst [du], um was es sich handelt – mein liebes Kind; ich muß jetzt endlich entschieden sein – obzwar ich dir sage: Auf Wiedersehen. Einen Theil der Umstände, die mich zu diesem Schritt veranlassen, kennst du; andre, die auch mitspielen – haben weniger Interesse für dich! Erinnere dich, daß du mir versprachst, vernünftig zu sein, erinnere dich weiter, daß du stets den besten Freund an mir haben wirst, und sieh, ich bitte dich, sieh ein, daß es unabänderliche Dinge gibt. Versuche nicht, mich in meinem Entschluß wankend zu machen; ich bitte dich recht sehr, denke an alles genau, was ich dir gesagt, und laß dir sagen, daß ich mit dir sehr glücklich war.
Ich grüße dich herzlich und bin

A

An Marie Glümer *nach Würnitz 30/7 90*

Mein süßer Engel, ich schreib dir, muß dir schreiben, obwohl ich zuversichtlich hoffe, noch vor oder zugleich mit diesem Briefe bei dir anlangen zu können.– Was soll ich denn thun als dir schreiben. Ich bin immer bei dir – lebe von der Minute, in der ich dich verlasse zu der, in der ich dich wiedersehe, mit Mühe hinüber – Es ist mir völlig unfaßbar, wie das im Herbst werden soll, bin starr über deine Ruhe. Sobald ich einen Schritt weg bin von dir, verläßt mich das bissel Festigkeit, das ich zu heucheln vermag, und ich stehe rathlos, entsetzt da. Und du meinst, ich werde »arbeiten« können – Oh nein. Immer immer werd' ich an dich denken müssen – müssen! und du, du wirst es ja nicht einmal können. Noch immer hab ich einen Schimmer von Hoffnung, daß du bei mir bleibst. Ich kann mir einfach nicht vorstellen, daß es anders sein kann – Mizi, ich werde langsam zu Grund gehen, während du dich vom Ehrgeiz und den ersten Triumphen zu einem neuen Leben begeistern wirst – Noch tausenderlei ist mir eingefallen, ich führe kein Leben mehr. Du nimmst es so leicht. Und schon Monate lang weißt du's und bist heiter. Mizi, ich kann nicht loskommen davon, daß es dich nicht gleich in meine Arme getrieben, zu einem aufrichtigen Geständnis.

.. Mizi, weißt du, wie lieb ich dich hab? – Mich schaudert, ich gehöre so ganz dein – was soll denn werden? – Mizl, ich komm', ich komm'. – Wenn irgend ein Malheur mich Donnerstag abhält – es wird ja nicht der Fall sein – so bin ich Freitag bei dir – Aber nein – ich bin ja schon bei dir, wenn der Brief kommt oder ein paar Minuten drauf – Mizi, mein süßes Mädl, du bist mein Leben, meine Welt ...

Tausend Küsse, wenn ich nur schon wieder bei dir wär! –

Arth

An die Eltern [Anfang August 1890]

Theure Eltern!
Heute früh bekam ich die l. Zeilen der Mama, u freue mich, daß ihr wohl u heiter angelangt seid.
Vor allem einige Fragen, die ich Dich, lieber Papa, zu beantworten bitte: Sollen 1. Kaposi 2. Neudörfer 50 3. Nothnagel 4. Semmola 50 Separatabdrucke bekommen? –
Soll ein kurzer Sitzungsbericht, den ich z. E. der Dtsch. medizinal Zeitung entnehme, nicht besser unter Zeitungsschau, als unter Sitzungsberichte kommen, insbesondere, wenn die Discussion nicht zu berücksichtigen, resp. zu streichen ist? –
Es ist jetzt ½4 – bisher war nur Frau Braun da (bei der ich auch gestern im Hotel National war) – und zwei Herren, die »zusammen gehörten«. Doch flohen die beiden sofort bei meinem Anblick; der eine, welcher so taub war, daß ihn sein Begleiter schreiend über meine Persönlichkeit aufklären mußte, fand es sogar noch nothwendig, ein höchst beleidigendes »Ojeh« auszustoßen, bevor er verschwand. – Einnahmen bisher = 0. Wenn das so weiter geht, so komm' ich nicht auf die Kosten Eurer Reise. –
– Schluß der Ordination. Noch zwei kamen. – Totaleinnahmen 3 fl, von denen jedoch einer bereits ungiltig sein dürfte. –
Ich küsse Euch vielmals
und bin Euer dankbarer Sohn Arthur
Von Julius lag eine Kritik über Bock frei herum; ich erinnere mich nicht, war sie schon im Blatt? – Ich fand das Manuscript.
Viele herzliche Grüße an Julius
Arth

An die Eltern Montag. [17. August 1890]

Liebste Eltern! –
Ich adressire diesen Brief für alle Fälle noch nach Interlaken –.
Die Rede von Papa bisher nicht gekommen – es sei denn, daß

sie heute Vorm. in die Druckerei gelangt ist – ich mußte schon um 10 zur Lola Beeth nach St Veith u gehe heute erst nach der Ordination (die heute wieder einmal recht schäbig ist) in die Druckerei. –
Die Einnahmen im ganzen nicht gut. Erste Woche 50, zweite 70 fl – die Ausgaben sind entschieden besser. – Sänger und Sängerinen wie Sand am Meere! –
Von Patienten außer dem Hause hatte ich bis jetzt außer Lola Beeth: Rosenberg (Vater) und Spitzer (Maison) sowie Maier (in Sievring), wo ich Samstag mit dem Hausarzt ein Consilium hatte. –
Ich habe Frank u Anker zusammen 334 fl 85 Xr gezahlt, Hajek hat die Summe vorgestreckt. –
In Wien wimmelt es jetzt von Sängern, die zum größten Theil sehr begeistert und schmierig sind, unglaubliche Hüte aufhaben und sich einbilden, sehr großartige Leute zu sein. Seit alle diese Kleinstädter da sind, wird Wien eine Großstadt. – Bitte, ein Nachtleben! – Sie sind nemlich alle so betrunken, daß sie nicht nach Haus finden; daher das Straßengewimmel bis spät in die Nacht. Nun können wir's auch wieder hundert Mal des Tages lesen, daß Wien eine deutsche Stadt ist (Tosender Beifall) – und die Phrasen vom Hort und von der Einigkeit und von der Verbrüderung u.s.w. –
– Und Ihr befindet Euch alle recht wohl? Wann kehrt Ihr wieder? Bei aller Freude, Euch bald wiederzusehen, kann ich Euch nur rathen: Beeilt Euch nicht – es geht alles seinen ruhigen Gang. Dabei ist eine wahnsinnige Hitze und wenn Ihr vor letztem August kommt, begeht Ihr eine geradezu strafbare Handlung. –
Herzliche Grüße u Küsse Euch u Julius von

Euerm dankbaren
Arthur

An Marie Glümer *Mitte September 1890*

Mein Schatz! Mein Papa verreist; muß für ihn zu Hause ordiniren – komme jedenfalls zwischen 4 und ½5 schon wieder zurück, *bitte dich also, mich zu erwarten.* Mizi, ich bin verzweifelt, trostlos, gar nicht ruhig. Du wirst es mir verzeihn. Laß mich aufrichtig mit dir sein. Ich weiß, bin davon überzeugt wie von meinem Leben, daß du ehrlich und treu bist und mit den besten Vorsätzen von mir gehst. Aber stark bist du nicht, und das ist fürchterlich traurig. Von der Tiefe deiner Liebe bin ich überzeugt, von ihrer Ewigkeit nicht. Es ist immer dasselbe, was mich anstarrt: sie hat sich schon geirrt – Sie hat schon geweint – hat einem andern mit den selben süßen Augen gesagt ... »Wir zwei« – hat schon gemeint, sie liebt für die Ewigkeit.– Da kannst du mir nun erwidern, was du willst und im besten Glauben – es ist nicht zu ändern – und daß diese fixe Idee mich zwar nicht verrückt machen wird (ich werde leider nicht verrückt!) aber mit der Zeit geistig vollkommen zu Grunde richten, das ist mir, je mehr ich in dir das einzige Ziel, das ganze Schicksal meines Lebens erblicke, immer klarer geworden. Es sind Gedanken, die ich nicht verscheuchen kann, weil es unwidersprechliche Wahrheiten sind. Nun hat ja deine Gegenwart eine wundersame Kraft, und mir ist zuweilen bei dir so leicht, so glücklich! Aber ich bin vernichtet, kaum daß du weg bist, und sehe dich dann, wenn wir nicht mehr beisammen sind, im Geist fröhlich sein, dich [1 Wort unleserlich], lachen, die unerhörte Grausamkeit unsrer – nein, eigentlich meiner Lage nicht fassend. Und wohin gehst du! – Es ist nicht auszudenken, und jede Sekunde während du dort bist, wird für mich höllisch sein. Wer weiß, was dir noch beschieden, mein Kind? Du kannst es ja gar nicht wissen. Wenn auch das infame ausbleibt, weil du eine im Grund sehr edle Natur bist, – wird nicht vielleicht das traurige, aber natürliche kommen – Erwidre nichts, denn ich müßte dir wieder sagen: Du hast dich schon geirrt. – Gleichungen, in die sich ein Fehler eingeschlichen, kann man wieder von vorn anfangen – ein Leben nicht. Es sind nicht die Vorurtheile, wie ich dir schon hundertmal gesagt, derentwegen ich dich so unmenschlich quäle; nein, es ist mein unaufhörlicher unerträglicher Schmerz, der in mir immer weiter frißt, statt zu heilen – Du kennst ja meinen täglich neu gefaßten Vorsatz, diese Dinge nicht zu berühren – aber sie ersticken mich . . . ich führe ein Leben, glaub' es mir, ärger als du's je ahnen kannst. Insbesondre auch, weil ich zuweilen fühle, wie du mich misverstehst. Auch andre Gründe noch. So hab ich manchmal den Eindruck, den nicht zu verwischenden, zudringlich, zum krank werden, daß aus irgend einem Winkel des Auges ein andres Mädel herausschaut, die nicht mir gehört, die sich nach irgend was anderm sehnt, die in ein andres Leben möchte, die leichtsinnig, lügenhaft, unverbesserlich ist – und dieses Mädel hör ich auch manchmal lachen, manchmal ist es in irgend einer Bewegung da, von der meine Mizi gar nichts weiß – Und wer beweist mir, daß nicht auch dieses Mädel in dir steckt – daß es Sachen gibt, aus denen es sogar ganz unwiderleglich hervorgeht – erinnerst du dich wohl –   Aber ich will es nicht, ich will es nun einmal nicht. Und dieses verdammte Stück *Typus*, das in irgend einer Ecke deiner schönen *Individualität* lauert – geht mit dir weg. Es ist da, Mizi, ich weiß es, es verräth sich zuweilen, und ich schaue in jeden Winkel deiner Seele mit gierigen Augen, denen nichts entgeht. – Und darum zittre ich. Von äußerlichen Sachen ganz abgesehen, die du ja gar nicht voraus berechnen kannst – Um Himmelswillen, von dir belogen zu werden! *Hintergangen!* – –

Meine Gedanken gehn mir schon wieder durch, mir schnürt es die Kehle zusammen – Ich schaudre – und denk doch dabei: Alles, alles schon dagewesen! – Und doch, ich habe die bestimmte Empfindung, wäre es in *dem* Falle schauerlicher als in jedem andern. . . . . –

Das, Mizi, meine Existenz. Unter all dem ist nichts, was wegzuräumen wäre. Die Thatsachen, daß du schon unbewußt geirrt und bewußt gelogen hast, kannst du nicht wegräumen, und daß, wer einmal oder zweimal irrte, noch einmal und wer hundertmal log, noch einmal lügen kann, wirst du auch nicht bestreiten – Komm' mir nur nicht mit der Backfischweisheit: Wenn du *so* von mir denkst, so kannst du mich nicht lieben. Denn ich wiederhole dir – ich denke absolut gut von dir – halte dich für ein Wesen mit den besten Vorsätzen, weiß auch, daß du den innigsten Wunsch hast, mich wirklich glücklich zu machen. Es ist auch wahrhaftig mein unglückseliges Naturell eher schuld, daß es dir nicht vollkommen gelingt, wie alles andre.– Ich will nicht kleinlich sein, ich will dir grad heraus sagen – Ich verliere den Verstand aus Angst dich zu verlieren und aus der vielleicht wahnwitzigen Idee, daß du mich nie so lieben kannst wie ich dich. Jetzt zeigt es sich – denn du kannst dich nicht besser beherrschen als ich – sondern du bist ganz einfach ruhiger. – Weil du mir vertraust, sagst du! –

– Ach, wie lange noch möcht' ich dir weiterschreiben, werde ja doch nicht fertig, nie, nie! – Es ist ein Kreis, aus dem ich nicht komme. – Und nun muß ich nach Haus, in das gewöhnliche Leben, wo es mir so gut geht. Werde essen, trinken, reden, ordiniren, die Leute anhören – und dabei fließen die Minuten – Mizi, ich halt's nicht aus, meine fixen Ideen zerrütten mein Hirn und mein Herz. Rette mich doch, ich bin nichts mehr, will nichts mehr, – deine Liebe – so wie ich sie träume! –
Warte, ich komme gleich!

[Ohne Unterschrift]

An Marie Glümer [September 1890]

Woher kommt die Idee, zum Theater zu gehen?
Wie hat sich der Widerwillen gegen G. entwickelt? Schon vor der Bekanntschaft mit F? Hat G. dich besessen, als du F. schon kanntest?
Wieso hast du über den Haushalt F.s mit diesem reden kön-

nen, nachdem deine letzten Worte an ihn: Schuft! Schuft! waren.
Wieso hat er dich noch einen Tag vor dem Abschied besessen, wo du schon wußtest, er sei verlobt?
Warum hast du mir jenen Mittwoch gesagt: Solang darfst du nicht mehr wegbleiben. Ich stürb'!
Warum hast du gesagt: Ich geh nicht weg, ich bleibe bei dir?
Warum? Jetzt in Wien werden die Kämpfe angehn – nachdem doch der Kampf schon entschieden war.

An Olga Waissnix [Salzburg,] *Sept. 90*

Ja, verehrteste gnädige Frau, wie Sie schon aus dem Poststempel ersehen haben, in Salzburg bin ich, und in diesem Augenblicke sitze ich in meinem Zimmer im Österreichischen Hof; zu meinen Füßen rauscht die Salzach, gegenüber ragt der Mönchsberg in die Luft, und die Häuser der Altstadt drücken sich affectirt an den Felsen. Denn Sie wissen ja, auch die Städte posiren. Oder ist das etwas krankhaftes in mir, daß ich in der letzten Zeit in allem auch in dem seelenlosen, – in der Natur, in Werken von Menschenhand die Absicht wahrzunehmen glaube und verstimmt werde? Ich habe selten noch das reine Empfinden: Oh die schöne Mondnacht – oh der herrliche Wasserfall – nein, bei mir geht folgendes vor: – Natürlich, die gewisse Mondnacht – natürlich, der gewisse Wasserfall. – Ihnen sag ich das, weil ich so gut weiß, daß Sie sich da hineindenken können ... Und wenn Abends die Glocken klingen, die gewisse Abendstimmung kommt, da werd ich nervös und murmle .. ja ja .. ich weiß schon, ich weiß schon! –
Es ist positiv eine Art Krankheit, an der ich leide; generell gehört sie zu derselben an der Menschen laboriren, die in jedem Gesicht den Totenkopf sehen. – In diesem sonderbaren Zustand meines Innern liegt auch ein erheblicher Mangel meiner Arbeitsfähigkeit begründet. – Die Inspiration kommt und rauscht über mich. Solang sie mächtig genug ist, überwallt sie

alles, und diese miserable Zwangsvorstellung, mit der ich aus allem das typische herausfassen muß, was ja natürlich vernichtend ist, ist unterdrückt. Kaum aber wird sie etwas schwächer (die Inspiration nemlich), so bin ich auch schon fertig, und so, zu einer Zeit, wo andre erst in das richtige Schreiben hinein kämen, bin ich gelähmt, fertig – vollkommen! – Obwohl nun gewiß all dies zum Theile Anlage ist – eine Mitveranlassung ist doch dieses zersplitterte Leben, zu dem ich gezwungen bin – Wem soll ich das klagen als Ihnen? Andere verstehn's doch nicht. Und bis Sie mir sagen: Ja, ich verstehe Sie, vergeht immer eine Zeit – ach ja, eine Zeit so lang, bis eben ein Brief wieder beantwortet wird, das ist ein Elend, wahrhaftig. –

Ich mache hier Ausflüge, sonst nichts; das Wetter ist schön, Leute gibts schon wenige; Herbst. Ich bleibe hier, weil es mir unbequem ist, mein Gepäck mitzuschleppen. Wenn Sie also liebenswürdig sind und mir schreiben, bitte hieher, Österreichischer Hof. – Womöglich bald. Wer ist noch draußen? Dora? Gabs irgend was neues? Was thun Sie? Was wollen Sie? – Ich erwarte mit Sehnsucht ein paar Zeilen von Ihnen als Ihr

allezeit getreuer
Arth

An Marie Glümer *6/10 90*

Mein geliebter Schatz – An meinem Schreibtisch, in dem todten, einsamen Zimmer! Mizi, ich fass' es nicht, ich kann es noch nicht fassen! Wir sind nicht beieinander – du bist heute Vormittag in die Probe gegangen, spielst heute Abend, und ich bin in den Straßen herumgegangen, bin jetzt in meiner Wohnung – Ich kann nichts ansehen, ich habe eine Empfindung der Oedigkeit u Leere, die mich halb wahnsinnig macht. – Ich denke, wie du heute vor fünf Wochen früh und Abend bei mir warst – ich denke, wie ich in fieberischer Erwartung von einem Zimmer ins andre gegangen bin – immer gehorcht habe, ob ich deinen Schritt auf der Stiege vernehme. Und wie ich dann, wenn ichs nimmer ausgehalten hab', hinuntergerannt bin, dir entgegen – und wie du zu mir gekommen bist u wir uns in die Arme gesunken sind – Und wie wir uns Tag für Tag gesehen haben! Und wie jeder Tag einen Sinn gehabt hat! Wie ich gewußt hab, Abends seh ich sie, sie! Ich bin rathlos, fassungslos, sehe einer fürchterlichen Zeit entgegen – die Ueberlegung – es kommen bessere Tage – hilft nichts – jeder Winkel, jeder Sessel, die Wand, ach Gott alles alles spricht von dir – überall warst du, auf jedem Fleck haben wir uns geküsst und sind selig gewesen – ich muß weinen, ununterbrochen weinen. Mein Schmerz ist grenzenlos. Und was machst du jetzt? – Getröstet? Packst jetzt die Sachen für Abend ein, wirst dich schminken, in den Spiegel schaun, ob du hübsch genug bist. – Der Weg zur Bahn heut Nacht! Ich hab getaumelt – Und dann dort! Karte lösen, ins Coupé sich hinhauen auf die Sitze. Ich habe geschlafen. Immer aus dem Geräusch herausgehört – wie sonderbar – »ich taug' ihm, ich taug ihm!« – In der Früh die Neulengbacher Gegend! Ein neuer Schmerz, mir war, als müßt ich zusammenbrechen! Und dann – Wien – und ich war »daheim«. Nein, aus ists damit. Ich habe kein Heim mehr – Verloren, allein bin ich – was sollen mir alle diese Tage ohne dich! – Und ich kann auch nicht vor dein Fenster, kein Brief herunter – Und wenn ich denk »heut Abend« – so fühl ich einen Druck auf dem Herzen – schauerlich – Sobald ich den Brief da geschlossen, renn' ich auf u davon. In dem Zimmer halt' ichs unmöglich aus. Oh, du bist ruhiger, ich weiß es ja – Fühlst du auch, daß ich immer, immer bei dir bin? – Mizi, es ist zu hart, zu hart. – Mir fehlen die Worte, kann nicht weiter – Eine Sehnsucht nach dir, die mich erdrückt, die mir den Athem benimmt – als müßte, müßte ich dich heute noch sehn. Kann's dir nicht so sagen – Mizi, schreiben – schreiben! – d.h. nur wenn es dich im Innersten dazu drängt, – auch im kleinsten nicht die Spur einer Unwahrheit!

– Ich zittre davor – mein halbes Glück hat sie mich schon gekostet. – Wenn du mir böse wegen der Quälereien aller Art, mir ruhig sagen. Aber, bitt' dich! wissen, daß ich dich namenlos liebe – keinen andern Gedanken hab' als dich! – Warum solltest du mich denn nicht lieben können, wie ich dich! – Sag mir nicht, ich soll ruhig sein – unmöglich! – du bist nicht da, du, du, du! Deine Stimme, deine Stimme! ich muß sie hören! Soviele andre werden sie heut hören! – Und angaffen werden sie dich! – Und ich – dem alles das gehört, für den es nichts mehr gibt auf der Welt als mein einziges Mädl – trotte da herum – Und kann dir nicht alles sagen, weil man das nicht alles sagen kann – Alles in einem Wort: die Schmerzen und die Sehnsucht – und die plötzlichen Anfälle von Angst – und alles das böse – und alles süße – Und andre – die sich mit mir erinnern –!
Kann ich das ertragen? Ist das möglich? Und heute Abend spielt sie – ! – Und während sie das liest – was sie dabei denkt – ich weiß es nicht – kann es nie u nimmer wissen! – Am Ende nur: »schon wieder« – und fühlt alles das entsetzliche nicht mit, was in mir vorgeht –
Fremd? – Nein! – Eins! Laß es mich doch endlich glauben – ich verliere wieder allen Boden unter den Füßen – Mizi – nur die Spur einer Unwahrheit, u alles sinkt zusammen.
Dein – für ewig! – für ewig! weißt du?

An Marie Glümer Dinstag. *7/10 90*

Mein geliebter Engel, wie unfaßbar hat sich unser Leben verändert – ich finde mich nicht darein. Die Stille meines Zimmers umgibt mich mit einer traurigen Dumpfheit, vor der ich schaudere – Keinen Augenblick werd' ich das schwere, drückende Gefühl los – Ich bin allein, allein. Ach ja, ein schönes Wort, du umschwebst mich immer. Was um mich schwebt, sind trübe Ahnungen, ein quälender, unaufhörlicher Schmerz . . . denkt sie *jetzt* an mich . . und jetzt – und jetzt – ? – Und so wie ich an sie? Und wenn sie es in ihren Briefen sagt – ist es so? – Und wenn sie es selber glaubt – kann es denn überhaupt so sein – ? Und wenn es so ist – *wird* es auch so sein – ? Und wenn es auch so sein wird – wird endlich die Seligkeit des Vertrauens sich in mich ergießen? – Und ich sitze da, sollte irgend etwas ergreifen, um mich über dieses ewige unfruchtbare Grübeln hinwegzubringen – und ich kann nicht. Mein Auge fliegt über Seiten, die ich nicht verstehe; und meine Gedanken, wenn ich ihnen eine andre Richtung geben will, kehren eigensinnig wieder in ihren ewigen Kreis zurück. Gibt es eine Liebe, die alles wieder gut macht? – Und wenn es eine gibt, ist es die ihre auch wirklich? – Und ich sehe dich vor mir – mit Leuten reden, unter die du nicht gehörst (oder bild' ich mir's nur ein?) – unaufhörlich, mit jedem Wort, das du lernst, um es auf der Bühne zu sprechen – mit jedem Wort, das du da oben sprichst – nimmt man dich mir – und jeder Gedanke: Wie werd' ich aussehn? Wie zieh ich mich an? – Wie werd' ich gefallen – entfernt dich von mir – ob du willst oder nicht. – – Genau, bitte, schreib mir, was vorgeht. – Alles, alles! – Wie wars, als du Zuschauerin warst? – Welches Stück? – Hast du irgend wen kennen gelernt? – Neue Rollen bekommen? – Was stand im Brief deiner Schwester? – Warum bist du gestern bis Mittag gelegen? – Wie reden die »Collegen« u »Colleginen« mit dir? – Werdet ihr ausziehn? – Wie verbringst du Tag für Tag? – Um wieviel Uhr gehst du schlafen? – Wie war das Blitzmädel? – Bitte jeden Theaterzettel, wenn du spielst, schikken – *bestimmt!* – Aufrichtig sein, absolut! – Mir *jede* Frage beantworten! – Mir aber *nur* schreiben, wenn es dich dazu drängt! Nicht: »Ich muß ihm heut noch schreiben .. hab' aber keine rechte Lust, bin zu müd ..« Dann lieber nicht schreiben. Ich merk' es sofort, weißt du? – –

Wie ich ankam, alles sich sehr gefreut. – Keine Ahnung, warum ich dort war! – Am Morgen des Sonntag bei M.s – Man betrachtete sie als eine Sterbende – alles weinte. – Und noch während ich dort war, Umschwung; heute geht es ihr viel

besser, ausgesprochene Hoffnung. – Auf der Pol. der alte Trott, bringt mich um. Das Aufwachen mit dem Ausblick auf den leeren Tag – entsetzlich. Der Nachmittag mit dem Ausblick auf den Abend zum toll werden. Der Abend selbst – vernichtet. Die Stunden, wo ich dich sah! – Allein, verloren, weiß nicht, wohin, weiß nicht, warum ich überhaupt da bin. Zu nichts Lust, vor Leuten förmlich Angst. – Und vor dem Schlafengehen kann ich nicht vor dein Fenster, nein, kann im Kaffeehaus sitzen und die Zeitung rasch vors Gesicht nehmen, damit man nicht sieht, wenn ich weine! – Und alle Qualen erstehen tausendfältig wieder, die neuen und die alten! –
Tausend Küsse, mein geliebtes Mädl von Deinem einsamen

Arthur

An Marie Glümer *12/10 90*

Mein geliebtes Mädel, Sonntag früh ists jetzt – einer jener Sonntage, wo ich noch vor wenig Wochen dich erwarten konnte, wo du dann (um ein bis zwei Stunden verspätet) mit all deiner Süßigkeit, mein liebes, angebetetes Mädel erschienst und wir glücklich waren – Heut weiß ich sicher, daß draußen die Klingel nicht schellen wird – mein Zimmer bleibt todt, wie es war – Und ich kann hundert Mal zum Guckerl gehn und auf die Tritte hören, die von der Treppe kommen – und ich kann hinunter, dir entgegenlaufen – vergebens! Mizi – schrecklich ist das! unsagbar. Alles, was das Leben schön machte weg! – Daß diese Zeit, vor der ich gezittert, nun wirklich da, ist kaum zu begreifen. Und wenn wir einmal – getrau ich mirs denn wirklich zu hoffen,
Wurde hier unterbrochen; mein Papa holte mich zu einem Patienten, den ich behandeln soll. – Nun wieder zurück, schreib ich weiter und finde deinen Brief, mein armes süßes Mädl. – Wie ich zu Ende war, bin ich vorm Sopha gelegen u hab geheult – Warum denn, um Himmelswillen, müssen wir zwei denn so unglücklich sein. Sag aufrichtig, wie denkst du dirs weiter?

Schau, acht Tage sind's – hältst du es wirklich für so leicht noch fünfundzwanzig Mal solche acht Tage zu erleben! – Und dann, dann – ! – Und du magst deine theatrale Existenz noch so hassen – der Haß ist im Augenblick des Spiels nicht aufrecht zu erhalten – Gestern Abend bei Rosenbergs gewesen. Allein anfangs dort gewesen; niemand im Salon. Ich setzte mich zum Clavier, allein, spielte – mußte plötzlich aufhören – dachte dich auf der Bühne. – Auf den Balkon hinaus, es war warm, unten die Giselastraße in Abendbeleuchtung. Dort die Stelle, wo ich dir nachkam – »Douzzi, aber gleich« – Herrgott, war mir weh ums Herz – und ich sehe immerfort solche Stellen – alles schimmert noch von dir. – Oh, warum – nein, nein! – –
Bin neugierig auf die gestrige Vorstellung. Warum schreibst du nichts von deinen Partnern. Wer ist »Er« – In allen Stükken. Auch die Zettel will ich haben. Und alles genau wissen. Und was, und mit wem sprichst du außerbühnlich? Und zieht ihr aus? Was schrieb deine Schwester? – Willst du mir nicht endlich diese Fragen beantworten? – – Mizi, ich bin einfach hin, weiß nicht, wie ichs weiter ertragen soll. – Werde es natürlich doch ertragen – du auch – wie roh sind wir! – Wenn ich nur wüßte, daß du *so* an mich denkst wie ich an dich. Aber es ist ja unmöglich. – Wirst du wahr sein, in allen Dingen? Mizi, ich hab dich ja so lieb – du weißt ja – alles, alles Liebe! – Fühlst dus denn nicht? – Ich küsse – küsse – küsse dich! Mein Engel, mein süßer, meine ganze Welt, mein Alles!

An Marie Glümer Sonntag Nachts. *27/10 90*

Mein Schatz, ich bin heut Abends zu den Meistersingern gegangen und hoffte, daß mich die Musik ein wenig von meiner schrecklichen Aufregung befreien werde. Im ersten Akt gings mir auch wirklich besser – aber am Schluß des zweiten ertappte ich mich, daß ich den ganzen Akt hindurch auf die Bühne gestarrt hatte, ohne zu sehen und zu hören – Ich hatte nur immer ein Bild vor Augen: dich im Nachtgewand als Alma auf der Bühne. – Und das Gesicht weinend auf Roberts Knien. – Nun, es ist geschehn, und es gibt wieder ein Ding mehr, das nicht gut zu machen ist. – Wozu aber noch die Worte, die du nicht aufrichtig meinst – Du schreibst: Welch ein Pech, daß es gerade in der Rolle so gut ging – Wieso Pech? – Du hast es ja nicht als Pech empfunden, dein ganzer Brief ist ja nur Jubel über den Erfolg. Ich begreife ja, keine wär anders, und es ist ja ein stolzes Gefühl, glänzend gespielt zu haben. Es ist nur auffallend, daß dies gerade deine beste Rolle ist. Offenbar war noch genug von der »früheren« »hinausgeflogenen« Seele übrig. . Mit deiner »jetzigen«, die mich liebt, und die ich liebe – wäre dir das wohl unmöglich gewesen – Wann ist das Stück wieder? – Samstag oder Sonntag hoffentlich? – An einem dieser Tage möcht ich kommen (es sind zwei Feiertage) um dich einmal so auf der Bühne zu sehn. – Ich habe bereits urgirt, daß G. an Fr. wegen Berichten schreibt –

Wer hat dir eine große Zukunft profezeiht? – Wer war »ganz weg«? Bei welchen Stellen war Applaus? – Wie hast du gesungen? – Hast du wieder für mich gespielt? – Oder hast du nicht eher diesmal eine gewisse Freude gehabt, daß ich nicht im Parket sitze? – Antworten, aufrichtig! – Ich wünsche ganz genau zu wissen, was dir jeder gesagt hat. Was war bei den Proben? – Keine Briefe bekommen? –

Mizi, ich fasse es nicht, ich fasse es nicht! – Die Rolle, die eine Biederm. nicht spielen durfte – hast du gespielt – mein Mädl, die mein Lebensglück, mein Schicksal bedeuten soll – – Und während ich Meilen weit weg bin, sie meine Seelenqualen ahnt, hüpft sie vergnügt als naive Verdorbene auf die Bühne und erringt einen Riesenerfolg und ist glücklich – Und du hast so gut gewußt, daß ich darüber hin sein werde und deine Ausrufe ich hab dich siegen gemacht, und nur weil du an mich gedacht hast (!!!) hast du die Rolle gut gespielt – und »daraus« siehst du was für ein Gott ich bin – mit denen übertönst du nicht, was eigentlich in dir vorgeht! – In dir sagt dir

nemlich irgend etwas ganz deutlich . . . Es war nicht gut – und ich wußte, daß es ihm weh thun wird – und er hat Recht – Irgend einem oberflächlichen könnt ich ungerecht vorkommen – dir vielleicht selbst, wenn dich deine Triumphe verblendet haben – oder wenn dir dein »Beruf« mehr ist wie deine Liebe – und, was ich dulde, könnte selbst eine Ungerechtigkeit verzeihlich machen – aber – und du weißt es – ich habe recht mit allem, was ich sage – – Eine fertige Künstlerin kann sehr fremdartiges gestalten. Eine Anfängerin spielt immer ein bischen sich selbst – und wenn eine Anfängerin ein Fräulein Alma am besten spielt – so muß noch etwas davon in ihr stecken. –
Und jetzt soll ich mich hinlegen und schlafen – Es ist drei Uhr, ich hab noch kein Aug zugethan. Ich bitte dich, ganz aufrichtig zu sein – du siehst, ich bin es vollkommen, und wenn du findest, daß ich dich mit meiner Liebe zu sehr quäle – schreib's – Wenn du aber all dies nicht vollkommen verstehst – so sei auch ehrlich genug, es zu sagen – wenn ich dich unglücklich mache – auch mir schreiben – Wenn du etwas wie *Zorn* gegen mich fühlst – auch schreiben. – Ich glaube aber – ich hab nur einen argen Fehler: ich hab dich zu lieb. – Soll ich mir'n abgewöhnen? – Gute Nacht . . – Wann wirst du endlich ganz wahr sein! – Und wie kann es je besser werden – ! – Gute Nacht, gute Nacht. Sehnst du dich denn überhaupt noch nach mir? –

Montag [27. Oktober]

Es ist einfach unerhört. Ein Schauspieler, u noch dazu *der* in der Wohnung. Ich dulde es nicht – nun ist es geschehn. Hast mich nicht gefragt – *es muß sein.* So – so. Gut. – Wie du willst. Und du findest das noch selbstverständlich – Was soll noch alles kommen? – Ich lebe nicht mehr, ich bin einfach rasend. Thust es einfach ab damit: es muß sein, die Rolle sonst nicht gegangen – bisher immer! – Verlangst von mir, ich soll derlei Sachen mit kaltem Blute anhören. Du weißt, daß ich über diese

Eröffnung den Verstand verlieren muß – mußt doch thun, was du nicht lassen kannst. Es war *keine Notwendigkeit,* daß er kam, ich schwöre es dir. Und du erwähnst es noch als etwas besondres, daß du mir »alles sagst« – Und verlangst, daß ich »derlei Sachen« mit kaltem Blut anhöre u dir nicht die Schmach anthu, davon zu sprechen. – Nun, ich ertrage *derlei Sachen* absolut nicht – du wirst eben aufrichtig sein wie immer, und wenn ein nächstes Mal das vorkommt, so werd ich wissen, was zu thun. Lächerlich, mein Kind, werd ich nicht, das schwör ich dir heilig. Wenn du aber etwas verschweigst in der Art, dann, erklär ich dir, bist du das niedrigste von allen existirenden Wesen. Hast *du* E. gebeten, daß er kommt? – Wann ging er weg, was sagte er? –

– Ich kann nicht mehr, mir brennt der Kopf, ich bin ein Elender, daß ich diese Existenz noch ertrage – Hast du mich verstanden? – Was würdest du von einer Collegin sagen, zu der er hinaufkäme – Im übrigen wie du willst. Ich zwinge dich ja nicht. Du weißt nur, solang du *mein* sein willst, duld ich nicht, daß die Spur eines Schattens auf dich fallen könnte. Was nicht zu vermeiden – ich muß es tragen – solch Dinge *nicht.* Ich hasse dich, du bist unverbesserlich. Es wird den infamen blöden Verlauf nehmen, wie natürlich. Oh nicht *du* bist unverbesserlich, du bist wie du bist. – Ich nur ein Narr mit meinen dummen Träumereien. – Und ich soll über die Treppen gehn, wo einer hinaufging, sicher mit dem Gedanken »da wird sich was machen lassen«. – Herr Gott – ich halt's nicht aus, und du wirst diesen Brief lesen, starr, ohne Verständnis, dir einfach denken: »Nein, wie übertrieben« Mizi, ich sag dirs, ich halts nicht aus, unmöglich, es kostet mich den Verstand, alles, alles zusammen, nicht dieses eine. Das wichtigste ist: du wußtest, daß es mich krank machen muß. – In dem Zimmer, wo *ich* die Rolle mit dir durchnahm! – Herzlos, wie die andern, bist du – Was noch? – Ich meine, im Theater, das Repertoire. Pressen sie dich und küssen sie dir fleißig Stirn u Wangen, die »Tische und Bänke« –

– Du siehst, es ist wie es war. –
– Interessant, daß du nicht willst, ich soll zur »Ehre« hinein. Oh ja, ich werde hineingehen; ich muß mein Elend zu Ende trinken.

Oh ich weiß, all das sehr unpolitisch, sollte den Kühlen spielen, über der Sache.
– Im übrigen, wann endlich zieht ihr aus? Bitte nicht misverstehn! Nicht eifersüchtig auf E. Nur: sie weiß, daß ichs nicht will, schreibt es verspätet, u thut es doch. Im übrigen – du kannst aller dieser Qualen los sein; sag nur: »Ich füge mich nicht« – und die alte Seele kann wieder hineinfliegen in dich. – Weißt du, Mizi, das schreckliche, er wird glauben, daß er wiederkommen darf, und was für Gründe wirst du ein nächstes Mal angeben, ihm oder einem andern, daß in deinem Zimmer keine Herrenbesuche empfangen werden? – Und was habt ihr denn außer den Rollen gesprochen – da er um 5 kam und dein Brief erst nach 8 aufgegeben (10 Uhr Bahnhof –) – Noch einmal: nicht misverstehn: Ich will einfach Klarheit haben; diese Achtung bist du mir schuldig, glaub ich. – Und keine Spur von Verdacht ist das, ich *schwör es dir*, noch einmal: ich stehe nur entsetzt da, daß du ruhig etwas thun konntest, wovon du weißt, daß es mich quälen wird. Denn du hast's gewußt. –
– – Ich bin ganz ruhig jetzt – Ich weiß, daß ich mit allem, was ich schreibe, vollkommen im Recht bin. Du wußtest, daß ich dirs verboten hätte und hast es gethan. Nicht wegen des einen Mals; aber was für Rechte sich für das ganze Volk draus ergeben. Und wenn du *allein* in S. wärst? – Auch dann hätte er kommen dürfen? –
– Ueberlegen, was ich dir schrieb. – Ich sage dir nur – meine Fähigkeit Martern zu ertragen, hat ihre Grenze. Ich habe vielleicht eine erhöhte Empfindlichkeit – aber du vergißt, was du mir bist. Kind, das, was ich jetzt führe, das ist kein Leben mehr. Nein. Und ich hab ein Recht zu existiren wie andre Menschen. Wenn du nicht erfüllen kannst, was ich von dir

verlange, sag's. – Wahrheit will ich, nichts andres. – Leb wohl; ich beschwöre dich, sei wahr! Ich kann ja nur dich auf den Knien drum bitten! –

An Olga Waissnix [14. November 1890]

Verehrteste gnädige Frau, das ist wirklich schrecklich mit diesen ewigen Misverständnissen in einem Briefwechsel; – Sie haben neulich einmal eine Stelle aus Bourget darauf bezüglich citirt, eine köstliche, wahre Stelle. Mein Corrigiren Ihres Gedächtnisses war absolut nicht übel gemeint – Sie wissen, daß ich Ihnen das Gegentheil ebenso aufrichtig gestehen möchte – ich hielt den Mann eben für Grünfeld – glaubte sogar sein Organ zu erkennen. Dann – ich bin ununterbrochen aufrichtig – war ich riesig, aber riesig ärgerlich, daß der Wagen nicht hielt; ich lief mir den Athem aus, konnte schließlich nicht weiter. Es war zur fixen Idee in mir geworden, Sie den selben Abend noch zu sprechen – denken Sie sich doch gefl. da hinein. Darf ich wieder mit einigem heraus, was ich noch gegen Sie auf dem Herzen habe? – Ein paar Worte über's Flirten u Streben. – In Beziehung aufs letztere misverstehen Sie mich vielfach. Sie schrieben mir vor nicht langer Zeit einmal, und zwar in einem Zusammenhang, als wollten Sie damit eine Abgewöhnung der Streberei andeuten, daß Sie sich schäbig angezogen hätten und auf dem Omnibus gefahren wären. Gnädige Frau – ziehen Sie sich die schönsten Kleider von der Welt an (Sie thun es ja sowieso mehrstentheils) – fahren Sie im feschesten Fiaker unsrer Residenz herum – beides würde zu den Dingen gehören, die mir gefallen. Das ist ja keine Streberei. – Aber sich geschmeichelt fühlen, wenn eine hohe Persönlichkeit mit Ihnen spricht, oder eine Art Hochgefühl empfinden, wenn man bei einem Grafen eingeladen ist – oder sich vor irgendwem schämen, weil man mit irgendjemandem verkehrt, dessen Verkehr von irgendwem urtheilslosen (bitte es sind nur drei »irgend«) als mesquin angesehn wird, oder überhaupt nur wünschen, unter gewisse Leute zu kommen, die gesellschaftlich über Ihnen stehen, welche aber von Ihnen intellectuell himmelhoch überragt werden – das paßt mir nicht in das Bild einer hochstehenden Frau wie Sie. – Es ist merkwürdig, wie sehr mich das bei Ihnen stört. Ich vertrage nicht, daß Sie mir klein vorkommen. Bitt Sie, gnädige Frau, gewöhnen Sie sich das ab; es steckt ja nicht in Ihnen; es ist Ihnen angeflogen. Und das Flirten! – Was ist es denn? – Entweder, nicht wahr, Sie flirten mit unbedeutenden oder mit bedeutenden (entschuldigen Sie das Systematische, es verhilft zur Klarheit und Kürze). Flirten Sie mit mittelmäßigen, so heißt das: Sie spielen mit Leuten, über die zu triumphiren für Sie doch nichts sehr schmeichelhaftes haben kann. – Flirten Sie mit bedeutenden, so thun Sie etwas entschieden unwürdiges; denn wie dürfen Sie Menschen den Kopf verdrehen, die denselben zu etwas besserm brauchen, wie nur um Ihre Streberei und Eitelkeit zu befriedigen? – Flirten ohne daß man dabei, wie der schöne Ausdruck lautet, »an etwas schlechtes denkt«, ist schließlich nur eine zugleich perverse und perfide Äußerung der Sinnlichkeit. Meiner unmaßgeblichen Meinung nach hat diese Letztere schönere und, so paradox das klingt, reinere Aufgaben zu erfüllen. – Im übrigen – Theorien! – Wie man sich selber nie klar ist über das alte, das neben neuem in unserm Gemüt aufgehäuft ist – wie wir sozusagen noch mit den Lippen unsrer Ureltern lächeln und mit den Augen unsrer Ahnen weinen – das hab ich heut an mir selbst erfahren. Unter uns nemlich: die Menschheit ist mir gleichgiltig, eigentlich sogar antipathisch. Und glauben Sie, wie ich heute von Koch's großartiger Entdeckung in der Zeitung las – daß mir die Thränen in die Augen kamen, daß ich mühselig ein gerührtes Schluchzen unterdrückte? – Ich prüfte mich sofort und glaubte schon zu entdecken: Aha! die Größe dieses einzelnen hat Dich so mächtig gepackt – Aber nein; ich spürte näher nach und in einem letzten Winkel meiner Seele gewahrte ich die alte blödsinnige Fee Menschenliebe – und die Menschheit,

ja, diese ekelhafte, langweilige und brutale Menschheit war es, für die es plötzlich in meinem Herzen gepocht und in meinem Hirn gezuckt hatte. – Und wir wollen anders und neu und frei sein! –
Vielwerte, gnädige Frau, werden Sie mir bald wieder schreiben? – Bei Dora war ich gestern; sie ist wirklich eine charmeuse. (Etymologische Randbemerkung: Kommt Scharmützel daher?) – À propos, ich arbeite an einem neuen Stück. (»Montag fang' ich an.«) Aber ich möchte gern bis Mittag im Bett bleiben können und, einige Zeit, absolut ungestört sein. Ich habe die Empfindung, wenn ich jetzt auf zwei, drei Monate an eine Küste gehn könnte, wo es Sommer ist und wo es keinen Berufszwang gibt – daß ich da mit einem fertigen und noch dazu dreiaktigem Schauspiel zurückkäme. Nur, leider – es wird darin sehr viel geliebt und verschwindend wenig geheiratet. Im übrigen, um wieder zu uns zweien zurückzukehren – zanken wir uns doch nicht immer, es ist ja zu dumm. Die alte Geschichte: Zwei Menschenkinder, die so recht das Talent hätten, sich gegen einander auszusprechen, ruiniren sich dieses zweifellos große Vergnügen stets in leichtsinniger Weise – sc. wenn es Mann und Weib sind. Daß mir über diesen Erfahrungssatz eine Fülle der philosophischesten Erklärungsversuche auf der Zunge liegen, brauch ich Ihnen kaum zu versichern. Doch will ich nicht länger durch kühle Aphorismen meine warme Intuition aneisen lassen. Auch so eine Lüge von der Starrheit und Wohltätigkeit des Gefrorenen (wobei ich an den Nordpol und nicht an Demel zu denken bitte) für unsre Seele. – Zwischen den Eisblöcken wird der Nachen zerdrückt, ganz jämmerlich; und auf dem lauen Meere ruhig dahin getragen. – Falscher Vergleich übrigens; es gibt ja absolut ruhige Eisblöcke und stürmisches Meer. – Aber eben dies Eis ist gefährlich, das auf einem lebendigen bewegten Meer schwimmt! – . . So, ich bin schon wieder gut. Entschuldigen Sie die Paradoxe. Sie entstehen immer, wenn die Ideen Fieber bekommen. – Sie sind Paroxysmen der Wahrheiten. –

Kann ich denn heut nicht aufhören? Leben Sie wohl – Schluß. – Aber vorher noch viele, viele herzliche Grüße von Ihrem »ge«treuen Kameraden

An Marie Glümer [18.] *11. 90*

Ich überlese deinen letzten Brief noch einmal, das dritte, vierte, fünfte Mal – es ist doch eigentlich unglaublich! – das mein braves, wahrhaft liebendes Mädl?– Kind, ich halte mich ganz streng an deine Worte, will sie keiner »grausamen Prüfung« unterziehen – aber was ich nun zu sagen habe, das zwingst du mich zu sagen – denn ich kann es nicht ertragen, *kann* es einfach nicht, mich von dir so hinstellen zu lassen. Bitte, aus deinem Brief geht hervor – du sagst es nicht deutlich – aber es geht mit vollkommener Evidenz daraus hervor – ich muß nun vollkommen aufrichtig sein, muß genau so reden, wie's mir ums Herz – daß du es für egoistisch, od. sagen wir für unschön, für »bequem« hältst – daß ich nicht um deine Hand anhalte. Leg ich dir etwas unter? – Nein – ich schreibe dir die Stellen her, welche mich zu dem Schluße bringen: »*wenn ich eine gute Heirat ausschlage, so ist das ein Opfer . .* etc« – und weiter »*von den Opfern rede ich überhaupt nicht und ich habe dir gesagt od. [?], du bist mir Bürge genug für eine reelle Absicht.* Andre Stelle: »*Du natürlich wirst dich deinen Leuten wohl hüten etwas beizubringen.*« Andre, weniger bedeutsame Stelle: – »*Was machst du, wenn du das nächste Mal kommst u Mutter dich fragt: Wollen Sie hei . . u.s.w. – Bitte! Willst du ihr verraten das von mir unmöglich! Also was?*« –
Nachdem also die Zeit vorbei scheint, wo dir meine Liebe genügte, und dein Vertrauen auf die Ewigkeit dieser Liebe – ich weiß wahrhaftig nicht, wodurch – zu wanken scheint – *muß* ich dir wohl die Gründe meines Verhaltens aufklären, obwohl ich dich für so edel hielt, sie endlich zu begreifen. Du thust es aber nicht. – Nein, du willst sie von mir hören, – gut, höre sie! – – »Meinen Leuten etwas beibringen.« Bitte, was. – Ich schil-

dere dir die Ereignisse, wie sie sich notwendig abspielen müßten – schicke voraus, daß du für mich immer das einzig geliebte u brave Mädel bist – Meine Leute also: Wer ist das Mädel? – Beim Theater! – Hm – sonst anständig? – Ja. – Immer gewesen? – (Nun, das folgende würden sie nicht von mir, aber von andern hören:) – 2 Liebhaber; den ersten hat sie verlassen, der 2. hat sie fürs Theater ausbilden lassen, hat dann eine andre geheiratet, hat *sie* aber noch eine Zeit lang mit kleinern Beträgen unterstützt. – Ihr Ruf? – Nun, allgemein sagte man, sie gehe zum Theater, um einen reichen Souteneur oder eine gute Partie zu finden, was aber auch gemeine Verläumdung sein kann. Nun, und während sie deine Geliebte war? – Stets treu und brav gewesen, liebte mich echt; nur einmal war sie nahe daran, einen andern zu heirathen, was ja schließlich vorkommen kann. – Und du glaubst, daß dieses Mädchen dir die Garantien für eine glückliche Zukunft als deine Ehegattin bietet? – Ja. Trotz alledem, denn sie ist eine andre geworden. – *Das glaubt* man immer. – – Aber gut, ich breche mit meinen Leuten, denn, wenn sie deine Vergangenheit erfahren – u sie erfahren sie – geben sie nie u nimmer ihre Zustimmung. – Also ich heirate dich und führe dich in eine Gesellschaft ein. In eine Gesellschaft, wo es uns mit Sicherheit passiren kann, daß in einem Salon, wo du als meine Frau vorgestellt wirst, sich ein Mann befindet, der dich in seinen Armen gehalten, ein Mann, der dich zu Haus, während deine Mutter in der Küche, auf den Divan geworfen u besessen, ein Mann, der, wenn wir den Salon verlassen, für sich hinlächeln kann und sich denken – das hab ich auch genossen – vor ihm – und ich war auch nicht der erste! –
Mein liebes Kind, wenn du findest, daß es einfach Bequemlichkeit ist, vor dieser entsetzlichen Schmach, die mir bevorsteht, zu schaudern, dann ist es wohl nicht möglich, überhaupt mit dir darüber zu reden. Ich weiß nicht, ob du so verblendet bist, das gräßliche, das in all dem liegt, wirklich nicht einzusehen, aber was das heißt, dem frühern Liebhaber seiner Frau

zu begegnen – um zu glauben, daß man sich darüber einfach hinwegsetzen kann, dazu muß man einfach verrückt sein. – Wir müssen also weg, das ist klar. Vielleicht ist es feig, daß ich mich davor schäme, Arm in Arm mit dir über die Straße zu gehen, wenn man hinter mir zischelt: Das ist die Frau vom S, frühere Geliebte der Herren F. u. G.? – Feig, bequem, egoistisch! – Und, bitte, wenn deine Mutter und deine Schwester wüßten, was vorher war, möchten *diese* nicht am ersten begreifen, daß ich – zögere? – Nun, wenn ich dich für so unabwaschbar befleckt halte, warum, wirst du fragen, liebst du mich denn? – Warum verläßt du mich nicht? – Wieso bin ich dir zu deiner Geliebten gut genug? – Ich will es dir sagen. Weil ich dich eben so sehr liebe, daß ich ohne dich nicht leben kann. – Weil ich fühle, daß in dir wirklich etwas heiliges und gutes steckt, das sich erhalten hat, das mich beseligt. Weil ich glaube, daß ich mit mir einmal fertig werden kann, und mir vorstellen, daß die Erinnerung an deine Vergangenheit nur mehr die Erinnerung an Irrthümer für dich bedeutet – weil ich mir einbilde, daß dir in meinen Armen wirklich eine neue Liebe, etwas bessres, höheres aufgegangen, so wie ich bei dir nie geahntes empfunden habe. – Aber mich mit dir mitten in eine Welt stellen, wo die Leute sind, die mit ihren Erinnerungen herumgehn – die dich ansehn und dich an die Schönheiten deines Leibes, die Wonnen deines Liebesrausches erinnern, den sie erzeugt, getheilt haben? – Das ists, was ich nicht kann. – Ich beschwöre dich, denk doch einmal nach und nenne mich dann noch »bequem«. – Frag bei tausenden, bei Millionen – jeder hätte Achtung vor meinem Schmerz, würde meine Seelenkämpfe begreifen. Du – nicht. Du willst mir beweisen, daß du mich mehr, anders liebst, als du jene andern geliebt. Ich weiß nicht, ob es dadurch am besten geschieht, indem du wünschest, daß ich dich heirathe. – Oh, Kind, nicht einen Augenblick nehm ich dir'n übel, diesen Wunsch. Nach dem, was heute in dir vorgeht, fühlst du dich so rein, daß für dich alles wirklich vorbei ist. – Aber in Wirklichkeit ist eben nichts vorbei und andre als ich haben deine Liebesseufzer gehört, und haben in deinen Reizen geschwelgt. Und wenn ich dran denke, und wenn ich dich auch anbete und an dich glaube, wie an ein Wunder, der ungeheure Ekel, der mich in diesen Momenten erfaßt, ist nicht zu überstehn. – Oft noch siehst du es als tükkischen, mir eben gelegenen Vorwurf an – bist böse, zornig auf mich, der dich »sekkirt«. – Wenn du eine Ahnung von dem elementaren dieser Raserei hättest, die über mich kommt wie ein Taumel, wie ein unsterbliches Unglück – Du würdest dich wohl hüten, dich zu benehmen, wie das Mädel – das verblümt sagt . . »Was schimpfst du denn, du kannst dirs ja ändern, wenn du mich heirathest.–« – Vielleicht wäre meine Qual minder arg (obzwar das eigentlich dumm) wenn nicht der eine noch dazu einer meiner guten Bekannten wäre.

– Ich wollte Klarheit in unsre Beziehungen bringen. – Ich will wissen, ob du endlich, endlich das fürchterliche meiner Lage begreifst – ob du noch glaubst, daß es einfach die thörichte Eigenliebe ist, die mich davor zurückschrecken läßt, dich als meine Frau unter Menschen zu bringen, die wissen, daß du deine höchste Gunst andern vor deinem Gemahl geschenkt. – Willst du mir die Wahrheit und Uneigennützigkeit deiner Liebe beweisen? – Liebe mich, nachdem ich dir all dies gesagt. – Du weißt, daß ich dich so unermeßlich liebe, daß diese Liebe nie aufhören kann. – Wenn du aber vermeinst, einen Mann finden zu können, der dich scrupelloser liebt – wenn es dich nur die Ahnung eines Opfers kostet, mein zu bleiben noch für lange Zeit jedenfalls bis ich weg kann für immer als meine Geliebte – dann verlass' mich. – Aber keine Lüge. – Meine Liebe zu dir ist unausrottbar – und ich werde dich niemals verlassen. – Denkst du, als eines andern Gattin glücklicher zu werden, als mit mir – so werde eben Gattin und glücklich. – Aber wenn dir etwas sagt, daß dein Glück bei mir, nur bei mir ist, so opfre dieses Glück nicht hin. – Du willst ja sühnen, zu meinen Füßen bereuen – ich will deine Sühne, deine Reue nicht, nur deine Liebe – verlange als einzigen Beweis deiner unendlichen Liebe nur – daß du einsiehst – wir können allein glücklich sein; aber im Kampf gegen den Hohn der Welt und gegen das Lächeln zweier Vergeßner auf den Tod getroffen werden. –

[Ohne Unterschrift]

An Marie Glümer [19. November 1890]

Mein geliebtes Engerl, vielen Dank, du schreibst so süß, und du bist so unendlich lieb. – Dinge, die ich wohl schon einige Zeit weiß, die an meiner Stimmung eigentlich wenig ändern können. Ebensowenig wie dein »füge dich ins unvermeidliche«. Ich frage mich immer, was du zunächst für unabänderlich ausgeben wirst. Dieses Talent, mich mit geschehenem abzufinden, fehlt mir vollkommen. Mit allem schlepp ich mich weiter. Manchmal rafft man sich auf, sieht den Himmel über sich, glaubt an ein Glück. – Dann kommt wieder das Zusammensinken, indem ebensoviel lächerliches als trauriges steckt. – Bei alldem fühl ich wohl, wie lieb du bist, wie gut und süß. – Aber auch die (absolut nicht schlimmen) Eigenschaften, mit denen sich deine Zugehörigkeit zu deinem odiosen Geschlecht erweist, leuchten hervor, d.h. sie schimmern durch. – Wenn du mich nur psychologisch interessiren würdest (wie schön wär das!), könnt ich meine tiefe Freude haben dran. Es geht ein solcher Zauber von deinem Brief aus, ich spür' es, wie gern möcht sie mich glücklich haben. Ich glaube, Schatz, – oder ist es nur Einbildung, daß ich dein Herz offen vor mir liegen sehe, und da seh ich, wie alle Fasern zucken, aber es gibt einige, die zucken, wie alle Frauenherzen. Verbirg mir auch die niemals mit Willen! –

– Ich glaube, für ungerecht oder übertrieben kannst du mich nicht halten. Wenn du mir noch so sehr die Tiefe deiner Liebe sagen willst, mein Kind, mach dich in deinen Briefen nicht besser als du bist; jedes Weib, natürlich auch jeder Mann hat gewisse unausrottbare Niedrigkeiten, mit denen sie oder er

geboren wird und stirbt. – Ein Theil des Schmerzes, mit dem jedes große Gefühl verbunden ist, kommt sicher auf Rechnung der Mühe, mit der man sich dem untilgbaren Ekel seines eignen Geschlechts entziehen will. Nie gelingt es ganz, und wenn du herausfühlst, daß diese philosoph. Deduction aus einer einfachen Mitempfindung mit dir im Momente, wo deine körperliche Schönheit das Publicum in Entzückung versetzt, hervorgegangen ist, so wirst du wahrscheinlich lachen. – Ich bin überzeugt, deine Thränen, die du vor dem Hinausgehen vergossen, sind durch das Bewußtsein deines Reizes eiligst getrocknet worden. Es ist besser, solche Dinge einem Menschen zuzugestehen, der sie ohnehin weiß. Eins ist nur mir selbst unklar; wie ich über derlei zugleich mit der größten Ruhe nachdenken und zugleich einen ganz lebhaften Schmerz darüber empfinden kann. Eins sollte das andre aufheben. – Wozu, mein Kind, du davonfährst, mich wieder in meinem Zimmer allein läßt, das mir jetzt zur Marterkammer geworden, wo ich mein Alleinsein tausenfach und qualvoll spüre! –
Wieso spielst du jetzt so selten? – Warum schickst du mir nicht die Kritik? – Was für ein Strich durch die Rechnung ist dir gemacht worden, als du nach Wien fahren wolltest? –
Wieso hat man sich allgemein beklagt, daß man dich nicht sieht; – *Wo* soll man dich denn sehen? – Bitte Antwort, mein Schatz! – *Wo* ist der Theaterabend, wer trägt vor? – Was geschieht alles dort, getanzt? – Himmel, wie viele warten schon auf den Abend, um sich dir vorstellen zu lassen! – Entbehrst du Geselligkeit, Zerstreuungen? – – Thut's dir sehr leid um den Baron mit ernsten Absichten! – Bitte, keine Opfer – bei dem Punkt hört all meine Demuth, all mein Zufüßenliegen vor dir auf – und ich werde stolz, sehr stolz. –

– Im übrigen, – in deinem vorigen Brief eine Stelle – »Douzzi ich will u ich brauche –« Um Himmelswillen, Schatz, befreie mich von dem Gedanken, daß du zu »kämpfen« hast – – und mach' es mir nicht nothwendig, deutlicher zu werden. – Du

bist von einer unendlichen Feinfühligkeit – aber auch die muß zwischen uns eine Grenze haben.
– Liebste Mizi, ich bitte dich, alles zu beantworten, mir näheres über's Theater zu schreiben, kurzum, mich nie über irgend etwas im unklaren zu lassen. Schau, Kind, meine »kränkenden Bemerkungen« entspringen ja doch immer nur der Unruhe, wenn ich mir so jede Stunde überlege: Was thut sie jetzt, was jetzt? – Und die andern, – nein, nichts davon. – –
Als Suzanne – wer dein Roger? – Die Scene, *du auf dem Schoß* – nicht eifersüchtig, aber ein Ekel, den ich nicht los werde. Ich sag dirs, weil ich dir nichts verschweigen kann. – Das Theatergehen hat jetzt für mich ganz neue Seiten. Ich setze mich immer in die erste Reihe und durch die Rollen durch, sozusagen, beobacht' ich immer die Menschen, die spielen. Wenn sich zwei in die Näh' kommen, gibt's mir immer einen Stich, und es wird mir mit einem Male klar, von wem das Vorurtheil gegen die Komödianten ausging! – Von einem, der eine muntre Naive liebte! – Allerdings war das – nun wann? Du hast ja die Geschichte der Schauspielkunst gelernt – – Neulich Eva. Die Sandrock sehr gut – aber die andern!! –
Mein Papa wegen Koch in Berlin gewesen. Koch blamirt sich nicht, wohl aber einige andre, die die Sache dumm und geschäftsmäßig betreiben. Auch, glaub ich, ist der Jubel verfrüht. – Gestern war ich bei der 1. Impfung in Wien, die mein Papa machte. – Für meinen Schwager les' ich einen Privatcurs, während er weg. – »Meine Herren, wenn Sie sich diesen Fall betrachten« –
Nein, ist das Leben abgeschmackt – werden wirs besser haben einmal? – Sind wir andre? – Die ewige Frage, die mich quält. – – Heut war eine neue Mizi auf der Poliklinik. – Herrgott, hat die's gut gehabt! – Ich fragte sie, ganz weich, ein bischen ungläubig fast – Mizi heißen Sie? –
Sag mir, wie denkst du dir die nächste Zukunft – ist es noch wahr, daß du für mich arbeitest – war das überhaupt je wahr. – Mizi, ich bin nicht kränkend, ich bin nicht bös, ich bin nicht

ungerecht – ich grüble nur viel nach und bin sehr allein. Verkehre nemlich mit niemandem – ab und zu Nachts im Caféhaus zwei, drei Bekannte – Gestern Abend war ich im Café – ganz allein, habe an dich geschrieben – einen jener Briefe, die du nie zu lesen bekommst – Geschrieben von 10-12 – der Kellner war entsetzt – »Noch ein Briefpapier – noch eins« – – Wann kommst du? – wann wann – ? In mir bebt alles. – Hast du schon einen andern Gedanken gehabt als: Ich bleibe ewig sein? – Mizi, soll ich Sonntag kommen? – Aber es geht ja nicht; – es ist unmöglich. – Auch deiner Mutter wegen. Aber was thun, wie soll sich's ändern? –

Leb wohl, geliebtes Mädl, mein Schatz, mein Engel, ich küsse dich,

Dein, ewig, ewig Dein

Bitte, *alles* beantworten.

An Marie Glümer 24/11 90

Mein geliebtes Kind, deine beiden Briefe von Samstag u Sonntag zugleich jetzt gefunden – beide mit dem Poststempel von gestern Sonntag 8. A – Ich gratulire dir zu deinem großen Erfolg. – Von wem war das Bouquet? – Was heißt das, E. Honneurs gemacht, d.h. Euch abgeholt? – Bitte, keine Umschreibungen, ich spür das schon! – Ward *Ihr zu Gaste* an dem Tisch nach der Akademie? – Wer waren die Herren, wie und was sprachen sie (beim Souper.) Was sagten die Aristokratinen? – Was hast du bis 12 gemacht? – Hast du dich wohl und angeregt gefühlt (es wäre furchtbar kindisch von dir, es nicht zuzugestehn.) Wer trug noch vor – ? – Und was? –

Warum beantwortest du mir meine allerwichtigsten Fragen (pardon – für mich wenigstens wichtig) – die den *Sommer* und die deine *Mutter* betreffend, nicht? – – Klänge und Walzer – hast du getanzt? – – Bist du irgendwohin eingeladen? – Hat irgend wer den Versuch gemacht, bei euch eingeführt zu werden – Du redest doch nicht nur über das Stück in den

Proben-Zwischenakten – worüber also, u mit wem besonders? – Was veranlaßt dich, gewisse Bemerkungen in meinen Briefen absolut links liegen zu lassen? – Im ganzen, aufrichtig, fühlst du dich unter den bestehenden Verhältnissen ganz wohl? ich meine, deine Sehnsucht nach mir hat etwas mildes, süßes – nichts verzehrendes und schmerzliches? –
Wenn du eine übrige Viertelstunde hast, lies meinen langen Brief, den du glaub ich, Samstag bekommst, noch einmal durch – es steht manches drin, das vielleicht des Ueberdenkens und Drüberplauderns werth ist. –
Ich bin heut nervös, wie schon lange nicht. – Ich war gestern Abend in schrecklicher Stimmung – ohne Brief von dir, bei Kohnberger's, wo ein paar Leute waren, d.h. Tewele's und die Berta Hausner (Volkstheater) (war zu Mittag erst en passant eingeladen worden) – sah wieder, wie ich für die Welt vollkommen verloren bin. Mir thut eigentlich jedes gleichgiltige Wort schon weh. – Ich hätte weinen mögen, wie ich da unter den Leuten saß, denen es allen so gut geht. – Stellte mir so vor: du unter fremden – ich unter fremden – und dann dieses dumpfe Gefühl: – so kann es nicht weiter gehn. – Und dann nach Haus – diese lastende Einsamkeit. Freund hab ich keinen, keinen. Und dieser Ausblick auf die Tage, die noch kommen. Ich hasse die Leute, kann keinen sehn, ohne mich zu ärgern. Blöd, wie sie sich hinsetzen, reden, lächeln – was geht mich das denn an? – Wenn ich nur weg könnte, in eine wirkliche Einsamkeit, für einige Zeit, du kannst dir nemlich gar nicht vorstellen, wie krank mich alles miteinander macht. – Dieses Aufstehn, früh, und vor und am Tag – ! – Dann diese Klinik, wo man geplagt und angewidert wird – dann wie im Fieber nach Haus – zu deinen Briefen – der Mittelpunkt, der einzige lebenswerthe Augenblick des Tages – dann die misglückten Versuche etwas zu arbeiten – dann Mittag zu Hause, wo mich jedes Läuten, jedes Thürknarren, alle diese Gespräche, von denen mein Schädel meilenweit entfernt ist, verdrießen – dann nach Hause zu mir. Lesen – Versuche, wieder! zu arbeiten

– schließliche Einsicht meines absoluten geistigen darniederliegens – eine Hoffnungslosigkeit, die mir den Rest gibt – nun ab und zu, nachdem ich mich umgekleidet (umkleiden thut man sich doch!) Theater, wo mein Interesse durch dir bekannte persönliche Empfindungen sehr peinlich alterirt wird – oder Nachtmahl zu Haus – oder in einem Wirtshaus, fast regelmäßig allein – dann im Café, in einer Ecke – fast immer allein – Und nun Abends, oder Mitternacht ungefähr in mein verdammtes kaltes Bett – und denken: Morgen dasselbe – – Mich ekelt vor meinem Leben, vor mir; ich passe nirgends mehr hin. Für das Weltleben, das gewisse, mit Leuten sich wohlfühlen, gern alle sehn, sich freuen – dazu bin ich zu verstimmt, zu nervös, vielleicht zu klar sehend. – Für etwas großes, für eine Leistung – endlich einmal wirklich das zu sagen, was ich sagen will – zu – wenig groß – – Und dabei von jeder Erregung gleich mitten ins Herz getroffen – – du aber, das ist sonnenklar, bist ein süßes, liebes Mädl, und ich liebe dich – fest! gewiß – stolz? – ? – Ich sag dir, Kind, in meinem Kopf gehts manchmal zu – Wenn ich dich nur da hätte, bei mir! – Wie wird das denn werden? – –

Mizl, wenn du viel zu thun hast und nicht *ganz* gelaunt oder zu müd, mir zu schreiben, so, bitt dich, nur zwei, drei Zeilen, ich werde *absolut* nicht böse sein. – Vor nichts hab ich mehr Angst als vor einer Empfindung wie: »Oh – jetzt muß ich ihm schreiben« – damit beginnt das Ende. Wenn du das erstemal bei irgend etwas, das du *mir zu lieb* thust, merkst, es ist ein Zwang dabei – dann kannst du das gewisse Telegramm absenden –

(Heut hat er wieder einmal einen guten Tag, denkt sich Mizerl!)

Geh, Engerl, sei nicht böse, daß ich dich da mitherabziehe in meinen schäbigen, energielosen Jammer, aber wie es weitergehen soll – weiß ich wahrhaftig nicht –

– – Also auf wiedersehen (wenn du diese Bemerkung gestattest) mein theures Mädl – antworte mir so ausführlich als es dir Zeit und Stimmung erlaubt und sei viel tausend Millionen mal geküßt von Deinem dir für alle Ewigkeit zu eigen gehörenden

Arthur

Warum denkst du nicht an die Morgenspazierg. – aber du denkst ja – nicht? –
Warum schaust du durchs Guckloch? –
Ist ein Theil deines Gesichts von fremdem Lippen (Theater) berührt worden? – Ehrenwort! –
– Zuweilen schüttelt es mich – – liebst du die Kunst? –
– Du sagst mir nicht alles, – ich will aber alles wissen. –
Heute fang' ich an zu schreiben!!! – Haha!!
Sitzt du als Suz. dem Roger auf dem Schoß? – Mir graust vor dir! –
Ich liebe dich *zu* sehr; ganz bestimmt. Zu sehr. *Oh nein!*

An Olga Waissnix [16. Januar 1891]

Draußen, vor dem Fenster, der Schnee in großen Flocken – »ich weiß schon, ich weiß schon« – Sie kennen diese Stimmung! – »Und«, sagen Sie, »die gewisse Stimmung, wo man keine Lust hat zu reden, sondern nur, nebeneinander zu sein, zu wissen, daß der andre lebt, es zu empfinden . .« Das ist etwas, wofür der Briefwechsel keinen Ersatz bietet. – Ja, wenn man grad irgend was genau in Worten zu sagen hat, dann läßt's sich wohl auch schreiben – was thut man aber in der wortlosen Stimmung, wenn man entfernt ist. Ich will Ihnen damit ungefähr sagen, daß es – in den letzten Jahren – noch keine Zeit gegeben hat, in der ich mehr mit Ihnen zusammen war als diese letzten Tage, keine, in denen Sie mir mehr gefehlt haben. Glauben Sie, daß ich diese Worte, die Sie doch so selbstverständlich finden müssen, nur mit Zögern niederschrieb? – Der ärgste Fluch der mistrauischen Naturen: daß sie auch immer fürchten, man mistraue ihnen. Wenn ich Ihnen nur sagen könnte, was ich drum gäbe, mich einmal mit Ihnen aussprechen zu können. Sie wissen ja eigentlich alles; und doch, Sie wissen eigentlich nichts. Sie könnten sonst nicht broken down sein. Und ich habe viel nachgedacht und über alles. Schaun Sie, ich spreche aufrichtig, genau wie es mir aus dem Herzen kommt, ich schwör's Ihnen. – Ich habe die Empfindung, daß ein großer Theil der Schuld an Ihnen liegt. – Ich komme Ihnen menschlicher, größer vor. – Das reden Sie sich ein. Ich komme Ihnen in der That niedrer vor. – Man mag sich im übrigen noch so überlegen dünken; bei den sensitiven reißen die Sinne immer auch ein Stück Herz mit. – Ich meine das Gemütsleben, das Innenleben. Das ists, was die edelsten Frauen vergessen, wenn sie um ihrer selbst willen geliebt werden wollen und die Sinne frei geben. – Mir ist das alles so klar. – Eines möcht ich wissen: haben Sie je das Gefühl, wenn Sie so nachdenken und Ihnen manches durch den Sinn fährt, es sei Ihnen etwas genommen worden? – Ich kann mirs nicht vorstellen. – Wann fahren Sie nach Italien? – Bei Dora war ich nur einmal – gebe Ihnen ganz recht, *dort* kann man Sie nicht verstehen. Überhaupt, in einer so fremden Welt sind Sie! Ich wohl nicht minder. – Meine Ansicht: verkehren Sie oberflächlich soviel Ihnen lieb ist mit Dora, machen Sie sie aber weder zu Ihrer Vertrauten, noch gehen Sie auf den gewissen ungesunden Ton ein, welchen sie gerne anschlägt. – Gewisse Dinge behandelt man ja doch nicht per »hineinspringen« etc. – Am Leichtsinn wird wohl immer etwas göttliches sein – nicht so an der Frivolität! Schicken Sie mir doch, soviel Sie von Sylviens grande bêtise haben. – Dr. Goldmann ist weg von Presse u. blauer Donau – seit gestern . . In der gestrigen Nummer stehen die »Sprüche in Versen« von mir, die Sie ja kennen, daher schick ich sie Ihnen nicht. – Im Feber ein Gedicht von mir in der Münchner Gesellschaft; ich schick es Ihnen hier im Manuscript. – Lesen Sie's langsam. – Mein Schauspiel im 2. Akt; hoffe Frühjahr oder Sommer fertig zu sein. – Mein Befinden im ganzen nicht gut. Unaufhörliche, zeitweilig arge Kopfschmerzen. Arbeitsstimmung meist verzagt. – Häuslich schief. – Das eintönige Tagwerk enervirt mich; das Aufstehen u.s.w. Kleinlich? – Viel im Theater. – Goldmann geht vielleicht weg, nach Frankfurt, was mir sehr unangenehm wäre. Obwohl ich wirklich intim auch mit ihm nicht verkehre. – Habe manchmal ein quälendes, manchmal ein angenehmes Gefühl des Alleinseins! Schreiben Sie mir bald, und gütig. Erlauben Sie es mir, Ihnen zu sagen, daß mein always yours nie eine Phrase war. Aber Sie wissen's ja, und auch jetzt mehr als je. *Mich* werfen Sie nicht aus Ihrem Leben hinaus. Ich glaube, daß ich, selbst wenn die schönsten Thüren mir verschlossen wären – plötzlich! – eine Hinterthür hätte, durch die ich immer wieder hineinkäme – das gegenseitige Verstehn. –

[A.S.]

An Marie Glümer 9/2 91

Mein theurer Schatz, ein langgedehntes Ach sollte dieser ganze Brief sein. Aber auch dieses gräßliche Montagsgefühl nach einem Sonntag bei dir – nun ist es zum so und so vielten Mal erlebt. Es bleibt schmerzlich, wie es war – ich glaube fast, es wird schmerzlicher, aber die Worte, diese blöden Worte, die absolut nichts vermögen, erscheinen immer blasser – ists nicht so – Man steht rathlos vor seiner unausdrückbaren Empfindung – entweder sie ganz in sich verschließend oder sie aus stummem Leid in brutale Sprache zu übersetzen – leider gleich arg, wenn man wieder auseinander – denn sieh, wir begreifen ja doch nur die Entfernung, wenn wir beisammen sind, man glaubt nicht dran, wenn man beisammen ist, sich sieht, hört, fühlt – Warum küssen wir uns nicht noch weiter, wie gestern Abend – Mir schwirren die Sinne, wenn ich mich rückerinnere. – Also, ich mußte fort; auf die Bahn. Dieses Fortreisen – mein Kind, man gewöhnt sich nicht daran, nein nein! – Jedesmal greift es mir heftiger ans Herz, wenn ich auf dem Perron herumlaufe, einsteige, davonfahre und dich wieder dortlasse –

– Ich nahm erste Klasse gestern; ein Passagier schon drin, der schlief u seufzte, odios war, und den ich, den bestehenden Gesetzen halber, doch nicht erschlagen u zum Fenster hinauswerfen durfte, was meinem persönlichen Empfinden am nächsten lag. – Ich schlief schlecht, außerdem war es kalt (bitte nichts über den Ueberzieher sagen, ich weiß schon, und du hast natürlich recht) – Ich sag dir, Miz,[!] diese Rückreisen, von dir weg, in dieses elende Alltagsleben – davon hast du nur eine ganz matte Vorstellung – Also am Bahnhof, Wien (Packet besorgt) nach Haus gefahren. – Dann der alte Trott. – V. todtenstill auf der Poli. – Bei Tisch ein paar böse Bemerkungen, die mich fürchterlich enervirten – es ist schon eine Art von Seligkeit, daß ich jetzt hier, in dem dir wohlbekannten Zimmer sitze, u Ruh' hab. – Ich hab dir gestern auf der Bahn noch geschrieben, hoffe, du hast die paar Zeilen bekommen. Freilich kannst du draus nicht sehen, wie weh mir war. Eigentlich schaudre ich zusammen, wenn ich dir den letzten Blick zugeworfen u den letzten Kuß zugeworfen – wie ich so meine Cigarre rauchend in den Wagen steige – du läßt mich weg, ich laß dich dort, so lassen wir uns den trivialen Lebensmächten über. Mizi, trotzdem ist unsre Liebe etwas hohes und ewiges, es ist unmöglich, daß es anders sei. – Und wo du immer bist, ich bin in dir lebendig, wie du in mir, überall. – Und doch, wenn ich mir dich lachend vorstelle, irgend einen Eindruck in dir aufnehmend, der nichts mit deiner Liebe zu mir zu thun hat – es schneidet mir in's Herz. – Dumm, aber unabänderlich. – Mein Schatz, du bist aber in jedem einzelnen Moment so, daß ich in jedem einzelnen Moment glücklich und stolz sein dürfte? – Nicht wahr? –

Mein süßer Engel, schreib mir genau, alles, alles, alles. – Jede Kleinigkeit. – Leb wohl, sei unzählige Male geküßt, mein einziges!

An Olga Waissnix [Februar 1891]

Lang haben Sie mich diesmal warten lassen! Warum zerreißen Sie Briefe? Schicken Sie mir auch immer die, welche Sie zerreißen wollen, es sind doch Documente von erlebten Augenblicken, und ich kann den Duft von Ewigkeit schon herausspüren, den jeder Augenblick in seinem Vorüberfliehn um uns sprüht. Auch das dumme, was einem einfällt, muß man sich sagen; man verschweigt sich sonst zu viel. Aber wie dem immer sei – ich hab doch wenigstens Ihre Karte, die wohl ein Auszug der letzten 3 Wochen ist. Ihre Sylvia les' ich noch einmal, und werde also, wenn Sie wollen, Bemerkungen oder Zeichen dazu machen. – Warum können zwei Menschen wie Sie und ich nicht oft stundenlang miteinander plaudern, und just, wann sie wollen! Häufig, wenn ich von Ihnen höre, wenn ich auch nur ein paar Zeilen von Ihnen bekomme, da hab ich ein Gefühl, das ich Ihnen in eine Allegorie kleiden muß. – Ich sitze in meinem Zimmer, dumpfe Luft um mich. Und ich habe ganz vergessen, daß ich einen Schlüssel bei mir habe, der mir eine Thür öffnet, die auf den Balcon hinausführt. – Und ich trete hinaus, da fliegt mir ein Frühling entgegen, steigt um mich empor, hüllt mich ein. – Aber die »moderne Liebe« ist nicht das einzige, was die Zweitheilung der Persönlichkeit [. . .] (Je porte en moi, penché sur mon cœur, triste livre – Un insensible esprit qui me regarde vivre – (C. Larcher, S. 386) – wir haben nun auch einen modernen Frühling; auf alle Zeit ist uns die Naivetät des elementaren Empfindens verloren. Ihnen hat gewiß auch der neue Bourget viel zu denken gegeben. Es ist eines der schmeichelhaften Bücher; man möchte immer sagen . . . »Nicht wahr, so ist es«, als hätte man früher selber alles ausgesprochen. Das sind eben die großen Dichter; sie hören unsre Herzen klingen, sie sind aber musikalischer als wir selbst, als unsre Herzen. – Dabei hab ich mitten in den Bourget hinein was andres, enorm bedeutendes gelesen, die Hebbel'schen Tagebücher. D.h. ich lese sie noch. – Was so einem Mann ganz unvermuthet an irgend einem beliebigen 8. März od. 17. Juni einfällt – es ist unerhört. – Langsam muß man da lesen; es ist ergreifend. Ich bin eigentlich erst am Anfang. – Wenn Sie's lesen, werden Sie einen großen Genuß haben, glaub' ich. – Bitte, stellen Sie meine »Wahrheit« nicht so hoch. – Die Sache liegt so: ich fände es einfach dumm, Sie anzulügen. Auch ordinär. Und warum soll man ordinär und dumm handeln; für mich wären sehr unangenehme Sensationen damit verknüpft, wenn ich mir draufkäme. – Ich bin im Bourget im übrigen nicht mit allem einverstanden; insbesondre in der Jalousie bin ich analytisch viel weiter als er. Kommt mir wenigstens vor. – Mein Stück – Anfang des 3. Aktes. Nur werd ich am 2. viel zu ändern haben. Ich lege nemlich den Schwerpunkt aufs psychologische, was doch für die Menge etwas ferner liegt, und das Drama spricht ja zu so vielen! – Wissen Sie, was mein Ideal wäre? Eine große Bühne und ein Zuschauerraum von 30-50 Personen. Das wäre die Möglichkeit für eine neue Kunst. – Ich habe weniger die Sehnsucht, irgend einmal von einer großen Masse Menschen applaudirt, als von wenigen bis ins kleinste verstanden zu werden. Ich bitte, sehn Sie ab von dem, was da arrogant zu sein scheint; ich weiß ganz gut, ich bin nicht »schwer verständlich«. Aber die Menschen sind unglaublich grobsinnig (im Gegensatz zu feinsinnig.) – Ich habe in der letzten Zeit zuweilen von Ihnen gehört; Leute, die aus Reichenau kamen und Ihren Namen nannten. – Bei Dora war ich in der ganzen Zeit nur einmal. »Eigentlich« ist sie mir langweilig. – Viel und oft hab ich Kopfschmerzen – zuweilen gräßliche. – Sie auch noch? – In Gesellschaft komm ich wenig; sie bietet mir nichts. – Das tägliche Aufstehn zur bestimmten Stunde und die banalen, häufig störenden Eindrücke, die den Tag einleiten, bringen mich langsam, aber sicher um. – Kein Mensch ahnt, was für eine Lüge, das »Glück der Pflichterfüllung« ist. – In Wahrheit liegt etwas beschämendes drin. – Der alte Sport der Menschheit: tiefsitzende Mängel zu Tugenden zu ernennen. Familienpietät, Vaterlandsliebe

– das gehört alles da her. – Als *Individuen* haben wir doch die »Verpflichtung«, alles aus unserm Kreise schonungslos hinauszuwerfen, das uns in unsrer Entwicklung stört. Das müßte erklärt werden, denn das Wesen dieser Bemerkung ist lange nicht so brutal als die Form. Es liegt vielleicht sogar etwas trauriges und weiches in diesem *Verlangen nach Vereinsamung,* das man irgendwo auf dem Weg zur vollkommenen Individualisierung durchmacht. –

– Wie freue ich mich, Sie bald hören, vielleicht noch balder Sie lesen zu können? –

Nicht wahr, Sie empfinden immer alles mit, daher muß das Wohlgefühl stammen, das ich immer habe, wenn ich Ihnen schreibe. – Tausend herzliche Grüße von Ihrem unveränderlichen

ArthS

An Marie Glümer 12/3 91

Mein einziges Engerl, sag, ist denn noch keine Kritik über dein Benefice erschienen, daß du mir keine schickst? – Dann, mein Schatz, bitt ich dich sehr, mir über den Sommer zu schreiben, d.h. wie ihr besprochen, wegen der Wohnung etc. Dann, ob wir täglich beisammen sein werden, Stunden, Stunden, du mußt es mir schreiben, sonst kann ichs nicht glauben! – Mein Kind, eine Stelle in deinem Brief hat mich geradezu erschreckt: »Könntest du eine so lieb haben wie mich?« So eine Frage darf zwischen uns nicht vorkommen, ich frage mich nur, wie du auf die gekommen bist? – Getanzt hab ich gar nicht, nicht einmal mit der Haustochter, ganz abgesehen davon, daß ich überhaupt gewohnt bin, mein Wort zu halten, macht mir diese Hüpferei absolut keinen Spaß. Gesprochen hab ich mit einigen, vielleicht zehn oder zwölf. Man erklärt mir, ich sei blasirt und unausstehlich, was mich natürlich tief erschüttert. – Im allgemeinen macht mich jede größere Gesellschaft verstimmt, die Gründe sind unendlich vielfältig, beziehen sich aber alle in letzter Instanz auf dich. Nun, ich habe keinen schlechten Tausch gemacht, glaub ich, wenn ich die Fähigkeit an der gesammten übrigen Welt Freude zu finden verloren habe, und dafür in meinem Herzen nur für ein großes und ewiges Gefühl Platz ist. – *Ganz* so ist es bei dir nicht; leider*. – Mein Schatz, gehst du auf den Theaterabend? Trägst du vor? Vergiß nicht drauf zu antworten. – Morgen kommt Ring und Pillen. – Weißt du schon, von wem das Bouquet? – War es im Herrgottschnitzer voll? – Ist das nicht eine sentimentale Rolle, die du hast? – Daß die andern nicht besonders waren, Engerl, brauch ich kaum von dir zu erfahren; ich kann mir das schon ungefähr vorstellen. Mein Engel, für deinen Witz über unser Repertoire möcht ich dich abküssen, bis du halbtodt bist. Ist es dir auch immer im Bewußtsein, was du niederschreibst, wenn du sagst: »Mein Leben«. – »Mein Alles«. –

– Werdet ihr eine gerührte Abschiedsfeier haben? Es wäre mir unangenehm, warum, weiß ich selbst nicht. (Oh ja!) – Heute vor 8 Tagen war ich bei dir. – Und heute in 14 Tagen bist du bei mir, schon lang, schon lang! Engerl, Engerl! – Wie wird es in der nächsten Saison sein? – Mein Mizl, schreib mir, wie du dir das denkst. – Gestern Abend, als ich von Haus wegging und durchs Hinterthor hinaus, da schlug mir plötzlich eine so warme merkwürdige Frühjahrsluft entgegen, und es war, als müßtest du da drüben stehen, und ich hätte weinen mögen, wie ich dran dachte, es soll wieder so sein, und wir werden langsam, langsam durch die Anlagen hinüber nach Haus zu dir, und wir werden uns nicht trennen können, u werden dabei wissen: Morgen haben wir uns wieder! – Mizi, ich könnte fast fromm werden und beten, daß nie ein Augenblick des Mistrauens oder nur des Misverständnisses zwischen uns erscheint, denn es ist ja unerträglich, wie man manchmal von einer Nichtigkeit zu leiden hat. – Mizi, wie käme dir die

* Unsinn! –

Frage vor: Könntest du einen so lieb haben wie mich? – Ein's sag ich dir, und nimm es nicht leicht, ein koketter Blick oder Gedanke bedeutet mir etwas, was ich schon nicht mehr verwinden könnte. – Nun, ich brauch dir ja nicht zu erklären, wie ich mir unsre Liebe vorstelle, und wie eben die einzige Manier ist, nicht eines der banalsten Liebespaare zu sein, die sich auf Erden ewige Liebe schwören. – Aber, um Himmelswillen, ich kann mich doch in dir nicht irren, ich werde rein wirblig, wenn mir solche Dummheiten durch mein ängstliches Gehirn fahren. – Das Mädl, das die Ros. in der Nacht bekommen, wie ich zurückfuhr, trägt deinen Namen; ich hätt schwören können. Und ich sag dir, noch nie hat ein Mensch zu einem dreitägigen Mizl so zärtlich Mizerl gesagt wie ich zu dem Fratzen. – Vorgestern hat Kapper einen Sohn bekommen. – Kind, es gibt Leute, die sich nicht 1/100000 so gern haben wie wir uns haben, und die sind immer zusammen und es gibt keine Qualen für sie. – Es ist dafür gesorgt, daß einen das Glück nicht wahnsinnig macht, scheint es, und ich bin so recht der Mensch, aus einem Meer von Süßigkeiten herauszuschmecken, daß einer einen *Tropfen* Gift hineingemischt. Mein seelengutes, theures, geliebtes Mädl, dein bin ich ja für immer. Und ich bete dich an, grenzenlos, nicht zum sagen, du weißts ja! – Schreib mir alles, was dir durch den Kopf geht, ja? – Liebst du mich? – Wie konntest du jene Frage stellen, über die ich dir mein Erschrecken schon mitgetheilt.

Leb wohl, ich küsse dich unzählige Male, mein Alles! Du Engerl! –

An Richard Beer-Hofmann Wien 6. 6. 91.

Lieber Richard, ich grüße Sie vielmals und danke Ihnen für Ihre liebenswürdigen Zeilen. Nächstens werden Sie etwas schreiben müssen; das steht fest. Ich habe die Idee angeregt, zusammen ein Buch zu ediren (was nicht von Edi=Kafka kommt) Titel: Aus der Kaffeehausecke. Sammlung von Skizzen, Novelletten, Impressionen, Aphorismen – jeder hat möglichst individuell zu sein – außerdem würde ich einen erhöhten Wiener Ton (jenen Ton, der nicht im Dialekt besteht) bevorzugen. Ich spreche noch näher mit Ihnen drüber; Sie haben meiner Idee nach sehr viel damit zu schaffen. Interessant ist, wie einige, als Ihr Name genannt wurde, mit einer gewissen Wehmut sagten: »Ja, wenn man von dem was kriegen könnte« –

– In Ihnen muß ja schließlich die Poesie *herangeglaubt* werden. Ich mache Sie auf dieses Wort ganz besonders aufmerksam. – Die Zwischengespräche und Zwischengeschichten der Kaffeehausecke bedürfen besondrer Ueberlegung – ich freue mich sehr, mit Ihnen drüber plaudern zu können. Darüber u über andres; bitte recht sehr, desertiren Sie ehebaldigst. Wie lang wird man Sie denn dann in Wien genießen können? Man sehnt sich nach Ihnen, und die meisten grüßen Sie herzlichst. Haben Sie wirklich gar so viel zu thun?

Schreiben Sie mir, sobald Sie wieder hier sind, d.h. lieber früher, wenn Sie Laune haben u sobald Sie da, kommen Sie zu

Ihrem
Arthur

An Marie Glümer 2/7 91

Mein geliebtes Mädl – du bist also ruhig auf der Bank unten sitzen geblieben, und ich hinauf, in mein Coupé, allein, am Südbahnhof unten im Garten genachtmahlt, allein, nach Hause, allein – nun ja, wir finden uns schon in alles, wir tragen unser Los des ewigen Abschiednehmens mit einem gewissen Anstand – aber es gibt Augenblicke, wo ein geradezu wüthender Schmerz über mich kommt, eine brennende Sehnsucht nach dir, und ein wüstes Gefühl der Vereinsamung, wenn ich denke, was das für ein Leben ist. – Also übermorgen, mein Mizl, mein Engerl, sind wir wieder beisammen. Du

fährst 5.16 von Baden weg, bist 5.31 in *Guntramsdorf*. – Denk dir, Engerl, was mir heut träumte . . Ich warte in Gumpolds, bestelle 2 Gullasch, weil du kommst; beide stehn am Tisch. Der Zug fährt ein – da fällt mir plötzlich ein, daß du in Guntr. bist, ich stürze sie [hinunter], beginne zu laufen und erwache. Das Gullasch mußt du entschuldigen – das nächste Mal träum' ich Roastbeef vom Sacher und einen Schnaps dazu. – Muz, vielleicht fahr ich die nächste Woche auf 2 Tage nach Franzensbad zu meiner Schwester. Was machst du heute? Ich weiß schon – in der Arena sitzen und im »Geist« bei mir sein. Das hab' ich sehr gern. – Schatz, daß dich die Bemerkung der R. mehr geärgert hat als die, welche ich dir von Dr. K. erzählte, hat mich noch ein bissel gewurmt, aber dann hab ich's zu verstehen gesucht, und daß du ein einziges gutes braves Engerl bist und mein angebeteter Schatz, ich fühl es manchmal wie eine Religion; daß ich nie an ihr zum Ketzer werde, ist allein deine Sache. Tiefer geliebt werden als du von mir kann kein Wesen auf Erden. Spürst du's, mein Mizl? Leb wohl – und sei ans Herz gedrückt, mein einziges!
Also Samstag Guntramsdorf! – Schreiben, wie du den Tag verbringst! Adieu, mein liebstes Kind!

An Hugo von Hofmannsthal Wien, 27. Juli 1891

Verehrter Freund,
eine Karte, die ich eben von Paul Goldmann bekomme, erinnert mich, wie üblich es ist, Briefe zu beantworten, und wie ich Ihnen schon längst hätte schreiben sollen, ja, wie ich Ihnen sogar hätte schreiben wollen, wenn mein Gehirn nicht die ganze letzte Zeit über tote Stellen hätte hinwegkommen müssen. In zweierlei Perioden bietet einem das Leben was, in der der Anfänge, wo tausenderlei über einen kommt, und man jeden Tag ein neues Blatt herzunehmen hat und nur drauf los zu beginnen. Dann die andre Periode, wo man das Bedürfnis des Abschließens hat – wo man die alten Blätter nimmt und

einem alle möglichen Worte, Punkte u Gedankenstriche einfallen, – die man vergaß. Die erste Periode: wo man sich an sich berauscht, die zweite: wo man sich an sich beruhigt. Ich bin jetzt in keiner von beiden, also arm und blöd. Nervös, sehr. Beer-Hofmann ist auch schon weg, das wissen Sie ja. – In die Kugel komm ich selten, es waren schon ein paar Ausschußsitzungen; Special-Comités sind gewählt worden; ich sitze im Theatercomité zusammen mit Pernerstorfer, Wengraf, Osten, Kafka, Kulka. – Bis jetzt ist noch nicht viel gescheites herausgekommen. – Mit Salten bin ich viel zusammen, auch auf dem »Land« des Abends. Burkhardt hat mir den Alkandi mit einigen schmeichelhaften Worten zurückgesandt – ich hab' ihn angenommen. Mein Stück ruht und ist mir zuwider. – Wie geht es Ihrem himmelblauen Einakter? Und wollen Sie mir nichts von Ihren Sachen schicken? Sie würden mir eine wirkliche Freude machen, seien Sie erster oder siebenter Grad! – Gelesen wird mancherlei Burckhardt, Cultur der Renaissance, Goethe, Annalen, Lessings dramat. Entwürfe, Jonas Lie etc. Besonders Nietzsche – zuletzt hat mich sein Schlußcapitel und das Schlußgedicht zu Jenseits von Gut u Böse ergriffen. – Erinnern Sie sich? Nietz'sche Sentimentalität! – Weinender Marmor! Stellen, die sogar auf Weiber wirken, ohne daß man den Stellen oder den Weibern bös werden müßte.

– Werden Sie mir bald wieder schreiben? Arbeiten Sie viel? Erleben Sie was? Spielen Sie aber lieber lawn-tennis, statt sich zu verlieben. Oder nehmen Sie wenigstens, wenn beides über Sie gekommen, das erstere ernster.

Herzlichen Gruß. Den Ihrigen meine Empfehlungen. Ist Schwarzkopf schon bei Ihnen? Ich sah ihn schon Wochen lang nicht. –

Also nochmals, viele Grüße

Ihr Arthur Sch

An Richard Beer-Hofmann
[Kartenbrief] [Poststempel: Halle a. S. 22.9.91]

Lieber Richard, das muß man erleben, dieses Halle! Tramways, die an die Ehrlichkeit der Menschheit glauben – im Waggon sind Kästchen, wo man sein Fahrgeld hineinwirft. – Und diese Menschen selbst – Immerfort schreien sie und sind stolz auf das geeinte deutsche Reich. Lauter Nationalparvenus. – Ich komme bald.

Ihr Arthur

An Richard Beer-Hofmann Wien, 11. März 92.

Lieber Richard,
Kafka habe ich die letzten Tage nicht gesehn. Das letzte Mal an unserm Vereinsabend, der nur einen Lichtpunkt hatte: Bahr's »treue Adele« von Bahr vorgelesen. Er las entzückend. Meixner las Parabeln von Kafka und ein Gedicht [von] Liliencron sehr schlecht vor. Polland das Kaffeehaus von Salten, Gedichte von Loris, Korff u mir unbeschreiblich entsetzlich. Es ist unmöglich, sich von dieser talentlosen Brüllerei einen Begriff zu machen, wenn man nicht dabei war. – Zum Schluss wurde getanzt. Von mir nicht, bitte. –
Blumenthal war hier, ich sprach ihn. Er will Kürzungen und einige Aenderungen am Märchen. Einiges wird sich wohl thun lassen; ich habe mich schon daran gemacht, und die schöne Fremdheit, die mich vom Märchen bereits trennt, läßt mich die Dinge leichter vollbringen. Daß Blumenthal auch den Titel des Stücks geändert haben möchte, ist Caesarenwahnsinn. Es ist ihm auch schon selbst ein neuer eingefallen – erschrecken Sie nicht – »Die Vergangenheit.« Erkennen Sie ihn!? Und noch immer läßt man die erst- und zweitgradigen frei herumlaufen, die doch nur dazu da sind, um den dritt und viertgradigen das Leben zu vermiesen.
Gestern hab ich mein neues Stück begonnen. Außerdem

schreibe ich slowly, langsam an meiner Novelle. – Fontane (Verlag) hat mich freundlichst ersucht, den Anatol-Cyclus – *nicht* einzusenden, »da sie kaum die Zeit finden dürften, meiner Sammlung einen sorgfältigen u energischen Vertrieb angedeihen zu lassen etc etc«
– Aus den »Aveugles« scheint wirklich was zu werden. Doch soll dazu weder Pantomime noch Abschiedssouper gegeben werden, sondern »l'Intrus«. – Zu den beiden ein Vortrag von Bahr. Später soll ein Pantomimen u Lustspielabend arrangirt werden. Man kam mit dem fait accompli zu uns, das freilich meinen Beifall nicht hat. –
Loris schreibt viel, Salten schreibt wenig. Die andern seh ich gar nicht; das Café Griensteidl existirt für mich nicht mehr. –
Ich lese Taine, ancien régime, Du Prel, Philosophie der Mystik, Restif de la Bretonne, l'amour à 45 ans, Kretzer, die Betrogenen u.a. –
Die Menschen enerviren mich, manche mischen sich in meine Privatangelegenheiten, und niemanden gehen sie an. Das Gesindel hat tausend Augen für Vorfälle, dafür taube Ohren für Einfälle. Aber mit der Zeit wird sich die Menschheit wohl »ausschalten« lassen, wie? Einen Harfenisten kann man aus dem Hofe weisen lassen, wenn er einen mit seinem Geklimper quält; wer aber befreit mich von den – andern?
Ich will versuchen, ein Virtuose der Einsamkeit zu werden. Eines schönen Tages werden alle Leute, die mich geniren, nicht mehr dasein – und werden es nicht einmal bemerken. So wollen wir die Unbequemen zu relativem Tod verurtheilen: wir vom »großen Orden«! – Oder hätte Sie Salten abreisen lassen, ohne Ihnen den großen Orden zu erläutern? –
Schreiben Sie mir bald, und möglichst viel, es muß doch ganz schön sein, wenn man einmal wo anders ist. Und dann, schreiben Sie – wir erwarten es, wir – vom großen Orden. –
Herzlichst Ihr

Arthur Sch

An Felix Salten Wien 21/3 92

Lieber Freund,
Loris war Nachmittag bei mir. Hat beiliegenden Brief erhalten, welchen er Sie zu erledigen bittet . . . Zugleich ersucht er Sie um seine Distichen, von denen er kein Duplum besitzt. Dann, wenn Sie's nicht etwa selber verliehen haben, die Bilanz der Ehe. – Er schickt mit größter Eile den Tod des Tizian als Fragment an die neue Henze'sche Zeitung, Berlin, las ihn mir heute Nachmittag vor. – Schön – ! Na, wir reden bald drüber, hoffentlich bekommen Sie's bald zu lesen; schade daß Sie's heut nicht gehört haben.
– Ich komme, wenn nicht früher, Donnerstag Abend ins Central (Freitag ist nemlich Feiertag.)
Herzlichst der Ihre

ArthSch

An Theodor Herzl 25. 7. 92.
Wien.

Verehrtester Herr Doktor,
es hat mich ganz besonders gefreut, mit dem Märchen – wie mir Goldmann mittheilte – vor Ihrem kunstverständigen Urtheile Beifall gefunden zu haben. Was nun meine andren Sachen betrifft, die Sie zu lesen wünschen, so thut es mir recht leid, Ihrem liebenswürdigen Interesse nur zum geringen Theil entsprechen zu können. Das meiste ist in Zeitungen minderer – Verbreitung erschienen; und nur weniges steht mir in Separatabdrucken zur Verfügung. Dieses wenige schicke ich Ihnen hiemit; will Ihnen aber nicht verschweigen, daß im Herbst eine ganze Sammlung von Anatolstückeln* – u hoffentlich bald drauf noch was andres von mir erscheinen wird. –

In aufrichtiger Verehrung
Ihr sehr ergebner
DrArth Schnitzler

* s. Episode

An Theodor Herzl Wien 5. August 92.

Verehrtester Freund, eine Ahnung muß ich doch immer gehabt haben, daß wir einander einmal näher kommen, daß Sie mich sogar »loben« werden; denn es ist merkwürdig, mit welcher Praecision mir die einzelnen Etappen unsrer kurzathmigen Bekanntschaft im Gedächtnis geblieben sind. Ich weiß noch – »als ich zum ersten Mal dich sah« – das war in der akad. Lesehalle. Sie hielten eine Rede und waren »scharf« – in einer Weise scharf! Ich befand mich in Ihrer Nähe und hatte die Empfindung als wenn Sie mich mit einem gewissen milden Sarkasmus betrachteten; Sie lächelten ironisch – und ich begann Sie zu beneiden. »Wer so reden und so lächeln könnte« dachte ich mir. Bald darauf hörte ich noch mehr von Ihnen: im Kaffeehaus, das ich viel eifriger besuchte als die politischen Discussions und Wahlabende der Lesehalle, und wo Sie eines beträchtlichen Rufes als Dominospieler (hauptsächlich im blinden Domino, wie ich leider hinzusetzen muß) genossen. Einige Schöngeister sprachen übrigens von Ihrer Bedeutung als dreiaktiger Lustspieldichter. Wollen Sie einen Beweis für meine literarhistorische Begabung? Ich weiß noch genau, daß Siegfried Wertheimer der erste war, der mir von dem *Dichter* Herzl sprach. Bald darauf lernte ich Sie persönlich kennen und las zwei Ihrer Stücke im Manuscript: Tabarin und ein zweites – hieß es nicht »Die Aufgeregten«? Und wieder beneidete ich Sie – »wer solche Stücke schreiben könnte« – (damals schrieb ich nemlich ganz bestimmt schlechtere Stücke als Sie! –) Aber die ganze Studentenzeit verstrich, ohne daß wir ein Verhältnis zu einander finden konnten – offenbar wie mir Ihre letzten Zeilen beweisen – weil ich – für Sie zu arrogant war! –

– In Kammer habe ich Sie dann gesprochen, als wir schon beide Doktoren waren; Sie waren von einem Kreis hübscher junger Frauen umgeben – und wieder habe ich Sie – hoffentlich nicht ganz ohne Grund – »beneidet«. Und auch damals lächelten Sie ironisch! – Und wieder verließ ich Sie mit jener gedrückten Stimmung, die man Leuten gegenüber hat, die einem auf derselben Straße zwanzig Schritte weit vorauslaufen. An diese Erinnerung aber reiht sich eine von denen, die über das persönliche weit hinausgehend, in eine Geschichte der modernen Literatur als kleingedruckte Anmerkung einen sichern Platz verdiente. Das neue Burgtheater war noch im Bau; wir spazierten an einem Spätherbstabende vor dem Bretterzaun auf u ab. Natürlich hatten wir uns zufällig getroffen – da es uns ja bis heute noch nicht gegönnt war, uns je absichtlich zu begegnen. Da sagten Sie, mit einem bescheiden erobernden Blick, der auf den emporsteigenden Mauern ruhen blieb: da komm' ich einmal hinein! Ja, mein lieber Freund, damals wäre der Moment gewesen, mich für Ihr vielfaches ironisches Lächeln einmal pauschaliter mittelst eines grausen Hohnlachens zu revanchiren – ich blieb jedoch stumm; ich kann nicht läugnen, Sie haben mir damals mehr imponirt als je. Sie werden begreifen, daß ich diese kleine Geschichte, welche von den Thatsachen zum Rang einer Anekdote emporgehoben wurde, jedem Menschen erzähle, der den Namen »Theodor Herzl« ausspricht. Sie ist aber so wahrscheinlich, daß sie alle Welt für erfunden hält. – Ich erinnere mich auch eines letzten Zusammentreffens mit Ihnen – auf irgend einem Ball, in einer Nacht, wie Sie schon lange, aber schon sehr lang ein berühmter Mann waren, während ich, an mir, an meinem Beruf – an beiden! – verzweifelnd, von niemand eigentlich ernst genommen, meinen Ehrgeiz als »guter Gesellschafter« und demi mondainer (im Bourget'schen Sinn) zu befriedigen suchte. Ich war an jenem Abend besonders gut gelaunt und, wie ich glaubte, namenlos elegant. Da – erschienen Sie. Mit ruhigen überlegenen Augen prüften Sie meine Cravate – und – vernichteten mich. Wissen Sie was Sie sagten –? »Und ich hielt Sie für einen – Brummel!!!« –

Ich hatte die deutliche Empfindung in Ungnade gefallen zu sein. Es war klar, daß ich lernen mußte, meine Cravate besser zu knüpfen oder doch wenigstens auf einem andern Gebiete etwas hervorragendes zu leisten. In kühnen Momenten vermaß ich mich, beiden Zielen zuzustreben; – vielleicht werde ich Sie auch einmal von meiner Cravatenknüpfbegabung zu überzeugen Gelegenheit haben? – Und wenn ich nun heute bedenke – daß Sie offenbar darum mit mir nicht verkehren konnten – weil ich Ihnen dünkelhaft vorkam! Und gar Ihnen gegenüber! Ich, der sich die causa Hirschkorn aus der Leihbibliothek, das Neue von der Venus von einem guten Bekannten ausgeliehen – und der sich das »Buch der Narrheit« sogar gekauft hat – als es eines Tages in einer Auslage um 15 Xr. sichtbar wurde. Ich, der zwar vom »Flüchtling« behauptete, er könne nur durch die Burgtheaterbesetzung gehalten werden, der aber bei den »Prinzen aus Genieland« die Ansicht verfocht, daß sie im Carltheater zu Grund gespielt würden! – Ich weiß nicht, ob es mir mit dem bisherigen gelungen ist, Ihnen gerade das zu sagen, was ich Ihnen sagen will: daß es wahrhaftig nicht viel Menschen auf der Welt gibt, auf deren Urtheil ich den gleichen Werth legen möchte wie auf das Ihre. Ermessen Sie daraus, wie sehr mich Ihre freundliche Anerkennung gefreut, und wie wohlthuend mich besonders der warme und reiche Ton berührt hat, mit welchem Sie zu mir sprechen. Daß ich Ihnen aber auch persönlich sympathisch geworden bin, kann ich unmöglich der Bekanntschaft mit meinem Stück allein zuschreiben: da hat gewiß mein Freund Paul, der beste und liebenswürdigste der Menschen, das seinige dazu gethan. Ich sage Ihnen für heute Adieu, verehrter Freund, und bitte Sie, meiner herzlichen Ergebenheit für alle Zeit versichert zu sein.

Ihr
Arthur Schnitzler

An Marie Glümer [Bad Ischl], Dinstag 30/8 92

Mein geliebtes Mädl!– Im Wald, auf einer Bank zwischen Ischl u Laufen. Dort, wo die Spaziergänger schon sehr spärlich sind und nur alle 5 Minuten einer oder zwei, drei zusammen vorüberkommen. Ich bin von Haus weggegangen, bis die Post da war – sie brachte nichts von dir! Nun bin ich da hergekommen, in der Absicht, über einzelne Scenen meines Stücks ins klare zu kommen, und habe mich gefragt, was ich wohl thäte, wenn ich nicht wenigstens zuweilen die Fähigkeit hätte, einen Ausflug ins phantastische hinein zu unternehmen, woher man doch ein bischen erfrischt in die schwüle und traurige Wirklichkeit zurückkehrt. Aber ich kann zu der richtigen Reisestimmung nicht kommen: allzuschwer lasten die trüben Gedanken auf mir. Hier, wo Wald, Ruhe und freie Eintheilung der Zeit ist, läßt sich die Existenz doch erträglich gestalten, aber ich zittere vor der Rückkehr in meine alten Verhältnisse, und in den Beruf. Was soll ich ohne dich! – Gestern war ich in Strobl, bei Loris; mit Beer Hofmann. Wir fuhren auf den See, und Loris las uns einen Akt seines neuen Stücks vor. Der Mann ist unglaublich! – Es wurden auch Pläne für den Winter erwogen. Aufführungen von Gestern, Alkandi und Anatolstückeln in unserm Kreis –

– – Von S. hab ich noch in Wien einen Brief gehabt, sehr reuig; morgen werden wir wahrscheinlich hier zusammen kommen; – wenn er auf eine telegraf. Aufforderung von mir und B.Hofm. kommt. Wir wollen nemlich alle zu Loris, der am 1. in die Provence reist. – Mein Engerl, ich verlasse jetzt die Bank, setze meinen Spaziergang fort und habe noch die Hoffnung, daß heute Nachmittag vielleicht ein Brief von dir kommt. –

– Die Hoffnung, liebste, war trügerisch. – Der Portier, der die Briefe im Hotel herumträgt, hatte nichts. – Wie kommt das nur? – Sonntag hast du offenbar noch nicht gespielt; denn es war, wie ich in der Frankf. Ztg las, Undine. Hast du jeden Vormittag Probe? Doch wohl kaum möglich, da ja noch manches andre auch probirt werden muß. – Was machst du Abend, wenn du nicht im Theater bist? – Was schreibt man dir von Hause? – Ich bin ganz hin, wenn ich keine Nachricht von dir bekomme. – Es ist mir kaum möglich zu lesen, so zerstreut und verstimmt bin ich. – Ich nehme an, daß Sonntag die Post unregelmäßig von W. abgeht; und so werd' ich morgen 2 Briefe erhalten. –

Sag, Mizi, wie wird das werden? – Du und ich Meilen, Meilen weit von einander. Wenn man sich dem Gedanken in seiner ganzen Entsetzlichkeit hingibt, möchte man wahnsinnig werden. Es ist nicht zu fassen. Was man thut, ist doch alles nur, um sich über die Zeit hinweg zu täuschen. – Was machst du wohl jetzt? Es ist bald 5, Dinstag Nachmittag. – Mit wem, worüber hast du schon geredet? – Doch nicht nur mit Frau Jacobsohn? –

Das Wetter ist herrlich, die Gegend entzückend, die Aussicht von meinem Fenster wunderbar. Was fang ich damit an? – Ich brauche dich! dich! dich! –

Ich küsse dich, mein theures Mädl; die Worte wollen mir nicht recht vom Bleistift fließen, wenn ich ohne Kunde von dir bin. Ich habe die Empfindung ins leere zu schreien. – Geht's dir besser? – Bist du schon muthiger? – Hoffnungsvoller? – Ruhig? – Hast du Stunden der Zufriedenheit? –

Leb wohl, mein einziges Glück. Leb wohl, leb wohl! – Warum bist du fort von mir! – Schreib mir genau, alles, alles! –

Dein Arth

Wie ich diesen Brief abschließe, kommt dein Telegramm; herzlichen Dank für deine wunderschöne Rücksicht! *Wieso* kommt der Brief *verspätet*?? Bitte recht sehr, alles, genau schreiben. Nicht mehr Dr., sondern immer Arthur Sch adressiren, weil mein Bruder auch schon morgen hier ist. Tausend Küsse! –

Arth

An Richard Beer-Hofmann *Riva 13. 9. 92*
[Kartenbrief]

Lieber Richard – es ist so schwer Ihnen zu schreiben! Sie wissen ja alles. – Der tiefblaue See! Der italienische Himmel. Die Einwohner, die nichts zu thun haben. Kinder, die in der Kirche spielen. Ein kleines Mädel mit lächerlich schwarzem Haar, die, wie ich vor einem verhüllten Altarbild stehe, plötzlich mittelst eines herabhängenden Stricks die Hülle fallen läßt – und da ist nun die brave unbefleckte Maria dahinter, was ja nicht einmal eine Ueberraschung ist. – Ein Balkon, auf dem die Sonne liegt, und unten der Park, und weiter, nun natürlich, der See, der See, der tiefblaue See. Uns gegenüber Berge. – Das Hotel deutsch, posirt nur ein wenig das italienische durch Fliegen und zarte Unreinlichkeit. Schön, sehr schön. – Und ich verstimmt. Wenn ich mich nicht schämte, würd ich sagen: traurig. –
Viele herzliche Grüße

Arthur

An Marie Glümer 29. 9. 92

Mein einziges geliebtes Engerl! Es ist 7 Uhr Abends, ich bin zu Hause. Ich habe deinen Brief, den ich in der früh bekam, wieder gelesen; langsam, Wort für Wort – aber nun ist er doch wieder zu Ende. – Nachdem du im Toupinel spielst, scheint es also wieder nichts mit deiner Kündigung zu sein? – Wenn ich darüber nur endlich Gewißheit hätte – ? Eben erst hat man mich allein gelassen. Nachmittag war zuerst Beer Hofm. mit dem jungen Jaray da (dem Bildhauer – ist's nicht der, den du kennst?); es wurde die Idee durchgesprochen, »Gestern« aufzuführen; ich hoffe, es wird zu Stande kommen. Dazu natürlich ein Anatolstück. – Dann erschien Torresani, mit allerlei liebenswürdigen Bemerkungen über Märchen u Alkandi. Endlich Fels. – Nun sind sie nach und nach weg, und ich schreibe dir, mein süßes Engerl, bei festlicher Beleuchtung des äußern Schauplatzes. In meinem innern ist es beträchtlich düstrer; und nun ist eben wieder ein Augenblick, um mich das Alleinsein in seiner ganzen Trostlosigkeit empfinden zu lassen. Ist es nicht so, als wäre es ein Abend, an dem ich dich erwarte? Die Thüren bis hinaus sind offen, als wenn ich die Klingeln besser hören müßte. Und draußen ist ein so schöner Sommerabend, den man nicht schöner als zu Hause zubringen könnte. Und wie liegt dieser Abend wieder vor mir! – Offenbar werde ich nach Beendigung dieses Briefes auf die Gasse, dann irgendwo allein nachtmahlen, ins Kaffee, und wieder nach Haus. Mizi, fühlst du, wie ich mich nach dir sehne? Was ist damit erreicht, daß du nicht bei mir bist! Wann werd ich dich wieder haben? Wann werd ich dich an meinen Lippen, in meinen Armen, bei mir, ganz bei mir haben! Wie dumm und trocken das alles dasteht, wie nichtig es klingt, und in Wahrheit vergeh' ich vor verschmachtender Sehnsucht nach meinem süßen Mädl – – Noch muß ich dir von gestern erzählen; bei Freund Fritz gewesen, Masc. dirigirte. Schön; einzelne Längen; zu oft und nachgiebig wurde wiederholt; der Tenor Lucia außerordentlich, nur allzu bewußt u italienisch. – Sltn. sprach ich unten, er war sehr befangen und that mir eigentlich leid, worüber ich dich bitte, mich nicht auszuzanken. Eine Gesellschaft von Familien (mit denen er dort war) forderte mich zum Mitnachtmahlen auf; ich war absolut nicht fähig dazu. – Saß allein bei meinem Tisch und versenkte mich mit meinen Gedanken in eine ferne bessre Zeit. Einmal *so* glücklich gewesen sein und jetzt – *so* leben müssen: das ist doch kaum zu ertragen. Daß man es eben doch erträgt, ist das entsetzlichste: es ist wie schweres Siechthum, an dem man nicht sterben kann. Und so zehre ich mich auf in unfruchtbarer marternder Sehnsucht, von der es mir nicht einmal gelingt, dir einen Begriff zu geben! – Mizi, glaubst du in der That, daß das am Ende noch über ein Jahr auszuhalten ist? – Ob du andern damit so viel gutes thust als mir schlimmes und irreparables, ist leicht zu beantworten. – Und nun, mein angebeteter Schatz, geh ich auf die Straße. Es ist warm, fast schwül. Ich werde an dich denken – ich kann ja andres nicht denken, als dich dich und immer nur dich! – Und du wirst mir weiter alles lieb u süß schreiben, mein Schatz. – Von Prag weiß ich noch nichts. – Und nun, mein Alles und einziges küss ich dich innig und drück dich an mein Herz und – was fühlst du davon? –

An Marie Glümer 9/X 92. –

Mein geliebtes Engerl, es ist Sonntag, Mittag, 12 Uhr. Ich bin mit denselben Kopfschmerzen aufgewacht, mit denen ich eingeschlafen bin u habe deinen Brief liegend erwartet. Und wie ich dann weggegangen bin, habe ich wieder an die Sonntagvormittage gedacht, wo ich meinen Weg der Wienstraße zu nahm und wir uns ins Kaffeehaus setzten u – Zeitung lasen – Weißt du, mein Schatz, und dann besprachen wir den Nachmittag: »Um 5 komm ich zu dir« – Und jetzt! – Diese leeren, nüchternen Tage, diese endlosen, dürren Abende. – Kaum kann ich mir noch einen Kuß von dir vorstellen. Es gelingt mir ja nicht einmal in jedem Moment, mir deine Züge mit der völligen Deutlichkeit und deine Stimme in ihrem wahren Klang zurückzurufen. – Immer ferner liegt das letzte Wort, das ich von dir gehört, immer ferner das letzte Lächeln, das ich von dir gesehn. Das ist ein schauerlicher, lähmender Gedanke. – Glaubst du aber nicht, daß du auf Bemerkungen »da müßtest du mich vergessen – etc« verzichten könntest? – Aus so einer Bemerkung kann für mich nur eines hervorgehen: daß du eine Möglichkeit annimmst, mich vergessen zu können – doch diese Quälereien fehlen uns gerade noch. Dir kann ich nur das eine sagen: je ferner jenes letzte Lächeln und jenes letzte Wort sind, und je weniger ich mir einen Kuß von deinen Lippen vorstellen kann, umso tiefer wird meine Sehnsucht, wird mein Gram, und umso fester und unlöslicher (wenn es da noch Steigerungen gibt) fühl ich mich an dich gebunden. – Und ich werde keinen Moment wahren innern Friedens erleben, bevor ich dich in meinen Armen halte, um dich nicht wieder zu lassen. – Mit dem »Ruhm«, liebes Kind, laß mich aus. Wie widerlich mir diese rein administrativen Correspondenzen mit Verlegern, Agenten u Directoren ist (denen man einfach ein ganz gleichgiltiges Speculationsobjekt ist, mit dem sie thun, was sie wollen, solang man nicht – in der Lage ist, mit ihnen zu thun, was *man* will) kann ich dir kaum sagen. – Das Anatolbuch (das mir persönlich als ganzes geradezu zuwider ist) erscheint in wenig Tagen. – Entsch hat mit Blumenthal gesprochen, der »überzeugt ist, u den festen Willen hat«, mein Stück noch in dieser Saison zu bringen, sich aber nicht durch einen Contract binden will. –

Auf meinem Schreibtisch liegen etwa 20 Briefe von Stenografen; da ich eine Annonce ins Tgbl. gegeben habe. – Ich will nemlich meine Novelle dictiren, da sie kein Abschreiber lesen kann. – – Heute, mein Engerl, ist ein schöner Herbsttag, was wirst du wohl thun? – Wann werd ich nur endlich definitive Nachricht haben – ? – Mit Mühe halte ich mich zurück, alles wieder hieherzuschreiben, was du aus »einigen« frühern Briefen wohl schon auswendig kennst –

Mizi, es sind eben immer dieselben Klagen, dieselben Wünsche, dasselbe Sehnen, dieselbe Liebe, und ich werde manches *nie* begreifen können. – Was machst du jetzt wohl? – Wenn du nur so lieb bist, mir zu telegrafiren, sobald was wesentliches zu melden ist, oder wenn du lieber – Nein, nein. Nichts mehr davon. – Ich, mein süßes Engerl, habe heute Nachmittag mit Loris, der gestern ankam, und Beer Hofm. Rendezvous. – Aber ich kann mit ihnen bis 10, 11, 12 zusammenbleiben – ich werde nirgends erwartet, niemand kommt zu mir. – Mizi, es ist traurig, es ist herzbeklemmend. – Ich komme dazu, daß mir meine Briefe ganz einfach läppisch vorkommen; was will ich dir immer sagen – u was hab' ich dir schließlich gesagt? –

Du bist mir alles und ich bete dich an. – Laß dich nicht verdrießen, daß die Buchstaben todt und das Papier anorganisch

ist. – Es war doch ein Moment, in dem mein Geist thätig war, diese todten Buchstaben aufs anorganische Papier zu setzen. –
Ewig, ewig bin ich Dein.

Arth

An Marie Glümer 12. X. 92. –

Mein theures geliebtes Engerl! Ich finde zwei Briefe von dir zu Haus und dank dir tausend mal dafür. Es ist aber merkwürdig, wie falsch man den Eindruck seiner eignen Briefe taxirt – gerade derjenige, nach dem du nicht schlafen konntest, weil er dir unbefriedigend vorkam, gehört zu deinen allerunmittelbarsten und schönsten. Sonderbar auch, wie ich bei dem ausschließlich persönlichen Charakter unsrer Correspondenz doch nie ganz die literarische Freude über Schönheiten in deiner Sprache und Originalität deines Stils unterdrücken kann. – Immerhin ist dies alles nebensächlich. Ich will dir also nur sagen, daß ich dich ja vollkommen begreife, dir aber doch nicht recht geben kann. Du brauchst mir ja nimmer zu beweisen »daß du dir eine Existenz gründen kannst« – ich hab es nie bezweifelt. Also für mich ist das werthlos – u nach *außen hin* (wohlverstanden) hätte ja nur eine wirklich bedeutende Stellung mit großen Erfolgen die uns erwünschte Wirkung. Die gibt's weder in Wiesbd noch in Lübeck. – Aber, mein geliebter Schatz – diese Dinge sind nun von mir nach allen Seiten hin öfters u eingehend behandelt worden; du kennst meine Ansichten; es gibt nichts, was für dich offener daliegt, als meine Gedanken u Gefühlswelt. Es ist dir auch kaum irgend was von meinen Beziehungen zu der Außenwelt dunkel, und so kann dir auf meiner Seite nichts Urtheil und Entscheidung schwer machen. – Ich will dich nimmer quälen, mein armes süßes Mädel; u. lieber alte Worte in dir fortwirken lassen, als sie immer aufs neue zu wiederholen. – Daß aber noch immer kein Antrag auf Eng da, befremdet mich

aufs höchste. Deine Schwester, die ich gestern sprach, antwortete auf meine Frage, was du nun thun würdest, wenn kein Eng etc. – »Zurückkommen«. Und, ich muß sagen, ohne viel händeringerisches im Ton! – Nur nebenbei dies. –
Ich sprach deine Schwester nur ein paar Minuten; es war fast 7, und ich eben mit Loris im fortgehen zu Tosca. Dort waren wir, 1. Gallerie, ganz bequem; leer. Das Stück ist großartig *gemacht*, als ganzes roh und widerwärtig. – Die Bernhardt fällt gegen die Duse ab; hat aber, während die Duse ein harmonisches in jedem Augenblick aus sich heraus wirkendes Gesammtes gibt, einzelne hinreißende und bewunderungswürdige Momente. Bei der Duse hat man die Empfindung, daß sie genau so spielen würde, wie sie immer spielt, wenn nur in einer Gallerieecke ein gescheidter Mensch zusehen möchte; bei der S. Bernh. merkt man immer das *Bedürfnis* nach dem Publicum. Darüber wäre noch unendlich viel zu sagen; ein Vergleich zwischen den zweien wäre schon allein ein Capitel aus einer Aesthetik der Schauspielkunst. –
Bitte Mizi, nicht beleidigt sein, daß du jetzt schon sechzehn Zeilen lang von meiner Anbetung u Sehnsucht nichts gehört hast. Mein Schatz, mein süßer! – Weißt du wie lang es nun ist, daß wir ohne einander leben – können! – Mizi; du mein einziger ewiger brennender Gedanke! –
– Die Unannehmlichkeiten des Ausziehens beginnen. Ich muß anfangen zu packen. – Soeben denke ich nach, wie man das mit den vielen Medizinflaschen im Glaskasten macht? – Jetzt hab ich an einige Leute die Adress-aenderg geschrieben. – Ohne Sentimentalität verlasse ich diese Räume. – Sie sind sowieso nimmer, was sie waren. –
Mein liebstes Engerl, morgen schick ich dir ganz direct Abonnementgeld für die N. Fr. Presse. – Du sollst eine Wr Zeitg haben. –
Und nun, mein geliebter Schatz, sag ich dir wieder einmal Adieu; wieder ist ein Brief aus, u wieder hab ich bis morgen früh zu warten, bis ich wieder was von dir höre. – Der zwölfte

ist heute! – Ich brauche ja zu diesem Ausruf nichts hinzuzusetzen. – Mein Engerl; so ist das Leben doch schon ein bissel *zu* traurig. – Mit jedem Tag kann ich mich schwerer entschließen, einen Brief an dich abzubrechen; es liegt ja doch ein unzweifelhaftes Unrecht drin, daß ich dir nicht ununterbrochen schreibe. – Aehnliches Gefühl, Schatz? –
Und doch – Schluß. Aus. – Leb wohl, mein alles, leb wohl.

An Marie Glümer 15/10 92

Mein liebstes Kind, ich weiß nicht ganz, womit ich den merkwürdigen Brief von dir verdient habe; ich kann alle Stimmungen vollkommen begreifen, aber ich weiß nicht was ich dir schrieb, das dich gegen mich aufbringen konnte. Der Eindruck, den ich von deinen Zeilen heute habe, ist nur mit einem Wort zu bezeichnen: tödtlich. – Daß du »lieber dort allein zu Grunde gehst« als hier ohne Engagement zu sein, macht mir vor der Zukunft sehr bange, und ich beschwöre dich, erniedrige mich nicht durch solche Bemerkungen, welche meine Rolle in deinem Leben mehr herabsetzt als du zu ahnen scheinst. Und deine Bemerkung, wenn du kein Engag. bekämst, »wäre es dein Tod« – ! –
Weißt du mir ist, wenn ich deinen Brief so öfters durchlese, als hätte das irgendein andres Wesen geschrieben, nicht du. Oder mir ist, als hättest du alles vergessen, was jemals zwischen uns gesprochen wurde, und hättest von dem großen Stück Leben, das wir miteinander gelebt, nur mehr eine dunkle Erinnerung. – Und vergebens strenge ich mich an zu wissen, was ich dir denn geschrieben habe, das du nicht verträgst? – Nachdem ich mich ja an den Wortlaut nicht erinnern kann, den meine Briefe haben, sondern nur an die Ueberlegungen u Stimmungen, aus denen sie hervorgingen u in denen sie geschrieben sind – so hab ich eben nur den Eindruck, daß ich dir von meiner Liebe, von meiner Sehnsucht, von meinem Schmerz erzählt habe und dich immer von neuem bat, zu mir

zurückzukehren, nachdem ich darin die einzige Rettung sehe für uns beide. – Entsinnst du dich, wie du manchmal in Wien sagtest: »Wenn ichs nicht aushalte, komme ich zu dir zurück« u. dergl. Was soll ich nun eigentlich denken? Wenn du den Tod lieber hast, als ohne Engag. zu mir rückzukehren, was für eine Zukunft haben wir dann in Aussicht? – Und was muß *ich* dir, nach solchen Äußerungen zu schließen, eigentlich bedeuten – ? Mein theures Kind, auch ich darf wohl wie du sagen, daß ich alles verstehe, gewiß, und ich habe keinen Moment deine häuslichen Verhältnisse vergessen. Wo aber der Vortheil stecken soll, *dort* zu bleiben, selbst für den Fall daß du *kein* Engag. bekommst, das kann ich unmöglich einsehen. Ich will es ja begreiflich finden, daß es dir widerstrebt, ohne irgend einen Versuch neue Stellung zu finden, meinen Vorschlag anzunehmen; obzwar ich wirklich nicht weiß, was damit gewonnen ist. Denn, ich muß es immer wiederholen, was soll im nächsten Jahr geschehn? – Es ist möglich, sich auf ein Jahr zu trennen mit der Gewißheit, sich dann eben auf immer wieder zu haben; aber ich erwarte nun seit Wochen vergebens auf meine Frage die Antwort: Bist du entschlossen, in jedem Falle, im nächsten Jahre bei mir zu sein? –

– Wie diese Wochen der Trennung auf uns gewirkt haben, mein Kind, ist am besten, glaub ich, aus unsern Briefen zu ersehen: das unvermeidliche ist bereits erfolgt – d. h. wir beginnen übernervös zu werden, und fangen an, uns miszuverstehn. Das ist nemlich meine Hoffnung; denn ich *will* deinen Brief nicht recht verstanden haben, und offenbar ist er selbst wieder nur daraus zu erklären, daß du in meinem manches misverstanden hast. – Glaubst du, mein Schatz, daß ich nicht im Stand bin mir alles klar zu überlegen, trotz der schauerlichen Stimmung? Und meinst du, daß ich deine Lage einseitig auffasse? – Aber es ist doch nothwendig, sich über den fernern Verlauf auszusprechen, da nun einmal die Gegenwart so entsetzlich u trostlos ist. Deinen Briefen nach aber ist die Zukunft vollkommen hoffnungslos, u wie die Dinge heute stehn, kann ja alle Hoffnung nur von dir aus, durch einen Entschluß von deiner Seite kommen. – Darauf, daß ich nun innerhalb eines Jahres plötzlich so erfolgreich zu wirken beginne, daß ich ein absolut selbstständiger Mensch bin, ist doch nicht zu rechnen. Eine leichte Verbesserung meiner Lage ist das einzige, was bei einigem Glück zu erhoffen ist. – Praecis ausgedrückt: wenn ich heut von hier weggehe, haben wir nicht die Mittel zusammen zu leben, weil mir eben viele Ressourcen verloren gehen, auf die ich vorläufig noch angewiesen bin; – wenn du jedoch zu mir kommst, fließen diese Ressourcen weiter, u können sich selbst vermehren. – Und das wichtigste: wir wären beisammen. Hast du denn ganz vergessen, daß dir das einmal als das herrliche große Glück erschien, das manches Opfer werth wäre? – Aber wie oft! wie oft schreib ich dir schon das u. ähnliches. Aber wie gesagt, ich geh ja so weit zu begreifen, daß du's ein Jahr getrennt von mir versuchen willst, in der Hoffnung, daß du durch die Bühne den Weg nach Wien zurückfindest oder daß sich bei mir die Verhältnisse radical ändern, zuweilen geschehen ja Wunder – aber ich begreife nicht, daß du mir keine Gewißheit wegen des nächsten Jahres wenigstens geben willst; wir können doch unser Leben nicht damit verbringen, uns Briefe zu schreiben, in welchen die vergebliche, gemarterte, sehnsüchtige Liebe sich in Ausbrüchen des Mistrauens, der Verzweiflung und nervöser Grobheit Luft macht? – – Mizi, wenn ich in diesem Augenblick so zurückdenke an diese himmlischen, unvergeßlichen und jetzt, in der Erinnerung so schrecklich quälenden Stunden, in denen wir uns das beste, schönste u heiligste gesagt, was sich jemals zwei Menschen gesagt haben. Und das schönste und tiefste empfanden! Und ineinander so aufgingen, als wäre nie, nie wieder ein Misverstehen zwischen uns möglich, als wären wir überhaupt nur eins! – Mizi! Mizi! – – Glaubst du vielleicht, ich kann die traurige Stimmung nicht begreifen, in welche dich die Verschiedenheit unsrer Familienverhältnisse versetzt! – Aber daß ich, ich der Mensch bin, alle deine Stimmungen mitzufühlen, daß ich mit dir leide, und daß ich mit dir leiden will, und daß jede trübe Minute deines Lebens mich nicht minder schmerzt wie dich, und daß es mein heißester Wunsch ist, dich, mein alles, einmal glücklich zu sehn, das weißt du doch! – Siehst du, ich rede so, weil ich es aus deinen Briefen manchmal wie Bitterkeit empfinde. Mein süßes armes Mädel, meinst du, ich versteh das nicht? – Aber versenk dich doch zuweilen in den Gedanken, daß es jemanden auf der Welt gibt, der immer, immer, buchstäblich jede Minute keinen andern Gedanken hat als dich, der jede deiner Stimmungen, selbst deine Launen zu begreifen trachtet, für den das Dasein unerträglich geworden ist, seit er es mit dir nicht mehr theilt. – Und denk nun, wie mir zu Muth ist, wenn ein Brief von dir nach dem andern kommt, ohne einen Schein von Hoffnung, ohne einen Schimmer, – wenn du mir schreibst: »Da geh ich lieber hier allein zu Grunde« – Ich seh' ja alles ein; ja; aber daß es Momente in deinem Leben gibt, wo der Gedanke an mich und meine Liebe nicht einmal Kraft genug hat dich von solchen schrecklichen Ideen zurückzuhalten; das macht mir Angst vor der Zukunft und die Gegenwart wird dadurch noch unerträglicher als sie schon ist. –

Ich muß ja endlich schließen; ich kann dir doch nicht alles sagen, und nichts auf die rechte Weise. Dein bin ich; das bedenke; aber die Ewigkeit, die ich dein sein möchte, dauert ja doch nur bis zum Grab – sehr lang ist das eigentlich nicht. – Leb wohl, mein Mizl! –

Auf diesem Beiblatt, mein geliebtes Kind, stehe nur folgendes: 1) daß ich in *wenigen Tagen* schon in der Lage sein werde, dir weitres zu schicken 2) daß ich dich bereits 2 mal gebeten habe, die N. Presse selbst zu abonniren, dort bei der Post, da es billiger kommt (Abonnement für das Ausland vierteljährig bei uns für Deutschland 10 fl. – bei den Postämtern in Deutschland 11 Mark). – 3) wirst du nicht nothwendig haben zu – frieren. – Um Himmelswillen, Mizi, solche Dinge lassen sich ja wirklich anders sagen, selbst in der schrecklichsten Stimmung, und zwischen uns zweien könnte doch alles in solcher Weise behandelt werden, daß der andre Theil nicht gleich aufs unerhörteste gekränkt wird! – Nicht wahr, mein Engerl? –

(2. *Beiblatt*)

Daß du zwei Briefe nicht bekamst, räthselhaft, vollkommen räthselhaft. Glaubst du nur einen Moment, daß ich einen Tag vorübergehn lassen könnte, ohne dir zu schreiben?? –
– Ueber deinen merkwürdigen Sonntag-Montagbrief hab ich noch keine Aufklärung. Die kommt wohl morgen. –

An Marie Glümer 9. XI. 92.

Mein geliebtes süßes Engerl – wenn dein Brief mir auch viel trübes erzählt, und ich mit dir und über dich hundertmal trauriger bin, als du es dir in der Entfernung vorstellen kannst – es ist doch besser, als wenn ich gar nichts erfahre, wie z. B. gestern wieder. Mein süßer geliebter Engel! wie soll ichs dir nur sagen und was? – Was nützen dir meine Thränen, was nützt dir mein Zähneknirschen, mein fassungsloses Hin u herlaufen im Zimmer, mein Fäusteballen – bist du davon weniger geplagt? fühlst du dich weniger einsam – u vor allem, *bist* du weniger allein? – Deine Briefe machen mich unbeschreiblich leiden; ich habe immer die Empfindung schlechter zu werden, je schlimmer es dir geht. Stellen aber wie die mit dem Cognac vertrag ich absolut nicht; ich sage dir nur, Mizi, thu das nicht; ich hoffe, das genügt dir. – Noch eins: warum nimmst du dir denn niemanden auf, der dir einpacken u.s.w. hilft, solang deine Mutter noch nicht da – das muß doch zu kriegen sein; und ich sende dir in ein paar Tagen, was du mehr brauchst, Engerl. – Ich will dich noch eins fragen: Erhältst du die Neue Presse, wie du mir einmal geschrieben; zu 1 fr. vermuthlich? –

– Ein Wort in deinem Brief hab ich nicht lesen können: nemlich *welches Weib* du um Liebe anflehen möchtest? – Ich war, das kann ich dir nicht verhehlen, in jedem Falle beleidigt. – Und noch einmal, Mizi, zwing dich doch nicht zum Schreiben, wenn du gar zu müd bist oder keine Zeit hast. Wenn du zu viel zu thun hast – eine Zeile, die genügt, aber die muß ich haben. – Warum war noch einmal Haubenprobe? – Erzähl mir doch gelegentlich mehr von den Vorstellungen u Proben. Mit wem gehst du von der Probe aus weg? – Wer holt dich nach dem Theater ab? – Warst du einmal nach dem Th. mit Colleg. im Gasthaus? – Redet Director, seine Frau viel mit dir? – Mit wem sprichst du am meisten? – Ist aus dem Publicum was zu dir gedrungen? Wirst du so gut sein, mir auch die Kritiken über dein ferneres Auftreten zu senden? – Sagt man dir viel Schönheiten? Wer? Soll ich dir auch was von mir sagen? – Lächerlich. Du solltest so in meine Seele schauen können, wenn ich Abends um 8, 9, wie es jetzt gewöhnlich geschieht, nach einem fruchtlos verbrachten Nachmittag auf die Straße hinausgehe, – mit der absoluten Oedigkeit vor mir, – und in mir. Das, was ich geschrieben habe in den letzten Wochen, hab ich gestern ganz einfach wieder wegwerfen müssen; ich fange den ganzen 2. (früher 3.) Akt der Familie von vorn an. (Wann?) Mich hat gestern beim Durchlesen geschaudert. Ich habe direct das Gefühl gehabt, daß ich mich schämen muß. – Weißt du, so von allem, von allen verlassen zu sein!
Mein theurer Schatz, es ist Nachmittag, wie ich dir weiterschreibe. – So ein trister Nachmittag wie alle andern. – Gestern hatte ich indirecte Nachrichten aus Prag durch meine Mama. Diese erzählt mir, daß eine Freundin aus Prag meiner Cousine geschrieben, daß Direktor Neumann mein Stück erst aufführen wolle, wenn es in Berlin gefallen habe; da er seine Schauspieler nicht gern umsonst anstrenge. Auf ihre Verläßlichkeit kann ich diese Nachricht vorläufig nicht prüfen. So angenehm es mir eigentlich ist, in Berlin früher dranzukommen, muß ich doch über die widerliche Verlogenheit dieser

Leute angeekelt sein, die sich zuerst entzückt geberden [!] und sich auf die Talententdecker hinausspielen und sich dann nicht mehr um einen kümmern. Und was weiß ich, wann ich in Berlin drankomme? – Es ist ja ganz begreiflich von menschlichem Standpunkt, daß Blumenthal nur die Orientreise gibt – aber wozu kündigt er sich dann pomphaft als literarischer Mann und sein Theater als das Theater der Lebenden an? – Ich bin ja wohl auch ein Lebender! – Mit meinem Ehrgeiz hat all das, was ich dir da schreibe, mein Schatz, nicht viel zu thun; ich gestehe ganz aufrichtig, daß ich nun doch endlich einmal auch in eine finanz. unabhängigere Lage kommen möchte. – In Prag stelle ich mir die Sache so vor, daß einfach der Vertreter einer der Hauptrollen die Rolle zu schwer u zu undankbar fand »Ham's denn einen Contract mit dem Herrn? – Nein? Na also? Was soll i denn die Riesenroll' für *einmal* lernen? – Na, und Verpflichtungen hat man ja nicht gegen mich; davor hat man sich wohl gehütet. – Schluß. – Den Anatol, mein Engerl, hast du in spätestens 3 Tagen (wenn ich den Schwüren des Bibl. Bureau's trauen darf.) *Du darfst mir's nicht übel nehmen,* daß ich dir ein hübsch gebundenes schicken will, *bitte sehr!* Du findest ja sowieso nichts neues in dem Buch, und was drin steht, ist eigentlich nur mehr zum geringsten Theil etwas, das ich mich freue geschrieben zu haben. –

– Jetzt, mein Kind, bist du wohl schon in der Garderobe – es ist Mittwoch, die Haubenlerche. Das ist ja sehr ehrenvoll für dich, daß sie das so oft geben. – Ueber die »Klippen der Ehe« gräme dich nicht; ich wollt, es gäbe nichts traurigeres für dich u mich, als daß du ab u zu in einem Schund spielen mußt. – Freut's dich sehr, wenn die Leute applaudiren? – Siehst du die Leute im Zuschauerraum? – Hast du etwa schon Briefe u Bouquets bekommen! – Hast du Montag wirklich abgesagt? – Ob an diesem Tag das »letzte Wort« sein sollte, geht nicht mit Sicherheit aus deinem Brief hervor. – Denk nur viel an mich, mein Schatz, und denk insbesondre, daß ich in jeder Minute von dir, meiner Liebe für dich so völlig und so unend-

lich erfüllt bin, als wenn du in meinen Armen wärst – daß ich etwas minder glücklich bin – das fühlst du mir wohl nach, mein Engel. –
Leb wohl, mein Alles, mein Einziges!

An Theodor Herzl Wien. 12. November 892.
I Grillparzerstraße 7.

Verehrtester Freund,
zuerst will ich Ihnen für Ihre liebenswürdigen Worte herzlich danken, u dann gleich sagen, wer Loris ist. Räthselhaft, daß Sie es von Goldmann nicht wissen. Ich selber bin es leider nicht. Erstens wäre ich dann um 12 Jahre jünger und zweitens hätte ich »Gestern« geschrieben, den schönsten Einakter in Versen, der seit sehr, sehr langer Zeit in deutscher Sprache erschienen ist. Von diesem merkwürdigen Achtzehnjährigen wird noch sehr viel gesprochen werden. Wenn Sie schon die Einleitungsverse zum Anatol »zum küssen« finden, so will ich Sie vor den unzüchtigen Gedanken warnen, die in Ihnen beim Genuß seiner andern Sachen aufsteigen könnten. In Wirklichkeit heißt der Herr Hugo von Hofmannsthal, hat im Juli maturiert und studiert Ius an der Wr. Universität. Sie wissen ja, verehrtester, wie wenig wörtlich das zu nehmen ist. Wenn es gestattet ist, seiner Biographie vorzugreifen, so will ich Ihnen auch mittheilen, daß ich heute Abend nach der Première von Musotte mit ihm soupiren und ihm von Ihrem freundlichen Interesse erzählen will. Im übrigen, fragen Sie doch Goldmann nach ihm; – er hat ihn ja entdeckt!
– Von Wiener Kunst soll ich Ihnen was berichten? – Nun, die literarische Bewegung äußert sich darin, daß im Wiedner Theater oder Carltheater Couplets gegen den Naturalismus gesungen werden (»brutal–!« »Skandal!«), daß es keine Verleger, keine neuen Stücke, dagegen sehr viele Kaffeehäuser gibt, in denen alle Literaten, denen Vormittags nichts eingefallen ist, Nachmittag ihre Gedanken austauschen. Sitzen zwei zusammen, so nennt man sie eine Clique – und sitzen

gar drei zusammen, – so sind sie es wirklich. Man glaubt weder an sich, noch an die andern – und hat großentheils Recht. – Ihr Feuilleton von dazumal fällt mir ein: Kaffeehaus der neuen Richtung hieß es, nicht? – wenn Sie mir gelegentlich dasselbe schicken wollten (Sie haben es doch wohl) freute es mich sehr. Und noch nach einem andern Werk gelüstet es mich wieder; das ist der Tabarin. Nun aber will ich noch mit einer ganz besondern Bitte heraus (die einleitenden Phrasen schenken Sie mir ja) ich möchte sehr gern diejenigen Ihrer Stücke lesen, auf die Sie selbst was halten u die *nicht* aufgeführt worden sind. – Sie würden meinem literarischen u persönlichen Interesse in gleicher Weise durch Berücksichtigung dieses Ersuchens entgegenkommen.
– Ihre Schlußpointe zu den Weihnachtseinkäufen gefällt mir vorzüglich; nur glaub' ich wär sie aus der einen Scene schwierig heraus zu entwickeln. Es wäre überhaupt was andres; in Ihrer Pointe liegt ganz einfach ein sehr reizendes Lust- oder vielleicht gar Schauspiel versteckt, welches zu schreiben Sie höflichst gebeten werden. – Neugierig bin ich, ob Sie eins von den Dingen bühnenwirksam finden werden. –

14. 11.

Ich wurde neulich unterbrochen, u komme erst heute zum Abschluß meines Briefes. Lassen Sie mich Ihnen also nur noch einmal sagen, wie sehr mich Ihre Freundlichkeit u Antheilnahme ehrt und wie es mich freuen würde, bald wieder was von Ihnen zu hören. Sie haben mir nun zwei Briefe über mich geschrieben; ich darf nun wohl einen über Sie erwarten?
Mit herzlichen Grüßen Ihr sehr ergebner

Arthur Schnitzler

An Marie Glümer 13. XI. 92.

Mein angebetetes süßes Engerl, heut früh bekam ich deinen Brief mit der »Angst vor der Vorstellung« ins Bett. – Natürlich hab ich jetzt eigentlich das Bedürfnis dich zu beruhigen, dir zu sagen, Mizerl, geh, hab doch keine Angst – und dabei erinnerst du dich wahrscheinlich kaum mehr an die Première, viel weniger an die Angst. Es liegt was so monologisirendes in unsrer Correspondenz; was ich dich z. B. Dinstag frage, kann ich frühestens Samstag beantwortet haben; traurig, Schatz. – Nun, sehr gespannt bin ich auf den Bericht über die Aufführung der Klippen. – Komisch! – Ahnt dieser Dichter, daß jetzt in einem Brief aus Wien von ihm die Rede ist? – Mein süßes liebstes Mädel, gestern war ich bei Musotte, und habe im zweiten Akt bitterlich geweint. Die sterbende Geliebte – die Sandrock spielte sie ausgezeichnet, dabei sah sie noch dazu ganz anders aus, als man sich die Musotte vorstellte, u trotzdem wirkte sie enorm. Das Stück ist eigentlich nicht gut, mit Ausnahme der ganzen Stimmung des 2. Aktes und einiger Einzelheiten in demselben. Es wurde *furchtbar* gespielt! – Eine Fr. Bayer, Gabillonrolle – Köchin! Ordinär, immer zum Publikum hinaus, und anscheinend stolz, wenn das Publikum über etwas lacht. Gibt dann sozusagen noch etwas zu, macht noch einmal eine Bewegung, von der sie glaubt, sie gefalle – du kennst diese Sorte? – Ein neuer Bonvivant, Nhil – ganz ohne Individualität, nur Routine. – Und meine lieben alten Freunde Liebhardt und Löwe! – Zum durchgehen – ! Und Giampetro sah als Arzt aus wie ein Friseur; zum lachen. – Die Odilon zwar wieder die Odilon – aber man konnte es sich gefallen lassen – denn Herr Liebhardt ist immer Herr Liebhardt, und man muß es sich auch gefallen lassen. – Gerhard hat das Stück übersetzt und war sehr entrüstet, daß es durchfiel. Er erzählte mir, daß es ihn so ergriffen habe, daß er bei jeder Probe habe weinen müssen! – Jetzt fangen die »Dramaturgen« auch schon an Komödianten zu sein! – Genug von Musotte, nicht wahr, mein Engerl? – Es ist jetzt halb zwölf, ich will mich anziehen und ins Gesellsch concert gehn. – Sehr weit wohne ich jetzt vom Conservatorium! – Nach Tisch, mein Engel, bin ich wieder zu Hause u schreib dir weiter! –

Wieder zu Hause, mein Schatz, nach Concert und Mittagessen. – Zu einem wahren musikalischen Genuß kommt man in der Trivialität des Mittagslichtes, wo alle Leute so »eben aufgestanden« ausschauen, – freilich nicht. – Jetzt, fünf Uhr Nachmittag, allein zu Hause. Eine Stelle in deinem Brief, Mizi, versteh ich diesmal nicht »Oben am Couvert *Wien* habe ich bei B. gesehen, sie bekommt aus der Pension solche Adressen – Ich dachte gleich, so schreibst du Douzzi –« Mein Schatz, ich verstehe kein Wort! Willst du die Güte haben, mirs zu erklären? – Sag, mein Mizerl, du bekommst meine Briefe immer in der Frühe, nicht wahr? – Mein süßes Kind, Anatol muß endlich morgen kommen – frag mich sogar nicht mehr drum – du kannst sicher sein, das Exemplar sofort zu bekommen. – In Prag u Berlin rührt sich natürlich nichts. Zu meiner unangenehmen Ueberraschung stand neulich in ein paar Zeitungen, daß das Märchen dem Burgtheater – *überreicht* sei. Geht entweder vom Agenten oder von einem in der Direct Kanzlei herumschnüffelnden Journalisten aus. Nachdem jeder Schneidergesell Stücke *überreichen* kann, ist die Notiz sehr dumm. – Hörst du viel Stimmen aus dem Publicum über dich? – Hat man dir Briefe, Bouquets etc geschickt? – Wie würdest du dich in St. G. fühlen, wenn ich nicht existirte? – Was sind dort für Fabriken? ich denke mir: 25 000 Einwohner – und keinen kenne ich! – Ist es denn nur zu fassen? – Du dort, und ich hier. – Wie sehnst du dich denn nach mir? – Auch zum *toll* werden, Mizi? – Wärst du glücklicher, wenn du mich nie kennengelernt hättest? – Mizi, wenn ich dich nur endlich wieder in meinen Armen halten, dich an mich pressen, dich mein, mein und wieder mein nennen könnte. – Erinnerst du dich, wie wir zuweilen von unserm Auseinandersein sprachen – eigentlich haben wir merkwürdig wenig davon gesprochen, nicht wahr? – Und so plötzlich, so unerhört plötzlich hat sichs geändert – durch die Giselastraße gingen wir, und sagten uns Adieu, und du stiegst in den Omnibus und ich ging nach Haus – und seitdem, Mizi, seitdem haben wir uns nicht gesehn,

nicht geküßt. – und alle die Lustigkeit, alle Zärtlichkeit der Nähe ist verschwunden. – Den Abschiedstag werde ich nie, nie begreifen. – Aber du hast's gewiß selbst nicht geglaubt, wie wir damals auseinander gingen – Wann wird das Glück wiederkommen? – Und wann wird es *auf immer* kommen? – Weißt du, daß du mein einzig Glück bist, mein, mein, mein geliebtes Mädl!
Tausend Küsse und eine Million.

Ewig Dein Arth

An Marie Glümer 17. XI. 92

Mein geliebtes Kind! Wenn du mir nicht bald einen hundert Seiten-Brief schickst, so weiß ich nicht, wie ich mich über die letzten acht oder zehn Tage werde trösten können, in denen ich so wenig von dir erfahre, mein Schatz. – Aber, mein Engerl, ich begreife – ich begreife vollkommen. Nur ist das so mißlich: das *Begreifen* ist eine Sache des Verstandes, und worüber dieser besagte Verstand bereits vollkommen im klaren ist, damit hat sich das Herz noch lange nicht abgefunden. Und so kann es kommen, daß einem nicht nur verständliche, sondern sogar selbstverständliche Dinge zuweilen weh thun. – Außerdem hat die Entfernung eine eigenthümliche Eigenschaft, die auch dem Traum anhaftet: das ist nemlich die unheimliche Färbung natürlicher Vorgänge. Eine ganz gleichgiltige Landschaft sieht im Traum bisweilen so traurig für mich aus, daß ich weinen könnte. Und ähnlich geht es mir z. E. mit deiner Winterthurerfahrt, die ja wahrscheinlich weder für die Gegenwart noch für unsre Zukunft etwas so gräßliches bedeutet – und die für mich von allen Schrecken des Unbekannten, Geheimnisvollen und unmöglich zu erkundenden umgeben ist. – Nun, meine Hoffnung ist, daß du doch in ein paar Tagen wieder wirklich Zeit und Stimmung zum schreiben findest, und dein Leben, soweit das überhaupt menschenmöglich, von der dummen Färbung des Traums u der Ferne befreist. – Ver-

säume auch nicht, dir an Tagen, wo du nicht schreiben kannst, über Dinge, die mich interessiren müssen, u die du vergessen könntest, Schlagworte zu notiren. – Wir sprechen ja eigentlich gar nicht mehr miteinander – jedes redet vor sich hin in die Luft – *den* Eindruck hab' ich. –
Gestern Abend im Quartett Rosé; nachher im Riedhof. – Ich bin innerlich so dürr, daß auch die Musik nimmer so hinein kann wie früher. –
Nachmittag. – Mein süßer Schatz, die Zeit verstreicht mit der üblichen Gleichförmigkeit. Von Sonnenthal hab ich einen Sitz zu Maria Magdalena bekommen, für heut Abend. – Sag mir, wie dir die »Einleitung« von Loris gefällt, und ob wirklich der Zusammenhang zwischen seinem Gedicht und dem Buch so schwer zu finden ist. Die erste Kritik war in den Berliner Neuesten Nachrichten, kurz, in einem Wiener Brief. Die Stücke werden »graziös u feinsinnig« und ich »einer der talentirtesten und versprechendsten unter den jungen Wiener Autoren« genannt. –
Ich hoffe auf morgen. – Und jetzt, mein Schatz, sag ich dir Leb wohl und küsse dich vielmals, und über meine Sehnsucht sag ich lieber nichts, gar nichts mehr, – Kindisch wäre jedes Wort. – Leb wohl, meine Mizi!

Dein Arth

An Marie Glümer 18. XI. 92

Mein angebeteter Schatz! Dreimal hab ich deinen Brief heute schon gelesen: wie ich ihn bekam vor der Polikl – dann wie ich nach Hause kam, und jetzt, wie ich mich hinsetze dir zu schreiben (½1) wieder. – Da ist wieder einmal der Duft deines Wesens drin, und mir ist um etwas wohler, als in den letzten Tagen, die schauerlich für mich waren – daß er mich noch immer nicht ganz befriedigt – das liegt wohl mehr daran, daß es ein *Brief* ist, als daran, daß er noch mehr *sagen* könnte. – Ich habe ja doch immer nur die äußersten Umrisse deiner

Existenz – meinst du im Ernst, daß du mir eigentlich was von Winterthur erzählt hast? Es wurde geplaudert – ja! – Aber was? – Und mit wem hast du zumeist geplaudert? – Ich spüre in der letzten Zeit aus deinen Briefen immer Dinge heraus, die nicht drin stehn, und die drin stehn sollten. Es sollen nun wieder 3 Monate vergangen sein, ohne daß von allen diesen Menschen, mit denen du zusammenkommst, dir einer mehr oder minder deutlich gesagt, daß du – schön bist? – Oder auch andres und mehr – ? – Stelle dir einmal vor, ich existirte gar nicht – wie würdest du dich dann dort fühlen? – Thu mir den Gefallen, Miez, erzähl mir alles. Du verstehst mich ja, Mizi! – Ob Musotte unaesthetisch? – Absolut nicht; nur ist das Stück als ganzes mislungen. Man kann sich ebensogut vorstellen, daß Musotte lungenkrank ist. Ueber die Sandrock war ich entrüstet. Sie spielte großartig. Aber stelle dir vor, diese Person hat die künstlerische Gewissenlosigkeit, die Musotte, die ein Modellmädel ist, in Toiletten einer grande cocotte, in einem Zimmer, das bei jedem Tapezierer 10.000 francs kosten würde, und mit einer Atlasdecke, die einfach prunkvoll ist, zu spielen. Du kannst es ganz buchstäblich nehmen: ich hasse dieses Weib seit dieser unerhörten Impertinenz gegen den Dichter. Das Stück ist beinah auf den Kopf gestellt. – Und die Regie, die das ruhig geschehen läßt! – Die Hausner hat mir geschrieben, sie freut sich mein »eigenartiges« Talent kennen gelernt zu haben, »das M. wird viel von sich reden machen.« – – Gestern war ich bei Maria Magdalena. Die Wolter als 20jährige verführte – das geht doch nicht mehr. Und trotzdem müßte man sie bewundern. Misfallen hat mir Sonnenthal. (Kennst du das Stück? Es ist das mit dem berühmten Satz: »Darüber kann kein Mann weg.« – Hebbel selbst konnte übrigens drüber weg. –) – Mizi, du bist beim offnen Fenster gesessen? Während du mir schriebst? – Und ich friere im geheizten Zimmer, habe eine Decke über den Knien liegen; schaudre davor, jetzt wieder in die Luft hinaus zu müssen. Und dabei ists glaub ich noch nicht unter Null! – Dabei ist schöner blauer Himmel mit Sonne. Ich bin übrigens auch sehr nervös, sehr. – Daß ich in Venedig war, kommt mir so unbeschreiblich lang her vor – Und wie ich in Venedig war, war ich schon lang, lang von dir fort! – Aufrichtig, Mizi, erinnerst du dich denn überhaupt noch an mich? – Hängt mein Relief noch in deinem Zimmer? – Wie traurig sind solche Fragen! – Die Jessica sind *nicht* die ersten Verse, die du sprachst. Du hast auch in Gyges Verse zu sprechen gehabt. – Einmal nur möcht ich während einer Probe unsichtbar über dir schweben. – Und während einer Vorstellung! – Und während eines ganzen Tags womöglich. – – Mit welcher deiner weibl. Colleg. redest du? – Sind mögliche unter ihnen? –

Nachmittag 6 Uhr. – Mein Engel, da hast du mich wieder. – Es ist mir eben gelungen, das erste Mal seit Monaten an meinem Stück weiterzuschreiben – und es wird hoffentlich nicht wieder nur gut genug zum Zerreißen sein. – Die Scenenfolge ist so klar und die Personen hab ich nun endlich so deutlich, daß ich unter günstigen Umständen vor Ende des Jahres das Stück fertig haben kann.

– Von Prag u Berlin höre ich natürlich nichts. – Es ist mir aus materiellen Gründen unangenehm, innerlich eigentlich gleichgiltig. – Mamroth hab ich vor 14 Tagen principiell gefragt, ob er ev. eine Novelle von mir haben will – ich bekomme nicht einmal ein Ja oder Nein zur Antwort! – Und das sind schon die wohlwollenden! – Es muß ein ganz besondrer Genuß sein, sich flegelhaft zu benehmen, meinst du nicht? Sonst könnte ich mir dieses infame Außerachtlassen der *gewöhnlichsten* Höflichkeit nicht erklären. – Ich muß dich auch mit solchen Dingen langweilen, Miez; da steht alles, was mir durch den Kopf fährt. –

Jetzt sag ich dir leb wohl, mein Engerl und bitte dich mir so viel zu schreiben, als du – nein, nicht als du kannst, sondern als du Lust hast. –

Leb wohl, und millionen Küsse, mein Schatz.

Dein Arthur

An Marie Glümer 19/XI 92

Mein geliebtes Kind, heut ist wieder einmal keine Nachricht von dir da, weder Brief noch Karte. Mein liebstes Kind, wenn du auch die Karten »abominable« findest, ich wiederhole doch meine Bitte, daß du im Falle erheblichen Zeit- u. Stimmungsmangels dich zu solchen kleinen Lebens- u Liebeszeichen entschließen mögest. – Mag ja kindisch sein – aber wie traurig stände es um uns, wenn wir nicht manchmal kindisch wären. – Von mir, mein Schatz, ist wie immer nichts neues zu berichten. – Heute früh ist plötzlich ein liebenswürdiger Brief von Mamroth gekommen. – Ich hoffe, mit meinem gestrigen Anfang doch endlich wieder ins Arbeiten hineingekommen zu sein und die Zeit, bis ich dich wieder habe, dich, dich, Mizi, wenigstens menschenwürdiger als bisher zu überstehen. Ich sehe übrigens wieder, wie »Arbeiten« da ein recht dummes Wort ist – denn wenn mir etwas wirklich gelungen war, hab ich doch nie die Empfindung des »Arbeitens« im gewöhnlichen Sinn gehabt. Ich finde übrigens diese theoretischen Erörterungen platt; du stimmst mir gewiß bei. –

Mizi, heute früh kamen fünf Briefe, und keiner war von dir! – Schämst du dich nicht? (Es war einer von Mamroth, einer von Herzl, einer von einem Hrn Brüll (über Anatol), einer vom Componisten Weinberger u einer von einem Doktor in Nizza) (Es interessirt dich doch hoffentlich?) – – Es ist jetzt Mittag; ich in meinem Zimmer, draußen die mir so verhaßte kalte Wintersonne, und so hab ich zehn Gründe für einen, zu frieren u mich höchst unbehaglich zu fühlen. – Leb wohl, mein süßer Schatz, – bis Nachmittag. –

5 Uhr. – Liebste Mizi, ich *kann* mich nun einmal nicht daran gewöhnen, – die 2 Minuten für eine Karte hat man doch eigentlich immer. – Und man muß sich ja mit Symbolen behelfen – ein Brief ist ja auch nicht viel mehr. – Glaubst du etwa, daß das, was ich hier auf diesen Blättern auszudrücken versuche, in irgend einem Verhältnis zu dem steht, was in mir

vorgeht? – Heut hab ich nichts u werde wohl auch nichts schreiben. – Auch wenn die 100 Grad deiner Liebe und Sehnsucht sich um 1/4 Grad vermindert haben, theil es mir ehrlich mit. – Und wenn du dich dort ziemlich heimisch fühlst, sag's mir. – Und – und – nun du weißt ja alles, was ich dich fragen will. Ich *beschwöre dich,* mir in allem die Wahrheit zu sagen, und *nichts, nichts* für unwichtig zu halten. – Vielleicht ist das Unsinn, was da steht; ich weiß nur, daß ich gequält bin und jede Stunde überlegner »Ruhe« bitter bezahle. – Sag's mir, wenn du weniger an mich denkst. – Unsinn? – – – Es ist nicht wegen des Ausbleibens einer Nachricht. – Manchmal beginnt eben alles, alles zu wanken. – Man müßte ein Gott sein oder eine Maschine, um diese Martern der Trennung verschiedner Art schadlos zu ertragen. – Weißt du, wie ich dich anbete? – Alles, alles, alles schreiben, zur Wahrheit bist du aufs heiligste verpflichtet. Tausend Küsse

Dein Arth

– Ich bin heute Abend bei einem Vortrag, den Loris in einem Studentenverein hält. – Was du heut machst? – Keine Ahnung hab' ich! – Entsetzlich! – Kannst du dir meine Stimmung vorstellen? – Mizi! – Meine Mizi!!

An Marie Glümer 27/11.92

Meine geliebte Mizi! – Sonntag – du kennst also die Scenerie. Dein Brief kam gegen zehn (nur einer – gestern hab ich keinen bekommen!) – und ich hab ihn unter vielen heißen Thränen dreimal durchgelesen, hintereinander. Ich verging vor Sehnsucht, vor Schmerz. – Diese Sonntag Vormittage jetzt und früher! – Erinnerst du dich? – Wie wir uns an der Wien trafen u dann im Margarethner Hof Caffeehaus – Zeitung lasen! – Wenn ich heute denke, daß es beinahe ganze Minuten gab, in welchen wir uns nicht anschauten! – Obwohl wir die Möglichkeit dazu hatten! – Mizi, was ich jetzt für so einen versäumten Blick gäbe – mir wirbelts durch den ganzen Körper, wenn ich jetzt an deine Blicke nur denke. – Ich bin höchst »neugierig«, was du mir über Weihnachten schreiben wirst? –

– Im übrigen weiß ich noch immer nicht, wie du dich befändest u wie du leben würdest, wenn ich überhaupt nicht auf der Welt wäre? – Und noch immer nicht, wer schon – sagen wir, versucht hat, dir zu sagen, daß er dich liebt. – In welcher Rolle sahst du so schön aus? – Wer sagte es dir? – Und von wem freute es dich am meisten? Ahnt irgendwer, daß du – bald hätt ich gesagt, gebunden bist. Du weißt sehr gut, Mizi, daß deine ganze Gebundenheit in der Verpflichtung besteht, mir die Wahrheit zu sagen und mich nicht in dem Traum wiegen zu lassen, daß du mich liebst, wenn es nicht – Nein, Mizi, es ist ja offenbar blödsinnig, was da steht. – Wie könntest du so einen Brief schreiben, wenn nur ein Gedanke in dir wäre, der nicht mir gehört –. Aber vielleicht schreibst du dich nur so in die alte Liebe hinein, und bist eigentlich in der Zwischenzeit von einem Brief zum andern durchaus nicht so tief ergriffen von unsrer Trennung als es dir selber vorkommt, wenn grad ein Brief von mir erscheint oder du dich hinsetzt mir schreiben? – Selbstquälerei – nicht wahr? – Weißt du, was man von dir in G. redet? – Was machen deine Colleginen? – Bist du vielleicht mit irgendwelchen Leuten per Du? – Hat dich schon *wer vom Theater besucht*? – Hat noch niemand aus dem Publ. deine Bekanntschaft gesucht? – Gibt es eine jeunesse dorée von St G., die in der Fremdenloge sitzt und dich mit großen Operngučkern anschaut? – Siehst du oft durchs Guckerl im Vorhang, ob viel Leute da sind? Kennst du schon welche? – Mit wem redest du am meisten während Proben u Vorstellung? – Haben alle Damen zusammen eine Garderobe wie in Slzbg? – Wie ist der Ton? – Du sprachst neulich einmal von ordinären Späßen, – wie benimmt man sich gegen dich? – Wer gibt denn gewöhnlich deinen Liebhaber? – Und da sollte bei den zärtlichen Scenen noch nie einer versucht haben, die gespielten Gefühle ins wirkliche zu übertragen? – Warum du mir immer einreden willst, daß alle Männer gerade gegen dich anständiger sind als gegen sämmtliche übrigen Weiber auf der Welt! – Mir ist diese absolute Harmlosigkeit, in die deinen Schilderungen nach diese Provinzthverh. getaucht sein müßten, unwahrscheinlich. – Wissen sie dort was von mir? – d.h. von dir u mir? – Ich sitze zähneknirschend da, und vollkommen wehrlos gegen den Ansturm widerwärtiger Ideen. – Mizi, diese mizilose Existenz, dieses Leben ohne deine Blicke, deine Stimme und deine Küsse bringt mich vollkommen in Unordnung. – –

Mizi, auf einen Ball war ich geladen, u. zw. für gestern, bei einer Familie Neumann; habe natürlich abgesagt. – (Kenne die Familie nicht; habe neulich Mittags Besuch gemacht, mich entschuldigt.) – Bei Ronacher war ich nicht seit ich mit Loris u Karlweis dort war; aber ich muß dir ausdrücklich erklären, daß ich es nicht als Ereignis angesehn habe – trotz der enormen Gefahren, welche mir dort drohen! – Auf der Pol. ist dieselbe Sorte Mädel wie immer; ich habe jetzt das hypnotisiren wieder aufgenommen, u. habe wieder viel Erfolg damit. – Gestern Abend, Mizi – das neue Stück von Ganghofer. Es wird ihm allerdings schon zu viel Ehre angethan, wenn es in einem Brief von mir an dich erwähnt wird. – Ein Mischmasch von Arbeiterstück, Criminaldrama und Hinterhausdramatik; in dem es nur Phrasen und crasse Effekte – und auch nicht ein Wort des Herzens und nicht eine innerlich entwickelte Situation gibt! – Die Hauptfigur, Direktor einer Fabrik (Weisse) ist der böse Herr, der immerfort »auf die Höhe« (so heißt das Stück) hinauf will und zu diesem Behufe seinen Compagnon (der einmal eine Gemeinheit beging) verrathen will, wenn er ihm nicht seine Tochter zur Frau gibt, die Arbeiter, welche striken (dumpfer Lärm hinter der Scene – sehr stimmungsvoll!) schäbig u brutal behandelt, – seine Geliebte (natürlich einen Engel) ins Wasser schmeißt, weil sie ihn nicht zum Verlobungssouper gehen lassen will (während dieser Scene heult der Sturm) – und dem schließlich beim Verlobungssouper – der Geist seiner gemordeten Geliebten erscheint (kommt auf der Bühne vor, kommt vor! – bitte! Frl Sandrock mit den triefenden Haaren der Ertrunkenen und Schilf im Haar – und verbeugt sich zum Schluß!!) – Na, ich sag dir, Mizi, ein Stück! –

Das beste ist aber das folgende: Schwarzkopf steht zufällig hinter Müller, dem gegenüber einer sich abfällig über das Stück äußert. Worauf Müller replicirt: »Dann ist Kabale und Liebe auch kein Stück.« –

– Mizi, wenn ich an mich denke – so bild ich mir wahrhaftig nicht viel ein – wenn ich aber an die andern denken muß – werde ich unbedingt ein bischen selbstbewußt. –

– Mizi, es ist spät geworden, ich geh nach Haus essen. – Mein theures Kind! – Nachmittag kommt Loris zu mir; Abends nachtmahle ich bei Brüll's. – Leb wohl, mein geliebter Schatz und sei und bleibe süß und lieb und brav und wahr! –

Dein Arth

An Marie Glümer 30. 11. 92

Mein geliebtes Engerl – zwei Briefe sind heute früh von dir gekommen – und immer jetzt, wenn ich nur die ersten Zeilen gelesen, brechen mir die Thränen hervor. Das erste immer, wenn ich von der Pol. nach Hause komme, ist, sie wieder lesen. Mizi, deine Sorge, daß ich dich nicht wiedererkennen würde – überflüssig glaub ich!! – Aber deine Bemerkungen über Weihn. machen mir angst. – Sag doch, hast du schon gefragt? Dich um die Möglichkeit erkundigt? – Weißt du, daß es bis Palmsonntag noch vier lange, entsetzliche Monate sind – nein, mehr! – Wurde schon von deiner Mutter was übern Sommer gesprochen! – Ich kann dir nur sagen, Mizi, daß das Leben ohne dich mich hin macht; ich habe, in übertragenem Sinn, immer einen schlechten Geschmack im Mund. – Zu Hause, mein Engerl, steh' ich ganz gut; gestern kam mein Papa sogar etwas geschmeichelt aus dem Unterrichtsminister. nach Haus; dort hatte sich ein Sectionschef nach mir erkundigt »dem Führer der Wiener Realisten«. – – Der Mangel aller materiellen Erfolge vorläufig wird allerdings auch zu Hause zuweilen übel vermerkt, und, am Ende nicht ganz mit Unrecht, meinem Widerwillen, mich mit *der* Seite der Frage zu beschäftigen, zugeschrieben. – Man ist also ausgesprochen liebenswürdig, sogar gütig gegen mich und auch von einem gewissen äußerlichen Verständnis. Daß sich das tiefe innerliche nicht entwikkeln kann, ist ja nicht zu verwundern. – Neue Bekanntschaften wüßt ich dir nicht mitzutheilen, woher auch? – Worauf beziehst du nur, daß ich dir nicht alle Fragen beantworte? Ich erinnere mich keiner. – Gestern Abend hab ich nicht allein, sondern mit Beer Hofm u Bératon genachtmahlt; dann waren wieder alle im Pfob. Da nahm vor allem Schick ein Manuscript aus der Tasche und las einen vernichtenden Artikel gegen das »Anekdotenerzählen«; das in der letzten Zeit allerdings in geisttödtendem Maße von einigen fremden Elementen des Kaffeehaustisches gepflogen worden war. – Die Abende im Pfob sind ziemlich reizlos und geistig unfruchtbar; eben genügend um den Geselligkeitstrieb zu befriedigen. –

Mein geliebtes Kind. – Nachmittag; ich schreibe weiter. – Ich liebe dich, das zum Beginn! – Ich habe Devrient begegnet, der das »Märchen« gelesen, von demselben angeblich entzückt ist, nicht begreifen kann, warum es Burckhard nicht nahm, und es heute dem Hartmann gegeben. »Ich meine, er muß sich auf die Rolle stürzen« sagte er. – Das will noch nichts bedeuten, daß Burckh. refusirte, behauptete er. – Was glaubst du, Mizi? – Auch das wird in dem Sand verlaufen, natürlich. – Die Kälte hier ist schrecklich – und es ist noch November. – Ich brauche ja nur ein bischen Frühling und *sehr viel* Mizi zu meinem Glück! – Leb wohl mein geliebter Schatz und denke meiner wie ich dein gedenke. – Leb wohl, mein geliebtes Mädl! – Ewig bin ich Dein

Arth

An Marie Glümer 14. 12. 92

Mein süßes einziges Engerl, dein wunderbares Brieferl liegt vor mir und entzückt mich – und du weißt jedenfalls nicht einmal, welchen Brief ich meine. Ich meine den, wo du dich als »Provinznockerl« schilderst. Nun, Mizi, mir ist gar nicht bange um die Vornehmheit deiner Erscheinung – und mit zerzausten Haaren und offnen Knopfschuhen bist du noch immer das entzückendste Geschöpf, das auf der Welt existirt – und wenn ich mir dich so vorstelle, wird meine Sehnsucht leider um nichts, aber um gar nichts geringer. Und hätt ich dich so bei mir – so würde ich dir die Haare wahrscheinlich noch mehr zerzausen. Im übrigen sehn meine Haare auch nicht zum besten aus; der Friseur ist nemlich seitdem ich nach Ischl fuhr, abgeschafft. Dafür jeden Morgen warmes Bad und kalte Douche. Trotzdem bin ich mit meinen Nerven nicht recht zufrieden. Na, Gründe genug hab ich. – Liebes süßes Kind; es wäre sinnlos jetzt die Sachen von S. zurückzuverlangen – da er es nicht könnte. Du weißt ja, in Ischl habe ich das erste und letzte Mal mit ihm über die Sache gesprochen, und da bat er mich, die endgiltige Discussion (heißt also Zurückgabe etc) hinauszuschieben. Würde ich jetzt wieder davon anfangen, würde er nichts andres thun können als dasselbe bitten. Er war den ganzen Winter 2mal allein bei mir, sonst immer mit den andern. So sehr die Affaire meiner Sympathie für ihn Schaden gethan hat; als literarischen Verkehr würde ich ihn ungern aufgeben; liegt auch kein Grund dafür vor. Ich kann ihn auch seine Schuld nicht ununterbrochen fühlen lassen. Ich denke, sein Bewußtsein, daß ich ihn von seiner schlechten Seite so genau kenne, genügt vorläufig. Er hat nicht das Recht, mich für dumm, sondern höchstens das, mich für »edel« zu halten, was ich übrigens in Wirklichkeit gar nicht bin. Daß sich aehnliches noch einmal ereignet, halte ich für ausgeschlossen. Damit mag es nun sein Bewenden haben, bis eben die Möglichkeit vorliegt, daß er sein Unrecht wieder gut macht. Genug davon, mein süßes besorgtes Mizerl! – Mizi, eine Zärtlichkeit für dich fühl ich in mir quellen, die mir jeden Moment die Thränen in die Augen treibt – abgesehn vom Schmerz der Ferne u Sehnsucht. Heut ists hier fast warm; in der Sonne genirt einen der Winterrock. Heut Abend, Mizi, will ich zur Jüdin von Toledo. – Du schreibst so wenig in der letzten Zeit von deinen Rollen, von der Aufnahme bei Kritik u Publicum. Hols nach soweit als möglich.

– Nachmittag. – Mein Engerl. Sonderbarer Weise kam gerade heute Nachmittag S., und las mir eine Skizze vor, die ich aber nicht gelungen finden konnte. – Jetzt, mein süßer Schatz, geh ich ins Theater; dann nachtmahle ich allein und will, wenns geht, in der Nacht meinen 3. Akt beginnen. Ich nehme an, du gibst mir deinen Segen dazu und so küsse ich dich dafür wie für alles andre gute, das du in mein Leben brachtest. Leb wohl, mein geliebtes Mädel!

Dein in Ewigkeit – Arthur

– Was ich fast vergessen hätte! Ein sonderbarer Traum heute! Denke nur! – Unser Kind ist erst 1 Tag alt, hat aber schon alle vordern Zähne, ganz weiß, und lacht in einem fort. Und kann sogar schon sprechen; nemlich zwei Worte: »Süßes Engerl«. Mir war das ganz verständlich, denn ich dachte, diese Worte habe es oft genug von uns gehört. Trotzdem aber erklärte ich, man müsse der Akademie der Wissenschaften davon Mittheilung machen. Vorher aber geh ich in ein Kaffeehaus (du kennst ja die unglaubliche Tollheit der Träume) – weil du erst – im 5. Akt vorkommst. Im Café wird auf dem Billard ein ganz neues Spiel gespielt, heißt Baré. Ein Hofmeister macht eben einen sehr angestaunten Stoß. – Nun im Theater. Du eine Scene mit der Metternich, machst riesige Bewegungen mit den Armen bis ins Parket [!] und bist ganz in weiß, sogar eine weiße Barchenthaube! – Hast ein Gesicht wie in Thermidor als du Freiheit! Gleichheit! Brüderlichkeit! schriest. Einen kleinen süßen Mund und große verwunderte Augen. –

Wichtig, mein Schatz, ist das alles gewiß nicht; und ich habe sogar den Eindruck, daß du ja den Traum eigentlich als Mitspielerin kennen solltest – Aber es wird spät, Mizi, umkleiden und ins Theater – wie du. – Leb wohl mein süßes Engerl! – (Du hast keine Ahnung, wie bildschön der Fratz war! –)

An Marie Glümer 16/12 92

Mein geliebtes Engerl, ich schreibe dir erst Nachmittag; Vormittag von der Pol aus in die Druckerei; dann war ich im Gewerbemuseum, wo ich mir das Geschenk meiner Geschwister zu Weihnachten für mich kaufte. Ich wählte die Venus von Milo (die armlose), und einen Platokopf (auch antik) für den Ofen. Mizi, wenn ich denke, wie du das erste Mal wieder zu mir eintreten wirst, und so vieles verändert, so manches neu – und nur mich alt und unverändert – und hoffentlich doch noch jung wiederfinden [wirst]! – Meine Mizi, du süßes geliebtes Wesen. – Was für eine Rolle hast du eigentlich mit Knorr? Neulich bei der Jüdin von Toledo stieg es wieder schaudernd in mir auf, wie nahe dir dieses Gesindel kommen kann, und ich erschrak vor mir selbst, wie ich Tagelang – nicht etwa nicht daran denken – aber doch sozusagen drüber wegdenken kann. Wie sind deine Partner in *dieser* Hinsicht? Ist es nöthig, sich vor Impertinenzen zu schützen? – Heut leide ich wieder einmal Qualen darunter. Wenn man sich dieser Dinge immerfort bewußt wäre, so könnte man schon allein daran zu Grunde gehen. – Eben hab ich von der Postavka einen reizenden Brief bekommen; ich soll Donnerstag 22. mit Gusti hinkommen. Sie schreibt u.a. »Voilà Mitzi partie, conséquemment, solitude et mélancolie; vous ne vivez sans doute que de souvenir et d'espérance, et c'est dur!« – Oui, ma bien aimée, c'est bien dur! –
Mizi, deine Briefpapiere nehmen immer phantastischere Formen an, was ich aber sehr lieb finde – nächstens wirst du mir wohl auf einer Omelette schreiben – (guter Witz!!!) – Unan-

genehm ist mir daran nur, daß du eben aufhörst zu schreiben, wenn dein Schreibmaterial zu Ende; – drum wär es hübsch, wenn du immer noch Briefpapiere in der Nähe hättest. – Beer-Hofm. ist ein außerordentlich sympathischer höchst delicater, aesthetisch wohlthuender Mensch. – Er und Loris sind diejenigen, die ich am häufigsten und am besten vertrage. – Immer – und ganz vertrag ich überhaupt keinen Menschen. Unser Verkehr ist deswegen so hübsch, weil ihm jeder Zwang und jede äußerliche Intimität fehlt. Nervöse Menschen sind nur für diese Art der Freundschaft. Von seinen tiefsten Geheimnissen soll man nie jemandem was verraten; selbst dem besten und verständigsten nicht – denn der ist doch immer ein – andrer.
– Heute Abend holt mich Beer-Hofm zu Frau Flegm. ab, wo über eine Anatolaufführung gesprochen werden soll, gegen die ich mich aber vorläufig abwehrend verhalte. – Mein süßes Engerl, schreib mir doch wieder von den Proben u Vorstellungen und den Kritiken. – Und hab mich lieb und denk' an mich wie ich an dich und sag mir, ob wegen des Sommers was gesprochen wurde. – Und, Mizi, bitte, antworte mir wegen Weihnachten, ja, Schatz? – thu mir den Gefallen! –
Eben, 6 Uhr, mein Schatz, bekomme ich einen Brief von Sonnenthal, in dem er mich über den Anatol fürchterlich zusammenschimpft u. unter anderm folgendes sagt: »Ich habe mich durchgeärgert durch alle Leidensstationen dieses Calvarienbergs, auf dem Sie Ihr heiliges, Ihnen von Gott gegebenes Talent selbst ans Kreuz schlagen« – – dann »weil ich selbst unter dem schmutzigen glimmernden gleißenden Quarz das Edelmetall Ihres Talentes strahlend hervorleuchten sah.« – Dann räth er mir, mich herauszureißen aus dem »Realismus«, wie es Fulda gethan – denn, »es wäre schade um Ihr wirklich reizendes schönes Talent.« – – Ich gestehe, daß ich mich ein wenig ärgre; mehr um der Sache als um meiner Willen. Daß ein großer Künstler noch die Moralfrage und die Kunstfrage in

so haarsträubender Weise verwechselt, könnte einen traurig machen. –
Und nun leb wohl für heut mein süßer Schatz und sei innig geküßt!

Ewig Dein Arthur

An Adolf von Sonnenthal Wien, 19. Dezember 1892.

Verehrter Herr von Sonnenthal!
Wie unendlich werthvoll mir jedes Wort von einem Manne ist, der mir, seit ich überhaupt für Kunst zu empfinden vermag, als einer der größten und tiefsten Künstler erschienen ist – brauche ich Ihnen das noch zu sagen? Und so nehme ich Ihr Lob mit stolzem und innigem Dank entgegen und will Ihren Tadel mit Ernst erwägen.
Was ich schon heute sagen darf, ist, daß ich in manchen prinzipiellen Fragen weniger weit von Ihnen, hochverehrter Herr, entfernt bin, als Sie nach dem Buch, das Ihnen so viel Unmuth erregt hat, anzunehmen scheinen; doch will ich Sie hier mit meinen theoretischen Anschauungen nicht ermüden. Ich bitte Sie jedoch, mir zu glauben, daß jenes Buch (es mag ein mißlungenes, vielleicht ein widerwärtiges sein) ganz bestimmt ein ehrliches Buch ist, in welchem keine Zeile steht, die irgend einer Tendenz oder irgend einer »Richtung« zu Liebe anders niedergeschrieben als empfunden und entworfen wurde. Ich möchte nicht Anatol sein – aber ich kann durchaus nicht bedauern, einige Plaudereien geschrieben zu haben, in welchen dieser Herr vorkommt. Wenn die Grenzen meines Wesens mit den inneren Erlebnissen und Resultaten jenes Buchs umschrieben wären, so thäte mir das selber leid, aber ich hoffe, den Beweis weiterer Grenzen erbringen zu können, und werde sehr glücklich sein, wenn dann Sie selbst, hochverehrter Herr, diesen Beweis nicht für fehlgeschlagen erklären sollten.
Ich will gleich hier die herzlichsten Glückwünsche anläßlich Ihres Geburtsfestes beifügen. Sie, verehrtester Herr, gehören

zu jenen Menschen, an die sich meine höchsten und unvergeßlichsten künstlerischen Erinnerungen knüpfen; und es ist sehr erfreulich, dafür einmal aus tiefster Seele danken zu dürfen. Dieser Bewunderung für den unvergleichlichen Künstler gesellt sich bei mir noch die ehrfurchtsvolle Sympathie für den besten und liebenswürdigsten Menschen bei, deren Ausdruck gütigst entgegenzunehmen ich mittelst dieser Zeilen bitten möchte.
In dankbarer und bewundernder Hochschätzung

Ihr sehr ergebener
Dr. Arthur Schnitzler.

An Theodor Herzl 30/12 92

Verehrtester Freund,
nehmen Sie meine herzlichsten Neujahrsgrüße entgegen! Ich sende Ihnen dieselben mit besondrer Freude, denn wenn ich so die Ergebnisse des heurigen Jahrs überschaue, so finde ich, daß jener Brief, mit welchem Sie sich als einen so liebenswürdigen Betrachter des Märchen zu erkennen gaben und zugleich manche Misverständnisse unsrer bisherigen Beziehungen lösten, zu den wärmsten und wohlthuendsten Erlebnissen meines 92er Jahres gehören. Ich stehe in meiner eignen Anerkennung noch nicht fest genug, um eine Liebenswürdigkeit wie die Ihre nicht besonders stark zu empfinden. Es wundert mich umsomehr, daß Sie mir noch bis zu einem gewissen Grade zu mistrauen scheinen. Die Gründe, mit welchen Sie mein Ersuchen um einige Ihrer Arbeiten ablehnen, veranlaßten mich zu dieser Bemerkung. Sie, mein lieber und verehrter Freund, stehen auf meine »reciproke« Anerkennung gewiß nicht an, und ich meinerseits glaube vor dem Verdacht sicher zu sein, aus dem Bedürfnis Revanchefreundlichkeiten auszutheilen, mich für Ihre Manuscripte zu interessiren. Daß Sie manches Dramatische geschrieben haben, das Sie auch jetzt für gut halten, geht aus einem Ihrer Briefe mit Sicherheit her-

vor, und wenn Sie vor zehn oder zwölf Jahren nicht bezweifelt haben, daß ich mich für Ihre Stücke interessire, so liegt heute wohl auch kein Grund dafür vor. Es wäre doch ganz schön, wenn aus der Formel, welche wir beide über den Anfang unsrer Briefe setzen, auch ein Inhalt flösse. Einigen wir uns dahin, daß wir durchaus keinen Grund haben, in Phrasen miteinander zu correspondiren, und daß jeder Satz, welcher einer dem andern schreibt diesen verbindlich macht, jenem Satze zu glauben. Das ist natürlich keine Erpressung, als wenn Sie mir nun unbedingt was schicken müßten; aber ein Ersuchen ist es, in meinen Worten an Sie mehr als Höflichkeit sehen zu wollen. Ich war ja so frei, auch die Ihren als etwas besseres zu nehmen. –
Und nun leben Sie wohl und seien Sie meiner aufrichtigen und wärmsten Hochschätzung versichert.
Ihr

ArthSchnitzler

An Marie Glümer 31. 12. 92

Mein Engerl! Dein heutiger Brief hat mich wieder ein bischen erhoben. Aber du darfst nicht glauben, daß mich dein gestriger »geärgert« hat, wie du schreibst. Ich bitte dich nochmals, stets so zu schreiben, wie's dir eben um die Seele ist, du würdest mich tief kränken, wenn du mich von irgend einer Stimmung deines Innern ausschlössest. – Ich will alles, was in dir vorgeht, mit dir erleiden – wenn sich nun auch unsre äußern Existenzen entfernt von einander bewegen. Mein süßes, geliebtes Kind, du weißt ja gar nicht, wie ich dich liebe. – Letzter Tag des Jahrs heute. – Ich danke dir für die Wünsche – ich wünsch dir und mir bald ein Neujahr, an dem wir – nichts mehr zu wünschen haben – das ist das beste, was wir heute sagen können. – Den heutigen Abend verbringen wir zu Haus; was wirst du thun, mein Schatz? – Das sind recht öde »Feste« heute.

– Mit dem Portier hab ich mich heut herumzanken müssen; ekelhaft, daß man solche Leute nicht einfach deportiren lassen kann. Du siehst, ich bin älter und milder geworden, im vorigen Jahre wäre ich für Todesstrafe gewesen. – Jetzt war ein Herr da (Advocat Dr. Adler), eine Hilfsaction berathen – wegen Tausenau, der in Monte Carlo sitzt, mit Schulden und ohne Heller. – Man wird sich an den dortigen Cercle des étrangers wenden. –
– Das vorgestrige Stück war eine Tendenzposse, blöd, gegen die Antisemiten; eine Speculation des Verfassers Wimmer auf unsre Presse. – Gott schütze die Juden vor ihren Freunden. –
– Mein Schatz, heute am Sylvestertag habe ich plötzlich – einen Krankenbesuch zu machen gehabt; u. zw bei der Gis. v. Ehrenstein (der Schwester der Sängerin) – den ersten seit vielen Monaten. – Die gestrige Eröffng der Polikl. war fad wie alle diese Dinge; – sämmtliche Professoren der Facultät, die nicht Polikl. sind, hielten sich fern. Man muß sich gewöhnen, die Menschen für noch gemeiner zu halten als man es schon that. Ach Mizi, es ist wirklich widerlich – überall Haß und Dummheit und Neid, und von der ganzen Menschheit nichts wissen ist das gescheidteste. Gar keine Menschen persönlich nehmen, als Individuum, das einen ärgern oder gar kränken könnte. Nein, – sie sind alle Hanswürste, die uns was vorspielen. Auf den Standpunkt muß man kommen; und wenn man Geld hätte und unabhängig wäre, könnte einem das Gesindel Wurst und Hanswurst zugleich sein. – (Sylvesterwortspiel, der fernen Freundin gewidmet.) – Und seinen Größenwahn muß man züchten; aufzüchten, mein ich; man muß sich über alle erhaben fühlen, auch wenn man eigentlich keinen Grund dazu hat. – Aber die Sache hat ihre Schwierigkeit: wenn man einen Scorpion verachtet, so schützt einen das noch nicht vor seinem Gift. – (Sylvesteraphorisma, der fernen Freundin gewidmet. –) Im übrigen möchte ich nur dies eine Motto über mein Leben setzen, das Flaubert in einem seiner Briefe ausspricht: Je ne demande qu'une chose à mes

semblables – c'est de me laisser tranquille comme je fais envers eux. – Aber es läßt einen ja doch nicht in Ruhe. Und Flaubert selbst, der hundertmal in seinen Zwanzigerjahren davon spricht, daß er nie eine Zeile herausgeben wolle – eines schönen Tags thut er wie die andern und wird Autor. D. h. also er gibt stillschweigend zu: »Ich gebe was auf Euer Urtheil, Kritiker; ich gebe was auf Deinen Beifall, Pöbel, und meine Größe freut mich nicht, wenn Ihr nichts davon wißt.« – – Wie dumm das alles ist, wenn man durchs Museum geht und hinter der Glasvitrine schaut einen ein Skelet [!] an, »bitte sehr, ich war auch einmal ein lebendiger Mensch, genau so lebendig wie Sie – das sind nun siebenhundert Jahre her –« (Sylvesterweisheit, der fernen Freundin gewidmet.) – – Na sag, kommts dir nicht sehr lächerlich vor, daß du vor Mme Mongodin Angst hattest? –

– Sylvesternacht u Neujahrstag ist vorbei, wenn du diese Blätter liest. Und ein Jahr ist angebrochen, das manches entscheiden muß. Ich kann nicht läugnen daß in mir irgendwas wie Hoffnung schlummert. Warum – weiß ich nicht. Vielleicht nur, weil heut dein Brief etwas heitrer klingt? Ich habe heute auch die Empfindung größrer Nähe, rein körperlich sogar, zwischen uns – sonderbar! – Vielleicht auch nur, weil ich in alle möglichen Briefe von dir heut hineingeschaut habe und in allen grad was liebes und süßes fand – Die eine große Wahrheit steht fest: daß wir zwei zu einander gehören – mit diesem tröstlichen Bewußtsein, mein angebeteter Schatz, will ich in das neue Jahr hinüberschlummern.

Leb wohl, mein Alles! leb wohl!

Dein Arth

An Heinrich Teweles [Mitte Januar 1893]

Sehr geehrter Herr Direktor.

Die großartigen Gesichtspunkte von welchen Ihr Herr Intendant seit der Zurückweisung meines vor einem Jahre durch die

Direktion angenommenen Stückes »Das Märchen« ausging, haben mich aufs Lebhafteste interessiert und ich danke Ihnen herzlichst für die bezügliche Mitteilung. Nun, ich bin ja nur Autor und muß mich daher dem hohen Urteil des Herrn Landesausschusses und Mädchenlyceumsdirektor bescheiden fügen, aber zu gern möchte ich doch wissen, wie sich die verehrliche Direktion des Königlich Deutschen Landestheaters zu der ihrem eigenen künstlerisch und moralischen Verständnis angetanen Beleidigung verhält und ob sie dem Herrn Intendanten die Bedeutung eines Willküraktes vorgestellt hat, mittelst welchem er einem Autor, den die Direktion vor mehr als einem Jahre mit den wärmsten und liebenwürdigsten Worten begrüßt hat, nun nach Ablauf dieses Jahres unter nichtigen Vorwänden die Türe weist.

[Schluß fehlt]

An Marie Glümer 16. 1. 93.

Meine theure Mizi! Erstens hab ich heut wieder einmal keine Nachricht von dir. – Zweitens ist einer der kältesten Tage, die ich je erlebt; die Luft schneidet einem in die Seele hinein. – Resultat dieser Thatsache: Mir frieren Herz u Geist ein. – Heut Vormittag begann ich einen Curs zu lesen; den ersten seit du weg bist. (Meine Zeitrechnung!) – Dann, um 12 traf ich deine Schwester im Museum. – Dann war ich bei Fels. – Jetzt ists 6 Uhr Nachmittag; ich gehe ins Conservatoriumsconcert; deine Schwester auch. Von der vorgestrigen Räubervorstellung ist nachzutragen, daß der Franz Moor (unser Protegé) so unter jedem Hund spielte, daß ihn (wörtlich!) die Theaterarbeiter durchhauen wollten. Die andern waren nicht viel besser, und ich habe selten so viel gelacht wie bei dieser Vorstellung. – Ich hoffe mein Schatz, morgen einen lieben langen süßen Brief von dir zu haben und womöglich alles zu erfahren, was mich interessirt. – Für heute leb wohl, mein geliebtes Kind; – ich habe kaum mehr das Bewußtsein, daß du in jeder

Viertelstunde deines Lebens an mich denkst. – Ob ich nicht fast schon mit jeder Stunde zufrieden sein könnte? – – Hast du mich noch lieb, Mizi? – Weißt du noch, wer ich bin? – Leb wohl – nicht wahr, die vorhergehenden Worte wirken nicht mehr wie einst –

Einst! Einst! – ahnt man denn nur die unendliche Traurigkeit dieses Worts? – Leb wohl, mein Schatz!

Dein, ja, Dein, Dein
Arthur.

An Marie Glümer 17. 1. 93

Liebster, theurer Schatz, aus einer fürchterlich tristen Stimmung hat mich eben dein Telegramm gerissen – ich bin für so was riesig empfänglich und habe bereits Thränen der Rührung im Auge, wenn ich mich auch selbst von dieser Sentimentalität zu befreien suche – Aber das ist nun einmal wunderbar süß von dir, und was haben wir schon von dem »innern Bewußtsein« – wir wollen ja doch immer äußere Zeichen dafür, daß wir nicht vergessen werden, du wie ich! – Allerdings bin ich im ersten Moment riesig erschrocken – was fällt einem nicht alles bei so einem Telegramm ein – z. B. – »Ich liebe dich nicht mehr – Brief folgt – « oder so was – Gestern früh kam kein, heut kam kein Brief, u. morgen wohl auch noch nicht – nach dem Telegramm zu schließen – Wär also nur schon übermorgen! – Und ob ich da wohl wieder einmal einen langen Brief bekäm? – Ich war gestern im Conservat. Concert. – War gar nicht schlecht; deine Schwester war nicht. – Ich blieb nicht bis zum Schluß. – Heut geh ich ins Quartett Rosé. – Ich denke, was ich wohl thäte, wenn ich jetzt, wo ich dich nicht habe, nicht einmal meine offnen Sinne für die Künste hätte! – Wenn man liebt, ist doch jedes Kunstwerk ein Gruß von der Geliebten. Du ahnst freilich selbst nicht, was du mir neulich im Amollconcert von Schumann alles gesagt hast! – Meine Mizi, es schneit, schneit, schneit. Und ist kalt. – Mein Curs begann gestern, 6 Amerikaner; alle von wohlthuender Elegance in Haltung und Benehmen. – Das ist doch das wichtigste an Leuten, mit welchen man zu thun hat und die einen eigentlich nichts angehn. – Leb wohl, mein geliebter Schatz; und lass mich von deinem Leben möglichst bald möglichst viel wissen. – Ob wirklich, wie's in deinem Telegr heißt, »Die Briefe verspätet« sind u ich übermorgen – vier bekomme! – Unwahrscheinlich, wie? – Leb wohl, mein geliebtes Kind und denk an mich! – Ich küsse dich tausend u einmal. –

Dein Arthur.

An Marie Glümer 18. 1. 93

Mein geliebtes Kind! Ich schreibe dir spät Abend, im Caféhaus. – Heute war, wie du wohl weißt, der 3. Tag ohne Brief von dir – die Unruhe hat dein Telegramm wohl von mir genommen; nicht aber die Verstimmung.
– Nachmittag ließ mich Sonnenthal bitten, zu ihm zu kommen; er habe das »Märchen« gelesen, habe das Bedürfnis mit mir darüber zu plaudern. Er sagte mir (stelle dir den dazugehörigen Sonnenthalton vor) »Sie sind ein ganz gemeiner Kerl! – Sie haben ein wirklich großes Talent und eine Technik, einen Dialog, wie ich ihn nur bei den Franzosen gefunden – Sie schreiben wahr – aber es ist eine erschreckende Wahrheit. Es ist lauter Schatten und kein Licht – Eine so dumpfe Atmosphäre – Wählen Sie einmal einen Stoff, wo die Leute vornehmer und feiner sind – Ich möchte in Ihnen den Bühnendichter heranwachsen sehn, den die Deutschen brauchen, und zu dem Sie ganz das Zeug haben.« Etc. .etc. Dann sprach er noch von den Anatolstücken, besonders vom Abschiedssouper, das jede Bühne nehmen müßte. Er will mit Burckhard drüber sprechen. – Er hält das Märchen für unaufführbar – aus moralischen Gründen; es sei kein Stück für Frauen. – Dagegen hält er es für bühnenwirksam. – So sprach er noch mancherlei übertrieben liebenswürdiges und übertrieben unsinniges. Je-

denfalls ist er ein charmanter Mensch, der ehrlich meint, was er sagt, und seine Anerkennung hat mich außerordentlich gefreut, umsomehr als sein Tadel sich nur auf das Thema bezog, was mich kaum berührt. – Meine Einwendungen brauch ich dir ja nicht zu erzählen; sie liegen auf der Hand. – Ich schrieb heute mein neues Stück zu Ende – bis auf die letzten zehn bis zwanzig Zeilen. Ich weiß nemlich noch nicht, ob der Held sich – oder die Heldin umbringt. Ohne eine schwere Verwundung wirds keineswegs abgehn. – Im übrigen friere ich weiter und habe rheumatische Arm- und Fußschmerzen. – Ob mich dein morgiger Brief wohl mit den letzten drei leeren Tagen versöhnen wird? – Für heute leb wohl, mein Schatz; ich liebe dich! – Liebe – weißt du, das ist dieses sonderbare Gefühl, das in allen Gedichten vorkommt und in Novellen – du hast sicher auch schon darüber gelesen. – Ich weiß, Mizi, ein mäßiger Witz! –

Also leb wohl – morgen werd ich wohl weniger »witzig« aber heitrer an dich schreiben können – – Weißt du auch, daß es nun fast – fünf Monate sind! – Es ist einfach zum umkommen. –

Sei geküßt und umarmt!

Dein Arth

An Marie Glümer 2. 2. 93

Mein geliebter Schatz – Heute bleib ich einmal wieder ohne Brief von dir! Und ich brauchte eigentlich sehr nothwendig einen. Gestern bei Mongodin. Aergerte mich ununterbrochen über deine Rolle, hatte die Empfindung, dich selber auf der Bühne zu sehen, und vor dem ersten Auftreten Clorinde's hatte ich ein Herzklopfen wie s.Z. in Baden, wenn du spieltest. Jetzt sag mir einmal: in welcher Toilette spieltest du den 2. Akt (wie Mongodin z.B. sagt: Nehmen Sie lieber den Pelz vor, oder wie die Clorinde den Seidenflor um die Taille schlingt resp. wieder weggibt.) Standest du auch in Mieder da wie Frl Boskay hier? Es scheint ja in der Rolle vorgeschrieben zu sein? – Durch solcherlei Dinge wird man von Zeit zu Zeit wieder aus seinen Illusionen gerissen; und schaudernd merkt man, wie man eigentlich eine ganze Zeit lang an die ganze Theaterspielerei gar nicht recht geglaubt hat. – Die Boskay war gar nicht »verführerisch« in der Rolle, du aber ja, Herrgott noch einmal – wie mußt du ausgesehen und gespielt haben? – Ich hasse dich bis die Antwort kommt. – Das Stück gefiel mir nicht, u Schweighofer war mir entsetzlich. Nichts als Mätzchen, u. immer dieselben! – Nur Knaack hätte die Rolle spielen können. Ich langweilte mich fast ununterbrochen. – Dann ging ich mit dem Dr. Kraus nachtmahlen, der mir über die Karlsbader Schauspielerinen erzählte, was meine Stimmung nicht besserte (ich weiß schon, daß es eine Dummheit ist). Dann ins Pfob, u gegen zwölf auf die Redoute, wo es eine Fülle gab, die unmöglich zu beschreiben ist. Man konnte nicht vor noch rückwärts. – Ein paar Masken erklärten mir, daß ich Arth. S. heiße, was mich natürlich sehr überraschte; ich fragte mich: wie können mich denn die erkennen, wenn sie in Domino sind?? – und die geistreichste fand, ich sollte nach Haus gehn dichten. – Ich ließ BeerHofm u Salten bald dort, und ging ganz einsam durch die laue Nachtluft und durch ein Riesengequatsch, und in der Nase die Gerüche der Wollust und der Verwesung, langsam nach Hause. –

– Das hab' ich Vormittag, nach dem Aufstehen (Feiertag!) geschrieben, und jetzt ists 4, ich bin wieder zu Haus, und habe die Absicht, da es warm und frühlingshaft draußen, noch in die Luft zu gehn, und dann zurück, was arbeiten, in dem angenehmen Bewußtsein sicher nicht gestört zu werden! – Ich habe eine unendliche Sehnsucht nach Ungestörtheit, nach Wegreisen, nach Wärme, nach dem Versenken in eine wirklich schöne Schaffensarbeit. – Es ist die stärkste Sehnsucht, wenn ich von der nach dir absehe, die ja so zu mir gehört wie mein Athem und meine Existenz, die ich also gar nicht mehr zu erwähnen brauchte! – Vielleicht zieh ich mich Ende Feber oder Anfang März auf ein paar Tage zurück, um Klarheit in meine »Familie« (das Stück) zu bringen. Sollt es warm werden, so geh ich auf den Semmering – d.h. wenn mich die Pol. wegläßt. – Lieber aber möcht ich nach München, wenn du mir entgegenkommst. – Es ist überhaupt entsetzlich, wie wir uns so allmälig damit abgefunden haben, uns 7 Monate gar nicht zu sehen. Mizi! Mizi! – – Und du hupfst auf der Bühne herum in verführerischen Costumen und freust dich, daß du den Leuten gefällst. – Mizi, ich geh jetzt weg. – Morgen früh hoffentlich ein Brief von dir! – Hast du keine Ahnung, wer meine Adresse bei euch kennt u wer überhaupt was von uns zweien weiß? –

– Leb wohl, mein Engel; ich möcht jetzt lieber zu Haus bleiben u beim Guckerl stehn, bis du kommst. – Es ist nicht so weit zu mir; ganz nah. Du gehst 5 Minuten vor ³/₄5 weg u bist punkt 5 bei mir. – Na, damit hat's ja leider noch Zeit. – Leb wohl und so viel Küsse als man nur denken kann!

Dein, ewig Dein Arth

Glaube nicht, daß du wegen dieses Schlusses die Mongodinfrage nicht zu beantworten brauchst! –

An Marie Glümer 4. 2. 93

Meine theure Mizi, der Sonntag Morgen brachte mir nebst deinem Brief diese beiliegende Karte; und diese anonymen Lumpen wissen doch ganz gut was sie thun; seit du weg bist, war ich nicht in einer so vernichteten Stimmung. Unwillkürlich denkt man, was schon alles auf der Welt vorgegangen u böse Ahnungen hämmern einem im Kopf. – Welcher R. mag gemeint sein, Ressner oder Rühsam? Daß einer von diesen über dich herumgesprochen, ist wohl zweifellos. – Kennst du die Schrift? Wird wohl eine Collegin sein? – Es ist unheimlich, dazustehn und aus dem Hinterhalt werden vergiftete Pfeile abgeschossen – Aber Mizi, wenn man an alle Möglichkeiten denkt, möchte man ganz einfach wahnsinnig werden. – Ant-

worte mir doch: wer kennt denn unsre Beziehung so genau? – Ich möchte den Kopf an die Wand haun, wenn ich denke, daß ich, ich nur eine halbe Minute durch so eine Schufterei die Stimmung verdorben habe und dir sie wahrscheinlich verderbe – da schießt im nächsten Moment wieder dieser greuliche zu Tode marternde Gedanke hervor – Und wenn es doch wäre? – »Erkundigen Sie sich.« – Ich thue das schlaueste und erkundige mich bei dir. – – Es ist zu dumm; als wenn durch so eine anon. Karte das geringste geändert würde. – Und es fällt einem ein, daß es Dinge gibt, über die man nie, nie, nie auf der Welt Gewißheit haben kann! – Wer nur dort meine Adresse kennt? Warum sprichst du über mich? – Im übrigen ist die Karte nicht gehässig gegen dich gehalten, sondern gegen den betreffenden R. – Jedenfalls, was immer in St G. geschehn u gesprochen, bitte mir zu schreiben – Herrgott, diese Wehrlosigkeit. Wie kann man nur Wochen lang zuweilen so berauscht von Vertrauen sein wie ich! – Und allein wie die Möglichkeit, dir diesen Brief zu schreiben. Entweder eine Dummheit oder eine Gemeinheit. – Unglückseligerweise schien mir dein Brief heute flüchtig. – Ach Gott, gibt es denn eine Ungeheuerlichkeit, die auf der Welt noch nicht geschehn ist? – Gerade ich bin gefeit? Warum denn? – Warum schreib ich das alles? – Ist ja in jedem Falle sinnlos. – – Mizi, ich bin vollkommen in deine Hände geliefert, ohne Möglichkeit Klarheit zu erlangen. Sei also wahr. Es ist zu leicht, unter den momentanen Verhältnissen was zu verschweigen; sei wahr, ich beschwöre dich, sei wahr! – Mir ist als wenn ich heut noch toll werden müßte, wenn ich denke, was schon andern als mir geschehn, die denselben Grund zum Vertrauen hatten – u noch außerdem nicht 6 Monate getrennt waren.
– Jetzt bin ich aufgestanden (schrieb das vorige noch im Bett). – Schaudere vor den nächsten Tagen und Wochen u daß es möglicherweise sehr kindisch ist, ändert nichts an der Sache. – Eines wird dir sicher klar sein: eine neuerliche Trennung gehört zu den Dingen, auf die ich nicht für alle Königreiche

der Welt eingehe. – Ich nehme ohne weiters an, daß die ganze Karte ein feiges u verlogenes Bubenstück ist (d.h. sicher von einer Frau geschrieben). – Es gibt Atheisten, sehr überzeugte, die »auf alle Fälle« zu Gott beten, »weil man ja doch nicht wissen kann« – darin steckt sehr viel Philosophie: man darf auch seinen eignen Ueberzeugungen nicht trauen. – Es gibt auch Leute, die den Gashahn abgedreht haben, und sich im Laufe der Nacht zehn Mal überzeugen müssen, ob sie ihn auch wirklich abgedreht haben. Solche Leute würden wahrscheinlich sehr nervös werden, wenn der Gashahn – hundert Meilen weit von ihnen entfernt wäre. Es gibt einen felsenfesten Glauben – aber es gibt auch Erdbeben, und Felsenwanken. Und einige Sekunden Todesangst – wenn auch gleich darauf die Felsen wieder fest stehen, erinnern auch ein wenig an den Tod. – Man weiß eben, daß Felsen eingestürzt sind und daß Gashähne offen geblieben sind: diese Wahrheit schafft keiner aus der Welt. – – Wenn ein verrückter Chemiker weint, so untersucht er, wieviel Percent Salz in den Thränen sind – und wenn mich die Verzweiflung am Hals packt, so spiele ich mit schiefen Vergleichen. – Am liebsten möcht ich noch eine Stunde so auf dem Papier fortphantasiren; aber ich komm mir selber zu läppisch vor. –

Leb wohl, mein liebes Kind; ich bin nicht besonders glücklich. – Leb wohl, meine [!] – also schreib mir ruhig, und schreib mir alles.

Dein Arthur

An Marie Glümer 16. 2. 93.

Mein theures Kind, leider bin ich heute ohne Nachricht von dir geblieben, u schiebe das auf den Winterthurertag, der dir wahrscheinlich diesmal keine Zeit ließ. Wenn ich mir dich so zwischen allen diesen Leuten, mit ihnen fahrend, plaudernd, im Wirtshaus sitzend vorstelle, tausende Worte redend und mit tausend angesprochen, die ich nicht höre, wird mir immer

unbeschreiblich elend zu Muth. – Du selbst hast, zu deinem Glück, gerade diese unbequeme Art von Phantasie nicht, welche jede Art von Trennung, besonders aber so eine lange, zu einer wahren Marter macht. – Nun, was hilfts davon zu reden; man muß es einfach überstehen. –
Gestern, meine liebe Mizi, war ich bei Weiß-Wellenstein; es wurde gleich beim Hinkommen soupirt, Volkssänger u die Grinzinger besorgten die Tafelmusik; dann kam gleich unsre Damenkapellenproduction, die für meine Empfindung ein bischen geschmacklos war aber große Heiterkeitsausbrüche entfesselte (besonders Dr. Schiff durch ein Bernhardonsolo) – dann wurde getanzt, und ich verschwand sofort als allererster, so daß ich um ½ 1 schon allein im Café saß und [um] 1 zu Haus war. Man kann große Gesellschaft doch nur ertragen, wenn man eine Weile aller eigenen Individualität den Abschied gibt; sieht man aber als reflectirender diese ganze Affenkomödie der Lustigkeit und Falschheit an, so muß man eilig davon, wenn man nicht vor Langeweile oder Ekel zu Grunde gehen soll. – Allerdings hat die Geselligkeit an sich eben die Eigenschaft den zuschauenden in den Mitspieler zu verwandeln, und so ist man zuweilen ein paar Stunden lang Affe gewesen, ohne es zu wissen. –
– Mein Schatz, was hier beiliegt, mußt du für den Sitz freundlichst entgegennehmen, welchen ich mir leider zu deinem Benefice nicht nehmen kann (witzig!), und vielleicht auch für die vielen Strafportos, die du in der letzten Zeit für mich zahlen mußtest. – Bitte, mache keine Bemerkungen wie das letzte Mal darüber; sie sind zwischen uns, wie ich doch wohl auch heute noch hoffen darf, vollkommen sinnlos. –
Ich sage dir nun leb wohl, sehne mich nach dem morgigen Brief, und küsse dich viele Male innig und habe dich sehr lieb. –

Dein Arthur

An Marie Glümer 19. 2. 93. –

Mein geliebter Schatz, da liegt es vor mir, dein wunderschönes Bild – aber es hat bis jetzt weder gesprochen, noch ist es mir um den Hals gefallen; sondern es hat stille räthselhafte Augen und schweigt. Ja, schön, Mizi, schön bist du, sehr schön, wunderschön, zu schön, und ich glaube, das ist es eigentlich, was ich dir nie werde verzeihen können. Und daß dieses Bild, das ich jetzt zwischen einem Wort und dem andern anschaue, in demselben Augenblick von hundert andern Augen in den Auslagen eines Schweizer Städtchens angestarrt wird, und daß dem Urbild Tag für Tag dasselbe widerfährt, und daß das Urbild den schönen Mund aufthut und redet und lacht, und daß die schönen Augen des Urbilds um sich schauen, und daß dieses Urbild überhaupt ein von dem meinen völlig losgetrenntes äußres Leben lebt, – diese und noch tausend andre Dinge stören den Frieden meiner Betrachtung. Wenn ich dich nicht liebte, sondern sehr gern hätte, würd ich dir einfach für das entzückende Bild herzlich danken; meine Liebe aber läßt auch über meinen Dank einen Hauch von Wehmut fließen, den du sicher verstehst, wenn er auch nicht auf dich »wirkt«. – Ich habe heute Nachmittag einen Spaziergang in die Wiedner Gegend gemacht; jetzt darf ich es ja schon wieder; die Erinnerungen mischen sich sosehr mit Erwartungen, daß sie ihr bitteres verlieren müssen – und außerdem, um dir nicht allzu sentimental zu erscheinen, hab ich das angenehme mit dem nützlichen verbunden, und war bei meinem Schuster. Ich bin heut heiser und huste, und hab in der Nacht schlecht geschlafen, hatte aber dabei einen guten Traum: Riesenerfolg meines Stücks – in München. – Neulich träumte ich, ich komme nach 10 Uhr Abend in St G. an; fahre zu deinem Hotel, das aussieht wie das akad. Gymnasium; du bist schon vom Theater zu Haus, ich gehe zu der Hausmeisterfamilie hinein, welche mir sagt, ich solle nur da warten, du kommst immer nach dem Nachtmahl noch zu ihnen hinein, mit ihnen plaudern. – Nette

Zustände, denk ich mir und warte. Es erscheinen in der Halle Ballgäste, endlich nach einem wüsten Hin u her schlägt einer mit pfiffigem Augenzwinkern vor, jemandem in diesem Hause ein Ständchen zu bringen, sagt einigen was ins Ohr, ich versteh natürlich nichts, und die verschwinden. Ich ihnen nach, finde sie endlich in einem Gang, der zu einer Glasthür führt, sie singen – Mein Traum endet, und ich hab dich nicht gesehn! – Es ist doch unglaublich, daß ich seit du weg bist, nie einen schönen Traum von dir habe (bin schon nahe daran, dir daraus einen Vorwurf zu machen! – charakteristisch! denkt sich die Mizi. –)

– Du mußt mir doch noch eine umständliche Antwort drauf geben, wie du mit Herrn R. über die Karte sprachst? ob du es als bekannt voraussetztest, daß man die Karte mir geschrieben, und wenn du mir das möglichst wortgetreu mittheiltest, was da zwischen euch gesprochen wurde, so hättest du eine Chance, daß das Thema erledigt wäre. –

– Wenn wir einmal zusammen über all das lachen sollten, wie du ganz obstinat in 3 Briefen hintereinander behauptest, so würde das niemanden mehr freuen als den Unterzeichneten; aber du weißt mein Kind, daß sich in mir gewisse Ideen, besonders unangenehme so einzufressen lieben, daß ich (um den schönen Vergleich fortzusetzen), auf Jahre hinaus ein zerbissenes Gehirn habe. – Doch, süße Vertraute aller meiner Stimmungen und Zweifel, ich kann dir nicht verhehlen, daß ich gestern Abend eine bessre Stunde verlebte, als ich schon seit Monaten hatte. – Ich stöberte nemlich in meinen Plänen und fand da Dinge, welche mir von meinen Aussichten doch wieder eine bessre Meinung geben. Würd ich nur durch widrige und conträre Umstände weniger gestört – hätt ich einmal ununterbrochen Ruhe, weiterzudenken u weiterzubauen, so hab ich schon so viel zu thun, daß ich für eine nette Anzahl von Jahren auf meine Einfälle verzichten könnte. – Aber Einfälle, – das sind glückliche Momente; die sind bald da, und dürfen rasch verschwinden; – zum Schaffen braucht man glückliche

Tage – und nicht nur 2, wie Herr Kadelburg u Schönthan – was schon wieder ein Witz war, woraus du meine enorme Lustigkeit entnehmen kannst! –
Also leb wohl mein Engerl, hab mich lieb, sei süß und gut und brav und denk vor dem Einschlafen und nach dem Aufwachen an mich – aber nach dem Aufwachen ununterbrochen bis du einschläfst!

Dein Arth

An Marie Glümer 20. 3. 93. –

Meine geliebte Mizi. – Ich schreib während der Ordination. – Halb Wien ist krank u ich radle »demnach« viel herum. Gestern Sonntag schrieb ich nicht – es kam kein Brief von dir u ich war sehr verstimmt. Heute erwähnst du nichts davon, daß du gestern nicht schriebst. – Gestern Mittags, wie ich nach Hause komme, liegt die Photographie eines sehr hübschen Mädels auf dem Nachtkastl von Papa. Ich wende sie um – wer ists? – Deine Collegin Krall, mit einer schönen Widmung »zur Erinnerung an das St G. Engagement«. – Ob es die Schrift des Briefs war, weiß ich nicht; es kam mir jedenfalls so vor. – Es war mir entsetzlich peinlich. – Schreibe mir alles, was du von der K. weißt; ich fürchte, daß es nicht überflüssig sein wird. – *Seit wann* u *warum* sprichst du nicht mit ihr? – Ich bitte dich, antworte doch!! – Auch diesmal hast du meine so dringend gestellte Frage, ob du den Brief von Sonntag dem 12. und ob du den aus Ab. mit den numerirten Fragen erhieltest, nicht beantwortet!! – Wie ist denn das mit dem Secretair ausgegangen? Hast du die Klage zurückgezogen? – Wer weiß wie das ausgenützt wird! – Ach schrecklich war der gestrige Tag wieder. – Ich war ganz umstrickt von dem »Lügengewebe«. – Wie albern davon zu reden, dir gegenüber; nachdem jedes Wort, das ich drüber sage, entweder eine Roheit oder ein Blödsinn ist. – Aber es sind nun einmal Dinge, die ich nicht verstehe, und wenn ich mich selbst tausendmal zur Ruhe verweise; – ich bin wie unter einem Bann, dem ich nicht entrinnen kann. – Zu Zeiten ists gut – besser. – Dann aber wieder! – Meine einzige Hoffnung ist dein Wiederkommen. Vielleicht ist da wirklich mit einem Wort, mit einem Blick alles entwirrt und gelöst? – Sei nicht bös, daß dich meine Briefe traurig machen; ich durchlebe ganz unbeschreibliche Tage. – Man kann es nicht verstehn, wenn man's nicht selber spürt. – Nun genug. –

– Erlösung wird dein Kommen sein. – Wann kommst du? – Ist die Buxbaum eine Wienerin? – – Ich weiß doch eigentlich nicht, mit wem u was du jetzt auf den Proben u im Theater redest? – Und wie ist das möglich, daß ein Mensch, der nun ordinär u. ungebildet und »Idiot« ist, eine Zeit lang für gescheidt gilt? – Wer gab deinen Partner in deinem Benefice? – – Und deine erste unbegreifliche Antwort wegen Winterthur »ich habe nie dort geschlafen« spukte mir auch weiter die halbe Nacht im Kopf herum. – – Nun ja, es mußt sich rächen, dieses Verbrechen wider die Natur, sieben Monate getrennt voneinander zu verbringen, – so – oder so. – Also wann kommst du? – Die sieben Monate sogar sind schon überschritten. Bist du am 29. schon da? – An diesem Tag sind nemlich die »Gläubiger« von Strindberg, u ich hab mir einen Sitz genommen. – Deine Schwester, die ich heut sprach, sagte was von München. – Wer gibt, o Picarde, den Kurmärker? – Mit wem sprichst du über die Krall? – Hat R. zu dir einmal über die Kr. gesprochen? –

– Gestern hab ich an Blumenthal geschrieben; ihn energisch um die Höflichkeit ersucht, die jedem zukommt: erstens meinen Brief zu beantworten, zweitens Contract senden. – Ich ertrag das nicht mehr, diese lächerliche Bengelhaftigkeit. – Zum schreiben komm ich natürlich gar nicht, aus äußern wie aus innern Gründen. – Jetzt fahr ich weg, Besuche. – Abends zur Première in die Burg. – Samstag Lolo's Vater, Tyrolt, großartig. Die Odilon als Lolo in den 2 ersten Akten brillant. – Sie ist in diesen angenagten Rollen wirklich famos. –

– Wenn ich nur daran denke, daß du auf der Bühne stehst, in

der oder jener Rolle, knirsch ich mit den Zähnen. – Und wenn es mit dem Gedanken allein zu Ende wäre! – Nein nein u tausendmal nein – das ertrag ich nie, nie, nie wieder. – Ich glaube nicht, daß du diese Dinge je ganz verstehen kannst – soll ich mich freuen oder ärgern drüber? – Wenn ich die Wahl habe, so – ärgre ich mich natürlich: so bin ich nun einmal. – Genug. – Komme, ich kann nichts andres sagen. – Ich kann dir nicht anders als in gepreßten Tönen schreiben; ich bringe keine Lustigkeit auf. – Komme, komme, komme; das ist die Hoffnung, vielleicht die Erlösung! –
Lebwohl.

Dein Arthur

An Marie Glümer Am 29. 3. 1893

Es ist menschlich, aufzuhören zu lieben und anzufangen einen andern zu lieben. Es ist sogar menschlich, jemanden zu betrügen, der einem für diesen Fall den Tod geschworen u ihm nichts zu sagen. – Bei uns steht die Sache anders. – Jahre und Jahre hab ich dich angefleht: Sei wahr! – Jahrelang, fast in jedem Gespräch, fast in jedem Brief: Ich fordre nichts, nichts als Wahrheit! – Ich bin kein Kind mehr, ich bin auch kein Optimist, – ewige Liebe? – wie könnt ich sie von irgendwem verlangen! – Aber das durft ich verlangen, *ich* von *dir*, daß du mich nicht Wochen und Monate lang belügst, betrügst wie die schlechteste der Dirnen, raffinirt, mit tausend kleinen gar nicht nothwendigen Nuancen, die Freude der Wiederkehr heuchelst, die Sehnsucht nach mir, die Freude an Dingen, die dir nichts mehr bedeuten – an meinem Bild z. B., das in deinem Zimmer hängt, daß du mir glühende Liebesbriefe schreibst und über die Gemeinheit der »Verläumderin« entrüstet warst, die ja doch, aus welchen Motiven immer, die Wahrheit schrieb, – und daß du mich deinen Arthur, daß du mich mit all den alten Koseworten benanntest, während du einem andern gehörtest, während du mich betrogst und mit jedem deiner Blicke höhntest und erniedrigtest. Ich glaube auch, ich hätte es wie ein Mann getragen, wenn du mir gleich alles gestanden und mir, wie ich von dir erwartete, ein ehrliches Leb wohl zugerufen hättest. Es wäre ein großer Schmerz gewesen, ein unendlicher; aber es hätte keinen von uns geschändet. – Was du aber an mir gethan, ist furchtbar und nie wieder gutzumachen. Du hast mich in der erbärmlichsten Weise verrathen; während ich dich anbetete, während alle meine Gedanken dir gehörten, während ich unter allen Zweifeln selbst, die nun einmal – und mit viel Grund! – in meiner Natur liegen – an dich glaubte, soweit wenigstens, daß ich dich für ehrlich hielt, wenn schon nicht für stark – während ich mein ganzes Leben, alle meine Freuden, alles, was ich wollte, was ich strebte – doch nur in Gedanken an dich [etwa drei Worte unleserlich], – während ich in dir wirklich das Weib gefunden zu haben glaubte, das einem alles, Kamerad und Geliebte, bedeutet – und während du diese Meinung in täglichen Briefen zu bekräftigen suchtest –, hast du meinen Glauben und meine Liebe schmachvoll besudelt. – Das läßt ein Weh zurück, für das es keine Worte gibt. – Das ist kein Schmerz, der die Versöhnung in sich trägt. – Das ist ein Weh, mit dem man nie fertig werden kann, weil damit eben alles vernichtet ist, was noch das Leben bringen kann. Nicht nur meine Zukunft ist vergiftet; auch die ganze Zeit, welche wir zusammen verlebt haben, diese Zeit voll der süßesten und heiligsten Erinnerungen – das ist alles mit einem Schlag vorbei. Denn ich habe ein Wesen geliebt, das mich hinterging so schmählich und unsühnbar, wie nur je ein Mann hintergangen wurde – die sogar den Betrug fortsetzte zu einer Zeit, wo sie ja wissen mußte, daß er an den Tag kommen werde – und die sich nicht scheute, mich weiter dem Hohn aller derer auszusetzen, die darum wußten. – Ich muß dir das sagen, so wenig ich dich auch fähig halten kann, das ganze Maß eines Weh's zu begreifen, das zurückbleibt, wenn eine Liebe wie die meine zu dir in so ekelhafter Weise an dem gemeinsten aller Betrüge ihr Ende finden muß. Ich muß es deshalb, weil in deinem letzten Briefe sogar ein Vorwurf gegen mich enthalten ist – daß ich dich 7 Monate allein gelassen. – Meine Gründe, warum ich dich in dieser Zeit nicht gesehn, hast du immer gekannt; – aber selbst für den Fall daß du sie als nicht ausreichend erachtet hättest, wäre – dir ja freigestanden, mir Adieu zu sagen. Du aber hast vorgezogen – das zu thun, was du eben thatest, und dem gütigen Zufall vertraut, der mir nichts verrathen sollte – Und, noch nach deinem vorletzten Briefe zu schließen, wärst du ruhig, lächelnd und schamlos in die Arme eines Menschen zurückgekehrt, – als die ausgediente Saisonmaitresse eines Comödianten, in die Arme eines Menschen, der dich angebetet, der in dir sein Glück – und seine Ehre gesehen hat! – »Es ist besser so, wir hätten doch wieder auseinander müssen« – sagst du – du kannst dich von mir nicht erhalten lassen – Nun, ob es wirklich besser *so* ist, und ob es mehr Schande ist, von einem Menschen, den man geliebt und der einen liebte, etwas anzunehmen – oder das, was du *nun* auf dem Gewissen hast – das kann man getrost dem moralischen Urtheil, am Ende sogar noch deinem überlassen. – Und so muß es dabei bleiben; – ich hätte in stiller Trauer dein gedacht, wenn du mir vor Monaten gesagt hättest: Nun lieb ich einen andern. – Wie ich jetzt dein denke und solang ich lebe, werde denken müssen, weil ich dieser gräßlichen Erinnerung nie entfliehen kann – das wirst du und deinesgleichen nie verstehn. –

Arthur.

30. 3. 93.

Die letzten Nachrichten, die ich heute Früh erhielt – mit zweifellosen Beweisen – ließen mich einen Moment zögern, ob ich dir überhaupt diese Zeilen schicken soll, dir, der niedrigsten Creatur unter der Sonne. – Nun ist also auch das gemeinste wahr, was je über eine Dirne gesagt werden konnte. – Und jede Sekunde meines Lebens, die ich mit dir verbracht, ebensoviel süße Erinnerungen, – sind zu Schandflecken meines Lebens geworden, und ich muß vor jedermann schamroth werden, der mich je mit dir über die Straße gehen sah! – Ich glaube, das unerhörte, unfaßbare geschieht: mein Ekel vor dir wird größer als je meine Liebe war! –

A.

An Marie Glümer *Tag nach Ostermontag* [4. April] *93*

Dieser Brief kam etwas verspätet über Italien nach Wien. – Hier ist er zurück. – Ich muß dir noch was sagen. – Bilde dir nicht ein, daß du schwach warst. – Schwach wär es gewesen, wenn du gefühlt hättest, du mußt deiner Dirnennatur nachgeben und mir adieu gesagt hättest. – Du warst ganz einfach gemein. Wenn ich in deine Briefe hineinschaue, werde ich starr vor Entsetzen über die schamlosen, niederträchtigen Lügen, mit denen du ein günstiges Bild von dir bei mir zu erhalten trachtetest. Du hast dich nicht einmal begnügt mir zu verschweigen, du hast ganze Scenen, Stimmungen, Gefühle frech *erfunden*, um mich in dem Glauben zu erhalten, daß ich es mit keiner Canaille sondern mit einem Engel zu thun habe. Welche ungeheuerliche Schamlosigkeit gehört doch dazu, noch im letzten, in deinem Abschiedsbrief, wo das elendste Weib wahr zu sein trachtet, eine infame Lüge an die andre zu reihen und sich bis zu der Frechheit zu versteigen – nichts andres habest du gethan, als was sich schickt!! Nun ja – für dich schickt – das mag ja wohl wahr sein, – denn was schickt sich für eine Komödiantenhure nicht? – Es scheint wahrhaftig, du hast endlich einen deiner würdigen Genossen gefunden! Und ich muß eigentlich glücklich drüber sein. Denn wäre dein Liebhaber nur um ein Haar anständiger gewesen, so hätte es mir passiren können, einen Kuß von seiner stadtbekannten Maitresse auf meinen Lippen zu spüren und mich von den Reizen berauschen zu lassen, und die Seufzer, die Liebesseufzer zu hören, die nun auch in Winterthur u in der Akazie so beliebt geworden sind. – Ah, wie hast du es wagen können, mir noch in

Worten »treuer Liebe« zu schreiben, nachdem du geil in den Armen eines andern gestöhnt u geweint hast. – Gibt's da Worte? – Nein, nein! – Ekel, Ekel, Ekel! – Du hast mich besudelt, wie nie ein Mann besudelt worden ist. – Du! – Mich! – Wenn noch irgendwo in deiner verkommenen Seele ein Funke der Erinnerung ist, mußt du vor dir selbst in lichten Momenten vor Entsetzen erstarren. – Aber schon wieder überschätze ich dich! – Wer gethan was du, muß vor der aufrichtigen Straßendirne erröthen, die ihr harmloses Gewerbe treibt, ohne wen zu belügen. *Du* hast *mich* mit unauslöschlicher Schmach bedeckt. – Hast in einem Augenblick der Brunst alles gute vergessen, was man in dich hineinzulegen trachtete – hast dein Luderleben fortgesetzt, da's ja nun doch schon alles eins war – und hast dabei ununterbrochen, bis zum letzten Augenblick frech, unverschämt, – denjenigen angelogen, der dich um Wahrheit angefleht vom ersten Moment an. – Ich schaudre davor, was geschehn wäre, wenn *er* zufällig kein Schuft wäre! – Seine Dirne läge heute vielleicht in meinen Armen und würde flüstern: »Ewig dein«. – Es ist gräßliches über mich gekommen – aber vor dieser erbärmlichsten Schmach hat mich das Schicksal bewahrt. –

[Ohne Unterschrift]

An Olga Waissnix 7. April 93

Verehrteste gnädige Frau, es muß schon so sein: zwischen Menschen, die sich gegenseitig etwas zu bedeuten haben, wirkt stets ein geheimnisvoller Einfluß fort, ohne daß sie's selber ahnen – und es ist geradezu wunderbar, wie Sie sich plötzlich in einer Stunde wieder bei mir meldeten, die mit dem tiefsten Einblick in mein Leben nicht besser hätte gewählt werden können. Ich habe schon oft Gelegenheit gehabt, Ihnen für ein paar Worte, die Sie mir in stets gleicher Liebenswürdigkeit sandten, dankbar zu sein – was Sie aber gerade dieses Mal an mir thaten, werden Sie erst ermessen können, wenn ich Ihnen das ganze Tagebuch meiner letzten Monate vorplaudern werde – wozu ja doch wohl einmal die Zeit kommen wird. Es sind über zwei Jahre, daß wir uns nicht gesprochen haben; es war nemlich der 22. Februar. – Ich sage Ihnen, gnädige Frau, ich habe eine unendliche Sehnsucht, wieder einmal mit Ihnen zu sprechen, – wieder einmal nach achthundert Tagen! Aber womöglich achthundert Tage lang. – Ja, ich war in Abbazia. – Gefallen hat's mir sehr gut; aber was bedeuten so ein paar Wochen der Ruhe? – Sie lassen einen die Trivialität unsrer notwendigen Unruhen nur um so ärger empfinden. Mein Stück hab ich doch wieder vorgenommen, aber ohne eine Zeile daran zu ändern. Ich spüre, daß es manches daran zu ändern gibt, fand aber die Angreifspunkte noch nicht. Dann hab ich ein paar Verse eines allegorischen Gedichts zu schreiben begonnen – und seither, seit ich in Wien bin, – nichts! nichts! nichts! – Außerdem fand ich meinen Papa leidend und wurde mit einem Male stark ins ärztliche hinein geworfen. Nun aber soll wieder alles, alles besser werden. Will wieder zu schreiben anfangen, wird schon gehn. Der Mann des äußern Erfolgs schein' ich nun einmal nicht zu sein. Sie fragen nach Berlin? – Ich kann Ihnen darüber nur mittheilen, daß Herr Blumenthal mir absolut meine Briefe nicht beantwortet, und ich in der absoluten Wehrlosigkeit »junger« Autoren mich damit begnügen muß, ruhig zu warten, resp. zu verzichten. Daß in Prag die Intendanz über das unsittliche Stück empört (wörtlich!!) war und die Aufführung untersagte, hab ich Ihnen wohl schon geschrieben. Dafür wurde dann gleich die ärgste Zotenposse gegeben, die je verfaßt wurde – Parfum – und zw. auch – zu volksthümlichen Preisen! – Ein Agent hat den Vertrieb meines Stücks übernommen, thut aber so gut wie gar nichts dafür. – Das letzte, was ich vollendete, ist eine Novelle, traurig wie das Sterben; die hab ich der Frankfurter Zeitung eingeschickt. Ich erhielt einen Brief, in dem es schlechtweg heißt, daß man »außer Landes gehen müßte, um einen Vergleich zu finden, Tolstoi zum Beispiel, erschütternd, höchste

künstlerische Wahrheit« u.s.w. – aber eine Zeitung könne so traurige Dinge nicht bringen; man wäre »glücklich«, mir bei der Buchausgabe »behilflich« zu sein. – Ich bat um eine Empfehlung für einen Verleger – keine Antwort! –
– Die »Frage an das Schicksal«, »Episode«, »Abschiedssouper« hat auch ein Agent übernommen, – ohne sich offenbar weiter darum zu kümmern. Was ich über das ganze Buch schon für Albernheiten zu hören bekam, ist nicht wiederzugeben; die Kritiken waren allerdings sehr günstig. – Emanuel Reicher hat die »Frage an das Schicksal« in sein Vortragsprogramm aufgenommen u es hat überall sehr gefallen. – Dieses Stückchen wurde auch in einem Berliner Salon von Reicher, Jarno u Frl. Wertheim aufgeführt – was ich von einem zufällig dort anwesenden Freunde erfuhr. So ab und zu regt sich da und dort eine energischere Würdigung – aber im ganzen steh ich, was den »Erfolg« anbelangt, nicht viel weiter als vor 2 Jahren. – Im übrigen, das ist nebensächlich; geärgert bin ich nur von den Flegeleien, wie z.B. die des Hrn Blumenthal. – Dabei die Phrasen bei der Annahme! – Er wünscht dem Stück »vollen Bühnenerfolg« wegen der »Kunst der Charakteristik u der Tiefe der Lebensbeobachtung« – Und Sie werden sehen: in ein paar Monaten wird er mir schreiben, ich solle das Stück lieber zurückziehen, weil es veraltet sei. – Ich ahne es. – Ich schreibe Ihnen da von lauter Dingen, an die ich die letzten Wochen kaum gedacht. – Es ist nur die Antwort auf Ihre Ruhmesprophezeiung. – Der Doktor Mathias hat mir immer enorm gefallen, so wenig ich auch mit ihm zusammenkam. – Ich bin jetzt überhaupt recht ungesellig; und die Zeit, neue Verbindungen anzuknüpfen, scheint mir vorbei. »Wenn ich könnte, wie ich wollte« – möcht ich herumreisen; aber ich werde ja wohl nie dahinkommen, zu können was ich will! – Mich freut es sehr, aus Ihrem Briefe mehr Hoffnung herauslesen zu können als aus dem vorletzten; nehmen Sie den Wunsch für Ihre baldige vollkommene Genesung so wie er hiehergeschrieben wird; – da gibts nun einmal nur die Worte, die auch jeder

andre hat, der sie weniger herzlich meint. Welches Bad wollen Sie denn aufsuchen? – Was für Sommerpläne haben Sie? – Von mir weiß ich vorläufig nur, daß ich im Spätsommer oder Herbst eine Waffenübung haben werde; aber ich werde wohl auch noch andre freie Zeit haben. –

8. April

Ich wurde gestern gestört und habe seither eine ganze Menge Kunst erlebt. Ich war nemlich im Orpheum und in der Kunstausstellung. Im Laufe der letzten anderthalb Jahre ist mir nemlich die bildende Kunst aufgegangen; oft genug verrichte ich im Museum Andachten, deren Sinn mir noch vor kurzer Zeit fremd gewesen wäre. Einigen wir uns überhaupt dahin: mit dem Leben ist's nun einmal nichts. Es ist ordinär und hat keinen Stil. Ich bin gegen die Ereignisse, sie sind brutal und pathetisch. Und dann kommen sie über einen, ohne daß man sie braucht, oft zu unrechter Zeit, und wirken in einem gewissen Stadium unsrer Entwicklung ausschließlich störend. Und man sollte sich vornehmen, die Ereignisse einfach zu dupiren, indem man sie nicht ernst nimmt. Man sollte sich nicht durch sie in irgend einer Stimmungsreihe unterbrechen lassen, sondern sollte sich einfach so viel von ihnen nehmen, als man brauchen kann. Es ist ja beschämend, sich diesen Zufälligkeiten unterthan zu wissen. – So könnte man noch hundert Phrasen derselben Art hersetzen und sie würden doch nicht – zu einer Wahrheit werden. Haben Sie jemals der Arria ihr »Paetus, es schmerzt nicht« – geglaubt? – Ich nicht. –

Leben Sie wohl für heute und erfreuen Sie mich möglichst bald wieder mit ein paar Zeilen. Wir werden schon wieder ins Plaudern kommen. Schreiben Sie mir, was Ihnen durch den Kopf fährt – was müssen Sie nur alles in den letzten 2 Jahren zusammengedacht haben! Was mir eben noch einfällt; die Grillparzerschen Tagebücher (Paris, London) sind gerade die letzten Wochen hindurch meine Abendlecture gewesen – was war das für ein trauriges, verschüchtertes Leben! Wenn ich von dem Unterschied im Ausmaß des Talents absehe, so muß ich finden, daß in Ihrem Vergleich etwas wahres steckt. Aber ich muß nach außen hin den Eindruck eines beneidenswerthen Menschen machen: warum könnte man mich sonst so wenig leiden? – Leben Sie herzlich wohl!

ArthSch

An Marie Glümer

Lesen! – 22. April 93
Nicht zu feig sein! Nachts. –

Wenn es dir beliebt, so glaub ich dir meinethalben, daß dich Herr P. nicht besessen hat, will aber hinzufügen, daß das vollkommen gleichgiltig ist. Ein plötzlicher Fall, eine Hingabe wäre durch eine krankhafte Anlage zu erklären gewesen; es hätte mich vor deinem Körper geekelt, aber ein Schimmer wäre in deiner Seele gewesen. – Du aber hast das fürchterlichste gethan: während Du mir glühende Liebesbriefe schriebst, hast du zugleich einem andern solche Briefe geschrieben und von ihm zärtlichste Briefe erhalten. Du bist also nicht plötzlich aus einem bösen Traum erwacht – nein, Monate lang hast du dich noch mit diesem andern über eure zärtlichen Wiesbadner Stelldicheins brieflich unterhalten, und erst die Gefahr, daß ich es erfahre, hat dich zur Besinnung gebracht. – Im übrigen ist eine Stelle in einem der mir vorliegenden Briefe, die auch beweist, daß du von P. besessen wurdest: »*Hast du dich nicht vergessen genug, daß du diesem Mann einige Zeit gut warst, wofür du nur eine vernagelte Stunde als Entschuldigung anführen kannst.*«
Aber ich wiederhole es; *das ist nebensächlich!!* – Lies gef. die folgenden Stellen wieder:
Wie du herzig bist; Nachtkastel, Tuchent im Mund, sehr schön gewaschen . . . etc. – *Ich sehe dich so lebhaft vor mir das kleine reizende Gsichterl im Polster vergraben, die Spitzbubenaugen weit geöffnet, u. auf die halboffne Thür gerichtet, hinter wel-*

cher ich stehe und meine Augen sich an dem herrlichen Anblick weiden, wo es meiner ganzen Kraft bedarf, daß ich nicht hinstürze u dich bis zur Bewußtlosigkeit küsse. Sage mir Mitzi willst du mich tödten? »verdurstende Lippen, aneinander geschmiegt«, du Grausame, wie kannst du bei der Entfernung solche Dinge schreiben – etc

– Und während du diesem Menschen, den du mir gegenüber mit Vorliebe einen »Fallotten« nanntest, »solche Dinge« schriebst, hast du mir die zärtlichsten Liebesbriefe geschrieben, dich als die Brave, das Engerl, etc unterschrieben – und du wagst heute von irgend einer Strafe, die dich trifft, zu behaupten, daß sie *zu* entsetzlich ist? – Wenn du langsam zu Tode gemartert würdest, geschähe dir noch zu wenig; denn die Infamie, welche du begangen, an mir, ein paar Wochen, nachdem wir uns das letzte Mal ewige Liebe u Treue geschworen, ist beispiellos, und, wenn es möglich wäre eine Entschuldigung für den Rausch einer Minute zu finden, so ist es doch unmöglich, eine zu finden, für den tückischen hurenhaften Betrug, den du elende Dirne *durch Monate* an mir begingst –

Eine andre Stelle aus P.'s Briefen: »*Kommt es zu dick auf einmal, so stärkt mich doch das Bewußtsein zu lieben u geliebt zu werden. Wenn du glaubst dort allein zu sein, so irrst du dich, meine Gedanken meine Gefühle, meine Liebe sind stets um dich, suche auch du darin Tröstung und sie wird dir werden. Für uns kommen auch die 7 magern Tage auf die fetten, daß es deren mehr als 7 sind ist leider wahr, dafür hatten wir auch mehr als 7 gute*« –

»*Heute hab ich wieder ein Brieferl von dir, wenn du darin eine Erleichterung fühlst, wenn du mir schreibst, so kann ich dir diese Cur nur dringend empfehlen. – – Tausend Dank für deinen Kuß, gewiß fühle ich ihn und werde ihn ewig fühlen, wer könnte nicht stets den Genuß fühlen, der ihm bereitet wurde durch einen Kuß von deinen Rosenlippen u ich bekam doch schon so viele.*

– Aus den vorhergehenden Stellen ist bewiesen, daß er ein

Recht hatte, sich von dir geliebt zu glauben, daß du ihm also auch gesagt haben mußtest, deine Liebe für mich ist aus; daher ist auch die Stelle in deinem heutigen Brief, *»es war (zwischen mir u P.) der Verkehr von 2 Leuten, von denen [er] wußte, was du mir bist u der zu anständig war, gemein zu sein« »brechen sollte ich, da wäre ich reich gewesen, da habe ich eine lange Nase gemacht«* – eine unverschämte Lüge, und ich suche auch vergebens nach der Anständigkeit des Herrn P; – es sei denn, daß du ihn batest, dich zu besitzen und er vorher wollte, daß du mir einen Absagebrief schriebst. »Er wußte, was du mir bist!!!« – Was ich dir bin, wußte er, während der dich mit Küssen bedeckte und dein Köpferl und den gewaschnen Hals im Bett bewunderte? – Und während er sich von dir »geliebt wußte« und dir die Versicherung gab, daß er »gewiß deinen Kuß fühle« und während er dich bat, daß du ihm nicht in der Entfernung so aufregende Dinge schreiben solltest, wie »verdurstete Lippen« etc? – Ja, er wußte, was ich dir bin, – ich glaub's wohl! Und heute weiß ich's ja auch! – Ich frage mich nur um Gotteswillen, was dich dazu bewogen hat, während du einen andern liebtest (daß du ihn heute nicht mehr liebst, weiß ich), mir die Schmach deiner fernern Briefe anzuthun, – und eines noch frage ich nur, was aus mir geworden wäre, wenn nicht auch Herr R. Gelegenheit gehabt hätte, deine Lade zu durchsuchen und so die Briefe schließlich in meine Hände gelangt wären. – Du sühnst, glaubst du? – Meinst du, dein Verbrechen gehört zu denen, die man sühnen kann? Ja, ich wiederhole es, den Sinnenrausch einer Stunde kann man sühnen – was du aber gethan: von dem Augenblick an, wo die Beziehung zwischen dir u P. begonnen, bis zu dem Moment, wo er (oder du) sie abbrach, dafür gibt es keine Sühne; und ich weiß gar nicht, von was für einer entsetzlichen Strafe du sprichst? – Daß ich es erfahren habe? – Ja, was kann denn dir daran liegen, die sogar zu einer Zeit, wo ich sie noch für einen Engel hielt, sich in geilen Vergnügungen mit einem nichtigen Individuum ergötzte und noch Wochen u Monate nachher süße u zärtliche Briefe mit ihm wechselte? – Was willst du noch von mir? Ich versteh dich nicht! – Mir etwa noch weiter einreden, daß du selbst zur Zeit des Herrn P. *mich* weitergeliebt hast neben ihm? – Ich begreife dich nicht! – Und deine Schuld hat nirgends die Spur einer Entschuldigung! – Ich wiederhole es: die niedrigste Canaille hat solch einen Betrug nie begangen; und wenn du meinst, daß irgend eine Buße der Welt den Moment nur sühnen kann, in welchem mein Vater vor meinen Augen den an ihn gesandten Brief des Herrn P. an die »Braut seines Sohnes« las, so irrst du dich! – – Aber es ist mir nicht bange um dich. Weiber wie du bereuen nicht lang. In kurzer Zeit wirst du über den Narren lachen, der eine geile verlogene Dirne Jahre lang ernst nahm und sich von ihr so hinters Licht führen ließ, und finden, es sei eigentlich mir recht geschehn. – – Nicht Rachsucht, Wuth, beleidigte Eitelkeit, betrogene Liebe sprechen aus mir: die einfache Gerechtigkeit könnte keine andern Worte finden, als der Mann, den du vielleicht selbst einmal zu lieben glaubtest u in deiner heutigen Stimmung wieder zu lieben glaubst, – und der für dich doch nichts andres war, als was die Männer für deinesgleichen zu sein pflegen: Wollustmittel – und Gefühlskomödienobjekt, um diese Wollust so sehr als möglich zu steigern. – Viel Glück zu den nächsten! – Noch eins füge ich hinzu: Wenn es dir also gelungen wäre, bei deinen in der Akazie (nur zu diesem Zwecke!!) gemachten Besuchen, die Briefe P.'s zurück zu erhalten, – so hätte ich nie was erfahren. Du hast dich dem R. nur hingegeben, um von ihm nicht an mich verrathen zu werden. – Du wärst zurückgekommen, als Geliebte des Herrn P, und als abgedientes Mensch des Herrn R., und da du ja alle deine Gemeinheiten nur begingst, um meine Liebe als Hauptspaß deiner schmutzigen Existenz zu erhalten, wäre ich, ahnungslos und blöd, in deinen besudelten Armen gelegen, – und hätte wohl, wie du mir ja noch in deinen letzten famosen Gallner Briefen schriebst, mit dir zusammen über alle die Schändlichkeiten gelacht, die man dir nachsagt. – Ich sage dir das, weil du wie es scheint, die Empfindung hast, es liegt eine Entschuldigung für dich darin, daß du all deine Infamien nur begingst – um mich nur sicher wieder in Wien dranzukriegen. Das was du als Entschuldigung anführst, ist deiner Infamien allerinfamste. Daß du keine Sekunde die Absicht hattest zu gestehn, dafür ist der deutliche Beweis, daß du *nie* etwas zugabst, bevor die schriftlichen Beweise da waren. Noch vorgestern war die Geschichte mit P. »zu dumm«. – – Bis vorgestern ½1 Nachts logst, logst, logst du. Noch immer hofftest du. Noch immer hofftest du, R. werde mir die Briefe nicht schicken, da er keine Beweise für deinen weitern Verkehr mit mir hatte. – Ich bin nur glücklich, daß dein Mund nicht meine Lippen berührt hat, und daß es dir nicht gelang, meinen Ekel vor dir zu besiegen. – Wie mich aber *jetzt*, seit ich die Briefe kenne, vor dir ekelt, dafür gibt es keine Worte. Und dich – hab ich geschlagen! – – Man ist so wehrlos Dirnen gegenüber! – Wie soll ich dich denn strafen für das, was du gethan? – – Es gäbe *eine* Strafe für dich: dir die Möglichkeit zu benehmen, je wieder eine Minute der Wollust zu durchleben – sonst wüßt ich keine! – Und einen so langen Brief schreib ich einer Person wie dir, – warum, warum? – Nun ja, wenn man ein Wesen wie dich so lange geliebt hat, kann man sich nicht gleich von dem Schmutz befreien, der kleben geblieben ist. Offenbar ist noch irgend was von dir an mir. Wie freu' ich mich auf den Tag, wo ich wieder frei und heiter werde denken können, und die Erinnerung an dich in mir nur mehr die Erinnerung an eine große lächerliche Dummheit sein wird, die schließlich auch andre schon begangen haben, ohne dran zu Grund gegangen zu sein. Aber ein Wort, das ich einmal scherzweise im Kaffeehaus gesagt, fällt mir heute ein: »Liebe ist, – wenn man erst später draufkommt, daß es – ein Mensch war. –« – Allerdings, – daß es gleich das niederträchtigste sein muß, hab ich nicht gesagt. –

A.

Es ist früh, u ich lese den Brief wieder; ich find' ihn lächerlich, kindisch! – *Worte,* für das, was du gethan! – Tod für das, was du gethan, nichtig, lächerlich! – Deine St Gallner mit Vergnügungen gemischten Qualen seien die Vergeltung?? – Ich muß lachen! – Nun höre, was ich dir sage, – denn ich bin auch ein Mensch, und ich will mich nicht größer machen als ich bin: Es gibt keine Qual, keine Schande, keine Schmach, keine Marter dieser Erde, die ich dir nicht wünsche. So unendlich meine Liebe war, so unendlich ist mein Haß, und jede deiner Lügen, mit denen du mich gehöhnt u erniedrigt von deinem ersten Kuß u ersten Wort bis zu den letzten, werde dir zum Fluch, und jede Thräne, die ich um dich Canaille vergossen, werde dir zum brennenden Leid, an dem du langsam verblutest! Geliebt wurdest du wie keine – du wirst aber jetzt gehaßt, wie noch nie ein Weib auf dieser Welt. Ueber dich komme was ich unverschuldet um dich erduldet – daran mußt du zu Grunde gehen! –

Arth

An Marie Glümer 26. 4. 93

Deine jetzige Qual glaub ich dir. Aber nicht die *Spur* einer Qual hättest du gehabt – wenn ich zufällig nichts erfahren hätte. *Wenige Tage* nachdem du mir ewige Liebe u Treue u Wahrheit geschworen, knüpftest du mit dem Mann, vor dem ich dich am eindringlichsten warnte, ein Verhältnis an. Aber, als der persönliche Verkehr aus war, erwachtest du nicht etwa mit Entsetzen aus einem Taumel – nein; Monate hindurch bliebst du mit ihm in zärtlichster mit geilen Anspielungen gewürzter Correspondenz. Unterdessen wirst du bereits auch die Geliebte eines Komödianten. Und während dieser ganzen Zeit schreibst du mir Briefe, in denen du nicht nur von deiner Liebe zu mir sprichst und deiner unwandelbaren Treue, sondern in denen du dich auch [als] das heilige unnahbare Engerl darstellst, wie du's in Wien gespielt hast. – Und dein ganzes Bestreben war nur, mir alles geheim zu halten, um dir meine Liebe als Hauptspaß deiner schmutzigen Existenz zu erhalten. – Und von mir willst du Erbarmen! – – Oh, ich hätte es (Erbarmen, *nicht* Verzeihung!) wenn du einem tollen Moment zum Opfer gefallen wärst; – aber du hast deine Infamien mit dem vollsten Bewußtsein monatelang getrieben; während du mir deine Briefe schriebst, die mir, wenn ich sie heute wiederlese, das Blut erstarren lassen, hast du gewußt: So, jetzt muß ich noch dem P. ein süßes Brieferl schreiben, und heut Nacht kommt der R. zu mir! – – Und du verlangst Erbarmen? – Bevor du *eine Minute* meiner letzten Wochen gesühnt hast, müßt ich dich zu Tode martern; denn wird deinen Qualen nicht immer jene fehlen, die meine Existenz zu einer Höllenpein macht? – Von mir willst du Erbarmen? – Den tödtlichen Haß, welchen du mir jetzt einflößt, könntest du ja nur ahnen, wenn du jemals meine Liebe verstanden hättest! – Oh, ich bin nur ein Mensch. – Und ich mach mich nicht größer als ich bin. – Und wenn ich mir dich nun in den diversen Küssen, Umarmungen etc vorstelle, welche du durchgemacht hast an denselben Tagen, wo du mir deine Lügen schriebst, und wenn ich jetzt wieder in deinem heutigen Briefe lese: »Hündisch betrogen hab ich dich nie«, »Deine Ehre hab ich nie besudelt«, »so solltest du mir nicht schreiben«, »das wollte ich dir nicht damit anthun«, da denk ich nur: Welcher Abgrund von Verworfenheit! – was für unsägliche Feigheit und Gemeinheit! Du vermeinst wirklich etwas damit zu sühnen, daß du dich jetzt quälst? – Vergiß doch vor allem nicht, daß dich die ganzen Monate, wo du das Verhältnis und die Liebescorrespondenz mit P. hattest, nicht das geringste quälte (sonst hättest du ja eben nicht mehr im November, Dezember u Jänner süße Briefe an ihn schreiben müssen), und daß deine Qual erst in dem Moment anfing, wo die Gefahr begann, daß ichs erfahren würde, und daß sie wirklich groß erst ist, seit ich eben alles weiß. – Nicht deine Infamien quälen dich, sondern das traurige Bewußtsein, daß du in meiner Anschauung nicht mehr das süße brave geliebte Mädel bist, das du noch im Winter warst, während du dein Luderleben führtest. Während du dem Herrn P. noch im November schriebst, ob er deine Küsse fühle, und daß deine Lippen nach ihm dürsten, und daß du dich wohl fühlst, wenn du ihm schreibst – hast du gar keine Qual ausgestanden! – Und während er deine Reize im Bett bewunderte, war dir recht wohl, und so ist dir noch manchmal recht wohl gewesen, du brave Seele! – Jetzt, wo ihr diese kleinen Vergnügungen doch etwas mehr kosten, als sie werth gewesen sind, jetzt ist natürlich die Reue da! – Erbarmen mit dir! – Hattest du Erbarmen mit mir, als du an der Brust des Herrn P. lagst und an seinen Lippen saugtest? – Ich hasse, hasse, hasse dich; ich fühle es, wie ich dich mit jedem Augenblick entsetzlicher hasse, wie mich jetzt dieser Haß ausfüllt, so völlig wie mich einmal meine elende Liebe zu dir erfüllt hat. – Daß du jetzt alles gutmachen wolltest, glaub ich schon; daß aus einer Person, die mich ein paar Tage nachdem ich sie allein gelassen in der viehischesten Weise betrügt, je was anständiges werden kann, glaub ich aber weniger – Und immer diese Bemerkung: »er (P.) hat gewußt, daß ich ohne dich nicht sein kann!« – Dabei wörtlich in seinem Brief, noch im November: »Mich stärkt das Bewußtsein, zu lieben u geliebt zu werden!–« Was war ich wohl in diesen Monaten für Herrn P?! – Und wenn die Briefe nicht »gefunden« worden wären – hättest du gemütlich fortgesetzt, und jetzt, an den Abenden, wo du nicht bei mir wärst – Ah nein, genug, genug. – Ich ersticke in Raserei und Ekel, – – Nichts mehr, nichts mehr. – Schicke mir *endlich* das Relief; ich *ertrag'* es nicht bei dir! – Ich wollte auch meine Briefe verlangen, u zw. als ich dich »nur« für die Geliebte R.s hielt, die von der Zeit an, wo du mich mit ihm betrogen; – von wann an soll ich sie jetzt verlangen? – – Ich denke, von dem Tag an, wo du mit der Westbahn nach W. fuhrst! – – Nein, nein, von dem Tag an, wo ich dir das erste Mal schrieb – denn es ist nicht wahr, daß man in ein paar Tagen plötzlich eine so elende Canaille wird: ich war von allem Anfang der Narr einer Komödiantin, die nur zuweilen auch sich selber die Komödie vorspielte! –

[Ohne Unterschrift]

An Marie Glümer 29/4 93

Ich schimpfe nicht, ich fluche nicht, ich erlaube mir nur einige Bemerkungen. –
Dein Aerger, daß ich nach Venedig fuhr, kann nicht der Grund deiner Untreue gewesen sein; da sie bereits, wie aus dem Inhalt eines P.schen Briefes hervorgeht, in dem er über eine Vorstellg im Ausstellgstheater (»Weh dem Besiegten«) schreibt, vorfiel, bevor ich nach Venedig fuhr. –
Deinem Zweifel an der Stärke meiner Liebe hättest du vielleicht edlere Formen geben können. – Jedenfalls lag meines Erachtens in diesen Augenblickszweifeln kein Grund zu den Dingen, welche du begingst. –
Es ist im allgemeinen nicht üblich, jemanden »zum Narren zu halten«, indem man seine Maitresse oder mindestens was ähnliches wird. – Wenn wirklich nicht einmal Sinnlichkeit deinem Verkehr mit ihm zu Grunde lag, so stehst du noch etwas niedriger als ich vermuthet; denn da muß das Vergnügen mich zu betrügen, ganz enorm gewesen sein. – – Wenn es wirklich nur ein »zum Narren halten« war, so wäre es vielleicht richtiger gewesen, in dem gefährlichen Momente der Entdeckung durch R. mir dieses aufrichtige Geständnis abzulegen, als die Dirne eines Haderlumpen zu werden und Monatelang zu bleiben. –
Was dich nach den abgelaufenen Jahren eigentlich veranlaßt hat, an meiner Liebe plötzlich zu zweifeln, und zwar so energisch, daß du dich dadurch zu der ungeheuerlichsten Gemeinheit berechtigt hieltest, die ein Weib überhaupt begehen kann, bleibt ein Räthsel. –
Zweifeltest du aber wirklich, so hätte es dir umso leichter fal-

len müssen, mir den kleinen Zwischenfall mit dem in Wien von dir »Fallotten« genannten Herrn P. brieflich zu gestehn, statt die Geliebte des Herrn R. zu werden. –
Deine Bemerkung: »Hätte ich geahnt, was ich dir damit anthue!« gehört zu denen, nach denen überhaupt jedes Wort überflüssig ist. Du hast nicht geahnt, was du mir damit anthust??! – Du? – Ja, du hast nicht geahnt, daß ich es erfahre, das ist die Wahrheit. –
– Wozu widerlege ich übrigens und discutire? – Aus der Art und Weise, wie du mir durch 7 Monate geschrieben, geht so deutlich hervor, daß du immer wußtest, um was ich dich bat, wußtest, was du mir vorspielen müßtest, um meine Liebe zu erhalten, daß du wußtest, was mich quälen könnte und daß du den Unterschied zwischen gut und böse vortrefflich kennst. Es hat dir auch nie an moralisch entrüsteten Bemerkungen über andre Weiber gefehlt, die dir gegenüber einfach Göttinen sind. – Niemand auf der Welt hat klarer gewußt als du selbst, daß du dich benimmst, insbesondre gegen mich benimmst, wie die verkommenste sich kaum benehmen kann. – Und nebstbei, mitten in deinem Leben noch die Empfindung zu haben: »es existirt einer, der mich für einen Engel hält u anbetet« – das muß ein Reiz mehr gewesen sein, der nicht zu verachten war. –
– Deine jetzige Reue, so aufrichtig und martervoll sie auch sein mag; – deine Ueberzeugung, daß du jetzt eine *andre* bist; – dein Bewußtsein, daß dir ähnliches nicht mehr passiren kann, sind für mich ebenso werthlos, als mir nun in der Erinnerung deine Liebes-, Treue- und Wahrheitsschwüre erscheinen, welche du in Bereitschaft hattest, wenn man sie brauchte. – Könnte Reue sühnen, so wäre das Leben ein Paradies. Im übrigen zweifle ich nicht, daß du dir vor dir selber in gar nicht langer Zeit ganz geläutert erscheinen wirst; denn du behauptest ja schon heute: eine Person, die so bereut, wie du jetzt, kann keine so elende sein, wie ich sie hinstelle. Für mich steht die Sache aber ganz anders. Ich sage: eine Person, die so an ihrem Geliebten (mit dem Geliebten mein ich jetzt *mich*)

gehandelt hat wie du, ist das verworfenste Geschöpf unter der Sonne. –

– Ich glaube nicht, daß du ein Recht hast, mir allzugroße Härte vorzuwerfen; ein Fürst des Mittelalters, dem seine Geliebte ähnliches zugefügt hätte, wie du mir, – hätte sie foltern und tödten lassen; und jeder Mensch, der einmal in seinem Leben geliebt hat, würde ihn begriffen haben. Schon daraus, daß du dich gegen die Worte wehrst, welche mir aus der Seele quellen, könnte ich heute ersehen, daß wir zwei wahrscheinlich immer was ganz andres unter Liebe verstanden und verschiedene Sprachen gesprochen haben. –

Was du für eine Lehre aus der Geschichte gezogen haben wirst, weiß ich noch nicht: vielleicht die, daß man vorsichtiger sein muß und eifersüchtige Schauspieler nicht in der Lade herumstieren lassen – oder daß es Männer gibt, die sich sehr darüber aufregen, wenn man sie betrügt – oder doch am Ende die, daß es vielleicht mehr Glück bringt, wahr zu sein als verlogen – oder die, daß man sich die Leute, welchen man sich hingibt, doch ein bischen genauer anschauen soll, – oder die, daß es sogar ein schlechtes Geschäft ist, ein liebeeingehülltes, anbetungsvolles *Leben* hinzuschmeißen für einige Stunden, Tage oder Wochen der Wollust und des Betrugs – das weiß ich nicht. Es könnte mir auch gleichgiltig sein, da ja diese Lehren auf mich keine Anwendung mehr finden werden. Es ist ja möglich, daß du deine Verbrechen durch gutes an einem andern sühnst? – An *mir* ist nichts gutzumachen, nie, nie, nie, und wenn du – es sind ja schon Wunder geschehn – ein Engel in Menschengestalt würdest. – Was in mir vorgegangen ist, von der ersten anonymen Karte in langsamer aber grauenvoller Steigerung bis zu dem Moment, wo mein Vater vor meinen Augen den Brief des »Wiener Seidenfabrikanten« an die »Braut seines Sohnes« las, – das ist das grausamste, was je ein Weib einen Mann hat erleiden lassen. Nicht einmal, wie es unausweichlich war, hab ich aufeinmal die schauerliche Wahrheit gehört: nein tropfenweise hat man, hast du mir dieses brennende Gift eingeflößt, an dem endlich alles Mitleid in mir, mit vielem andern guten jämmerlich zu Grunde gehen mußte. – Ich gesteh' es dir: es ist kein Erbarmen in mir; nur eine grenzenlose Erbitterung, die noch immer mit jeder Stunde zunimmt, und so nah mir das Erbarmen noch zu einer Zeit war, wo ich Narr wirklich zu glauben anfing, daß du nur für eine Minute der Verrücktheit büßen mußtest, so weit ist es jetzt von mir, wo ich endlich weiß, daß du mich betrogen – wenige Tage nachdem du mich verlassen, und unter Umständen, welche deine Schuld zu der furchtbarsten machen, die je auf diesem Gebiet verübt wurde. Diese Folge von Infamien, die du verübt von dem Tage an, wo du Herrn P. in Wiesb. begrüßtest, bis zu – der letzten Stunde, die du vor 8 Tagen in meiner Wohnung verbrachtest, noch immer bei »deiner Seligkeit« ableugnend, was noch zu leugnen war, – die könnte den mildesten, versöhnlichsten Mann zum blutgierigen Wütherich machen; und dein Glaube, daß deine jetzige Qual zu meinem Troste beitragen könnte, zeigt mir nur, daß du meinen Haß so wenig begreifst, wie du je meine Liebe begriffen hast. – Aber um dir die Dinge zu schreiben, die ich dir jetzt schreibe, braucht man nicht zu hassen; man braucht an der ganzen Sache gar nicht betheiligt zu sein. – Die ewige Gerechtigkeit hätte keine andern Worte zur Verfügung, wenn sie über deinen schmachvollen monatelanggeübten Betrug reden sollte, wie ich, wie dein einstiger Geliebter, den du so niedrig an die nichtigsten Subjekte verrathen hast, welchen ich zu viel Ehre anthäte, wenn ich sie nur – haßte. – Dir fehlt jede Entschuldigung – und die ekelhaften Ausflüchte, die du nun gar in deinem letzten Briefe versuchst – »du hast nicht geahnt, was du mir anthust, und du zweifeltest an meiner Liebe –« die sind so elend, so dumm, so feig, daß ich fast hätte sagen wollen: du solltest dich ihrer schämen, – wenn ich nicht wüßte, daß es für dich dergleichen Dinge nicht gibt. – Unmenschlich findest du, was ich dir sage? – Wie soll ich dann das finden, was du *gethan?* –

Arth

An Marie Glümer Dinstag 23. 5. 93.

Ich habe in diesen Pfingsttagen einen langen Brief an dich geschrieben, den ich aber nicht absenden will. Du würdest finden, ich »schimpfe«, und dich berechtigt halten, mich zu beschimpfen. Also ich will auf ein paar Augenblicke den grenzenlosen Schmerz unterdrücken und die Worte, die es mir für gewöhnlich auf die Lippen treibt, und dir so ruhig schreiben als ich kann. – Es handelt sich hier nicht um Ansichten (obwohl der *Ansicht*, daß wir zwei nichts mehr miteinander zu thun haben, keiner sich verschließen könnte). – Es handelt sich um Gefühle. Ich will's dir noch einmal wiederholen: ich habe dich unsagbar angebetet; und habe dich geliebt, wie du sicher in diesem Leben nicht mehr geliebt werden wirst. Ob es einen Mann auf dieser Welt gibt, der ein Weib, das ihn so verrathen hat wie du mich, weiter lieben kann, – ob es einen Mann gibt, der so einen geschändeten Leib, der für ihn einmal der Leib eines Engels war, noch umschlingen kann, ob es einen Mann gibt, der diese ungeheuerlichen ans fabelhafte grenzenden Lügen, mit denen man ihn durch Monate genarrt hat verzeihen kann, – das wage ich nicht zu bestimmen. Ich glaube nein – und gibt es einen, ich würde ihn tief beklagen. – Ich kann nur von mir sagen, – daß *ich* mein ganzes Leben unter deinen Infamien werde leiden müssen u daß *ich* weiß: – von diesem namenlosen Schmerz gibt es keine wirkliche Genesung. Aber in dem unbeschreiblichen Ekel, der mich packt, wenn ich mir in die Erinnerung zurückrufe, was du gethan, was du *mir* gethan, liegt meine letzte Hoffnung. Noch wühlt der fürchterliche Schmerz mit so teuflischer Lebendigkeit in mir, daß ihn selbst der Ekel nicht zu zerstören vermochte. Aber endlich muß es ihm gelingen. Es ist zu höllisch, was ich, unverdient, um dich elende gelitten habe, und lachen muß ich – wenn du *deine Qualen* gegen *meine Martern* ausspielen willst. Und nun wagst du's gar noch, mir, dessen Herz du langsam, tükkisch, mit den gräßlichsten der Gifte zu Tode gemartert hast,

– Herzlosigkeit vorzuwerfen, *mich zu beschimpfen,* du, du, du! Wo war denn *dein Erbarmen,* als ich dich Brief für Brief um Wahrheit anflehte? Wo war dein Erbarmen, als du an den Lippen jenes blöden alten Gecken lagst und wo war es, als du mich von jenen entsetzlichen Briefen gemartert wußtest, die mir Tropfen für Tropfen das Leben und die Fähigkeit zu arbeiten, vergifteten? – Wo war dein Erbarmen, als du dich in den Armen jenes stinkenden Komödianten herumwälztest, wo war es, noch vor ein paar Wochen, als ich dich um die ganze Wahrheit bat und wieder nichts vernahm, als Lügen, Lügen, Lügen! – Ach ja, ich wollte ruhig schreiben, aber ich kann es nicht. Du faßt nicht, daß ich noch immer mich in ungestillter Wuth, in schauerlichem Haß gegen dich verzehre? Und ich soll es fassen, daß du, nicht zufrieden mit all dem unsagbaren unheilbaren lebensvergiftenden Leid, das du über mich brachtest, daß du jetzt mit bösen Worten über mich herfällst, als hätt ich dir weiß Gott was für Unrecht zugefügt? – Oh ich weiß ganz gut, daß du jetzt leidest, und *ich glaube dir aufs Wort, daß du die besten Absichten für die Zukunft hast!* – Aber gingst du vielleicht schon von Wien weg, mit der Absicht mich zu betrügen? – Also wie lange halten deine Vorsätze Stand? – Aber ich gehe noch weiter: ich will die Möglichkeit zugeben, daß du wirklich, angesichts des gräßlichen Unheils, das du angerichtet hast, gebessert sein könntest – *ja was ändert das für mich?* – Glaubst du wirklich, es könnte je, und wenn wir tausend Jahre zu leben hätten, für mich ein Augenblick des Vergessens kommen? Was *vor mir* geschehn ist, hab ich, du weißt, unter wie schrecklichen Qualen verwunden; daß du und wie du mich *betrogen* an den selben Tagen, wo du mir deine zuckersüßen engelhaften, keuschen treueathmenden Briefe schriebst – *das ist eine Erinnerung, die erst mit mir sterben wird.* – Ich kann auch nicht glauben, daß ein kurzer Zeitraum, wie ein Jahr, so vollkommen mit der unseligen Geschichte in mir aufräumen wird, daß ich in Ruhe mit dir werde sprechen können. Ich habe dich zu sehr

geliebt, als daß du mir so rasch gleichgiltig und eine Fremde werden könntest.
Vorläufig mußt du dich begnügen, von mir gehaßt zu werden. – Und begnüge dich auch mit dem, was du mir bisher gethan; wie soll ich nur glauben können, daß nur ein Funke echter Reue in dir glimmt, wenn du nun gar noch über *mich* mit giftigen Worten herfällst. – Du hast nie im Ernst glauben können, daß ich dir derlei – (füge das Wort selbst ein) – verzeihen könnte, ich, der dir tausendmal gesagt: »*Ein* Blick jemandem andern, und wir sind auf ewig getrennt.« – Also nicht jetzt noch lügen und fälschen. – Es ist ebenso ordinär als überflüssig. –
– Laß mich dir nun endlich noch sagen, daß ich mich gegen dich nur *eines* Unrechts schuldig fühle: dich geliebt zu haben, als wenn du meiner würdig wärst. – Ich bitte dich, mir darum nicht böse zu sein. – Arth

An Marie Glümer 29. Mai 93.

Ich weiß, daß du leidest; – ich weiß, daß ich millionenfach mehr gelitten habe und mein Leben lang unter dem unsäglichen Schmerz, unter seinem Schatten verbringen muß. – Was du an mir gethan, ist unsühnbar; in Hinsicht auf mich unsühnbar. Du hast, kaum daß du mir den Rücken gewendet, mein Vertrauen schändlicher misbraucht, als es die letzte der verworfenen gethan. Du hast mich mit einem alten Gecken und mit einem stinkenden Schmierenkomödianten betrogen, in *vollem Bewußtsein* durch mehr als ein halbes Jahr betrogen. – Du hast es ruhig geschehn lassen, daß ich gemartert werde, Monate lang, zu deinen Verbrechen der Geilheit und der Lüge noch das der infamsten Feigheit fügend. – Und ich habe, während du wie ein, nein *als* ein Luder lebtest, deiner gedacht, wie eines Engels, und du hast in deinen Briefen den Glauben an deine Reinheit genährt, um mich, wenn du zurückkehrst, sicher wieder in deinen Armen zu haben. – O die himmlische

Liebe! – Aber sie rührt mich nicht; nicht von einem Mensch, das sich schamlos dem nächsten besten an den Hals wirft, wollte ich geliebt sein, sondern von einem braven lieben Mädel, das meiner Liebe auch würdig bleibt, wenn ich nicht bei ihr bin. – – Dich jetzt noch lieben hieße dich *nie* geliebt haben. Und wie ich dich geliebt habe, das weiß niemand; – du am wenigsten. – Aber jetzt ist nichts in mir als grenzenloser wüthender Schmerz, – nicht um dich, sondern um die, für die ich dich hielt – und grenzenloser tödtlicher Ekel vor der, welcher ich monatelang Briefe voll Zärtlichkeit und Angst und Sehnsucht schrieb, und die mich während dieser Zeit mit einem Gesindel betrog, dem ich nicht die Ehre anthun will, es darum zu hassen. – Schimpfe nicht; das ist überflüssig und ordinär. – Ich glaube dir auch, daß du jetzt für dich selber in diesem Schmerz sühnst; und es ist sogar möglich, daß du langsam zu ahnen beginnst, was du mir gethan. Du! mir! – – Es handelt sich auch nicht um »Principien« oder »Vorurtheile« in unserm Fall; – denn die schöne Phrase, die man für die Vergangenheit bereit halten kann: »Ich hab dich ja nicht gekannt« – paßt hier nicht; *du hast mich gekannt*, u hast insbesondre gewußt, daß es zwischen uns unwiederbringlich aus sein müßte, selbst wenn du irgend wem nur zu liebenswürdig die Hand drücktest. – Und jetzt denke zurück, was du gethan! Erinnre dich an mich, und stelle dir vor, wie mir vor deinem beschmutzten Leib, vor deiner Lügenseele grausen muß. Ich spreche nur aus meinem *Gefühl* heraus; – von Principien seh ich ganz ab. – – Ich will dich auch nicht zu Grunde gehen lassen; ich will dir nicht deine Zukunft verfluchen, obwohl ich es tausendfach dürfte; – ich weiß nur, daß es für mich, für diese fürchterliche Qual, in der ich durch deine Schuld meine Tage verbringe, nur eine Rettung gibt: dich vergessen. Denn an dich denken, das heißt für mich noch immer: gefoltert sein. – Also laß mich dich vergessen, ich bitte dich drum; es ist das *einzige*, was du an mir gutes thun kannst.

Arth

An Marie Glümer 2. Juni 93.

Deine Briefe sind sehr schön; leider waren die, welche du mir zur Zeit schriebst, da du mich betrogst, ebenso schön und zärtlich; – ja, es scheint auch, daß die Briefe an den »süßen Rudolf« genauso schön und zärtlich waren, denn er ist in seinen Antworten sehr entzückt drüber. –
Deine Reue ist zweifellos echt; aber ich muß mich fragen: wo wäre diese ganze herrliche Reue, wenn ich zufällig von deinen Ludereien nichts erfahren hätte? – Mit welcher Frechheit du mich noch von St. G. aus zurechtwiesest, als ich wegen der anon. Briefe in einige Erregung gerieth, – das hab ich durchaus nicht vergessen. Auch den Brief hab ich noch, den du mir schriebst, als du dein Spiel schon verloren geben mußtest – jenen Brief aus St. G., in dem du die Unverfrorenheit so weit triebst – *mir* Vorwürfe zu machen, weil ich nicht nach St. G. gekommen, mich persönlich zu überzeugen – weil ich dich so lange allein gelassen – Du!! die mich schon betrog, ein paar Tage nachdem du von Wien weg warst (vielleicht auch schon hier – aber das läßt sich vorläufig nicht beweisen) – Und auch die Unverschämtheit, mit welcher du mich noch hier über meine Zweifel betreffs des Herrn P. zurechtwiesest – am Abend vor dem Morgen, wo die köstlichen Briefe anlangten, die mir endlich völlig klar machten, was für einem Geschöpf ich drei oder vier Jahre meines Lebens in der lächerlichsten Weise geopfert hatte. – Ah, und nun scheinst du ja noch ein besondres Wesen draus machen zu wollen, daß du mir dein Leben zu Füßen legen willst, eine »glänzende« Zukunft opfern – und scheinst sehr entrüstet, daß ich mir erlaube, dir dieses jämmerliche Geschenk einfach vor die Füße zu werfen, weil ich mit einer Person, die mich so hurenmäßig gehöhnt und belogen und betrogen, absolut nichts anzufangen wüßte. –
– Erinnre dich, was ich dir sagte, bevor du im August weggingst, erinnre dich, wie ich dich bat bei mir zu bleiben – und erinnre dich, wie du mir selbst vor wenig Tagen gestandest,

du hast in W. auf den Lederfabrikanten speculirt und dich darum zu seinem gefälligen Schwein gemacht. Und nun ist die Speculation misglückt, und unterdessen noch eine kleine Aventure mit einem Schmierencollegen und jetzt kommt sie und thut mir die große Ehre an, zu finden, daß ich vielleicht doch der beste von den dreien bin. Danke. Mich ekelt, ekelt, ekelt. Und daß du das nicht begreifst, daß du meine unauslöschliche Wuth nicht verstehst, das ist ja wieder nur ein neuer Beweis für deine Auffassung von der »Liebe«! – Du hast einen Moment im Ernst dran denken können, daß ich dir – verzeihen werde? Du hast hoffen können, daß ich die Lippen küssen werde, die jener Schwachkopf und Lebetrottel geküßt, und den Leib umschließen, der vom Schweiß und Samen jenes Schauspielers, Gauners und Gecken befleckt ist? – Und du hast gemeint, daß ich nach diesem monatelangen infamen frechen schamlosen Betrug, den du in Worten u Thaten übtest, je in meinem Leben noch ein Wort der Gnade für dich haben könnte? – Ach, wie wenig mußt du von meiner Liebe zu dir geahnt haben, von dieser abgöttischen unsäglichen Liebe, mit der ich dein ganzes Sein umgab, wenn du dachtest, solche Ungeheuerlichkeiten könnten von mir jemals vergessen werden! – *Ein Himmel von Liebe,* und ich bin überzeugt, daß du den guten Willen hast, ihn mir zu bieten, – kann mich diese qualvollen Höllenmartern nicht vergessen machen, in die mich deine unsägliche Gemeinheit, Geilheit und Verlogenheit gestürzt! – Und dabei muß ich noch – das entsetzlichste! – von *Glück* sagen, daß es so gekommen. – Denn dein Freund Carl war ein Stümper. Warum hat er dich nicht zurückkehren lassen und ruhig abgewartet, bis du mit deinen großen Unschuldsaugen und deinen süßen falschen Worten dich in meine Liebe und Anbetung zurückgeschlichen, und hat erst dann die Briefe des Herrn P. und seine eignen Erinnerungen an mich gesandt – nachdem du schon wieder in meinen Armen gelegen warst und ich ahnungslos die Maitresse jener Wichte umarmt hatte? Das wäre ein Meisterstück gewesen; da hätte man wenigstens

Achtung vor ihm haben können. So ist mir ja das schmachvollste erspart geblieben und ich muß wenigstens nicht an einer Erinnerung tragen, die mir vor meinem eignen Leibe einen unversiegbaren Ekel eingeflößt hätte. Nein, der Nachfolger dieses widerwärtigen Gesellen bin ich nicht geworden; und wenn mich ein Gedanke mit brennender Scham erfüllt, so ist es doch nur der, daß ich dir sieben Monate lang wie ein Narr anbetende sehnsüchtige, wahrheitsflehende Briefe geschrieben, Briefe, in denen ich einem Engel zu schreiben dachte, und daß ich mich, selbst wie das nagende Mistrauen in mir zu wühlen begann, mich immer wieder durch deine Lügenbriefe einlullen ließ, in denen du von dir als dem stolzen unnahbaren braven treuen Mädel sprachst, das natürlich von dem Gesindel verfolgt und verläumdet wird. – O diese Briefe von deiner Hand! Diese zweihundert Briefe, die *alle* geschrieben sind, nachdem sich schon der Ledercretin an dem Anblick deines süßen Leibs und an deinen Liebkosungen berauscht, diese Briefe, an Tagen geschrieben, die du unter den Küssen jenes Individuums verbracht; – diese Briefe, an Tagen geschrieben, an welchen du von Wint.nächten müde zurückkehrtest, oder die du zum Theil in der »Akazie« verbrachtest; sie liegen in meinem Pult, diese Briefe, neben den zärtlichen Correspondenzen deines süßen Rudolf, in welchen er dich *bittet*, ihn nicht durch deine übergroße Zärtlichkeit in deinen Briefen an ihn aufzuregen, – sie liegen neben den anonymen Karten und Briefen, die mir dein Schandleben verriethen, und neben den Wuthergüssen deines Carl, der mir das Wort abverlangt, – mit seiner einstigen Geliebten nicht mehr zu verkehren! – Wie! Und du meinst, das läßt sich wegwischen? Du meinst, ein Jahr oder zwei oder zehn oder hundert können das Gedächtnis des unerhörten Betrugs tilgen, mit welchem du jeden Funken meiner Liebe zu dir ersticktest? – Und du wagst es, mich an die frühern drei Jahre zu erinnern, – du, welche mit diesen drei Jahren mit aller Heiligkeit und Süßigkeit, welche diese drei Jahre in sich bergen, nichts andres anzufangen wußtest, als sie – der Laune eines elenden armseligen Subjektes zu opfern, dem es beliebte, dich zu seiner zeitweiligen Maitresse zu machen? – Und nun stehst du klagend da, ja anklagend sogar, und beschuldigst mich eines »fürchterlichen Muthes«, eines »versteinerten Herzens«, mich der um dich tausendmal gräßlicher gelitten als es ein so unwürdiges Geschöpf jemals verdiente? Und du willst Erbarmen nach allem was du gethan? Lebt noch irgend ein Geschöpf, das ihre Leiden redlicher sich verdiente als du? Du hast in jedem Augenblick deiner Dirnenstreiche wohl gewußt, wie sie auf mich wirken müßten, wenn ich sie erführe! – Aber du dachtest eben, ich erfahr es nicht, und deine Absicht war's, in der Gestalt des braven Engerls vor mich hinzutreten und meine Geliebte zu sein, wieder zu sein, während der süße Rudolf lächelnd und der geliebte Carl zürnend sich erinnerten und ihren lieben Freunden erzählen .. die Gl. hab' ich auch gehabt...... Meine Wuth wächst ins ungeheure, wenn ich mir diese Niedertracht vorstelle. Was du an Heuchelei in diesen sieben Monaten geleistet, damit kommt ja das ganze weibliche Personal einer großen Bühne aus! – Und gegen all das – gegen all dieses jammervolle vernichtende ekelhafte hast du nun nichts einzusetzen – als deine Liebe zu mir, die nun so riesengroß geworden! Und weil du fühlst, was du gethan, weil du doch eine leise Ahnung von dem ungeheuren Schmerz hast, den du mir zugefügt und weil dir nun meine Liebe erstrebenswerth erscheint – deswegen erkennst du dir bereits das Recht zu – für die »beste der besten« zu gelten, und glaubst alle Tugenden zu haben! – Ich aber erinnre mich sehr wohl, daß ich diese Melodie durch ganze drei Jahre gehört habe, und weiß, wie viel schöne Dinge du mir von deiner Heiligkeit und Reinheit und Engelhaftigkeit erzählt hast. Schon das ermüdete Laster hält sich oft für tugendhaft; – wie erst das gewitzigte! – Aber gut: sei es – du bist von nun an die beste der besten, du bist ein Engel, ein Ausbund aller Tugenden. – Aber glaubst du, es wäre schon *ein* Mörder begnadigt worden, wenn der Gemordete noch ein Wort mitzureden gehabt hätte?

– *Der* hat nichts mehr davon, daß sein Mörder niemanden mehr umbringen wird. – Und ich habe nichts mehr davon, daß du jetzt brav und treu und wahrhaft sein wirst; denn gegen mich warst du grundschlecht und eine Betrügerin und eine Lügnerin. –

– Willst du einen Trost mitnehmen in dein ferneres Leben, so kann es – von mir aus – nur der sein: Du bist so unendlich geliebt worden zu einer Zeit noch, wo du eine Elende warst, daß deine Rechnung mit dem Schicksal geregelt ist, – auch wenn du nie mehr so unendlich geliebt wirst wie du es als Gebesserte hoffentlich verdienen wirst –

Arthur.

An Theodor Herzl 13. 6. 93

Lieber Freund,

Sie diesen Sommer in Wien zu sehen, wäre mir eine große Freude. Ich selbst dürfte mich kaum von hier entfernen; – abgesehen von der Zeit Mitte August bis September, wo ich mich in den Dienst des Vaterlandes stellen, d.h. einrücken muß. Wahrscheinlich Bruck. – Sonst kann ich kaum von hier weg; ohne gerade viel zu thun zu haben, bin ich gebunden. Jedenfalls haben Sie die Güte, mir näheres über Ihre Ankunft mitzutheilen, wie über Ihre Pläne überhaupt. – Ich weiß auch nicht, ob das Ereignis, welches Sie in Ihrem letzten Briefe avisiren, bereits eingetroffen ist. Jedenfalls – viel Glück dazu! – Was mich anbelangt, so hab ich mich »derfangen«, so gut es ging, u versuche da u dort wieder ins Arbeiten zu kommen. Klinik, Praxis und mediz. Journal das ich leite, nehmen mir viel Zeit weg, lassen mir aber innerlich eine gewisse Freiheit. Die Praxis nimmt nemlich auch Zeit weg, ohne daß man Patienten hat, das ist das arge, und wenn statt 1 oder 2 Leuten 16-20 in die Ordination kämen, so gäbe das kaum mehr zu thun, und hätte doch seine Vortheile. – Ich schreibe jetzt meistens spät Abends, so um die Mitternacht herum, im Kaffeehaus. Dort, beim Rathaus, dem Park vis à vis. – Es soll etwas zärtliches und lustiges werden, – der geheime Trieb ist aber offenbar der: – ich will wieder schreiben lernen. – Zum »Flüchtling« in Berlin muß ich Ihnen noch gratuliren. Ueberhaupt wächst meine Hochachtung für Menschen, die aufgeführt werden, immer mehr, seit ich sehe, wie weit der Weg vom Angenommenwerden zum Aufgeführtwerden ist. – In Prag bin ich über die Moral des Intendanten Dr. Schlesinger gestolpert, der über das Märchen »empört« war, – und von Berlin aus werde ich nachdrücklich verachtet; man beantwortet weder meine höflichen noch meine – andern Briefe. »Man spuckt aus u. geht weiter« schrieben Sie mir einmal. Sie haben ja *so* Recht! – Aber merkwürdigerweise hilft auch das Spucken und Weitergehen nichts. Die Direktoren u. ähnliches denkt sich eben: – »Man wischt sich ab und schurkt weiter.« – Und sie sind die klügern – sie kostet's nur das Schnupftuch, aber uns die Lungen. –

Na genug für heute, mein lieber Herr Doktor; ich hoffe recht bald von Ihnen zu hören. Und haben Sie noch keine genauen Sommerpläne, so berichten Sie mir wenigstens in 2 Zeilen, wie's Ihnen geht.

Ihr herzlich ergebner
Dr. ArthSchnitzler

An Theodor Herzl 21. 6. 93.

Verehrter Freund,

hoffentlich ist alles bei Ihnen wohl und die Masern haben Ihre älteste verschont. Es wird also wohl nach Wien gefahren? – Wie gesagt, ich wiederhole meine Bitte, daß Sie mich irgendwann verständigen, wie lange Sie dableiben etc etc. – Es ist nicht unmöglich, daß ich Anfang Juli auf 10-14 Tage mit meiner armen Mama nach Ischl gehe; im übrigen wäre ein bissel Gebirgsluft für mich nicht gerade überflüssig, da ich seit den qualvollen Aufregungen des Frühjahrs an einem großentheils nervösen Husten leide, den ich nicht anbringe. Im übrigen habe ich mich jetzt auf den Sport geworfen u fahre seit ein paar Tagen auf dem Bicycle. Ich schreibe diese Zeilen mit steifem Arm und steifem Bein – ist auch das letztere zu bemerken? – – Ihre Prinzen aus Genieland hab ich hier im Carltheater gesehen – wenn Sie nicht ganz umgebracht worden sind, so sind nicht die Mörder, sondern die Prinzen selbst dran schuld gewesen; denn es ist im ganzen miserabel gespielt worden. Mir war das Stück sehr sympathisch; es lag wie ein Duft von 1840 drüber; es gehört vielleicht zu denjenigen Ihrer dramatischen Sachen, in denen am meisten Frühling ist. Allerdings sind beträchtliche Ungleichheiten drin, und was mir am ärgerlichsten daran war – so weit mich heut meine Erinnerung nicht täuscht – war die zu pathetische u absichtliche Manier, in welcher plötzlich die Grundidee (im 3. Akt glaub ich) ausgesprochen wird, statt daß das ganze Stück im Fortschreiten selbst und in seinen Charakteren jene Grundidee ausspricht. – Sehr deutlich ist mir eine treffliche Charge Knaack's im Gedächtnis. – Dann die hübsche kleinbürgerliche Scene im 2. Akt, in dem eine Violine vorkommt. Dann die Liebesscene, die von Herrn Franker und Frl Ernst gar nicht übel gegeben wurde. Unangenehm war der Oberprinz – Herr Lenor, der seine Rolle mit einer schnodderigen Liebenswürdigkeit gab, welche mir im Ohr und im Herzen wehthat. – Ich hatte damals den lebhaften Wunsch, das Stück wo anders zu sehen, u mit mir wünschten sich einige Vernünftige, daß das Lustspiel nicht am Volkstheater gegeben würde – resp. daß Sie's nicht dem V.th. eingereicht hätten. – Ihre Geschichten von Barnay, vom Flüchtling u.s.w. haben mich interessirt u. gerührt. Jawohl gerührt – denn ich finde solche Abenteuer des Ehrgeizes und des Talents und der Ehrlichkeit rührender als hunrige Mägen und manches verliebte Idyll. – Vom Volkstheater müssen Sie mir erzählen.

– Der Brief da trifft Sie, lieber Freund, wohl noch in Paris. Nehmen Sie noch meinen Glückwunsch zum Gretherl entgegen

und bestellen Sie dieselben auch Ihrer Frau Gemahlin, die sich vielleicht noch meiner erinnert. –
Also auf baldiges Wiedersehen.

Ihr herzlich ergebner
ArthSchnitzler

An Felix Salten [Bad Ischl,] Pension Leopold, 5/7 93.

Mein lieber Salten,
das wichtigste zuerst: gestern per Bic. in Strobl, heut in Anzenau gewesen – geht im ganzen recht gut. Leider immer allein; Richard kommt noch (wie gestern) oder auch nicht (wie heute). – Geschrieben noch nichts; nur heute früh, einsam, in Anzenau, die Verse meines allegor Gedichts in Ihrem Sinne in regelmäßige Jamben übertragen. –
– Meine Stimmung recht schlecht. Leer, traurig. – Heut hab ich sogar geweint – in Anzenau! – Außerdem hab ich durch den sonderbarsten der Zufälle auch noch neue Dinge erfahren – aus Salzb. – also eigentlich sehr alte Dinge – O Mensch, ahnen Sie denn, wie gescheidt ich war, als ich das Märchen schrieb?
– Bitte, fragen Sie nach nichts in einem eventuellen Brief, den Sie mir schreiben – ich wäre nervös, wenn ich es erwarten müßte. –
– Jarno hab ich gesprochen; der hatte natürlich meine Stücke überhaupt noch nicht gelesen – ist ein Komödiant, aber nebstbei ein gescheidter ungarischer Jud u wahrscheinlich ein großes Talent. – Jetzt ist er vom Abschiedssouper sehr entzückt, und Wild (der Direktor) führt am Montag »Frage« u »Abschiedssouper« auf, ohne sie gelesen zu haben, oh nicht wegen Jarno, sondern weil er sich denkt, daß mein Name (oh nicht als Dichter!!) ihm das Haus füllt. –
– Sagen Sie's aber noch niemandem. Wenn es sicher ist, avisire ich Sie – wo ist Paul Horn? Vielleicht gibt »seine« Grethe die Cora. – Wann kommt Richard Specht? – Einmal will ich mit Rich. BHof nach Salzburg, mittelst der neuen Bahn. –

– Seien Sie so gut und erwidern Sie sofort. –
Herzlich der Ihre

Arthur

An die Mutter Ischl 7. 7. 93.

Theuerste Mama,
es wird mir dieses Jahr recht schwer, die rechten Worte zu finden, um dir zu deinem Geburtstag Glück zu wünschen. Was soll ich dir nur sagen, meine liebe theure Mama! Eigentlich muß ich nur uns, deinen Kindern, die dir geblieben sind, wünschen, daß es ihnen gelingt, dir soviel Freude zu machen, als überhaupt möglich ist. Und du weißt, liebste Mama, es wird immer unser Bestreben, unser innigstes Bemühn sein, die Empfindung in dir recht lebendig zu erhalten, daß es jedenfalls einige Herzen gibt, auf deren Verehrung, Liebe und Dankbarkeit du nie wirst verzichten müssen. –
Und in diesem Sinne, meine geliebte Mama, nimm auch meine Glückwünsche entgegen. Wir haben zwar ein gewisses Recht, gegen das Schicksal mistrauisch zu sein – aber wir haben doch auch ein wenig Recht auf Hoffnung. Es müssen Tage milderen Schmerzes kommen und du wirst gewiß wieder die Fähigkeit haben, die wohlthätige Einwirkung mancher glücklichen Vorfälle zu fühlen, deren segenverheißende Bedeutung du in diesem Augenblick freilich noch nicht ganz in dir aufnehmen kannst. – Und wir alle werden dich stets mit der innigsten Liebe umgeben, welche je einer armen und dabei so edeln Mama zutheil geworden ist. –
Für heute nicht mehr als dies. Mir geht's ganz leidlich, das Wetter ist wunderschön, und mein Husten besser. – Mit tausend Küssen

Dein treuer Sohn
Arthur

An die Mutter *Ischl 12. 7. 93.*

Theure Mama,
ich dürfte Sonntag von hier abreisen. Freitag werden zwei Lustspiele von mir, Frage an das Schicksal u Abschiedssouper mit Jarno aus Berlin als Gast hier aufgeführt. – Gestern Abend war ich bei Simon's mit Johann Strauß zusammen, der von einer bei ihm noch kaum erhörten Redseligkeit war, so daß ich nun aus Ischl die Erinnerung an zwei werthvolle Musikergespräche – eins mit Brahms u eins mit Strauß mit nach Hause nehme. –
Wie ist es nun eigentlich mit dem Kahlenberg? Ist die Sache so geordnet, daß auch ich zuweilen oben schlafen kann? – Wann denkt Julius zu verreisen? –
Ich adressire diesen Brief bereits nach Wien, wo du ja heute schon angelangt sein dürftest? – Hajek lasse ich noch einmal bitten, ob sich wer für meinen Curs gemeldet hat, damit ich im klaren bin, ob ich schon Montag früh auf der Poliklinik erscheinen muß, wo mein officieller Urlaub erst nach dem 20. abläuft. –
– Viele herzliche Grüße u Küsse an Alle, insbesondre an dich meine theure Mama

von Deinem getreuen Sohn
Arthur

An Felix Salten [14. August 1893]

Bei der »schönen Aussicht« – in Döbling – dort bei der Buche, lehnt mein Rad. – Sehr, sehr, sehr allein. – Unten die dunkle Stadt und die Lichter von den fernen Landstraßen. Um mich nachtmahlende recht vergnügte Bürger, spärlich eigentlich. – Es ist gegen neun, u ich halte bei der Virginier. Da ich beim Schein der Gartenlaterne einen Brief schreibe, dürft ich für einen begabten Selbstmörder gehalten werden. – Hergekommen über einige unwahrscheinliche Ortschaften – mit einem

Wort: Heiligenstadt. War in Klosterneuburg; bei Gelegenheit meines verbogenen Pedales eine herrliche jüdische Schlosserfamilie studirt. »Wunderschön«*, wie plötzlich zwei ältre jüdische Klosterneuburger »Gigohl« bei der Thür erschienen & dem barfußen Schlosser sagten »Nü, Mäxel, was is mit ä Tarokpartie?« und die 16jährige Tochter, die mich offenbar sofort richtig taxirte, bemerkte »Klabriaspartie!«
– Eben trink ich wieder einen Schluck Bier & bemerke meine Einsamkeit. Ich lüge mir soeben vor, daß ich beginne, philosophisch und gleichgiltig zu werden – gegen »all den Tand, der uns von draußen kommt – « Frl. G. war 2 oder 3 mal da; und es war wie immer; – ich habe nie geahnt, daß Weiber wegen ein u derselben Sache *so* viel Thränen haben! – Von Blumenthal kam gestern ein Brief mit vertröstenden Phrasen. – Merken Sie, Goldschnittpapier? Ich glaube, Frl. Diglas hat es dem Kellner zur Verfügung gestellt. –
– Goldmann kommt wahrscheinlich Anfang September nach Salzburg, ich schrieb ihm – Ende August. Bitte sammeln Sie nähere Daten über unsre Partie u. entschließen Sie sich zu einem ausführlichen Schreiben. –
– Nun fahr ich hinein, morgen in die Brühl, übermorgen zur »Liebsten« hihihihihihihihihihi! Gestern war ich per Bic (Reichsstraße) Baden; wurde sehr sehnsüchtig und jung geliebt. Sonderbar! in demselben Garten, in dem ich vor etwa 7 Jahren ein junges Mädel wahnsinnig »herzte« u küßte, das jetzt längst verheiratet ist – bis hundert Jahr. Wann ich wegfahre, weiß ich noch nicht. Wohl Sonntag. –
Leben Sie wohl, schreiben Sie was schönes und grüßen Sie mir die »wackern« Linzer Radfahrer. All Heil! –

Nach Schluß – Eben ging Hr. P. l'amant de Mlle D. an mir vorbei, Cretin!

* Salten. –

An Felix Salten 17. 8. 93

Lieber Freund,
ich kann Montag oder Dinstag bei Ihnen sein. Aber schreiben Sie mir gefälligst, *wohin* ich fahren soll, wo Sie mich erwarten wollen, und, soweit dies möglich, wie unsre Partie sich eigentlich gestalten wird. – Sie müssen mir gleich schreiben. –
Plötzlich ist eine unerträgliche Hitze über Wien hereingebrochen. Heute früh kam ich per Bic. aus Preßbaum herein, wo ich eine Nacht der »Liebe« verbracht hatte. Dumpfiges Gasthofzimmer mit schlechten Betten – der Abend vorher war ganz schön; – denn was lügt einem die Sinnlichkeit nach dem Nachtmahl nicht alles vor! – Wodurch sie sich von den Weibern unterscheidet, die auch vor dem Nachtmahl lügen. –
– Leben Sie wohl, seien Sie herzlich gegrüßt,

Arthur

An Theodor Herzl 2. [10.] 93

Verehrter Freund,
um ½11 war ich gestern Abend im Meissl u Schadn; man hatte mir, resp. meiner Mama nicht telephonirt, *wer* mich hinbestellt hatte; und so glaubte ich, da ich bekanntlich ein beschäftigter praktischer Arzt bin, daß es sich um einen Patienten handle. Es wurde nun in allen Stöcken durch Portier, Zimmerkellner u Stubenmädchen herumgefragt, wer denn krank sei; – es meldete sich schließlich die Nummer 19, die aber von mir nichts wissen wollte. Ich ging schwer gekränkt von dannen, dachte an das Bubenstück irgend eines Neiders. Dann ins Griensteidl. Wie ich, so gegen eins, im Weggehn bin, erzählt mir der Heinrich, Sie waren da gewesen, u er hätte Ihre Post durch einen Burschen an den Burgring telephoniren lassen. Auf diesem Wege ist nun nichts geringeres als Ihr Name in Verlust gerathen. –
Dieser einfachen Geschichte hab ich nur mehr hinzuzusetzen,

daß ich untröstlich bin, aber dennoch hoffe, Sie vor Ihrer Abreise noch zu sehn? – So gegen elf bin ich wohl alle Abende im Griensteidl, was ich Ihnen für den Fall eines Theaterbesuchs mittheile, Samstag geh ich zur Sündfluth.
– Also auf Wiedersehen!
Empfehlen Sie mich gütigst Ihrer w. Frau Gemahlin und allen übrigen Mitgliedern Ihrer liebenswürdigen Familie.
Herzlichen Gruß

Ihr getreuer Arthur Schnitzler

An Olga Waissnix 26. X. 93.

Verehrteste gnädige Frau,
ich hätte Ihnen längst geschrieben. Aber ich mußte diesmal – so glaubte ich einige Ihrer Bemerkungen in Reichenau auffassen zu müssen, – Ihre Aufforderung abwarten. Ich bin sehr froh, daß die endlich gekommen ist. Nicht als ob ich Ihnen was besonders wichtiges mitzutheilen hätte, aber ich habe doch wenigstens die Empfindung, daß wir uns doch noch nicht ganz von einander weg verloren haben. Also, da bin ich wieder, und will vor allem die Hoffnung ausdrücken, daß es Ihnen mit Ihrer Gesundheit ganz, – und mit Ihrer Laune wenigstens so weit gut geht, als dies in dieser grauen Welt möglich ist. Wie leben Sie? Haben Sie noch manchmal Besuch draußen? Sind Sie viel einsam? – Vertragen Sie sich mit Frau Olga Waisnix? – Lesen Sie was? Sind Sie viel im freien? –
Mit Schilderungen meines innersten Innern will ich Sie lieber nicht langweilen; zur schönen Heiterkeit des lächelnden Philosophen bin ich noch immer nicht gekommen. –
– Äußeres Leben: Das Märchen kommt am 18., vielleicht schon am 11. November, also in etwa drei Wochen zur Aufführung. Die Besetzung ist, soweit die vorhandenen Kräfte reichen, gut. – Die Sandrock gibt die Fanny; sie ist, wie sie mir gegenüber äußerte und auch zu andern gesagt haben soll, von Rolle und Stück »entzückt«! Den Fedor gibt Nhil. Tewele

den Maler, die Glöckner gibt die Ninette, Tyrolt die kleine Rolle des Agenten, die er sich selbst wählte; ich wollte, daß er den Wandel spielt – den hat ein Herr Meixner, von dem ich mir wenig verspreche. Den Doctor Friedrich Witte gibt der Weisse, die beiden jungen Leute, Gigerln, wenn Sie wollen, Kutschera u Giampetro. Die alte Theren Frau Berg, Clara Frl. Hell. Emmy wahrscheinlich ein Frl. Bock, die vom Burgtheater herüberkommt, Agathe Frl. Trenk. – Im Theater verspricht man sich einen literarischen, aber keinen Kassenerfolg – was ist Ihnen lieber? –
Also, nun wird es ernst! Von den Proben bericht' ich Ihnen natürlich; es ist zu wünschen, daß sie einige Zeit – vor dem Stück beginnen; – man wartet aber gewöhnlich lang damit. –
Geschrieben hab ich einige kleinere Sachen, Skizzen, die mir nicht besonders gelungen sind. – Ein Stück, das ich im September begonnen, rückt sehr langsam vorwärts. Mein Selbstvertrauen ist ziemlich gering, – manchmal kommt mir alles so schal vor, daß ich das Weiterschreiben fürchte. – Aber warum haben wir auch die dumme Idee, immer irgend etwas in unserm Leben als *Hauptsache* zu betrachten – ein bestimmtes zu wollen, und alles in Beziehung zu dieser Hauptsache zu bringen? Es wäre besser, man lebte harmlos weiter, freute sich der paar schönen Viertelstunden, in denen man die tiefe Fähigkeit und die echte Lust des Schaffens spürt – und ließe sich in den andern vielen, – ja in den vielen vielen andern Stunden nicht davon peinigen, daß man nichts vermag. Und man sollte in Betrachtung eines schönen Rubens oder beim Anhören einer Beethoven Sonate – und beim Anschaun des Rathauses, wenn der Mond drüber scheint – und wohl auch beim Küssen irgend eines schönen Munds immer das Bewußtsein haben: Auch das ist Glück. Hinfließen muß man sein Leben sehn, als etwas gleichmäßiges; und nicht immer das Bedürfnis haben, einzuteilen, Stadien zu erfinden, in abgerissnen Perioden zu existiren. – Wir haben die Erinnerungen zu Gespenstern gemacht

– schon die verflossene Stunde sieht uns gespenstisch an; als wenn nicht auch das gewesene stets ein lebendiges bliebe, indem es stets für irgend ein gegenwärtiges die Ursache abgibt. –
– Mit welcher Banalität ich für heute schließen will.
Ich bitte um sehr baldige Antwort.

Herzliche innige Grüße,
Ihr
Arthur Sch

An Olga Waissnix Wien 27. 11. 93.

Verehrteste gnädige Frau,
wie geht es Ihnen denn! Warum schreiben Sie mir gar nicht? Hat sich Ihr Befinden gebessert? – Bitte, entschließen Sie sich wenigstens zu ein bis zwei Worten. –
Das Märchen wird Freitag zum ersten Mal gegeben; den Proben wohne ich regelmäßig bei und habe auch mancherlei dreinzureden. Man ist sehr entgegenkommend. Sehr liebenswürdig die Sandrock, die die Rolle mit großer Liebe und ganz außerordentlich spielt. Nhil dürfte auch, bis erst der Aufführungstag da ist, gut werden, die Eignung dazu hat er. Kutschera und Giampetro (die zwei Gigerln) köstlich; – von den andern will ich noch nicht reden, weil sie nicht recht fertig sind. Den Agenten hat Tyrolt im letzten Moment doch zu nichtig gefunden u nun gibt ihn Broda, wenn ich die Rolle nicht ganz herausstreiche. – Im Theater haben sie ein bißchen Angst; sie behaupten, so starke Dinge sind noch nie auf der Bühne gesagt worden. – Mich regt das Probiren und das »Coulissenleben« an, aber durchaus nicht auf; ich fühle mich ganz unbeschreiblich zu Hause, wenn ich so am Regietische sitze und sich das Stück vor meinen Augen langsam entwickelt. Wie immer die Sache ausfällt – es wird mir sicher was fehlen, wenn ich Vormittags nicht mehr das halbdunkle Theater zu betreten habe, und das gespenstisch-nüchterne Hin und Her

und Auf u Ab der Proben mich nicht mehr umschweben wird. –

– Leben Sie wohl, seien Sie herzlich gegrüßt und erinnern Sie sich meiner in Güte.

Ihr allezeit ergebener
ArthSch

An Olga Waissnix 28. 11. 93

Verehrte Freundin,
für Ihre unendliche Güte meinen innigsten Dank – Sie ahnen nicht, wie sehr mich die reizende Sendung erfreut hat, und wie nun über diesen Tagen ein so wohlthuender Schimmer zärtlicher Erinnerung liegen wird. Die Verse hab ich nun wieder einmal gelesen – die sind aber recht schlecht. Komisch übrigens, daß wir gerade die Frau Weikersheim damals gefeiert haben! Offenbar ist es uns nicht eben darauf angekommen. Daß Sie bei der ersten Aufführung des Märchens nicht sein werden, ist in vieler Hinsicht traurig. Wenn ich als einzigen Grund Ihren leidenden Zustand gelten lassen soll, so ist das schon trüb genug. Ob Sie dann je dazukommen werden, es zu sehn – ich meine das natürlich so: ob es in 8 oder 14 Tagen oder gar im Frühjahr noch auf dem Repertoire sein wird? – Ich glaub nicht recht. Womit ich gewiß nicht sagen will, daß das Stück zu schlecht für die lieben Wiener ist.

– Heut hab ich bei der Probe ziemlich viel herumzanken müssen. Ich sage Ihnen, diese Schauspieler – um aus einer Scene eine Wirkung für ihren schäbigen Abendruhm herauszuholen, möchten sie dem Publikum den Autor wie einen Verrückten erscheinen lassen. – Die Sandrock wird glänzend sein – das hab ich Ihnen schon gestern geschrieben; es werden auch andre gute Einzelleistungen vorkommen; – der Ton des ganzen wird aber nicht getroffen. Ich habe heute den Eindruck, daß der 1. Akt gut gefallen wird, nach dem 2. wird Opposition sein, und der 3. wird ziemlich still abfallen. –

– In Ihrer entzückenden Mappe liegt jetzt mein Regiebuch – da bleibt es, bis ich morgen wieder zur Probe gehe. – Wann kommen Sie wieder nach Wien? –
Stets bin ich und bleib ich der Ihre und grüße Sie herzlich tausendmal

ArthSch

An Adele Sandrock [4. Dezember 1893]

Beim Nachhausekommen find ich, mein verehrtes Fräulein, Ihren Brief, der zu Mittag gekommen sein soll – Verlangt er eigentlich nach einer Antwort? Sie kennen schon meine Scheu vor den Worten, die »alle sagen, und die man allen sagt« – Und wie ich jetzt da ein paar Augenblicke vor dem Briefpapier gestanden habe, die ersten Worte überdenkend, die ich Ihnen schreiben wollte – es waren doch wieder dumme, leere, unerträgliche Worte, die nicht mehr gelten, weil sie schon zu oft gegolten haben –
– Und sollte ich überhaupt wagen, Ihren Brief zu verstehen – Sie müssen sich da in meinen Gedankengang hineindenken, der natürlich damit schließt: »Ich, ich, ich – gerade ich?« – Immer sehe ich Ihre merkwürdigen, unergründlichen Augen vor mir, suche sie zu deuten. Mancherlei ist darin, ich hab's Ihnen schon gesagt. Ein bißchen Spott, ein bißchen Zärtlichkeit, und viel Freude am Spiel.
– Ich meine die Freude an den Spielen, mit denen wir uns über den ewigen Betrug des »ernsten« Lebens hinwegtäuschen; kunstvolles Spielen mit dem Dasein, dem lebendigen und dem Zufall. – Und wenn man in einem Frauenauge Zärtlichkeit entdeckt, weiß man je, wem sie eigentlich gilt – ja weiß *sie* es selbst? Manchmal hat sie nur halb unbewußte Erinnerungen zu bedeuten, zuweilen nur Hoffnung oder Sehnsucht – und wer weiß, ob nicht ihr Ausruf: »Ich habe gefunden« besser lauten sollte: »Ich bin müde zu suchen!?« – Im übrigen – was wären wir ohne diese süßen, lockenden Irrthümer? – Sollt es

nicht unser einziges Ziel sein, Täuschungen zu glauben, – statt immerwährend unangenehmen Wahrheiten nachzuspüren, an die wir schließlich auch nicht glauben würden? – Haben Sie keine Angst – ganz toll bin ich nicht – wenn Sie genau hinsehn, werden Sie sogar in allen diesen Sätzen eine verzweifelte Logik bemerken.
Aber weiterzuschreiben getraue ich mich doch nicht – da ist ein Irrgarten – und wenn man auch die *Lichtung* von weitem sieht – den *Ausgang* kann man verfehlen. –
Vielleicht würde, was ich Ihnen sagen könnte, noch confuser ausfallen, als was ich Ihnen zu schreiben vermag; – aber Sie werden's mir doch vielleicht erlauben?
Tausend herzliche innige Grüße

Ihr
ArthSch

An Adele Sandrock Mittwoch. *6/12 93*

So, hier bin ich wieder und bitte Sie vor allem um Entschuldigung, daß ich heute früh so flüchtig und am Ende gar unleserlich geschrieben habe. Aber ein paar Worte mußte ich, wenn auch in aller Eile erwidern, wenn es auch völlig klar ist, daß gerade zwei Menschen wie wir nur in mündlicher Unterredung all dieses nervöse Mißverstehn vermeiden können, das in einem Briefwechsel niemals auszuschalten ist. Wenn man sich schreibt, bleibt es ja doch immer nur wie ein Hin und her von schwarzen Buchstaben auf weißem Grund, man mag noch so sehr gewohnt sein, den hergebrachten Sinn hineinzulegen u herauszulesen. Dann erst, wenn auch der Ton der Stimme, und wenn die Augen mitzusprechen anfangen, kann man aus einander klug werden. Was bekanntlich nicht immer geschieht. Ach Gott, Adele, wenn Sie wüßten, mit was für einer aengstlichen Wuth ich das hasse, was Sie die todtgehetzten Worte nannten; dann würden Sie sich weder um geschriebenes noch gesagtes besonders viel kümmern und Ihrer Intuition vertrauen. Ich denke, wenn das *eine* darf, so dürfen Sie es in der unergründlichen Tiefe Ihres künstlerischen Wesens, und am Ende wissen Sie eigentlich mehr von mir als ich selbst? Kam Ihnen das nicht in manchen Momenten so vor? – Es ist eigentlich sonderbar, wie in der Selbstbeobachtung selbst schon der Grund zu den falschen Ergebnissen liegt, welche sie liefert. Denn wie es im eignen Innern zugeht – während man sich *nicht* beobachtet, erfährt man ja damit gar nicht. –

– Bitte sehr, nicht »wüthend« sein heut Abend – und nicht sagen, daß es *fast* besser wäre, wir sähen uns nicht . . . Wenn Sie glauben, daß sich so was angenehm liest, irren Sie sich. Ich finde, es ist sehr gut, daß wir uns heute Abend sehen – denn was ein Wiedersehen zerstört, hat nie zu leben verdient. Und endlich werden Sie wahrscheinlich über diese blassen, grübligen, zuwidern, dummen Briefe lachen, die ich Ihnen schreibe – was auch gut ist. Ich sehne mich unbeschreiblich danach, wieder mit Ihnen zu reden! Wissen Sie denn auch, *wie* lang das ist? –

Auf Wiedersehen, auf Wiedersehen, auf Wiedersehen. Ich küsse Ihre lieben bleichen Finger! Ich grüße Sie innig und bin der Ihre

ArthurSch

An Theodor Herzl Wien, IX. Frankgasse 1.

10. 12. 93.

Mein verehrter Freund,

herzlichen Dank! Zum gratuliren liegt eigentlich wenig Anlaß vor, denn ich bin durchgefallen. Aber das thut nichts, denn in meiner maßlosen Arroganz verachte ich das Urtheil des Schütz, und selbst das Verschwinden des Stücks vom Repertoire nach zwei Vorstellungen kann mich von der Ueberzeugung nicht abbringen, daß es besser ist, wie manche, die man – dreimal gespielt hat. –

Daß es Ihnen endlich wieder gut geht, freut mich herzlich; ich habe mich bei meinem Freund Paul erkundigt, wie es mit Ih-

rem Befinden steht – und habe Sie eigentlich schon seit einigen Wochen für ganz gesund gehalten. Werden Sie zu völliger Erholung einen Urlaub nehmen? –
Die Feuilletons von Bahr besorge ich Ihnen ehestens; in 2 Tagen haben Sie sie. –
Wie geht es den Ihren? Bitte empfehlen Sie mich Ihrer w. Frau Gemahlin und lassen Sie recht bald von sich hören.
Mit vielen herzlichen Grüßen

Ihr treu ergebner
Arthur Schnitzler

An Olga Waissnix Wien, 11. Dez. 93

Verehrte, liebe, gnädige Frau,
nein Sie werden es nicht mehr sehn, das arme, todte, begrabene Märchen . . . Es war . . . zweimal! – Und nicht einmal der Witz ist von mir, sondern er steht in irgendeinem Witzblatt. – Der 3. Akt hat das ganze Stück umgebracht. Seh'n Sie, das Berühmtwerden ist doch nicht so leicht! – Sie haben keine Ahnung, wie fern mir schon das alles vorkommt – ich habe gar keinen rechten Zusammenhang mehr mit der ganzen Sache. Am Donnerstag hab ich der Direction noch Änderungen des 3. Aktes geschickt, weil man mir versprach, es wieder aufs Repertoire zu setzen. Man hats natürlich nicht gethan – man muß dort sicher, ganz sicher Geld verdienen, und die Palastrevolution ist immer sichres Geld! – Nur die Sandrock ist ihrer Begeisterung für das Stück treu geblieben; sie wird auch darin gastiren. Vielleicht auch in Berlin. Aber am Ende haben Sie das Glück und können das Märchen einmal in Wiener Neustadt sehn! – Das Fiasco hat mich nicht besonders verstimmt; viel mehr verstimmt mich, daß ich seit geraumer Zeit vollkommen talentlos bin. Nicht zehn gescheidte Zeilen bring ich hintereinander zusammen. – Und dann – dieser graue, nasse, tödliche, kalte Winter! – Und die dumme, quälerische Hypochondrie –! – Und die Leere, die ewige, unerträgliche

Leere! Das idiotische, weinerliche »Wozu? Wozu? Wozu?« – Meine Seele kümmert sich einfach nicht um die Erlebnisse meines Körpers; – das sind geschiedene Leute. – Sich selber fremd werden – das ist doch wohl das letzte ...
Im übrigen kümmern Sie sich nicht um diese Bemerkungen, sie dürften größtentheils Pose sein. –
– Also, meine verehrte Freundin – Sie müssen sich was andres suchen, auf das Sie sich freuen können, – aber da ich ja doch ein arger Egoist und eitler Herr bin, will ich Ihnen rathen: Freuen Sie sich auf meine Novelle, die »Sterben« heißt, seit mehr als einem Jahr fertig ist, seit Monaten u Monaten in verschiedenen Zeitungsredactionen herumkugelt und spätestens in sieben Jahren erscheinen wird. –
Leben Sie wohl, lassen Sie mich bald wissen, daß es Ihnen viel viel besser, oder lieber ganz gut geht, daß ich wieder einmal mit Ihnen werde reden, wirklich reden können, und behalten Sie mich in gütiger Erinnerung.

Stets der Ihre
ArthSch

An Adele Sandrock 29. 12. 93

Wie ich mir wohl denken kann, mein süßes Dämonerl, ist dein Brief nur geschrieben, um mich mit dem »*Eigentlich*« zu ärgern. Es wird gewünscht, daß ich mir die Gedankenreihe vor dem »eigentlich« vorstelle – mit Aufgebot meiner ganzen Phantasie, welche eine Spottgeburt aus Mißtrauen und Leichtgläubigkeit ist.
Dilly (tragisch:) du kannst einen wirklich zur Verzweiflung bringen. –
Was ich hiemit hoffentlich nicht gethan habe. Hingegen will ich mir nicht versagen, dich meiner von Sekunde zu Sekunde steigenden Sympathie zu versichern (Pose Nr. 47.)
– Ins wahrhaftige übersetzt: Ich hab dich sehr, sehr, sehr lieb – ja wenn ich nicht für die bekannten Perlen aus der Krone

fürchtete – könnte ich fast sagen, wahnsinnig lieb – auf die Gefahr hin, daß du in . . . nun in irgend einer unberechenbar fernen Zeit, während du irgend wem, der heute noch ahnungslos ist, in den Haaren wühlst, daß du (. . . bitte den Anfang des Satzes nachzusehen, sonst ist er unverständlich) du deiner Schwester sagst . . . »Erinnerst du dich, wie wir damals den Sylvesterabend besprachen . . . und wie da einer daneben saß und Cognac trank – wie hieß er nur . . .?« – Und dann würd dir der einen Brief schreiben, Nachmittag, und du wirst an mich denken müssen.

– Du wirst mir hoffentlich nicht den Vorwurf machen, daß ich mich sehr klar ausgedrückt habe. –

Mildernde Umstände: Erfrorenes Gehirn, verglühtes Herz – Auch war eben die Patientin da, welche blöd lacht und mich nervös macht. – Auch lese ich soeben das mir in Manuscript zugesandte Trauerspiel. – Auch liegt die kleine Veilchenblüthe vor mir, die in deinem Brief eingeschlossen war – Auch flattern die Möven über irgend ein fernes Meer – Auch sehn' ich mich nach dir – – eigentlich

Je vous embrasse tendrement, ma bien aimée

Arth

An Leopold Müller Wien, 18. Jänner 1894.

Ihr freundliches Schreiben vom 20. v. M. versichert mich, daß es die Erkrankung des Fräulein Sandrock war, welche die Wiederaufnahme der »Märchen«-Aufführung mit dem geänderten 3. Akt vereitelt hat. Nachdem nun diese Ursache mit der glücklichen Wiedergenesung des Frl. Sandrock weggefallen ist, möchte ich mir die Frage gestatten, wie die löbliche Direktion sich jetzt zu der Idee einer »Märchen«-Aufführung verhalten würde. Der Öffentlichkeit gegenüber ist der Aufschub jedenfalls genügend gerechtfertigt – sowohl durch die Krankheit des Frl. Sandrock, als durch die Notwendigkeit Änderungen des 3. Aktes vorzunehmen – umso mehr gerechtfertigt, als sich ja seinerzeit ein ganz ähnlicher Fall mit Ganghofers Schauspiel »Auf der Höh'« ereignet hat und es wäre vielleicht gerade unter den jetzigen Umständen einem neuen Versuch nicht die Aussicht auf ein Gelingen abzusprechen.

Mit diesen bescheidenen Bemerkungen will ich nichts weiter getan haben als eine Idee anzuregen, deren Annahme oder Abweisung selbstverständlich vollkommen in dem Belieben einer löblichen Direktion steht. Auch diese Anregung hätte ich mir kaum gestattet, wenn nicht Ihr liebenswürdiges, eingangs dieser Zeilen erwähntes Schreiben eben nur die Erkrankung des Frl. Sandrock als Grund für die vereitelte Wiederaufnahme des Stücks angeführt hätte. Und an der Aufrichtigkeit dieser Begründung darf ich umso weniger zweifeln, als Sie, verehrtester Herr Sekretär, mich gut genug kennen, um zu wissen, daß ich auf die Notwendigkeit einer Rücksichtnahme auf die Kassenausweise des Theaters und auf die hochgradige Sittlichkeit des Publikums anzuerkennen geneigt bin. Diese meine Einsicht geht sogar so weit, daß ich zu meinem nächsten Stück ein Vorspiel zu schreiben beabsichtige, in welchem sämmtliche vorkommenden Personen, um ja zu keinen Mißdeutungen Anlaß zu geben, von ebenso vielen Störchen auf die Bühne gebracht werden.

Mit dem Ausdruck meiner ausgezeichneten Hochachtung
ganz ergebenst

[A.S.]

An Adele Sandrock 17/5 94

Meine geliebte Dilly,

ich wünsche dir einen guten Morgen und danke dir, daß du mir gestern noch den lieben Brief geschrieben. Ich kann dir allerdings nicht verhehlen, daß ich vielleicht selbst ohne Deine Erlaubnis Bic. gefahren wäre – aber freilich hätte dann das beste gefehlt: das Bewußtsein, daß deine süße Gnade über mir waltet. – Gestern, mein Schatz, waren wir im Prater (wir vier:

ICH, Loris – Salten – BeerHofm. –) – haben wahnsinnig gedraht, sind nemlich im Schweizerhaus gesessen, haben Backhendeln mit Gurkensalat u Salami gegessen, und sind dann – bitte nicht verhöhnen! – auf der Rutschbahn gefahren, dabei ereignete sich auch nicht das geringste Stubenmädchen, und alle Backen blieben ungekniffen (du bist erstaunt – ich begreife das!) – Damit nicht zufrieden schwelgten wir noch in einer Zehnkreuzerbude (erster Platz 20 – wir mußten natürlich ersten gehn!) wo eine berückend schöne Donaunixe, die ausschließlich mit einem Verdienstkreuz bekleidet war, unglaubliche Evolutionen ausführte, und in einem zweiten Bild die traurige Geschichte von der Loreley dargestellt wurde. Der »Schiffer im kleinen Kahne« wurde durch einen höchstens 3 Jahre alten Knaben dargestellt; – das goldene Haar der Loreley durch eine Perücke, und dazu spielte ein armer Teufel von Musikant auf einem traurigen Pianino »Ich weiß nicht, was soll es bedeuten . .«

– Auch ein Heinedenkmal! –

– An der »braisgegr-önten Hehrgulösgraffftmaschinne« – gingen wir schwächlich vorüber. –

– Nun ist ein schöner Morgen da, und ich hab natürlich ein bißchen Kopfweh – es scheint, ich bin diesen Orgien nicht gewachsen. An *einem* Abend Salami, Rutschbahn und Loreley; – – zu viel zu viel! –

Leb wohl, mein sehr geliebter Schatz, und auf Wiedersehn heut Abend! – Was machst du denn eigentlich den ganzen Tag? –

Adieu, mein Diltsch
Tausend Küsse Dein

Arthur

An Adele Sandrock [22. 5. 1894]
Dienstag Abend

Meine liebe Dilly! –
Du hast mir eine Menge unangenehmer Dinge gesagt – bist endlich einfach auf und davon gegangen – und hast als Abschiedswort nur ein zärtliches: »Schau daß du weiterkommst« gefunden –
– Und was für ein Verbrechen hab ich begangen?? Ich habe mich – deiner Meinung nach, während eines Meistersingeraktes nicht oft genug nach dir umgedreht, – du wirst vielleicht, ruhiger geworden, selber zugestehen müssen, daß das über den Spaß geht. »Launenhaftigkeit« ist dafür ein zu mildes Wort, »Ungerechtigkeit« ist auch zu mild. – Solche Dinge sind doch im Grund recht überflüssig. Du solltest doch wohl schon wissen, daß sich meine Liebe zu dir nicht darin ausdrückt, daß ich für irgendein Kunstwerk plötzlich das Interesse verliere. Daß du im Theater warst, hat mich den ersten Akt mit mehr Genuß anhören lassen; – das ist meine Art von Liebe. – Es ist keine schlechte Art. – Ich war wüthend über dich, ich kann's nicht läugnen. – Aber dann, im Laufe der zwei nächsten Akte, bin ich viel ruhiger geworden und drum brauche ich dir nichts von all dem unhöflichen zu schreiben, zu dem ich heute wohl berechtigt wäre. – Maßlos, maßlos ungerecht bist du, und launenhaft wie du es gegen mich nicht sein darfst, und sei es auch nur, weil ichs nicht vertrage. –
Hochachtungsvoll ergebenst

Euer
Arthur

An Georg Brandes IX, Frankgasse 1
Wien, 12. Juni 94.

Hochverehrter Herr,
es ist nicht schwer sich vorzustellen, wieviel Bücher Sie zugesandt bekommen, und als ich mir erlaubte, Ihnen die meinen zu schicken, habe ich natürlich gehofft – habe aber gewiß

nicht darauf gerechnet, daß Sie Zeit und Lust haben würden, die Bücher eines ziemlich Unbekannten zu lesen. Und nun habe ich Ihren Brief bekommen, mit all dem Liebenswürdigen und Ehrenvollen, das er enthält; und ich kann Ihnen gar nicht sagen, eine wie tiefe Freude er mir bedeutet hat. Auf eine kurze Reise, von der ich eben zurückgekehrt bin, hatte ich Ihr letztes mir unbekanntes Buch »Menschen und Werke« mitgenommen. Ich bin es gewohnt, Ihre Bücher mit der stillen Bewunderung zu lesen, die man großen und fernen Geistern entgegen bringt; diesmal habe ich aber auch andres empfunden. Ich glaube, es war eine Art von Stolz. Mit einem Male ist meine Existenz in das Bereich Ihres Schauens gerückt, und wenn ich Ihnen sage, daß ich Sie verehre, so geht meine Stimme nicht unter den tausenden verloren, deren Namen Sie nicht kennen. Diese vielleicht etwas hochmütige Empfindung blieb mir von der ersten bis zur letzten Zeile, – und ich will es Ihnen nun gestehen, sie hat mir so wohl getan, daß ich mir fest vorgenommen habe, von Ihnen nicht wieder vergessen zu werden. Ihre Worte, hochverehrter Herr, sind mehr als Anerkennung, Lob, Ermuthigung – ich betrachte sie als Würde, die mir verliehen ist; – lassen Sie mich Ihnen aufs innigste dafür danken.

Es ist Ihnen, hochverehrter Herr, kaum bekannt geworden, daß »Das Märchen« bereits aufgeführt worden ist. Man hat es in Wien, im Deutschen Volkstheater gegeben. Die zwei ersten Akte gefielen; der dritte mißfiel so gründlich, daß er das ganze Stück mitriß. Insbesondere scheint man über die moralischen Qualitäten des Stückes wenig erbaut gewesen zu sein; – ein Kritiker rief mir zu: »Um Reinlichkeit wird gebeten«, – ein anderer sprach geradezu von der »wahrhaft erschreckenden sittlichen Verwahrlosung«, von der das Schauspiel Zeugnis gebe. Eine Berliner Bühne, die das Märchen schon angenommen hatte, trat auf den Wiener Mißerfolg hin von ihrer Verpflichtung zurück, und somit kann ich wohl die Bühnenlaufbahn dieses Stückes als abgeschlossen ansehen. – Ich habe mich beinahe verpflichtet gefühlt, Ihnen diese äußeren Umstände mitzuteilen, die mich anfangs wohl verstimmt haben, die ich aber bald als das betrachten konnte, was sie sind – als äußere Umstände. –

Nochmals, hochverehrter Herr, bitte ich Sie meiner tiefsten Dankbarkeit und meiner unveränderlichen Bewunderung versichert zu sein.

Arthur Schnitzler

An Theodor Herzl IX. Frankgasse 1.

5. 7. 94

Verehrter Freund,

Ihre freundlichen Worte haben meine Mutter und meinen Bruder sehr erfreut, und ich danke Ihnen in ihrem und meinem Namen aufs wärmste. –

Da[ß] ich Ihnen nichts von meinen Sachen schicke, nach denen Sie sich in so liebenswürdiger Weise erkundigen, liegt wirklich weniger an mir als an den Verlegern, die sich noch immer sehr lang bitten lassen, bevor sie was von mir drucken. Nun, im Herbst erscheint eine Novelle von mir bei Fischer, und ich will mir alle Mühe geben, andres, das nun schon fertig im Pult liegt, rascher an die Oeffentlichkeit zu befördern, als es mir bisher zu gelingen pflegte. Im ganzen darf ich sagen, daß ich in den letzten Monaten nicht sehr nachlässig war, da mir mancherlei einfällt und daß ich zuweilen die Empfindung habe, daß ich manches von diesem Mancherlei werde zu gutem Ende führen können. –

Ich zweifle nicht, daß mein Freund Paul Ihnen meine Grüße an Sie, die ich den Briefen an ihn häufig beifüge, regelmäßig bestellt, und Ihnen auch manchmal sagt – was sich mündlich und durch einen Dritten besser sagen läßt als in einem Brief, wo es einen süßlich faden Beischmack von Höflichkeit oder gar Förmlichkeit bekommt – nemlich daß ich das wenige, was mir von Ihnen zugänglich ist stets mit wahrhaftem Genusse lese. Besonders im Laufe des letzten Jahres haben Sie einige kleine

Kunstwerke von Feuilletons geschaffen, die nicht mit den Zeitungen selbst verwehen dürften. Sie wissen das selbst und man darf es Ihnen wohl so unbefangen ins Gesicht sagen wie eine Grobheit. –

Und die Bühne? Ist Ihre Lust zum dramatischen gänzlich durch den Ekel erstickt worden? Wie oft hab' ich in diesem Winter an Ihre schönen und wahren Worte denken müssen, die Sie mir lang vor der Aufführung meines »Märchens« geschrieben haben. Ich habe von allem zu kosten bekommen, was die Aufführung eines Stückes verletzendes bringen kann: wie irgend einer kann ich mitreden, wenn von der Albernheit der Direktoren, der Verlogenheit der Komödianten und der vergnügten Gehässigkeit der Recensenten gesprochen wird, – wobei ich vom Publikum gänzlich schweigen will, das albern, verlogen und gehässig ist. – Es ist nicht anzunehmen, daß ich anders reden würde, wenn ich zufällig einen Erfolg gehabt hätte, nur setzte ich hinzu: Trotzdem ... etc. – und es klänge großartiger. –

– Wenn Sie in Aussee sein werden, so hoffe ich die Freude zu haben Sie zu sehen, da ich im August meine Mama in Ischl besuchen werde. Vielleicht lassen Sie aber bis dahin noch ein freundliches Wort von sich hören. Haben Sie die Güte mich Ihrer w. Frau Gemahlin bestens zu empfehlen und seien Sie, mein lieber Freund, aufs herzlichste gegrüßt.

Ihr Arthur Schnitzler

An Richard Beer-Hofmann Wien, 5. Oct. 94.

Lieber Bekannter!

Das einzige, was Sie mir von Ihrer italien. Reise mittheilen, ist daß mein Guercino in Mailand hängt. Das steht aber schon im »Lübke« – ich muß Sie also, wenn Sie überhaupt die Absicht haben, Neuigkeiten aus Italien an mich zu schreiben, um sorgfältigere Auswahl bitten. Lassen Sie sich nicht etwa einfallen, mir aus Rom zu schreiben, daß dort Julius Caesar ermordet wurde – es steht im Ploetz! – Dagegen bin ich gern bereit, persönlicheres von Ihnen zu erfahren – haben Sie keine von den Schwestern Rondoli getroffen? – Beantworten Sie mir auch gütigst einige Fragen. 1.) Wann kommen Sie zurück? 2.) Wie weit werden Sie Ihre Reise ausdehnen. 3) Haben Sie was geschrieben?

Einige Thatsachen: *Ludassy* ist Chefred. der Wr. Allg. Ztg. (mit einem nicht übeln Gehalt) worden. Er rechnet auf das ganze junge Wien; »also« auch auf Sie. (Die Gänsefüße sind 17gradig.) –

Morgen ist die »Schmetterlingsschlacht« – ich hab noch keinen Sitz, was mich geradezu aufregt. –

»Man sagt« ist durchgefallen. –

Mein Stück (gefährliche Nachbarschaft der Thatsachen – Sie sehen, ich bin nicht abergläubisch, oder erst recht, oder erst recht gar nicht, oder gar nicht erst recht gar nicht –) ist ... hier stock' ich schon – vollendet? .. Nein. Beendet? Nein. Fertig? – Nein. – Ich habe »nur mehr« dran zu feilen. Hab ich Ihnen den Titel schon geschrieben? .. »Liebelei«. – Anfangs wird er ihnen wahrscheinlich nicht gefallen, aber er ist gut, – auch praktisch genommen. –

Ich lese: Rosenkranz, Diderot; – Keller, Musikgeschichte u.a. –

Vorgelesen wurde mir – ein fünfaktiges Drama in Versen in dem aber gewiß Talent steckt; Phryne von Leo Ebermann, der mich aber als Mensch und besonders als Vorleser sehr nervös macht: er posirt auf guten Sprecher ... Phrrryne ..

Gewiß .. du darrrfst nicht länger lebohn ...

Meine Gerechtigkeit hat Orgien gefeiert; eigentlich wollte ich ihm ununterbrochen Ihre Büste »in' Kopp hereinhaun«. – (Lachen Sie nicht; der Kellner beobachtet Sie. –)

Leben Sie wohl, schreiben Sie mir, und seien Sie herzlichst gegrüßt.

Ihr Arthur

An Richard Beer-Hofmann Wien, 15. Oct. 94.

Lieber Richard – Sie würden es nicht verdienen, daß man Ihnen schreibt – aber ich nehme an, Sie empfinden den Empfang eines Briefs von mir nicht als Glück – also – Sie verstehen ja dieses linke Ohr? –
Gestern hab ich dem Hugo und Salten mein Stück vorgelesen, – mit einem von mir nicht geahnten Erfolg. Es sollen nur ein paar Wendungen drin zu ändern und sonst soll es ganz fertig sein – das übrige Lob schäm ich mich beizufügen. Ich bin aber sehr froh. – Momentan schreib ich einen Einakter. (15. Jahrhundert – aber es ist eigentlich eine Fälschung.) –
Es ist läppisch, daß Sie mir so gut wie gar nichts schreiben. Ich sage läppisch, in der Ueberzeugung daß das Sie viel mehr beleidigt als infam oder schurkisch, was man auch sagen könnte. – Hugo sieht als Dragoner ausgezeichnet aus. Ein Oberlieutnant zum andern: »Du, ich hör, du hast in deiner Abthlg einen, der Trauerspiel dicht' –?«
Salten, hab ich Ihnen das schon geschrieben? – ist in der Redaction der allgem. Zeitung. – Neulich hat er den Sudermann interviewt, und der kleine Kraus erklärt das für unerhört charrakterlos. Wünschen Sie auch von Fels was zu wissen? Ich zweifle nicht daran. Also: alles beim alten; – was Sie schon merken werden, wenn Sie zurückkommen. – Wünschen Sie was von Korff zu wissen? Er hat eine Hebamme geheiratet, welche aber kaum 15 Jahre älter ist als er. – Und Specht? – Er fährt nächstens auf ein Jahr nach Liverpool. Und Paul von Schönthan? Er wünscht sehnlichst, Sie zum Saubermann zu gestalten. – Neulich hab ich den Julian Sternberg (den bei dem Sie sich so einzuschmeicheln »gewußt« haben) kennen gelernt; da hat er mir sehr gut gefallen. – Außerdem regnets, ist kalt, und der Winter ist da. – Leben Sie wohl und schreiben Sie einem doch wenigstens endlich einmal, wann man Sie »wieder haben« wird.
Herzlich der Ihre Arthur
»Zeit« wird besorgt. Sie ist *sehr* gut.

An Richard Beer-Hofmann 20. 10. 94.

Lieber Richard. –
Schmetterlingsschlacht: Erster Akt sehr gut, voll glänzenden, nur zuweilen etwas absichtlichen Details; – machte erwartungsvolle treffliche Stimmung.
Zweiter Akt läßt sich nicht übel an; befremdet bereits durch einige Trivialitäten – enttäuscht aber noch nicht recht. Der dritte Akt schwach, ungeschickt, ohne selbst den stofflichen Inhalt, der in ihm steckt, auszuschöpfen; verstimmend, mit einem affectirten, psychologisch falschen, enervirenden Schluß. Der letzte Akt kurzweg kläglich, geradezu erbitternd. – Sudermann scheint doch nur der große Meister der ersten Akte zu sein. – (Ehre, Sodom, Heimath – überall der erste Akt am besten.)
– Einige Figuren der Schmett. famos, andre unerlaubt läppisch. Das ganze Stück nicht einer glücklichen Eingebung entstammend, sondern recht mühselig und ohne Glück construirt. Das ärgste wär zu vermeiden, wenn 3. u. 4. Akt zu einem zusammengezogen werden und die Rolle der naiven Rosi aus der gemeinen Theaterschablone ins menschliche hinausgehoben wird. Die Darstellung ist großartig; sie lügt geradezu Seelen in die Puppen. – Um die Schm. für Sud.'s bestes Stück zu halten, muß man entweder nichts verstehn – oder Hermann Bahr sein. Ueber seine Kritik und noch vieles andre hab ich gestern erst zwei Stunden mit ihm geplauscht.
Ich zweifle gar nicht: er will immer interessant, immer geistvoll, immer bizarr sein, und es gelingt ihm fast immer – aber wenn die Originalität und die Bizarrerie – ja sagen wir zuweilen selbst die Tiefe seiner künstlerischen Anschauungen mit der Wahrheit zusammenfällt, so ist das gewiß mehr Zufall als der schöne Drang nach kritischer Ehrlichkeit. Und was könnte dieser Mensch nicht leisten, wenn er zu seinen außerordentlichen Eigenschaften auch noch die der Verläßlichkeit hätte. Er ist einer von den glänzenden – aber nicht einer von den Echten. –

Heut geh ich zur Première von den Komödianten. Haben Sie auch in theatralibus was gesehen? Gehn Sie nach Sicilien? – Heute holt der Abschreiber meinen letzten Akt. In acht Tagen hoff' ichs einreichen zu können. – Hugo und Salten finden: Burgtheater. Bahr hat auch schon mit Burckh. gesprochen und Burckh. »erwartet« das Stück. Charakteristisch übrigens, daß Bahr, nachdem er mit Burckh. gesprochen und nachdem er von dem Stück nichts wußte als, was ihm Hugo gesagt, daß es sehr gut und »Burgtheater« sei, mir gegenüber äußerte: »Ich hab' die Empfindung, daß es ins Raimundtheater gehört.« – Man kann übrigens weniger als je ans Raimundth. denken – es wird dort gespielt wie an einem Provinztheater, wo die Leut eben zehn Proben haben, statt einer oder zwei. Aber dadurch kriegen die Herren Heding und Nerz u.s.w. nicht mehr Talent als sie haben. – Burgtheaterversuch muß natürlich strenges Geheimnis bleiben, da ich ja dann, wenn B. es refusirt beim Volkstheater einreichen will. –
Ich freue mich auf Ihre Rückkehr. –
Herzlichen Gruß

Ihr Arthur

An Else Singer 30. 10. 94.

Liebe Else, ich hoffe, Sie haben noch nicht vergebens nachgefragt, – wenn aber, so seien Sie nicht böse, und vor allem: glauben Sie nicht, daß ich Ihnen nicht mehr schreiben will – darüber können Sie sehr beruhigt sein. Aber es kommt zuweilen vor, daß ich Wochen lang keine Lust zum Briefschreiben habe – wenn ich Ihnen also dann zwei oder einige Mal hintereinander nur zwei Zeilen schreiben sollte, so fassen Sie das nie falsch auf – wir bleiben die Alten, hoff' ich, – und dumme Misverständnisse sollen ein für alle Mal aus unserm Verkehr ausgeschlossen sein. Für die Dauer meines Lebens kann ich natürlich nicht mit solcher Sicherheit gutstehen – aber das erfahren Sie schon anderswie als durch das Ausbleiben eines Briefes. – Was glauben Sie, mit welcher Selbstüberwindg hab ich den vorigen Satz hingeschrieben! In solchen Momenten spür' ich daß ich auch nicht frei von Aberglauben bin, und es ist nur Pose, wenn ich den Tod frozzle. Aber vielleicht versöhn' ich ihn doch wieder durch das »Sterben«, die Novelle, die jetzt erscheint, und in welcher mit großem Respekt von ihm gehandelt wird. Aber die einzige Art von Respekt, die wir vor dem Tode haben können – ist eben doch nur die Todesangst, die lange nicht so gemein ist als uns die Leute glauben machen wollen, die »den Tod nicht scheuen« . .

»Warum doch ist uns vor dem Tode bang? –
Wir waren's alle schon Aeonen lang!«

hat einmal einer dieser Müthlinge gesagt, und das war ich; aber in Versen lügt es sich so bequem, und was man in Jamben behauptet, verpflichtet zu gar nichts. –

– Die Liebelei ist abgeschrieben und hat bereits ihre Reise angetreten. Sie werden nichts von ihr hören, bis sie entweder an einem anständigen Ziel angelangt oder bis sie endgiltig verunglückt ist. Und jetzt schreib ich was andres – das zu nichts verpflichtet, es ist nemlich in Jamben und hat nur einen Akt. Aber dann, oh dann!! –

– Wenn Sie können, lassen Sie sich nächstens einmal in die Burg zu den Stützen der Gesellschaft mitnehmen; Sie werden einen großen Genuß haben. –

Schreiben Sie mir nur bald, und lassen Sie sich von Ihrer Feindseligkeit und Bitterkeit nicht hindern, mir diese Freude recht oft zu machen. Fragen Sie mich nur um alles, wofür mein Verstand eventuell ausreichte, unterrichten Sie mich von den Fortschritten in Ihrer Lecture, von den Eindrücken, die Sie auf der Straße, von Menschen, von Büchern, von Unbekannten und Bekannten erhalten, und glauben Sie, daß es wenig violette Briefpapiere auf der Welt gibt, auf die so liebe und gescheidte Sachen geschrieben worden sind, wie auf diejenigen, welche zuweilen zu empfangen ich das besondre Vergnügen habe. –

Liebe Else, seien Sie herzlich gegrüßt. ArthSch.

An Theodor Herzl Wien, 10. Nov. 94.

Lieber und verehrter Freund,
ich beglückwünsche Sie vor allem zur Vollendung Ihres Stükkes, das schon während seines Entstehens die Mission erfüllt haben [sic!], welche bei selbstkritischen Geistern wie bei Ihnen so schwer zu erfüllen ist: Ihnen eine hohe und schöne Stimmung zu geben. Ich habe also wohl ein Recht mich auf die Lecture desselben aufs innigste zu freuen.
Es ist selbstverständlich, daß ich Ihnen in jeder Weise und mit dem größten Vergnügen zur Verfügung stehe. Ich habe auch bereits an einen notar. Vertreter gedacht, *Schick.* Kennen Sie ihn? Er hat vor Jahren intim mit Ludassy verkehrt; ich komme jetzt häufig mit ihm zusammen und seine Verläßlichkeit ist außer Zweifel. Im übrigen braucht ja auch ihm gegenüber Ihr Name nicht genannt zu werden.
Einiges wäre immerhin zu bedenken.
Nehmen wir den Fall an, die Direction entscheidet sich wirklich binnen vier Wochen – wird sie dann, im Falle der Ablehnung – das Stück auch an das andre Theater weiter befördern? – Daß es ihr ein leichtes ist, wissen wir ja – es ist aber nicht zu vergessen, daß es nichts nachlässigeres, rücksichtsloseres, schamloseres gibt als Theaterdirectionen. Diese Nachlässigkeit, Rücksichtslosigkeit, Schamlosigkeit steigert sich ins ungemessene, sobald sie es mit einem Unbekannten zu thun haben. Ich glaube also, daß man sich an eine Beförderung des Stücks von Theater zu Theater kaum recht verlassen kann. Außerdem kommt in Betracht, da die Vergangenheit eines Stückes auch eine Art Nordauscher Kugel ist – d.h. das Neue Theater z.B. kann erstens »gekränkt« sein, daß es später als die andern berücksichtigt wird u kann zugleich ein Vorurtheil gegen das ein oder zwei oder dreimal abgelehnte Stück haben. Ob es nicht, wenn auch etwas mühseliger, doch praktischer ist, das Stück immer wieder an den Notar zurückbefördern lassen? Noch eins. Ich kann mir denken, daß die betr. Direction sich

wirklich binnen vier Wochen entscheidet – obwohl man da nur an die Anständigkeit der Direction, also eine sehr imaginäre Größe appelliren kann – aber daß irgend eine Direction die Verpflichtg übernimmt, ein eingereichtes Stück innerhalb der nächsten 2 Monate aufzuführen, kann ich mir kaum vorstellen. Man gibt ihr sogar durch diese Clausel eine gar zu billige Ausrede in die Hand.
– Ob die Pseudonym-Idee an sich Erfolg verspricht, ist schwer zu entscheiden. Sie müssen eben annehmen, daß das Werk selbst auf die Directoren so mächtig wirkt, daß u.s.w. u.s.w. Es steht in diesem Briefe schon so viel über die Directoren, daß es kaum nothwendig ist, ihnen das letzte und traurigste Epitheton zu ersparen: daß sie von der Güte eines echten Stücks doch wohl nicht viel verstehen. Blumenthal dürfte einen gewissen Blick fürs theatralische haben. Brahm ist ein Herr mit Principien und kalten Fanatismen; für einen tiefen Versteher halt ich ihn nicht. Lautenburg ist einfach ein Dummkopf. Die »Freie Bühne« glaub ich, existirt gar nicht mehr. Wenn es ein gerades und natürliches Verhältnis zwischen dem Werth eines Stückes und der Annahme desselben gäbe, brauchte das alles freilich nicht besprochen zu werden. Und alles, was ich da gesagt habe, wissen Sie, lieber Freund, so gut wie ich – aber man kommt so ins plaudern. Daß Herr Albert Schnabel genau so auf mich zählen kann wie Dr Theodor Herzl, brauche ich wohl nicht noch einmal zu versichern. Senden Sie mir Ihr Stück nur sobald wie möglich. Daß Sie mir die Glosse nicht geschickt haben, ist nicht schön. Aber Sie haben vergessen. Meine Novelle erscheint in etwa 14 Tagen. Ich werde nicht vergessen. –
Ein Stück hab ich auch geschrieben. Vom 13. September bis 4. October. Und es hat nur 3 Akte. Hoffentlich kann ich Ihnen bald günstiges davon sagen. Seien Sie vielmals herzlichst gegrüßt und empfehlen Sie mich gütigst Ihrer Gattin.

Ihr treu ergebner
Arthur Schnitzler

An Theodor Herzl Wien, 17. Nov. 94.

Lieber Freund!
Mit Ihrem Stück haben Sie dem Theater ein neues Milieu entdeckt und haben eine Reihe von Gestalten geschaffen, die Athem des Lebens haben. Und *neue* Gestalten – manche an die man sich bis jetzt nicht heran getraut hat. Die besten Figuren sind die, die aus sich heraus reden, ganz naiv; – da haben Sie mit ein paar Strichen glänzend gezeichnet; Charlotte z. B. – Wassermann ist ausgezeichnet; der ist wohl berufen, Ihnen häufig nachgedichtet zu werden. Dieser aber verfällt gegen Schluß in den Fehler Ihrer Hauptperson; – er erläutert sich. Sie unterschätzen Ihre Charakterisirungskunst – man kennt Herrn Wassermann längst, bevor er anfängt von sich zu erzählen. Ueber das Stück als ganzes ist etwas ähnliches zu sagen. Es hat soviel echtes Leben und ist in seiner Entwicklung so natürlich, daß Sie auf *kleine Absichtlichkeiten der Ausführung* wohl verzichten dürften, welche die *große Absicht des Stoffes* verwirren. Am meisten hab ich in diesem Sinne gegen den Schlußsatz des Stücks einzuwenden, den eigentlichen Schlußsatz, den der sterbende Jacob Samuel zu sprechen hat. Lassen Sie ihn lieber wortlos sterben – dieser Tod sagt mehr, besseres, ich glaube selbst, was ganz andres als der Sterbende selbst. Der Sterbende sagt: »Juden, Brüder, man wird euch erst wieder leben lassen, wenn ihr zu sterben wißt.« – Sein Tod aber spricht: Dieser arme Teufel und edle Mensch muß sich von einem erbärmlichen Haderlumpen einfach deshalb niederschießen lassen – weil er als Jude geboren ist! – – Es gab eine Zeit, wo die Juden zu tausenden auf den Scheiterhaufen verbrannt wurden. Sie haben zu sterben gewußt. Und man hat sie nicht leben lassen – deswegen. – So fährt Ihr Drama, nachdem es sicher u. schön seinen Weg hingebraust ist, – auf einem falschen Geleise ein. –
– Eine Figur wäre auch noch in das Stück hineinzustellen, die als Gegenspieler wirksam wäre: ein jüdischer Couleurstudent,

der nach 30 Mensuren chassirt wird, weil er ein Jude ist. – Eventuell noch ein andrer Student, der dem kathol. Gesellenverein angehört und sich aus »Katholizismus« nicht schlägt – und dafür sehr verehrt wird! – Und noch eine Figur scheint mir in dem reichen Bild zu fehlen, das Sie von einer gewissen jüd. Gesellschaft entwerfen; – d. i. eine sympathische Frau (oder Mädel). Gibt es nemlich auch. Oder es wäre wenigstens zu zeigen, wie ein ursprünglich gut veranlagtes Mädel durch Hellmannische Erziehung verkommt. Ließe sich vielleicht gar nicht so schwer an Hermine zeigen, die scharf aber doch ein bischen outrirt gezeichnet ist. Man begreift gar nicht, daß ein so hochstehender Mensch wie Jacob sie heiratet. Das wäre dann gleich motivirt, wenn die guten Züge noch an ihr zu entdecken wären. – Ganz meisterhaft sind die alten Samuels. Nur redet die Frau ein bischen zu gewollt; im 1. Akt besonders. Wurzlechner versteh ich nicht ganz. Ich glaube, in Ihrem Streben nach Objectivität haben Sie ihn geradezu sympathisch zu machen versucht. Aber, glauben Sie mir, er ist ein ganz ordinärer Kerl. Geben Sie ihm wenigstens stärkere Motive, wenn er von Jacob Abschied nimmt. Oder lassen diese Infamie schon im ersten Akt vermuthen. Oder: Jacob selbst merkt, daß dem Wurzlechner sein Verkehr mit den Juden in der Carriere schadet u. er legt es ihm nahe, von ihm zu scheiden. Oder – was mir am liebsten wäre: Jacob schmeißt den Kerl, wie er sich windet und dreht, einfach hinaus. Als Secundant empfehle ich dann für das Duell mit Schramm den neu zu schaffenden Studenten mit den 30 Mensuren. (Er könnte der Neffe dieses köstlichen Wassermann sein.) –

– Als zufällige Beispiele für die früher erwähnten kleinen Absichtlichkeiten der Ausführg: –

Seite 1. *Köchin: Halt Juden. Die Juden haben alles Geld.* »Sind halt Juden« – sagt dasselbe; wirkt stärker. (Das Entrée Bichlers behagt mir nicht sehr.)

Seite 60. *Jacob: Jetzt kannst du das auch auffassen, daß die Juden Hunde sind* – Hier ist die Absicht deutlich – bis zur

Verstimmung! – Auch »der Jude mit dem wunden Ehrgefühl« will mir nicht gefallen – geben Sie Ihrem Jacob etwas mehr innere Freiheit – der Grundgedanke leidet nicht darunter, und die Person wird nur sympathischer. Glauben Sie nicht? Und hier seh ich es wieder: die Figur des *Kraftjuden* fehlt mir geradezu in Ihrem Stück. Es ist gar nicht wahr, daß in dem Ghetto, das Sie meinen, alle Juden gedrückt oder innerlich schäbig herumlaufen. Es *gibt* andre – und gerade *die* werden von den Antisemiten am tiefsten gehaßt. Etwas in der Art müßte auch in dem Stück gesagt werden. Ihr Stück ist kühn, – ich möchte es auch trotzig haben. Und vor allem lassen Sie Ihren Helden nicht so ergeben sterben. Ich hab es schon anfangs gesagt – jetzt fällt es mir wieder ein – Sie sehn, wie ernst es mir damit ist! –
Bühnenwirksamkeit – soweit das vorherzusagen ist – muß Ihr Stück haben – ob ein Theater den Muth haben wird, es aufzuführen – ? – Doch davon kann später gesprochen werden. Ich freue mich das Stück, (welches Sie doch aufrichtig ein »Trauerspiel« nennen sollten) sehr bald wieder zu lesen, und wenn Sie finden sollten, daß von den paar Bemerkungen, die ich mir erlaubt habe, einige der Ueberlegung werth sind, so werde ich das vielleicht in der nächsten Abschrift zu erkennen im Stande sein. Mein herzliches Vergnügen, nach langen Jahren wieder einmal ein »Originalmanuscript« von Ihnen durchlesen zu dürfen, kann ich Ihnen nicht verschweigen.
Seien Sie vielmals gegrüßt und bedankt.

Stets der Ihre
Arthur Schnitzler

An Theodor Herzl Wien, 30. Nov. 94.

Lieber Freund,
ich danke Ihnen sehr, daß Sie die Novelle so bald gelesen und freue mich, daß Sie so viel gutes darin gefunden. Ihre Einwendung gegen den Beginn halte ich für gerechtfertigt. Mir

selbst misfiel er, nachdem ich ihn geschrieben hatte, sosehr, daß ich ein paar Wochen aussetzte, weil sich der rechte Muth nicht zum Weiterschreiben finden wollte. Erst allmälig kam ich hinein; es geht mir übrigens fast immer so. Vor der Veröffentlichung wollte ich den Anfang – bis zu Mariens Besuch bei Alfred exclusive – einfach wegstreichen; aber man rieth mir ab. Sie sind der erste, der seiner Antipathie gegen den Anfang so gründlich Ausdruck gibt – nach mir. Soweit ich bisher urtheilen kann, hat er niemanden so empfindlich gestört wie uns zwei. Aber ich glaube nicht, daß der Grund im »grauen, allzugrauen« liegt. Ich habe nur hier das Grau nicht künstlerisch bewältigt. Der Stoff wäre ja als *ganzes* noch anders zu fassen gewesen – wenn ich eben die ersten vier Akte zu dem fünften, der vorliegt, geschrieben hätte. Da wäre das Liebesbacchanal das Sie wünschen, im dritten gekommen. Es ist möglich, daß mir die Kraft zu der ganzen Tagödie gefehlt hätte; die Wahrheit ist jedenfalls, daß nur dieser fünfte Akt in meinen Absichten lag. Auch daß noch irgendwo im Buch Längen sind, hab' ich beim Durchlesen der Correcturen gespürt. Was die Manier in der Naturschilderung anbelangt, so wären mir Details erwünscht; da ich mich hier unschuldig fühle. Ich müßte mich da an irgend ein Wollen erinnern, und ich weiß doch, daß ich all diese Dinge ganz einfach hingeschrieben habe. Sagen Sie mir doch, wo Sie die Manier entdeckt haben – Ihr künstlerisch-kritisches Auge ist hier maßgebender als mein Gedächtnis. Umsomehr als die Erinnerung an Stunden des Schaffens täuschend ist wie die an Träume. –

Nun das Stück. Auf meine Bemerkung betreffs neuer und insbesondre jüdisch-sympathischer Figuren gingen Sie nicht ein. Und je mehr ich überlege, umso wesentlicher scheint mir das. Ich glaube auch, daß die Frau den Helden um nichts weniger ins Ghetto zurückdrängt, wenn Sie auch ihr etwas vom Opfer geben. – An der Einführung B.'s hat mich das Gespräch mit den Dienstboten gestört, das mir zu absichtlich und selbst theatralisch unangenehm scheint. Ich bin sehr begierig zu wis-

sen, wie Sie sich gegenüber meinen Ideen über den Schluß verhalten. –
– Daß mir persönlich der Begleitbrief zusagt, brauche ich nicht zu versichern. Wie sich – »jene« – dazu verhalten werden, weiß ich nicht. Ich denke, sie werden das Stück sehr rasch lesen – aber mit der stillen Hoffnung, ein schlechtes zu finden. Sie wollen aber vor allem erreichen, daß sie aufmerksam werden – das dürfte gelingen. – Mit Sch. sprach ich; er ist geneigt. Die Privatadresse ist III. Reisnerstr. 25. Er ist in der Kanzlei seines Vaters beschäftigt – (deren Adresse neulich erst gewechselt hat und mir augenblicklich entfallen ist) – vielleicht ist aber die Privatadresse vorzuziehen? – Sch. gegenüber sprach ich zur größern Vorsicht von einem in Berlin ansässigen Autor. Ich hoffe Ihnen nun das abgeschriebene Manuscr. bald senden zu können; nicht wahr? –
Ich kann diesen Brief nicht schließen, ohne Ihnen für Ihr köstliches Feuilleton die Hand zu drücken. Sie haben übrigens in den letzten Jahren kaum eines veröffentlicht, wo ich dieses Bedürfnis nicht gehabt hätte. Man hat da so eine gewisse dumme Scheu. Und da fügt es sich heute gut, daß ich Ihnen über verschiedenes andre schreiben mußte und nur so beiläufig hinzufügen kann, daß ich auf das Buch warte, in welchem ich diese kleinen Kunstwerke gesammelt finden werde. Wenn ich's nicht von Ihnen geschickt bekomme, so werd' ich's mir kaufen – was ich mit der Glosse noch immer nicht gethan habe. Und Sie können versichert sein – es ist nicht wegen der sechzig Kreuzer! –

Herzlich Ihr sehr ergebner
Arthur Schnitzler

An Else Singer 12/12 94

Liebe Else, es scheint, Sie haben einen natürlichen Geschmack für gute Bilder, denn die Sie nannten, soweit ich sie aus Ihren kurzen Bezeichnungen wiedererkennen konnte, gehören zum großen Theil zu den besten in der Ausstellung. Nun ich freue mich sehr, mit Ihnen zwischen den Farben hinundherzuspazieren. – Welches abstoßende Bild Sie in der Nähe des Eingangs meinen, weiß ich nicht recht. Vielleicht das von L. v. Hofmann, das so gobelinartig aussieht? »Frühling« heißt es. Als Gobelin gesehen wirkt es – als Bild will ich es auch nicht. Es ist so trocken, gar kein Duft drauf. Der hagere Reiter über die Leichen – das ist das berühmteste Bild der Ausstellung – Stuck's »Krieg«. »Das Alter« ist fast mein Liebling. Darin liegt der dumpfe Schmerz, daß man hinunter muß, in diese blöde, tiefe, stumme Erde – darin liegt der Abschied von dem Himmel (»in den man kommt«!! haha) – – und das traurige Warten liegt darin (da man ja nicht davonlaufen kann. –) – Es ist richtig, daß vor solche Bilder Leute, die dumme Witze machen, nicht hingehören. Man braucht nicht idealistisch zu sein, um das zu empfinden, sondern nur geschmackvoll. Geschmack – vielleicht ist das der Idealismus in der Kunst – ? Drum gibt es auch realistische Kunstwerke, die sehr idealistisch sind. Darüber aber müßte gesprochen werden. – Was Ihren Gedanken anbelangt: »Der das geschrieben etc hat sein Innerstes etc hineingelegt« – so überschätzen Sie wohl die Mehrzahl der Schriftsteller und Maler. Manche schaffen einfach wie man ein Butterbrod aufstreicht – oder gar ein Schmalzbrod. – Es gibt Bilder und gibt Bücher, vor denen der schlechteste die erbärmlichsten Witze machen darf. Auch seine Andacht soll man nicht misbrauchen, und wer z. B. bei der Entsagung »des«* Karczag aufmerksam zuhört, benimmt sich grad so gotteslästerlich wie einer, der bei Maria Stuart oder Faust nicht zuhört. –

Schreiben Sie, liebe Else, nur meinen wirklichen, echten Vornamen auf die Couverts. Ich bin *nicht* Anatol. Ich hab wohl auch manches von ihm – gottlob auch manches andre, und von ihm gottlob (ich mein' aber nicht Jehovah, wenn ich *gottlob* sag und auch nicht den heiligen Geist, kaum Buddha, viel-

* Bahr

leicht Brahma) nicht alles. – Telephoniren – ? bitte, sehr gern. Nur nicht in der früh, bis ½11, da schlaf' ich nemlich; – meistens.
– Leben Sie wohl, schreiben Sie mir bald und seien Sie herzlich gegrüßt.

Arth

Daß ich mich sehr gefreut habe, wie ich Sie heute sah – und mich sehr geärgert hab, nur zwei Worte mit Ihnen sprechen zu können, faut il le dire?

An Theodor Herzl Wien 15. 12. 94

Lieber Freund,
die Adresse ist: Friedrich Schick, Wien III Reisnerstraße 35. – Ich hoffe auch durch Sch. einen schreibmaschinkundigen Abschreiber zu bekommen, und daß alles so rasch als möglich besorgt wird, können Sie versichert sein. Avisiren Sie mich bitte 2 Tage vor Eintreffen des Mscr. so daß der Schreiber bereit ist. –
Die Glosse habe ich erhalten und habe eine große Freude gehabt, sie wiederzulesen. Oder wiederzuhören: denn ich habe Ihre Stimme noch im Ohr gehabt. Nun, haben Sie nichts mehr damit versucht? – Ein vornehmes Theater hat doch eigentlich absolut keinen Grund, dieses Stück nicht aufzuführen! Riskirt wird gar nichts, der literarische Erfolg ist sicher, und ich muß sagen, daß auch die Bühnenwirksamkeit, wo gute Schauspieler sind, kaum in Frage steht. Haben Sie schon beim Deutschen Theater in Berlin versucht? Hübsch wär' es, wenn – beide am selben Abend gegeben würden – ob man da wohl den Verfasser des anonymen erriethe? –
Seien Sie herzlich gegrüßt und verfügen Sie stets über mich.

Ihr allezeit ergebner
ArthSchnitzler

An Theodor Herzl 19. 12. 94.

Lieber Freund,
ich hätte Ihnen auch über die Maschinenfrage schon neulich berichtet, wenn ich selbst sicher gewesen wäre. Von den mir zu Gebote stehenden Schreibern kann keiner mit der Maschine umgehen u. zum lernen war keiner bereitzufinden. Es wäre mir nur ein Annonciren in der Ztg übrig geblieben. Ich denke aber, daß ein guter Schreiber dieselben Dienste thut. Jedenfalls nehme ich einen andern, als meinen gewöhnlichen – da es auf die Spur leiten könnte, wenn plötzlich am Dtsch. Th. zwei von der gleichen Hand geschriebene Mscr. einlangten. – Noch eine Frage: soll ich nicht, statt einem Buchbinder wenn auch nur auf wenige Stunden das Mscr. zu überlassen, lieber ein sehr schönes Lederheft, d. h. ein in gutes Leder gebundenes Heft anschaffen? –
Zum Capitel: sympath. Figuren. – Nicht aus theatral. Gründen hab ich sie gewünscht, sondern eben aus Gründen der Wahrheit. Es *gibt* sympathischere Figuren, selbst in den von dem Autor geschilderten Kreisen. Und, denken Sie doch: der starke und tönende Titel des Dramas, der erwarten läßt, es werde darin alles zu finden sein, das eben da hineingehört. Nun – *alles*, das ist selbstverständlich dramatisch unmöglich; aber die Beleuchtung müßte die völlig richtige sein. Und da hab ich nun einmal den Eindruck: zu trüb. Ich sagte ja auch schon, wen ich mir in das St. hineingewünscht hätte; – u. daß ich nie geschrieben, man solle nur »lauter wundervolle Menschen« zeigen, erinnere ich mich ganz genau. – Vielleicht haben Sie den Studenten hineingebracht? Sie erwähnen nichts drüber. – – Das Massengrab, in welches die Glosse versenkt wurde, ist hoffentlich nicht endgiltig zugeschüttet. Eine Aufführg müßte meiner Ansicht nach nicht nur »zu richten« sondern mit Gründen der Aesthetik und Vernunft durchzusetzen sein. Haben Sie es bei Brahm Berlin, bei Loewe Breslau eingereicht? –

Den Tabarin werden wir ja jetzt bald zu sehen bekommen; ich bin sehr begierig. Ich hab eine so schöne Erinnerung an das Stück. Kommen Sie vielleicht nach Wien? Wegen *eines* Aktes – das ist Ihnen wohl zu wenig! Ich möchte mit einem Akt im Burgtheater stehn!

Seien Sie vielmals herzlich gegrüßt
Ihr treu ergebner
Arthur Schnitzler

An Else Singer 24/12 94

Liebe Else, ich danke Ihnen für Ihre guten Wünsche; Sie wissen, wie herzlich ich sie erwidre. Eigentlich aber, wenn ichs recht bedenke, schädigen die Eintheilungen, welche wir in unsrer Kleinlichkeit und in unsrer Sehnsucht nach den Bequemlichkeiten des Systems machen, den Sinn des Lebens. Wir glauben z. B. wirklich, daß Neujahr ein andrer Tag ist wie die andern, so wie wir uns thöricht vornehmen, Montag irgend was anzufangen. Dadurch täuschen wir uns über das gleitende und ineinanderfließende der Existenz weg, das uns unheimlich ist. So sind wir in Hinsicht auf das große Räthsel Zeit – und in Hinsicht auf das Räthsel Raum sind wir nicht viel anders. So ist es gekommen, daß es Grenzen gibt, Ländergrenzen – und alle diese kleinen und erbärmlichen Gefühle, wie Patriotismus, Familiensinn, u. s. w. bedeuten nichts als die ewige Flucht menschlicher Beschränktheit vor der Unendlichkeit. Und es hilft ja doch nichts. Wir gehen doch wieder ins grenzenlose zurück, aus dem wir gekommen. – Aber trotzdem, liebe Else, glückliche Weihnachten, glückliches Neujahr – Es fiel mir nur so ein – ich habe mich auch nicht klar ausgedrückt. Ungefähr ist es schon zu verstehn. –
Ihre »Schläfrigkeit« von gestern hab ich ganz gut verstanden – man muß ja nicht allem einen Namen geben können. Die Stimmungen, die bereits einen Namen haben, gehören aller Welt – und es gibt ja doch noch andre auch. – Jedenfalls

war es wunderschön von Ihnen, daß Sie mir gleich geschrieben haben. Aber ich habe doch die Empfindung, als wenn wir noch nie wirklich miteinander geplaudert hätten, Sie nicht auch? –

Zu Ihrer Novellette: Sie ist nicht ganz ausgeführt; aber als Skizze nicht gleichmäßig genug. Die Ueberleitung von der Kleinlichkeit und Hausbackenheit des Anfangs bis zu dem Ende durch die einzelnen Etappen des Tagebuchs ist in Sprüngen geschehn. Ein plötzlich ausbrechender Wahnsinn ist in der Novelle oder im Drama eben so uninteressant wie ein Ziegelstein, der einem auf den Kopf fällt. – Auch das Lesen des neuen Testaments sollte nicht zufällig geschehn. Vieles würde klarer, wenn sie auch schon das n. T. lesen *wollte*. – Der Schluß, wo die Frau ins Tagebuch schreibt, während ihre Kleider schon zu brennen anfangen, wirkt etwas parodistisch – vielleicht nicht an sich – aber eben dadurch, daß wir uns noch nicht an die Verrücktheit der Dame gewöhnt haben. –

Ich sähe es lieber, wenn Sie an einfachen Stoffen Ihre Kraft versuchten. *Einfach*, – d. h. nicht *leicht*. Ich möchte, daß Sie Kinder schildern, die im Garten spielen, mit viel Sonne oben und viel Grün ringsherum. – Oder ein trauriges Fräulein, das in Nußdorf spazieren geht, Abends, an der Donau. – Wenn Ihnen gewaltsame oder complicirte Stoffe einfallen, wie z. B. Ihr letzter – notiren Sie ihn auf, notiren Sie event. auch Details, die Ihnen dazu einfallen – aber lassen Sie die Ausführung liegen, bis Ihre Seele, die voll von Ahnungen, auch von merkwürdig lebendigen Ahnungen ist, – bis diese Seele weiß. –

– Heut Abend bin ich bei der Schwiegermutter meines Bruders; daher der Name heiliger Abend.

Auf Wiedersehen! Herzlich Sie grüßend

Ihr ArthSch

An Theodor Herzl Wien, 26. 12. 94. –

Lieber Freund, die Arbeit ist im Gang. Dialekt fand ich sehr gut getroffen; die Wirkung der Scene wohl sicher. Die angerathene Correctur (»schießen«) wurde gemacht – doch hab ich das Particip (gesprengt) gelassen* – Von meinem Stück existiren 2 Abschriften, die beide auf Reisen sind, eine in Wien, die andre in Berlin. Wenn es sich fügt, daß eine bald wieder in meine Hände kommt (was ich begreiflicherweise nicht wünsche) so will ich sie Ihnen gerne schicken. Ich wünsche aber eigentlich, daß ich Ihnen die Geschichte lieber bald gedruckt senden kann. Am Deutschen Theater selbst ist das Stück noch nicht eingereicht, soll aber in Bälde dort abgegeben werden. Ihre Rücksicht, lieber Freund, ist liebenswürdig, aber *absolut* überflüssig. Ich bitte Sie vollkommen bei Ihren ursprünglichen Intentionen zu bleiben, die ich für richtig halte.
Ich sehe der Fortsetzung für recht bald entgegen – die Saison rückt unheimlich vor! Ich spür's auch! –
Seien Sie vielmals herzlich gegrüßt von Ihrem treu ergebnen
ArthSchnitzler

An Theodor Herzl Wien, 7. Jänner 95

Mein lieber Freund! –
Heute ist das Ghetto abgesandt worden. Ans Deutsche Theater. Das ist auch deshalb vortheilhafter, weil Lessingtheater u. Berliner Theater jetzt denselben Director haben – Blumenthal. – Das Stück ist sehr gut geschrieben, die Schrift auf der Rechnung, die ich Ihrem Wunsche gemäß (den Sie mir nicht gar so streng hätten ausdrücken müssen!) beilege, ist die des Abschreibers; – sie wird Sie über diesen Punkt beruhigen. Der Begleitbrief ist vor den Anfang hingeklebt worden (*natürlich auch in Abschrift*). Ich habe das Stück sehr sorgfältig in der

* Recht so?

Abschrift durchgelesen, Ihrer Angabe nach unterstrichen und kleine Correcturen angebracht, welche durch kleine Versehen des Abschreibers nothwendig wurden. Das Geheimnis ist vollkommen gewahrt; auch Herrn Schick hab ich Ihren Namen nicht genannt, und somit bin ich, wenn Sie nicht selbst noch jemanden eingeweiht haben, der einzige lebende Mensch außer Ihnen, der den Verfasser weiß. Es war nicht durchführbar, daß die Abschrift bei mir gemacht wurde; da ich zu den Zeiten, in welchen der Abschreiber arbeiten konnte, nicht anwesend hätte sein können; er hat in seiner Wohnung geschrieben, mitgegeben hab ich ihm das Mscr. Abends nach 6; einmal um ½3, sorgfältig verschlossen. Sie können versichert sein, daß kein Unberufener Einsicht genommen hat. –

Morgen geht der Brief II ans Deutsche Theater ab.

Und nun, viel Glück! – Ich habe gute Hoffnung. Es ist Ihnen gelungen ein »literarisches« Stück zu schreiben, das zugleich gutes Theater ist. Sie wissen, wie mein erster Eindruck war. Diesmal hat mir das Schauspiel noch viel besser gefallen; die Lebendigkeit der Gestalten wurde mir eindringlicher und es sind eine ganze Reihe von Scenen darin, die nicht nur in menschlicher Hinsicht ergreifen, die auch auf der Bühne packen müssen. Einige Figuren habe ich jetzt erst so recht lieb gewonnen. Wie prächtig diese alten Samuels! Schwer zu besetzen wird es sein – Menschen! Menschen! – Noch immer scheint mir Jacob der bläßeste zu sein. Durch seine Haut schimmert zu stark, was ja schon kräftig genug in den Vorgängen des Dramas sich ausdrückt, – die Idee des Stücks. Der Grundfehler aller moderner Helden beinahe? –

Es ist wahrhaftig ein Stück, an dem man sich freuen kann, ein Stück des Lebens, das rings um uns ist, das Stück eines ganz lebendigen, mit Geberden [!], die heftig und doch zielbewußt, absichtsvoll und doch mannigfaltig sind.

Was Sie überhaupt für ein Meister der Plastik sind. Ihr letztes Feuilleton war unvergleichlich. Wie man diese Leute sieht, hört

– es gibt keinen, der diese Schärfe in den Linien träfe, der so Figuren umreißen könnte.
Leben Sie wohl, mein lieber Freund! Die treuesten Wünsche begleiten Ihr Stück nach Berlin.

Ihr ArthSchn

An Theodor Herzl 14. 1. 95.

Lieber Freund!
Einige Fragen, um jeden überflüssigen Zeitverlust zu ersparen.
Am 27. sind die drei ersten Wochen aus. Falls bis dahin von Brahm keine Antwort da ist – man muß daran denken! – wird es wohl gut sein, etwa bis zum letzten des Monats zu warten und dann die Aufforderung, das Stück weiterzusenden, durch Schick wiederholen zu lassen? Und außerdem könnte man einen Brief an Blumenthal absenden, der auch ihn auf die Vorbemerkung des Stückes aufmerksam macht. Auf alle Fälle aber muß man darauf gefaßt sein, daß das Stück im Falle der Nichtannahme von Brahm direct an Schick zurückgesandt wird, denn der Eigensinn und die Ungefälligkeit der Directoren ist unberechenbar. Ich erwarte Ihre Meinungsäußerung, lieber Freund.
Das Manuscript will ich in Ehren halten, und nicht erst darauf warten, daß es eine angenehme Erinnerung werde, um mich herzlich daran zu freuen. Vielen Dank für die warmen und schönen Worte, mit denen Sie das liebe Geschenk begleiten.
Nun sollen also die nächsten Palais Bourbon Feuilletons und – das nächste Stück erwartet werden. Ich weiß nicht, ob Sie damit zufrieden sein werden, wenn ich den Stücken den echten und tiefen Erfolg Ihrer Feuilletons wünsche – aber Sie selbst können ja da unten in Paris kaum die Wirkung beurtheilen, welche diese Feuilletons machen. Von der künstlerischen spreche ich natürlich. Sie müssen sie unbedingt gesammelt herausgeben; natürlich nicht nur die Bourbonischen.

Zwei Bücher: Paris und die Politik, Paris und die Kunst – Natürlich bessere Titel, als mir da eben einfallen. –
Seien Sie vielmals herzlich gegrüßt von

Ihrem treu ergebnen
Arthur Sch

An Theodor Herzl 30. 1. 95.

Lieber Freund,
gestern eben schrieb ich Ihnen, u heute früh übersandte mir Schick beifolgenden Zettel. Erste Enttäuschung; wollen wir hoffen, daß es in Hinsicht auf das Stück Ihre letzte sei. Ich brauche Ihnen ja nichts weiter zu sagen – wir stehen ja beide mitten drin und wissen, daß ein tiefer Zusammenhang zwischen Glück und Verdienst nirgends weniger existirt als in den Praeambulatorien einer Aufführung. Ich wünsche also nur, daß diesmal ein glücklicher Zufall eintritt und Ihr Erfolg bei dem nächsten Theater in geradem Verhältnis zu dem Werth des Dramas stünde. – Blumenthal hat vielleicht doch eine feinere Witterung für das, was von der Zeit und auf dem Theater verlangt wird, und es ist wirklich kaum zu denken, daß ein echter Theatermensch nicht wenigstens das bühnenwirksame an Ihrem Stück herausfinden sollte. –
Aber was erzähl' ich Ihnen da!
Leben Sie wohl, mein lieber Freund und seien Sie vielmals herzlich gegrüßt.

Ihr treu ergebner
Arth Sch.

An Theodor Herzl 18. 2. 95

Lieber Freund! Das Telegramm haben Sie ja. Ich bekam von Schick einen kurzen Brief: »Gestern ist das Stück Dr. Schnabels per unfrank. Post bei mir eingetroffen: wegen Ueberhäufung konnte es von Blumenthal gar nicht gelesen werden. Was soll nun geschehn?« – Ich habe mir bei Schick sofort den Brief Bl.s erbeten, den Sie dann gleich erhalten, aber zu weitern Entschließungen brauchen wir ihn ja nicht. Keinesfalls haben Sie einen Grund verstimmt zu sein – höchstens über einen menschlichen Irrthum; – es ist Ihnen schon wieder einmal passirt, einen Theaterdirector für ein literarisches Individuum zu halten. Warum sag ich: literarisches – verläßliches, nein, – anständiges. – Die Idee der Pseudonymität war offenbar nicht einmal so gut – als *ich* geglaubt habe; – und Sie wissen, sehr viel hab ich mir davon nicht versprochen. Ich finde, Sie *über*schätzen die Neue Presse und Sie *unter*schätzen sich. Ich begreife es wirklich nicht, daß man aus einem Namen, aus einer Stellung, die man sich doch durch nichts andres erworben hat als durch den Werth seiner Leistungen, nicht wenigstens den Vortheil ziehen sollte, sich in einer diesem Namen u. dieser Stellung entsprechenden Weise von jedermann empfangen zu lassen. Ihnen, der nicht nur eine absolut erste Stellung als Meister des deutschen Feuilletons im höchsten Sinn (mit dem Heimath-Feuilleton war ich übrigens nicht ganz einverstanden) einnimmt, sondern der auch mit einer Anzahl von Stücken erfolgreich aufgetreten, der mit zweien sogar im ständigen Repertoire der ersten deutschen Bühne steht – Ihnen wird kein vernünftiger Mensch nachsagen, daß Sie eine eventuelle Aufführung eines neuen Stücks Ihrer – Stellung als Correspondent der N. Fr. Pr. verdanken. Es ist ja geradezu komisch. Ja wenn die Pseudonymität nichts andres bedeuten würde als ein Reiz mehr für Ihre Existenz, als ein Spiel oder ein Spaß – dann wär es ja gut; aber die Pseudonymität ist ein Hindernis, das Sie sich selbst in den Weg stellen, viel größer als Sie offenbar geahnt haben. An Ihrer Kraft zweifle ich nicht, Sie wissen es – aber Sie sehen, es gibt Hindernisse, die einfach nicht zu nehmen sind. Was thut man beispielsweise in einem Fall wie in dem unsern? Herr Blumenthal sagt: Ich habe keine Zeit, Ihr Stück zu lesen, – da stehen Sie nun! Seien Sie überzeugt, daß Herr Blumenthal Zeit gehabt hätte, das Stück des Theodor Herzl zu lesen! – Wollen Sie trotz allen bisherigen Erfahrungen die Pseud.comödie weiter agiren – daß ich Ihnen stets zur Verfügung stehe, braucht keiner weiteren Versicherung. Aber meine Ansicht kennen Sie. Die Ideen, die Sie fürs Raimundth. haben, deuten mir allerdings darauf hin, daß Sie sich dem Director selbst gegenüber zu nennen geneigt wären. Dagegen ist nun natürlich gar nichts einzuwenden. Warum aber wollen Sie nicht beim Dtsch. Volkstheater zuerst einen Versuch machen? So viel man gegen diese Bühne – und mit wievielem Rechte man es vorbringen mag – ich ließe mich noch immer lieber im Volkstheater als im Raimundtheater aufführen. Mein persönliches Verhältnis zu Herrn Müller-Guttenbrunn ist das: daß ich (das weiß ich bestimmt) einen tiefen Ekel vor ihm empfinde; daß er mich (das ahne ich) nicht ausstehen kann – und daß wir uns höflich grüßen, wenn wir uns irgendwo sehen. Mit dem Volkstheater steh ich jetzt – gar nicht; man hat sich recht schäbig gegen mich benommen und ich halte Herrn Bukovicz für einen Cretin, Herrn Müller für einen Gauner und Herrn Geiringer für einen Börsianer. Auf die zwei ersteren kann ich die Hostie nehmen. – Ich stehe also weder mit der einen noch mit der andern Direction so, daß ich mit der Aussicht auf irgend welchen Erfolg die Vertretung eines pseudonymen Autors übernehmen könnte. Doch ist es selbstverständlich daß ich, Arthur Schnitzler jederzeit für meinen in Paris weilenden Freund Dr Theodor Herzl interveniren kann. Wollen Sie also meinen kurzen und klaren Rath? Lassen Sie Ihr Stück ohne weitern Aufschub unter Ihrem wahren Namen (etwa durch Schick, der das Mscrpt jetzt in Händen hat) an das Dtsch. Volkstheater senden. Haben Sie aber eine Vorliebe fürs Raimundtheater, so senden Sie es dorthin. *Persönlich* kann ich leichter mit Müller-Guttenbrunn in Angelegenheit Ihres Stücks verkehren als mit Bukovicz, der aller Wahrscheinlichkeit nach (wegen der Burg) sich verpflichtet fühlen wird, mir nicht angenehm sein zu wollen. – Sehr gut kenne ich auch den Regisseur des Rmdth., Herrn Langkammer, der, wie mir vorkommt auch mancherlei dreinzureden hat und nebstbei ein sehr gescheidter Theatermensch ist. Verfügen Sie über mich, mein lieber Freund, ganz nach Belieben; – und gerathen Sie um Himmelswillen nicht in eine kleinmütige Stimmung – weil Sie wieder einmal die Erfahrung gemacht haben, daß in den Theaterkanzleien ebenso selten große Geister als liebenswürdige Menschen sitzen – wenigstens gegen »Unbekannte«. Aber Sie sind wirklich wie ein Mensch, der durch eigne Kraft ein Vermögen erworben und plötzlich die Marotte hat, von den paar Kreuzern zu leben, mit denen er begann. Sie haben ein *Recht* dazu, auch einmal Coupons abzuschneiden! –

– Mein Stück ist jetzt auch am Deutschen Theater in Berlin angenommen: ich habe mich nicht gescheut, Herrn Brahm die Mittheilung zu machen, daß es an der Burg aufgeführt wird: es ist wohl nicht unwahrscheinlich, daß dieser Umstand die Annahme beschleunigt hat. Und doch halte ich mich nicht für einen Streber – und doch habe ich die Empfindung, daß in letzter Linie ein event. Erfolg doch nur dem Umstand zu danken sein wird, daß ich ein nicht mislungenes Stück geschrieben habe. Sein Sie nicht weniger eitel als ich – oder, sollt ich nicht sagen – sein Sie nicht eitler – ? –

– Ich schreibe Ihnen gleich wieder, wie ich von Schick den Brief habe. Seien Sie vielmals herzlich gegrüßt u überzeugt daß Sie von der »guten Freundschaft« nach der Sie sich sehnen – bei mir finden sollen, was ich zu geben vermag.

Ihr ergebner
ASchn

An Theodor Herzl 9. 3. 95.

Mein lieber Freund.

Der Tritt ist gegeben. Sagen Sie mir für alle Fälle, was ich nach einem »Nein« zu thun habe, um jeden überflüssigen Aufschub zu vermeiden.

In ein paar Tagen schreib ich Ihnen dann ausführlich. Ich halt' es für sehr möglich, daß Sie und ich am selben Abend in der Burg drankommen. Denn es scheint, die nächste Novität sind die Verbotenen Früchte von Cervantes – und gerade wir zwei blieben noch übrig. Burckhard zu sprechen vermeide ich seit Wochen – mir kommt vor, jeder freundliche Gruß müßte ihm wie eine Frage vorkommen: »Na also was ist mit mir?«
Gearbeitet hab ich die letzten Wochen ja Monate rein nichts. Innere Verdrießlichkeiten – an sich nicht mehr bedeutend als Zahnweh – aber können Sie mit Zahnweh arbeiten? Aber ich hoffe auf den Frühling und mancherlei andres.
Leben Sie wohl, seien Sie vielmals herzlich gegrüßt
und schreiben Sie bald Ihrem

Arth Sch

An Theodor Herzl 27. 3. 95

Lieber Freund,
ich sende Ihnen hier den Brief, welchen ich gestern Abends vorgefunden habe. Es würde sich nun doch vielleicht empfehlen, wenn Sie Ihre Anwesenheit in Wien benützten um der Angelegenheit einen Ruck nach vorwärts zu geben. Daß diese erste erfreuliche Kundgebung mit Ihrem Eintreffen in Wien zusammenfällt, wollen wir als günstige Vorbedeutung nehmen, und ich kann mich der Hoffnung nicht erwehren, daß eine persönliche Rücksprache von Ihnen mit M.-G. der Sache eine rasche und glückliche Wendung gäbe.
Seien Sie vielmals gegrüßt

von Ihrem treu ergebnen
ArthSch

An Theodor Herzl 6. 4. 95.

Lieber Freund
den Brief an M.-G. habe ich in der gewünschten Weise abgesandt. Was die andern anbelangt, so erlauben Sie mir Ihnen etwas zu sagen.
Herr S. Fischer ist augenblicklich in Wiesbaden und es scheint, daß irgendwelche Geschöpfe seines Verlags die an ihn gelangenden Sendungen öffnen. Außerdem ist er nicht der Mann meines Vertrauens – ich könnte es vor allem nicht verantworten, ihm einen fremden Brief zur Verwahrung zu übergeben, sondern würde es vorziehn, den Brief in einer Abschrift an ihn gelangen zu lassen. Auch erwarte ich nichts von seiner Discretion – er wird wahrscheinlich auf die Vermuthung kommen, daß ich der Verfasser des Stückes sei und nicht ermangeln, im Falle Blumenthal das Stück abholen läßt, ihm das unter dem Siegel der Verschwiegenheit mitzutheilen (und manchen andern auch.)
Für alle Fälle aber ist eine Spur gegeben, was Sie ja vermeiden wollen. In Verlag nehmen wird er das Stück ganz bestimmt, wenn man ihm im vorhinein die Druckkosten (über-)zahlt – und ganz bestimmt nicht, wenn man das nicht thut – meine Verbindung mit ihm nützt da ja nichts; er macht's mir genau so. Dafür daß »Sterben« als Buch bei ihm erschienen ist, – habe ich es ihm für die Zeitschrift »Freie Bühne« – schenken müssen. Das »Märchen« wollte er nur gegen Erlag der Druckkosten nehmen. Ueber mein neues Stück will er erst nach der Première mit mir verhandeln. – Ich sage nicht, daß S. Fischer schlechter ist als die andern – aber er ist nicht besser. Ich rathe daher durchaus nicht von ihm ab, sondern will nur einen andern Weg vorschlagen. Ist es Ihnen recht, so mache ich diese Sache wieder durch Schick, indem ich nämlich in Schnabel's eigenem Namen an Fischer schreiben und die Antwort an Schick's Adresse gelangen lasse. – Ich erwarte jedenfalls Ihre Meinungsäußerung; Zeitverlust ist keiner dabei, da von S. Fi-

scher selbst jetzt keineswegs was erledigt wird. Um jedem Misverständnis vorzubeugen: ich schreibe natürlich mit dem größten Vergnügen auch persönlich, d. h. in *meinem* Namen an Fischer, gebe nur zu bedenken, daß *ich* für seine Discretion mich absolut nicht verbürgen möchte.

Viele herzliche Grüße von Ihrem
treu ergebnen ArtSch

An Theodor Herzl 1. Mai 95.

Lieber Freund,
ich sende Ihnen den Brief des M.-G. ein und wäre der Ansicht, daß Sie ihm auf denselben vielleicht persönlich antworteten. Glauben Sie nicht? – Daß Blumenthal einfach auf die neuerliche Anfrage, ob man ihm das Stück noch einmal zusenden solle, nicht geantwortet, wissen Sie schon – jetzt läßt dieser unleidliche Herr Fischer wieder auf Antwort warten. Vertreter in der Ghetto affaire ist jetzt nicht mehr Herr Schick, der im Sommer oft abwesend ist sondern der Hof- u Gerichtsadvokat Dr. Julius Baumgarten, der natürlich auch von Ihrer Autorschaft keine Ahnung und das Mscrpt, da ich es persönlich beförderte, gar nicht gesehen hat. – Mir thuts leid, daß ich morgen der Tabarin Première nicht beiwohnen kann, sie fällt gerade auf den 2. Mai, den Todestag meines Vaters. Was aber Ihre Misstimmung über diese verspätete Première anbelangt, so wünsche ich herzlich, daß Sie nie ernstere Gründe haben sollen, misgestimmt [zu] sein. Ich bin überzeugt, daß der Ausfall Sie wieder in bessere Laune bringen wird. – Ich komm wohl erst in der nächsten Saison dran. Zu neuen Arbeiten bin ich durch einige wenige äußere und zahlreiche innere Umstände gar nicht gekommen.
Sein Sie vielmals herzlich gegrüßt Ihr ergebner
ArthSch

Duncker u Humblot ist ausgezeichnet. Wann soll das Buch heraus?

An Theodor Herzl 16/5 95.

Mein lieber Freund,
unsre Briefe haben sich diesmal wohl gekreuzt, und Sie wissen schon, daß das Mscrpt wieder in meinen Händen ist. Es kann jeden Moment abgehen. Sie sagen: »das von Blumenthal schon zurückgelangte Mscrpt« – Ich erinnre Sie, daß es jetzt nicht dort war, sondern daß ich, Ihrem Auftrag entsprechend als Schnabel Bl. fragte, ob er, nach Berücksichtigung der M.-G.s [!] Ablehnungsgründe noch einmal etc – (ich hielt mich ganz nach dem von Ihnen abgegebenen Wortlaut). Da kam dann zehn oder zwölf Tage keine Antwort. Nun ging es an Fischer – der Begleitbrief entsprach natürlich auch vollkommen dem von Ihnen angegebenen Wortlaut – und der Mann ließ einfach vierzehn Tage oder gar 3 Wochen nichts von sich hören. Nun sandte ers – nicht auf brüske Rückforderung, sondern auf höfliches Ersuchen sich zu entscheiden oder zurückzuschicken – ohne eine Silbe der Entschuldigg an Baumgarten retour, der es mir unter Kreuzband wie es gekommen war, zustellen ließ. B. hat das Mscrpt daher mit keinem Aug gesehn, da ich es persönlich an Fischer auf die Post gab. – Nun, wie gefällt Ihnen die selbstgewählte Rolle des »unbekannten Dichters«? – Glauben Sie mir, daß ich Ihren Widerwillen sozusagen begeistert mitfühle. Und man ist wehrlos. –
Tabarin hab ich neulich gesehn; es wirkt sehr gut und wird sich auf dem Repertoire halten. Wenn es Sie nicht langweilt, möchte ich eine Einwendung gegen eine Scene erheben. Es ist der kurze Monolog, den T. auf der Bühnen-bühne hält, gleich nachdem er seine Frau mit dem Soldaten entdeckt hat; – sie packt währenddem ihre Sachen zusammen. Ich verstehe die theatralischen Gründe für diesen Aufschub in der Handlung, aber ich und manche andre vernünftige Beurtheiler fanden, daß die Scene als unwahr wirkt. Man begreift nicht, daß sich Tabarin nicht sofort auf seine Frau stürzt – man begreift aber

noch weniger, daß die Frau nicht wenigstens die Zeit benützt, die T. monologisirt, um davonzulaufen. – Es ist schade, daß Sie die Aufführung nicht gesehen haben, von der Sie viel Freude gehabt hätten. Es war wunderbar, was die Sandrock mit ihren wenigen Worten für eine lebendige Leistung bot. Daß Mitterwurzer vorzüglich war, ist nicht merkwürdig – es gäbe viele Schauspieler, die in dieser Rolle gut wären, die ja so unfehlbare Wirkungen in sich trägt. Ich möchte u.a. Sonnenthal oder Robert als Tabarin sehn. –

– Ich komme natürlich heuer nicht mehr dran u bin froh darüber. Wirkliche Gründe, mich in der jetzigen Saison nicht aufzuführen – lagen allerdings keine vor – außer daß mir die Aufführung für März versprochen worden war. Aber das scheint ja beim Theater schon zu genügen. –

Seien Sie vielmals herzlich gegrüßt von Ihrem treu ergebnen

ArthSch

An Else Singer 7. Juni 95

Meine liebe Else. Eigentlich ist die Sache ja sehr einfach: Haben Sie wirklich Ungelegenheiten u Gewissensbisse, so dürfen Sie mir nicht und ich darf Ihnen nicht schreiben. Was auf die soeben geschriebenen Worte folgt, soll nicht ihren Sinn abschwächen, sondern nur meine Ansicht über unsre Correspondenz ein für alle Mal klarstellen. Also: Ich habe die Ueberzeugung, daß sie uns beiden Vergnügen gemacht, ja sogar genützt hat – wie alles von Nutzen ist, was in diesem armen Leben einige Stunden als angenehm empfinden läßt, ohne irgend jemandem zu schaden. Daß sie, nemlich die Corresp. Ihnen irgendwie geschadet hätte, wird wohl kein einigermaßen intelligenter Mensch behaupten können – wenn ich von einer gewissen Menschensorte absehe, dürfte sie wohl auch die ganze Welt lesen, ohne einen Anlaß zu einem Vorwurf gegen mich oder Sie darin zu finden. Wir haben da miteinander geplaudert, wie wir auf jedem Jour, während jeder Quadrille, auf jedem

Esplanadenspaziergang miteinander hätten plaudern können – und wie wir wohl auch noch manchmal in unserm Leben miteinander plaudern werden, und einen »geheimen« Briefwechsel mag man den unsern wohl dem Zufall der Umstände nach, gewiß aber nicht seinem Inhalt nach nennen dürfen. Es gibt also gewiß keinen vernünftigen Grund, ihn zu unterbrechen, hingegen zahlreiche unvernünftige, deren Macht Sie sich kaum werden entziehen können, da die Existenz eines siebzehnjährigen Mädchens unsrer Gesellschaft eben auf unvernünftiger Basis ruht, was weder Sie noch ich vorläufig werden aendern können. Zweifellos hat man das Recht, Ihnen die Correspondenz mit mir zu verbieten: es ist ein beleidigendes Recht, wie jedes, das auf individuelle Unterschiede keine Rücksicht nimmt. Andererseits kann man nicht von jedermann verlangen, daß er auch den Blick für individuelle Unterschiede hat; – daß man von den besten Absichten in Hinsicht auf Sie geleitet ist, steht ja völlig außer Zweifel. Ein Unrecht haben Sie also jedenfalls begangen, – »Sie haben nicht gefolgt« – und ich ein noch größeres; denn ich, ein »reifer« Mann habe den Briefwechsel mit Ihnen weitergeführt, obwohl ich wußte, daß man Ihnen denselben verboten hatte. Freilich kann ich nicht läugnen, daß ich keine Spur von Gewissensbissen empfinde – denn ich weiß ganz bestimmt, daß weder für Ihre Gegenwart noch für Ihre Zukunft aus dem was ich Ihnen geschrieben, irgend ein Schade erwachsen konnte. Meine Ansichten über Kunst haben nichts verderbliches und meine Ansichten über das Leben sind die eines Menschen, der gut zu sehn und zu hören versteht und sich von vorgefaßten Meinungen irgendeiner Menschenklasse und vielleicht selbst der ganzen Menschheit nicht beirren läßt. Allerdings ist man übereingekommen solche Leute Narren zu nennen, aber das bedeutet nur den bequemsten und mildesten Versuch sich gegen unbequeme Anschauungen zu wehren. – Ein Geheimnis vor Menschen zu haben, mit denen man lebt, von denen man abhängig ist und mit denen eine wirkliche Liebe einen zugleich verbindet, ist stets etwas unsagbar mißliches – ist dieses Geheimnis noch so harmlos und seinem Wesen nach auch etwas gar nicht zum Geheimnis bestimmtes. Ich begreife daher, daß Ihrem geraden und wahren Wesen auch diese geringfügige Unklarheit widerspricht. Es ginge mir wahrscheinlich ebenso. Auch der Gedanke jemandem einen Aerger zu verursachen, der einen lieb hat und in allerbester Absicht innerlich unberechtigte Forderungen an einen stellt, hat für feinere Naturen etwas quälendes. Ich weiß nicht, ob Sie, die ja jedenfalls als »überspanntes Mädel« gilt, die Fähigkeit hätten, Ihre und meine Ansicht über Wesen und »Folgen« unsrer Correspondenz an der maßgebenden Stelle durchzusetzen – ich glaube aber bestimmt nicht, daß man die Fähigkeit hätte, sich zu unsrer Ansicht zu bekehren. Wenn Sie mir also nicht mehr schreiben werden, so werde ich das vollkommen begreifen und nicht anders von Ihnen denken und Sie nicht minder schätzen als bisher – allerdings werde ich es sehr beklagen, denn ich habe von Ihren Briefen stets eine wahre u herzliche Freude gehabt – als von den Briefen eines Mädchens, die einen klugen und offenen Sinn für so vieles gute und schöne besitzt und eine so anmuthige Gabe, ihn auszudrücken. Wenn Sie mir aber dennoch wieder schreiben, – so werde ich weder Sie für eine Verbrecherin – noch mich für verworfen halten, der auf einen nächsten Brief ohne Gewissensbisse, ja vielleicht sogar mit derselben Freude empfangen wird wie die früheren. Herzlichen Gruß

Ihr ArthSch.

An Richard Beer-Hofmann 15. Juni 95

Lieber Richard, heut bin ich so schlecht aufgelegt, als wär ich in Časlau. – Einer der Gründe: schiefe Stellung in der Familie; Bemerkungen, daß ich »ohne einen Kreuzer Geld zu haben« im Sommer nach Kopenhagen fahren will – Bemerkungen, die mir von dritter, nein vierter Seite zurückkommen. –

Dörmann ist da und erzählt viele Dinge von sich – er hat 3 Stücke geschrieben und hat in Berlin 65 Verhältnisse gehabt. Ich übertreibe nicht. Er aber ja . . .a . . .a –
– Die Kritik vom kleinen Kraus in dem Abendblatt der N. Fr. Pr. über die Gröger haben Sie gelesen? Er benützt die Gelegenheit, uns (Sie, Loris, Salten, mich) in die Waden zu beißen. Wir werden noch schmerzlicheres zu überleben haben. –
Frauenlob von Hrn Lothar an der Burg angenommen. – Gerücht über »Liebelei« es werde überhaupt nicht an der Burg zur Aufführung kommen. Entstehung liegt nahe; werde Burckh. aufsuchen.
– Für den Abdruck der Kl.Komödie in der Freien Bühne will Fischer mir 25, bitte, 25 Mark bezahlen. Ich hab' ihm einen groben Brief geschrieben – da mir ja nichts dran liegt. Was haben Sie gegen Zasche? Er wird das ganz hübsch machen.
– Die Novelle zu datiren hat keinen Sinn; es kümmert sich doch keiner drum und sieht aus wie eine Entschuldigung. –
Ich schreibe an meinem Stück – vorläufig ohne an eine Aufführungsmöglichkeit zu denken. –
Meine Absicht ist, Anfang Juli in die böhm. Bäder zu reisen und vor Mitte Juli in Ischl zu sein. – Wann wollen Sie nach München gehn? – Wie stehn Sie zu Kopenhagen? Beantworten Sie gütigst. – Goldmann wird im August Urlaub nehmen, genaueres unbekannt. – Mein rechtes Ohr laß ich behandeln, das macht mich auch recht nervös. –
Leben Sie wohl, seien Sie herzlich gegrüßt

Ihr Arthur.

An N. N. Wien. 21. 6. 95

Sehr geehrter Herr,
ich lasse Sie lang auf Antwort warten – entschuldigen Sie! –
Ich werfe Ihrem Stück nicht vor, was es zum Ausdruck bringen will – sondern: daß es nicht zum Ausdruck bringt, was es

wahrscheinlich zum Ausdruck bringen wollte. Ich werfe Ihrem Stück nicht vor, daß es Menschen schildert, welche es noch nicht gibt, sondern daß es Menschen schildert, die ich nicht sehe, die blaß sind und in einer geheimnisvollen Weise Reden führen, die weder dramatisch, noch natürlich sind. – Der »Unbekannte« ist typisch undramatisch. Gerade dem, der so wichtig für die *Idee* des Stücks ist, hätten Sie Leib und Leben geben müssen. –

Ich kann mir selbst große Künstler denken, die Nietzsche nicht kennen, auch solche, die ihn kennen u. nicht lieben. Misverstehen Sie mich nicht: ich kenne ihn und liebe ihn. Daß er kein Philosoph, im Sinn der systemat. Philosophie ist, bringt ihn mir nur noch näher. Doch finde ich nichts in ihm, das meine Anschauungen über Kunst irgendwie beeinflußt hat. Ich sehe heute alles Schöne und Große wie ich es vorher gesehn habe. Mir ist, was Nietzsche geschaffen, ein Kunstwerk für sich. Ich verehr ihn hoch – (in gewissen Abständen) neben Goethe, neben Beethoven, neben Ibsen, neben Maupassant – neben Michelangelo – ich habe einen Genuß mehr seit Nietzsche – aber ich habe keinen Genuß anders als ich ihn gehabt habe. – Es ist gewiß wahrscheinlich, daß die moderne Production auch in bedeutenderen Werken von einem so großen Geist nicht wird unbeeinflußt bleiben können – aber ich erkenne die *Pflicht* eines Dichters nicht an, sich von irgend einem großen Geiste beeinflußen lassen zu müssen, wie Sie es zu verstehn scheinen. Ich bestreite die Richtigkeit der in Ihrem Briefe betonten Anschauungen nicht, soweit sie sich auf Nietzsche stützen; auch wäre nichts dagegen einzuwenden, daß Sie gegen bestehende Kunstgesetze verstoßen – wenn Sie nur irgend eine Gesetzmäßigkeit, sei es auch eine ganz eigne, eine, die nur für Sie Geltung hat, erfüllten – ich vermag aber in dem »Unbekannten« nur eine Unsicherheit innerhalb alter Gesetze zu sehen. Ich verlange nicht alte Formen, nicht alte Menschen, nicht alte Ideen – stoßen Sie um was Sie wollen, zünden Sie das gewesene an allen Ecken an – aber geben Sie mir dafür

etwas andres, etwas das *lebt*, vor allem, wenn Sie ein Stück schreiben. Seien Sie dunkel – aber nicht unklar. Es gibt gewiß dramatische Kunstwerke, die in einem gewissen Nebel gehalten sind – aber zuweilen blitzt es durch sie von einer Idee aus, und man sieht, daß alle Linien scharf umrissen sind. Auch Sie lassen es zuweilen über Ihr Stück blitzen, aber was seh ich nun in dieser grellen Beleuchtung: daß die Linien zittern und daß Schleier über den Gesichtern liegen. –
Ich bin mit den ergebensten Grüßen

Ihr Dr Arthur Schnitzler

An Theodor Herzl Wien 30. 6. 95.

Lieber Freund,
die wunderschöne Stimmung, von der Ihr Gedankenleben jetzt erfüllt und welche in Ihrem Brief an mich überströmt ist, freut mich um Ihrer und Ihres Werkes willen. Was ist es? Wieder ein Stück? Wollen Sie mir auch das erst sagen, wenn wir uns, wie ich ja mit Sicherheit erwarten darf, im Sommer treffen? Ich will Ihnen gleich mittheilen, daß ich etwa Mitte Juli nach Ischl komme, vorher will ich mir die böhmischen Bäder ansehen, die ich noch nicht kenne. Sie erfahren noch ausführlicheres über meine Adresse; nach Wien können Sie mir immer schreiben, da mir die Briefe nachgeschickt werden.
Ich selbst hoffe über den Sommer mit einem Stück zu Ende zu kommen, von dem ein halber Akt fertig ist, dessen Plan aber bis ins Detail daliegt. Auch kleineres hoffe ich zuwege zu bringen. –
Wie kommt es, daß die Prager Entscheidung so lang warten läßt? Haben Sie Hoffnung? –
Bleiben Sie, mein lieber Freund, in Ihrer schaffensfreudigen Laune und lassen Sie mich bald wieder so gutes wie diesmal von Ihnen vernehmen. Wie schön ist es doch um unsre Kunst, solang wir mit ihr allein bleiben und nicht das stechende Verlangen spüren, die ganze Welt zu Zeugen unsrer Umarmun-

gen zu machen. – Zuerst Flammen, Einsamkeit und Begeisterung – dann – Agenten, Verleger, Wanzen, Publicum. – Leben Sie wohl und seien Sie vielmals herzlichst gegrüßt

Ihr treu ergebner
ArthSch

An Hugo von Hofmannsthal Marienbad 10/7 95.

Mein lieber Hugo,
ich bin in Prag gewesen, in Karlsbad und nun bin ich hier, wo ich wohl bis Ende der Woche oder Anfang der nächsten bleiben werde. Dann erscheine ich in Ischl, Pension Petter, wo ich hoffentlich eine Nachricht von Ihnen finden werde. Diese Zeilen werden in einer Dachkammer, nein, eigentlich in einem Dachsalon geschrieben – zwei Fenster mit ebenso vielen Aussichten; beide stehen offen und alles papierne auf dem Tisch flattert und knittert. – Ich hab mich schon an manchem schönen freuen können und fühle mich im ganzen wohl, ohne in irgend einem Augenblick zu einem Hochgefühl gekommen zu sein. In Prag das merkwürdigste ein alter jüdischer Friedhof, der langsam versinkt. Seit mehr als 100 Jahren begräbt man dort nicht mehr, und die Grabsteine u. Sarkophage werden langsam von der Erde eingeschlürft. Einige sind noch zur Hälfte über dem Boden, von andern sieht man gerade noch die obersten Ränder. Alle dicht aneinander, viele schief, manche gegeneinander geneigt, sich gegenseitig stützend. Darüber stille nicht sehr hohe tiefgrüne Bäume, mit so dichtem Laub, als wenn sie alle zusammen ein Dach sein wollten für diesen Friedhof, der stirbt. – Die ethnographische Ausstellung: viel interessante Stuben und Costüme. – Der Hradschin, da hat mir ein Führer erzählt, daß man im Volk in Prag den Kronprinzen Rudolf nicht für tot hält: ein Kutscher hat ihn im Jahr 91 sogar in die Ausstellung geführt, ganz bestimmt, er hat ihn erkannt. – Ein Hofbediensteter, der sehr gemessen und höflich erläutert, und der sich, wenn ihm was unhöfisches

passiert, schnell wieder derfangt. Z. B. wie er den Fenstersturz berichtet: »Hier hat man die drei in den Graben hinuntergeschmissen, respective hinuntergeworfen«.
– In Karlsbald Wirkung der Curgäste als Masse, wie jeder das seine beiträgt zum Eindruck: Weltcurort; – aber man darf sie nicht einzeln ansehn, wenn man das große spüren will – denn dann sind's Hochstapler, Zuckerkranke, polnische Juden, Gigerln, Besezny, Broda, Wilhelmine Sandrock – allerdings auch Sonnenthal (Übergang,), einige wirklich elegante Menschen und ein paar entzückend schöne Amerikanerinnen. – Ich bin aus K. bald fort – man kann dort nur zwei Tage oder vier Wochen bleiben. – Hier, in Marienbad, ist es behaglicher, und die Leute, die hier sind, sind nicht so stolz darauf, daß sie da sind, wie in Karlsbad. – Ein großer freundlicher Park, in dem hohe schöne Häuser stehen, die lauter Hotels sind, und ringsherum bescheidene Hügel, die sich freuen, weil man breite Wege zu ihnen hingeführt hat, und Wälder, die sich freuen, weil so brave dicke Menschen in ihnen spazieren gehen; auch die Wirte und Kellner und Dienstmänner lächeln hier; während sie in K. alle sehr ernst sind und ihrer Würde nie vergessen können. – Hier hab ich Hänsel u. Gretel im Theater gesehn, in K. den armen Jonathan, in Prag (böhmisch) Dimitrij, Oper v. Dvořak u. (deutsch) – Attaché mit Hartmann und Kallina als Gästen. – Heut fuhr ich nach Franzensbad hinüber. Leben Sie wohl, sagen Sie mir, wie Sie sich befinden, ob Sie sich immer mehr nach dem Herbst sehnen und schreiben Sie mir sehr bald. Zum Arbeiten bin ich noch nicht gekommen; Sie? – Aber ich freu mich darauf, und das ist eigentlich viel besser.
Herzlichen Gruß

Ihr Arthur

An Marie Reinhard Strobl, 16/7 95.

Meine geliebte Mizi, du siehst: Strobl, das ist, am Wolfgangsee, wo ich eben ein Bad genommen, und an dessen Ufer ich jetzt sitze, unter welchem Ufer ein Kaffeegarten mit vielen Menschen, etwas Butterbrod und schöner Aussicht zu verstehen ist. Von hier aus, mein süßes Kind, will ich dich vielmals und innig grüßen, und dir noch für deinen lieben Samstag-Sonntag Brief danken, der richtig noch gestern Nachmittag gekommen ist und mich so riesig gefreut hat, wie alles, was von dir kommt. Vielleicht find ich auch jetzt einen, wenn ich nach Hause komme. Heute Abend geh ich ins Theater, man gibt einen Einakter von einem gewissen Pserhofer, den ich oberflächlich kenne. Heute Vormittag sprach ich Jarno, (Berlin, Dtsch. Theater) der den zweiten jungen Mann in der »L.« gibt; er machte sich höchst wichtig und es kam heraus, daß ich es eigentlich zum nicht geringen Theil auch seiner Fürsprache verdanke etc etc – dabei hat er das Stück bis heute nicht gelesen! Diese Komödianten! –

– Mein Schatz, heut hab ich auch schon mein definitives Zimmer bezogen – in der Dependance, sehr still, und Aussicht nur auf »Natur« – es ist das letzte Haus in Ischl. Natürlich bin ich heut doch noch nicht zum arbeiten gekommen; – heut früh hab ich das Rad von der Bahn geholt, hab es dann ein bischen herumgetummelt, dann Jarno, u.s.w. – Aber morgen, Mizi, fang ich an, *dir* versprech' ichs, – und da werd ichs bestimmt thun –

– Richard Beer-Hofm. sitzt mir gegenüber, sekkirt fürchterlich, daß wir den Zug und natürlich auch das Stück von Pserhofer (es heißt Jugendsünden) versäumen, und ich schließe daher, bevor ich mich eigentlich innerlich dazu verpflichtet fühle. – Bei dieser Gelegenheit: ist es nicht überhaupt etwas beleidigend, einen Brief zu enden? Ich kann nie ein leichtes Befremden unterdrücken, wenn ich zum Schluß deiner Briefe komme – Warum, mein Schatz, hörst du überhaupt auf mir zu schreiben? –

Er sekkirt entsetzlich. –
Leb wohl, mein angebetetes einziges Mizl, denk' so viel und in derselben Weise an mich wie ich an dich: in Liebe, Zärtlichkeit u Sehnsucht.
Dein Arthur, der dich hunderttausend Mal innig küßt.

An Marie Reinhard Ischl 17/7 95.

Meine geliebte Mizi, gestern sind meine Erwartungen getäuscht worden, heut Nachmittag aber hab ich wieder einen Brief von dir bekommen, und meine Stimmung hat sich entsprechend gehoben. Ich will mich weniger officiös ausdrücken: Deine Briefe sind engelhaft wie du selbst und ich küsse dich für jedes Wort tausendmal, auch für die Worte, in denen du mir dein Leid klagst und antisemitische Excesse begehst. Nun, zu deiner Abneigung gegen die fürstliche Familie beglückwünsche ich dich; halte an ihr fest (an der Abneigung) – Ich freue mich sehr, daß dir die Goethe Gespräche so gut gefallen – ich hab' es gewußt; es ist ein so warmes und tiefes Buch wie wenig andre. Nach dir will ich es wieder lesen, und zwar aus deinem Exemplar – wenn du so gut bist, mir's zu leihn, mein Mizl! –
– Ich hingegen habe gestern das Stück des kleinen Pserhofer genossen, welches eine Widerlichkeit hohen Ranges vorstellte. Nachher gab man die Cavalleria mit einer merkwürdig guten Santuzza vom Landesth. in Prag (Frl. Pagin.) – Heute Vormittag, Schatz, hab ich die Geschichte von dem greisen Dichter endgiltig abgeschlossen, noch einiges gestrichen und bereits an Bahr gesandt, (dessen Frau, von mir noch nicht gesehen, sich auch in Ischl aufhält). In der früh bin ich nach Laufen Bicycle gefahren. Nachmittag las ich diverses – wollte wieder nach Strobl; doch kam ein Gewitter mit heftigem Regen, der noch anhält; nun bin ich in den Pensionsräumlichkeiten umhergewandelt und habe mit einigen Menschen geplaudert, Beer Hofmann, Paul Schönthan, Frau Dr. Kapper, Frau Dr Hirsch-

ler, etc; jetzt eilt ich in mein Zimmer herauf, einer heftigen Sehnsucht nachgebend, dir, du süßes einziges Wesen, näher zu sein. Ich kann nicht läugnen, daß meine Sehnsucht in solcher Art nur mäßig beschwichtigt wird, und kann dir gar nicht sagen, wie unendlich ich mich nach deiner Wirklichkeit, nach dir, dir, dir sehne und wie ich den Moment herbeiwünsche, wieder mit dir vereint zu sein. – Mein Zimmer ist nun leidlich in Ordnung, and so weit ganz behaglich. Wunderbar ist's, daß ich in dieser stillen Dependance lebe und nicht zum mindesten, daß an mein Zimmer ein kleiner Nebenraum stößt, in welchem meine Koffer u. Taschen Platz haben, so daß ich die Illusion eines »Heims« genieße. – Aber dich möcht' ich da haben, da wäre die Illusion doch noch etwas vollkommener; – heut sinds acht Tage, daß wir uns zum letzten Mal gesehen haben. Hat Frau Dr. F. noch was gesagt? War man sehr erstaunt, daß ich nicht auf ein »paar Tage« hinüber gekommen bin? – Für die entsetzliche Erfahrung, für deinen Vater gehalten worden zu sein, hab ich hier bereits vollgiltige Revanche erhalten: eine Dame sammt Tochter haben mich für 24 gehalten, was ihnen nie vergessen werden soll. – Ich schließe, um mich, zur Abwechslung, fürs Theater bereit zu machen – werde mir »Hänsel und Grethel« vergönnen, – denn es gießt noch immer. So sag ich dir denn, mein angebeteter Schatz, für heute Lebwohl, küsse dich innig, und bin in unsagbarer Zärtlichkeit der Deine, ganz der Deine

Arthur

Der Portier legt die für mich bestimmten Briefe stets in mein Zimmer, das nur ich betrete.

An Gustav Schwarzkopf Ischl, Rudolfshöhe. 19. 7. 95

Lieber Freund,
nach kurzer Wanderung durch böhmische Wälder, Bäder, Ausstellungen und Theater bin ich vor ein paar Tagen beim »Leopold« gelandet und will Sie von hier aus vielmals herzlich

grüßen. Außerdem aber wiederhole ich meinen wohlgemeinten Rath: kommen Sie auch hieher. Von der Gesellschaft will ich gar nicht reden – aber Natur und Küche sind noch besser als voriges Jahr. Versäumt haben Sie schon genug: z. B. die Erstaufführung der »Jugendsünden« von Pserhofer, einen blauen Kammgarnanzug von Beer-Hofmann und drei Witze von Paul von Schönthan. Geben Sie Acht, daß Sie nicht gar zu viel zu bereuen haben und begeben Sie sich eilends her. Sonst reist am Ende noch Lautenburg ab, und es bleibt von Berliner Direktoren nur Blumenthal übrig – das ist für Sie, mit Ihren ewigen Versuchen, vortheilhafte Verbindungen anzuknüpfen, doch zu wenig. – Weiters soll Ihnen nicht verhehlt werden, daß man an schönen Tagen Frau Odilon ihr Rad tummeln sehen kann, was Ihrer Lüsternheit einen jähen und geflissentlichen Reiz bedeuten dürfte. Auf die Neue Revue u Zeit bin ich abonnirt – Ihr Bildungstrieb braucht also keine Hemmung zu erleiden.
Zu weitern Auskünften bin ich gerne bereit – am liebsten mündlich.
Mit herzlichem Gruß Ihr

ArthSch

An Marie Reinhard 21/7 95 Ischl

Meine geliebte Mizi, gibt es wirklich Briefe von mir an dich aus denen keine Zärtlichkeit spricht? Du erwähnst diesmal nemlich, daß aus dem letzten so viel Zärtlichkeit spricht – daß du »sehr, sehr glücklich bist« – Nun, mein Schatz, so bitt ich dich – wenn dich meine Zärtlichkeit wirklich glücklich machen kann, – dich nur immerfort sehr, sehr, sehr glücklich zu fühlen, denn wenn es mir auch zuweilen nicht gelingt, sie in meine Worte hineinzulegen – sie ist immer, immer da – so innig und so warm als du sie nur wünschen kannst. Das selbe, mein Schatz, gilt von meiner Sehnsucht nach dir – an der ich – kann ich sagen – »leide«? – Es ist zugleich zu viel Süßigkeit in dieser Sehnsucht, zu viel An dich denken, zu viel vom Wissen, daß du *bist* – als daß ichs »leiden« nennen könnte. Mizi, ich hab dich ja so gern! so gern! so rasend gern! – Fühlst du's auch jetzt, während du allein bist, und spürst, wie meine Liebe dich umhüllt?

– Nun heißt's herabsteigen ins »Tägliche, Allzutägliche –« Also erfahre, daß mir scheint, ich lebe hier recht vernünftig; die regelmäßige Bewegung, Bicycle vor dem Frühstück und Abend (d. h. 5), das Schwimmen im Wolfgangsee, thut meinen Nerven offenbar gut. Ins Ischler Treiben rühr ich mich gar nicht hinein – Esplanade kenn ich nicht. »Geselligkeit« hab ich eigentlich nur im Bad selbst, da ich ja immer mit dem Rad hin u zurück fahre – wenn mir nicht die Pneumatic platzt, wie z. B. vorgestern. – Bei der Table d'hôte bin ich en famille (Mama, Tante, Cousin, Cousine) dann sind am selben Tisch noch belanglose Leute, die nicht stören: eine Frau Eysler mit einem Sohn Otto, Redacteur der Berl. Lust. Blätter (den ich aus Berlin kannte) und zwei Töchtern, ein bescheidener kleiner kranker Musiker aus Brünn, Namens Ehrenstein. – Beim Souper speist jede Familie an ihrem eignen Tisch; nachher wird noch ein bischen Clavier gespielt (Ehrenstein oder ich) oder auch nicht – und gestern war ich »liebenswürdiger junger Mann«, indem ich bei einem »Gesellschaftsspiel des jungen Volks« die musikalische Begleitung besorgte. – Die »Historiette« wird länger als ich dachte, aber heute dürft ich doch fertig werden. – Lecture: Chartreuse de Parme von Stendhal, Schopenhauersche Briefe, Goethe Gedichte u Faust. – Diesen Brief da, mein Schatz, findest du wohl erst, wenn du aus Marienbad zurückkehrst? – Kannst du mir schon sagen, wann wir einander ungefähr wiedersehen werden? – Einzutheilen hab ich mir gar nichts – ich komme, mein Engel, wann du mich rufst und werde selig sein, wenn ich endlich deine Lippen auf den meinen spüren werde –

Ich umarme dich und bete dich an und bin

Dein Arth

An Else Singer 27. 7. 95

Meine liebe Else, herzlichen Dank, endlich wieder von Ihnen gehört zu haben, freut mich so sehr, daß ich Ihnen das vor allem sagen muß. Geärgert hab ich mich eigentlich über gar keine Stelle Ihres Briefes – denn ich bin im Besitze eines sichern Mittels, mich nie über einen Vorwurf zu kränken: Ich kenne mich selbst. Das ist im Grunde meine einzig absolut positive Eigenschaft. Nur in den Motiven, die Sie meinem Nichtbesuch in Ihrem Hause unterlegen, irren Sie sich. Schaun Sie, Sie kennen mich gut genug, um zu wissen, daß ich ruhig eingestehen würde: Ich wollte einem unbequemen Gespräch ausweichen. Aber ich habe auch nicht im entferntesten daran gedacht, daß mir ein solches Gespräch bevorstehen könnte – nicht im allerentferntesten. Ebenso gut wissen Sie, daß bei einem solchen Gespräch, wenn es stattgefunden hätte, alle Vortheile auf meiner Seite gewesen wären, da ich wohl für unsre Correspondenz vor jedem Menschen der Welt sehr ruhig die Verantwortung übernehmen kann. Man könnte mir immer nur *eines* einwenden: daß man es Ihnen nun einmal verboten hat und daß es unrecht von mir ist, Ihnen zu antworten. Jeder Vernünftige, der unsern Briefwechsel liest, wird aber finden müssen, daß aus diesem auch nicht die leiseste Begründung zu einem Verbot zu holen ist, und daß man uns mit demselben Rechte verbieten könnte, miteinander zu plaudern. Ich will gar nicht die wirklich sehr bequeme Ausflucht gebrauchen, daß es ja Ihnen stets freistand, die Corresp. zu unterbrechen – denn ich stehe nicht an zu erklären, daß dieselbe für mich stets eine besondre Freude bedeutet hat und hoffentlich noch längre Zeit bedeuten wird. Es liegt mir natürlich fern, damit das Romanheldenthum, dessen Sie mich entkleiden, praetendiren zu wollen – Gott sei Dank, ich bin ein sehr lebendiger Mensch, der ganz nach seiner Weise, nach seinen Gedanken und nach seinem höchst egoistischen Geschmack lebt – soweit es eben seine, wie Sie leider nicht mit Unrecht vermu-

then, beschränkten Geldmittel zulassen. Ich bin wahrscheinlich nicht der Mensch, der scheuen Pferden in die Zügel fällt oder auf 100 Schritt das Pick Aß aus der Karte herausschießt – aber ich spüre dafür Eigenschaften in mir, welche mir zu einer richtigen Auffassung des Daseins wesentlich wichtiger vorkommen. Aus meinem nächsten Stück (das ich jetzt schreibe) werden Sie dies und noch manches hiehergehörige praeciser und zusammenhängender zu entnehmen Gelegenheit haben. –
Mein Programm, was den Sommer anbelangt, enthält für Ende August den Plan, mit Beer Hofm. nach Kopenhagen zu reisen – wenn ich zu dieser Zeit noch nicht in Wien sein muß, was auch möglich ist, da ich Arzt bin und, wie Sie leider richtig vermuthen – (siehe weiter oben.) Trotzdem ist die Möglichkeit, daß ich Anfg Sept. in Salzb. sein könnte, noch nicht völlig ausgeschlossen. Auch ein Rendezvous mit Paul Goldm. soll stattfinden, dessen Ort und Zeit noch nicht ganz feststeht.
Diese Zeilen, liebe Else, schreibe ich spät Abends, auf meinem Zimmer beim »Leopold« (einem recht bescheidnen Zimmer, da, wie Sie leider richtig vermuthen – siehe weiter oben) – in Ischl, wo ich nun bereits 14 Tage wohne, nachdem ich vorher durch Prag, Marienbad, Franzensbad u Karlsbad gewandert bin. Ihre nächsten Grobheiten bitte ich also hieher (Ischl, Rudolfshöhe) zu adressiren; ich werde Ihren Brief nicht eröffnen, bevor ich mir die von Ihnen hallucinirte Henry Clay angezündet habe. Was hingegen den Armstuhl anbelangt, so entspricht das Mobiliar meines Zimmers leider nicht Ihren Träumen, da, wie Sie leider richtig vermuthen – siehe weiter oben. –
Aber wenn es eine Gerechtigkeit auf Erden gibt, Else, so werde ich einmal so weit sein, das schönste Zimmer im Hotel Europe zu bewohnen, und mir vom Stubenmädchen für jeden Brief einen neuen Armstuhl hereinstellen lassen. – Da wird man sagen: Dieser Mann versteht zu leben!
Sein Sie herzlich gegrüßt von Ihrem ArthSch
Wenn Sie mir wiederschreiben, erzählen Sie mir viel von Ihnen! –

An Gustav Schwarzkopf Ischl. 28/7 95

Lieber Freund,
Ihre Gründe gegen Ischl sind wenig stichhältig – die Laune werden Sie niemandem verderben, das besorgt jeder selber. Auch können Sie sich in ganz gefährlichen Momenten an entlegene Waldpartien zurückziehen. Welche Stimmung ist denn eigentlich für Ischl erforderlich? Ich wiederhole also meinen Rath Ihr Alibi hieher zu verlegen, wo Sie wenigstens Zeugen finden. Nur, um Himmelswillen, stören Sie Richard nicht im Arbeiten! Ich könnte das nicht verantworten. –
Hans von Kahlenberg kenn ich nicht. Was ist das für ein Buch? – Hier läuft ein Autor herum, der auf »Beobachter« posirt und hämisch nach der Table des hôtes von einer Bank aus das Treiben der Menge betrachtet, in widerlichem Stolz. Es ist Rudolf Golm. Haben Sie von dem was gelesen? – Mein Cousin hat sich seinen Roman gekauft, um den Autor dann mit mehr Recht hassen zu können. – Ich werde hier von bösen Träumen geplagt; gestern erschien mir der Verleger Fischer; er streichelte mir die Wangen, u. ich sagte ihm: Zärtlich sein können Sie – aber zahlen nicht! – Und heute Nachts träumte ich von Blumenthal; ich hab ihn nur gesehn, geschehn ist nichts besondres. Ich nehme an, er hat sein Wort gebrochen, was ja ganz geräuschlos passiren kann. –
Seien Sie herzlich gegrüßt und lassen bald ein Wort von sich hören.
Richard grüßt vielmals.

Ihr Arth Sch

An Marie Reinhard Ischl 4. 8. 95

Meine geliebte Mizi, je näher unser Wiedersehen kommt, umso lahmer fühl ich meine Worte werden, und was ich immer von meiner Sehnsucht sagen kann, ist so kläglich blaß, daß sich meine Liebe ihres Ausdrucks schämen muß. Ich rechne

daher auf deine Fähigkeit, ungesprochenes mitzuempfinden und dir in diesen und vielen andern Augenblicken alles vorzustellen, was in meinem Herzen vorgeht. Für alles das gibt's immer wieder nur diese armen Silben: Ich liebe dich. (Das ist übrigens eines der hübschesten Mendèschen Märchen, wie das Wort Je t'aime verloren geht. Es wäre jetzt ein andres zu schreiben: daß überhaupt ein Wort verloren gegangen ist, eins, das offenbar viel mehr sagt, und die ganze Qual getrennter Liebender bestünde darin, dieses Wort zu suchen, ohne es zu wissen, dieses Wort, in dem Anbetung, Sehnsucht, und. . und. . ja es existirt ja eben wirklich nicht. Aber es gibt Momente, wo es einem auf der Zunge liegt – über die Lippen kommt es freilich nie. Klammer geschlossen.) –
Beinahe hätte mein Bruder das Glück gehabt, dich zu sehen; F. wollte ihn zu dem ältesten Sohn rufen, du wirst ja wahrscheinlich davon wissen. – Gestern war ein arger Regentag. Ich habe meine Historiette durchgesehen und die Entdeckg gemacht, daß sie großentheils neu zu schreiben, zum mindesten in eine andre Beleuchtung zu rücken ist. Wenn ich sie dir vorlesen werde, werde ich dir die frühere Fassung andeuten, und du wirst dich wundern, wie man anfangs als Autor auf eine Idee, die in einer Geschichte liegt, die man selbst schreibt, gar nicht kommt. – Abend bin ich im Theater gewesen; ich brauch kaum hinzuzusetzen, daß wieder Hänsel u Grethel gegeben wurde. – Von meinem Neffen wäre zu berichten, daß er meistens schläft, nur in der Nacht nicht, bei welcher Gelegenheit seine Eltern in Mitleidenschaft gezogen werden. (Et ce sont les plaisirs du ménage, sagt Coquelin.) Im ganzen, soweit man hier von einem ganzen reden kann, macht er einen sympathischen und nachdenklichen Eindruck, und sieht sämmtlichen Menschen, die in einer mehr oder minder nahen Verwandtschaft zu ihm stehen, unerhört ähnlich. Du weißt, daß dies eine Eigenschaft aller kleinen Kinder ist. Wenn man dir erzählen sollte, daß ich bei seinem Anblick zu Thränen gerührt war, so weißt du, was davon zu halten ist. Vorläufig

kränk ich mich sehr darüber, daß ich, wenn dieser jetzt so harmlose Knabe mein momentanes Alter erreicht haben wird, entweder todt oder was auch schlimm genug ist, – sechsundsechzig Jahre alt sein werde. –
Leb wohl, mein sehr geliebter Engel. Gestern kam kein Brief von dir; es ist anzunehmen, daß ich heute Nachmittag einen erhalte, nicht wahr? (»Rhetorische Frage«.) – Sollte sich am ersten Tag deines Wr. Aufenthaltes wirklich keine Gelegenheit geben, dich zu sprechen, so komm ich erst am zweiten in der früh nach Wien. Nun, ich werde ja alles zur rechten Zeit erfahren. Leb nochmals wohl, meine Mizi und sei tausendmal geküßt!

Dein Arth

An Hugo von Hofmannsthal München, 1. Sept. 95.

Lieber Hugo. Von Salzburg aus, wo Richard, Salten u. die Salomé zusammen waren, fuhren ich u. S. per Rad davon. Das war sehr schön. Man hat schon ganz aufgehört, so mitten durch Dörfer und Flecken zu fahren, mitten durch das Leben und die Naivität eines Ortes. Von Stationen aus, wo sich naturgemäß künstliches sammelt, sieht man das alles schief. Auch die Landstraßen werden wieder lebendig, wachen auf, und man gehört mit zu den Erweckenden. Auch Zufälle gibt es wieder, und, das beste, man hält den Zug an, wo es beliebt. Dagegen fällt das mancherlei unangenehme, daß es regnen kann und daß man naß u. kotig wird u. stürzt, wenig ins Gewicht. Wir hatten darunter genug zu leiden, mußten sogar in einem Zollhaus stundenlang ein bessres Wetter abwarten. Amüsant war es, wie gerade an der bayr.-österr. Grenze, zwischen Reichenhall u. Lofer, Burckhard auf einem Rad entgegenkam, der von Innsbruck nach Ischl fuhr. Bei diesem Menschen ist eine Mischung von »reinem Toren« und gefinkeltem Diplomaten sehr interessant, welche mir immer zweifelloser wird. Sein persönlicher Charme ist vielleicht dieses

Durchleuchtetwerden eines verworrenen bunten selbst trüben Äußern von innen her. Worüber noch einiges zu sagen wäre. Hier, in M. bin ich seit Donnerstag mit Paul Gldm. zusammen, der sehr gut aussieht, aber mit Schicksal und Aussichten wenig zufrieden ist und insbesondere daran leidet, daß er seine eigene Tätigkeit nicht genügend schätzt, weil sie nicht in der wünschenswerten Weise anerkannt wird. Ist übrigens wie immer voll Verstand, Verständnis, Herzlichkeit, Freude am Schönen; wohltuend in dem, was er bringt, und in der Art wie er aufnimmt. Seit gestern Abend ist auch Richard da, und die Salomé soll am 3. oder 4. kommen. – Im Glaspalast ist sehr wenig gutes, viel mittelmäßiges und zu viel schlechtes. Viel mehr ist in der Secession zu sehn; manches, das weit über den Schweinen und weit über den Schnapsflaschen des technisch ausgezeichneten Heyden steht. Die Meistersinger hab ich schon einmal gehört, heute wieder. Neulich Tristan, dem arger Schade zugefügt wird, indem man sich einbildet, ihn ungekürzt geben zu können oder gar zu müssen. An den Geschwistern u. am Clavigo hab ich mich trotz vieler Mängel der Darstellung neulich tief erfreut. Zum ersten Mal (in den Geschwistern) die Conrad-Ramlo gesehn, die viel zu bedeuten scheint. – Heute wird Sedan gefeiert; Fahnen, Wimpeln, Festzeitungen, Festvorstellungen, Menschen auf der Straße hin u. her, geschmückte Stadt – wohl auch einige von Stolz und Begeisterung geschwellte Herzen, die man zum Glück nicht sieht. Das andere aber ist ein helles und freundliches Bild.

– Freitag den 6. werde ich wohl wieder in Wien sein; schreiben Sie mir von den Manövern aus, wenn Sie Zeit haben, noch eine Zeile dahin. Sagen Sie, wie ist denn eigentlich Ihr Rennen ausgefallen? –

Von Paul und Richard wie von mir die herzlichsten Grüße. Jetzt wollen wir, vor der Oper, nach Nymphenburg fahren.

Ihr Arthur.

An Marie Reinhard *München Anf Sept (4/9) 95*

Meine geliebte Mizi! Es soll heute ein Ausflug an den Starnberger See gemacht werden und so komm ich wahrscheinlich später nicht dazu dir zu schreiben als jetzt, noch vor dem Frühstück. Zu sagen hab ich dir vor allem, daß ich dich anbete und dir viele so innige und heiße Küsse sende, daß du sie geradezu auf deinen Lippen spüren mußt, wenn du die Augen schließest. – Meine Ankunft in Wien wird Samstag früh erfolgen; Freitag Abend allgemeiner Abschied und Zerstreuen nach drei Windrichtungen. Frau Lou Sal. kam gestern Abend an, ich überließ die Sorge für sie den zwei andern u. ging zur Hermannsschlacht, dem schwachen Stück des sehr großen Kleist – das einem die Deutschen auf ewig zuwider macht. Es schildert sie eigentlich als Idioten und Schurken, und das »deutsche Weib«, Thusnelda ist ein Gemisch von Gänschen und Hyäne. Ich sage Nein zu diesem Stück. –
Also, Mizi, mein süßer Schatz, wenn du dich sehr beliebt bei mir machen willst, so kannst du mir auch Donnerstag noch eine Zeile hieher senden; jedenfalls aber erwarte ich Samstag in Wien bereits ein Wort von dir vorzufinden, das mir sagt, zu welcher Stunde des Samstag Nachmittag mein angebetetes Mädel geneigt ist mich (parallel?) zu treffen. – Du bekommst auch morgen noch einen Brief von mir; denn ich werde gewiß das heftige Verlangen spüren, dir wenigstens mitzutheilen, daß ich dich liebe und vor Sehnsucht vergehe! – Nun heißt es frühstücken gehn. Das Essen in München – tragisch! –
– Leb wohl, meine einzige Mizi und sei ans Herz gedrückt von dem, der Dir gehört,

Arth

An Richard Beer-Hofmann Sonntag, 15. 9. 95.

Lieber Richard. Ich freue mich, daß Sie in guter Stimmung sind. Wahrscheinlich werden Sie bald südlicher gehn; kennen

Sie Riva? Es ist schön, war mir aber nicht sympathisch. Ich bin von dort nach Venedig gegangen; es ist so nah. Sie haben *mich* falsch verstanden; ich wußte, daß Sie Ende Sept. in Wien sein wollten. An dieses Wien hab ich mich noch nicht ganz gewöhnt; empfinde gleich wieder, jetzt wo die alten Verhältnisse sich aufdrängen, das vielfach unzulängliche, unter dem man zu leiden hat. Dünne Fäden, mit denen man an mancherlei gebunden ist – dünn, aber doch Fäden. Denken Sie, seit ich hier bin, bin ich bereits 2mal in der früh (um 6 oder ½7) geweckt worden – von Patienten, nicht vom Burgtheater. – Am Mittwoch 18. soll Leseprobe sein; wenigstens ist sie angesetzt. – Die S. verhält sich stille; ihre Feindseligkeit hat sie vorläufig nur dadurch ausgedrückt, daß sie ihrer russischen Freundin einen Brief schrieb, sie dürfe *mich* nicht mehr als Arzt nehmen, wenn sie mit ihr verkehren wolle. Die russische Freundin kümmert sich nicht drum und läßt sich mit Begeisterung von mir behandeln. – Bckhrd sprach neulich das erste Mal von der Sache: »Ich hab ja nur zufällig durch den Bahr von der Sache erfahren .. aber ich werd ihr schon begreiflich machen, daß das beim Burgtheater nicht geht – besonders *sie* ... freilich mit Ketten kann ich sie nicht auf die Bühne zerren.« – Man war bei Besezny, ihm erzählen, wie dumm und ordinär mein Stück sei. – Unser Freund J. J. David: »Ich werde vielleicht durchfallen, der Schnitzler aber doch ganz gewiß.« –

– Speidel zu Ebermann über die Liebelei: – »Da werden die Wiener schaun!« – Ist vom Anatol äußerst – (ich genir mich »entzückt« zu schreiben.) – Theater: Alte Wiener, schlechtes Stück von Anzengruber. Böse Zungen, lächerliches Stück von Laube. –

Die Eltern Hugos neulich im Kaffeehaus. Hugo ritt durch Wien; sie standen beim Tegethoffmonument und schauten zu. Er war in Göding sehr unglücklich; die Manöver sollen ihm enorm gefallen haben. Jetzt ist er in Bruck. – Gesprochen: Salten oft, Schwarzkopf einige Mal, Gold selten, Bahr (Guten

Tag, wie gehts dir denn?) Seine Frau heute ein Stück begleitet, mich dringlich zum Besuche aufgefordert. Auch er fährt schon bicycle.
– Gearbeitet noch gar nichts – schämen Sie sich, daß ich mich nicht vor Ihnen zu schämen brauche.
Die Brion soll über uns geäußert haben: Setzen sich in die Prosceniumsloge – und man kriegt kein Bracelet, nicht einmal eine Einladung zum Souper! – Quelle unlauter, nemlich Paul Horn. Dieser tadelt an der Kleinen Komödie die Unmöglichkeit, daß sich ein Mensch wirklich von den Seidenstrümpfen und den grande marque Cocotten zu einem lieben Vorstadtmädel hingezogen fühlen sollte. –
Hier regnet es immer – und Sie? – Alles erkundigt sich nach Ihnen; sind Sie stolz? Leben Sie wohl, lassen Sie schnell wieder was von sich hören, bringen Sie den fertigen Götterliebling und viel Lust zu neuen Werken mit. Sagen Sie, wie hat denn die Lou das Alleinfahrenmüssen aufgenommen? Hier ist es »bekannt geworden« daß wir miteinander nicht über Literatur reden; man findet das höchst anmaßend – »so groß sind sie nicht, daß sie nicht mehr über Literatur reden müßten.« – Laßt uns lächeln.
Ihr Arthur Sch mit vielen herzlichen Grüßen.

An Else Singer 28. 9. 95

Meine liebe Else, Ihre Briefe sind in guten Händen, und es ist dafür gesorgt, daß sie in *keinem* Falle je von einem andern Menschenauge als dem meinen gelesen werden. Mir aber lassen Sie, liebe Else, die Freude, sie noch oft anschauen und durchlesen zu können, und verlangen Sie sie nicht mehr zurück. –
Es gibt in menschlichen Beziehungen keine Abschlüsse, zum mindesten willkürliche, und so nehme ich auch den Abschied, der in Ihren Zeilen liegt, nicht ernst. Wir werden einander noch viel sagen, denn man wird sich nicht mit einem Male

fremd, wenn einen eine Gemeinschaft so schöner Art verbunden hat wie uns. Ich habe Sie nie misverstanden und vom ersten Augenblick mit Ihnen gleich zu gleich gesprochen. Wir wandeln auf der gleichen Höhe, und ich sage Ihnen nicht Lebewohl. Sie haben etwas sehr schönes für mich bedeutet und sollen es weiter bedeuten, gewiß schöneres als manches Wesen, das lauter und glühender in meinen Kreis getreten. Und Sie werden glauben, daß Sie keinen herzlichern, treuern und verständnisfrohern Kameraden haben als mich. Man muß nicht allem einen Namen geben wollen.
Seien Sie herzlich gegrüßt

von Ihrem ArthSch

An Olga Waissnix 30. 9. 95

Verehrte gnädige Frau, wie schön ist es, daß ich endlich wieder was von Ihnen höre. Aber gar nicht schön ist es, daß Sie leidend sind. Sagen Sie mir doch mehr von Ihrem Befinden und bei dieser Gelegenheit von so vielem andern, womöglich von allem, was in Ihnen vorgeht und was um Sie ist. Ich habe nicht recht glauben können, daß der Frühling die Ursache Ihres Schweigens bedeutete – wenigstens *mein* Frühling? –
Ich bin heuer über zwei Monate von Wien weg gewesen. Prag, Karlsbad, Marienbad, Franzensbad, Ischl, Salzburg, eine Bicycletour durch Tirol nach München. Zusammen war ich viel mit Dr. Richard Beer-Hofmann, einigermaßen mit Salten, Paul Goldmann, der Lou Andreas-Salomé. – Ich war in guter Stimmung; gearbeitet hab ich wenig. – Von Ihnen hab ich nur erfahren, daß Sie in Hall gewesen sind. –
Dieses Stück von mir soll am 11. October drankommen. Heute habe ich der ersten Probe beigewohnt (es haben schon vorher einige stattgefunden). Es wird eine sehr schöne Aufführung werden. Wenn Sie dabei sein könnten, wär mirs eine große Freude. Sollte es wirklich nicht möglich sein? – Bitte schreiben Sie mir doch gleich, wenn auch nur eine Zeile, wie es Ihnen

geht. Und alles, was Sie mich fragen wollen, werde ich Ihnen beantworten.
Werden Sie eiligst gesund (es muß nicht gerade für das Stück sein) und glauben Sie, daß jedes Wort von Ihnen mir so willkommen ist wie Ihre lieben Worte es immer und immer waren.
Tausend herzliche Grüße!

Ihr
Arthur Sch

An Olga Waissnix Wien, 16. 10. 95.

Verehrteste gnädige Frau, ich danke Ihnen herzlich für Ihre sehr lieben Worte, danken Sie auch Fräulein Eveline und grüßen Sie sie bestens. Sie haben mir zu einer Zeit geschrieben, wo ich selbst an den Erfolg noch nicht recht glaubte, der sich jetzt erst sehr entschieden erklärt hat, indem die gestrige vierte Vorstellung ganz ausverkauft war. Meine Freude darüber ist nicht sehr tief; denn ich sehe nicht nur die Fehler des Stücks mit peinlicher Klarheit, sondern ich weiß plötzlich auch, wie es besser zu machen wäre. Vielleicht mache ich noch die Änderungen für Berlin, es wären sehr durchgreifende. Trotzdem bin ich unbescheiden genug zu wünschen, daß Sie sich die Liebelei auch in ihrer jetzigen Gestalt recht bald ansehen möchten; es wäre mir sehr interessant, ob Sie herausspürten, wo der Cardinalfehler steckt. Außerdem ist die Aufführung glänzend und Sie würden sich sehr amüsiren. Im Theater begegnet man mir jetzt mit einer Hochachtung, die vorläufig nichts dazu gethan hat, mich stolz zu machen; denn es ist wahrscheinlich, daß der Portier am Bühneneingang, wenn er seine Kappe tief vor mir abzieht, mehr an die Kassenausweise als an mein Talent denkt. Den übrigen Hochachtungsvollen kann ich es nur nicht so ganz nachweisen. –
Was ich aber besonders erwähnen muß, ist die ganz außerordentliche und echte Liebenswürdigkeit, mit der mir Sonnen-

thal von der ersten Probe an entgegengekommen ist. Ich verspare mir alles übrige, was zu erzählen wäre – und es ist nicht wenig – auf ein persönliches Wiedersehen, das doch hoffentlich nicht in eine gar zu unheimliche Ferne gerückt ist. Wie stehts denn mit Ihrer Gesundheit? Geben Sie mir, verehrteste gnädige Frau, doch rasch Nachricht darüber und erzählen Sie mir so viel von sich als nur irgend möglich ist. –
Wenn man bedenkt, daß sich eben einer der schönsten Träume erfüllt hat! Am Burgtheater aufgeführt! und ein Erfolg! – Aber man empfindet nie etwas als einen erfüllten Traum, sondern stets nur als ein Nothwendiges, das sich allmälig vorbereitet hat.
Leben Sie wohl, meine liebe und verehrte Freundin, und seien Sie tausendmal gegrüßt von Ihrem

ArthSch

An Marie Reinhard *Berlin Sonntag*
9/2 Feber [sic!] *96.*

Meine geliebte Mizi, gestern hab ich keine Nachricht von dir erhalten – u heute kann auch keine mehr kommen, da Sonntag ist und Nachmittag keine Briefe ausgetragen werden. Das ist sehr traurig, mein Schatz – aber tröstend kommt der Gedanke, daß ich dich übermorgen wieder habe! Es bleibt dabei, nicht wahr, daß ich Dinstag früh bei mir zu Hause eine Zeile von dir finde, die mir sagt, ob wir uns schon um eilf Uhr parallel oder erst Nachmittag um 5 bei Uns treffen. Ich sehne mich unsagbar nach dir, mein Schatz, kann dir gar nicht sagen, wie – das liegt allerdings schon in »unsagbar« –
Vorgestern Abend war ich in den »Webern«, gestern im Laufe des Tages kurzer Besuch und Mittagessen bei Jonas (Rechtsanwalt des Deutschen Theaters), Abends mit Director Brahm bei Herrn und Frau Mito von Minotto (so heißen nemlich Sorma's), wo außerdem Frau Begas war, die Frau des Bildhauers. Dann eine Stunde auf dem Presseball, der genau so

langweilig ist wie die Elitebälle hier. – Jetzt mein Schatz (Sonntag Mittag) geh ich zu Harden, der mich u Jarno darum schriftlich ersuchte.
Dies, mein liebster Schatz, sind meine letzten Nachrichten aus Berlin, morgen Nachmittag fahr ich weg, Dinstag früh bin ich in Wien und – du wirst mich hoffentlich nicht weniger lieb haben als früher. *Mehr* wäre mir freilich noch lieber, meine Mizi! Ich freu mich unendlich auf dich, und ziemlich stark aufs Arbeiten. Du sollst mit mir zufrieden sein, mein Engel!
Tausend innige Küsse von deinem dich anbetenden Arthur
(ich verschrieb mich – »Engel«)

An Otto Brahm Wien, 25. Februar 96

Verehrtester Herr Direktor, vielen Dank für Ihre so freundlichen Zeilen. Sie werden sich nicht wenig wundern, plötzlich als herbe Erwiderung ein Stück in Versen eingesandt zu erhalten. Bitte sehr, betrachten Sie es nicht als »eingereicht«. Ich weiß heute selbst nicht recht, ob es überhaupt möglich ist; es wäre am Burgtheater »beinahe« aufgeführt worden und in Breslau »beinahe wirklich«. Manche Leute finden es hübsch, einige sogar aufführbar. Für den Fall, daß Sie sich letzteren anschließen, habe ich mir gedacht, daß Sie es gelegentlich zu »Liebelei« dazugeben könnten. Ich hätte Ihnen wohl schon in Berlin davon gesprochen, wenn ich nur daran gedacht hätte. Nun bin ich durch einen Freund wieder daran erinnert und auf die Idee gebracht worden, es Ihnen zu schicken. Sie wissen also, wer gegebenenfalls zu verfluchen ist: der Freund. Das wird mir minder schmerzlich sein. Da die Sache sechs Jahre alt ist, werde ich Ihren voraussichtlichen Refus mit lächelnder Würde ertragen. Die Viertelstunde, die ich Ihrem Leben raube, nehme ich auf mich. Ich vermute, daß Sie hundert Jahre alt werden, dann ist dieses Stück eine Viertelstunde wert. Können Sie es nicht brauchen, so senden Sie es mir gütigst zurück. Es ist das letzte Exemplar von hundert – denn es gibt manche gute Menschen, die sich dramatische Gedichte schenken lassen, und noch mehr böse Theaterdirektoren, die einem dramatische Gedichte nicht zurückschicken. Sie aber sind weder ein so guter Mensch noch ein so böser Theaterdirektor. – Meine von Ihnen so heftig bezweifelte Praxis läßt mir mehr Zeit zum Schreiben (Pose – ich meine eigentlich »Dichten«), als ich darauf verwende. Trotzdem hoffe ich, im Frühjahr fertig zu sein. Was war das für eine schöne Zeit, da ich auf keine andere literarische Vergangenheit zurückzuschauen hatte als auf dreißig unaufgeführte und auf ein durchgefallenes Stück: Nun ist die stolze Wehmut des Verkanntseins vorbei, und ich muß im schamlosen Lichte des Erfolges wandeln. Man sollte eigentlich jede neue Arbeit unter einem anderen Autorennamen veröffentlichen dürfen, und ebenso wenig wie eine überstandene Strafe sollte einem ein verbüßter Erfolg vorgeworfen werden. – Bitte grüßen Sie Ihre Freunde herzlich von mir und seien Sie meiner aufrichtigen und wärmsten Ergebenheit für alle Zeit versichert.

Ihr Arthur Schnitzler

An Richard Specht Wien 4. 3. 96.

Lieber Richard,
ich stehe sehr in Ihrer Schuld. Noch vom 9. November liegt ein Brief da, den ich nicht beantwortet habe, und nun kommen Ihre so freundlichen Worte vom 25. Feber, für die ich Ihnen gar nicht herzlich genug danken kann. Daß Frl. Witt die Christine in Petersburg spielen will, wußt ich natürlich nicht – ich erfahre überhaupt alles in Hinsicht auf die »Liebelei« später als die andern Menschen. Im ganzen muß ich finden, daß dieses Stück überschätzt wird – vielleicht gerade so sehr als das »Märchen« unterschätzt worden ist. Das tröstet mich, wenn allzu hohes Lob mich niederdrücken will.
– Don Jouans Närrin hab ich gelesen, und vor zwei Stunden mit Ihrem Papa und Ihrer Mama bei den alten Brülls darüber

gesprochen. Ich möchte mir eine eingehendere Unterhaltung darüber mit Ihnen auf persönliches Beisammensein aufheben; wie ich höre, kommen Sie ja bereits Mitte April. Denn was ich Ihnen sagen möchte, wird von wenig Vortheil für das Stück sein, das Sie, meiner Ansicht nach, ganz von frischem anfangen müßten. Ich habe nemlich Einwendung gegen alles, und ganz besonders gegen die Verse, die Ihnen – so ganz gegen Ihre Gewohnheit – im ganzen wenig gelungen sind. Verwünschen Sie Ihren Muth, der Sie ein Stück in vierfüßigen Trochäen schreiben ließ. Denken Sie die Fabel noch einmal durch, überlegen Sie, ob sich die Politik nicht gänzlich eliminiren ließe; machen Sie die Figuren, besonders Ihre sentimentale Närrin, lebendiger, lassen Sie sich für die Scene zwischen Don Jouan u. Tisbea was mächtiges einfallen, bereiten Sie die Mummerei ein wenig vor (sie wirkt sonst possenhaft) und wählen Sie für das ganze fünffüßige Jamben, womöglich gereimte. – Das ist, was mir nur gerade in die Feder kommt. Ich wäre sehr gespannt, in Prosa was von Ihnen zu lesen. »Don Jouans Närrin« hat mir die große Gefahr wieder einmal gezeigt, die vielleicht allen droht, die *immer* in Versen schreiben: die feige Ergebung in überflüssige Worte. Ja was thut man nicht alles, wenn man noch einen bis zwei Füße braucht! –
Es hat wohl keinen Sinn, wenn ich Ihnen mit den Worten der Anerkennung komme, die für Sie gar keinen Werth mehr haben dürfen: daß Ihnen viele wirklich hübsche Verse und Einfälle geglückt sind und daß Sie, wie man deutlich merkt, sehr schönes gewollt haben. Aber wie die Sache nun einmal daliegt, kann ich sie nicht gelten lassen. Hoffen Sie nicht, daß ich mich irre. Ich habe ganz bestimmt recht. –
Seien Sie vielmals herzlich gegrüßt. Ich darf mich unterschreiben: Ihr aufrichtiger

ArthSch

An Olga Waissnix 27. 6. 96.

Verehrteste gnädige Frau,
Sie sind hoffentlich bereits im Besitz dieses Packets und ich bitte Sie sich daran zu erinnern, daß Sie die eine Hälfte nur als geliehenes Gut zu betrachten haben. Das bezieht sich auch auf den eventuellen Fall, daß Ihnen ein oder der andre Brief nicht mehr gefällt und Sie plötzlich Lust bekommen, ihn der braven Nachwelt vorzuenthalten. Sie haben nicht das Recht dazu. Ich würde es übrigens bemerken!
Gestern hab ich Peter Altenberg gesprochen und ihm mitgetheilt, daß Sie ihn gern einmal sehen möchten. –
Am 2. fahr ich von hier nach Hamburg. Erlauben Sie, daß ich Ihnen gleich sage, wo mich und wann mich eventuelle Briefe von Ihnen treffen können? (Immer *poste restante*) Bis zum 23. Juli in Trondhjem (Norwegen) – da müssen Sie ihn etwa 5 Tage früher absenden. Von da an Kopenhagen. –
Aber vielleicht bekomm ich noch eine Zeile von Ihnen hieher? Es wäre sehr schön. Wie geht's Ihnen? Ich wünsch Ihnen soviel Gesundheit – soviel Glück – sie werden beide kommen. Hoffentlich sehen wir einander im Herbst in guter Stimmung wieder. Empfehlen Sie mich herzlich Ihrem Fräulein Schwester und seien Sie vielmals gegrüßt. Es war so wunderbar bei Ihnen draußen. Ich höre immer das ganze Leben klingen, wenn ich mit Ihnen reden kann.

Arth Sch

An Marie Reinhard Hamburg 7. Juli 96.

Zweiter Brief.

Meine geliebte Mizi, mit tausend Küssen beginn ich und sage dir, daß ich mit unendlicher Zärtlichkeit und Sehnsucht deiner denke. –
Mein erster Brief endet vorgestern Sonntag Mittags – das

Wetter war schlecht; Wind, Regen, trotzdem entschloß ich mich um 5 etwa nach Blankenese zu fahren, mit einem der unzähligen kleinen Dampfer, die den Verkehr auf der Elbe besorgen. Du würdest dir übrigens den Hafen schlecht vorstellen, wenn du an einen Fluß wie unsre brave Donau dächtest. Da ist ein Wirrwarr von Brücken, Kanälen, Ausbuchtungen, Quais, die ins Wasser hineinragen, schwankende Landungsstege – und dazwischen herum, zu hunderten kleine Dampfer, größere, ganz kleine Kähne, große Kähne – mit Menschen, Waaren, alles in ruheloser Bewegung, durcheinander, zwischen den Quais, Brücken und außerdem zwischen den enormen Amerikafahrern, Ostindienfahrern, Ostafrikafahrern, ungeheuern Segelschiffen, die dort verankert liegen, – fahren diese kleinern Fahrzeuge hin und her – und alles ist so wirr und doch so voll Sinn, wie der soeben schließende Satz. Erst weiter draußen, wo die Vorstädte beginnen (entschuldige Mizi, auch Hamburg hat solche) entschließt sich die Elbe ein ehrlicher breiter Fluß zu sein, und nun werden die Ufer, nachdem man an den grauen und häßlichen Warenhäusern und andern dumpfen Gebäuden vorbei ist, lieblicher – das linke so fern, daß man nur ein verblassendes Grün sieht; das rechte voll Ausflugsorten, Spielplätzen, – bis man nach Blankenese kommt, das aus einiger Entfernung ausschaut wie ein großer, bewaldeter Hügel, in dem man viele Villen zu verstecken gesucht hat. – Es war so stürmisch, daß die Wellen übers Deck spritzten und ich buchstäblich so naß wurde wie ein Waschel. – In Bl. regnete es und ich konnte nichts vernünftigeres thun als zur Bahnstation gehn, mich wieder aufsetzen u heimfahren. In Hamburg ging ich in eine Pilsner Bierhalle (was heißt nicht alles Pilsner!) dann ins Café Continental, dann nach Haus.

Am Montag 6. 7. Spazierfahrt – noch immer bei grauem Wetter – um die Alsterbassins (Schiff); dann Bummeln in großem Stil, durch die Stadt, St. Pauli, Altona, wohl zwei Stunden. Riesenverkehr, meist durch elektrische Trams besorgt, die die ganze Stadt kreuz und quer durchziehen. Ihre Warnungszeichen klingen wie ein Tam-tam. Sehr viel Bicycles. Alles rasch, in Ordnung, lebhaft. Nähe Englands vielfach zu merken: in Straßenverkehr, Kleidung der jungen Leute im Geschäftsviertel – sogar Aussprache des Deutschen. – In St. Pauli auf eine Hafenrundfähre, beim Strandquai abgestiegen, dort liegt das Schiff vor Anker, mit dem ich heute Abends wegfahre, Sverre Sigurdsson – war eben angekommen. Ich besichtigt es, noch arge Unordnung; scheint ganz brauchbar und stellenweise elegant zu sein. – Dann in die Stadt, Kirchen besehen; Nicolai; erst vor einigen Jahrzehnten neu aufgebaut, kalte strenge Gothik; einige andre von außen. – Um 4 zu Pfordte Diner; gut; aber doch eine Desillusionirung. Später zu Detlev von Liliencron, ohne rechten Grund, wahrscheinlich, weil ich mit irgend wem reden wollte; dicker 50jähriger Herr mit einem buschigen Schnurrbart, schäbig und ohne Grazie, mit vieler fast enthusiastischer Liebenswürdigkeit, kindlichem Vertrauen (z.B. zum kleinen Kraus), begeistert für die schlechten Sachen, die seine guten Freunde geschrieben haben (»Mitmensch« von Dehmel). Er selbst hat eine ganze Masse wunderschöner Gedichte geschrieben, wie du ja weißt. – Bei ihm eine Nebenperson, namens Andriessen. – Nach 20 Minuten fort. – Durch St. Pauli, Spielbudenplatz. Man stelle sich vor einen Wurstelprater ohne Prater und Wurstel und noch dazu ohne Bäume (es ist aber wirklich ein Platz, eigentlich breite Straße mitten in der Stadt), – mit einer Menge Tingeltangels mindrer Gattung. Man öffnet eine Thür und einen Vorhang u ist schon mitten im Saal. Ich war in einem zu 20 Pfennig, einem zu 40, einem zu 60. Productionen Genre Orpheum und eben beträchtlich miserables Publikum. Kleinbürgerthum, auch dienende Klasse, Matrosen in Sonntagsstaat, Fremde, Frauenzimmer, geschminkt und vergrämt (das letztere wissen sie ja nicht). – Blieb in jedem 15-30 Minuten. – Auch diese Music-Halls deuten auf englische Nähe. – Dann im Café Continental Nachtmahl (Schinken und Käse). –

In der Nacht auf heute geträumt – daß – Freiwild mit großem Erfolg seine Probeaufführung in irgend einer räthselhaften Stadt, vielleicht Hamburg erlebt. Ich hinter der Scene höre Applaudiren u Lachen; man ist von Grehlinger entzückt; ich sehe eine Scene an, Nhil gibt den Helden in Werthercostume – eben sagt er irgend was, das den Sinn hat: »Ich bleibe« – Diesen Traum nehme ich als gute Vorbedeutung auf die Reise mit.
Heut Vormittag Dampfbad – darin ist Hamburg noch nicht Großstadt. Der betreffende operirende Herr zeigt viel Höflichkeit aber nicht viel wissenschaftlichen Ernst oder Begeisterung – er behandelt die Füße wie andre Leute, die ich nicht nennen will, Hälse behandeln; freundlich, aber ohne Energie. –
– Dann kaufte ich mir Cigarren für die Reise – und war auf der Post, dort fand ich nichts, im Gegensatz zu gestern, wo ich deinen lieben schönen Brief erhielt, für den ich dir tausendmal Hände u Augen küsse. –
Jetzt will ich packen, Nachmittag einen Ausflug nach Lübeck machen – u Nachts 12 dampf ich ab. –
Ad: »Reuter« – wo du den Anfang zu breit findest: Sehr viele bedeutende Romane scheinen im Anfang zu breit – ich nenne nur Wilhelm Meister – eine ganze Anzahl Zolas, das liegt wohl darin, daß die Untermalung, wenn ich so sagen darf, da sich die Hauptfiguren sehr scharf abzeichnen müssen, mit größerer Behaglichkeit geschehn muß. (Ist anders auszudrükken, als ich's hier sage). –
– Und nun, mein geliebter Schatz, leb wohl – nun muß ich lang ohne ausführliche Nachricht von dir bleiben – aber ich darf mir wohl denken, daß deine Wünsche und deine Liebe um mich sind – wie die meinen um dich! – Ich küsse dich zärtlich und bin der Deine.

Arth

Seit gestern Nachmittag herrliches Wetter. –
Wie heftig ich mein Alleinsein empfinde – das hab ich eigentlich nicht geahnt! –
Viel! – viel! viel! schreiben

An Marie Reinhard Lübeck, 7/7 [1896]
Dritter Brief.

Meine geliebte Mizi, eben fällt mir ein, daß du mich gefragt, ob die andern Briefe an mich auch alle post rest zu adressiren sind – selbstverständlich.
Eigentlich aber will ich dich nur noch hunderttausendmal küssen. Ich bin in Lübeck, wie du merkst. Am Bahnhof. Eben eine Stunde durch die Stadt gefahren. Genug für Lübeck. Schöne alterthümliche Motive in der Architektur, aber die Leute, die hier leben, scheinen soweit flüchtiger Blick es erkennen läßt – in tiefer Kleinstädterei versunken. Eine Stadt, die einmal was großes bedeutet hat – nun wandeln die Krämer als Enkel der großen Kaufherren herum und verstehen die ernsten Thore und Bauten nicht mehr, die vor Jahrhunderten aufgerichtet sind. – In keiner Stadt der Welt, selbst in der allerkleinsten bin ich noch mit so blöder Neugier angeglotzt worden wie hier (damit erklärt sich auch meine Meinung. Etwas bahrisch, nicht?)
Also leb wohl mein Schatz und umschwebe mich gütigst! (Gütigst wie formell – und gütig – ein fast edles pathetisches Wort.)
– Hier ist an allen Litfaßsäulen angeschlagen: »Gedenke daß du ein Deutscher bist! Kein Fremdwort gebrauchen, das sich deutsch ebenso gut ausdrücken läßt«!! –
– Qu'en dis-tu, ma bien aimée?

Arth

An Hugo von Hofmannsthal Skodsborg, 7. 8. 96.

Lieber Hugo, seit Sonntag bin ich mit Richard (und Paula) zusammen; seit vorgestern ist auch Paul Goldmann da, und wir sind in einem angenehmen Hotel, am Meer, hinter den Häusern gleich ein wunderschöner Wald mit Buchen und Tannen, im Wald kleine halbversteckte Teiche, und wenn man eine halbe Stunde weiter geht, das freundliche Tal mit lieben kleinen Häusern und Ortschaften (wo wir aber noch nie gewesen sind). Heute Vormittag sind wir nach einer kleinen schwedischen Insel hinübergesegelt, wo nicht viele Menschen wohnen, sind in dem netten Haus des Leuchtturmwächters gewesen, und wie wir von dem niedern Turm herunterstiegen, fanden wir im Wohnzimmer ein leises Harmonium, eine freundliche Hausfrau und im Vorzimmer saß die vierzehnjährige Tochter des Hauses, regungslos in einer Ecke des Divans, sah uns mit prachtvollen braunen Augen an, strickte und hatte nur einen Schuh an. Dafür war der andere Strumpf an den Zehen zerrissen. Das war die junge Dame von Hven. Im Zurückfahren gab es so hohe Wellen, daß man die Ostsee als Meer erkennen durfte; bisher war sie immer so still, daß man sich an einem See hätte glauben können. Paula ist sogar seekrank gewesen. – Wir werden hier wohl alle bis etwa zum 20. August bleiben. Nachmittags pflege ich zu arbeiten. Vorher bin ich wenig dazugekommen; nur ein paar Regentage oder -stunden auf der Nordcaptour bin ich in meiner Kajüte gesessen und habe am zweiten Akt allerlei versucht. Immerhin scheint's mir, als wenn ich teilweise in den Intentionen Ihres Briefs, den ich in Trondjhem [!] bei meiner Rückkehr gefunden habe, verfahren wäre; denn vor allem hatte ich das Bedürfnis die Scene zwischen Ihm und Ihr mit mehr Leben anzufüllen. Ich weiß noch nicht, ob mir das und manches andere, das ich am 2. und in den letzten Tagen am 3. Akt gearbeitet habe, gelungen ist; in ein paar Tagen les' ich die ganze Sache dem Paul und dem Richard wieder vor. So wie ichs haben will, bring ichs doch wohl nie zusammen. –

Richard hat mir von Ihrer Novelle erzählt; auch daß er Ihnen geraten, sie drucken zu lassen. Solange muß ich wohl warten bis ich sie zu lesen bekomme. Wohin werden Sie sie geben? –

Meine Reise ist im ganzen sehr schön gewesen; vielleicht ist die Zeit nur etwas zu kurz gewesen, um so viel in sich aufzunehmen. Auf der See hab ich merkwürdig viel Kopfschmerzen gehabt. Von Städten hat mir Gothenburg den stärksten Eindruck gemacht; wahrscheinlich weil ich dort ganz allein (auch nicht mit zufälligen Bekannten von der Reise) herumgegangen bin und am tiefsten gespürt habe: Wie fremd – wie fern – und dann weil ich nur ein paar Stunden dort gewesen bin und bei jedem Haus, jedem Menschen wußte – dich seh ich zum letzten Mal.

– In Christiania hab ich Ibsen gesprochen, der mehr zuhörte als redete aber sehr liebenswürdig war; in Kopenhagen sind wir (Richard und ich) mit Nansen beim Frühstück gesessen, den wir wohl noch sehen werden. –

– Bis zum 20. treffen mich Nachrichten hier, Badehotel. Es möcht mich freuen, noch zwei Worte von Ihnen zu hören.

Leben Sie wohl! Mit vielen herzlichen Grüßen

Ihr Arth. Sch.

Nach 20. (– 25.) Berlin, aber schreiben Sie nach Wien.

An Marie Reinhard Skodsborg 13/8 96

22.

Meine geliebte Mizi, es scheint, daß meine mathematische Talentlosigkeit bereits beim Nichtzählenkönnen anfängt. Ich weiß nicht, ist dies der 21? oder der 22? Brief; ich weiß nur, daß ich dir vorgestern das letzte Mal geschrieben. Nennen wir ihn den 22. Es ist auch nicht möglich, daß du 2 Tage hintereinander ohne Nachricht bist, da ich schlimmstenfalls jeden 2. Tag einen Brief an dich absende. Wie immer aber die Posten gehen mögen – ich bete dich an!

Von gestern wäre einiges zu erzählen. Richard u ich fuhren Nachmittag nach Kjöbenhavn d. i. Kopenhagen, waren bei Peter Nansen eingeladen. Hübsch mit künstlerischem Geschmack, ohne Reichthum eingerichtete Wohnung in einer breiten Straße, die auf den Hauptplatz mündet. Er empfing uns bei der Thür herzlich und in gebrochnem Deutsch. Sofort erschien seine Frau, die nicht eigentlich schön, aber von viel Anmuth und Einfachheit im Benehmen ist. Ihr wohllautendes Organ und ihre ausdrucksvollen Augen lassen vermuthen, daß sie auf der Bühne schöner erscheint als sie ist. – Sehr bald nach uns erschien ein junger Mann (»un jeune homme très bien«), mit ausgesprochner und correcter Elegance gekleidet, in derselben Buchhandlung beschäftigt wie Nansen, der Lector daselbst ist. Wir waren also 5 zu Tische. Diner eher distinguirt als schmackhaft; begonnen wurde mit Markknochen statt Suppe. – Das Gespräch deutsch, dänisch, französisch. Ueber Kopenhagen, Skodsborg, über dänische Autoren, die man zum Theil bei uns nicht kennt; über Berlin, Wien. Es fiel auf, daß wir wenig trinken. Nansen: Wie kann man schreiben, wenn man nicht trinkt? Ich trinke Wein, wenn ich unmoralisch schreibe, Whisky wenn ich moralisch schreibe – beim Gottesfrieden hab ich Whisky getrunken –« Dann .. »Wegen Juliens Tagebuch haben mich die Mädchen hier – béni – wie sagt man das auf deutsch – gesegnet..« (Ich ((Arthur)) könnte fragen: wie schreibt man das –) – (Weiters erzählte er von einem Artikel Georg Brandes im Politiken (dänisches Blatt), worin er die »Liebelei« das poëtischeste dram. Werk der jüngern deutschen Liter. nennt. (Was Brandes schon in einer Karte an BeerHofm. neulich andeutete). – Dann führte er (N.) das Gespräch absichtlich auf seine jüdische Abstammung (¾ Blut). – Als wir andern unser 4/4 Blut erwähnten, schien er höchst erfreut.. »Ich liebe die Juden!« (Erhebt das Glas) – »Wir sind alle Juden« – »nur der« (auf den jeune homme très bien deutend) »ist ein Antisemit«. Hierauf zwischen den beiden clownartiges Geschimpf in gebrochnem Deutsch. – Im ganzen heitrer Ton, ohne Zwang. Die Frau sprach nur ganz wenig von ihrer Beschäftigung am Theater und war sehr liebenswürdige Hausfrau. – Er ist 35 Jahre alt – wir haben uns gegenseitig den Gefallen erwiesen uns für 30 zu halten. – Sehr in die Augen fallend: Gute Manieren, Soignirtheit, Heiterkeit. – Nach dem Diner gute Cigarren; die Frau sang ohne Stimme und mit Geschmack ein paar einfache dänische Lieder. – Wir luden beide für Sonntag zu uns ein und gingen in guter

Stimmung vor zehn. (Um ¾7 waren wir gekommen). Holten Paul Goldmann aus einem Café ab, Bahn Klampenborg – von dort Wagen Skodsborg. – Heute Vormittag mußte, ja *mußte* ich wieder nach Kopenhagen, u. zw. wegen Richard, für den ich beim Consulat wegen seiner Waffenübung was besorgen mußte. (Er konnte nicht hin wegen Krankheit – der Militärbehörde gegenüber.) – Ich benützte das, um das erst vor ein paar Wochen eröffnete Museum anzusehen; eine sehr beachtenswerte Gallerie; besonders ein paar alte Italiener und Niederländer (Luini – Ruysdael). Die Dänen scheinen einen ganz großen Meister seit sie überhaupt mitzählen, nicht hervorgebracht zu haben; aber hervorragende Künstler 2. Ranges sind da, besonders im Genre. – Im Hin u. Herfahren las ich auf dem Schiff Dichtg und Wahrheit 11. Buch. Du muß es bald wieder lesen, Mizi – schön wie ein Herbsthimmel und mild.
Beim Nachhausekommen, mein Schatz, hab ich deinen Brief Nr 14 gefunden! Dann bin ich rasch ins Meer (was großartiger klingt als »ins Bad«) – und nun bin ich in meinem Zimmer, schreibe dir diese Zeilen und will dich tausendmal innig grüßen u küssen. Wenn du mich schon am 31. sehn kannst mein Engel, mein süßer, so hab ich keinen ernstlichen Grund, Widerspruch zu erheben – und du wirst mich finden, wann und wo du willst. (Ich ahne, daß du das geahnt hast!)
– Ich höre von meiner Mama, daß Herr Max Messer in der N Fr Pr einen Angriff gegen »Literaturmediziner« losläßt (hast du's gelesen?) – Möge es doch so bleiben, daß ich Herrn Messer zu schlecht bin und daß mich Brandes gelten läßt. – Samstag Nachmittag ist Vorlesung des Frwld. – Ich änder noch immer – darüber erst nach der Vorlesung –
Mizi – nun muß ich diniren (was großartiger ist als essen) und sag dir »Leb wohl!« – Laß mich dir nur noch einmal sagen, daß meine Sehnsucht nach dir unendlich ist und daß der Gedanke dich wieder an mein Herz zu drücken der entzückendste ist, den ich träumen kann!

Dein Arth

An Olga Waissnix Skodsborg 14. 8. 96

Meine verehrte gnädige Frau, hier bin ich nun seit zehn Tagen. Sie wissen wahrscheinlich, was Skodsborg ist. Ein Seebad, 1 Stunde weit von Kopenhagen; und das Meer ist da – nichts ungewöhnliches bei Seebädern. Aber auch ein wunderbarer Wald ist da, gleich hinterm Hotel, Buchen und Fichten, angenehme Lichtungen, halb versteckte Teiche, Ruhe und Einsamkeit. Ich wohne in einem behaglichen Zimmer, Balkon, und während ich dieses schreibe, rauscht das Meer, und wenn ich meine Augen vom Papier erhebe, gleitet es über die bewegte Fläche. Heut scheppert übrigens das ganze Hotel, da ein heftiger Wind weht. Meine Zeit vergeht behaglich mit Spazierengehen, Baden, Segeln, im Wald liegen, Lesen, Arbeiten, Plaudern. Mit wem? Nicht mit zufälligen Menschen, wie man ihnen grad begegnet, sondern mit Paul Goldmann (von dem ich Sie bestens grüßen soll) u einem andern Freund aus Wien, der mit seiner Geliebten da ist. Er hat sie aus einem Wiener Mädl ins praeraphaelitische stilisirt, und es ist ganz hübsch, wenn ein aus dem Rahmen getretenes Bild von Botticelli auf der Veranda sitzt und plötzlich auf gut wienerisch zu lachen, zu schauen und zu reden anfängt. – Mein Arbeiten beschränkt sich noch immer auf das Ihnen aus Andeutungen von mir entfernt bekanntgewordene Stück; an dem ich mich zu ändern und feilen noch immer lebhaft gedrängt fühle. Lesen thu ich wieder einmal Dichtung und Wahrheit, die Kleistbiographie von Brahm; hinter mir hab ich u. a. die Pickwickier und den Triomphe de la mort, mit dem ich eben beschäftigt war, als ich Ihren Brief erhielt, der mir gleiches von Ihnen mittheilte. Innocente hab ich schon früher gelesen. Die Verwandtschaft d'Annunzios mit mir, die Ihnen auffiel, ist schon (am stärksten in einem französ.Artikel in einer Revue, welche weiß ich momentan nicht) betont worden; auch ich glaubte sie manchmal zu empfinden. Freilich kann er viel mehr als ich, ist ruhiger und fleißiger; eine Neigung zum gekünstelt-psychologischen und koketten scheint auf Bourget'schen Einfluß hinzuweisen. Im Triomphe sind ein paar Sachen, besonders das ganze Buch, wo der Held in den Beziehungen zu seiner Familie geschildert wird, von wunderbarer Kraft; dagegen wollten mir die mystisch-katholischen Partien sowie die Lösung des ganzen nicht behagen. Es ist in der Composition eine Unverhältnismäßigkeit, die stört, der Innocente hat reiner auf mich gewirkt, obwohl darin nirgends so bewunderungswürdige Höhen erreicht sind als im Triomphe.

Sie können sich denken, daß ich nach Skodsborg sehr allmälig gekommen bin; am 7. Juli ging ich an Bord des Sverre Sigurdsson, der mich durch die Fjorde nach Trondhjem führte – wo ich Ihren schönen Brief gefunden und mit ein paar Zeilen beantwortet habe. Das war am 15. Am Abend desselben Tags überstieg ich auf den Sigurd Jarl, mit dem ich zum Nordcap u wieder zurück nach Trondhjem fuhr – in einem ewigen Tag, der bis zum 23. währte. Die Mitternachtssonne hab ich nur auf Sekunden frei von Nebeln gesehn; aber diese Sekunden sind merkwürdig genug gewesen. Ich erhoffe mir eine Gelegenheit von allem was ich gesehn, mündlich genauere Kunde geben zu dürfen. Von Trondhjem fuhr ich nach Christiania, wo ich Henrik Ibsen gesprochen habe, der mich mit besonderer Freundlichkeit empfing. Dann bin ich in Stockholm gewesen, in Gothenburg, in Kopenhagen, von wo ich sehr rasch, bereits in Begleitung des Freundes Nr. 2 u seiner Geliebten, mit einem Bedürfnis nach Stillesitzen und Arbeiten, hieher gekommen bin. Freilich fahre ich ab und zu in die Stadt, die mir besonders gut gefällt. So waren wir neulich bei Peter Nansen zum Diner geladen, der sehr charmant, elegant mit einer leichten Neigung zur Geleckheit, herzlich und heiter erscheint und vor kurzem eine Schauspielerin am hiesigen königl. Theater geheiratet hat. Es soll Maria sein.

Georg Brandes ist augenblicklich nicht in Kopenhagen, ich hoffe ihm aber noch vor meiner Abreise zu begegnen. Er hat neulich im Politiken, dem führenden dänischen Blatt, unglaub-

lich günstig über die Liebelei geschrieben. Vorschuß! – Wie bring ich ihn herein? –
Ich habe meine Reisewochen im ganzen in anständiger Laune verbracht; es gab auch, wenn besonders herrliches sich zeigte, Momente tiefen Genießens; im ganzen weiß ich wohl, kann man mehr von all dem haben als ich gehabt habe. Meine Seele stand nicht völlig offen. Durch Sehnsucht war ich wenig ergriffen; ja vielleicht hat mir eben das gefehlt. Sehr lange, vielfach gewundene Fäden scheinen mich nun mit allem zu verbinden; denn ich mag mich weit entfernen, und noch reißt es nicht an meinem Herzen. Nicht nur auf Reisen ist das zu beziehn. Die Briefe, die ich an den Frühling geschrieben habe, sind wohl nicht ohne Frische gewesen; die an inconnue waren widerlich und gezwungen. Da ist kein Ton mehr zu treffen; es ist traurig, weil es nicht möglich ist, aus Scherben wieder das alte Gefäß zu machen. – Von der Tragödin hab ich einen Brief bekommen, der von einer großartigen und erschütternden Komik war. –
Ich bleibe hier noch 8 Tage, dann gehe ich nach Berlin, dann München, am 30. bin ich in Wien. Ich habe nicht die Verwegenheit, Sie noch um eine Nachricht hieher zu bitten; aber wenn Sie mir nur mit zwei Worten berichten wollen, wie Sie sich befinden, so senden Sie diese höchst erwünschten und hoffentlich günstigen Worte nach Berlin ins Hotel Continental. Vom 23.-25. treffen mich dort Briefe. –
Seien Sie vielmals aufs innigste gegrüßt

von Ihrem
Arthur Schnitzler

An Marie Reinhard Skodsborg 19. 8. 96.
27. Brief.

Meine geliebte Mizi, es schien beinahe, als sollte dieser ganze Briefwechsel selbst ohne leises Misverständnis verlaufen. Nun ist doch ein ganz leises da, so leise, daß ich es eigentlich

nicht zu hören brauchte. Die Stelle über unser Wiedersehen hat dir nicht gefallen – aber Mizi, ich habe doch die Absichtlichkeit des etwas kühlen Tones in einer Seitenbemerkung ausdrücklich betont – und selbst wenn nicht – Mizi – ist es dir nicht klar und fühlst du es nicht, daß ich unserm Wiedersehen zum mindesten mit der gleichen Sehnsucht u Ungeduld entgegensehe als du – ? Der Fall denk ich ist erledigt – und ich will die Hoffnung lieber noch nicht aufgeben, daß wir uns schon am 30. August sehen. Du hast deinen Brief, den ich gestern Abend erhalten, kurz gehalten, damit er deine Misstimmung nicht ganz genau widerspiegle. Mein Schatz, ich wünsche alles widergespiegelt zu sehn was dich bewegt; Misstimmungen wie jede andre; du weißt das. –
Gestern, nachdem ich den Brief an dich abgesandt, erhielt ich noch, von Wien nachgesandt, einen von Marie Herzfeld (die bekannte Uebersetzerin, wir sprachen einmal von ihr) in dem sie mir die Stelle aus »Politiken« von Brandes über mich wörtlich übersetzt schickt, in der Erwartung, daß sie mich interessire. In derselben Erwartung theile ich sie dir mit. Es ist ein Artikel über Heinrich IV. im Dtsch Theater u es heißt darin: »Unter den Stücken, die ich da mit vollendeter Kunst dargestellt sah, nenne ich das bewunderungswürdige oesterr. Trauerspiel Liebelei von A. S., demjenigen unter allen oesterr. Dichtern, dessen Talent am eigentümlichsten u sichersten ist.« –
Du kannst dir denken, wie sehr mich diese Bemerkung gefreut hat. – Immerhin ein sonderbares Zusammentreffen, daß ich am selben Tage Br. persönlich kennenlernte. Ich kam um 12 mit Richard zu ihm. Empfang sehr freundlich – Er sieht seltsam aus; mittelgroß, mager, Gesicht – ich lasse mich doch lieber nicht auf schriftliche Schilderung ein; es gäbe kein Bild. Gespräch gleich höchst lebhaft, begann mit Nansen und Frau, über die er mehr wußte als ich hier schreiben will. – (Es wird dir aber nichts geschenkt bleiben, Schatz.) Sehr bald erschien ein junger französ. Gymnasialprofessor der Mathematik; man

ging zu Tisch, und ein Gespräch über Socialismus, Individualismus, Causalität hob an. (Die Sprache war soziemlich durchaus französisch.) Dann plauderte Br. noch 2 Stunden – wir hörten fast nur zu – in der amusantesten Weise über Björnson, Ibsen, Strindberg – eine literarisch anekdotische Welttratschen. Ich habe mir alles in Schlagworten notirt und nichts wird dir verborgen bleiben, mein Schatz. – Mich lud er für Freitag ½7 wieder zu sich. – Der Franzose, ein blonder Wagnerianer, grad aus Bayreuth kommend, blieb mit uns, fuhr mit uns sogar nach Skodsborg, dinirte mit uns. – Der heutige Tag soll möglichst ganz der fürchterlichen Scene gewidmet sein, die ich nicht zusammenbringe. – Nur mehr heut u morgen bin ich da; Freitag in K. und Samstag nach Berlin. – Meinen Aufenthalt in Berlin u München mach ich natürlich von dir abhängig – wirst du mir glauben, daß ich lieber nur 1 als 2 Tage in München bleibe um dich um einen Tag früher zu sehn? –
Bleibt deine Schülerin Frl. H. länger in Schl? Gehst du auch mit deinen Eltern spazieren? Oder mehr allein? – Wie gefällt dir die Bovary? – Den Artikel von Messer (N. Fr. Pr.) gelesen; fast unmöglich, daß sich der Ausfall auf mich bezieht; meine Mama hat aber noch nie irgend was aufmerksam gelesen. –
Leb wohl mein einziger geliebter Schatz – und behalt mich lieb! – *Wo* wir uns am 1. September sehn? – Ich kann nur antworten: Ja, und alles ist gesagt. Freilich wär mir der 31. August lieber!
Ich umarme dich zärtlich

Dein A

An Marie Reinhard 23. 8. 96.
Berlin.
30. Brief 12 Uhr Mittag

Meine geliebte Mizi, eben komme ich aus dem Deutschen Theater, wo ich mit Brahm die Vorlesestunde ausgemacht

habe: heut Abends ½7. Im allgemeinen hat er eine große Antipathie gegen Vorlesen, und hat sie mit fast verstimmender Deutlichkeit zu erkennen gegeben. Schließlich ist es ihm aber doch lieber, daß er das Stück gleich kennenlernt als daß er noch ein paar Wochen wartet, bis es in Wien abgeschrieben worden ist. Ich hab ihm natürlich freie Wahl gelassen. Hieran kann ich gleich anschließen, daß ich am Vortag meiner Abreise von Skodsborg die veränderten Scenen vorgelesen habe; sie schienen im ganzen zufriedenzustellen. Aber noch kommt man nicht drüber hinaus, daß im 1. Akt eigentlich ein andres Stück versprochen als im 2. u. 3. Akt geboten wird. Da müßten die Schauspielerscenen auf ein Minimum zusammengestrichen werden, was von andern Gesichtspunkten aus wieder nicht wünschenswerth erscheint. – Ich kann nicht verhehlen, daß ich der heutigen Vorlesung mit sehr mäßigen Hoffnungen entgegensehe, obwohl Br. erklärt hat, nach Tisch besser aufgelegt zu sein als Vormittag. Es wird niemand bei ihm sein außer mir – was nun einmal nicht zu vermeiden ist. Im ganzen war er übrigens so liebenswürdig und bon camarade wie immer. –
Hier unterbrech ich auf einen Moment, um dich im Geiste zärtlich an mein Herz zu schließen. –
Vorgestern hab ich in Kop. die Glyptothek, eine Sculpturensammlung angesehen und viel schönes gefunden, besonders antike Büsten. Abends um ½7 war ich bei Brandes; es wurde über vieles gesprochen und er fragte mich mancherlei was nicht leicht zu beantworten war, u. a. was die Ideale der jungen Leute von 25 Jahren in Wien seien. Über Bahr äußerte er kurz, daß er ein Affe sei; ich fragte ihn ob er Loris kenne, er sagte nein, erinnerte sich aber daß Bahr einen »lebendigen« Artikel über ihn geschrieben. Auch über die oft besprochenen symbolist Schwindler ging er her; die ihm so ekelhaft sind, daß er einige, die ihn öfters zu besuchen versuchten, nicht empfangen hat.. »Vor allem darf einer nicht affectirt sein..«
– Was er über einzelne Menschen sagte, werd ich dir alles in

Wien erzählen. Freilich wird das Beste fehlen: seine eigentümliche Art zu reden; zu schauen, von einem Gegenstand zum andern überzugehen, die Bewegung seiner Seele unterhalb des Gesprächs, das schmerzliche, selbstbewußte, bittre, heftige und ironische seines Wesens; das Auf und Ab vom Anekdotischen zum Philosophischen, – kurz alles was eben Persönlichkeit an ihm ist, also *sein* bestes, wie das beste von allen, die überhaupt was sind. – Um 8 ging ich ins Hotel, nahm Migraenin, legte mich auf ½ Stunde hin; nachtmahlte dann, und ging zum schwarzen Kaffee zu Nansens, wo sich bereits Goldmann befand. Daß ich das 2. Mal von Frau N. nichts erwähnte, liegt daran, daß nichts erwähnenswertes vorlag; und diesmal ist es nicht anders, nur muß ich bemerken, daß sie mir immer weniger sympathisch und er mir immer sympathischer wird. Mitspielen mag da, was Brandes mir erzählt hat. – Sowohl Nansens als Goldmann kamen mit ins Caféhaus wohin auch Br. zu kommen versprochen hatte; er erschien um ½11 und man blieb [bis] nach 1 zusammen; Br. sprach nahezu ausschließlich – erzählte von einer Menge Menschen, auch von sich. Der Grundton ist immer: Ich kenne so viele, und ich bin allein. Nansen's gingen früher, und dann blieben Goldm. u. ich noch mit ihm zusammen. Ich setze ein paar Namen her, an die du mich erinnern magst: Albert Langen, Daudet, argentinischer Oberst, Sarah Kainz, Grétor, Hebbel. – Themen: Biographien; dänische Literatur, Übersetzungen; Königshaus; Stellung Brandes etc. etc. – Allmälig wird mir das meiste einfallen. –

Hier unterbrech ich wieder, mein Schatz, und küsse dich tausendmal. –

Auf der Fahrt gestern las ich Dichtung u Wahrheit zu Ende, begann den »goldenen Esel« von Apulejus. Überdachte einen 1-aktigen Dramenstoff, der mir aus der Novelle, die du glaub ich nicht kennst »Der Wittwer« erwächst – die, als Novelle, mir wie du weißt nie gefallen hat. Ebensowenig jetzt dem Paul Goldm.

– Das Wetter war sehr schlecht; auch bei Regen hier angekommen. – Im Continental ein schönes, aber theures Zimmer. – In ein Wiener Restaurant, mich nach langer Entbehrung an Pilsner Bier, Kalbsgulyas und garnirtem Liptauer erlabt. – Dann noch ins C. Kaiserhof, wo ich die paar Zeilen an dich, mein Schatz, geschrieben habe. –
Ich bin so glücklich, daß du nun doch um 1 Tag früher kommst. Daß wir uns Abends treffen, fürcht ich wird dir unmöglich sein – also um 3. *Wo* ist ja selbstverständlich – hoff ich, mein geliebter Engel. –
Ich bin hier 23., 24., 25., 26. Also auf diesen hier, *falls du ihn erst am 25. bekommst,* antworte mir nach München, Hotel Marienbad. Dort werde ich am 27. u. 28. sein; kannst also, da es ja nah ist, noch am 27. hinschreiben. Am 29. bitte eine Zeile nach Wien. Damit ich gleich beim Nachhausekommen eine finde. Also, der Übersicht halber: Am 25. 26. 27. kannst du Briefe nach München, Hotel Marienbad, am 28. u 29. nach Wien senden. –
Und nun, mein Schatz, leb wohl. Deine Freude an der Natur sowie dein Gefallen an der Mme Bovary hab ich gern erfahren – noch lieber, daß du die Natur mit mir genießen möchtest. Ich kann das in der schmerzlichsten Weise nachfühlen – denn ich fühl es längst!
Ich drücke dich ans Herz und küsse deine süßen Augen!

Dein A

An Otto Brahm Wien, 14. September 96

Sehr geehrter Herr Direktor,
da durch ein verzeihliches Mißverstehen Ihrer originellen Schriftzüge Ihr Brief zuerst in die Fruchtgasse Nr. 1 befördert wurde, wo ein Individuum meines Namens absolut nicht zu erfragen war, bin ich erst heute in den Besitz Ihres liebenswürdigen Briefes gelangt, beantworte ihn aber sofort, obwohl er ja eigentlich keine Fragen enthält.

Ihre Einwendungen gegen die Exposition halte ich für höchst berechtigt; das ist auch der Teil des Stückes, mit dem ich mich am meisten und doch am vergeblichsten geplagt habe; sobald ich etwas herausgestrichen hatte, zeigte es sich, daß es auf Kosten der Klarheit geschehen war, und sobald ich das Gestrichene dem Wesen nach restituiert hatte, ergaben sich Längen. Auch der Ausweg, Unentbehrliches evtl. an eine spätere Stelle zu verlegen, ist nicht unüberdacht geblieben, aber er hat mich bisher zu keinem Ziel geführt. Aber ich will das Stück, wenigstens den 1.Akt, daraufhin noch einmal durchnehmen.
Daß ich Frau Sorma in Wien gesprochen habe, wissen Sie jedenfalls schon, und auch ihr gegenüber habe ich kein Hehl daraus gemacht, daß mir die Besetzung der Anna durch sie außerordentlich wünschenswert erschiene, vor allem aus dem Grunde, weil sie die Rolle jedenfalls herrlich spielen würde; aber ich sehe vollkommen ein, daß ich keinen Anlaß hätte, bei eventuellen Schwierigkeiten, die sich vom Repertoire aus oder aus der Abneigung der Künstlerin gegen die Rolle entwickeln könnten, auf dieser idealen Besetzung zu bestehen. – Herrn Sauer kenne ich nicht gut genug, um über seine Eignung für den Karinski mitsprechen zu können, aber meine Überzeugung, daß Kainz, den ich kenne, sich für den Karinski unvergleichlich eignen würde, können Sie mir – vorläufig – nicht abnehmen.
Die Gefahren des Schlusses mit dem Knall verkenne ich durchaus nicht, aber ich fürchte, das wird sich nicht vermeiden lassen; denn dadurch, daß ich den letzten Zusammenstoß zwischen den zwei Menschen langsam hinter die Szene spielen ließe – und mehr könnte ich ja nicht tun –, hab ich nicht viel erreicht; knallen möcht's noch immer, und die Schlaueren im Publikum merkten, daß ich scheinbar einem Effekt aus dem Wege ginge, ohne ganz desselben entraten zu können.
Hier ist der Moment, Ihnen mitzuteilen, was Burckhard von diesem letzten Akt denkt. Ich schicke voraus, daß Burckhard mir das Stück mit den Worten zurückbrachte: er gratuliere

mir – und Ihnen, der es aufführen dürfe, denn er halte es für einen »pupillarsicheren Sensationserfolg«. (Ich habe nicht die moralische Kraft, Ihnen das zu verschweigen, aber es muß immerhin bedacht werden, daß sich manche Direktoren schon manchmal getäuscht haben.) Nur der Schluß des 3. Aktes ist nicht nach seinem Sinne. Er findet, daß Paul den Karinski niederschießen müßte (wobei es aber, wie ich zu bemerken bitte, nicht weniger knallte), da Paul, auf den Angriff Karinskis gefaßt, keineswegs warten würde, bis der ihm zuvorkäme. »Sonst wäre er ja ein Trottel.« Ich setze diese Einwendung, die mir im Moment, da sie ausgesprochen wurde, sehr plausibel schien, jedenfalls hierher. Auch die Befürchtung Burckhards, daß das Publikum seinen Unmut über Karinski nach alter guter Theaterweise am Autor auslassen könnte, sei erwähnt. Weniger wichtig scheint mir ein anderer Einfall Burckhards: daß die Naive (oder, wenn Sie wünschen, Sentimentale) schließlich noch den Karinski niederschießen sollte. Auch knallt es sogar, wenn Damen schießen, und so sind Sie ja von vornherein ein Gegner dieses Abschlusses (hier hätten Sie den guten Spaß: »Abschusses« nicht unterdrücken können).

Dieser Tage schicke ich das Stück dem Deutschen Volkstheater: es ist wohl nicht daran zu denken, daß es hier die Zensur passiert; sollte das Unglaubliche doch geschehen, so wird der Unannehmlichkeit, hier die allererste Aufführung zu erleiden, hoffentlich nicht schwer zu entgehen sein. Besetzen läßt sich das Stück im Volkstheater, mit Ausnahme weniger Rollen, sowieso nicht. Burckhard will ganz bestimmt zur Premiere nach Berlin kommen und hat mich ersucht, ihm den Termin so zeitig als möglich bekannt zu geben. Bald hätte ich vergessen, daß auch er bei der Riedel nach der Sorma und beim Karinski nach dem Kainz geschrieen hat. Geschrieen ist vielleicht etwas übertrieben, und das erzähl ich Ihnen ja auch nur sozusagen im Plauderton.

Hier haben wir am 19. die »Athenerin«, aber das wird Sie ja erst am 20. interessieren.

Zum »Hannele« und auch zum Sudermann-Abend viel Glück!
Mit den herzlichsten Grüßen und der Versicherung, daß in meinem nächsten Stück wieder die lautlosen Todesarten vorherrschen werden, bin ich Ihr treu ergebener

Arthur Schnitzler

An Otto Brahm 30. September 96

Mein verehrter Herr Direktor,
heute will ich Ihnen die Gründe sagen, welche mich bestimmen, bei meinem ursprünglichen Schluß zu bleiben, und zu denen sowohl Gründe der äußeren als der inneren Wahrheit gehören. Wenn ich die Sache für mich vereinfachen wollte, könnte ich mich darauf berufen, daß mir die Hauptfabel, die Linie des Stückes schon vor Jahren so, wie sie heute da ist, eingefallen ist und daß mir nie ein anderer Abschluß in den Sinn gekommen ist als der jetzt vorliegende. Es ist also offenbar tief in meinem Gefühl gewesen, daß mein Held nicht als Sieger, sondern als Märtyrer enden muß, wenn die Idee der Fabel wirklich herauskommen soll. Aber jetzt, wo ich gedrängt bin, dieses Gefühl auf seine Berechtigung hin zu untersuchen, wird mir erst klar, in wie lebendigen Notwendigkeiten es wurzelt. Paul vertritt das rein Menschliche, Karinski das Vorurteil einer verhältnismäßig kleinen Menschenklasse. Daß der Vertreter rein menschlicher Anschauungen gegenüber dem Vertreter beschränkter oder herrschender Anschauungen unterliegt, ist ein notwendiger und darum tragischer Abschluß. An dieser tragischen Notwendigkeit wird nichts dadurch geändert, daß in einem speziellen Falle der Vertreter der »reinen Menschlichkeit« durch zufällige Geschicklichkeit oder Kraft Sieger bleiben mag; der typische Fall bleibt, daß soziales Übereinkommen mächtiger ist als Verstand und Recht. Aber in unserm Fall kommt noch dazu, daß auch äußere Motive den Untergang Pauls herbeiführen. Karinski ist derjenige von bei-

den, der glühender haßt, und gewiß auch der Gewandtere und Rücksichtslosere. Er wird sich Paul nicht zuvorkommen lassen. Paul ist kein »Trottel«, wenn er nicht früher schießt, sondern er ist, was in seinem Wesen ganz begründet liegt, weniger entschlossen und weniger rasch. Ohne weiteres gestehe ich Ihnen zu, daß für den Moment dem Publikum der Tod Karinskis sympathischer sein könnte und daß der Tod Pauls (ich nehme an, daß die Sache bis dahin gut gegangen ist) Widerspruch hervorrufen wird – aber wenn nicht aus anderen Gründen, aus *dem* Grund fällt das Stück nicht. Denn gebe ich dem Stück den in gewissem Sinne versöhnenden Abschluß, daß der »Gute« siegt, so wird sich alsbald die Frage erheben, »wozu das Ganze«? Wenn Paul einen unbequemen Herrn auf diese Weise wegräumt, so ist die ganze Affäre eine Privatsache geworden, und die allgemeine Bedeutung ist verpufft. Denn die Leute sollen nicht mit dem Gefühl aus dem Theater gehen: »Wenn mich einer fordert und mich dann bedroht, werd' ich ihn einfach umbringen« – sondern sie sollen die Empfindung haben: so stehen die Dinge heute. Wenn einer, der zufällig zu einer privilegierten Menschenklasse gehört, sich unanständig benimmt und wenn ich ihn dann züchtige, so muß ich mich mit ihm schlagen – oder, wenn ichs nicht tue, so hat er nicht nur das Recht sondern sogar die Verpflichtung, mich niederzuschießen. Sie wissen sehr gut, nicht um diesen Effekt herauszubringen, habe ich das Stück geschrieben – mir ist die Fabel als solche eingefallen; aber wie ich nun den Boden untersuche, auf dem sie gewachsen ist, so stoße ich naturgemäß auf ihre Wurzeln.

Nun der zweite strittige Punkt. Sie wünschten, daß der Tod des Paul – oder sagen wir der Knall – hinter die Szene verlegt wird. Ich halte das für absolut unmöglich, ich meine: künstlerisch unmöglich. Nehmen Sie einmal den Fall an, es ließe sich machen, daß Paul erdolcht wird; Sie wären gewiß nie auf den Einfall gekommen, er sollte hinter der Szene erdolcht werden. Ich frage warum, warum, warum? Als einzigen Grund kön-

nen Sie mir angeben: es ist dem Publikum unangenehm, wenn auf der Bühne geschossen wird. Würde es sich um einen gemeinen Knalleffekt handeln, so wäre ja dieser Widerwille zu berücksichtigen – hier aber, wo das Erschossenwerden des Paul der logische und dramatische Abschluß des ganzen Stückes ist, wäre es eine Unehrlichkeit, diesen notwendigen Abschluß *hinter* die Szene zu verlegen. Und noch dazu eine, auf die selbst die geistig Minderbemittelten kämen. – Seien Sie, mein verehrter Herr Direktor, nur ganz überzeugt, daß ich die mancherlei Fährlichkeiten, die für den Erfolg des Abends drohen, zu überschauen vermag; aber es ist mir vollkommen unmöglich, aus lediglich äußeren Gründen etwas gegen meine künstlerische Überzeugung zu tun. Die wirkliche Verantwortung habe ja doch am Ende ich – und nochmals wiederhole ich, daß, wenn das Stück nicht bereits vor dem gefährlichen Schluß zugrunde gegangen ist –, der Schluß wird es nicht auf die Dauer zugrunde richten, und wenn mit Nebelhörnern gepfiffen wird.
Sie wissen auch, wie sehr ich geneigt bin, mich Ihrer Einsicht immer zu beugen (wenn Sie nicht gerade Strumpfwirkerskinder beseitigen) und wissen nicht minder, daß ich alles eher bin als eigensinnig oder gar verliebt in meine Einfälle – aber das sind nur ein paar Gründe mehr, die Sie veranlassen müssen, mir beizustimmen und mich nach meiner Façon selig werden oder durchfallen zu lassen.
Herzliche Grüße von Ihrem treu ergebenen

A. S.

(Es folgen noch ein paar Änderungen von geringer Bedeutung.)

An Paul Goldmann [21. November 1896]
[Telegramm]

ALSO DAZU SCHREIB ICH EXTRA STÜCKE GEGENS DUELL TAUSEND GRÜSSE UND GLÜCKWÜNSCHE

ARTHUR

An Paul Goldmann Wien 22. 11. 96.

So fest ich auch von dem glücklichen Ausgang überzeugt war, mein liebster Paul – ich bin doch jetzt froher als gestern um die Zeit. Noch vor Deinem Telegramm haben wir im Kaffeehaus von Deiner Redaktion das Resultat telephonisch erfahren. Und nun sage mir selbst – ist es nicht jämmerlich, daß Menschen wie Du solchen Möglichkeiten preisgegeben sind – oder, wie ich fast lieber sagen möchte, preisgegeben zu sein glauben? Ich habe von Leo manches gehört, ich habe auch Deine Artikel in der Fkt. Ztg. alle gelesen – Du hast Dich einfach prachtvoll benommen – auf *Dein* Tun und Schreiben hin allein müßte das Verfahren gegen Dreyfus neu aufgenommen werden.

Wenn in dieser Sache ein Erfolg erzielt werden wird; Dir wird er zu danken sein. Eine schönere Selbstlosigkeit hat selten ein Mann in Deiner Lage bewiesen. Es ist ebenso edel als blödsinnig, daß Du Dich geschlagen hast – wärst Du aber erschossen worden, so hätte die Ungeheuerlichkeit des Blödsinns alles andere verschlungen. Es ist vorbei – und ich hoffe, daß Du keiner neuen Gefahr entgegengehst. Ich wünsche dringend, daß Du Dich durch keinen Tropf mehr beleidigt fühlen mögest. Und wenn Du genötigt bist, einen zu insultieren, so wirst Du jedenfalls genau wissen, warum Du es tust, wirst also immer im Recht sein und kannst auf die lächerliche Fälschung verzichten, welche durch einen Kugelwechsel in klare Tatsachen hineingetragen wird. Du hast ja schließlich auch bewiesen – nachdem das nun einmal notwendig zu sein scheint – daß Du »Mut« hast; also auch von dieser Seite kann man nicht mehr an Dich heran. –

Vielleicht hast Du Zeit und Lust, mir näheres mitzuteilen; Du begreifst es, daß Deine Seelenzustände in den verschiedenen Momenten mich auch aufs lebhafteste interessieren, auch darüber sage mir etwas. –

Auf Deinen lieben Brief von neulich antworte ich Dir dieser

Tage. Von mir ist nur in Kürze zu melden, daß ich an den alten psychischen Sachen in störend hohem Maße leide. –
Leb wohl, mein lieber Paul, und nochmals tausend Glückwünsche, tausend Grüße!

Dein treuer Arthur

An Otto Brahm Wien, am 7. Januar 97

Mein verehrter Herr Direktor,
das ist wirklich sehr liebenswürdig von Ihnen, daß Sie mir diese wunderbare Empfehlung für Salten geschickt haben; sie wird wohl am stärksten ins Gewicht fallen und am besten seine Absichten fördern. Er hat Ihnen wohl schon selbst geschrieben.
Auch für die rasche Erledigung des Bahrschen Stückes muß ich Ihnen bestens danken; auf den Bescheid, der gekommen ist, hatte ich ihn, wie Sie sich denken können, schon vorbereitet, und so trug er ihn gefaßt.
Ihre freundlichen Wünsche für 97 sollen, wenn überhaupt, erst im Frühjahr in Erfüllung gehen, denn unser grauer Winter lastet diesmal auffallend schwer auf meiner Stimmung und meinem Befinden. Ich habe große Sehnsucht nach dem Bicyclefahren, und wenn ich mir eine schöne Zukunft vorstellen soll, so denke ich mich auf eine Wiese hingestreckt, das Rad an einen Baum gelehnt und unter freiem Himmel und in angenehmer Wärme und fern vom Straßenlärm eine gesunde und freche Komödie schreiben. Was die Wiese, das Hingestreckte und das gelehnte Rad anbelangt, so ist diese Erfüllung nahegerückt. Ich arbeite jetzt übrigens auch zu Zeiten – zehn Dialoge, eine bunte Reihe; aber etwas Unaufführbareres hat es noch nie gegeben. Auch eingefallen ist mir mancherlei, das kann aber ein Irrtum sein. Von den hiesigen »Glocken«-Besetzungsschwierigkeiten haben Sie wohl gelesen? Die Reinhold will wieder einmal ihre Entlassung, weil sie das Rautendelein nicht bekommt, oder auch, wie andre behaup-

ten, wegen der Hedwig in der »Wildente«. Nun, die »Glocke« kommt jedenfalls bald, wie Sie wissen, und, wie Sie noch nicht so sicher zu wissen scheinen, obwohl es ja gerade so sicher ist, Sie auch. Und bringen Sie doch Georg Hirschfeld mit. Er hat Ihnen vielleicht erzählt, daß moderne junge Mädchen in Wien keinen Mann nehmen, dem die »Mütter« nicht gefallen. Ich habe übrigens dieser Tage einen neuen Beweis für seine Popularität erhalten. Ein junger Autor schickte mir eins der komischsten Trauerspiele, die ich je gelesen habe. Der Held, moderner Gymnasiast und Dichter, wird dadurch charakterisiert, daß er gestern Abend zu den »Müttern« und heute in die »Jugend« geht. Auch Sie kommen in diesem Trauerspiel vor – wenn auch nur hinter der Szene. Aber Sie führen die Katastrophe herbei. Die Verwicklung ist nämlich, daß der Held alles Weitere von der Annahme seines Stückes am Deutschen Theater, dessen Direktor er kennt, abhängig macht. Er schreibt diesem Direktor, daß er innerhalb 24 Stunden Antwort haben muß – der Direktor (wie gut sind Sie charakterisiert!) schickt ihm sofort die Antwort – er refüsiert das Stück, und der Held wird wahnsinnig (sofort!).

Weil wir gerade vom Stück reden: erinnern Sie sich an »Lorenzaccio« von Musset? Haben Sie eine Ahnung, wie Sie sich einer guten deutschen Bearbeitung gegenüber verhalten würden? Es handelt sich natürlich nicht um mich, sondern um jemanden, von dem ich überzeugt bin, daß er die Sache gut machen würde. Keinesfalls, bitte ich, erwähnen Sie irgendwem gegenüber, daß die betreffende Idee in irgendeinem deutschen Übersetzerkopf besteht. – Haben Sie die »Verliebten« von Maurice Donnay gelesen? Ich finde sie entzückend. Machen Sie doch gelegentlich die Sorma darauf aufmerksam, wenn sie das Stück noch nicht kennen sollte. In Berlin ist's ja übrigens verboten worden.

Sie schreiben mir hoffentlich bald wieder. Ich habe mit Ihren Briefen immer eine ganz besondere Freude, was ich nicht erst zu versichern brauche. Grüßen Sie gütigst à discrétion. Auf Wiedersehen und viele herzliche Grüße!

Ihr treuer A. S.

An Georg Brandes Wien, 11. 1. 97

Verehrtester Herr Brandes,
in diesem Briefe finden Sie mein neues Stück »Freiwild« eingeschlossen. Nicht »weil ich Ihrer vergessen« – muß ich das wirklich sagen? – sende ich es erst heute ab! Wie Sie sehen, ist das Stück noch Manuscript; ich habe mich bisher nicht entschließen können, es als Buch erscheinen zu lassen. Auf dem Theater machte es ja seine Wirkung; in der Lectüre scheint es dürr und unangenehm. Ich empfinde das umso verdrießlicher, als ich glaube, daß mir die Komödie in glücklicherer Stimmung hätte gelingen müssen. Der Stoff ist mir lang nachgegangen, und obwohl man heute den Eindruck gewinnen mag, das ganze sei einer These zu Liebe geschrieben, so ist es mir seinerzeit doch aus dem Leben empor- und entgegengequollen. Und vielleicht kommt auch das Mißglücken selbst wieder aus etwas sehr Lebendigem her. Die weibliche Hauptfigur hat nämlich gerade in der Zeit, da der Stoff in mir reif wurde, einen Sprung bekommen, der sich dann, wie in einem an einer Stelle eingedrückten Spiegel nach allen Seiten fortgesetzt hat. Ich habe das Stück ein paar Mal geschrieben; es ist technisch reinlicher, aber innerlich nicht besser geworden. Ich habe also auf ein Schicksalswort gewartet, um Ihnen das Stück zu senden. Vielleicht wäre es auch eine Art von Unaufrichtigkeit gewesen, Ihnen, dem ich bisher schon so wunderbare Worte freundlicher Theilname verdanke, dieses Stück, das ich ja nun doch einmal gemacht habe und sogar habe aufführen lassen, zu unterschlagen. Hier ist es also, und mit ihm die herzlichsten und verehrungsvollsten Grüße Ihres treu ergebenen

Arthur Schnitzler.

An Georg Brandes Wien, 3. Feber 1897.

Verehrtester Herr Brandes,
Sie haben mir einen so herzlichen Brief geschrieben, das freut mich sehr. Es gehört wohl zu den angenehmsten Erfahrungen, einen Menschen, der einem längst viel bedeutet hat, sich auch menschlich nahe zu fühlen. Lassen Sie mich das weiter glauben.
Die Milde, mit der Sie mein Stück beurtheilen, kommt zum großen Theil wohl daher, daß Sie merken, ich selbst schätze es richtig. Ich meine, man schätzt sich und was man macht beinah immer richtig, wenn man nur überhaupt auf einem gewissen Niveau steht (Wo ist nun dieses Niveau? Da steckt die Schwierigkeit!) Man kennt sich selbst, und das Streben, nur halb unbewußt, geht dahin, sich selbst mißzuverstehen, was ja freilich nicht angenehmer ist als sich zu kennen. Das Leben will im allgemeinen doch, daß wir zur Klarheit über uns gelangen.
Wie kommt es nur, daß Sie mich nach dem Anatol für leichtsinnig hielten, jetzt für ernst? Und doch ist vielleicht beides richtig. Ich bin leichtsinnig in der Art, wie ich in Erlebnisse stürze und schwerlebig durch die Art, wie sie sich meiner bemächtigen. Ich glaube, jeder Mensch hat einen großen Lebensfehler, der ihn abhält sein Wesen zur möglichen Vollendung zu bringen; meine Sünde mag sein, daß ich nicht verstehe, was zu Ende zu leben. Daher befinde ich mich meist in einem Zustand beträchtlicher innerer Schlamperei; Dinge, in denen ich eben stehe, sind in Wirklichkeit vorbei; andere, die lange zu Ende gelebt sind, haben ihren Duft zurückgelassen – und der Duft von todten Sachen ist nie schön, die Blumen auf den Gräbern sind eine traurige Ausflucht. Ich glaube mit dieser unreinlichen, ja fast unmoralischen Art inneren Lebens hängt es auch zusammen, daß ich beinah in jedem Einzelfall gedanklich mit allen Möglichkeiten einer Weiterentwicklung fertig bin – und daß ich den Ereignissen selbst meistens als ein Ver-

blüffter gegenüberstehe. Jetzt eben hab ich manche Verdrießlichkeiten durchzumachen, die mich im Arbeiten ja sogar im ordentlichen Lesen stören. Aber bis zum Frühjahr muß manches in Ordnung kommen, und ich will ein bischen fortreisen. Da nehme ich mir Ihren »Shakespeare« mit worauf man sich freut, das soll man in Ruhe zu durchleben suchen; auch Bücher. Wenn mir was einfällt während der Lectüre, werde ichs Ihnen sagen, da Sie mir das so freundlich erlauben. Daß mir Ihr Buch gefallen wird, ist sicher; nicht einfach deshalb weil ich weiß, daß alles was Sie schreiben schön ist sondern weil alles was Sie schreiben, *Sie* sind. Und das ist viel, das ist alles beinah. Sie selbst haben das heuer in einer dieser wunderbaren Kopenhagener Stunden so einfach gesagt: »Was einer schreibt und ob er schreibt, ist eigentlich gleichgiltig, es kommt drauf an, wer schreibt –« Sie sagten es anders, besser, aber der Sinn war es.

Ihre Briefe haben fast alle etwas Wehmuth, Sehnsucht nach Einsamkeit im Schmerz über Einsamkeit liegt darin, beides. Ja übrigens gibts denn etwas, was traurig macht oder lustig macht? Ich meine, was die tiefere Trauer und die echte Heiterkeit gibt? Wir sind wie wir sind und das Leben hat fast so wenig Macht über uns wie wir über das Leben – Nun aber fange ich an, das Gegentheil von dem zu behaupten, was am Anfang dieses Briefes steht. Das läßt einen Verdacht gegen mich selbst in mir neu erwachen; daß ich nämlich nicht klug, sondern »geistreich« bin. Es sind wohl nur Anfälle.

Richard Beer-Hofmann bittet mich, Sie herzlichst zu grüßen.

Was ich zunächst schreiben möchte, ist eine Komödie, sehr gesund, sehr frech, und wo einer siegt. Denn bis jetzt sind meine Leute immer recht schäbig zu Grunde gegangen – und selten war es ein schöner Kampf.

Für heute, mein verehrter Herr Brandes, sag ich Ihnen einen herzlichen Gruß, vielen innigen Dank, und bin Ihr getreu ergebener

Arthur Schnitzler

An Olga Waissnix 26. 2. 97

Liebe Frau Olga, daß Sie so lang geschwiegen haben, ist durchaus nicht so brav als Sie sich einbilden; denn Ihre Briefe sind mir immer eine Freude, und desto mehr, je »voller mein Kopf« ist. Ich habe die letzte Zeit über viele Aufregungen durchgemacht; sie sind durchaus nicht vorbei, aber man gewöhnt sich an alles. Davon schreiben läßt sich nicht gut, erzählen werd ich Ihnen mancherlei, wenn ich wieder das Glück habe, Sie zu sehen. Wann wird das sein? Ich werde Ende März abreisen, bis dahin hoff ich bestimmt, aber ganz bestimmt noch manche Nachricht von Ihnen zu haben. Und wenn ich fort bin, müssen Sie mir auch schreiben; wie, wohin, theile ich Ihnen rechtzeitig mit. Ich glaube, daß ich nach Paris fahren werde – möglicherweise für zwei Monate; wohl auch nach London. Ich hab eine solche Sehnsucht in Ruhe zu arbeiten; wenns nur geht. Heftige Unruhen stehen noch bevor. Dabei geht äußerlich mein Leben den gewohnten Gang. Geschrieben hab ich den ganzen Winter über nichts als eine Scenenreihe, die vollkommen undruckbar ist, literarisch auch nicht viel heißt, aber, nach ein paar hundert Jahren ausgegraben, einen Theil unsrer Cultur eigentümlich beleuchten würde. Was ich zunächst arbeiten werde, weiß ich nicht. Wahrscheinlich zuerst ein paar Kleinigkeiten. Später ein Stück. Auch ein Roman entwickelt sich – den kann ich aber erst in ein paar Jahren schreiben. – Welches Stück, weiß ich noch nicht; kräftig steht eigentlich noch keins vor mir. Jedenfalls steht es fest, daß ich über alle Dinge nur das zweitbeste zu sagen vermag und es leider spüre. Mit dem, was in mir ist, könnte einer, der mehr Kraft der Gestaltung und Frechheit des Lebens hätte, Sachen ersten Ranges produciren; mir werden sie nie gelingen. Nun ja, das ist ja alles nichts neues. –

Ich lese: Boz, Zwei Städte; den Briefwechsel Goethe–Karl August. – In Gesellschaft bin ich ein paar Mal gewesen, und ein paar junge Mädchen haben leise an meinen Sinn und lauter an meine Sinne gerührt. Das hat mit der Hauptsache nichts zu thun. Der Frühling webt weiter; aber Frühsommer hieße er besser. Inconnue hat mir seit fast zwei Monaten nicht geschrieben – nachdem ich, durch andres bedrückt, auf die letzten Briefe nicht mehr geantwortet. – Menschliche Beziehungen entstehen, leben, blühen, machen Krankheiten durch, sind unergründlich, sterben, sind scheintodt, wachen auf wie Menschen selbst. –

Wie es Ihnen geht und hoffentlich daß es Ihnen besser geht, hoffe ich aus Ihrem nächsten Brief zu entnehmen, auf den Sie mich bitte sehr nicht lange warten lassen. Wie lange werden Sie in Abbazia bleiben? Verkehren Sie mit irgendwem? Dieser Tage werden es vier Jahre, daß ich hinuntergefahren bin. Wenn Sie nach Volosca spazieren denken Sie an mich. Und wenn Sie nach Lovrana spazieren auch. Dann sind Sie genöthigt, immer an mich zu denken, denn woanders geht man ja nie hin. – Lesen Sie was schönes? Plaudern Sie angenehm mit Ihrer Schwester? (die grüßen Sie vielmals von mir.) Wie können Sie sich mit der »Agathe« vergleichen? Das ist so anders, absolut anders! – Aber ein schönes Buch! –

Die wirklichen Künstler haben immer schaffen können: in Armuth, in Noth, in körperlichen Leiden, in Seelenschmerzen, mitten im Leben, wo es am lärmendsten ist, und den Tod im Angesicht. –

Und ich? –

Ihr Arthur Sch

Ich hab jetzt übrigens jeden Tag so viel Krankenbesuche zu machen, als wenn ich wirklich ein praktischer Arzt wäre!

Soviel; – also 3 oder 4. –

An Olga Waissnix 29. 3. 97

Verehrte liebe Freundin, sind Sie noch in Abbazia? So lange Zeit hab ich verstreichen lassen, daß Sie meinen Briefen am Ende schon wieder davongefahren sind. Dann schickt man Ih-

nen hoffentlich den da nach. Aber um mich darüber zu beruhigen, bitte ich gleich zu Anfang dieser Zeilen um ein Wort, nur ein Wort als Empfangsbestätigung.
Ich rüste mich zur Reise. Anfang nächster Woche fahre ich fort. Ende nächster bin ich in Paris. Ich sage Ihnen gleich meine Adresse: bei Dr. Paul Goldmann, Paris, 24 rue Feydeau. Dürfte bis Ende Mai ausbleiben. Es wird eine complicirte Existenz sein. Trotzdem möchte ich auch arbeiten; um mich von meinem Widerwillen gegen mich zu befreien. Ich möchte mich sehr gern hochschätzen, habe eine tiefe Sehnsucht nach Selbstbewußtsein, ringe mich nur selten dazu auf, komme mir oft lächerlich vor wie einer, der nur die Gebärden des Künstlers hat, sehe mich selbst als Wurstl dessen, was ich sein möchte . . Hatte gestern z. B., als ich im Bösendorfer Saal den 1. Akt Freiwild vorlas, sehr stark das Gefühl. – Gestört durch zwei Empfindungen, die sich zu widersprechen scheinen: Ekel vor den Menschen, – wahnsinnige Empfindlichkeit. Denken Sie, in der letzten Zeit verstimmt mich auch der Antisemitismus sehr stark – man sieht doch eigentlich mit merkwürdiger Ruhe zu, wie man einfach aus dem Geburtsgrunde von Millionen Menschen nicht für voll genommen wird. Ich habe ein so starkes Rachebedürfnis gegenüber diesem Gesindel, daß ich sie mit Ruhe persönlich hängen würde. Es wird bald wieder Zeit, die Tragödie der Juden zu schreiben. –
Verträgt sich: Bedürfnis nach Ungebundensein und nach Zärtlichkeit? Immer alles haben können und immer alles wegwerfen dürfen, das wär schön. –
Wie geht es Ihnen? In Ihrem letzten Brief haben Sie von einer klaren Besserung berichtet. Und jetzt? Also zu dem einen Wort, ob Sie diese Zeile da erhalten, bitte auch noch ein zweites über Ihr Befinden.
Bitte grüßen Sie Ihre Schwester. Am Ende seh ich Sie doch noch vor Paris?

Leben Sie wohl!

Ihr ArthSch

An Felix Salten 5 rue de Maubeuge
Paris 26. 4. 97.

Lieber Freund,
Richard schreibt mir, Sie sind einige Tage verreist! Wie? wo? – Ich habe mir hier mein Leben so gut als möglich eingerichtet und bin trotz »Thür an Thür« leidlich ungestört. Auch hat es sogar sein angenehmes. Theater, jeden Abend – wie wird man fertig? – Museen – jeden Tag – wie wird man fertig? Wohne recht nett, speise nicht übel. – Arbeite nichts; bin aber sehr aufnahmsfähig. – Entbehre Pilsner u Virginier mit afrikareisender Leichtigkeit. Komme mir vor wie einer, der Strapazen gewachsen ist. –
Einzelheiten in Wien.
Sagen Sie mir, wie es Ihnen geht, in jeder Beziehung. Herzlich
Ihr
Arthur Sch

An Richard Beer-Hofmann [Paris,] 26. 4. 97.

Lieber Richard,
allerdings würden Sie für Paris einige hundert Jahre brauchen!
Nur die Bouquinerien! – Und die Emaux aus dem 16. u 17. Jahrhundert im Louvre –
Ich schreibe so beiläufig her, wobei ich am heftigsten an Sie gedacht – und die Chinoiserien im Guimet –
Wäre ich Altenberg so würde ich sagen:
Paris ist »die« Stadt .....
La ville ....
Paris ist la grande ville ....

Im Ernst gesprochen (im Gegensatz zu Altenberg): Die *Form* für alles ist da, das ist das wesentliche. Die ganz großen schöpferischen Talente scheinen heute noch zu fehlen. Dagegen sind die reproducirenden da; die ununterbrochen für die Form sor-

gen. Auch die Decoration ist für alles da; jederzeit können die großen Künstler auftreten, ohne sich um etwas andres kümmern zu müssen als um ihr Genie. – Auch große Menschen jeder Art finden alles bereit; der Concorde-Platz scheint eigentlich nur auf einen neuen Napoleon zu warten.
– Aber diesen Brief hab ich nur angefangen um mich bei Ihnen nach Ihnen zu erkundigen. Wie geht es Paula?
Bei »uns« – mit »Riesenschritten«.
Bleiben Sie in Wien? –
– Darüber sein Sie ruhig: zu einem »wirklichen« Brief komm ich hier nicht.
Graf ist hier, Sie wissen ja, dem Sie eine zärtliche Empfehlung an Paul gegeben. Den treff ich natürlich immer. Also könnte der kleine Kraus bald einen Artikel über die Flucht aus Wien schreiben. –
Wie leben Sie? –
Ich: Vormittag Louvre oder Luxemburg oder so was; Abends immer im Theater. Entzückend die ganz kleinen. Es wimmelt von »Flohtheatern des Arthur Schnitzler«. Gestern oder vorgestern Nachm in einem dieser kleinen »la Bodinière« Aufführung von französ. Musik des 16. u 17. Jahrhunderts. – In andern werden diese hübschen Kleinigkeiten von Lavedan, von Courteline aufgeführt. Oder, wie ich's neulich in der »Roulotte« sah, ein Volkslied von zwölf Zeilen wird einfach »aufgeführt«. Er und Sie – kein lebendes Bild, was bekanntlich sehr todt ist, sondern sie *spielen* das Volkslied. –
Überhaupt »hier kann man schon einmal alles haben«.
Schreiben Sie mir bald.
Adresse 5 rue de Maubeuge.
Herzlichst Ihr

Arthur.

Paul schon 9 Tage in Frankfurt; kommt bald. –

An Hugo von Hofmannsthal 5 rue de Maubeuge
Paris 26. 4. 97.

Mein lieber Hugo. Seien Sie mir herzlich gegrüßt. Ich lebe im Innersten der Stadt wie ich in Wien um keinen Preis leben möchte; an der Kreuzung vieler Straßen, mitten im Lärm der Geschäfte u. des Verkehrs. Der Zufall hat es gefügt, daß ich gerade hier die Wohnung gefunden habe, wie ich sie brauche, und günstige Verbindungen von Goldmann haben sie mir verschafft. Ich sage *mir*, obwohl das nicht ganz richtig ist. Aber ich habe mein Zimmer allein u. so viel Freiheit, als unter den bekannten Umständen möglich ist. Manchmal möcht ich wohl lieber ganz allein sein; aber vielleicht ist es nur die Sehnsucht, nach der ich mich sehne. Ich bin nämlich bisher wirklich noch nie von Wien fort gewesen, ohne dort irgendwen zurückzulassen, um den ich mehr oder weniger »zittern« mußte; das geht mir vielleicht ab. Im ganzen aber fühl ich mich, wie Sie sagen würden »eher« wohl; insbesondere tritt das sonderbare ein, was sich immer beinah einstellt, wenn ich auf Reisen, besser: wenn ich nicht daheim bin; ich bin beinah gänzlich erlöst von den Bangigkeiten und Hypochondrien, die mir das Leben zu Hause oft so heftig stören. Aber auch daß ich gerade *hier* bin, freut mich. Es ist mir oft, als wenn ich hier lieber leben möchte als in Wien; aber das ist wahrscheinlich ein Irrtum. Von allem, was ich hier schon gesehn, möchte ich Ihnen lieber erst in Wien erzählen; denn ich frage mich vergeblich, was ich heraussuchen sollte. Das schönste hat mir bisher die Schauspielerei geboten; es ist einfach was andres als die Deutschen haben; nicht immer was bessres vielleicht – aber dem Wesen der Stücke, die sie spielen, wunderbar verwandt, was ja schließlich doch das wichtigste ist. Dramen scheinen sie ja hier (wo denn???) auch nicht mehr zu schreiben; ich habe Loi de l'homme (Hervieu); Douloureuse (Donnay), – Carrière (Hermant); – Snob (Guiche) – gesehen – es ist ein vollkommener Sieg des Feuilletons auf

dem Theater. Ich habe wohl auch ein bißchen das Gefühl des »Menschenfreunds« aus dem Raimund'schen Märchen gehabt, – aber können wir wirkliche Menschen uns auch »bessern«? Mit Bewußtsein entwickeln – das müßte wohl möglich sein! –
– Sagen Sie mir ein Wort, wie es Ihnen und andren Leuten, von denen Sie gerade erzählen wollen (was mir jedenfalls erwünscht wäre) geht. – Ich werde Ende Mai, spätestens Anfang Juni wieder in Wien sein. Das Wetter ist nicht schön; noch kenn ich eigentlich den Pariser Frühling nicht.
Grüßen Sie alle, die wir beide gern haben.
Herzlich grüßt Sie Ihr Arthur.
Auch Ihren Eltern, bitte, empfehlen Sie mich freundlich.

An Gustav Schwarzkopf Paris 9. 5. 97
rue de Maubeuge

Lieber Gustav. Ich rufe 9. Sie rufen 9 u. 18 (Zeilen.) Ich halte sie und rufe noch drüber – als Poker-Kiebitz verstehn Sie ja das. Den Empfang Ihres freundlichen Neides bestätige ich mit herzlichem Dank; ich wollte von andern so liebenswürdig geschätzt als von Ihnen beneidet sein. Im übrigen liegt mancher Anlaß vor, mich zu beneiden; – wenigstens für die abgelaufenen vier Wochen; da ich nichts verschreien will. Sie sind ein flüchtiger Leser der Zeit und haben wohl die Entrefilets gelesen, die in den letzten Nummern über Paris darin zu lesen waren; sie stammen aus der Feder des Herrn Graf und ich weiß nicht, ob Sie von Wien aus die ganze Läpperei dieser Notizen beurtheilen können. Allerdings ist es auch der Mühe werth hieherzukommen um Paris nur miszuverstehen; und auch hier gibt es eine hoffnungsvolle Jugend, welche bemüht scheint, das Wesen ihrer Heimat zu fälschen und das Leben zu misdeuten. Man hat sie mir neulich bei Gelegenheit einer Theateraufführg im »Œuvre« gezeigt. Ich habe Herrn Mauclair gesehn; zugleich Herrn La Jeunesse, der den erstgenannten bei der vorletzten œuvre-Vorstellg geohrfeigt hat und, wie man sich erzählt, daraufhinarbeitet, Kaiser von Frankreich zu werden. Er beginnt damit, Feuilletons zu schreiben und mystische Medaillen zu vertheilen. Ich habe zahlreiche andre Jünglinge mit praeraphaelitischen Fräuleins gesehn, die in den Couloirs herumgespensterten. Leider hab ich auch ein Stück gesehen, war aber nur den zwei ersten Akten gewachsen. Im ersten jammert ein Schwindsüchtiger, daß er schwindsüchtig und complicirt ist (Oh ma mère que je suis compliqué) und eine Blinde, daß sie blind ist; im zweiten kommen die Blinde und der Schwindsüchtige mit verbundnen Handgelenken herein: es ist eine Transfusion gemacht worden und der Schwindsüchtige wird gesund. Und die Blinde, welche noch im ersten Akt die Geliebte des Bruders des Schwindsüchtigen war, wird die Frau des Schwindsüchtigen. Man glaubt eben nicht, was die Transfusion für ein Wundermittel ist! Dann kommen noch zwei Akte, die ich nicht mehr gesehn habe und das ganze heißt: »Ton sang«. –

– Sehr interessant waren mir die drei Haupterfolge der Saison, Douloureuse, Carrière, Snob – hauptsächlich wegen der Familienähnlichkeit der drei Stücke. In allen dreien könnten vor allem die Titel gewechselt werden, ohne daß es ein Mensch merkt; ja ich hatte sogar den Eindruck, sie würden dann besser zu den Stücken passen. Alle drei sind keine Stücke; in allen dreien ereignet sich das wichtige *zwischen* dem vorletzten u. letzten Akt – u. wir müssen einfach dran glauben; in allen dreien ist der letzte Akt eigentlich nichts als ein sentimentaler Dialog der zwei Hauptpersonen, welche eingesehen haben daß u. s. w. – Aber gespielt wird – zum Entzücken.

– Ihre Ansicht über Reicher scheint mir die richtige zu sein; ich habe seine Größe nie begriffen, obwohl er, wie Sie wohl in der Zeit gelesen haben, »für mich eingestanden ist, als die guten Wiener noch über mich lächelten.«

Ich bleibe noch etwa 14 Tage hier, dann geh ich nach London,

und bin wohl in den letzten Maitagen in Wien. Sollte ich nicht auch Sie als Radfahrer wiederfinden? –
Leben Sie wohl und seien Sie herzlich gegrüßt!

Ihr Arth Schn

An Richard Beer-Hofmann Paris. 20. 5. 97

Lieber Richard, die Pariser Tage – sie werden wahrscheinlich bald »sehr schön gewesen« sein – nahen ihrem Ende; Montag fahre ich nach London und bin in den ersten Junitagen in Wien. Sie aber fahren bereits in den selben ersten Junitagen nach Ischl? Ich werde Sie doch hoffentlich noch in Wien finden? Beruhigen Sie mich darüber, indem Sie mir eine Zeile nach London schreiben. Meine Adresse ist sehr complicirt: bei Felix Markbreiter London S E. Honor Oak, Woodville Hall. –
Paul behauptet, so oft ich irgend ein Entzücken oder eine Befriedigung über irgend was hier äußere – und es wimmelt von solchen Gelegenheiten, daß Sie einmal geäußert, Paris hätte Ihnen nichts zu sagen. Sie werden das einmal beschämt zurücknehmen. Sie ahnen nicht, was Ihnen Paris alles zu sagen hätte und wie viel Sie gerne antworten möchten. Diese Stadt dampft von Cultur, und ich hab mich kaum über einen Menschen ärgern können, der mir zufällig heute grad sagte, er sei in Wien gewesen, denke gern dran zurück: c'est une gentille petite ville. Man spürt auch etwas wahres in dieser Phrase: daß eigentlich die ganze Welt in Paris enthalten sei; man hat eine Ahnung von Unendlichkeit, in der man beinah so einsam sein könnte wie in der Wüste. Wissen Sie, was mir eine große Freude sein würde? einmal mit Ihnen hieher zu kommen – nicht ohne Ihnen das Versprechen abgenommen zu haben, nicht bei jeder Auslage stehn zu bleiben. Ich würde Sie aber nie an die Seine führen, wo an den Quais auf den Steinbrüstungen Millionen Bücher liegen – Sie würden dazu allein zwanzig Jahre brauchen. Dort findet man, wie Sie gleich sehen

werden, alle Bücher der Welt; um mir eine Emotion zu verschaffen, hab ich mit einer Verkäuferin um ein Exemplar von »Mourir« »gefeilscht« – das Luder hat's mir für 60 centimes gelassen – unaufgeschnitten! (das Buch mein ich.)
– Mit Ihr bin ich sehr zufrieden; sanft, lieb, ein bischen rührend. Ich hab sie wahrscheinlich viel lieber, als wenn ich sie lieb hätte. – Wir . . . na, wir reden ja in Wien darüber. – Der Graf, dem Sie die Empfehlung an Paul mitgegeben ist, losgelöst von den Leuten, unter denen er noch einer der anständigsten ist, ein ganz widerliches Subjekt; verlogen und verlottert. Moralschule Altenberg, Beobachtungsschule Bahr.
– *Sie* sitzt, während ich Ihnen schreibe, im Nebenzimmer und liest eben die Scene zwischen dem Dichter (Biebitz) und der Schauspielerin, die ich übrigens geändert habe, so daß man sagen kann: Biebitz bleibt Biebitz! – Aber sonst haben Sie hoffentlich mehr gearbeitet als ich. Nach diesen zwei Dingen sehn ich mich unbeschreiblich: nach dem Schreiben und nach dem Bicycle! – Können Sie's endlich? (Bicycle natürlich.)
Seien Sie herzlich gegrüßt. Ihr

Arthur.

An Otto Brahm Paris, 23. Mai 97

Lieber Herr Doktor,
Ihr schöner Brief ist mir hierher nachgeflogen – oder nachgesprüht, und ich freue mich, daß Sie so freundlich meiner gedenken. Daß ich Ihre Anwesenheit in Wien versäumt habe, war einer der vier oder fünf Wermutstropfen im Freudenbecher meines Pariser Aufenthaltes; ich glaube geschmeckt zu haben: der bitterste. Im ganzen habe ich mich aber recht wohl gefühlt. »Habe«, sage ich, denn morgen früh reise ich nach London, und Anfang Juni hoff ich in Wien zu sein. Es scheint, Sie haben über Ihren Sommer noch nicht endgültig disponiert; auch meine Pläne stehen noch nicht ganz fest. Wahrscheinlich gehe ich im Juli nach Ischl; weiter weiß ich eigentlich noch

nichts Rechtes. Die Umstände dürften es fügen, daß ich schon früh in Wien bin. Bitte schreiben Sie mir jedenfalls eine Zeile, wie lange Sie im Riesengebirge bleiben und was Sie weiter zu tun gedenken. Ich möchte Sie sehr gerne irgendwo treffen, wenn's geht. Auch verspreche ich, Ihnen kein Stück vorzulesen; hauptsächlich weil ich im Sommer kaum schon eines fertig haben dürfte. Ich schließe das daraus, daß ich bisher keine Zeile an demselben geschrieben. Aber es kann geschehen, daß sehr rasch eines, wenn ich erst zur Ruhe komme, von Anfang bis zu Ende gefördert wird; denn es ist mir mancherlei eingefallen. Für die »Frechheit« stehe ich ein, ob es eine Komödie wird, weiß ich noch nicht so sicher; denn mit meinen lustigen Ideen geht es mir gewöhnlich so wie mit einem ungeheuer fidelen Stoff, den ich einmal meinen Freunden erzählte und wo es mir mitten im Erzählen passierte, daß die Sache immer ernster wurde, bis schließlich, zu meinem eigenen Erstaunen, der Held den grausamen Tod des Erstochenwerdens erlitt. (Wobei es wenigstens nicht knallt.) Aber es ist wirklich so: während ich sie überdenke, verdüstern sich mir meistens meine Stoffe, und die Leute, die ich zu schildern versuche, scheinen nicht die Kraft zu haben, gegen das Schicksal aufzukommen. Man muß entweder von einer wunderbaren Heiterkeit erfüllt sein oder von einer überlegenen Melancholie oder von einem edlen und großen Haß gegen alles Gesindel, einem Haß, der nicht zugleich die Einsamkeit fürchtet – um eine wirkliche Komödie schreiben zu können. Ich aber bin vorläufig ein Hypochonder, zu egoistisch, um das wahre Trauerspiel, zu leicht verstimmbar, um das wahre Lustspiel hervorzubringen. Sagen Sie's nicht weiter, und beachten Sie das etwas unverschämte »vorläufig«. – Ich hoffe sehr, Hirschfeld, von dem ich schon lange nichts höre, bei meiner Ankunft in Wien anzutreffen; es war davon die Rede, daß er radfahren lernen und mit mir ins Riesengebirge fahren sollte. Nach dem Bicycle und nach dem Arbeiten habe ich eine aufrichtige Sehnsucht.
Von der hiesigen Schauspielkunst habe ich große Eindrücke

bekommen, sehr mäßige von der dramatischen. Man spielt Feuilletons und Leitartikel – entzückende Feuilletons und geistreiche Leitartikel: aber diese Dinge versuchen kaum, Stücke zu sein. »Namen nennen«, ruft man im Parlament gelegentlich solcher Angriffe. Bitte, hier sind sie: die Feuilletons waren Donnays »Douloureuse«, Guiches »Snob«, Hermants »Carrière«, die Leitartikel waren Hervieus »Tenailles« und »Loi de l'homme«. Ganz charakteristisch ist es, daß beinahe alle Akte aller dieser Stücke in Zimmern spielen und daß diese Zimmer den Blick nicht einmal auf die Straße, sondern meist auf den eigenen Garten haben. Es weht nicht die Luft der Welt, kaum die der Stadt um die Menschen, die da auftreten. Sie atmen alle nur Parfums ein und aus. Und wenn sie abgehen, versinken sie in den Abgrund; es führt kein Weg ins Leben durch diese Türen und Gärten. Die Eleganz ist hier mehr als etwas Wohltuendes, das äußerlich über allem liegt, die Dingen und Menschen angenehme Farben und Töne gibt. Die Eleganz ist hier eine Weltanschauung, die jede andere beinahe auszuschließen scheint. Denn diesen Figuren bleibt einfach nichts, wenn man ihnen die Eleganz nimmt. Darüber wäre noch manches zu sagen, sogar besser zu sagen als zu schreiben; denn wenn man schriftlich vieles zusammenfassen will, läßt man sich notwendig zu leichten Übertreibungen und Stilisierungen verführen. Also genug.
Goldmann erwidert bestens Ihre freundlichen Grüße. Ich selbst hoffe, bald Angenehmes von Ihnen zu hören. Der Katarrh ist wohl nicht mehr einer Erkundigung wert? Ich bin und bleibe Ihr herzlich ergebener

A. S.

An Gustav Schwarzkopf Paris 23. 5. 97

Lieber Gustav, ich benütze den letzten Tag meines Pariser Aufenthalts dazu, um Ihnen für Ihre freundlichen Geburtstagswünsche zu danken – Sie sind und bleiben eben, trotz

Karlweis, der blutigste Satyriker von Wien! – Ich reise morgen nach London, will Ihnen aber nicht durch Angabe einer Adresse Verpflichtungen aufbürden und hoffe Sie sehr bald, wohl in den ersten Junitagen, »heiter« und wohl in Wien wiederzusehn.
Bis dahin seien Sie mir aufs herzlichste gegrüßt!

Der Ihre Arthur Sch

Um Misdeutungen vorzubeugen: der oben bemerkte »letzte Pariser Tag« wurde auch noch anderweitig benützt. Eben kommt Goldmann, der mich zu einem Ausflug abholt u mich bittet Sie bestens von ihm zu grüßen.

An Marie Reinhard

17 – und jetzt bleib ich einmal dabei, daß das 17 ist u der nächste wird 18 sein, wenn ich nicht wieder vergesse, daß dies hier 17 war

17. 6. 97.

Meine geliebte Mizi, gestern hab ich dir nicht geschrieben, wie du bemerkt hast; aber soviel an dich gedacht, mit soviel Zärtlichkeit u Sehnsucht als je. Im übrigen ist einiges zu erzählen. Vorgestern Abds war ich bei Julius u Helene nachtmahlen; habe wieder dieses eigentümliche Gefühl von Bedrücktheit empfunden. Gestern Vormittag bin ich im Liebhartsthal gewesen, um die von Frau K. im Annoncentheil des Tgbl.s entdeckte Wohnung zu besehen. Die Gegend unbegreiflich – nie glaub ich war ein Mensch, der in den 9 Bezirken wohnt dort. Wo die Ottakringer Straße aufhört, die noch nie ein Mensch bis zu Ende gefahren ist, kommt man plötzlich in irgend was, was beinah eine Landschaft ist. Ich habe mir allerdings immer gedacht, daß links von Dornbach auch etwas sein muß, nachdem rechts Döbling liegt; aber im ganzen war ich doch überrascht. Es ist beinah Gegend. Das Haus, das ich besichtigte, ist wie eine kleine Villa, ziemlich großer Garten, absolut schattenlos. Den Hausherrn hielt ich für den Hausmeister. Die

Gasse heißt: Erdbrustgasse; die Nummer: 1462 – aber es sind doch nicht 1461 andre Häuser dort. *Jahres*zins einer Wohnung (1 großes, 1 kleines Zimmer, Küche, Cabinet, große Veranda) 250 Gulden; – aber unmöblirt.. 3 andre Parteien im Haus; darunter (wahrscheinlich) der Componist Kienzl. Wozu die genaue Schilderung, da ich gar nicht dran denke, diese Wohnung aufzunehmen? – Frau K. hat vorgeschlagen, Möbel für das viertel Jahr auszu*leihen*, da das noch immer billiger käme, als eine möblirte Wohnung. Ja, mein Kind, die Zeit vom 1. Sept. an macht mir einige Sorgen. – Nachmittag hab ich eine Klosterneub-Weidlinger Radpartie gemacht (im Liebhartsthal war ich auch per Rad), wurde von Gelsen ganz jämmerlich zerstochen. Abds war ich mit Salten, was schon lang nicht vorgekommen ist, bis 1 im Café. – Der heutige (Feiertag) Vormittag ist diesem Brief und sobald er abgeschlossen, den Entrüsteten gewidmet; Nachmittag hab ich in der Brühl mit Hugo Rendezvous. –

Ich habe die Absicht, bereits in 8 Tagen Wien zu verlassen; Mama geht auf ein paar Tage, vor Ischl, nach Vöslau. Mit mir selbst steh ich wieder auf schlechtem Fuß.

Dein Brief, der heut gekommen (Nr 16! – wie bewundre ich deine ruhige Sicherheit in der Numerirung), erzählt das erste Mal von einem nicht ganz ungetrübten Wohlbefinden – wenn ich das »niedergedrückt von Müdigkeit« recht verstehe. Ich hoffe mein Schatz, daß das nicht lang gedauert hat; und daß du weiter so lieb, gesund, heiter, ruhig bleibst als ich es in unser *Aller* Interesse wünsche. –

– Und jetzt leb wohl, mein liebes süßes theures Mizerl! –

Mit tausend innigen Küssen bin ich Dein

Arth.

Paul G. grüßt dich herzlich.

An Marie Reinhard

20 . . aber ich fange schon wieder an zu schwanken –

21. 6. 97

Mein geliebter Schatz; heute früh und gestern hab ich zwei ebenso kurze als ersehnte (wie kurz waren sie also!) Briefe von dir bekommen, aus denen ich vor allem ersehe, daß du wohl bist und meiner mit Liebe denkst. Beides thut meiner Sehnsucht und meiner Zärtlichkeit wohl und ich küss' dich tausendmal. Daß du 2 Tage hintereinander keinen Brief von mir bekommen hast, wird sich lösen, indem du am nächsten Tag 2 erhieltest. Gestern, Sonntag, Schatz, hab ich dir nicht geschrieben. Es war ein windiger Tag, kalt u regnerisch, ich hatte etwas Kopfschmerzen und hab die eine Novelle (mit dem Unglücksfall bei der Reichsbrücke) wieder durchcorrigirt. Ich kann mich nicht trennen! Denn jedesmal find ich neue Fehler, neues, was ich besser machen könnte u. kann. (Ich trage mich jetzt auch lebhaft mit der Idee einer theilweisen Durcharbeitung des Freiwild für Wien; es läßt sich gewiß, auch von mir, noch einiges davon verbessern.) Nachmittag um 5 kam Hugo zu mir, zuerst plauderten wir, dann (es war etwas anständigeres Wetter geworden) lebemandelten wir in den Prater und soupirten in Venedig. . Du ahnst es – ! – Würsteln mit Kren. Dafür aber besuchten wir das Avenuetheater, und das offne Theater auf dem Campo I, und erheiterten uns durch verschiedene Kunstgenüsse, wie Hundedressur, Serpentintanz (der übrigens das schönste war was ich je in diesem Genre sah), Wiener Couplets u. s. w. Ein hocheleganter Einspänner brachte uns nach Hause. –

Heut war ich u. a. bei Frau K. – Auf die Annonce betreffs Wohnung sind nur wenige Antworten gekommen; ich annoncire morgen noch ein Mal und will mir einige der bisher angezeigten Wohnungen in den nächsten Tagen ansehn. Ich möchte das Forsthaus so gern umgehn. Was ich besichtigt theil ich dir mit. Vielleicht, wenn vernünftige Anbote einlaufen, bleib ich noch ein paar Tage länger in Wien, um so weit mit leichtem Herzen abzureisen. Wenn möglich, möcht ich aber schon Freitag weg. Halte also bereits die Antwort auf diesen Brief zurück, bis du genaures erfährst. – Anträge für *später* sind zahlreiche da; da wird nur die *Auswahl* schwer sein. Auch Dr. M. sagt mir, daß man in dieser Hinsicht alles haben könne, wenn man nicht zu eingeschränkt sei. –

– Meine Mama ist seit gestern in Vöslau, wo ich auch hinaus muß vor meiner Abreise. –

Heut mein Schatz geh ich endlich ins Theater, zu den Schlierseern die man sich ansehn soll, wie man sagt. – Auch heute bin ich zu Besuchs- u Besorgungszwecken herumgecycelt; das ist ja doch der eigentliche Sinn des Rades.

Grüß deine Mama, mein geliebter Schatz und sei tausendmal geküßt und umarmt von

Deinem Arthur

An Marie Reinhard

21.

22. 6. 97

Mein geliebter Schatz.

Da ich aus deinem heutigen Brief ersehe, daß ich dir zuweilen Antworten schuldig bleibe, will ich vor allem auf deine Fragen eingehen: 1) Die Aschantees brauchst du nicht beizulegen, wenn du dem G. die Wagnerbiogr. schickst. 2) In Hinsicht auf Freiwild (Prag) hab ich mich streberisch und habsüchtig entschieden, indem ich dem Dtsch Landestheater einen jüdischverlogenen Brief schrieb, sie könnten ja irgend eine phantastische Uniform nehmen, die der bairischen ähnlich sehe; keinesfalls aber (Rest von Ehrlichkeit) dürfe, wenn nicht Wien, irgend eine andre Stadt genannt sein. – 3.) Über die Schicksale der Lei (Abkürzung) hab ich nichts erfahren. –

Ich habe heute mit dem Rad Kundschaftsfahrten unternommen, war in Penzing (die betreffende Wohnung war bereits

vermiethet) und in Nußdorf, Greinerstraße. Altes Haus mit ziemlich großem Garten. Verhältnismäßig angenehme Hausfrau. Einige Leute wohnen dort, weiß nicht wer. *Un*möblirt u recht verwahrlost. – Ich werde weiter suchen u. meine Abreise wohl um ein paar Tage verschieben. Samstag werd' ich wohl fort. Also schicke auch an dem Tag wo du *diesen* Brief bekommst noch keinen weg. (Eventuelles wichtiges telegrafirst du.) – Übrigens hat meine Mama auf dem Umweg meiner Schwester bei mir angeklopft, ob ich *mit ihr* zusammen von Wien nach Ischl reisen möchte. Sollt es sich nur um 1 Tag Unterschied handeln, so reise ich natürlich mit ihr. Im übrigen muß ich sagen, macht mich Mama mit ihrer Unselbständigkeit und Unverläßlichkeit (in kleinen Dingen) recht nervös. Man erfährt in unsrer Familie nie etwas direct und nie kann man eine decidirte klare Antwort (von meiner Mama) haben. –
Heut hab ich mich auch über meine Tante geärgert. Ich kam (von Penzing u Nußdorf) verspätet, um 1; sie saß bei Tisch. Zugleich kam die Schriftstellerin Marie Herzfeld (auch eine entfernte Verwandte). Es erhob sich ein literarisches Gespräch. Plötzlich merken die Herzfeld u ich – daß seit einer ½ Stunde nicht weitergegessen wird. Aus purer Affectation u Trottelei ... »während eines so poëtischen Gespräches ..« – Diese Dame gilt für gescheidt! –
– Gestern Abd hab ich mich bei den Schlierseern erheblich gelangweilt. Sehr gut geschulte, zum Theil natürlich begabte Schauspieler wie manche andre. Warum sollen den Bauern nicht auch anständige Schauspieler werden, wenn Commis, Schneider, durchgefallene Gymnasiasten und alle möglichen ungebildeten, durch die Cultur nur erniedrigten Leute Theater spielen können? Der beliebte Komiker Terofal ist sogar bereits ein niederträchtiger Komödiant. Bahr hat (du hast ja die Zeit hoffentlich erhalten) natürlich bereits entdeckt, daß in Schliersee das Geheimnis der Schauspielkunst gelöst worden ist. Begründg lies bei ihm nach. – Das Stück Lieserl vom Schliersee ist zum Schwerkrankwerden. »Sich selbst« spielen

diese Schlierseer? .. Dann sind sie nicht auf der Welt! Denn die Leute aus diesen Stücken gibt's nicht. Allerdings müßte man sie, falls sie existirten, schleunigst ertränken, und zwar in Honig.

Ich war gestern vor dem Theater in der Redaction bei Bahr (er hatte mich bitten lassen, mir was zu sagen). Handelte sich um Neumann Hofer, Lessingtheater, der auf Jahrhunderte hinaus Contract mit mir machen will. Sehr günstige Bedingungen; aber ich habe nicht Anlaß mich zu binden, da ich ja schließlich, wenn ich was halbwegs anständiges schreibe, jedes Theater haben kann – außer dem Jubiläumstheater in Wien, wo man wahrscheinlich Dramen von Gregorig aufführen wird. – Bahr hatte eben Agnes Jordan gelesen; welches ihm Burckhard (zur Beurtheilg?) übergeben hatte. Hirschfeld hatte dem Burckh. geschrieben, er möge es *mir* zu lesen geben – ich hab's bis jetzt noch nicht; dagegen .. Manchmal ist unser lieber Timon Sums doch ein rechter Aff. – Klein kommt für gewisse Rollen ans Carltheater als Gast; also wenn ich dort drankomme, wird er den Karinski spielen, was sehr gut ist.

– Ich schließe jetzt; gleich wirds regnen u der Rest des Tages ist der 27. Umarbeitung meiner Novellen gewidmet. Gestern im Theater Direktor Koriconer lobte »Frau des Weisen«, welche ihn mit den Modernen versöhne, .. sie sei so decent. – Wie hätte er sich gewundert, wenn ich ihn für dieses alberne Lob – wie ich es mit der nötigen Macht sicher gethan hätte – in Arrest hätte werfen lassen –

– Noch eins mein Schatz. Ich theile deine Meinung betreffs der Wahrscheinlichkeit frühen Abschlusses (Sehr häufig! Aber nur beim ersten Mal. Später . . .) Umso lieber wär mir *gleich* was in der Nähe zu finden. Auf *Ausflüge* wirst du ja im *August* leicht verzichten, umso eher, wie ich mir schmeichle, wenn ich täglich bei dir sein kann.

Leb wohl meine geliebte Mizi!

Tausend Küsse!
Dein Arthur

An Olga Waissnix *Ischl 27. 6. 97.*
[Karte]

Liebe Freundin, seit gestern früh bin ich hier (Pension Leopold Petter), freue mich, daß es vor meinem Fenster grün und still ist, und finde es lächerlich, mit wie wenig Worten man für das unendlich vielfache auskommen will, das um uns und in uns ist. Was wir nicht ausdrücken können, empfinden wir schon als befremdend, als bedrückend; – warum? Lassen wir uns doch umrauschen, umblühn und umzaubern; dazu ist die Welt da; nicht um in Worte gefaßt zu werden!

Ihr
A. S.

An Marie Reinhard *Ischl 27/6. 97*
25.)

Meine geliebte Mizi, ich habe dir nur einiges über den gestrigen Tag zu erzählen, u eigentlich nicht viel. Den Nachmittag hab ich angenehm u allein auf meinem Zimmer verbracht, mit den Entrüsteten beschäftigt, u einem neuen Stück, dessen 3 Akte ich mit einem plötzlichen Interesse skizziert habe (es ist mir schon in Wien eingefallen) u das vorläufig unter dem Titel »Das Kind« gehen soll. Abds im Wald spazierengeradelt. Nach dem Nachtmahl zu Richard; mit ihm zu Paula, die in einem der letzten Ischler Häuser gegen die Traun zu, im Steinfeld, wohnt, sich sehr wohl befindet; wir gingen dann noch in der Abendbeleuchtg zwischen Holzplätzen und längs eines todten Traunbetts, wo Holz in großen Massen angeschwemmt liegt, spazieren; Glühwürmchen, fernes Gewitter, erleuchtete Fenster . . kurz die Regie war vorzüglich. –
Heut früh bin ich mit Richard, der ein blutiger Anfänger ist, nach Laufen geradelt, woher ich eben zurückkomme. –
Gestern bei der Table d'hôte die noch mäßig zahlreichen Gäste besichtigt, mir durchwegs ziemlich unsympathisch; schwachsin-

niges Sommercurortgetalke über Wetter, Ausflüge, Nachmittagssonne und Radfahren. Ich schwieg. Die meisten scheinen gerührt über ihre eigne Liebenswürdigkeit, Nettigkeit und machen den Eindruck, als wollten sie sagen: »Seht, so sind wir, freundlich gegen Leute, die wir kaum kennen, zuvorkommend, voll Humor, . . und doch steckt eigentlich noch etwas in uns – das kann man natürlich bei oberflächlicher Bekanntschaft nicht bemerken; aber es leuchtet zuweilen durch . . . .«
– Eben ist auch die »Zeit« gekommen – ein Artikel Bahrs über ein offenbar ganz kindisches Buch »Berliner Theater« von Linsemann: Ich war dabei, wie die Frau des Linsemann (eine Berliner Schauspielerin) Bahr besuchen kam. Auf diese Weise erzielt man Feuilletons von diesem Tropf. – Das Feuilleton ist danach. – Mein Ekel vor allem diesem Gesindel wächst ins Riesengroße. – Leb wohl mein Schatz. Morgen, morgen endlich wird ein Brief von dir da sein, hoff ich!
Von der Rudolfshöhe bin ich neuerlich entzückt; mein Fenster geht aufs Grüne, nur aufs Grüne, Wald, Wiese, – und Himmel, der übrigens blau ist. –
Leb wohl, meine Mizi, und sei tausend Mal geküßt! Ich sehne mich nach dir.

Dein Arthur

An Marie Reinhard *Ischl* 28. 6. 97
26.)

Meine geliebte Mizi, heut früh ist endlich der Brief gekommen. Ich kann dir nicht verhehlen, daß ich nach der langen Pause eigentlich ein Packet [!] erwartet hatte, aber ich hab' mich auch mit dem dünnen Brief gefreut, als ich deine Schrift auf dem Couvert sah. Ich freue mich deiner ungetrübten Stimmung, deines Wohlbefindens und deiner Liebe. Tausendmal küss' ich dich für all das Gute, was du mir schreibst.
Gestern, Sonntag, mein Schatz, hat sich mancherlei ereignet. Vormittag hab ich noch die 2. Scene des 2. Aktes von Freiwild

umgearbeitet. Nachmittag führte ich eine neue Skizze zum »Kind« aus und – du kannst dir mein Erstaunen vorstellen! – fing gleich darauf dieses Stück zu schreiben an, das sich mit merkwürdiger Raschheit bis in alle Details in mir entwickelt hat. Ein Schauspiel in 3 Akten, nein, ein Trauerspiel – alles stirbt; Vater, Mutter und Kind, aber diese Unannehmlichkeiten vertheilen sich auf die drei Akte. – Am Abend regnete u. gewitterte es, ich bummelte herum, traf Blumenthal, Nathorff (Onkel Hugos), Richard, Maran. Nach dem Nachtmahl redete ich mal mit dem Petter, der sich vom Messerputzer zum reichen Hotelbesitzer aufgeschwungen hat, einen auffallenden Verstand hat, eigentlich auch zur Race Burckhard etc gehört und eine Neigung zu Caesarenwahnsinn zeigt.
Heut gießt es seit dem Morgen, ich sitze auf der gedeckten Veranda; las Brandes, und werde so eben mäßig gestört durch die herumsitzenden und quatschenden Sommerteppen u -Teppinnen, von denen einige zu der von mir nicht geliebten Art der »lustigen Juden« gehören, welche Zusammensetzung ich als ein Verbrechen wider die Natur empfinde.
– Auf Wiedersehn (wie verfrüht) und tausend innige Küsse meine geliebte Mizi!

Dein Arth

An Hugo von Hofmannsthal Ischl, 8. 7. 97.

Mein lieber Hugo, gestern ist Ihr Brief aus der Fusch gekommen. Ich freue mich sehr, daß es Ihnen gut geht und weiß daß manche von den Versen die Sie »versuchen«, Ihnen gelingen werden. Glauben Sie das nicht selbst? Ich selbst schreibe an einem Stück, dessen zweiten Akt ich heute begonnen habe. Es ist nicht das, was ich mir vorgenommen habe, sondern ein andres, das mir als Einfall bereits vor ein paar Monaten in Wien gekommen und mir plötzlich, in den zwei ersten Tagen meines Ischler Aufenthalts mit großer Lebendigkeit, Scene für Scene klar geworden ist. Ich habe den ersten Akt mit viel

Liebe geschrieben, bin gegen den Schluß mißtrauisch geworden und fand ihn beim Durchlesen vorgestern blaß. Aus verschiedenen Gründen ist die ganze Stimmung wieder ins dunklere hineingeraten, aber die Hoffnung, daß es wieder besser wird, darf bestehn. Ich werde weiter arbeiten, wie man unter drohenden Wolken weiterfährt; (was doch eigentlich ein recht stupider Vergleich ist.) ((Ich hätt ihn doch ausstreichen können, ganz einfach?))

Ich muß vielleicht bald nach Wien, da ich in der Wohnungsfrage in der bekannten, noch mancherlei oder vielmehr alles zu ordnen habe. Das ursprünglich geplante Häuschen im Gebirg ist mir weggeschnappt worden. Es ist sehr ärgerlich. Natürlich bleibt es trotzdem bei unserm Salzburg, und ich freu mich sehr darauf. Sagen Sie mir nur gleich das genaue Datum, da ich mit den Tagen haushalten muß. Morgen schicke ich Ihnen den 2. Band Mozart. – Richard arbeitet wirklich; er scheint im dritten Capitel zu sein. Wenigstens hat er kaum zu was anderm Zeit und ist eine Radelraunzen wie ein kleines Kind.

Neulich bin ich nach Unterach zu Stri's geradelt; sonst mach ich nur ganz kleine Spazierfahrten, und plaudre mit einer merkwürdig gescheiten Frau sehr viel, die Humor hat, und ich versuche mich zu erinnern, ob ich schon je eine Frau mit Humor gekannt habe. –

Schreiben Sie mir bald.

Ich lese noch immer Tolstoi u. Brandes.

Herzlich der Ihre

Arthur.

An Marie Reinhard 18. 7. 97.

39.)

Meine geliebte Mizi, aus deinem Brief von heute geht eines nicht deutlich hervor: ob deine Mama wirklich die Absicht hat, mit deiner Schwester zusammenzutreffen. Ich kann doch nicht annehmen, daß sie dich eine Strecke nach Wien allein fahren läßt? Daß du die Tour von R. nach Wien in einem machst, halte ich nicht für gerathen; es wird sich unschwer ein Ort finden lassen, oder 2, in denen du rasten, resp. übernachten kannst: Ich überlege auch, ob es nicht vernünftig wäre, irgendwo von der Westbahnstrecke abzubiegen, so daß du nicht auf dem allerfrequent. Bahnhof zur allerfrequentirtesten Zeit eintriffst. Jedenfalls hat jetzt dein Schleier in Wirksamkeit zu treten. In Wien fährst du natürlich direct in die bis jetzt leider so unbekannte Wohnung. – Sorgen, mein Schatz, mach dir über alle diese Dinge nicht, alles wird so gut verlaufen wie bisher. – Ich erwähne gleich, daß dies der *letzte* Brief ist, auf den du mir nach Ischl antworten kannst; denn ich will Freitag früh von hier weg; möchte noch sehr gern die kleine Radtour machen. Das Wetter ist seit 3 Tagen miserabel. Von gestern ist zu erwähnen, daß mir Richard Abend die zwei ersten Capitel des Götterlieblings und den Beginn des dritten vorgelesen; mit vollkommener Objectivität muß ich sagen, daß sie von großer Schönheit sind und mich an manchen Stellen geradezu tief bewegt haben. – Die 2 Nummern der Zeit hast du hoffentlich bekommen? Das Wetter hier macht mich ungeduldig. – Heute will ich den 2.Akt neu anfangen. – Durch dieses Stück wird mir plötzlich meine ganze Schreiberei merkwürdig übersichtlich. Ich sehe eine gerade Linie: Märchen – Liebelei – Kind – Entrüsteten – von denen das erste die Liebe in ihrer Beziehung auf vergangnes, das zweite die Liebe als absolut gegenwärtiges, das dritte die Liebe in Hinsicht auf zukünftiges behandelt, während das letzte die Beziehungen zwischen Mann und Frau sozusagen endgiltig, mit Heiterkeit und in ihrem ewigen Gegensatz zu der sogenannten Sittlichkeit schildern soll. Freiwild war eine Sackgasse, aber dieselbe Bodenbeschaffenheit. – Nach den Entrüsteten wird wahrscheinlich eine andre Ideengruppe in den Vordergrund treten, wo vorerst die Hintergrundsbilder aus den Entrüsteten stehen bleiben werden. – Es wäre zu wünschen, daß es mit meiner Tiefe eben so gut bestellt wäre als mit meiner Klarheit. –

– Für heut leb wohl mein Schatz, denke in Liebe an mich und sei tausendmal geküßt von Deinem

Arthur

An Marie Reinhard 23. 7. 97

43.)

Meine geliebte Mizi, dieser ist also der letzte Ischler Brief. Ich will heute Nachmittag 4 Uhr nach Salzburg fahren; hoffe daß sich das Wetter aufheitert und radle dann morgen früh weiter. Ist das Wetter schlecht, so fahr ich vielleicht direct per Bahn nach Wien. Von Frau K. hab ich wieder einen Brief, immer dieselben Wohnungen, es ist schon zu dumm. Auf die Annoncen sind, wie Frau K. schreibt, keine Antworten gekommen. Sie schlägt am lebhaftesten eine Villa in Mauer vor (350 fl.) u eine in Hütteldorf (200 fl). Ich werde ja sehen. Sobald etwas definitives gefunden, telegrafire ich.

Nun, mein Schatz, ist noch über gestern zu berichten. Ich fuhr mit Richard nach Gmunden; waren in einer Loge bei Freiwild; ausverkauft (Regen), großer Beifall. Ich versuchte vergebens incognito zu bleiben; bald kam der Direktor u bat mich wenigstens nach dem 3. Akt herauszukommen, was ich natürlich nicht that. Ich ging nur auf die Bühne und sagte einigen verdiente, andern unverdiente Liebenswürdigkeiten. Am besten war die Naive Grossmüller und Pepi Weiß – die zu meinem Ergötzen die Pepi Fischer gab – ahnungslos; während alle sagten, so sei noch niemandem eine Rolle auf den Leib geschrieben gewesen. – Genachtmahlt haben wir (ich und Richard) mit Herrn Rottmann (der den Rönning schlecht gespielt hatte) (Zürich) und Herrn Kramer (der nächstjährige Liebhaber des Volkstheaters), später auch Cavar, der Direktor; der Vollständigkeit halber füge ich bei, daß keine Damen dabei waren. – Das Stück misfiel mir nicht, dagegen waren einige unge-

heuerliche Aenderungen geschehen – z. B. schlägt Karinski dem Rönning im letzten Akt den Säbel nieder oder entzwei, was nicht genau zu unterscheiden ist. Die Uniformen sind phantastisch montenegrinisch – was ganz egal ist, umsomehr als immer von Wien die Rede ist. – Der Herr Kohn ist in eine Frau Kohn verwandelt; den Director spielte Straßmayer (Raimundtheater) mit mangelndem Gedächtnis. – Übernachtete in einem herrlichen allzureich möblirten Salon (Hotel Schiff) – in der früh ¾7 nach Ischl zurückgefahren. – Jetzt, mein Schatz, tritt der Ernst des Packens an mich heran – ich habe doch eigentlich die Empfindung, dir entgegenzureisen. Nach einem fragenden Telegramm Hugo's erscheint es möglich, daß ich ihm in Zell am See begegne. –
Nun sag ich dir Leb wohl meine Mizi; von der Tour aus schreib ich dir vielleicht eine Zeile.
Ich küsse dich tausendmal in inniger Liebe und bin Dein

Arthur

An Richard Beer-Hofmann 25. 9. 97.

Lieber Richard,
ich weiß nicht, ob Leo Sie heute gesehen hat und Ihnen das Traurige bereits mitgetheilt hat. Das Kind ist todt. Es ist sehr schrecklich, viel schrecklicher, als ich je geahnt!

Ihr Arthur.

An Rosa Freudenthal Samstag. 2. 10. 97.

Verehrte gnädige Frau, eigentlich hab ich mir gedacht, – Sie kennen mich ja ungefähr – Sie werden überhaupt nicht mehr schreiben, ich werde nie mehr in meinem Leben was von Ihnen hören und Wien wird nichts andres für Sie bedeuten als die Erinnerung an ein ungemütliches Hotel, in dem man krank liegt; an ein langweiliges Stück, in dem zwei Königskinder eingeschneit werden; an lärmende Straßen, wo Gasröhren

herumliegen; an düstre Nachmittage zwischen Mutter und Sohn; an ein Museum, das gerade gesperrt ist, wenn man hinein will – ach Gott, Sie wissen, wie viel unangenehmes ich da noch vergessen habe. Oder unterschlagen. Aber jetzt scheint es doch, daß Sie doch an bessere Stunden zurückdenken; denn Sie haben ja doch geschrieben, endlich, – wenn es vielleicht auch nur ist, um den Schleier zurückzubekommen, den mir meine Mama bis zum Eintreffen Ihres Briefes verschwiegen hatte. Also hier ist erstens der Schleier, dann dieser (oder jener) Ring, dann auch die Gedichte, deren Abschrift zu verlangen Sie so höflich waren. (Ha!)
Seit Sie fort sind, gnädige Frau, ist beinah täglich was aus Berlin an mich gekommen, als wenn ich mich allmälig an die Poststempel gewöhnen sollte. Von Fischer Bücher, vom Deutschen Theater liebenswürdige Anfragen, von Hans Land ein neues Buch (da Sie Hollaender kennen, nehm ich an daß Sie auch Hans Land kennen), u. s. w. – Von der Agnes Jordan werden Sie gewiß viel Freude haben; Sie müssen mir bestimmt schreiben, wie jeder einzelne Akt auf Sie gewirkt hat; ich bin sehr neugierig. Ich selbst bin erst in den letzten Tagen ein bischen zum Arbeiten gekommen. D. h. ich habe das dreiaktige »Kind« (es wird anders heißen) dessen Sujet ich Ihnen erzählt habe, durchgelesen, und bin, von diesem Stoff aus auf einen andern gekommen, eine Novelle, die ich bald schreiben möchte. Ich fürchte, wenn ich den Plan lang liegen lasse, kommt sie mir zu metaphysisch vor – und ich glaube an das ganze gar nicht mehr. Übrigens – da Sie mir ja einmal erlaubt haben – sagen Sie mir ob Sie die Sache für möglich, für ausführbar halten – (so frage nur bei edlen Frauen an?) Ich will ein junges glückliches Ehepaar schildern. Im zweiten oder dritten Jahr der Ehe, während die Frau der Geburt ihres ersten Kindes entgegensieht, entfernt sich der Gatte von ihr und wird in eine sehr heftige und dunkle Leidenschaft zu einer andern hineingezogen, wodurch sein bisheriges Leben in seinem Gedächtnis beinah ausgelöscht wird. Es geschieht das sonder-

bare, daß er seine Frau, die er doch täglich sieht, sozusagen vergißt und das ungeborene dazu. Wie dann das Kind zur Welt kommt, ist es (ich lasse es den Arzt sagen, damit es glaubwürdig erscheint) von wunderbarer Schönheit, aber todt. Worauf es mir nun ankommt ist zu zeigen, wie dieses Ereignis auf den Vater wirkt. Wie längst überwundene Begriffe von Schuld und Sühne in ihm wach werden und wie er nach tiefen Zusammenhängen sucht, wo doch nur blinde Zufälle walten. Um diese Stimmungen zu erklären, lasse ich die ganze Natur mitspielen; den Himmel über ihnen, den Garten (es spielt auf dem Land) seltsam sich verändern; auf der Landstraße (Landstraßen sind immer unheimlich) merkwürdige Dinge sich ereignen. Wenn Sie sich an das dreiaktige »Kind« erinnern, wird Ihnen klar sein, wie aus dem der neue Stoff hervorgewachsen ist. Mitbetheiligt sind wohl an dem Einfall meine Abendfahrten mit dem Rad auf dem Land, wo man an Friedhöfen vorbeifährt und man immer das Gefühl hat, als wenn einem wer nachführe. – Entschuldigen Sie übrigens daß ich Ihnen heute so literarisch komme; – hätte ich Ihnen aus meinem Leben was gescheidteres zu erzählen, so thät ichs lieber. Aber ich sehe beinah keinen Menschen; nur im Theater bin ich gewesen, habe Zaccone (der sehr groß ist) dreimal gesehen. Denken Sie: Julius u Helene werde ich heut Abend das erste Mal seit Ihrer Abreise wiedersehen. – Von den Gedichten, die Sie verlangt haben, hab ich zwei, die ich besonders scheußlich finde, trotz des Kreuzels, nicht abgeschrieben. Na, überhaupt, – Verse, – nein!
Ich möchte bald, ja wenn ich die Wahrheit sagen soll, *sehr* bald, von Ihnen hören. Sie haben einen Schnupfen gehabt – also ich füge anständiger Weise die Hoffnung bei, daß Sie sich schon ganz wohl befinden. Ihre Wohnung ist auch schon in Ordnung nehm ich an, und so können Sie wieder drangehn, Ihr Leben weiter zu verplaudern und Menschenseelen zu verschlucken. (Schön ist der Vergleich doch eigentlich gar nicht, find' ich.)

Empfehlen Sie mich auch bitte Ihrem Gatten und sein Sie vielmals aber herzlich gegrüßt.

Arthur Schnitzler

An Rosa Freudenthal Samstag. *9. 10* [1897]

Verehrte gnädige Frau, wir haben hier einen so fürchterlichen Herbst, mit ewigem Regen, kothigen Straßen, einem schweren Himmel, der einem sozusagen bis vor die Fenster hängt – gibt es wirklich Leute, denen so was egal ist? – Trotzdem und trotz allerlei arbeite ich in den letzten Tagen (denn ich möchte ja doch wieder einmal aufgeführt werden –) Es fällt mir ein, gerade während ich diesen Brief an Sie schreibe, ziehen Sie sich an, um ins Deutsche Theater zu Agnes Jordan zu gehn. Wissen Sie überhaupt noch, daß Sie lange nicht in Berlin gewesen sind? Haben Sie schon alle Ihre Freunde und Freundinen wiedergesehen? Ich sehe beinah niemanden, habe stark das Gefühl des Einsamerwerdens; selbst Richard hab ich, seit Sie fort sind, im ganzen erst zweimal gesehen. Übrigens arbeitet er auch und wir haben ausgemacht, daß wir einander nur besuchen, wenn sich irgend eine besondre Veränderung zugetragen, weil wir ja so weit von einander wohnen und es so peinlich ist – fünf Stöcke zu steigen. Und natürlich gibt es keine Veränderung. Ob Ihnen der Bahr, den Ihnen Hollaender bringen will, gefallen wird, weiß ich nicht zu sagen. Auf die Dauer gewiß nicht, – ganz genau! Denn Menschenseelen, die nur mit Lampions beleuchtet sind, und in die kein Strahl Wahrheit und kein Strahl Größe fällt, eignen sich nicht zu längerm Aufenthalt; man geht gelegentlich drin spazieren.
Schön war es von Ihnen, meinen Brief so bald zu beantworten; der Briefträger hat ihn mir auf der Straße gegeben, beim Schein einer Laterne hab ich ihn gelesen, dann bin ich in die Bohème von Puccini (nein Oper) gegangen. Den Zaccone hab ich einige Mal gesehn; wenn er nach Berlin kommt, versäumen Sie nicht ihn anzusehn. Die Bemerkungen, die Sie zu

meinem Novellensujet machen, sind interessant, aber nicht durchaus zutreffend. Insbesondre vergessen Sie, daß ich ja gerade das »unbegreifliche« darin herausbringen will, sonst wäre ja die ganze Geschichte sinnlos. Daß Er eben Zusammenhänge ahnt, wo es für das gewöhnliche Auge keine gibt, macht den Vorgang sonderbar. Und daß seine Leidenschaft nicht nur tief sondern auch dunkel ist, muß ja einen Theil seiner eingebildeten Schuld ausmachen. Ich nenne sie dunkel, weil ich sie so schildern will, daß ihr die Freudigkeit und, mit dem absoluten Glauben an eine vollkommene Erwiderung, doch auch das letzte Glück gefehlt hat. Auch die Schönheit des todten Kindes hat für die Grundidee ihren Sinn: nicht an Lebensschwäche oder irgendeiner Krankheit, sondern durch eine Reihe seltner und unglücklicher Zufälle geht es zu Grund, obwohl es zu Gesundheit und Schönheit geboren wäre. Den Abschluß, der Ihnen durch den Sinn gefahren ist, find ich gewaltsam und psychologisch unhaltbar. Nach der Art, wie ich Ihn schildere, ist er kein »Aufjubler«, keiner, der sich »befreit fühlt«. Er wird sich im Gegentheil für eine Zeit in einer neuen geheimnisvollen Weise gebunden fühlen, bis die Schuldempfindung verblaßt und eine ungeheure Sehnsucht jene und alles, was damit zugleich entstanden, wieder ans Ufer seines Lebens wirft. So ist es menschlich; Ihre Lösung ist – jetzt kriegen Sie's! – literarisch. – Jetzt überlegen Sie sich: geh ich zu Fuß ins Deutsche Theater oder nehm' ich mir einen Wagen? – Ich möchte so gern, daß Sie mir den Verlauf dieses ganzen Abends schildern. Mit wem Sie gesprochen haben, was in Ihnen während des Stücks vorgegangen ist, von Akt zu Akt. Ich bin noch nie so lebhaft irgendwo gewesen, wo ich in Wirklichkeit nicht war, als heute bei dieser Première. –

Leben Sie wohl und seien Sie vielmals herzlich gegrüßt von Ihrem ergebenen

Arthur Schnitzler

An Hermann Bahr 18. 11. 1897

Lieber Hermann,
Deine Ansicht betreffs dieser weitgehenden Rechte des Regisseurs und des Vorlesers – nach Belieben zu streichen und zu ändern! – theile ich durchaus nicht. In Hinsicht auf »Regisseur« und auf »Streichen« könnte man ja manches zugeben; beim Theater handelt es sich nicht nur um *einen* Abend und das Mißlingen des ersten kann natürlich die schwersten Folgen haben. Auch versteht der Regisseur manchmal besser als der Autor, was des letzten Vortheil ist. Der Vorleser hat diese Entschuldigungen nicht für sich. Er hat einfach die Pflicht, die Dinge so zu lesen wie sie geschrieben sind. Ich will ihm noch etwas zugestehen: findet er das betreffende Werk zu lang und ist der Autor unerreichbar für ihn – z. B. dadurch daß er gestorben ist oder irgend einen anderen Ausflug in besondere Fernen gemacht hat, – so mag er kürzen. Kann er aber den Autor finden, so überlasse er *ihm* die Kürzungen oder lege ihm mindestens die seinigen (die des Vorlesers) vor. Aenderungen sind *absolut* unstatthaft, wenn sie nicht vom Autor selbst oder mit Zustimmung des Autors gemacht sind, wobei noch zu bedenken ist, daß auch gewisse Streichungen in ihrem Effekt nur dem Sinne nach als Aenderungen zu gelten haben. Würdest Du beispielsweise, um etwas Naheliegendes zu citieren, den Schluß von »Die Todten schweigen« streichen, so würdest Du auch ändern. – Wohin käme man also, wenn Deine Idee über die Souveränität des Vorlesers zu Recht bestände!
– In meiner Nov die Du vorlesen willst, bitte ich Dich zwei Lapsus' zu corrigieren: auf der vierten Seite, Zeile 22 ist der Satz zu streichen: »Die Scheiben klirren nur so stark weil der Sturm –« (der Wagen ist nemlich *offen*, hat keine Scheiben, die aus einer früheren Fassung stehen geblieben sind).
Auf der 16. Seite, Zeile 14, steht einmal Wohnzimmerthür statt »Wohnungsthür«. –

– Daß ich nicht dabei sein kann, wenn Du die Geschichte liest, bedaure ich wirklich. Du wirst sie gewiß zu starker Wirkung bringen. Herzlichen Gruß.

Dein Arth Sch.

An Marie Reinhard [Prag,] *24/11 97*
[Briefkarte]

Meine geliebte Mizi, ich komm eben von der Bahn in den Stern, der mir diesmal lang nicht so blau vorkommt als damals. – Herr Tew. und Frau B. haben mich an der Bahn erwartet – ja es scheinen entsetzliche Verhältnisse hier obzuwalten! Die Schauspieler haben gestern corporativ gegen die Aufführg von Freiwild protestirt. Es hat ihnen nichts genützt. Wie beliebt werd ich bei ihnen sein! Tausend Küsse Dein

Arth

An Marie Reinhard [Prag,] 26/11 97

Meine geliebte Mizi, heute ist mir wohler als gestern – vielleicht weil ich schon Nachricht von dir habe? – Dann auch weil ich in einem wohlgeheizten Zimmer aufgewacht bin. Ich küsse dich tausendmal zur Begrüßg – zum schreiben hab ich natürlich wenig Muße – wie du aus der Zeiteintheilg entnehmen wirst u wie vorauszusehen war. Aber dafür bin ich auch gleich wieder bei dir. Sonntag Nachmittg oder Nacht fahr ich fort. – Von gestern will ich noch einiges in Kürze erzählen. Probe um 11, Gespräch zuerst mit Angelo Neumann, der wegen der Abonnenten ein Wort weghaben wollte – das ich ihm aber nicht opferte. – Die Schauspieler alle willig, aber nur wenige ausreichend. Wirklich gut Thaller als Enderle. Hier wird es sogar der Pepi Fischer gelingen, schlecht gespielt zu werden. Einzelheiten würden mich zu weit führen. Ich mußte nahezu jeden corrigiren, in den Arrangements mancherlei ändern. Es ist im ganzen doch eine Schmiere – das Theater einer kleinen Stadt von kaum 30tausend Einwohnern – denn das ist ja das deutsche Prag. – Ich kam erst um 4 zum Essen, ging dann in mein Zimmer, las meine Sachen durch, kleidete mich an; von Teweles abgeholt, Vorlesung. Voller Saal. Ich las, wie mir vorkam, einen Theil der Novelle gut – zum Schluß nahte ein Hustenanfall, so daß ich überspringen mußte und den Schluß ganz stimmlos las und dadurch umbrachte. Die Pause bis zu den Weihnachtseinkäufen, am Vorlesetisch, verbracht ich mit Husten; traute mich nicht heraus mit der Stimme u las die Einkäufe sehr mäßig. Der Beifall war ziemlich stark; doch hab ich als Vorleser gewiß keinen Erfolg gehabt. – Dann Nachtmahl bei Bondys; Klar, Adler, Salus (lauter Prager Dichter) und ein paar Verwandte; gutes Essen; mit jüdischem Stolze dargereicht. Ich war müd und wäre lieber früher fortgegangen als um 1. –

Jetzt mein Schatz muß ich zur Probe – und Abds ist Generalprobe. Das Probiren ist mir natürlich wieder ein großes Vergnügen und ich habe das bekannte Heimatsgefühl hinter den Coulissen und die Empfindung alles besser zu verstehn als die andern. –

Samstag schreib mir bitte noch eine Zeile her; aber vor 5 Uhr Nachmittag aufgeben –

Hunderttausend Küsse! Ich bin und bleibe, mein geliebter Schatz,

Dein Arth

An Leopold Müller [Anfang März 1898]

Sehr geehrter Herr Sekretär.

Vor ungefähr zehn Tagen habe ich Ihnen geschrieben, – Sie haben entweder den Brief nicht bekommen oder eine Frage, die in dem Brief, wenn nicht ausgesprochen, so doch enthalten war, übersehen.

Die Frage wiederhole ich hier in einer Form, die jedes Misverständnis ausschließt.

Welcher Art war der Wink von oben, durch den Sie sich veranlaßt gesehen haben, »Freiwild« endgültig vom Repertoire abzusetzen?
Daß die Beantwortung dieser Frage den Autor des betreffenden Stückes interessiert, begreifen Sie gewiß, ebensosehr als Sie sich zu dieser Beantwortung vielleicht, weniger durch mein höfliches Ersuchen als durch Ihr eigenes Taktgefühl, verpflichtet fühlen dürften.

Achtungsvoll
[A. S.]

An Leopold Müller [Mitte März 1898]

Geehrter Herr Sekretär.
Ich bin wahrhaft trostlos, Ihren Unwillen erregt zu haben durch die besondere Kühnheit, mit welcher ich über das Schicksal meines Stückes einen Aufschluß verlangt habe – ein Unwille, umso gerechter, als Sie ja schon durch die einfache Nichtbeachtung meines ersten Schreibens Ihre Meinung, zu einer Auskunft nicht verpflichtet zu sein, in vornehmer Weise Ausdruck gegeben haben. Gestatten Sie mir trotzdem, hochgeehrter Herr Sekretär, Ihrem nachsichtigen Bedenken anheim zu geben, daß die Zumutung an einen Autor sich Mitteilungen über das Schicksal seines Stückes nur unter gewissen Voraussetzungen machen zu lassen, so ungewöhnlich ist, daß ich sie weder hätte vorausahnen, noch auf sie hätte eingehen können. Rechnen Sie noch hinzu, daß ich in meiner allerdings etwas krankhaften Phantasie mir einen Direktionssekretär vorzustellen vermag, der eine solche Mitteilung dem Hauptbeteiligten ohne Aufforderung von dessen Seite unverzüglich bedingungslos und in einer anständigen Form zukommen ließe und daß mich die Wirklichkeit einen schauen läßt, der jede Mitteilung für überflüssig hält, einen fragenden Brief kurzer Hand nicht beantwortet und auf einen zweiten Brief die Beantwortung mit Würde und nicht ohne Entrüstung verwei-

gert, wenn Sie das alles zusammenrechnen, so werden Sie die Verwegenheit eines gewöhnlichen Theaterschriftstellers gegen eine Person von dem Rang und der Bedeutung des Sekretärs des k. k. Carltheaters (Direktor Jauner) wenn auch nicht entschuldigen, so doch milder beurteilen .

Ich kann leider in meiner frohen Hoffnung nicht ebenso weit gehen was den Vorwurf des unpassenden Tons anbelangt, den Sie, hochgeehrter Herr Sekretär, gegen mich erheben. Ich habe die Abschrift jenes Briefes wiedergelesen und finde tatsächlich, daß ich in demselben an Ihr Taktgefühl appelliert habe. Ich fühle tief, daß ich für dieses komische Versehen auf Nachsicht keinesfalls Anspruch habe und bin in ausgezeichneter Hochachtung

Ihr sehr ergebener
[A. S.]

An Franz Jauner [März] 1898
[Briefentwurf]

Sehr geehrter Herr Direktor.

Auf meine Anfrage . . . über die Absetzung des »Freiwild« hat mir Ihr Herr Sekretär Müller geantwortet, Sie hätten darum ersucht und ihm auch Ihre Gründe mitgeteilt. Herr Müller setzte hinzu, »ich würde keinen Anstand genommen haben, Ihnen unter vier Augen und unter gewissen Voraussetzungen, diese Gründe bekannt zu geben, habe aber keine Veranlassung, dies auf schriftlichem Wege zu tun.«

Da nun ich, mein sehr geehrter Herr Direktor, durchaus keine Veranlassung habe, mich in geheime Verhandlungen mit Herrn Müller einzulassen und ich es durchaus unstatthaft finde, die Anfrage eines Autors, die Absetzung seines Stückes betreffend, nur unter gewissen Voraussetzungen beantworten zu wollen – eine Ansicht, die Sie zweifellos teilen – wende ich mich an Sie, sehr verehrter Herr Direktor, mit dem höflichen Ersuchen, mich recht bald Näheres über die Motive erfahren zu lassen, auf deren Kenntnis ich gewiß mehr Anrecht habe als irgend ein Anderer und die Sie mir, wie ich überzeugt sein darf, in keinem Fall vorenthalten werden.

An Georg Brandes Wien, 27. 3. 98

Verehrtester Herr Brandes,
es war wirklich nicht nothwendig, uns für etwas zu danken, was uns selbst so viel Freude gemacht hat wie die Möglichkeit, während Ihres Wiener Aufenthalts einige Stunden mit Ihnen zu verbringen; jedenfalls aber freut mich Ihre liebe Nachricht aus Sicilien, die mir von Ihrem Wohlbefinden so angenehme Kunde gibt. Über Ihre Aufnahme in Rom hatte ich schon irgendwo gelesen; der ungestörte Fortgang Ihrer Reise ließ mich auch vermuthen, daß Sie von Hause günstige Mitteilungen erhielten, was mir nun durch Ihren Brief erfreulich bestätigt wird. Wir haben auch aus Kopenhagen Ihre Bücher geschickt bekommen; herzlichen Dank dafür. Den Band aus den Hauptströmungen hab ich schon gekannt, in der früheren Ausgabe; dagegen habe ich Ihre Rede über das Nationalgefühl zum ersten Mal gelesen. Ich glaube, daß sie als ein wahres Muster ihrer Gattung gelten kann, da sie schwungvoll und sachlich zugleich ist.
Die Aufnahme des »Freiwild«, nach der Sie sich erkundigen, war hier am ersten Abend eine sehr gute; die Kritik war im ganzen wenig wohlwollend. Sie wissen, daß ich selbst eine geringe Meinung von dem künstlerischen Werth dieses Stücks habe; aber davon war wenig die Rede. Dagegen ist bei der Besprechung der angeblichen Tendenz so viel Bornirtheit und Verlogenheit aufgeflogen – wie Staubwolken, wenn ein galoppirendes Roß über die Landstraße jagt. Insbesondere die antisemitischen Blätter leisteten Unglaubliches in Denunziationen. Es ist schließlich so weit gekommen, daß die Direktion des Theaters nach sieben Vorstellungen »auf einen Wink von oben« (über den man mir selbst nur unter 4 Au-

gen Aufschluß geben wollte, was ich nicht annahm) das Stück absetzte. –
Mein neues Stück kommt im Herbst in der Burg dran (wenn die Hofzensur nichts dawider hat); jetzt habe ich ein paar einaktige Sachen geschrieben und möchte bald wieder an was größeres gehen. Bei dem neuen Schauspiel ist mir stärker als je ein Grundmangel meines Schaffens zum Bewußtsein gekommen. Ich finde nämlich, daß mir die Nebenfiguren meistens nicht übel gelingen; hingegen ist meine Hauptperson immer irgend wer, dem was sehr Trauriges passiert – und nicht viel mehr. Sie holt ihre Bedeutung aus ihrem Schicksal, nicht aus ihrem Wesen.
Die »Lust« von d'Annunzio, die Sie auf der Reise gelesen haben, war mir auch nicht sympathisch. Vor allem schien mir einiger Snobismus drin zu stecken; auch Bildungssnobismus. Dagegen wäre möglicherweise nichts einzuwenden, wenn nicht gewisse künstlerische Schwächen daraus hervorgingen. Ein Dichter hat gewiß das Recht zu sagen: Sie sah aus wie die Madonna von Rafael in Dresden oder er erinnerte sich an ein Porträt von Rembrandt, – aber er darf nicht verlangen, daß ich mir was vorstellen soll, wenn er schildert: Sie hat Hände wie die Dame auf dem Bild eines unbekannten Malers das in einer unbekannten Galerie in einer ganz kleinen italienischen Stadt hängt. Derartiges findet sich in der »Lust« nicht gerade selten.
– Was ich aber sonst von d'Annunzio kenne, hat mich mit Bewunderung erfüllt. Ich meine den »Triumph des Todes« und die »Unschuldige«. –
Wie lange bleiben Sie noch in Italien? Werden wir bald wieder von Ihnen hören? Ich brauche die »Wir« nicht näher zu bezeichnen. Paul Goldmann geht auf etwa ein halbes Jahr nach China und Japan, im Auftrag seines Blattes; er schifft sich am 5. April in Genua ein. Ich will in der Charwoche per Rad vom Brenner aus durchs Ampezzothal nach Venedig.
Von meiner Mama und Beer-Hofmann habe ich Ihnen die be-

sten Grüße zu sagen; mögen Sie, verehrtester Herr Brandes, angenehmes denken und angenehmes erleben und uns, wenn Sie sich auf der Rückreise wieder in Wien aufhalten (was dringend erwünscht wird), mancherlei davon erzählen. Herzlichst ergeben

Arthur Schnitzler

An Wilhelm Heller d.Z. Graz 15. 7. 98

Sehr geehrter Herr, ich danke Ihnen sehr für Ihr freundliches Schreiben und wünsche Ihren Absichten besten Erfolg. Auf Ihre Fragen zu antworten, scheint mir nicht ganz leicht. Mein äußeres Leben kann für die Oeffentlichkeit vorläufig kein Interesse haben – solang ein Künstler noch auf der Welt ist, thut man gut, sich ausschließlich an seine Werke zu halten; ja man kann sogar sagen, daß er mit diesen Werken unbewußt oder wenigstens gegen seinen Willen mehr von seinem Leben mitzutheilen pflegt, als nothwendig ist. – Die paar Daten – geboren 15. Mai 1862, in Wien, dort lebend, Doctor der Medizin 1885, ein paar Jahre Spitalspraxis; erste Veröffentlichungen (Gedichte und Novelletten und Einakter) in der »schönen blauen Donau« Redacteur damals Dr Paul Goldmann, (der auch die ersten Sachen von Hofmannsthal gebracht) – mögen genügen. – Die chronol. Folge meiner Schriften entspricht ihrem Erscheinen. – Daß irgend eine dieser Schriften einer Erklärung bedarf, glaub ich nicht recht, doch wenn Sie zu irgend einem Buch oder irgend einer Stelle einer Auskunft bedürfen, so stehe ich Ihnen mit dem größten Vergnügen zur Verfügung.

Mit verbindlichem Gruß

hochachtungsvoll ergebenst
Arthur Schnitzler

(Briefe bitte jeder Zeit an meine Wiener Adresse zu senden.)

An Hugo von Hofmannsthal [Fusch, 19. Juli 1898]

mein lieber Hugo, aus Ferleiten haben Sie schon meinen gedruckten Gruß bekommen, nehmen Sie noch einen geschriebnen aus der Fusch. Ich freue mich sehr hiehergekommen zu sein; vor zwanzig Jahren oder mehr bin ich zum letzten Mal hier gewesen. Jetzt eben komm ich mit Ihrem Papa aus Ferleiten zurück und Ihre Mama offerirt mir diese leere Seite. So werd ich mit Liebenswürdigkeiten überschüttet.
Auf Wiedersehen!

Von Herzen Ihr
Arthur.

An Marie Reinhard Gastein 21. 7. 98

Mein geliebter Schatz, deinen Brief hab ich in Bruck bei der Rückfahrt gefunden und bin über die Übersiedlungsnachrichten sehr betreten – Ja, Schatz, – wie wird das werden? Vergiß nicht: der 29. ist der späteste Termin f. d. Beginn – am 28. *mußt* du mit Lola von Graz abreisen. Ich verzichte nicht (auf dich wenigstens.) Ja – sogar –
Wie es mir während der ganzen Tour gegangen ist? – Ich habe mit unendlicher Zärtlichkeit u Sehnsucht an dich gedacht; mein
Seitdem ich unterbrochen wurde, von zehn Uhr früh bis jetzt, zwei Uhr Nachmittg, ist mancherlei geschehn: so ist u. a. dein Brief gekommen, in welchem du die veränderte Tour vorschlägst. Unter den gegebenen Umständen ist es gewiß besser, daß wir den Tag in Salzburg verbringen – selbst ohne Radausflug an dem betreffenden Tag. Wenn man nur einen Tag in Salzburg sein kann, hat es ja wenig Sinn, an diesem Tag *nicht* in Salzburg zu sein. Aber ob ich per Bahn nach Tegernsee fahre, will ich nicht so bestimmt hinstellen. Daß wir auf die große Tour im Herbst hoffen dürfen, freut mich sehr. Schön wär es, wenn du *vor* deiner Schwester nach Salzburg kommen

könntest – aber das ist ja wohl unmöglich. »Entbehren sollst du, sollst entbehren, das ist der ewige Gesang.«
Also, um auf meine Tour zurückzukommen – es war viel schönes dabei; doch hätte sie schöner sein können – mit etwas mehr – und mit etwas weniger. Zu einem Augenblick wirklicher Heiterkeit bin ich natürlich nicht gekommen. – In der Fusch habe ich durch Hofmannsthals einige Leute kennengelernt, eine Familie Speyer mit 3 Töchtern, durch diese Töchter Clara Sternberg auf dem Tennisplatz. Die Speyermädchen haben mir die Stätten gezeigt, wo Hugo Hofm. im vorigen Jahr gedichtet hat und waren beinah rührend in ihrer Andacht. Nach dem Nachtmahl spielte eine Speyer Clavier, dann Clara Sternberg, die einen Arzt, der Violine spielte, begleitete. Die Hofm-Eltern waren sehr liebenswürdig gegen mich, mit ihnen und einem Pfarrer aus Rudolfsheim aß ich zu Mittag. Außerdem sprach ich Fleischmann mit Frau (Wetzler) u Schwägerin. – Mit dem Wagen fuhr ich gestern nach Bruck, dort per Rad (eine Stunde etwa) nach Lend, aß dort, fuhr per Post (Landauer) (Gesellschaft: zwei Polinen und ein buckliger Bosnier mit Rad) nach Gastein. – Vom Hauptplatz durch den Hausknecht der Villa Wassing dahin geleitet. G. entzückte mich; die Lage der Villa und mein Zimmer mit Balkon, Blick hinab ins Thal, desgleichen. Im Hotel Fischer mit Mama u Schwester sowie Johann Klein (Vater Arthur Kleins etc) genachtmahlt – 9 Uhr schlafen. Heut früh Regen; tiefe Verstimmung aus den bekannten Gründen; – später schöner; spazieren im Wald mit Mama, Schwester, später Dr. Lothar Frankl (Professor) – begegnet Frau Lewinsky u Else, gegrüßt u vorbeigegangen. Ich glaube nicht, daß ich sie ansprechen werde – wenn sie's nicht thun. – Jetzt beim Fischer gegessen – und nun nach Haus. Stoffmuster von Grünbaum durchgesehn – da sich die Notwendigkeit eines neuen Bicycleanzugs evident herausstellt. Denn mit meiner scheinbar unverwüstlichen Tourenhose ist »etwas entsetzliches geschehn« – sie ist verwüstet.

– Von Gust. Schwarzk. eine Karte, daß er am 27. in Salzburg sein könnte – was hoffentlich zu stand kommen wird. – Ich werde wahrscheinlich Montag den 25. Nachmittg von hier nach Lend fahren, dort übernachten, am nächsten Tag per Rad nach Salzburg. Bitte schreibe mir also *Samstag* noch einmal hieher. Tausend Dank für gütige Durchsicht des Vermächtnisses und liebenswürdige Ergriffenheit. – Über den »Sohn« hab ich auf der Fahrt von Lend her ein weniges nachgedacht und einiges über die Familie der Heldin in Erfahrung bringen können. Vielleicht fang ich hier zu schreiben an – vielleicht noch heute. – Ich sehe eben vom Schreiben auf und schaue durch die geöffnete Balkonthür ins Weite; es ist unvergleichlich schön. Wäre mir nur Ruhe gegönnt. –
Leb wohl mein geliebter Schatz; ich denke dein in tiefster Zärtlichkeit!

Dein Arthur

Grüße herzlich Lola u Rudi

An Marie Reinhard Mürren, Donnerstg Abd
[Postkarte] [Poststempel: 19. VIII. 1898]

Bei schönstem Wetter in diesem unbeschreiblich schönen Ort angekommen, leider Kopfweh, und trotz Bestellung kein Zimmer; jedoch Lesesalon zum Schlafen – bis alle Leute alle Zeitungen ausgelesen haben. Tausend Grüße

Arth

An Marie Reinhard Mittwoch Abend.
[Ansichtskarte] [Poststempel: Ferrara 31. 8. 1898]

Eine unheimliche Stadt – wie hat sie noch den Muth, weiter zu leben? Sie selbst ist unberührt – das ist das Geheimnis aller dieser ital. Städte –

Tausend Grüße

An Felix Salten 24. 9. 98

lieber Freund,
den Lulu wird die kleine Gerzhofer, also ein wirkliches Kind spielen, welche Eventual. wir noch gar nicht in Betracht gezogen hatten, und was mir doch das weitaus beste zu sein scheint. Wenn Sie das Fräulein Metzl sagen, wird sie gewiß nicht im mindesten verletzt sein. Sie wissen, daß unter den wirklichen Schauspielerinen für mich nur Frl. Metzl in Betracht kam; aber das wirkliche *Kind*, das Talent hat, ist in der Rolle entschieden vorzuziehn.
Ich sehe Sie hoffentlich heut Abd.
Herzl Gruß

Ihr ArthSch

An Marie Reinhard Montag Nachmittg
[Berlin, 3. Oktober 1898]

Mein geliebter Schatz, also gestern Abend bin ich hier angekommen. Die Reise leidlich. Regen. Gelesen in Cellini; zwei Geschichten von Wassermann, mit guten, ja trefflichen Einzelheiten; eine sehr eigenartige Geschichte (Roman) von Dujardin, »les lauriers sont coupés«. Faber Abschied; Ankunft 9 Uhr, Savoy, schönes Zimmer um 8 M – das ich gleich gegen ein auch hübsches nur kleinres zu 5 M umtauschte. – Brief von Brahm im Hotel, Abends keine Zeit, morgen Probe – Schönes kühles Wetter, spazieren in den sonntäglich belebten Straßen, im Lindencafé eine Chocolade getrunken; 11 schlafen. Früh zu Haus gefrühstückt; Probe. Bis 2. Edles aber langweiliges Stück; der Eindruck bleibt, daß Toni eine nichtssagende Figur ist und das Stück nicht gesund wird, bevor sie abfährt. Die Lehmann rührte mich nicht genug; vielleicht weil sie mit dem Zwicker auf der Nase probirte und der Frau K.-t unangenehm ähnlich sah. Reicher wird den Berlinern vielleicht gefallen; bringt aber weder die äußerliche Vornehmheit noch die innere Roheit genügd zur Geltung und verschlampt beides zu einer sogenannten Natürlichkeit. – Rittner (Hugo) gut. – Sarow (Franziska) sehr begabt; in Einzelheiten trefflich, doch ohne die Fähigkeit (vorläufig) allmäliger Steigerung (Äußerlich unhübsch; aber eine Ahnung von Gediegenheit) Pöllnitz (Frau Lozatti) anständig, aber physisch zu dick und psychisch zu glatt. Lulu (Frl Elsinger) zu wienerisch aber wirksam. Dumont (Frau Winter) gute Haltung; ziemlich überlegen, in den leidenschaftl Stellen noch farblos. Frl. Lux (Agnes) nicht viel Innerlichkeit; Routine, sympathische Sprechweise. Winterstein (Gustav) vorläufig grau, ohne Wärme. Sauer (Ferdinand) gut, aber vorläufig durch die Regie zu sehr abgeschwächt. Dieses grau in graue Stück darf nicht noch mehr gedämpft werden. – Schluß des 2. Aktes ändre ich vielleicht noch. –

Im Savoy Hotel viel aber mäßig (kein Widerspruch) gegessen. – Dein Brief kommt; tausend Dank; hoffentlich bist du den Schnupfen schon los und schreibst mir auch an den Wochentagen so liebe Sonn u Feiertagsbriefe. Ich küsse dich tausendmal mein Schatz! Eine Stunde spazieren; begegnet: Carla Ernst u Schwester, Frl Kornfeld, Forster (Lola Beeth's Cousine) u Schwester, Frl Dovsky (Raimundtheater) und Familie (unbekannt) – lauter vacirende Kunst. – Jetzt zu Hause, dir schreiben. Für Abend zu Brahm geladen (kein Theater.) Sprach Fulda während der Probe einen Moment; morgen mit ihm u Faber nach Cyrano – Brahm sehr nett wie immer. Ohr sehr schlecht und störend. – Will heut noch Kerr aufsuchen, event. Jarno. – Berlin selbst wirkt angenehm auf mich, trotzdem alles einzelne: Gebäude, Straßenpublikum, Dialekt u. s. w. mir zuwider ist. –

Ich grüß dich und küsse dich tausendmal mein geliebter Schatz

Dein Arth

Habe Brahm vorgeschlagen, statt des 2. Aktes einfach im Zwischenakt Partezettel den kleinen Franzl vertheilen zu lassen. – Aber der Schluß ist wirklich schön – was hilfts? –

An Marie Reinhard [Dienstag] 5 Uhr
[Berlin, 4. Oktober 1898]

Mein geliebter Schatz, gestern Abend noch bei Kerr, sowie Jarno gewesen, ohne sie zu treffen; bei Brahm mit Georg Hirschfeld genachtmahlt, angenehm, bis ¼12; nach Haus. Heut früh Probe; Aenderungsversuche am 2. Akt, vorläufig erfolglos. Plötzlich, während des Aktes fiel mir das Vermächtnis als neues Stück, in 5 Akten (natürlich als Meisterwerk) ein. Wär man wirklich anständig, so müßte man jetzt das Stück zurückziehn u das neue schreiben. Aber man ist eben nicht anständig, sondern hofft auf die Kurzsichtigkeit der andern – und begnügt sich damit, sich selbst zu kennen und ist am Ende noch stolz darauf; so daß auch die beste Eigenschaft in Eitelkeit ertrinkt. – –
Bei »Kempinski« mit Kerr gegessen. – Telegramm (aus Wien nachgeschickt), sowie Brief, beide von Meyer-Cohn wegen Souper Donnerstag oder Sonntag. Ekelhaft. Werde heute hin, womöglich abschminken, wird wahrscheinlich nicht gehn. – Kopfweh heut; und unerträgliches Sausen; höre miserabel bei der Probe – Stimmung peinlich unten, begreiflicherweise. Heute zu Cyrano. –
Ich danke dir tausendmal für deinen lieben Brief, den ich vom Essen kommend, fand; ich freu mich daß du schon wieder wohl und küsse dich tausendmal in Zärtlichkeit u Sehnsucht

Dein A.

An Marie Reinhard Mittwoch Nachm. 4 Uhr
[Berlin, 5. Oktober 1898]

Mein geliebter Schatz; gestern war ich noch bei Meyer-Cohn, habe für Donnerstg Mittag annehmen müssen; dann Cyrano im Deutschen Theater. Die graziöseste Tragödienfälschung, die man sich denken kann; in Wirklichkeit eine lyrisch-theatralische Rococo-Anekdote; voll Geist, Liebenswürdigkeit,

Temperament, und von Gallicismus dampfend. – Die Darstellung einfach elend, von Kainz abgesehen. Wird im Burgtheater viel schöner sein. Wie die Kerle Verse sprechen, das ist gräßlich. Einige hab ich überhaupt nicht verstehn können, was mich natürlich ganz speziell verstimmte. – Nachher im schwarzen Ferkel (Weinstube) mit Brahm, Fulda und Frau, Faber. Mäßig amusant. Um 1 nach Haus, arbeitete den Schluß des 2. Aktes Vermächtnis um. – Heut Vormittg Probe; stets die gleichen Eindrücke. Die Künstler u -inen alle sehr nett; aber es spielt kaum wer außer Reicher seine Rolle gern. Nach Lessing (Regisseur) und den Mitwirkenden ist es eins der »schwersten« Stücke, die sie einstudirt haben. Die Dumont findet, daß sie eigentlich die Rolle von der Lehmann hätte spielen sollen, ist aber sonst sehr klug. – Brahm außerordentlich angenehm, fast noch mehr als sonst. – Ein Interviewer will mich sprechen; ich weiche aus; bin überhaupt nie – »ich bin einfach nicht zu Hause – « im Savoy Hotel Mittag gegessen. – Heute will ich Fischer, Bie, Heilborn absolviren (ev Entsch), Rendezvous Abd mit Georg Hirschfeld. – –
Mich wunderts, daß du Dinstag noch nicht meinen Montag Nachmittags geschriebnen Brief haben solltest (Bericht über die 1. Probe.) – – Ich schließ für heute und küsse dich tausendmal und sage dir, daß ich dich unendlich liebe, meine geliebte Mizi!

Dein A

An Marie Reinhard [Savoy-Hotel, Berlin] 7/10[1898]
Freitag

Mein geliebter Schatz; gestern bei Meyer Cohn gegessen, anwesend Erich Schmidt u Frau sowie Alfred Kerr; mäßige Langeweile. Von dort ging ich zu Harden, der mich wieder sehr interessirte. Dann zu Entsch. Dann mit Jarno zu »Zaza«, was mich actweise amusirte. Dann ins Gasthaus mit Jarno; dort: Brahm, S. Fischer und Philipp Stein (Journalist, neu.) – Brahm

brachte die Nachricht, daß sich der verheiratete Bruder von Georg Hirschfeld am Morgen erschossen (Morphium, Asthma). Sehr traurig. – Für Montag Abend war ich zu ihm geladen (zu dem Erschossenen) – Heute Generalprobe. Anwesend Gerh. Hauptmann, Fulda, Faber; Angelo Neumann, v Putlitz (Stuttgarter Intendant.) Das Stück, Eindruck wie immer – die bekannten Mängel enervirten mich noch mehr als sonst. Auch die andern scheinen meiner Meinung zu sein; betonen natürlich das gute stärker. Putlitz u Neumann nahmen das Stück gleich für ihre Bühnen an (ich werde also Millionär, selbst wenn das Stück morgen durchfällt). – Ich war recht herunter gestimmt. So betrügerisch kommt man sich vor, wenn man selbst so genau weiß, wo's fehlt und im Stillen darauf hofft, daß man die andern doch anschwindeln könnte. Denn wenn das darüber geschrieben wird was ich mir selbst denke, ärger ich mich doch. So verdirbt jede Oeffentlichkeit den Charakter, wenn man nicht entweder absolut groß oder absolut naïv ist.
Mit Faber hab ich Mittag gegessen, jetzt zu Hause deinen lieben Brief gefunden. Diese Lötis – na, dafür war ich heute auch in einem antisemitischen Restaurant zu Mittag. (Töpfer). – Heut ist ein wunderschöner Herbsttag – wie gern wär ich zu meinem Vergnügen hier, also mit dir – und wir würden nach Potsdam fahren oder nach Wannsee – und morgen Abend wüßten wir uns auch eine bessere Unterhaltung als das Vermächtnis Schauspiel in 3 Akten von Deinem Arthur, der dich innig und zärtlich und sehnsüchtig küßt und dich anbetet u für immer dein ist.

An Marie Reinhard Sonntag Vormittag.
[Berlin, 9. Oktober] *98*

Mein geliebter Schatz, also gestern Nachmittag bin ich mit Julius spazieren gefahren u gegangen; dann nach Hause; in recht übler Stimmung; ins Theater. In der Loge bei Brahm. Nach dem 1. Akt starker Beifall, 2malig Hervorruf; doch stellt sich heraus, daß der Akt für die Bühne nicht ganz gefahrlos ist; der 2. Akt ließ nach, aber viel weniger als ich vermuthet; wieder 2malig Hervorruf; aber ein ganz leiser Widerspruch. Im 3. Akt hatte ich in der 1. Hälfte die Empfindg, daß es schief gehen müßte – aber der Schluß schlug viel mehr ein als irgend wer erwartet; ich wurde 6 mal, unglaublich lebhaft gerufen. Die Mitwirkenden u Brahm, wir alle waren höchst erstaunt. Es war äußerlich mein stärkster Erfolg. Ich brauche dir nicht erst zu sagen, daß das Stück dadurch nicht besser geworden ist. Trotzdem freute ich mich, daß der Betrug gelungen war. – Dann, das unvermeidliche im Hotel Central, chambr. sep. diesmal. Anwesend: Brahm, Fulda und Frau, Lessing und Frau, S. Fischer u Frau, Jarno, Rittner, Winterstein, Jonas, Faber; mein Bruder; (– Ich ahne deine Frage, mein Schatz. Ja; 120 Mark alles zusammen.) (Aber dafür wirds heute ausverkauft.) – Man blieb bis ½2; es war erträglich. – Heute früh die Zeitungen constatiren alle den Erfolg; und schreiben im ganzen über das Stück besser als ich drüber denke. Die Tonart variirt natürlich; einige haben Sympathie, andre Antipathie für resp gegen mich; am meisten bin ich wieder in den antisemitischen Zeitungen gelobt. – Ein paar, die ich schon gekauft, schick ich gleich mit – das andre folgt morgen. – Heut Abend geh ich wieder ins Theater; Mittags bin ich mit meinem Bruder u Faber zusammen. Ich bleibe noch ein paar Tage da, mein Schatz; jedenfalls über die Dinstag Vorstellung. Donnerstag oder Freitag bin ich in Wien. Hier sind die Tage wohl kühl, aber schön – wäre es nicht möglich, daß du dich für eine kleine, ganz kleine Herbstreise frei machtest –? Zwei Tage? – Ich sehne mich, nicht nur nach dir, ich sehne mich, irgendwo in Ruhe allein mit dir zu sein; – wenn ich denke, daß unser Wiedersehen, so schön es an sich ist, doch ganz anders sein müßte als es sein wird.

– Wahrscheinlich werd ich noch einen dieser Tage benützen, um einen Ausflug nach Potsdam und Wannsee zu machen;

ich bin nie dazugekommen, mir die Umgegend von Berlin anzusehn. Vielleicht schließt sich Faber an.
– Geradelt wird hier unglaublich viel – die Straßen sind herrlich. – Also, mein geliebter Schatz, Dinstag schicke die letzte Zeile hieher. – Leb wohl für heut, meine Mizi, und behalt mich lieb. Ich küsse dich hunderttausendmal in unendlicher Zärtlichkeit.

Dein A

An Marie Reinhard Montag Nachmittag
Berlin [10.] *Okt 98*

Mein geliebter Schatz, nachdem ich gestern meinen Brief weggeschickt, bin ich mit Julius im Thiergarten spazieren gegangen; mittagmahlte im Hotel mit ihm, Kerr, Faber, u Jarno; saßen lang zusammen, dann wieder spazieren, Jul. zur Bahn begleitet, dann zu Brahm (wo Rittner), mit Br. ins Theater; war fast nur hinter der Scene, wurde nach jedem Akt 2mal hervorgerufen; das Haus war sehr gut besucht aber lange nicht ausverkauft, was auf eine geringe Nachhaltigkeit des gestrigen Erfolges schließen läßt. Am stärksten wirkte wieder der Schluß des 3. Aktes. Genachtmahlt mit Brahm, Erich Schmidt und Frau Schlenther; beide letzteren waren sehr freundlich gegen das Stück u mich. (Aus deinem Brief entnahm ich den Wiener Aufführungstermin und das Fehlen der Sandrock im Personenverzeichnis. Wer denn?) – Begleitete noch Brahm bis nach Hause; er war sehr herzlich zu mir. – Heut früh las ich noch die Telegramme in den Wiener Blättern, die mich angenehm überraschten; war dann im Theater, um nach dem Regieexemplar einige Striche u Aenderungen in das meine einzutragen; dann bei Georg Hirschfelds Vater condoliren, dann bei Eysler (lustige Blätter) um mich wegen Ablehnung einer Einladg zu entschuldigen, dann bei Freudenthals, zu demselben Zwecke, speiste in einem kleinen Restaurant mit einem des Morgens zufällig begegneten oder besser gesagt mich im Savoy Hotel schon gestern aufgesucht habenden Wiener Bekannten, namens Paul Scharf; bin jetzt zu Hause, um eine Anzahl Briefe u Telegr zu beantworten. – Muß heute noch Entsch aufsuchen (um eine Einladg abzulehnen), gleiches muß ich noch bei Bie u S. Fischer – es enervirt mich zu sehr; Abends bin ich mit Faber zusammen, »bummeln«; morgen will ich nach Potsdam (habe Georg Hirschfeld dazu gebeten) (Abends zu Brahm) und übermorgen Mittwoch denk ich Abend nach Wien zu reisen. Ich hoffe Donnerstag früh ein Wort von dir zu Hause zu finden, wo du mir sagst, wo u wann wir uns wiedersehen.

– Über mein Befinden ist nichts neues zu sagen; der Erfolg hier hat es natürlich nicht geschädigt. Meine Lust, das Stück wieder umzuarbeiten, ist beträchtlich; – obzwar nichts radical hülfe, als die Toni ganz neu erfunden. – Die Aufführg meiner Stücke hier im Anfang des Frühjahrs ist nahezu sicher; über die Gefährtin werden wir, mein Schatz, noch zu sprechen haben. – Daß die antisemit. Zeitungen beinah am günstigsten sind, hab ich dir schon gesagt; eine findet, daß man mich neben – nein, das kann ich dir nur mündlich sagen, was dieses Hornvieh (Ausdruck von Brahm) schreibt.

Ich wünsche dir eine gute Unterhaltg bei Cyrano; es wird ein großer Erfolg werden, glaub ich. Auf deinen Vorschlag bin ich sehr begierig –

Leb wohl, meine Mizi, und sei zärtlich umarmt von Deinem

Arth

An Marie Reinhard Berlin 11/10 [1898]

Mein geliebter Schatz, ich bin heut in einer Weise vergrippt – schrecklich. Was nicht hindern soll, daß die Chronik folgt. – Gestern Nachmittag, nachdem ich außer dem Brief an dich eine Anzahl andrer, officiöse geschrieben, ging ich noch zu Entsch; Abends holte mich Faber, wir gingen in ein Varieté, besser gesagt, zu einer jüdischen Volkssängergesellschaft; à la Budapester. Herr Donath Herrnfeld Schauspieler. – Ich ging gleich nachher, mit der beginnenden Grippe, nach Haus. Heut Vormittag war ich in Potsdam, Sanssouci, im Park spazieren, fühlte heftig meine Einsamkeit. Es war sehr kühl und herbstlich. Um 2 speiste ich allein im Hotel. Telegramm von Schlenther, ich möge der Sandr. bezeugen, daß *ich* die Rolle der Emma W. für sie bestimmt, was ich gleich that. In Berliner Morgenblättern stehen heut schon Telegramme von der neuen Sandrock Krise u daß sie im Verm. die *Mutter*rolle, Mutter der Hohenfels, nicht spielen will. – Heut will ich doch noch zu Neumann Hofer, Heilborn; bin dann, auf spez. Wunsch Abends mit Georg Hirschf. zusammen, dann (vielleicht mit G. H.) zu Brahm. – Morgen Vormittag will ich etwas Kunst sehn; event. mit Kerr speisen u Abends abreisen. Ich bin froh, daß ich alle Einladungen abgelehnt. –

Also dem Herrn Lewinsky gefällt das »Verm«? – Das hat dem Stück grad noch gefehlt. – Die Pelik.gasse ist nicht allzu weit von der Frankgasse. – Die Loews sind mir so zuwider als möglich. Getaufte Juden mit clericalen, sportlichen und snobischen Anwandlungen. – Deine Post an Br. werd ich natürlich nicht bestellen. – Mein Schatz, Donnerstag früh hoff ich in Wien anzulangen. Gleich nach mir hoff ich trifft eine liebe Zeile von dir ein und sagt mir verschiedenes, was ich wissen möchte. – Von mir, mein einzig und zärtlich geliebter Schatz hörst du alles weitere von Mund zu Mund

Dein Arth

An Hermann Ubell Wien, 16. X. 98

Lieber Herr Ubell,

Ihren schönen Artikel in der Zeit hab ich gelesen – mit dem gemischten Gefühl, das mich gegenüber solchen Worten voll Herzlichkeit und Überschätzung leicht erfaßt, – mit Freude und doch auch mit einer Art von Verstimmung. Sie wissen, daß ich nicht den Bescheidenen spiele und daß ich es nicht bin; und manches von dem vielen freundlichen, was Sie über mich ge-

schrieben haben, nehme ich gern entgegen. Aber zu manchem andern, z.B. zu dem Wort vom dramatischen Dichter (die Location wollen wir lieber ganz beiseite lassen) muß ich mit Walther Stolzing sagen »Wär ichs doch – « Lassen wir also diese Bemerkung als einen Wechsel gelten; – wer weiß, wie oft Sie mir ihn noch prolongiren müssen.
– Im übrigen ist noch vielerlei interessantes in Ihrem Aufsatz und eine Unterredung darüber wird hoffentlich nicht gar zu lange hinausgeschoben werden – Sie kommen doch bald wieder nach Wien?
– Ich habe von Graz aus noch eine schöne Reise gemacht, zu Rad, Wagen, Bahn, manchmal beinah zu Fuß. Der Abschluß war eine kleine Tour durch kleinere oberitalienische Städte. Wie haben Sie den Sommer verbracht?
Herzlichen Gruß. Ihr

Arthur Schnitzler

An Ludwig Fulda 28. 11. 98

IX. Frankgasse 1.
Wien.

Lieber Herr Fulda,
der grüne Kakadu ist von der Polizei in Berlin zur öffentlichen Aufführg im Deutschen Theater nicht zugelassen worden. Im Einverständnis mit Brahm erlaube ich mir daher, das kleine Stück Ihnen zur event. Aufführg an der Freien Bühne zu überreichen. Brahm, der Ende der Woche wieder in Berlin sein wird, hat die Freundlichkeit, Ihnen näheres zu sagen; für heute füge ich nur die Bitte an, Sie mögen das Ding bald lesen und, wenn Sie Zeit haben, mir ein Wort darüber schreiben.
Mit den herzlichsten Grüßen Ihr

Arthur Schnitzler

An Ludwig Fulda 28. 12. 98.

Lieber Herr Fulda,
mein Telegramm haben Sie jedenfalls erhalten. Was in meinem Brief an Brahm steht, wird Ihnen dieser sicherlich mitgetheilt haben. Eigentlich – so entnehme ich einer Antwort von Brahm – hätte ich alles gleich Ihnen schreiben sollen; aber ich war mir nicht recht klar, wie die Arbeitstheilg zwischen Deutschem Theater u Freier Bühne vor sich geht. Also daß ich noch heftiger als Sie selbst gegen die Darstellg der Gefährtin an der Fr. Bühne bin, wissen Sie. Auch Thor u Tod scheint abgethan. Wahrscheinlich werden Sie von Brahm bald die Melusine von Wassermann zu lesen bekommen. Ich bitte Sie recht sehr, dieses Stück bald zu lesen. Vielleicht läßt es sich noch machen, daß die Vorstellg, wenn zum Kakadu das richtige zweite Stück gefunden wird – und vielleicht finden Sie, daß die Melusine dieses Stück ist, – wie ursprünglich bestimmt am 29. Jänner stattfindet, und das wäre mir natürlich höchst erwünscht. Vielleicht finden Sie bald eine Minute Zeit mir mitzutheilen, wie die Terminchancen stehn; dafür wär ich Ihnen sehr dankbar. Wenn es beim 29. Jänner bleibt, könnte ich der Berl. Presse zusagen, die mich für 2. Feber zu einem Vortrag geladen hat (Unter uns, diese Sache ist mir von geringrer Wichtigkeit; aber wenn es sich vereinen läßt, warum nicht.) Weiters berichte ich Ihnen, daß die Münchner liter. Gesellschaft den Kakadu aufführen will; ich lasse die Aufführg natürlich vor Berlin nicht zu.
Sie kommen ja bald zu uns, wie ich höre? Also auf ein angenehmes Wiedersehen, da oder dort. Empfehlen Sie mich Ihrer Frau Gemahlin bestens und seien Sie herzlich gegrüßt.

Ihr Arthur Schnitzler

An Ludwig Fulda Wien, 4. I. 99.

Lieber Herr Fulda, gern übersende ich Ihnen den »Anatol«; allerdings ohne den Einfall, eins von den Stücken aus dem Buch in einer Fr. B. Vorstellg aufzuführen, mit dem Kakadu zusammen, besonders glücklich zu finden. Bereits aufgeführt (an regul. Bühnen) sind *Abschiedssouper, Frage an das Schicksal*; – *Episode* und *Weihnachtseinkäufe*, sowie *Denksteine* von liter. Gesellschaften u gelegentlich von Wohlthätigkeitsveranstaltungen. Bleibt als unaufgeführt: Hochzeitsmorgen, den ich unter keiner Bedingung aufführen lasse (man wollte ihn schon einmal) weil er mir zuwider ist und *Agonie*, die vollkommen bühnen- (auch freie-Bühnen)-unmöglich ist. – *Weihnachtseinkäufe* hätt ich immer gern an einer regul. Bühne als lever de rideau gesehen; es ist ja wirklich nur wie ein Hauch – aber es ist wenigstens ein wohlduftender Hauch, was man nicht von allen levers de rideau sagen kann; – auf die Freie Bühne gehört es nicht. Auch die »*Episode*« ist zu anspruchslos für die Freie Bühne, da man wirklich nicht wüßte, warum der Einakter nicht von einem regelmäßigen Theater gespielt werden sollte; und die *Denksteine* haben eine Art von Dialog, die heute kein Mensch mehr verträgt, ich wenigstens nicht; es liest sich wie eine Übersetzung aus dem französischen. – Kurzum: meine Meinung – wenn es mir erlaubt ist, sie offen auszusprechen – ist, daß die Freie Bühne, umsomehr als sie nur einmal im Jahr spielt, etwas finden sollte, womit ihren Zwekken und ihrer Idee besser gedient wäre als mit einer der Anatolscenen. Entweder was unaufführbares (aus diesen oder jenen Gründen unaufführbar) – oder irgend was von einem neuen Autor den man probiren will. Ich weiß nicht, ob Ihnen die Melusine schon vorliegt, und es ist unendlich fern von mir, Sie zu irgend einer Meinung verführen zu wollen – aber ich bitte Sie nochmals, falls Brahm das Stück nicht direct fürs Deutsche Theater angenommen hat, dasselbe auf die Freie Bühnen-Aufführung hin, durchzuschauen. – Bei der Verschiebung bis Ende März bleibt es wohl? – Es thut mir recht leid, daß Sie sich so viel Mühe machen müssen, um dem Kakadu zu dem rechten Mitvogel zu verhelfen; jedenfalls hoffe ich, Sie haben Ihre Liebenswürdigkeit nicht zu bereuen und der Abend oder Mittag gelingt.

Herzlichst der Ihrige

Arth Schn

Eben merke ich, daß ich keinen Anatol mehr zu Hause habe; ich lasse Ihnen gleich einen durch S. Fischer schicken.

An Georg Brandes Wien 12. 1. 99.

Verehrter Herr Brandes,

gestern hab ich Ihren Brief bekommen und aus ihm erfahren, daß Sie wieder zu Bette liegen. Abends stand es in einer Berliner Zeitung zu lesen, mit dem Beisatz, daß Sie sich schon auf dem Weg der Besserung befinden. Ich hoffe, daß es sich so verhält und daß Sie bald ganz gesund sind. Meine innigsten Wünsche sind bei Ihnen, das wissen Sie. Auch von Ihrem Streit mit den Deutschen hab ich durch die Zeitung erfahren; Sie sollen irgend einen Vortrag abgesagt haben, im Verein »Berliner Presse«, aus »polit. Gründen«. Fügen Sie Ihren Antipathieen gegen Preußen und Frankreich nur getrost die gegen Österreich bei. Lesen Sie manchmal Wiener Zeitungen, Parlaments- und Gemeinderathsberichte? Es ist staunenswerth unter was für Schweinen wir hier leben; – und ich denke immer, selbst Antisemiten müßte es doch auffallen, daß der Antisemitismus – von allem andern abgesehen – jedenfalls die sonderbare Kraft hat, die verlogensten Gemeinheiten der menschlichen Natur zu Tage zu fördern und sie aufs höchste auszubilden. Wie merkwürdig, daß sogar die offenbaren Mängel, Fehler, meinetwegen Verbrechen der Judenpresse, die man als so spezifisch jüdisch hinstellen wollte, von der Antisemitenpresse ins ungeheuerliche ausgebildet worden sind. Aber wir wollen über diese widerlichen Dinge lieber gar nicht reden. Ich freue mich, daß das »Vermächtnis« einigen Beifall bei Ihnen gefunden hat. Mir selbst ist nur der erste Akt lieb; dann gewisse Partien des letzten. Solange die Hauptperson auf der Scene ist, hab ich das Stück nicht gern. Die ist ganz unpersönlich geblieben find ich. Während der Proben fiel mir mancherlei ein, wodurch ich das Stück hätte höher bringen können; vor allem hätt ich das Kind müssen am Leben lassen; – aber es scheint ich bin nicht anständig genug, um ein Stück noch auf der Probe zurückzuziehn, selbst wenn ich weiß, wie es besser zu machen wäre. Es hat in Berlin und Wien bei der Erstaufführung viel Erfolg gehabt; in Berlin verschwand es bald; hier scheint es sich zu halten. Irgend eine Zukunft hat es gewiß nicht – und wahrhaftig nicht nur wegen seiner Traurigkeit – ! – Nun hab ich was geschrieben, das mir lieber ist; drei kleine Stücke, von denen das eine »der grüne Kakadu« das beste, großen Schwierigkeiten begegnet. In Berlin haben sie es verboten; – hier will die Hofcensur die unmöglichsten Änderungen. Es spielt am Abend der Bastilleerstürmung zu Paris – aber ich soll den »Blutgeruch« herausstreichen. Auch daß ein Herzog umgebracht wird, will den Leuten nicht gefallen. Ich freu mich Ihnen das Ding bald zu schicken; es wird Sie wahrscheinlich amüsieren. Und jetzt bin ich mit einer ganz phantastischen fünfactigen Sache beschäftigt; mir scheint überhaupt als käme ich jetzt in andere Gegenden. Wer weiß ob alles bisherige nicht doch nur Tagebuch war; wenigstens von einer gewissen Zeit an. (Denn früher einmal, von meinem 9. bis zu meinem 20. Jahr hab ich geschrieben, »Wie der Vogel singt« – ich muß damals sehr glücklich gewesen sein; denn ich erinnere mich gar nicht, wie ichs eigentlich gemacht habe. Ich habe noch manches; Trauerspiele und Fastnachtsspiele und komische Romane; nahezu durchaus blödsinnig; aber ich habe selbst zu der Zeit, da ich diese Dinge schrieb, nie das Bedürfnis gehabt, es irgend wem zu zeigen. So wird man zudringlicher, niedriger und unfröhlicher von Jahr zu Jahr. –)

Hoffentlich schwingt sich Beer-Hofmann auf, Ihnen selbst zu schreiben; faul ist er allerdings enorm. Sie wissen wahrscheinlich nicht einmal, daß er geheiratet hat, Paula, die Sie kennen, auch hat er schon zwei Töchter, die Mirjam und Noemi heißen. Aber seine neue Novelle (was ich davon kenne ist wunderschön) ist noch nicht fertig. Ist Ihnen ein Roman bekannt, die Juden von Zirndorf, von Wassermann? Ich glaube, das ist derjenige Mensch, der den deutschen Roman vom Anfang des nächsten Jahrhunderts schreiben wird. Sind Ihnen die Novelletten zugekommen, die ich Ihnen im Frühjahr schickte? (»Frau des Weisen.« –)
Von Ihrem Ausflug nach Polen und Ihrem Empfang haben wir hier gelesen; dagegen habe ich von Ihren Gedichten absolut nichts gewußt. Werden Sie sie übersetzen lassen? Sind sie schön? Haben Sie sie gern? Wie viele Stunden hat Ihr Tag! Zu allem haben Sie Zeit. Und alles bewahren Sie auf, das ist das Bewunderungswürdige, und darum sind Sie so reich.
Ich wünschte, Sie würden gleich gesund, reisten wieder nach Italien, und blieben auch ein paar Tage in Wien. Ein Wort von Ihnen, wie's Ihnen geht, brächte mir jedenfalls viel Freude.
Herzlich grüßt Sie Ihr Ihnen treuergebener Arthur Schnitzler.

An Ludwig Fulda 10. 3. 99
[Briefkarte]

Lieber Herr Fulda, hoffentlich trifft Sie mein herzlicher Dank für Ihre liebenswürdige Karte noch in Bordighera. Bitte grüßen Sie vielmals Ihre Frau Gemahlin (der meine Mama noch heute glaub ich schreiben will und die freundlichst entschuldigen möge, daß etliche ihrer Blumen statt in den Räumen meiner Mama auf meinem Pult weiterzublühn versuchen), desgleichen Herrn Faber, dessen Italienisch ich beinahe verstehe. – Brahm macht jetzt einen Einreichungsversuch in Berlin mit der gemilderten Burgtheaterfassung des Kakadu und kann sich darauf berufen, daß in Wien (leider) noch immer keine Revolution ausgebrochen ist.

Herzlichst der Ihre,
Arthur Schn

An Hugo von Hofmannsthal 22. 3. 99.

Mein lieber Hugo! ich danke Ihnen sehr daß Sie noch einmal bei mir waren. Was soll ich Ihnen heute weiter sagen. Ein Tag ist schrecklicher als der andre; es ist viel grauenvoller und hoffnungsloser als irgend ein Wort darüber. Ich habe das Gefühl, fertig zu sein; Zeichen genug werden mir gesandt! Vom Morgen aus der Ausblick ins leere, leere – die Erinnerungen an ihr Leben voll Pein, an ihren Tod von einer grenzenlosen Entsetzlichkeit . . die letzten Blicke, die letzten Worte unvergeßlich – die letzte Angst auf immer alles zerstörend, was noch kommen könnte. Eine ungeheure Gleichgiltigkeit gegen alles, was mir auch Inhalt des Lebens schien – schauen ins leere, greifen ins leere, jammern ins leere.
Vielleicht fahr ich auf einen Tag nach Graz, wo ihre Schwester und jetzt auch ihr Vater u. von morgen an ihre Mutter ist. Alle Menschen sind sehr gut zu mir; – ich möchte danken können.
Eine Einsamkeit ohnegleichen – ich muß dran denken, wie ich doch immer die Menschen zu schildern versucht habe, die ihr geliebtestes verlieren – es gibt eben etwas, das nicht auszudrücken ist – so gut wie die Ewigkeit, die Unendlichkeit: – die Einsamkeit, das Vereinsamtsein; *ver*einsamt *werden*.
Leben Sie wohl, liebster Hugo. Kommen Sie bald zurück!? Bitte schreiben Sie mir nur äußere Vorkommnisse, *nichts darüber.*
– Sagen Sie es Brahm u. Hirschfeld, damit sie's wissen, wenn ich komme.
Von Herzen

Ihr Arthur

An R. M. Rilke Wien 13. 4. 99.
[Briefkarte]

Lieber Herr Rilke, von Tag zu Tag habe ich eine Stimmung abgewartet, um Ihnen für Ihre Bücher herzlich zu danken, um Ihnen mehr darüber zu sagen, besonders über das schöne Skizzen u. Noveletten Buch. Aber ich kann noch immer nicht so schreiben als ich wollte; denn ein unendlich schwerer Verlust, den ich (am Tag nachdem ich Sie zuletzt gesehn) erlitt, macht mich zu allem unfähig, was geordnete Gedanken voraussetzt. Bitte entschuldigen Sie mich also und glauben Sie an meine herzliche Sympathie. Vielleicht begegnen wir einander nächste Woche in Berlin.
Grüßen Sie Frau Lou Andrea Salomé.

Ihr Arthur Schnitzler

An Ludwig Fulda 25. 4. 99.
[Briefkarte]

Lieber Herr Fulda, bitte sehr entschuldigen Sie mich für morgen Abend. Meine Stimmung ist zu ungesellig oder wenigstens zu ungesellschaftlich.
Ich komme wohl an einem der nächsten Nachmittage zu sehen, ob Sie zu Hause sind. Die Abende will ich, soweit als möglich, im Theater verbringen. Herzliche Grüße Ihnen und Ihrer verehrten Frau Gemahlin.

Ihr Arth Schnitzler

An Georg Brandes Wien 8. 5. 99.

Lieber und verehrter Herr Brandes,
zugleich mit diesem Brief geht ein neues Buch an Sie ab, das 3 Einakter von mir enthält. Sie werden schon ziemlich viel gegeben und insbesondere der »Kakadu« amüsiert die Leute sehr. – Weiter kann ich Ihnen heute kaum was sagen. Vor

sieben Wochen ist das Geschöpf begraben worden, das ich von allen Menschen der Erde am liebsten gehabt habe, meine Geliebte, Freundin und Braut – die durch mehr als vier Jahre meinem Leben seinen ganzen Sinn und seine ganze Freude gegeben hat, – und seither dämmere ich hin, aber existire kaum mehr. Aus der Fülle der Gesundheit und Jugend hat sie eine blödsinnige und tückische Krankheit innerhalb zweier Tage ins Grab gerissen, und ich habe sie sterben gesehen, bei vollem Bewußtsein sterben gesehn. Bitte sagen Sie mir kein Wort darüber. Ich mußte es Ihnen aber sagen.
Jener dänische Schriftsteller hat sich bei mir nicht blicken lassen. Allerdings war ich einige Male von Wien abwesend. Lassen Sie mich recht bald hören wie es Ihnen geht, ob Sie endgiltig gesund sind und wie Sie mit Ihren Plänen für den Sommer stehn. –
Paul Goldmann ist wieder in Frankfurt und reist viel für sein Blatt.
Richard Beer Hofmann hat zwei Kinder, Mirjam und Noemi, und befindet sich wohl.
Ich grüße Sie von Herzen als Ihr treuergebener

Arthur Schnitzler

An Olga Gussmann 21. 6. 1899

Sehr verehrtes Fräulein,
Meine Bilder sind mir ausgegangen und so muß ich Sie bitten, sich mit diesem hier zu begnügen; wenn Sie wollen [...] es ein Wechsel sein und ich werde es Ihnen sobald ich wieder größere Bilder habe, umtauschen.
So hübsche Briefe zu bekommen wie der Ihre einer ist, versöhnt ein bischen mit den – anderen, die in der Tat die zahlreicheren sind. Ich bin eigentlich neugierig wer Sie sind; ein Name sagt ziemlich wenig, selbst ein Brief verrät im allgemeinen noch nicht viel.

Arthur Schnitzler

An Olga Gussmann 6. 7. 99

Verehrtes Fräulein,
Ein Bild wäre fertig. Wollen Sie sich's holen? Wann?

Ihr ergebener
A. S.

An Gerhart Hauptmann 15. 7. 99.
IX. Frankgasse 1.

Verehrtester Herr Hauptmann,
die Redaction der Zeit, Singer, wendet sich mit einem Ersuchen an mich. Bahr verläßt im October d. J. das Blatt, und nun soll es nach verschiedenen Richtungen hin reorganisirt werden. So wollen die Herausgeber z. B. daß Hofmannsthal, Burckhard und ich als ständig Mitwirkende sich nicht nur betheiligen sondern sich in dieser Eigenschaft auch aufs Blatt setzen lassen. Wir hätten Oesterreich zu vertreten. Was nun Deutschland anbelangt, so hätte Prof. Singer keinen lebhaftern Wunsch, als Sie in gleicher Weise wie uns zu gewinnen. Er wäre glücklich, bei irgd einer Gelegenheit etwas von Ihnen zur Veröffentlichung zu bekommen – und wenn Sie nun gar die Erlaubnis gäben, Ihren Namen neben die unsern als den eines Mitwirkenden zu setzen, so glaubt er, daß damit das Wesen und der Geist seiner Zeitung stärker ausgedrückt werden könnte, als mit jedem Programm. Er hat mich gebeten, Ihnen das zu sagen; in der Hoffnung, daß Ihnen persönliche Bekanntschaft das Antworten zu einer minder lästigen Verpflichtung macht. Man wird sich vorläufig an keinen andern Dichter oder Schriftsteller Deutschlands wenden, da man im Falle einer Zusage Ihrerseits jedenfalls auf Ihre Zustimmung ev. auch auf Ihre Rathschläge reflectiren möchte. –
Hiemit endet mein Auftrag. Persönlich setze ich lieber nichts hinzu; – daß Sie in keiner schlechten Gesellschaft wären, sehen Sie ja – und gebunden sind Sie in keiner Weise.
Ich sende diesen Brief an Brahm zu freundlicher Beförderung,

da ich nicht weiß, wo Sie sind. Wo immer: ich hoffe Sie wohlgestimmt und eben daran, neues zu schaffen.
Von mir kann ich gleiches nicht sagen; vielleicht daß der Sommer noch gute Tage bringt.
– Sie hätten hier eine große Freude gehabt, wie die Leute Ihr Friedensfest aufgenommen haben. Besonders der Schluß des zweiten Aktes hat mächtig eingeschlagen. Bekämen wir doch hier einmal die Weber zu sehn.
Herzlich grüßt Sie

Ihr Ihnen wärmstens ergebner
Arthur Schnitzler

An Gerhart Hauptmann Ischl, Rudolfshöhe
25. 8. 99.

Lieber Herr Hauptmann,
etwas verspätet dank ich Ihnen für Ihre freundliche Antwort. Ich darf Ihnen wohl sagen, daß ich sie ungefähr so erwartet und an Ihrer Stelle dieselbe gegeben hätte. Nun ist der Herausgeber von der ganzen Idee mit den vielen Namen und den großen Namen abgekommen, was ich sehr vernünftig finde.
Ich bin jetzt in Ischl, Hofmannsthal desgleichen, in der selben Pension, und jeder von uns hat einen eignen Balkon zum Dichten.
Es freut mich daß Sie sich so freundlich meiner erinnern und mich bald einmal wieder zu sehen wünschen – aber ob *inner*halb oder *außer*halb der Stadtmauern kann ich Ihrem Brief nicht entnehmen: in Ihrer Schrift sieht »inner« genau so aus wie »außer« – so arg ists bei mir hoffentlich nicht.
Wie immer und wo immer; Sie können mir glauben daß es wenige Menschen gibt, die ich so gerne bald wiedersehen möchte als Sie.

Ganz der Ihre
Arthur Schnitzler

An Gustav Schwarzkopf Ischl 25/8 99.

lieber Gustav, ich hab es ja geahnt, daß Sie schließlich doch nicht kommen werden – aber Sie müssen mir trotzdem erlauben, enttäuscht zu sein. Wenn ich sagen würde: Ich sehne mich nach Ihnen, so könnten Sie erwidern: »Kommen Sie nach Wien – wenn das wahr ist« – aber Sie wissen ja, daß allerlei Wahrheiten in mir zu gleicher Zeit bestehn können, und Sie werden mir daher auch glauben, daß ich vor Wien – ich fand gar keinen andern Ausdruck, eine förmliche Angst habe. Heute hatte ich den sonderbaren Traum, daß ich – (lassen Sie mich sagen:) die Entschwundne vor einem Hutgeschäft, das im Jockeyclub war, erwartete, und wunderte mich zugleich, daß ich sie so nah von dem Haus erwartete, wo sie gestorben war. Sie kam heraus, als ganz alte Frau, und schien sich zugleich wegen aller dieser Dinge zu entschuldigen; daß sie mich so lange habe warten lassen, daß sie so alt und daß sie schon todt sei. Es war ganz entsetzlich. – Die besten Stunden sind hier noch die, in denen ich arbeite; zuweilen geht es leidlich. Nun wird auch das Wetter wieder hübsch, und es radelt sich angenehm, wenn nicht die Pneumatik platzt, wie gestern. Sie wissen jedenfalls, daß auch Hugo da ist und fleißig an seinem Stück schreibt, »die Bergwerke von Falun«. Ich freue mich sehr, daß er da ist. Von Familie wimmelt es und man dankt Ihnen für Ihre lieben Grüße – aber – Sie können mir glauben, alle bedauern, daß Sie sich zu keinem Herkommen (dieser Doppelsinn des Worts Herkommen fällt mir jetzt erst auf) entschließen konnten. Vor ein paar Tagen ist meine Tante Marie Schey gestorben; der Bequemlichkeit halber ist ihr hier noch ein Speiseröhrenkrebs andiagnostizirt worden. Ich war in Ungnade, weil das Dienstpersonal erklärte, ich habe sie nach Ischl geschickt, und in Wien wäre sie nie gestorben. – Ganz Bozische Sachen; davon mündlich. –

Wahrscheinlich bleib ich bis etwa 8. hier. Es ist möglich, daß ich dann einige Tage mit M. E. zusammenkomme, wenn sie nicht aus Versehen nach Madrid reist statt nach Innsbruck oder in der Zwischenzeit von einem Detectiv erwürgt wird. Ich bekomme Briefe von ihr, in denen der Schwachsinn die Verlogenheit überwiegt und kann mich leider nur mit dem letzteren, und auch da ohne Elan, revanchiren. – Trotzdem werd ich wieder allerlei Unbequemlichkeiten auf mich nehmen, – »und alles dies für eine einzge Nacht« wie der Herzog von Bologna weniger originell als fünffüßig im 2. Akt der Beatrice bemerkt. –

Hier lebe ich vollkommen zurückgezogen, – bis zur Unhöflichkeit.

Schreiben Sie mir doch sehr bald wieder!

Von Herzen Ihr

Arth Sch

Kapper erzählte viel von Ihnen. Auch von Ebermann; hier war der Enthusiasmus geringer.

An Felix Salten Ischl, Rudolfshöhe 4/9 99.

lieber Freund, ich will Ihnen vor allem sagen, daß mir nicht nur »Flucht«, sondern auch das Manhardzimmer noch besser gefallen haben, als nach dem ersten Lesen. Ich zweifle nicht, daß Ihre Novelletten ein hübsches Buch gäben, möchte aber vor einem endgiltigen Urtheil über die Wirkung als ganzes, *alle* Sachen noch einmal, womöglich in der von Ihnen gewählten Reihenfolge lesen. Herausgeben unbedingt, sag ich schon heute, und womöglich zugleich mit dem Stück herauskommen. – In der Zeitung findet sich viel lesenswerthes; natürlich ist es Ihnen aus Gründen, die nicht in Ihnen liegen, unmöglich, das anstrebenswerthe draus zu machen. Glänzend hab ich Ihre Goethespäße gefunden. Können Sie mir die Familie Wawroch von Adamus schicken? (Ich glaub mich zu erinnern daß Sie sie haben.) Die Übersetzungen von S. Tr. find ich schlecht. – Das rasche Abdrucken des neuen Maupassant zeigt den rechten Weg auf diesem Gebiet. –

Ich bleibe noch bis etwa 10. oder 9. hier. Dann vorerst München, dann? – 20, 22. werd ich in Berlin sein. Wahrscheinlich ist mein Stück bis dahin fertig. Die Führung und mancherlei ausgesprochnes dürfte gut sein; doch fühl ich oft, wie die Kraft des Ausdrucks aus dem Gehirn (denn da scheint sie mir zu sein) nicht in den Bleistift will. –
Arbeiten bleibt endlich doch das einzige. Sonst ists im wesentlichen immer gleich traurig. Auch Hugo arbeitet hier an einem neuen Stück (Bergwerk von Falun – Sie wissens ja schon.) Auch ihm hat Flucht gut gefallen (das andre hat er noch nicht gelesen) –
Heute traf ich Frau Ida F. – Verlobt. Man soll nie Namen schreiben. – Komischerweise ist hier eine vorübergehende Verbindg zwischen mir und einer absoluten Wiederholung jenes Typus eingetreten –
Herzl Gruß

Ihr
A. S.

An Gustav Schwarzkopf Samstag 9. 9. 99
Ischl, Rudolfshöhe

lieber Gustav, Sie sehen, ich bin noch immer hier. Heute hab ich wieder einmal vorläufig, höchst vorläufig, und in schlechter Stimmung mein Stück abgeschlossen; eine Zeit, in den Mittelakten ging's gut; aber in den letzten Tagen bin ich wieder ganz gottverlassen, und über die Schwächlichkeit meines Ausdrucks in einer vielleicht unverhältnismäßigen Niedergeschlagenheit – da wirkt natürlich auch andres mit, das Ohr vor allem. – Hugo war bis vorgestern hier; seine Gesellschaft that mir sehr wohl. Er schrieb anfangs fleißig; dann war er plötzlich ganz herunter u. ist jetzt in Altaussee. Ich bleib noch bis Dinstag hier, fahre dann nach München, wo ich mit M. E. zusammentreffe und eine kleine Reise unternehmen soll, will, muß, werde – ich weiß wirklich selbst nicht. Ist übrigens vom

1. October bei Neumann Hofer engagirt, u ziemlich komisch, wie ich sowohl von M. E. als wie M. G. Briefe bekomme, daß sie dem N.-Hofer die Rollen zurückschicken. – Nun hat er der Gl. die Abschieds-annie gegeben und kommt sich wahrscheinlich wie ein riesig diplomatischer Kerl vor, der die Beziehungen seiner Künstler zu verwerthen versteht. – Das, was Sie so beißend »Zerstreuung« zu nennen pflegen, hat sich hier auch gefunden, gleich doppelt, aber so jüdisch, daß ich mich nach der katholischen Canaille wahrhaft sehne. – Also wird es doch weiter oben zu heißen haben: *will*. – Um den 20. herum werde ich wahrscheinlich in Berlin sein; anfangs dachte ich dem Brahm mein Stück dort vorlesen zu können; aber jetzt kommts mir absolut unfertig vor. – – Auf Mercier und das andre Gesindel hab ich eine förmliche Wuth – trotz der Neuen Freien. Sehr freuen würd es mich, wenn ich am Mittwoch in München post rest. ein kurzes Wort (das ist doch mit möglichster Bescheidenheit ausgedrückt) von Ihnen fände. – Ebermann hab ich flüchtig gesprochen; er behauptet ein Stück vollendet zu haben; wie Sie ja wahrscheinlich wissen werden. – Richard, denken Sie, arbeitet bereits an seinem Drama! – Morgen ist hier Fuhrmann Henschel – der wirkliche von Hauptmann – mit *Maran*!! als Gast, offenbar in der Hauptrolle. – Der kleine Kraus sitzt im Theater (ich war bei einigen Offenbach's, die Ihnen sicher besser bekannt sind als dem hiesigen Kapellmeister) – sehr großartig; seine Stellung zu den Antisemiten ist doch das widerwärtigste, was mir je vorgekommen. Ja wenn es Einsicht, Intention zu Gerechtigkeit wäre; aber es ist schließlich auch nichts als Kriecherei – irgend was wie das, was ich einmal in einer Tramway erlebt habe, wo ein schäbiger jüdischer Commis vor Luëger Platz machte und sagte: »Bitte Herr Doktor« und entzückt war, von Luëger keinen Fußtritt zu erhalten – kurz die Haltung des kleinen Kraus gegen die Antisemiten – ist echt jüdisch. (Vermeiden Sie es nach Thunlichkeit, diesen Brief Vergani oder C. H. Wolff mitzutheilen.) – haben Sie Muschelkinder gesehn? –

Leben Sie wohl und sagen Sie mir, ob Sie nicht doch endlich ein Stück schreiben werden.
Herzlich der Ihre

ArthSch.

An Gustav Schwarzkopf Wiesbaden, 29. 9. 99
Wiener Café, 10 Uhr Abds

lieber Gustav, nun sitz ich hier, in Wiesbaden, nicht im Wiener Café seit Sonntag. Gerade in Wiesbaden, wieso? Ich bin ins Rollen gekommen, von München aus. Dort habe ich, in den Tagen, wo die Brücken einstürzten, verabredetermaßen, M. E. getroffen; beide kamen wir grad an dem Tag an, bevor wir beide, ich von Ischl aus, sie von Partenkirchen aus, von der übrigen Welt abgeschnitten gewesen wären. Es folgten einige recht hübsche Tage; wollte ich pikant sein, so könnte ich hinzusetzen »und Nächte«. Aber ich will nicht pikant sein u auch nicht renommiren – also sagen wir »Abende«. – Sie hatte überraschend viele lichte Momente. Manchmal allerdings war sie vollkommen irrsinnig. Beispielsweise: ich fragte sie nach ihrem Alter. Etwas unsicher antwortete sie: 23. – Ich erinnerte mich daß sie in Wien 26 war – und sagte ihrs. Sie darauf vollkommen ernst »Ich weiß nicht so genau, – ich bin eben so 70, 72, 74 geboren, so um die Jahreszeit –« Ich:!!!!! – Sie; wieder ganz ernst, ja, wir Schwestern sind alle ungefähr in den Jahren geboren. –
(Nicht stylistisch, bitte, absolut wörtlich; ich habs mir gleich extra für Sie gemerkt)
– Nachdem ich in München incognito meine 3 Einakter (gar nicht übel) im Resid Theater und das »Vermächtnis« noch incognitoter auf der Gallerie Schauspielhaus (sah wenig u hörte nahezu nichts) genossen (ich möchte das Vermächtnis durchaus noch einmal schreiben, – es könnte ein so schönes Stück sein u. ist so scheußlich (abgesehen von etc etc)) – fuhren wir nach Nürnberg; sie von dort nach Berlin, (um zu ihren Blu-

menthal Kadelburg Proben einzutreffen) ich, schon in der Nähe (auf der Reise ist alles nah) nach Frankfurt, wo ich ein paar Tage mit Paul Goldm. verbrachte. Ich fand ihn im ganzen besser gestimmt als je (cherchez la femme – d'un autre); er reiste nach Florenz, ich, um einige Zeit ganz allein, in Ruhe, zu arbeiten, hieher. Hier, im Parkhotel, angenehmes Zimmer, vortreffliches Essen, bin ich nun daran, den Schleier der Beatrice wieder einmal, und wieder nur »vorläufig« abzuschließen. Ich denk' es so weit zu bringen, daß ichs dem Brahm in Berlin vorlesen kann. In der Anlage scheint's mir nicht ohne Kühnheit; aber in den wichtigsten Momenten versagt – doch ich will Ihrem Urtheil, wenigstens dem tadelnden nicht vorgreifen. Wie ich sonst die Zeit verbringe? Das Wetter war schlecht; heut erst konnt ich ein bischen radeln. In den ersten Morgen- und in manchen Abendstunden kommt eine drückende Traurigkeit über mich; und an gewisse Örtlichkeiten, Straßen, Plätze in Wien denk' ich mit Angst; ja wie an etwas gespenstisches. – Gelesen hab ich die Madame Bovary; jetzt Orme du Mail von France, fein, sehr fein, aber ein wenig langweilig. – Im Theater: gestern bei Carmen, neulich bei Undine. Sehr schön, das Hoftheater.

Nebstbei brauch ich eine Art Cur; trinke »Kochbrunnen«, was bekanntlich alle Leiden beseitigt. (Warum man nur an alle Curplätze immer wieder kommt?) – Ich habe die Absicht Dinstag von hier nach Berlin zu reisen, bleibe dort (vielleicht) 8 Tage, so daß ich um den 10. October herum nach Wien komme. Entschuldigen Sie: ich freu' mich beinah nur auf Sie. – Polna regt mich selbst in dieser Entfernung auf; man spürt in Deutschland doch immer, daß Oesterreich das vertrotteltste Land der Welt ist. Die letzte Nummer vom kleinen Kraus hab ich gelesen; ich sag Ihnen, der Kerl ist und bleibt, wenn er auch viele gute Einfälle u in manchem Recht hat, ein niederträchtiger, nein, ein niedriger Kerl. – Dann diese Versammlung im Musikvereinssaal! So etwas ist möglich!! – Man merkt, ich bin lange von Wien fort. – Was sagen Sie (nun

kommt das wichtigste) zu dem »Verschwinden« meiner 3 Einakter. – Ich habe Schlenther geschrieben, ob jenes Ansinnen wiederholt würde? –
Sehen Sie unsre Bekannten? Ich höre gar nichts von ihnen, von Wassermann, Salten; etc. – Hugo ist nach Venedig, Richard nach einem unbegreiflichen St. Michael in Eppan gereist. –
Wenn Sie einmal eine überflüssige Viertelstunde haben (»Gott, hab ich denn andre?!«), so schaun Sie vielleicht zu meiner Mama hinauf. Sie würde sich sehr freuen. –
Und nun leben Sie wohl. Ein paar Worte ins Hotel Savoy, Berlin, wären mir, wie Sie sich denken können, mehr als willkommen.
Von Herzen Ihr Arthur
»Wiener Café« – also lauter Juden und neben mir »werd geklabbert«. Der kleine Kraus und Gregorig stürben vor Ekel. Was ich sehr erfreulich fände. –

An Richard Beer-Hofmann Edlacher Hof,
2. März 1900.

mein lieber Richard, vorgestern Abend bin ich hier angekommen, ich wollte dem Frühling entgegen fahren – und seit gestern schneit und friert es. Immerhin ist es in den Mittagsstunden schön. Heut sowohl als gestern bin ich nahezu 6 Stunden spazieren gegangen. Weniger lang schrieb ich an der Novelle, für die ich keinen Namen habe. Ihre hab' ich in 2 Etappen gelesen, [die] ersten 2 Capitel in der Eisenbahn, die letzten 2 gestern Abend auf meinem Zimmer (3. außer 4. im Bett) Also glauben Sie mir: es ist ein wundervolles Buch. Man hat allerdings das Gefühl, als wenn die aneinandergereihten Edelsteine nicht auf einer Schnur, sondern auf einem Zwirnsfaden – oder gar nur in der Luft aneinandergereiht wären – aber man muß nicht alles als Kette um den Hals tragen können. Im vierten Kapitel steckt übrigens irgendwo ein fre-

cher Schwindel – das dürfte Ihnen nicht unbekannt sein. Sie setzen sich sozusagen plötzlich an eine andre Orgel, die auch herrlich klingt – aber das beweist nichts. – Nicht überall scheint es mir geglückt, daß gegenwärtiges und erinnertes sich gegeneinander abhebt, wie es soll; daß man das Bedürfnis hat, das Buch wieder zu lesen ist ja sehr schön; aber daß man es entschieden 2-3 Mal lesen *muß*, ist vielleicht ein Fehler. Ihre Bilderpracht schreit nach Jamben und nach Drama. Ja es verlangt mich geradezu, einige von Ihren Vergleichen in Ihren Stücken wiederzufinden und sie auf der Bühne sprechen zu hören. – Wunderbar ist, wie scheinbar belanglose Details zu ihrer Zeit ausgenützt und nachträglich voll Belang erscheinen. Das gibt den gewissen Schauer. Ueberhaupt: meiner Empfindg nach steckt viel mehr Dichterisches in dem Buch als, wie gewiß vielfach behauptet werden wird, Verstand. Sie wissen wie ich das meine. So gescheidt ist bald einer – aber die Dinge *so* sagen – ! Um Goethe zu variiren – Alles gescheidte ist schon einmal gesagt worden: man muß nur versuchen, es – ganz anders zu sagen. Und »ma foi« das haben Sie gethan. –
Während ich dieses schreib, sitze ich allein im Speisesaal, abends 9 Uhr. Außer mir lebt hier nemlich nur ein (noch) älterer Herr. Montag fahr ich wohl wieder nach Wien. Ich sehn mich nach niemandem – niemand sehnt sich nach mir. Das ist nicht sentimental – sondern das ist eben so. Heut vor einem Jahr war alles noch so anders – und doch schwebte es schon über uns. Ja ja, es schwebt immer . . »Zeit ist nur ein Wort –« könnte von Ihnen, von Hugo und von mir (und etlichen andern) sein. Zufällig sagt es Beatrice. –
Wie lang denken Sie noch auf Reisen zu sein? Ich schicke diesen Brief nach Florenz, wo ich Sie, glücklicher und wenn Sie wünschen weniger witzig als in San remo vermuthe. – Mirjam hoff ich so lustig als sie war und Ihre Frau so erholt, als man es von italienischer Luft erwarten sollte. –
Von Hugo weiß ich noch immer nichts, und Gustav hab ich von Ihnen gegrüßt. Thun Sie das gleiche von mir an Mayer,

wenn er schon mit Ihnen zusammengestoßen ist (– was hoffentlich nicht weh gethan hat.)
Leben Sie wohl!

Ihr Arthur

An Georg Brandes Wien. 3. 5. 900

Mein lieber und verehrter Herr Brandes,
schon vor einigen Tagen las ich in einer Zeitung, daß Sie sich wieder nicht wohl befinden und in ein Sanatorium gegangen wären; aber nach dem ganzen Tun u auch nach der Schrift Ihres Briefes scheint mir, daß die Krankheit diesmal leichter auftritt als die ersten Male, und hoffentlich stehn Sie bald wieder auf und sind endlich ganz gesund. Es ist gewiß ein gutes Zeichen, wenn Recidive in abgeschwächter Form auftreten; – ich wünsche von Herzen, daß es das letzte ist. – Sehr bedauert hab ich daß ich in Abbazia Ihren Absagebrief fand, nicht Sie selbst. Ich habe auf der dalmatinischen Reise meist schlechtes Wetter gehabt; nur in Ragusa zwei sonnige Tage; überdies gerieth ich anfangs in einen Balneologencongreß, dessen Mitglieder Schiffe und Hotels füllten, von denen ich auch manche persönlich kannte, es war ziemlich unangenehm. Unter solchen Halbbekannten sein ist die schlimmste Form der Einsamkeit, nicht der Geselligkeit. Von Abbazia aus, wo es ununterbrochen regnete, flüchtete ich bald nach Hause. Das schönste was ich mitbrachte ist die Erinnerung an die Trümmer von Salona, ich kann gar nicht verstehen, warum man da nicht immer und immer weiter gräbt; die Erde wegkratzen und die Vergangenheit finden – wie kommt es, daß darüber noch keiner wahnsinnig geworden ist? –
Auch die albernen Angriffe gegen Sie wegen Ihrer Budapester Einleitung habe ich gelesen. Es ist ja wirklich gar nicht ernsthaft darüber zu reden. Und doch scheint es, kann man die Empfindlichkeit gegenüber dem dümmsten, wenn es nur einmal gedruckt ist, nicht ganz verlieren. Ich erinnere mich, wie

ich seinerzeit mit einigem Staunen im Briefwechsel von Goethe und Schiller Denkmäler ihres Ärgers über die nichtigsten Scribenten antraf. Seither staune ich aber nicht mehr, wenn ich sehe, wie sich zuweilen die Klügsten über die Thörichtsten ärgern. Die Philosophie hilft wohl gegen die Todesangst, aber nicht gegen Flohstiche.

Daß Sie auch mir für Wien danken, ist zu liebenswürdig; ich fühle, daß ich Ihnen, besonders diesmal, nicht viel sein konnte. Im Anfang waren diese langweiligen Zahngeschichten; und dann liegen die Schatten von jenem traurigen Ereignis oft, und nun gar in diesen Frühlingstagen, schwer auf meiner Seele. Dazu kommen noch mancherlei zum Theil nervöse Dinge (aber nur zum Theil), über die ich nicht gern rede, hauptsächlich ein quälendes Ohrensausen, an dem ich nun seit dreieinhalb Jahren ununterbrochen leide, mit beginnender Verschlechterung des Gehörs – das macht mich natürlich auch nicht viel froher. Immerhin arbeite ich seit einiger Zeit mehr als je und mit einer Empfindung – wenigstens zuweilen – von innerer Fülle wie niemals früher. Ich bin jetzt daran, eine Novelle zu dictieren, die vor ein paar Wochen beendet wurde, schreibe jetzt einige kleinere und möchte im Sommer eine Komödie schreiben. Der Schleier der Beatrice wird wahrscheinlich im Herbst an der Burg aufgeführt; wo ich aber mit den neuen Sachen hin soll, die ich im Kopf habe, weiß ich nicht recht. Es wird nämlich kaum möglich sein in der nächsten Zeit etwas Wienerisches zu schreiben, in das nicht die antisemitische Frage hineinspielt – und meine Art darüber zu denken wird weder den Christen noch den Juden recht sein. – Das neue Buch von Bourget kenne ich nicht, habe schon lange nichts von ihm gelesen; auch der [unleserlich] von Lanckoronski ist mir noch unbekannt. Ich lese jetzt – denken Sie! zum ersten Mal – wenn ich von einer Jugendbearbeitung absehe – den Don Quixote; dann ein vorzügliches Buch über Dante von Federn, demselben der den Emerson trefflich übersetzt hat. Gibbon begleitet mich bereits längere Zeit.

Seit das Wetter schön ist, radl ich auch manchmal aufs Land, und für den Sommer hab ich größere Touren auf dem Rad vor. Vielleicht entschließen Sie sich einmal, in der heißen Zeit ins Gebirge zu gehen. Ich habe mich schon darauf gefreut, einmal mit Ihnen im Freien zu sein, außerhalb von Stadt und Mauern herumzuspazieren. Vielleicht ließ es sich gar machen, daß Sie, Goldmann und Beer-Hofmann und ich irgendwo zusammentreffen, fern von allen Zeitungen – und am Ende auch von aller »Literatur«. – Jedenfalls hoff ich Sie sagen mir bald wieder ein Wort, wies Ihnen geht. Es ist eine meiner wirklichen Freuden, daß Sie meiner mit Sympathie gedenken. Ich grüße Sie herzlich.

Ihr Arthur Schnitzler

An Ludwig Fulda IX. Frankgasse 1. 20. 6. 900.

lieber Herr Fulda,
ich habe ein Stück geschrieben, Schleier der Beatrice, das seiner ganzen Art nach in Berlin wohl nur vom Hofschauspielhaus gegeben werden könnte. Ich kenne aber niemanden von den leitenden Persönlichkeiten. Sagen Sie mir, aber bitte, ganz aufrichtig, ob es Ihnen unangenehm oder beschwerlich (oder sonst irgendwas negatives) ist, mein Stück in meinem Namen einzureichen. Wenn nichts, aber auch nicht das geringste dagegen spricht, werde ich mir erlauben Ihnen das Stück zu senden. Brahm hat mich schon s. Z. auf die Idee gebracht, mich an Sie zu wenden. Aber bitte, scheuen Sie sich nicht im entferntesten, mir Ihre Intervention abzuschlagen.
Herzlichst der Ihre Arthur Schnitzler

An Ludwig Fulda Wien 23. 6. 900.

Lieber Herr Fulda,
herzlichen Dank für Ihre liebenswürdige Bereitwilligkeit. Leider ist die Saison schon weit vorgerückt – aber wenn man in

den letzten Tagen ein Stück überreicht, kann sich einer der Gewaltigen doch vielleicht während des Sommers entscheiden – ? Den Instanzenweg am Hofschauspielhaus kenn ich nicht und Sie werden das natürlich alles machen, wie es Ihnen passt und am richtigsten vorkommt. Sie werden ja gewiß die Güte haben das Ding zuerst zu lesen und auch, wie ich, finden, daß durch Christians u Matkowsky (Dichter u Herzog) vor allem kein Berliner Theater vor dem Hofschauspielhaus in Combination gezogen werden kann. – Ich schicke Ihnen morgen ein bereits mit Strichen versehenes Exemplar. Nein übrigens, ich sende Ihnen heute das Entsch Manuscript mit den Klammern. Zu Strichen ist immer noch Zeit.
Herzlichen Gruß und Dank,
Ihr ergebner ArthSchnitzler

An Ludwig Fulda Reichenau bei Payerbach
Curhaus 7. 7. 900

lieber Herr Fulda, hieher wird mir Ihr Brief nachgeschickt und ich danke Ihnen daher etwas verspätet für Ihre liebenswürdige Benachrichtigung. Ich freue mich, daß Ihnen die äußere Form meines Stücks behagt; theatralische Bedenken hab auch ich, doch weniger was den 4., als was den 3. und 1. Akt anbelangt. Vielleicht beherzige ich auch Ihren Einwand gegen die Bezeichnung. Allerdings hat mich zu dem Untertitel »Schauspiel« weniger die Rücksicht aufs Publikum veranlaßt, als vielmehr die Empfindg, daß das ganze Stück doch kein richtiges Trauerspiel ist. Es ist, von einigen erhöhten Momenten abgesehn (ich will nicht den bescheidenen spielen und gestehe aufrichtig, daß ich einige dieser Momente für ganz beträchtlich hoch halte) – doch nur ein Schau-Spiel. Die Tragik dunkelt mehr aus dem Himmel, der sich über die Scene spannt. – Nun wollen wir abwarten, was das Hofschauspielhaus sagt; auch meine Hoffnungen sind gering; meines Dankes seien Sie aber in jedem Falle von ganzem Herzen versichert.

Wie lange werden Sie in Trafoi bleiben? Ich denke nun hier einige Zeit (etwa 10 Tage oder 14) in relativer Ruhe zu arbeiten, Mitte August möchte ich mit Beer-Hofmann ins Vorarlberg wandern, in der Zwischenzeit Wien, Ischl, vielleicht Ampezzo. Meine Adresse bleibt die *Wiener*.
Ganz der Ihre

Arthur Schnitzler

Herzliche Grüße Ihnen u. Ihrer Frau Gemahlin

An Gustav Schwarzkopf 9. 7. 900
Reichenau bei Payerbach
Curhaus

lieber Gustav, seit Donnerstg bin ich hier. Sie haben wohl meine Karten bekommen. Ein paar Tage hab ich in Altaussee zugebracht, dann kam eine schöne Radtour ins Gesäuse, wo es ein paar recht angenehme Stunden gab. Hier hab ich mich ans Arbeiten gemacht; das Scenarium der 5aktigen Komödie entworfen und die Nilquellen neu begonnen, deren erste misglückte Fassung Sie kennen. Ich folge ganz Ihren Rathschlägen in der »Neubearbeitung«. Meine Novelle haben Sie wohl durch die Grünwald erhalten. Bitte behalten Sie sie vorläufig ruhig in Ihrem Hause (die Novelle!!). Falls Sie mir was darüber sagen wollen, *mündlich*. Am liebsten natürlich hier, in Reichenau. Entschließen Sie sich doch ein bischen herzukommen. Im Curhaus lebt sichs angenehm und nicht theuer. Die Reise ist nicht weit wie Sie wissen. Sie finden außer mir meine Mama, meine Schwester. In Edlach Schwägerin und Neffen.– Vormittags plaudere ich gewöhnlich mit einer nicht hübschen (dies zu Ihrer Beruhigung) aber ausnehmend gescheidten jungen Dame, derselben, die ich dem Brahm empfohlen. (Halten Sie das »junge Dame« nicht für verdächtig!)
– Ich bleibe hier wahrscheinlich bis gegen den 20., dann komm ich jedenfalls auf eine Reihe von Tagen nach Wien. Aber das

darf Sie nicht umstimmen, wenn Sie schon nahe daran waren, meiner Aufforderung von Seite 2 zu folgen. Jedenfalls hoff ich sehr bald von Ihnen zu hören.
Von Herzen Ihr

Arthur Sch

An Hugo von Hofmannsthal

Reichenau b/Payerbach Curhaus. 17. 7. 900

mein lieber Hugo, wenn Sie diesen Brief bekommen, sind Sie schon wieder zurück von Ihrem kleinen Ausflug und haben hoffentlich alle Verdrossenheit verloren. *Ich* wüßte wirklich nicht, was ich jetzt ohne Arbeit beginnen würde. Komme ich durch äußere Umstände, unruhige Verhältnisse durch einige Tage nicht dazu, wenigstens ein paar kurze Stunden zu schreiben, so versinke ich in eine wahre Schwermut. Hier bin ich nun im ganzen gut dran. Ob viel dabei herauskommen wird, bei dem nämlich was ich jetzt schreibe, ist ja noch nicht sicher, aber das wesentliche liegt ja wo anders. Nachher gibts ja beinah nur Ärger, ob einem was gelungen ist oder nicht. Ich habe hier ein kleines Lustspiel neu geschrieben (dessen erste Fassung vor zwei Jahren in Tegernsee unter glücklichern Umständen entstand) und bin jetzt mit einer ziemlich sonderbaren Novelle beschäftigt, die mir viel Freude macht. Von dieser hoff ich zuversichtlich, daß sie auch Ihnen andern Freude machen wird. Meine große Novelle hab ich der N. Dtsch. Rundschau gegeben; sie ist nicht übel ausgefallen; bisher kennen sie Salten u Schwarzkopf, die beide sehr zufrieden scheinen. – Wie lange ich noch hier bleibe weiß ich nicht genau; in etwa 8-10 Tagen dürfte ich jedenfalls in Wien sein; aber über die erste Augusthälfte herrscht noch große Unklarheit. Mitte August soll eine Fußtour begonnen werden, die ich in Altaussee mit Richard ausgeheckt habe. Paul Goldmann, Kerr, Oskar Meyer schließen sich vielleicht an. Am Ende auch Georg

Hirschfeld (Elly dürfte wegen Kerr u Goldmann sehr dafür sein.) –
Ein paar Stunden täglich plaudere ich mit einer angehenden nicht hübschen Schauspielerin, die für ihre 18 Jahre von einer unglaublichen Klugheit ist. Sie wohnt hier mit ihrer Schwester, die ein 16-jähriges keckes aber gescheites Judenmädl ist; stets ist auch ein junges blondes Ding mit ihnen, die wahrscheinlich verrückt werden wird. Gestern hab ich mit denen allen in ihrem kleinen Garten genachtmahlt. Die Schauspielerin hatte Nachmittags die Madonna Dianora studiert; der kleinen Schwester hatte ein 20-jähriger Verehrer »Gestern« aus Wien mitgebracht. Ich finde den Zufall hübsch, der es macht, daß Sie das gleich erfahren können; nichts beruhigt mehr über die Vielheit u Verwirrtheit des Lebens, als wenn man Fäden irgendwo zusammenlaufen sieht. – Sonst hab ich hier noch Dr. Redlich und seine Frau (die Königsbergerin) gesprochen; meine Mama u meine Schwester wohnen hier, Schwägerin u Familie in Edlach. Den Vormittag verbumml ich und verspazier' ich; nur nach Tisch arbeite ich. – Wie denken Sie den Rest des Sommers zu verbringen? Es ist sehr wahrscheinlich, daß ich Anfangs August in Ischl sein werde; sollte man sich nicht irgendwo in Salzburg z. B. begegnen können? – Richard arbeitet. Als ich bei ihm war, befand sich seine Frau nicht sehr wohl, doch scheint es jetzt viel besser oder ganz gut zu gehn. Schreiben Sie mir recht bald wieder, ists kein Brief, so sei es eine Karte. Aber verlieren wir uns keineswegs, auch nicht auf Tage, ganz aus den Augen.
Ich hoffe Ihr Papa ist ganz gesund. Grüßen Sie ihn, Ihre Mama, und die Familie Speyer mehr oder weniger.
Herzlichst der Ihrige

Arthur.

Benützen Sie nur meine Wiener Adresse, das ist am sichersten. Ich habe vergessen, daß ich Sie von der Schauspielerin sehr herzlich grüßen soll.

An Olga Gussmann Wien, [etwa 25.] 7. 1900

Mein liebes Fräulein,
Gestern Abend z. B. war ich im Wurstelprater sehr allein, mehr zufällig, und habe mir vorgenommen, daß wir, Sie, die sprühende Schwester und der treffliche Paul im Herbst einmal zusammen hinunter müssen. (Ringeln ist beinah die einzig ernsthafte Beschäftigung, bei der man nicht allein sein kann.) Wie diese Wiener Tage vergangen sind? Auspacken – und einpacken. Ich bin nämlich in diesen äußern Dingen von einer Schwerfälligkeit und Pedanterie und Benommenheit, daß sie mich gleich zu allem andern unfähig machen. (Seit dem berühmten Krenfleisch hab ich kein dichterisches Wort mehr niedergeschrieben). Über Ihren Brief hab ich mich – es ist dringend notwendig so etwas zu sagen – sehr warm gefreut. (Ich habe selten eine bessere Idee gehabt, als an dem Tag – wo Ihnen vor mehr als einem Jahr der Einfall gekommen ist, mir zu schreiben). Was ich jetzt tun werde? Morgen früh begleit ich Mama nach Ischl, fahre sofort weiter nach Aussee, wo dann weitres ausgeheckt wird. Treffe natürlich Beer-Hofmann. Die Fußpartie wird immer mehr zur Karawane, aber hoffentlich fallen die Füße weg (hätte Liesl sagen können, der bedeutende Fratz). Kerr hat mir schon geschrieben, er möchte eigentlich nicht viel gehen – ich erwarte ähnliche Beichten in Bälde von den anderen und dann – geh ich vielleicht allein. – Nur Goldmann dampft vor Tourenbegeisterung – er will nemlich mager werden. Renate Fuchs von Wassermann hab ich beinah zu Ende gelesen, ein höchst merkwürdiges Buch, von einer Dumpfheit, aber wie von tausend Blitzen durchleuchtet. Sie müssen es ganz sicher lesen. Es wirkt wie die Vorstufe zu dem großen Roman, zu dem ganz großen, der für unsere Zeit in Deutschland noch nicht geschrieben ist, und Wassermann könnte ihn schreiben, wenn nicht ein Defekt da wäre, auf dessen Wesen ich noch nicht ganz sicher gekommen bin – wahrscheinlich ist's der tiefe Intellekt, der fehlt; – zu-

weilen täuscht er ihn vor, aber er bläst sein Licht zu schnell aus – mit Absicht, mit unbewußter glaub ich. – (Die Mitterwurzer kriegen Sie im Herbst ohne weiteres »schon gemacht«. – Maria Garischin heißt Klara Militsch.
Nennen Sie sich nicht hochmütig, sondern lieber – hochgemut. »Denn wenn Achill die ganze Welt zerstört ... u. s. w.« Die Sezessionsbühne hab ich mir nicht angesehen, hatte keine Lust, dagegen sah ich gestern im Café unter den Arkaden Frau Elsbeth Meyer-Förster und beinah die ganze Gesellschaft an einem Nebentisch.
Im übrigen: Sie gehn mir sehr ab (»im übrigen« das mildert den Satz, wie Sie merken). Sie haben sehr recht: das Schreiben! So viel wie auf diesen drei Blättern steht, hab ich Ihnen »in abgelebten Tagen« in zwei einhalb Minuten gesagt und dann war es noch dazu gescheiter. Oder kommt mir das nur so vor, weil Sie zugehört haben? –
Leben Sie wohl

Ihr ArthSch

An Olga Gussmann Ischl, Rudolfshöhe 4. 8. 900

liebstes Fräulein, die Aussicht von meinem Fenster ist wunderschön, sogar heute, wo die Wolken tief, beinah bis auf die Straße herunterhängen. Die Straße führt langsam aufwärts dem Wald zu. Ich wohne annähernd im letzten Haus. Auf dieser Straße bin ich im vorigen Jahr oft mit Hugo Hofm. spazieren gegangen und wir haben unsre »gegenseitigen« Stücke besprochen. Es war eine sehr angenehme Zeit, viel angenehmer als heuer. Widerwärtig, wie leicht ich zusammenschnappe. Jetzt eben war Entsch bei mir, der Agent, »mein« Agent. Ich kam mir absolut lächerlich vor, das ganze wie eine langweilige Lustspielscene. Sie entnehmen aus all dem, daß es mit den Marionetten nicht weitergeht. Liegt hauptsächlich an den zwei Freunden, mit denen ich vorläufig nichts rechtes anzufangen weiß. Bis jetzt ist die Sache ganz ledern. Überdies

hab ich viel Kopfweh. Sie dürfen das nicht sehr kleinlich finden, daß mich so ein Unvermögen gleich herunterstimmt; es ist möglicherweise umgekehrt: Dumpfe Stimmung, daher Unvermögen, alles hängt gleich zusammen, ich bin entweder in jeder Hinsicht vorzüglich oder ein ganz vernichtetes Subjekt. Heut bin ich dumm, alt, widerwärtig, häßlich, kalt, dürr. Trotzdem ich Vormittag mit zwei, ja beinah drei jungen Damen (da nenn ich nemlich Elly Hirschfeld eine junge Dame) nach Strobl geradelt bin, und nach einem wunderbaren Seebad wieder zurück.
Es wimmelt hier von Verwandten, hauptsächlich ein in England ansässiger Onkel mit Familie. Er fängt an zu kränkeln, alt zu werden, grau und gelb, und kränkt sich über Afrika und China, weil seine Papiere fallen. Sie ist eine brave kluge Frau. Ein 14jähriger englischer Lausbub und zwei Töchter von 12 und 13 (sehen aus wie 8 und 9). – Der Onkel ist übrigens ein sehr anständiger, ziemlich musikalischer Mensch, den ich vor 20 Jahren auch für sehr gescheidt gehalten habe. Aber es ist schauerlich, wie die Gescheidtheiten rings um mich verschrumpft sind. Ich sehe jetzt, wie bescheiden ich früher einmal war, niedergehalten sozusagen, meiner selbst nicht bewußt. Bin ich wirklich so spät aufgewacht oder kommt mir das jetzt nur so vor? Ich hätte Lust Ihnen so viel von mir zu erzählen – oder vielleicht auch *mir* zu erzählen in Ihrem Beisein? Alle Ihre Briefe habe ich, und sie machen mir eine große Freude. Was Sie über Bertha sagen – sehen Sie, so aufrichtig wäre man früher nicht gewesen – auch *Sie* nicht, wenn Sie vor 20 Jahren ein achtzehnjähriges Fräulein gewesen wären; es liegt doch was geheimnisvolles tiefes in dem Einfluß der »Zeit«. Ganz bestimmt, wahrhaftiger sind die (in Betracht kommenden) Menschen seit 1880 geworden; eine große Flucht vor der Phrase und vor den feststehenden Sätzen überhaupt ist erfolgt; die Achtung vor dem Einzelfall hat sich eingestellt, und das macht das Leben im allgemeinen doch reicher und schöner als es zu unsrer Eltern Zeit war. Freilich ist nicht zu

vergessen, daß für die große Masse – die »ewigen Wahrheiten«, mit anderm Wort die »heiligen Banalitäten« noch immer gut genug sind und daß andre, die das gleiche über Bertha sagen würden wie Sie, wirklich herzlos wären. Sie aber haben Recht. – Ich bleibe hier noch etwa bis zum 10. Am 12. ist Rendezvous in Salzburg. Beer-Hofmann, Goldmann, (Kerr?). Wissen Sie, daß ich mich schon wieder ein bischen auf die Fußpartie freue? Allerdings würd ich sie am liebsten zu zweit machen. Wir wollen schon nach Innsbruck zum Theil zu Fuß; bei Vorarlberg und beim Engadin bleibt es. Schön ist es, daß ich nach ziemlich langer Zeit wieder einen Anlaß habe mich auf Wien zu freun. Aber ich will mich nicht freun – lassen Sie mir diesen Aberglauben. – Es ist gewissermaßen charakteristisch für mich, daß ich zugleich mit dem Gedanken an diese heurige Rückkehr auch schon den Gedanken an die nächste habe, wo Sie wahrscheinlich in Detmold oder Hamburg oder Berlin sein werden. Es wird dunkel, ich will den Brief noch ins Kastl werfen, und sage Ihnen daher Adieu für heut. Schreiben Sie mir doch noch ein Wort oder mehrere hieher. Ich schreibe heute an Paul wegen der Bilder, fällt mir eben ein. Grüßen Sie auch Liesl sehr herzlich. Alles was in diesem Brief steht hätte ich Ihnen, wie bereits mehrfach festgestellt wurde, in 1¼ Minuten sagen können. Trotzdem hat es einen Sinn Briefe – zu bekommen, finde ich manchmal.
Leben Sie wohl. Ihr

Arthur Schn

An Olga Gussmann Pontresina, 23. 8. 900.

ein Regentag. Der wunderbare Blick von meinem Fenster aus ins grüne und auf den nahen Gletscher verhängt und vertrübt. Seit Montag Abend sind wir hier. Wir: Goldmann, Kerr, Beer Hofm. u. ich. Georg Hirschf. war nie mit (Gott sei Dank, in der letzten Zeit ist er mir, durch Vermittlung seiner Frau, auf die Nerven gegangen). Leo Vanjung hat sich bereits in

Schruns von uns getrennt. Von Schruns sind wir nach Gargellen gefahren und am nächsten Tag über das Schlapinerjoch in die Schweiz nach Klosters gegangen. Das war alles, was zu Fuß geleistet wurde. Am Tag drauf kam eine sehr schöne Wagenpartie über den Albula hieher. Es war wenn ichs recht bedenke, der einzige ganz gelungene Tag der Reise. Jeder war auf seiner Höhe, keiner machte den andern nervös, die Unterhaltung spielte im hohen und im niedern, aber da sie spielte, wurde sie nie gemein und nie pathetisch. Dazu eine wunderbare Luft und Ausblicke. Nun sind wir hier in einem sehr vornehmen Hotel, lauter Engländer, alle haben die unschätzbare Eigenschaft sich um niemanden zu kümmern, keiner hat den Reisestolz, den Deutsche beinah immer mit sich tragen, sie sind nirgends Fremde, jeder Schuster aus Liverpool ist auch in Pontresina zu Hause. Abends ziehn sie sich alle Fräcke oder Smokings an, nur wir armen Touristen wandeln unter diesen Schwarzen grau und gestreift umher. Zu erwähnen Spaziergänge nach St Moriz; einer von uns, K., fühlt sich von irgend jemand dort mächtig angezogen. Auch heute, im Guß und in der Kälte sind K. und G. hinübergefahren; BH. u ich sind daheim geblieben. Heut hätte ich das erste Mal wirklich Zeit, mich mit mir, ganz mit mir zu beschäftigen, in mich hinab-, zu mir hinaufzusteigen, aber ich habe das notwendige Interesse noch nicht aufgebracht. Habe eben doch das Gefühl, auf dem Weg zu sein; es ist eine Station von 5 Tagen, aber doch eine Station; in einem höhern Sinn empfind ich das auch anderswo. Die ganze Existenz Station, Aufenthalt bis 19 ..? Aber das ist trivial. (Nur das, schein ich mir einzubilden). Ihre Briefe waren, sind mir eine große Freude. Heute sind Sie schon in Wien. Sonderbar; es kommt mir vor, ich beneide Sie. Vielleicht bin ich das Reisen schon satt? Ich weiß nicht. Was nun noch kommt: Kerr u. Rich. B. H. fahren übermorgen nach Landeck, Innsbruck, ich und P. G. haben einen Wagen gemiethet und fahren (3 Tage) nach Meran. Es könnte ganz schön sein, aber ich freu mich nicht recht – Weil's regnet? – Weil's Paul G. ist?

(Den ich sehr liebe aber der mich in mancherlei Dingen irritirt) – weil's ich bin? –
– Es ist denkbar, daß noch ein Dritter mitfährt, Friedjung, ein Tüchtiger. Aber was soll nur ein Tüchtiger auf dem Stilfserjoch? – Ich denke, wir bleiben dann in Meran ein paar Tage, es sei denn, daß es zu schwül wäre, dann vielleicht noch auf ein paar Tage in ein nahes Thal, Grödener z. B., aber ich glaube nicht daran. P. G. weiß nicht recht was er will (unsre eignen Fehler sind es, die wir an andern am wenigsten vertragen.)
So am 3., 4., 5. hoff ich daheim zu sein. Senden Sie bitte »ein paar Zeilen« nach Bozen poste rest.
– So, ich nehme jetzt alle Ihre Briefe nochmals her, sehe sie durch und, wo es direct etwas zu beantworten gibt, sei meine Schuld getilgt. –
(Eben kommt B. H. in mein Zimmer, aus dem Bad, fragt, ob er sonst nett ist u. verschwindet wieder.)
Also zu Ihren Briefen.
Schön, das Herbstgefühl – ?
Ja; mit achtzehn Jahren. –
Aufregungen wegen der Beatrice? –
»Aufregungen«! was für ein Wort dafür. Aerger, ja, aber ich denke jetzt nicht daran. In Wien aergere ich mich weiter.
Die Balkonscene. Ich hätte sie gern gesehn. Fräulein Lisabeth als Page – oh!
Die Stimmung über Salzburg eine Peter Altenberg-Stimmung?
... Hm ... mir scheint, ich hatte dort meine eigne und »wenn Sie einmal in Ihrem Leben hin kommen« werden Sie auch die Ihre haben, oder die eines andern, der neben Ihnen geht. – (Das ist »geistreich« – also: dumm.)
Fräulein Liesl bemüht sich dem Katholischen entgegen? Sie möge ihre Kräfte auf besseres verwenden. 54 Kilo? – Ich gratulire.
Entsch? – Allerlei geschäftliches und geschäftiges.

»Fürst und Dichter« . . . Na! . . .
»Ellen von der Weiden«? Ich bin neugierig. B. H. ist geärgert, daß der Held zur Ellen einmal sagt: »Zauberin, Hexe« – u daß Gabriele Reuter ihn ernst nimmt. –
Necker – ? – Brav, gelegentlich klug. Aber im ganzen überschätzen Sie ihn.
Der Kadett . . . »Herzog«?? –
Und Sie? – –
Wolff: Ludwig Wolff, junger Schriftsteller, mit Anlagen, ami de Wassermann. –
Agnes Jordan Traum, verschärft durch Victor Léon u Elly – ? Machen Sie mehr Bewegung vor dem Schlafengehn, mein Fräulein! –
Die Photographien . . ? Ich hoffe wir sind im Leben etwas weniger verschwommen. B. H. photographirt uns unausgesetzt. Die Hintergründe wechseln.
Ihr Traum, daß Ihnen die Entrüsteten gefallen . . . Bitte, träumen Sie weiter.
Arsenik? Aufsteigend acht Tage verharren (30 Tropfen), absteigen. –
Ihre Beziehungen zu »Gretchen«, von allgemeiner Wichtigkeit, »darauf zurückzukommen«.
Liesl erkältet? – Ich fühle ihr aus der Ferne den Puls und sage »Es ist nichts«. –
– Ein peinlicher Brief?
? ? ? –
Liesl ist wieder gesund – Nun hab ich nicht recht gehabt? –
Ich kann nicht weiterschreiben, eben kommt B. H. wieder herein, verzweifelt über den Regen und darüber, daß er Kerr zuliebe einen Tag länger bleibt – wir sind beide einig, daß man nicht zu viert reisen kann. Sie doch auch? –
Tausend Grüße

Ihr Arth Sch

An Olga Gussmann

[Baden bei Wien,] Freitag *[19. 10. 1900.]*

Ich bin doch erst heute wieder heraus, habe gestern zu Hause genachtmahlt, Familie u. s. w. – Nachmittag begann ich die Novelle von Hieronymo. –
Das von Liesl – sind so Worte. Auf einer gewissen Höhe ist keiner den andern werth. Aber auf einer gewissen Höhe ist jeder den andern werth – denn auf einer gewissen Höhe verliert man sich nicht. Und Mittel zum Zweck ist auch jeder für den andern – alle menschlichen Beziehungen ruhn darauf. Alles was *vor* uns liegt, ist ein Zweck – alles wodurch wir's erreichen, ist *Mittel.* Kommt immer nur drauf an, ob die Zwecke gut und die Mittel angenehm sind. Und Menschen von Verstand haben immer gute Zwecke – und Menschen von Geschmack wählen immer angenehme Mittel. Im übrigen *Worte* kann man immer nur *um* die Dinge *herum* machen; ein Wort, das in den Kern einer Sache dränge, würde sie zersprengen. Das von dem »Innerlichen schon hinter sich haben« erinnert mich an das was ich dir vorgestern gesagt: »Etwas innerlich schon fertig erlebt haben, während man in Wirklichkeit noch mitten drin steht«. Aber das innerliche erlebt haben von etwas, das man zu erleben noch nicht *begonnen,* ist eine Täuschung. –
Ich ahne – Liesl wird einmal hineinfallen; – aber mit Bewußtsein, und dann wird sie glauben, daß sie's gewollt hat. –
Wann aber sehn wir uns wieder? – Ich glaube Montag Abend. Aber jedenfalls schreibe ich dir vorher noch.
leb wohl und bleibe mir gewogen.
Ich küsse deine Augen.

A.

An Theodor Herzl Wien 15 – 11 – 900

lieber Doctor Herzl,
ich habe eine Erzählung geschrieben, die ich Ihrem freundlichen Wunsch entsprechend, gern für die Weihnachtsnummer hergäbe. Nur ist sie etwas lang gerathen, etwa 9 Längspalten (1½ Bogen). Anderseits läßt sie sich aber gar nicht theilen, und so wäre vielleicht gerade die Weihnachtsbeilage der N. Fr. Pr. die richtige Stelle für sie. Bitte sagen Sie mir, ob ich Ihnen die Geschichte senden darf.
Noch eins bei dieser Gelegenheit. Durch Beer-Hofmann habe ich erfahren, daß Sie sich heuer in Aussee durch eine gewiß nicht sehr geistreiche aber eben so gewiß nicht bös gemeinte Bemerkung von mir verstimmt oder gar verletzt gefühlt haben. Das thut mir sehr leid. Alle äußern Entfremdungen und Misverständnisse, die im Lauf der Jahre zwischen uns vorgekommen sind und nach der Natur der Dinge und unsern Naturen wahrscheinlich vorkommen mußten, haben meiner aufrichtigen und in vieler Beziehung sehr herzlichen Verehrung für Sie nichts angehabt. Ich kann nicht denken, daß Sie einen Scherz übel nehmen wollen, dem auch die leiseste Spur einer kränkenden Absicht fehlte. Da Sie das wunderlicher Weise nicht selbst fühlten, muß ich es heute sagen; denn es wäre beinah leichtfertig, eine Unklarheit, die so leicht aus dem Wege zu räumen ist, zwischen uns zu belassen.
Ich drück Ihnen die Hand und bin Ihr

herzlich ergebner
Arthur Schnitzler

An Theodor Herzl Wien 17. 11. 900.

lieber Doctor Herzl,
hier ist die Geschichte »Lieutenant Gustl«. Sie werden beim Lesen bemerken, daß einiges gestrichen werden *muß*, andres weggelassen werden kann. Ich bitte Sie also, wenn Sie größere

Striche für gerathen halten, mir das Ding wieder zurückzusenden. Handelt es sich nur um paar Worte, so kann ich das wohl in der Fahnencorrectur besorgen. –
Ich reise Montag, spätestens Dinstag auf etwa 10 Tage fort, u. zw. nach Breslau, wo ich die Erzählung vorlese; aber *Briefe*, größere Sendungen nicht, werden mir nachgeschickt.
Ich nehme ferner an, daß die N. Fr. Pr. bei der Zuerkennung des Honorars auch die Ausdehnung eines Beitrags in Betracht zieht, so daß hierüber nichts weiter zu bemerken ist.
– Ich grüße Sie herzlich.
Ganz Ihr

Arthur Schnitzler

An Theodor Herzl Wien, 22. 12. 900

lieber Freund,
ich hab Ihnen den Lieutenant Gustl auf Ihren Wunsch vor etwa 6 Wochen für die Weihnachtsbeilage geschickt; habe damals u noch später ausdrücklich betont, daß eine *Theilung der Novelle aus künstlerischen Gründen unthunlich*, daß ich aber *gern zu Kürzungen bereit* sei: Ich selbst machte Sie auf die Länge der Novelle aufmerksam und Sie, lieber Doctor hatten Gelegenheit, 6 Wochen lang Gelegenheit, über die Möglichkeit der Unterbringung in der Weihnachtsbeilage klar u. schlüssig zu werden. Und heute, am 22. Dez. zwei Tage vor Weihnachten, nachdem ich genöthigt war, Anträge andrer Zeitungen zurückzuweisen, kommen *Sie* mit der Mittheilung, daß die Novelle für die Weihnachtsbeilage zu lang sei, stellen mir in Aussicht, meine Novelle in Fortsetzungen erscheinen zu lassen und *Sie* sprechen nun von Raumrücksichten, auf die ich Sie längst aufmerksam gemacht, was Sie mit den Worten zurückwiesen, das sei Ihre Sorge! Mein lieber Freund, das kann nicht Ihr Ernst sein. Ich glaube sogar annehmen zu dürfen, daß nicht Sie es sind, der sich mir gegenüber diesen verblüffenden Mangel an Rücksicht zu Schulden kommen läßt.

Denn es ist ganz selbstverständlich, daß in dem vorliegenden Fall die Neue Freie Presse verpflichtet wäre, um die Vereinbarung gegen mich zu erfüllen, die sie auf eigne Initiative, auf eignen Wunsch, trotz der von mir selbst vorgebrachten Bedenken, eingegangen ist, die Raumschwierigkeiten durch Einfügen eines oder mehrerer Blätter mehr zu besiegen. Soweit ich in Betracht komme, gestatte ich aus den von Ihnen gekannten und stillschweigend gewürdigten künstlerischen Gründen den Abdruck der Novelle »Lieutenant Gustl« in Fortsetzungen, *unter keiner Bedingung*, und müßte, wenn die Raumschwierigkeiten sich nicht beheben lassen, höflichst um Rückstellung meiner Arbeit ersuchen.
Herzlich grüßend

Ihr
Arthur Schnitzler

An Theodor Herzl Wien, 24. 12. 900

lieber Doctor Herzl, misverstehen wir einander doch nicht. Von einer unfreundlichen Absicht hab ich kein Wort gesprochen, noch hab ich eine im entferntesten vermuthet; ich sprach nur von einem *Mangel an Rücksicht,* und Sie werden mir bei näherer Überlegung zugestehen müssen, daß ich dazu alle Berechtigung hatte. Oder wie möchten Sie es bezeichnen, wenn man einen Autor 6 oder 7 Wochen vor Weihnachten um einen Beitrag für die Weihnachtsnummer ersucht, der Autor ihn einsendet, auf die Länge aufmerksam macht, sich zu Kürzungen bereit erklärt, die Antwort erfährt, der Beitrag sei angenommen, die Raumschwierigkeiten zu beheben sei Sache des Blattes; wenn der Autor endlich die Correctur erhält, bei Rücksendung der Correctur neuerdings unaufgefordert seine Bereitwilligkeit zu Kürzungen erklärt und endlich ein paar Tage vor Weihnachten die Mittheilung erhält – der Beitrag könne in der Nummer für die er bestimmt war – wegen Raumschwierigkeiten nicht erscheinen! – Bedenken Sie noch weiters, daß

der Autor einer andern Zeitung diese Novelle für den Fall daß die N. Fr. Pr. sie wegen ihrer Länge nicht in die Weihnachtsnummer bringen könnte, zugesagt hätte? – Ich glaube wahrhaftig Sie haben keine Ursache sich zu wundern, daß ich Ihre Mittheilung mit einigem Unmuth aufgenommen habe. Daß es ausschließlich Erwägungen künstlerischer Natur sind, die mir eine *Theilung* der Novelle unthunlich erscheinen lassen, brauche ich Ihnen, der sie kennt, nicht wiederholt zu versichern. Daß die Neue Freie Presse mir bei einer andern Gelegenheit der Novelle zu Liebe eine Beilage erscheinen läßt, verlange ich nicht und wünsche ich nicht und nehme ich in keinem Fall an. Bemühen Sie sich nicht weiter in meiner Angelegenheit und lassen Sie mich Ihnen nochmals sagen, daß ich von Ihrer guten Gesinnung mit Vergnügen überzeugt bin. Die Novelle war ausschließlich für die Weihnachtsnummer bestimmt u. ich brauche sie nicht erst formell zurückzuziehen, da sie in jener Nummer nicht zum Abdruck kommt. Die Sache ist erledigt und um jedes weitre Misverständnis unmöglich zu machen, erkläre ich hiemit, daß ich eine Novelle, die sich zum Erscheinen in Fortsetzungen eignet, der N. Fr. Pr. für ihr Romanfeuilleton mit besonderm Vergnügen überreicht hätte.
Verbindlichst grüßend

Ihr
Arthur Schnitzler

An Ludwig Fulda 17. 1. 1901.

lieber Herr Fulda,
ich habe noch kein Bild von Ihnen u wäre sehr erfreut, wenn Sie mir eines schicken wollten. Breslau liegt nun schon so weit zurück! Die Aufführg war wirklich recht schlecht; trotzdem halte ich die Bühnenwirksamkeit des Stückes bei guter Darstellung für ganz zweifellos. Schade daß ich kein Theater dafür habe. Das Volkstheater will das Stück geben; ich kann mich aber nicht entschließen, – es fehlt auf allen Seiten. –

Ihre Frau Gemahlin wünscht meine Novelle »Lieutenant Gustl«; ich erwarte von Tag zu Tag meine verliehenen Exemplare, ich hoffe eines binnen kürzester Frist senden zu können. Bitte sagen Sie ihr das, zugleich mit meinen herzlichsten Grüßen.

Ganz der Ihrige, Arthur Schnitzler

An Olga Gussmann [*Berlin 5. 3. 1901.*]

Dinstag Abend,

meine geliebte Olga, ich bin sehr verkühlt, habe Ohrensausen, Kopfweh und Augenschmerzen – und habe keinerlei Ursache vergnügt zu sein. Vormittag Probe. Auch kein Genuß. Die Schauspieler noch nicht vollzählig. Der »heitre Freund« wußte zufällig einen vacirenden Mimen, der in der Nähe wohnte, der wurde geholt und für den ernsten Freund und den Brackenburg engagirt. Den Helden hab ich umbesetzt; jetzt wenigstens möglich. Für morgen hab ich Herrn Hofmeister als Strizi ersuchen lassen. Liesl wird von einem norddeutschen Fräulein in einem phantastischen Wienerisch gegeben. Ich habe Wolzogen schon auf die wirkliche Liesl aufmerksam gemacht. Die Wohlbrück gibt den Tod, weil sie als »star« das letzte Wort haben soll und – sonst niemand da ist. – Man fürchtet für den Schluß, der abfällt. Wenn die Probe für 11 angesetzt ist, kommen die Leute um 12. Schmiere. – – Ich speiste mit Kerr, bis 5. – War jetzt bei Gl. s. – Klärte sie, die (durch die Schwester) schon ziemlich vorbereitet war, über den Zustand auf. Da die Besserung rapid vorwärts schreitet, ist sie in guter Stimmung und nahm meine Aufschlüsse, die sehr beruhigend gehalten waren, in Ruhe auf. – Tiefe Empfindg von der Unheimlichkeit des Lebens. –

Nun sitz ich also im Hotelzimmer von einer leisen, aber unaufhörlichen Bangigkeit erfüllt und soll nebstbei auch noch über Aenderungen zu den Marionetten nachdenken. –

– Ich möchte mit dir in den Süden. Habe schon Angst vor dem

nächsten Jahr. Ich will mit dir zusammen bleiben. Du – wärst die Ruh – das Glück bist du schon. – Noch nie hat mich Berlin so traurig gemacht. –
Leb wohl und behalt mich lieb!

Dein A.

An Olga Gussmann [*Berlin, 8. 3. 1901.*]
Freitag Nachmittg 5.

Mein liebes, geliebtes, nur wenig Worte heute. Gestern Abend eine viertel Stunde bei Fulda, dann bei Fischer, dann bei M. Gl. (sie fährt schon spazieren) dann mit Goldm. genachtmahlt (durch meine totale Heiserkeit gestört). Heute früh bei Entsch, dann Probe (letzte). Frau Wohlbrück erklärte plötzlich, daß sie 4 Verse von meinen neuen nicht mehr lernen konnte, zu schwer, worauf ich ziemlich grob wurde, und sie fragte, wozu sie denn Schauspielerin sei, wenn sie 4 Zeilen nicht in einem Nachmittag lernen könnte – sie lernte sie auch gleich auf der Bühne vor Beginn und war dann so süß als möglich (Sie erinnert in Haltung an Frau Petrasch, streckt irgend etwas, das sie wahrscheinlich für ihren Bauch hält, bis an die Orchestersitze vor). –
Bei Paul G. mit Kerr gegessen – und inhalirt. Jetzt kleid ich mich um und geh zu Lindau. Dann ins Theater, wo ich als Pratergast »auftrete«. Die Bunte Bühne geht unglaublich. Tagtäglich ausverkauft. Über meine »Leidelein«, um nicht zu sagen »Leiden« ist nichts neues zu sagen. Deinen Brief hab ich beim Nachhausekommen gefunden. Es grenzt doch ans infernalisch stumpfsinnige, daß im Conserv. die Klara nicht gespielt werden kann. Man ist doch all dieser Dummheit und Heuchelei gegenüber noch immer viel zu ruhig.
– Schreib mir nun nicht mehr mein Schatz. Ich werde wahrscheinlich von hier am Sonntag Nachmittg direct nach Wien fahren.
leb wohl, mein geliebtes! Dein A.

An Ludwig Fulda 22. 3. 901.
[Briefkarte]

lieber Herr Fulda, heute schicke ich Ihnen die Beatrice und hoffe bald durch einen Gegenbesuch der Zwillingsschwester erfreut zu werden. Montag hab ich die Absicht Wien, in dem es zur Abwechslung wieder einmal Winter geworden ist, zu verlassen, und über Genua (Nizza) Rom zu erreichen, wo ich etwa am letzten März eintreffen möchte, um etwa 14 Tage zu verbleiben. Wahrscheinlich Grand Hotel. Ich schreibe Ihnen das, als wenn doch noch eine Möglichkeit bestünde, daß man einander zu Ostern begegnete. Aber wohin immer der Frühling Sie lockt, wünsche ich angenehme Reise und sende Ihnen und Ihrer verehrten Frau die herzlichsten Grüße.
Ihr

Arth Schnitzler

An Olga Gussmann Montag, 25. 3. 901

1. Speisewagen, zwischen Semmering u Mürzzuschlag.

Es soll ein vollkommenes Reisetagebuch werden, nur manchmal unterbrochen durch »Ich liebe dich«.
Abfahrt 11.25. – Im gleichen Coupé ein Herr, der nach San Remo fährt, freundlich und schmierig ist – Jetzt, am Tisch hinter mir ein ungarisches Paar, reich geschmückt, sehen aus wie Artisten (alternde Seiltänzerin u Impresario) – oder Hochstapler – So stellt man sich Leute vor, von denen in der Zeitung steht, daß man ihnen »bereits auf der Spur ist«. – Der Zug schwankt sehr; wir halten in Mürzzuschlag. Unterlage: die allzu schöne graue Mappe von Weihnachten. –
Auf dem S. noch Schnee; sogar in der Küber-Gegend, dort wo wir spazieren gingen. Ich hab die Traumlandschaft gesucht, wo war sie? Grauer kalter Tag. – Gelesen: Stendhal, souvenirs d'égotisme.

– Später,

ich schließe ab, um diese paar Zeilen noch Nachmittg in irgend einer Station in ein vorbeisausendes Kastl zu werfen. – Ich möchte mit dir reisen. leb wohl!
Noch gar kein Frühling in der Landschaft; Schneewolken und Trübnis über den Bergen.

Dein A.

Im selben Augenblick fällt die Sonne auf dieses Papier. Möge ich immer so rasch eines besseren (Wetters) belehrt werden.

An Olga Gussmann Dinstag 26. März [1901]
2.) zwischen Nervi und Genua – morgens.

seit gestern Abend, meine sehr geliebte, in Italien. Noch in Oesterreich wurde das für einen Speisewagen sehr gute Diner servirt. Um zehn zu Bett. Wenn ich lügen soll, so hab ich schlecht, wenn ich aber die Wahrheit sagen soll, so habe ich sehr gut geschlafen, trotz wüster Träume, die merkwürdig farbig waren. So trat z. B. Richard Beer H. mir in der Herrengasse (vis à vis der Schottenkirche) in einem grünen Pelz oder Talar trotz sommerlicher Wärme entgegen; wir mußten auch in irgend einem Hotel mit Leuten zusammentreffen; Frau Lou Salomé u René Rielke begrüßten uns – ein schlechtes Hotel, ich schlafe nicht dort, aber Richard, legt sich nieder, nach dem Bad. Hierauf ein sehr dunkelgrüner Wald (oder vorher), in dem ich spazieren wandle, bis mir plötzlich ein Löwe auflauert, was Herr Dr. Kaufmann (Conc. Rosenthal!) nicht erwartet hat, was ihn aber immerhin veranlaßt, mich durch den Prater (das ist der Wald) fort zu begleiten aber ich habe bereits Kratzwunden von dem Löwen. Hierauf eine Conditorei, Gerstner, aber wie in einer kleinen Stadt, Table d'hôte, zwei deutsche Brüder vis à vis, eine Dame neben mir, die den deutschen Brüdern so aufmerksam zuhört, daß ich beleidigt fortgehe, durch einen Hof, einen kleinen Garten – u. s. w..

Eigentümlich, daß der ganze Traum das dunkelgrün bevorzugte. – Ja, noch ein sehr großer Saal (Palazzo), Gesellschaft, die gerade über irgend ein weibliches Wesen tratscht. Ich sage der einen, Magda Fuchs (jetzt Gräfin Taaffe) früher nicht von allerbestem Ruf: »Sie schimpfen vielleicht auch??« Dann zur Frau Horwitz: Wozu redet man überhaupt darüber –? es ist doch so unwichtig, womit ich mich arrogant aber verhaßt entferne.
– Der Zug fährt durch . . ja – wenn ich Botanik wüßte! – . . dann wüßt ich auch, wie die Bäume heißen, die ihre Aeste in die Luft strecken, wie auf dem Segantinibild »Die bösen Mütter« . . Einen versandeten Fluß entlang, drüben Hügel, die sich zu Bergen erhöhen, mit Kirchen; häufige Ortschaften, lauter Bauten aus Stein – Ein Gespräch hinter mir belehrt mich, daß wir durch die Lombardei fahren. Ich hab es längst geahnt . . Diese 2 Herren: alternde Junggesellen, der eine mit Würde; der andre widerlich. Stil: Joseffi in einer schlechten Operette. Ein »Ungezwungner«, von seiner Eleganz überzeugter, Kenner von allem, was das Leben »schön« macht. Es wird ihm eine Cigarre angeboten: »Ah, eine Garcia!« Na – und das mitreisende weibliche Geschlecht; er hat es vollkommen durchschaut. – Die Gegend wird wilder; wir fahren zwischen sandigem Gehügel und der Fluß wird lebendiger und grüner. Hohe sehr schmale Brücken auf Pfeilern; kleine, halbverfallene Häusergruppen.
– Genua . . . Festungen . . . Paläste – die ganze Stadt beflaggt. Beflaggt? Nein, die ganze genuesische Wäsche weht im Winde. Italienische Art. Man staunt, wie viele Hemden und Hosen es in der Welt gibt. Ich glaube, die freie Luft ist der allgemeine Wäscheschrank der Italiener – An der Bahn der alte Palast der Doria. Am Hafen vorbei . . das Meer. Unruhiges Bild der Stadt, die von Höhen herab allmälig zerstreut, da u dort gesammelt herunterzieht. – Jetzt Fahrt an der Küste . . ich könnte ins Wasser spucken, aber wozu? – Mäßig bewegt; die Fernen trüb. Volk (il popolo (was hier durchaus nicht als unanständiges Wort gilt)) am Strand.

– Ich schließe ab, um den Brief noch in Savona expediren zu können. Allerdings wird es nöthig sein, daß ich in italienischer Sprache Marken verlange. Wundre dich also nicht, wenn statt einer Briefmarke ein Mohnkipfel auf das Couvert gepickt ist. leb wohl! Liebe mich!

Dein A.

An Olga Gussmann Nizza, Hotel Métropole
3. 27/3. [1901] 9 Uhr Vorm

mein liebstes, gestern gelang es mir nicht mehr den Brief in Savona aufzugeben, da mir der an den Coupéfenstern umherlaufende Bursche auf meinen Wunsch zuerst den Simplicissimus, dann das Berl. Tgbl., dann Ansichtskarten – aber durchaus keine Marken anbot. – Ich fuhr also weiter das Meer entlang, mit Befriedigung, aber ohne Entzücken. Es war zu sehr so, wie ich mirs vorgestellt hatte. Wunderschön die reichen weißen Curorte am Meer, manchmal mir allzu prächtig, mehr Decoration als Kunst. Heute werd ich übrigens erst Nachmittag Monte Carlo in der Nähe sehen; gestern fuhr ich nur vorbei, – Ankunft in Nizza etwa ½4. (Nach unsrer Uhr ½5 – in Ventimiglia (franz-ital Grenze) springt man von der mitteleurop. in die Pariser Zeit über und profitirt eine Stunde (die man bei der Rückfahrt wieder returniren muß). Ins Hotel. Dann gleich ans Meer; und auf einen erhöhten Punkt, den sog. Mont Eberle, der sonst nichts jüdisches an sich hat. Von da oben ein wirklich schöner Blick südlich ins Meer hinaus, und landeinwärts, das rasch ansteigende Gelände, bis zu höhern Bergen, besaet mit Villen, Häusern, Schlössern, traumhafte Orte wie zwischen Coulissen verschwindend. – Dann spazieren Promenade des Anglais, die berühmte, – zu der Saison, und zu dieser (Diner)Zeit ziemlich vereinsamt.

– Dann Diner allein im Hotel. Dann, aus Gewissenhaftigkeit in das Kurhaus, auf Brücke ins Meer gebaut, protzig und kuppelig. Auf ¼ Stunde in das zum Cursaal gehörige Chantant, wo die bekannte abgetakelte Pariser Chansonnière mit den kurzen Röcken und einstiger Stimme irgend etwas lastervolles sang. Dann in den Spielsaal, recht bürgerlich, wo ein harmloses Billard(Hazard)spiel mit Einsätzen von 1-5 francs geübt wurde. Publikum: Provinz, von einer fast traurigen Uneleganz. Die eleganten waren noch minderer. Auch Cocotten gingen hin und her und würdigten Lebemänner aus Toulon ihrer Ansprache – wenn ich sie abgetakelt nennte, wäre vielleicht der Herr von Takel beleidigt; daher ich schweige. Es producirte sich eine Damenkapelle im Vorsaal, mit einem aus Rococo und Husarentracht lieblich gemischten Costume – weitre Genüsse vermied ich – und war bereits um 10 Abends zu Hause. Stand heute früh auf und fuhr mit der elektrischen nach Cimiez, einer Nizzaer Vorstadt, um mir ein altes Amphitheater anzusehn. Es ist nicht sehr groß, ziemlich verfallen, eine moderne breite Straße durchquert es und es macht nur geringen Eindruck. – Du siehst um 9 war ich schon wieder zurück – jetzt schließ ich diesen Brief, (bisher sind die Minuten, die ich zu dir rede, meine angenehmsten gewesen) – fahre nach Cannes, und Nachmittag nach Monte Carlo. Ich glaube, daß ich nicht einmal die bewußten 10 frcs setzen werde; ich habe jetzt einen wahren Widerwillen gegen das Spiel. Man könnte sagen, es ist das einzige *absolut* unmoralische auf der Welt. –

Leb wohl, mein geliebtes!

Dein A.

An Olga Gussmann — Nizza, 10 Uhr Vm.

4.) — 28. 3. 901. –

meine geliebte Olga, ich bin nun wieder einmal am abreisen und bilde mir ein, die Rivièra zu kennen. Nun hätte es einen Sinn noch ein paar Wochen zu bleiben; aber mit einem Tag wüßt ich durchaus nichts anzufangen.

Ich setze vor allem den Bericht fort. Gestern Vm fuhr ich nach

Cannes, und bestieg sofort den Aussichtsberg, wo ich ehe mir noch der Rundblick seine Schönheiten gewährte, Herrn X. (Roeder glaub ich), der mich letzten Sommer einige Minuten lang in Ischl angewidert hatte, ein ungarischer Jud, der als reizender junger Mann auftrat – und sich auch thatsächlich gestern in Cannes auf einer Hochzeitsreise befand. »Meine Frau« – »große Verehrerin« . . etc. Ä mießes Weibele, die geredteste Partie, die man sich vorstellen kann. – Die beiden bestiegen einen Wagen – und nun war die Aussicht frei und schön. Wenn ich aber schon in Cannes wohne, wohne ich lieber gleich in Nizza – ich würde aber weder in Cannes noch in Nizza wohnen, es ist überall zuviel schmierige Stadt im Hintergrund. Man muß einen der kleinen Rivieraorte wählen (die ich nicht besucht habe, die aber so friedevoll und lieblich daliegen, Ospedaletti, Bordighera). Von Cannes wieder zurück nach Nizza; dort gegessen, und gleich nach Tisch um 4 nach Monte Carlo. Hier ist das ungeheuerste an Pracht in einer wunderbaren Landschaft mit viel Kühnheit, mancherlei Geschmack und besonderm Snobismus hineingestellt worden. Hotels, die von Luxus starren, ein Wunderding von einem schloßartigen weißen Kurhaus, das im ganzen doch nicht anders wirkt als der geniale Einfall eines Decorationsmalers von Ausstattungsoperetten. Ein prächtiger Park (südliche Vegetation sagt der Botaniker), darin sich eine Menge von Dummköpfen, Heuchlern, Schwindlern, Schurken und eine geringe Anzahl trefflicher Leute ergeht – kurz eine Menschenmasse. Weiber – genug auch für den Übermenschen Röcknitz. Publikum elegant bis herunter zur letzten touristischen Schäbigkeit. (Aber was ist »Eleganz«? Ich habe viel darüber nachgedacht. Es scheint doch etwas, innerhalb gewisser Culturbedingungen absolutes zu sein, da man wohl öfters Meinungsdifferenzen hört, ob einer dumm oder klug, begabt oder talentlos – beinah nie aber ob einer elegant ist oder nicht. –) Ich fuhr mit der Zahnradbahn nach La Turbie, ein Aussichtspunkt in der Höhe auf felsigem Terrain gelegen, fror, und fuhr wieder in die Tiefe;

ging in den Spielsaal. Ich hatte wieder den Eindruck der großartigsten Ausstattungsoperette – ohne Musik. Saal von riesigen Dimensionen, zehn Roulettetische – Leute ringsherum sitzend, hinter den Sitzenden die Stehenden, – und in der Luft die sonderbarste und trügerischste aller Verführungen: »Wenn du Glück hast, kannst du hier, ohne ein Verbrechen zu begehen, ohne Gefahr – in einer viertel Stunde wohlhabend – und in einer Nacht Millionär werden!« Die Laune einer Kugel, und das Dasein ist umgestaltet .. na u so weiter. Ich, meine liebste, hatte kein Glück – und verlor, wie ich (oder du) mir vorgenommen – die Summe von zehn Francs. Letzte 5 frcs auf $\genfrac{}{}{0pt}{}{1.2.}{4.5.}$ – verlor, dann 5 auf das gleiche – gewann, hatte plötzlich 40 francs – ging an einen andern Tisch, setzte 8mal hintereinander auf andre Nummern (immer 4 zugleich) je 5 francs – und verließ den Tisch, schaute mir die Leute an. Ich hab genug Phantasie, daß mir die Erfahrungen von gestern nichts neues geben konnten. Ich habe alle diese Herren u Damen früher gekannt, als ich sie hier in M. C. an den grünen Tischen sitzen sah – so wie Liesl das Leben kennt, bevor sie es erlebt hat – aber daß ich dann im Café den Herrn Beroldsheimer treffen sollte, das hab ich nicht geahnt. Und wenn Herr Beroldsheimer zufällig wahnsinnig gewesen wäre und mir eine Kugel ins Herz gejagt hätte? Solche Dinge lassen sich eben nicht im voraus berechnen. Aber Herr Beroldsheimer war nicht wahnsinnig, im Gegentheil. Er erklärte mir, ich dürfte nicht wegreisen, ehe ich das Riviera Hotel dort oben besichtigt, das nemlich, das allein, nur das – u. s. w. Er sei ja überall gewesen, in Amerika, (Mexico, Californien), Algier und Hinterbrühl – aber dieses Riviera Hotel – nein, ich müsse meine Reise aufschieben – es sei unerhört – ein Badezimmer bei jedem Appartement – und Chinesen bedienen einen beim Thee – Monte Carlo sei der schönste Fleck Erde – aber das schönste in M. C. sei das Riviera Hotel. . . . Ich blieb kühl und aß einen Schinken, um nicht eins der anstrengenden Diners zu 12 Gängen zu mir nehmen zu müssen, mit

denen man auf Reisen in hochcultivirten Orten überfüttert wird. –
Mein Kind, ich muß schließen, denn mein Zug geht bald – heut nach Genua, wo ich abends sein soll. Nun merk dir, wo wir stehn geblieben sind, bei Mr. Beroldsheimer, amerik. Consul – bald wirst Du von Herrn Zabel hören.
– Gut aufgelegt, dies zur Aufklärung bin ich eigentlich nur, wenn ich zu dir rede – car je t'aime, wie die Leute in Nizza sagen. .
Lebe wohl! Dein

A.

An Olga Gussmann Genua, 29. 3. [1901] Freitag Nachmittag 3 Uhr.

in einem sympathischen Zimmer eines höchst angenehmen Hotels, Eden-Palace, das mitten in einem Park liegt, schreibe ich dir, meine geliebte; am Fenster, ins grüne schauend, und wieder in einen blaßblauen Himmel. Vom Süden ist in Hinsicht auf Klima noch wenig zu merken. Ich habe bisher noch nichts andres getragen als meinen Winteranzug. Aber ich verliere mich in Details und soll ja vorerst der Ordnung gemäß fortsetzen. Herr Beroldsheimer stieg in jenes Coupé, ich in dieses, mit dem bereits angedeuteten Zabel, welche Personnage ein blonder Journalist aus Berlin irgend eine große Küstenfahrt auf einem neuen Dampfer unternimmt. (Das war in Monte Carlo, vorgestern). Gestern Vormittag war ich in Nizza, spazierte am Strand, es war kalt und stürmisch, u schrieb dir; dann fuhr ich nach Genua. Im selben Zug Bekannte, Wärndorfers, mit Tochter Lisa de Renaudes (Cousine Minni's der Benediktinerin). Ankunft in Genua im Dämmern, Fahrt ins Hotel. Nach dem Nachtmahl, wozu ich ein für alle Mal die ortsüblichen magenruinirenden Diners degradire, indem ich mich auf einen Gang mit Käse beschränke, Spaziergang in der unbekannten Stadt, in den belebtern Straßen, mit Neigung mich ins dunkle zu verlieren, als gäbe es dort sonderbares zu entdecken. Der Umstand, daß die Stadt in u auf Felsen gebaut ist und plötzlich mitten in der Stadt Blöcke emporzuwachsen scheinen, gibt dem Fremden, der sie zuerst bei Abendbeleuchtg sieht, eigene Eindrücke. So ging ich gestern Abend unter elektrisch beleuchteten Arcaden, und gegenüber schien eine düstre Felslandschaft. Heut morgens konnte ich allerlei richtigstellen. Stand früh auf und fuhr vor allem in die Höhe, Rhigi, zum Castell, Drahtseilbahn, ließ mir von der Sonne alles erklären, was in der Tiefe lag, beruhigte mich, wie alles vor mich hingebreitet war, die Stadt, der Hafen, das Meer – ging zu Fuß längs der Festungsmauern, später in engen steilen Gäßchen zwischen fensterlosen Steinwänden allmälig abwärts, endlich in die Stadt selbst, die eine ganze Menge merkwürdiger Bilder zeigt; – am besten in den engen Theilen wirkt. Durchwegs hohe, starke Gebäude, meist hohe, ja monumentale Thore; es gibt kaum eine ebene Gasse, elektrische Bahnen fahren durch lange Tunnels; in einem beträchtlichen Theil ist nur Platz für Fußgänger. Besichtigte innen einige Paläste (rosso, bianco), mich mehr auf das architektonische einlassend als auf die einzelnen Kunstwerke. Holte deinen Brief von der Post, freute mich deiner guten Stimmung, hatte einen (oder 2?) Sekunden eine gemeine Regung (Götter neben mir!) die Regung schwand, und ich liebte dich wie – in der Sekunde vorher, und das ist mehr als ich sagen kann –

Aber ich muß für diesmal enden, die Zeit wird mir zu kurz, ich habe noch viel zu sehen – morgen früh rase ich schon wieder davon, nach Pisa, wo ich ein paar Stunden bleibe – dann nach Rom, wo ich Abends einzutreffen hoffe. –

Lebe wohl, liebste.

Dein A.

An Olga Gussmann Rom, 31. 3. 1901
6) Palmsonntag früh

Nur zwei Zeilen mein geliebtes. Ich bin gestern mit 2stündiger Verspätung, statt Mitternacht – um *2 Uhr Morgens*! aus Pisa hier angekommen – ins Grand Hotel – das vor 8 Tagen bestellte Zimmer *nicht* da – man telephonirte in ein paar andre – u so fand ich endlich 3 Uhr früh in einem andern Hotel Roma Aufnahme, angeblich 1. Ranges, mitten in der Stadt, schlief schlecht etwa 3 Stunden, schlechte Polster, Ohrensausen, Ungeduld weckten mich um 7 – und ich will nur dir mein liebstes noch früher guten Morgen sagen, eh ich meinen Fuß auf den Boden der heiligen Stadt setze – Bis jetzt seh ich nichts von ihr als ein Haus, das in der engen Gasse mir gegenüber liegt – gestern Abend, vielmehr heut Nacht – fuhr ich über hügelige Straßen ins ungewisse. Gewiß ist bisher nur das Hotel de Rome (ob ich bleibe weiß ich nicht) u daß ich dich liebe.

Dein A

An Olga Gussmann Rom, Palmsonntag [31. März] *[1901.]*
Nachmittag. –

Mein geliebtes, ich trage in Kürze die Chronik nach, sonst sammelt sich zu viel, u ich kenn mich nicht mehr aus. Seit Freitag fehlt dir regelmäßiger Bericht. Nachmittag in Genua die Stadt elektrisch nach allen Seiten durchfahren; auf dem Campo santo, der ergreifend aber etwas theatralisch anzusehn ist, wie manche von den ital. Friedhöfen. Warum übrigens ergreifend, *aber* theatralisch? Vielleicht: *weil* theatralisch. – Abend nach dem Souper spazieren gegangen u gefroren. Samstag 30. Abreise Zug nach Pisa, Ankunft gegen 2. Fahrt durch die Stadt, zu dem weiten grünen Rasenplatz an der Stadtmauer, wo, gleich einem Riesenspielzeug die Prachtbauwerke stehn, dann, Baptistero, schiefer Thurm, und das schönste, der völlig von Arkadengängen eingeschlossne, mauerumgebene Friedhof.

Der Innenraum völlig grün. Sonderbare Fresken an den Wänden, Übergänge des großartig-naïven zum in unserm Sinn carrikaturistischen. (Mußte an Busch denken. Genial wirkt Carrikatur nur, wenn sie eine Physiognomie oder Gestalt oder Landschaft auf ihre *Urlinien* zurückführt, die sie dann verzerrt) – Traumhaft schön wäre diese Pisaner Ecke mit ihren schlafenden Denkmälern – wenn einem nicht die Reisenden u die Ansichts[karten]verkäufer alles verekelten. Nicht sehr tröstlich, daß man selbst ein Reisender ist u selbst Karten kauft. –

– Zurück durch die Stadt, die mich, wie s. Z. Parma u Ferrara traurig machte. Wie werden unsre Innenbilder zertrümmert in diesen einst herrlichen jetzt armseligen provinziell gewordenen Städten. Wo ist die Zeit, »da jener Herr von Pisa mit dem Scepter durch die Straßen ritt –« Aber noch sind die Marmorbrüche von Carrara nah, u daher hab ich mir oder vielmehr dir einen ganz kleinen Apoll von Belvedere aus Marmor gekauft – um dir – oder mir – zu beweisen, daß ich keinen Apoll fürchte.... wenn er aus Marmor ist und ich ihn in eine Schachtel legen kann. – Also zum Bahnhof – den Zug erwartet, der um 6 kam statt um 5 – und wie du schon weißt, in Rom um 2 Uhr Nachts ankam statt um 12... Die weitern Abenteuer kennst du – bis zu dem Augenblick, da ich mich zum ersten Mal in die römischen Straßen wagte –

– Aber ich schließe, denn von diesem Vormittag ist mir eine ungeheure Sehnsucht zurückgeblieben, – gleich wieder hinunter zu gehn und den geheimnisvoll lockenden Worten durch Betrachtung einen Sinn zu verleihn. Seit heut früh weiß ich, was Forum, was Capitol, was der Palatin heißt – es ist völlig unmöglich von dem, was man innerhalb dieser Trümmer erfühlt, einen Begriff zu geben.. Ein schlimmes Wort für einen Dichter: »Unbeschreiblich« – Aber ein Trost: es hats noch niemand beschrieben – sonst hätte ichs ja gekannt. Und trotzdem ich – abgesehn von Botanik – sehr gebildet bin – alles war mir neu. Kind, warum hab ich dich nicht mit!

Dein A.

An Olga Gussmann Montag Nachmittg 3 Uhr,
8 Rom, 1. 4. 901

Daß ich seit meiner Ankunft noch keine Nachricht von dir habe, verstimmt mich sehr; u ich kann mirs umsoweniger erklären, als ich von Mama bereits 3 Briefe habe. Nun – wozu schreibt man derlei Bemerkungen? Wenn du diesen Brief erhältst, ist ja alles schon wieder illusorisch.
Ich will dir nun, wenn auch stimmungslos mein Schatz, alles erzählen, was sich seit gestern begab. Nachmittg Spaziergang Corso, Piazza del Popolo, auf den M. Pincio; von der großen baumbepflanzten Terrasse Blick auf Stadt und in einige Fernen. Mäßiges Sonntagstreiben auf Corso und obern Terrasse und Garten. Weitrer Spaziergang, meist der uralten Stadtmauer entlang, die beinah noch gänzlich steht, in ungleicher Höhe, oben und auch herniedersteigend moos- u Epheubewachsen. Alte, nicht sehr große Thore. Ein bischen durch ein Thor hinaus, an der Außenseite der Stadtmauer entlang, neue behagliche Vorstadt, wieder zurück. Zu Wassermanns (mit denen ich bereits Vormittg zusammen war und gespeist hatte). Sie wohnen nett und billig – netter u billiger als es in Wien möglich wäre, nah dem Pincianischen Thor. Ich nachtmahlte kalt bei ihnen und stellte Pläne für den weitern Aufenthalt zusammen. W. arbeitet fleißig, fühlt sich wohl und ist sympathisch. Sie freundlich, confus, manchmal geradezu dumm.
– Heut Vormittag Peterskirche, Vatican. Der Weg hin durch (großentheils) die neue, etwas armselige Stadt. Eigentlich thut es einem weh, daß man nicht alles niederreißen kann und immer nur graben, bis man die ganze todte Stadt herausgefizelt hätte – Über was schreitet man dahin! Die alten Theile liegen nemlich ganz in der Tiefe, natürlich. Bevor man z. B. das Forum betritt, sieht man es von einer Brücke aus unten (etwa in der Tiefe zweier Stockwerke) liegen, und geht über Stufen hinab. – Also der Petersplatz selbst sehr gewal-

tig. Die Säulencolonnaden, die beinah den Kreis schließen, bedeutend.
Das architektonische wirkt auf mich überhaupt immer absolut, während die Wirkung der Bilder oft genug vom stofflichen abhängt und meine Anerkennung ja Bewunderung des Schönen ohne Gefühlsbetonung, also ohne Freude, Schauer, u. s. w. bleibt. Ich habe es heute im Vatican gesehn, den Rafaelschen Bildern in den Stanzen gegenüber. Gewiß – es war schön – aber ich bin nicht reicher aus diesen Sälen hinausgegangen als ich hereingetreten war. Auch die Sixtina blieb mir viel schuldig: die Fresken des Michelangelo sollen naturgemäß als ganzes wirken; aber es ist nicht möglich sie als ganzes aufzufassen (für *mich* nicht); – ich muß also die Einzelheiten auf mich wirken lassen, die ja an sich außerordentlich sind – aber der Wille dieser Malereien ist gewiß nicht der, durch ihre Einzelheiten zu wirken. Auch hat der Weihrauch viel ruinirt, und die Beleuchtg ist nicht gut. Auf mich wirkte am meisten der Gedanke – daß da oben auf den Gerüsten (ich sah sie »mit meines Geistes Aug«) der alte Meister stand, daß er dann herabging, dann durch die Thüre, die Stufen hinunter – und dann über den Petersplatz, – ein Mensch wie ich – und daß er die sonderbarste aller Fähigkeiten hatte: was er innerlich sah – für seine Nachfahren aufzuzeichnen . . bis in eine Zeit – Nun? Hier liegt es eben! – Die Malerei kann unter allen Künsten, nur für eine ganz eng begrenzte Zeit, was sie geschaffen aufbewahren. Hingegen kann Architektur und auch Sculptur *theoretisch* – für eine unendlich längre Zeit schaffen. Ich kann mir nicht denken, daß solch tiefgreifende Unterschiede nur auf dem Zufall der Technik beruhen; hier liegen Geheimnisse der innern Anschauung vor, über die noch nachzudenken wäre. – Die Kirche wirkte wieder enorm, in ihren wunderbaren Maßen; die Bilder alle u auch viele von den Sculpturen sind, anläßlich der Charwoche, verhängt.
– Noch einige kurze Bemerkungen, quasi stenografische Notizen. Empörung über den Stoffzwang der Maler. – Unbegreif-

lichkeit, daß selbst die großen sich nicht früher auflehnten. – Einfall, daß das *Beten* der Alten was ganz andres bedeutete als unsres (Unsres!) (Beim Anblick 2er alter Weiber die in der Peterskirche knieten): Die Alten beteten immer nur vor den Elementen. –

Ich schließe vorläufig, um den Brief noch heut fortzuschicken. –

A.

Auf dieser Seite würde stehen, daß ich dich liebte – wenn schon dein Brief da wäre!

So nur viele Küsse, mein Schatz!

An Olga Gussmann Rom, 2/4. 901

10) Abend. Dinstag

liebste, ich setze die Chronik fort. Gestern 1. Nachmittag mit W.s am Beginn der Appiastraße, Thermen des Caracalla. Ungeheure Trümmer eines ungeheuern Baus, der wie eine Stadt für sich war; ein altrömisches Bad, das eine Ahnung von der Lebensweise jener Zeit gibt. Ich behalte mir natürlich nach Wunsch nähere Mittheilungen vor. Es wird noch immer gegraben. Man möchte nur mitgraben – aber mit tausend Händen. – Abends nachtmahlte ich wieder bei W.'s kalt und schlecht. Früh zu Bett. – Heut morgens: Pantheon, eins der Gebäude, das aus antiker Zeit stammt und das vom Christentum für seine Bedürfnisse umgestaltet wurde – mit Benützung der Grundformen und Grundresten. Sonderbar rings um das Ding, das jetzt natürlich eine Kirche ist, tiefer, Trümmer von Thermen. Überhaupt – gebadet haben die Leute! – na –! – Dann in das Museum des Vaticans, der Vatican – wieder eine Welt für sich. Das Statuenmuseum allein, wie affectirte Leute sagen – reicht für ein Leben aus. Aber selbst ich hatte die Empfindung, daß ich heute eben nur einen Überblick gewonnen habe. Und so geht es mit der ganzen Römerei. Nach 14 Tagen wird man eben wissen, wie u wo – und beim nächsten Mal kann man eben anfangen. Das Sculpturenmuseum

ist im ganzen herrlich; – Schätze, die wir nicht einmal in Abgüssen je gesehn haben. Wieder wie schon s. Z. in Wien fragte ich mich, warum nicht mehr vervielfältigt wird? Ewig der Laokoon und der Apoll und noch etwa ein bis zwei Dutzend – und da sind hunderte von Antiken, die nur durch Zufall nicht zum gleichen Rang der Berühmtheit gelangt sind wie manche andern Sculpturen 2. Ranges (wobei ich mir für Laokoon, Apoll und etwa 5 andre den 1. Rang vorbehalte). –
Dann dein Brief und dein schönes Bild. Du weißt schon, daß ein Brief verloren ist u daß ich darüber entsetzt bin. Was hat's mit der Petrasch gegeben? Das fehlt mir ganz, trag es nach. Ich war eben bei der Post – reclamiren, hilft nichts. – So versteh ich die ganze Geschichte mit dem Direktor Römpler etc. nicht. – Schicke jeden 2. Tag, recommandirt deine Briefe ab, bitte. –
Zu »Jesus«. – W. schreibt einen dreitheiligen Jesusroman. In dem, was du über eine gewisse Sorte von »wirklich frommen« schreibst, hast du gewiß recht. Und doch, je mehr man darüber nachdenkt, und besonders hier, gerade hier, der ungeheure und andauernde Sieg des Christentums bleibt das tiefste Geheimnis der Geschichte. Er ist nur zu erklären aus der Macht einiger Persönlichkeiten (vielleicht nicht einmal des Jesus in erster Linie), die wir uns als ganze doch nicht mehr reproduciren können. Wer weiß, ob Julian der Apostat, wenn er nach Europa zurückgekehrt – wenn er nicht so früh gestorben – wenn er – es ist das rechte Wort – nicht so nervös gewesen wäre – ob er nicht das Christentum noch erstickt und die alte Cultur erweckt hätte, eh sie ganz zu Grunde gegangen war. Julian hat einige Vorzüge gehabt, die nur bei Leuten zweiten Rangs Vorzüge sind und bei Großen wie – und schon *als* Fehler wirken: Er war »geistreich« – und »gefühlvoll«. –
Schatz, ich muß ja aufhören; – sag dir nur noch schnell, daß ich Nachmittg mit W.'s auf die Via Appia, die uralte Straße mit den Grabmaltrümmern der Römer hinausgefahren bin, in die Campagna, deren Reiz gewiß zum großen Theil auf ihren

historischen & noch sichtbaren Reminiscenzen beruht als auf der an sich nicht bedeutenden Landschaft. Hübsch die fernen Hügel mit den großen Ortschaften an den Hängen, die verblauenden Berge – ich fühlte nur immer, daß hier schon eine Welt versank – und wieder eine versank – und daß nun eine dritte da ist, die man wegwünschte – wenn man nicht selber zu ihr gehörte.
leb wohl; ich küsse dich.

Dein A.

An Olga Gussmann Rom, Donnerstag, 4. 4. [1901]
11) Nachmittg 4.

meine liebste Olga, gestern früh also hab ich den Brief vom 27. u 28. doch noch nachträglich bekommen (dagegen heute noch keinen). Die Petrasch ist offenbar von einem ganz krankhaften Haß gegen Euch beide erfüllt; ich bin sehr gespannt zu erfahren, wie sie sich zu rechtfertigen versucht hat. Laß dir nur solche Dinge niemals nahe gehen (leicht gerathen! – ich wär grad so wüthend wie du) – Auch in Hinsicht auf Engagement sorge dich weiter nicht – »*verlieren*« wirst du das Jahr gewiß nicht; wie kannst du überhaupt ein Jahr verlieren? Was heißt ein Jahr verlieren? Ob du nicht eher ein Jahr verloren hättest – wenn dich Herr Hülsen engagirt hätte?
– Nun – wir werden ja sehen, wie es weiter kommt – ich sehe allem mit einer sonderbaren Spannung entgegen – nur ist das Wort Spannung zu entwerthet, zu äußerlich – »ich weiß schon« – würdest du sagen.
– Was Schwarzkopf anlangt – er hat ja in so vielem recht; aber gar so einfach ist die Sache nicht – weder mit mir – noch mit dem Egoismus – noch mit der »Liebe« im allgemeinen – Es kommt immer mehr auf die Augen an, die etwas anschaun, als auf das, was geschaut wird – und in gewissem Sinn ist alles gleich wichtig, wie alles gleich schwer ist – »Die gleichen dummen Thränen – dem Fächer und mir« – Das was in diesen

Worten ausgedrückt wird, läßt sich erhöhen, vertiefen. Man kann ein Minister des äußern sein und durch einen Federstrich einen Krieg entfesseln, der hunderttausende Menschenschicksale *umgestaltet* – und kann viel kleiner sein als der Trommler vom 47. oder 63. Regiment. *Intensiv* sein ist alles; und wer wirklich etwas *thut*, kann nie etwas *besseres* zu thun haben in diesem Augenblick. (Womit ich nichts beschönigen will.) – Ich setze aus, denn ich mache mir die Sache zu leicht, da kein Widerspruch sich erhebt (das ist zuweilen das bequeme in Briefen – u nun gar in Tagebüchern –) –

Aber bin ich nicht in Rom, mein geliebtes? Ich hab mich sehr aufs Gewissen gefragt, ob ich nun eigentlich meines Lebens froh werde – und bin zu dem Resultat gekommen, daß nicht. – Dann hab ich mich gefragt: wenn du da wärst – ? Viel besser wärs, aber nicht ganz gut. Es steckt ein tiefer Lebensschaden in mir, ich spür es immer mehr; ich habe nicht die Gabe, rein den Moment zu genießen. Es ist, als wenn immer unruhige Wolken schwebten, manchmal nur blaße, weiße, dünne, aber ich kenne den klaren Himmel sozusagen nicht. – Auch hier bin ich nun schon zu Momenten großer Freude, außerordentlicher Ergriffenheit, eines tiefen Verstehens gelangt – aber zu keinem des Glücks. Wahrscheinlich verlang ich zuviel zugleich: Z. B. – mitten auf dem antiken Forum stehn, *mit dir* u keinen andern Leuten und mit einem Mal das Forum so sehn, wie es *damals* war – mit den Menschen von damals – und die Fähigkeit empfinden, die *absolute* Fähigkeit, diese Menschen andern so deutlich zu machen wie sie mir sind. – Nun, genug davon. Ich berichte, was seit meinem letzten Brief (vorgestern Abend) geschehn, in Kürze. Nach dem Nachtmahl Spaziergang im Vollmond, Petersplatz. Wunderbar. Gestern den 3. die zwei Museen auf dem Capitol. Herrliche Sachen – aber Museen sind ein Unding. Kunstwerke, die als Schmuck gedacht sind, die jedes einzeln wirken sollten – in Schaaren, eins das andre erdrückend! – Aber was soll man thun? – So bewahrt man wenigstens auf. Das *Sammeln* ist der einzige Weg, bei dem jetzigen Stand der Cultur, die Werke der Kunst zu bewahren. Immerhin, die *Sculpturen* sollten Straßen, insbesondre Gärten schmücken. Auch über das Unbegreifliche, wie wenige von den schönsten Antiken plastisch reproducirt werden, dacht ich nach. Offenbar besteht kein Bedürfnis. Aber Bedürfnisse in cultureller Hinsicht können u müssen gezüchtet werden. – In die Villa Farnesina, Fresken von Raphael. Noch nie bin ich ihm so nah gekommen. Aber *so* müssen Bilder, resp. Malereien wirken, – *in* dem Raum, für den sie bestimmt sind. – Nachmittg im Burckhardt, Cicerone für die ital. Kunstwerke, gelesen, mit höchster Bewunderung. Ungerechtigkeit des Ruhmes. Wenn man bedenkt, daß von tausend, die Ganghofer kennen, nicht einer Burckhardt kennt! (Directe Linie von Goethe her, aber eine klarere Auffassung der bildenden Kunst – allerdings hat er nicht die Notwendigkeit verspürt, Goetz etc zu schreiben.)

– Im Kloster Onofrio, wo Tasso starb. – Was ist uns Tasso? Wir denken doch nur an Goethe. Ich blieb sehr kühl in den Zimmern, wo er lebte u starb. – Spaziergang in dem Garten der Villa Borghese. War sehr traurig, wie von Verhängnissen umgeben.

– Spät Abends mit Bildhauer Jaray (zufällig getroffen) u Frau, zum Colosseum – im Mondschein – Unerhört! – Man begreift die Gottheit – und die Ansichtskarten. –

leb wohl, es wird spät, mein geliebtes, u ich will noch in die Gallerie Borghese. Ich liebe dich.

Dein Arthur

An Olga Gussmann [*Rom,*] Charfreitag 5. 4. 901
12) gegen Abend.

nun scheint doch ein Brief verloren, mein geliebtes; denn nach deinem Telegramm vom 3. hast du ja am 2. einen 3. Brief an mich nach Rom gesandt – und der müßte längst da sein – und trotzdem ich alle Fächer durchsuchen ließ – nichts. So hab ich

seit dem Brief mit dem Bild nichts neues von dir gehört. Ich bin wieder ganz heruntergestimmt. Die Chronik von gestern folgt: Vormittag in der Engelsburg, die außer den historischen Erinnerungen nichts bietet. Man sieht die Zelle, in der Cellini saß, die, in der Cagliostro gefangen war – und hat einen schönen Blick von oben auf Rom. Dann war ich im Nationalmuseum (Ausgrabungen), das in einem sehr schönen Kloster untergebracht ist (in den Kreuzgängen kommen die Sculpturen gut zur Geltung) – und das Kloster ist wieder in ein antikes Bad (Diocletiansthermen) eingefügt. Das ist hier das am tiefsten charakteristische: wie das Christentum die Bauwerke der Antike für seine Zwecke benützt hat, wie die Renaissance sie künstlerisch umgestaltet und wie nun die Neuzeit sie industriell benützt. – Dann war ich noch in einer kleinen Gallerie der Villa Barberini, wo u. a. die Fornarina von Raphael hängt. – (Ich speise immer spät, in einem ital. Restaurant (wechselnd), ganz gut und nicht theuer, oft mit Wassermanns). (Besichtigen thu ich alles, fast alles für mich allein) – Dann am späten Nachmittag wieder in den Garten Borghese, auch in die Gallerie, für die es aber schon zu spät war; ich muß noch einmal hin; dort gibt es außerordentlich viel schönes. –
Heut Vormittag war ich in der Galleria Doria, die nur einiges sehr große enthält; dann weit draußen, in den Tiefen der Erde, in den Calixt-Katakomben – eine unterirdische Stadt – wo fast eine Million Christen in den ersten Jahrhunderten begraben wurden. Ein holländischer Kapuziner führte u erklärte. – Das Wetter war trüb, windig und schwül. Jetzt will ich wieder ins freie, mir ein paar Kirchen ansehn. Es ist sonderbar, ich habe hier meist das Gefühl, als wenn ich eine Vorarbeit besorgte – aber wofür? für einen künftigen Aufenthalt in Rom mit dir? – oder für ein historisches Trauerspiel – ? Für Julian? – Jedenfalls hat meine Stimmung nichts absolutes. –
leb wohl. Ich komme mir so vergessen vor. Dumm. Ich liebe dich sehr und sehne mich sehr nach dir. – Mein Fenster geht auf eine enge Gasse; es ist ein ewiger unangenehmer Lärm.

Das Hotel von einer çi devant-Eleganz; es war im Jahr 80 ersten Rangs. Jetzt alles verstaubt und wacklig und schmierig. – Nochmals leb wohl, meine Olga.

Dein A.

An Olga Gussmann [Rom,] 6/4 Charsamstg Abend. [1901]
13.)

meine geliebte Olga, nun komm ich von einem Ausflug zurück, Hadrianvilla, Tivoli – auf die Post – nichts, nichts, nichts. Es ist vollkommen unerträglich. Der Dinstagbrief ist jedenfalls verloren. Weiß Gott, in welchem Kastl er liegt – für spätere Generationen. Der hauptsächliche Beamte, auf den ich angewiesen bin, ist ein Cretin. Er faßt, trotz meiner gedruckten Visitkarte, meinen Namen nicht auf. Aber es müßte nun doch auch schon ein recommandirter da sein? Jedenfalls habe ich dich zu bitten daß du *Dinstag* deinen Brief schon Florenz poste restante, recommandirt sendest – da ich Freitag bereits dort zu sein hoffe. Es ist nicht unmöglich, daß meine Mama hin kommt, das würde meine Rückkunft nach Wien um 2-3 Tage verzögern.
– Von heute wäre mancherlei zu erzählen, besonders über die Este Villa in Tivoli – aber ich bin müd, abgespannt, – und mir ist (stupider Weise) als würd ich ins blaue reden – da ich nun seit Sonntag nichts von dir weiß. Das ist eine Woche. Heute hätten die Römer einen schlechten Tag – wenn ich Nero wäre. –
Nun leb wohl, geliebtes.

Dein A.

An Olga Gussmann Dinstag Vormittg
15) Rom, 9. 4. 901

meine liebste Olga, aus deinem gestrigen Telegramm u nach genauer neuerlicher Durchsicht deiner Briefe constatire [ich], daß richtig einer fehlt, u. zw. der unrecommandirte von Dinstag dem 2. Ich habe bei der Post heut früh, nachdem ich deinen rec. vom 6. erhalten, neuerdings reclamirt; habe verlangt, daß ein andrer Postbeamter die Briefe durchsehen solle als mein gewöhnlicher Trottel – es kamen richtig 2 zum Vorschein, die mir der Trottel nicht gegeben hatte – deiner nicht. Auch von Mama kann ich einige offenbar nicht bekommen – weiß also nicht, ob sie nach Florenz kommt.

– Ich weiß also nur von der ersten Begegnung mit Schwarzkopf, von der zweiten nicht. – – Nun mein Schatz hab ich noch von vorgestern Abend und gestern zu erzählen (gestern schrieb ich dir nicht.) Sonntag Abend Spazierfahrt in erhöhten, gartenhaften Theilen von Rom, leider bei etwas trübem und kühlem Wetter (mit W.s), mit manchmal schönen Blicken, auch noch einige Kirchen. Vielfaches Auftreten der Pfaffen in Schaaren. Man hat überhaupt oft das Gefühl, daß die Kirche hier chez soi ist; Privatandachten von Mönchsgruppen da und dort. Die in roth (selten) wirken decorativ. Gestern Ostermontag eine Vormittagstour durch einige Kirchen (wirkliches Interesse hab ich nur für die ganz alten, erster Jahrhunderte), dann einige noch nicht gesehene Partien des antiken Rom, von ungeheurer Wirkung. Z. B. das Marcellus Theater, – wo in das alte Theater, von dem nur die Säulen, riesig, und Bogen stehn, schäbige ganz elende Häuser, traurige Tandelgeschäfte hineingebaut sind. Wie ahnungslos und verloren steht das Gesindel unter den Bogen. Dann die Reste einer Säulenhalle (Porta Octaviae) einiges, noch rein und für sich in die Luft ragend, da und dort wieder ein Stück für ein Haus benützt, hier eine Thüreinfassung, zufällig für eine Schlosserwerkstatt. Zerlumpte schmierige Kinder. Und noch mancherlei. Ich kann mir ganz gut einen Menschen denken, der einfach von dem Wahnsinn befallen wird, Rom herauszugraben, immer tiefer (Ausstattungsstück.) (1. Bild Gelehrter in Rom, spazieren, schläft auf Trümmern, im 2. Bild Rom des 17. Jahrh. 3. Renaissance, 4.) Kaiserzeit, 5.) . . . u.s.w. – Sehr belehrend; was?)

(Aber es könnte auch was schönes sein, wenn er z. B. sich, überall fände, und seine Begleiter in verschiedenen Costumen) Na – genug. – Schon früh am Nachmittg in den Borghese Garten, mit Jaray's. Beinah leer – der einzige mögliche Garten (mehr als möglich, schön) – 25 ctm Eintritt. – – Las Goethe (Italien), Taine (Italie) speiste Abend mit W.s. W. sehr fleißig, aber posirt ein bischen auf »des Gottes voll«. Sie liebt ihn, und er nimmt es hin. Von seiner Seite entschieden Bequemlichkeitsehe. –

– Habe mir viel von den Geschäften mit Statuennachbildungen angesehn – lauter Gschnas in Marmor. In Gyps – wie bei uns – beinahe *nichts* wird reproducirt, immer dasselbe, der sterbende Gallier und die capitolinische Venus etc. – Eine Marmorkaiserbüste gefiel mir wohl – ich fragte: wieviel? tausend Lire. Kriegst du nicht. – Alles hier übrigens in widerlicher Weise auf »mitbringen« eingerichtet; – und alles verkäufliche gibt falsche Begriffe – bis zu den Ansichtskarten. –

– Nun will ich in den Lateran, mein Schatz, den ich noch nicht kenne – dann in die Borghese Gallerie (die wundervoll ist.)

Morgen und übermorgen nehm ich von den schönsten Dingen Abschied; Vatican, Palatin, u Freitag früh fahr ich nach Florenz. Also Antwort auf diesen hier Florenz post rest. (Recommandirt!) Ich hoffe etwa Donnerstg nächster Woche in Wien – besser ich hoffe bei dir zu sein; denn nur du, du ganz allein bist meine Sehnsucht – die Ruhe, geliebte – nicht – *noch* nicht.

leb wohl, liebste, beste, einzige.

A

An Olga Gussmann Rom, 9. 4. 901

16) Dinstag gegen Abend

mein Schatz, ich habe eben ein Telegr. von Mama bekommen, daß sie am Donnerstag Abend nach Florenz kommt; ich verlasse daher Rom schon Donnerstag früh; und meine Rückreise

nach Wien wird sich wohl um einige Tage verschieben, was mir gar nicht recht ist; aber ich glaube, die Reise wird Mama seelisch ganz gut bekommen, nicht sosehr wegen der neuen Dinge, die sie sehen wird, als wegen der Suggestion: »Ich bin noch so jung, so frisch – etc.« – Meine Adresse bleibt Florenz, post rest – u recommandirt. – Ich habe heut Vormittag die Laterankirche gesehn, die mir nicht viel gesagt hat; dann die Scala santa, wo die Leute verpflichtet sind auf den Knieen hinauf zu rutschen – im Interesse des Fremdenverkehrs sind aber andre Stiegen daneben, ohne Rutsch. Komisch hier dieses Gemisch von Andacht und Touristik. – Auch die zahllosen Kinder müssen vermerkt werden, für die Kapellen und Hochaltäre der beliebteste Spielplatz sind.
– Daneben das Lateranmuseum, schöne antike Sculpturen. Dann fuhr ich in die Borghese Gallerie, die ich sehr liebe. Nach Tisch bei Photographienhändlern und Gypsgießern. Man handelt hier immer u überall herunter. Charakteristisch: ein kleines Hausmeistermädel in der *Apotheke* ! kauft eine Salbe. Der Apotheker sagt: Sei soldi, das kleine Mädel: Cinque . . Apotheker: Sei! – (Sie legt den sechsten hin und geht.)
– Leb wohl für heut und behalt mich lieb.
Ich küsse dich.

Dein A.

An Olga Gussmann Florenz, 11. 4. 901,
18) Donnerst Abd 8 Uhr

meine liebste Olga, vor zwei Stunden hab ich dir den Brief Nr 17 geschrieben und ihn in ein echtes florentinisches Kastel geworfen, seither – aber lieber der Reihe nach. Ich bin dir den ganzen gestrigen Tag schuldig (abgesehen von vielem andern, mein Schatz – ob du ahnst – was für unsagbare Zärtlichkeit dich in diesem Augenblick – und in manchen andern umschwebt – Liebe, das dauernde – selbstverständliche – Zärtlichkeit, Leidenschaft – zuweilen Haß ihr Athem. Solche Aphorismen haben immer etwas schwindelhaftes wie wenn ich auf dem Klavier phantasire – aber wohin gerath ich – das schönste in Florenz ist aber doch – daß ich jetzt zu dir reden kann – nun weiter endlich – Klammer zu) Gestern also nahm ich Abschied von Rom, zuerst Vatican, die Sculpturen (war mit Hrn Jaray) – plötzlich, vor den Raphaelschen Teppichen ein Herr in Raddress; – Burckhard – gestern angekommen; ganz »Er« – erste Bemerkung: »Das war gewiß nicht Raphaels Absicht, daß dieser Heilige aussehen soll wie ein versoffner Trottl«. – Wir bummelten zu dritt vor Laokoon, Apoll, verschiedenen Kaisern und Hunden und Aphroditen u Centauren herum. Ich wollte noch in den Palatin; fuhr davon, ein Wagenrad brach, ich fiel beinah aus dem Wagen – Schicksal – verschob Palatin auf Abend. Mittagessen mit Wassermanns, Jarays u Burckhard. Eine Bemerkung B.s (Gespräch über wünschenswerthe Todesarten) »Ich möchte an meinem 100. Geburtstag bei Besteigung des Chimborasso – aber erst beim Abstieg abstürzen.« –

– Nachmittg ruhte ich mit Kopfweh aus. Dann Palatin, die alten Kaiserpaläste, Ruinen von erschütternder Großartigkeit – traf mit Burckhard im Palast des Septimius Severus zusammen; er war auch hier zu Haus. Wir liebten uns wieder unglücklich sozusagen, sprachen gewissermaßen über einen Abgrund hinüber miteinander, nur beide so laut, und beide mit so guten Ohren (leider nur bildlich) – daß wir einander verstehen mußten. Aber es ist doch ein Abgrund zwischen uns. Jedenfalls beneid ich ihn oft – u gewiß beneidet er mich nie. Vielleicht fühl ich, daß mir eigentlich nur diese Leichtigkeit fehlt, um zu sein, was ich sein möchte – es ist ja allerlei da, nur schleicht es statt zu fliegen; – oder fliegt über Dächer statt über Thürme – oder fliegt über Thürme statt hoch über den Wolken – (läßt sich bis zu Gottvater fortsetzen, ist aber nicht wünschenswerth) B. geht nach Sicilien, kauft sich vielleicht ein Rad, kommt Ende Mai zurück – oder schon Ende April – raucht und trinkt plötzlich absolut nichts – und ißt Artischocken und Orangen zum Mittagmahl. Alles das einfach, ohne Effort, ohne Pose – kurz, was so prächtig ist: die colossale Intelligenz – und dabei (in höherm Sinn) Naivetät ... Und was bleibt schließlich von so einem Menschen übrig, wenn er nicht zufällig Herzog ist? oder wenigstens Minister? – Nichts. Da steckt auch irgendwo ein Unrecht. Brociner läßt etwas zurück, der Mensch Burckhard nichts (denn seine schriftstellerischen Werke rechne ich nicht) – Mir fällt jetzt noch mancherlei ein von Zusammenhängen; auch von Verpflichtungen, erinnre mich nur an die Worte – –

Nun, mein Schatz, am Abend war ich bei Wassermanns, wo die Ellen Key war, sowie Helge Rhode, ein dänischer Dichter, still, sympathisch (»Königssöhne«, Berlin, Secessionsbühne) – es wurde geplaudert – vom Palatin aus kam es in Unendlichkeiten – dann ging ich.

Heut früh fuhr ich nach Florenz, auf der Fahrt las ich Heine (Reisebilder) u Goethe (Italien) und um 3 kam ich an, wie du weißt; Post, Brief. Jetzt ging ich spazieren – in mir war, die Wahrheit zu sagen, nichts als Ungeduld und Einsamkeit und Sehnsucht – obzwar ich auch den Dom gesehn habe – und auf der Piazza della Signoria den Perseus von Cellini. Was hat ihn diese Erzfigur für Arbeit, Zorn und Leben gekostet – und nun kriegt er im Gsell Fels nur *einen* Stern und Arth. Schn. geht vorüber – und denkt viel mehr an eine Nora-Darstellerin (3. Akt) in Wien als an ihn. Nein, Benvenuto, das hast du nicht geahnt. Ich war von den nächsten Wochen, nächsten Monaten aufs tiefste eingenommen und ärgerte mich über meine innere Schwerfälligkeit. – Es war was besseres aus mir zu machen – das ist gewiß – aber wann? Vielleicht hat man schon im Jahre 213 vor Christus angefangen mich zu verpatzen. Ephraim! Lea! – mußte es sein – ? –

Mein Kind, ich steige nun wieder zur Straße nieder – nachtmahle – u hole Mama ab. Ich habe keine Ahnung, wie lange sie bleiben will – aber ich hoffe auf die englischen Verwandten.

Ich muß bald bei dir sein. Sonntag oder Montag schreibe jedenfalls noch her.
leb wohl, ich küsse dich sehr.

Dein A

An Olga Gussmann Florenz, 12. April, [1901]
19) Freitag Abend 7 Uhr,

sehr geliebte, es regnet, ich komme eben von einem traurigen Spaziergang nach Haus, den ich, wie mir das manchmal geschieht, zugleich in Wirklichkeit und in der Erinnerung erlebt habe, was den Dingen eine besondre Art von Unheimlichkeit gibt. Gestern Abend um 11 kam Mama an; nicht sehr gut aussehend und unerhört zapplig. Es ist sonderbar zu beobachten (heute den Tag über konnt ich es genau) wie meine Unruhe in ihr ins maßlose gesteigert und ins zwecklose gerichtet ist. Es ist vollkommen krankhaft und macht mich nicht nur nervös sondern thut mir weh, schmerzlich weh. – (Ich brauche eigentlich nicht so weit zu gehn wie ich gestern versucht, um auf den Ursprung meiner Schäden zu kommen). Heut Vormittg (mit Mama) Uffizien. Viel großes. Aber um wahrhaft bewegt, nicht nur überzeugt zu sein, fehlte mir manches, und hauptsächlich du. Dann war es störend voll. Man drängte sich in manchen Sälen. Mit unsäglicher Bewunderung las ich dann wieder im Cicerone von Burckhardt (dem andern) nach. Das heißt *verstehn.*
Was ich mir armselig vorkomme mit meinem Verhältnis zur bildenden Kunst – ich kann zur Noth sagen: Das ist schön. Das ist manirirt. Das ist kalt. Das ist mittelmäßig, das ist scheußlich. Das ist Boticelli – das Raphael, das Tizian (da kommen übrigens schon beträchtliche Irrtümer vor (ich hielt heut einen Raphael für einen Tizian)) – aber die Zusammenhänge – dieses Auffassen der leisesten Nuancen – ist über alle Maßen großartig.
Auch Taine hab ich gelesen, der mir, in seiner eher impressio-

nistischen Art weniger fern ist. Auch spürt man bei ihm, was beruhigend ist, er kann sich irren – Burckhardt nicht. – Dann im Mediceergrab, die berühmten Grabdenkmäler von Michel Angelo; hier war die Wirkung wieder unmittelbar. Dagegen hab ich in den Uff. ein Bild von M. gesehn, mit dem ich nichts anzufangen wußte. – Von dem Spätnachmittagsspaziergang im Regen hab ich schon anfangs erzählt.

Mit Mama am Arno Ufer – zu dem Stadtpark; anfangs Regen, dann natürlich feucht. Mama war nur unruhig (Nässe, Wagen? etc) – eigentlich (ohne es zu ahnen) von absoluter Freudlosigkeit. Und ich, war ich eigentlich freudvoller? Ich müßt darüber nachdenken – Ohne Selbstbelügnis – auch mir war (nur mit Bewußtsein) – recht oede. Du fehlst mir, und auch die Arbeit fehlt mir schon. Ich gehöre nicht zu den glücklichen, die selbstgewiß sind, ohne sich selber gelegentlich einen Beweis von ihrem Werth zu geben – Werth! – Und wenn schon – ? – »In den Tiefen ist es ziemlich egal, ob man ein 3aktiges Stück schreibt oder nicht« – (Beinah Citat)

–Es filippelt ein wenig in mir. – Vielleicht alles nur Sehnsucht nach dir? Und alles wieder gut bei dir? – Und Ruhe, Kind! .. Irgendwo, unbeirrt, mit dir sein, nicht heute da u morgen dort – und alles zukünftige so im dunkeln – –

Zum Capitel Florenz noch eins. Man kommt doch eigentlich mit falschen Begriffen. Was ist Florenz? Eine hübsche moderne Stadt – mit einem lärmenden Volk und unzähligen Fremden, – und da und dort ragt irgend was aus alter u ältrer Zeit, oft herrliches, das aber auch wieder oft nicht direct wirkt, sondern erst auf dem Weg historischer Überlegung. Wir haben doch – ob wir uns davon Rechenschaft ablegen oder nicht – ein andres Florenz im Kopf. Wir erwarten in den Tiefen unsrer Seele (wo wir an lichten Tagen nicht hinabschaun) doch, daß wir das Florenz von 14 oder 1500 betreten und daß ein Medici uns auf der Piazza della Signoria begrüßen wird.

– Oder vielleicht erwarten wir auch Herrn Kainz als Romeo (ich weiß schon, daß das eigentlich in Verona spielt) – es ist ja

in uns eine solche Mischung von wirklichem historischem – und von historisch-literarisch-theatralischem Empfinden. In Kürze: ich finde überall zu viel 1901 und es mangelt mir (augenblicklich?) die nöthige Kraft, mich von dieser Gegenwart zu emancipiren. Hohe Stimmungen concentriren, schalten aus; irgend etwas von solchen Stimmungen hab ich momentweise in Rom empfunden. Aber ich habe die Antike besser empfunden als die Renaissance. – Genug für heut, mein Schatz. Ich hoffe, trotz Mama, daß wir Mittwoch abreisen werden. Vielleicht könnt ich sagen: wegen Mama – die ja (ohne Grund) sich noch früher zurücksehnen wird als ich. Von Onkels noch keine Nachricht. Schicke Montag keinen Brief mehr ab. Auch hier scheint die Post nett zu sein. Meiner Mama wollte man einen Brief für das Stubenmädchen Frl Elise Schmidt geben, nicht aber den ihr zukommenden, der dortlag.
– Auf Wiedersehn und viele tausend Küsse.

Dein A

An Olga Gussmann Florenz, 14. April 901
20) Sonntag früh 8 Uhr

Meine liebste Olga, gestern hab ich nicht geschrieben, trag es heut in aller frühe nach. Vormittag gestern eine Anzahl Besichtigungen, Kirchen, Kloster, Gallerie Pitti, habe deinen Gruß an die großherzogliche Madonna des Rafael ausgerichtet. Es sind noch etwa ein Dutzend Rafaels in der Gallerie Pitti, darunter Portraits von einer fabelhaften Kraft. Rafael ist doch auch nur ein Wort, eh man in Italien war. Auch Boticelli hab ich jetzt erst ein bischen kennen gelernt. Dagegen kann ich die Vorgänger Raphaels gar nicht recht auseinanderhalten (von Andrea del Sarto abgesehen, der übrigens eher Mitlebender war). Auch bin ich nicht so glücklich wie Gsell Fels, der an einem Rafael deutlich merkt, wie er soeben über Perugino hinauskommt. – Die Altarbilder in den Kirchen, meist ungünstig beleuchtet, ermüden mich eher. Auch hat für mich die ewige Wiederholung der gleichen Stoffe etwas ermüdendes. – Beiläufig: ich möchte einen »Savonarola« schreiben ... Werd ich je »meine« großen Stoffe ausführen? Werd ich je die Ruhe? – werd ich je das Talent haben? Werd ich mich überhaupt noch entwickeln? – Die Wirklichen haben immer und immer gearbeitet; ihr Leben war Arbeit – ihre Arbeit war Leben – ich bin doch eigentlich nur ein Quartaldichter (so wie es Quartalsäufer gibt). Und wenn ich etwas wäre, müßt ich doch eigentlich schon was wirkliches zusammengebracht haben. Im übrigen, ist das so wichtig? – Na, gut. –

Also was gestern anbelangt, so hat es geregnet, manchmal auch gehagelt, sogar ein bischen geblitzt u gedonnert. Ich las Nachmittag Burckhardt u Taine, ging mit Mama in Geschäften herum (Mama hält sich verhältnismäßig ganz brav; muß ich heute sagen). – Dein Brief gestern Nachmittag hat mich auch traurig gemacht. Ich möchte schon bei dir sein. Nun, ich hoffe, Dinstag Abend nach Bologna, Mittwoch früh Abfahrt, Donnerstag früh in Wien. In diesem Fall wäre ich etwa 10, ½11 bei dir mein Schatz. Aber wenn du lieb bist, so schreibst du mir vorher, so daß ich wenn ich ankomme, ein paar Zeilen von dir finde, was mich beruhigen würde. Sieh also, daß du Mittwoch früh den Brief aufgibst. (Nicht recommandirt notwendig) –

Von den englischen Verwandten keine Nachricht. Da fürchte ich noch immer eine plötzliche Hinausschiebung. Aber gewiß nicht mehr als 1, höchstens 2 Tage. –

– Kind, ich muß arbeiten diesen Sommer, und Bibel lesen (das ist mir seit einigen Tagen ungeheuer wichtig). Überhaupt, ich bin so ungebildet, es ist so schmachvoll. Ich bin nachlässig, verbummelt, oberflächlich, schlecht erzogen – und ich bin nicht jung genug, um noch etwas ordentliches zu werden. So sollte man wenigstens eine Million haben oder die Courage, sie zu rauben. – Dummer Traum heut Nacht: War in Monte Carlo, das eigentlich Weimar war, geladen vom Fürsten (der sehr klein war und wie ein nobler Commis aussah), um das Theater eventuell zu leiten. Dachte gleich, da muß ich die Olga engagiren – aber was werden die Leute sagen? Natürlich: weil sie seine geliebte ist. – Der Fürst war melancholisch und liebenswürdig, ich traf im Salon Frl. Margarethe *Fürst* und Doctor Gabor *Nobel* (interessant, wie der Traum mit Wort-Ideen-Associationen arbeitet) – dann kam der Minister mit grauem Bart und war aegrirt über meine Berufung »aus Wien« – dann ging ich über einen großen Friedhof, der aber schief war, zeigte alles meinem Bruder u war stolz, daß ich mich auf Friedhöfen so gut auskenne – und schämte mich innerlich, daß ich stolz war.

– – Nun genug, die Mama wartet; die Sonne scheint u es gibt noch viel zu sehen.

Ich liebe dich sehr.

Dein A

An Olga Gussmann Florenz, 14. 4. [1901]

21) Sonntag Nachmittag.

liebes; früh hab ich dir geschrieben, dann bin ich mit Mama in Kirchen und Museen gewesen; in einem Kreuzgang, wo wir ziemlich allein waren, kam ihre unerhörte Ängstlichkeit fast beängstigend zum Vorschein – bei hellem Sonnenschein, während noch zwei Engländerinen in einer Kapelle waren, zitterte sie beinah daß wir hier eingesperrt würden – Dann fand ich auf der Post deinen Brief und war sehr vernichtet. Was bedeut ich eigentlich für dich, wenn du dich an einem Tag 3mal umbringen willst? Und nur eine Rosmerprobe und Goethe dich aufheitert? – Und woher diese bösen Stunden? – Ich nehme mir, zum ersten Mal seit ich fort bin, meine »Papiere« her, mich langsam erwärmen, eh ich nach Fiesole fahre. – Adieu bis Abend.

Montag 15. 4. früh 9 Uhr.

mein liebstes, ich habe gestern also noch in den Papieren gewühlt – hauptsächlich der Junggesell, für den sich eigentüm-

liche Zusammenhänge finden. Der harte Lyriker kann eine merkwürdige Gestalt werden. Ich höre schon das Zischen am Schluß des letzten Aktes, wenn er von dem Helden, der sich umgebracht hat, sagt.. »Es war jedenfalls das anständigste, was er hat thun können.« (Ich finde es klingt so »geflügelt«) –
Aus Fiesole wurde nichts – nur eine sehr schöne Spazierfahrt Viale dei colli, Hügel rings um Florenz, der Friedhof San Miniato, Blicke auf die Stadt und in die Fernen. Leider war es trüb, und geradezu kalt. (Ich hab es in Italien noch jedesmal bedauert, wenn ich mir den Sommeranzug angewagt habe) Gegen Abend, allein spazieren gehend traf ich einen jungen Kunsthistoriker, Schaeffer, der seit mehr als 2 Jahren in Florenz lebt und durch den ich mir Aufschlüsse über das Leben hier geben ließ. Es ist wie ich vermuthet. Die Leute haben keine Ahnung, unter wie viel Kunst sie leben – und es gibt heute keine Künstler hier. Die Träger der herrlichen Namen, Strozzi, Alberti, Malaspina, – verbummeln ihr Leben im circolo aristocratico, sind verschuldet und heiraten meist reiche Amerikanerinen, zuweilen einbeinige russische Gräfinen und schmuggeln ihre ererbten Kunstwerke ins Ausland. Im übrigen ist Florenz (in Rom ist es gewiß geradeso, man spürt es) eine Provinzstadt – und wird von den Reisenden erhalten. Wenn man einmal Italien sich selbst überließe? Es ist nicht auszudenken. Außer den Ruinen wäre bald alles nach Amerika, England und Frankreich verkauft.
– Mein Schatz, heut regnet es wieder. Ich habe eben nach Bologna telegrafirt, wo wir uns morgen aufhalten – sonst müßte man übermorgen um 4 Uhr früh aufstehn. Im übrigen bin ich es Bologna schuldig, ihm einen Besuch abzustatten. Ich hoffe also Donnerstag früh in Wien zu sein. Und hoffe zu Hause ein Wort von dir zu finden. (Hier find ich heut oder morgen wohl auch noch etwas – und tröstlicheres als gestern. Es ist nemlich peinlich, beschämend und traurig, unglücklich zu lieben.) –

Nun in die Uffizien. Und du, mein liebes, liebe mich wieder.... oder – endlich? –

Dein A

An Olga Gussmann Florenz, 16. 4. [1901]
23. Dinstag früh, 8 Uhr

meine Olga, ich bin heut mit einer so ungeheuern, ja peinigenden Sehnsucht nach dir aufgewacht wie noch nie. Nach einem wüsten Traum von meiner Heimkehr, bei der es sehr wirr und unangenehm zuging, insbesondre liebtest du mich nicht im geringsten mehr trotzdem ich weiße Glacéhandschuhe trug –
Ich habe noch zu erzählen, daß wir (Mama u ich) gestern in Fiesole waren, dem Ur-florenz, das wunderschön liegt. Dann holten wir die englischen Verwandten von der Bahn ab. Es ergab sich, daß Telegramme, Briefe nicht angekommen waren – wie das eben in Italien üblich ist. –
Wir nachtmahlten zusammen; die engl. Verwandten bestehen aus Onkel Felix, Tante Julie und Cousin Gustav und sind nett (Ich habe in London bei ihnen gewohnt.) Sie wollen uns natürlich zum Bleiben bewegen – aber morgen wird abgereist. Die Zeit bis Wien liegt wie eine Unendlichkeit vor mir. Dabei ist es merkwürdig, daß ich an alle meine Wiener Freunde ohne Sehnsucht, ja eigentlich ohne Sympathie, und beinah an alle mit einem leichten Widerwillen gegen einzelne ihrer mich enervirenden Eigenschaften denke. Mein Kind, nie war mir jemand auf der Welt so nah wie du.

Nachmittag, 3.

Kein Brief von dir (auch gestern nicht) hoffentlich bekomm ich morgen noch einen vor meiner Abreise. Jedenfalls ist meine Laune durch das Ausbleiben der Nachrichten nicht besser geworden – insbesondre da mich dein letzter Brief in sehr schlechter Stimmung zurückließ. Das letzte, was ich von dir weiß, ist eigentlich, daß Goethe und Römpler dich von einem

Selbstmord zurückgehalten haben. Weibliche Replik: Wär es dir lieber, sie hätten mich nicht zurückgehalten? –
– Na. – Also heute früh Galleria Pitti, zum 2. Mal, mit den englischen Verwandten. Diese Gallerie ist auch wohlthuend dadurch daß ihr das massenhafte und sammelsurische fehlt, das den Uffizien anhaftet. Eine kleine aber gewählte Gesellschaft in herrlichen Salons. Z. B. über ein Dutzend Raphaels.
– Außerdem wurde gebummelt. Wenn Mama nicht gekommen wär, wär ich sicher heut schon in Wien. So wirds Freitag. Ich halt es überhaupt nicht mehr aus. Folgende Sehnsuchten: du . . du . . du – Waldlandschaft. – Ruhe. – Arbeiten.
– Mein Bleistift ist gebrochen. Es ist schwül und windig – Ich habe im Sack meines Lüsterrocks eine falsche Lira wiedergefunden – von der ich geglaubt, daß ich sie längst aus Versehen ausgegeben habe. – Lärm auf der Straße. – Das Stubenmädchen haßt mich. – Ein Klavierwerkl unten mit Geläufigkeit. – Gemeinschaftlicher Ausflug um 4½ Uhr. – Überflüssigkeit, Magenschmerzen und Verblödung. – Der Bleistift ist gespitzt – aber alles übrige dauert fort. –
Es wäre schrecklich, wenn ich ohne einen letzten Brief von dir die lange Reise nach Wien antreten müßte –
Dieser hier kommt Donnerstag an, ich hoffentlich am Tag darauf. Es kommt mir ganz unwahrscheinlich vor, daß jemand auf mich wartet, der mich liebt. Ah – ich sage nichts mehr.
Mein Alles!

A

An Ludwig Fulda Wien 8. 6. 901.

lieber Herr Fulda, ich darf Ihnen wohl sagen, daß gerade ein Brief wie Ihr letzter zu denen gehört, die mir besondre Freude machen. Man bekommt sie selten, wie Sie wohl auch wissen. Umso mehr muß man für sie danken – Meine Antwort – so möcht ich gern – soll mein nächstes Buch, das heißt mein nächstes Stück sein. In der Anlage sieht es wohl so aus, als

würde mir da mancherlei hartes gelingen, nach dem *ich* mich vielleicht doch noch mehr sehne als Sie, – der es mit so lieben Worten sagt – aber wann ist je etwas so schön geworden, als es war, – bevor man es zu schreiben begonnen? –
Ich verreise dieser Tage, aber die nähere u fernere Zukunft liegt im dunkel. Ob wir einander begegnen werden, ist aus verschiedenen Gründen noch ungewiß. Ich hoffe aber Sie sagen mir sehr bald (immer an meine Wiener Adresse) wann Sie in Trafoi oder sonstwo sind.
Ich grüße Sie und Ihre verehrte Frau auf's allerherzlichste,

Ihr
ArthSchnitzler

An die Mutter *Salzburg* [22.] *Juni 1901*

liebste Mama, ich danke dir sehr für die freundliche Zusendung des Observer Couverts und die andern Sachen (den irrtümlich beigeschlossenen Brief für Arthur W. leg ich hier bei). Der Leitartikel der N. Fr. Pr. den ich gestern Nachmittag las war mir eine große Überraschung, da ich die Allg. Ztg. nicht gelesen hatte. Nur an Burckhard als meinen juristischen Beirath hatte ich die Sache geschrieben; es ist wohl anzunehmen, daß sie von ihm aus an Salten* berichtet wurde. – Die Ausschnitte nehmen natürlich fast alle meine Partei, sogar die Ostdeutsche Rundschau – nur die Deutsche Zeitung bejubelt den »Fußtritt«, der dem durch seine »literarischen Thaten berüchtigten Juden A. S.« geworden – und nennt mich mit Hilsner zusammen. Es ist eigentlich eine Ungerechtigkeit, daß Leute, die so was schreiben nicht auch berühmt werden.
– Mein Telegramm hast du wohl erhalten; ich habe der N. Fr. Pr. den Wortlaut des ehrenrathl. Beschlusses mitgetheilt; wei-

* Übrigens scheint der Artikel in der Allg. Ztg. nicht von Salten zu sein.

ter thu ich in der ganzen Affaire natürlich nichts. Die Bozner Geschichte ist mir wohl in der oeffentlichen Auffassung sehr zustatten gekommen. Ich finde die N. Fr. Pr. hätte das Offizierskorps nicht so zu verhimmeln brauchen. Wenn ich noch einmal einen Lieutenant Gustl schreiben würde – er fiele nicht mehr so liebenswürdig aus. – Ich hoffe du betrachtest das ganze ausschließlich als Amusement. – Ich bitte dich mir morgen *Sonntag* (nicht Montag) das letzte Mal hieher zu schreiben, resp. recommandirt zu senden (es sei denn daß ich morgen widerrufe.) An das Grödner Thal hab ich auch schon gedacht; vielleicht schau ich mirs an. Jedenfalls bleibt mein nächstes Ziel Innsbruck. (Auch dorthin bitte post rest. zu schreiben.)
Im übrigen geht es mir gut und ich grüße und küsse dich vielmals

Dein treuer Sohn
Arthur.

Telefonischen (und andern) Anfragen gegenüber bin ich auf Reisen, ohne ständigen Aufenthalt. Viele Grüße und Küsse an alle Lieben.

A.

An Hermann Bahr Innsbruck, 26. 6. 1901

Mein lieber Hermann,
ich danke Dir herzlich für den neuen Beweis von Sympathie, den Du mir mit Deinem lieben Brief vom 22. gegeben hast. Über die Sache selbst ist ja kaum etwas zu sagen – selten lag ein Fall klarer zu Tage. Wahrhaftig – sie haben meinen Lieutenant Gustl nicht verdient! Ich seh es ein. Hast Du vielleicht neulich den Artikel in der Reichswehr gelesen? Ich glaube, in dem steht das Großartigste an Dummheit, was in dieser Affaire geleistet wurde. Nemlich: ich hätte meine Charge nur deshalb nicht vor fünf Jahren (wie es mein Recht gewesen) niedergelegt – weil ich eben doch gern gelegentlich in Uniform

»mit dem Stürmer paradiert!« – Ich wollte einen Preis von einer Million ausschreiben für den, der mich seit meinem letzten Hauptrapport in Uniform gesehen – aber wer weiß – unter diesen Leuten findet sich am Ende auch einer, der es beschwören kann.

Laß mich bei dieser Gelegenheit auch einmal sagen, wie sehr es mich freut, daß wir beide über die zeitweiligen Entfremdungen hinaus sind, die ja wahrscheinlich bei Naturen wie den unsern entwicklungs-physiologisch bedingt und daher notwendig sind (Du siehst ich bin immer »wissenschaftlich«). Nun ist das Alter der Mißverständnisse wohl endgültig für uns vorbei und wir sind so weit, daß wir einander – vielleicht auch ein bißchen um unserer Fehler willen – Freunde sein und bleiben dürfen.

In dieser Voraussicht drücke ich Dir von Herzen die Hand und grüße Dich vielmals.

Dein Arthur

An Rainer Maria Rilke St. Anton Arlberg
4. 7. 901

Verehrter Herr Rielke,

Sie beschämen mich – Ich habe Ihnen nur zwei Bücher geschickt – und erhalte von Ihnen zwei Briefe, von denen einer herzlicher und liebenswürdiger ist als der andere. Ihre Flugblätter hab ich noch nicht; ich finde sie wohl in Wien, und freue mich im voraus. Augenblicklich befind ich mich auf Reisen, war in Salzburg, Innsbruck, wo es von hier hin geht, weiß ich noch nicht zu sagen.

Ihre Worte über die Beatrice haben mich ganz besonders gefreut. Niemals hab ich mich sosehr danach gesehnt, etwas von mir wirklich gut gespielt zu sehn. Leider hab ich bis jetzt nur die schwächliche Breslauer Aufführung erlebt. Wie sich das einzige Theater, das das Stück spielen konnte, betragen hat, ist Ihnen ja wahrscheinlich bekannt. Aber Sie wissen ja: ich bin in das Kastl mit der Aufschrift »Liebelei« hineingethan;

die Kritiker haben das nicht gern, wenn die Taferln gewechselt werden.
Ich hoffe es geht Ihnen so wohl als ichs Ihnen wünsche.
Mit herzlichem Gruß

Ihr aufrichtig ergebener
Arthur Schnitzler

An Rainer Maria Rilke Wien, 7. 12. 901

Mein lieber Herr Rilke, es ist kaum denkbar, schöneres über mein kleines Stück auszusprechen, als Sie in Ihrem letzten Brief gethan, und ich danke Ihnen herzlich für Ihr Verstehen und für Ihre Freundschaft.
Mit der Zusendung Ihres Buchs haben Sie mir Freude gemacht. Die erste Skizze kannte ich schon aus den Flugblättern; sie scheint mir geistreicher als lebendig. Die Novelette »Der Liebende« sähe ich am liebsten als Einakter. Ich glaube es brauchte nicht viel, um ein sehr [...] Drama daraus zu machen. Vielleicht nur einige Striche. – Die »Letzten« haben wie mich dünkt einen Fehler, um den Sie von manchen beneidet werden könnten. Es ist zu viel drin – ein letztes Kapitel, in das Sie den Inhalt aller der vorhergegangenen, verschwiegenen hineindrängen wollten. So sind Sie nicht durchaus zur letzten Klarheit gekommen. Allerdings war das auch nicht Ihre Absicht.
Wie gern möcht ich noch mehr und über allerlei mit Ihnen reden – mit Ihnen: das heißt: auch gleich Ihre Gegenrede hören. Kommen Sie nicht wieder einmal nach Wien? Oder wenigstens nach Berlin (wo ich Anfang Jänner sein dürfte?) Auf Ihr Stück bin ich schon durch Berger gespannt worden, der mir neulich davon gesprochen hat.
Ich grüße Sie vielmals und herzlich. Auch Ihrer verehrten Frau danke ich für die freundliche Theilnahme an meinen Sachen.

Ihr
Arthur Schnitzler

An Otto Brahm 22. 12. 901.

lieber Herr Brahm, daß Ihr freundliches Telegramm mich zu einem Kommen nicht animiren konnte, haben Sie wohl eingesehn. Ich kenne ja das Stück; interessiren wird mich nur die vollkommene Inscenirung. Und da gestatten Sie mir doch noch einige nachdrückliche Worte. Über das Stück selbst wollen wir nicht mehr reden; Sie halten die Grundidee für verschroben, ich für einfach – da ist keine Einigung zu erzielen. Ich hab es wieder gelesen – gebe neuerdings zu, daß das Publikum die Sache möglicherweise ablehnen wird, – sehe aber nicht die leiseste Spur eines Grundes das Stück zu verläugnen oder mich seiner zu schämen. Daß für die Wirkung gewisse äußere Momente der Inscenirung beträchtlich in Frage kommen, habe ich vom ersten Augenblick an mit *der größten Eindringlichkeit* betont, und es ist nicht meine Schuld, daß ich noch einmal darauf zurückkommen muß, denn ich hatte – aus Ihrem Telegramm mehr als aus Ihrem Brief – den Eindruck, daß man in den Vorbereitungen noch nicht weit ist. So scheint es, daß die *Portraits* der Vollendung noch unheimlich fern sind und daß die Decorationen noch einiges zu wünschen übrig lassen. Ich wiederhole, daß der Sinn, meinetwegen der verschrobene Sinn des kleinen Stücks gewiß nicht herauskommen kann, wenn der Inscenirung der Mittelscene der Charakter des visionären fehlt, der allerdings nicht allein durch Beleuchtung und Decoration, sondern auch durch den Stil der Schauspieler erreicht werden muß. Daß in Ihrem sonst so außerordentlichen Personal gerade ein richtiger Darsteller für den Leonhard fehlt – oder zu fehlen scheint, ist unangenehm – aber noch kein genügender Grund für mich, mein Stück zu verwehren. Ich weiß nicht, ob Sie nicht vielleicht doch meiner Anregung gefolgt sind und Bassermann die Rolle gegeben haben. Ich möchte da auch nicht meine Meinung als die absolut richtige hinstellen – aber ob es nicht doch das beste ist, wenn die Wahl so schwer – den größeren Künstler zu nehmen – statt des »geeigneteren« – ?

– Lassen Sie mich Ihnen schließlich noch sagen, daß es eine Anzahl nicht eben dummer Leute gibt, die die Frau m. d. D. für das beste von den 4 Stücken halten (ich nicht); und andre die es zum mindesten für sehr möglich halten, daß es den stärksten Bühnenerfolg von den vieren haben wird. Alle diese sehen es natürlich so vor sich – wie es der Autor gemeint hat und wie es ein erstes Theater, das Deutsche auch herausbringen kann u muß, wenn es – *alles* thut, was in seinen Kräften steht.
Und nun, da es bald an gemeinsame Arbeit geht, drücken wir einander die Hände und bleiben, trotz aller Meinungsverschiedenheiten, die Alten. Wir können alle irren. Sie werden mir nicht zürnen – selbst wenn die Frau mit dem Dolch zu Tode gehöhnt wird – und ich werde Ihnen nicht böse sein – – wenn sie gefällt – nein ganz gewiß nicht!

Herzlich grüßend Ihr

Arth Sch

An Olga Gussmann Berlin Sonntag 29. 12. [*1901.*]
Mittag ½1.

mein geliebtes, im Coupé hab ich von dir geträumt u.zw. folgendes: Wir waren zusammen auf Reisen; ich sprach zu dir vom Roman und du sagtest ungefähr: »Auch mit deinem Stück (Junggeselle) ist es dir ja so ergangen, daß es dir schon ganz fertig vorkam, – und du siehst, daß du es nicht herausbringst.« Du warst überhaupt streng und kalt. Überdies wurden wir von irgend einem räthselhaften Individ. verfolgt in der Weise, daß es überall, wo wir Karten vorzuweisen hatten, die Gelegenheit benützte, mit seiner sehr langen knochigen Hand deine zu berühren oder berühren zu wollen. Es war ungefähr ein Matrose (im Traum kann man nemlich ungefähr ein Matrose sein). – Auch sonst schlief ich schlecht, obwohl ich ein Halbcoupé für mich allein hatte. Beim Schein der elektrischen Lampe las ich einen Roman von Courteline (train 8.47), der mich ein bischen enttäuschte. Um 6 Uhr früh – Zollrevision.

Die elektr. Lampe ließ bereits in der 4. Stunde beträchtlich nach. Ankunft in Berlin. Ins Bristol. Habe noch nie so hübsch und billig in Berlin gewohnt. (4. Stock (Aufzug) – 4 M. 50.) – Umgekleidet, ja selbst heftig gewaschen, ins Theater, Brahm promenirte mit Sommerstorff vor dem Gebäude. Liebenswürdige Begrüßung. Letzte Masken waren eben vorbei. Frau mit dem Dolch. (Probe ohne Costume, Beleuchtg – nur die beiläufigen Decorationen, erst auf mein *ausdrückliches* Ersuchen wurde für Montag eine fertige Probe angesetzt – sonst hätt ich den Totaleindruck erst bei der Generalprobe gehabt.) – Die Triesch scheint eine sehr geschickte Darstellerin zu sein, doch ohne wirkliche Vornehmheit und gewiß ohne Hoheit. Aber das verlorene, hysterische trifft sie gut. Die Verse mußt ich erst zum Theil in ihr Recht einsetzen, da die naturalistische Regie es für gut befunden hatte, um den Charakter des traumhaften zu wahren, leises Reden anzuordnen und alle Höhepunkte (»die unsre nicht«) etc im Nebel verschwanden. Sommerstorff als Remigio nobel, mit Haltung; aber ohne Gewalt. Der Leonhard ein sichrer, aber sehr unsichrer Herr Hahn. Nicht ohne Begabung, aber provinziell, unelegant, ohne echtes Feuer, durchaus uninteressant, mit einem wohl jungen aber kalbshaft ausdruckslosen Gefries. Nach der 1. Scene *ich:* »Sie spielen den Leonhard wie einen Roué, den die ganze Sache eigentlich nichts angeht.« *Er:* »Ja, man hat es mir so gesagt, ich wollte ihn feuriger geben.« – *Der Regisseur Lessing:* »Nun, ich denke, ein Mensch, der einer verheirateten Frau so den Hof macht, ist doch ein Lebemann – und kein unschuldiges Kind mehr!« – – !! – Ich brachte das nöthige Licht in die Sache. –
(Herr Hahn spielt im Cyrano den schönen Christian; Herr Hofmeister gestern den Guiche (Devrient!), heute den alten Vockerath! – – Solche Vorstellungen gibts hier – am ersten Theater! – – Den Schluß macht die Triesch ganz gut; darüber später näheres. –
Literatur wurde dann geprobt; – noch sehr unfertig; ich langweilte mich recht sehr. Angelegt allseits gut. Die Triesch wie-

nert gar nicht übel und gibt die Rolle einigermaßen verluderter als ich sie gedacht, aber das macht sich ganz gut. Bassermann – ich sah ihn u sprach ihn das erste Mal von Angesicht zu Angesicht – wirkt sofort als der große Komödiant und hat für mich etwas fascinirendes. Ich glaube, daß er seit Mitterwurzer diesen Typus am vollkommensten repraesentirt; er hat (so vermuthe ich) eine beinah ebenso große Verwandlungsfähigkeit – nur nicht die dampfende Fülle. – Rittner lebendig, zugreifend, sicher wie stets, aber er wird allzu dick. –
Dann: Lebendige Stunden. Rittner siehe oben. Reinhardt enttäuschte mich ein wenig, er war zu trocken; alles war auf den Racheact angelegt – von seiner Liebe zu der todten Hofräthin lebte wenig mit. Man hofft, daß es noch besser mit ihm wird. – Äußerungen: *Ich* nach der Fr. mit d Dolch *zu Brahm:* Ich finde dieses Stück sehr interessant. *Brahm:* Gestern hat es Bassermann bei der Probe zum ersten Mal gesehn – er hat es absolut nicht verstanden. – *Lessing* (auf meine Frage, welches Stück am ehesten wirken könnte): Das erste, Lebendige Stunden, *kann* nicht stark wirken – nach der Frau mit dem Dolch werden sich die Leute nicht auskennen – und dann steht's schon schlimm. –
– Dann, nach der Probe, mit Kopfschmerzen ins Bristol, nicht gut gegessen; dann aufs Zimmer, Striche an den letzten Masken und Literatur durchgesehn u. z. Th. gut geheißen. Spazieren, Kerr zufällig getroffen; er war etwas befangen wie immer anfangs; hatte »Leb Std.« gelesen, fand sehr richtig, daß es für das Publikum unangenehm sein werde, daß beide recht haben. – Ich müde, nach Haus, wollte mich ausruhn konnte aber nicht, bummelte noch ein wenig, aß in einem »Bierpalast« im 2. Stock unsäglich ordinär zu Abend (zwei Seelen wohnen ach in meinem Magen, die eine will im Bristol sich behagen; die andre strebt in einen Bierpalast – Und sagt: Hier schmeckt es besser, doch nur fast!)* – um ½10 lag ich

* Reime. –

bereits zu Bett und schlief sehr gut bis heut morgens. Frühstück im Café, Zeitung gelesen, dann schöner einsamer Spaziergang zum Thiergarten, spintisirte mir einen neuen, wie ich denke, zum Verständnis beitragenden Schluß der Frau mit d. D aus, den ich jetzt zu Brahm, wo ich zu Mittag speise, mitnehme. (Lernte gestern im Theater flüchtig Dreyer kennen. *Ich:* Als ich Sie bei Entsch sah, hatten Sie einen langen Bart! *Er:* Ja – aber wenn er so kratzt, haben ihn die Mädels lieber) – Zu Besuchen hab ich mich vorderhand noch nicht entschlossen, heute Nachmittag vielleicht Fuldas, Abend vielleicht Wolzogen Theater? – Bierbaums Trianon gestern hier ungeheuerlich durchgefallen – und doch, wie höflich sind hier die Blätter gegenüber dem Überbrettlmalheur in Wien! –

Ich brauche dir nicht wohl erst zu sagen, mein einziges, daß die halbe Stunde, die eben hinter mir liegt – die angenehmste war, seit ich dich verlassen! –

Ich hab heut natürlich keine Nachricht von dir (Sonntag nur eine Post) – und sehne mich nach morgen.

Hoffentlich mein liebstes geht es dir auch weiterhin gut. – Leb wohl mein alles!

Dein A

Grüße Liesl u Paul.

An Olga Gussmann [Berlin,] Montag 30. 12. [1901]
9 Uhr früh

mein geliebtes, eben kommt dein Brief; die Finanzsache kann wohl in keinem Fall irgendwelche Folgen haben; allerschlimmsten Falls müßte man zahlen, aber – wofür? – Ich freue mich daß es dir gut geht – bitt dich, Schatz, nur jetzt nicht am End wegen dieser blöden Sache herumlaufen; Dr. Schw. kann gewiß alles besorgen –

Ich berichte gleich über gestern. Bei Brahm gespeist; mit Vacano; es war nett gemütlich, Brahm erzählte mir, daß die

Weber jetzt wieder für sein Gastspiel (das nun ganz entfällt) verboten wurden – weil Bukovics u Schlenther!!! dagegen intriguirt. (Er scheint jetzt Schl. geradezu zu verachten).
– Ich las den neuen Schluß zur Dolchfrau vor, der befriedigte. –
Bei Fulda's. Eben Irene Triesch dortselbst, weint blutige Thränen (wirkliche), Behandlung, Zustände am Dtsch Theater, sie wollte mir nach Wien wegen des Schauspielers Hahn schreiben – ist wüthend, wie sich die Leute von vornherein gegen das Stück gestellt; besonders Lessing (der, wie mir jetzt immer klarer wird, der wirkliche Intriguant gegen das Stück war – nur zum Theil aus Eselei, mehr aus Liebe oder Verhältnis zu Frl Sarrow (alte Geschichte) und Haß gegen die Triesch). – Fulda's beruhigten die aufgelöste. (Sie hatte übrigens gestern nach der Probe einen Rohrpostbrief an die Frau F. geschrieben – sie sei verzweifelt, habe nun auch mir misfallen etc.) – Fulda gab mir noch sehr gute Rathschläge in Hinsicht auf Schluß der Frau mit dem Dolch u der Literatur. (Habe die Schlüsse eben geschrieben). Er ist ein so netter und kluger Mensch.
Über Einladg von Brahm bei den »Einsamen Menschen«; mit Ausnahme des unleidlichen Hofmeister (alter Vockerath) vorzügliche Vorstellung. Die Triesch als Anna Mahr – sehr geschickt, kann alles machen und täuscht gelegentlich Intelligenz vor. Aber was großes ist sie nicht! Wird es nie werden. Im übrigen – das Stück. So viel schönes, – und doch ein Manko gerade in dem, worauf es so sehr ankäme in diesem Stück der Intellectuellen! – an Intellect. – Das Weltepisodistische hat er erfaßt, bis in seine Tiefen; aber dem großen Gang der Welt sieht er von ferne zu. –
Genachtmahlt mit Brahm u Rechtsanwalt Jonas u Frau. –
Schatz, liebster, süßer, ich muß nun auf die Probe. Ich bin so glücklich, daß ich dich habe! du einzige! unerhört einzige! – Weißt du – ?

Dein A.

An Olga Gussmann [*Berlin 31. Dezember 1901*]
Dinstag 1 Uhr Mittag.

mein geliebtes, gestern Mittag kam ein Brief von dir (über Besuch bei Schw. etc) – heute noch keiner; ich hoffe auf den Abend. Es ist ein unerträgliches Schmutz-, Quatsch- und Nebelwetter, ganz niederdrückend. Ich erzähle was seit gestern geschehn, – ohne Betonung meiner Stimmung, so weit als möglich. Gestern früh Probe. Lebendige Stunden. Gut. Reinhardt ist *kein* bedeutender Schauspieler; ich hab es immer gesagt. – Letzte Masken. Reinhardt (Rademacher) noch unfertig, in einzelnem wirksam – übrigens siehe oben. Fischer als Jackwerth blaß und brav; aber ohne Zug ins Burleske. Bassermann als Weihgast unbeschreiblich – die geniale Nichtigkeit! – (Brahm gefällt er natürlich nicht – er verträgt nichts, das ins allgemeine geht). Frau Dolch. – Beleuchtungs- und Costumeprobe. Herr Hahn wie ein Hallenser Student, ungeschlacht, für einen feinern Geschmack einfach unerträglich; in Versen möglicher als in Prosa. Die Triesch als Pauline viel besser wie als Paola. Herr Lessing, der Naturalist, hatte die »Vision« dadurch herauszubringen gesucht – daß man weder was sehen noch hören konnte; ich änderte nach dem verständlichen und sichtbaren hin; sehr unter dem albernen Widerspruch Lessings. – Literatur wirkte mit dem neuen Schluß nicht übel. – Bristol allein gespeist (½4), ausgeruht, spazieren, 5 zur Triesch, woselbst Hahn, mit ihnen die Dolchfrau probirt. Dem Hahn *jeden* Satz vorgesprochen, jede Bewegung vorgemacht, – mit geringem Erfolg. Weiß bestimmt, daß das Stück mit einem guten Leonhard ein *absolut großer Erfolg* wäre und bin aufgebrachter als je gegen Brahm. Auch die Tr. ist verzweifelt über ihren Mitspieler, umsomehr als sie in Bassermann verliebt ist und mit ihm das Stück spielen wollte. –

– *Wildente im Deutschen Theater.* Sauer als Werle und Bassermann als Hjalmar u die Lehmann als Gina – kostbar! –

Mit Georg Hirschf u Gattin, die zufällig auch im Theater, genachtmahlt.
– Heute keine Probe; war bei Entsch, Fischer, Coschell (der mich zweimal aufgesucht u mich nicht getroffen).
Frl. Gl. heiratet schon in 8 Tagen, soll sehr schlecht und alt aussehn; Gusti möchte einmal mit mir sprechen; ich konnte aber kein bestimmtes Rendezvous geben. – –
Ich muß mich jetzt umkleiden, speise mit Brahm bei Jonas', heut Abend bei Fulda, morgen bei Brahm, übermorgen bei Georg Hirschf. –
Schatz, Paul G. kommt nun doch zur Première nach Berlin. Die Triesch sagt mir, er sei bös auf sie, weil sie 2 Gedichte von ihm auf irgend einem Überbrettl nicht vortragen wollte. – Ihre Wohnung: – Bilder von Schopenhauer!! – Beethoven in Massen –; geschmacklos, unordentlich, – »ich bin ja so complicirt!« –
leb wohl mein einziges geliebtes! – das fehlt mir noch, daß deine Briefe sich verspäten. – Du solltest ahnen, wie zuwider mir alles ist! Ach GottmeinGott – [1 Wort unleserlich] –
Ich sehne mich. Ich liebe dich. Ach Gott diese Worte! – Du weißt ja! Schatz! Liebes!

An Olga Gussmann Berlin. Sonntag, nein, Neujahr. 1902.
6 Uhr Abend

mein liebstes, ich komme nach Hause u finde noch nichts von dir – aber auch von Mama nichts; schließe also auf allgemeine Postverspätung u warte etwas geduldiger auf morgen früh. Was das Telegramm anbelangt, so schlage ich dir was andres vor. Ich kann nemlich nach der Vorstellung nicht aufs Haupttelegrafenamt das sehr weit ist u werde überdies den klaren Eindruck erst nach Gespräch mit einigen Leuten haben. Ich werde das Telegramm also erst im Hotel aufsetzen und es dir in der früh um 7 Uhr nach Wien senden lassen. Einverstanden? Ja, nehm ich an.
– Gestern Mittagessen bei Rechtsanw Jonas (Frau, zwei Töch-

ter à 16 u 12 und Bub von 9) mit Brahm. Brave Leute. Hauptstätte des Hauptmanncultus. Es wurde übel vermerkt, daß Fulda den rothen Hahn inhaltsleer gefunden; und lobend erzählt, daß Hauptmann dem Lesser, der ein begeistertes Feuilleton über den Hahn geschrieben, mit einem Dankschreiben geantwortet. –

Nach Hause. – Dann bei Freudenthals, mich entschuldigt, daß ich eine (gestern eingelangte) Einladung nicht annehmen könnte. – Spazieren. Nach Hause. Zu Fuldas. Niemand dort als ich. Die Triesch hatte abgesagt, weil sie »Einsamkeit« brauche. Man redete allerlei, hauptsächlich literarische Jugenderinnerungen. – Um Mitternacht Punsch, weil es nun einmal Sylvester war – Fenster auf, Glocken läuten von der Gedächtniskirche; laue Nacht. – Um 1 nach Hause. – Heute Vormittag nach Grunewald. War überrascht. Eine Villenstadt, in weiten Wald gebettet. Land! – Athmete auf. Weiter Weg bis zu Harden. Bei ihm ein Herr Martersteig, sowie vorübergehend seine Frau, ältlich, gutmütig, stolz auf ihn. – Harden, wie immer interessant wirkend. Gespräch Wiener Zustände überhaupt, der kleine Kraus (von dem er gar nichts mehr wissen will), Beatrice, Deutsches Theater etc. –

Mittagessen bei Brahm. Dort: Helferich (recte Heilbutt), Kunsthistoriker, mir schon von früherer Bekanntschaft her höchst sympathisch. Max Dreyer, nett und gradeheraus; Reinhard – (wie man sich ihn vorstellt: klug – mit gelegentlichen E-soi-Blicken). Ich sagte Brahm in aller Freundschaft allerlei, im Spaß gesagt, im Ernst gemeint. Er fand scherzweise, daß er eigentlich seinen Schauspielern verbieten könnte, Specialproben mit mir abzuhalten. Ich darauf: Ja, aber nur wenn ich für mein Stück einen Regisseur hätte, der es versteht und nicht mit Antipathie drangeht – und wenn Sie mir einen wirklichen Schauspieler zur Verfügung stellten, nicht einen Anfänger, den ich erst unterrichten muß. Dreyer stimmte allmälig ein u fand auch, daß Brahm mit seinen guten Schauspielern knausre. U. s. w. –

Und jetzt, mein Schatz, bin ich zu Hause und gehe gleich wieder fort, u. zw. in das Wolzogensche Theater, das so hübsch sein soll. – Im übrigen – alle Menschen haben eigne Häuser, Dreyer hat sich eins auf Rügen gekauft (Probekandidat), – Hartleben in Saló (Rosenmontag –) – und ich – ich – (Schleier der Beatrice –)

– Leb wohl mein sehr geliebtes; – ich brauch doch nicht zu sagen, was ich dir – ? mir – ? uns? zum neuen Jahr wünsche?

Dein A.

An Otto Brahm Wien, 9. Jänner 02

Lieber Herr Brahm,

ich danke für Ihr freundliches Telegramm. Es war sowohl von 2000 und von 1500 die Rede, und es liegt tief in der menschlichen Natur begründet, daß ich mich deutlicher an die 2000, Sie sich deutlicher an die 1500 erinnern. Wir wollen nun, Ihrem Wunsche entsprechend, bei den 1500 bleiben und beide hoffen, daß Sie noch einige Märke nachzuzahlen haben werden.

Kadelburg hat gestern im Namen des Volkstheaters telephoniert und sehr erstaunt getan, daß das Volkstheater nun auch auf den »Kakadu« keine Rechte mehr haben sollte und mir seinen Besuch angekündigt. Ich spreche vorläufig ihm gegenüber gar nichts von Ihrer Absicht, die mich natürlich sehr freut und die hoffentlich zur Tat werden soll.

Ich möchte Ihnen heute auch für Ihre freundschaftliche Liebenswürdigkeit danken, mit der Sie mir wie immer auch diesmal nicht nur menschlich, sondern auch literarisch-direktorial nahegekommen sind, was diesmal um so höher anzuschlagen ist, als Sie nicht nur gegen eigenes, sondern auch gegen das Mißtrauen anderer zu kämpfen hatten. Es ist mir stets eine wahre Freude, mit Ihnen zu verkehren – einem der wenigen Menschen, für den Meinungsverschiedenheiten kein trennendes, sondern vielleicht eher ein bindendes Element bedeutet. Daß aber das Theater ein – wie nennt es Goethe nur? –, ich glaube eine immerhin sonderbare Institution sei, eine sehr problematische und beinah lächerliche jedenfalls, war auch diesmal zu sehen. Die Einmütigkeit, mit der das innerlich reichste der Stücke, die »Lebendigen Stunden« verurteilt und die Einmütigkeit, mit der das innerlich ärmste, die Literatur, überschätzt werden sollte, hab ich nicht vorausahnen können.

Ich hoffe, Sie erholen sich in Heidelberg gut von aller Besorglichkeit und Arbeit und erhalten aus Berlin die schönsten Nachttelegramme. Mit herzlichem Gruß

Ihr A.S.

An Wilhelm von Wymetal Wien, 13. Mai 1902.

Sehr gehrter Herr v. Wymetal!

Mit der Auffassung des Heinrich sind Sie jedenfalls mehr im Recht als diejenigen, welche ihn für einen hohlköpfigen Phrasenhelden halten. Eine leichte Neigung zur Schönrednerei und Pose ist ihm allerdings nicht abzusprechen. Im Beginn seines Gesprächs mit Hausdorfer, in den Bemerkungen über Hellbrunn mit dem Rococogarten, über den Einfluß der alten Bilder auf sein Gemüth und vielleicht selbst in der auffallenden Sorgfalt, mit der er seine allgemeineren Sätze zu allzu gutem Klange prägt, gibt er dieser Neigung nach oder fällt ihr gar zum Opfer. Ob er ein wirklicher Dichter ist, kann ich nicht wissen; ein geistig unbedeutender Mensch ist er gewiß nicht. Denken Sie nur an die klugen Sachen, die er gegen Schluß hin sagt; dabei fallen sie ihm ja auf der Stelle ein, und ich habe einige Zeit lang drüber nachdenken müssen. Wir wollen den begabten jungen Mann daher nicht aufgeben und hoffen, daß seine Mutter wirklich nicht vergeblich gestorben ist, wie er, wohl weniger aus innerer Überzeugung heraus, behauptet, als in gerechter Nothwehr gegen den Andern, den alten Haus-

dorfer, der natürlich von seinem Standpunkt im Recht ist wie Heinrich.
Mit Vergnügen erinnere ich mich noch unserer leider nur kurzen Bekanntschaft anläßlich der Prager »Freiwild«-Aufführung und freue mich Ihres neuen Erfolges, von dem ich übrigens in den Zeitungen schon gelesen habe. Ich danke Ihnen herzlich für Ihre freundlichen Nachrichten und bin mit den verbindlichsten Grüßen

Ihr Sie hochschätzender
[A. S.]

An Stephan Epstein Wien, 1. October 1902

Sehr geehrter Herr Doktor!
Für Ihre freundlichen Mitteilungen bin ich Ihnen sehr verbunden und wünsche nur, daß sich Herrn Antoines Hoffnungen in Hinsicht auf den »Kakadu« erfüllen. Ob ich zur ersten Vorstellung nach Paris kommen kann, ist vorläufig recht unsicher, doch hoffe ich Gelegenheit zu haben, im Falle eines Erfolges das Stück bei einer der späteren Vorstellungen zu sehen.
Herrn Lacroix danke ich bestens für sein freundliches Interesse. Die Fabel des »Kakadu« ist ganz frei erfunden; die erste Anregung zu dem Stoff gab eine Notiz, die vielleicht vor acht Jahren in einem Wiener Blatt erschienen war und in welcher von einer Kneipe – ich weiß nicht mehr ob in London oder Paris – erzählt wurde, wo zur Belustigung der Gäste harmlose Leute, arme Teufel, sich als Schurken und Verbrecher gerieren. Gewisse Details aus dem Beginn der Revolutionszeit, wie sie sich hauptsächlich im Dialog eingestreut finden (z. B. daß die Frauen von Lelange mit einem Sarg vor das Haus des Bürgermeisters zogen, oder daß ein Kerl auf's Trittbrett einer Equipage sprang und schrie: »Nächstes Jahr werden Sie hinter Ihrem Kutscher stehen« u. s. w.) habe ich den »Origines« von Taine entnommen.
Auf Ihre Übersetzung von »Freiwild« bin ich gespannt und

sehr neugierig, ob Sie eine Bühne für dieses Stück finden werden.
Mit verbindlichem Gruß Ihr sehr ergebener [A. S.]

An Olga Gussmann [Wiesenstein, Agnetendorf i. R.]
19. X. 902. Nachmittag 5 Uhr

Mein geliebtes, es ist zwar anzunehmen, daß der Brief mit mir zugleich oder gar später in Wien ankommt aber ich kann es doch nicht unterlassen dich von hier aus zu grüßen – Ich sitze allein in der großen Hall des Hauptmannschen Schlößchens und denke mir, wie schön es wäre mit dir zusammen in einem eignen Haus fern von der Stadt zu wohnen. – Die Landschaft ist ruhig hügelig und da der Nebel über den höhern Bergen liegt und die Aussichten verschleiert, hat man ungefähr den Eindruck: Wiener Wald, etwa Sulz. Ich bin Sonntag 11 in Hermsdorf angekommen, von Brahm erwartet, nach Agnetendorf, eine Stunde, theils Wagen theils zu Fuß. Mit G. H. und Br. einen Spaziergang den Hügel hinan und einen andern Weg hinab; dann gutes Mittagmahl wir drei und Grethe Marschalk (Er stellt sie vor »meine Freundin«). Sie ist überschlank, ein wenig an Paula erinnernd, das Gesicht weniger vornehm, sehr sympathisch im ganzen; Nachmittag spielten wir zusammen eine Beethovensonate – sie ist eine gute Geigerin. Jetzt ruht alles auf den Zimmern, in meinem war mir zu kalt, drum bin ich hier herabgestiegen. Mich ahnt sehr, daß wir einmal beide hier sein werden; ich fühle mich zu Hauptmann immer mehr hingezogen. Es ist wirklich ziemlich egal, ob einem gelegentlich ein Stück minder gelingt. Der »Bürgergeneral« war auch »Rückschritt« gegen Goetz. – Man hat mich natürlich aufgefordert länger zu bleiben; ich scheide aber »ohne Kampf« – denn ich sehne mich unermeßlich nach dir –
Aber bis du diesen Brief hast, werd ich dirs ja wahrscheinlich schon gesagt haben –
Ich küsse dich tausendmal Dein A

An Hugo von Hofmannsthal 7. I. 903.

mein lieber Hugo, zum 2. Akt wäre vielleicht noch folgendes zu bemerken: wie wenn die Angst der Verschworenen nicht *ganz* ohne concrete Ursache gewesen wäre? Unter den harmlosen Spaziergängern könnte irgend ein nicht *ganz* normaler sein; – einer von den Verschworenen auf die Straße, greift ihn auf, tut ihn ab, (wie, ist Ihre Sache). Ich glaube, mit 5-6 Zeilen ist das zu machen und Sie gewinnen für den Zuschauer den Eindruck der wirklichen Gefahr, befreien ihn von dem unbewußten, aber dem fernern Interesse nicht ganz unschädlichen Ärger, *mit* den Verschworenen aufgesessen zu sein. »Wer einmal lügt, dem glaubt man nicht« gehört in gewissem Sinne zu den dramatischen Warnungen.

– Ferner: Sie steigern u vereinfachen den 3. Akt – wenn Sie das Motiv der leidenschaftlichen Liebe Jaffiers für seine Frau mindestens für einige Augenblicke mit meinethalben übertriebener Heftigkeit durchblitzen lassen. Es ist ja da, ich weiß, – aber entspricht es nicht sogar dem Wesen Ihres Jaffiers besonders, wenn er diese Empfindung, zu seiner eigenen Rechtfertigung, in einer historisch-komödienhaften Weise, ausdrückt, vorträgt, ja die Scene damit erfüllt?

– Es war gestern wahrhaftig so viel von den paar technischen Zweifeln die Rede, die rege wurden, daß man nicht dazu gekommen ist, das viele gute, ja außerordentliche zu begrüßen, das Sie uns gegeben haben. Aber ich bin heute mit der Erinnerung an etwas prangendes, flutendes, kraftvolles aufgewacht, als das sich Ihr Stück im Nachgenuß meldet; und finde insbesondere, daß Sie diesmal Ihrem Vers, ohne daß er an Schönheit das geringste verloren, das dramatisch hinstürmende verliehen haben wie noch nie zuvor. Ich glaube an die Zukunft dieses Stücks auf dem Theater. Leben Sie wohl und freuen Sie sich nur, daß Sie sowas geschrieben haben. So gut wie man sich selber freut, – freut sich doch kein andrer – denn das beste an dieser Freude sind die Schaffenserinnerungen, die im geheimen mitzittern.

Ihr A.

An Olga Gussmann Dinstag, 24. 2 [1903]
nach 4 Nachm
[Palast-Hôtel Berlin W.]

ich schreibe dir, mein Schatz, in dem Schreibraum des Hotels, da ich noch immer kein ordentliches Zimmer habe und mir mein bisheriges immer widerwärtiger wird. – Gestern Nachmittag zu Paul Goldm; nur ein paar Minuten; dann zu Liesl gefahren, woselbst Paul u Mirjam. L. sieht gut aus; die Sache mit Dr. Kah. (den ich kenne und den du schon aus der Entfernung nach alter Gewohnheit überschätzest) ist durchaus im Stadium eines Kaffeehausgespräches. Erhöhung der Gage bei Loew. allerdings höchst unwahrscheinlich. Las deinen Brief an Liesl, wunderte mich, daß du noch immer nicht über das Mitnehmen der Soiréetoilette beruhigt bist und war *mehr* als verwundert über die darauf folgende Stelle, »Bälle« und dein Nichthingehn betreffend. Um mich nicht zu kränken? – Nein Kind, *das* wäre kein Grund. – Aber genug davon. –

In den »Jugendfreunden«, 2 Akte. Liesl war ganz gut, recht gut sogar. – Für meine Stimmung bezeichnend ist der Umstand, daß ich eigentlich in einer gewissen Bewunderung für Fulda zuhörte; – ganz überzeugt, daß ich es nicht fertig brächte, zwei Akte so klug, logisch aufzubauen. – Mit Liesl u Paul in ein Wiener Beisl nachtmahlen. Paul erzählt mir, wie wahnwitzig über die Beatrice geschimpft wird; auch von klugen Leuten, wie Sauer z. B. – Paul will natürlich nicht bleiben, er behauptet auch ziemlich verhaßt zu sein. Liesl klagt über Geldmangel. Du kannst ihr auch noch die 2. Bluse machen lassen; schreib mir wieviel du noch brauchst. –

Gut geschlafen. – Zur Probe. – Die Triesch ließ sich entschuldigen, daß sie nur markiren könne, da sie heiser sei. Der dritte Akt bis zur letzten Scene kommt anständig heraus, ist auch das beste am Stück. Scene Andrea-Sommerstorff, Rittner gut. (Iwald-Ercole noch immer krank). Die beiden Courtisanen heute leidlicher. – Die Schlußscene war farblos; Rittner auch ganz grau, die Triesch – nun was soll man da noch reden? – R. sieht seine Fehler ein. – Warum sich Filippo eigentlich umbringt, bleibt unklar – das ist ja gewiß der Grundfehler des Stücks. Die Möglichkeit des Selbstmordes muß zugegeben werden, die Notwendigkeit fehlt. – Über 4. u 5. red' ich noch nichts; ich habe noch viel gestrichen. Ressner als Bruni total unmöglich; bekomm ich keinen andern, so streich ich ihn ganz – und dann fällt die kleine Madelsky (die nett ist aber mir kein großes Talent scheint) mit. – Mir persönlich am störendsten war heute der Herzog in seiner kindischen Verliebtheit für die Beatrice (Allerdings – Triesch!) – Aber in dieser Probenarbeit kommen alle Schwächen des Stücks unerbittlich heraus – ein paar schöne, ja vielleicht hohe Stellen – als ganzes – unzulänglich wie alles, was der von mir doch gewiß sehr geschätzte Autor geschrieben. – An Continuität fehlt es ihm durchaus, an Intensität allzu häufig und mit der Wahrhaftigkeit allein läßt sich zwar allerlei verstehn – aber wenig schaffen. – Es ist bitter solch Dinge so tief zu fühlen wie es mir gegeben ist – und es wäre beinah vernichtend – wenn man nicht die ewige Hoffnung hätte, daß man noch in Entwicklung begriffen ist. . »Wie seh ich dich so rege, Es hilft nicht viel – Du glaubst dich auf dem Wege – Und kreisest rings ums Ziel.« – – Mit Goldm. im Palast gespeist – er säh' es nicht ungern, wenn ich nach Frankfurt führe, »sie« ihm zurückbitten. – Sofort. –

Dein Brief, mein Liebes. Gewiß, man ist »lebhafter« hier. Oh ja, geschäftiger. . Es ist auch richtig – »Wien« ist nicht der ideale Aufenthaltsort . . aber »Geschäftigkeit« ist nicht »Leben« und Lärm ist nicht »Welt« – und daß man sich unter den Menschen hier wohler finden sollte –?! Die, die was mit

sich und in sich abzumachen haben, thun hier das gleiche, wie überall: sie sind allein. –
Meine Sehnsucht spricht sich klar in folgendem aus: Unabhängigkeit. Und jetzt möcht ich mit dir vor allem an irgd einen schönen edeln Fleck Erde, wo der Frühling wartet und wo wir aufathmen können, und wo man sich selber wieder findet. Es ist wahrscheinlich der Mühe werth. – Ich liebe dich.

Dein A.

Küsse Heinrich den Wichtigen

An Olga Gussmann [Berlin, 26. Februar 1903]
Donnerstag Nachm. ½5 –

mein liebstes, gestern Nachmittag Fulda. Sie, kurz über P.G.s Frankfurter, allgemein von ihm erzähltes Unglück; bald fort: mit ihm über allerlei; er war verstimmt, daß er gestern mit Frau auf Ball war und sich langweilen mußte, ferner über die Haltung der Kritik ihm gegenüber. – Ins Hotel, dann, mit Paul, Liesl vom Theater ab, spazieren, in dem Beisl nachtmahlen. – Heut früh Probe, arger Zank mit Lessing; er schrie, ich leider auch; er erklärte, daß ich »Unsinn« verlange, ich sagte, wenn er nicht ruhig discutiren könne, so wäre es das beste, ich schmisse das ganze hin; er, er werde die Regie niederlegen, wenn ich alles umstoße etc. Dann ich ihm: ich verlange Höflichkeit, u wenn er sich seine Grobheit nicht abgewöhne, könne ich nicht einstehen für das, was noch folgen würde. – Dann bat er mich formell wegen seiner »Ungezogenheit« um Entschuldigung – und bis Schluß vertrugen wir uns leidlich. Die Proben sind direct widerwärtig; wie noch niemals – die Komödianten boshaft störrisch u interesselos. Die Triesch war heute lenksamer; – die Medelsky bekam einen neuen Bruni und war sehr froh, daß sie die Rolle behielt – der neue Bruni ein hübscher Bursch, ohne Talent, Lessingschüler u wahrscheinlich – nein gewiß, gratis mitwirkend. Es sind wahr-

haft skandalöse Zustände und Br. wird noch einiges zu hören kriegen (er liegt krank.)
Heut Vormittag dacht ich schon dran, alles stehn zu lassen und abzureisen. Das ganze kommt mir auch wieder von einem gewissen Standpunkt so wichtigthuerisch vor – ich bin selbst nicht mehr dabei – habe an dem Stück keine Freude – und möchte, wenn irgend möglich von aller Oeffentlichkeit u insbesondre von dieser scheußlichen Theaterei nichts mehr hören und sehn. – – Mit P. G. im Palasthotel gespeist; Fürstenberg (Berlin W), habe ihn gebeten *mich* zu einer Soirée u.s.w. P. G. ist natürlich eigentlich sehr dafür ... (dort steht man »mitten im Leben« u.s.w.)
Jetzt, in meinem neuen, recht hübschen Zimmer. – Wie stehts nun mit Ellyn? – Wird sie während deiner Abwesenheit bei dir wohnen?.. Die Stadtparkgegend spricht dagegen. – Ich bitte dich, versichre dich nur sehr! Es geht absolut nicht, daß du diese zwei unsichern Dienstleute mit dem Buben allein läßt. – Wenn du kommst, was ich in Hinsicht auf mich ersehne, in Hinsicht auf die Bea immer ehrlicher bedaure, werde ich dich bitten, die vielleicht 2 Abende, die wir überhaupt haben, mit mir allein zu verbringen. Vormittag und Mittag und Nachmittag z.Th. kannst du ja mit Liesl verbringen. – Ich muß nun noch einige Briefe schreiben, (Wymetal, der hier ist u mich zu Ansorge lädt! –; das Costumeatelier des Volkstheaters, dem ich unerhörter Weise schriftlich schildern soll, wie sie das Sandrockcostume zu machen haben – nachdem ich mit diesen Trotteln im Volksth extra dieserhalb schon eine Conferenz hatte! etc.) – geh dann vielleicht zu G. Hirschf oder Fischer; Abends Faust (Paul 3. Bürger), wegen Bassermann-Mephisto. – B. mit dem ich heute geplauscht habe, lernt jetzt Clavierspielen und Cello (was er schon ein wenig kann).
für heut leb wohl mein Schatz, verzeih mir meine üble Laune, aber ich versichre dich, daß ich mir ganz verunreinigt vorkomme und überdies an zurückgedrängten Affecten leide. Immerhin sind die Menschen noch gut dran, die für eine Sache

»kämpfen« oder sich einsetzen, an die sie glauben – u wäre sie die schlechteste, – als ich – der wieder einmal eine Fahne hochhält, deren Löcher er besser sieht als der ärgste Feind.
leb wohl, sei tausendmal geküßt,

Dein A.

An Eugenie Kaufmann [Anfang März 1903]

Verehrte gnädige Frau.
Ihre Frage, wie Sie sie zu stellen belieben, ist einer Antwort nicht zugänglich. »Der Mann« an sich existiert nicht, die moderne Frauenbewegung, wie ich sie zu sehen versuche, ist etwas unendlich Kompliziertes, in der Revolutionäres und seltsam Reaktionäres sich begegnet, sich bekämpft, sich versöhnt, sich aufhebt.
Über Einzelschicksale läßt sich reden; und wenn man kühn ist, darf man Entwicklungen, sowie Ausgänge menschlicher Beziehungen vorhersagen. Meistens wird man sich auch hier irren, denn das Wurzelwerk verschlingt sich unter der Erde.
Und Sie wünschen, gnädige Frau, daß ich ein Stück Menschheitsgeschichte prophezeie?

[A. S.]

An Hermann Bahr Wien, 6. 4. 1903

Lieber Hermann,
ich glaube wir befinden uns beide in einer sehr ähnlichen Situation der Oeffentlichkeit gegenüber: Was immer wir thun oder unterlassen werden – eine kompakt-vertrackte Majorität wird schimpfen. Es wird also immer notwendiger find ich sich ausschließlich nach dem zu richten, was wir selbst für das Vernünftige halten – auf die Gefahr hin daß wir uns gelegentlich irren. Willst Du mir Deinen neuen Band widmen so seh ich darin nichts anderes als den neusten Ausdruck für die Herzlichkeit unserer Beziehungen, zu der wir uns ja wahrhaftig

schwer genug durchgerungen haben. Ich freue mich nun umsomehr, daß wir soweit sind daß wir einander wirklich verstehen und – was in diesen Jahren doch eigentlich doch recht selten vorkommt, uns – ich schließe von mir wohl nicht ganz verfehlt auf Dich – einander jenseits von Literatur und allerlei Getriebe – gern haben. Ich für meinen Theil nehme also die Gefahr auf mich, neuerdings als mit Dir vercliquet angesehen zu werden, (obzwar ich nachweisen könnte, daß ich nie eine lobende Kritik über Dich geschrieben habe) – und mehr als das – ich danke Dir aufrichtig für Deine liebenswürdige Absicht. Eine Bitte füg ich bei, obwohl sie recht überflüssig sein dürfte: sage mir nichts »freundliches« oder »schönes« in Deinem Widmungswort, die Thatsache der Zuneigung allein ist mir Freude genug.
Eben erst merke ich, daß Du mir auf einer Extraseite den Wortlaut der Widmung schon mitgeteilt hast. Sie ist einfach und schön. Ich danke Dir. Die Nachricht des N Wr Journ ist unwahr, mindestens um sehr geraume Zeit verfrüht. Erinnerst Du Dich, daß wir gerade am Tag vorher mit einem Herrn des N. W. J. über die Büberei gesprochen haben, die durch die journalistischen Einmischungen ins Privatleben verübt werden? – In meinem Fall war es ja zufällig gleichgültig; aber es hätte ebenso gut eine freche Indiskretion sein [können].
– Wie steht es mit Deinen Reise- und Erholungsplänen? Ich hoffe Dich jedenfalls sehr bald zu sehen; immerhin verständige mich; denn ich möchte wenn's Dir nicht unangenehm ist, auch ganz gern ein paar Tage in die Reichenauer Gegend.
Zum Cap. Reigen: Salten hat sein Feuill vorläufig in der Zeit auch noch nicht unterbringen können. Warum?.. Mein Schwager war entsetzt, als er durch Singer erfuhr, daß von diesem verderblichen Buch an hervorragender Stelle Notiz genommen werden solle und rieth ihm dringend ab. Singer: »Sehen Sie, sogar der Schwager ...« Man ernenne doch end-

lich den Storch zum Ehrenbürger der Menschheit. Herzlichen Gruß

Dein getreuer
Arthur

An Olga Gussmann [Wien,] 8/4 903.

mein geliebtes, eh ich abfahre, will ich dich noch viele tausend Male grüßen und dir sagen, daß ich dich noch nie mit einem solchen Gefühl des vollkommenen, unlöslichen, immerwährenden Zueinandergehörens verlassen habe wie diesmal und daß [ich] dich unsagbar, bis zum Vergehn, bis zu allem Glück u zu aller Verzweiflung (eins ohne das andre ist gewiß unmöglich) liebe –
Also, nach Linz fahre ich, – morgen früh telegrafir ich, was weiter geschieht.
leb wohl, mein Herz, thut mir leid . .
Es ist ja gewiß gut, notwendig, alles mögliche, daß ich fortfahre – trotzdem, kannst du mirs verdenken, spottet etwas in mir: wenn du hier bliebst – wärst du Abend wieder bei ihr . . u du Idiot fährst fort . . Mein Schatz, – verstehst du mich? . . Weißt du alles?

Dein A.

An Olga Gussmann 10. 4. 903, ½7 Nm
Gmunden, Hotel Schiff
auf der Kommode meines Zimmers

mein geliebtes, das schrecklichste ist, daß du nicht bei mir bist, das zweitschreckliche, daß ich noch keinen Brief (wie selbstverständlich) und ein kühles (wie natürlich) Telegramm von dir bekommen habe; dann ist es schrecklich, daß es immerfort regnet und schneit – der Regen ist kalt; der Schnee hingegen so warm, daß er sofort schmilzt und ich heute etwa 7 Stunden auf allen möglichen Wegen im Koth gewatet bin. Glücklicherweise hab ich Bergschuhe und Ledergamaschen mit. Ferner ist schrecklich meine Nervosität, die natürlich unter diesen Umständen nicht besser wird. Von meinem Verleger Freund ein Telegramm, daß in der Dtsch Zeitg ein wüthender Angriff gegen mich erfolgt ist u weitere Artikel in Aussicht gestellt werden. Sosehr ich weiß, daß die Deutsche Zeitg das gemeinste Blatt der Welt ist und alle diese Sachen im wesentlichen wurst sind; – ich befinde mich trotzdem in einem ununterbrochnen Zustand der Irritation, – ähnlich, ich kanns gar nicht anders sagen, als wenn meine ganze Haut wund wäre. Ein förmlicher körperlicher Ekel überfällt mich, wenn ich an Wien denke. Ich erinnere mich, wie ich ein kleiner Bub war und ins Klassenbuch geschrieben wurde, konnte ich ein paar Tage nicht in die Schule gehn – und als ich zufällig im Wagen vorbeifuhr, wurde mir übel. In einem ganz ähnlichen Zustand befind ich mich jetzt. Es kommt vielleicht noch etwas dazu: daß ich wieder einmal wie es scheint so vollkommen im Stich gelassen werde, wie s. Z. im Fall Beatrice. Ich kann mich heut so wenig in Polemiken einlassen wie damals, – aber zweifellos wächst die Tücke und Gemeinheit der Angriffe auf der andern Seite durch die angenehme Sicherheit, daß kaum einer zurückschießt. – Was hilfts daß man sich nachträglich schämt, sich durch solche Nichtigkeiten Stunden, Tage vergällt, vernichtet zu haben – die Tage sind nun einmal weg; wieder ein Stück Seelen- u Geistesintensität verbraucht – und diese Beschämung frißt selbst auch noch weiter. Gegen Wanzen hilft keine Philosophie. Aber ich will dir meine ganze Schmach gestehn: ich setze mich in kein Kaffeehaus, um nicht durch Zufall in einer Zeitung wieder meinen Namen zu finden. Es ist geradezu krankhaft. – Das Wetter ist so abscheulich und hoffnungslos, daß es das beste wäre, ich führe wieder zurück. Aber ich bin es dir schuldig, nicht in einem gar so erbärmlichen Zustand wiederzukommen, und so will ich mich noch 1-2 Tage, vielleicht auch länger so herumtreiben. Wer weiß, ist nur morgen erst der Brief von dir da, so bin ich schon ein andrer

Mensch. Und am Ende auch Sonnenstrahlen – ? Das Barometer soll steigen –
Ich muß mit mir kämpfen, um diesen Brief nicht zu zerreißen – wahrhaftig, ich schäm' mich dieser albernen – nein Empfindlichkeiten ist ein Wort, mit dem man dem Gesindel zu viel Ehre erwiese. – Auch wenn ich tief in einer Arbeit stäke, wärs besser. Aber du ahnst nicht – zu wem ich »aufwärts wie zur Gebenedeiten schau« . . .
Oder dich bei mir haben! – In deinen Armen verzeih ich mir viel; – thu du das gleiche, geliebte, indem du dich in meine Arme denkst!
Ich telegrafire morgen wieder, ob, wohin du mir schreiben mögst. Meine lieben, du und Heini, lebt wohl u seid geküßt

A.

An Olga Gussmann *[Gmunden, Hotel Schiff]*
10. 4. 903, 9 Uhr Abds.
Gastzimmer

mein geliebtes, damit du den um ½7 geschriebnen Brief noch morgen bekämst, bin ich auf die Bahn (¾ Stunden weit) gegangen – vergebens – das Kastl, in das ich den Brief warf, wird erst morgen Vormittag ausgehoben. Aber ich habe das Bedürfnis, dir noch einmal tausend Grüße zu senden, eh ich schlafen gehe. Ich habe eben, während des Nachtmahls, wieder in dem Buch des braven, nicht sehr tiefen Frankl (Ludwig August) gelesen, und mich bei Hebbel u Grillparzer von verschiedentlichen Jämmerlichkeiten ein wenig erholt. – Ich bin heut hier durch die Hebbelstraße gegangen; er hat hier viele Sommer gewohnt. – Du mußt das Büchel jedenfalls lesen – es weht auch etwas von dem Geist des alten Wien drin, an das ich mich beinah noch erinnern kann. Paradeisgartl, Glacis . . Wird das Wien von 1903 auch einmal »Alt Wien« sein? . . Wird der Heini auch einmal ein alter Wiener sein? –

Hätte man doch innere und äußere Ruh; hab mich lieb. Jetzt spielst du wahrscheinlich vierhändig mit Heini.
leb wohl, geliebtes Wesen.

A.

An Hugo von Hofmannsthal Wien, 26. 6. 903

mein lieber Hugo, aus Ihrem Brief muß ich entnehmen, daß unsre Karten von der Reise gar nicht zu Ihnen gelangt sind. Ich habe Ihnen aus Venedig (auch Hans war auf dieser Karte unterschrieben) und aus Lugano eine (sogar versificirte) Nachricht gesandt. In Lugano haben wir im H. d. parc gewohnt, und die liebenswürdige verheiratete Tochter der Madame Bèha zeigte uns die »Stätte«, wo Sie zu schreiben pflegten. Was war es nur, das Sie damals arbeiteten? Vom Wetter waren wir nicht sehr begünstigt; auf dem Generoso Nebel, Gewitter; in Varese ein Platzregen, daß wir nicht bis zum Grd Hotel gelangten u lieber gleich zurückfuhren. Die andern Seen fielen sozusagen ins Wasser, was sie doch gar nicht mehr notwendig haben. Vor Lugano: Venedig (Hans zeigte uns einige palazzi, die wir sonst gewiß nicht gesehen hätte), Segelfahrt nach Torcello (wenn Sie es nicht kennen, versäumen Sie's nicht bei nächster Venezianer Gelegenheit) – Padua, Vicenza, Verona, Mailand, Luini, an dem ich (rein körperlich gemeint) vor Jahren vorbeigegangen war, ging mir wundervoll auf. –
Von »geordneter« Arbeit wäre nichts mitzuteilen. Zumeist beschäftigte mich das sonderbare, oft begonnene, einige Mal beendete, jedes Mal hingeworfene Junggesellen-, Egoistenstück; Sie wissen, daß es zuletzt als Mißgeburt zur Welt kam, siamesisch gezwillingt. Nun scheint der operative Eingriff, der mit Vorsicht unternommen werden mußte, gelungen – d. h. beide Geschöpfe leben, das eine schwächlich, das andre mit höherer Vitalkraft begnadet, aber ob sie endgiltig gedeihen werden, ist noch nicht zu sagen. Das eine Kind wird eben aufgepäppelt.

– Am Roman geschah nichts weiteres; über eine lustspielartige moderne Komödie wurde meditiert. Im ganzen mehr Kunst- und Gedankenspiel als Schaffensintensität. Mit großem Vergnügen las ich die mousquetaires v. Dumas auf der Reise. Welche Leichtigkeit, welcher Reichtum! Einiger Leichtsinn verzeiht sich von selbst; und die paar falschen Münzen wirken, als machte sich ein Kind einen Spaß sie statt echten, die doch da sind, auszustreuen. –
– Bahr hat mir von Ihren letzten Plänen erzählt, Richard, der gestern mit Paula u Mirjam bei mir war, desgleichen. Ich wünschte bald zu hören wie weit Sie gediehen sind. Die deutschen Schall u Raucher sah ich vorgestern, Erdgeist, das Talent, das große Wedekind'sche blitzt meines Erachtens nur selten auf. Vielleicht ernsthaft nur in der Figur des Dr. Schön (der einzigen, die wirklich vollendet gespielt wurde.) (Reicher.) Das unerträgliche aber an dem Stück ist mir, daß der Humor darin der sich so satanisch gebärdet, nicht viel teuflischer ist als ein weitgereister Commis als Mephisto auf einem Maskenball, – der mit dämonischen Weibern Champagner zu trinken vermeint – während es sich um Köchinnen und Kleinoscheg handelt. – Im ganzen lieb ich Dichter nicht, die ihren Nachlaß bei Lebzeiten herausgeben. –
Wie steht es mit Ihren ferneren Sommerplänen? Ich denke etwa um den 10. August nach Südtirol zu gehen. Mendel, Campiglio. Richard will mit – radeln.
Lassen Sie baldigst von sich hören. Wir grüßen Sie und Gerty herzlichst.

Ihr A.

An Ludwig Bauer Wien, 10. Juli 1903.

Sehr geehrter Herr Doktor!
Vielen Dank für die freundliche Übersendung der zwei Hefte. Beide Artikel haben mich lebhaft interessiert. Wie sehr es mich freut, daß Ihnen die Dialoge gefallen, das wissen Sie schon.

Was den »Erdgeist« anbelangt, so hat sich meine Ansicht in den letzten Tagen durch die Lektüre der »Pandorabüchse« noch fester gegründet. In diesem Stück verläßt den Dichter Laune und Kraft nicht einen Augenblick. Wer so viel kann, war verpflichtet, den »Erdgeist« besser zu machen, als er es getan hat. Das Groteske darf nicht mit intermittierendem Genie gegeben werden, sonst verliert es sich notwendig ins Absurde und Triviale, und das scheint mir im »Erdgeist« öfters der Fall zu sein.
Seien Sie herzlich gegrüßt.

Ihr ergebener
[A. S.]

An Alfred Klaar Wien, 12. September 1903.
XVIII. Spöttelgasse 7.

Sehr geehrter Herr Professor!
Man sendet mir die Königsberger Zeitung mit Ihrem Artikel über mich zu, und Sie erlauben mir gewiß, Ihnen zu sagen, daß ich ihn mit größerem Interesse und mit lebhafterer Bewegung gelesen habe als alles, was mir in der letzten Zeit über mich vor Augen gekommen ist. Leise Einwendungen gegen die Worte allzu hoher Einschätzung unterdrücke ich lieber gleich, denn man läßt sich schließlich immer gern überzeugen, wenn man überschätzt worden ist. Aber ich finde mich auch dort, wo Sie Mängel und Beschränkungen meines Talents hervorheben, beinahe vollkommen mit Ihnen in Übereinstimmung und bin von dem ernst-freundschaftlichen Ton angenehm berührt, der auch diese Stellen warm durchklingt. Doch halten Sie mich nicht für einsichtiger, als ich bin. Wenn sich ein Autor seine Fehler und seine Begrenzungen in Ruhe vorhalten lassen kann, so ist diese Ruhe meistens in seiner Meinung begründet, daß er eben daran ist, seine Fehler abzulegen, und in der Hoffnung, daß er imstande ist, seine Grenzen zu erweitern, – ja, daß er zum mindesten in der Intention schon ein Anderer geworden als der, gegen den sich jene Ein-

würfe haben erheben dürfen. Und wahrhaftig! Wenn ich die Plänchen und Pläne überblicke, deren Behandlung und Ausführung ich mir für die nächste Zeit vorgesetzt habe, so will es mir scheinen, daß sich mancherlei Probleme zeigen, an denen ich bisher vorübergegangen, und Gestalten aufsteigen, die einer weitern Welt angehören als meiner bisherigen. Was ich hier sage, sind natürlich nur Empfindungen und nicht Versprechungen; denn man weiß immer mehr von seinem guten Willen als von seiner Kraft zu sagen. Gewiß aber gibt es kaum irgend etwas, das einem Strebenden mit aufrichtigerer Freude erfüllt als die lebhafte Anteilnahme von Männern Ihres Ranges und Ihrer Art, die sich herzlich und würdig auszusprechen weiß, und ich bitte Sie zu glauben, daß in dem Ausdruck der Verehrung, mit welchem ich Sie grüße, nicht nur einige Dankbarkeit sondern auch freundschaftliche Sympathie eingeschlossen ist.

Ihr sehr ergebener
[A. S.]

An Otto Brahm Wien, 2. November 03

Lieber Herr Brahm,
heute ist der »Einsame Weg« an Sie abgegangen. Ob das Stück als Ganzes gelungen ist, vermag ich heute nicht zu sagen. Aber in Hinsicht auf mein Bemühen darf ich mir diesmal keinen ernstlichen Vorwurf machen. Daß das Stück eigentlich zwei nahezu gleichberechtigte Handlungen enthält, wird hoffentlich als Mangel nicht empfunden werden, wenn es herauskommt, wie zum Schluß die beiden Handlungen zusammengefaßt werden und in einem tiefen Sinn verglänzen oder verdämmern. Aber die Kritik bleibe Ihnen überlassen, so sehr ich noch mancherlei zu bemerken hätte. Ich möchte nun heute schon – die Annahme durch das Deutsche Theater vorausgesetzt – ein paar Worte zur Besetzung beifügen. Die Schwierigkeit beginnt mit der ersten Person des Theaterzettels Weg-

rath, bei dem ich es unangenehm empfinde, daß Sie Sonnenthal nicht engagiert haben. Früher hätt ihn Reinhardt (nicht meinen inneren Gesichten entsprechend) gespielt; wer heute? – Frau Wegrath ist die Dame, die nicht von der Pöllnitz gespielt werden darf. Es muß noch ein Hauch von Erotismus um sie schweben, und ich sähe sie lieber von einer zu jungen als zu alten Person dargestellt. – Felix, trotz Jugend und Ulanenuniform, wäre auch heut noch bei Rittner am besten aufgehoben, aber mir ist, als wenn Sie für Julian Fichtner absolut keinen anderen hätten als gerade Rittner. Kann aber Herr Stieler (sonst kommt ja keiner ernstlich in Betracht) die Rolle des Felix bewältigen? Bringt er das Intellektuelle mit? – Johanna-Fräulein Triesch ist wohl selbstverständlich. Julian-Rittner, ja . . . Aber wenn Rittner den Felix spielen muß? Julian ist so schwierig als . . . leider undankbar; es liegt im Lauf der Begebenheiten, daß er von allen und scheinbar auch vom Dichter fallengelassen wird – denn daß einer zur Einsicht kommt, hat ihn auf dem Theater noch nie gerettet. Hier bedaure ich, daß Mitterwurzer zur Unsterblichkeit eingegangen ist, statt noch eine Weile, und diesmal in Berlin, sterblich zu bleiben. – Sala ist *die* Rolle schlechtweg, Bassermann ist *der* Schauspieler schlechtweg, die beiden werden sich unschwer finden. Wäre auf Sauer noch zu rechnen – ich höre, daß er heuer wieder sehr leidend ist – so könnte man auch an eine Besetzung Julian-Bassermann, Sala-Sauer denken. – Irene Herms verlangt wohl nach der Persönlichkeit der Lehmann, und ich verzichte gern auf den leichten Anklang von Dialekt, wenn ich dafür soviel Seele gewinne, als die Lehmann zu geben weiß. – Der Arzt, allerdings die kleinste Rolle, wird trotzdem hoffentlich nicht einem Herrn . . . nein, ich will keinen Namen nennen. Sie werden den Darsteller nicht unter den zehn schlechtesten auswählen. Weiteres sei nach Ihrer mit beträchtlicher Spannung erwarteten Erwiderung beigebracht. Für heute sage ich nur Dank für die lieben Grüße, die mir Bahr überbracht hat.

In Hinsicht auf die »Rose Bernt« kenn ich mich nicht aus, da ich nur die Wiener Telegramme von Hey- bis Goldmann gelesen habe. Und dazwischen liegt Lesser. Im übrigen habe ich eben das Buch aufgeschnitten, und daraus werd ich wohl, mit Vernachlässigung Schiffs – alles Wesentliche erfahren. Seien Sie herzlichst gegrüßt

Ihr A. S.

An Felix Salten Semmering, 7. 11. 903
6 Uhr Abd

lieber, wir kommen eben von einem Ausflug zurück und ich finde in der Zeit Ihr Reigenfeuilleton. Über seinen künstlerischen Werth ist weiter nichts zu sagen; es ist vorzüglich. Und wenn es den Titel trüge »Anatol u der Reigen«, so wäre es einfach meisterhaft zu nennen. Da es aber heißt: Arth Schn. u sein Reigen, so hab ich einiges zu bemerken, und da Sie es geschrieben, so müssen Sie meinen Bemerkungen verzeihen, wenn sie etwa einen Ton des Erstaunens verrathen sollten, auf den Sie wahrscheinlich nicht vorbereitet sind. Aber ich möchte nicht, daß sich durch Unaufrichtigkeit oder Zurückhaltung meinerseits unsre Beziehungen ganz überflüssigerweise verdunkeln sollten, sondern ziehe es vor, Ihnen gleich, vielleicht allzusehr in der ersten Erregung, aber völlig ehrlich zu sagen, was ich gegen Ihr Feuilleton auf dem Herzen habe. Es kam mir vor allem überraschender als ich sagen kann, meine bisherige Production von Ihnen als Goldschmiedearbeit u Kleinkunst abgethan zu lesen. Aus der Art u Weise wie Sie sich bisher in persönlichem Verkehr und in kritisch-öffentlicher Erörterung vernehmen ließen, hab ich nicht vermuthet, daß Sie Liebelei oder Kakadu oder Lebendige Stunden oder Bertha Garlan zur Kleinkunst rechnen. Vielleicht haben Sie Recht (ich glaube es nicht) – und ich muß mich nun fragen, wie ich Sie bis zum heutigen Tage in allen Ihren Äußerungen über meine Sachen so sehr habe misverstehen können. Wie oft haben wir gemeinschaftlich unsern Aerger, unsern Zorn über die Kritiker ausgesprochen, die, aus den verschiedensten Gründen, in jeder weiblichen Figur, die ohne den Trauring am Finger auftrat, mit satanischem Behagen, das »süße Mädel« wiederzuerkennen vorgaben.... für die Christine und Mizi und Franziska und Toni und Margarethe und Leocadie und womöglich auch die verwittwete Bertha Garlan und die ehebrecherische Pauline nichts waren als die gleiche Gestalt unter verschiedenen Namen – und nun muß ich es bei Ihnen lesen, daß es immer die gleiche »niedliche«, »langwierige« Gefährtin war, die mich begleitet hat und daß mir erst in der Beatrice eine einigermaßen neue Verkleidung der altbekannten Figur gelungen ist.. Wie oft haben wir darüber geklagt, wie Leichtfertigkeit und unguter Wille jederzeit daran sind, den producirenden Künstler in ein Kastl zu sperren, wie oft waren wir ergrimmt über die Leute – verzeihen Sie daß ich mich selbst citire – für die der Mann, der ein oder zwei Mal eine grüne Cravate getragen – immer u immer der Herr mit der grünen Cravate bleibt – und möge er sich ein oder zwei Mal mit andersfarbigen Cravaten gezeigt haben – – und nun sind Sie es, den ich rufen höre.. »Er aber darf nicht wiederkommen.. So nicht –« »Nun muß ein andrer Rausch den Künstler umfangen –« als hätte mich wirklich mein Lebtag nichts andres interessirt als – wie Herzl einmal schrieb.. »ob die Poldi den Franzl kriegt, oder ob der Rudi der Tini untreu wird«... als hätt ich immer nur die gleichen Menschen gestaltet – ewig die gleichen Situationen dargestellt – ewig u immer nur die grüne Cravate getragen! Und wieder frag ich mich: Ja hat er am Ende Recht?... Ist es nicht sehr wahrscheinlich, daß er Recht hat, gerade er, der dich seit deinen ersten Anfängen kennt und schätzt – und befindest du dich am Ende wirklich in der lächerlichen Selbsttäuschung mancher Künstler, die ihr kunstgewerbliches Bemühn für echtes Kunstbestreben, und ihren Winkel für eine Welt halten? Und mußt du wirklich jedesmal wenn du ein weibliches Wesen neu zu gestalten glaubtest auf den Hohnruf gefaßt sein.. das süße Mädel.. Und jedesmal wenn du eine neue Beziehung zwischen zwei Menschen verschiedenen Geschlechtes darzustellen denkst – vor dem Echo »Liebelei« zittern – und immer wieder, wenn du in eingebildeter Freiheit mit den Gebilden deiner Phantasie zu schalten meinst – immer wieder erfahren, daß du in dem alten Kastl steckst, das du nie verlassen hast? – Ich will es Ihnen nicht verhehlen . . niemals noch hatt ich sosehr das Gefühl: Es ist alles vergeblich – du bist etikettirt auf Lebenszeit, als während der Lecture Ihres Feuilletons – so viel Lob und Anerkennung Sie im übrigen über meine Kleinkunst ausgießen – und sosehr ich überzeugt bin, daß Sie von allen Seiten den Vorwurf hören werden, mich in einen unverdienten Himmel gehoben zu haben. Der Reigen ist 1896/97 geschrieben. Es ist Ihnen bekannt, daß ich seither einiges andres geleistet habe, gelungnes u minder gelungnes. Die Beatrice ziehen Sie allerdings noch in den Kreis Ihrer Betrachtungen – als höchste Etappe auf meinem Süßen Mädl Weg. Auch der Lieutenant Gustl wird flüchtig erwähnt. Meiner Ansicht nach wäre beides überflüssig gewesen, wenn Ihr Feuilleton den Titel trüge: Anatol und der Reigen. Aber es heißt Arthur Schnitzler u sein Reigen. Und *Sie* haben es geschrieben. Nicht einmal; hundertmal haben wir über meine Production und hundert Mal über meine Intention gesprochen . . nicht einmal unter diesen hundert ist mir eine Ahnung aufgedämmert, daß Sie auch heute noch den Reigen als das Endglied meines bisherigen Wirkens auffassen konnten, daß Sie glaubten, ich stünde heute noch dort, wo ich bei Abschluß des Reigens stand – aber daß ich selbst innerhalb der Epoche, die vom Anatol bis zum Reigen geht, von Ihnen als Goldschmiedarbeiter u Kleinkünstler angesehn wurde, hab ich bis zum heutigen Tag nicht geahnt, und, darauf kommt es an, keines Ihrer Worte konnte mich bis heute vermuthen lassen, daß Sie mich so und nicht anders werthen. Gegenüber dem Befremden, das ich in dieser Hinsicht empfinde, kommt heute, seien Sie mir nicht böse, die Freude noch nicht auf, daß Sie vieles von mir mit so hohen Worten preisen und daß Sie noch bessres von mir zu erwarten scheinen. Aber gerade unser Verhältnis, über das so oft Wolken von Misverständnissen und Verstimmungen hinziehn, verlangt nach Gewitter und reinem Himmel. Es ist möglich, daß Sie mich in diesem Augenblick für anmaßend halten und mich zu der traurigen Sorte rechnen, »die aber wirklich auch den leisesten Tadel nicht vertragen«. So ist es nicht lieber Freund. Ich weiß besser als irgend ein andrer, was mir und meinen Arbeiten vorzuwerfen ist. Auch meine Grenzen kenn ich. Weiß auch, daß mein Bestreben, sie auszudehnen, nicht immer von Erfolg begleitet war. Aber darüber glaubt ich bis heute mit Ihnen einig zu sein – daß die mir Unrecht thaten, die auch in dem Dichter der Liebelei und des Kakadu nur den »Kleinkünstler« erkennen wollten – und die – für die ich im Kakadu, in der Beatrice, in der Bertha Garlan – von dem gleichen Rausch umfangen war . . als im Anatol . . . – Und daß gerade diese Töne, die mich an anderm Ort und von andern Musikern so oft verletzt haben – so deutlich unter der sonst so schönen Melodie Ihres Feuilletons von heute mitklingen, diesem Feuilleton, mit dem Sie mich gewiß durchaus zu erfreuen glaubten – das hat mir, – Sie werden es vielleicht verstehen, eine bittre Stunde verursacht, und ich hielt es für angemessen, Ihnen das nicht zu verschweigen.

Ihr

AS.

An Felix Salten 10/11 903.

lieber Freund, ich frage mich nun wieder einmal, ob es nicht besser wäre, alles, was man gegen jemanden, der einem nahesteht auf dem Herzen hat, zu verschweigen, um ein Verhältnis, wenn auch nicht in der Höhe absoluter Ehrlichkeit, doch wenigstens auf dem Niveau angenehmer Unterhaltung und gelegentlicher intellectueller Aussprache weiterzuführen . . Ich habe Ihnen einfach geschrieben, nicht ohne Erregung, vielleicht nicht ganz ohne Ungerechtigkeit, was mich in Ihrem

Feuilleton befremdet, durch welche Bemerkung ich mich am Ende sogar unangenehm berührt fühlen durfte. Gut. Darauf schreiben Sie mir einen sehr schönen Brief, in dem Sie mich allerdings nicht vollkommen überzeugen, der mir aber als ganzer wohlgethan – und der jedenfalls allen Rest von Bitterkeit (oder halten Sie mich für nachträgerisch?) weggewaschen hat. Und nun kommt, da ich eben bereit bin, die Sache als erledigt zu betrachten, und nach der Aussprache von beiden Seiten, Ihnen wie sonst die Hand zu drücken, da kommt dieser ärgerliche, enervante Schluß – in dem Sie sich von der Vorlesung zu absentiren wünschen, zu der ich Sie als einen Freund und als einen Menschen, dessen Urtheil mir aufs höchste werth war u ist (auch wenn er sich wie wir alle gelegentlich irrt oder, wie alle einmal misverständlich ausdrückt) eingeladen habe – kommt die unglaubliche Bemerkung: »Ich überlege mir – ob es einen Werth für Sie haben kann, wenn ich jetzt Ihrer Vorlesung beiwohne«. .

– Nicht als ob mein Urtheil über Sie befangen oder schwankend gemacht werden könnte – aber wie ich Ihnen nun meine Meinung formuliren soll – u wie Sie sie aufnehmen werden. . . lieber Freund, hier versagt mir die Antwort. Soweit ich mich erinnere, haben wir einander in mündlichem Verkehr wenigstens bisher nicht misverstanden. Nichts gibt Ihnen das entfernteste Recht zu vermuthen, daß ich Sie aus einem andern Grunde zu mir bitte, als weil ich Werth auf Ihr Zuhören und auf Ihr Urtheil und auf Ihr Eingreifen in die Discussion lege. Ich darf von Ihnen verlangen, daß Sie mir und der Aufrichtigkeit und Unbeeinflußtheit meiner Motive glauben, wenn ich zu Ihnen rede. Empfindlichkeiten, Nervositäten, Befangenheiten, Unklarheiten stören unsre Beziehungen seit Jahren. Das Mistrauen aber wäre einfach die Todeskrankheit. Und an dem, wenigstens an dem, bin *ich* völlig unschuldig. Ja können wir denn wirklich nicht so zu einander stehen – wie Menschen, die in klaren Worten zu einander sprechen? müssen Meinungsverschiedenheiten immer wie Nebel sein, die unsre Physio-

gnomien vor einander verbergen – statt Blitze, die sie erleuchten?
– Es ist nichts »vorgefallen«; für mich nichts. Ich habe mich geärgert. Ja. Ich ärgere mich sogar noch. – Sie auch. Nun ja. Wenn das ein Anlaß sein soll, sich von einander abzuwenden – so komme diese Schuld auf Sie allein. Ich vermag es nicht, – dergleichen dauernd schwer zu nehmen – und wenn ich auch eine Stunde lang oder eine Nacht lang gekränkt oder erbittert war. Sich aussprechen ist alles. Aber es darf einem nicht zu schwer gemacht werden.

Ihr
A. S

An Hermann Bahr Wien, 10. 11. 1903

Mein lieber Hermann,
ich danke Dir herzlich, daß Du die Exc zu einem so schönen Erfolg gebracht hast und gratuliere Dir zu dem ganzen Abend. Ich war mit Olga auf d Semmering, darum haben wir Dich nicht um Karten im Bös Saal gebeten. Ich selbst wäre übrigens keineswegs dort gewesen – denn, Du verstehst es gewiß, ich kann mir eigene Sachen vor großem Publikum nicht vorlesen lassen. –
Der Recurs ist prachtvoll. Und ich würde ihn mit Freuden vor die nächste Auflage des Reigen drucken lassen – wenn er nicht so viel Lob über mich enthielte. Man läßt sich gern an fremden Höfen mit schmetternden Trompetenstößen empfangen – aber man kann sich doch nicht im eigenen Hause feiern lassen. Doch wäre es zu schade, wenn dieses Meisterstück der Oeffentlichkeit vorenthalten würde. Daß sich in Wien nichts würde anfangen lassen, war vorauszusehen. Die Kerle sind ja nicht mehr feig, weil ihnen eventuell was geschehen könnte – sondern aus Liebe zur Sache. Wie wärs denn mit dem Ausland? Berliner Tageblatt (oder Völkische?) wären vielleicht zu gewinnen? Warum kein Tageblatt, eine Wochen- oder Monats-

schrift? – Wie immer – ich danke Dir und Burckhard vielmals und wärmstens. Was ist das übrigens für eine Stelle im Lamprecht, die durch die Blätter geht? Ich habe nichts gelesen.
Salten tue ich gewiß nicht Unrecht. Lies nur – wenn es soviel Interesse für Dich hat, – meinen ganzen Brief an Salten. Nicht um Lob und Tadel handelt es sich. Das Wesentliche für mich bleibt, daß in dem Feuilleton genau *die* Sachen zu meinen Ungunsten drinstehen – über deren mangelnde Berechtigung sich sein Verfasser dutzende Mal mir gegenüber ausgesprochen. Lies den Brief. – Und das Ärgerliche – worüber wir auch so oft gesprochen haben – der Versuch, einem Dichter Gebiete abzustecken – oder zu verwehren. Ich, als einziger Mensch auf der bewohnten Erde, soll nicht mehr das Recht haben, erotische Beziehungen zu schildern, oder unverehelichte junge Damen darzustellen? – Es werden nach mir noch etwa hunderttausend Bücher von Liebe und Liebelei, süßen und sauren Mädeln, und Anatolen und Mäxen geschrieben werden – wie sie vor mir geschrieben worden sind. Und gerade ich bekomm immer sozusagen einen Krach in den Schädel, wenn auch nur aus der Ferne ein Hauch von Erotik über meine Gestalten weht? Und der letzte Krach geht gerade von Salten aus, mit dem gemeinschaftlich ich mich über diese Kräche so oft belustigt und geärgert habe? – Aber lassen wir das auf eventuelle mündliche Unterhaltung. – Ich darf Dich wohl dieser Tage wieder in St. Veit aufsuchen?
Herzlichst Dein getreuer Arthur

An Otto Brahm am 10. November 03

Lieber Herr Brahm,
gestern Abend sind wir vom Semmering zurückgekommen, und da habe ich Ihren Brief gefunden, mit dem ich mich sehr gefreut habe. Unserer mündlichen Unterhaltung über den »Einsamen Weg« sehe ich mit Vergnügen entgegen, will aber schon heute auf einige Ihrer Anregungen eingehen. Das Gute,

was Sie mir sagen, habe ich diesmal mit besonderer Genugtuung aufgenommen, und Ihre Einwendungen werde ich zum größten Teil berücksichtigen. Die Knappheit, deren ich beflissen war, dürfte meiner Empfindung nach einer Bühnenwirkung mehr zustatten kommen, als Sie anzunehmen scheinen. Aber in der Erklärung des Verhältnisses Johanna-Sala dürfte ich wirklich allzu bündig gewesen sein. Am Ende des 1. Aktes möchte ich nicht gern deutlicher werden. Doch denke ich, daß im 3. Akt in der Szene zwischen Johanna und ihrem Bruder noch einiges einzufügen sein wird, was die Neigung der Johanna erläutern könnte. Auch die Szene im zweiten Akt Julian-Irene-Felix habe ich mit Absicht kurz gehalten; aber wenn Sie es notwendig finden (was mir noch nicht ganz einleuchtet), wird sie weiter auszugestalten sein. Die Erzählung vom alten Klavierspieler läßt sich natürlich gänzlich streichen. Auch über die Expedition läßt sich weniger reden, als jetzt geschieht; doch der geheimnisvolle Zauber der [unleserlich] Nähe und der rätselvollen Fernen muß in das Stück hineinspielen. Auf die Schilderung des Bildes kann ich nicht verzichten. Sie ist zur Charakteristik der Johanna und für die Stimmung des Stückes im Ganzen meines Erachtens kaum entbehrlich, und im Munde des Frl. Triesch scheint mir gerade die Wirkung dieser Stelle sicher zu sein.
Mit der Besetzung bin ich durchaus einverstanden. Die Idee, Wegrath durch Sauer spielen zu lassen, ist vorzüglich, und im Ganzen habe ich den Eindruck, daß das Deutsche Theater diesmal eine Muster- und Meistervorstellung herausbringen sollte. Ich bleibe jetzt in Wien und freue mich sehr, Sie so bald zu sehen. Herzlichst der Ihrige

A. S.

An Felix Salten Wien 12. 11. 903.

lieber, ich denke wir sind beide um eine Kleinigkeit empfindlicher als dringend notwendig ist . . und wären es weniger, wenn einem von uns der Gedanke unschmerzlich wäre, den andern zu verlieren. Auf Wiedersehen heute Nachmittag. Herzlichst Ihr

A.

An Maurice Vaucaire *Anfang 1904*

Lieber Herr Vaucaire!
Sie wollen also wirklich ein Vorwort zu der deutschen Buchausgabe Ihres Stückes? Ich glaube, dieser Wunsch entspringt mehr einer Liebenswürdigkeit Ihrerseits mir gegenüber als der Empfindung, daß Ihre reizvolle Komödie einer Einführung beim deutschen Publikum bedürfe.
Ein Vorwort, das ist schließlich immer eine Art von Erklärung oder von Entschuldigung. Und die beste Entschuldigung für ein Werk wird immer bleiben, daß es gelungen ist, die zweifelloseste Erklärung, – ja vielleicht die einzig erlaubte, wenn es sich selbst erklärt. Welches Vergnügen mir die Lektüre von »Petit chagrin« bereitet hat, habe ich Ihnen zu seiner Zeit nicht verhehlt. Seither habe ich das Stück im Josefstädter Theater spielen gesehen, und wieder hat es mir so lebhaft ans Herz gerührt wie damals, da ich es las. Nennen Sie es immerhin lächelnd den »kleinen Gram« oder »kleine Schmerzen« (ich weiß, daß »petit chagrin« hübscher klingt und eigentlich was Anderes heißt, – allerdings bestimmt nicht »Fesseln der Liebe«) . . . ich finde nun einmal, daß diese alltägliche Geschichte von der kleinen Mimi Foy im Grunde recht traurig ist und auch Ihnen viel trauriger vorkommt, als Sie es zugestehen wollen. Und daß Mimi sich trösten, daß sie eine große Künstlerin werden, daß sie weiterleben wird, »als wäre nichts geschehen« – wie man zu sagen pflegt –, das macht die Sache höchstens für sie selbst etwas weniger traurig, aber nicht für uns nachdenkliche Zuschauer des Lebens und seiner Nachbildungen. Aber was mir eigentlich für Mimi noch weher tut, als daß ihr das Herz ein wenig bricht und daß es ihr ein wenig

zusammenheilt, ist dieses: daß sie alles, was ihr passieren wird, im vorhinein gewußt und so auch alle Seligkeiten des Anfangs schon mit der Ahnung vom banalen Ende genossen und hingenommen hat. Und merkwürdiger Weise hat sie sich nicht einmal aufgelehnt, – kaum einen Augenblick, und jedenfalls nicht sehr ernstlich. Aber sollte sie es wirklich ganz in der Ordnung finden, daß man ein Wesen ihrer Art verläßt, um irgend ein Fräulein aus guter Familie zu heiraten und daß man ohneweiters das Recht hat, sie in ihre Welt zurückzustoßen, um ein Mädchen aus einer andern zur Frau zu nehmen? Ich glaube sie ahnt daß *ihre* Welt die bessere und hoffnungsreichere ist, und bald wird sie den tiefern Sinn und das Heil ihres Erlebnisses darin spüren, daß sie nicht zu gering für ihren Geliebten, sondern daß er ihrer nicht würdig war. – Damit will ich Ihrem Georges nicht einmal etwas Böses nachsagen. Er ist im Grunde ein guter Junge, liebenswürdig, und hat viel Geist .... Den haben sie alle, die jungen Leute in Ihrem Stück. Sie haben beinahe so viel Geist als ihr Schöpfer und darum manchmal mehr, als dieser verantworten könnte. – Besonders Herrn Daumesnil habe ich sehr gern. Er könnte sich mit Recht darüber aufhalten, als Episodenfigur behandelt zu werden, und ich glaube, daß er ein wenig tiefer empfindet und daß ihm mehr Leid beschieden sein wird, als Sie uns verraten. Die meisten Stücke haben ja irgend einen allerletzten Akt, der nicht geschrieben wurde; und wenn man aus dem Theater nach Hause geht, liebt man es, solche allerletzte Akte zu dem ausgespielten Stück dazuzuträumen. . Und manchen solchen vierten Akt könnte man sich zu den Fesseln der Liebe dazudenken. Aber wer weiß, ob es auch nur in einem von ihnen so lustig zuginge als in Ihren dreien, die in all ihrer Melancholie oft sehr heiter und immer so amüsant sind. – So denke ich mir einen Akt, der zwischen Daumesnil und Mimi spielt; und mir ist, als wenn Schatten der Vergangenheit ziemlich schwer über ihnen beiden liegen müßten. Dann seh' ich Georges im Kreise der Familie Renouard, und trotz allen

Glückes junger Brautschaft sehnt er sich doch nach einer gewissen Nacht in Versailles zurück, wo unter den Fenstern drei Violinen und ein Piano spielten, nach irgendeinem unordentlichen Frühstück bei Mimi, und vielleicht sogar nach traurigsüßem Abschiedsmahle im Café de Madrid, da Sommerlüfte über den offenen Balkon in das stille Zimmer zogen. – Und endlich denke ich mir einen Akt, der das Schicksal des Herrn La Bresse behandelt. Der ist zwar eine Nebenfigur – soweit ein Leutnant überhaupt eine Nebenfigur sein kann –, aber auch für ihn fürchte ich. Wenn nämlich die Sache mit dem Scheinduell herauskommt, bei dem er sich als Sekundant verwenden ließ, wird er vor einen Ehrenrat gestellt, verliert seine Charge und schießt sich eine Kugel durch den Kopf.... Oder sollte es in Frankreich möglich sein, mit so ernsten Dingen wie Ehre und Duell ungestraft Scherz zu treiben? – Sehen Sie, lieber Herr Vaucaire, so mache ich mir Sorgen beinah um alle Leute, die in Ihrer Komödie erscheinen, so stark ist der Hauch des Lebens, der von ihnen ausgeht. Nur um die kleinen Freundinnen der Lucie ist mir wenig bange, – eher um die Herren, die einmal ihre Gatten werden sollen.

Aber was erzähle ich Ihnen da?... Sie wissen besser, was Ihre Figuren nach dem letzten Fallen des Vorhangs anstellen und erleben werden, als ich. Es sind ja keine ungewöhnlichen Menschen, und wie Sie selbst, lieber Herr Vaucaire, in der wehmütig lächelnden Überschrift ausdrücken, ihre Schmerzen sind gering. Aber wirkliche Menschen sind es, und ihre kleinen Schmerzen gehen uns ans Herz, so vergänglich sie sind. Und das wird wohl die Hauptsache sein.

Und Sie wollen, daß ich Ihnen ein Vorwort schreibe?... Wahrhaftig, Ihre Komödie bedarf weder eines Kommentars noch einer Rechtfertigung. Aber vielleicht könnte ein Vorwort doch noch etwas Drittes bedeuten: den Dank, den irgendjemand im Namen von Vielen ausspricht. Wollen wir es so nehmen? Da ist es vielleicht pretentiös, daß gerade ich meinen Namen unter diese Zeilen setze. Aber Sie waren so liebens-

würdig, es zu wünschen, mein werter Herr Vaucaire, und so mag ich auch bei Andern entschuldigt sein.
Ihr herzlich ergebener

[A. S.]

An Marie Schmidt Wien, 3/II. 04
XVIII. Spoettelg. 7

Sehr geehrte gnädige Frau!
Ich bin keineswegs befugt, die Frage zu entscheiden, ob es Geister gibt oder nicht. Nicht leugnen will ich indes, daß ich mich einer gewissen vorgefaßten Meinung, wenn auch keiner unbegründeten, schuldig weiß. Sollte es aber Geister geben, so flößen mir diejenigen, welche Ihnen Ihre Gedichte diktieren, durch ihren auffallenden Mangel an Geschmack und Talent nicht genügend Interesse ein, um der Erforschung des Problems vorläufig näherzutreten.
Mit vorzüglicher Hochachtung

[A. S.]

An Daniel Bachrach Wien, 7. 3. 1904

Lieber Bachrach.
Besten Dank für freundliche Anfrage und Aufforderung. Meinem persönlichen Geschmack entsprechen Feierlichkeiten dieser Art nicht besonders. So erfreulich sich manche zufällige Begegnung zwischen Leuten anlassen mag, die einander 25 Jahre lang nicht gesehen haben, – arrangierte Zusammenkünfte haben meist etwas Trauriges und Langweiliges. Und dann: Gehört man zusammen, weil man einmal auf *einer* Schulbank gesessen? Sind das wirklich so schöne Erinnerungen? So schön, daß sie der Gemeinsamkeit wert sind? Ich kann es nicht finden. Mag sein, daß mir der Sinn für Solidaritäten auch in dieser Beziehung allzusehr fehlt – aber ich glaube, lieber spazierte ich in einem Wachsfigurenkabinett herum, als daß ich den Edlen von Leidenfrost, den Bollart Rudolf

und den Barasch Marcel ein festliches Nachtmahl verzehren sehe. Es wäre weniger gespenstisch und es gäbe keinen Trost.
Herzlichen Gruß

Dein ergebener
[A. S.]

An Walter Nagelstock Wien, 31. 3. 1904
XVIII. Spöttelg. 7

Sehr geehrter Herr Doktor!
Es ist sehr freundlich von Ihnen, daß Sie auf meine Beantwortung, resp. auf meine Beteiligung an der von Ihnen gestellten Rund- oder Halbrundfrage so viel Wert legen. Aber ich kann Ihnen nicht verhehlen, daß ich Interviews im allgemeinen mit außerordentlich geringer Sympathie gegenüberstehe. Sie mögen ja gelegentlich ihre Bedeutung haben, wenn es sich um irgend etwas sehr Konkretes, um eine vollkommen scharf gefaßte Frage in einer dringlichen Angelegenheit handelt. Aber wie sollte man sich einem Thema gegenüber verhalten, wie das, welches Sie selbst mit den Worten umschreiben: »Das deutsche Lustspiel«? Wenn ich mich berufen fühlte, mich über die Vergangenheit des deutschen Lustspiels zu äußern, so wäre ich wohl genötigt, nach eingehenden Studien ein ganzes Buch zu schreiben. Würde ich das Bedürfnis empfinden, die Gegenwart des deutschen Lustspiels einer Betrachtung zu unterziehen, so würde ich mich als Kritiker bei einer Zeitung engagieren lassen; und von der Zukunft des deutschen Lustspiels weiß ich so wenig als jeder Andere, und glaube, daß man ebensowenig einen Molière hat vorherahnen können als irgend jemandem etwa vor zwölf Jahren möglich gewesen wäre, das Erscheinen eines Gustav Davis zu prophezeien. Die Welt geht ihren Gang, daher sind die Stoffe immer da; das Kommen eines Talents aber läßt sich so wenig vorhersagen als, wenn das Talent einmal da ist, sich dessen Entwicklung auch nur annähernd vorherbestimmen läßt.

Mehr zu sagen, schiene mir geschwätzig, beinahe noch geschwätziger als das, was ich bisher in diesen Zeilen gesagt habe.
Nochmals besten Dank für Ihre sehr liebenswürdigen Worte und das Vertrauen, das Sie mir für die Zukunft schenken. Meine Ansicht über diesen Punkt habe ich, eigentlich ohne es zu wollen, im Vorhergehenden schon ausgedrückt.
Mit vorzüglicher Hochachtung

[A. S.]

An Felix Salten 13. 4. 904

lieber Freund, ein Vetter, oder wenigstens beinah ein Vetter von mir, Richard Klein, stellt bei Pisko aus, seine Mutter schreibt mir, ich möchte Sie bitten, diese Ausstellg zu besuchen. – Was hiemit geschieht. Aber ich denke, nicht Sie sondern Haberfeld schreiben über dergleichen. (Was ich auch meiner Tante schreibe.)
Unser Bub hat die Masern – trotzdem in dieser Woche die Erkrankungsfälle schon sinken. Was schert sich so ein Bub um die Statistik. Ich denke mir oft, wie gefrozzelt sich die Leute vorkommen, die krank werden, während eine Epidemie im »Erlöschen« ist. (»Der letzte Fall«, Novelle. –)
Grüß Sie Gott.

Herzlich Ihr
A.

An Carl Schlundt Wien, 1. Juni 1904
XVIII., Spöttelg. 7

Sehr geehrter Herr Schlundt!
Für Ihre freundliche Teilnahme bin ich Ihnen recht sehr verbunden; aber ich finde keinerlei Anlaß, gegen den Kritiker der »Brixener Chronik« vorzugehen, um so weniger, als ich seit vielen Jahren mancherlei Klügeres und mancherlei noch Dümmeres, das über meine Sachen gesagt oder geschrieben wurde,

mit völligem Gleichmut hinzunehmen und zu vergessen gewohnt bin.
Mit vorzüglicher Hochachtung

Ihr ergebener
[A. S.]

An Karl Vollmoeller 2. 6. 904

lieber Herr Vollmoeller,
gestern traf ich beim Friseur Herrn Loewe, Schauspieler am Hofburgtheater, der in regem Verkehr mit Kainz steht u ein höchst vertrauenswürdiger Mensch ist. Er theilte mir mit, daß er ebenso wie Kainz von der Gräfin v Armagnac entzückt sei. »Wir wollen sie auch spielen – vielleicht sogar in Wien« sagte Loewe. . »Burgtheater?« fragte ich. »Oh nein, Sie denken doch nicht, daß ein Direktor ein Stück aufführen wird, eh er es gesehen hat!« Mehr sagte mir Loewe nicht – u mehr liegt wohl noch nicht vor, als das »Entzücken« und der Wunsch Kainzens, bei irgend einer Gelegenheit, die er selbst noch nicht ausfindig gemacht hat, Ihr Stück aufzuführen. Kainz schreibt Ihnen wohl selbst – vielleicht aber erst, wenn die »Gelegenheit« sich gefunden, u da das auch ziemlich lange dauern kann, wollt ich Ihnen doch gleich mittheilen, soviel ich weiß. Heute ist mir überdies das gleiche – ich meine die Kunde von Kainzens Wohlgefallen an d Gräfin – auf dem Wege Leo Feld – Gesangslehrerin meiner Frau – zu Ohren gekommen.
– Wir sind seit Montag wieder daheim; es war eine schöne Reise, und mit besonderm Vergnügen denken wir beide an den angenehm lebendigen Tag von Sorrent.
Seien Sie herzlich gegrüßt und erscheinen Sie bald in Wien, vielleicht gar zur »Gräfin von Armagnac« was ich nicht nur Ihnen wünsche.

Ihr aufrichtig ergebner
ArthSchnitzler

An Ludwig Fulda XVIII Spoettelg. 7.
Wien 23. 7 904

lieber Herr Fulda, heute kamen wir von Reichenau zurück, wo wir uns 12 Tage (mit Mama) aufgehalten haben, und da find ich Ihren liebenswürdigen Brief, der mich besonders durch seine befreitere Stimmung sehr erfreut hat. Sie arbeiten wieder und so ist auch der Anfang zu allen Möglichkeiten der Existenz wieder da. Daß wir nach Südtirol kommen, ist ziemlich ausgeschlossen; im Mai haben wir eine Reise nach Rom, Neapel, Sicilien gemacht, und nun bleiben wir (vielleicht mit geringen Unterbrechungen) bis Anfang September in unsrer Wiener Wohnung, die jetzt, mit dem herrlichen Park gegenüber und den Ausblicken gegen die Landschaft u auf die Stadt als eine Art Sommeraufenthalt, u als keiner von den schlechtesten gelten kann. Ich bin nun auch wieder leidlich im Arbeiten (hauptsächlich beschäftigt mich ein Roman), nachdem ich mich ein paar Wochen, auch körperlich nicht recht wohl befand (war sogar ein paar Tage mit einer acuten Gelbsucht bettlägerig). Ihr Feuilleton über die Tantièmen fand ich in jedem Sinne vorzüglich – ob ich Ihnen schon etwas über Ihre Artikel, die Übersetzungskunst betreffend gesagt habe, ist mir nicht erinnerlich – wenn es schon geschehn, verzeihn Sie, daß ich Ihnen nochmals versichere, daß sie glänzend sind. – Vielen Dank für Ihre Mittheilg Karlsruhe betreffend – es dürften sich 6-7 Städte zusammenfinden – aber eine Einigung ist noch nicht erzielt – wenigstens steht die Antwort auf meinen letzten Brief nach Bonn noch aus (das das Arrangement der ganzen Tournée übernimmt) – in welchem Brief ich meinen entschiedenen Wunsch aussprach, nur in kleinen Sälen (6-700 Hörer) zu lesen. – Vielleicht erfreuen Sie mich vom Karersee aus (wo ich vor 3 Jahren einen Tag lang war – ich hatte mein Rad von Eggenthal (heißt es so?) hinaufgeschoben und schob es dann nach Weißlahnbad) durch eine weitere und noch vergnügtere Nachricht. Von Herzen wünschen sowohl Olga als

ich Sie bei unserm nächsten Wiedersehn, Berlin, Wien oder wo immer, in völlig befreiter Stimmung anzutreffen. Sie sind es sich und allen schuldig, die an Ihrem Leben u an Ihrem Schaffen herzlichen Antheil nehmen. Daß ich zu diesen Gläubigern gehöre, ist Ihnen wie ich mir einbilde, nichts neues.
Von uns beiden die schönsten Grüße.

Ihr
Arthur Schnitzler

An Hugo von Hofmannsthal Wien, 9. 8. 904.

lieber Hugo, über Bahr glaube ich Sie beruhigen zu können. Er war Sonntag bei uns, dann haben wir zusammen im Türkenschanzpark genachtmahlt und er war in der besten Stimmung. Morgen holen wir ihn Abends ab und fahren ins grüne. Die Hitze tut ihm im ganzen wohl; und wie er sagt, fühlt er sich durch allmähliches Steigen eher angenehm erleichtert als daß er Beschwerden davon hätte. Seelische Depressionen wirken auf seinen phys. Zustand am heftigsten: so war er nach dem Tod Herzls kränker als seit lang, und nach irgend einem Ärger neulich hat er wieder dieses Würgen ein paar Mal gehabt, das aber nun ganz verschwunden scheint. – Könnte man ihn doch nur dazu bringen, daß er heuer die verschiedenen Erregungen des Winters u den Winter selbst nicht zu Hause abwartet und zu guter Zeit und mit ruhigem Gemüt nach dem Meere, dem Süden abreist! –
Meinen Brief von neulich haben Sie wohl bekommen. Ich wünsche Ihnen sehr, daß eine günstige Erledigung vom Militär eintrifft! –
Mit dem Arbeiten gehts weiter leidlich, ja gut. Mit der stärksten Anteilnahme, die auf irgend einen tiefern Grund schließen läßt, in den ich noch nicht ganz hinabblicken kann, lese ich im Vehse die Zeit des fünften Carl. Seite für Seite hat man die Empfindung: Undramatisierter Shakespeare. –
– Die Hebbel-Tagebücher habe ich nun zum zweiten Male ge-

lesen; meine Bewunderung ist womöglich noch gestiegen – aber menschlich hab ich mich von ihm diesmal entfernt. Es ist ein prachtvoller Geist, in beinah ununterbrochener Arbeit; aber man dürfte das ganze auch von 1863 nach rückwärts lesen – ohne daß Verständnis oder Genuß darunter litte. Was mir die Gesellschaft von weit geringern manchmal werter macht als die seine ist, daß es mir erlaubt ist einer Entwicklung zuzuschauen, und das ist doch immer das schönste und packendste, was wir erleben können. Es ist unheimlich in einem Menschen auch blättern zu können wie in einem Aphorismenbuch. Wenn mir ein Band aus einer Existenz fehlt, möchte ich vor dem nächsten wie vor einem Wunder stehen müssen und fragen: wie bist du dahin gekommen – ?
Leben Sie wohl und schreiben Sie mir.
Sagen Sie auch Wassermann, falls Sie ihn sehen, daß wir hier das Los der Juden mit großem Vergnügen gelesen haben. Es ist ein schönes Vorwort zu einem Buch, das heute glaub ich keiner schreiben kann, weder Christ noch Jude. –
– Und wird Richard bald fertig mit dem Stück? Wie gehts ihm? Grüßen Sie Alle.
Herzlichst

Ihr A.

An Otto Brahm Wien, 13. August 04

Lieber Freund,
ich habe also an Reinhardt geschrieben, daß ich mir, wie immer sich die Dinge weiterentwickeln mögen, die Bestimmung des Augenblicks vorbehalte, in welchem irgend eine Notiz über die Angelegenheit in die Öffentlichkeit dringen darf, und daß ich die Einsendung der 3 Einakter (die noch nicht erfolgt ist) vorläufig jedenfalls als einen privaten Akt auffasse und dieselbe Betrachtungsweise von seiner Seite beanspruche. Ich warte Reinhardts Antwort ab, eh ich einsende. – Ein ganzer Abend für mich allein ist mir natürlich a priori lieber als ein

mitgefangen-mitgehangener, und meine Ansicht, daß speziell dieser Abend in seiner ganzen Zusammenstellung sich für ein kleines, ja für *das* Kleine, eher eignet als für ein großes Theater, dürfte auch bei Ihnen kaum auf Widerspruch stoßen. Hingegen bin ich wenig mit Ihrem freundlichen Einfall einverstanden, die »Literatur« zum Mongréschen »Ehrenarzt« und zu »Medaille« oder »Eindringling« dazuzugeben, hauptsächlich deshalb, weil damit ein von Ihnen vor wenigen Wochen nicht ohne Sympathie aufgenommener Vorschlag meinerseits – die Wiederaufnahme des ganzen »Lebendige Stunden«-Zyklus ins Repertoire – abgelehnt erschiene. »Der Puppenspieler« steht Ihnen zu dem gedachten Zweck lieber zur Verfügung.

Natürlich wäre es auch mir lieb, wenn mein neues Stück im Lessingtheater schon vor dem evtl. Reinhardt-Abend resp. vor dessen Ankündigung, eingereicht, angenommen und angezeigt werden könnte, und wie das Ding bisher läuft, scheint es zu diesem Anlaß zurechtkommen zu können. Ich habe heute die erste Niederschrift (z. T. höchst skizzenhaft) des 2. Aktes abgeschlossen, denke den dritten in gleicher Weise im Laufe der nächsten Woche zu vollenden, dann diktiere ich, nehme mir das Zeug auf eine kleine Reise mit und werde da jedenfalls zur Klarheit kommen, ob und wann es fertig werden kann. Die Wolken ziehen noch immer drüber, aber es sind zarte Dämmer-, nicht Gewitterwolken – es gibt so viele derbe Lustspiele, warum soll es nicht auch ein herbes geben.

In Hinsicht auf den »E. W.« haben mich E. W. zum Teil mißverstanden. Ich dachte nicht an eine Änderung der Schlußszene des 1. Aktes, sondern an eine Änderung der Anfangsszene – so zwar, daß schon zu Beginn des ersten Aktes das Verhältnis zwischen Sala und Johanna ein erklärtes wäre – aber das hätte mir vor der Premiere einfallen müssen. Mit dem 4. Akt ist und bleibt es eine schwere Sache. Johanna ist nun einmal, was sie ist, und gegen Figuren, die – dem Autor gegenüber wenigstens – sich ihres Lebens brüsten, ist später

schwer etwas auszurichten. Immerhin, es ist vielleicht wichtiger, daß ein Stück lebendig als daß eine Figur daraus eigensinnig bleibt.
Die Grüße aus Agnetendorf erwidere ich herzlich. Daß Hauptmann nun endlich in die ersehnte Ordnung kommt, wird seiner Stimmung und seinem Glück wohl höchst förderlich sein. Ist es richtig, daß er schon mit seinem neuen Stück beschäftigt ist? Oder bezog sich jene Notiz auf den »Geyer«? Auch Rittner sei mir gegrüßt, obzwar ich mich nicht enthalten kann, sein Verhalten in Betreff der Wiener Aufführung oder vielmehr Nicht-Aufführung des »Einsamen Weges« schnöde zu nennen. Aber ich will mich nicht edel rächen und ihm eine Iwald-Rolle auf den Leib schreiben. Zu erwähnen wäre noch, daß vorgestern Paul Goldmann auf der Durchreise nach Tirol da war und sich von wachsender Zärtlichkeit für Sie, Vortrefflichster, erfüllt zeigte.
Hetmann? Ich glaubte, daß Reicher dafür bestimmt sei. Andre tippten Bassermann.
Olga dankt für die freundlichen Grüße und verspricht, in jeder Weise für Lustspielstimmung zu sorgen. Neulich waren wir übrigens mit dem Sohne zur Feier seines 2. Geburtstages im Wurstlprater. Er wohnte einem Drama bei, in dem ein Krokodil geprügelt wird, fuhr im Ringelspiel und durch eine Märchenwelt und sah noch allerlei andres. Am nächsten Tag hatte sich alles so weit in ihm geklärt, daß er erzählen konnte: »... das Krokodil hat den Wurstlprater gehaut...« Ich fürchte, er wird Theaterkritiker. Leben Sie wohl

Ihr A. S.

An Ludwig Fulda Wien, 25. 8. 904

lieber Freund, zu der Zeit, da Sie nach Wien kommen, werden wir leider, wie Sie richtig vermuthen, nicht in Wien sein. Ungefähr um den 4. 9. herum denken wir abzureisen, zuerst nach

Ischl, dann vielleicht noch nach Tirol, oder München, je nach Wetter und Laune. –
Die Vortragsverhandlungen hab ich vorläufig, aus verschiedenen Gründen, abgebrochen, allerdings nicht mit viel Glück; denn es kommen doch immer wieder Briefe, die mich umzustimmen suchen und die ich wenigstens beantworten muß. Vielleicht kommt was für den Oktober nächsten Jahres heraus; ich will wenigstens durch eine schöne Herbstreise auf meine Kosten kommen. –
Auch ich bin, soweit es mir beschieden ist, wieder dramatisch geworden und habe ein ziemlich heiteres (3aktiges) Stück in erster Niederschrift entworfen. Bei meiner Art zu arbeiten ist es allerdings noch ungewiß, wie weit die Sache heute von ihrer Vollendung entfernt ist. Der Roman ruht indessen, was er meistens thut; allerdings nur äußerlich. Denn am stärksten beschäftigt mich doch *er* seit längrer Zeit – ja ich könnte beinahe sagen, daß ich *in* ihm zuweilen mehr lebe als in der übrigen Welt. Die freundliche Hoffnung, die Sie selbst an die Zukunft dieses Produktes zu knüpfen scheinen, stärkt meine eigene nicht wenig. Hätte man doch die göttliche Geduld der Großen! –
Nun sag ich Ihnen für heute Adieu, wünschte recht bald wieder so günstiges über Ihre Lebens- und Arbeitsfrische zu vernehmen und grüße Sie, auch von Olga, aufs herzlichste.

Ihr
ArthSchnitzler

An Olga Schnitzler [Berlin,] Montag 14. 11. [1904] früh 8.

mein geliebtes, diesmal geht alles schief. Die Sache mit den 2 Stücken steht nemlich noch viel unangenehmer als ich vermuthet. Angeblich wollte man Del. absetzen, wegen zu großer Länge des Abends, in Wirklichkeit wegen Grimms der Schauspieler gegen das Stück (besonders Burg) – und nun erscheint gestern hier im Kl. Journal eine Notiz, von der ich erst abends durch Reinhardt erfuhr – daß Reinhardt es abgesetzt habe, weil es die Familienverhältnisse der Adele Sandrock »in unzweideutiger u unliebenswürdiger Weise« beleuchte. Dabei die Bemerkung, daß ich ihm Kakadu *nur unter der Bedingung überlassen habe, wenn er auch Cassian u Del. aufführe.* – Mir wurde beinah übel vor Wuth. Die Schauspieler »befürchten« einen Theaterskandal, u du kannst dir denken, wie vergnügt mich diese Aussicht macht. Steinrück erzählte mir, daß die Schauspieler, auch Vallentin, der Regisseur, so sehr gegen das Stück eingenommen seien. Geprobt ist es offenbar noch gar nicht recht worden. Ebensowenig wohl Kassian. Freitag Première beinahe sicher nicht. Gestern Abend sprachen wir schon von *Dinstag*. Du bekommst natürlich gleich Telegramm wenn doch Freitag. In diesem Fall müßtest du Donnerstag früh fahren. (Das fehlt dir noch in deinen Premièrenerinnerungen mich betreffend: ein Skandal.) Du merkst wahrscheinlich schon aus diesem Brief, daß ich erbärmliche Kopfschmerzen habe. Aber nun erst, mein Schatz, die Chronik des gestrigen November Nebeltages. Nachmittag ins Neue Theater, um jemanden (Reinh. oder Kahane) zu finden. Wartete vergeblich eine Stunde. Vereinsvorstellung Jux. Stand im Bühnen Gang und sprach die Glümer, die über ihre Stellung sehr unglücklich ist, fort möchte und im übrigen uns bestimmt einmal zum Thee oder Essen bei sich haben möchte. Ihr Bub spricht noch nichts. – Ich ging zu 3 verschiedenen Malen ins Theater, ohne die Gesuchten zu treffen. – Im Hotel erwartete ich Liesl (die mir telegrafirt hatte.) Die im ersten Brief erwähnte grauenvolle Frau Bermann setzte sich im Lesezimmer, trotzdem ich las, zu mir, und versuchte gesprächig zu werden. Ich wurde raide und raider. Um 7 (ich hatte mich vors Thor geflüchtet), erschien Liesl, die gut aussieht und sehr nett ist. Sie begleitete mich zu Brahm, den ich auf 10 Minuten besuchte (für heute Abend: Traumulus, nachher bei Brahm, mit ihm u Rittner). Mit Liesl ins Neue, 2 Akte Kronpraetendenten, saß in einer

Loge 1. Stock, hörte recht wenig trotz der guten Akustik, was meine Stimmung nicht sehr verbesserte; dann kam Reinhardt, in seinem Bureau mit ihm u Hollaender das bereits zu Beginn des Briefes angedeutete Gespräch. Traf auch Burg, der sich übrigens geäußert hatte, er werde sich alle 3 Rollen abschminken. Mit dem Cassian ist es ihm schon gelungen – Herr Licho wird ihn spielen! Auch der Martin ist umbesetzt: Eisfeld oder Eckert – ich weiß jetzt nicht. Heute werde ich also die erste Probe sehen. Die Dummheit ist u bleibt, daß man 2 neue zu einem guten alten Stück gibt, wodurch man es den Leuten, die schimpfen wollen (es gibt solche) zu leicht macht. – Wie du merkst, leide ich wieder einmal darunter, daß ich, trotz aller Einsicht, eine Nichtigkeit in hypochondrischer Weise – nicht »schwer nehme« – aber auf mir lasten lasse, ohne die Kraft sie sofort abzuschütteln. – Nun soll man also diesem übelriechenden Sturm aesthetisch-sittlich-ethischer Entrüstung entgegensehen, der, da alles dazu so gut vorbereitet ist, anläßlich der braven, heuer an einem schönen Sommertag noch so lustig gewesenen Familie Delorme, losbrechen wird. – Daß jene Notiz sicher in Wiener Blätter übergehen wird, ist das unangenehmste. –
Nach dem Theater war ich mit Liesl u Steinrück (den ich gern noch für den Kassian haben möchte, der aber kaum mehr Zeit – u gewiß jetzt sehr wenig Lust dazu hat) im Prinzen Wilhelm, höchst nervös u appetitlos. – Mein Zimmer: 7 Mark, nicht sehr sympathisch, schlechtes Lusterlicht. –
Jetzt hab ich eben meinen Thee getrunken und sitze in meinem allzu pathetischen Talar am Tische dir – diese Ansichtskarte zu schreiben.
– Du fehlst mir mehr als je, mein geliebtes. Gestern war meine Stimmung ein paar Mal, meine echte: nach Hause fahren. Es ist u bleibt eine unmoralische Sache, sich mit völlig abgethanen Dingen so beschäftigen müssen, als wären sie noch nicht abgethan. – Bitte grüße mir Mama und sag ihr, daß ich nicht zum Schreiben komme (wie du siehst) –

Sei geküßt mein Schatz u liebe mich. Grüße auch Heini, der von der Schurkenart seines Vaters noch nichts ahnt! –

Dein A.

An Olga Schnitzler [Berlin,] Dinstag 15/11 904
Nachmittag 5,

mein geliebtes, das Telegramm, das ich zu Hause vorfand, ist natürlich die Antwort auf meinen übelgelaunten Brief von gestern – aus meinem heutigen Frühtelegr. weißt du, daß die Première auf Dinstag verschoben ist und daß ich dich bitte, schon Samstag, also 3 Tage vorher zu kommen – Sonntag haben wir dann ganz für uns, Montag bist du bei der Generalprobe – und dafür wollen wir schon Mittwoch zurückreisen. Nun aber erst die Geschichte meines Berliner Aufenthalts seit gestern 10 Uhr. – Probe. Zuerst Kassian. Es wurde zum ersten Mal in der neuen Besetzung gemacht, Licho, Eckert, (Eysolt blieb.) Die E. traf den Ton vollkommen, sagte mir: »Ich weiß absolut nicht was mit der Rolle anfangen.« – Die beiden andern annähernd, aber ganz bildsam. –
– Kakadu: Gute, lebendige, zuweilen überlebendige Inscenirung; ich mußte den Schlußlärm beträchtlich abdämpfen, weil die ganze Vorderhandlung verschlungen wurde. Burg sagte mir vor der Probe (nachdem er auf die »Schmiere« sich weidlich ausgeschimpft): Sie werden sehen, daß *ich* eigentlich den Henri spielen müßte – Nachher konnte ich ihm sagen, daß er mir als Grain gut gefallen u daß mir Moissi eine angenehme Überraschg war. (Was ich dir schon heute früh schrieb). Sehr wild, sehr komödiantisch, in seinen Tugenden und Fehlern schwelgend. Die Rolle ist für ihn sozusagen noch glücklicher gewählt als er für die Rolle. Die Eysolt (Leocadie) gut, erdgeistlich. Ein paar Einzelleistungen auf der Schauspielerseite bemerkenswerth; die Aristokraten im ganzen glanzlos. Am besten die Durieux, die einen Weg vor sich hat. Das Stück ist ein Schmiß! Wenn mir so was einmal 5actig gelänge, könnt

ich und die Literatur froh sein. – Allein im Prinzen Wilhelm Hummermayonnaise und kaltes Reh – dazu, gegen meine Abspannung halbe Flasche Matthaeus Müller! Zu Hause, umgekleidet, Lessingtheater: Traumulus. – Bassermann wundervoll, Patry vorzüglich. »Unser Paul« sehr gut. Die zwei ersten Akte gut; dann, mit einzelnen gelungenen Scenen, verschwimmend, ins theatralisch leere. – Zu Brahm, woselbst Rittner. Geplaudert bis ½1, dann nach Hause. –

Heute Vormittag Delorme-Probe. Alle noch die Rollen in der Hand, mehr lesend, als spielend. Strich eine ganze Menge; vieles wirkte peinlich, der Schluß total unmöglich. Leider fällt mir kein andrer ein. – Es muß aber ein andrer gemacht werden. Die Schauspieler schlagen einige vor, – u. a. wünscht der sehr komische Grossmann, Piccolo, am Schluß noch einmal aufzutreten. (Auch als Diener im Cassian wollte er durchaus während Martins Sterbescene dableiben.) – Die Durieux trifft den Ton leidlich. Der Vater, Licho, läßt das daemonisch burleske vermissen. Die Mutter Wohlgemuth ist schrill und doch nichtig. Burg-Charles vorläufig matt, aber wird vielleicht gut. Der bisherige Eindruck im ganzen recht hoffnungslos. –

Ich wurde durch einen Besuch des Herrn Ernst Góth unterbrochen und habe eigentlich nicht mehr viel zu berichten. Nach der Delorme wurde heute nur Kassian geprobt (statt der Eysolt markirte Frl Eibenschütz, die die Elsa Pollak ganz nett gibt) und wirkte hübsch. – Dann ging ich ins Neue Theater, sprach alle Direktoren u Dramaturgen, Reinhardt, Kahane, Frisch, Martersteig, Hollaender, u speiste wieder allein im Prinzen Wilhelm. –

Heute dachte man schon an eine eventuelle Reihenfolge: Delorme, Kassian, Kakadu. –

Abends gehe ich zur Frau vom Meere, nachher (pneumatische Karte von Liesl) esse ich mit Liesl, Paul, Mirjam; Ziegel, Steinrück bei Wedl. Liesl wird im Frühjahr 8 Tage nach Wien kommen. –

Nun sollte ich eigentlich einige Leute aufsuchen, Fischer, Kerr,

Hirschfeld etc – ich bin aber froh, daß ich nur soll und nicht muß. So wichtigthuerisch kommt mir diesmal meine Berliner Reise vor. Zur Première Morgenröthe (heute) geh ich auch nicht, der ganzen Atmosphäre bekannter neugieriger klatschsüchtiger Menschheit äußerst abhold. –
lebe wohl geliebtes.

Dein A.

An Richard Beer-Hofmann [Hotel Bristol, Berlin]
15/11 904

lieber Richard, Telegramm haben Sie wohl vom Theater aus bekommen: Freitag Samstag Arrangirprobe. Meine Première Dinstag; ich ließ es Ihnen auch telegraphiren, weil Sie am Ende, wenn es bei Freitag geblieben wäre, um einen Tag früher gekommen wären. –
Carlton Hotel soll, wie mir Reinhardt, der dort wohnt, sagt, nichts rechtes sein; räth es Ihnen nicht. Ich wohne Bristol, es befriedigt mich von allen Berliner Hotels doch am meisten. Hoffentlich auf Wiedersehen.
Moissi, den ich gestern zum ersten Mal in Kakaduprobe sah, *eins der augenfälligsten Talente,* das mir in der letzten Zeit untergekommen ist. Als Henri kann er übrigens seine Fehler zu Tugenden ausnützen (was übrigens auch ein Talent ist.) Für den Filipp dürfte ihm wohl das, wie soll ich sagen, höfische fehlen; aber er ist sehr lenksam und das absolute seiner Begabung innerhalb des hier (und anderswo) grassirenden Mittelmaßes müßte jedem Vernünftigen wohlthun. Seine Aussprache ist ja sehr fremdartig – aber sobald man sie gewöhnt, wirkt sie (auf mich wenigstens) beinah wie ein Reiz mehr. Natürlich ist es denkbar, daß ihn das Publikum anfangs auslacht. Mit diesem Trost will ich schließen.

Ihr A.

An Olga Schnitzler

[Hotel Bristol, Berlin]
18. 11. 904
Freitag früh 9¼

mein geliebtes, mein letzter Brief datirt von vorgestern Abends. Bußtag. Von Hause ging ich zu Fulda, der total heiser war. Dann nachtmahlte ich mit Brahm in Savoyhotel. Er womöglich noch charmanter als sonst. Möchte gern, daß ich ihm das Stück so bald als möglich gebe. (Es ist unglaublich, um wie viel sein Theater gestiegen ist seit vorigem Jahr!) Gestern Donnerstag früh Trebitsch, der mich im Hotel aufsuchte. Probe. Reinhardt dabei zum ersten Mal. Kassian, glaubt er, wird wirken. Kakadu – wie ich schon am 1. Tage sagte: die verbrecherisch-rohe Seite wirksam, wenn auch überlaut, – die Aristokratenseite matt. Der Schluß zu sehr »arrangirt«, wenn auch nach der naturalist. Seite. – Delorme spielten die Leute gräßlich (außer der Durieux) – den neuen (bessern, aber nicht guten) Schluß soufflirte ich. Reinhardt sagte sofort: Die Wohlgemuth unmöglich, schmeißt das sowieso durch Gerüchte und Schauspielerunwillen gefährdete Stück, Berathung, was zu thun. Man einigt sich zu einem Experiment: Frl Korn (da Wangel nicht frei zu bekommen) – was ich jetzt genießen werde – nachdem ich das Stück der ganzen Bande vorgelesen haben werde.

– Von der Censur das Stück noch nicht zurück. Kahane, der oben war, sagte mir: Sie sind oben sehr unbeliebt, Verbot im ganzen nicht ausgeschlossen. –

Ist es der Mühe werth, sich wegen einer solchen Nichtigkeit in diese Fadaisen zu begeben? –

Um ½5 kamen wir, Reinhardt, ich zum Essen; Ruederer sympathisch für den Anfang, gesellt sich hinzu. Reinhardt ein kluger, eigentlich angenehmer Mensch. Die Schwierigkeit im Verkehr zweier Juden bleibt immer, sich gegenseitig über das innere und äußere Esoi hinwegzuschwindeln. –

Ins Hotel, dein Telegramm, deine Briefe. Bei aller Sehnsucht

nach dir – ich muß es doch nicht erst sagen, Schatz! – meine persönliche Empfindg ist die gleiche wie die deine: diese Première allein ist keine Reise nach Berlin werth. Ich telegrafirte dir. Im Theater (Florian Geyer, gute, zum Theil prächtige, Rittner ungeheuer! Darstellung) mit Liesl, fragte sie, eh ich von deinem Telegramm sprach, ob sie sicher nach Wien komme im Frühjahr. Sie: Ja, schon wegen A., der mit dem Neuen Theater hinkommt – nur Geldschwierigkeiten, Urlaub zweifellos. Als ich ihr von deinem Telegramm sagte, war sie natürlich sehr traurig (Paul nicht minder, den wir nachher sprachen, bei Wedl, mit Albert St. u Kayssler) – aber fand auch, daß sie in Wien mehr von dir haben könnte als hier. Und so geb ich ihr lieber das Reisegeld – wir kommen in jeder Hinsicht besser draus, und es ist vernünftiger. In diesem Sinn telegrafirt ich Dir eben – Ich hätte ja hier von dir überhaupt nichts und sehne mich unbeschreiblich auf einige Tage mit dir aufs Land zu gehen und meine wahrhaftig bis zum Übermaß gereizten Nerven auszuruhn.
Ich muß abbrechen, da ich ins Theater muß. Ich bitte dich mein Schatz, liebe mich. Du ahnst nicht, wie unsinnig mir diese ganze Welt vorkäme, wenn das nicht wäre!
Mein geliebtes, leb wohl. Küsse Heini! –

Dein A.

An Olga Schnitzler [Berlin,] 19. 11. 904
Abends 8,

mein geliebtes – um 5 kam ich zum Essen, um 7 nach Hause – es wird wohl viel gearbeitet in diesem Theater, aber noch mehr Zeit vertrödelt, und die ganze Wirtschaft macht den Eindruck eines Traumlebens mit genialen Zügen. –
Aber das »wichtigste« zuerst: Delorme ist verboten! Gestern Abend kam Glasenapp, der Censor (heute früh erzählte mirs Reinhardt) persönlich ins Theater, er könne das Stück bis Dinstag nicht freigeben – noch kein officielles Verbot – aber so

gut wie sicher. Das komische ist nun, wie es alle, auch die Schauspieler, durchaus frei haben wollen. Besonders die Durieux und Burg! – Heute war also erste Generalprobe von Kassian und Kakadu, u. machte einen guten Eindruck. Auch Richard war drin. Mit ihm und Reinhardt gespeist wie gestern. R. ist ein ausnehmend sympathischer Mensch, von einer bezwingenden Zuvorkommenheit. (Wenn du Schwarzkopf wärst, würdest du schon aus dieser Bemerkung schließen können, daß er mir lauter angenehme Dinge sagt.) – Während ich dies schreibe, sitzt Richard beim Theaterschneider und sucht Stoffe aus. Vormittag (d. h. von 4-5) wurde ein Sammt für die Tapete des 2. Aktes gewählt – d. h. entschieden ist die Sache noch lang nicht. – Übrigens steht auch seine Besetzung noch nicht fest. Es ist ein komisches Theater, aber wenn man einmal unter den Leuten steckt, kann man sich nicht mehr recht aergern. –
Gestern war ich mit Richard in der Morgenröthe; schwaches Stück, glänzend inscenirt und gespielt. Nachher mit Brahm im Savoy, dann kam auch Richard. Brahm redet meist über Reinhardt und Reinhardt meist über Brahm. *Menschen* sind beide – und es ist trübselig, sich die entsprechenden Schlenther u Bukovics vorzustellen.
Heute sollte ich nach Breslau, Eins. Weg, habe abtelegrafirt – nun soll ich auf dem Rückweg in Halle lesen, werde aber ablehnen. Auch der Verein Berliner Presse hat sich wegen einer Vorlesung an mich gewandt, – ich möchte es mit der Brahmpremière verbinden. –
– Hochsinger telegrafirt mir wegen Puppenspieler, du wirst schon davon wissen, ich denke, daß ich es ihnen doch noch (natürlich nur für Burgtheaterkräfte) überlasse – ich möchte doch Jarno nicht nachlaufen. –
– Heute sind wir zum Nachtmahl mit Liesl u Steinr. zusammen, auch Richard; wohl noch andre (Jacobsohn, Ziegel) – morgen sitze ich dem Darsteller des Marquis Lansac Herrn Baron eine halbe Stunde zu einer Büste (komisches Theater), speise bei Jonas, gehe Abends mit Richard in Brahm's Loge,

zur zweiten Aufführg der Siebzehnjährigen. Montag sehe ich Liesl als Ilka. Dinstag Première und Mittwoch fahr ich ab! Ah!! Worauf freu ich mich am meisten? –
– Heute ist kein Brief von dir gekommen, mein Schatz. Nun geh ich hinunter ins Foyer, Rendezvous mit Richard. Ich lege die Sitze für den 23. bei. Vielleicht gehst du mit Mama oder Frl Mütter? –
Mein geliebtes, ich sehn mich sehr nach dir und liebe dich mehr als ich sagen kann. Grüße Mama, theile ihr mit, was sie interessiren kann, grüße auch die andern! Küss' den Heini! Behalt mich lieb!

Dein A.

An Olga Schnitzler Berlin 21/11 904
Montag früh. –

mein geliebtes, seit vorgestern Abend schrieb ich nicht. Um ½10 abend kam Richard aus dem Theater (Conferenz über Besetzung und andres –) wir begaben uns ins Passagetheater (sehr mäßiges Varieté) und um 11 zu Wedl, woselbst: Liesl, Steinrück, Paul, Kahane, Ziegel, Mirjam, Kayssler, Trebitsch. Liesls Geburtstag, Gratulation etc. –
Gestern Sonntag länger als sonst geschlafen; allein spazieren; dann, 12 zu Glümers. Sind völlig vernichtet von Benvenistis Tod – fühlen es wie ein neues Symptom des Unglücks, das sie verfolgt. Die Situation im Theater wo sie *nichts* spielt als die Wittwe im Jux an Sonntag Nachmittagen unhaltbar; überdies scheinen sie materielle Zukunftssorgen zu haben. Es hat mir sehr weh gethan. Sie grüßen dich beide herzlich. Dein Bild mit dem Kind steht auf dem Schreibtisch.
– Dann zu Baron, dem Schauspieler und Modelleur. Vor 10 Monaten hat er plötzlich sein Talent entdeckt und macht Sachen, die für diese Zeit einfach erstaunlich sind. Ich war, aus dem Gedächtnis, schon beinah fertig, als ich hinkam. Einen Schriftsteller Hiller, mäßige Intelligenz, lernte ich dort

kennen. – Blieb eine Stunde. Dann zu Jonas, Mittagessen dort: Brahm, Trebitsch, Paul Marx, der Redacteur, Herr Bondi (Verleger) – Deine Befürchtungen, daß Frau Jonas über meine Beziehungen zu Reinhardt gekränkt sein würde, sind natürlich in Erfüllung gegangen. Ich erzählte ihr, daß das deine große Besorgnis gewesen sei und Brahm sagte: »Nun, ich bin überzeugt, daß Ihre Frau nicht dafür war, daß Sie zu Reinhardt gegangen sind.« (Womit er seine hohe Meinung von dir schlagend bewiesen hat) – Langes Gespräch über die Theater, Reinhardt, Brahm, wobei ich mir natürlich keinerlei Blätter vor den Mund nahm. –

Mit Trebitsch in einer Automobildroschke nach Haus. – Ausgeruht, umgekleidet, ins Lessingtheater, Dreyers Siebzehnjährige – in Brahms Loge, mit Richard u Brahm (Zweite Aufführung.) – Interessantes Stück. Darstellung Bassermann, Lehmann unerhört! Stieler gut, Else Schiff nicht auf der Höhe, aber gewiß Talent. – Schöne Inscenirung. – Mit Brahm, Richard, Georg u Elly im Savoy soupirt, woselbst ich mir mit irgend einem hors d'oeuvre den Magen verdarb, was mir eine gestörte Nacht verursachte. Nun trink ich eben auf meinem Zimmer Thee in großen Mengen, ohne was dazu zu essen. –

– Heute ist Generalprobe, Abend schau ich mir Frl. Gussmann als Ilka an (Brahm wollte nicht mitgehn, auf Liesls Ersuchen bat ich ihn drum. Sie soll ihm, sagt er, einmal was vorsprechen.) –

Morgen Dinstag »Première«, Mittwoch Nachmittag hoff ich nach Wien zu fahren. Wenn du mir also auf diesen Brief noch eine Zeile antwortest, so müßtest du sie, mein Schatz, Dinstag *früh* (vor 12) aufgeben! –

Ich liebe dich sehnsüchtig, mit Herzklopfen und über alle Begriffe.

Richards Hiersein thut mir wohl.

Küß den Heini und grüße alles

Dein A.

An Hermann Bahr Wien XVIII, 5. 12. 1904
Spöttelgasse 7.

Lieber Hermann,
diktieren und sitzen (Relief) und allerlei anderes haben mich abgehalten, Dich aufzusuchen und Dir die vielen Grüße persönlich zu überbringen, die mir, am heftigsten von Frau Eysoldt, an Dich aufgetragen worden sind. Hoffentlich können wir Dich an einem Abend zu Beginn nächster Woche bei uns sehen und bei dieser Gelegenheit auch über den Weihnachtsausflug reden, zu dem große Lust vorhanden ist. (Wahrscheinlich aber würden wir erst nach dem in jüdischen Kreisen so heiligen Abend abfahren.) Da wir schon bei den frommen Festen halten, theile ich Dir auch mit, daß ich zum Nicolo den Tristan-Auszug bekommen habe, ihn aber noch spiele wie ein Krampus. –
Laß es Dir weiter wohl sein im neu errungenen Glück der Töne – warum suchst Du irgend ein Vorgefühl darin? Eine Seligkeit hat genug zu thun, wenn sie sich selbst bedeutet. –
Beigeschlossen der »Puppenspieler«, den Bassermann in Berlin wundervoll gegeben haben soll. –
Auf Wiedersehen und herzliche Grüße auch von meiner Frau

Dein
A.

An Maximilian Harden [Wien, etwa 11. Dezember 1904]

Lieber Herr Harden,
man hat Sie wohl berichtet, wenn man Ihnen sagte, daß ich vom ersten Augenblick an zu Denen gehörte, die den Fall Jacobsohn in das Gebiet des Pathologischen zu verweisen wünschten. Allerdings lag das pathologische Moment für mich schon nach dem ersten Eindruck anderswo als dort, wo man es vielfach heute zu suchen scheint. Ich sagte mir nämlich: Hier ist ein junger Mensch, der sich im Laufe weniger Jahre durch zweifellose Begabung und außerordentlichen Fleiß einen

höchst geschätzten Namen als Kritiker erworben hat und dem nun plötzlich schriftstellerische Vergehen vorgeworfen werden, zu denen für ihn, nach Wesen und Umfang seines Talentes, keinerlei Nöthigung vorliegen konnte und von denen er auch mit absoluter Sicherheit wissen mußte, daß sie auf die Dauer weder unbekannt noch unbesprochen bleiben würden. Wenn er also trotzdem dieser Vergehen schuldig wurde, so giebt es dafür nur eine einzige Erklärung: zeitweiliges Versagen der Urtheilskraft auf Grund einer psychischen Störung, die mir am verständlichsten wurde, wenn ich sie als gegensätzlich zum Krankheitsbilde der Hypochondrie aufzufassen suchte. Während man nämlich bei der Hypochondrie als charakteristische Grundlage für eine Reihe von Symptomen eine Entfesselung der Ideen-Assoziationen in der Richtung betrachten kann, daß durch einen oft geringfügigen Reiz eilige und unaufhaltsame Gedankenfolgen ausgelöst werden, die sich auf allerlei entfernte gefahrvolle Möglichkeiten beziehen, schien es mir im Fall Jacobsohn, als wenn hier auch die nächstliegenden Erwägungen über die höchst wahrscheinlichen Folgen einer innerhalb des schriftstellerischen Berufes als unerlaubt geltenden Handlung ausgeschaltet würden. Und ich will gleich hinzusetzen, daß mir bisher der Anlaß fehlt, von dieser ersten Auffassung abzugehen. Weder leuchtete mir der Erklärungsversuch Jacobsohns in der »Welt am Montag« ein noch scheint mir die sogenannte »Lösung des psychologischen Räthsels« durch Herrn Arthur R. H. Lehmann auf den Fall Jacobsohn mit genügender Sicherheit anwendbar. Herr Lehmann citirt Fälle von außergewöhnlich gesteigertem Gedächtniß unter sonst normalen Geistesverhältnissen und ferner Fälle von außergewöhnlichen Gedächtnißsteigerungen im Verlauf gewisser Gehirnkrankheiten oder solcher Krankheiten, bei denen es sekundär zu hyperämischen Störungen im Gehirn (im Sprachcentrum oder in der Nähe des Sprachcentrums) kommt. Daß alle von Lehmann citirten Beispiele an sich vollkommen einwandfrei sind, versteht sich von selbst; nur geben sie meiner

Empfindung nach keinen Aufschluß über den Fall Jacobsohn. Worin besteht denn das Charakteristische und höchst Eigenthümliche dieses Falles, wenn man ihn, wie Jacobsohn selbst und wie Lehmann, als chronische Affektion in der Nähe des Sprachcentrums auffassen will? Besteht es in dem stupenden Gedächtniß, das sich in der konstanten Fähigkeit ausspräche, Wort- und Satzfolgen, die vor langer Zeit gelesen oder gehört wurden, bewußt zu reproduziren, oder darin, daß die Reproduktion solcher Wort- und Satzfolgen zwangartig in Folge gewisser vorübergehenden Reizzustände im Sprachcentrum auftritt? Oder handelt es sich hier um eins jener (gewiß nicht sehr häufigen) Phänomene, wo im Verlauf eines hysterischen Anfalles, einer fieberhaften Erkrankung oder irgend eines anderen krankhaften Zustandes, der einen Reiz in oder neben dem Sprachcentrum auslöst, Wort- oder auch Tonfolgen reproduzirt werden, die der Kranke in gesundem Zustand gar nicht oder mindestens nicht so genau reproduziren könnte wie unter dem Einflusse seiner Krankheit? Diese Fälle sind beinahe immer mit Amnesie verbunden. Das heißt: die betreffenden Kranken erinnern sich nachher nicht des Umstandes, daß sie in ihrem Anfall die Wort- oder Tonfolgen reproduzirt und wiedergegeben haben. Und ferner werden diese Wort- und Tonfolgen mit mathematischer Genauigkeit, ja, um bei dem Vergleich Lehmanns zu bleiben, ähnlich wie von einem Grammophon abgeschnurrt. Gewiß aber giebt es auch Uebergangsfälle, wo die Reproduktion der Wort- oder Tonfolgen nicht unbewußt, sondern nur mechanisch, also unter einer gewissen Kontrole des Bewußtseins und ohne nachfolgende Amnesie, erfolgt. In allen diesen Fällen aber ist der Ersatz eines Wortes innerhalb der reproduzirten Wortfolge durch ein anderes unter Mithilfe des Urtheilsvermögens nach den bisherigen Erfahrungen ausgeschlossen. Gerade dieser Vorgang aber tritt bei Jacobsohn ein; und man müßte es geradezu als das Eigenthümliche dieses Falles ansprechen (wenn wir ihn eben als chronischen Reizzustand in der Nähe des Sprachcentrums auffassen wollen), daß erstens innerhalb des mechanischen Ablaufes einer reproduzirten Wortfolge (wie sie sich in den unter Verdacht stehenden Kritiken vorfinden) das eine oder das andere für den betreffenden Anlaß nicht geeignete Wort durch ein geeignetes (zum Beispiel: »Magda« durch »Traumulus«) ersetzt wird und daß zweitens die Wortfolge regelmäßig dort, wo im mechanischen Ablauf Name oder Chiffre des wirklichen Verfassers stehen sollte, jäh abreißt. Nun sollte man aber wenigstens glauben, daß durch dieses plötzliche Einsetzen bewußter Urtheilskraft der Kranke aufgestört würde, etwa wie ein angerufener Nachtwandler, und selbst bemerken müßte, daß die unter Zwang reproduzirten Wortfolgen nicht von ihm herrühren. Wenn es sich aber so verhält, dann zieht Jacobsohn keinenfalls die nöthigen Konsequenzen daraus; denn die auf so seltsame Weise entstandenen Kritiken sind ja gedruckt und von Jacobsohn selbst unterzeichnet worden.

Nun hielte ich es ja nicht für unmöglich, daß durch die Macht eines neuen Eindruckes, trotz dem Zwang, mit dem alte Wortfolgen reproduzirt wurden, gelegentlich die Substituirung eines Wortes durch ein anderes, passenderes erfolgen, ja, selbst daß einmal ein jähes Abreißen der Wortfolge gerade in dem Moment erfolgen könnte, wo die Chiffre oder der Name des ursprünglichen Verfassers zu erscheinen hätte. Aber solche Vorgänge als regelmäßige anzuerkennen, wehrt sich Alles in mir, was ich an Einsicht in gesunde und kranke Seelen besitze. Freilich kommt es weiter nicht in Betracht, daß ein Fall wie der Jacobsohns bisher meines Wissens weder publizirt noch überhaupt beobachtet worden ist; doch müßte er seine Logik in sich tragen, wie alles Menschliche. Jacobsohn erzählt in seiner früher erwähnten Erwiderung einen Vorfall, der nur gegen seinen eigenen Erklärungsversuch auszunützen ist; er erzählt, wie er sich einmal auf irgend eine Anregung im Gespräch hin sofort erinnert habe, was ein bestimmter Kritiker bei einer bestimmten Gelegenheit über einen bestimmten

Schauspieler geschrieben hatte. In diesem Fall hat also Jacobsohn eine logische Wortfolge nicht nur bewußt reproduzirt, sondern er hat auch gewußt, auf wen sich die Wortfolge bezog und von wem sie herrührte. In den Fällen, die man ihm zum Vorwurf macht, ist gerade das Gegentheil bemerkenswerth: er reproduzirt, wenn schon nicht unbewußt, doch gegen seinen Willen und trotz dem Bedürfniß, eigene Worte zu finden, er glaubt, diese Wortfolgen selbst gefunden zu haben, ersetzt aber zugleich die für den neuen Anlaß nicht passenden Eigennamen und Ausdrücke durch die richtigen, die in den Rahmen der neuen Kritik hineinpassen. Vor diesem Ineinanderspielen von Wahnsinn und Methode wollen sich meine Zweifel nicht beruhigen; und darum kann ich mich vorläufig den Erklärungsversuchen des Falles Jacobsohn, die ihn als eine chronische Affektion in der Nähe des Sprachcentrums deuten wollen, nicht anschließen. Aber wie fern es mir liegt, Jacobsohn durch meine Zweifel verletzen zu wollen, sollen Sie gleich hören. Gerade sein Rechtfertigungsversuch ist mir ein neuer Beweis für die Richtigkeit meiner Auffassung seines Zustandes; denn dieser Versuch scheint mir nichts als eine Unüberlegtheit mehr. Und im Interesse der Zukunft Jacobsohns, an die ich glaube, wünschte ich, mit dieser Meinung Recht zu behalten. Denn wenn Jacobsohns Krankheit wirklich auf dem unwiderstehlichen Zwang zu mehr oder minder unbewußten Reproduktionen auf Grund einer chronischen Affektion in der Nähe des Sprachcentrums beruhte, so müßte man den jungen Mann auf unbestimmte Zeit hinaus, wenn nicht auf immer, für die Wiederaufnahme seiner kritischen Thätigkeit verloren geben; hat es sich aber, wie ich eben glaube, nur um jenes Gegentheil von Hypochondrie gehandelt, das ihn zu Unvorsichtigkeiten und Unüberlegtheiten gelangen ließ und das nur als pathologisch und nicht als unredliches Beginnen gedeutet werden dürfte, so bin ich überzeugt, daß Siegfried Jacobsohn, der begeisterte Freund des Theaters, der glänzende Stilist und der unter normalen Umständen so selbständige Kritiker, für alle künftigen

Zeiten vor einer Wiederkehr ähnlicher Anfälle gefeit ist und seine Feder bald wieder mit Glück und Ehren führen wird. Denn wenn auch ein Dutzend oder zwanzig oder hundert Stellen in seinen Kritiken nicht von ihm selbst herrühren: wie Vieles bleibt trotzdem noch übrig, woraus die Fähigkeiten dieses Dreiundzwanzigjährigen unverkennbar zu uns sprechen! Nicht der Fall an sich, der sich hier ereignet hat, scheint mir tragisch: er wird es nur dadurch, daß man ihn gar zu leicht gegen den Betroffenen ausnützen und besonders auf Grund jener nicht glücklichen Erklärungsversuche ihm die Wiederaufnahme seiner Thätigkeit unmöglich machen könnte. Und darum wünschte ich in Jacobsohns eigenstem Interesse, daß er sich selbst meiner Auffassung zuwende, nach der mir die Möglichkeit einer Wiederkehr seiner psychischen Störung so gut wie ausgeschlossen scheint. Meine besten Wünsche sind bei ihm.

Mit herzlichem Gruß Ihr aufrichtig ergebener

Arthur Schnitzler.

An Hermann Bahr Wien, 14. 12. 1904

Mein lieber Hermann,

es beschämt mich fast, daß Du über ein im Ganzen doch ziemlich unbeträchtliches Ding wie es der Puppenspieler ist (er gehörte in den Cyclus Lebend Stunden, aber wegen zu großer Länge des Abends mußte ich zurückgesetzt werden) – so schöne Worte sagst. Vielleicht drücke ich mich besser aus, wenn ich sage *anläßlich* des Puppenspielers. Denn Deiner Auffassung des kleinen Stückes muß ich widersprechen. Vielleicht hab ich nicht das Recht dazu, denn es werden ja doch wahrscheinlich künstlerische Mängel der Sache schuld daran sein, daß Du eine Lebensanschauung darin findest, die ich nicht hineinlegen wollte und die mir persönlich fremd ist. Ebenso verhält es sich mit dem Eins Weg. Ich stehe so wenig auf Seite des Oboespielers, als ich auf Seiten des Professor Wegrath gestanden habe – freilich auch nicht auf der des Julian und des Puppenspielers. Aber warum? Weil sie eben nicht ganze Kerle sind, keine Leute die – nach der Dir bekannten Anekdote von der alten Streitmann – »brav genug« sind – um alles zu dürfen. Wäre der Puppenspieler wirklich ein »Großer«, so brauchte er sich nicht in Lügen einzuspinnen, um der größere zu bleiben, wäre Julian wirklich ein Großer – so würde das Beste seines Wesens nicht mit seiner Jugend auslöschen. Gegen die Herzöge und gegen die Sala's hab ich nichts – und vor den »Großen Räubern« salutier ich, gleich Dir, in Ehrfurcht. Du hast ganz recht: »Entsagung ist nicht immer Reife«. – Nur setze ich hinzu: nicht bei allen. Wenn Individuen wie *Wegrath* in irgend einem Moment ihrer Existenz die Grenzen ihrer Begabung erkennen, – so ist *diese* Entsagung, wie jede *Erkenntnis* innere Reife, oder wenigstens ein Symptom innerer Reife. Ebenso ist für den Oboespieler wirklich der »Innere Friede und die schuldbefreite Brust« das einzig erreichbare Glück. Und daß ein Mensch wie der »Puppenspieler« nicht, wie es eben den Beschränkungen seines Wesens angemessen wäre, zu entsagen imstande ist, sich vielmehr dieser Entsagung schämen würde und daher den andern und sich ein falsches Eigenschicksal vorspielt, – ist ein Zeichen, daß er innere Reife nicht erlangte, welche eben nur in Selbsterkenntnis bestehen kann. Es ist also nur natürlich, daß bei manchen Menschen, insbesondere bei klugen, von mäßigem Talente und stillem Temperament das was ihnen an innerer Reife überhaupt beschieden ist, in einer Art von »Entsagung« den entsprechenden Ausdruck findet.

Wohl denen, die's nicht nötig haben, – wohl uns, die wir wie mir scheint zu diesen gehören – und hoffentlich nicht allein wegen Mangels an Klugheit. So spricht also nichts dagegen, mein lieber Hermann, daß wir beide uns an die Arbeit machen, die Du in meine Hände legst: »Das Werk von der letzten Nacht einer alten Zeit« – und schließlich können es auch andere Werke sein.

Zu Mahler haben wir noch Sitze bekommen so seh ich Dich hoffentlich auch heute abend. Jedenfalls aber sage oder schreibe mir pneumatisch, ob Du vielleicht Lust hättest, am *Samstag* bei uns zu nachtmahlen.
Herzlichst der Deine

Arthur

Olga grüßt Dich herzlich und sagt Dir, daß sie von dem was Du anläßlich des P. geschrieben hast, erschüttert war.

An Adolf von Sonnenthal Wien, 20. Dezember 1904.

Hochverehrter Herr von Sonnenthal!
Zum heutigen Tag gratulire ich Ihnen von ganzem Herzen. Meine Dankbarkeit als Autor, so aufrichtig und lebhaft sie ist, geht heute, noch tiefer als sonst, unter in den beglückten Erinnerungen an das viele hohe, unvergeßliche, das Sie uns seit vielen Jahren – es sind noch immer viel zu wenige – gegeben haben.
»Einer der uns vorspielen kann, was er will, ist doch mehr als wir Alle« – sagt der Herzog von Cadignan, den Sie als Henri (leider nicht oft genug) totgestochen haben.
Bleiben Sie doch noch lange, verehrter Meister, der Unvergleichliche, dessen Kunst wir bewundern und lieben – der, der Sie sind – »mehr als wir Alle!« . . .

Ihr
Arthur Schnitzler.

An Karl Vollmoeller Wien XVIII Spoettelg. 7
am 2. 1. 905.

verehrter Herr Vollmoeller,
schicken Sie mir den »deutschen Grafen« aber erlauben Sie mir doch, ihn vor Umadressirung zu lesen. Erstens interessirt mich begreiflicherweise was Sie schreiben, zweitens kann ich Ihnen vielleicht, da ich jetzt sowohl das Personal v Brahm als von Reinhardt leidlich kenne, etwas vernünftiges in Betreff

der Besetzung, welches Theater zu wählen wäre, u. s. w. sagen. An heuer denken Sie ja kaum mehr!
Sehr richtig haben Sie die Theaterschwächen des Einsamen Wegs empfunden. Wirklich gut, von allen Standpunkten aus betrachtet, ist nur der fünfte Akt. Im einzelnen ist freilich nicht wenig, was ich auch selbst liebe. Sala besonders. Durchgefallen, unter mehr oder minder säuerlichen Hochachtungsbeweisen ist das Stück bisher so ziemlich allerorten – d. h. an den 5 od 6 Bühnen wo man es gespielt hat. Daß man einmal darauf zurückkommen wird, halte ich für wahrscheinlich. –
An Kainz würd ich an Ihrer Stelle mein, resp. Ihr Stück jedenfalls schicken. Sein Einfluß ist allerdings null. Der Fall Schlenther erscheint mir hoffnungslos. Immerhin riskiren Sie nichts, wenn Sie, nach Fertigstellung des Mscrpt-Drucks ein Exemplar dem Burgtheater senden.
Elberfeld ist kühn. Kühner als die Zeit, die sich, wie ich Ihnen schon vor Monaten schrieb, zur Veröffentlichung der Giulia nicht entschließen konnte. Das Mscrpt liegt bei mir, ruhig sozusagen, soweit das über ein so teuflisches Product ausgesprochen werden kann, und wartet Ihrer weitern Weisungen oder Ihrer selbst. Ich hoffe, Sie kommen im Mai, da ist es hier wirklich schön und wir freuen uns Sie mit Ihrer Frau bei uns zu sehen und Sie auch in die Frühlingswälder zu geleiten, die uns so nahe sind. Jedenfalls aber lassen Sie bald wieder ein Wort von sich vernehmen. Wie oft sprechen wir von dem Spaziergang im Orangenpark von Sorrent, von der Automobilfahrt nach der Gegend von Amalfi, von dem freundlichen Lenker und Wirth, dem trüben Spiegel und dem hellen Tag. Wir grüßen Sie beide herzlich.
Ihr

Arthur Schnitzler

An Alfred Kerr Wien 5. Januar 1905

Lieber Freund!
Ich will Ihnen nicht verhehlen, daß die Bemerkung über mich, die Ihnen neulich am Schluß Ihres Artikels über die Gedichte des Justizrates Sello beliebte, mich erheblich verstimmt hat, und ich möchte Ihnen auch sagen, warum. Selbstverständlich wären Sie, wie jedermann, berechtigt meine ganze Auffassung des Falles Jacobsohn so scharf als nur möglich anzuzweifeln; und in einer Diskussion über die Sache wäre es mir gewiß nicht eingefallen, mich im vornherein für den Klügern zu halten, weil ich etwa von gewissen krankhaften Zuständen des Geistes mehr verstünde als Sie. Gewiß ist es möglich, daß Sie und die vielen Andern recht haben, die Herrn Jacobsohn die vollkommene Verantwortung für sein Vorgehen zusprechen, und es mag sein, daß sich meine Behauptung ebenso hinfällig erweisen wird als meine Vorhersage. Ich selbst zweifle freilich auch heute nicht, daß der Fall in eine Gruppe von Störungen einzureihen ist, die im alltäglichen Leben allerdings öfter angetroffen als richtig erkannt werden; manche Unbegreiflichkeit, die uns an guten Bekannten gelegentlich aufgefallen ist und die ihrem uns wohlvertrauten Wesen völlig widerspricht, – viele Vorfälle, denen gegenüber wir ausrufen: »Wie konnte nur dieser gescheite Mensch eine so ungeheuerliche Dummheit begehen!« beruhen meiner Überzeugung nach auf jenen mehr oder minder vorübergehenden, sich selten oder öfter wiederholenden Störungen der Urteilskraft, die darum nicht minder in das pathologische Gebiet gehören, weil die Grenzen nach der Normalität zu nicht immer durch leuchtende Pfähle abgesteckt werden können. Auch vor Gerichtshöfen und vor noch höheren Instanzen sind bekanntlich über die Frage der Verantwortlichkeit in zweifelhaften Fällen die heftigsten Kämpfe geführt worden. – Darum handelt es sich für heute nicht. Wir alle können irren: Doktoren, Theaterkritiker und Dichter. Und darum, lieber Freund, begreife ich nicht, warum

Sie einem Arzt, der immerhin nach bestem Wissen und Gewissen eine Diagnose zu stellen bemüht war, nachsagen, daß er sich Blößen gegeben habe, was ja gemeiniglich den Vorwurf der Unkenntnis oder des Leichtsinns in sich schließt, – Vorwürfe, die ich so wenig von einem graduierten Doktor der Medizin als von einem erlesenen Kritiker entgegenzunehmen in der Lage bin. Und noch wunderlicher mutet es mich an, diese sogenannten Blößen, deren Vorhandensein zu beweisen es Ihnen gewiß nur an Zeit gefehlt hat, als komische bezeichnet zu finden – da ich in der Wahl dieses Epithetons doch nur den für einen feinen Geist seltsam billigen Versuch zu erkennen vermag, eine Seite meines Wesens, die selbst nach einem bewiesenen Irrtum noch nicht für jedermanns Einblick aufgeschlossen wäre, mit einem überleichten Worte abzutun. Einem verehrten Publikum liegt es natürlich immer näher, sich an einem spaßhaften und höchst gemeinverständlichen Wort zu ergetzen, das wie ein Lufthieb ins Leere geht, als sich mit einem Erklärungsversuch zu beschäftigen, für dessen Ernst, nicht für dessen Unfehlbarkeit, ich Ihre mir immer sehr wertvolle Achtung, – nicht Ihren Beifall zu verlangen, so frei bin. Die Schadenfreude ist überall ein wohlfeiler Bundesgenosse, auf den man selbst in einem guten Kampfe lieber verzichten sollte. –

Ich habe mir einige Tage überlegt, ob es der Mühe wert ist, diesen Brief zu schreiben. Die Sache selbst verdient ja gewiß nicht diesen Aufwand an Worten; eine andere Erwägung hat mich dazu veranlaßt. Ich finde, zwischen zwei Menschen auf einem gewissen Niveau, die einander wirklich wert sind und den guten Willen haben, es einander zu bleiben, soll jede Möglichkeit eines dauernden Mißverständnisses, also vor allem jede Unaufrichtigkeit, ausgeschlossen bleiben, und mein Schweigen hätte mich nach dieser Richtung hin schuldig gemacht. Nicht, daß einen ein Freund zu Unrecht angerührt, sondern daß man dazu geschwiegen hat, trägt man ihm nach. Nun aber, da ich gesprochen habe, empfinde ich diesen

Zwischenfall als erledigt, und nichts hindert mich, Ihnen in alter Herzlichkeit die Hand zu drücken als Ihr aufrichtig ergebener

Dr Arthur Schnitzler

An Felix Salten Wien, 10. 1. 905.

lieber, die Sandrock war wegen der Hervay-Vorlesung bei mir; da ich heuer sowie voriges Jahr *absolut immer* abgelehnt und in Wien (von jener Karlweis-Sache im Jahre 97 abgesehen) überhaupt nur ein paar Mal in Arbeitervereinen gelesen habe, mir das Vorlesen vor der Wiener Bürgerschaft so widerwärtig wie möglich ist und ich nebstbei alle die Leute, denen ich bisher Refus gegeben, nicht ohne tiefe innere Nöthigung zu verletzen Lust habe, – widerstrebt es mir sehr, in diesem Fall eine Ausnahme zu machen, und ich schreibe Ihnen das, weil die S. natürlich gegen alle diese Gründe taub war, und ich annehme, daß es Ihnen ganz leicht sein wird, ihr meine Mitwirkung auszureden. Bahr hat telegrafisch zugesagt (ich versprach der S. Ihnen das gleich zu schreiben) der Abend selbst ist durch Sie, Bahr, Sandrock zugkräftig u gesichert genug; und ich hoffe überzeugt sein zu dürfen, daß Ihnen meine Vorleserei an diesem Abend nicht fehlen wird. (Den wohlthätigen Zweck kann ich ja, hab ich schon, in bescheidener Weise gefördert, indem ich mich an der Sandrock Sammlung betheilige. –) – Ich belästige Sie mit diesem Brief, weil Sie ja die Sandrock gewiß in dieser Angelegenheit bald sprechen – u weil es wohl gar nichts hilft, wenn ich ihr selbst diese Sachen schreibe.

Seien Sie herzlich gegrüßt,

Ihr

Arth

An Karl Vollmoeller XVIII. Spoettelgasse 7
Wien 10. 1. 905

lieber Herr Vollmoeller,
ich danke sehr für das Stück. Ich finde es sehr interessant. Es ist mehr als ein »Theaterstück«, und zuweilen etwas weniger – etwas andres besser gesagt. Striche sind gewiß dringend nothwendig; ob die Geldgeschichten im Anfang ganz weg sollen mag ich nicht zu entscheiden. Jedenfalls müßten sie, für den Nichtfinanzmann, mich z. B., klarer werden. Am wichtigsten aber scheint mir: daß die Beziehungen zwischen dem Grafen u dem Baron in ihren Motiven deutlicher, theaterdeutlicher gemacht werden. Besonders in den ersten zwei Akten ist man noch immer geneigt, irgend ein Geheimnis zu vermuthen, das sich im weitern Verlaufe aufhellen wird – und – es ist doch alles nur Gefühl. Man wird dadurch ein wenig ungeduldig, und diese Ungeduld ist eine gefährliche Sache. Aber mir ist, als wenn es ein leichtes sein müßte,* das Verhältnis zwischen den beiden Männern von Anbeginn an zu durchleuchten. 2. u 4. Akt und vor allem der 5. sehen mir nach sicherm Erfolg aus – wenn klar gemacht und gekürzt wird. Es wäre noch mehr zu sagen. Nur eines noch: Warum die französischen Sätze u Floskeln? Die Leute sprechen doch alle französisch in dem Stück, – wie sie in Romeo u Julia italienisch sprechen und in Coriolan lateinisch – also was für eine Marotte des Dichters? – Daß das geändert wird, würde ich, bei aller schuldigen Verehrung für den Dichter, als Direktor vor allem fordern. –
Nun gleich zu den praktischen Fragen. Alles in allem scheint mir eignet sich die Komoedie durchaus für das Neue Theater Reinhardts, wo es die Inscenirung und wie ich denke auch das Interesse (bei Regisseur u Darstellern) finden müßte, das Erfolge wahrscheinlich macht. Die Besetzung wäre nicht schwer durchzuführen; Kayssler wäre ein vorzüglicher Graf, der Baron u Henriette währen mehrfach, allerdings kaum erstrangig

* Revanche

herauszubringen. Aber Regie, Zusammenspiel, Decorationen – da würden Sie wahrscheinlich Ihre Freude haben. Trotzdem würde ich bei R. nicht einreichen eh die Entscheidg v Brahm da ist. Die heurige Saison halte ich in jedem Falle für ausgeschlossen – würde Ihnen auch gar nicht rathen, darauf einzugehen; wenn man sie noch (wann? April??? Mai???) herausbringen wollte. Daß das Stück nach Brahm's Geschmack sein sollte, halte ich nicht für sehr wahrscheinlich (wenn er auch gewiß für die vorzüglichen Qualitäten nicht verschlossen bleiben dürfte.) Aber vielleicht spürt er die Möglichkeit eines beträchtlichen Theatererfolgs heraus; – er hätte den Bassermann für den Grafen, die Triesch für die Hedwig – vielleicht auch Rittner Graf – Bassermann Casanova (was enorm interessant sein könnte –); und da das Stück nun einmal bei ihm liegt – würde ich an Ihrer Stelle abwarten. Ich schreibe ihm ein Wort, er möge es doch sehr bald lesen (jedes Wort mehr ist Brahm gegenüber von Überfluß) – und frage mich nur, ob Sie ihm nicht gleich selbst Ihre Streich- u Aenderungsideen mittheilen sollten, damit er Ihres Entgegenkommens sich bei bedingter Annahme gewiß fühlte? Kainz wird sicher sein Vergnügen von der Lecture haben – da es praktisch doch ziemlich bedeutungslos ist, ob er es heute oder in 4 Wochen liest, halte ich das Mscrpt jedenfalls bei mir zurück u erwarte Ihre bestimmten Wünsche. Wie gesagt: auf einen Zeitverlust selbst von mehr als 8-14 Tagen scheint's mir nicht anzukommen; denn sowohl bei Reinhardt als bei Brahm ist das Novitätenprogramm bis zum Frühjahr übervoll. – Und auf Aenderungsarbeit (wenn sie Ihnen auch keine Schwierigkeiten machen werden) müssen Sie sich glaub ich gefaßt machen. Genug für heute und gute Wünsche Ihrem Stück, das mir in seinem Ineinanderfließen von Leben u Burleske etwas sehr merkwürdiges bedeutet.

Herzlichst Ihr
ArthSch.

An Karl Oettinger Wien, 20. März 1905.
XVIII. Spöttelg. 7.

Sehr geehrter Herr Doktor!
Ich danke Ihnen für das freundliche Interesse, das sich in Ihrer Frage vom 6. d. M. über den Fall Thameyer kundgibt. Aber Sie müssen entschuldigen, wenn ich Ihnen die Antwort schuldig bleibe, da es mir recht prätentiös vorkäme, zu einer so einfachen Geschichte eine Art von Kommentar zu verfassen. Wenn die Novellette nicht verständlich ist, so bitte ich freundlichst, sie als mißlungen zu betrachten.
Mit vorzüglicher Hochachtung

Ihr sehr ergebener
[A. S.]

An Felix Salten Wien, XVIII. Spoettelgasse 7.
11. 4. 905

lieber, hiebei etliche Distichen für Ihre Schillernummer, wenn Sie sie brauchen können. –
Werden Sie den Wurstelspaß zu Ostern bringen? Ich schlug Ihnen bei Einsendg vor, Bilder dazu machen zu lassen und wollte mit dem ev. Illustrator selbst reden. Vielleicht haben Sie die Stelle überlesen, stimmen aber jetzt der Bilderidee bei, in welchem Fall man die Sache bis *Pfingsten* lassen könnte? – Die *Correcturen* erhalte ich doch in jedem Falle? –

Herzlichst Ihr A.

Ist es zu viel verlangt, wenn ich Sie bitte mir auch eine Correctur der Distichen schicken zu lassen? In Versen leisten die Setzer manchmal seltsames.

An Milena Preindlsberger Wien, 12. April 1905.
XVIII. Spoettelg. 7.

Sehr gehrte gnädige Frau!
Ich finde Ihre Sarajevoer Geschichte »Das Grabesfenster«, insbesonders was das Ethnographisch-Historische anbelangt, sehr

anregend, und im Ganzen gut erzählt. Freilich ist das Kulturhistorische im Novellistischen nicht so völlig aufgegangen, daß man künstlerisch vollkommen befriedigt sein könnte. Ich hatte ungefähr den Eindruck, als wohnten Sie selbst der innern Entwicklung der Hauptfiguren nicht ungestört bei, sondern als würden diese Figuren von Zeit zu Zeit gewissermaßen umgekleidet und umgeschminkt wieder auf die Bühne hereingeschoben, auf der sie sich dann allerdings immer wieder leidlich lebendig zu benehmen wissen. Luft, Stadt, Volk atmet Echtheit; die Hauptakteure der Geschichte werden etwas Puppenhaftes nicht los. Und was das Kulturhistorische selbst anbelangt, so gibt es sich zuweilen – da Sie ja eine Geschichte erzählen – ein wenig zu akademisch und trocken. Charakteristisch dafür sind die besonders im Beginn so häufig vorkommenden Fremdworte, deren deutsche Übersetzung Sie in Klammern hinzufügen. Alle diese Fehler aber treten gegenüber den lobenswerten Eigenschaften der Arbeit entschieden in den Hintergrund, und ich glaube nicht nur, daß Sie sehr bald, vielleicht schon in Ihrem nächsten Werk, zu einer glücklichen Vereinigung novellistischer und kulturhistorischer Betrachtungsweise gelangen werden, sondern ich finde auch, daß auch die Novellette »Das Grabesfenster« die Veröffentlichung durchaus nicht zu scheuen braucht. Ein buchhändlerischer Erfolg allerdings erscheint so zweifelhaft, daß ich das ablehnende Verhalten des Verlegers immerhin entschuldigen möchte. Sie sollten doch versuchen, gnädige Frau, die Novelle in einem illustrierten Blatt oder in einer anderen Zeitung zum Abdruck zu bringen. Ich habe ja Ihren Namen schon öfter in Zeitschriften gelesen; wollen Sie nicht irgendwo wieder anfragen, wo sich schon frühere Arbeiten von Ihnen bewährt haben? – Das Manuskript, für dessen freundliche Übersendung ich Ihnen verbindlichst danke, halte ich bis zum Eintritt ihrer weiteren Weisungen zurück.

Grüßen Sie vielmals Ihren Herrn Gemahl und seien Sie selbst, gnädige Frau, meiner aufrichtigen Hochschätzung versichert.

[A. S.]

An Hermann Bahr Wien, 30. 7. 1905

Lieber Hermann,
Dein neues Stück hab ich in Reichenau gelesen und an Richard abgesandt. – Es hat mich durchaus interessiert, und allerlei menschliches hat mich tief bewegt – gegen das Stück, d. h. gegen das fünfaktige Gebilde, das von zweitausend Menschen zugleich angehört und verstanden werden soll, hab ich manches Bedenken. In wenigen Worten ausgedrückt: es mangelt dem Ganzen zuweilen an künstlerischer Oekonomie. Nehmen wir an, Du hättest mir nur den fünften Akt zu lesen gegeben. Da hätt ich gesagt: Donnerwetter, ist das ein merkwürdiges Ding – und hätte mir allerlei erste vier Akte dazu gedacht, die vielleicht alle nicht so gut gewesen wären als Deine, aber besser zu Deinem fünften (wie ich ihn empfinde) gepaßt hätten. Von Deinem fünften Akt geht ein Licht aus, das mir nach Vorwärts deutet, aber den Herweg im Dunkel läßt. Man darf immer behaupten 2 mal 2 = 4 – aber wenn man sagt: *Ergo* ist 2 mal 2 = 4, so verpflichtet dieses Ergo zu einer vorhergegangenen Rechnung. Natürlich fühlst Du dieses Ergo sehr gut – aber Du hast es mich nicht dramatisch nachfühlen lassen. Etwas ähnliches hab ich zum 1. Akt zu bemerken. Besenius. Ich bediene mich wieder eines Vergleichs (um das Recht zu haben etwas falsches zu behaupten!) Wenn sich ein Musiker zum Flügel setzt, so beginnt er zu präludieren (manchmal) ehe er sein eigentliches Stück spielt. Er deutet die Stimmung und die Harmonie des Stückes, – vielleicht auch nur seine eigene Laune an. Deine Besenius-Scene ist solch ein Präludieren, das Du schon als Beginn des wirklichen Stückes ausgibst. Man glaubt Dir lang – 1, 2, 3, 4 Akte hindurch – dann, wenn Dein Besenius noch einmal aufträte, behieltest Du vielleicht recht. Damit daß seine Ideen sozusagen wieder erscheinen, ist nichts getan: hier war ein Mensch, der innerhalb der Oekonomie des Ganzen zu mehr bestimmt schien, als einige schöne Dinge auszusprechen, und er schminkt sich nach der

ersten Scene ab. Das verzeihen wir Dir so wenig wie die bekannte ungeladene Flinte. Daß Amschel ist wie er ist, das ist Dein Wille und Dein gutes Recht. Ich glaub an ihn. Ob man ihn, aus rein praktischen Gründen, nicht von einigen Widrigkeiten befreien sollte, wäre zu überlegen. Wäre ich eine große Violinvirtuosin, nicht um die Welt ließ ich mich von einem Kerl anrühren, der öfter als 6 mal in der Minute Schnudelchen sagt. Aber das ist ja Geschmacksache. Wie oft aber stört uns an einer Frau nur der Gedanke an den der sie besessen hat. Und ist das Publikum nicht gerade so? Das Problem (»Die Andere«) wird nicht im geringsten touchiert, wenn Amschel ein wenig umgänglicher erscheint. Die ganze Stimmung des letzten Aktes ist höchst seltsam, besonders merkwürdig die zwei neuen Personen – wie Lida in die Umgebung geräth, ist mir nicht sehr klar geworden, ihr Hiersein hat was melodramatisches, wenn auch ringsum alles ins Grotesk-Phantastische geht. Die Sterbescene, die zwei Männer bei ihr – das ist kühn. Kühn gewiß! Ob es noch mehr ist, weiß ich heute nicht. Von mitteilender Qual die Scene zwischen Heinrich und der Frau v. Jello im 4. Akt. Wenn ich heute an das Stück denke, das ich vor acht Tagen gelesen, so ist es mir wie die Erinnerung an zuckende menschliche Herzen. Ich hoffe es geht Dir gut. Von mir hörst Du bald mehr. Meine Frau, die das Stück auch mit tiefster Antheilnahme gelesen hat, grüßt Dich vielmals.

Von Herzen

Dein Arthur

An Hermann Bahr 17. 9. 1905

Lieber Hermann,
für den Fall, daß ich Dich nicht zu Hause treffe, schreibe ich Dir gleich. Das gedruckte Stück »Zwischenspiel« und »Der Ruf des Lebens« liegen hier bei. Über das erstere ist weiter nichts zu sagen; lies es bitte und betrachte es im übrigen vorläufig sorgfältig als *Manuscript*.

Am »Ruf des Lebens« ist noch einiges Wenige zu machen. Ich bringe es Dir schon heute, weil ich die Frage an Dich richten möchte, ob du die *Widmung* des Buches annehmen willst? Es ist vielleicht in dem Stück eine Ahnung von dem Wunsch erfüllt, den Du anläßlich des Puppenspielers öffentlich aussprachst. –

Schreibe mir bitte ein Wort, wann wir zusammen sein könnten. Möchtest Du nicht einmal bei uns nachtmahlen? Auch meine Frau würde sich so sehr freuen. Oder wenn Dir die Spöttelgasse unbequem, Hietzing? Man sieht einander doch gar zu wenig! Ich grüße Dich herzlich.

Dein

A.

An Karl Vollmoeller Wien 26. 9. 905

lieber Herr Vollmoeller, eben vom Semmering zu Hause find ich Ihren Brief vom 18. d. – Daß Sie an der Orestie arbeiten, weiß ich von Hofmannsthal. Jedenfalls haben Sie recht, daß Sie auf die 6% nicht eingehen; und wenn Reinhardt sich vielleicht darauf beruft, daß Aeschylos auch an der Sache betheiligt ist, so verlangen Sie nur Beweise, daß die restirenden 4% vom Deutschen Theater an den griechischen Kollegen abgeführt werden. Im Ernst gesprochen: es ist einfach eine Schmutzerei, und Sie müssen meiner Ansicht nach nicht nur auf den 10% bestehn, sondern auch eine Garantie verlangen. –

Das Lustspieltheater besteht seit Frühling d. J. – aber ich hab es noch nicht besucht. Jarno leitet beide Bühnen: Josefstadt u Lustspieltheater und gedenkt sich in letzterem sehr literarisch zu geriren. Wie er den Deutschen Grafen besetzen will, weiß ich nicht – aber ich kenne das Personal nicht zur Genüge. Da das Burgtheater sich nicht rührt, würde ich an Ihrer Stelle den Jarno'schen Antrag annehmen; Jarno ist ein kluger Regisseur und wird sich denk ich mit der Sache besondre Mühe geben. Verlangen Sie einen günstigen Termin u wenn irgend möglich ein gutes Poenale für den Fall daß der Termin nicht eingehalten wird: Garantie dürfte schwer zu erreichen sein. – Wollen Sie mir nicht gelegentlich ein Exemplar des Buchs schicken? –

– Ich habe im Sommer eine Komoedie und ein Drama geschrieben. Die Komoedie »Zwischenspiel« benannt, kommt am 12. Oktober oder ein paar Tage später im Burgtheater, im November in Berlin bei Brahm. Das Drama wahrscheinlich Beginn 1906 – wohl zuerst in Berlin. –

Nun wollt ich endlich meinen Roman weiterschreiben – aber es drängen sich schon wieder etliche dramatische Pläne mit verdächtiger Lebhaftigkeit vor.

Die Karte, die Sie von mir erhielten, war wohl aus Reichenau, wo ich den Juli verbrachte, mit Frau und Kind. Dann war ich im August ein paar Tage auf dem Semmering, und jetzt wieder. Lassen Sie mich jedenfalls näheres über Ihre Berliner Reise wissen; vielleicht sehen wir uns doch schon vor Wien. –

Daß Sie 14 Stunden im Tag arbeiten können, ist mir ganz räthselhaft. Ich bewundre Sie und wünsche Vollendung und Erfolg!

Herzlichst, mit Grüßen von meiner Frau u mir.

Ihr ArthSchnitzler

An Otto Brahm Wien, 1. Oktober 05

Lieber Freund,

Sie können sich wohl denken, wie sehr ich Ihre Bemerkungen über den 3. Akt des »Ruf des Lebens« nachzuempfinden vermag. Es hat seine tiefen, im Stoff liegenden Gründe, daß dieser Akt gegenüber den zwei ersten stiller wird, nachzulassen scheint, in Hinsicht aufs Dramatische auch wirklich nachläßt. Vielleicht war es möglich, irgendein Moment zu finden, das auch diesem Akt die starke äußere Bewegung gegeben hätte, die den beiden ersten innewohnt. Ich habe viel, sehr viel darüber nachgedacht. Aber immer, wenn ich diesem Ziele nahezusein glaubte, zeigte es sich, daß die eigentliche Idee des Ganzen davonschlüpfte und daß ich für einen inneren Abschluß nichts gewinnen konnte als einen äußeren Effekt. Im ursprünglichen Plan sollte der 3. Akt am Morgen nach dem zweiten wieder in Mariens Wohnung spielen; seelisch sollte sich etwa das gleiche ereignen als in der jetzigen Fassung vor sich geht – die Gezwungenheiten und Unwahrscheinlichkeiten waren nicht zu überwinden. Dann, als ich den 3.Akt zum ersten Mal wirklich schrieb, spielte er drei Monate nach dem zweiten, und Marie trat als eine beruhigte Person auf. Der Arzt erschien und brachte Zweifel mit; sie begann in ihrem Sicherheitsgefühl zu schwanken, und ihr Geständnis an den Adjunkten stellte die endgültige Reinigung dar. Dies war die Fassung, in der ich das Stück zuerst vorlas (ich hatte an diesem 3. Akt schon bis dahin gewiß zehnmal mehr gearbeitet als an den ersten zweien, die mir beinah fertig aus der Feder flossen) – und, wie ich erwartet hatte, befriedigte die Lösung keineswegs. Nun versuchte ich mancherlei. Zu diesen Versuchen gehörte auch die Verwandlung des 2. Aktes, von der ich Ihnen einmal geschrieben habe und die eine Überleitung zum 3. Akt vorstellen sollte. Es zeigte sich, daß diese Szene doch eigentlich nichts enthielt als Wiederholungen und Verdeutlichungen, die rückwirkend den Beginn des 2. Aktes schädigten. Ich entwarf einen 3. Akt, der wenige Tage nach dem 2. spielte: Marie war geflohen, hielt sich selbst für verfolgt, kam in die Grünau, fand dort den Arzt und erfuhr erst von ihm, daß niemand den Mord ahnte, den sie begangen. Anfangs befreit, fühlte sie sich dann nur um so schuldiger und führte das Stück auf einen kriminalistischen und schiefen Weg. Übrigens war die Gefahr der Bühnenlächerlichkeit (zwei verschiedener und am selben Tage wiederkehrender Mädchen) eminent. Auch romantischere Einfälle tauchten auf: ein letzter Akt, der hinter der Schlachtlinie vorging; die zwei Mädchen, die dem Heer nachzogen; der Adjunkt, der der verlassenen Marie in den

Donauauen begegnet: – so viele Einfälle, so viele Unmöglichkeiten! Immer wieder führte mich die Überlegung auf das Grundmotiv zurück, das nun der Arzt gegen Schluß ausspricht. Wie stark dieses Motiv in mir selbst wirkte, ersehen Sie am besten daraus, daß ich eine Zeitlang daran dachte, das Stück »Der Widerhall« zu nennen, womit auf die ungeheuren Lebenstäuschungen hingedeutet werden sollte, die dadurch über uns hereinbrechen, daß für tausenderlei Beziehungen und Taten und Gefühle immer nur ein und dasselbe Wort Geltung hat. Vielleicht hätte ein dramatisches Genie auch für die in der Idee des Stückes begründete Stille des letzten Aktes den dramatisch lauten Ausdruck gefunden, irgendein Geschehnis, das den Geschehnissen des 1. und 2. Aktes dramatisch gleichwertig wäre – mir ist es versagt, und ich fühle, daß ich über das, was ich im 3. Akt versucht habe, vorläufig, von Dialogretuschen abgesehen, nicht mehr hinaus kann. Es kam ein Augenblick, in dem ich mit der ganzen Sache innerlich fertig war und fühlte, daß ich außerstande wäre, mich weiter damit zu beschäftigen. Wer weiß übrigens, ob der Fehler des Stückes eigentlich in diesem 3. Akt liegt? Vielleicht ist er vielmehr im zweiten zu suchen, der – an sich gewiß ein glücklicher Wurf – doch eigentlich einen Einakter vorstellt, ein in sich geschlossenes Drama, das auch durch ein anderes zu ersetzen wäre. Und vielleicht wäre es notwendig gewesen, auch einen 3. Akt zu suchen, der Marie in eine ganz neue Welt versetzt, so verschieden von der ersten wie die des zweiten war. Der Einakterzyklus sitzt tief in meinem Wesen (was ich gar nicht so scherzhaft meine). Sehen Sie sich nur einmal meine Stücke daraufhin an: viele meiner Akte sind so vorzüglich in sich geschlossene Stücke, wie es keinem meiner mehraktigen Stücke im Ganzen zu sein gelingt. Statt festaneinandergefügte Ringe einer Kette stellen meine einzelnen Akte mehr oder minder echte, an einer Schnur aufgereihte Steine vor – nicht durch verhakende Notwendigkeit aneinandergeschlossen, sondern am gleichen Bande nachbarlich aneinandergereiht. – Um wieder

zum 3. Akt zurückzukehren, möchte ich nur noch vom rein theatralischen Standpunkt bemerken, daß ich eine Wirkung auch dieses Aktes für sehr wahrscheinlich halte; vielleicht gerade durch die Verschiedenheit der Stimmung, auch der landschaftlichen, gegenüber den dumpfen, wenn auch aufgeregten Zuständen der ersten beiden Akte.
Und nun zum Herrn Direktor. Ich erlaube mir hiemit, Ihnen den »Ruf des Lebens« einzureichen. Es wäre mir, für den Fall der Annahme, sehr erwünscht, da Sie ja nun doch beide Stücke hätten, wenn Sie auf Ihren ursprünglichen Vorschlag der 5000-Mark-Garantie zurückkämen. Höchst erwünscht, sage ich, ohne zu fordern mich berechtigt zu fühlen. Denn so gut Sie wissen, daß der Nachbar nach diesem Stück mit mehreren Händen griffe, ebensowenig zweifeln Sie daran, daß ich nach dem Vorgefallenen ihm auch gegen eine Garantie von 20 000 Mk. das Stück nicht geben würde. Hier muß ich der Vollständigkeit wegen einschalten, daß Kahane Herrn Steinrück gegenüber seine Verzweiflung ausgedrückt hat, weil ein rekommandierter Brief von ihm an mich verlorengegangen sei; ferner, daß heute ein Brief Steinrücks an meine Schwägerin eintraf, der die Worte enthielt: »Heute abend reist Kahane nach Wien, um mit Arthur persönlich zu sprechen.« (Dies alles bitte vertraulich.)
(Ich lasse mir eben den Brief geben, um wörtlich zu zitieren: »Morgen, Mittwoch, kurz nach Ankunft dieses Briefes, wird Kahane bei Euch sein.«) Meinen letzten Brief muß ich noch dahin ergänzen, daß ich natürlich auf jenes Telegramm des Neuen Theaters keine Silbe mehr erwidert habe, so daß es ziemlich seltsam ist, wenn sie dort wissen, daß die zwei Briefe, die »unterwegs« waren, nicht an mich gelangt sind. Und jedenfalls ist mit der Bemerkung von dem einen verlorengegangenen Brief erwiesen, daß die zwei anderen nie geschrieben worden sind (wie natürlich auch der dritte nicht). – Die Komödie hab ich übrigens hauptsächlich darum beinah gleichzeitig mit der Burgtheaterannahme zurückgezogen, weil ich

fest überzeugt war, daß ich, nach Bekanntwerden der Burgtheaterannahme in Berlin, plötzlich ein Annahmetelegramm vom Neuen Theater bekommen hätte.
Neulich Arrangierprobe des »Zwischenspiels« in der Josefstadt. Schlenther führt selbst Regie. Wir kamen einander entgegen, »als wenn nichts geschehen«. Neue Dekoration, neue Möbel; vorgestern Besprechung mit Goltz, Lehner, Urban, Leffler, Jaray ... diesertwegen ... Sie lächeln? Ich war auch ziemlich nahe dran. – Premiere für 12. Oktober angesetzt; ich halte es für wahrscheinlich, daß es ein paar Tage später sein wird. – Am 14. Oktober »Kakadu« im Volkstheater. – War vorgestern nach langer Zeit in der Burg bei »Gefährtin« und »Liebelei« (so gut wie ausverkauft). Die Medelsky unvergleichlich; beinah ebenso gut Korff. – (Dachte in der »Gefährtin« und beim Herrn in der »Liebelei« lebhaft an Bassermann.)
Von einem neuen 5-aktigen aus der Tiefe emporgetauchten Schauspiel ein erstes Szenarium entworfen, irgend etwas in mir ist gegen meinen Roman verschworen.
Ich freue mich sehr, daß Sie kommen. Würde auch sehr, sehr gern mit Ihnen fortreisen. Aber nicht zu weit. Wie denken Sie über den Semmering? Wir waren jetzt wieder ein paar Tage oben, es war herrlich. Auch ist das Hotel jetzt besonders gut. Ich spiele noch immer sehr viel Tennis und befinde mich leidlich wohl. Nun aber ist's genug. Hoffentlich haben Sie ein oder das andere Wort lesen können. Herzlichst, mit vielen Grüßen auch von meiner Frau,

Ihr A. S.

An Felix Salten Wien, XVIII. Spoettelgasse 7.
20. 12. 905

lieber, herzlichen Dank für das Königsbüchel, dessen Köstlich- u Kostbarkeiten wiederzugenießen ich mich schon sehr freue.
Ferner: eine Anzahl sogenannter Aphorismen lag schon für die Weihnachtszeit bereit – da kam ein wahrer Brandbrief von

Glossy (der mich schon seit Gründg der Oe. Rdsch. heftig um Beiträge angeht und der (wörtlich) »vor Aufregung physisch erkrankt sei, durch meine neuerliche Absage –«) – nun und ich sandte ihm die paar Nichtigkeiten, in der angenehmen Gewißheit, daß Singers und Kanners Gesundheit durch mein Fernbleiben unerschüttert bleiben. (Und nun hab ich wieder einmal die feste Absicht, mit nichts mehr in die Oeffentlichkeit zu kommen, eh ich wieder was ganz ordentliches herausgebracht habe.)

Drittens. Morgen Donnerstag gehn wir ins Josefstädter Theater, und wären sehr erfreut, nachher (im Riedhof wie u wo neulich) mit Ihnen beiden zusammentreffen zu können. Und wenn Sie verhindert sind, geben Sie ein andres Rendezvous oder kommen zu uns. Mittwoch sind Sie wohl auch zur Wasserm. Vorlesung geladen? Und am Semmering, Jänner, halten wir doch fest?

Herzlichst Ihr

A.

An Elisabeth Gussmann 3. 1. 906

liebe Liesl,

das gewünschte folgt mittelst Postanweisung. –

Eine Stelle in deinem Brief, Fred betreffend, bedarf der Aufklärung. 1.) Fred hat mir nicht alle seine Bücher geschickt, sondern meiner Erinnerung nach, nur 2: Briefe an eine junge Frau, und »die Praeraphaeliten« und jetzt den neuen Roman (Fragonard hab ich in deiner Ausgabe gelesen.) 2.) daß ich ihm für die an mich gesandten Bücher nicht gedankt hätte, ist ausgeschlossen. Ich danke *jedem*, auch jedem mir persönlich unbekannten Autor, aus Höflichkeit oder Pedanterie, für *jedes Buch.* Daß eine Vergeßlichkeit (die wohl bei den hunderten Zusendungen einmal passiren könnte) mir gerade bei Fred passirt sein sollte, ist im höchsten Grade unwahrscheinlich.

Übrigens denke ich ihm das dieser Tage ev noch persönlich aufzuklären.
Herzliche Grüße

Dein
A.

An Otto Brahm Wien, 23. Jänner 06

Lieber Freund,
nach allem, was ich lese, bin ich dafür, daß die Orloff die Katharina spielt. Ich finde die Worte in den Kritiken über sie, die mir für die Katharina die wesentlichsten scheinen: jung, schwebend, heiß. Nach der Hedwig (Sie wissen, wie gut sie mir gefiel) konnt ich nicht ahnen, daß ihr auch das Heiße, Schwebende zu Gebote steht. Kommt noch dazu, daß sie jetzt den großen Erfolg gehabt hat. Sie hat also in dieser, der Pippa wie mir scheint nicht unverwandten Rolle schon im Augenblick des Auftretens gewonnen. Frau Kraus kenn ich nicht. Nach Ihrem heutigen Brief scheint sie mir nicht jung genug, und der sentimentale Ton, den Sie mir anpreisen, ist für die Katharina der, den ich am wenigsten haben möchte. Kurzum, von hier aus gesehen: Frau Kraus unsicher, Frl. Orloff absolut sicher. Ich denke, das Stück ist weiblicherseits mit Frl. Schiff eben belastet genug; es wäre doch schön, wenn ich mich des edlen Kusinenpaars Marie und Katharina schattenlos erfreuen dürfte. Fängt man einmal mit der einen zu probieren an, so ist das eine schwere Sache (Sie wissen's ja selbst) – man wartet dann immer wieder auf den nächsten Tag, und plötzlich ist die Generalprobe da und man kann nicht mehr umbesetzen. Zu große Jugendlichkeit ist keine Gefahr für die Rolle (Pippa ist ja auch höchst verführerisch) – eine Ahnung von »nicht mehr jung genug« kann die Figur unleidlich machen. Somit komme ich zu dem Schluß, daß die Besetzung der Katharina mit Frl. Orloff unter den durch das Talent, das Wesen und den großen Pippa-Erfolg geschaffenen Umständen eine Chance

mehr für den Erfolg des Rufs wäre und daß dagegen alles, was Sie mir über Frau Kraus zu berichten die Güte hatten, kaum in günstigem Sinn in Betracht kommt.
Und nun zur weiteren Besetzung. Ich hoffe Bassermann-Oberst, Reicher-Vater, Sauer-Arzt steht so fest, daß wir nicht mehr darüber reden müssen. In Hinsicht Maxens bekehr ich mich zu Ihrer Ansicht: Stieler. Der Umstand, daß Rittner unwillig an die Aufgabe ginge, ist mir der einleuchtendste Gegengrund. Dann also Rittner-Adjunkt, Marr-Albrecht. Tante-Lehmann wäre mir unendlich wertvoll, vielleicht läßt sich das machen. – Von Walser, dem ich geschrieben, habe ich keine Nachricht. Wann dürfte er fertig werden? Haben Sie ihn gesprochen? – Es wäre mir also höchlichst erwünscht, wenn Sie mich in Ihrem nächsten Brief über die Besetzungsfrage nach allen Richtungen endgültig beruhigten und die schwebende Katharina zugunsten des jungen und heißen Frl. Orloff (von der mir gestern in Breslau auch Werner Sombart, wie von der gesamten »Pippa«-Aufführung, Erfreuliches erzählte) außer Schwebe gesetzt würde.

Seien Sie herzlich gegrüßt Ihr A. S.

Wie alt ist Frau Kraus? In welcher Rolle hatte sie s. Zt. Erfolg? In welcher Rolle haben *Sie* sie gesehen?

An Otto Brahm Wien, 27. Jänner 06

Lieber Freund,
heute morgen habe ich das Exemplar des »Rufs« mit den mir vorgeschlagenen Strichen erhalten. Sie wissen, ich lasse mir im allgemeinen Striche gern gefallen und streiche auch gern selbst, wo ich es nötig finde, aber was diesmal an meinem Stück verübt wurde, geht doch ein bißchen über die Grenze des mir Verständlichen. Das Stück spielt ungekürzt mit Zwischenakten kaum über zwei Stunden. Und so habe ich eigentlich den Eindruck, bei der vollkommenen Überflüssigkeit der Dauer des Stückes abzukürzen, als wenn manche Stelle nur

aus reiner Freude am Streichen gestrichen worden wäre. Trotzdem könnte ich immerhin eine Anzahl der Striche akzeptieren. Gegen den größten Teil muß ich aber diesmal entschieden Einspruch erheben. Ein Exemplar mit meinen Strichen liegt bei.

Erster Akt, erste Szene bin ich mit manchen Strichen einverstanden, wie Sie sehen, aber auf Stellen wie S. 15 »doch wenn ich nach Hause kam usw.« und S. 19 »der Geruch ihrer Jugend steigt dir in die Nase etc.« kann ich unmöglich verzichten. Völlig rätselhaft ist der Strich S. 26, durch den die wichtige Stelle wegfallen würde »sie haben einander zugeschworen, daß keiner von ihnen die Heimat wiedersehen wird«. Im weiteren Verlauf bis zur 8. Szene habe ich mich mit dem größeren Teil der Striche einverstanden erklärt, doch hier müssen die Stellen S. 45, die ebenso wichtig für die Charakteristik des Adjunkten als für den Sinn des Stückes sind (in einer früheren Epoche sollte das Stück sogar den Namen tragen »Der Widerhall«), unbedingt wieder aufgemacht werden. In der 9. Szene ist insbesondere die Rede der Marie auf S. 53 sowohl aus rhythmischen als psychologischen Gründen unerläßlich. Wo ich sonst nicht der Ansicht des verehrten Herrn Streichers bin, ist aus dem Buche zu ersehen.

Im 2. Akt, der schon an sich von einer gefährlichen Kürze ist, wurde es für nötig gehalten, eine für den Obersten sehr charakteristische und wahrhaft nicht langweilige Stelle auf S. 78 zu eliminieren. Ich gebe ihr hiemit das Leben wieder. In gleicher Weise glaube ich mich berechtigt, auf S. 86 und 87, die sowohl für die Stimmung des Aktes als für die Idee des Stükkes unentbehrlichen und nebstbei sehr schönen Stellen wieder aufzumachen. In der Szene zwischen Max und Irene konnte ich einige Striche gelten lassen. Keineswegs aber den letzten auf S. 93 »klingt ihr heute aus allen Ecken hervor ...« – Im 3. Akt möchte ich den Strich auf S. 102 in der bekannten Schwebe lassen. Mit manchem anderen bin ich ohne tiefere Überzeugung einverstanden. Der Strich S. 127/8 ist mir total

unbegreiflich gewesen. Und ebenso wehre ich mich gegen die Zerstörung des Rhythmus im Ausbruch der Marie S. 129/30. Und nun zum Schluß. So sehr ich die Erwägung zu ahnen vermag, die den verehrten Vandalen (sollte es nur einer gewesen sein?) veranlaßt haben, den Bühnentod der Katharina zu eliminieren, so wenig kann ich auf diese Szene verzichten, deren Inhalt als Bild, Ausklang und ganz einfach in ihrer dramatischen Dazugehörigkeit gleich unentbehrlich ist. Wird die Rolle der Katharina von einer guten Schauspielerin dargestellt – und es wäre mir peinlich, diese Eventualität von vornherein ausschließen zu wollen –, so ist diese Szene ihrer Wirkung vollkommen sicher.
Entschuldigen Sie, lieber Freund, wenn etwas von meinem Ärger, den ich über die massakröse Behandlung einer mir sympathischen Dichtung empfunden habe, in diesen Brief übergegangen sein sollte. Lassen Sie mich recht bald Weiteres wissen, und seien Sie herzlichst gegrüßt

Ihr A. S.

An Georg Brandes 13. 3. 906

Lieber und verehrter Herr Brandes,
Ihr Brief hat mir diesmal besonders wohl gethan. Auch mir ist der »Ruf des Lebens« werth, zum mindesten in seinen ersten zwei Akten; mit dem dritten habe ich viel Mühe gehabt, und er ist doch lange nicht das geworden, was ich wollte. Die Macht des »ersten Einfalls« ist zu groß; ich sehe ein, daß ich mich in einem gewissen Augenblick von diesem ersten Einfall hätte befreien müssen und die Sache so dramatisch weiterführen, als ich sie begonnen. Es kam am Ende doch nicht darauf an zu sagen, daß man auch aus den furchtbarsten Schicksalen emportauchen kann, daß wir nur den Widerhall von Worten bringen u. s. w. –; – aber in Dramen erledigt ein alberner Dolchstich oder ein Fenstersprung im Wahnsinn alle Dinge viel entscheidender als die tiefste und glatteste Weisheit. (Ich sage: tief

und glatt; eben die tiefste bleibt ja glatt, wenn wir nicht unsern eignen Weg hin gegangen sind.) Aber was red ich da. Ich bin entfernt davon, Sie von Ihrer Sympathie für mein Stück abbringen zu wollen. Ich kann sie besser brauchen als je. Was Sie im Tag gelesen, war gewiß nicht das unverständigste –und noch gewisser nicht das böseste, was man mir diesmal nachgesagt. Da es im 2. Akt knallt und da im 1. Akt vergiftet wird, hat man mich als Spekulanten bezeichnet, einen Kerl, der auf diese ordinäre theatralische Art durch Tantiemen ein reicher Mann werden möchte. (Eine Spekulation, umso verächtlicher, als sie nicht geglückt ist, stand irgendwo zu lesen.) Knallt es nicht, – so heißen mich dieselben Leute einen »Novellisten« u. s. w. In Rußland scheint das Stück sehr gefallen zu haben – mir ist im phantastischen zuweilen sehr wohl, insbesondere wenn ich aus der dünneren Atmosphäre des ausschließlich psychologischen hinabgestiegen komme.

Ich hoffe sehr, Sie heuer noch zu sehn. Wenn alles gut geht, möcht ich nämlich im Sommer mit Frau und Kind an die dänische Küste. Dieser Sommer 96 bleibt für mich eine der mildesten, beruhigendsten Erinnerungen. So wohl wie in jenen Buchenwäldern war mir selten zu Muthe. Nun hat sich ja vieles in meiner Existenz gut und schön gestaltet, aber was ist alles in diesen zehn Jahren geschehn! Sie sagen, daß meine Arbeiten eine so große Spannweite haben, weil ein Theil dem Tod, der andere der Liebe gewidmet sei. Kein Wunder. In dieser Spannweite hat nicht mehr und nicht weniger Platz als das Leben. Freilich ist mir sehr wohl bewußt, daß in dem, was ich bisher geschrieben habe, mehr von der Sehnsucht nach dem Leben, von einer sehr tiefen Ahnung und wohl auch von einem Begreifen des Lebens zu spüren ist, als vom Leben selbst. »Des Lebens Ruf . . . ach, seine Fülle nicht!« (Suchen Sie nicht etwa, wo der Vers steht, es ist ein geschwindeltes Citat.)

Leben Sie wohl und seien Sie herzlichst bedankt und gegrüßt von Ihrem

Arthur Schnitzler

An Alexander Fürst Sumbatoff Wien, 26. April 1906
XVIII. Spoettelgasse 7.

Verehrtester Fürst Sumbatoff!
Mit Vergnügen habe ich vernommen, daß der »Einsame Weg« im Herbst am Kaiserl. Theater in Moskau zur Aufführung kommen soll und daß Sie selbst eine der beiden Hauptrollen, den Fichtner oder den Sala, zu spielen gedenken. Ich richte nun diese Zeilen hauptsächlich an Sie, verehrter Fürst, um mich Ihnen für den Fall, daß Sie irgend eine Aufklärung wünschen sollten, zur Verfügung zu stellen. Besonders freut es mich, daß hiemit zum ersten Mal in Rußland eine von mir autorisierte Übersetzung zur Aufführung kommt, und ich nehme an, daß die Arbeit des vortrefflichen Herrn Rotenstern, dem ich für seine Bemühungen zu so viel Dank verpflichtet bin, allen Anforderungen entspricht und gewiß nicht allein durch ihre Autorisierung den Vorzug vor den zahlreichen andern Übersetzungen verdient, die wie ich höre, der Censur eingereicht worden sind.
Mit dem Ausdruck meiner vorzüglichen Hochachtung
Ihr ergebener
[A. S.]

An Felix Salten Wien, XVIII. Spoettelgasse 7.
27. 4. 906

lieber, Sie haben natürlich ganz recht. Unmöglich konnten Sie sich Brahm gegenüber als ungebetener Rathgeber aufspielen, und als ich mein Telegramm an Sie absandte, hatt ich begreiflicherweise nicht an irgend einen adhoc-Besuch oder dergl bei Brahm gedacht, sondern an etwas beiläufigeres, ohne mir über das »wie« weitere Gedanken zu machen. (Damit daß Brahm auf Ihr Urtheil nichts geben könnte, sind Sie sehr im Irrtum.) – Nun hab ich die Sache indeß auf andre, directe Weise, zu ordnen versucht. (*Dies vollkommen unter uns.*) Nach Ihrem Brief, in dem Sie mir Ihr Gespräch mit R. erzählten u einem

Brief Jacobsohns, der auch telephonisch eine Art Bereitwilligkeit R.s erfahren haben wollte, telegr ich an Brahm, ob er mir überlassen wolle Rittner zur Übernahme zu bringen. Er konnte nichts dagegen haben, warnte mich für alle Fälle, wusch seine Hände in Unschuld etc. Ich telegr. nun an Rittner, der mir in einem sehr liebenswürdigen Telegramm nein sagte. Ich hatte es natürlich nicht anders erwartet – die Gegengründe lagen für Rittner zu nah, als daß er nicht von ihnen hätte Gebrauch machen sollen. Aber ich wollte mir keine Vorwürfe zu machen haben – und da mir Rittner strengste Discretion zugesagt hat, hoffe ich daß nicht am End noch eine für die Wiener Aufführung (auf die ich schließlich doch nicht verzichten möchte) gefährliche Coulissenklatscherei herauskommt. Sonderbar ist, daß vor 2 Jahren, nach Rittners Versagen (aus Unlust) an der Rolle, alle, auch Brahm und ich dachten, Reicher wäre der richtige Darsteller für die Rolle. Nach der erschütternden Charakteristik, die Sie von seiner Auffassung geben, kann ich mir nun wohl vorstellen, was mir bevorsteht. Übrigens gibt es meiner Empfindg nach nur einen Darsteller für den Julian: Wischnewski. Sie haben ihn ja als Onkel Wanja gesehn. Und Stanislawski als Sala wär auch nicht übel. Wir haben diese beiden, auch Ljuschin (Professor in Wanja), Leonidow, Frau Tschechow bei Rotenstern's kennengelernt; auch im Theater hinter den Coulissen ein paar mal gesprochen. Es hat mich sehr gefreut, daß ihnen viel daran zu liegen schien, ein Stück von mir für ihr Theater zu bekommen. Jedenfalls gibt es keins, an dem ich lieber aufgeführt werden möchte. Sieht man solche um alles dramatische unbekümmerte Gestalten- und Lebensstücke wie den Onkel Wanja, so ist einem, als brauchte man sich nur hinzusetzen, um ein viertel Dutzend im Jahr zu schreiben. Und doch. Allerdings fiele man auch durch. –

Tennis spielen wir schon ziemlich regelmäßig – d. h. meistens ich, Dr Kaufmann, Frl Erl, Olga seltener. Zuweilen geh ich im Pötzleinsdorferwald spazieren. Es ist schon beinah sommerlich, um mindestens vierzehn Tage weiter vor, als voriges

Jahr. Neulich war Fred bei uns, der sich im Lauf der Jahre höchst vortheilhaft verändert hat. (Dieser Tage wird er (wahrscheinlich von meinem Bruder) an Gallensteinen operirt.) –

Über Ihre Sommerpläne möcht ich recht bald näheres wissen. Meine Karte, Frau v Lützow betreffend, haben Sie wohl erhalten? Neulich war hier das Gerücht verbreitet, daß Sie auf ein paar Tage nach Wien kämen. Wie steht die Prozeßangelegenheit? Ich stelle mir Ludassy verdammt wenig dazu gelaunt vor. –

Neulich, mit dem reparirten Rad (alles mögliche, 55 Kronen!) erster Versuch, in Neuwaldegg brach die Axe. Trotzdem bleibt die Sehnsucht nach der gemeinschaftlichen Partie bestehen. Haben Sie sich nicht die Sache wegen Daenemark überlegt? –

Ich arbeite (am Roman) ziemlich regelmäßig aber ohne die nöthige Intensität. Mir thut es so leid, daß ich Sie in der B. Z. beinah niemals finde. Was machen Sie sonst? Ich nehme an, daß Sie mit administrativen und organisatorischen Arbeiten überhäuft sind. –

Seien Sie herzlich gegrüßt, ebenso Otti u die Kinder, von uns allen.

Ihr A.

An Otto Brahm Wien, 28. April [1906]

Lieber Freund,

nachdem ich Ihren Brief erhalten, telegraphierte ich an Rittner: »Wären Sie bereit, Julian in Wien zu spielen? wäre mir sehr wertvoll. Ich gehe in dieser Sache vorläufig ohne Brahm vor und bitte Sie herzlichst, um mir evtl. schwere Unannehmlichkeiten zu ersparen, und ehrenwörtlich strenge Diskretion nach allen Seiten. Verbindlichen Gruß A. S.« – Darauf kam eben folgendes Antworttelegramm: »Habe überlegt, geht leider doch nicht, jetzt wo Abreise vor der Tür, habe Rolle nicht mehr intus, Garderobe nicht in Ordnung für Wiener Ansprüche, müßte neu lernen, Proben haben, käme überdies Reichner gegenüber kollegial in schiefste Situation, glaube auch nicht, daß Brahm noch Änderung trifft. Diskretion natürlich gewahrt. Herzlichen Gruß Rittner.« – Das »geht leider *doch* nicht« bedarf der Aufklärung. (Hier muß ich natürlich Sie um Diskretion bitten.) Vor ein paar Tagen traf Rittner Salten auf der Straße und äußerte sich gesprächsweise zu ihm »er sei im Prinzip nicht dagegen, den Julian in Wien zu spielen . . .« So sehr ich vermutete, daß im Ernstfall mit diesem Prinzip für mich verdammt wenig anzufangen sein würde, glaubte ich es nach den wahrhaft alarmierenden Nachrichten über Reicher von den verschiedensten Seiten mir selbst schuldig zu sein, nichts unversucht zu lassen, um diese Gefahr von meinem Haupte abzuwenden. Man will sich doch seine Durchfälle möglichst allein verdanken, und gerade diesmal, bei dem außerordentlichen Erfolg der gesamten übrigen Besetzung, wäre die gesamte Verantwortung auf mich gefallen – wenn der Ölfleck zu eliminieren gewesen wäre. Sie nehmen mir also nicht übel, lieber Freund, wenn ich trotz Ihres Abratens (dessen Motive keiner besser zu würdigen versteht als ich) bei Rittner angefragt habe. Es ist ja zuversichtlich zu hoffen, daß er die so lebhaft geforderte und vertrauenswürdig zugesagte Verschwiegenheit wahrt, und käme wider Erwarten doch etwas heraus, so ist alles ausschließlich auf mich zu wälzen. Hoffen wir, daß sich hier Stimmen, wie sie sich Ihrem Briefe nach für Reicher »regen«, etwas deutlicher vernehmen lassen als in Berlin – an sein Besserwerden glaub ich nicht. Die Würfel sind gefallen, mög es dem Stück anders gehen.

Da Sie am 3. morgens ankommen, sind Sie für den Abend des gleichen Tages zu einem stillen Nachtmahl in die Spöttelgasse gebeten und werden ersucht bekanntzugeben, bei dem temperenzigen Zustand unseres Weinkellers, welches Getränk sich in diesem Jahr Ihrer Sympathie erfreut. – Ihre freundliche Einladung in die Premierenloge nehmen wir natürlich mit

Dank an. Haben Sie schon eine Ahnung, wann Sie den »Einsamen Weg« geben werden? Dies frage ich wegen Bruder und Gattin, die Anfang Mai eine kleine Reise unternehmen und gern zur Premiere zurück wären (was meiner Berechnung nach kaum gehen dürfte). Werden Sie außer »Elga», »Pippa«, »Weg« noch was geben? »Rosmersholm«? »Wildente«?
Mit vielen Grüßen von uns beiden herzlichst Ihr

A. S.

An Otto Brahm 5. 5. 906

Lieber Freund,
in Brünn wird sich Ihnen Doktor Hans Müller, ein begabter und interessanter junger Österreich-Dichter, vorstellen. Ich werde von ihm ersucht, Sie auf seinen Besuch vorzubereiten. Ich tue es gern, denn ich denke, der Jüngling wird Ihnen gefallen. –
Unsere Hinterbrühler Adresse: Hinterbrühl Hotel Radetzky. Wir denken, bis zum nächsten Sonntag dort zu verweilen. Wenn Sie kommen, was höchst erfreulich wäre, so telegraphieren Sie am Tag vorher bitte.
»Der Puppenspieler« scheint mir ist bei der Kritik im ganzen besser weggekommen, als die »Elga«. Bei den Stücken ist es umgekehrt als bei den Dieben. Die großen henkt man; die Kleinen läßt man laufen. (Wer verlangt übrigens von Stücken, daß sie laufen? Es genügt, daß sie gehen.)
Sehr erfreulich wäre es ja, wenn das Zimmer des Oboespielers und das rotweiß gestreift-kurzgeschürzte Zöfchen noch ein wenig nach der realistischen Seite umgelegt werden könnten. (Oder hat das Lessingtheater nicht das Recht ein von Karczag-Wallner beigesteuertes Stubenmädchen umzulegen?)
Fernere, wenn auch nicht bessere Witze für jenes mythische Lustspiel reservierend verbleibe ich, mit herzlichen Grüßen von Olga und mir

Ihr A. S.

An Felix Salten Wien XVIII. Spoettelgasse 7
16. Mai 906

lieber, beim Nachhausekommen aus Theater und Hotel hab ich Ihren kurzen aber klingenden Brief vorgefunden und mich sehr damit gefreut. Es mußte für mich freilich nicht gerade der Eins. Weg kommen, um mich Ihr Fernsein schmerzlich empfinden zu lassen. Der Abend gestern ist überraschend gut ausgefallen; jedenfalls war er äußerlich der stärkste Erfolg meiner Theaterlaufbahn. Völlige Stummheit nach dem ersten Akt, wahre »Stürme« nach 2., 3., gedämpft nach dem 4., wieder sehr stark nach dem 5.Akt. Bassermann anfangs etwas bläßlich, am Schluß unvergleichlich. Reicher hat mich in gewissem Sinne angenehm enttäuscht. Im ganzen war er wohl unerträglich genug; aber die Leistung als ganzes war von einer gewissen Geschlossenheit, so daß man einen mehr menschlichen als künstlerischen Widerwillen gegen die Figur kriegte. – Seltsam sind doch Dramenschicksale. Eine solche Aufnahme in Berlin vor 2½ Jahren – und Ihre Profezeihung wäre erfüllt gewesen.
– Den Rehberg hab ich in der Hinterbrühl gelesen, wo wir höchst angenehm acht Tage im Hotel Radetzky gewohnt und tennis gespielt haben. (Einmal mit Hugo, den ich im single set 6:4 schlug!) – Es ist ein glänzendes Ding, und es gibt vielleicht im ganzen darin nur 3-5 Stellen, bei denen mir im Stil irgend was wie ein falscher Ton erscheint. Doch möcht ichs, nach einem Zwischenraum von ein paar Wochen, noch einmal lesen, um mich selber nachzuprüfen. Hingegen sage ich schon heute mit Entschiedenheit, daß ich den vorletzten Absatz fortwünschte. Hier werden Zusammenhänge mit einer meinen Geschmack störenden Deutlichkeit aufgezeigt; Zusammenhänge, die im Gang der Geschichte für jeden ersichtlich werden, der in anständiger Weise zu lesen versteht, und mir erschien daher dieser ganze Absatz wie eine Reverenz vor den oberflächlichen, die ihnen nicht gebührt. Ich habe mich natürlich auch gefragt, ob dieser Rückblick viel-

leicht als Ergänzung zum Charakterbild des Erzählers Ihnen unerläßlich scheinen mochte – doch find ich, daß die etwa neuen Züge höchstens im Sinne philosophischer Altersveränderungen zu deuten wären, die mit dem köstlich-fertigen Chronik-Rehberg, den Sie gestalteten, nichts weiter zu thun haben. Auch wirkt die Stelle, wo Rehberg zum Selbstankläger wird »Und dann hat mich dies Treiben so weit von meinem Worte fortgerissen etc« keineswegs bezwingend wahr. Weder subjectiv noch objektiv. – Ich würde daher in der Buchausgabe von dem Absatz nur die ersten Zeilen stehen lassen bis »als der Kaiser gegen ihn gewesen« – oder nicht einmal die – und ruhig auf den letzten Absatz übergehen. –
Ihr Berliner Feuilleton in der Zeit hab ich mit Ergriffenheit gelesen. Sind Sie nun schon an der Herzl-Biographie? Und welches sind die größern Sachen, die Sie componiren? – Die Wartburgerreise war ein Ausflug zum Vergnügen oder sonst was? – Wie stehts mit Spanien?– Unser Kinderarzt Dr Pollak theilt mir mit, daß Heringsdorf u besonders Swinemünde enorm gelsengeplagt sind*) Erkundigen Sie sich doch gut, eh Sie miethen. –
Eben bekam ich von Ludassy eine Gratul-Karte zum gestrigen Erfolg. Seine Frau hat eben eine schwere Lungenentzündung durchgemacht, und ich muß sie nächstens besuchen. So wär es mir sehr lieb, wenn Sie mir rasch, nur mit 2 Worten sagten, wie nun eigentlich Ihre Prozeßsache steht?–
Frl Erl ist ab nach Dresden (vorläufig ohne bestimmtes Engagement) Tennis regelmäßig Kaufmann, manchmal Speidels (er kam erst jüngst aus Griechenland zurück).–
– Richard war einmal bei uns in der Hinterbrühl, mit Paula u Mirjam; sehr erfüllt von seinem Fünfabend Stück. Erfülltsein ist doch der neidenswertheste Zustand von allen; – wenn nicht die Verpflichtungsgefühle sich einstellen – die oft trü-

* Er war in Sw.

gerisch sind, wenn sie sich auf uns selbst, und immer wenn sie sich auf die Welt (sowohl »Mit« als »Nach«) beziehen. Dies ist eine Wahrheit. Sollte es aber nicht wahrere Wahrheiten geben?

– Wir haben ein neues Fräulein, angenehm jüdisch, Anna Loew betitelt, und wegen einer Halsentzündg in Hinterbrühl zurückgeblieben. Sie hat einen Bruder, Johann Loew, Arbeiterführer, und so bekam ich plötzlich aus Brüssel eine, resp. zwei waterlohende Karten, von Johann Loew und Lotte Pohl-Glas. Wer die Zusammenhänge begreift, lebt ewig.

Dies wünscht Ihnen, nebst vielen herzlichen Grüßen für Sie und die Ihren von uns allen

Ihr

Arthur

Richard hat zwei schöne Gedichte geschrieben, eins »Der einsame Weg« – ein andres »Altern«, 1 an mich, 1 an Kerr.

An Adolf von Sonnenthal

An Sonnenthal zum 31. Mai 1906.

Seht mir den endlosen Zug von vielfach bedeutenden Schatten!
Manchen, den längst ich vergaß – manchen, der nie mir entschwand.
Niemals so bunte Gesellschaft vereint auf dem Wege betraf ich!
König wandelt und Held, Bürger und Sträfling vorbei;
Auch den Verführer gewahr' ich, den Narren, den Künstler, den Weisen –
Purpur und Panzer erglänzt hell unter Frack und Talar.
Schweben die Einen dahin im Schimmer unsterblicher Hoheit,
Schleichen die Andern bedrückt, wie aus den Grüften gelockt.
Doch wer schwankt aus der Reih' und grüßt mich besonders vertraulich?
Gütig versteh'nder Cellist – Vater Christinens, bist Du's?

Und ein zweiter? Ich kenn' Dich, o weiser betrogner Professor,
Dem so verspätet als milde eine Gefährtin erschien.
Und auch Du bist zur Stell', Comödiant aus verdächtiger Schenke,
Dem aus pathetischem Trug ahnungsvoll Wahrheit erstund?
Dank Euch Drei'n für den Gruß! – Und nun gesellt Euch den Andern,
Die sich in festlichem Gang nahn dem begnadeten Haus.
Öffnet sich aber das Thor, so neiget Euch tief vor dem Meister,
Der in Euch Alle zuerst Atem des Lebens gehaucht.

Arthur Schnitzler.

An Hermann Bahr Wien, 24. 6. 1906

Lieber Hermann,
ich finde Deinen neuen Einakter sehr interessant; fesselnd vom ersten bis zum letzten Wort, und halte (wenn es nicht zu einem Skandal kommt, was man bei Bahren und Faunen nie wissen kann) auch eine starke Bühnenwirkung für wahrscheinlich. (Deine drei Einakter müßten zusammen gegeben werden; Faun zum Schluß, Narr zum Anfang, das »Du kannst ja mitkommen«, der Helmine am Schluß bekäme dann seine besondere Bedeutung.) Man denkt natürlich so ein Stück weiter, wie man wirkliche Erlebnisse weiter phantasiert und so habe ich auch einen zweiten und dritten Akt gesehen, die man vorläufig nicht wird spielen können. Der zweite Akt auf der steilen Bergwiese. Falls Du ihn schreiben solltest, rate ich Dir, ihn nicht von Lessing inszenieren zu lassen, der Orgien nur ein mäßiges Verständnis entgegenbringt, was sich im vierten Akt der Beatrice jammervoll erwiesen. Dieser zweite Akt, der verschiedentlich geführt werden könnte, bekäme seinen ganzen Sinn natürlich nur durch die vollendetste Rücksichtslosigkeit. Also Bedingung: Unaufführbarkeit. Da für mich (wenigstens wie ich das Stück weitergebracht habe) Helmine die Hel-

din ist, brachte der dritte Akt den seelischen Untergang oder Sieg der Helmine. Man wird zu irgendetwas wahrscheinlich nur reif, wenn man eigentlich dazu geboren war. Man kann ein Faun sein; man kann aber kein Faun werden. Man kann ein Hexchen und eine Nymphe sein, aber man kann es nicht werden. Ich bin nicht klar darüber, ob Helmine das Recht auf die Welt gebracht hat, auf die steile Bergwiese zu wandern. Jedenfalls sie eher als Edgar, wie ja die Frauen überhaupt mit den Urelementen verwandter sind als die Männer. Es wäre auch zu bedenken, ob Helmine nicht irgendwas, das man nur aus seiner Natur heraus thun darf, par dépit thut – was vielleicht eine der häufigsten tragischen Verschuldungen bedeutet. Eine andere eher komödische Verschuldung hinwiederum: jemand denkt auf dem Wege der Höherentwicklung irgendwohin gelangt zu sein – und ist nur atavistisch hingeraten. Auch auf den steilen Bergwiesen tanzen zumeist Leute, die nicht hingehören. Dahin ungefähr führte mich Dein faunisch-tiefsinnig-burleskes Stückchen, und so möchte es wahrscheinlich damit enden, daß irgendwelche nicht bergwiesenwürdige Geschöpfe vom wahren Faun zu Thal geprügelt würden.–

– Heute, den 25., mein lieber Hermann, reisen wir ab. Nach Berlin (1, 2 Tage) Kopenhagen (3, 4Tage.) Marienlyst. Ein paar Wochen. Dann, August vielleicht noch irgendwohin an die Nordsee. (Nordwyk?). Laß uns jedenfalls in brieflich-ansichtskartlicher Verbindung bleiben.–

Mit guten Sommerwünschen und Grüßen von Olga und mir herzlichst der

Deine

Arthur

Das Manuscript ist an Salten abgesandt.

An Otto Brahm Marienlyst, 12. Juli 06

Lieber Freund,
nun sind wir schon 14 Tage hier, und es gefällt uns eigentlich mit jedem Tage besser. Das Hotel ist in jeder Art vorzüglich, Wohnung, Essen, Bedienung, die gemeinsamen Räume weit und luftig, der Park schattig und freundlich zugleich, das Seebad, wenn auch kein sogenannter Strand da ist (wenigstens keiner zum Baden), köstlich und wellenschlägerisch; anmutige Spaziergänge, reizvolle Gänge ins Land, Wald, Feld, Meer, auch Blicke in die freie See: kurz, wenn es Ihnen in Nordwyk nicht sehr behagt, so kann ich Ihnen nur raten, kommen Sie her, Sie werden es nicht bereuen. Wir leben in halber Pension, den Abend haben wir uns frei gemacht, weil das 6 Uhr Dinner mir zu früh und zu opulent war. Wir bleiben jedenfalls bis auf weiteres. Eine Reise von hier an die Nordsee en famille erweist sich als eine allzu umständliche Sache, und so ist unser (natürlich nicht felsenfestes, aber doch auch nicht geradezu kahanisch-holländerisch-reinhardtisches) Programm: etwa Mitte August Kiel (Schleswig-Holstein), Berlin (Heini und Fräulein nach Wien senden), Weimar, Thüringen – (München?, Salzkammergut?), Wien.
Mit jener Intuition, die ich stets an Ihnen bewundert habe, wissen Sie an der Nordsee, ja schreiben mir genau an dem 8. Juli, daß Sie das A.-Stück von mir erhoffen, nachdem ich es frisch und frei, einigermaßen fröhlich, aber gar nicht fromm zu dichten oder mindestens zu verfassen begonnen habe. Daß es heuer oder gar für heuer fertig wird, erscheint mir allerdings ausgeschlossen. Auch müßt ich dieses Stück (wenn es überhaupt für Rußland geeignet ist) jedenfalls ein paar Monate vor einer Aufführung in Deutschland dem Stanislawski schicken – sowohl aus künstlerischen als finanziellen Gründen möcht ich auf das Moskauer »Künstlerische Theater« nicht verzichten. Aber das ist natürlich noch ein weites Feld, eine Steppe, möcht man sprechen. Auch einen Einakter hab ich hier,

ein bissel schlampig, zu Ende geschrieben, aber der muß, wird sich in einen Zyklus fügen. Die Preise in diesem trefflichen Hotel mögen meine wachsende Geldgier entschuldigen. Über das A.-Stück bitte zu niemandem ein Wort. Ich hoffe hier jedenfalls ziemlich weit damit zu kommen. Würde mich durch Ihre höchst erwünschte Anwesenheit nicht stören, sondern nur anregen lassen. Georg Brandes ist schon aufgestanden, wie er mir heute schreibt, und soll nächstens irgendwo eine Rede halten. Ich hab ihm Ihren Gruß schriftlich übermittelt, hat aber nichts geholfen, weil er Ihren Namen nicht lesen konnte.

Seit ein paar Tagen lese ich die Briefe von Bülow, aber es wird lange währen, bis ich zum 5. Band komme, der Sie vorigen Sommer so sehr ergriffen hat.

Von Dora Erl haben auch wir Wochen, Monate nichts gehört. Daß sie sich nicht gemeldet, ist mehr als befremdlich. Sie brannte darauf, Ihnen vorzuspielen. – Olga und Heini erwidern herzlich die lieben Grüße. Sollte es in Nordwijk schon Menschen geben, die sich freundlich unserer erinnern, so empfehlen Sie uns bestens. Im übrigen hab ich eine Ahnung, daß Sie herkommen. Intuition gegen Intuition. Ein Marienlyst in der Hand ist mir lieber als zehn Semmeringe auf dem Dache. Doch auch zu Gebirgen finden Sie gern bereit

Ihren A. S.

An Otto Brahm Marienlyst, 28. Juli 06

Lieber Freund,

als Ihr Brief ziemlich lange ausblieb, dachte ich schon, daß Sie persönlich eines Tages hier auftauchen würden. Nun muß aber wohl nach Ihren neuesten Plänen ein Wiedersehen in diesem Sommer überhaupt außer Frage gestellt werden. Wir wollen ca. 10. August Marienlyst verlassen, dann auf 3 Tagen etwa nach Kopenhagen, dann nach Kiel und einen Blick ins Schleswig-Holsteinische tun; dann nach Berlin (auf Stunden nur), den Buben mit dem Frl. nach Wien schicken, und dann will ich mit Olga nach Weimar (das ich noch nicht kenne) ins Thüringische und so allmählich in die Heimat. Marienlyst gefällt mir nach wie vor aufs allerbeste. Doch ist nun der Höhepunkt überschritten, und eine gewisse Unruhe beginnt mich zu ergreifen. In dem B-Stück bin ich in den 4. Akt gediehen (erste Niederschrift, aber im ganzen etwas fertiger, als sonst meine ersten Niederschriften sind) und will die Skizze (die ausführlicher, aber nicht so präzis ist wie das endgültige zu sein hat – hätte) jedenfalls hier vollenden. In Wien (September) wird die Skizze diktiert, dann ruhn gelassen, wie lange weiß ich nicht – aber ich glaube, sie wird mich nicht lange ruhn lassen. Wie immer beinah hab ich auch diesmal das beinah täuschende Verlangen: wenn ich nur das Endgültige doch einem andern überlassen könnte, der mehr Künstler wäre als ich. Über den Sinn der Gestalten, über den Geist ihrer gegenseitigen Beziehungen kann jetzt kein Zweifel mehr sein, und ihre Schicksale sind festgestellt. Was jetzt noch zu machen ist, könnten andere besser machen als ich, den es eigentlich schon zu anderen Phantastereien und Realistereien lockt. Während ich an dem C-Stück schrieb, spürt ich plötzlich, daß zwei andere Stoffe von mir, der eine vollkommen szeniert, der andere zu ein Viertel oder ein Drittel dialogisiert, mit diesem D-Stück in einem innern Zusammenhang stehen. Eine Trilogie (pardon für das pompöse Wort) mit dem Obertitel etwa »O du mein Österreich!« ... Das E-Stück spielt, wie Ihnen bekannt, in Artisten- und Bohemekreisen, das zweite in Ärzte-, das dritte in Journalistenkreisen. Nun zweifle ich nicht, daß sich bei Erscheinen des F-Stückes Stimmen erheben werden, die sich indigniert äußern, daß ich »schon wieder« Künstler schildre (statt Schornsteinfeger, Brillantschleifer und Schweinezüchter), und da hab ich mich gefragt, ob man nicht gelegentlich das Gerücht von der oben gekennzeichneten österreichischen zusammenhängenden Komödienreihe in die Öffentlichkeit bringen könnte? Denn vor dem Zyklischen haben die Leute doch immer einen geheimnisvollen Respekt. Sonst hätten sie früheren Kollegen gegenüber den Ausruf: »Ewig diese Könige, was interessieren uns denn diese Könige...?« nicht unterkneifen können. Vorläufig bleibt selbstredend oder selbstschweigend sowohl das G-Stück als jene anderen ein strenges entre-nous. – Außer den Bülow-Briefen lese ich Freytags »Bilder«, bin jetzt in der Zeit des 30jährigen Krieges und fühl mich unbeschreiblich gefesselt. (Einer meiner nächsten Einakter begibt sich zu dieser Zeit.) Auch einigen Poe habe ich zu mir genommen, dem ich mich aber recht entfremdet fühle, und außer etlichem Flüchtigem lese ich Liliencronsche und Grillparzersche Gedichte.

Neulich waren wir in Frederiksborg und Fredensborg – kennen Sie denn eigentlich diese schönen Schlösser, Wälder, Gärten Dänemarks? Ich fühl mich dieses Jahr noch viel stärker berührt von dem Reiz dieser Landschaften als vor zehn Jahren, da ich mit Beer-Hof- und Goldmann in Skodsborg weilte, Domino spielte und die »ehernen Gestalten« des »Freiwild« (wie sie einmal der höhnische Hugo nannte) aufs Papier schleuderte. Die Wahrheit zu sagen: alles berührt mich stärker von Jahr zu Jahr, und ich hätte gegen die Weltordnung nichts einzuwenden, wenn man nur jünger würde, statt dem unerbittlichen Gegenteil anheimzufallen. Leben Sie wohl, grüßen Sie Frau Jonas und die Kinder herzlich von uns beiden, und seien Sie es nicht minder.

Ihr A. S.

An Otto Brahm Marienlyst, 6. August 06

Lieber Freund,

dem Ruf des Helgoländer Lebens werden wir leider nicht folgen können. Aus heini-verkehrstechnischen Gründen verzichten wir nämlich auf Kiel, Schleswig-Holstein und fahren von Kopenhagen aus (wo wir uns von Freitag ab etwa 2-3 Tage aufhalten wollen) direkt nach Berlin. Heini wird von da aus nach Wien versandt, wir begeben uns nach Weimar. Dann wollen wir den Thüringer Wald vor lauter Bäumen nicht sehen, endlich über München, Salzburg (Ischl?, Aussee?) heimwärts. Vor Semmering gibt's also wohl kein Wiedersehen. Neulich waren Saltens da. Er ist vom 15. September an wieder in Wien. – Daß Brandes neulich hier war, glaub ich Ihnen schon erzählt zu haben. Köstliches berichtete er über Emilie Bardach, die er in Paris gesprochen hat. Wie er sagt, hat er die Briefe auf ihren ausdrücklichen Wunsch veröffentlicht. Nach seinen Erzählungen ist sie recht beschränkt und etwas hysterisch. Von Ibsen hat sie zur Zeit, da sie ihn kennengelernt hat, überhaupt nichts gekannt... Wenn er sie küßte, so grauste ihr. Außer ihn (den sie nicht liebte) hat sie nur einen geliebt, einen 62jährigen Mann, mit dem sie verlobt war. Daß aus der Sache nichts wurde, war eine »romantische Geschichte«, wie sie zu Brandes sagte. Ein Arzt schickte den Bräutigam nämlich nach Mazigo, weil er eine Krankheit hatte, die ihm das Heiraten unmöglich machte ... »Das nannte sie eine romantische Geschichte. Nun sagen Sie, ist das nicht lächerlich?« Im ganzen scheint sie eine ahnungslose tragikomische Figur zu sein.

Das (A + B)te Stück habe ich in der ersten Niederschrift hier abgeschlossen, den 4. und 5. Akt recht flüchtig. Nun soll es liegenbleiben, bis irgendeine Trompete tönt. (Im allgemeinen [unleserlich, vielleicht: blase] ich mir den eigenen, was ein abgeschmackter Vergleich ist.) Da nun Reiseunruhen bevorstehen, Wandern von Landschaft zu Landschaft, von Hotel zu Hotel, wage ich mich nicht an das Weiterführen des Kanons, woran ich anfangs dachte. Immerhin, da mir – nach Arbeiten – Arbeitslosigkeit der widerwärtigste von allen Zuständen ist, spiele ich mit angefangenen Noveletten und dergleichen.

Seit einigen Wochen schon ist Frau Fulda da, über die nichts Besonderes zu berichten ist. Doch täte man ihr Unrecht, wenn man sie eine Vollnatur nennte. Nun leben Sie wohl und schreiben mir, wenn Sie's gleich tun, eine Zeile nach Kopenhagen, »König von Dänemark«; wenn später, nach Wien, da mir von dort von Zeit zu Zeit nachgeschickt wird und unser Reiseplan doch nicht sicher genug ist, um Ihnen von hier aus eine Adresse anzugeben.

Wir grüßen Sie herzlich

Ihr A. S.

An Alfred Freiherrn von Berger XVIII Spoettelg. 7.
Wien 7. 9. 906

verehrtester Herr Baron,

erlauben Sie mir mich Ihnen in Erinnerung zu bringen. Sie haben zwei Stücke von mir angenommen, die Sie bisher (die Termine sind längst versäumt) nicht aufgeführt haben. Das eine ist »*Der einsame Weg*«. Bei der Aufführg in Wien durch Brahm hat sich erwiesen (was mir selbst nicht unbekannt war) daß diesem Stück, abgesehen von gewissen andern Qualitäten auch ganz unzweifelhafte theatralische Wirkungskräfte innewohnen, und daß das darüber gangbare Schlagwort von der »dialogisirten Novelle« nicht viel glücklicher ist als andre Schlagworte, denen die Fähigkeit eigen ist zu erschlagen ohne zu treffen. Aber immerhin, ich will Ihnen zu diesem Stück nicht weiter zureden (trotz Nhil, der wohl ein guter Sala sein müßte) – aus allerlei Gründen, von denen der wesentlichste allerdings der ist, daß ich diesem Zureden keinen sonderlichen Erfolg zutraue. Was aber das *Zwischenspiel* anbelangt, so glaub ich Ihnen mit gutem Gewissen die Aufführg empfehlen zu dürfen. Nicht nur weil es schwächer ist als der E. W. Aber es zeigt sich, daß sich diese Komoedie im Repertoire zu halten vermag. In Wien ist sie bei vorzüglichen Häusern (freilich großenteils Kainz zu danken), 15 mal gespielt worden, Brahm hat sie doch ich glaube 14 mal gebracht, in München wird od wurde sie schon wieder aufgenommen, und manche kleinere Städte (insbesondre die oesterreichische Provinz) haben sie nicht ohne Erfolg gespielt. Also es wäre zu riskiren (abgesehen davon, daß Sie sie angenommen haben, verehrtester Herr Baron).

Den *Ruf des Lebens* hab ich Ihnen geschickt, aber nicht einmal eine Empfangsbestätigung erhalten. Es ist so schwer für einen Autor, über ein durchgefallenes Stück zu reden (über ein eignes wenigstens) – aber warum sollte ich verschweigen, daß dieser grauenhafte Ruf in Petersburg u Moskau, russisch, ganz beträchtliche Erfolge erzielt, und so weit mir Kritiken übersetzt worden sind, da alle Gegengründe fehlten, wohl verstanden worden zu sein scheint. Ich darf also zum mindesten die Vermuthung ausprechen, daß nicht alle die Mängel des Stücks (die gewiß niemand besser kennt als ich) den Berliner Miserfolg verschuldet haben. Doch stehen diese Bemerkungen hier nur der Ordnung halber, und heute ist es gewiß noch zu früh, einen deutschen Theaterdirektor zu einem neuen Versuch mit diesem so läppisch angepöbelten Stück animiren zu wollen. – Da ich gerade von Rußland schreibe, fällt mir ein, daß mein ältestes Stück »Das Märchen«, das im Jahr 93 zweimal am Wiener Volkstheater gegeben, in den 2 ersten Akten einschlug, im letzten (seither geänderten) abfiel, in Rußland, insbesondre von der Komischarschewska [sic!], sehr häufig gespielt wurde (und noch gespielt werden soll). Sie haben im vorigen Jahr ein altes Halbe'sches Stück, das sich in Deutschland bis dahin nicht durchzusetzen vermochte, neu belebt; vielleicht würde es Ihnen irgend einmal Spaß machen, es auch mit dem »Märchen« zu versuchen.
Dies noch parenthetischer als was ich über den »Ruf« zu sagen mich nicht enthalten konnte. Wenn Sie aber aus diesem Brief, verehrter Herr Baron, herausläsen, daß mir was dran läge wieder einmal in Ihrem Haus zu Worte zu kommen, so könnte ich Ihnen nicht widersprechen, und es bleibt mir nun nichts weiter übrig als mich Ihnen, in besondrer Hochschätzung, bestens zu empfehlen
Ihr ergebner

Arthur Schnitzler

An Hugo Heller [Ende September 1906]

Es ist mir gar nicht eingefallen, Ihren ersten Brief mißzuverstehen; ich hatte nur eben keine besondere Neigung, Ihre Frage zu beantworten – hauptsächlich aus Antipathie gegen diese ganze Sitte der Rundfragen (was Sie gewiß verstehen werden). Meine Antipathie ist nicht geschwunden – aber da Sie schließlich einigen Wert darauf zu legen scheinen und ich schon im Schreiben bin, setze ich wahllos ein paar, nein: *genau zehn* Bücher her, denen ich gute Stunden verdankt habe:

Goethe – Zelter, Briefwechsel.
Burckhardt, Zeitalter Konstantins.
Brandes, Shakespeare.
Sturm- und Drangperiode in der Kürschnerschen Nationalliteratur (3 Bände).
Gibbon, Geschichte des römischen Weltreiches (Band über Julian).
Balzac, Lettres à l'étrangère.
Marbot, Memoiren.
Jeder beliebige Band Maupassant, Novellen.
Freytag, Bilder (Band über den dreißigjähr. Krieg).
Mereschkowski, Tolstoi und Dostojewski.

Arthur Schnitzler.

An Max Mell XVIII Spoettelgasse 7
Wien am 26. Okt. 06

Sehr geehrter Herr Doktor,
In Ihrem Stück, das Sie die Freundlichkeit hatten, mich lesen zu lassen, gibt es viele wohlgelungene poetische und theatralische Momente und doch will am Ende kein Gefühl der wirklichen Befriedigung aufkommen. Woran das liegen mag? Wie ich glaube, an einer gewissen Lockerheit in der Behandlung der drei Hauptgestalten, denen allen nicht nur die schöne Inkonsequenz der Leidenschaft sondern auch jene andre zuteil

geworden ist, die durch eine gewisse Willkür oder Unsicherheit des Autors verschuldet wird. Ich kann nicht glauben, daß die Gräfin, die Sie schildern, trotz der Gefahren, die sie ahnt, die innere Kraft aufbringen wird, ihre Rolle zu studieren, sich zur Vorstellung bereit zu halten und tatsächlich aufzutreten. Und ich glaube noch weniger an die Grausamkeit Ihres Grafen im zweiten und an seine etwas salbaderische Güte im dritten Akt. (Vielleicht könnte ich an die Grausamkeit oder an die Güte glauben) denn es bleibt ja Grausamkeit, trotzdem oder wird sogar erst Grausamkeit, weil der Graf schon im zweiten Akte weiß, was er im dritten tun wird. Freilich weiß ich nicht zu sagen, welchen Ausgang ich diesem dritten Akte wünschen würde. Gewiß nicht den tragischen, den Sie im Verlaufe der Begebenheiten erwarten lassen schon mit der Absicht, daß diese Erwartung getäuscht werde. Sie haben das innere Abrücken der Gräfin von dem Schauspieler an einigen Stellen angedeutet, aber ich glaube nicht, daß dieses Abrücken durch die paar neuen Lichter, die Sie dem Charakter dieses Paares aufsetzen, genügend motiviert erscheint. So fehlt es großenteils an der schönen Allmählichkeit, welche mir ein Grundgesetz aller Kunstwerke zu sein scheint, denn auch was als überraschend auf uns wirkt, ist im wirklichen Kunstwerk immer nur scheinbar überraschend, irgendwo in den Tiefen unserer Seele haben wir gewußt, daß es so kommen wird; sonst hätte es nicht so kommen können.

Es ist schade, daß wir nicht mehr über das Stück plaudern können, wie es neulich zwischen Ihrem Fräulein Schwester, meiner Frau und mir geschehen ist. Es gäbe noch viel zu sagen. Natürlich auch sehr viel Günstiges. Doch das Günstige ist, wenn einmal, wie bei Ihnen, ein so beträchtliches Talentniveau angenommen werden darf, allzu selbstverständlich. Doch möchte ich nicht verschweigen, daß Sie in der Behandlung des Verses nicht überall so sorgfältig gewesen sind, wie man es gerade von Ihnen hätte erwarten dürfen. Im Ganzen aber läuft die Sprache höchst gefällig. Und auch die ganze

Atmosphäre der Komödie hat zuweilen einen ganz eigenen Reiz.
Und nun zur praktischen Seite der Frage. Meine Ansicht, daß dem Stück bei einer eventuellen Aufführung kein beträchtlicher Erfolg beschieden sein dürfte, kommt nicht in Betracht und selbst wenn Sie meine Meinung teilten, sollten Sie sich nicht abhalten lassen, alle die Wege zu beschreiten, die man eben als Verfasser eines Stücks zu gehen hat. Alle Erfahrungen müssen zum erstenmal gemacht werden und besser mit einem noch nicht ganz gelungenen, als mit Ihrem nächsten, wahrscheinlich bedeutenderen Stücke. Dazu kommt, daß man ja durchaus nicht voraussehen kann, ob wir uns nicht irren und ob Sie nicht gerade mit dieser Komödie reussieren werden. Auch ist man ja nicht verpflichtet, ausschließlich Meisterwerke zu schreiben. (Und wenn man verpflichtet wäre?) Also ich finde es nicht im Geringsten anstößig, selbst mit einem Stück hervorzutreten, an das man selbst nicht ganz glaubt. Das Wesentliche ist nur, daß Sie selbst keinen allzugroßen Wert auf die innere Bedeutung Ihrer Komödie legen und daß Sie dessen äußere Schicksale nicht allzu ernst nehmen sollten – auch wenn es Sie in der Theaterwelt mit einem Schlage berühmt macht.
Ich hoffe bald wieder von Ihnen zu hören und grüße Sie herzlich.

Ihr sehr ergebener

[A. S.]

An die Redaktion des »Literarischen Echos«

XVIII. Spoettelgasse 7
Wien, am 1. Dez. 06

Sehr geehrter Herr Redakteur,
In seinem Bericht über die Erstaufführung des »Ritter Blaubart« am Lessingtheater zu Berlin erzählt mir Ihr Herr Referent, daß der Skandal seinen Höhepunkt erreichte, »als Maximilian Harden und Arthur Schnitzler mit Berserkerwut für

das schon verlorene Stück in die Bresche sprangen, sichtbar vor allem Publikum hervortretend, tosenden Beifall klatschend und mit vollen Backen ›bravo‹ rufend, wutentbrannt.« Er fügt hinzu: »Es war eine schöne Scene« und spricht etliche Absätze später die Befürchtung aus, daß sich einige Kritiker natürlich durch Hardens und Schnitzlers Auftreten beunruhigt fühlen werden.

Dem gegenüber bitte ich festzustellen, daß ich seit Monaten nicht in Berlin war, daher auch zu meinem Bedauern der Premiere des »Blaubart« nicht beiwohnen und meinem Beifall für das Stück – selbst, wenn solches Betragen sonst zu meinen Gepflogenheiten gehörte – nicht in der von Herrn Leo Berg mit so vollendeter Beobachtungsgabe geschilderten Weise Ausdruck geben konnte.

Mit vorzüglicher Hochachtung

Ihr ergebener

[A. S.]

An N. N. Wien XVIII. Spoettelgasse 7.

20. Dez. 906

Sehr verehrter Herr Doktor,

verbindlichen Dank für die sehr liebenswürdige Einladung. Aber meine Abneigung gegen jede Art von preisrichterlicher Verantwortung ist beinahe so lebhaft als meine Neigung, Manuscripte (und wären sie noch so kurz) zu studiren gering ist. Verzeihen Sie mir also wenn ich das mir zugedachte Ehrenamt irgend Einem, der beflissener und berufener sei als ich, anzuvertrauen bitte.

In vorzüglicher Hochachtung

Ihr sehr ergebener

Arthur Schnitzler

An Alexander Salkind XVIII. Spoettelgasse 7
Wien, am 16. Jänner 07

Sehr geehrter Herr Salkind,
Jetzt, da ich Ihre Arbeit gelesen habe, weiß ich eigentlich nicht, welche Ergänzungen und Winke ich Ihnen geben könnte. Daß ich im Einzelnen manches einzuwenden hätte, ist selbstverständlich. Aber ich halte es nicht für angezeigt, daß der Autor den Kritiker, der eine Studie über ihn herausgeben will, auch nur im entferntesten zu beeinflussen oder auf andere Fährten zu leiten sucht. Und was das Biographische anbelangt, so geht es den Leser meines Erachtens bis auf weiteres nichts an. Sie, sehr geehrter Herr Salkind, kennen mich nicht und haben sehr recht getan, ausschließlich auf Besprechung meiner Werke sich zu beschränken.
Wenn Sie sich Ihr Manuskript etwa Freitag Abend um halb sieben abholen wollen, werde ich gerne die Gelegenheit ergreifen, Ihnen persönlich für Ihr freundliches Interesse zu danken.

Mit vorzüglicher Hochachtung
[A. S.]

An Felix Salten Wien, XVIII. Spoettelgasse 7.
[Briefkarte] 18/1 907

lieber, Bahr kommt erst ½2, wir speisen also erst ¾2, was ich zur Ordnung eventueller Hungerangelegenheiten gebührend mittheile. Aber kommen Sie u Otti deswegen nicht später.
Herzlichst

A.

Ihr Husarenfieberfeuill. erster Rang. Was hilft's? Oesterreich ist das Land des Verhallens.

An Franz Nabl

XVIII Spoettelgasse 7
Wien am 6. Feber 07

Sehr geehrter Herr,
Ihre Erzählung »der Schwur des Martin Krist« erinnert nur manchmal irgendwo in den Tiefen an die Grundidee meiner Novelle »Sterben«. Aber selbst wenn eine irgendwie nennenswerte Aehnlichkeit bestände, was nur unverbesserliche Reminiszenzenjäger finden werden, läge nicht der entfernteste Grund vor, von der Veröffentlichung einer Novelle abzusehen, die ganz selbstständig erdacht und geschrieben ist, und die Sie überdies geschrieben haben ohne meine Novelle zu kennen, von der ich Ihnen mit verbindlichem Dank und Gruß, zugleich mit Ihrem Manuskript, ein Exemplar zuzusenden *mir* erlaube.

Ihr sehr ergebener
Dr Arthur Schnitzler

An Carl Friese

XVIII. Spoettelgasse 7
Wien am 13. Feber 07.

Sehr geehrter Herr,
Ihrer Absicht, den Reigen als Pantomime aufzuführen, kann ich nach reiflicher Überlegung meine Zustimmung nicht erteilen. Ich habe mir das Buch auf Ihre Idee hin wieder angesehen und bin nun zu der ganz bestimmten Überzeugung gelangt, daß für das Publikum wenigstens, wenn der Dialog wegfällt, nichts anderes übrig bleibt, als eine Reihe piquanter Scenen. Daran wird die beste Darstellung nichts ändern können, ja, je besser diese Darstellung sein würde, umso stärker akzentuiert müßte sich dieser Eindruck herausstellen, der nun einmal mir, als Verfasser der Dialoge, keineswegs erwünscht sein kann.
Ich danke Ihnen und Fräulein Stocker verbindlichst für das freundliche Interesse, das Sie meinem Werk entgegenbringen und bin mit der Versicherung

vorzüglicher Hochachtung
Ihr ergebener [A. S.]

An Carl Friese XVIII. Spoettelgasse 7
Wien am 20. Feber 07.

Sehr geehrter Herr,
So leid es mir tut, ich kann meinen Entschluß nicht rückgängig machen und bin nicht in der Lage, meine Zustimmung zur Aufführung des Reigens als Pantomime zu erteilen. Die Gründe habe ich Ihnen ja bereits in meinem ersten Schreiben dargelegt und Ihr freundlicher Brief vom 18. Feber bringt natürlich nichts bei, was meinen prinzipiellen Standpunkt erschüttert hätte. Dafür, daß Sie ohne meine Zustimmung abzuwarten, sich in Unkosten gestürzt, Dekorationen bestellt, Verhandlungen angeknüpft haben, wie Sie mir mitteilen, kann ich mich natürlich nicht im entferntesten verantwortlich fühlen. Ich hoffe, es wird Ihnen ein Leichtes sein, Ihre Abmachungen wieder rückgängig zu machen und zweifle nicht daran, daß es Ihnen auch ohne den Reigen glücken wird, in den nächsten Monaten sich Ihrer gewohnten Erfolge zu erfreuen.
Mit vorzüglicher Hochachtung

[A. S.]

An S. Fischer XVIII Spoettelgasse 7
Wien, am 23. Feber 1907.

Lieber Herr Fischer,
Sie senden wohl, oder haben vielmehr die Absicht, außer an die Herren, die in der mir gesandten Liste figurieren, Exemplare der »Dämmerseelen« auch zu senden an: Beer-Hofmann, Salten, Hofmannsthal, Wassermann, Georg Hirschfeld. Ich würde Sie nun bitten, diese Exemplare nicht direkt an die betreffenden Herren, sondern (gebunden) an mich zu schicken, respektive sie den für mich bestimmten Freiexemplaren beizulegen. Haben Sie die Freundlichkeit, mir achtzehn gebundene und sechs broschierte (außer den fünf gebundenen) zu schicken. An folgende Herren, die alle in Ihrer Liste genannt sind, ersuche ich die betreffenden Exemplare »im Auftrage des

Autors« einzusenden. Alfred W. Fred – Willy Handl – Rudolf Holzer – Pernerstorfer – Prof. von Weilen – von Wymetal – Dr. E. M. Kronfeld – Julius Bab – Alfred Kerr – Felix Poppenberg – Alfred Gold – Max Lesser – Alfred Klaar – Ernst Góth (Budapest).

Mit bestem Gruß

Ihr ergebener

[A. S.]

An Ladislaus Vajda XVIII Spoettelgasse 7

Wien am 15. März 07

Sehr geehrter Herr.

Die Versuche einzelne Scenen des »Reigen« aufzuführen, wie sie bisher, trotz meines Widerratens, zum Teil widerrechtlich, ohne mein Wissen stattgefunden haben, sind von keinem Erfolg begleitet gewesen und ich glaube nach wie vor, daß öffentliche Aufführungen des »Reigen« schon deshalb unterbleiben sollten, weil sie um so trauriger mißverstanden würden, zu je höherer Wahrheit sie gelangt wären. Und die absolute Wahrheit läßt sich selbstverständlich gar nicht erzielen. Es kommt also am Ende bei der Darstellung auf etwas Piquanterie höheren oder niederen Grades und etwas Geplauder hinaus und der Sinn der Dialogreihe geht jedenfalls verloren. Ich möchte nun gern von Ihnen hören, wie die Direktion Ihres Cabarets sich die Inscenierung der zehn Scenen vorstellt, und werde angenehm überrascht sein, wenn Sie mir von einem ingeniösen Regieeinfall Mitteilung machen, der meine Bedenken zu zerstören vermöchte.

Hochachtungsvoll

[A. S.]

An Hermann Sudermann Wien XVIII. Spoettelgasse 7.

29. März 07.

Verehrtester Herr Sudermann,

Man sendet mir ein Berliner Blatt mit einer Art von Kritik

über eine Burleske von mir »Zum großen Wurstel«. In dieser Kritik heißt es, daß auch die Gestalt Sudermanns, der als Raisonneur im Stücke auftrete (»ohne sonderlichen Witz«) verwertet sei. Ich möchte Ihnen mitteilen, daß das durchaus nicht stimmt. Nicht etwa, weil ich es unerlaubt fände irgendeinmal, wenn es sich in der Oekonomie eines Stückes als notwendig ergäbe, die Gestalt eines lebenden Menschen auftreten zu lassen, sondern weil das Mißverständnis des Rezensenten mir diesmal besonders komisch erscheint. Ich habe bei der Figur des Raisonneurs ein wenig an den Grafen Trast gedacht. Im übrigen geht für jeden Leser des kleinen Stückes aus dem Zusammenhang mit vollkommener Deutlichkeit hervor, daß ich mich gerade über diejenigen Leute lustig mache, die sich bemüßigt fühlen, in einer Gestalt mit einem schwarzen Vollbart ausschließlich dieses schwarzen Vollbartes halber Sudermann zu erkennen, daß also, der betreffende Rezensent (wenn er zugleich ein Leser gewesen wäre), nicht Sie in dem Raisonneur mit dem schwarzen Vollbart – sondern vielmehr – in dem Herrn aus dem Publikum, dem der Herr mit dem schwarzen Vollbart sofort als Maske verdächtig vorkommt, – sich selber hätte erkennen müssen. Natürlich berichtige ich, in Anbetracht der vollkommenen Unwichtigkeit des Falls, die Zeitung nicht, sondern schreibe Ihnen die kleine Geschichte nur, als Miniaturbeitrag zur Biologie des Rezensententums.
Mit verbindlichem Gruß

Ihr aufrichtig ergebener
Arthur Schnitzler

mit gleicher Post sende ich Ihnen, als bescheidenes Zeichen herzlicher Verehrung das kleine Buch. A. S.

An Fritz Epstein 11. April 07.

Sehr geehrter Herr.
Ich danke bestens für Ihre freundliche Einladung, bei einem großen jüdischen Autorenabend als Vorleser mitzuwirken.

Doch bin ich nicht in der Lage, ihr Folge zu leisten. Ich lese in Wien aus verschiedenen Gründen, deren Eörterung zu weit gehen würde, beinahe niemals. Ich habe nur heuer eine Ausnahme gemacht, anläßlich eines wohltätigen Zwecks (zugunsten der nach den ermordeten russischen Juden hinterbliebenen Waisen). Um auf eine andre Stelle Ihres werten Schreibens einzugehen, möchte ich nur noch bemerken, daß ich mich niemandem gegenüber erst zu irgend einer Art von Beweis, »daß wir keineswegs unseres Judentums uns schämen müssen« verpflichtet fühle.

Mit vorzüglicher Hochachtung
Ihr ergebener
[A. S.]

An Fritz Epstein 17. April 07.

Sehr geehrter Herr,
Es ist mir gar nicht eingefallen, Ihnen einen Vorwurf zu machen. Wenn Sie aber aus meinem Brief eine ablehnende Haltung zu Ihrer Idee eines jüdischen Autorenabends herausgelesen haben, so darf ich Ihnen nicht Unrecht geben. Was Sie beabsichtigen, ist offenbar ein Abend deutscher Autoren jüdischer Abkunft, zu deren Veranstaltung ich persönlich, nach den in Ihrem Briefe vorgetragenen Gründen, sowenig einen Anlaß sehe als vorher.

Mit vorzüglicher Hochachtung
[A. S.]

An S. Fischer 17. April 1907.

Lieber Herr Fischer.
Ich danke Ihnen sehr für Ihre Bemühungen hinsichtlich Ihrer Verhandlungen mit Miss Kauser. Ich glaube wohl, daß man den Vertrag mit den von Ihnen angemerkten Veränderungen akzeptieren kann. Eine Stelle habe ich rot angestrichen, denn

ich finde, daß dies »soweit das ausführbar ist«, einen allzuweiten Spielraum für gelegentliche Direktoren- oder Übersetzerwillkür offen läßt. (Mir ist es neulich in Paris passiert, daß souper d'adieu ein Monat lang aufgeführt wurde, ohne daß mein Name auf dem Zettel genannt war und der Übersetzer antwortete auf eine Reklamation meines Bevollmächtigten »ce n'est pas moi qui fait les Affiches«). Was die Dauer des Vertrags anbelangt, so setzten Sie fürs erste, denk ich lieber drei Jahre fest mit Vorbehalt der Verlängerung oder fünf Jahre mit Vorbehalt der Kündigung. Was Sie für praktischer halten. Aus dem beiliegenden Ausschnitt ersehen Sie, daß das Berkeley Lyceum Theater die Liebelei nun schon den dritten Monat hindurch gibt. Inwiefern meine Briefe an Miss Colbron daran schuld sein sollen, daß wir finanziell bisher nicht besser abschneiden, ist mir total unerfindlich. Sie wissen ja und Miss Kauser weiß es und Miss Colbron weiß es und ich hab es konstatiert, daß Miss Colbron die Übersetzung der Liebelei ohne meine Autorisation vorgenommen hat und daß der Mitteilung der Miss Colbron von der bevorstehenden Aufführung meinerseits nichts anderes vorhergegangen war als eine Anfrage, was Miss Colbron denn eigentlich von mir übersetzen wolle. Da das Stück nicht geschützt ist, konnte ich begreiflicherweise nichts tun, als möglichst gute Miene zu dem teilweise bösen, teilweise immerhin doch auch guten Spiel machen, da ja der Erfolg der Liebelei in Amerika immerhin für das weitere Vordringen meiner Arbeiten und meines Namens und damit am Ende auch für das Erzielen finanzieller Resultate von Bedeutung sein kann. Nicht für unmöglich halte ich es, daß Miss Gray, die Darstellerin der Christine, durch ihren persönlichen großen Erfolg veranlaßt, das Stück auch in andern amerikanischen Städten spielen wird und ich frage mich, ob man nicht etwa in diesem Fall durch Miss Kauser bei dieser Schauspielerin dahin wirken könnte, daß bei einer eventuellen Tournée auch der Autor des Stückes nicht leer ausginge. Da der Brief der Miss Colbron dem Schreiben der Miss Kauser an

Sie nicht beilag, können wir nicht wissen, wie es eigentlich mit dem Versprechen des Hr. Hunter hinsichtlich der Zahlung von Tantièmen sich verhalten hat. Doch schrieb Miss Colbron am 25. II. (in einem Brief, der auch Ihnen vorlag) an mich: »Mr. Robert Hunter verspricht mir schriftlich, daß jetzt in weniger als zwei Wochen er dann fünf Perzent Tantièmen (Bruttoeinnahme) zahlen wird, wovon dann die Hälfte für Sie sein soll. Wir zahlen diese Tantièmen an die Miss Kauser und sie schickt das Geld an den Verlag Fischer etc.«
Was England anbelangt, hat mich das Copyright-Bureau ersucht, meinen Vertrag bis zum ersten Oktober dieses Jahres zu verlängern. Und wie ich eben bei neuerlicher Durchsicht des betreffenden Schreibens merke, ist die Schauspielerin, die das Stück vom Copyright-Bureau erwerben möchte, Miss Ashwell, »die das Stück durch uns kennen gelernt hat, dasselbe bereits vor zwei Jahren außerordentlich bewunderte, damals aber auf zwei Jahre hinaus engagiert war«.
Die englische Übersetzung, die Miss Ashwell benützen will, existiert also schon und es ist wohl auch nicht anzunehmen, daß nur das Copyright-Bureau unter Berufung darauf, daß das Stück schon vor über zehn Jahren in deutscher Sprache erschienen ist, ohne Rücksicht auf mich darüber verfügen wird. Jedenfalls hat also Miss Kauser mit einer eventuellen Aufführung der Liebelei in England nichts zu tun; und sie möge Miss Ashwell direkt an das Copyright-Bureau verweisen, mit dem ja diese Schauspielerin schon verhandelt hat.
Zu dem Ausschnitt der St. Petersburger Zeitung, den ich gleichfalls beilege, habe ich hinsichtlich der rot angestrichenen Stelle einiges zu bemerken. Schon in einer Besprechung der »Dämmerseelen« in einem deutschen Provinzblatt war mir vor einigen Wochen eine sonderbare Bemerkung des betreffenden Kritikers aufgefallen, daß meine Novellen Variationen über Themen aus Edgar Poes Gedankenwelt vorstellten. Ich dachte, der Mann hat eben, wie es Rezensenten manchmal tun sollen, das Buch nicht ganz gelesen oder nicht ganz verstanden

und legte diese Erfahrung zu übrigen analogen, wie sie jedem Autor beschieden sind. Nun entnehme ich aber aus der Petersburger Zeitung, daß jene Provinzkritik ein Abdruck des Verlagswaschzettels war und dadurch bekommt die Geschichte doch ein anderes Gesicht. Der Referent des Petersburger Blattes macht schon die Bemerkung, daß mit jener Erinnerung an Poe nur eine Erzählung sehr treffend eingeschachtelt sei. Ich finde nicht einmal das, doch kann ich immerhin begreifen, daß eine gewisse oberflächliche Betrachtungsweise sich mit dieser Einschachtelung der »Weissagung« einverstanden erklären mag. Wie aber ist es möglich, den »Leisenbohg«, »die Fremde«, »das neue Lied«, »Thameyer« mit Poe nur in die entfernteste Beziehung zu bringen, ja diese Novellen als Variationen über Themen aus Poes Gedankenwelt anzusprechen. Derartig wahrhaft leichtfertige Einschachtelungen (mit denen ja die Autoren in Deutschland mehr angeödet werden, als in irgend einem Lande sonst) überließe der Verlag doch besser den Kritikern von Beruf, die ja dazu da sind, um den Autor gutwillig oder böswillig mißzuverstehen.

Bei dieser Gelegenheit möchte ich auch bemerken, daß mir der Waschzettel über die »Marionetten«, der mir gleichfalls aus mehreren Provinzblättern entgegenleuchtete, ziemlich ärgerlich gewesen ist. Gleich im Anfang hieß es dort, »daß der Dichter des Anatol in solcher kleinen Form von jeher seine geistreiche Heiterkeit, seine skeptische Grazie und seinen Geschmack am freiesten habe spielen lassen.« Ich bin vollkommen überzeugt, daß das sehr gut gemeint war. Aber Sie wissen jedenfalls auch, was den Leuten von einer Kritik haften bleibt. Und da sich nicht Jedermann rechtzeitig daran erinnert haben dürfte, daß es dem Dichter des Anatol zugleich auch gelungen ist, in Werken größern Formats, wie z. B. im Schleier der Beatrice, im einsamen Weg, im Ruf des Lebens, in der Liebelei, im Kakadu, (dessen Form nicht klein ist, wenn auch nur einaktig, so wenig die Elektra von kleiner Form ist) einige nicht unerhebliche Eigenschaften spielen zu lassen, so schien es mir

nicht eben angebracht, von Seiten des Verlags den Autor der Marionetten durch dieses etwas zweischneidige Lob als eine Art Spezialisten der kleinen Form hinzustellen. Wirft man dem Publikum oder der Kritik erst ein klingendes Wort hin, so zerbrechen sie sich nicht erst den Kopf, um selber ein treffendes zu finden.
Ich bitte Sie also, lieber Herr Fischer, bei meinen künftigen Büchern von Versendung der Waschzettel überhaupt abzusehen. Ich glaube, weder Sie noch ich haben dergleichen Anpreisungen nötig, selbst wenn sie von glücklicherm Geiste eingegeben wären.
Die zwei Ausschnitte erbitte ich zurück.
Mit herzlichem Gruß

Ihr ergebener
[A. S.]

An Hermann Kienzl 17. April 07.

Verehrter Herr Kienzl,
Die Bücher, die Sie nicht haben, lasse ich Ihnen direkt von Fischer aus senden, nur ein kleines Bändchen, das im Wiener Verlag erschienen ist schick ich direkt. Biographisches über mich existiert nicht, da ich mich auf alle Fragen dieser Art bisher (und Sie werden mir nicht unrecht geben) ablehnend verhalten habe. Kritisches existiert natürlich allerlei, aber warum wollen Sie es lesen? Sie wissen wie selten bei den Kritikern die Neigung und die Fähigkeit vorhanden ist, eine künstlerische Persönlichkeit in ihrer Totalität zu fassen. Und so bin auch ich so ziemlich nach jedem neuen Buch mit irgend einem neuen Etiquette beklebt worden, bin als Spezialist für Dialoge, fürs süße Mädel, für Duellfragen, für Renaissance, für »tief schürfende« Psychologie, für feuilletonistische Plauderei, für Pornographie, für spezifisch medizinische Probleme, für Puppenspiele, für Tod, für Mystik u. a. durch die Literatur spaziert. Und so mancherlei Kluges, Gutes, ja weiter fassendes

über mich schon geschrieben worden ist, Sie werden ja doch aus keiner Kritik Wesentlicheres über mich erfahren, als Sie in meinen Büchern finden können. Was in denen nicht steht, wenn es in meiner Persönlichkeit doch enthalten sein sollte, das geht dann auf das Schuldkonto des Künstlers. Und ich kann nur in der Folge versuchen, die wichtigsten Posten zu löschen, wenn ich auch zugleich hoffen mag, daß mit fortschreitender Entwicklung neue Schuld sich anhäuft.

Mit der Mitarbeiterschaft am Blaubuch ist es deshalb so schwierig, weil ich verschiedenartige Verpflichtungen gegen einige Zeitungen habe, nicht eingelöste Zusagen, ungeschriebene Vorkaufsrechte u. dgl. Dazu kommt, daß ich kleinere Sachen nur selten schreibe, und die Herausgabe von Abschnitzeln, unverwendeten Bruchstücken, wie sie jetzt üblich ist, möchte ich doch vermeiden solang es möglich ist. Teilen Sie mir aber bitte jedenfalls mit, in welcher Nummer Sie den Essay bringen wollen. Im nächsten Jahre habe ich hoffentlich das Vergnügen, Sie in Berlin zu sehen.

Mit herzlichen Grüßen

Ihr aufrichtig ergebener

[A. S.]

An Felix Salten 5. 8. 1907

Hotel & Pension
Wildbad Waldbrunn
bei Welsberg, Hochpusterthal, (Tirol)

lieber, ich danke Ihnen für Ihre Nachrichten, lassen Sie uns jetzt nur bald hören, daß Ihre Frau sich vollkommen erholt hat. Dem Buben geht's wohl schon wieder ganz gut? Wir sind nun einen vollen Monat da und werden wahrscheinlich bis nach dem 20. bleiben. Heute kommt meine Mama an, vielleicht nimmt sie Heini mit nach Wien; dann wollen wir, Olga und ich noch südlicher, vielleicht, u theilweise zu Fuß, über die neue Dolomitenstraße, nach Bozen. In Meran oder am Gardasee denken wir eine Weile zu rasten und dann, in den ersten Septembertagen, in Wien einzutreffen. Möglich, daß wir irgendwo mit Richard und Paula zusammentreffen. Sie wollen im September eine Meerfahrt unternehmen? Thäts der Gardasee nicht auch? Mein Rad hab ich nicht mit, bedaure es auch nicht sehr, da meine Zeit reichlich ausgefüllt ist. Vormittag Waldwanderungen, allein, oder mit Olga; Nachmittag 2-6 etwa arbeit ich; dann spazieren; dann Nachtmahl und Platformwandelei. Tennis haben wir erst einmal gespielt – der Platz lächerlich; unsre Partnerin war eine sehr charmante junge Frau Epstein (geborne Mizzi Hudetz), Schwägerin der Anna Epstein-Loeb. Ferner befinden sich hier die Schwestern der Frau Auernheimer, mit allerlei Ascendenz u Descendenz; zum Theil gutes u. vorzügliches Menschenmaterial. Der Mann der verheirateten Schwester, Frankfurter mit Namen, Direktor des oesterr Lloyd, scheint was nicht gewöhnliches zu sein. – Daß Bahr Sie gegen Pötzl – wie soll man da sagen – in Schmutz nehmen? – mußte, hat uns sehr amusirt. Wenn ich sowohl Ihren Morgenruf als Pötzl's Lobeshymne zu lesen bekommen könnte, wär ich Ihnen herzlich verbunden. (Daß Sie mir die berühmte Sammlung der 12 Berl. Feuilletons noch immer nicht gegeben haben, nur nebenbei.) Wie stehts im übrigen mit Ihren Arbeiten? In welcher stecken Sie am tiefsten? – Ich schreibe hier nur an dem Roman, letzte, zum Theil wohl vorletzte Feile; habe ein wunderschönes Zimmer, in das vom Hoteltrubel nichts dringt, mit einem guten Blick über Wiesen und Wald ins Thal; vorgebauter Balkon; oberster Stock. – (Das idealste Arbeitszimmer – ohne dieses, glaub ich, hielt es mich doch nicht so lang hier). An Lienz vorüberfahrend und an Dölsach (so heißts doch) blieb ich nicht ungerührt – »wie war ich jung« heißt es in der schönsten Scene die ich je geschrieben habe (aber es stehen auch originellere Sachen drin). – Lese hauptsächlich Bülow (Hans v) Briefe, jetzt den letzten, 5. Band. Die Mannschen Zwei Racen mit Bewunderung und mit leisem Widerstand gegen allerlei menschliches in Heinrichs Seele.

Es wäre lieb von Ihnen, wenn Sie nächstens etwas mehr von sich vernehmen ließen, und besonders wünscht ich zu wissen, welcher Ihrer Stoffe Sie jetzt am stärksten bewegt und welchen Sie »zunächst« (ein scheußliches Berliner Wort) in Bewegung zu setzen gedenken. Dann Ihr Befinden, kurz u gut, was Sie mir zu sagen haben. Schöner wärs natürlich, wenn man an irgend einem Ufer gemeinsam wandelte, wo sich »denn« u. s. w.

Wir grüßen Sie vielmals

von Herzen
Ihr
Arthur

An Alfred Freiherrn von Berger Wien XVIII. Spoettelgasse 7.
26. Sept. 07.

Verehrtester Herr Baron,

Ob schon jemals ein Mensch mit irgendwas, das über ihn geschrieben wurde – Tadel oder Lob – vollkommen einverstanden war? ich glaube nicht. Keineswegs wird es Ihnen sonderbar erscheinen, daß sich irgendwo in mir (nicht nur dort wo die Eitelkeit sitzt) gegen einzelne Bemerkungen Ihres schönen Artikels – über den als Ganzes ich mich wirklich gefreut habe – bescheidene oder unverschämte Einwendungen melden. Sie auszusprechen verspar ich mir auf eine Stunde, in der ich, nach langer Zeit, wieder einmal das Vergnügen zu haben hoffe, Ihnen persönlich gegenüber zu stehen. Heute will ich Ihnen nur danken. Es ist wahrhaftig nicht wenig, was Sie mir zusprechen. Eros, Thanatos, Dionysos, – es fehlt nicht viel und Sie haben den Inhalt der Welt damit erschöpft (so weit die »ewigen Fragen« in Betracht kommen) – und ich hätte es auch getan, wenn die drei göttlichen Worte in ihrer ganzen Bedeutung auf meine Produktion zuträfen. Das hohe Lob, das Sie mir spenden, schwächen Sie nur durch ein »Nur« ab, gegen das natürlich nicht das geringste zu sagen wäre, wenn – »der andre nicht von allem nur das ›Nur‹ hörte«. Mit dem »an-

dern« mein ich hier den Leser. Der Leser ist ja ein kurioses Geschöpf. Lassen Sie doch einmal einen großen Historiker niederschreiben: »Methusalem ist *nur* neunhundertdreiundsechzig Jahre alt geworden« – und der Normalleser ruft gewiß aus: Donnerwetter ist der Kerl aber jung gestorben!
Eros, Thanatos, Dionysos – wissen Sie was besseres? könnte man frei nach einer bekannten jüdischen Anekdote fragen. Vielleicht wär es sogar für den bleibenden Wert (verzeihen Sie das stolze Wort) meiner Sachen gar nicht so übel, wenn Sie vollkommen Recht hätten und wenn nicht allerlei kleinere Götter, die Genien des »Ewiggegenwärtigen« darin ihre dialektischen, sozialkritischen und zuweilen etwas verärgerten Spiele trieben.
Für heute möchte ich nur noch bemerken, daß Sie den in Ihrem Feuilleton erwähnten borniertesten Antisemiten, von dem Sie voraussetzten, daß er den wienerischen Erdgeschmack meiner Sachen nicht abstreiten wird, noch immer um ein Beträchtliches überschätzen. Ein Beweis hiefür sei ein kleines Gespräch, das einer meiner Bekannten vor zwei oder drei Jahren in einer Tramway zwischen zwei Urwienern belauschte. Die beiden Herren unterhielten sich über Literatur; und als die Rede auf mich kam, äußerten sie sich beide einmütig sehr empört über meine Versuche, der wienerischen Volksseele beizukommen, deren tiefere Erkenntnis mir, dem Juden, naturgemäß versagt bleiben müßte. Und nachdem sie sich gehörig ausgeschimpft, bemerkte der eine: »Und er soll ja seine Sachen nicht einmal selber schreiben; ein armer christlicher Student macht sie ihm.« – Keine Anekdote, verehrtester Herr Baron. Und zu bedenken, daß es nicht einmal sicher ist, ob diese beiden Herren wirklich die borniertesten Exemplare dieser angenehmen, in der Wiener Atmosphäre bis zur Horizontverdunklung verbreiteten Spezies vorstellen! –
Nochmals also herzlichen Dank – und das übrige mündlich.
In aufrichtiger Hochachtung

Ihr sehr ergebener Arthur Schnitzler

An Hermann Bahr Wien XVIII, 11. 10. 1907
Spöttelgasse 7.

Lieber Hermann,
Ich danke Dir sehr, daß Du mir ermöglicht hast Dein neues Stück zu lesen. Daß Du es kurzweg als Scherz bezeichnest nehme ich als Koketterie. Ich habe durchaus Vergnügen und sehr oft Freude daran gehabt. Man wünschte sich vielleicht Gestalten wie Korz und Fanni, auch Jason und die geringern, in einer ernster bewegten Welt wiederzufinden, wie ich überhaupt die Charakteristik und Karikaturistik in dem Stück noch höher werten möchte, als das anekdotische Element. Ich hoffe (aus praktischen Gründen) Du bereitest das Publikum durch einen glücklichen Untertitel ein wenig vor, wie es seine Augen einzustellen hat, um mit ungestörter Lust schauen und genießen zu dürfen. Nennst das Ganze vielleicht burleske Komödie oder so ähnlich. Ferner, wenn mir ein bescheidener Rat gestattet ist, würde ich die Schlußscene des zweiten Aktes (den schwarzen Kuß) streichen, da mir ihr Humor zu Kadlbürgerlich scheint im Verhältnis zu der grotesken Laune, die sonst durch die Komödie fegt. Ob es den Leuten möglich sein wird, sich ganz nach Deinem Willen in die gemäßigtere Haltung des Schlusses zu finden, wag ich nicht vorher zu sagen. Für das, was den »Witz« in Deinem Stücke vorstellt, reicht natürlich auch das aus, was am Ende die »Pointe« wird, – und das burleske widersetzt sich seiner ganzen Natur nach jeder endgiltigen Erledigung. Es ist gleichsam aus dem Chaos selbst geboren, während der Witz doch immer ein Sproß des Tages ist, in einer Art von festem Verhältnis zu unsern Sitten, unserer Ordnung, unserer Tradition steht, auch wenn er sich über sie lustig zu machen scheint. Der Witzbold besieht sich die Erde von einem Fesselballon aus, der Burleskant schwebt frei in den Lüften. In ihm steckt so sicher ein Anarchist, wie im Witzbold ein Pedant. Dies nur nebenbei (wie es das Los der allgemeinen Bemerkungen nun ist). Im übrigen glaube ich, daß sich die Leute bei Deinem

Stück sehr amusieren werden, – selbst wenn sie es verstehen sollten.
Herzlichste Grüße auch von meiner Frau, laß doch von Zeit zu Zeit ein Wort von Dir hören.

Dein
Arthur

An Hanns von Zobeltitz 19. Oktober 07.

Verehrtester Herr von Zobeltitz,
Ich bedaure sehr, Ihren freundlichen Besuch verfehlt zu haben. Was den Roman anbelangt, so hab ich natürlich Ihres liebenswürdigen Antrags vom vorigen Jahre nicht vergessen. Aber im Laufe unseres damaligen Gesprächs war auch von gewissen inhaltlichen Beschränkungen die Rede, auf die Ihre geschätzte Zeitschrift beim Abdruck eines Romans Rücksicht zu nehmen hätte. Und in der Erinnerung daran glaube ich nicht, Ihnen eine Arbeit anbieten zu dürfen, die sich nach allem, was Sie mir damals sagten, für die Leser Ihres Blattes kaum eignen dürfte.
In meinem Roman spielen konfessionelle Fragen eine nicht geringe Rolle und von einem gewissen strengern Standpunkt könnten auch moralische Bedenken sich einstellen, die ich persönlich natürlich ablehne. Daher habe ich zunächst nicht daran gedacht, Sie in einer Angelegenheit zu bemühen, die voraussichtlich ohne Folge geblieben wäre. Jedenfalls aber, wenn auch vielleicht nicht für diesmal, wäre ich Ihnen sehr dankbar, wenn Sie die Güte hätten, sich über die Honorarbedingungen näher zu äußern, die Sie mir bei Überlassung eines Romans gewähren würden.
Mit verbindlichem Gruß

Ihr Sie hochschätzender
[A. S.]

An S. Fischer Wien am 15. Nov. 07.

Lieber Herr Fischer,
Um gleich beim Wichtigsten anzufangen: es ist vollkommen unmöglich, das erste Kapitel des Romans fortzulassen. Das Experiment, das Sie gemacht haben, indem Sie Bie baten, die Lektüre des Romans beim zweiten Kapitel zu beginnen, könnten Sie ruhig bei den meisten größer angelegten Romanen mit dem gleichen Resultat unternehmen. Ohne einen qualitativen Vergleich nur versuchen zu wollen, es ist das Schicksal beinah aller Romane, die zu einem gewissen Ansehen gekommen sind, daß ihre Anfangskapitel ein wenig langweilen, ermüden, enttäuschen. Wenn man die Romane dann wieder liest, oft schon wenn man das erstemal bis zum Ende des Romans gekommen ist, ergibt sich erst, wie notwendig, wie stark in der Architektonik des ganzen Werks begründet, die breite Anlage der Anfangskapitel war. Ich glaube, lieber Herr Fischer, Sie und Bie werden schon bei der Lektüre des letzten Buches einsehen, wie schweres Unrecht ich meinem Roman zufügte, wenn ich ihn beim zweiten Kapitel beginnen ließe. Zu Strichen bin ich ja bereit. Viel möchte ich nicht streichen, schon darum, weil ja gerade die Leute, auf die es mir ja am meisten ankommt, den Roman schon in der neuen Rundschau und nicht erst als Buch lesen werden.
Ich möchte bei dieser Gelegenheit mit meiner Ansicht nicht zurückhalten, daß das zweite Kapitel des Romans das schwächste, das fünfte, achte und neunte und – verzeihen Sie – das erste die besten sind. Das dritte Buch bekommen Sie also in den allernächsten Tagen zugesandt. Ich werde Sie bitten, mir auch dieses nach der Lektüre zurückzuschicken; obwohl mir das letzte Buch als ganzes bei weitem am gelungensten scheint, werde ich im Einzelnen gerade in diesem, und zwar im ersten Kapitel des dritten Buches, noch einige erhebliche Änderungen vornehmen, was ich auch bei der Lektüre, insbesondre des

erwähnten siebenten Kapitels, zu berücksichtigen bitte. Sie schreiben auch, daß Sie erst die Hälfte des Romans kennen und scheinen demnach die Länge des ganzen zu überschätzen. Sie kennen schon zwei Drittel. Im übrigen hab ich mir ja schon erlaubt, bei Beginn unserer Verhandlungen den Umfang des Romans ungefähr anzugeben und ich glaube, er ist sogar etwas kürzer, als wir ursprünglich angenommen haben. So weit ich die Sache übersehe, würde jedes Buch etwa zwei Nummern beanspruchen, so daß das Ganze (wie seinerzeit die Renate, glaub ich) durch ein halbes Jahr der Rundschau laufen würde. So viel zu streichen, daß es um eine ganze Nummer weniger wird, dürfte mir wohl nicht möglich sein. Sie wünschen von mir eine Charakteristik des Romans für Ihren Prospekt. Wäre es denn nicht weitaus am einfachsten und vielleicht auch am wirksamsten, wenn Sie ankündigten, daß im neuen Jahrgang mit dem ersten Heft ein Roman von mir erscheint, betitelt »der Weg ins Freie«? Von dem eigentlichen Inhalt sollte in einer Anzeige schon darum nichts verraten sein, weil dadurch immerhin ein großer Teil des Spannungsreizes verlorengeht. Dennoch will ich versuchen, ein paar Zeilen in Ihrem Sinne niederzuschreiben. Ich glaube, auch Ihnen und Bie wird der Roman in seinem letzten Teil noch einiges bieten, in Hinsicht auf die spätern Ausblicke, was Sie mit den Längen zu versöhnen imstande sein wird und worauf Sie vielleicht nicht völlig gefaßt sein konnten. Ich schicke Ihnen das erste Buch in spätestens acht Tagen natürlich wieder zurück. Sagen Sie mir bitte, wann Sie mit dem Druck beginnen wollen und ob der Satz für das Buch stehen bleibt. In diesem Falle wär es vielleicht möglich, recht viel vorzudrucken und ich könnte meine Korrekturen der spätern Bücher schon an gedruckten Exemplaren vollenden.
Ich bitte um Aufklärung in dieser Hinsicht.
Es bleibt also bei dem Titel »der Weg ins Freie«.
Für Vorschläge, was Striche und kleine Änderungen anbelangt,

werde ich immer dankbar sein und sie berücksichtigen, so weit es mir möglich ist.
Mit herzlichem Gruß

Ihr ergebener
[A. S.]

An S. Fischer 16. Nov. 07.

Lieber Herr Fischer,
Hier send ich Ihnen die geänderte Anzeige. Die ersten zwei Drittel hab ich ungefähr gelassen wie sie waren, das letzte mußt ich ändern, auf die Gefahr hin, mir selber durch die Ausdrücke, die zu gebrauchen ich genötigt war, etwas geschmacklos vorzukommen. Aber ich kann Ihnen nicht verhehlen, – und Sie werden es begreifen, wenn Sie das dritte Buch des Romans, das eben an Sie abgegangen ist, gelesen haben – daß mir der Schluß der mir von Ihnen übersandten Anzeige erheblich gegen den Strich gegangen ist. Wieder die Grazie und die Anmut und der Geist! Ich halt es wirklich nicht mehr aus. Fast muß ich noch froh sein, daß mir das ironische Kichern geschenkt blieb. Ich hoffe, Sie werden jetzt mit den Schlußworten einverstanden sein. Auf den Sinn und die Absicht des Buchs treffen sie jedenfalls zu, wenn auch der Klang des Lobs etwas zu hoch gegriffen sein mag. Wenn aber schon trompetet sein muß, doch wenigstens nicht in falschen Tönen.
Mit herzlichem Gruß

Ihr ergebener
[A. S.]

Der erste große Roman Arthur Schnitzlers ist zugleicher Zeit der erste zeitgeschichtliche Roman des heutigen Wien. Reich bewegte Bilder aus den verschiedensten Gesellschaftskreisen werden vor uns entrollt. Eine Fülle von Gestalten lernen wir kennen, die in der besonderen Atmosphäre ihrer Stadt, unter den komplizierten Verhältnissen ihres Landes, zu den mannigfachsten Beziehungen miteinander verknüpft sind. Allerlei Probleme der Zeit werden berührt, insbesondere den Schicksalen der modernen Juden, innerhalb der eigentümlichen Gruppierung der Wiener Gesellschaft, wird mehr noch nach der seelischen als der rein sozialen Seite nachgegangen. Aus heiter leichten Anfängen sich entwickelnd schreitet die Handlung des Werks mit immer wachsender Lebendigkeit und Kraft zu Geschehnissen von tiefstem Ernste weiter, aus deren Bann der Leser mit weiten und bedeutenden Ausblicken entlassen wird.

An die Redaktion des »Morgen« Wien, 5. 12. 1907

Sehr gehrter Herr Redakteur.
Ihre Frage scheint mir nicht ganz geeignet, den Beitrag zur objektiven Beurteilung Maximilian Hardens herbeizuführen, den Sie erhoffen; zum mindesten wird das perzentuelle Verhältnis zwischen Feind und Freund kaum klargestellt, sondern zu Hardens Ungunsten eher verwirrt werden. Denn wohin wollen Sie diejenigen rechnen, die Harden bewundern, aber unter einer heftigen Abneigung gegen die Beantwortung von Rundfragen zu leiden haben? Ich gehöre z. B. zu diesen Leuten.
Und nur die Erwägung, daß innerhalb unserer, durch Mißtrauen, Übelwollen und Unterschieben persönlicher Motive vergifteten Atmosphäre, mein Schweigen falsch gedeutet werden könnte, veranlaßt mich hier auszusprechen, daß ich an der Ehrenhaftigkeit Hardens so wenig je gezweifelt habe, wie an der Stärke seiner Begabung. Wenn ich mich auch mit seinen Ansichten nach Inhalt und Ton nicht selten in Widerspruch gefühlt habe.
Mit ausgezeichneter Hochachtung

[A. S.]

An die Redaktion des »Morgen« Wien, 21. 12. 1907

Sehr gehrter Herr Redakteur.
Nr. 27 des »Morgen« war mir nicht zugekommen. Ich ließ es mir heute durch meinen Buchhändler schicken. Erlauben Sie mir Ihnen zu sagen: Sie waren (vielleicht) berechtigt meinen Brief auf Ihre Rundfrage Harden betreffend, in den Papierkorb zu werfen. Sie waren aber ganz bestimmt nicht berechtigt – ohne mich zu fragen – aus meinem Brief die paar Zeilen abzudrucken, die Ihnen passen und die anderen wegzuredigieren.

[A. S.]

An Gustav Pick Wien XVIII. Spoettelgasse 7.
24. 1. 908

Verehrtester Herr Pick,
meinem Dank für Ihren liebenswürdigen Glückwunsch sende ich heute gleich meine Gratulation zum Triumph des Fiakerlieds in Berlin nach. Wir haben uns sehr gefreut, meine Frau u ich; aber bisher hab [ich] noch nirgends den Namen des Dichter-componisten gelesen. Es muß ein sonderbares Gefühl sein, so bei lebendigem Leibe als Volksseele durch die Straßen zu spazieren.
Viele Grüße von uns Beiden

Ihr
Arthur Schnitzler

An Jakob Minor Semmering, 10. Feber 08.

Verehrtester Herr Hofrat,
Es ist rätselhaft wie Worte, die man selbst aussprach, sich verändert haben können, wenn sie nach einiger Zeit an das eigene Ohr wieder zurückkehren. Ich erfahre von Ihnen, verehrtester Herr Hofrat, daß ich die Einladung der Akademie zu dem mir zugedachten Bankett mit der Begründung ausgeschla-

gen hätte, ich fürchtete mich zu langweilen. So verhält sich die Sache nicht. Ich bat vielmehr Herrn Hofrat Suess von der Veranstaltung des Banketts abzusehen, weil Festlichkeiten dieser Art meiner Empfindung im allgemeinen widerstrebten und ich insbesondere keine Neigung empfände, mich persönlich feiern zu lassen. Prof. Suess bedauerte höflich liebenswürdig meine Ablehnung und bemerkte überdies, daß er mir nachzufühlen, oder meinen Standpunkt zu verstehen wohl imstande sei. (Den Wortlaut seiner Antwort hab ich vergessen.) Im weitern Verlauf unserer Unterhaltung sprach ich wohl auch davon, daß Festen der gedachten Art durch ihren nicht ganz zu vermeidenden offiziellen Charakter eine gewisse Steifigkeit anzuhaften pflegt, erinnerte an die Zeitungsberichte über das Hauptmannbankett vor sechs Jahren, worauf Hofrat Suess unter anderm von seinem damals vergeblichen Bemühen erzählte, die Reporter auszuschließen, die sich aber in den Garderoben versteckt gehalten hätten. Am Schluß erlaubte ich mir zu bemerken, daß es mir gewiß eine Ehre wäre bei anderer Gelegenheit nach Verhallen des Preisrummels, ungefeiert, als Privatmann im Kreise der verehrten Herren zu verweilen. So ungefähr verlief meine Unterredung mit Hofrat Suess, den ich durchaus nicht mit der Empfindung verließ mißverstanden worden zu sein. Auch heute fällt es mir schwer zu glauben, daß ich durch meine Ablehnung den Präsidenten oder sonst ein Mitglied der Akademie verletzt haben könnte, und daß ich Ihnen, verehrter Herr Hofrat, Verdruß zu bereiten das Unglück hatte, entnehme ich erst Ihrem Brief mit ebensoviel Bedauern als Befremden. Wenn ich darum bat von einem mir zugedachten Bankett Abstand zu nehmen, so konnte ich die Auffassung nicht vorhersehen, daß ich mit dieser Bitte »die dem Schriftstellerstand in meiner Person erwiesene Ehre einfach abschüttelte« wie Sie sagen, Herr Hofrat. Die mir erwiesene Ehre bestand in der Zuerkennung des Grillparzerpreises, nicht in der Einladung zu einem Bankett. Für jenen den Herren des Kuratoriums meinen Dank aussprechen zu dürfen, war mir eine besondere Freude. Ich war so frei, Herrn Hofrat Suess als Präsidenten der Akademie einen Besuch abzustatten, meinen Dank lehnte der Herr Präsident mit der Bemerkung ab, daß die Akademie mit der Preiszuerkennung nichts zu tun, sondern nur das Geld zu verwalten habe. Zum Dank hab ich mich herzlich verpflichtet gefühlt, wie auch das Gefühl meiner dauernden Dankbarkeit durch das Bewußtsein der verliehenen Auszeichnung nicht unwürdig zu sein, keineswegs gemindert wird. Mich in den Mittelpunkt einer ganz oder halboffiziellen Bankettfeier zu stellen, die meinem Geschmack nicht zusagt, dazu fühle ich mich nicht verpflichtet und fühlte michs auch dann nicht, wenn es mir obläge, bei solcher Gelegenheit den Schriftstellerstand zu repräsentieren, wozu ich weder innerlich noch äußerlich den Anlaß gegeben sehe. Ich erlaube mir den Preis als *mir* zuerkannt zu betrachten, nicht dem *Stand* dem ich angehöre, sonst hätte man ihn ja auch einem andern Schriftsteller geben können. Oder geben müssen. Da ja der Preis den Statuten nach alle drei Jahre verteilt werden soll. Ich kann auch Ihre Befürchtung nicht teilen, verehrter Herr Hofrat, daß die Akademie, wie Sie schreiben, bei so vornehmer Zurückhaltung der Preisbewerber, künftig ihrerseits die Zurückhaltende spielen dürfte. Ins Konkrete übersetzt: Ich glaube nicht, daß diese edle Körperschaft aus unsachlichen Gründen, zum Beispiel weil der diesjährige Träger des Grillparzerpreises ersucht hat, von der Veranstaltung eines Festbanketts ihm zu Ehren abzusehen, bei einer nächsten Gelegenheit ihre Genehmigung zur Erteilung eines verdienten Preises vorenthalten könnte. Keineswegs aber hat meine Stellung zur Bankettfrage, selbst wenn es angebracht wäre, sie mir persönlich übel zu nehmen, mit den Interessen des Schriftstellerstandes, oder mit dem Gedeihen der Literatur das geringste zu tun. Ich weiß mich also von der Verantwortung frei, durch die höfliche Wahrung meines Standpunktes irgend einem Menschen wissentlich oder unwissentlich geschadet zu haben, ebenso frei, als ich den Vorwurf zurückweisen darf,

einer von mir als höchst ehrenvoll erkannten Einladung, etwa aus mangelnder Achtung vor den Herren, die sie mir zugedacht haben, abgelehnt zu haben. So bliebe als einzige Schuld übrig, Ihnen »gezeigt zu haben«, ich zitiere Ihre Worte, »wieviel Verdruß man mit der Literatur erntet, auch wenn man ihr am uneigennützigsten zu dienen bestrebt ist.« Da dies nun einmal Ihre Empfindung ist, verehrtester Herr Hofrat, und mir gegen jede Art von Empfindung ein Einspruch zwecklos erscheint, kann ich zur Erwiderung nur die Hoffnung aussprechen, daß Ihnen in Ihrem erfahrungsreichen und gesegneten literarischen Leben, nie vorher ein Verdruß begegnet sei und niemals einer begegnen möge, der tiefer begründet wäre, als der, zu dem ich so unvermutet der Anlaß gewesen bin. Ich möchte die Bitte anschließen, sehr verehrter Herr Hofrat, in dieses Schreiben dort, wo Ihre Auffassung zu meiner Überraschung geteilt werden sollte, freundlichst Einsicht nehmen zu lassen.
Glauben Sie an die aufrichtige Hochschätzung Ihres sehr ergebenen

[A. S.]

An Otto Brahm Wien, 16. März 08

Lieber Freund,
wenn man, wie ich unbescheiden beginne, von uns absieht, haben Sie diesmal durch Ihr Fernbleiben von Wien nicht viel verloren – ein quatschiges Märzwetter, das nun in unfreundliches Winterspiel übergeht. Im Grunde haben wir uns alle noch nicht ganz errafft, Olga eigentlich schon mehr als ich, dem es mit den Nerven recht miserabel geht, was sich physisch in einem beinahe ununterbrochenen Kopfdruck, psychisch in einem mangelnden Arbeitsmut ausdrückt, besser sagte ich: Begriffsmut, denn Visionen sind da, mehr als das, weit und präzis geführte Pläne, Gestalten von lockender Lebendigkeit – aber ich schwanke von einem Stoff zum andern, ohne mich

entscheiden zu können. (Manches ist szenen-, ja aktweise schon hingeschrieben.) Es sind ganz besonders (um nur vom Dramatischen zu reden) drei Stücke, um die es sich dreht: eine dreiaktige Komödie, ein fünfaktiges Schauspiel, eine phantastische Historie in etwa 20 Bildern (genug?) – aber allerlei anderes ist so weit vorgerückt, daß es doch noch früher drankommen kann.

Zum »Ruf«: die Änderungen, die ich vorhatte, haben sich als (für mich) unmöglich erwiesen. Im ersten Drittel des 3. Aktes (bis dahin hatte ich diktiert) zeigten sich unüberwindliche Hindernisse. Nun habe ich mir das Drama noch einmal vorgenommen und versucht, auf dem früheren ethischen und szenischen Grunde weiterzubauen. Ich habe gewisse dialogische Verstiegenheiten aus dem ersten eliminiert, am Schluß des zweiten eine neue Szene geschrieben, so daß Marie sich im Vollbesitz ihrer Jungfräulichkeit entfernt und »dieselbe« (soweit es ihr »wohl zuzutrauen ist«) im dritten noch besitzt (nicht aus sittlichen, sondern aus logisch-psychologischen Bedenken meinerseits). Und nun diktier ich den dritten ganz neu, der an manchen Stellen einen auffallend schlechten Dialog hat, mache gewisse Umstellungen, lasse die Katharina (Frl. Orloff) im Zimmer, nicht auf der Szene sterben und versuche überhaupt zu entfernen, was bei der Aufführung (und besonders das, was mich bei der neuen Lektüre) unangenehm berührt hat. Den dramatischen Grundmangel – die undramatische Weltanschauung, in der die Ereignisse sich abspielen, kurz die spezifische Atmosphäre des Stücks, kann ich nicht fortbringen. Immerhin (obwohl meine Sympathie für das Stück ziemlich gesunken ist) scheint es mir Qualitäten zu haben, die es zum vorläufigen Weiterleben berechtigten. Neulich hat es wieder in tschechischer Sprache in Prag beträchtlichen Erfolg gehabt. (Daß es in Rußland mit »Kakadu« und – »Märchen« zu meinen »beliebtesten« gehört, hab ich Ihnen schon einmal gesagt.) Wenn ich die Änderungen gemacht habe, send ich sie Ihnen – ganz unverbindlich für Sie und mich.

Daß die »Lebendigen« nicht viel gemacht haben, ist mir um unser beider willen leid. Die Presse war ja nahezu anständig. Ob ich je einen Theatererfolg haben werde? Und was überhaupt *der* nächste Theatererfolg sein wird? Beim Himmel, ich möchte nicht Direktor sein! Und Theaterdichter auch nicht. (Sagen Sie nicht: das ist Ihnen gelungen.) Oder wenigstens, es sollte nicht »Geschäft« sein. (Sagen Sie nicht: es ist ja kein Geschäft.) Haben Sie eine Ahnung, was die Leute eigentlich wollen? Ich frage Sie nicht, weil ich die Absicht hätte, das zu liefern.
Hoffentlich hat Ihnen der Weiße Hirsch gut getan, für Nerven und Muskel (von welch letzterem Sie nichts mehr schreiben). Und wenn es mit dem Gastspiel in Wien sicher geworden ist, so lassen Sie mich's bald wissen. Zur Sommerzeit gehen Sie wohl wieder an die See? Wir haben Schweizer Absichten. Wollen auch vorher noch kleine steirische und salzkammergütige Touren machen. Seien Sie von uns allen herzlichst gegrüßt.

Ihr A. S.

An S. Fischer 14. Mai 08.

Lieber Herr Fischer,
Mein Telegramm aus München und die Muster haben Sie wohl sicher erhalten und so kann ich wohl annehmen, daß das Buch in den ersten Juni-Tagen zur Herausgabe fertig sein wird. Ich bitte Sie nun, mir recht bald eine Liste der von Ihnen aus zur Versendung gelangenden Exemplare einzusenden. Ich werde diejenigen bezeichnen, die ich als vom Autor überreicht zu versenden bitte und auch anmerken, welche von diesen Exemplaren gebunden an ihre Adresse abgehen mögen.
Wie ich Ihnen schon vor einigen Wochen geschrieben, werde ich auch um eine größere Anzahl von Freiexemplaren für meine eigene Person ersuchen, womöglich zwölf für jede der gedruckten Auflagen, das wären also sechzig im ganzen. Wenn Sie mir erlauben, werde ich Ihnen eine Anzahl von

Adressen zusenden, an die ein Teil dieser Exemplare direkt von Ihnen aus (vom Autor überreicht) abgehen mögen.
Ich möchte Sie auch gleich heute fragen, wer in der neuen Rundschau über den Roman schreiben wird. »Der Merker werde so bestellt . . u. s. w.« Es läge mir viel daran, daß mit dieser Aufgabe nicht etwa ein Kritiker betraut werde, der »auch« dichtet, sondern ich möchte, daß sich über dieses Buch entweder ein Kritiker von Beruf oder ein Dichter von Rang vernehmen ließe. Vor wenigen Tagen sprach ich in München den Herausgeber einer Zeitschrift, der mir mitteilte, daß er schon seit März, also nach Erscheinen der ersten drei Fortsetzungen, eine fertige Kritik über das Buch in seinem Pulte liegen habe. Man kann die Tatsache in einer Zeit kaum sonderbar finden, wo sich ja manche Leute schon berufen fühlen, das Werk eines Autors zu beurteilen, wenn ihnen nichts anderes bekannt wäre, als der Name des Autors. Sie begreifen, daß mir viel daran liegt, gerade in der neuen Rundschau von jemandem besprochen zu werden, der nicht etwa »wohlwollend« wäre, aber wenigstens von einem, der überhaupt »will«.
In den nächsten Tagen schicke ich Ihnen etwa 150 Exemplare einer Komödie in einem Akt »Komtesse Mizi«, die Ostern in der Neuen Presse erschienen war und in der nächsten Saison im deutschen Volkstheater zur Aufführung kommt. Weitere Versendung von Ihrem Bühnenvertrieb aus hat natürlich nur, vorläufig wenigstens, auf spezielles Ansuchen von den Theatern aus zu erfolgen. Bisher hat sich das Münchner Hoftheater und das Kölner Residenztheater wegen des Stückes an mich gewandt. Ich bitte Sie, wenn irgend möglich, das Stück nur gegen Garantie zu vergeben und darauf Rücksicht zu nehmen, daß das kleine Stück die normalen Dimensionen eines kleinen Einakters immerhin beträchtlich überschreitet. Unter drei Perzent bitte es nirgend zu vergeben. Mit dem deutschen Volkstheater habe ich das Abkommen getroffen, daß man mir vier Perzent zahlt wenn zwei, fünf Perzent, wenn nur ein Akt dazugegeben wird.

Und nun noch eine Frage. Ich denke daran, dies ganz im Vertrauen, meine ältern Stücke – Entsch – zu kündigen und möchte sie dann natürlich Ihrem Bühnenvertrieb übergeben. Ich weiß nun nicht, ob es ohne weiteres möglich ist, eine solche Kündigung rein rechtlich durchzuführen. Für alle Fälle sende ich Ihnen hier das Muster eines meiner Verträge mit Entsch. Nach dem § 6 scheint ja eine solche Kündigung überhaupt unmöglich, aber ich kann mir doch nicht denken, daß man einfach auf Lebenszeit durch einen solchen Vertrag gebunden sein kann. Hinsichtlich des Romans möchte ich auch mein Ersuchen in Erinnerung bringen, daß er ohne Waschzettel zur Versendung gebracht werde.
Mit herzlichem Gruß

Ihr ergebener
[A. S.]

An S. Fischer 29. Mai 08.

Lieber Herr Fischer,
Darf ich mir die Frage erlauben, ob Ihnen ein Verlag Hans Bondy, Berlin W. Uhlandstraße 43, bekannt und insbesondere, ob er Ihnen vorteilhaft bekannt ist? Dieser Verlag hat sich nämlich wegen einer Neuherausgabe des »Reigen« (über den das Verfügungsrecht seit etwa einem Jahr wieder mir allein zusteht) an mich gewandt.
Was die Besprechung in der neuen Rundschau anbelangt, so möchte ich es aus den verschiedensten Gründen vermeiden, daß einer der Wiener Freunde und begreiflicherweise auch, daß einer der Wiener Feinde (auch solche haben Sie genannt) sie übernähme. Hingegen würde ich Ihnen Dr. Jonas Fränkel vorschlagen, für den dreierlei spricht. Erstens, daß er bisher noch keine Zeile von dem Roman gelesen hat, zweitens, daß er eine wirkliche und starke Beziehung zu meiner bisherigen Produktion besitzt, drittens, daß ich nur in ganz flüchtigem persönlichen Verkehr mit ihm stehe. Auf eine unverbindliche

Anfrage von mir hat er seine Bereitwilligkeit, sich mit dem Buch zu beschäftigen, lebhaft ausgesprochen. Er könnte seine Arbeit wahrscheinlich erst im September liefern, aber es wäre mir trotzdem sehr lieb, wenn Sie sich mit meinem Vorschlag einverstanden erklärten. Mein dringendes Ersuchen, daß das Buch ohne Waschzettel versendet werde, ist hoffentlich berücksichtigt worden.

Mit herzlichem Gruß Ihr ergebener

[A. S.]

An Felix Salten Wien XVIII. Spoettelgasse 7.

30. 5. 908.

Mein lieber, ich kann Ihnen gar nicht sagen, *wie* ich mich gefreut habe. Aber Sie können sichs ja denken. Daß Sie der Erste sind, der sich vernehmen ließ, und so, gerade so, bedeutet mir viel – vielleicht mehr als Sie vermuthen. An gewissen Stellen sind mir Thränen gekommen. »Naja . . weil's wahr is . .«

Von Herzen

Ihr Arthur

An Georg Brandes Seis am Schlern, (Südtirol) 4. 7. 908

Verehrtester Herr Brandes, Sie haben wohl recht, daß in meinem Buch zwei Romane enthalten sind, und daß künstlerisch genommen, der Zusammenhang kein absolut notwendiger sein mag. (Ich tröste mich gleich damit, daß andre Autoren manchmal auch glauben, sie hätten einen Roman geschrieben – und es ist gar keiner). Schon während meiner Arbeit hab ich immer gefühlt, daß es so kommen wird – aber ich konnte – oder wollte mir nicht helfen. Denn so sorgfältig das Buch componirt war, es ist doch erst so recht *geworden*, während ich es schrieb. Denken Sie, was eigentlich der Kern war, um den sich allmälig das ganze gruppirte: Eine Scene, in der ein thörichter Bruder den Geliebten seiner Schwester als »Verführer« zur Rede stellt und von ihm glänzend geschlagen wird. Es hätte damals, als mir dieser kleine Einfall kam, ein Stück werden sollen. (Dieser ganze Einfall ist jetzt in einem beinah überflüssigen Sätzchen des 5. Capitels enthalten.) Dann schwebte mir eine Novelle vor: Ein junges Mädchen, das sich aus theoretischen Gründen zu einem Geliebten entschließt und sich in ihre Stellung nicht hineinfinden kann. Dann spukte mir eine Komödie im Kopf, mit dem Titel die Entrüsteten, wofür schon die meisten Figuren, die sich jetzt im Roman vorfinden, feststanden, und noch einige andre. Nun dürfen Sie natürlich nicht glauben, daß ich diese Einfälle und Vorsätze sozusagen mit Absicht ineinander verschmolzen habe – sondern sie flossen ineinander, ganz ohne mein Zuthun – sodaß ich unmöglich daran hätte etwas ändern können. Ich habe nichts hineingestopft, weil ich eben Gelegenheiten suchte, gewisse Ansichten oder Aphorismen anzubringen – sondern im Laufe der Erzählung, vielmehr schon während der Vorarbeiten, war jede Gestalt mit ihren Anschauungen dahingerückt, wo sie nun stehen geblieben ist. Mir war das Verhältnis Georgs zu seiner Geliebten immer geradeso wichtig wie seine Beziehung zu den verschiedentlichen Juden des Romans – ich habe eben ein Lebensjahr des Freiherrn von Wergenthin geschildert, in dem er über allerlei Menschen und Probleme und über sich selbst ins Klare kommt. Manche von diesen Problemen sind mir selbst allerdings erst im Laufe der Arbeit zu ihrer eigentlichen Bedeutung erstanden – obwohl sie ja von Anbeginn in den Geschehnissen enthalten waren; insbesondere das Problem der Schuld und der Verantwortung. Ganz flüchtig, gewissermaßen wie ein Spaß, kam mir sogar der Gedanke, das Buch »Die Mörder« zu nennen oder »Die Schuldig-Unschuldigen« – (ein Spaß wie gesagt) – aber fiel es Ihnen nicht auch auf, wie sowohl Georg als Heinrich Bermann als Leo Golowski jeder ein Menschenleben auf dem Gewissen haben? Georg metaphysisch oder in der Einbildung der Mörder seines ungeborenen Kindes – Heinrich läßt seine Geliebte aus Eitelkeit – oder »Trägheit des Herzens« (um den Titel des neuen Wassermannschen Romans zu citiren) zu Grunde gehn – Leo bringt seinen Gegner im Duell um. (Und keinem von ihnen ist innerlich freier zu Muth, als dem, der just im üblichen Wortsinn getödtet hat!) – Was Sie an einer Stelle Ihres Briefes andeuten, ist mir auch in den Sinn gekommen: ob es nicht klüger gewesen wäre, Georg zum Liebhaber einer Jüdin zu machen. Ich konnte nicht. Die Gestalt der Anna stand von Anfang an eben so unwidersprechlich als katholisch da. Und es kam mir ja schließlich nicht darauf an, irgendwas nachzuweisen: weder daß Christ und Jude sich nicht vertragen – oder daß sie sich doch vertragen können – sondern ich wollte, ohne Tendenz, Menschen und Beziehungen darstellen – die ich gesehn habe (ob in der Welt draußen oder in der Phantasie bliebe sich gleich.) Es freut mich so sehr, daß Sie innern Reichtum in dem Buch finden. Dies Gefühl, ich will es gestehn, verließ mich selten während meiner Arbeit – und in diesem Gefühl verzieh ich mir mancherlei – vielleicht zu viel. Und – immer wieder in diesem selben Gefühl – war ich so niedergedrückt und hoffnungslos, daß ich sagte: Wie schön war dieser Roman, – eh ich ihn geschrieben habe! – Jetzt aber, da er fertig ist, schätz ich ihn höher als alles was ich bisher gemacht – und ich danke Ihnen herzlich für all das gute, das Sie mir darüber schreiben – und dank Ihnen noch mehr, daß Sie in meinen Sachen etwas Verwandtes spüren. Was Ihre Freundschaft mir bedeutet, brauch ich Ihnen wohl nicht mehr zu sagen. Ich hoffe wir sehen uns wieder, und nicht in gar zu ferner Zeit. Kommen Sie denn gar nicht mehr nach Wien?

Meine Frau bittet mich, in guter Marienlyster Erinnerung, Sie bestens zu grüßen. Wir haben keinen guten Winter hinter uns; meine Frau hatte einen schweren Scharlach. Zwei Monate war das Kind deshalb außer Hause; seit dem Frühjahr sind wir viel herumgefahren; erst seit ein paar Tagen arbeit ich wieder was.

In treuer Verehrung Ihr Arthur Schnitzler

An Franz Neumann 15. Sept. 08

Sehr geehrter Herr Kapellmeister,
Ich danke Ihnen bestens für die freundliche Zusendung der zwei ersten Akte. Von einem wirklichen Urteil kann natürlich nach einmaligem Durchspielen, besonders in meiner mäßigen Kunstfertigkeit, nicht die Rede sein, doch mein Eindruck war im ganzen ein günstiger und ich hoffe, daß sich dieser Eindruck so recht bestätigen und zur Kraft eines Urteils erwachsen wird, wenn die Oper erst ganz fertig ist und wenn sie mir von geübter, am liebsten von Ihrer Hand vorgetragen wird. Sie lassen mich wohl bald näheres hören, auch wie es mit Ihrer Gesundheit steht und dann, ob Sie vielleicht nach Weihnachten mit der fertigen Oper nach Wien kommen werden.
Eine Kleinigkeit habe ich zu bemerken. Es wäre mir sehr angenehm, wenn Sie den von Ihnen gewählten Hauptteil des Doppeladlermarsches durch das viel charakteristischere Trio des Marsches ersetzen würden, an das ich gedacht habe und das auch bei den Aufführungen, wenigstens in Wien und Berlin gepfiffen und gespielt wird.
Die erste Szene des dritten Aktes können Sie natürlich ohne weiters weglassen.
Mit verbindlichem Gruß,

Ihr sehr ergebener
[A. S.]

An Franz Servaes Wien XVIII. Spoettelgasse 7.
23. Sept. 08.

Verehrter Herr Doktor,
Sie waren so liebenswürdig mir Ihr Feuilleton über den »Sommerhaidenweg« sogar in doppelter Ausgabe zuzusenden und ich spreche Ihnen hiefür meinen verbindlichsten Dank aus. Auch Ihren Artikel im »Blaubuch«, den Sie mir nicht geschickt haben, hab ich gelesen. Und über diesen hab ich Ihnen ein paar Worte zu sagen. Gleich im ersten Absatz lautet eine

Stelle: »die Eingeweihten wußten zu berichten, daß grade die lautesten öffentlichen Lober im engeren Kreise ganz anders sich geäußert hätten.« Sie werden ohne weiters verstehn, daß mich dieser Satz seltsam berühren mußte. Muß ich nicht befürchten, daß Uneingeweihte vermuten könnten, mir stünden rätselhafte Mittel zu Gebote, öffentlich ausgesprochene Meinungen zu meinen Gunsten zu beeinflussen? Und das Publikum ist ja die große Gemeinde der Uneingeweihten. Dieser Punkt kommt aber vielleicht weniger in Betracht; wenigstens für eine höhere Auffassung, der die Meinung der Welt gleichgültig sein darf. Viel wesentlicher ist ein anderer. Die Authentizität Ihrer Mitteilung steht selbstverständlich unbezweifelbar fest. Als Kenner unserer Stadt ist es Ihnen nicht unbekannt geblieben, welche Atmosphäre von Neid, Falschheit und Schadenfreude uns hier umgibt. Als rechtlich denkender Mann werden Sie gewiß nicht wünschen, daß ich etwa Unschuldige, wegen der von Ihnen erwähnten Doppelzüngigkeit in Verdacht nähme, und so wüßte ich nicht welches Bedenken Sie abhalten könnte, mir die jedenfalls nicht schonungsbedürftigen Individuen zu nennen, die meine lautesten öffentlichen Lober sind und sich im engern Kreise ganz anders äußern.
Ich bin Ihrer gefälligen Antwort gewärtig und mit besten Grüßen

Ihr sehr ergebener
[A. S.]

An Ladislaus Bánóczi 29. Sept. 08.

Sehr verehrter Herr Doktor,
Ich danke für Ihren freundlichen Vorschlag, doch kann ich Ihnen die gewünschte Erlaubnis zur Aufführung des »Reigen« nicht erteilen, da er ja so wie er geschrieben, unspielbar ist und durch jede Veränderung seinen eigentlichen Sinn verliert. Erst aus Ihrem werten Schreiben erfahre ich, daß Ihnen die

Lizenz zur Aufführung vom »Vermächtnis« nicht erteilt worden ist. Aus welchem Grunde leuchtet mir nicht ein.
Mit vorzüglicher Hochachtung

Ihr ergebener
[A. S.]

An Leonie Meyerhof-Hildeck 7. Dez 08.

Sehr geehrtes Fräulein,
Sie fragen mich, in welchem meiner Werke außer im »Weg ins Freie« ich jüdische Probleme, Personen und Verhältnisse behandelt habe. Hierauf muß ich antworten, daß wohl in manchen andern meiner Bücher Anspielungen auf die Stellung der Juden innerhalb der modernen Kultur und Gesellschaft vorkommen, daß auch episodisch hier und dort Figuren, die direkt als Juden bezeichnet sind auftreten, daß aber von einer eingehendern Behandlung des Problems oder der Probleme, sowohl nach der sozialen als nach der psychologischen Seite hin kaum die Rede sein kann. Ich darf bei dieser Gelegenheit wohl die Hoffnung aussprechen, daß Sie zu denjenigen Kennern meines Romans gehören, die darin auch andre Beziehungen und Probleme zu entdecken vermocht haben als die jüdischen. Daß man all dies andre so vielfach übersehen konnte, liegt wohl auch mehr in der großen Bedeutung der Judenfrage an sich begründet, als in dem Ausmaß, das der Frage innerhalb meines Romans eingeräumt ist. Man könnte alles theoretische über das Judenproblem, natürlich nicht die Gestalten selbst, herausstreichen und es bliebe noch immer ein recht umfangreiches Buch übrig.
Mit wiederholtem Dank für Ihr freundliches Interesse,

bin ich Ihr sehr ergebener
[A. S.]

An Leopold Kramer 15. Dez. 08

Verehrtester Herr Kramer,
Ich bedaure sehr, daß wir diesesmal so ganz verschiedener Ansicht sind. Sie halten es für unmöglich, daß Sie den Fürsten in der »Comtesse Mizzi« spielen könnten, ich halte es nicht nur für möglich, sondern für notwendig. Und zwar aus folgenden auf der Hand liegenden Gründen. Erstens, weil es niemanden am Volkstheater gibt, der diese Rolle spielen kann außer Ihnen, und zweitens, weil Sie diese Rolle nicht nur meiner Überzeugung nach, sondern nach der Ansicht aller, die das Stück und Sie kennen, glänzend spielen werden. Daß man Ihnen die Figur nicht glauben würde, ist eine unbegründete Bescheidenheit. Sie wissen es selbst, man glaubt Ihnen alles was Sie spielen wollen und daß Sie am selben Abend den Theodor in der »Liebelei« darzustellen haben und jedenfalls prächtig darstellen werden, das sollte dagegen sprechen? Ich denke mir, dies müßte ein Grund mehr für Sie sein, um das Publikum durch Ihre Wandlungsmöglichkeit, durch den Reichtum Ihrer Ausdrucksmittel zu erfreuen. Erinnern Sie sich nur: Sie befanden sich schon einmal in einem ähnlichen Fall. Sie hatten am selben Abend den Weihgast in den »Letzten Masken« und den Baron in der »Literatur« zu spielen. Zwischen diesen beiden Rollen besteht ein ganz ähnliches Verhältnis, wie zwischen dem Fürsten und dem Theodor. Und beide Male waren Sie ausgezeichnet. Halten Sie dergleichen für Utilitätsexperimente? Ich nicht. Es drückt sich dadurch nur die Verpflichtung der Direktion und des Autors aus, die in einem Schauspieler liegenden Kräfte, von denen er manchmal, aus Bescheidenheit natürlich, selbst nichts ahnt, zu dessen eigenem, des Theaters und des Werkes Gunsten auszunützen. Auch darin, daß Sie wieder acht Tage später den Anatol spielen sollen, kann ich keinen Grund gegen Ihre Eignung für den Fürsten von Ravenstein entdecken. Denn Sie sind ein Schauspieler, verehrtester Herr Kramer, – ich ließe es hier an

einem Epitheton nicht fehlen, wenn ich nicht fürchten müßte, es von Ihnen bei der Eigentümlichkeit der Umstände, als eine Art Schmeichelei mißdeutet zu sehen. Und nun glauben Sie mir noch eins. Ich würde nie Anstand nehmen, einen Künstler wie Sie direkt darum zu bitten, eine Rolle zu übernehmen, wenn es sich um eine handelte, die seiner nicht ganz würdig ist, oder die ihm nicht vollkommen liegt, deren Übernahme aber für mich von besonders großem Wert wäre. Halten Sie mirs also zu Gute, verehrtester Herr Kramer, wenn ich diesmal, wo es sich meiner festen Überzeugung nach nicht um eine Gefälligkeit handelt, die Sie dem Theater und mir erweisen, sondern um eine Verpflichtung, die Ihnen gerade Ihr Rang und Ihr Talent auferlegt, wenn ich mich diesmal nicht entschließen kann eine Art Bitte an Sie zu richten, sondern es vorziehe an Ihre Einsicht zu appellieren, was der Erfüllung meines Wunsches vielleicht noch bessere Chancen gibt. Ich wiederhole es: nur Sie können den Fürsten spielen, und ich kann mir dieses Stück im Volkstheater überhaupt nicht dargestellt denken, wenn Sie auf Ihrer Weigerung beharren. Ich verreise übermorgen auf einige Tage. Vielleicht überlegen Sie sich die Sache noch einmal und geben mir dann freundlichst Ihre Antwort kund. Es läge wohl im Interesse aller Beteiligten, ich wage zu behaupten auch in dem Ihren, wenn die ganze Angelegenheit durch ein möglichst freudiges Ja von Ihrer Seite erledigt werden könnte.

Mit herzlichem Gruß

Ihr sehr ergebener

[A. S.]

An Leonie Meyerhof-Hildeck 15. Dez. 08.

Sehr verehrtes Fräulein,

Wenn ich alle meine Arbeiten revue passieren lasse, so finde ich doch nur sehr wenige Personen, die ganz direkt als Juden gekenntzeichnet sind. Mir fällt der Kassier Kohn aus »Frei-

wild« und der Zauberer Marco Polo aus der Novelle »Die Weissagung« ein. Von weitem wird wohl auch auf andre angespielt, meines Erinnerns in »Leutnant Gustl« und vielleicht auch anderswo. Doch von manchen, denen der Meldezettel nicht mitgegeben wurde, weiß ich trotzdem ziemlich sicher, daß sie Juden sind. Der Arzt, der nur im ersten Akt des »Vermächtnisses« auftritt, ist gewiß einer, im »Märchen« dürften mehrere der jungen Leute Juden sein, in der »Liebelei« schätz ich den Theodor auf Halbblut, Fritz halt ich für einen Christen. Albertus Rhon im »Zwischenspiel« ist sicher ein Jude. Amadeus nicht. Cäcilie stammt gewiß von Juden ab. Julian Fichtner im »Einsamen Weg« halte ich gleichfalls für einen Juden. Doch dürfte er getauft sein. Von Herrn von Sala glaub ich zu wissen, daß seine Großmutter väterlicherseits eine Jüdin war. Anatol ist trotz vieler gegenteiliger Behauptungen kein Jude, wenn auch einige Tropfen dieses ganz besondern Saftes durch seine Adern rinnen mögen. Im übrigen sind alle diese Mitteilungen mit Vorbehalt entgegenzunehmen. Manche von den Herrschaften habe ich schon lange nicht gesehn, andre vielleicht nie so bis ins Innerste gekannt, wie es meine Schuldigkeit gewesen wäre.
Mit verbindlichem Gruß

Ihr ergebener
[A. S.]

An Samuel Jankolowitz 16. Dez. 08.

Sehr geehrter Herr Jankolowitz,
Die kleine Skizze »Magda«, die Sie mir zugesandt haben, kann als Talentprobe nicht gelten. Man kann auch nicht sagen, daß diese Arbeit schon gegen Ihr Talent spricht, denn sie zeigt noch nicht das geringste Verhältnis zur Welt, zur Kunst, ja zu den einfachsten Problemen des Stils. Sie werden vielleicht einmal andres zu sagen haben und werden es besser sagen können.

Das Manuskript folgt mit freundlichem Gruß zurück.

[A. S.]

An Heinrich Schnitzler [Budapest,] 19. 12. 08
[Ansichtskarte]

mein lieber Bub, ich hab eine Burg-Festungs-Kanonen-Ansicht für dich gesucht – leider keine zu haben – so überreiche ich dir hier vorläufig ein kleines Palais mit schönem Aufgang.
Tausend Grüße u Küsse!

Dein Vater

Kussi
Mutta

An Marek Scherlag 11. Jänner 09.

Sehr geehrter Herr Doktor,
Auch Ihre zweite Besprechung über den »Weg ins Freie« habe ich mit besonderm Vergnügen gelesen und danke Ihnen sehr für die liebenswürdige Zusendung. Die Hauser'sche Notiz, auf die Sie anspielen, ist mir nicht vor Augen gekommen. Meinen persönlichen Standpunkt mit ein paar Worten zu präcisieren, würde mir schwerfallen. Aber was wäre am Ende mein ganzer Roman wert, wenn ich mir nicht dadurch wenigstens das Recht erworben hätte, mich theoretisch essayistisch auszuschweigen.
In der angenehmen Erwartung, Ihnen einmal persönlich zu begegnen,

Ihr sehr ergebener
[A. S.]

An Julius Bab 18. Jänner 09.

Verehrter Herr Bab,
Besten Dank für Ihren freundlichen Antrag. Mit Einaktern ist das eine so schwere Geschichte. Prinzipiell hätte ich natürlich

gar nichts dagegen, ihn Ihrem Theater zu überlassen. Bevor ich mich aber irgend wie bindend entscheide, müßte ich Sie doch um freundliche Mitteilung bitten, ob Sie ein Stück hätten, das mit der »Komtesse Mizzi« zusammen aufgeführt werden kann, einen Dreiakter oder andre Einakter und ob Sie eventuell zur Zahlung einer Tantiemegarantie bereit wären.
Mit verbindlichen Grüßen

Ihr sehr ergebener
[A. S.]

An Auguste Hauschner Wien XVIII. Spoettelgasse 7.
23. 1. 09

Verehrte Frau,
ich danke Ihnen sehr, daß Sie mir Ihren schönen Artikel geschickt haben. Gar viel wäre darüber zu sagen, wenn es mir nicht so fatal wäre, über meine eignen Sachen was niederzuschreiben. Reden könnt ich schon eher drüber, nun vielleicht fügt es mein gutes Glück, daß ich Ihnen irgend einmal in der Welt begegne. Übrigens, einfacher: wenn Sie nach Wien kommen, lassen Sie michs wissen, gnädige Frau, und wenn ich nach Berlin komme, darf ich mich wohl auch melden –? Vorher aber noch möcht ich Ihnen sagen, daß Sie Unrecht haben Ihren Schluß »mislungen« zu finden – auch ohne Ihren Brief wüßt ich sehr gut, was Sie eigentlich sagen wollten. Und so viel tief und liebevoll (oder ist das tautologisch?) eindringendes in den vorherigen Absätzen. Wie viele Leserinen Ihrer Art denken Sie gibt es wohl? Und gar eine, die zugleich Künstlerin ist. . . . . jetzt aber kommt es immer näher, – noch drei Zeilen und ich fange an etwas über mein Buch zu sagen – daher nicht mehr als dies: Sie haben mir durch gedrucktes, geschriebenes und gefühltes herzliche Freude bereitet!

Ihr aufrichtig ergebner
Arthur Schnitzler

An Herrn Seligmann 1. Februar 09.

Sehr geehrter Herr,
Das wenige Biographische über mich, das einem größern Publikum von Interesse sein dürfte, finden Sie in Kürschners Literaturkalender. Kritisches ist natürlich schon sehr viel erschienen. Doch würde ich jemandem, der die Freundlichkeit haben will, über mich zu reden, immer raten, sich einfach an meine Werke zu halten, die je nach dem, für oder gegen sich selber sprechen.
Mit bestem Dank für Ihr liebenswürdiges Interesse

Ihr sehr ergebener
[A. S.]

An Eduard Goldbeck 15. März 09

Sehr verehrter Herr Goldbeck,
Daß Sie meinem Roman so viel Sympathie und Verständnis entgegenbringen und daß Sie Ihre Ansichten über das Buch niedergeschrieben und an so weithin sichtbarer Stelle veröffentlicht haben, gereicht mir zu einer ganz besondern Befriedigung.
Sie müssen mir nur erlauben, gegen eine Stelle eine Einwendung zu erheben. (Ich brauche natürlich nicht erst zu sagen, daß diese Einwendung nur für Sie und nicht für die Öffentlichkeit bestimmt ist.) Es ist die Stelle, in der Sie sagen: »es befremde und betrübe Sie, daß ich an meiner jüdischen Abstammung so schwer leide.«
Ich leide nicht im geringsten unter meiner jüdischen Abstammung, ja ich bin so fern von diesem Gefühl, als es einer nur sein kann, der es am Ende auch dumm fände, auf sein Judentum oder auf sonst irgend etwas stolz zu sein. Wenn ich unter etwas leide, so ist es höchstens das Judentum mancher andern Leute, oder richtiger die klägliche Art, in der sich so viele Juden gerade innerhalb unserer Kultur zu der Tatsache ihrer

Abstammung verhalten. Der Widerwille gegen diese Leute mag in meinem Roman da und dort sehr lebhaft durchleuchten. Ja mit solcher Deutlichkeit will mir scheinen, daß ich eher glauben möchte, Sie hätten sich nicht ganz richtig ausgedrückt, als mich nicht ganz richtig verstanden. Nach Erledigung dieser Kleinigkeit lassen Sie mich nochmals Ihnen herzlich danken für die Freude, die Sie mir durch Ihren schönen Artikel bereitet haben und die Hoffnung aussprechen, Ihnen auch einmal persönlich die Hand drücken zu dürfen.
Mit vorzüglicher Hochachtung

Ihr sehr ergebener

[A. S.]

An Heinrich Schnitzler [Prag, 24. April 1909]
[Ansichtskarte]

Hochgeehrter Herr Sohn,
ich begrüße Sie bestens, danke für das liebenswürdige Schreiben und rathe Ihnen, sich nicht gar zu oft zu über . . . essen.
Mit Achtung

Ihr Herr Vater

An Felix und Julie Markbreiter Wien XVIII. Spoettelgasse 7.
19. 5. 09

meine lieben,
ich dank Euch herzlich. Es scheint mir auch, daß ich im ganzen mit dem Ausfall der Sache nicht unzufrieden sein darf; und was speziell die sogen. »schlechten Kritiken« anbelangt, so ist ihr Ton gegenüber dem, den ich in der lieben Heimat von »schlechten« Kritikern gewohnt bin, ein wahrhaft wohlthuender. Die endgiltige »Eroberung« Englands werd ich aber wohl auf ein andres Mal verschieben müssen. Die Aufführung scheint ja ein mäßiger Genuß gewesen zu sein – Und *wie* ist man davon abhängig. Wenn ich nur an das Schicksal der »Liebelei« in Wien denke! Ihr wißt, daß das Stück heuer hier im

*Volks*theater mit sehr großem Erfolg wieder aufgenommen worden und bei dieser Gelegenheit die »Unverwüstlichkeit« des Stückes constatirt worden ist. Indeß war die Liebelei in der Zwischenzeit etwa vor 7 Jahren, im Raimundtheater (dem die Burg sie für ein paar Vorstellungen überlassen hatte) – durchgefallen, oder so gut wie durchgefallen und von der Kritik als erledigt behandelt worden. So wenig verstehen die Leute sich von der Darstellung zu emancipiren.
– Nun kommt Ihr ja bald – wir freuen uns sehr, sehr, sehr. Olga befindet sich seit einigen Wochen ganz vortrefflich, sie grüßt Euch herzlichst, ebenso wie Euer dankbarer und getreuer

Arthur

An Ferdinand Matras 27. Mai 09.

Sehr geehrter Herr Matras,
Gern hätte ich Sie selbst während meiner Anwesenheit in Prag aufgesucht, aber ich blieb nur so kurze Zeit, daß es mir leider nicht möglich war. Für Ihr freundliches und ausführliches Schreiben danke ich Ihnen sehr. Ich habe den bestimmten Eindruck, daß Sie gegen Regie und Darstellung zu streng gewesen sind, insbesondre wenn man bedenkt, wie gering verhältnismäßig die Mittel an äußerer Ausstattung und vor allem an Zeit sind, die für das Studium eines ziemlich schwierigen, im Stil nicht ganz gewöhnlichen Werkes einem Theater wie es das Prager Deutsche Theater ist, nun einmal zur Verfügung stehn. Der dritte Akt, wenn er überhaupt darstellerisch zu retten ist, läßt sich nie und nimmer auf die Höhe der zwei ersten bringen, wie Sie ja selbst fühlen. Das liegt in einem Mangel oder wenigstens in einer Eigentümlichkeit doppelt begründet, mit der ich mich selbst innerlich und äußerlich vielfach herumgeschlagen habe. Die Veränderungen, welche Sie gegenüber der Buchausgabe nicht unbemerkt gelassen haben, sind im ganzen recht geringfügig. Ich habe versucht, den

Dialog etwas klarer und einfacher zu machen und die Scene, in der Marie dem Adjunkten beichtet, habe ich deswegen auf ein Minimum reduziert, weil sie mir die widerwärtigste im ganzen Stücke war, und in ihrer Ausführlichkeit jedenfalls überflüssig. Im übrigen sind wieder von der Regie einige Bemerkungen gestrichen gewesen, die sozusagen als Ersatz und als Erklärung für die Kürzungen in der Adjunktenscene hätten gelten dürfen. Was Sie über den Arzt und den Obersten sagen, auch Ihre Bedenken gegen das theatralische im zweiten Akt, finde ich durchaus gerechtfertigt.

Ich habe vielleicht Gelegenheit bald über dieses wohl nicht mehr sehr aktuelle Thema, als über allerlei andres mündlich mit Ihnen zu sprechen, wenn Sie wieder einmal nach Wien kommen. Jedenfalls aber hoffe ich bald wieder von Ihnen zu hören, von Ihrer persönlichen Stimmung und Ihren Aussichten, jedenfalls besseres als diesesmal.

Seien Sie bestens gegrüßt von

Ihrem ergebenen

[A. S.]

An Irma Janiczek 9. Juni 09.

Sehr geehrtes Fräulein,

Stoffe zu beurteilen, ist die schwierigste Sache von der Welt. Im allgemeinen kann man sagen, daß nur derjenige, dem der Stoff einfällt, wissen kann, was ihn daran interessiert. In dem Augenblick, da Sie mich fragen, ob sich der Stoff, den Sie mir erzählen für ein Drama eignet, haben Sie beinah schon das Recht verwirkt, es zu schreiben. Entweder Sie fühlen, daß es ein Drama ist oder Sie fühlen es nicht. Das was Sie mir mitteilen, ist überhaupt noch kein Stoff, sondern eine Art von innerer Vision. Ob es Ihnen möglich sein wird, die Vision weiter zu denken, ob in Ihnen überhaupt die Anlage vorhanden ist, den innerlichen Prozeß durchzumachen und gleicherzeit zu beherrschen, der das Wesen der dramatischen Arbeit ausmacht, vermag ich natürlich nicht zu entscheiden.

Hochachtungsvoll

[A. S.]

An Otto Brahm Edlach, 4. August 09

Lieber Freund,

den »Mizzi«-Vertrag hab ich ans Lessingtheater geschickt und erwarte nun, gelegentlich Ihre Gedanken über die Besetzung zu hören. In Ihrem letzten Brief ist Ihnen neulich nach dem unbesetzbaren Philipp jedes weitere Besetzungswort in der Kehle steckengeblieben. Die Lolo-Wüst?, Graf-Reicher?, Fürst-Monnard?, Fiaker-?- (Sie enden natürlich den Abend mit der »Komtesse«?) Ich danke Ihnen für die geschwinde Erledigung meiner anatolischen Fragen. Mit den ausgelassenen Stücken (»Denksteine«, »Agonie«) bin ich wohl einverstanden. Aber daß Sie gerade das ausgelassenste Stück, den »Hochzeitsmorgen«, nicht auslassen wollen, freut mich weniger. Mir ist dieses Stück sehr zuwider; es sollte schon manchmal in Berlin aufgeführt werden, ich hab nie meine Einwilligung gegeben. Das erste Mal sah ich es heuer in Wien (Concordia-Vorstellung) – meine Sympathie steigerte sich nicht. Dem Publikum und der Kritik gefällt es übrigens, so mag es denn den Abschluß bilden. (Mir persönlich wäre »Abschiedssouper« als Abschluß lieber, und die »Denksteine«, die ich natürlich auch nicht mag, haben schon auf kleinen Bühnen sich bewährt.) Anatol-Monnard, gut. Aber Max? Halten Sie einen Versuch mit Paul Marx aussichtsvoll? Wer sonst? Paul hätte Schärfe, auch ausreichenden Humor, ob auch genug Liebenswürdigkeit? Für wichtig, erfolgfördernd, ja gewissermaßen unerläßlich hielte ich, daß die fünf Weiber von fünf verschiedenen Damen gespielt würden. Triesch, Wüst, Orloff, Herterich – aber wo ist die Fünfte? Kriegen Sie nicht eine neue? Triesch und Wüst abwechselnd schiene mir schlecht. Mit fünf verschiedenen Frauen, elegant inszeniert, in hübscher Ausstattung könnten die Kleinigkeiten sogar ein paar volle Häuser machen. (Prag 7 – das hieße Berlin 30-40.) An Ihrer Stelle würd ich den Abend in der Nähe von Weihnachten geben. Nun wir schreiben oder reden vielleicht über all dies des Näheren.

Ich bin hier noch weiter am »Medardus« sehr fleißig gewesen, den ich nun doch sozusagen abgeschlossen habe und der sich zum Teil schon beim Drucker befindet. Wie kamen nur die halbwahr-ärgerlichen Notizen in die Zeitungen? Sie haben sie doch wohl gelesen? Heute oder morgen sende ich das Bühnenexemplar ans Burgtheater, worauf ich eine Zeitlang der Ruhe und etlicher kleiner Fußtouren pflegen will. Bevor ich Ende August nach Wien zurückkehre, erfolgt vielleicht ein etwas weiterer Ausflug. Und Sie, wann sind Sie wieder daheim? Heini ist schon ganz gesund, auch meiner Frau geht's sehr gut. Wir grüßen Sie alle herzlichst.

Ihr A. S.

An Otto Brahm Edlach, 14. August 09

Lieber Freund,

ich tue wohl am besten, Ihnen den schon geraume Zeit unbeantwortet bei mir liegenden Brief der Akademischen Bühne zu übermitteln und Ihnen die Entscheidung zu überlassen. Ich weiß nicht, ob es irgendeinen Vorteil bedeutet, die Premiere des Anatol der Akademischen Bühne vorzubehalten. Sie kennen die Verhältnisse besser und sagen mir ein Wort, was ich den Leuten zu antworten hätte.

Die fünf verschiedenen Weiber in den fünf Szenen erwünsche ich mir nicht von wegen Steigerung der Illusion, sondern nach meiner von Ihnen besser im Gedächtnis behaltenen als anerkannten Theorie, zur Erhöhung des Theaterspaßes, der im letzten und höchsten Sinne auf eine Entfesselung der Ideenassoziation hinausläuft. Von jeder der fünf weiblichen Figuren soll, wenn irgend möglich, eine neue Kette (der Assoziationen) auslaufen, dagegen soll möglichst vermieden sein, daß vielleicht von Szene 4 oder 5 die Assoziationskette statt ins Freie und Neue nach Szene 1 oder 2 oder 3 zurückliefe. Auf der Beachtung solcher scheinbarer Kleinigkeiten beruht ein nicht geringer Teil aller Theaterwirkung, was ich Ihnen gern in einem längeren und lichtvollen mündlichen Vortrag allem Lächeln zum Trotz auseinandersetzen zu können mir einbilde. Eine andere Theaterwirkung ließe sich erreichen, wenn man alle fünf Weibsen von einer Komödiantin darstellen ließe. Die Freude an der Verwandlungskunst dieser einen würde in diesem Fall das Vergnügen am Wechsel der Gestalten zu ersetzen oder, wenn diese eine ein Genie wäre, zu überbieten vermögen. Aber ich glaube, es wird Ihnen leichter sein, zu Triesch, Wüst, Orloff, Herterich eine fünfte zu finden, als aus einer dieser vier, selbst aus dem enormen Talent der Triesch, ein Genie zu machen. Reicher-Max gewiß das Beste. Ich dachte sonderbarerweise gar nicht an diese Möglichkeit. Es freut mich sehr, daß Sie sich mit der Anatol-Idee so herzlich befreundet haben. Das Ganze läßt sich gewiß gerade in der Aufeinanderfolge hübsch inszenieren und Szene für Szene fein aufeinander abstimmen.

»Gefährtin« natürlich mit besonderem Vergnügen einverstanden. Sauer wäre außerordentlich. Und sie? Die Triesch, nicht wahr? Der andere – Stieler? Auch die drei Perzent lassen keinen Einwand zu, und das »Hannele« ist (und wäre mir auch mit neun Perzent) eine Gefährtin, die ich beträchtlich höher schätze als die so benannte. Sehr lustig stelle ich mir ja den Abend nicht vor, aber für Lustigkeit haben Sie heuer ja genügend gesorgt (womit Sie wiederum mein sinistres Schweigen über »Das Konzert« als gebrochen erachten mögen).

Sie werden diesem Brief vielleicht gar nicht anlesen, daß ich gestern von einer Doppelbergtour oder Bergdoppeltour auf Schneeberg und Hohe Wand mit einem ordentlichen Hexenschuß zurückgekehrt bin. Hiemit hab ich den menschenfeindlichen Alpenkönigen mein Opfer dargebracht, und in etwa 8 Tagen fahren wir alle nach Wien zurück. Ich aber begebe mich bald darauf nach München, wo ich Reinhardt (der mich in einem zärtlichen Telegramm darum gebeten hat) mein Ausstattungsstück mit Gesang und Tanz auf einem Vulkan vorzulesen gedenke. (Die Notiz, die Sie nicht gelesen haben und die schon durch zahlreiche Blätter gegangen ist, besagte, daß »Der junge Herr Medardus« an der Burg mit Hartmann und der Witt, am Lessingtheater mit Monnard und der Triesch in den Hauptrollen am gleichen Tag aufgeführt werden soll.) Meine Änderungen am »Jungen Medardus« hab ich (vorläufig) abgeschlossen, und die Fahnen sind mir von der Druckerei versprochen – bisher hab ich noch keine Zeile erhalten. Seien Sie herzlichst gegrüßt, auch von meiner Frau, der es sehr gut geht, gerade so wie Heini.

Ihr A. S.

An Felix Freiherrn von Oppenheimer *22/8 09*

Sehr geehrter Herr Baron!
Nehmen Sie meinen verbindlichen Dank für die wiederholte freundliche Aufforderung. Leider aber habe ich Anlaß zu der Befürchtung, daß diejenigen Ihrer Leser, die etwa ein besseres Gedächtnis haben möchten als Sie, verehrter Herr Baron, mein Erscheinen unter den Mitarbeitern der Österreichischen Rundschau als eine kaum zu entschuldigende und unbegreifliche Zudringlichkeit deuten könnten. Einem solchen Verdacht mich auszusetzen, habe ich umso weniger Ursache, als außer der Österreichischen Rundschau noch einige andere Blätter die Liebenswürdigkeit haben, mich um Beiträge anzugehen, darunter manche, deren Leser sich nicht erst die Mühe nehmen müßten, ein verzerrtes Bild meiner literarischen Persönlichkeit zu korrigieren, ehe sie sich an die Lektüre einer neuen Arbeit von mir heranwagen.
Da ich nun einerseits der Kritik selbst in ihren abgeschmackte-

sten Erscheinungsformen schon aus prinzipiellen Gründen ihre unumschränkte Freiheit gern gewahrt sehe, mich andererseits keineswegs in der wohlfeilen Pose des Autors gefalle, dem es gleichgiltig wäre, ob er in einen Kreis von Unbeirrten tritt, ob in einen von Entfremdeten, so möge es weiterhin bei dem bisherigen, nicht ganz ohne meine Schuld schon einmal unterbrochenen Zustand sein Bewenden haben, indem die Österreichische Rundschau sich gerade so wohl befindet, als ich selbst.

Von diesem Brief, sehr geehrter Herr Baron, mögen Sie, natürlich nur in seiner Gänze, jeden Ihnen beliebigen Gebrauch machen und jederzeit überzeugt sein von der besonderen Hochachtung

Ihres sehr ergebenen

[A. S.]

An Olga Schnitzler [Hotel Vier Jahreszeiten, München]

24. 8. 09, 3 Uhr Nm. –

mein geliebtes, also meine Karte vom Bahnhof und das Telegr. hast du schon. Dieser Dr. Foges, medizinisch begeistert, eben irgend was erfunden habend, leitete meinen Kopf auf minder angenehme Gedanken. – Am Tisch neben mir, gerade als ich die Karte geschrieben, nahm Dr. Hatvan mit »ihr« Platz. Oder war es eine andre. Händedruck. – Schlafwagen. Mäßige Nacht. Ehe um 3 in Salzburg der bayr. Zollbeamte erschien, *träumt* ich 3 mal, daß er da wäre, daß ich aber die Augen nicht aufmachen könnte. Endlich kam er selbst, ich machte die Augen, er aber nicht meine Tasche auf. Ankunft ½7, gutes Wetter; im Auto zum Hotel, 2bettiges Zimmer (das ich heut Nachm. noch mit einem minderbettigen vertausche), in unserm 3. Stock, Frühstück im Frühstückszimmer; Thee, Butter, Honig, 1 Ei. – Spaziergang Königinstraße, Engl Garten; eben wie ich zu Steinrück fahren will, treff ich ihn vorm Theater, er hat nur ½ Stunde zu thun, ich bummle, erwarte ihn, wir plaudern, Liesl in Mittenwald, ich will nicht, daß sie hereingehetzt wird; er muß wieder ins Theater, ich zu Gusti Glümer, Manhardgasse, ganz nah vom Hotel, hab mir vorher schon ein Billet für Abend genommen, Mizi Glümer spielt eine 60jährige Hofschauspielerin in Rößlers »Hinterm Zaun«. Um Gusti, in der unveränderten Wohnung, eine Atmosphäre von verlorenem, verdämmertem Leben. Alternde Erzherzogin, nur mehr Herz als Erz. (Und würde weder gegen Kakadu's noch Medardusse intriguiren) – Ins Hotel. Ein schöner ältrer Herr, lang, schlank an mir vorüber – betrachtet mich – wer ists nur? – Ein Prinz? – ein Vanderbilt? – kommt wieder – stellt sich als alten Bekannten vor, Dr. Owsley, den ich in Laryngologie unterrichtet. Wie gut kannst du daraus entnehmen, daß er seit 10 Jahren nicht mehr praktizirt, hingegen ein Gut in Virginia (eine Virginia, die nix raacht) besitzt, alljährlich nach Europa kommt und sein Auto immer gleich herüben – in Europa – stehn läßt. – Er kam gestern mit Gemahlin, einer Wienerin, an, um sie hier malen zu lassen, weiß noch nicht von wem. – Ab. – Steinrück tritt wieder auf, mit ihm Auto, Ausstellung. Ja richtig, schon früher vorm Theater Sorma und Gemahl gesprochen. – In der Ausstellung, nur ins Theater, Kassaraum, Edmund Reinhardt telephonirt eben . . »Ja gnädige Frau – die Sitze für Schnitzler sind reservirt –«, ich rufe hinein: Nicht schimpfen, ich bin da. Reinhardt spricht absolut wie sein Bruder, zum lachen. (Sorma hatte sich erkundigt, ob ich mir die Gespenster (sie Frau Alving) ansehen werde) ((morgen)) – Dann Kahane; er fand, der nächste Sohn, wenn es eben keine Tochter wäre, müßte Peter heißen. Ich erklärte, der Name sei eben hoher favorit – worauf er von einer gewissen innern Verwandtschaft, und sich doch nicht vertragen können ploderte, und »schelmisch« dazu überleitete, – wie nun Reinhardt ganz gegen seinen Willen nach Frankfurt hätte fahren müssen u. s. w – kurz, es ist ein Klima von lauter Entschuldigung und »Ich werds nimmer thun –« Dieses letztere würde Strakosch zu behaupten nicht wagen, der eben wieder geheiratet

hat, zum 4. Mal glaub ich – und porös vor Schweiß, pathetisch vor Jugend, aus einem Nebenraum mit einem Schüler zum Vorschein kam. Die andern komischen Figuren seien nur gestreift: ein jüdelnder Inspizient, Groteskabguß von Reinhardt, – Statisten, Statistinen, – alles – um im Stil zu bleiben, ohne den leisesten Versuch zum Ariertum. – Morgen (Mittwoch) nach den Gespenstern bin ich mit Reinhardt (u Kahane) zusammen, dies das wesentliche. (Natürlich nur zur Vorbesprechung.) Kahane's Frau kommt heute Nachmittag aus Mittenwald, Liesl wohl mit; ich fahre um 5 in die Gedongasse; Brann soll schon in Berlin sein, glaubt Steinrück. Aber ich werde natürlich persönlich anfragen. –
– Mit Steinrück im Hotel gespeist, nicht überwältigend. Hier das Menu. Dazu einen Champus und Bruderschaft getrunken. Einiges wegen Speidel besprochen, den ich dieser Tage besuche; ich gedenke als Großhandlungsreisender aufzutreten und ihm meine unsterblichen Werke schaarenweise um den Schädel zu hauen. – (Merkst du wie der Bierdunst dieser Stadt meine Vornehmheit schon zu umnebeln beginnt – ?) –
Nun aber jedoch genug für heute mein Schatz; ich will auf mein Zimmer, umsiedeln, mich ein bischen ausruhen, lesen und dann in das oben angedeutete tolle Treiben stürzen.
Denk an mich, empfiehl mich dem Strategerl und Matadori; wisse – und sei! – (Es klingt wie ein Wappen – indeß: – »ich erfand es soeben«, sagt Römpler, der Darsteller der Hauptrolle im Medardus.)
Mein geliebtes! – Dein A.

An Olga Schnitzler [Hotel Vier Jahreszeiten, München]
25. 8. 09.
Nachm. 4
in meinem Zimmer.

mein liebstes. Gestern Nachmittag nachdem ich dir geschrieben, eine gute Weile zu Haus, gelesen: Houssaye 1815; um-

gesiedelt, wohne jetzt einbettig, still in den Hof, südlich, aber recht angenehm, 6 Mark! – Dann zu Steinrück. Liesl noch nicht da, ihr Kommen für 9 Abends angesagt. Albert zeigte mir eine ganze Reihe Skizzen aus Island mitgebracht, famos. Dann zu Fuß durch den englischen Garten, herbstabendschön, ins Hotel; ich ins Theater, Schauspielhaus: Hinterm Zaun von Rößler. Viel gutes, viel amusantes, ein paar famose Figuren – nur wenn die Handlung einsetzt und gar, wenn sie fortgeführt und überdreht wird, ins gemütstiefe und tiefsinnige geht, – bös. Aber mit Leichtigkeit zu retten und zu einem guten Theaterstück mit Persönlichkeitsatmosphäre zu machen. (Viel interessanter als Freiwild, woran es milieulich ein wenig erinnert.) Die Glümer als alte Schauspielerin glänzend; auch ein paar andre sehr gut. Lange, zu lange Zwischenakte; dazu die eigentümliche Glanzlosigkeit der deutschen Theaterinterieurs. Im Theater muß es ein bischen nach Fest riechen, damit fängts an, ob sie Faust spielen – ob weißes Rössel. –
Genachtmahlt in der Jahreszeiten Bar mit beiden Glümer's, bald erschienen Liesl u Albert. Mizi u Gusti sehen unverändert aus und sind es auch. Liesl frischer als in Edlach. Albert hat noch nie so sympathisch auf mich gewirkt als diesmal. Man fragte endlos nach dir und alles grüßt, grüßt, grüßt. Nun, mein Schatz, nach Hause (½12), im Bett noch ein wenig gelesen – eine sogenannte Novelle von Dingelstedt, und geschlafen bis 8 Uhr früh. Frühstück, ein wenig spazieren, ins Hotel, dort den gestrigen Dr Owsley gesprochen, der mich dann seiner Gattin vorstellte, worauf beide sich auf die Suche nach einem Portraitmaler begaben. Dann kam Frankfurter, der Agent, erkundigte sich nach dir, deinem Gesang und war mir zuwider. Dann erschienen Glümer's und brachten mir den Buben zur Ansicht; er ist sehr nett geblieben, ich beschenkte ihn mit einer vorher gekauften Chokolade; eine Mahnung Gusti's, Heini grüßen zu lassen, lehnte er ab: »Ich kenn ihn ja gar nicht.« Er wünscht nicht in die Schule zu gehn, hingegen rudert er und segelt gern. Wirkung beider Schwestern gleichsam historisch, durch

das Gleichbleiben ihrer Tracht gefördert. Akademisch-conversationelle Berührung der Vergangenheit; lebendigres Gespräch über Theater, Rollen, ihren Übergang ins ältre Fach. Da Mizi mit Sohn Mittags wieder nach Diessen zurückfuhren, empfahlen sie sich bald, ich begleitete alle; vor dem Hotel traf man Albert, dann einen Schauspieler Heller, dann den jungen Ergas (– Schaffer) u noch ein paar andre. Dann – ging ich mit Albert unter Ibsen Gesprächen – ins Hofbräuhaus, – !! – angeblich, um uns das Treiben anzusehn, aber dann trank ich doch einen Schluck Bier. Nun wieder ins Hotel, Liesl kam, wir (Albert, Liesl, ich) speisten sehr gut und dann begab ich mich auf mein Zimmer, wo ich deinen Brief vorfand, der mir unendlich wohlthat. Nun bleib ich eine Weile zu Haus, lese, dann geh ich spazieren, dann zu den Gespenstern – u nachher mit Reinhardt. Wenn möglich möcht ich die Vorlesung schon morgen haben – Freitag, Samstag, Sonntag sind Vorstellungen im Künstlertheater, die ich alle sehen möchte: Hamlet, Judith, Lysistrata. Aus dem Rendezvous mit Salten wird also nichts; da werd ich doch vielleicht statt Salzburg mir noch was bayrisches ansehen. Hoffentlich schon im Gefühl, dem Schlenther einen Esel gedreht, ein Paroli gebogen, ein Schnippchen geschlagen, ein Rübchen geschabt und einen Schneck gebadelt zu haben.
Ob ich dem Heini was mitbringen werde? Na, es hängt ganz von ihm ab. Und wenn du mein Schatz irgd welche bestimmtern Münchner Wünsche haben solltest, – es ist hohe Zeit sie mir mitzutheilen.
leb wohl mein sehr einziges, und vielfach einziges! Küss' den Buben, grüße die Frau Bloch, die brave.

Dein A.

An Olga Schnitzler [Hotel Vier Jahreszeiten, München]
27. 8. [1909] 11 Uhr Vm.

mein geliebter Schatz, – morgen, oh ich bin etwas confus, gestern mein ich, nachdem ich dir geschrieben, zu Exc. Speidel, der verreist war. Nahm ein Auto, fuhr in die Japanische Ausstellung (im Ausstellungspark) interessant, dann ins Hotel, speiste zu Mittag an einem Tisch mit Dr. Owsley und Frau; dann auf mein Zimmer, las Grethe Minde; dann hinunter, causirte mit Bela Haas; Liesl kam, trank Milch, endlich Hollaender; furchtbarer Gußregen; im Auto (das Reinhardts hatte eine Panne) mit Hollaender u Liesl nach Ludwigshöhe, Isarthal, zur Villa, die Reinh. bewohnt. Der Chauffeur verirrte sich; mit demselben Wagen sollte die Heims ins Theater, große Aufregung, (– ich dachte »mit Schnitzler haben wir immer Pech«) – endlich ¼7 halten wir vor der Villa. Die gute Heims aber gar nicht nervös, trinkt noch ruhig ihren Thee. Ich besichtige ihren Buben, erkläre mich befriedigt. Reinhardt empfängt liebenswürdig. Kahane schon anwesend. Frau Dr. Loewenfeld macht die Honneurs. – Die Villa sehr hübsch, mit Blick ins Isarthal. Um ¾7 beginne ich oben in Reinh.s kleinem Arbeitszimmer zu lesen, stehend. Publikum: Reinhardt, Kahane, Hollaender, Liesl. Lese anfangs matt, verliere in der Schenkenszene ein wenig die Stimme, dann besser. Empfinde, daß die Friedhofsc. am besten wirkt, und dann der jaceat ubi jacet Doctor. Unterbrochen, kritisirt wird mit keinem Worte. Ich lese ohne Pause in Mordstempo, mit Strichen bis zum Schluß des 2. Aktes – 9 Uhr. Irgend jemand (Kahane) findet nur etwas gegen die Scene Eschenbacher-Etzelt (über Medardus' Wortrausch zu bemerken) – Zum Nachtmahl. Vorzüglich. Frau Dr Loewenfeld dabei. Über das Stück wird kaum gesprochen, nur beiläufige Besetzungsfragen – daß die Durieux die Helene spielen müßte u. s. w – Trotzdem hab ich den Eindruck, daß die Sache gewirkt hat und daß die Widerstände (theils unbewußt) aus anderen als sachlichen Gründen kommen. Hollaender: Antipathie – Kahane: Polgarismus – Reinhardt: (wenn überhaupt – aus Bedenken wegen der Schwierigkeiten). Um ½11 lese ich weiter, in dem besser beleuchteten freundlichen Speisesaal; auch Frau Dr Loewenfeld bleibt. Lese, in gesteigertem Tempo, ohne Pause beinah bis nach 1! – Merke, daß die Basteienscene stark wirkt, daß sonderbarer Weise die Eschenbacherscenen (Buchhandlung besonders) – und die Gespräche Etzel-Medardus ermüden. Dagegen macht die erste Scene des letzten Aktes mit dem wahnsinnigen Herzog Eindruck. Auch der Schluß wirkt stark. – Im ganzen spürte ich selbst am Schluß: es ist eine ungeheure Zumutung, sich fünf Stunden eine solche Riesenmaschin vorlesen zu lassen – und ich rechne es nicht nur mir zum Verdienste an, daß die Leute bis zum Schluß mit gespanntestem Interesse, ohne je verwirrt zu sein, dasaßen. – Natürlich blieb man nachher nicht mehr lang zusammen. Im ganzen wurde constatirt: Der erste Theil von stärkrer Wirkung als der zweite, – vielleicht weil man nach der Basteienszene schon etwas ermüdet ist und in der Buchhandlungscene nicht gleich merkt wozu? (Schlenther: Einfädelung, etwas spät am Abend.) Längen im Dialog, vom Bühnenstandpunkt Notwendigkeit von Riesenstrichen – sonst spielt die Sache 6½ Stunden. Es wird vielleicht auf 5 zu reduciren sein. – Über die Besetzung des Medardus Divergenz der Ansichten: Ich und Reinhardt: Moissi – Hollaender: Walden (offenbar aus theaterpolit. Gründen.) – Die Inszenirung hält R. für enorm schwer, weil die Sache doch nicht mit Prospekten zu machen sei. Alles nähere wird sich erst sagen lassen, wenn die Leute das ganze, mit meinen Strichen zu lesen bekommen, worauf sie mit eignen Vorschlägen kommen werden. Gesprochen wurde über die Sache, als sei jedenfalls die Aufführung in Aussicht genommen – *meine Empfindung* ist – daß R. doch die Schwierigkeiten scheuen und das Stück nicht spielen wird – wenigstens nicht – *vor* Wien. Ich persönlich hielte die Erstaufführung an der Burg für zwanzig Mal wichtiger und chancenreicher; vor dem Berliner Publikum glaub ich an *keinen* Erfolg. So – also vor Schl. werd ich wohl ohne geschabte Rübe treten müssen – es sei denn, daß mir R. in den nächsten Tagen sichreres sagt. Heute seh ich ihn nach Hamlet. Jedenfalls bleib ich über Sonntag da. Nach Dachau müßt ich wohl auch einmal. Nun das wird sich alles zeigen. Jetzt hol ich

Liesl ab; wir speisen, nach Bernheimer, in den Jahreszeiten. Heut Nachts erst um ½4 geschlafen. Auch hier kommt's nicht zur Erholung. Störend bis zum Verzweifelten war mir gestern in der Discussion mein Ohr. Z. B. verstand ich einen Satz von Hollaender, als nennte er das Stück unaufführbar. Indess hatte er gesagt, – daß Walden den Medardus spielen müßte. Es ist nicht so heiter als es sich liest. – Für deinen Brief tausend Dank, mein Schatz! – Nach Aussee fahr ich natürlich nicht. Salzburg vielleicht einen Tag. Nicht wieder Menschen. Nein nein. Küß den Buben. Erklär ihm, daß das Verstandenwerden schöner ist als das Berühmtsein und das Geliebtwerden schöner ist als das Verstandenwerden, weil es – hier meldet sich der Mathematiker – weil es, das Geliebtwerden nemlich durch die Formel auszudrücken ist: Verstandenwerden x ∞ – klar? –
Leb wohl mein geliebtes.

Dein A.

(Übrigens ist am Med. noch allerlei zu corrigiren)

An Olga Schnitzler [Hotel Vier Jahreszeiten, München]
28. 8. 09, Mittags 12.

mein geliebtes. Gestern gegen Mittag holt ich Liesl ab, mit ihr u dem dort anwesenden Meyer (mir von früher bekannt, sehr jüdisch, sehr onklig, mehr mit Gemüts-Esoi als mit Intelligenz-Esoi, dem Liesl sehr zugethan) »Besorgungen«. D. h. bei Bernheimer ein paar japan. Streifen mäßiger Art, was zu menschlichen Preisen zu haben war. Shawls gibts – von 300-600 M. – spanisch – herrlich. Nichts, was unaufführbare Autoren anheimelnder Stücke kaufen können. – Mittagessen Jahreszeiten mit Liesl, Meyer, Albert. – Nach Tisch ein wenig gelesen; zum Theater gefahren. Hamlet fängt schon 6 an! Moissi sprach ich vorher, er hatte eine acute Halsentzündung. War aber famos. Näheres über die Vorstellung mündlich. Da ich sehr müd war, wenig hörte und auch sonst verstimmt war, kam nicht der Ein-

druck zustande, der wohl in normalen Zuständen erreicht worden wäre. Die vielen Verwandlungen sind allerdings tödtlich. Ich schwöre: wenn gestern die Première ist, fällt das Stück unter Hohnlachen durch. (».. wenn auch einige Momente für die Begabung des jungen Autors sprechen. Aber wer um Himmelswillen soll sich für einen Menschen interessiren, der von einem Moment auf den andern nicht weiß was er will – ? Und glaubt der Verfasser etwa die mangelnde Kraft durch eine Blutrünstigkeit .. etc etc etc..«)
– In die Jahreszeiten mit Reinhardt, Heims (die eine schlechte Ophelia aber eine nette Person ist und gute Zuhörerin für Heini-Anekdoten), Kahane, Hollaender in den Jahreszeiten (Auto Reinh. mit weiblicher Chauffeuse) – Ganz gut mit Reinh. geplaudert, besonders über Dantons Tod und andres was er geben soll. Er fragt mich, ob ich nicht Lust hätte, die Frösche von Aristophanes zu übersetzen. Ich erklärte, mir falle vorläufig noch zu viel ein. Dann bat er mich ihm die Basteien Decoration näher zu erklären; ich zeichnete sie (lach nicht!) ihm auf. Es wurde verblieben, daß ich ihm heut ein Exemplar mit meinen Strichen gebe; er, Kahane, Hollaender, werden es lesen, jeder wird seine Vorschläge machen, in spätestens 8 Tagen werde ich näheres hören: Mein Eindruck ist, ganz klar: daß Reinhardt das Stück nicht ungern geben möchte, daß ihm der Erfolg aber zu unsicher scheint, trotz der von ihm gewürdigten Qualitäten (auch theatral. Natur) um soviel Zeit u soviel Geld zu riskiren an jemanden, der am Ende doch (hier fängt das unbewußte an, mit den Unterstimmen von Kahane u Hollaender) nicht ein großer deutscher Dichter, sondern ein sehr begabter deutschschreibender jüdischer Literat. – Also ne vous faites pas des espérances – – Ich werde unterbrochen; Steinrück ist unten. Mittag kommen Hirschfelds u Speidels. (U. Liesl)
Ich schicke den Brief Express, weil du ihn sonst Sonntag nicht bekämst.
Heute Judith, morgen Lysistrata, übermorgen Krähwinkel.

Bleibt das Wetter so schlecht, so fahr ich Dinstag Abd direct Wien. Wirds schöner, vielleicht doch Salzburg.
Tausend innige Grüße, mein liebstes! Dank für Eure Briefe.

Dein
A.

An Olga Schnitzler [Hotel Vier Jahreszeiten, München]
Sonntag 29. 8. 09. 11 U. Vm.

mein Schatz, mein geliebtes, gestern also kam Albert am Vormittag, ich ging mit ihm in die Intendanz, Excellenz nicht da, ich ließ meine Karte da. Dann sprach ich Basil; einiges übers Theater. – Mittagessen im Hotel mit Liesl (Albert nicht) Georg Hirschfeld u Elly, Speidel u Else. Speidels haben einen sehr lustigen Sommer verbracht, Else hat im Tennistournier mitgespielt. Georg's Stück soll bei Brahm gespielt werden und auch Schlenther »tritt der Sache näher«. – – Mit Liesl ins Kunstgewerbliche, einiges gekauft. – Zu Hause Aenderungen resp. Striche in ein Med-Exempl eingetragen für Reinhardt. –
Judith, Durieux abgesagt, daher ich ins Residenztheater zur Première von »Natürliche Tochter« (Goethes 160. Geburtstag) ging. Albert Secretair, nicht gut. Im ganzen eine brave Hoftheatervorstellung. Wirklich folgen konnt ich natürlich, trotz 2. Reihe, nicht. – In den Jahreszeiten genachtmahlt: mit Liesl, Albert, Meyer; dann kamen Reinhardt, Kahane, Hollaender, Wegener, Vollmoeller. Gesprochen wurde fast nur über Luftschifffahrt. Vollm. baut natürlich jetzt Luftschiffe und übersetzt d'Annunzio, der in finanz. Schwulitäten steckt, in 1½ Jahren 250.000 francs ausgegeben hat. – Später mit Reinh. einiges über den Medardus. Er spricht mit unverkennbarer Sympathie davon; glaubt daß starke Kürzungen nur in der 2. Hälfte notwendig, möchte auf die 1. Scene des 5. Aktes nicht verzichten, erbittet sich 14 Tage Zeit. Ich glaube absolut nicht dran, daß die Sache drankommt. Und noch weniger an die Burg. Es ekelt mich nur dran zu denken, was noch für

Verhandlungen mit Schl. bevorstehn, mündlich oder schriftlich, eh er sich klar ausdrückt. – Man blieb natürlich gestern Abend bis nach 2 zusammen, heute früh mit Bela Haas lang geplauscht (wie auch gestern), der amusant und nicht so bösartig ist als sein Ruf. Nun deinen Brief erwartet. Tausend Küsse auf die geliebten kalligraphischen Finger.
Heut Mittag speise ich bei Liesl. Abend geh ich zu Lysistrata – nachher mit Reinh. und andern Herren (wer weiß ich nicht) ins Continental. Über meine Abreise weiß ich noch nichts definitives, weil das Wetter grau und traurig ist. Ich dachte daran, mir die Königsschlösser anzusehn u. dann direct München-Wien zu fahren. Oder nach Salzburg und dort einen Ausflug an den Hintersee zu machen. Jedenfalls warte ein Telegramm ab, Schatz, eh du den – Montag-Brief absendest. Vielleicht fahr ich von hier bei Tag nach Wien, ev. am Mittwoch. Heute Nachmittag entscheidets sich wohl. Kein Sonnenstrahl seit 3 Tagen oder 4. Fahr ich direct nach Wien, so flieg ich ev. von dort aus nach . . Mönichkirchen oder sowo.
Aus Oppenh.s Brief spricht ein schlechtes Gewissen und ein nicht viel besserer Hugo. –
– Über meine Beziehungen zu den Reinhardt Leuten ist mündlich mehr zu sagen. Ihn hab ich wirklich gern. Der schwerste Verkehr bleibt doch der zwischen einem Menschenkenner und einem der's nicht ist – gerade für den guten schwer! –
Ja, du sagst schöne Dinge in deinem Brief. Das Leben ohne dich wäre der vollkommenste Unsinn. Ich liebe dich mehr als mir je gegeben sein wird zu sagen.

Dein A.

An Olga Schnitzler Hohenschwangau, 30. 8. 09
Abends gegen 7.

mein geliebtes, so wär man denn auch einmal hier. Sehr schön, viel schöner als ich gedacht. Das Hotel, in dem ich abgestiegen bin, Alpenrose mit Namen, comfortabel, an einem reizenden

See, Alpsee genannt, etwa der Eibsee gemildert; auch die schönen zackigen Hintergründe und am Ufer prächtiger Wald. Ganz brüsk fangen hier die Berge an – wendet man sich um, so verliert sich der Blick in der Ebene mit riesigen Wiesen und den rotbedachten reinlichen Dörfern. Das Schloß sehr gut von außen; innen viel malerischer Kitsch, nur die Balkons mit den Aussichten schön. Ich bin um 2 Uhr hier angekommen, eine langweilige Fahrt, ²/₃ Secundärbahn. Morgen früh seh ich mir Neuschwanstein an, eine halbe Stunde von hier, das die ganze Gegend beherrscht. Habe eben einen Spaziergang am See u dann im Ort gemacht, wie traurig ist das ohne dich. Mein Entzücken bleibt sozusagen theoretisch. Morgen Nachmittag bin ich wieder in München. Für Dinstag war kein Schlafcoupé mehr zu haben, für Mittwoch hab ich eins und Donnerstag früh (der Zug kommt 7.30) hab ich dich, Euch wieder! – Und für Mittwoch Mittag werd ich mich mit Reinhardt telegr. verabreden, der mich gebeten hat, falls ich Mittwoch noch da sei etc. Wir verstehen einander ganz gut. Der Tenor unsres gestrigen Gesprächs war: er halte nur die Längen für gefährlich – resp. die Länge; Hollaender jedoch habe Bedenken gegen – die Figur des Medardus. Ich nahm Anlaß das Thema der »unerfreulichen Helden« zu durchsprechen – natürlich wird sich die ganze Kritik (wenn's dazu kommt) auf die Inconsequenz etc des Med. stürzen. Eine neue Schwierigkeit: die Durieux geht weg – Krach etc – so gut wie sicher! R. glaubt sie will ans Berliner Theater zu Meinhard (Brahm wird lachen!) – Ich sprach auch »beiläufig« von dem andern Stück – ob er (Reinhardt) dem Brahm nicht den Bassermann leihn könne? R: Sind denn die andern Rollen *nur* bei Brahm zu besetzen? – – Kurz, ich glaube, wenn ich dem R. das Weite Land gäbe, so würde er den Med. *bestimmt* aufführen. Ich würde das natürlich nur so machen, daß der Vertrag über W. L. erst *nach* der Aufführung des Med. rechtsgültig würde. . Wollen sehn, ob R. Mittwoch auf die Sache zurückkommt.
– Das Burgth. ist wohl definitiv aufzugeben. Das beste wäre,

mit Schl. überhaupt nicht mehr reden. Aber da hätte er die Ausrede. Wahrscheinlich telegraf. ich ihm noch von München aus, daß ich Donnerstag wieder in Wien bin. Telegrafiren läßt sich kürzer u unverbindlicher. –
Und nun, es hat wieder zu regnen begonnen, werd ich mich in den Speisesaal begeben, hagebescheiden in einer einsamen Ecke sitzen – und endlich einmal früh schlafen gehn. Gestern Abend ging ich als erster aus dem Continental fort – nach eins. Es war unerwarteter Weise ein Herrendiner, das Reinhardt gab. Sehr gut. – Willst du vielleicht mein Schatz für Donnerstag Mittag oder Freitag die Mama einladen?
Was konnte dich nur um Himmelswillen an meinem Samstagbrief »fremd« berührt haben? – Der ganze Tag ist heute trüber davon für mich.
Nun sag ich nichts mehr und liebe dich im stillen weiter.

Dein
A.

An Jack Thomas Grein 16. 10. 1909.

Sehr geehrter Herr Grein!
Dieser Tage sende ich Ihnen ein bedeutsames Buch von dem Wiener Schriftsteller Felix Salten betitelt »Das österreichische Antlitz«, das eine Reihe von glänzend geschriebenen Artikeln enthält, die zusammengefaßt ein sehr lebendiges und aufschlußreiches Bild des heutigen Österreich geben, das meiner Empfindung nach im Ausland womöglich ein noch größeres Interesse beanspruchen müßte, als bei uns. Bitte lesen Sie das Buch durch und urteilen Sie selbst, ob Sie daraus nichts Wesentlicheres und Einleuchtenderes erfahren, als man Ihnen bisher und Ihren Landsleuten über dieses merkwürdige und draußen wenig verstandene Land erzählt hat. Findet das Buch Ihr Interesse, so wird es vielleicht auch in Ihrer Intention und in Ihrer Macht liegen, einen Verleger dafür zu interessieren, der es ins Englische übersetzen ließe. Keinesfalls, das glaube

ich Ihnen versprechen zu können, werden Sie die paar Stunden als verschwendet ansehen, die Sie der Lektüre eines zu allen seinen übrigen Eigenschaften auch noch sehr amüsanten Buches gewidmet haben.
Mit verbindlichem Gruß

Ihr ergebener
[A. S.]

An Otto Brahm Wien, 9. Dezember 09

Lieber Freund,
gestern erhielt ich folgendes Telegramm: »Unser Entschluß, Ihre dramatische Historie zu spielen, wenn Sie uns im Vertrag Vorrecht auf Ihr modernes Werk einräumen, ist unverändert. Im Auftrag grüßend Kahane.« Dieses Telegramm bedeutet die Antwort auf meinen wiederholt ausgesprochenen Wunsch, endlich den Vertrag oder das Manuskript zurückzuerhalten. Meine erste Regung nach Erhalt des Telegramms war natürlich, nun einfach und ohne weiteres das Manuskript zurückzufordern. Dann aber sind mir wieder Bedenken gekommen, ausschließlich dem Wunsch ihre Entstehung verdankend, den »Medardus« in Berlin gespielt zu sehen. Da es mir aber innerlich wahrhaft widerstrebt, mit diesen Leuten weiter zu verhandeln, möchte ich Ihnen, lieber Freund, heute kurz und völlig unverbindlich, folgende zwei Fragen vorlegen: 1. Hätten Sie Lust, den »Medardus« zu spielen? 2. Glauben Sie, daß das Lessingtheater den »Medardus« spielen kann? Die Besetzung der Hauptrollen wäre ja so ziemlich gegeben: Monnard-Medardus, Triesch-Helene, Lehmann-Frau Klähr, Reicher-Herzog, Marr-Eschenbacher, Lossen-Agathe, Stieler-Etzelt usw. Immerhin gibt es noch so viele andere Rollen und bietet das Stück auch in seiner jetzigen Fassung noch so beträchtliche Schwierigkeiten, bedarf so vieler Proben und so vieler Arbeit, würde sogar eine Anzahl von Neuengagements unbedingt notwendig machen, daß die Sache sehr reiflich zu überlegen

ist. Jedenfalls aber bitte ich Sie, lesen Sie das Stück nun auch ein wenig als Direktor des Lessingtheaters und sagen Sie mir für alle Fälle, wie Sie über meinen Einfall denken, der vorläufig wirklich nicht mehr sein soll als ein Einfall und gleich unverbindlich für Sie wie für mich hier ausgesprochen wurde. Wenn Sie glauben, der Idee irgendwie nähertreten zu können, so ist das eine Sache, die vorläufig ganz zwischen uns bleibt, und ich brauche hoffentlich nicht erst zu erwähnen, daß eine evtl. Geneigtheit Ihrerseits auch nicht einmal andeutungsweise dem Kollegen vom Deutschen Theater übermittelt werden würde, da er ja dann wohl rasch mit einem Vertrag bei der Hand sein dürfte (auch ohne das moderne Stück). Bis zum Eintreffen einer Äußerung von Ihnen gedenke ich das Telegramm Reinhardts nicht zu beantworten.
Von Schlenther keine Nachricht. Sie schreiben, daß er gewiß ernsthaft daran denkt, den »Medardus« aufzuführen, was wohl auf eine mündliche Bemerkung von ihm zurückgeht. In der Kanzlei wurde mir vor etwa 10 Tagen gesagt, daß das Stück noch bei der Zensur liegt, was allermindestens seltsam ist. Jedenfalls will Schlenther ein Nein, zu dem nun absolut kein Anlaß mehr ist, und ein Ja, das er seiner »unglücklichen Liebe« für mich offenbar nicht abringen kann, so lange hinausschieben als möglich. Neulich hörte ich, daß er fester stünde als je, anderseits zirkulieren allerlei Gerüchte über die möglichsten und unmöglichsten Nachfolger. Ich glaube, er möchte nicht gern als Vermächtnis ein angenommenes Stück von mir zurücklassen.
Eine Notiz, die ich heute im »Lokalanzeiger« . . . [der Rest des Briefes ist verloren].

An Ludwig Strecker 17. 12. 1909.

Sehr geehrter Herr Geheimrat!
Ich danke Ihnen sehr für die freundliche Übersendung des Klavierauszugs von der Liebelei. Ich freue mich schon darauf

das Werk durchzuspielen. Das Titelbild ist an sich recht hübsch, zum Inhalt scheint es mir allerdings recht wenig zu passen. Bei Direktor Weingartner kann ich leider gar nichts tun. Ich habe das Herrn Kapellmeister Neumann schon geschrieben. Auf einen Brief, in dem ich Herrn Direktor Weingartner vor 1½ Jahren ersuchte, die Partitur einer Oper durchzusehen, die der ungarische Komponist Toldy zu meinem Grünen Kakadu geschrieben hatte, habe ich niemals eine Antwort bekommen. Die Dohnanyi'sche Musik zu meiner Pantomime, die nächstens in Dresden zur Aufführung kommt, sich vom Komponisten vorspielen zu lassen, hatte er nur beschränkte Zeit, sodaß er nur Proben davon hörte. Wenn Herr Weingartner sich jetzt nicht entschließen kann, die Liebelei anzunehmen und ebensowenig sie abzulehnen, so entspricht das ganz seiner Natur, mit der persönlich in Beziehung zu treten mir vorläufig jeder Geschmack fehlt. Hoffentlich bekommen Sie bald von irgend einem der Stadttheater eine entschiedene Antwort. Man sollte doch glauben, daß ein Werk, dessen Studium im Verhältnis zu den Anforderungen anderer neuerer Opern keine übertriebene Mühe bereiten dürfte, einen ehrgeizigen Direktor zu einem gewiß Erfolg versprechenden Versuche lockte. Haben Sie, verehrter Herr Geheimrat, im Münchner Hoftheater und bei der Berliner Komischen Oper eine Anfrage getan?
Mit verbindlichen Grüßen

Ihr sehr ergebener
[A. S.]

An Otto Brahm — Wien, 18. Dezember 09

Lieber Freund,
für heute nur so viel, daß ich gerade gestern Abend (heute früh, eben, kam Ihr Brief) in einem plötzlichen Ekel, ohne daß sich in der Sache indes das geringste ereignet hätte, die Reinhardt-Leute ganz kurz um sofortige Rücksendung des

»Medardus«-Manuskripts ersuchte. Für Ihr einfaches, klares und wohlbegründetes Nein dank ich Ihnen wie einer, dem man, nachdem er seinen Durst aus parfümierten Tümpeln löschen oder betrügen mußte, einen köstlichen Becher Salvator vorgesetzt hat.

Ihr sarmatischer Freund, verzeihen Sie das harte Wort, lügt, glaub ich, Sie gerade so an wie die andern (Objekt); hierüber wie über vieles andere will ich Ihnen in wenigen Tagen ausführlich berichten. Die Zensur hat nämlich – nach etwa 6 Wochen – sich noch immer nicht entschieden, und ich hab triftige Gründe zu vermuten, daß dieses Hinausschieben nicht ohne sarmatisches Einverständnis geschieht. Dienstag hab ich mich bei dem betreffenden Sektionschef angemeldet – mit direktorialer Bewilligung, ja, scheinbar zu seiner (den ich übrigens noch immer nicht zu sprechen bekam) besonderen Freude. Entschuldigen Sie die nervöse Stilistik.

Der »Ruf« war ein wahrer Erfolg hier – und die schlimmsten Großmänner und Polgars haben sich zu mir bekehrt; bis zu enthusiastischen Äußerungen. Die äußere Geschichte ist doch auch was Seltsames. – Uns geht's allen gut . . . soweit. Also in ein paar Tagen mehr. Vom Herzen.

Ihr A. S.

An Max Reinhardt [Wien,] 24. 12. 1909

Verehrter Herr Reinhardt!

Es scheint mir notwendig, daß die Beziehungen zwischen zwei Menschen auf einem gewissen Niveau, wie zwischen Ihnen und mir, die einander persönlich nicht ohne Sympathie gegenüberstehen, und zwischen denen immer wieder Mißverständnisse auftreten, zu endgültiger Klarheit gebracht werden. Hiezu bietet das letzte Telegramm, das mir Kahane in Ihrem Auftrag geschickt hat, einen mehr als passenden Anlaß.

In diesem Telegramm heißt es, daß ich durch meine Hartnäkkigkeit, mit der ich Ihnen das moderne Stück verweigere, deutlich dokumentiere, mir läge nicht sowohl an dauernder künstlerischer Verbindung mit Ihrem Theater, als lediglich an der Darstellung dieses außergewöhnlichen Stückes (des »Medardus«), für das nach meinem eigenen Ausspruche kaum eine zweite Bühne so sehr in Betracht käme.

Ich meinerseits finde vor allem, daß die Direktion eines Theaters von Rang sich bei der Annahme eines Stückes ausschließlich von der Erwägung dürfte leiten lassen, ob das angebotene Stück sich für die Aufführung an eben diesem Theater eignete oder nicht, nicht aber, ob der Autor durch das Angebot seines Stückes zugleich den Entschluß kundgäbe, eine dauernde künstlerische Verbindung mit diesem Theater einzugehen. Daß junge Autoren bei Annahme ihres ersten Stückes von Seite eines bestimmten Theaters von diesem manchmal verpflichtet werden, ihm auch ihr nächstes oder alle ihre künftigen Stücke vorzulegen, ist mir wohl bekannt. Diese Bedingung widerstrebte mir seit jeher so sehr, daß ich schon im Jahre 1893 bei Gelegenheit der Annahme meines ersten Stückes durch das Deutsche Volkstheater auf sie einzugehen mich nicht veranlaßt fühlte.

Liegt nun gar der Fall so, daß ein Autor seit vielen Jahren mit dem Direktor eines bestimmten Theaters künstlerisch und menschlich in herzlicher Beziehung steht, so wird er sich auch bei größter Hochschätzung, die er einer anderen Bühne in der gleichen Stadt entgegenbringt, im allgemeinen nur dann zur Überlassung eines Stückes an jene andere Bühne genötigt fühlen, wenn die erstere aus irgendwelchen Gründen für diesmal auszuschalten wäre. Also selbst, wenn der »Medardus« als ein Stück, das sich vorzugsweise für Ihr Deutsches Theater eignet, zugleich das erste und einzige wäre, das ich Ihnen jemals angeboten hätte, hätten Sie absolut keinen Grund, dies als verletzend zu empfinden; umwieviel weniger angebracht muß mir nun aber Ton und Inhalt Ihres Telegramms erscheinen, als die Tatsachen lehren, daß wir schon zu öfteren Malen nicht nur in künstlerischer Verbindung gestanden sind, son-

dern daß Sie ebenso oft oder noch öfter die Gelegenheit solcher Verbindung mit dem Aufwand größeren oder geringeren Taktes haben vorübergehen lassen.
Dem Umstand, daß Sie den »Grünen Kakadu« und »Abschiedssouper« im Kleinen Theater, die »Liebelei« in den Kammerspielen aufgeführt haben, soll hier keine Bedeutung beigelegt werden, da sie vorher von anderen Berliner Bühnen gebracht worden waren. Auch die Uraufführung des »Tapferen Cassian« will nicht viel besagen. Ebensowenig will ich auf dem »Haus Delorme« verweilen, das Ihnen von der Zensur verboten wurde. Die einaktige Komödie »Zum großen Wurstl« lag Ihnen vor, Sie wollten eine Gelegenheit zur Aufführung abwarten, die indessen nicht erschienen ist. Den »Schleier der Beatrice« haben Sie zu einer Zeit erbeten, da Ihnen als Direktor des Kleinen Theaters mit noch nicht ausreichendem Material die Aufführung keineswegs noch hätte gelingen können. Ich überließ das Stück Brahm zu einer Zeit, da Sie das Deutsche Theater noch nicht leiteten, später ließ ich durch Bahr bei Ihnen anfragen, ob Sie den »Schleier« nicht am Deutschen Theater bringen wollten. Sie haben geglaubt davon absehen zu müssen.
Aber in allen diesen Fällen handelte es sich teils um in Berlin schon gespielte, teils um kleinere Werke, und ich will lieber gleich zu einem Fall übergehen, dem größere Beweiskraft innewohnt als den bisherigen. Im Jahre 1905 waren zwei Stücke von mir vollendet: »Zwischenspiel« und »Ruf des Lebens«. Ich ließ Sie auch in persönlichem Gespräche, wenn ich nicht irre mit Hollaender, wissen, daß ich beabsichtigte, eines von diesen Stücken Ihnen, und das andere Brahm zu überlassen. Längere Zeit schwankte ich hinsichtlich des richtigsten Verteilungsmodus. Endlich, insbesondere mit Hinblick auf die damals bei Ihnen engagierte Sorma, die eine wundervolle Cäcilie gewesen wäre, entschloß ich mich, Ihnen das »Zwischenspiel« zu übersenden. Ein Telegramm vom 31. August bestätigte den Empfang des Manuskriptes und bat mich zugleich dringendst,

die prinzipielle Entscheidung aufzuschieben. Für mich, der das andere Stück indessen Brahm übergeben hatte, sowie Ihnen das »Zwischenspiel«, bestand natürlich keinerlei Anlaß, ihm das Stück wieder wegzunehmen, um Ihnen, der das ihm eingereichte Stück noch nicht einmal gelesen hatte, die Wahl zwischen beiden Stücken freizustellen. Ich ersuchte also um Erledigung der »Zwischenspiel«-Angelegenheit. Trotz wiederholter Urgenzen erfolgte die Erledigung nicht. Mir blieb endlich nichts übrig als wenigstens die Rücksendung des Manuskriptes von Ihnen zu verlangen, die mit der üblichen Verspätung erfolgte, worauf ich das Stück natürlich auch dem Lessingtheater übergab. Schon kurze Zeit nachher wurde mir aus Berlin das Gerücht zugetragen, nicht etwa, daß ich Ihnen das »Zwischenspiel« eingereicht, daß Sie sich nicht entschieden, daß ich endlich das Manuskript zurückverlangt, sondern, daß Sie die Komödie refusiert hätten. Wo dieses Gerücht seinen Ursprung nahm zu untersuchen ist überflüssig.
Seit dem Jahre 1905 war ich mit einer größeren dramatischen Arbeit nicht mehr in die Öffentlichkeit getreten. Nach der Wiener Aufführung der »Komtesse Mizzi« bewarben sich außer Brahm zwei andere Berliner Theater um das Aufführungsrecht, ich überließ sie zu angemessenen Bedingungen an Brahm. Es lagen überdies vor: der »Schleier der Pierette«, Pantomime mit Musik von Dohnanyi, der »Tapfere Cassian«, Singspiel mit Musik von Oskar Straus. Diese beiden kleinen Werke waren Ihnen zugedacht, wie Sie wissen. Über den burlesken Versuch Kahanes mich, oder meine Unverläßlichkeit dafür verantwortlich zu machen, daß Ihnen zu mindesten das Erstaufführungsrecht der beiden Sachen entging, ist umso weniger ein Wort zu verlieren, als eine gemeinschaftliche Aufführung der beiden kleinen Werke gerade in den Kammerspielen durchaus in meinem Interesse gelegen wäre, daß ich eine solche Zusammenstellung stets auch für das künstlerisch Richtigste hielt, eine Meinung, die ich sowohl den beiden Komponisten als Sliwinsky und Herzmansky gegenüber ver-

trat, – und als ferner feststeht, daß zu der entscheidenden Zeit weder Dohnanyi noch Oskar Straus es erreichen konnten, von Ihnen empfangen zu werden. (Daß, wie ich von dritter Seite höre, Sie sich in den letzten Wochen wieder um die Erwerbung der Pantomime bemüht haben, gehört nicht hierher.)

Nach alldem kann es wohl nur einer sehr zweckbewußten Vergeßlichkeit in den Sinn kommen, mich als einen Autor hinzustellen, dem es an Neigung fehle, mit Ihnen in eine künstlerische Verbindung einzutreten. Aber sehen wir einmal, inwieweit der Fall »Medardus« allein geeignet sein könnte Inhalt und Ton Ihres letzten Telegrammes zu rechtfertigen.

Am 30. Juli telegraphierten Sie mir, daß Sie durch Trebitsch erfahren hätten, ich habe ein neues Werk vollendet und erbitten Einsendung oder ein zusagendes Wort. Ende August fahre ich nach München, lese Ihnen und zweien Ihrer Dramaturgen den »Medardus« vor. Sie erklären sich im Prinzip bereit, das Stück zu spielen, wenn wir uns über die bei der beträchtlichen Länge des Werkes notwendigen Striche einigen sollten. Von irgend einer anderen Bedingung, insbesondere der Überlassung eines zweiten Werkes, war nicht die Rede. Am Abend unseres letzten Zusammenseins in München erwähne ich Ihnen gegenüber, daß ich auch ein modernes Stück vollendet habe und frage scherzend, ob Sie Brahm nicht den Bassermann leihen könnten, der mir für die Hauptrolle sehr wichtig wäre. Sie fragen, ob die anderen Rollen bei Ihnen nicht auch zu besetzen wären. Ohne dies zu verneinen erwähne ich doch, daß ich ungern mit einem modernen Stück von Brahm schon aus Rücksicht auf mein persönliches Verhältnis zu ihm wegginge. Ich frage Sie weiter, ob es Ihre Absicht sei und ob Sie wirklich Lust hätten den »Medardus« aufzuführen. Sie bejahen es aufs Lebhafteste, erwähnen wohl, daß Sie in der heurigen Saison kaum Platz für dieses Stück hätten, erörtern wie schon an früheren Abenden gewisse Besetzungsfragen und wiederholen ausdrücklich, daß es nur auf die Einigung über die Striche ankäme, um die Sache perfekt zu machen. Wir einigen uns an diesem Abend, daß ich diese Strichvorschläge nicht schon in acht Tagen, wie am Vorlesungsabend selbst bestimmt worden, sondern in vierzehn Tagen in Händen haben sollte. »Diesmal werden wir hoffentlich kein Pech miteinander haben«, sagte ich beim Abschied mit Anspielung auf eine Äußerung, die Sie meiner Schwägerin gegenüber über unser bisheriges künstlerisches Verhältnis gemacht haben sollen.

Am 12. September nach Ablauf der 14 Tage telegraphiert mir Kahane, er habe im Rummel der Münchner Arbeit (man denke!) an meinem Stück gelesen, habe sich Strichvorschläge notiert, bittet, da auch die anderen das Stück lesen wollen, um Fristverlängerung von acht Tagen und zur Beschleunigung um noch einen Bürstenabzug.

Die Frist wird gewährt, der zweite Abzug gesendet. Am 24. erhalte ich Ihr Telegramm, das die prinzipielle Geneigtheit ausspricht, den »Medardus« in nächster Saison zu spielen, unter der Voraussetzung, daß wir uns über die Striche einigen. Wir stehen also genau dort, wo wir am Abend nach der Vorlesung gestanden waren. Sie senden mir keine Strichvorschläge, hingegen erbitten Sie sich das moderne Stück zur Lektüre, das Sie eventuell schon in dieser Saison mit Bassermann spielen könnten.

Ich erkläre Ihnen am 25., daß ich Ihrer Frage über das moderne Stück nach Erhalt eines Vertrages über »Medardus« unverzüglich nähertreten werde und erbitte möglichst rasche Einsendung der Strichvorschläge. Am 9. Oktober muß ich Sie wieder darum ersuchen, am 16. kommen beide Abzüge, der eine unverändert, der andere mit Ihren Strichvorschlägen und vorher noch das telegraphische Ansuchen um Einsendung des modernen Stücks. Ich schicke Ihnen in Erwiderung ein Exemplar des »Medardus« mit meinen für das Burgtheater gemachten Strichen und stelle neuerdings fest, daß ich einer Frage über das moderne Stück vor Erledigung der »Medardus«-Angelegenheit nicht näherzutreten gedenke. Sie wiederholen

hieRauf Ihr Telegramm vom 24. September und halten es für zweifellos, daß wir uns in Hinsicht auf die Striche vollkommen verstehen und einigen werden.
Die Striche liegen Ihnen vor, ich verlange nichts als immer wieder endgültige Entscheidung über den »Medardus«. Sie erklären sich am 20. bereit über beide Stücke sofort nach Einsicht in das moderne Stück Vertrag zu machen. Ich lehne am 22. die Verquickung beider Angelegenheiten nochmals auf das Entschiedenste ab und ersuche Sie am 30. Oktober, nach einem neuerlichen Versuch Ihrerseits mich zu einem Doppelvertrag zu veranlassen, mir entweder den Vertrag über »Medardus« oder das Manuskript zu schicken. Ich teile Ihnen am 10. November neue Streichungs-Vorschläge mit, am 30. November wiederhole ich mein Ersuchen um Einsendung des Manuskriptes oder des Vertrags, am 7. Dezember kommt Ihr Telegramm: Ihr Entschluß meine dramatische Historie zu spielen sei unverändert, wenn ich Ihnen im Vertrag Vorrecht auf mein modernes Werk einräume; darauf verlange ich mein Manuskript zurück und die Beleidigten sind Sie. In München dachten Sie noch gar nicht daran oder sprachen es wenigstens nicht aus, daß Sie die Annahme des »Medardus« von der Überlassung eines zweiten Stückes (wenn auch nur zur Lektüre) abhängig machen wollten und unsere Verhandlungen enden damit, daß Sie auf die Aufführung des »Medardus«, die zuerst ausschließlich von unserer Übereinstimmung hinsichtlich der Striche abhängig schien, nach Erzielung dieser Übereinstimmung verzichten, weil ich Ihnen nicht vertragsmäßig ein Vorrecht über ein zweites Stück einräume. Die Sache ist nur ein klein wenig zu verdrießlich, um nicht ausschließlich komisch zu sein. Nur der Ordnung wegen und um auch an diesem Fall Ihren charakteristischen Verhandlungsstil aufzuzeigen, habe ich dies alles rekapituliert. Was mir übrig bleibt, um nach keinerlei Richtung auch nur die geringste Unklarheit bestehen zu lassen, sind einige Worte über die Absichten, die ich mit meinem modernen Stück gehabt habe. In meinem Brief vom

25. September d. J. – es erscheint mir notwendig, dies noch einmal zu wiederholen – habe ich ausdrücklich erklärt, Sie würden mich ohne Verzug bereit finden Ihrer Anfrage wegen des modernen Stückes, das ganz vollendet wäre, mit dem ich bisher nichts unternommen und mit dem ich bis 15. Oktober nichts unternehmen würde, näher zu treten, sobald Sie mir einen bindenden Vertrag über den »Medardus« gesandt hätten. Sie haben natürlich diesen 15. Oktober verstreichen lassen und ich war somit jeder Verpflichtung enthoben, auch nur Ihrer Frage näherzutreten. Trotzdem war ich auch noch lange nach dem 15. Oktober, selbstverständlich aber nur nach Erhalt eines Vertrages über den »Medardus«, wie ausdrücklich in jenem Brief vom 25. September zu lesen stand, bereit, nicht etwa Ihnen das moderne Stück zur Lektüre zu senden, was mir nach meinen »Zwischenspiel«-Erfahrungen unklug erschienen wäre, sondern nach Berlin zu fahren und Ihnen dieses moderne Stück vorzulesen. Sie wollen etwa versuchen das zu bezweifeln. Ich will kein ethisches Moment herbeiziehen, um Ihnen das zu verbieten, sondern appelliere einfach an Ihren gesunden Menschenverstand. Überlegen Sie doch nur: was hätte mich veranlassen sollen, ein fertiges Stück, für das mir außer Ihrem Theater immerhin noch einige andere zur Verfügung standen, im Pulte zurückzubehalten, wenn es nicht meine Absicht gewesen wäre – selbstverständlich immer nach Erledigung der »Medardus«-Angelegenheit – mit Ihnen darüber zu verhandeln? Ja sogar bis in die letzte Zeit habe ich neben verschiedenen anderen Eigenschaften, auf die es in diesem Falle ankam, auch Ihre Voraussicht so sehr überschätzt, daß ich noch vor wenigen Wochen auf dem Semmering Brahm gegenüber äußerte, ich gedächte das moderne Stück für den Fall, daß zwischen mir und dem Deutschen Theater der »Medardus«-Vertrag zustande käme, insbesondere mit Rücksicht auf die Bassermann-Rolle, das moderne Stück im Feber bei Gelegenheit meiner Anwesenheit in Berlin anläßlich der »Anatol«-Premiere, Ihnen vorzulesen. Denn wohl, auch dies

sei hier ausgesprochen, hätte ich über dieses moderne Stück bei eventueller Annahme des Stücks durch Sie einen Vertrag geschlossen, aber er hätte erst rechtsgiltig werden dürfen nach Aufführung des »Medardus« am Deutschen Theater. War es schon auffallend genug, daß Ihnen bereits Ende August eine Aufführung des »Medardus« in der beginnenden Saison kaum möglich schien, daß Sie das ganze Jahr schon besetzt haben wollten, obwohl Sie ja Stücke akzeptiert haben zur Aufführung in dieser Saison, die Ihnen erst nach dem »Medardus« übergeben wurden, so ließ Ihr ganzes Verhalten in unserer Angelegenheit immer mehr die Annahme berechtigt erscheinen, daß Ihnen der »Medardus« nicht so sehr durch sich selbst, denn als ein Mittel zur Erlangung eines modernen Bassermann-Stückes wertvoll wäre. Dies aber, mein lieber Herr Reinhardt, habe ich nicht nötig. Dazu ist mir der »Medardus« zu schade und ich selbst. Ja, Sie werden es sogar ohne weiteres begreiflich finden, daß mir durch diese neueste Erfahrung mit den Gepflogenheiten Ihres Buros auf lange Zeit die Lust genommen ist, mit Ihnen in künstlerische oder geschäftliche Verbindung zu treten. Es muß schon wahr sein, Sie haben Pech mit mir. Aber es sollte Ihnen doch zu denken geben, lieber Herr Reinhardt, daß gerade Sie immer mit mir Pech haben.

Ich weiß nicht, ob Sie irgend einmal in einer ruhigen Stunde das Bedürfnis haben werden nicht etwa mir zu erwidern, denn auf Tatsachen gibt es keine Erwiderung, aber sich auszusprechen. Jedenfalls bleibt es Ihnen überlassen und hat mit meiner fortdauernden Schätzung Ihrer Talente nichts zu tun. Doch sei hier gleich zur Vermeidung fernerer Mißverständnisse mit Entschiedenheit vermerkt, daß ich einen Brief von anderer Seite als von Ihnen, dem mir einzig verantwortlichen Direktor des Deutschen Theaters und der Kammerspiele in Berlin, als empfangen zu betrachten keineswegs in der Lage wäre.

Leben Sie wohl, lieber Herr Reinhardt, es tut mir leid.

Ihr ergebener [A. S.]

An Otto Brahm Wien, 27. Dezember 09

Lieber Freund,
der Ernstfall, dessen Erscheinen ich in meinem letzten Brief an Sie für möglich hielt, hat nicht lange auf sich warten lassen. Vorgestern bekam ich von Schlenther den folgenden Brief:
»Sehr geehrter Herr Doktor, wenn Sie die heutigen Morgenzeitungen gelesen haben, so wird Ihnen der eigentliche Grund klar werden, weshalb ich mit der Annahme des »Jungen Medardus« so lange gezögert habe. Auch wenn die technischen und Zensurschwierigkeiten überwunden sind, so enthält das Stück doch eine so enorme Arbeit, daß ich es nicht verantworten kann, sie meinem präsumtiven Nachfolger aufzubürden, ohne daß er vorher dazu hat Stellung nehmen können. Mir selbst wäre es sehr erfreulich und wünschenswert, gerade mit diesem Stück Abschied zu nehmen. Das würde aber einen Termin bedeuten, auf den Sie wohl nicht eingehen möchten. Denn da die neueintretenden Schauspielerinnen, die für die beiden Hauptrollen in Betracht kommen, erst im Frühjahr disponibel sind, so könnte die Aufführung keinesfalls vor Ende April sein, möglicherweise sich aber auch bis in den Mai hinausschieben. Wie Sie mir schon andeuteten, würden Sie den Herbsttermin bevorzugen, der aber fiele keineswegs mehr in meine Zeit. Vielleicht löst sich die Schwierigkeit durch eine persönliche Unterredung, zu der ich Sie bitten werde, sobald ich von einer kurzen Reise nach Berlin, die ich heute antrete, zurückgekehrt sein werde.«
Aus diesem Brief geht also hervor, daß Schlenther eine offizielle Annahme des »Medardus« zu vermeiden wünscht, und es wäre mir natürlich von großem Wert, wenn ich ihn demgegenüber erinnern könnte, daß er sich zu Ihnen geäußert, er würde mir, wenn Zensur und Drehbühne stimmen (was nun der Fall ist), einen Brief mit Termin schreiben, an den sich auch sein Nachfolger gebunden fühlen müßte. Obwohl ja bei

den Vertrags- resp. Tantiemen-Revers-Verhältnissen des Burgtheaters von einer solchen Bindung im juridischen Sinn nicht die Rede sein kann, wäre meine Position selbstverständlich eine beträchtlich bessere, wenn ich nach sechsmonatlichen Verhandlungen doch wenigstens die offizielle Annahme durch den derzeitigen Direktor in Händen hätte. Also wenn mir gestattet ist, jenes Gesprächsfragment ins Gefecht zu führen, so lassen Sie es mich gütigst (vielleicht durch ein Telegramm) wissen.

Ich gratuliere herzlich zum großen »Konzert«-Erfolg, der mich für Bahr und für Sie ganz besonders freut. So ist es jedenfalls gut, daß die »Komtesse Mizzi« nicht zugleich aufgeführt worden ist, denn besser hätte es ja keinesfalls gehen können. – Auf der Reinhardt-Seite ist die »Medardus«-Angelegenheit nun vollkommen abgeschlossen. Ein beleidigtes Telegramm bedauerte meine Hartnäckigkeit, mit der ich bewiesen habe, daß es mir nur auf die Aufführung dieses nur bei Reinhardt spielbaren Stückes, nicht aber auf eine dauernde künstlerische Verbindung mit dem Deutschen Theater ankäme. Ich habe in einem persönlichen Brief an Reinhardt, sozusagen zum ewigen Gedächtnis, die ganze Geschichte unseres (Reinhardts und meines) künstlerisch-geschäftlichen Verhältnisses rekapituliert.

Seien Sie herzlichst gegrüßt.

Ihr A. S.

An Peter Swesditsch 18. 1. 1910.

Sehr geehrter Herr Swesditsch!

Hier haben Sie die gewünschten Worte für die Tschechow-Nummer Ihres Blattes. Was das Honorar für den »Ruf« anbelangt, glaube ich, daß die Erinnerung Sie zum Teil wenigstens täuscht. Ich habe meine Aufzeichnungen aus den früheren Jahren in der Bank verwahrt, will aber nächstens nachsehen.

Bestens grüßend

Ihr ergebener

[A. S.]

Es gibt in der gesamten Weltliteratur wenige Novellen, die so stark auf mich gewirkt haben, wie Tschechows »Zweikampf« und »Schatten des Todes«. Und von der Bühne herab hat nicht vieles einen so unvergeßlichen Eindruck auf mich gemacht wie Onkel Wanja in der Darstellung des Moskauer Künstlerischen Theaters, obwohl ich der russischen Sprache nicht mächtig bin. Von allen russischen Dichtern – und ich fühle wohl, daß es größere und umfassendere gegeben hat als Tschechow – hat keiner mit so rein menschlicher Stimme zu mir gesprochen als eben er. Ich habe ihn leider nie von Angesicht zu Angesicht gesehen, aber ich kenne ihn von Seele zu Seele und so bleibt er mir für alle Zeit lebendig.

An Zinaida Wengerova 23. 1. 1910

Verehrtes Fräulein!

Ich danke sehr für Ihre freundlichen Auskünfte. Was den »Apollo« anbelangt, kommt es mir allerdings noch darauf an zu wissen, ob Ossip Dymow noch in irgend einer Beziehung zu diesem Blatt steht. Er war nämlich der erste, der als Bevollmächtigter des »Apollo« bei mir erschien; er war übrigens auch derjenige, der den »Medardus« zuerst in Händen gehabt hat und nicht glaubt, daß für die russische Bühne etwas damit zu machen ist. Ihrem freundlichen Wunsche gemäß sende ich Ihnen heute das Stück und hoffe bald Weiteres darüber von Ihnen zu vernehmen. Hinsichtlich des zweiten Stückes behalte ich mir ein weiteres Eingehen auf Ihre Vorschläge noch vor. Auch über dieses war ich mit Dymow in Verhandlung. Er kennt es noch nicht. Vor etwa zwei Monaten ersuchte ich beim Künstlerischen Theater in Moskau anzufragen, ob sie überhaupt noch in der nächsten Saison Platz für ein modernes Stück für mich hätten, doch habe ich seither von Dymow nichts

mehr gehört. Noch möchte ich bemerken, daß mich Stanislawski seinerzeit in Wien persönlich ersucht hatte, ein neues Stück von mir im Manuskript direkt an das Künstlerische Theater zu senden. Natürlich würde ich das Stück dem Theater resp. Ihnen als Manuskript übergeben und erst nach einer russischen Aufführung in Deutschland erscheinen lassen.
Mit besten Grüßen

Ihr ergebener
[A. S.]

An Walter Graetzer 3. 5. 1910.

Lieber junger Herr Graetzer.
Der Akt »Ein Narr«, den Sie mir geschickt haben, ist eine Kinderei und wär's auch, wenn Sie noch um einige Jahre jünger wären als Sie sind. Drum erschiene es mir auch verfrüht, nach dieser Probe ein Urteil über Ihr Talent abzugeben, an dessen Entfaltung Sie vorläufig vielleicht nur durch Ihre vollkommene Ahnungslosigkeit über die Forderungen der Kunst gehindert sein mögen. So bleiben Sie bis auf Weiteres für mich ein unbeschriebenes Blatt in höchst sympathischem Gegensatze zu denjenigen, die Sie so freundlich waren mir zuzusenden und die ich mit bestem Danke retourniere.
Empfehlen Sie mich Ihrem Herrn Papa aufs Beste und seien Sie gegrüßt von Ihrem aufrichtigen

[A. S.]

An Paul Stefan 4. 5. 1910

Verehrter Herr Doktor.
Ich weiß natürlich, was Sie eigentlich wünschen und habe schon oft bedauert, daß gerade das, was Sie wünschen, offenbar außerhalb des Bereichs meiner Fähigkeiten liegt und daß ich es vielleicht gerade dann umso weniger zusammenbringe, wenn es von mir verlangt wird. Gerade einer so

außerordentlichen Erscheinung gegenüber, wie Mahler, gibt es meiner persönlichen Empfindung nach nur eines, – Dank. Alles was darüber hinausgeht, wenigstens so weit ich es auszudrücken vermöchte, schiene mir nicht viel anderes und nicht viel besseres als Geschwätz. Überhaupt das Reden über Kunstwerke, das Niederschreiben von Eindrücken und wäre es selbst nach Ihrem feinen Wort die Errichtung eines Kunstgebildes über jenem andern Werk, – wem zur Freude wird dergleichen eigentlich geleistet? Natürlich ist es mir schon manchmal passiert anläßlich irgend eines Kunstwerks, wie anläßlich manches andern Erlebnisses, in meine Privatnotizen irgend eine Bemerkung einzutragen. Aber niemals hatte ich das Bedürfnis, eine solche Aufzeichnung der Öffentlichkeit vorzulegen oder auch nur aus flüchtigen Augenblicksworten einen kritischen Aphorismus oder einen Essay zu bilden – oder sonst etwas, was an und für sich und für sich allein eine Existenzberechtigung beanspruchen möchte.

Dies führt natürlich weit ab von dem, was ich Ihnen eigentlich erwidern wollte und ich möchte noch ausdrücklich bemerken, daß das was Sie vorhaben, unter den heutigen Kulturverhältnissen und gerade in unserm speziellen Fall seiner Intention nach sehr schön ist und meinen aufrichtigsten Beifall hat. Ich sah mich nur verpflichtet Ihnen beiläufig darzulegen, warum gerade ich, der Kunst Mahlers so innig ergeben, Ihre Erwartungen täuschen mußte und möchte nicht gern, daß Sie eine Stelle meines Briefes oder Beitrags als Ironie auffassen (was Sie offenbar tun), während sie doch nichts anderes enthält oder wenigstens andeutet, als ein mangelndes Talent zu wohlgesetzten Äußerungen kritischen oder enthusiastischen Charakters. Doch hier wird sich wohl unschwer eine Retouche finden lassen, um einem Mißverständnis zu begegnen, das Sie auch bei Andern zu besorgen scheinen. Ich bitte Sie daher um freundliche Rücksendung des Blattes und Sie sollen in ein paar Tagen haben, wenn auch nicht gerade das, was Sie wünschen,

so doch wenigstens etwas, das Ihnen nicht bedenklich vorkommt.
Mit verbindlichen Grüßen

Ihr ergebener
[A. S.]

An S. Fischer 4. 6. 1910.

Lieber Herr Fischer.
Liebelei ist schon vor etwa 15 Jahren von Jean Torel ins Französische übersetzt und kurze Zeit darauf irgendwo in der Provinz aufgeführt worden. Die Übersetzung ist ziemlich schlecht und hat ihren Weg nicht weiter gemacht. Seither sind schon viele Anfragen an mich gekommen wegen des Übersetzungsrechtes, aber da sich niemand mit dem bestimmten Auftrag einer Direktion oder eines Verlags in Paris ausweisen konnte, habe ich keinen Anlaß gefunden, weiter darauf zu reagieren. Bitte fragen Sie nun bei dem betreffenden Herrn, der sich jetzt an Sie gewandt hat, auch in diesem Sinne an. Liegen ernste Chancen vor, so wird es wohl keine besonderen Schwierigkeiten haben, sich mit Herrn Torel abzufinden, dessen Rechte auch gesetzlich schon abgelaufen sind und den ich überdies seinerzeit (Paul Goldmann war der Vermittler) für seine Arbeit alberner Weise bezahlt habe.
Der Entwurf von Walser gefällt mir sehr gut, nur die Figur auf der Treppe ist meines Erachtens anders zu machen, weil sie so, wie sie ist, verwaschen, ja ganz unverständlich wirkt. Mir ist eigentlich noch immer, als säßen zwei dort, ungefähr, als wenn ein Gespenst den Hals des Vordermanns umklammert hielte. Daß der äußere Anblick der Bastei historisch durchaus falsch ist, hat natürlich nichts zu sagen.
Ihr Plan, im Jahre 1912 gesammelte Werke von mir herauszugeben, ist sehr ehrenvoll für mich, aber ich bin leider außer Stande, ihn mit Enthusiasmus zu begrüßen. Ich erscheine mir selbst noch so wenig abgeschlossen, habe für die nächsten

Jahre noch so viel vor, daß mir ein derartiger, wenn auch nur als vorläufig gedachter Schlußpunkt allzu verfrüht vorkäme. Auch weiß ich nicht recht, wie man in drei bis vier Bänden eine Zusammenfassung meiner Arbeiten versuchen könnte, ohne ein recht einseitiges Bild meiner literarischen Persönlichkeit herauszubringen. Und daß mir eine solche Aussicht unwillkommen ist, werden Sie ohneweiters begreifen. So hätte dieses Unternehmen also wirklich nur eine geschäftliche Bedeutung und wie weit diese ginge, läßt sich ja kaum vorherbestimmen. Geschäftlich ließe sich bei jener oder bei noch früherer Gelegenheit der Absatz meiner einzelnen Bücher durch zusammenfassende Anzeigen, wie Sie sie ja manchmal für richtig finden, in mehr oder minder erheblicher Weise fördern. Eine gute Monographie wäre ja zweifelsohne von Vorteil. Der Herr Dr. Kapp, der sich Ihnen angetragen hat, dies ganz unter uns, dürfte wohl nicht der richtige Mann dafür sein. Ich kenne von ihm ein Buch über Wedekind, das sogar mir gewidmet ist, erschienen bei Barsdorf, Berlin, das ich für ganz wertlos halte. Immerhin können Sie ja sein Manuscript im September durchsehen. Bahr wäre freilich sehr gut, aber er hat wahrhaftig Gescheidteres zu tun, als über einen Andern ein Buch zu schreiben und es wäre nicht einmal angezeigt an ihn heranzutreten, um ihn nicht in ein Dilemma zu bringen. Jonas Fränkel hat sich schon oft als kluger Versteher bewährt. Er ist aber in der letzten Zeit so sehr mit literarhistorischen Arbeiten beschäftigt, daß er vielleicht zu einer Monographie über mich nicht zu haben sein wird. Einer, der wohl in Betracht käme, wäre Anton Lindner, der jetzt in Hamburg ist. Doch dürfte auch der Anderes, Wichtigeres zu tun haben. Alle andern Wiener Leute, an die Sie etwa denken möchten, sind ohneweiters auszuscheiden. Sie lassen mich wohl noch weitere Vorschläge vernehmen.

[Schluß fehlt]

An Richard Heuberger Wien XVIII. Spöttelgasse 7
16. 6. 1910.

Verehrter Herr Heuberger.
Der Stoff, den Sie so freundlich sind mir vorzuschlagen, ist vielleicht von Sacher-Masoch, aber zum Teil ist er jedenfalls von mir und zwar aus dem Schleier der Beatrice resp. aus der Pantomime, die Dohnanyi komponiert hat. Auch bei mir handelt es sich um eine junge Braut, die die Nacht vor ihrer Hochzeit bei ihrem früheren Geliebten verbringt oder richtiger: die von der Hochzeit zu ihrem Geliebten läuft, sich mit ihm töten will, im letzten Augenblick den Mut verliert, den Toten in seinem Zimmer liegen läßt, ihren Schleier vergißt, und später von ihrem Bräutigam, der diesen Schleier vermißt, gezwungen wird, ihn wiederzubringen. Was also der von Ihnen vorgeschlagene Stoff für mich etwa an Anregung enthalten möchte, habe ich schon durchgenossen und ausgeführt und so bleibt er natürlich für eine gemeinschaftliche Arbeit von Ihnen und mir verloren.
Goethe sagt irgendwo, in den Annalen, glaube ich, daß der Autor seine Stoffe vor der Ausführung nicht erzählen sollte, da ein Anderer kaum je begreifen könnte, was ihm, dem Autor, der Stoff bedeute und was er daraus zu machen gedenke. Für mich erweitert sich dieser Satz noch dahin, daß Stoffe, die mir jemand anderer erzählt, selbst wenn sie mich sehr interessieren, und ich ihre Bedeutung für den Entdecker zu verstehen vermag, in meiner Seele beinahe niemals Wurzel fassen, wenigstens nicht in einer mir bewußten Weise, denn gewiß passiert es mir wie andern, daß mir ein zugetragenes Sujet oder Elemente eines solchen, in mir weiterwirken und später, mehr oder weniger umgestaltet, mit der ganzen Prätention eigener Einfälle auftauchen. Was nun eigentlich dramatische Situationen anbelangt, so gibt es gewiß nur eine beschränkte Anzahl, ich glaube, daß Schiller 24 oder 36 festgestellt hat, sodaß das Original eines dramatischen Einfalls immer wieder der Persönlichkeit des Dichters entspringt und

sich vor allem in den Gestalten ausspricht, von denen die betreffende Situation dramatisch durchlebt wird. Damit will ich vor allem sagen, daß der Stoff, den Sie mir vorschlagen, nur für mich erledigt ist, daß er im übrigen selbst jener Braut gleicht, die den Geliebten erloschen liegen läßt und in eines Andern Arme eilt. Und nicht jeder Gatte, gewiß aber nicht die Hochzeitsgäste, müssen merken, daß sie beim Ersten ihren Schleier vergessen hat.

[Schluß fehlt]

An Olga Schnitzler [Südbahn-Hotel,]
[Semmering bei Wien]
26. 7. 10 Abends ¾8.

mein liebstes, ich will dir noch rasch von den Erlebnissen des heutigen Nachmittags berichten. Gegen 5 zu Brahm, sprach in der Hall flüchtig mit Frau Jonas, Tochter und Schwiegersohn (Bariton). – Vorerst fragt ich Brahm, wie es K. gehe. Schlecht, sagte er; und es ergab sich, daß schon Gerüchte über Recidive umlaufen. In der Angelegenheit des »W. L.« verblieb ich mit Brahm (längrer Spaziergang), daß mir November offen gehalten werde – bis zu dem Eventualfall, daß ein andres neues Stück vorläge (eines von Bedeutung, Hauptmann z. E.) – worauf ich dann immer noch das Recht habe, zu erklären (innerhalb von fünf Tagen), ob ich das W. L. auf einen spätern Termin verschoben wünsche oder nicht. – Dann zu K. (mit Brahm). Fanden ihn, nach Ricinus-Erfolg in sehr guter Stimmung; er gratulirte mir zum W. L., entwarf eine ganze Besetzung, freut sich riesig auf die Rolle, will es am 15. Jänner spätestens spielen, möchte, daß schon vor seinem Eintreffen geprobt werde – profezeiht einen großen Erfolg, war überhaupt so bei der »Sache« wie ich ihn selten gesehen. Du kannst dir denken, wie es in mir aussah – und – ohne Selbsttäuschung – nur zum geringen Theil, aus egoistischen Gründen. Man kann ja darüber gar nicht schreiben. Was er mir von seinem

Zustand sonst erzählte, war nicht angethan, mich die Lage optimistisch ansehn zu lassen. »Man möchte die Faust ballen«, sagte ich draußen zu Brahm. Drauf er: Wenn man nur wüßte gegen wen – ? –
Nun sitz ich im Schreibzimmer des Hotels, draußen ists trüb u schwül, und in mir nicht sonderlich heiter. Oh mein geliebtes. Oh meine geliebten. . . .
Morgen Vormittag wieder mit Brahm, Mittag zu Helene, denk ich; übermorgen Donnerstag früh, wenn's schön, die Fußpartie nach Mönichkirchen; Freitag Mittag dürft ich dann zu Hause sein. Bleibt das Wetter schlecht, so fahr ich Donnerstag Nachmittag direct hinein. Somit hab ich die große Bitte, daß du morgen Mittwoch *sowohl* hieher, Semmering, *als* Mönichkirchen (post rest.) eine Karte mit *einer* Zeile schreibst, damit ich jedenfalls eine Nachricht habe, wie immer die Wetterlose fallen.
leb wohl, ich geh nachtmahlen. Küsse die Kinder. Denke mein.

Dein A.

An Hugo von Hofmannsthal [2. November 1910]

Zu Ihrer Nachschrift habe ich einiges zu bemerken. Daß Ihnen ein Buch von mir künstlerisch oder menschlich zuwider ist, das ist Ihr gutes Recht. Daß Sie es mir sagen Ihre Pflicht. Wie Sie sich zu Andern darüber äußern, Sache Ihres Temperaments und Ihres Geschmacks. Aber daß Sie irgend ein Buch von mir, Ihnen persönlich zugeeignet, lieber Hugo, »halb zufällig halb absichtlich in der Bahn liegen lassen« und daß Sie es notwendig finden mir zwei Jahre nachher davon Mitteilung zu machen, das scheint für einen Spaß nicht lustig genug und ernst genommen völlig unvereinbar mit unseren künstlerischen und menschlichen Beziehungen, wie ich sie bisher gesehen habe. Drängte es Sie so sehr den Eindruck von damals nachzuprüfen, so hatten Sie es leicht genug diese Absicht durchzuführen, ohne gerade von dem Autor, gegen dessen erste freundschaftliche Widmung Sie sich in einer so wenig üblichen Weise betragen haben, wie es mir dem verwerflichsten Produkte eines Unbekannten gegenüber niemals eingefallen wäre, der mir die Höflichkeit einer Dedikation erwiesen. Aber wenn Ihr auf Neuerwerbung dieses Buches abzielender Wunsch, der ja gewiß liebenswürdig und taktvoll gemeint war, Ihrer feinen Feder wie unter einem dämonischen Zwang so ganz ins Gegenteil geraten mußte, so ist mir das ein Beweis, daß die gewiß nichts weniger als oberflächlichen Gründe für Ihr unglückliches Verhältnis zu meinem Roman auch heute noch fortbestehen und ein Versuch von Ihrer Seite sich zu dieser persönlichsten meiner Schöpfungen in ein neues Verhältnis zu setzen vorläufig nur wenig Aussicht auf Erfolg haben dürften. Und ehe ich mein Kind, wie Sie den Roman mit einer fast über das Bild hinausgehenden Richtigkeit bezeichnen, zum zweiten Mal der Gefahr eines meskinen Eisenbahnunfalls aussetzen möchte, ziehe ich es doch vor es weiter im Unfrieden mit Ihnen leben zu lassen, ein Zustand, bei dem Sie sich meines Wissens geradeso wohl befunden haben wie das liebe Kind und dessen getreuer Vater, der Sie wie immer herzlichst grüßt als Ihr

[A. S.]

An Julie Markbreiter 14. 11. 910
[Briefkarte]

liebe Tante, vielen Dank für die new age Nummer, die mir Mama übergeben hat. Der Artikel von Ashley Dukes war mir interessant als Beispiel, wie oberflächlich-alberne Urtheile, Vorurtheile, nachdem sie in der Heimat jahrelang erloschen, in fremdem Land plötzlich wieder aufflimmern – ; ärgerlich ist nur, daß die Engländer vorläufig so wenig Gelegenheit haben, durch Lecture meiner Bücher sich eigne Urtheile zu bilden. Wer ist dieser Dukes? Ist new age ein verbreitetes Blatt?–
Ich bin tief in den Proben zum Medardus, der am 24. endlich herauskommen soll. Dann im Volkstheater der »Anatol« –

5 Einakter an einem Abend. Dann Vorlesung in München. Im Feber »Weites Land« in Berlin, vielleicht zugleich in Wien. So lebt man heuer mehr äußerlich-literarisch als in vernünftiger Arbeit. Obzwar auch die Proben Arbeit sind – zuweilen sogar vernünftige.
Tausend Grüße von Haus zu Haus.

Euer A.

An Hermann Bahr 17. 11. 1910

Lieber Hermann,
Schönsten Dank für Deinen lieben Brief. Jedenfalls tut es mir leid, daß Du nicht über mein Stück schreiben wirst, denn was immer Du unter den Unannehmlichkeiten verstehst, die daraus für Dich, für mich, für alle Beteiligten folgen könnten, für mich wären sie jedenfalls durch das Vergnügen reichlich aufgewogen eine ausführliche Darlegung Deiner mir immer wertvollen Meinungen zu lesen. Überdies erscheint das Stück etwa acht Tage vor der Premiere im Buchhandel, so daß eine Aeußerung über das Werk als solches ohne Rücksicht auf die Darstellung nicht als unstatthaft aufgefaßt werden könnte.
Das Mißverständnis, das Du befürchtest, ich hätte in dem Medardus einen tragischen Helden zeichnen wollen, kann meines Erachtens als solches überhaupt nicht auftreten. Daß Viele sich so stellen werden, als glaubten sie, ich selber hielt den Medardus für einen tragischen Helden, ist hingegen selbstverständlich. In dieser Voraussicht war ich nahe daran der Buchausgabe ein kurzes Geleitwort mitzugeben ungefähr des folgenden Inhalts: »Es ist mir bekannt, daß dieses Stück sehr lang und daß der Medardus ein ausnehmend inkonsequentes Subjekt ist«. (Darum passieren ihm ja so sonderbare Dinge.) Aber am Ende sind in dem Drama selbst so klare Ansichten über das Wesen des Medardus ausgesprochen, hauptsächlich durch Eschenbacher, durch Etzelt und auch durch die Frau Klähr, daß der Unverstand, der sich durch die dra-

matische Historie selbst nicht belehren ließe, auch mit einem solchen Vorwort nichts anzufangen wüßte. Auch glaube ich mich mit Dir eines Sinnes, wenn ich behaupte, daß kein dramatischer Autor verpflichtet ist in den Mittelpunkt seiner Stücke gerade einen sogenannten tragischen Helden hineinzustellen. Der Hamlet ist es im dogmatischen Sinne so wenig als der Oswald, der Prinz von Homburg so wenig als der Tasso. Dies sind natürlich Beispiele nicht etwa Vergleiche. Kein Zweifel übrigens, daß sich der Autor nach dieser Richtung umso mehr erlauben darf je verstorbener er ist. – Was Deine weitere Befürchtung anbelangt, daß das Publikum ein anderes Stück zu sehen bekommen wird als ich geschrieben habe, so ist sie zum Teil vielleicht gerechtfertigt, aber nicht durchaus als Befürchtung. Ich habe für die Zwecke der Bühne nicht nur sehr viel gestrichen, sondern auch gewisse Umstellungen vorgenommen; Kompromisse ohne die auch manche andere, und größere, Werke sich auf der Bühne nicht hätten halten, ja nicht einmal auf sie hätten gelangen können. Leider muß ich auch zugestehen, daß der Medardus selbst heute in dem Burgtheater nicht zu besetzen ist *(dies ganz unter uns)*. Der Einzige, der ihn heute überhaupt spielen könnte, ist Moissi. Reinhardt, als ich ihm das Stück vorlas, war auch ganz entschlossen ihm diese Rolle zuzuteilen, erst später erfuhr ich, daß er das Stück nur dann geben wollte, wenn ich ihm noch ein zweites überließe, worauf ich aus prinzipiellen Gründen nicht einging. Bei Reinhardt wären zweifellos auch die Massenszenen besser herausgekommen als es bei uns der Fall sein wird. Aber die übrige Besetzung hier ist zum größeren und wichtigeren Teile von der Art, daß keine deutsche Bühne sie heute besser bieten könnte. Die Bleibtreu als Frau Klähr, Balaithy als Eschenbacher, Tressler als Etzelt, Korff als Wachshuber, Hartmann als Herzog, Heine als Assalagny, von der Medelsky, der Wohlgemuth, von Reimers und Strassny und Heller und Anderen ganz zu geschweigen, das sind Leistungen im Einzelnen, meist auch im Zusammenspiel, daß Du, lieber

Hermann, wenn Du die Vorstellung zu sehen bekämest gewiß nicht von herumdilettierenden Herrschaften sprächest, sondern das denen überließest (es wird ja nicht an ihnen fehlen) denen vorgefaßte Meinungen den teuersten und ach so bequemen Besitz bedeuten.
Nun will ich Dir noch von Herzen eine glückliche Vortragsreise wünschen und diesmal die Hoffnung nicht vergeblich aussprechen Dich und Deine verehrte Frau Gemahlin recht bald nach Deiner Rückkehr bei uns zu sehen. Ich selbst fahre etwa am 7. Dezember nach München (Vorlesung) und auch nach Partenkirchen zu meiner Schwägerin. Um den 15. herum denke ich wieder daheim zu sein.
Mit vielen treuen Grüßen

Dein
A.

An Alfred Freiherrn von Berger 26. 11. 1910.

Sehr verehrter Herr Baron!
Es ist mir ein Herzensbedürfnis nun nachdem unsere Arbeit am Medardus mit so gutem Gelingen zu Ende ging, Ihnen vor allem, dem ausgezeichneten Regisseur der Vorstellung, Herrn Thimig, und den übrigen Beteiligten meinen innigsten Dank zu sagen. Die Aufführung meines Stückes am Burgtheater hat mir eine seltene und tiefe Befriedigung gewährt. Aber welche andere deutsche Bühne wäre heute wohl imstande für die beiden in meiner Historie vertretenen Gestaltengruppen, die des Volksstücks und die des stilisierten Dramas, ein Künstlerpersonal von gleichem Range, in gleicher Vollständigkeit beizustellen und dabei den Eindruck vollkommener Ausgeglichenheit und Einheitlichkeit hervorzubringen. Als besonders erfreulich empfand ich es, daß sich die im Laufe des letzten Jahres hinzugewachsenen Kräfte so glücklich in die Gesamtheit gefügt haben, als gehörten sie seit langem dazu: ein Beweis nicht nur für die Stärke dieser neugewonnenen Begabungen,

sondern auch für die immer lebendige, sowohl in der Macht der Tradition als in den Gesetzen der Entwicklung begründete, Assimilierungskraft des Burgtheaters. Das Vorhandensein dieser Kraft zu fühlen, sie im richtigen Moment zu nützen, dazu gehört freilich nicht nur eine gewisse allgemeine direktoriale Begabung, sondern vielleicht noch mehr ein persönliches Verhältnis zu unserer Bühne und dem Fleck Erde auf dem sie steht. Im Übrigen möchte ich hier auch aussprechen, daß nicht nur die Aufführung als solche, sondern auch die Probenzeit zu den angenehmsten Erfahrungen meiner theatralischen Laufbahn gehört und daß es mich mit wirklicher Genugtuung erfüllt hat, mit welcher Unermüdlichkeit sich alle Darsteller und Darstellerinnen in den Dienst der Sache gestellt haben, die berühmten geradeso wie die nicht oder noch nicht berühmten; die, denen dankbare Rollen zugewiesen waren geradeso wie die, die auf keinen Sondererfolg rechnen durften. Auch den verständnis- und phantasievollen Künstlern fühle ich mich verpflichtet, die um das bemüht waren, was man übereingekommen ist, die Ausstattung eines Stücks zu nennen und was, in unserem Fall von noch wesentlicherer Bedeutung als sonst, durch historische Treue und Gegenwartsglanz das Stück erst zu seiner ganzen sinnfälligen Wirkung gebracht hat. Auch des technischen Personals und der sonstigen Hilfskräfte will ich in diesem Zusammenhang nicht vergessen, denen es so trefflich gelungen ist die schweren, an ihre Tüchtigkeit und Verläßlichkeit gestellten Anforderungen zu erfüllen. Was aber die letzte szenische und schauspielerische Ausgestaltung meiner dramatischen Historie vom jungen Medardus Ihren Ratschlägen, Ihrer Mitarbeit und ganz besonders Ihrer inneren Anteilnahme, verehrter Herr Baron, schuldig geworden ist, möge dem Leiter des Burgtheaters ein möglichst anhaltender Erfolg besser danken als meine Worte es vermögen.
In aufrichtiger Hochschätzung

Ihr herzlichst ergebener

[A. S.]

An S. Fischer 30. 11. 1910.

Lieber Herr Fischer.
Mit Rücksicht auf Ihre eventuellen Verhandlungen mit Reinhardt möchte ich Sie nur noch bitten, folgende Punkte zu betonen. 1. Daß es ein Irrtum von ihm ist, wenn er immer wieder behauptet, daß der Medardus das erste Stück ist, das ich ihm zur Aufführung überreicht habe. Vor dem Medardus fallen in die Zeit seiner Direktionsführung im Deutschen Theater von meinen Stücken nur »Zwischenspiel« und »Ruf des Lebens«. Ich habe ihm damals Zwischenspiel eingereicht, weil mir Frau Sorma, [die] die geeignetste Vertreterin für die Cäcilie schien, bei ihm engagiert war. Er aber hat das Stück nicht spielen wollen. Daß ich es dann Brahm übergab, der den Ruf des Lebens schon vorher erworben hatte, ist wohl selbstverständlich. Es ist Reinhardt auch bekannt und auch Brahm weiß es, daß ich fest entschlossen war, ihm (Reinhardt) »Das weite Land« zu geben, sobald ich den Kontrakt über den Medardus in Händen gehabt hätte. Heute kann er auf dieses Stück natürlich keinen Anspruch mehr machen, da Brahm es schon erworben hat. Die vorige Saison ging mir ja dadurch verloren, daß ich bis Weihnachten einen definitiven Entschluß Reinhardts im Betreff des Medardus abgewartet hatte. All das ist übrigens in meinem ausführlichen Brief an Reinhardt vom 24. Dezember v. J. aufs Klarste nachzulesen. Reinhardt hat also nicht im geringsten Grund, sich zurückgesetzt zu fühlen und es ist einfach eine Entstellung der Tatsachen, wenn von Seiten seines Theaters immer wieder behauptet wird, daß ich nur hinsichtlich des Medardus mit Reinhardt in Verbindung getreten sei, weil gerade dieses Stück nur bei ihm gespielt werden könnte, was nebstbei, wenn es auch die Wahrheit wäre, gewiß keine Beleidigung für sein Theater bedeutete. Auch heute kann ich nichts anderes erklären, [als] daß ich ihm auch weiterhin diejenigen meiner Stücke zur Aufführung übergeben werde oder würde, die sich nach meiner, des Ver-

fassers, Überzeugung für seine Bühne am besten eignen. Eine kontraktliche Verpflichtung in Betreff eines noch nicht geschriebenen Stückes werde ich selbstverständlich nie und nimmer auf mich nehmen, ebensowenig, wie ich von ihm verlange, daß er den Medardus spielen soll, wenn er einen Erfolg nicht für wahrscheinlich hält. An dieser Stelle will ich es aber doch nicht unerwähnt lassen, daß Reinhardt nach meiner Vorlesung des Stücks sich sofort und vor meiner Abreise aus München neuerdings bereit erklärte, nach Einigung über die Striche (die bald darauf erfolgte) das Stück aufzuführen, ohne daß von einem andern Stück die Rede gewesen wäre.
Falls es auf dieser Basis zu einer Aussprache zwischen Ihnen und Reinhardt kommen sollte, so möchte ich gleich bemerken, daß für eine eventuelle Berliner Aufführung meines Erachtens die Basteiszene fortfallen und die zweite Friedhofsszene aufgemacht werden sollte.
Hier erklärt sich der Erfolg immer entschiedener. Es sind die ausverkauftesten Häuser, die das Burgtheater seit Jahren gehabt hat.
Ich hoffe, Sie sind in Berlin gut angekommen und behalten die Wiener Tage in guter Erinnerung.
Mit herzlichen Grüßen von Haus zu Haus

[A. S.]

An Richard Rosenbaum 3. 12. 1910.

Lieber Herr Doktor.
Frau Strial teilt mir eben mit, daß die Schauspieler durch meinen Dank nicht zufrieden gestellt waren. Es ist mir sehr angenehm, daß Sie mir das mitteilen ließen, aber ich will nicht verhehlen, daß ich über diese Thatsache außerordentlich verwundert bin. Vielleicht ist es nur so zu verstehen, daß die wenigen Zeilen, die aus meinem Brief in die Zeitungen übergegangen sind, den Ansprüchen oder Erwartungen der Künstler nicht genügt haben und ich selbst glaube ja noch heute,

wie ich Ihnen mündlich angedeutet, daß man meinen Brief entweder ganz oder gar nicht hätte veröffentlichen sollen. Aber der Brief als ganzes lag doch auf, alle Schauspieler und Schauspielerinnen haben ihn lesen können und wenn ich ihn jetzt wieder vornehme, so muß ich sagen, daß darin ein so starkes und herzliches Dankbarkeitsgefühl zum Ausdruck kommt, wie es den verehrten Künstlern und Künstlerinnen gewiß von keinem Autor jemals ehrlicher und wärmer entgegengebracht worden ist. Ich spreche von der seltenen und tiefen Befriedigung, die mir die Aufführung meines Stücks gewährt hat, erkläre überdies, daß keine andere deutsche Bühne ein Künstlerpersonal von gleichem Range besäße, keines das meine Historie in solcher Vollkommenheit herausbringen könnte, bezeichne es als besonders erfreulich, daß auch die neuen Kräfte sich aufs glücklichste in die Gesammtheit gefügt haben und vermeide es, natürlich mit Absicht, den Einen oder die Andere namentlich zu erwähnen, um ja niemanden zu verletzen. Daß ich mich von Phrasen ferngehalten habe, liegt nun einmal in meiner Art; alles in allem habe ich dem Künstlerpersonal des Burgtheaters gewiß kein unverdientes, aber das höchste Lob gezollt, die rückhaltloseste Anerkennung, die ihm meines Erinnerns seit vielen Jahren geworden ist. Es entspricht natürlich nur einer alten und mir höchst sympathischen Übung, daß von einem Dank der Schauspieler gegenüber dem Dichter, der immerhin an ihrem Erfolg nicht ganz unschuldig sein mag, niemals die Rede ist; möge es immer dabei bleiben. Am Ende tun wir alle nur unsere Pflicht, Darsteller wie Dichter, die Pflicht, die Beruf und Talent uns auferlegen; und bei aller Bewunderung für die unvergleichliche Künstlerschar des Burgtheaters, gerade dieser vollkommen ungerechtfertigten Empfindlichkeit gegenüber möchte ich hier aussprechen dürfen, daß diesmal, ganz abgesehen von meinen zahlreichen lobenden und enthusiastischen Äußerungen während der Proben, selbst ohne meinen Brief die Dankesrechnung zwischen hüben und drüben meines Erachtens leidlich glatt aufgegan-

gen wäre. Ein schönes Plus bleibt freilich auf Seiten der Direktion, die ohne Nötigung und ohne die verbriefte Sicherheit eines Erfolgs, nur im Vertrauen auf den inneren Wert des Stücks die Mühen, ja die Gefahren dieser Riesenarbeit auf sich genommen hat. Auch hiefür innigst zu danken hab ich nicht versäumt. –
Hoffentlich, lieber Herr Doktor, habe ich recht bald Gelegenheit, mit Ihnen über diesen Fall und über Erfreulicheres mich persönlich zu unterhalten.
Mit herzlichen Grüßen

[A.S.]

An Raoul Auernheimer 6. 12. 1910

Lieber Herr Doctor,
Man kann Ihnen natürlich nicht jedes Mal auf eines Ihrer schönen Feuilletons schreiben – so wählt man sich eitler Weise vor allem die, in denen man selbst aufzutreten und über Gebühr gefeiert zu werden die Ehre hat. Also, Sie haben mir wieder einmal eine rechte Freude gemacht. Die Atmosphäre des Anatol ist von Ihnen so wunderbar fein empfunden und erklärt, die Gestalt so gut auseinandergesetzt und gelegt. Der Einfluß des alten Burgtheaters – wie wahr! (auch im Medardus ist er zu spüren »und unser Vetter der Marquis? . . .« Aber sagen Sie's nicht weiter!!). Ob nicht also das jüdische im Anatol stärker hervortritt als das hausherrnsöhnliche? Doch ich vergesse, daß es in der N Fr Pr – unter dem Strich keine Judenfrage gibt, also auch keine Judenantwort, also auch keinen Judendialog. Morgen fahr ich nach München – wir sehen einander hoffentlich sehr bald.
Schöne Grüße von Haus zu Haus – und einen herzlichen Händedruck dem Versteher und Freunde.

Ihr
Arthur Schnitzler

An Theodor Gomperz XVIII. Sternwartestrasse 71.
Wien, 15. 12. 1910.

Hochverehrter Herr Hofrat.
Für Ihre liebenswürdigen Worte und das besondere Interesse an meinem Stück sage ich Ihnen meinen herzlichsten Dank. Die Szene zwischen Medardus und Helene, die Sie vermißten, stand am Schlusse eines Bildes, das als ganzes zu streichen ich mich schon lange vor der Aufführung entschlossen hatte, und die auf dem Friedhof nach dem Begräbnis Eschenbachers spielte. Es wurde versucht, wenigstens die Szene Medardus – Helene zu retten, indem ich sie an den Schluß des vorhergehenden Bildes (Glacis, Erschießung Eschenbachers) einfach anschloß. Doch schon bei der ersten Probe zeigte sich, daß sich damit nicht nur die Wirkung des Bildes vom rein theatralischen Standpunkt aus beträchtlich abschwächte, sondern daß auch die Begegnung selbst, die ganze Unterredung, nicht den von mir gewünschten, sondern eher einen stilstörenden, gewissermaßen romantischen Eindruck hervorbrachte, der auch von mir als eine Gefahr für das Ganze empfunden wurde. So glaubte ich besser dran zu tun, auf diesen Dialog zu verzichten, um so mehr als dessen Inhalt in der Schönbrunner Szene von Medardus selbst im Gespräch mit Etzelt rekapituliert wird. Daß von einem höheren dramatischen Gesichtspunkt mit dieser Rücksichtnahme auf technisch-theatralische Erwägungen gegen den Geist der Handlung gefehlt worden ist, habe ich immer gefühlt (geradeso wie Baron Berger selbst), aber, und das muß hier fast als Entschuldigung gelten, es war nicht die einzige Partie des Stückes, bei der wir vor die Wahl gestellt, einer Länge oder einer Lücke überwiesen zu werden, uns für das letztere entscheiden mußten. Vielleicht wird es später einmal, wenn es meiner dramatischen Historie gelungen sein sollte, sich im Spielplan festzusetzen, möglich sein, mancherlei Wesentliches für die Bühne neu zu gewinnen und dafür anderes, was man für diesmal der Schaulust nicht vorenthalten wollte, auszuscheiden.

Nehmen Sie, verehrter Herr Hofrat, nochmals meinen innigen Dank für Ihre Teilnahme, die mich wahrhaft erfreut hat.
Mit vorzüglicher Hochachtung

Ihr sehr ergebener
[A. S.]

An Elise Gomperz XVIII. Sternwartestrasse 71.
Wien, 15. 12. 1910.

Hochverehrte gnädige Frau.
Eben habe ich Ihrem Herrn Gemahl meinen Dank für sein mich auszeichnendes Interesse ausgedrückt, und bitte nun auch Sie, meinen aufrichtigen Dank für Ihre so freundlichen Worte entgegenzunehmen. Ihrer liebenswürdigen Aufforderung zur Abhaltung einer Vorlesung kann ich zu meinem Bedauern nicht nachkommen. Im Laufe dieses Winters habe ich eine große Anzahl solcher Aufforderungen erhalten, sowohl zu wohltätigen Zwecken als auch rein geschäftlicher Natur; es blieb mir nichts anderes übrig als vorläufig alle abzulehnen, ein Entschluß, der mir allerdings dadurch erleichtert wurde, daß ich in Wien selbst, insbesondere vor dem sogenannten bürgerlichen Publikum, nicht besonders gern lese. Wenn ich nun gerade Ihre Einladung, verehrte gnädige Frau, annehmen wollte, müßte ich geradezu andere mir gleichfalls werte Persönlichkeiten verletzen und Sie werden es gewiß begreifen, verehrte gnädige Frau, daß ich das lieber vermeiden möchte.
Mit vorzüglicher Hochachtung

Ihr sehr ergebener
[A. S.]

An S. Fischer Wien, 17. 12. 1910.

Lieber Herr Fischer.
Daß Ihnen Reinhardt nicht einmal geantwortet hat, finde ich nur ganz im Stil dieses Herrn; selbstverständlich dürfen Sie keine weiteren Schritte unternehmen. Nun fehlt ihm auch die

letzte Entschuldigung für sein Verhalten. Man konnte sein Zögern begreifen, so lange die Bühnenwirksamkeit des Medardus noch nicht außer Zweifel stand, die dieser geborene Bühnenleiter samt seinen Dramaturgen natürlich nicht vorherzusehen brauchte. Wie aber die Sache jetzt steht, wo sich der Medardus als ein Theatererfolg von außergewöhnlicher Stärke erklärt hat, kann man ruhig behaupten, daß Reinhardt bei jedem andern Stücke eines andern, selbst noch ganz unbekannten Autors, unter gleichen Erfolgsumständen mit beiden Händen zugreifen würde und daß er jetzt dieses Zugreifen nur aus Gründen unterläßt, die mit künstlerischen Erwägungen nicht das Geringste zu tun haben. Keinem andern Autor würde er nach einem solchen Erfolg in Wien irgend eine auf ein künftiges Stück bezügliche Bedingung zu stellen wagen und was ich vorher strikte verweigert, darauf soll ich heute eingehen nach dem wahrhaft kläglichen Benehmen, das diese ganze Deutsche-Theater-Bande in dieser Affaire gegen mich an den Tag gelegt hat? Fällt mir nicht ein. Liegt Reinhardt so viel daran auch noch ein zweites Stück von mir zu spielen, so wäre ja eines da: »Der Schleier der Beatrice«, um das er sich vor acht Jahren als Direktor von »Schall und Rauch« in den glühendsten Worten mündlich und schriftlich beworben hat. Damals konnte er es natürlich nicht aufführen und bei Brahm mußte das Stück ebenso selbstverständlich abfallen. Aber indeß hat es ja doch literarisch seinen Rang erworben, wird bald in Hamburg und wird im nächsten Jahr am Burgtheater gespielt werden und ich wage fast zu bezweifeln, ob es sehr viele deutsche Autoren gibt, die einem Direktor gleich mit zweien für ihn so geeigneten Stücken aufwarten könnten. Ich selbst tue natürlich keinen Schritt mehr in dieser Angelegenheit und bitte auch Sie, wenn sich drüben nichts meldet, alles zu unterlassen, was als eine Nachgiebigkeit unsererseits gedeutet werden könnte.

Woher ist Ihnen eine Anfrage über eine eventuelle Provinzeinrichtung des Medardus zugekommen? Es wäre ja doch höchstens an einige Hofbühnen zu denken. Die wirkliche Provinz scheidet von vornherein aus. Ich müßte mich denn entschließen ein ganz neues Stück zu schreiben, in dem womöglich nicht einmal die Valois vorkommen. Jede andere Reduktion könnte sich naturgemäß nur auf Episodenfiguren 4. und 5. Ranges und auf die Comparserie beziehen. Vielleicht stehe ich auch der Sache noch zu nahe; und ehe ich irgendwo etwas von einer ernsten Absicht merke, möchte ich mich mit solchen Änderungen einer im Wesentlichen doch für mich erledigten Arbeit nicht zu beschäftigen haben.

Daß Bahr zu der von Ihnen gewünschten Monographie keine Zeit und Besseres zu tun haben wird, war vorauszusehen und ich hatte Ihnen darum auch nahegelegt, sich lieber gar nicht an ihn zu wenden. Der von Ihnen auch schon neulich einmal erwähnte Polgar kommt gar nicht in Betracht, ganz abgesehen davon, daß er Ihren Vorschlag jedenfalls refusieren würde. Er ist gewiß einer der Begabtesten unter den Wiener Kritikern und hat auch gelegentlich schon über mich Kluges und Geistreiches (womit ich nicht gerade das Lobende meine) zu sagen gewußt. Ja, ich gehe sogar so weit es für möglich zu halten, daß er, wie man das so nennt, ein Verhältnis zu mir fände, wenn wir durch hundert Jahre, tausend Meilen oder wenigstens durch unsere Rasse getrennt wären. Dies spielt auf die sonderbare Aesoi-Frage hinüber, die andeutungsweise auch im »Weg ins Freie« berührt wird und uns heute auf ein zu fernes Gebiet locken würde. Für eine Monographie über mich kämen meines Erachtens zwei Arten von Leuten in Betracht: solche, die mir persönlich absolut fern stehen, die mich gar nicht kennen und zweitens solche, die meinem Wesen wie meinem Schaffen innig vertraut und zugetan sind, die man also wohl als Freunde bezeichnen dürfte. Ich halte es wohl für möglich, daß es solche gibt, aber ich glaube, nur wenn sich jemand aus einer dieser beiden Gruppen aus eigenem Antrieb meldet, hätte man Anlaß eine frische und glückliche Arbeit zu erhalten. Und es müßte schon etwas besonders Gutes sein, wenn

für mich, für uns, damit irgend etwas getan sein sollte. Mir ist der Gedanke am sympatischesten, meine Bücher und meine Stücke, jedes in seiner Art, weiter wirkend zu wissen und das Echo dem Zufall zu überlassen; oder besser gesagt den Wirkungsgesetzen, die jedes Werk in sich trägt. Gelegentlich läßt sich wohl durch Ankündigungen, Neuausgaben Manches, sogar Erhebliches zur Verbreitung tun; was über einen geschrieben wird, kann an und für sich manchmal Reiz oder sogar Wert haben; Folgen für die innere oder äußere Laufbahn der besprochenen Werke oder Autoren dürften selten nachzuweisen sein.
Es freut mich, daß der ungarische Anatol-Abschluß gelungen ist. Haben sich andere deutsche Städte schon gemeldet? Man sollte denken.
Herzlichst grüßend

Ihr ergebener
[A. S.]

An Otto Brahm Wien, 23. Dezember 10

Lieber Freund,
also »Das weite Land«. Sprach neulich im Burgtheater vor. Es hat den Anschein, als wollte Weisse die Marberg (Genia) trotz früherer Versprechen keineswegs vor dem 31. März hergeben, vielleicht erst nächste Saison. Einen April-Termin akzeptiere ich natürlich nicht, so daß, wie die Dinge heute stehen, eine Verschiebung bis Beginn nächster Saison wahrscheinlichst. Die Gründe, die eine gleichzeitige Aufführung an der Burg und im Lessingtheater wünschenswert erscheinen lassen, sind dieselben geblieben, und es ist eben nur die Frage, wie Sie sich zu der Angelegenheit stellen, ob Sie geneigt sind, auch bis nächstes Jahr zu warten. Etwa 20. Oktober wäre, wie Rosenbaum, die rechte Hand und der aufrichtige Mund Bergers, behauptet, der vom Burgtheater in Aussicht zu nehmende Termin. Zu den bekannten Gründen, die aber so für Sie wie

für die Burg in Betracht kommen, treten einige hinzu. Der Erfolg des »Medardus« hier und der des »Anatol« bei Ihnen. (»Anatol« geht auch hier glänzend, nur jagen sich am Volkstheater die Premieren so, daß die Erfolge nicht ordentlich ausgenützt werden können.) Ich halte es für kaum denkbar, daß vom Schicksal, von der Kritik, vom Publikum dem Autor in *einer* Saison ein dritter Erfolg gestattet wird. Die Chancen für »Das weite Land« verbessern sich jedenfalls, je weiter wir es hinausrücken lassen. Ihre Entscheidung kann natürlich nur von dem weiteren Gang der Ereignisse an Ihrem Theater abhängen; aber nach der Art, wie Sie den »Anatol« ansetzen, scheint er ja auch weiterhin vorzüglich zu gehen, dazu kommt der neue Bahr, der neue Hauptmann, und Schönherr haben Sie sich doch auch gesichert. So müßte man fast glauben, daß für »Das weite Land« Mitte Feber (resp. spätestens 18. Feber) nur mit Mühe Platz gemacht werden könnte und unsere beiden Interessen sich begegnen.

Nun hab ich in München, Schauspielhaus, mit »Masken« und »Literatur« die »Komtesse Mizzi« wieder gesehen, mit Vergnügen die Wirkung des kleinen Lustspiels beobachtet und konstatieren können, daß die 16. Aufführung trotz der mitgehenden älteren Stücke (die am Residenztheater ziemlich oft gegeben werden) ein total ausverkauftes Haus fand (wenn ich auch 10% auf meine Anwesenheit rechne). Da fiel mir ein, ob nicht eine Zusammenstellung für Sie »Literatur«, »Mizzi«, »Großer Wurstl«, also ein lustiger Abend etwa im Fasching Chancen hätte. Auf den »Großen Wurstl« komm ich zurück, weil er neulich in Prag mit »Puppenspieler« und »Cassian« getreu nach dem Buch »Marionetten« gespielt wurde und außerordentlich amüsiert hat. Jedenfalls hielt ich diese Zusammenstellung für theatersicherer als ein Zusammenspannen der »Mizzi« mit Rossen eines anderen Gespanns, und wären's auch so edle wie die Einakter unseres Wassermann, dem ich gleichfalls wünschte, als »eigener Abend« zu debutieren. Da ich Ihnen eben schreibe, rede ich auch von dieser, selbstver-

ständlich nicht sonderlich wichtig zu nehmenden Angelegenheit.
In München hatt ich übrigens auch als Vorleser (Schenkenszene »Medardus«, »Gustl«, »Weihnachtseinkäufe«) viel Erfolg. Ich war dann zwei Tage in Partenkirchen bei meiner Schwägerin, der es etwas besser geht. Nun bleiben wir in Wien, ich versuche allmählich wieder ins Arbeiten zu kommen, und ich kann natürlich nicht versprechen, daß nicht am Ende zu Beginn nächster Saison doch wieder was Neues fertig ist. Aber es bleibt nichts übrig, als diese innere Tätigkeit als eine Sache für sich zu betrachten, ganz ohne Rücksicht auf äußere Theatermöglichkeiten, auf Aufführungschancen, Erfolge, Durchfälle, Termine usw.
Nach Berlin dürften wir im Feber, auch wenn es mit dem »Weiten Land« für heuer nichts werden sollte, auf alle Fälle kommen. Meine Frau gedenkt dort ein Konzert zu geben, was Ihnen wohl schon bekannt ist. Was sind Ihre weiteren Pläne? Kommen Sie im Januar nicht nach Wien oder auf den Semmering, den »Kleist« abschließen? Ihr Tegler-Brief klingt so wohlgestimmt und arbeitsfroh, daß man nach Ihrem Befinden kaum fragen muß. Auch bei uns ist alles wohl, und mittelgroß und klein sendet Ihnen, lieber Freund, herzliche Feier- und Alltagsgrüße.

Getreu der Ihrige A. S.

An Abraham Schwadron 10. 1. 1911

Sehr geehrter Herr.
Für Ihren interessanten Brief und die liebenswürdige Übersendung des Palästina-Heftes danke ich Ihnen bestens. Was die Äußerung des alten Ehrenberg anbelangt, so müssen Sie bedenken, daß der Roman nicht heute, sondern Ende der Neunzigerjahre spielt (was übrigens aus manchen Stellen für den Kenner von Wiener Verhältnissen klar ersichtlich ist), zu einer Zeit also, da die Kolonisationen in Palästina noch sehr

weit von der Ausbildung entfernt waren, in der Sie und Ihr Vater diese Kolonisationen anläßlich Ihrer eben abgelaufenen Reise vorgefunden haben. Überdies ist es fraglich, ob der alte Ehrenberg als ein absolut verläßlicher Beobachter oder gar Berichterstatter zu betrachten wäre. Etwas besser, als er die Zustände in seiner skeptischen Art gesehen haben will, mag es ja schon damals gewesen sein.
Mit verbindlichem Gruß

Ihr sehr ergebener

[A. S.]

An Richard Rosenheim 13. 1. 1911.

Sehr geehrter Herr Rosenheim.
Wenn ich der Direktion der Komischen Oper die von ihr freundlichst gewünschten Äußerungen, insbesondere die über mein Verhältnis zu der Neumann'schen Komposition und über deren Vorgeschichte, »zu beliebiger Verwendung« zur Verfügung stellte, so setzte ich mich damit in Widerspruch mit einem wohlbegründeten Prinzip, das bisher einzuhalten ich immer in der Lage war, nämlich bei Gelegenheit eigener Arbeiten mich niemals öffentlich über deren innere und äußere Geschichte auszusprechen. Meiner Empfindung nach, hat der Autor erst dann Anlaß hervorzutreten, wenn falsche Nachrichten über sein Werk in Umlauf gesetzt werden, die geeignet sein könnten, ihn oder seine Mitarbeiter zu schädigen. Freilich, selbst wenn man nur in solchen Fällen jedesmal berichtigte, wo es etwas zu berichtigen gibt, hätte man viel zu tun und so läßt man es meistens sein. Aber geradezu inopportun erschiene es mir, heute schon das Wort zu ergreifen, nur weil die Möglichkeit eintreten könnte, daß irgend ein Kritiker meinen Text gegen die Musik Neumanns ausspielte. Wahrscheinlich wird es wirklich geschehen, weil die Kritik von solchen ausspielerischen Gewohnheiten nun einmal nicht lassen kann. Aber keine Vorbeugungsmaßregel unsererseits wird das zu

verhindern imstande sein; dergleichen Versuche pflegt ja die Kritik mit einem justamento con brio zu beantworten. Daß Franz Neumann die Oper nicht ohne mein Einverständnis komponiert hat, dürften sich die Leute wohl denken, daß ich die Oper ebenso charmant als wirkungsvoll und ihrer bisherigen Erfolge im höchsten Grade würdig finde, habe ich weder dem Komponisten gegenüber noch sonst irgend jemandem in privatem Meinungsaustausche verhehlt, aber da die Publizierung solcher Äußerungen gewiß auch mir, als dem Mitverfasser, zu einigem Vorteil gereichen könnte, so entbehrten sie, beliebiger Verwendung überlassen, keineswegs eines Beigeschmacks von Reklame, den das Werk als Ganzes wirklich nicht einmal mehr nötig haben dürfte. Ja, ich hoffe zuversichtlich, daß Berlin der Neumann'schen Oper mit der gleichen Sympathie begegnen wird, wie alle bisherigen Städte und habe wohl allen Grund, mir gerade von Ihrer Aufführung unter Gregor und Rezniček ganz Besonderes zu versprechen. Besten Dank für die liebenswürdige Einladung zur Premiere, der ich gerne beiwohnen werde.

[A. S.]

An Georg Brandes XVIII., Sternwartestr. 71,
Wien, 19. 1. 911.

Verehrter Herr Brandes,
mit Ihrem Brief über den Medardus hab ich mich sehr gefreut. Der Erfolg hier dauert an; das Burgtheater hatte seit Jahren nicht eine solche Reihe von ausverkauften Häusern; übrigens ist es eine vortreffliche Aufführung, und es wäre mir eine wirkliche Genugthuung, wenn Sie sie einmal sehen könnten. Natürlich ist unendlich viel gestrichen; darunter Scenen von bedeutender Wichtigkeit – und ich selbst war der Streicher; von der alten Theatererfahrung ausgehend, daß das Publikum gegen Längen empfindlicher ist als gegen Lücken. Ich hatte das Stück geschrieben, ohne die Eventualität einer Aufführung überhaupt in Betracht zu ziehn ließ meine Phantasie und

meine Feder laufen, wie es ihnen beliebte, hatte aber natürlich immer die lebendigen Bühnenbilder vor mir, ohne recht zu glauben, daß es mir vergönnt sein würde, sie je in Wirklichkeit zu erblicken. Schon Schlenther nahm das Stück an, konnte sich aber, in bekannter Weise nicht entschließen, seine Absicht zur That zu machen; erst dem Baron Berger verdankt das Stück sein Erwachen zum Bühnenleben. Seither ist schon manches andere fertig geworden und Sie, verehrter Freund, der allen meinen Arbeiten mit so wohlthuendem Interesse entgegenkommt, werden natürlich auch in den neuen und neuesten Fällen die Consequenzen zu tragen haben. –
Denken Sie nicht dran, nach langer Zeit endlich wieder nach Wien zu kommen? Wie gern möchte ich mit Ihnen reden, Sie in meinem Hause begrüßen – »Mein Haus« sag ich, denn im vergangenen Sommer hab ich von Frau Bleibtreu, der Wittwe des Schauspielers Römpler – (sie spielt die Frau Klähr im Medardus), eine kleine Villa im Cottage gekauft, die ich mit Frau und Kindern – (den Buben, der jetzt 8 Jahre ist, kennen Sie von Marienlyst her, das Mädchen ist kaum anderthalb Jahre alt) bewohne.

So darf ich mich mancher inneren wie äußeren Erfolge erfreuen, und empfinde das viele gute, das mir vom Schicksal beschieden, zuweilen so stark, daß ich jenes stetig fortschreitende Ohrenleiden, von dem ich seit 15 Jahren geplagt bin, gern als einen Polykratesring ansehen möchte – wenn auch als einen allzu werthvollen – und jedenfalls als einen, den kein Fischer der Welt mir jemals zurückbringen wird. – Beer Hofmann mit seiner Frau und seinen drei Kindern wohnt ganz nahe von mir, in einem sehr schönen Haus, das ihm der Architekt Josef Hoffmann gebaut hat, und arbeitet nicht so viel, als er seinem Talent nach verpflichtet oder verurtheilt wäre. Sie sollten wieder einmal herkommen, womöglich im Mai – man könnte einander so vieles erzählen; – in einer Stunde etwa zehn Mal so viel, als in zwei Briefen steht; das beste, was man von Menschen hat, die einem werth sind, bleiben

doch die zwanglosen Unterhaltungen, die von der ganzen Atmosphäre der Persönlichkeit umgeben sind – was ist dagegen die gewollte Condensation und Praecision eines noch so herzlich intendirten Schreibens? In Briefen will man was bestimmtes sagen; – man dankt, man berichtet – man bezweckt; – in Gesprächen läßt man sich und den andern viel reiner leben, – man mag mit hundert Geheimnissen voneinander scheiden; – die Stimme, der Tonfall, die Geste geben selbst Befangenheiten, ja Unaufrichtigkeiten (die zwischen uns nicht zu befürchten sind) jene beste und einzige Wahrheit, an der wir uns erlaben dürfen: Gegenwart.
Dies soll Sie natürlich nur bestimmen (o welche Kraft traue ich schiefen Aphorismen zu!) nach Wien zu reisen – aber Sie ja nicht abhalten, mich bald wieder durch ein paar geschriebene Worte zu erfreuen.
In herzlicher Verehrung Ihr
Arthur Schnitzler

An Philipp Bock 21. 1. 1911.

Sehr geehrter Herr Direktor!
So sehr ich auch unsere Angelegenheit durch mein gestriges Telegramm an Sie für erledigt halte, so fordern mich doch einige in Ihrem Brief an Dr. Brahm enthaltene Äußerungen zu ausführlicherer Entgegnung heraus.
In Ihrem Briefe an Dr. Brahm werfen Sie die Frage auf: »Warum hat Herr Dr. Schnitzler sein Stück in russischer Sprache erlaubt und mir dadurch einen Schaden zugefügt?« Hierauf habe ich vor allem mit der selbstverständlichen Antwort zu erwidern, daß ich über meine Stücke verfügen kann, wie es mir beliebt. Doch will ich Ihnen außerdem mitteilen, sehr geehrter Herr Direktor, (nicht etwa weil ich zu einer Aufklärung verpflichtet wäre, sondern um die ganze Absurdität Ihrer Frage ins rechte Licht zu stellen), daß meine Abmachungen mit der russischen Übersetzerin geschlossen wurden zu einer

Zeit, da die Aufführung des »Weiten Landes« in Deutschland und Österreich noch für *diese* Saison in Aussicht stand und daß ich die kontraktlich gewährleistete Erlaubnis der russischen Aufführung nach erhaltener Tantiemengarantie zurückzuziehen nicht mehr in der Lage war. Immerhin bleibt es eine phantastische Zumutung Ihrerseits, ich hätte mich bei meinen das neue Stück betreffende Entschließungen von der Erwägung leiten lassen sollen, daß vielleicht ein Herr Hoftheaterdirektor Bock im Januar 1911 von mir das Aufführungsrecht für Petersburg verlangen könnte. Noch unhaltbarer ist Ihre Bemerkung, daß Ihnen, dem ja Dutzende von Stücken zur Verfügung stehen, dadurch, daß Ihnen dieses eine entgeht, das Sie noch nicht einmal kennen, ein Schade zugefügt worden sei und daß wenn von einem solchen Schaden die Rede sein könnte, von meiner Seite weder eine Schädigungsabsicht noch auch das geringste Verschulden vorliegt, erwähne ich nur, weil ich es für richtig halte angesichts eines so merkwürdigen Schreibens, wie des Ihrigen an Brahm, auch das absolut Selbstverständliche nicht ungesagt zu lassen. Daß Sie aber überdies Ihren burlesken Vorwurf durch die Bemerkung zu verstärken suchen, Sie hätten mich schon vor Jahren in Rußland eingeführt, veranlaßt mich hier zu erklären, daß ich Sie um diese Einführung nie ersucht, ferner daß Sie ein oder zwei meiner Stücke wie jeder Normal-Direktor nicht um meinet- sondern um Ihretwillen aufgeführt haben, daß es drittens nicht Ihrer Einführung bedurft hätte, um mir meine literarische Stellung in Rußland zu verschaffen und daß endlich, was Sie, sehr geehrter Herr Hoftheaterdirektor, in Rußland (ich wiederhole es: vollkommen ungebeten) für meine Werke getan haben, wie Sie sich bei Durchsicht Ihrer Bücher selbst überzeugen wollen, doch wohl zu geringfügig ist, als daß Sie sich daraus gar noch einen Rechtstitel für meine Dankbarkeit zuschreiben dürften.

Aber mit all dem nicht genug, richten Sie noch an Dr. Brahm die höchst rhetorische Frage: »Habe ich unter diesen Umständen irgend welchen Anlaß auf Herrn Dr. Schnitzler Rücksicht zu nehmen?« Hierauf habe ich zu entgegnen. Selbst wenn Sie das Recht hätten, das »Weite Land« zu spielen (ein Recht, das sich natürlich in diesem Fall nur auf das Nichtvorhandensein einer Konvention stützen könnte) müßte Ihnen, sehr geehrter Herr Hoftheaterdirektor, der *Wunsch* des Dichters genügen, der sein Stück in deutscher Sprache zuerst in *Deutschland* aufgeführt sehen will, um auf die Ausübung dieses »Rechts« zu verzichten; – aber wie dürfen Sie überhaupt von einem »Rücksicht nehmen« reden, wo es sich um ein Stück handelt, das wie ich nun schon wiederholt erkläre, noch nicht im Buchhandel erschienen, sondern Manuscript ist, mein vollkommen persönliches Eigentum vorstellt, das kein Mensch aufführen darf, wenn ich es nicht gestatte, auch in Rußland nicht. Würden Sie, sehr geehrter Herr Hoftheaterdirektor, einen Gentleman, der sich dazu versteht, etwas Ihnen persönlich gehöriges, auf Ihren ausdrücklichen Wunsch hin ruhig auf Ihrem Tisch liegen zu lassen und nicht gegen Ihren Willen mitzunehmen, darum schon rücksichtsvoll nennen? Ich glaube nicht. Sie würden wahrscheinlich im gegenteiligen Fall einfach die üblichen Consequenzen ziehen, genau so wie ich es täte.

Und zum guten Schluß erklären Sie gar, sehr geehrter Herr Direktor, daß Sie trotz der absprechenden Kritik, die Sie in einem russischen Blatt gelesen, mein Stück zur Aufführung bringen wollten und mir damit noch einen Dienst erweisen würden. Aber, mein sehr geehrter Herr Direktor, ich *wünsche* ja diesen Dienst nicht von Ihnen, ich wünsche nicht, daß Sie sich über irgend eine absprechende Kritik hinwegsetzen und es liegt mir umso weniger daran, als in den mir vorliegenden Berichten russischer Zeitungen, die mir übersetzt worden sind, die Qualitäten des Stückes durchaus anerkannt und für das Ausbleiben einer stärkeren Wirkung die schlechte Darstellung, die ja auch das von Ihnen zitierte Blatt tadelt, verantwortlich gemacht wird.

Nach all dem werden Sie es verstehen, daß Ihr an Direktor Brahm gerichteter Brief nicht nur seine, sondern auch meine

Auffassung der Sache keineswegs in dem von Ihnen gewünschten Sinne zu beeinflussen geeignet sein könnte und werden auch mein Befremden nicht unverständlich finden, zu dem mir der Inhalt und der Ton jenes Briefes und die darin zum Ausdruck kommenden, wahrhaft verblüffenden Ansichten über Pflichten und Rechte deutscher Dramatiker, ebenso begründeten als unerwünschten Anlaß gaben.

Hochachtungsvoll

[A. S.]

An Victor Klemperer 4. 2. 1911

Verehrter Herr Klemperer.
Ihr kleines Buch über mich habe ich mit wirklichem Vergnügen gelesen. Es gehört zu dem weitaus anregendsten, was ich in dieser Art kenne und ich glaube, daß gewisse sehr wesentliche Elemente meines Wesens und meines Schaffens von Ihnen zuerst so klar beleuchtet worden sind, wie ich sie selbst sehe. Im Einzelnen können natürlich zwei Menschen nie völlig einer Ansicht sein und wenn ich auch eine Menge Ihrer Urteile ohneweiters unterschreiben kann, so stehe ich doch zu manchen meiner Arbeiten anders als Sie, schlechter und besser. So glaube ich z. B., daß Sie den Paracelsus beträchtlich überschätzen. Ich hab ihn gestern auf Ihr Büchlein hin wieder gelesen (was mir mit meinen Sachen selten passiert) und finde ihn künstlerisch ziemlich schwach, von gewissen etwas coupletartig wirkenden Stellen abgesehen. »Sterben« noch einmal zu lesen kann ich mich schwer entschließen, aber wenn mich meine Erinnerung nicht trügt, würden Sie mich auch hier nicht ganz auf Ihrer enthusiastischen Seite finden. Ganz vorzüglich wissen Sie die Schwächen meiner Thesen-Stücke in ihren tiefsten Wurzeln auszugraben. Die Fehler des »Rufs« sehe ich hauptsächlich im dritten Akt begründet, der die beiden ersten Akte, ja in gewissem Sinn die Möglichkeit jeder dramatischen Weltempfindung für den Kausalitätsgläubigen zu annulieren

scheint. Hingegen tun Sie dem Stil der zwei ersten Akte entschieden unrecht. Und mir ist, als wären Sie daran, sich dem »Medardus« gegenüber in eine ähnliche Stellung zu begeben und die verhältnismäßig wohlfeilen Wirkungen des Lokal- und Zeitkolorits gegenüber anderen Qualitäten zu überschätzen, die meiner Überzeugung nach nicht nur den äußeren Erfolg des Stücks verursacht haben, sondern es auch in die Zukunft hineintragen werden. Über den Roman aber, dessen Hauptmangel Sie glücklich erfaßt haben (über dieses Werk besonders), wünschte ich bald Gelegenheit zu finden, mich mündlich mit Ihnen zu unterhalten. Was ich in diesem Punkt gegen Sie und wohl auch gegen mich auf dem Herzen habe, läßt sich in Kürze kaum aussprechen. – Für heute nur nochmals herzlichsten Dank; Sie haben mir eine aufrichtige Freude bereitet. Wollen Sie nicht ein Exemplar Ihrer Broschüre an meinen Verleger S. Fischer schicken?

[A. S.]

An Harley Granville-Barker 9. 2. 1911.

Sehr geehrter Herr Barker.
Besten Dank für Ihr freundliches Schreiben und für die Zusendung Ihrer Anatol-Übersetzung, die ich schon zum größten Teil gelesen habe und, soweit meine Kenntnis der englischen Sprache ein Urteil zuläßt, recht gelungen finde. Ich habe sehr wohl gefühlt, daß Sie an manchen Stellen dem englischen Geschmack Konzessionen machen mußten, die aber jedenfalls nicht nur Ihnen, sondern auch natürlich mir im weiteren Sinne zum Vorteil gereichen werden. Von meinem Vertreter, Herrn Grein, bekomme ich in der letzten Zeit leider keine Nachricht und so bitte ich Sie, lieber Herr Barker, um freundliche Auskunft, zu welchen Bedingungen wir eigentlich abgeschlossen haben, wie die Sache bisher in London ausgefallen ist und wie Sie sich den weiteren Verlauf der Angelegenheit vorstellen. Ich mache Sie zugleich aufmerksam, daß ich für

Amerika freies Verfügungsrecht habe und daß wir dort vielleicht auch etwas gemeinsam machen könnten. Sehr charmant finde ich Ihr kleines Vorwort zum Anatol. Ich danke Ihnen und grüße Sie verbindlichst,

[A. S.]

An Albert Ehrenstein 9. 2. 1911.

Sehr geehrter Herr Doktor.
Gestern erhielt ich einen Brief von Stefan Grossmann, der unter anderem folgende Stelle enthält: »Ein junger Literat von Talent, Herr Ehrenstein, erzählt verschiedenen Leuten unter anderm auch dem Fackel-Kraus, Sie hätten ihm »bestätigt«, daß ich meine Macht als Kritiker zu erotischen Erpressungen an Schauspielerinnen ausgenützt hätte.« Zugleich bittet er mich um eine Silbe darüber, daß ich eine solche Bestätigung nicht gab, wie ich sie ja auch nicht geben konnte.
Ich habe Herrn Grossmann wie natürlich den Tatsachen entsprechend geantwortet, daß ich Ihnen ein solches Gerücht nicht bestätigt habe und nicht bestätigen konnte, da ich es von keiner Seite, auch von Ihnen selbst nicht, jemals vernommen hatte. Hiemit wäre die Sache nach der einen Seite abgetan. Was aber aus der Geschichte leider hervorgeht ist, daß Sie sich befugt finden, Privatgespräche zwischen mir und Ihnen weiterzutragen – in Kreise, die mir äußerlich und innerlich ferne sind und bleiben sollen. Dem gegenüber kommt ja meiner Auffassung nach kaum sonderlich in Betracht, daß Sie wie dieser Fall beweist, bei solcher Gelegenheit Ihre Phantasie in entstellender, ja wie es scheint in erfindender Richtung walten lassen. Denn wenn ich hier auch die Möglichkeit von Mißverständnissen im weitesten Ausmaß zugestehen wollte, es ist jedenfalls total ausgeschlossen, daß sich Grossmann und Kraus diese Fabel einfach aus den Fingern gesogen hätten. Daß ich bei meinem Ihnen bekannten Ekel vor Literatengezänk und -geklatsch mich unter diesen Umständen genötigt

sehe, auf die Fortsetzung eines persönlichen Verkehrs mit Ihnen zu verzichten, werden Sie ohneweiters einsehen, mit welcher Erklärung die leidige Angelegenheit für mich, der ich Wichtigeres zu tun habe, ein für alle Mal erledigt ist.

Hochachtungsvoll
[A. S.]

An Heinrich Schnitzler [Hotel Esplanade]
(Berlin W., Bellevuestrasse 18]
24. 2. 911.

mein lieber Bub,
wir haben uns über deinen Brief sehr gefreut und hoffen noch einige der Art zu bekommen. Ins Concert darfst du gehn, hier ist das Programm. Die Mutter hat gestern sehr schön gesungen, die Leute haben viel applaudirt und die Mutter hat sich immer wieder verbeugen müssen, heut ist sie aber schon ganz grad. Wir kommen erst Mittwoch früh, da wir uns am Montag »Anatol« von einem gewissen »Echt-Vater« ansehen wollen. Zum Essen sind wir jeden Tag wo anders geladen, heut bei Fischers, morgen bei Brahm, Sonntag bei Michaelis, Montag bei Jonas. Unser Hotel ist wunderschön; wir haben ein Badezimmer für uns ganz allein, – Telephon im Zimmer (was in Berlin leicht zu ertragen ist), und den Ton machen sie hier viel besser als daheim. Allerdings manches fehlt einem hier, aber was, sag ich dir nicht. Sei brav, geküsst, und zieh dir deine Schlapfen an. Küsse die Lili. Grüße das Fräulein.

Dein Vater.

An Albert Ehrenstein 6. 5. 1911.

Sehr geehrter Herr Doktor.
Auch für mich war die Angelegenheit erledigt, woran mein letzter Brief an Sie einen Zweifel überhaupt nicht zuließ. Ich könnte die Sache auch weiterhin auf sich beruhen lassen, umso mehr als Sie selbst durch eine ganze Reihe von Wochen sich

zu einer Entschuldigung nicht gedrängt fühlten, doch Ihr Schreiben vom 27., das ich von einer Reise heimkehrend vorfinde, veranlaßt mich zu folgender Erklärung und Abfertigung:
Also: In jenem Gespräch zwischen Ihnen und mir war wie von vielen Menschen und Dingen, im Anschluß an eine persönliche Erfahrung von Ihnen, die Sie glaubten mir erzählen zu müssen, auch von Herrn Stefan Grossmann die Rede und zwar von diesem mit dem aufrichtigsten Widerwillen sowohl Ihrer- als meinerseits. Daß er meine Gefühle für ihn kennt, zweifle ich übrigens nicht, sollte es nicht der Fall sein, so habe ich jetzt jedenfalls den richtigen Weg gewählt, ihm diesen Umstand zur Kenntnis zu bringen. Ich zweifle auch nicht daran, daß er meine Gefühle erwidert. Niemals aber – ich wiederhole es – haben Sie mir gegenüber eine Äußerung getan, die auch nur so hätte gedeutet werden können, als benütze Herr Grossmann seine Stellung zur Erreichung erotischer Vorteile bei Schauspielerinnen. Daß Sie dergleichen zu mir geäußert hätten, ist eine Erinnerungstäuschung von Ihnen, die nun freilich im Laufe der Wochen, während der diese ganze Angelegenheit auch für Sie erledigt schien, Zeit genug hatte, in Ihnen unausrottbare Wurzeln zu fassen; und es ist eine Erinnerungstäuschung noch gröberer Art, daß ich Ihnen den Inhalt einer solchen Äußerung auch nur mit einer Silbe bestätigt hätte. Ich erkläre hier nochmals auf das Allerdezidierteste, daß ich von der Existenz eines solchen Gerüchtes erst aus dem Brief des Herrn Grossmann Kenntnis erhalten habe, in dem er mir die überraschende Mitteilung machte, daß Sie sich zu verschiedenen Leuten, unter denen er Herrn Kraus nannte, geäußert hätten, von mir sei Ihnen jenes Gerücht bestätigt worden. (Da nun Herr Grossmann ausdrücklich Herrn Kraus als denjenigen nannte, vor dem Sie mich fälschlicherweise als Bestätiger eines Tratsches angegeben haben, so war es natürlich nicht zu vermeiden, in einem Brief, der Sie deswegen zur Rede stellte, den Namen des von Herrn Grossmann geführten Zeugen zu nen-

nen. Ihr kniffiger Versuch mich irgendwie dafür verantwortlich zu machen, daß Herr Kraus in dieser Sache genannt werden mußte, bedeutet am Ende nichts mehr als einen Strich mehr zu Ihrer Charakterphysiognomie (der nicht fehlen durfte). Hätte ich vermuten können, daß Privatgespräche zwischen Ihnen und mir von Ihnen überhaupt weitergetragen werden, so hätte ich vielleicht auch schon in früheren Fällen den einen oder andern meiner Ausdrücke parlamentarischer gewählt, noch wahrscheinlicher ist freilich, daß ich auf das Vergnügen, mich mit Ihnen zu unterhalten, vollkommen verzichtet hätte. Dies eine aber steht fest, daß ich inhaltlich für alles, was ich sage, selbst wenn es sich auf dem erbärmlichen Wege eines Klatsches weiterverbreitet, durchaus einzustehen in der Lage bin. Aber natürlich nur für das, was ich wirklich gesagt habe, nicht für das, was Mißverstand, schlechtes Gedächtnis, Entstellung daraus zu machen belieben. Ich urteile stets nach eigenen Eindrücken und Erfahrungen; schon darum könnte es mir nie passieren irgend etwas nachzureden, was mir irgend ein Anderer hinterbracht hätte. Eine Bestätigung, wie Sie sie mir in den Mund legen wollen, könnte ich nie und nimmer ausgesprochen haben, schon weil nach meiner Kenntnis jedes Substrat dafür fehlte, und nicht der Dümmste und Gemeinste meiner Widersacher wird mir jemals zumuten, daß ich über einen Menschen, so geringe Sympathie ich für ihn auch hegte, irgend etwas erfinden sollte, was von manchen Menschen, ob mit Recht oder Unrecht, als ehrenrührig angesehen werden könnte. Ihre Bemerkung, daß Sie meine Behauptungen geradeso wie die Ihren zurückziehen, weise ich als völlig unangebracht zurück und verbitte mir mit aller Entschiedenheit das, was Sie sich erlauben als Ihr Entgegenkommen zu bezeichnen; ebenso schüttle ich die Versicherung Ihrer Dankbarkeit von mir ab, auf die ich niemals irgend einen Anspruch erhoben habe. Nur aus Interesse für Ihr Talent habe ich die Manuscripte gelesen, die Sie baten mir vorlegen zu dürfen und habe versucht, sie nach dem geringen Maß meines

Einflusses schriftlich oder mündlich weiterzuempfehlen. Und wenn ich Ihnen die Empfehlung nicht zu geben vermochte, die Sie bei Ihrem letzten, so reichhaltigen Besuche wünschten, eine Empfehlung für irgend ein Ministerium, so lag das nicht etwa daran, daß ich Sie politischer Dienste für unfähig hielte, sondern nur daran, daß mir die Verbindungen nach jener Richtung leider nicht zu Gebote stehen. Auch zu Gesprächen mit Ihnen habe ich mir gerne Zeit genommen und mich oft genug an manchen Ihrer kuriosen und boshaften Wendungen ergötzt. Aber absolut keine Zeit habe ich dazu, mich um die abenteuerlichen Schicksale jener Gespräche in Ihrem Kopf und daraus entstehende Folgen zu kümmern. Und absolut keine Lust verspür ich, mich auch nur eine Minute länger mit einem widerwärtigen Klatsch zu beschäftigen, in dem meines Wissens zum ersten Mal in meinem Leben nur durch Ihre, ausschließlich Ihre Schuld, mein Name hineingezerrt wurde. In dem Ekel, den ich dieser Tatsache gegenüber empfinde, lassen Sie mich heute meinem endgiltigen Abschied von Ihnen den Ausdruck meines lebhaften Bedauerns hinzufügen, daß sich die Türe meiner Wohnung Ihnen jemals aufgetan hat.
Hochachtungsvoll

[A. S.]

An Heinrich Teweles 6. 5. 1911.

Lieber und verehrter Herr Direktor.
Vielen Dank für Ihre freundliche Einladung zur Aufführung des »Medardus«. Es wird mir ein besonderes Vergnügen sein ihr (mit meiner Frau) Folge zu leisten und Ihnen auf diese recht bescheidene Art zu beweisen, wie sehr ich Ihre Freundschaft und Sympathie zu schätzen weiß, der ich seit Beginn meiner literarischen Laufbahn schon so viel und wertvolles, vor allem aber eine der besten und ungetrübtesten menschlichen Verbindungen verdanke, wie sie gerade in dieser Atmosphäre so unendlich selten sind.

Was die Aufführung anbelangt, so möchte ich Ihnen und Herrn Dr. Eger immerhin einige unverbindliche Vorschläge mitteilen. Sie haben sich wohl im ganzen an die Burgtheaterstriche gehalten und ich nehme an, daß Sie überdies auf die Basteiszene verzichten werden. Nun wäre aber zu überlegen, ob man nicht dafür die erste Szene des fünften Aktes, die im Burgtheater knapp vor der Generalprobe, sehr gegen die Überzeugung der Schauspieler und des Direktors, eigentlich nur auf meinen Vorschlag hin gestrichen wurde, wieder restituieren könnte. In diesem Falle, würde ich Ihnen die von mir vorgesehenen Kürzungen für diese Szene zusenden. Noch wichtiger aber erschiene es mir, wenn die Szene Medardus-Helene am Schlusse des vierten Aktes, auf die wir hier aus mannigfachen und nicht rein künstlerischen Gründen verzichten zu müssen glaubten (und die von dem klügeren Teil des Publikums doch recht sehr vermißt wird, selbst von Leuten, die ihr Vorhandensein im Buche gar nicht ahnen), in Prag Ihre Auferstehung feierte. Natürlich müßte deswegen nicht die ganze Friedhofsszene des vierten Aktes aufgemacht werden, sondern die Szene Helene-Medardus käme sofort (vorher noch der kleine Monolog des Medardus) mit entsprechenden geringfügigen Änderungen auf der Straße nach der Exekution Eschenbachers. Ich glaube, mit Onno und der Durieux müßte die Szene zu ganz erheblicher Wirkung gelangen. Daß diese Beiden mitwirken, gereicht mir zur besonderen Freude und ich zweifle nicht, daß auch Frau Hetsey der ihr zugedachten schwierigen Rolle gewachsen sein wird. Auch in Hinsicht auf alles übrige sehe ich der Aufführung nicht nur mit starkem Interesse, sondern mit vollkommener Beruhigung entgegen und hoffe nun bald von Ihnen zu hören, wie Sie, lieber Herr Teweles, und Dr. Eger sich zu meinen, wie gesagt, unverbindlichen Vorschlägen stellen.

Mit herzlichen Grüßen auch von Haus zu Haus

Ihr sehr ergebener

[A. S.]

An Hermine von Sonnenthal 11. 5. 1911.

Liebes verehrtes Fräulein.
Es wäre meiner Ansicht nach ein großes Unrecht, wenn Sie eine der »härteren« Stellen in dem Briefe Ihres Vaters streichen wollten. Ich bin prinzipiell gegen derartige Veränderungen, wie sie ja in Nachlaßbriefen wahrscheinlich öfters vorgenommen werden und finde, man sollte in Fällen, wo besondere Rücksichten zu üben sind, mit der Veröffentlichung so lange warten, bis die Notwendigkeit solcher Rücksichten endgiltig entfallen ist. Was aber den Brief Ihres Vaters anbelangt, der hier in Frage steht, so hat er meiner Empfindung nach absolut nichts Verletzendes für mich, er ist vielmehr ein schöner Beweis für die vornehme Art, mit der Ihr Vater, selbst einer ablehnenden Haltung gegenüber Werken Ausdruck zu geben vermochte, wenn er bei deren Verfassern Begabung und redliches Streben zu erkennen glaubte. Und als Zeichen seiner Freundschaft, ja als eines der ersten Zeichen von Teilnahme überhaupt, die meinen Arbeiten von so ausgezeichneter Seite entgegegebracht worden sind, ist mir dieser Brief immer wertvoll gewesen und wenn überhaupt, so möge er in seiner jetzigen Form aufbewahrt bleiben. Ich denke, Sie stimmen mir bei, liebes Fräulein, und bin mit herzlichem Gruß
Ihr sehr ergebener

[A. S.]

An Heinrich Mann 1. 6. 1911.

Lieber Herr Mann.
Seien Sie herzlich bedankt für Ihre freundliche Mitteilung. Es handelt sich nicht um mein neues Stück »Das weite Land«, das für München dem Hoftheater gehört, sondern um ein älteres, »Der einsame Weg«, über das meines Wissens (Dr. Robert hat es mir bei meinem Aufenthalt in München selbst erzählt) mein Verlag mit dem Lustspielhaus abgeschlossen hat.

Zu welchen Bedingungen weiß ich nicht, doch habe ich mich jetzt gleich an S. Fischer mit dem Ersuchen um nähere Angaben gewandt und ihn von den mir durch Sie mitgeteilten Tatsachen in Kenntnis gesetzt.
Mit Ihrem Stück geht es hoffentlich gut weiter. Im Burgtheater erwartet man es mit großem Interesse, ich habe sowohl mit dem Baron Berger als mit Dr. Rosenbaum so davon gesprochen, wie Sie es sich denken können. Der Eindruck des ersten Aktes wirkt aufs Schönste in mir nach.
Es hat uns natürlich sehr leid getan, daß aus dem gemeinsamen Ausflug nichts mehr geworden ist. Daß wir in ein arges Gewitter hineingekommen wären, ist kein zureichender Trost. Meine Frau wird Ihnen noch persönlich für die schönen Blumen danken.
Auf gutes Wiedersehen und viele Grüße

[A. S.]

An Ernst Rotmund 8. 6. 1911.

Sehr geehrter Herr.
Die Reihenfolge nach der bei Aufführungen des Anatol-Zyklus die »Episode« vor das »Abschiedssouper« gestellt wird, habe ich selbst in Wien und Breslau angeordnet, weil sie mir aus theatralischen Gründen vorteilhafter zu sein scheint und doch nicht gegen den Sinn der Szenenreihe und den Charakter der Hauptfigur verstößt. Wahrscheinlich setzt mein Verlag die Bühnen, an denen der Zyklus gespielt wird, von dieser Änderung in der Reihenfolge in Kenntnis, womit ich sehr einverstanden bin.
Mit verbindlichem Dank für Ihr Interesse

hochachtungsvoll
[A. S.]

An Otto König 10. 6. 1911.

Sehr geehrter Herr Redakteur.
Für Ihr »Mahler-Heft« kann ich Ihnen persönliche Erinnerungen leider nicht zur Verfügung stellen, da ich dem Dahingeschiedenen nur einmal persönlich begegnet bin und der Aufgabe, seine künstlerische Individualität darzustellen, mich nicht gewachsen fühle. Auch scheint es mir im Ganzen von nicht sehr erheblicher Bedeutung, es mit armen Worten auszusprechen, was er mir war und ist und ich kann mir eine Totenfeier, nein, eine Lebensfeier, für Gustav Mahler denken, die mir mehr in seinem Sinne schiene als ein Chorus von tausenden klagenden, erläuternden, preisenden Stimmen, in denen ja doch von den Melodien und Harmonien des Meisters für die lauschende Menge nicht ein Ton mitklingen wird. Die Feier, die ich meine, wäre eine zyklische Aufführung der neun Mahlerischen Symphonien durch die Philharmoniker, die auf diese Art der Sage von einem nicht ganz glücklichen Verhältnis zwischen ihnen und dem großen Toten ein würdiges Ende bereiten könnten.
Mit verbindlichen Grüßen

Ihr sehr ergebener

[A. S.]

An Julius Kapp 13. 6. 1911.

Sehr geehrter Herr Doktor.
Besten Dank für Ihr freundliches Anerbieten. Aber ich kann mich schwer entschließen, eine Arbeit über mich, die zur Veröffentlichung bestimmt ist, vor Drucklegung zu lesen. Daß es über den einen oder den andern Punkt Meinungsverschiedenheiten zwischen Ihnen und mir geben würde, ist ganz selbstverständlich, aber eine Diskussion hätte keinen rechten Zweck, da doch Ihr Buch nicht meine Meinungen, sondern die Ihrigen über mich enthalten soll. Wenn Sie gelegentlich nicht ganz

richtig interpretiert haben sollten, so sehe ich darin ein geringeres Malheur, als wenn Ihre Darstellung durch mich selbst beeinflußt werden sollte. Direkte Irrtümer über Tatsächliches können Sie auf die leichteste Weise vermeiden, indem Sie ganz einfach nur dasjenige Tatsächliche in Ihr Buch aufnehmen, was Ihnen authentisch bekannt ist. In einem Briefe hat mir S. Fischer angedeutet, daß in Ihrer Arbeit über mich Einzelnes geschrieben steht, das Sie nur von mir selbst erfahren haben können. Diese Stelle hat mich ein wenig befremdet, da ich ja niemals Gelegenheit hatte, Ihnen irgendwelche Mitteilungen über mich zu machen und ich auf Anfragen über biographische Details stets auf die spärlichen, aber meinem Öffentlichkeitsbedürfnis vollkommen genügenden Angaben in Kürschners Literaturkalender verweise. Wenn ich also einen Abschnitt Ihres Buchs vor Publizierung zu lesen wünschte, so wäre es ausschließlich der von Ihnen als »Anhang« bezeichnete, der Biographisches enthält. Fischer schreibt mir außerdem, daß in Ihrem Buche einzelne Novellen von mir aus früherer Zeit, die ich in keine meiner Sammlungen aufgenommen habe, wörtlich mitgeteilt seien. Hievon bitte ich Sie jedenfalls abzusehen; eine Inhaltsangabe dürfte wohl genügen. Unter den Werken der Reife nennen Sie ein Stück »Das freie Land«, es heißt »Das weite Land«, wird übrigens erst im Oktober erscheinen. Darf ich mir ferner die Bemerkung erlauben, daß mir der Obertitel römisch drei: »In den Fußstapfen der großen Tragödie« nicht sehr glücklich, zum mindesten der Klangfarbe nach, nicht sehr glücklich gewählt erscheint.
Jedenfalls danke ich sehr für Ihr liebenswürdiges Interesse und bin sehr gespannt darauf, Ihr Buch nach Erscheinen zu lesen. Die Gründe, aus denen ich es vorher nicht tun will, sind wohl sicher, bei Ihnen, sehr geehrter Herr Doktor, vollstes Verständnis zu finden.
Mit vorzüglicher Hochachtung

Ihr sehr ergebener
[A. S.]

An Julius Kapp 20. 6. 1911.

Sehr geehrter Herr Doktor.
Die mir übersandten Blätter habe ich mit Interesse gelesen. In mancher Hinsicht bin ich mit manchem, was Sie sagen, nicht unbedingt einverstanden, kann mich aber aus den Gründen, die Sie aus meinem letzten Briefe kennen, vorläufig nicht näher hiezu äußern. Gegen die paar Zeilen Biographie, wie Sie sie nach Kürschner bringen, ist natürlich nicht das Geringste einzuwenden. Über den Beginn der modernen literarischen Bewegung in Wien wäre natürlich noch viel mehr und zum Teil auch Treffenderes zu berichten, aber das ist freilich von niemandem zu verlangen, der jene Zeiten nicht als persönlich Beteiligter an Ort und Stelle mitgemacht hat. Eines darf ich nicht verhehlen, daß Sie für das Werk Hofmannsthals kein anderes Wort übrig haben als »gehaltlose Wortkunst«, was mich unangenehm überrascht. Gegen die Aufnahme des Gedichts habe ich nichts zu bemerken. Auf die Veröffentlichung von »Amerika« aber bitte ich doch freundlichst Verzicht zu leisten.
Mit verbindlichen Grüßen

Ihr sehr ergebener
[A. S.]

An S. Fischer 24. 6. 1911.

Lieber Herr Fischer.
Herr Emil Thieben wird von Ihnen die Autorisation zur Übersetzung der fünf von Cesare Levy nicht übertragenen »Anatol«-Einakter erbitten, er hat von Cesare Levy schon die Erlaubnis erhalten, von seinen Übersetzungen Gebrauch zu machen, wenn es ihm (Thieben) gelänge, den Zyklus als Ganzen zur Annahme zu bringen. In diesem Falle wäre natürlich die Autorisation ohne Forderung eines Vorschusses oder dergleichen zu erteilen. Hingegen wollen wir »Das weite Land«

nicht vergeben, ehe uns die Garantien auch finanzieller Natur geboten werden.

Im Burgtheater hatten wir schon eine Dekorationsplan-Probe zum »Weiten Land«; Herr Lehner hat mir die Zusendung hektographierter Grundrisse zugesagt, die Sie dann gleich an die Bühnen verschicken können.

Mit richtiger Empfindung haben Sie meine Geschichte von Dionysia ein Märchen genannt. Eine Weile habe ich sogar gedacht, auch offiziell sozusagen diese Bezeichnung zu wählen. Aber wenn Sie näher hinsehen werden Sie doch merken, daß die Geschichte sich durchaus innerhalb des Realen, wenn auch eines bis an die Grenze der Möglichkeiten gesteigerten Realen, abspielt und der Charakter der Stilnovelle, wenn dieser Ausdruck gestattet ist, von Anfang bis Ende gewahrt bleibt. Nun wäre es freilich denkbar, daß der Durchschnittsleser einem solchen Produkte gegenüber die Augen nicht gleich richtig einzustellen wüßte und dies ist mit ein Grund, warum mir hier ein verständnis- und phantasievoller Illustrator für den äußern Erfolg des Buches nicht ganz ohne Bedeutung erschiene. Ihre Bedenken gegen den vorzüglichen Vogeler halte ich nicht für unbegründet; vielleicht fällt Ihnen doch noch ein anderer ein. Natürlich ist es auch mit einem guten Umschlagbild getan, aber die Illustrierung wäre wohl vorzuziehen, selbst wenn sich der Termin des Erscheinens dann hinausschöbe.

Als hauptsächlich bildhafte Momente möchte ich folgendes angeben:

1. Abschied des Erasmus von Dionysia
2. Der Hirt im Walde liegend, Dionysia vor ihm stehend
   b) Dionysia dem Hirten durch den Wald folgend
   c) Dionysia die Flöte zerbrechend
   d) Dionysia an des Hirten Seite am letzten Morgen erwachend
3. Dionysia in den Wagen steigend zu dem Fremden, der Hirte auf dem Hügel oben.

b) Dionysia und der Gutsherr im Park
c) Dionysia und das arme kleine Kind
4. Dionysia inmitten der Bergleute
b) Dionysia im Schatten des Mauervorsprungs in ihren zerrissenen Mantel gehüllt
5. Dionysia im Krankenzimmer, der Arzt bei ihr
b) Ankunft des Grafen bei Dionysia im Gasthaus.
c) Dionysia und der Graf reiten durch das Tor der Stadt
d) der Graf sterbend, das Haupt in Dionysias Schoß
e) Dionysia mit dem toten Grafen heimreitend
f) Dionysia das Grab grabend
6. Dionysia auf der Waldwiese, heranziehendes Fest
b) Dionysia und der Fürst im Rat
c) Dionysia aus dem Schloß fliehend im Weiher ihr verzerrtes Bild erblickend
d) Dionysia mit dem kleinen Prinzen vor den Fürsten tretend
e) Dionysia die blutige Leiche des Prinzen dem Volke weisend
f) Dionysia vor dem Fürsten ihr Todesurteil lesend
g) Dionysia die Stadt verlassend
7. Dionysia bei Erasmus auf dem Turm.

Was den Abdruck in der N. R. anbelangt, so bringen Sie die Novelle natürlich in einer Nummer. Korrektur schicken Sie mir bitte möglichst bald zuerst in Fahnen, drei Exemplare.
Mit herzlichen Grüßen

Ihr ergebener
[A. S.]

An Heinrich Mann 26. 6. 1911.

Lieber Herr Mann.
Ihr Stück ist vorgestern angekommen. Ich habe es gleich gelesen, mit außerordentlichem Interesse, das nach dem ersten Akte zwar keine Steigerung mehr erfahren, aber mit geringen

Schwankungen sich auf gleicher Höhe erhalten hat. Trotzdem hat es am Ende, zu meiner eigenen Verwunderung, keine vollkommene Befriedigung in mir ausgelöst. Ich frage mich, welche Gründe das haben mag, da doch die besonderen Vorzüge der Dialogführung und der Charakterisierungskunst kaum in irgend einem Moment ihre Wirkung auf mich versagt haben. Es mag daran liegen, daß Sie in den Mittelpunkt Ihres Dramas nicht ein unberechenbares, sondern drei unberechenbare Individuen gestellt haben, daß aber im Drama die Unberechenbarkeit einer Gestalt ihren Äußerungen nach der Willkür eines Autors (ganz ohne dessen Schuld) manchmal zum Verwechseln ähnlich sieht. Leonie ist unberechenbar durch ihr von Ihnen im Tiefsten erfaßtes Komödientum. Harry durch seine Schwäche, Fork durch das, was wir der Kürze halber, seine Charakterlosigkeit nennen wollen. So kommt es zu einem Hin- und Widerspiel von Seelenregungen und von Handlungen, das immer interessant, manchmal verwirrend erscheint und am Ende der Erwägung Raum gibt, ob es nicht vielleicht hätte anders kommen können als es gekommen ist. Ich möchte mich nicht dem Verdachte aussetzen ein Dogmatiker zu sein, aber mir ist, als hätten Sie hier irgendwie gegen ein inneres Gesetz des Dramas verstoßen, was umso fühlbarer wird, da Sie dessen äußere Gesetze so streng und beinahe hart gehalten haben. Fast wünschte ich, Sie hätten dies Drama minder glücklich gebaut und dafür die ganze Fülle Ihres Wesens so reich darin blühen lassen wie in vielen Ihrer andern Werke, die ich zugleich bewundern und lieben darf. Gewisse Einzelheiten wären in Hinsicht auf die Bühnenwirkung diskutierbar. Daß Rotau und Merson im dritten Akt jene leidenschaftlichen Worte der Leonie tatsächlich für eine neue Rolle halten sollten, wird nicht genügend glaubhaft gemacht. Die 5. Szene im 2. Akt zwischen Fork und Harry sollte vielleicht stärker einsetzen. Bemerkung Harrys gegen Schluß, während Leonie drin stirbt: »Sie gurgelt«, ist an dieser Stelle etwas gefährlich. In der verhältnismäßigen Kürze des 2. Aktes sehe ich keine Gefahren.

Baron Berger, den ich neulich sprach, hat mir erklärt, er würde Ihr Stück gewiß gleich nach dessen Eintreffen lesen. Sie haben ihn wohl direkt darum ersucht. Von allen Schauspielerinnen, die ich kenne, scheint mir die Durieux die einzige, die der Leonie gewachsen sein könnte. Frau Hagen hat gewiß nicht die innere Vielfältigkeit, die dazu gehört. Auch die Marberg hier wird meines Erachtens nicht ausreichen. Die anderen Schauspielerinnen am Burgtheater, wenn auch begabtere unter ihnen sind, eignen sich freilich noch weniger. Sonst aber wäre das Stück hier sehr gut zu besetzen. Korff-Harry, Devrient-Fork, Heine-Rotau, Bella (eine besonders schöne Figur übrigens)-Medelsky.

Mit meinem neuen Stück meinen Sie wohl »Das weite Land«, das aber schon ein Jahr lang fertig ist. Ich wollte es Ihnen ja mitgeben, als Sie das letzte Mal bei uns waren und habe daran vergessen. Erlauben Sie mir, es Ihnen zu schicken; es ist noch Manuscript und ich bitte Sie, es durchaus als solches zu behandeln, also es niemanden lesen zu lassen.

Daß Ihnen meine Novelle gefallen hat, freut mich sehr. Sie haben gewiß auch bemerkt, wie viel sie Ihrer Kunst zu verdanken hat.

Wie gerne möchte ich mich nach den kärglichen Andeutungen, die ich hier geben konnte, mündlich mit Ihnen über Ihr Stück unterhalten. Es wäre nicht unmöglich, daß ich Mitte September in München dazu Gelegenheit hätte.

Herzliche Grüße auch von meiner Frau, die Ihr Stück gleichfalls mit stärkstem Interesse gelesen hat.

[A. S.]

An Alfred Freiherrn von Berger 20. 9. 1911.

Sehr verehrter Herr Baron.

Da ich in den nächsten Tagen verreise und den nächsten Proben des »Weiten Landes« keineswegs werde beiwohnen können, liegt mir daran, die so wesentliche doppelte Besetzungs-

frage endgültig in Ordnung zu bringen. Ich glaube, verehrter Herr Baron, darüber sind wir uns alle klar, wenn Fräulein Marberg uns zur ersten bis vierten Vorstellung nicht absagt, so ist diese Eventualität für eine der darauffolgenden, zwischen der vierten und achten, mit einiger Sicherheit vorauszusehen. Wir müssen also für diesen Fall mit gleicher Sicherheit auf ein Einspringen des Fräulein Wohlgemuth rechnen können. Ich glaube aber nicht, daß sie dazu bereit, ja, daß ihr das nur möglich sein wird, wenn sie nicht vorher einige Proben gehabt hat. Und ich denke, man könnte ihr das Zugeständnis des Alternierens ohneweiters machen, es ist ja damit nicht gesagt, daß sie gleich bei der zweiten Vorstellung die Rolle zu spielen bekommt. Erheblich glatter verliefe die Angelegenheit vielleicht dann, wenn man auf jene frühere Idee zurückgriffe und in zweiter Besetzung Tressler den Hofreiter spielen ließe. Ich bin überzeugt, daß dazu Tressler und Wohlgemuth ohneweiteres bereit wären und die paar Proben mehr, die sich dann als notwendig ergeben, wären, wie mich dünkt, gerade jetzt unschwer in den Plan einzufügen. Eine Gefahr sehe ich hier nirgends, Korff und Marberg werden sich bestimmt ruhig verhalten, da sie ja bei der Première beschäftigt sind und so bleibt eigentlich nur für die Direktion und den Autor der doppelte Vorteil einer sicheren Repertoiregestaltung und eines durch die zweite Besetzung vielleicht gesteigerten Interesses beim Publikum übrig. Für die Rolle des Rhon an den Abenden, da Tressler den Hofreiter spielt, käme eventuell Herr Arndt in Betracht. Daß bei einer solchen Gelegenheit auch Frau Haeberle statt Frau Bleibtreu für die Frau Meinhold herangezogen werden könnte, darin weiß ich Sie ja auch mit mir einer Ansicht.
Entschuldigen, sehr verehrter Herr Baron, daß ich Sie noch einmal mit dieser Angelegenheit inkommodiere, aber ich denke, es ist gut, wenn wir für einen so naheliegenden Fall, wie der einer Absage Fräulein Marbergs durchaus gerüstet sind.
Mit verbindlichen Grüßen

Ihr aufrichtig ergebener [A. S.]

An Otto Brahm Wien, 23. September 11

Lieber Freund,
Bahr hat mir »Das Tänzchen« geschickt. Finde es zum Teil ganz charmant, und Ihre neulich angedeutete Idee, das Stück (das Sie wohl zu den herrlichsten Strichen Ihres Lebens begeistern wird) mit der »Mizzi« an einem (und vielen darauffolgenden) Abenden zu geben, ist mir sympathisch. In der Stimmung passen die Sachen wohl zusammen, ein sanfter Hauch von Anarchie wird das Haus durchziehen. Wir sind noch in Wien, Olga soll erst in ein paar Tagen aufstehen, es geht ihr viel besser. Ich freue mich an Ihrem schönen »Kleist«.

Von Herzen Ihr A.S.

An Otto Brahm Kurhaus Semmering, 4. Oktober 11

Lieber Freund,
ja denken Sie, da sind wir nun gelandet. Meine Frau ist seit acht Tagen hier, ich seit Sonntag und bleibe wohl bis zum nächsten, und Olga kommt, wenn es weiter so gut geht wie bisher, zur Generalprobe des »Weiten Landes« hinein. Die ersten Tage befand sie sich gar nicht wohl, seit zwei Tagen aber hat eine rapide Besserung eingesetzt. Das Wetter ist schön, etwas winterlich. Die Anstalt wäre so übel nicht, nur der Portier ist von seltener Talentlosigkeit. O heiliger Rosenstock: Thimig war am Sonntag hier, um ihn zu besichtigen. Im Falle Rosenstock war der liebe Gott entschieden tüchtiger als der Autor des »Weiten Landes«. Hingegen ist diesem der Hofreiter besser gelungen als jenem (was Sie bestätigen würden, wenn Sie das Urbild kennten). Es betrübt mich, daß Sauer wieder so krank ist, nicht nur um des Aigner willen. Von der Triesch schreiben Sie kein Wort. Hmm. Nun, wir werden ja sehen. Wann? Meine vorläufige Absicht: Ende Oktober Wien verlassen, 31. 10. Vorlesung Prag, 1. 11. Vorlesung

Dresden. Von dort Berlin. Hoffentlich erhält sich »Das weite Land« so lange auf dem Repertoire. Von Berlin Hamburg (Hagemann: »Das weite Land«, evtl. »Beatrice«, evtl. »Anatol«). – Die Proben hier in Wien versprechen eine gute Aufführung – freilich wird Korff nie das Letzte der Gestalt bringen, und die Marberg sympathisch, begabt, fleißig, ist (sehr unter uns) keine Schauspielerin von Rang.
Das Eulenberg-Stück hat mich sehr bewegt. Daß es sich in einem großen Haus nicht halten würde, war vorauszusehen. Und unser Freund Lessing kann so was wohl nicht inszenieren (hierin ist er vielseitig). Aber wie inszeniert man so was? Ein Stück für Marionetten mit lebendigen Herzen! Ein Ineinanderspiel von Genialität und Manierismus! Manchmal erscheint er mir, Eulenberg nämlich, wie einer, der mit der flimmernden Kerze durch eine selbstgeschaffene Mondnacht spaziert. »Lösch aus, mein Freund, wer solche Sterne schafft ...«, oder »Wer unter Sternen wandelt« usw. So gerät man ins Jambische und Romantische selbst in solch einem Schreibebrief, wenn man ihm nur in die Nähe kommt. – Wann etwa möchten Sie »Das Tänzchen« mit der »Komtesse« wagen?
Seien Sie herzlichst gegrüßt, auch von meiner Frau, die sich auf der Terrasse sonnt.

Ihr A. S.

An Theodor Loewe 9. 10. 1911.

Sehr geehrter Herr Direktor.
Ihr Bedenken hinsichtlich der Szene Genia-Otto im 4. Akte kann ich begreifen, ohne es zu teilen. Sie weisen selbst darauf hin, daß das Publikum schon im 2. Akte ohne besondere Schwierigkeit auf die weitere Entwicklung der Dinge hingewiesen werden könnte und es wäre mir natürlich ein Leichtes gewesen, insbesondere in der Szene Genia-Otto zu Beginn des 2. Aktes so deutlich zu werden, daß der Zuhörer im 4. Akte keinerlei Überraschung empfände. Aber dies wäre

meines Erachtens nach völlig gegen den Sinn des Stückes. Genia ist im 2. Akte himmelweit davon entfernt, den Fähnrich zu lieben; warum sie zwischen dem 3. und 4. Akt seine Geliebte wird, geht so deutlich aus dem Nachfolgenden hervor (und wohl auch schon aus dem, was vorhergeht), daß eine stärkere Motivierung mir in jedem Betracht von Übel schiene. Darauf, daß ein Teil des Publikums die vollendete Tatsache, wie Sie sagen, als eine Härte empfinden könnte, muß der Autor natürlich gefaßt sein. Aber wenn die Genia von der richtigen Schauspielerin dargestellt wird, wird auch dieser Teil des Publikums sich bald wieder beruhigen lassen. Es ist mir hier vielleicht erlaubt, eine Stelle ganz besonders hervorzuheben, die Genia zu sagen hat: »Was wußten wir Zwei vor wenigen Wochen, vor Tagen. Man gleitet, man gleitet immer weiter, wer weiß wohin.« Und später Otto: »Du liebst ihn, Du liebst ihn wieder. Dahin, dahin gleitest Du.« Und dann sehen Sie sich doch noch einmal den Abschluß des 2. Aktes an. Erna: »So sausen wir kühn ins Dunkel hinein.« Genia: »Ja, Erna, das ist vielleicht das Allerlustigste. (Sie lacht auf).« – Hier ist wohl eine genügende Vorbereitung vielleicht nicht einer bestimmten Tatsache, aber einer Stimmung, in der solche Tatsachen sehr möglich werden.
Es freut mich, daß Sie das Stück auch am 14. Oktober bringen. Vielleicht habe ich einmal Gelegenheit, es zu sehen. Seien Sie jedesfalls bedankt für Ihr freundliches Interesse und herzlichst gegrüßt von

Ihrem ergebenen
[A. S.]

An S. Fischer 20. 10. 1911.
[Telegramm]

Fischer Grunewald Erdenerstraße acht.

Lebhaft bedauernd heute nicht bei Ihnen sein zu können grüße ich Sie in alter Freundschaft an diesem Tage der ein so ehrenvoll freudiges Gedenkfest und was das Schönste ein Jubiläum nicht zum Ausgang sondern auf der weithingedehnten Paßhöhe eines arbeitsvollen erfolggesegneten Weges bedeutet. Ich hoffe mich noch lange zu Ihren nicht unwillkommenen Begleitern zählen zu dürfen. Ihnen lieber Freund Ihren trefflichen Mithelfern Ihrer verehrten Gattin vor allem alles Gute wünschend in der angenehmen Erwartung Ihnen bald persönlich die Hand zu drücken

Ihr Arthur Schnitzler

ein Wort gestrichen, Schnitzler.

An Felix Salten Wien, 20. 10. 1911.

Lieber,
Ihre zwei Feuilletons sind – muß man es erst sagen – sehr schön. In Hinsicht auf sehr Wesentliches aber bin ich völlig anderer Ansicht, muß es sein, nicht nur, weil ich das Stück geschrieben habe, sondern weil ich zu der ganzen Frage der ethischen Werturteile, über Figuren innerhalb von Kunstwerken offenbar anders stehe als Sie.

Darf ich Ihnen ein verwunderliches Mißverständnis aufklären, das Ihr Feuilleton im »Lloyd« enthält? Hofreiter denkt nicht daran, am Schluß des Stückes »ein braver Kindesvater« zu werden, so wenig wie ich daran gedacht habe, das irgendwen glauben zu machen. Und es liegt nicht der leiseste Grund vor, mir so etwas, was wirklich eine Banalität wäre, zuzumuten. (Außer bei Ihnen habe ich diese Zumutung nur unter Dutzenden ein einziges Mal gefunden.) Erinnern Sie sich nur: Genia, in ihrem letzten Gespräch mit Hofreiter, besinnt sich plötzlich: »Percy kommt«. Darauf er. »Den erwart ich noch – denn die Andern – na! (Handbewegung)«. Er ist also jedenfalls entschlossen, ihn zu erwarten; und daß er dann, wenn die Stimme Percys im Garten tönt, so weit bewegt ist (gerade in der Empfindung: nun ist das auch zu Ende), um leise aufzuwimmern, das ist meines Erachtens kein Anlaß zu vermu-

ten, daß damit eine Art innerer Umkehr eingeleitet oder angedeutet sein sollte. Ich war himmelweit davon entfernt, ein solches Mißverständnis auch nur für möglich zu halten. (Sonst hätte ich Hofreiter am Schlusse ausrufen lassen: »Nun auf nach Amerika«.)
Nächstens fahre ich über Prag, Dresden, nach Berlin und Hamburg, dort »Beatrice«, »Weites Land«, »Anatol« zu sehen. Wann ist die Dagobert-Generalprobe? Darf man ihr beiwohnen?
Auf baldiges Wiedersehen.

Herzlichst Ihr
[A. S.]

An Olga Schnitzler [Palace Hotel, Prague]
30. X. 911,
Montag, ½5 Nachmittag
im Zimmer.

mein Schatz, nachdem ich dir geschrieben, u mich zum fortgehn bereit gemacht – erscheint Teweles persönlich u bleibt bis ½12 bei mir, sehr nett, und, da das Theater (wie ich auch später von Salus höre) sehr gut geht, in gehobner Stimmung. Über Medardus – Berlin – Brahm, ohne zu einem Resultat zu kommen; über Bahr, über Tantièmen u. s. w. Dann im Wagen (auf dem Weg Frau Teweles; ich steige aus und wortwechsle, werde für morgen Mittag eingeladen) ins czech. Nationaltheater; Director Schmoranz, der eigentlich auch so aussieht, führt mich auf die Bühne u in den Zuschauerraum; sehe eine Scene der morgigen Novität Jan Hus – Das Stück soll fast so lang sein wie der Medardus – ; ich spreche Kwapil, werde zwischen Thür und Angel dem Verfasser, dem »ersten« lebenden czechischen Dramatiker vorgestellt – wie heißt er nur – ? Jerasek glaub ich . . (was ist der Ruhm?! Auch ein Schnaps, wie der Enzian!) – (den wievielten lebenden deutschen hat *er* kennen gelernt bei dieser Gelegenheit?) (Schönherr inclusive) – er-

fahre, daß nächster Tage die Liebelei (Oper) gespielt wird; der »fremde Herr« sitzt im Parket vor mir, für den Hus costumirt. Wieder ins Hotel. Salus, mit dem ich früh telephonirt, erscheint, wir gehen auf den Čelakovsky-Platz, zu ihm. Die Aussicht von seinen Fenstern ist nicht so schön wie er glaubt. Er wird sofort zu einer Kranken telephonirt; ich plaudre mit seiner sympathischen Frau, durch Zahnweh enervirt; habe Gelegenheit, die den gynäkologischen Untersuchungs[-stuhl] lyrisch überschattenden Lorbeerkränze und Schleifen zu bewundern, sowie der Gattin schwarz-weißes, lang nicht geputztes Kleid. Trotzdem sind beide sehr liebe Menschen. Es treten ferner auf: der 2½ jährige Bub bei dem ich nur mäßigen Anklang finde; die Mutter der Gattin, hinreißend jüdisch selbst für Prag, aber gutmütig genug selbst für Böhmisch Leipa (oder umgekehrt.) Erst nach 2 kehrte Alusch wieder; wir diniren ganz leidlich – eine sehr eine gute Suppe, eine Kalbsleber mit Risi ohne Bisi; zu Ehren der Schwiegermutter Rebb-Huhn; und weil der Hausherr endlich nach Hause kam, einen »Scho – do«. – Eine neue Literaturgeschichte wird hereingebracht, aus der ich erfahre, daß ich müd, objectiv und noch einiges bin – ich weiß nicht was alles, da wieder telephonirt wird, u. zw. von derselben Patientin, u ich mit dem Gastgeber das Local verlasse. Aber böse Zunge und schlechte Witze beiseite; ich habe mich oben recht wohl gefühlt und »hab ihn gern« – was auch schon ein Citat ist. Und nun, was du gewiß schon bemerkt hast, schreib ich dir; werde noch ein halbes Stündchen lesen, und dann ins Theater gehen, wo eine Tragikomoedie aufgeführt wird: »Nichtige Menschen, oder das unmotivirte Duell« wie sich ein Kritiker einmal ausgedrückt hat. . . es kann übrigens auch ein Aff gewesen sein. . . . . .
Leb wohl mein geliebtes! Küss mir die Kinder!

Dein A.

An Olga Schnitzler

[Palace Hotel]
31/X 911, Prag.
10 Uhr Vm. –
im Schreibzimmer.

mein liebster Schatz, gestern Nachmittag, nachdem ich den Brief an dich abgeschickt, hab ich noch ein wenig in Kußmaul Erinnerungen gelesen; dann fuhr ich zu Teweles, sprach seine Frau, die bei ihrem plötzlich halsentzündeten Fritz zu Haus blieb, und begab mich mit ihm ins Theater Loge 1 links neben der Bühne. Nur 3. Akt, des Scenenbildes wegen, weiter, vis à vis der Bühne, so daß ich ungefähr keine Silbe verstand. – Die Vorstellung war anständig inszenirt und ein paar Nebenrollen wirksam besetzt – das ist alles gute was man sagen kann; im ganzen war es eine Ungeheuerlichkeit. Von den Hauptdarstellern die *beste* Medelsky Genia, die einen innerlichen Unterton von Erlebthaben brachte; – nur müßte man eben glauben, daß Herr Hofreiter eine Hausherrntochter von Lichtenthal heimgeführt hatte. . Freilich für diesen Hofreiter (Herr Faber) wäre jede über 70 alte Bißgurn ein unverdientes Glück zu nennen. Ein Gemisch von Nußknacker und preußischem Reserveoffizier aus einer kleinen Garnison, häßlich, unelegant, roh, bornirt, – der das Stück im Augenblick seines ersten Auftretens auch schon umgebracht hatte, so daß alles weitere gewissermaßen Leichenschändung war. Im 4.Akt erwachte das Stück zu einer Art Scheinleben; da wo Hofreiter aus seiner, sagen wir, Complicirtheit, ins geradlinig primitive übergeht, wo ihn sozusagen der Comment überwältigt, wo also momentweise innerhalb des theatralischen die Theaterfigur genügt, – da konnte man nicht mitgehen, aber doch sich von den bis dahin mitgemachten Fürchterlichkeiten erholen. War aber dieser Herr Faber, wenn auch (erinnere dich des Marquis von Valois!) ein entsetzlicher, doch immerhin ein Schauspieler; so trat als Erna ein Fräulein Neff auf, das weder gehn noch stehn konnte, das für einige Jahre noch in eine Schauspielschule gehört – und bei der man direct Angst hatte, daß sie sich aus lauter Ungeschicklichkeit auf irgend einen dafür gar nicht bestimmten Körpertheil setzen könnte. Wenn sie endlich irgend wo saß, war man erleichtert; sie sprach ein paar Sätze ganz leidlich, wenn auch schülerhaft. Stelle dir danach die Schlußscene des 3. Aktes vor! Und stell dir den 5. Akt vor! Nein – du kannst es nicht; denn ich habe dir noch nichts von Frau Meinhold Aigner erzählt; die von einer bösen Köchin gespielt wird oder einer frömmelnden Betschwester – oder einer Marionette, – nur hat in solchen Fällen das Holz mehr Talent als dieses Greu- und Scheusal auch in ihren längst verflossenen Jugendtagen gehabt haben kann. Dafür hat ihr auch Eger die Rolle bis zur Unverständlichkeit zusammengestrichen – und ich mußte mir immer denken: wie wirkt doch ein Name, meinen mein' ich, wenn ein Publikum das Stück in dieser Darstellung überhaupt ertragen hat! Daß .. Herr Schütz, der bestbekannte Herzog aus dem Medardus, – den Doctor Mauer, wie soll ich sagen? schlenkerte, stelzte, sonnenschnofelte, war unter diesen Umständen nur ein Wermutstropfen in einen Becher Ochsengalle. Tiller als Fähnrich hatte wenigstens einen warmen Ton, wenn er auch mehr Deutschmeisterkorporal war, als Marineoffizier – so paßte er aber ganz gut zu der Lichtenthalerin Genia und das Stück hätte am besten damit geendet, daß die zwei feschen Weaner Früchteln den faden Preußen (Hofreiter) außergelahnt und dann mit ihre Spezi's draußt beim Stalehner gedraht hätten. Einen bessern Plattenbruder (aber sympathisch u lustig) agirte auch Huttig (Etzelt) als Gustl Wahl; der seiner Mutter (Frau Monati) (um 3 Stock zu tief für das Stück, aber nicht ohne Lebendigkeit) würdig war. Herr Rittig als Aigner benützte die Vorstellung, um durch sorgfältiges Hinhören auf den Souffleur sich die Rolle einzuprägen. Überdies war er, nicht gedacht soll es werden, elegant ... Paul Kreindl possenhaft aber nett (Balder); – auch der Husarenoffizier und Rhon und Rosenstock ganz gut. Charakteristischerweise waren alle »Gspaß« aufgemacht – von den »Rundfragen« bis zu den Skorpionen und Tangenten . .

Ich muß zu Ende kommen, sofort kommt der blinde Oskar Baum, dann Salus, zu Mittag bin ich bei Ziegler's.

Von dir ist noch kein Brief da, mein geliebtes! Ich habe die Hoffnung, daß Nachmittag um 3 einer kommt. Nach Tisch schreib ich noch ein paar Worte.

– Bitte mein Schatz, morgen Mittwoch telegrafire *jedenfalls* Dresden Bellevue.

Dein A.

Salus eben eintretend grüßt herzlichst

An Olga Schnitzler [Palace Hotel, Prague]
31. X. 911, Dinstag,
Nachmittag 4 Uhr

mein liebstes, von gestern Abend ist also noch nachzutragen, daß ich ein paar Mal auf der Bühne war, die Leute nach dem 3. u 4. mich riefen, ich aber, trotz Teweles' Bitten *nicht* erschien, die Medelsky läßt dich vielmals grüßen. Mit Eger u Teweles ging ich in den Blauen Stern nachtmahlen; machte kein Hehl aus meiner Meinung über die Aufführung; sie wehrten sich kaum u gaben endlich in allem mir recht. Aber sie haben eben (zugestanden) kein ordentliches Schauspielpersonal, was sollten sie thun. Eger will ein Theater in Berlin übernehmen, Kleines, oder Hebbel, – möchte den Medardus aufführen; es entwickelte sich ein (schmeichelhafter) Streit zwischen E. u. T. wer das erste Anrecht habe?– (Ich bin hinsichtlich des Gastspiels Teweles in Berlin sehr flau.) – Ging um ½1 schlafen. Um 8 auf, in den Stern frühstücken. Ins Hotel, dir geschrieben. Dann kam der blinde Oskar Baum mit seiner häßlichen kleinen Frau; ein ganz heitrer, viel lachender junger Mensch, in Smoking u grauen Handschuhn, sich erkundigen, wie ein Stück (er hat eben eins geschrieben) geschäftlich lancirt wird, wie viel Perzent die Agenten beanspruchen können, und als ich ihm, der sich über seine schlechten Einkünfte von der Literatur aus beklagte, von meinen Anfängen erzählte, rief er aus: »Oh wie das beruhigt.« Er lebt von Klavierstunden, deren er 10 im Tag gibt, hält seine Frau gewiß für einen Engel auch an Schönheit, und seine Seele ist voll Ehrgeiz und Hoffnung. Was ist doch das »Glück« für ein relativer Begriff. – Salus kam, während er noch da war; da alle Dichter, alle Juden und nun gar alle Prager einander kennen, kannst du dir wohl denken, *wie* bekannt sie miteinander waren.

Mit Salus in die Stadt, er erzählte mir von seinen nervösen Bewußtseinsstörungen (wie schon gestern seine Frau); in einer Apotheke kaufte ich mir Salipyrin gegen meine Zahn- oder vielmehr Kieferschmerzen, die wieder zur selben Stunde aufgetreten waren (morgens 10 Uhr). Nützte seltsamer Weise. In der Apotheke Dr Kuh (ich glaube der Mann der Lehmann) nous causions maladies. Die beiden Aerzte geleiteten mich in die Bolzanogasse. Mittagessen bei Zieglers, mit Teweles. Z.'s waren entzückt, daß ich die Vorstellung gestern so furchtbar gefunden. Sie hatten das Stück vor der Aufführung nicht gelesen u deuteten an, daß sie es sehr schlecht gefunden – bis sie aus der Lecture erkannt, daß es ja gar nicht gespielt worden war. (Nun versteh ich ja Berlin. Denk dir nur einmal Solneß oder Wildente zum ersten Mal auf einer Schmiere erlebt!) – Z.s begleiteten mich nach Hause, – nun bin ich da – hab dein liebes Telegramm gefunden, komme mir ohne Brief von dir sehr arm vor – und soll Abends eine Vorlesung halten. (Ich werd's auch thun.) Und weiß noch gar nichts von dir. – Also morgen telegrafirst du. – Ich fahre um 12 nach Dresden, komme um 4 an. Donnerstag früh um 9 etwa nach Berlin. Und du? Und du?

Küss mir die Kinder. Dein A.

Grüße herzlich die Stephi – schad daß sie gestern den Schütz nicht gesehn hat!

An Olga Schnitzler [Palace Hotel] Prag, 1/11 911, Mittwoch früh 10.

Du ahnst nicht, mein geliebtes, was es für ein oedes Gefühl ist, Sonntag Abend von Wien abgefahren zu sein und Mittwoch früh noch keine Zeile von deiner Hand gesehn zu haben. Nun, in Dresden werd ich mich wohl einigermaßen entschädigt finden. Und vielleicht gar schon ein Telegramm, wenn du mir nachkommst? Ich hoffe sehr, daß du Freitag früh in Berlin bist.– Von gestern hab ich noch zu erzählen, daß ich Nachmittag im Hotel verblieb, las, mich für den Vortrag benobelte, – um 6 kam Dr. Friedrich Adler mit Tochter und zwei Stammbüchern. Er begleitete mich ins Casino – (die hiezu designirten Herren ließen mich einfach sitzen); es war so voll, daß man die paar verfügbaren Sessel aus dem Künstlerzimmer auch in den Saal stellte, Dutzende abziehn mußten, und der für 400 Leute bestimmte Saal gegen 500 enthielt. Die Hitze war so enorm, daß ich sofort in Schweiß gebadet war. Ich las, ohne Unterbrechung, Redegonda, Gustl, die Sophienalpenstelle aus dem Weg ins freie. Redegonda wirkte leidlich, die Pointe verdarb's aber. Gustl las ich nicht so gut wie sonst, der Zwicker genirte mich. Weg las ich anständig, aber nicht so gut als in Wien. Im ganzen war ich ohne Stimmung, fand keinen rechten Contact; und (wenn die Zeitungen auch von »Ovationen« reden) der Beifall war mäßig. – Herr Matras und Dr Max Brod schlossen sich mir an. Brod ein besonders häßlicher, unechter, ehrgeizverzehrter, sich, da es sich eben so traf, als Enthusiast aufspielender, bei allen Aussichten und Fähigkeiten doch hoffnungsloser Kumpan. –

Nachtmahl bei Ziegler's mit Teweles u Eger. Spielten »Erraten« ... was ganz anregend war. Um ½12, von E. u T. geleitet ins Hotel. Leidlich geschlafen. Gepackt. Gefrühstückt. Um 12 fahr ich nach Dresden. Weiß noch nicht, was ich dort lesen werde. Redegonda nicht. Der Herr Engler kommt um 5 zu mir ins Hotel. Hab schon wieder (trotz Salipyrin) Kieferschmerzen. – Morgen fahr ich entweder um 9 oder zur Mittagszeit nach Berlin. Dort hoff ich nicht nur einen Brief, sondern jedenfalls auch ein Telegramm zu finden oder im Laufe des (Donnerstag) Nachmittags zu bekommen. Und nun mein liebstes, leb wohl.

Dein A.

An Oskar Bie 19. 11. 1911.

Lieber Doktor Bie.
Ich danke Ihnen sehr für Ihr freundliches Schreiben. Ein Mißverständnis muß ich aber aufklären Es war nie die Rede davon, daß Sie irgend wem einen schon erteilten Auftrag wieder wegnehmen sollten; im Gegenteil, ich habe an Fischer aus Hamburg vielmehr geschrieben, daß man meiner Ansicht nach keinesfalls einem Kritiker verbieten könne, bei Besprechung irgend eines Werkes auch andere Werke desselben Autors in Betracht zu ziehen. Allerdings habe ich mir erlaubt, Fischer in diesem Zusammenhange an mein Ersuchen zu erinnern, gerade den »Medardus« nicht etwa so nebenbei, bei Gelegenheit einer Besprechung der Berliner Aufführung des »Weiten Landes« mitlaufen zu lassen, wofür mir jene dramatische Historie eben doch als eine etwas zu erhebliche Leistung erschienen ist. Wie die Dinge sich nun einmal gestaltet haben, läßt sich das aber nicht mehr aufhalten. Ich bin natürlich sehr ferne davon, die Bedeutung der Kritik für das endgiltige Schicksal eines Werkes zu überschätzen; immerhin wäre es mir sympathisch gewesen, gerade in der Neuen Rundschau meine dramatische Historie von irgend jemandem behandelt zu sehen, der mir, meiner Produktion und überdies österreichischem und wienerischem Wesen ein ausreichendes Maß an Verständnis entgegenbringt. Was nun Kerr anbelangt, so wissen Sie und Fischer und weiß Kerr selbst, wie hoch ich sein Talent verehre und wie gern ich ihn persönlich habe. Darin hat sich nicht das Geringste geändert, trotzdem er seit einer ganzen Reihe von

Jahren wirkliche innere Beziehungen zu meinen Arbeiten kaum mehr zu finden vermocht hat. Über manche seiner Mißverständnisse, wie z. B. anläßlich des »Einsamen Weges«, habe ich mich übrigens mündlich mit ihm ausgesprochen. So habe ich natürlich auch nicht daran gedacht und denke nicht daran, seine ablehnende Haltung dem »Weiten Land« gegenüber irgendwie schwer zu nehmen. Aber was er im »Tag« geleistet, hat zum großen Teil mit ästhetischer Wertung nichts mehr zu tun. Nicht, daß er sich abfällig, sondern, daß er sich ungezogen äußerte, hat mich verstimmt und diese Verstimmung hat durchaus andere Wurzeln als die einer künstlerischen Empfindlichkeit, die ja am Ende auch zu entschuldigen wäre. Wenn Kerr mir nachsagt, ich arbeite mit »Wienerischen Brechmitteln«, wenn er Übelkeiten markiert, weil ich den Sohn eines etwas anglomanischen Herrn der Wiener Gesellschaft Percy nenne, so sind das Geschmacklosigkeiten, die ich gerade einem Mann wie Kerr nicht nachzusehen gewillt bin, wie ich ja überhaupt nicht begreife, warum innerhalb der literarischen Umgangsformen grobe Taktlosigkeiten ohneweiters hingenommen werden sollen, die auf einer gewissen Höhe des gesellschaftlich-menschlichen Verkehrs eine Fortdauer freundschaftlicher Beziehungen gewiß unmöglich machen würden. Unter diesen Umständen werde ich also schon angenehm überrascht sein, wenn in dem von Ihnen angekündigten Artikel ein wohlgebildeter Ton mir gegenüber festgehalten werden sollte. Erfreulicheres von dieser Seite zu erwarten, bin ich nach meinen letzten Erfahrungen kaum mehr berechtigt.

Zu meiner geringen Einschätzung des realen Wertes jeder, selbst leidlich vernünftiger Kritik, wird es Ihnen vielleicht nicht recht stimmen, daß gerade die Medardus-Angelegenheit in meinem Briefwechsel mit Fischer und mit Ihnen immer wieder mit kaum angebrachter Wichtignehmerei behandelt zu werden scheint. Aber es hat sich nun tatsächlich anläßlich der »Weiten Land«-Aufführungen in Deutschland gezeigt, daß beinahe alle Theaterreporter, die ja bei solchen Gelegenheiten gleich Literaturgeschichte zu verüben trachten und über die Gesamtpersönlichkeit des Verfassers sich als Richter eingesetzt glauben, von der Existenz des »Medardus« nicht das Allergeringste gewußt oder sich wenigstens so angestellt haben; und wenn man nun einmal etwas der Öffentlichkeit übergeben hat, so wünscht man eben doch, daß es als existent betrachtet werde, selbst wenn es nur in Österreich aufgeführt worden ist.

Womit mein Standpunkt in dieser Angelegenheit endgiltig dargelegt sein dürfte und es wohl kaum noch meiner Versicherung brauchte, daß ich auch heute, wie stets Ihnen, Fischers und der Neuen Rundschau freundschaftlich ergeben bleibe.– Ob Sie einen Wiener Brief von Norbert Jacques bringen wollen, der etwas von den Eindrücken der Wiener »Medardus«-Aufführungen Kunde gäbe, muß ich völlig dem Resultat Ihrer redaktionellen Erwägungen anheim geben.

Mit herzlichen Grüßen

Ihr

[A. S.]

An Konstantin S. Stanislawski 30. 11. 1911.

Verehrter Herr Stanislawski.

Erlauben Sie mir, auf das eben erschienene Stück von Hofmannsthal, nach dem alten englischen Mysterium »Jedermann«, aufmerksam zu machen, das in wenigen Tagen bei Reinhardt aufgeführt werden wird und das, wie mir scheint, auch für das Künstlerische Theater in Moskau eine sehr schöne und Erfolg versprechende Aufgabe bedeuten dürfte. Ich nehme an, daß Hofmannsthal selbst Ihnen das Buch schon zugeschickt hat; wenn es auf Sie, verehrter Herr Stanislawski, einen gleich starken Eindruck machen sollte als auf mich, werden Sie als Direktor, Regisseur und Schauspieler dem Gedanken einer Aufführung gewiß sehr bald nähertreten.

Seien Sie mir bestens gegrüßt und lassen Sie mich hoffen, daß ich bald wieder, mit den andern so zahlreichen Freunden und Bewunderern Ihres Theaters, Gelegenheit haben werde, Sie und die Ihrigen in Wien zu begrüßen.

Ihr

[A. S.]

An Felix Bloch's Erben (Verlag) 9. 12. 1911.

Sehr geehrter Herr.

Da meine Rechte hinsichtlich des »Schleiers der Pierrette« speziell Ihrer geschätzten Firma gegenüber genau dieselben sind, wie diejenigen des Herrn Ernst v. Dohnanyi, so waren sie natürlich verpflichtet, vor einer so heiklen Abmachung, wie es diejenige mit der Wiener Hofoper war, sich geradeso wie mit Dohnanyi auch mit mir ins Einvernehmen zu setzen. (Daß Sie es nicht getan haben, ist von üblen Folgen für das kleine Werk gewesen, das durch sein unglückliches Erscheinen am Beginn eines Caruso-Abends und andere damit zusammenhängende – für den Kenner hiesiger Verhältnisse leicht vorauszusehende – Umstände, auf geraume Zeit hinaus erheblich geschädigt worden ist.) Bei Ihrer außerordentlichen Erfahrung in Theaterdingen und bei Ihrem bekannten Takt im Verkehre mit Autoren, wissen Sie das selbstverständlich geradeso gut wie ich und Sie werden mir daher erlauben, die Schlußbemerkung Ihres Briefes »Die Angelegenheit geht somit in Ordnung« als die etwas flüchtige Formulierung Ihres freundlichen Wunsches aufzufassen, daß ich Ihre, im Drange der Geschäfte unterlaufene Versäumnis, als entschuldigt und die Angelegenheit als erledigt betrachte. Diesen Wunsch erfülle ich umso bereitwilliger, als es mir an Zeit gebricht, mich mit einer so verfahrenen und für alle Teile gleich aussichtlosen Sache weiter zu beschäftigen.

Hochachtungsvoll

[A. S.]

An Carl Sternheim 27. 12. 1911.

Sehr geehrter Herr Sternheim.
Der Aufruf, den Sie im Namen von Wedekind, Eulenberg, Borngräber und in Ihrem eigenen mir zur Unterzeichnung zuzusenden so freundlich sind, widerspricht meinen Erfahrungen, meinen Ansichten und meinem Gefühl vom Verhältnis des Dichters zum Publikum so sehr, daß ich mich außerstande erklären muß, ihn zu unterschreiben, trotzdem ich mich in meinem Widerwillen gegen die Zensur und gegen deren wahrhaft aufreizende Übergriffe, insbesondere in der letzten Zeit, mit Ihnen allen, meine Herren, völlig eines Sinnes weiß.

Mit vorzüglicher Hochachtung
Ihr sehr ergebener
[A. S.]

An N. N. Wien 28. 12. 911
[Visitenkarte]

liebes Fräulein, ich wünsche Ihnen, daß Sie noch lange siebzehn Jahre jung bleiben – auf die Gefahr hin, daß Sie noch lange nichts von mir lesen dürfen.

Schönen Neujahrsgruß
Arthur Schnitzler

An Otto Brahm Wien, 30. Dezember 11

Lieber Freund,
die gute »Komtesse« wartet nun schon so lang, daß sie sich vor lauter Müdigkeit auch neben die »Erde« setzen mag. Wie sich die nach der tiefsinnig kritischen Nomenklatur so angefaulte dekadente Gesellschaft neben Schönherrs knödelfressendem Riesengeschlecht behaupten wird, soll die Zukunft lehren. Ich nehme an, daß die »Erde« den (verdienten) Erfolg haben wird und daß die Leute wegen der »Komtesse Mizzi« ins

Theater gehen werden. So ist allen Teilen geholfen. Übrigens wissen Sie selbst am besten, wie sehr ich Schönherr schätze – ihn geschätzt habe, lang eh er berühmt war; die »Erde« speziell war nie mein Fall. Ein Akt aus dem Stück, nach Wahl, wäre zu geben – und das »Knechtl« zu erschlagen. Hier wäre eine Aufgabe für begabte Kindermörder! –

Es freut mich, daß Sie »Das weite Land« am 2. Feiertag gespielt und es nicht zu bedauern gehabt haben. Nun müssen wir ja schon knapp vor 25 halten? – Den Prager Philipp werden Sie wohl nicht benötigen, da meiner Ansicht nach Walter sich bewähren dürfte; ich weiß übrigens nicht, wer der Mann ist.

Daß Ihr schöner Kleist so glänzend auch in der neuen Form reussiert, war zu erwarten; wie sehr sich meine Frau an Ihrem ergreifenden Stauffer-Bern-Buch erfreut hat, wird sie Ihnen wohl auf dem Semmering persönlich sagen. Wann wollen Sie kommen? Gleich nach dem Tänzchen? Ich hoffe, wir werden ein paar helle Wintertage möglichst wohlgelaunt oben miteinander verbringen. Lassen Sie uns bald wissen, für welchen Termin Sie die Reise projektieren und ob Sie sich für eine Mahlzeit zwischen Nordwest- und Südbahn in der Sternwartestraße aufhalten werden.

Die Volksbühne hat sich nachträglich wegen Tantiemennachlaß (Anatol) an mich gewandt, was ich natürlich im Sinne der Petentin erledigte. Jene andre Volksbühne hat durch Adolph Paul sehr unverbindlich betreffs des Medardus angefragt; Teweles hat sich nicht mehr gemeldet, und ich lasse die Dinge an mich herankommen – oder auch nicht.

Seien Sie von uns allen herzlichst gegrüßt, auf baldiges Wiedersehen.

Ihr A. S.

An Paul Englisch 31. 12. 1911.

Sehr geehrter Herr Doktor.
Schon durch Hofrat Burkhard habe ich vor einigen Monaten erfahren, daß ich in einem Pseudonymen-Lexikon als Verfasser eines Romanes »Josefine Mutzenbacher« bezeichnet werde. Ich habe ihm erklärt, was ich auch Ihnen hier mitzuteilen habe, daß ein Werk dieses Namens mich nicht nur nicht zum Verfasser hat, sondern daß ich es sogar niemals zu Gesichte bekommen habe. Ich kann mir nur vorstellen, daß ein Trick von Personen vorliegt, die etwa an dem Absatz des Buches irgendwie interessiert gewesen sein mochten und die es für praktisch fanden, einen bekannten Namen als Autor des Werkes auszuspielen. Sie würden mir einen Gefallen erweisen, sehr geehrter Herr Doktor, erstens, wenn Sie mir sagten, unter welchem Pseudonym jenes Buch erschienen ist, ferner wie die genaue Adresse des Lexikographen lautet, in dessen Buch jene falsche Angabe Eingang gefunden hat.
Was ich geschrieben habe und schreiben werde, kann ich jederzeit, auch wenn zu befürchten steht, daß es bei Sittlichkeitsaposteln oder -heuchlern Anstoß erregen könnte, – ich habe es bewiesen – mit meinem vollen Namen vertreten.

Mit vorzüglicher Hochachtung
[A. S.]

An Julie Markbreiter Wien XVIII. Sternwartestraße 71
3. 2. 1912.

Meine liebe Tante Julie,
Für Deinen freundlichen Bericht über die Aufführung des »Märchen« danke ich Dir herzlich. Seither habe ich auch einige Kritiken erhalten, aus denen ich leider entnehmen muß, daß das Stück nicht sonderlich gefallen hat und sogar als etwas veraltet empfunden wurde. Es ist schade, daß in der Voranzeige oder auf dem Zettel die Entstehungszeit des Stückes (1891) nicht vermerkt war. Damals und kurz darauf, nach der

ersten Aufführung in Wien (1893), galt das Stück sogar für deutsche Begriffe als hervorragend unsittlich. In Prag war es aus Sittlichkeitsgründen verboten. Jetzt wirkt es sogar in London zahm. So ändern sich die Zeiten! Herr J. T. Grein, mein sogenannter Vertreter, hat mir weder von der bevorstehenden Aufführung noch von der stattgehabten ein Wort vermeldet.

Was den Wunsch des Zionisten-Vereines anbelangt, so würde ich ihn am liebsten erfüllen, indem ich für das projektierte Buch diejenigen Stellen aus dem »Weg ins Freie« zum Abdruck gestatte, in welchen über den Zionismus geredet wird. Allerdings in einem Sinne, der dem der Zionisten nicht ganz entsprechen dürfte. Vielleicht bist Du so gut und frägst die Veranstalter oder Herausgeber, ob sie damit einverstanden wären; die betreffenden Stellen finden sich hauptsächlich im dritten Kapitel Seite 133 f.f., auch einiges aus dem sechsten S. 297 ff. käme in Betracht. Paßt den Herren das nicht, so kann ich ihnen wohl auch etwas anderes schon Gedrucktes zur Verfügung stellen. – Wann wir nach London kommen, das steht noch immer nicht fest. Einen persönlich literarischen Anlaß abwarten zu wollen, erschiene wohl als eine Verschiebung ins völlig Ungewisse. Im übrigen fällt mir eben ein, daß der »Kakadu« im Haymarket-Theater noch immer bevorsteht. Also vielleicht zur 100. Aufführung??

Bei uns geht's recht gut, wir dichten, singen, gehn in die Schule und spielen mit Puppen, je nach Alter u Talent. Euch alle herzlichst grüßend

getreu wie immer
Arthur

An L. Andro 12. 2. 1912.

Sehr verehrte Frau.

Die musikalische Legende (Palestrina) von Hans Pfitzner habe ich mit größtem Interesse gelesen; als Grundlage für musi-

kalische Bearbeitung scheint mir das Buch sehr glücklich entworfen, aber dichterische und theatralische Qualitäten selbständiger Art würden für Einfall und Durchführung, auch bei solchen Lesern Anteilnahme werben, die nicht, wie es mir begegnet ist, schon während der Lektüre immerfort Musik mitklingen hörten, leider noch nicht die von Pfitzner, der ich mich diesmal ganz besonders entgegenfreue. Vielleicht gebricht es dem zweiten Akt ein wenig an innerer Klarheit, doch denke ich mir, wird die Musik hier manches zu entwirren imstande sein, was die Knappheit des Textes allzu dicht verknotet hat. Eine Kleinigkeit noch: Im letzten Akt sollten die Leute auf der Straße nicht »Eviva!« rufen; man muß ja annehmen, daß das Ganze aus dem Italienischen ins Deutsche übertragen ist und so wirkt es etwas unlogisch, daß gerade dieses eine populäre Wort italienisch stehen geblieben ist.
Bitte, verehrte Frau, Hans Pfitzner in meinem Namen für sein Vertrauen aufs Herzlichste zu danken. Ich hoffe es bald persönlich tun zu können, da er ja im Frühjahr nach Wien kommen dürfte. Von Ihnen hoffe ich, bald wieder etwas zu lesen; ich irre mich ja nicht, wenn ich Sie mit der Verfasserin eines Novellenbuches (hieß es nicht die »Augen des Hyronimus«) identifiziere, das ich vor einer Reihe von Jahren mit Vergnügen kennengelernt habe.

Mit verbindlichem Gruß
[A. S.]

An Stefan Grossmann 12. 2. 1912.

Sehr geehrter Herr Grossmann.
Ich sage Ihnen besten Dank für die freundliche Mitteilung, daß Sie Ihre Meinung über »Das weite Land« in einer dem Stück so günstigen Weise geändert haben. Da Sie schon dem privaten Eingeständnis Ihres Irrtums eine, wie Sie sagen, erleichterte Viertelstunde verdanken, kann ich mir wohl denken, wie befreit Sie aufatmen werden, wenn Sie allen denjenigen,

denen Sie aus Ihrem ersten Eindruck kein Hehl machten, den vertrauensvollen Lesern Ihrer Kritiken, auch Ihr heutiges, wie ich nicht zweifle, endgiltiges Urteil, zur Kenntnis gebracht haben werden. Ja, fast dünkt mich, daß Ihre Leser begründetere Ansprüche auf eine solche Richtigstellung erheben dürfen als der Autor selbst, der sie nur als eine besondere und von Kritiker-Seite wahrhaft ungewohnte Liebenswürdigkeit betrachten darf.
Verbindlich grüßend

Ihr sehr ergebener
A. S.

An Fritz von Unruh 15. 2. 1912.

Sehr verehrter Herr v. Unruh!
Für die Übersendung Ihres Dramas sage ich Ihnen besten Dank. Ich habe es mit wirklichem und wachsendem Interesse gelesen. Obwohl ich nie Gelegenheit hatte Angehörige des Kreises, den Sie schildern, näher kennen zu lernen, kann ich mich des Eindruckes nicht erwehren, daß in Ihrem Stück eine höhere Art von Wahrheit zu finden ist als in jenem andern, berühmt gewordenen Offiziersdrama »Rosenmontag«. Ob der Dialog Ihrer Offiziere einer mir aus äußeren Gründen nicht zugänglichen Realität entspricht oder ob Sie mit Absicht stilisiert haben, vermag ich nicht zu entscheiden. Jedenfalls glaube ich hier stellenweise eine gewisse Manier zu verspüren, die zweifache Wurzel haben kann: in literarischen Vorbildern der Sturm- und Drangperiode und in persönlichen Momenten Ihres Verkehres und Ihrer Erlebnisse. Technisch gäbe es allerlei zu bemerken, insbesondere scheint mir der Anfang zu breit geraten; vielleicht nur darum wirkt der Schluß bei der Lektüre allzu knapp. Die Aufgaben, die Sie den Schauspielern und dem Regisseur stellen finde ich interessant und das Grundproblem ist dichterisch gefühlt, wenn auch nicht durchaus mit der letzten dialogischen Schärfe und dramatischen

Kraft gestaltet. In der Seele Ihres Helden klingt für mich ein Widerhall aus der des Obersten im »Ruf des Lebens«. Aber Sie glauben mir wohl, verehrter Herr v. Unruh, daß es nicht das allein ist, was mich in Ihrem Drama berührt hat und mich Ihren ferneren Arbeiten mit ernster Erwartung entgegensehen lässt.

Mit verbindlichen Grüssen
Ihr sehr ergebner
[A.S.]

An Rudolf Lothar 26. 2. 1912.

Lieber Rudolf,
Die Existenz der Familie Delorme, von der Dir Ludwig Bauer erzählt hat, kann ich nicht ableugnen. Sie ist vor acht Jahren von der Zensur verboten worden und wenn die Zensur sie jetzt erlaubte, würde ich sie verbieten, weil ich sie nicht gut leiden kann. Hätte ich sie wollen spielen lassen, so war mir schon, wie Du Dir ja denken kannst, insbesondere in Wien manche Gelegenheit geboten. Ich habe keine benützt und muß also auch Dich, lieber Rudolf, bitten, von Deinem freundlichen Vorhaben abzusehen.
Mit herzlichem Gruß

Dein
[A. S.]

An Michael Holzmann 7. 3. 1912.

Sehr geehrter Herr Doktor.
Wie ich erfahre, bin ich in dem von Ihnen und Bohatta herausgegebenen deutschen Anonymen-Lexikon als wahrscheinlicher Verfasser eines anonym erschienenen Romans »Josephine Mutzenbacher« angegeben. Vielleicht haben Sie die Freundlichkeit, dies in einer nächsten Auflage des Lexikons zu korrigieren. Ich halte es für möglich, daß Leute, die an dem

materiellen Erfolg jenes Romans (den ich bis zum heutigen Tag nicht kenne) interessiert waren, das Gerücht von meiner Autorschaft lanciert haben; mir persönlich ist es niemals eingefallen, für irgend ein Wort, das ich geschrieben habe, nicht mit meinem vollen Namen einzutreten.

Mit vorzüglicher Hochachtung

[A. S.]

An Friedrich Hofreiter 20. 3. 1912.

Sehr geehrter Herr.

Daß ein Bergführer namens Penn existiert, war mir bekannt; ich habe selbst vor einigen Jahren, wenn ich mich nicht irre, von Seis aus mit ihm eine Partie gemacht. Daß es aber einen Menschen gibt, der den Namen meines Fabrikanten aus dem »Weiten Land« trägt, erfahre ich erst aus Ihrem werten Schreiben. Wieso ich gerade auf diesen Namen gekommen bin, kann ich beim besten Willen nicht mehr sagen.

Mit vorzüglicher Hochachtung

[A. S.]

An Elisabeth Steinrück 29. 4. 1912

Liebe Liesl.

In der Angelegenheit Grossmann haben wir nun gestern Deinem Vorschlag gemäß auch mit Salten gesprochen. Wie ich voraussehen konnte, besteht zwischen seiner und meiner Auffassung kein wesentlicher Unterschied. Ich habe eigentlich nur zu wiederholen, was ich Albert schon in Salzburg gesagt habe: Die ausgezeichnet dotierte und künstlerisch bedeutende Stellung am Münchner Hoftheater aufzugeben, um einer neuen Position willen, die finanziell keine größeren Vorteile bietet und von der in künstlerischem Sinne sich begreiflicherweise nichts Sicheres prophezeien läßt, liegt absolut kein Anlaß vor. Die Hetze in München scheint ja abgeflaut zu haben und ihr

Resultat war, wie in solchen Fällen immer, doch im Grunde nur eine Reklame für Albert. Sie war es umso mehr, als ja die ganze Hetze, wie jeder Mensch weiß, von der Zentrumspartei ausging, sich also gewissermaßen als eine politische Angelegenheit darstellt, was ja das künstlerische Ansehen Alberts bei allen Vernünftigen nur gefestigt und erhöht hat. Selbst wenn Speidel gehen sollte, ist nicht einzusehen, warum Albert seinem Beispiel folgen müßte. Sein Vertrag läuft noch auf Jahre. Ein neuer Chef kann ihn nicht entlassen, sondern höchstens kaltstellen; es erscheint mir sehr fraglich, ob das bei der großen Beliebtheit Alberts im Publikum sich so ohneweiters würde durchführen lassen; immerhin sollte doch Albert zum mindesten erst abwarten, wie sich die Dinge weiter entwickeln. Er hat ja Zeit dazu. Innerhalb ein bis zwei Jahren kann sich viel ändern, auch innerhalb der Wiener und Berliner Theaterzustände; ich sehe in dem Antrag Grossmanns absolut nichts, was Albert bestimmen sollte, sich vorzeitig zu binden und andere, höhere Chancen a priori auszuschalten. Irgend etwas über das neue Theater unter Grossmanns Direktion vorherzusagen, vermag heute kein Mensch. Daß Grossmann selbst an die Zukunft dieses Theaters glaubt ist selbstverständlich, daß er selbst die besten Absichten hat, insbesondere die, Albert alle Versprechungen zu halten, will ich nicht bezweifeln. Aber Ihr wißt ja selbst, daß im Theaterleben allerlei Faktoren mitzuspielen pflegen, die nicht ausschließlich in die Hand eines Direktors gegeben sind. Daß Großmann alles daran setzt, um Albert für sein Theater zu bekommen, spricht ja für ihn, aber darin allein sehe ich für Albert noch keinen Grund, einem Ruf ins Ungewisse zu folgen, so lang einem die Möglichkeit gegeben ist, innerhalb des Gewissen zu verharren und eventuell auch noch andere Rufe in minder Ungewisses abzuwarten. Albert bedeutet heute einen ersten schauspielerischen Namen in ganz Deutschland. Die Angst, daß er etwa eine Gelegenheit versäumen könnte, die nicht wiederkehrt, kann nur einer vorübergehenden Nervosität entspringen, der nachzugeben ein voreiliges Beginnen wäre. Ich an seiner Stelle würde mir die Entscheidung vorbehalten zum mindesten bis das Grossmann'sche Theater seine künstlerische Existenzmöglichkeit in einwandfreier Weise bewiesen hat. Es muß sich erst zeigen, ob das Bedürfnis nach dieser neuen Bühne besteht, ferner, ob es an dem Ort, wo es gebaut wird, prosperieren kann und drittens, ob Stefan Grossmann ein wirklicher Theaterdirektor ist. Gewiß könnten gerade durch Alberts Eintritt alle diese Fragen einer positiven Lösung näher geführt werden. Aber wenn sie negativ ausfallen sollte, ist es Albert vor allem, der es zu bedauern hätte, für die Beantwortung dieser Fragen eine künstlerische Energie aufgewandt zu haben, für deren Betätigung und Ausnützung ihm vorläufig ein weites und zum großen Teile sicheres Feld offen steht.

[Schluß fehlt]

An Albert Graf Mensdorff-Pouilly-Dietrichstein
[Briefkarte]

Wien, 2. 6. 1912

Verehrtester Herr Graf, – seien Sie für Ihre freundlichen und schönen Worte aufs herzlichste bedankt. Wie gut ich mich jenes »Debuts« im väterlichen Hause erinnere – ja auch noch Ihrer Erscheinung (sogar der weißen schwarz tamburirten Handschuhe, die Sie trugen), hab ich Ihnen, verehrter Graf, schon erzählt wenn ich nicht irre. Es freut mich daß auch Sie diesen Abend –, und das Bild meines Vaters so treu im Gedächtnis bewahren; und ich bitte Sie mir zu glauben, daß mir Ihre Sympathie für meine Arbeiten ganz besonders viel bedeutet – denn es gibt wenige Männer, in denen mir das beste unsres alten Oesterreich – und die Möglichkeiten eines bessern neuen stets so rein repraesentirt erschienen wie in Ihrer Person!

In wahrer Hochschätzung

Ihr ergebener
Arthur Schnitzler

An Kurt Junker 13. 6. 1912.

Sehr geehrter Herr.
Außer den von Ihnen angeführten Stellen, die ein Mißverstehen der Hofreiter-Gestalt unmöglich machen sollten, hätten Sie noch eine Anzahl anderer anführen können, so z. B. die im zweiten Akt, wenn er zu Frau Natter sagt: »Ah, du glaubst, daß das so besonders lustig ist –« etc. Und abgesehen von den deutlichen und überdeutlichen Sätzen, ist in Andeutungen so viel zur Erklärung der Gestalt zu finden, daß man schon ein Kritiker sein oder selbst Stücke schreiben muß, um nicht herauszuspüren, von wo aus der Mann zu erfassen ist. Ich habe den Eindruck, daß Sie die Rolle sehr richtig gespielt haben müssen, denn es ist gewiß nicht das Wesentlichste an Hofreiter, daß er ein Wiener ist, für den Darsteller gewiß nicht. Der Dichter, der seine Gestalten nicht ins Leere stellt, wird sie selbstverständlich in den Boden pflanzen, aus dem er selbst einen Teil seiner besten Kräfte zog und in die Atmosphäre, mit der ihm Seele und Sinn am besten vertraut ist. Beim Hofreiter kann ich aber viel eher auf das spezifisch Wienerische verzichten oder auf das, was die Leute so nennen, als bei manchen der Episodenfiguren, deren Lebendigkeit und Theaterwirkung im Lokalkoloristischen und nicht im Individuellen begründet ist. Diese Episodenfiguren müßten bei einer Bearbeitung, nicht Übersetzung, ins Französische z. B. wirklich verändert, eventuell durch andere ersetzt werden, um der gleichen Wirkung wie auf der deutschen Bühne sicher zu sein. Menschen wie Hofreiter, Genia, der alte Aigner, seine Frau u. a. würden meines Erachtens an menschlicher Wahrheit nichts einbüßen, wenn man sie auf anderem Erdreich wieder erblühen ließe. Freilich bleibt es immer eine mißliche Sache, wenn der Hofreiter z. B. mit norddeutschem Akzent dargestellt wird, während alles rings um ihn herum wienerisch redet und gar das Wienerisch, das ich manchmal auf norddeutschen Bühnen mit Schaudern vernehmen mußte. Aber daß der Hof-

reiter auch norddeutsch gut gespielt werden kann, dafür scheinen Sie nicht das erste Beispiel darzubieten. Steinrück in München und Nhil in Hamburg, die ich beide gesehen, haben sich als vorzügliche Darsteller dieser Rolle bewährt und offenbar wie Sie, sehr verehrter Herr Junker, die alte Wahrheit bewiesen, daß es für den Schauspieler vor allem darauf ankommt, in die Grundwurzeln einer dramatischen Gestalt hinabzusteigen, in jene Tiefen, wo sogar nationale und Rassennuancen aufgehoben sind.
Besten Dank für Ihr freundliches Interesse und verbindlichen Gruß von

Ihrem sehr ergebenen

[A. S.]

An Alfred Freiherrn von Berger 17. 6. 1912.

Sehr verehrter Herr Baron.
Mein neues Stück, eine Komödie in fünf Akten, »Professor Bernhardi« betitelt, dem Direktor des Burgtheaters privatim vorzulegen, der ein so lebendiges und wohl bedanktes Interesse für meine Arbeiten, insbesondere so werktätig für meine letzten Dramen bewiesen hat, ist mir mehr als Höflichkeitspflicht, – wenn ich es auch als geradezu ausgeschlossen betrachten muß, daß das hier behandelte Thema zur Diskussion auf der k. k. Hofbühne zugelassen werden könnte.
Es bleibt mir nur übrig, sehr verehrter Herr Baron, Sie um freundliche Nachsicht wegen der mit der Lektüre verbundenen Mühe zu ersuchen, die Hoffnung auszusprechen, daß Ihnen die darauf zu verwendende Zeit nicht als gänzlich verloren erscheine und die Bitte um absolut vertrauliche Behandlung der Angelegenheit beizufügen.
Mit verbindlichen Grüßen

Ihr aufrichtig ergebener

[A. S.]

An Ernst Friedmann 13. 9. 1912.

Sehr geehrter Herr Friedmann.
Entschuldigen Sie, wenn ich Ihnen erst heute auf Ihr freundliches Schreiben vom 28. August antworte. Die bisherigen Bühnenschicksale des »Reigen« waren folgende: Vor etwa 6-7 Jahren hat der Akademisch-Dramatische Verein in München drei Szenen daraus, trotz meines Abratens (zu einem Verbot lag kein Grund vor), aufgeführt und wurde daraufhin aufgelöst. Von einem Erfolg der Veranstaltung ist mir nichts bekannt geworden. Einige Zeit später haben die Elf Scharfrichter ohne mein Wissen – ich erfuhr durch Zufall davon – eine Szene aus dem Reigen aufgeführt, ich weiß nicht welche; es soll ganz miserabel gewesen sein. Seither sind manche Anträge an mich gelangt. Ich habe mich jedesmal ablehnend verhalten, da ja eine Aufführung dieser zehn Szenen in ihrer wahren Gestalt ein absolutes Ding der Unmöglichkeit wäre, und jede Milderung den Sinn des Ganzen zunichte machen müßte. In der nächsten Zeit soll, wie ich höre, der »Reigen« in Ungarn zur Aufführung kommen. Da dort das Stück ungeschützt ist, so werde ich wohl, um mich nicht aller Rechte a priori zu begeben, durch meinen Vertreter mit den betreffenden Leuten in Verhandlung treten müssen. Meinen prinzipiellen Standpunkt in der Angelegenheit berührt das keineswegs.
Mit verbindlichen Grüßen

Ihr sehr ergebener
[A. S.]

An Otto Brahm Wien, 23. September 12

Lieber Freund,
vielen Dank für Ihren Brief. Während mir Ihre anderen Bedenken weniger einleuchten, teile ich Ihre Ansicht über die Besetzungsschwierigkeiten im Lessingtheater durchaus. Aus

dieser Überlegung ging ja auch meine zugleich mit Absendung des Stückes an Sie gerichtete Frage hervor, wie Sie sich die Besetzung des Stückes bei Ihnen überhaupt vorstellen. Diese Frage erlaube ich mir heute zu wiederholen, besonders im Hinblick auf Ihre freundliche Absicht, zur eventuellen Premiere oder einer Wiederholung nach Wien zu kommen, »wenn ich bis dahin das Stück für Berlin nicht vergeben hätte«. Ob es zweckmäßig für mich ist, weitere Verhandlungen mit anderen Berliner Bühnen (es kommt wohl ernstlich nur Barnowsky in Betracht) vorläufig zu unterlassen, darüber kann ich mir natürlich erst dann eine Meinung bilden, wenn mir überhaupt eine Möglichkeit vorhanden scheint, daß das Lessingtheater für die Hauptrollen entsprechende Vertreter besitzt oder im Ernstfall der »Bernhardi«-Aufführung besitzen würde. Vom Volkstheater ist die Komödie mit unverkennbarer Freude akzeptiert worden. Gestern habe ich mit Glücksmann die Besetzung besprochen, die, wenn allen meinen Wünschen willfahren werden sollte, sehr gut sein wird. Als Termin ist Anfang Dezember in Aussicht genommen, doch halte ich es aus verschiedenen Gründen für wahrscheinlicher, daß es, wie auch im Kontrakt vorgesehen ist, Jänner werden dürfte. Wie die Zensur sich zu der Angelegenheit stellen dürfte, ist freilich noch nicht abzusehen. Auch eine Verschleppung könnte von dieser Seite drohen, da es ja ohne Zensurarbeit diesmal nicht abgehen dürfte. Darf ich Sie bitten, mir die Fahnen des »Bernhardi« gelegentlich zurückschicken zu lassen?
Herzlichst, mit Grüßen von uns allen,

Ihr A. S.

An Wladimir Nemirowitsch-Dantschenko 1. 10. 1912.

Sehr geehrter Herr Direktor.
Wie mir Herr Swesditsch mitteilt, möchte das Künstlerische Theater gern ein Stück von mir spielen. Nun habe ich eben

eines vollendet, das Ende dieses Jahres in deutscher Sprache seine Erstaufführung erleben wird und das sich für Ihr Theater besonders gut eignen würde. Bevor ich es Ihnen aber einsende, möchte ich gern wissen, ob Sie in dieser Saison überhaupt noch Platz für mich haben. Für eine umgehende Antwort wäre ich Ihnen sehr verbunden.
Mit vorzüglicher Hochachtung

Ihr ergebener
[A. S.]

An Alfred Mayer 10. 10. 1912.

Lieber und verehrter Herr Mayer.
Den Baron Franckenstein habe ich seit vielen Jahren nicht gesprochen und die Zeit eines etwas näheren Verkehres liegt noch weiter zurück als mein letztes Zusammentreffen mit ihm. Es war vor vielleicht zwölf Jahren, daß wir einander öfter sahen. Er erschien mir damals als ein kluger, sympathischer Mensch von künstlerischem Empfinden. Wie weit sein musikalisches Talent reicht, darüber habe ich kein Urteil, weil ich so gut wie gar nichts von ihm kenne. Wassermann, mit dem ich neulich über ihn sprach, erklärt ihn für einen absolut verläßlichen Menschen. Hofmannsthal äußerte sich schon vor längerer Zeit über ihn, er sei der leidenschaftlichste Mensch, dem er je begegnet wäre. Trifft das zu, daß er sowohl ein leidenschaftlicher als ein verläßlicher Mensch sei, so kann sich München zu dem neuen Intendanten gewiß gratulieren; sehr energisch und als ein vollkommener Gentleman ist er mir jederzeit erschienen. Abgesehen von dieser letzteren Eigenschaft sehe ich in der Figur des Georg von Wergenthin seelisch wenig Gemeinsames mit der Gestalt des Freiherrn von Franckenstein. Nur manche äußere Momente seiner Existenz – nicht seine Schicksale – habe ich für meinen Roman in Verwendung gezogen; also wer aus der Gestalt des Wergenthin irgendwelche Schlüsse auf Franckenstein ziehen sollte, wird

erheblich fehlgehen. Wie ich von dritter Seite hörte, soll Franckenstein darüber aigriert gewesen sein, daß mancherlei Äußerliches, vielleicht auch ohne mein Wissen Innerliches, aus dem Verlauf seines Lebens mit gewissen Momenten aus dem Leben meines Helden Analogien aufweist; ich möchte ihm aber eine so falsche Auffassung von den Rechten des Dichters lieber nicht zutrauen.
Mein Stück, dessen Sie sich so freundlich erinnern, liegt hier noch bei der Zensur. Ob es freikommt, ist in diesem Augenblick noch nicht abzusehen. Hinsichtlich Berlin steh ich in Verhandlung mit Barnowsky. Brahm vermag mir keine nur halbwegs mögliche Besetzung vorzuschlagen und überdies wünscht er sich die Entscheidung bis nach der Wiener Première vorzubehalten, worauf ich natürlich nicht eingehe. Dies alles unter uns.
Mit Dr. Pohl steht meine Frau in Korrespondenz; sie hat die Absicht ihre Konzerte Ende Feber oder Anfang März zu geben.
Mit herzlichen Grüßen von uns Beiden [A. S.]

An Salomon Zimmels 10. 10. 1912.

Sehr geehrter Herr Professor.
Wie mir mein Sohn mitteilt, wurde an ihn und seine jüdischen Mitschüler die Aufforderung gerichtet, jeden zweiten Samstag Nachmittag drei Uhr den Tempel zu besuchen. Ich erlaube mir nun die Anfrage an Sie, sehr geehrter Herr Professor, zu richten, ob dieser Tempelbesuch an jedem zweiten Samstag für Gymnasialschüler gesetzlich vorgeschrieben ist. Wenn das nicht der Fall sein sollte, so würde ich höflichst bitten, auf die Teilnahme meines Sohnes an den Tempelstunden zu verzichten und stehe Ihnen, sehr geehrter Herr Professor, zu der Begründung dieses meines Ansuchens selbstverständlich gerne persönlich zur Verfügung.

Mit vorzüglicher Hochachtung

[A. S.]

An Olga Schnitzler [Hotel Esplanade, Berlin]
12. 11. 912
½6 Abd

Mein liebster Schatz, komme eben vom Mittagessen – nachdem die Probe bis gegen 4 gedauert (war mit B. im Prinzen Wilhelm –) – und schon wartet unten im Foyer Herr Schach vom Lichtspielverlag, u. um ½7 soll ich bei Fischer sein – kann dir nur eben für deinen Brief tausendmal danke sagen – morgen Abend verlasse ich dieses Städtchen u hoffe Donnerstag früh bei dir zu sein. Über die Probe etc erzähl ich mündlich – wir kamen heut bis Mitte 3. Akt. Die Rollen zweiten Rangs werden ersten Rang gespielt werden, die ersten – zweiten. Das Stück ist gut. Ich sollte das Dichten noch nicht aufgeben.
An den Krieg in den nächsten Monaten glaub ich absolut nicht. Was Herrn B. leider nichts nützen wird. –
Tausend Grüße Dein A.

An Leopold Freiherrn von Andrian 18. 11. 1912.

Mein lieber Poldi.
Da so lange keine Nachricht von Ihnen kam, hatte ich schon ein wenig Angst, daß Sie, unzufrieden mit den konsequent günstigen Aussagen Ihrer Ärzte, sich vielleicht wieder auf die Bahn gesetzt hätten und irgendwo hingefahren wären, wo man Ihnen auf dringendes Verlangen vielleicht doch endlich etwas Beunruhigendes gesagt hätte. Ich will nicht so unbescheiden sein und es meinen Briefen zuschreiben, daß Sie das unterlassen haben, sondern Ihrer Einsicht, freue mich, daß es Ihnen gut geht und wünsche von Herzen, daß Sie sich Ihre seelische Grundstimmung nie wieder durch hypochondrische Gedanken stören lassen. Was Sie mir sonst Liebenswürdiges sagen, geht natürlich auch weit über mein Verdienst und in jedem Fall erlaube ich mir, die Anima naturalita der Chri-

stiana, die Sie in mir entdecken wollen, in meiner Art mit Anima humana [zu bezeichnen], denn die Animae christianae, die Sie meinen, hat es lange vor dem Christentum auch schon gegeben und sie werden noch in einer Zeit existieren, in der das Christentum geradeso einen geschichtlichen Begriff bedeuten wird, wie die Antike. Bis dahin wird es natürlich noch sehr lange dauern, aber ich habe sehr viel Geduld in Hinsicht auf Dinge, die ich ja doch nicht erleben werde. Was ich mir aber, gleich Ihnen, für recht bald erwünsche, das ist ein möglichst unmedizinisches Gespräch, in dem ich mir, insbesondere über unsere äußerliche Politik, wertvolle Aufklärungen erhoffe. Was Sie über die Rolle der Presse in den jetzigen Zuständen sagen, leuchtet mir mehr ein als je.
Seien Sie herzlichst gegrüßt und lassen Sie mich bald wieder Gutes vernehmen.

Ihr
[A. S.]

An Viktor Barnowsky 3. 12. 912.

Sehr verehrter Herr Direktor.
Der Abend, an dem die Erstaufführung des »Professor Bernhardi« im Kleinen Theater stattfand, und auch noch die nächstfolgenden Tage, standen so sehr unter dem düstern Eindruck des großen Verlustes, den wir durch den Tod Otto Brahms erlitten haben, daß ich Ihnen, wie mir nun scheint, nicht so herzlich gedankt habe, als es meine Absicht gewesen ist. Lassen Sie mich das nun nach meiner Wiederankunft in Wien nachholen und lassen Sie mich Ihnen nochmals sagen, wieviel Freude ich an der ausgezeichneten Aufführung meines Stükkes, an Ihrer glänzenden Regie und überhaupt an unserer gemeinsamen Arbeit, unserem gemeinsamen Erfolg, gehabt habe. Möge uns dieses erste gemeinsame Gelingen eine gute Vorbedeutung für die kommenden Jahre sein. Haben Sie die Güte, lieber Herr Direktor, auch Ihren ausgezeichneten Mit-

gliedern mit meinem Dank die wärmsten Grüße zu bestellen und lassen Sie mich am Ende die Hoffnung aussprechen, daß ich bei einer nächsten willkommenen Gelegenheit, zumindest der Mehrzahl dieser Künstler, unter dem gleichen liebenswürdig-energischen Führer wiederbegegne.
In aufrichtiger Sympathie Ihnen die Hand drückend

Ihr herzlich ergebener
[A. S.]

An Leopold Freiherrn von Andrian 7. 12. 1912.

Lieber Poldi,
Ich lese nun noch einmal alle Ihre Briefe durch und finde, daß ich Ihnen wirklich nicht viel mehr antworten kann als in meinem Telegramm stand. Ihre Temperaturen, die von 36.5 bis gegen 37 zu schwanken, als Krankheitssymptome aufzufassen, das geht doch beim besten Willen nicht an. Und wenn Sie von Ihrem fiebrischen Gefühl sprechen, so kann ich Ihnen eben nur darauf erwidern, daß es sich, wie die Temperatur mit Sicherheit beweist, absolut nicht um Fieber, daher um ein eklatant neurasthenisches Symptom handelt. Daß Sie sich überhaupt noch nicht ganz wohl fühlen, möchte ich freilich keineswegs auf Ihre »Nerven« zurückführen. Zweifellos ist noch ein Rest des Katarrhs vorhanden, allerdings, wie mir aus genauer Lektüre Ihrer Briefe hervorgeht eines Katarrhs, der trotz der bei Katarrhen fast regelmäßig zu beobachtenden kleinen Auf- und Abschwankungen in entschiedenem Abklingen begriffen ist. Ein Dünn- und Dickdarmkatarrh, wie Herr Dr. K. damals, so weit mir erinnerlich ist, konstatierte. Über die offenbar sehr unbedeutende Blutung vom 23. November kann man sich natürlich aus der Ferne nicht äußern. Da sie sich nicht wiederholt zu haben scheint, wird ihr wohl umso weniger Bedeutung zuzumessen sein, als ja im Verlaufe Ihres Katarrhs dieses Symptom schon einigemal auftrat und nach allergenauester Untersuchung die von Ihnen befürchtete Ursache mit

absoluter Sicherheit ausschließen ließ. Röntgen wurde offenbar nicht vorgenommen, weil zur Stellung der Diagnose die andern Untersuchungsmethoden vollkommen ausgereicht haben. Da Sie nun in Warschau überdies in Behandlung eines vertrauenswürdigen Ihnen sympathischen Arztes stehen, scheint mir ein Anlaß zu einer Reise nach Wien absolut nicht vorzuliegen. Immerhin könnten Sie ja an Dr. K. einen kurzen Bericht mit präcisen Angaben über Temperatur, Gewicht, Appetit, Verdauung einsenden und ihn hinsichtlich der Diät, die ja vielleicht doch noch einiger Beaufsichtigung bedarf, befragen. Ich halte diese Form für richtiger, als wenn ich ihn antelephonierte.

Ich hoffe bald günstige Nachrichten von Ihnen zu bekommen, danke Ihnen noch herzlich für Ihr liebes Glückwunschtelegramm und bin mit vielen Grüßen

Ihr

[A. S.]

An Wilhelm Neumann 19. 12. 1912

Sehr verehrter Herr Regierungsrat.

Vor allem herzlichen Dank für Ihr liebenswürdiges Interesse. Der Irrtum vom k. u. k. Unterrichtsministerium soll in der nächsten Auflage korrigiert werden. Im übrigen bin ich deshalb im Zweifel gewesen, aber ein k. k. oder war es ein k. u. k. Hofbeamter hat diese Zweifel – wie sich nun zeigt – nach der falschen Richtung gelöst. Die Frage, ob Bernhardi vor die Geschworenen oder vor einen Erkenntnissenat kommt, habe ich einem Advokaten vorgelegt. Er hat mich, so weit ich mich erinnere, dahin aufgeklärt, daß Verbrechen, die mit dem Höchstmaß von 5-10 Jahren bestraft werden, dem Geschworenengericht zugewiesen werden. Da sich nun Bernhardi der Anklage nach einer mit Gewalttätigkeit verbundenen Religionsstörung schuldig gemacht hat, ist ein Tatbestand gegeben, der ohne Hinzutritt von mildernden Umständen, even-

tuell mit schwerem Kerker von 5-10 Jahren zu sühnen wäre; doch glaube ich, daß selbst im Falle diese Angaben nicht vollkommen zutreffen sollten, die von mir geschilderten Vorgänge zumindest das Gebiet erlaubter poetischer dramatischer Lizenzen nirgends, auch innerhalb des Juridischen nicht, überschreiten.
Mit verbindlichen Grüßen

Ihr aufrichtig ergebener
[A. S.]

An Egon Heller 28. 12. 1912.

Sehr geehrter Herr.
Das freundlichst übersandte Buch, das Sie einem Arbeitervereine zu widmen gedenken, schicke ich heute mit der gewünschten Namenszeichnung an Ihre Adresse zurück. Für Ihren liebenswürdigen Brief sage ich Ihnen besten Dank. Den von Ihnen zitierten Artikel aus der »Neuen Zeit« habe ich nicht gesehen; wenn ich Ihre Andeutungen recht verstehe, so scheint er sich in dem Kreis von Mißverständnissen zu bewegen, die mir nichts Neues bedeuten. Man nehme statt des Wortes Bourgeois, das ohne hämischen Beiklang nun einmal nicht zu denken ist, das Wort Bürger und nehme es in seiner ursprünglichen und echten Bedeutung, so wird manche Gegensätzlichkeit sich in milderen Farben darstellen, als es jetzt der Fall ist; geradeso wie sich mancher hüten würde, über das Wort Freiheit zu lächeln, der es sich schuldig zu sein glaubt, Liberalismus als eine überlebte und etwas komische Sache anzusehen. Hier liegt freilich ein Problem oder sagen wir einfach ein Thema, über das man nur in ausführlicherem Gespräch zur Klarheit käme.
Für Ihr freundliches Interesse herzlichst dankend

Ihr sehr ergebener
[A. S.]

ANHANG

Die Herausgeber sind der Österreichischen Akademie der Wissenschaften für die Genehmigung, aus den Tagebüchern Arthur Schnitzlers zu zitieren, zu Dank verpflichtet.
Bei der Erarbeitung der Anmerkungen wurde uns von vielen Instituten, Bibliotheken und Archiven, aber auch von Fachleuten und Privatpersonen freundliche Hilfe und uneigennützige Unterstützung zuteil. Von den Vielen, die sich um das Zustandekommen dieses Bandes verdient gemacht haben, seien an dieser Stelle dankend erwähnt: Gerhart Baumann, Donald G. Daviau, Leonhard M. Fiedler, Rudolf Hirsch, Hanns Jäger-Sunstenau, Jorun B. Johns, Eva Kampmann-Carossa, Salcia Landmann, Heinz Lunzer, Ernst L. Offermanns, Werner Volke, Bernhard Zeller.

Wien, im Oktober 1981 *Die Herausgeber*

EDITORISCHE PRINZIPIEN

Der Transkription der Tagebuchexzerpte lag die Originalhandschrift der A. S.-Tagebücher zugrunde.
Bei Briefen, die bereits anderswo veröffentlicht wurden, ist dies in den Anmerkungen erwähnt.

Datierung und Ortsangaben

Zur Kennzeichnung der verschiedenen Datierungen wurden folgende Setzarten benützt:

1. Grundschrift: von A. S. selbst vorgenommene Datierungen.
2. Grundschrift in eckiger Klammer: von den Herausgebern ermittelte und hinzugefügte Datierungen und Ortsangaben.
3. Kursiv: später von A. S. hinzugefügte Datierungen.
4. Kursiv in eckiger Klammer: von fremder Hand vorgenommene Datierungen mit Hinweis in den Anmerkungen.

A. S.'s inkonsequente Anordnung von Daten und Ortsangaben wurden vereinheitlicht: in allen Fällen stehen Ortsangabe und Datum am Beginn des Briefes.

Rechtschreibung und Interpunktion

Eigenheiten der Schreibweise werden folgendermaßen behandelt:

1. Durch die Zeitbedingte Eigenheiten wurden beibehalten, wie z. B. »Thor«, »Brod«, »gescheidt«, »Dinstag«, »Waaren«, »Wittwe«, »Gyps«, »eilf«, »Gallerie«, »Schauspielerinen«, »copirt«, »bischen«, »Misvergnügen«.
2. Für A. S. bezeichnende Eigenheiten wurden beibehalten, vor allem die Kleinschreibung der substantivierten Adjektiva, Kleinschreibung von »früh«, auch da, wo es »Früh« heißen müßte, oder z. B. »Der Weg ins freie«. Auch die Anfänge der Briefe sind häufig klein geschrieben: meine liebe, lieber u. s. w.

Da besonders in der Kurrentschrift bei A. S. D- und -d nicht zu unterscheiden sind, wurde stets »du«, »dein«, »dich« geschrieben. Sofern es sich bei der Unterschrift häufig um ein klares D- handelt, wurde es beibehalten. Doppel-s wurde auf ß korrigiert. Als typisch für A. S. wurde beibehalten: nemlich, allmälig, läugnen, Verläum-

dung, profezeihen, Karrikatur. Lediglich die orthographischen Fehler wie »Feulleton«, »Terasse«, »Kaffe« wurden immer korrigiert.
A. S.'s unorthodoxe Interpunktion wurde grundsätzlich beibehalten; in den seltenen Fällen, in denen hierdurch das Verständnis erschwert worden wäre, wurde stillschweigend eine Ergänzung vorgenommen.
Unterstreichungen in den Briefen sind kursiv, in den Anmerkungen gesperrt gedruckt.
Umlautschreibung
Wo A. S. in der Handschrift -oe, -ae und -ue schrieb, wurde dies beibehalten (Oesterreich). Bei Maschinenabschriften oder Durchschlägen von Briefen wurde grundsätzlich ä, ö und ü gesetzt.
Fremdwörter lateinischen oder französischen Ursprungs
Die für A. S. charakteristische Schreibweise wurde beibehalten. Als Beispiele nennen wir »Correctur«, »Concert«, »Amusement«, »Costume«, »Lecture« etc.
Gemischte Schreibweise
-ph und -f Schreibung, Parquet, Parket, Parkett; Lieutenant, Leutnant etc. wurde jeweils beibehalten.
Irrtümlich *ausgelassene Wörter oder Silben* wurden in eckige Klammern eingefügt. *Unleserliche Wörter* stehen mit drei Punkten und einem Fragezeichen in eckigen Klammern.
Abkürzungen wurden im Text beibehalten, und falls zum Verständnis notwendig, in den Anmerkungen ergänzt. Die Interpunktion nach Abkürzungen wurde nicht vereinheitlicht.

ABKÜRZUNGEN

Dram. Werke I Dram. Werke II	Arthur Schnitzler, Die Dramatischen Werke‹, 2 Bände, S. Fischer, Frankfurt 1962
Erz. Schriften I Erz. Schriften II	Arthur Schnitzler, ›Die Erzählenden Schriften‹, 2 Bände, S. Fischer, Frankfurt 1962
A u. B	Arthur Schnitzler, ›Aphorismen und Betrachtungen«, hrsg. von Robert O. Weiss, S. Fischer, Frankfurt 1967. Ges. Werke, 5. Bd.
E u. V	Arthur Schnitzler, ›Entworfenes und Verworfenes‹, hrsg. von Reinhard Urbach, S. Fischer, Frankfurt 1977. Ges. Werke, 6. Bd.
A. S.	Arthur Schnitzler
A. S.–Auernheimer	›The Correspondence of Arthur Schnitzler and Raoul Auernheimer with Raoul Auernheimer's Aphorisms‹, edited with introduction and notes by Donald G. Daviau and Jorun B. Johns, Chapel Hill, The University of North Carolina Press 1972
A. S.–Bahr	›The Letters of Arthur Schnitzler to Hermann Bahr‹, edited, annotated, and with an introduction by Donald G. Daviau, Chapel Hill, The University of North Carolina Press 1978
A. S.–Brahm	›Der Briefwechsel Arthur Schnitzler–Otto Brahm‹. Vollständige Ausgabe, hrsg. eingeleitet und erläutert von Oskar Seidlin, Max Niemeyer, Tübingen 1975
A. S.–Brandes	›Georg Brandes und Arthur Schnitzler. Ein Briefwechsel‹, hrsg. von Kurt Bergel, Francke, Bern 1956
Dilly	›Dilly‹. Adele Sandrock und Arthur Schnitzler. Geschichte einer Liebe in Briefen, Bildern und Dokumenten. Zusammengestellt

	von Renate Wagner. Amalthea, Wien–München 1973
Frühe Gedichte	Arthur Schnitzler, ›Frühe Gedichte‹, hrsg. und eingeleitet von Herbert Lederer, Propyläen, Berlin 1969
A. S.–H. v. H.	›Hugo von Hofmannsthal–Arthur Schnitzler. Briefwechsel‹, hrsg. von Therese Nickl und Heinrich Schnitzler, S. Fischer, Frankfurt 1964
JIASRA	›Journal of the International Arthur Schnitzler Research Association‹ (1961-1967)
Jugend in Wien	Arthur Schnitzler, ›Jugend in Wien. Eine Autobiographie‹. Mit einem Nachwort von Friedrich Torberg. Fritz Molden, Wien–München–Zürich 1968
MAL	›Modern Austrian Literature‹. ›Journal of the International Arthur Schnitzler Research Association‹. Binghamton, New York (seit 1968)
A. S.–Michaelis	Arthur Schnitzler, ›Briefe zum Reigen‹. Vier Briefe an Dora Michaelis. Hrsg. von Reinhard Urbach. In: ›Ver Sacrum‹. Neue Hefte für Kunst und Literatur. Jugend und Volk, Wien–München 1974
A. S.–Nabl	›Arthur Schnitzler–Franz Nabl. Briefwechsel‹. Mitgeteilt und erläutert von Reinhard Urbach. In: Studium Generale 24 (1971), Springer Verlag
A. S.–Reik	›Vier unveröffentlichte Briefe Arthur Schnitzlers an den Psychoanalytiker Theodor Reik‹. Hrsg. von Bernd Urban. In: ›Programm der Veranstaltungsreihe Wege und Gestalten‹, Frühjahr 1975. Auch in ›Modern Austrian Literature‹, 8, III/IV (1975)
A. S.–Reinhardt	›Der Briefwechsel Arthur Schnitzlers mit Max Reinhardt und dessen Mitarbeitern‹. Hrsg. von Renate Wagner, Otto Müller, Salzburg 1971

A. S.–Rilke	›Rainer Maria Rilke und Arthur Schnitzler‹. Ihr Briefwechsel mit Anmerkungen, hrsg. von Heinrich Schnitzler. In: ›Wort und Wahrheit‹ XIII. Jg. (1958) Vlg. Herder, Freiburg. (Seite 283-298)
Wagner-Vacha	Renate Wagner / Brigitte Vacha, ›Wiener Schnitzler-Aufführungen 1891-1970‹. Prestel, München 1970
A. S.–Waissnix	›Liebe, die starb vor der Zeit. Arthur Schnitzler und Olga Waissnix. Ein Briefwechsel‹. Mit einem Vorwort von Hans Weigel. Hrsg. von Therese Nickl und Heinrich Schnitzler. Fritz Molden, Wien–München–Zürich 1970
E	Erstaufführung
ED	Erstdruck
EA	Erstausgabe in Buchform
U	Uraufführung
Tgb	Tagebuch Arthur Schnitzlers
M. G.	Marie (Mizi) Glümer
O. W.	Olga Waissnix
O. G.	Olga Gussmann
O. S.	Olga Schnitzler
H. S.	Heinrich Schnitzler
L. S.	Lili Schnitzler
Forum	›Forum. Österreichische Monatsblätter für Kultur und Freiheit‹. Wien
Neues Forum	›Neues Forum. Internationale Zeitschrift für den Dialog‹. Wien
SFV	S. Fischer Verlag

ANMERKUNGEN

1875

Zum 10. April 1875
Der Geburtstagsbrief an den Vater ohne Datierung läßt sich der Schrift nach in das Jahr 1875 einreihen.
Papa: Regierungsrat Universitätsprofessor Dr. Johann Schnitzler (10. April 1835 bis 2. Mai 1893). Laryngologe. Er war Mitarbeiter an der von seinem Schwiegervater Philipp Markbreiter 1860 gegründeten ›Wiener Medizinischen Presse‹ und gründete 1887 die ›Internationale Klinische Rundschau‹. Von 1884 bis zu seinem Tode war er Direktor der von ihm 1871 mitgegründeten Allgemeinen Poliklinik. Anläßlich seiner Ernennung legte er in einem Handschreiben seine Auffassung von der für den Arztberuf notwendigen ethischen Einstellung in folgenden Worten dar: »Die Religion des Arztes ist die Humanität, d. h. die Liebe zur Menschheit, ohne Rücksicht auf Reichtum u. Armuth, ohne Unterschied der Nationalität u. der Konfession. Er soll u. muss daher immer u. überall, wo Kampf der Klassen u. Rassen, wo nationaler Chauvinismus u religiöser Fanatismus herrschen, als Apostel der Humanität – für Völkerfrieden u. Menschenverbrüderung eintreten u wirken. Wer nicht so denkt, nicht so fühlt, ist kein wahrer, kein echter Arzt. /Wien den 10. Dezember 1884 / Dr. Schnitzler.«

17. 7. 1875
1] *Mama:* Louise Schnitzler, geborene Markbreiter (8. Juli 1840 bis 1
9. September 1911).
2] *Vöslau:* Bad Vöslau, etwa eine halbe Bahnstunde südlich von Wien.
3] *die drei Mandl's:* Eine jüngere Schwester von A. S.s Mutter, Irene Markbreiter (1844-1919), war mit dem Getreidehändler und Börsenrat Ludwig Mandl (1828-1893) verheiratet. Das Ehepaar hatte sieben Kinder, von denen vier in jungen Jahren starben. Drei blieben am Leben: Olga (1867-1949, gest. als Emigrantin in New York) heiratete 1887 Julius Gans von Ludassy (s. Anmerkung 6 zum 5. 10. 1894); Alfred, später Ing. Dr. chem., Industrieller (beging 1926 im

48. Lebensjahr Selbstmord); Margarethe (Grete), geboren 1880, heiratete 1908 den gebürtigen Russen Dr. Efim Mannassséwitsch. Das Ehepaar emigrierte nach Genf, wo Grete M. um 1940 starb; Dr. Efim M. folgte der Tochter, Maria Renata, nach Caracas, wo er starb. (Vgl. ›Jugend in Wien‹, 1. und 3. Buch.)

2 4] *»Von heute bis auf morgen [. . .]«:* aus der Sammlung ›Sprichwörtlich‹ von Goethe, Vers Nr. 12. Er lautet richtig: »Zwischen heut und morgen / Liegt eine lange Frist, / Lerne schnell besorgen, / Da du noch munter bist.«

1883

24. 7. 1883

3 1] *Ischl:* Bad Ischl im Salzkammergut. Damals wie heute beliebte Sommerfrische. Sommerresidenz des Kaisers Franz Joseph I.

2] *exerciren:* Abiturienten stand das Recht zu, durch die Meldung zum Einjährigen-Freiwilligen-Jahr die dreijährige Militärdienstpflicht zu vermeiden, und so leistete A. S. seit dem 1. 10. 1882 seinen Militärdienst im Garnisonsspital Nr. 1 in Wien als sogenannter »Einjährig-Freiwilliger«.

3] *Laaberg:* richtig Laaerberg. Eine Anhöhe im Süden von Wien, damals Truppenübungsplatz. 1922 entstand dort zunächst eine Filmstadt. U. a. wurden dort die Außenaufnahmen für den Film ›Der junge Medardus‹ gedreht. Nach dem 2. Weltkrieg begann die Verbauung des Laaerberges.

4 4] *Großpapa:* Dr. med. et phil. Philipp Markbreiter (1. Januar 1811 bis 13. Juli 1892). Gründete 1860 die ›Wiener Medizinal-Halle, Zeitschrift für praktische Ärzte‹, die von 1865 bis 1906 den Titel ›Wiener Medizinische Presse, Organ für praktische Ärzte‹ führte. (S. Anmerkung zum 10. 4. 1875).

5] *Fürsttheater:* Vom Volkssänger Johann Fürst 1862 als Singspielhalle im sogenannten Volksprater eröffnet. 1873 neu erbaut und zu einem Theater umgestaltet. 1892 leitete Direktor Heinrich Jantsch das nun nach ihm benannte Theater. 1905 eröffnete Josef Jarno die Bühne unter dem Namen ›Lustspieltheater‹. 1927 in ein Kino umgewandelt. Das einzige Gebäude im Prater, das dem 2. Weltkrieg nicht zum Opfer fiel.

6] *frozzelt:* neckt. Vom italienischen frozzare = stechen.
7] *»Frei will er sein«:* oder ›Von Tisch und Bett‹; auch unter dem Titel ›Los und ledig‹ aufgeführt. Posse von Josef Kohlhofer (1829 bis 1890).
8] *Julius:* A. S.'s Bruder (13. Juli 1865-29. Juni 1939). Später Professor der Chirurgie, Primararzt des ehemaligen Krankenhauses Wieden, Favoritenstraße 40.
9] *Gisa:* A. S.'s Schwester Gisela, geboren am 20. Dezember 1867, als Emigrantin 1953 in London gestorben. Sie heiratete 1889 den Laryngologen (1919 Universitätsprofessor) Dr. Marcus Hajek (1861 bis 1941; starb als Emigrant in London).

1884

Sommer 1884?
Der Brief, von A. S. selbst in die 1880er Jahre eingereiht, dürfte der Schrift nach 1884 geschrieben worden sein.
1] *projectirte Partie:* Die Eintragungen im Tagebuch sind in diesen Jahren nicht detailliert und auch nicht immer datiert, daher ist weder über unternommene Landpartien noch über Reisetermine Genaueres festzustellen.
2] *fl:* Abkürzung für Gulden.

Bad Ischl. Sommer 1884
Schluß eines Briefes von Julius und Gisela, mit einer Nachschrift von A. S.'s Mutter.
1] *trotz des [...] Studiums:* Tgb vom 3. 9.: »Ich war 6 Wochen en fam[ille] in Ischl; wo ich mich theilweise zu meinem zweiten Rigorosum praeparirte.« A. S. hatte im Herbst 1879 mit dem Medizinstudium begonnen und promovierte am 30. Mai 1885.
2] *ein abwechslungsreicheres Leben:* Möglicherweise nahm A. S.'s Vater am VIII. Internationalen medizinischen Kongreß (10.-15. 8. 1884 in Kopenhagen) teil.

1886

9. 8. 1886

6 1] *in der Ordination:* Tgb Juli 1886 (ohne Tagesdatum): »Ich ordinirte ein paar Mal in der letzten Zeit für meinen Papa. –«

2] *Reichenau:* Sommerfrische etwa eine Bahnstunde südlich von Wien.

3] *Pick:* Gustav P. (Pseudonym: Th. Aurach, 1832-1921). Kaufmann, Komponist und Textdichter, Schöpfer des auch heute noch populären ›Fiakerlieds‹ (s. Brief an Pick vom 24. 1. 1908). Er war ein Vetter von A. S.'s Mutter. (Vgl. ›Jugend in Wien‹, Sechstes Buch).

4] *Samstag morgens:* Laut Tgb war A. S. vom 15. bis 24. August bei seinen Eltern in Bad Ischl.

5] *Der Thalhof:* Etwas außerhalb von Reichenau gelegenes Hotel; auch heute noch, als Kuranstalt geführt, im Besitz der Familie Waissnix. Der Name wurde früher auch Waisnix, Wasnix und Wasniggs geschrieben. A. S. schrieb ihn zumeist mit einem s. A. S.'s Mutter verbrachte dort öfters, auch in Begleitung ihrer Tochter, Ferientage, und A. S. besuchte sie hin und wieder schon in früheren Jahren. Im April 1886 waren A. S. und die Wirtin des Thalhofs, Olga Waissnix, geborene Schneider (1862-1897), anläßlich eines Kuraufenthalts in Meran, einander begegnet, und es entspann sich eine tiefe Beziehung, die in einem zuweilen leidenschaftlich geführten Briefwechsel ihren Ausdruck fand. (Vgl. A. S. – Waissnix). Nach einem Spaziergang zum Thalhof notiert A. S. am 16. 6. 1924 in sein Tgb: »[. . .] Reichenau: als wären auf die gleiche Platte 3-4 Bilder (und mehr) hintereinander aufgenommen. (Aber ob nicht das unterste, – von 1886 immer noch durchleuchtet – ?)«

6] *Kohnberger:* Dora K., geborene Braun, fungierte als »Vertraute« in der Beziehung zwischen A. S. und Olga Waissnix. Dora K.'s Schwester Marie war mit dem ältesten Bruder von A. S.'s Mutter, dem Wiener Advokaten Dr. Edmund Markbreiter (gestorben 1909 in New York), verheiratet.

21. 9. 1886

6 Briefpapier mit Aufdruck »Professor Dr. Joh. Schnitzler, Wien I. Burgring 1.«

7 1] *»Zuwag«:* So heißt auf Wienerisch die Knochenbeigabe beim Fleischkauf.

2] *Brodenserin:* aus Brod in Slawonien; damals Ungarn, jetzt Jugoslawien (Slovenski Brod).
3] *»Sie erben sich [...]«:* Anspielung auf: »Es erben sich Gesetz' und Rechte / Wie eine ew'ge Krankheit fort.« (›Faust‹ I. Teil, Schülerszene).
4] *Montags-Revue:* ›Wochenschrift für Politik, Finanzen, Kunst und Literatur‹, Wien (1870-1915). Mitgegründet und herausgegeben von Jakob Herzog (1842-1915). In diesem Blatt waren zwischen April und September 1886 eine Serie von unsignierten Hetzartikeln gegen die Poliklinik und ihre Ärzteschaft, darunter ein besonders diffamierender Angriff gegen A. S.'s Vater, erschienen. In einer Verteidigungsschrift der Polikliniker (›Die Poliklinik und die Kämpfe gegen dieselbe‹, Verlag Gottlieb Gistel & Comp., Wien 1886) heißt es: »Die Gegner der Poliklinik sind in erster Linie eine Anzahl Wiener Ärzte, die sich durch die Poliklinik in irgend einer Weise beeinträchtigt und geschädigt glauben; in zweiter Linie sind es all jene zahlreichen Personen, die, ohne das Wesen der Poliklinik im Geringsten zu kennen, von den systematischen Widersachern des Institutes seit Jahren irregeführt werden.« Aus einer elf Seiten umfassenden Stellungnahme von Prof. Johann Schnitzler vom 20. 4. 1893 an das Kuratorium der Poliklinik anläßlich der Enthebung des Privatdozenten Dr. Josef Grünfeld und der Neubesetzung der Kassierstelle mit Prof. Hans von Hebra seien folgende Sätze zitiert: »Ja, offen gesagt, begreife ich nicht, wie die Herren in Abrede stellen können, daß jetzt in der Poliklinik *Parteiungen* bestehen, welche sich doch, wie ich zu meinem Bedauern konstatieren muß, jetzt immer mehr in höchst unangenehmer Weise fühlbar machen.« Und weiter heißt es: »Immerhin ist es erfreulich, daß Sie, meine Herren, sich gegen die Zumutung des Antisemitismus verwahren, nur hätten Sie Ihren diesbezüglichen Protest an eine andere Adresse richten müssen. [...] Ich habe mich im Gegenteile stets gegen das Vorhandensein derartiger Tendenz, wenigstens innerhalb der Poliklinik, verwahrt. [...] Dies war der Standpunkt, den ich [...] aller Welt gegenüber eingenommen habe, wenn nach den Ausstreuungen *Ihrer* eigenen Freunde die Rede davon war, man werde trachten die Poliklinik nunmehr *judenfrei* zu machen.«
Unter dem Schluß der Maschinenabschrift dieses Schreibens findet sich, gleichfalls in Maschinenschrift, folgende Notiz: »Wien,

16/7 1915 Heute fallen mir diese Blätter in die Hand, die ich seit gewiß 10 oder 15 Jahren nicht gelesen, und die mir, insbesonders als ich den ›Bernhardi‹ schrieb, bis auf die Tatsache ihrer Existenz (inclusive) aus dem Gedächtnis geschwunden waren. Sie sprechen für sich selbst, für den ›Bernhardi‹, für meinen Vater, der 14 Tage nach Abfassung der vorstehenden Antwort gestorben ist. Arthur Schnitzler« – In der Komödie ›Professor Bernhardi‹ spielt überwiegend von antisemitischen Motiven veranlaßte Hetze gegen den Vorstand des Instituts Professor Bernhardi eine entscheidende Rolle. – *Josef Grünfeld:* 1840-1910. Syphilidologe. Seit 1885 Abteilungsvorstand an der Allgemeinen Poliklinik. *Hans von Hebra:* 1847-1902. Dermatologe. Seit 1884 Abteilungsvorstand an der Allgemeinen Poliklinik.

22. 10. 1886

8 1] *Pötzl:* Eduard P. (Pseudonym Kleinpelz, 1851-1914). Seit 1874 Journalist. Einflußreicher Feuilletonredakteur der Tageszeitung ›Neues Wiener Tagblatt‹. Er fand die Bezeichnung »Gigerl« (Geck, Stutzer) und schuf die wienerische Figur des Herrn von Nigerl.

2] *Frey:* Wilhelm Frey (1833-1909). Musikkritiker beim ›Neuen Wiener Tagblatt‹.

3] *aus den Fliegenden Blättern:* ›Fliegende Blätter‹, illustriertes humoristisches Wochenblatt, 1844 von Caspar Braun und Friedrich Schneider in München gegründet. Mit den ebenfalls in München 1897 gegründeten ›Meggendorfer's humoristischen Blättern‹ im Jahre 1929 vereint, heißt die Zeitschrift bis heute ›Fliegende und Meggendorfer Blätter‹.

9 4] *»dieser Kuß der ganzen Welt«:* »Seid umschlungen, Millionen! / Diesen Kuß der ganzen Welt!« aus Schillers Gedicht ›An die Freude‹, das Beethoven im Finale seiner IX. Symphonie vertonte.

5] *Mots:* bonmots.

31. 10. 1886

10 1] *Secundararzt:* Als A. S. Sekundararzt an der psychiatrischen Klinik von Prof. Theodor Meynert (1833-1892) wurde, wurde ihm eine Dienstwohnung im Allgemeinen Krankenhaus zur Verfügung gestellt.

11 2] *»Mein Geist wirft sonderbare Blasen auf«:* richtig: »Mein Geist

treibt öfters wundersame Blasen auf«, aus Schillers ›Don Karlos‹, 2. Akt, 8. Szene.

3] *wenn ich könnte, wie ich wollte:* Ein in diesem Briefwechsel häufig vorkommendes Zitat aus der Novelle ›Gute Kameraden‹ von Paul Heyse (1830-1914). (»Wenn ich könnte, wie ich wollte, ich baute ein Zauberschloß auf einer Insel mitten im Meer, die Wände lauter krystallene Spiegel, die überall sein liebes Gesicht zurückstrahlten, und alle Vögel des Himmels riefen: Er ist der Holdeste! und das Meer rauschte: Er ist der Beste! und ich – nein, da hört es auf.«) (S. auch Brief an Olga Waissnix vom 21. 6. 1887).

4] *M. C. Herz:* Max Constantin H. (1846-1895). Reiseschriftsteller. Eigentümer und Herausgeber der Kur- und Badezeitung ›Hygiea‹, Wien 1886-1903.

12. 11. 1886

1] *L'assommoir:* ›L'Assommoir‹ (1877) von Émile Zola (1840 bis 12
1902), aus der großen Romanreihe ›Les Rougon-Macquart‹ (1871 bis 1893 in 20 Bänden).

2] *Somlauer war es nicht:* Zeile aus A. S.'s Brief in Versen an Dora Kohnberger aus Bad Ischl (siehe ›Jugend in Wien‹, 6. Buch). Somlauer ist eine nach dem Schomlauer Berg benannte ungarische Weinsorte.

3] *Was den Glückstag betrifft:* Olga Waissnix fragte A. S. in ihrem 13
Brief vom 6. 11.: »Hat Ihnen der letzte 26. irgend ein Glück gebracht?« Die Ziffer 26, auf die in der Korrespondenz häufig angespielt wird, galt offenbar als Glückszahl. Es war dies die Zimmernummer von O. W. im Meraner Hotel gewesen.

1887

21. 6. 1887 13

1] *verzeihen Sie das harte Wort:* Oft wiederkehrende Redewendung 14
der von Julius Stettenheim (1831-1916) geschaffenen Figur des lügenhaften Berichterstatters »Wippchen«.

2] *»Einen bessern findst du nit«:* Vers aus Ludwig Uhlands (1787 bis 1862) Gedicht ›Der gute Kamerad‹. Hier als eine Art Wortspiel doppelsinnig angewendet, da A. S. im vorhergehenden Satz Heyses

Novelle ›Gute Kameraden‹ meint, wenn er schreibt, daß er die zertretene Marschall-Niel-Rose zwischen die Blätter des ›Guten Kameraden‹ legt. (S. Anmerkung 3 zum 31. 10. 1886.)

15 3] *Dame Phantasei:* Im Juni findet sich im Tgb, ohne Tagesdatum, folgende Eintragung: »Und doch ists nur die Phantasei, die mich vielleicht noch zu was bringt – gewiß nimmer die Medizin, wenn ich mich auch zu Zeiten merkwürdig hineinlebe.«

15 16. 9. 1887

16 1] *wenn mir ein paar Accorde einfallen:* A. S. war ein ausgezeichneter Klavierspieler. (Tgb März 1887, ohne Tagesdatum: »Meinen Walzer (durch Michna zu Papier gebracht) an O. geschickt unter dem Titel R.-Walzer.« Dieser Walzer mit dem Titel ›Die Reichenauer‹, datiert »1886«, befindet sich, wie andere von A. S. komponierte Walzer und Mazurkas, im Nachlaß. *Michna:* Es handelt sich möglicherweise um Adalbert Michna, ein Mitglied des Hofopernorchesters (jetzt Philharmoniker).

2] *ein vacirender [Gott]:* Anspielung auf A. S.s Skizze ›Er wartet auf den vazierenden Gott‹. ED: Deutsche Wochenschrift 4, Heft 50 vom 12. 12. 1886. Jetzt in Erz. Schriften I.

3] *ich schreibe jetzt Erzählungen:* ›Erbschaft‹ und ›Mein Freund Ypsilon. Aus den Papieren eines Arztes‹. (Arbeitstitel: ›Der Wahnsinn meines Freundes Y.‹). Im Oktober heißt es im Tgb: »Zwei Skizzen geschrieben ›Erbschaft‹. ›Der Wahnsinn meines Freundes Y.‹ Zu solchen novellistischen Skizzen noch massenhaft Ideen. Vielleicht dann als Buch. Papa will nicht, daß ich in Zeitg mit meinem Namen novellist. veröffentliche, keiner würde mich dann als Arzt ernst nehmen. – ?«

4] *Gabrielens Reue:* auch unter dem Arbeitstitel ›Reue der Unschuld‹ erwähnt; A. S. notiert im Sommer 1887, ohne nähere Datierung, in sein Tgb: »An den ersten Tagen des Ischl Aufenthalts beendigte ich die Novelle ›Gabrielens Reue‹. Von da an that ich absolut nichts, als spazieren gehen und fahren, ev. reiten, plaudern und etwas lesen.«

5] *Dahin fahre ich nemlich:* A. S. reiste am 17. 9. mit seinem Vater zur »Versammlung Deutscher Naturforscher und Ärzte« nach Wiesbaden. Sein Vater kehrte am 20., A. S. am 25. 9. nach Wien zurück.

31. 12. 1887 17
ich habe geschrieben: ›Das Abenteuer seines Lebens. Lustspiel in einem Aufzuge‹. Jetzt in ›Anatol‹, hrsg. von Ernst L. Offermanns in der Reihe ›Komedia‹ (Band 6) bei Walter de Gruyter & Co., Berlin 1964. Der Einakter wurde in den ›Anatol‹-Zyklus nicht aufgenommen. U: 11. 4. 1891, Rudolfsheimer Theater, Wien, durch Prof. Leo Friedrich (Ps. für Leo Hermann, 1842-1908), zusammen mit Einaktern anderer Autoren und Gesangseinlagen. Es war dies die erste öffentliche Aufführung eines Schnitzlerschen Werks. Wiederholung am 13. Mai 1891 am Theater in der Josefstadt. 18

1888

7. 4. 1888

1] *Berlin:* Tgb, August 1887: »Idee meines Vaters, mich doch ins Ausland zu schicken.« So war A. S. vom 5. 4. bis 13. 5. 1888 in Berlin, um seine medizinischen Fachkenntnisse zu erweitern. 18

2] *Café Bauer:* Unter den Linden 26, Ecke Friedrichstraße; war die ganze Nacht geöffnet.

3] *Dienstmann:* Botengänger mit festgesetztem Stundentarif. 19

4] *Wr.:* Abk. für Wiener.

5] *Riedhof:* Elegantes Restaurant im achten Wiener Gemeindebezirk.

6] *Pfng:* Abk. für Pfennig.

7] *»Francillon«:* Schauspiel in 3 Aufzügen von Alexandre Dumas fils (1824-1895).

8] *Deutscher Antisemiten Bund:* Der Kaufmann Wilhelm Pickenbach gründete im Februar 1884 den ›D.A.B.‹ als Vorstufe einer politischen Antisemitenpartei in Berlin. Dieser Bund kam über eine nur lokale Bedeutung nicht hinaus. P. gelangte nach einer Stichwahl 1890 in den Deutschen Reichstag und bildete am 14. 6. 1890 mit drei anderen Abgeordneten die ›Fraktion der Antisemiten‹. 20

etwa 10. 4. 1888

1] *der deutsche Kaiser:* Wilhelm I., 1797 geboren, 1861 König von Preußen und seit 1871 deutscher Kaiser, war am 9. März 1888 gestorben. Sein Sohn und Nachfolger auf dem Thron war Friedrich III., 20 geboren 1831; schwer leidend an Kehlkopfkrebs starb er am 15. Juni 1888.

2] *Schützenliesl:* Posse mit Gesang in 4 Akten von Leon Treptow (1853-1916). Musik von Julius Steffens (1831-1882).

3] *»Farinelli«:* Operette in 3 Akten von Hermann Zumpe (1850 bis 1903).

4] *die Reise um die Erde:* ›Reise um die Erde in achtzig Tagen‹, Ausstattungsstück von Adolphe D'Ennery (1811-1890) und Jules Verne (1828-1903).

5] *Stalehner-Kost:* Stalehner, ein vielbesuchtes Wirtshaus in der Wiener Vorstadt Hernals (heute 17. Gemeindebezirk), wo das berühmte ›Schrammelquartett‹ allabendlich mit Volksmusik aufspielte. (S. auch Anm. 15 zum 31. 10. 1911).

6] *Fränkl:* Bernhard Fränkel (1836-1911). Laryngologe.

7] *Rosenberg:* Albert R. (1856-1912). Später Professor der Laryngologie.

8] *Mentholwahnsinn:* Rosenberg führte die Anwendung des Menthols in die Therapie der Larynxtuberkulose ein.

9] *Krause:* Hermann K. (1848-1921), Laryngologe. Er erhielt bald nach seiner Behandlung des Kaisers Friedrich den Professorentitel.

10] *Lazarus:* Julius L. (1847-1916). 1876 Leiter des Pneumatischen Instituts und der Poliklinik für innere sowie für Hals- und Nasenkrankheiten, 1890 Titularprofessor.

11] *Leyden:* Ernst von L. (1832-1910), berühmter Berliner Internist.

12] *Westphal:* Karl Friedrich Otto W. (1833-1899), Professor der Psychiatrie und Neurologie.

13] *Kalischer:* Gustav K., geboren 1863 in Wien. Später Urologe in Chicago.

14] *Max August Fritsche:* 1849-?, Arzt.

15] *Rosenthal:* Carl F. Th. R. (1862-?), Laryngologe.

22 16] *Behrend:* Gustav B. (1847-1925), Dermatologe. Seit 1876 Sanitätsrat, später Titularprofessor und Geheimrat.

17] *Gerhardt:* Carl G. (1833-1902), Anatom. Er stellte als erster die Diagnose bei dem Kehlkopfleiden des damaligen Kronprinzen Friedrich Wilhelm.

18] *Senator:* Hermann S. (1834-1911), Internist.

19] *Tewele:* Franz T. (1843-1914), Komiker. 1878-1882 als Nachfolger Jauners Direktor des Wiener Carltheaters. Ab 1900 gehörte er dem Verband des Deutschen Volkstheaters in Wien an.

20] *Josef Kainz:* 1858-1910. Seit 1883 Schauspieler in Berlin und von 1899 bis zu seinem Tode Mitglied des Hofburgtheaters in Wien. (Er wurde von Julius Schnitzler operiert und starb an Krebs.) Er war zweimal verheiratet, in beiden Ehen jedoch kinderlos. 1886 ehelichte Kainz die deutsch-amerikanische Schriftstellerin Sarah Hutzler, geb. Valentin (1853-1893). Sie hatte aus ihrer ersten Ehe einen Sohn, Maurice, der später Kinderarzt in München wurde und 1905 Selbstmord beging. Ihre Tochter, Rosie, später verehelichte Müller-Dachau, wurde Schauspielerin. Kainz war in zweiter Ehe mit der Schauspielerin Margarete Nansen verheiratet. (Über die erste Begegnung A. S.'s mit Kainz siehe ›Jugend in Wien‹, Siebentes Buch.)

21] *Frau Rodenberg:* Justine R., geb. Schiff (gest. 1923), die Frau des deutschen Schriftstellers und Kritikers Julius Rodenberg (ursprünglich Levy, 1831-1914). Er gab 1867-74 mit Ernst Dohm (ursprünglich Elias Levy, 1819-1883) die belletristische Zeitschrift ›Der Salon‹ und seit 1874 die von ihm gegründete ›Deutsche Rundschau‹ heraus.

22] *Dr. Schiff:* Eduard Liberius S. (1849-1913). Der spätere Professor für Dermatologie und Syphilis war der Bruder von Justine Rodenberg.

23] *Benvenisti:* A. S.'s Jugendfreund Alfred (genannt Nixl) B. war Chemiker und Mitinhaber der Berliner Firma Emanuel Friedlaender & Comp. Er starb 1904 im 50. Lebensjahr (vgl. ›Jugend in Wien‹, 5. Buch sowie Anmerkung 3 zum 21. 11. 1904).

24] *Bleichröder:* Berliner Bankhaus.

21. 4. 1888

1] *Dr. Löb:* Nicht ermittelt. 22

2] *Dr. Heilsmann:* Gemeint ist vielleicht Dr. Georg Heilmann, der 23
praktischer Arzt des Städtischen Krankenhauses am Friedrichshain war.

3] *Prof. Lewin:* Georg Richard L. (1820-1896), Dermato-Syphilidologe und Laryngologe.

4] *Charité:* Die Kgl. Charité wurde 1710 als Militärkrankenhaus gegründet und ist noch heute Universitätsklinik, jetzt in Ost-Berlin.

5] *Schulhof:* Julius Schulhoff (1825-1898). Böhmischer Pianist und Komponist.
6] *»Patzenhofer«:* Berliner Brauerei.
7] *Virchow:* Rudolf V. (1821-1902), Arzt und Anthropologe. Begründete die Zellularpathologie. Seit 1862 im preußischen Abgeordnetenhaus, 1880-93 im Reichstag. Mitbegründer und Führer der liberalen Fortschrittspartei.
8] *Dr. Israel:* Oskar I. (1854-1907). Wurde 1893 Professor der Anatomie.
9] *Bronchitis des Kaisers:* Sie bedeutete einen schweren Rückfall und ließ das Schlimmste befürchten.
10] *Mackenzie:* Morell M. M. (1837-1892). Gründete 1863 in London das Hospital for Diseases of the Throat. Für die ärztliche Behandlung des Kaisers wurde er von Königin Victoria von Großbritannien geadelt.
24 11] *Tobold:* Adalbert T. (1827-1907). Laryngologe. Geheimer Medizinalrat, Professor.
12] *Krause:* S. Anmerkung 9 zu »etwa 10. 4. 1888«.
13] *Störk:* Carl Stoerk (1832-1899), österreichischer Laryngologe.
14] *Kronprinz:* Wilhelm II. Deutscher Kaiser, König von Preußen (1859-1941) (starb im Exil in Doorn/Holland).
15] *Doctor Fraunstädter:* Nichts Genaueres festzustellen.
16] *Dr. Greifenhagen:* Wilhelm Greiffenhagen (1862-1916), Chirurg in Reval.

April? 1888

25 *Jeanette Heeger:* (eigentlich Anna) H., geboren 1865 in Sternberg/Mähren. Kunststickerin. A. S. hatte sie am 5. 9. 1887 auf der Straße angesprochen. (Tgb 19. 10. 1887: »Sie frappirte mich durch ihre Art und Weise zu reden und gefiel mir ausnehmend. Sie wurde zwei Tage darauf meine Geliebte [...] Wir attachirten uns enorm [...] Auch war ich einmal bei ihr – in ihrer ärmlichen Wohnung, wo sie mit ihren drei Schwestern lebt – und fand in diesem Vorstadthaus mit seinem Ausblick auf das mondbeschienene Wien viel Anregung –«). Unter den mehr als 150 Briefen an A. S. findet sich ein Zettel vom 2. 6. 1890: »Die Rücksendung der Briefe erfolgte nur, weil ich seit ersten Mai glückliche Braut bin. Bitte mich daher vollständig aus dem Gedächtnisse zu streichen. Anna Heeger«. Sie hei-

ratete den aus Prossnitz gebürtigen Bahnbeamten Carl Josef Kühne (ursprünglich Kohn), war aber sehr bald wieder von ihm geschieden, kränklich und in Not. In den folgenden Jahren, bis zum letzten Brief der Korrespondenz im Dezember 1898, bittet sie A. S. immer wieder um materielle Hilfe und dankt ihm für seine »Güte«. (Vgl. ›Jugend in Wien‹, 7. Buch.)

Ende April 1888

1] *so lange nicht beantwortet:* Der Brief von Olga Waissnix wurde 26
nachträglich von A. S. mit »Mitte April« datiert.

2] *»Wo faß' ich Dich, unendliche Natur?«:* ›Faust‹, I. Teil, Nacht. 27

3] *bei Hiller:* Restaurant, Wein- und Feinkosthandlung Unter den Linden.

4] *im Deutschen Theater:* 1883 von dem Schriftsteller Adolf L'Arronge (ursprünglich Aronsohn, 1838-1908), eröffnet. 1894 bis 1904 von Otto Brahm (s. Anmerkung 5 zum 10. 11. 1894) geleitet und nach einjähriger Direktion unter Paul Lindau (s. Anmerkung 4 zum 8. 3. 1901) im Jahre 1905 von Max Reinhardt (s. Anmerkung 11 zum 29. 12. 1901) erworben und von ihm bis 1933 geleitet.

5] *Ich reise hier bald ab:* A. S. war vom 13. bis 20. Mai in Wien, 28
von wo er dann nach Paris und London abreiste. Am 16. Mai war er »in Reichenau bei Olga. Küsse. Sie: Ich liebe Sie; nur Sie, doch werd ich nie Ihre Geliebte. Ich darauf sehr unverschämt: Glaube doch. –« (Tgb 16. 5. 1888).

6] *Ada Christen:* (Pseudonym für Christiane von Breden, geb. Friederik, 1844-1901). Österreichische Schriftstellerin.

29. 4. 1888

Der Brief befindet sich im Besitz der Handschriftensammlung der 28
Wiener Stadt- und Landesbibliothek, I. N. 60194.

1] *Karl Emil Franzos:* (1848-1904). Jurist; als deutsch-nationaler Burschenschafter aus dem Staatsdienst entlassen, wurde er Schriftsteller. 1884-86 Redakteur der ›Wiener Illustrierten Zeitung‹, seit 1887 Redakteur der von ihm 1886 gegründeten Zeitschrift ›Deutsche Dichtung‹ in Berlin. Entdeckte und edierte als erster Büchners ›Woyzeck‹, den er noch als ›Wozzeck‹ las (1879). In der Uraufführung am 8. 11. 1913 am Münchener Residenztheater spielte Albert Steinrück die Titelrolle.

2] *2 Erzählungen:* Nicht festzustellen.
3] *mit Ihnen über diese Sache zu reden:* A. S. hatte K. E. Franzos am 15. 4. besucht und am Tag, ehe er diesen Brief schrieb, mit ihm zu Abend gegessen.

etwa 10. 5. 1888

29 1] *die Correctur:* Bezieht sich auf den Beitrag A. S.'s in der ›Internationalen Klinischen Rundschau‹, II. Jg., Nr. 20: ›Briefe aus Berlin‹, der ohne Signatur erschien.
2] *Ausfall auf den Antisemitismus:* A. S.'s Vater ließ den »Ausfall« sehr wohl drucken. Nach einem Vergleich der kollegialen Verhältnisse in Berliner Krankenhäusern mit den in Wien herrschenden, wobei Berlin besser abschneidet, und der Feststellung, daß dort eine Poliklinik für Nervenkranke existiere, »welche zwei berühmte Professoren der Nervenpathologie im Vereine leiten!«, fährt A. S. in seinem Beitrag fort: »Auch sollen noch in der letzten Zeit in hiesigen medizinischen Vereinen »Andersgläubige« ohne Widerspruch als Mitglieder aufgenommen worden sein. Sogar der Antisemitismus macht also einen Versuch, anständig zu sein. Man weiß, wie schwer das wird!«
3] *Montag Abend:* A. S. fuhr am Samstag den 12. Mai nach Dresden und kehrte bereits Sonntag nach Wien zurück, wo ihn Jeanette Heeger bereits am Bahnhof erwartete.

23. 5. 1888

29 1] *London:* A. S. reiste über Paris (21. und 22. Mai) nach London, wo er sich bis zum 31. Juli aufhielt.
30 2] *Sandor:* S. Rosenberg, Antiquitätenhändler in Paris. Er starb 1913, knapp siebzigjährig. Seine Frau, Mathilde, geborene Jellinek und Felix Markbreiters Frau, Julie, waren Schwestern.
3] *Felix:* Felix Markbreiter (1855-1914), der jüngste Bruder von A. S's Mutter, war im Bankfach tätig.
4] *derkennen geben:* sich zu erkennen geben.
5] *Otto:* Otto Markbreiter. Sohn des Rechtsanwalts Dr. Edmund Markbreiter und dessen Frau, Marie, geborene Braun, die eine Schwester von Dora Kohnberger war (siehe Anmerkung 6 zum 9. 8. 1886). Otto heiratete später ein Barmädchen, mußte von Felix und Julie Markbreiter fortziehen und war jahrelang verschollen.

6] *das reizende Häuschen:* ›Woodville Hall‹ genannt.
7] *Rosa Weizmann:* Die Schwester von A. S.'s Schulkollegen Adolf 31
Weizmann (vgl. ›Jugend in Wien‹, 2. und 3. Buch).
8] *Semon:* Felix S. (1849-1921), Laryngologe, aus Danzig gebürtig, 1897 geadelt. Einer der Gründer der Laryngological Society of London.
9] *Standard:* ›The Standard‹, 1827 als Londoner Abendblatt gegründet; ab 1857 als Morgenzeitung weitergeführt; 1941 eingestellt. – Deutschland vermehrte sein Heer, die Beziehungen zwischen Österreich-Ungarn und Rußland waren gespannt und die Wahrscheinlichkeit eines europäischen Krieges machte damals Schlagzeilen.
10] *»Post«:* Vermutlich die Nachsendepost für A. S. aus Wien.

24. 5. 1888
bei einem deutschen Arzte: Felix Semon. 33

Anfang Juni 1888
1] *einer reizenden Frau:* Louise Dorette Augusta Semon, geb. Re- 34
deker; frühere Konzertsängerin.
2] *das und jenes wieder angefangen:* A. S. begann am 9. Juni in 35
London den Einakter ›Anatols Hochzeitsmorgen‹ zu schreiben, den er mit einem abgeänderten Schluß am 25. Oktober in Wien beendete. (Jetzt in Dram. Werke I.) Den ein paar Jahre zuvor verfaßten Dialog arbeitete er zu dem Einakter ›Erinnerungen‹ um, eine Arbeit, mit der er bereits vom 22. Februar bis 22. März beschäftigt gewesen war; die ›Erinnerungen‹ sind eine Vorstufe des Einakters ›Stunde des Erkennens‹ in ›Komödie der Worte‹ von 1915. Außerdem entstand in London die Erzählung ›Der Fürst ist im Hause‹. (Jetzt in Erz. Schriften I.)
3] *die »geboren werden, ein Weib nehmen und sterben«:* Schluß der 36
Verserzählung ›Der Greis‹ von Christian Fürchtegott Gellert (1715 bis 1769), wo es heißt: »Er ward geboren, / Er lebte, nahm ein Weib und starb.«

15. 6. 1888
1] *Mein Londoner Brief:* A. S.'s drei ›Londoner Briefe‹ erschienen 37
in der ›Internationalen Klinischen Rundschau‹ am 1., 8. und 29. Juli.

2] *Untersuchungen gegen Dr. F.:* Julius schreibt an seinen Bruder A. S. aus Bad Ischl: »Was zunächst Dr. F. [Univ. Dozent Dr. Ludwig Fürth] betrifft, so ist Thatsache, daß er nicht mehr erster Secundarius ist und bereits im Ausland herumreist. Er soll disciplinariter entlassen sein, wie ich vermuthe nur deshalb, weil er überall erzählte, daß er keinesfalls bleibe. Daraufhin konnte sich wohl die Statthalterei nicht anders helfen, als daß sie ihn entließ.«

3] *seine Aussichten bei Albert:* Julius antwortet: »Montag war ich bei Albert, der mir versprach mich im Verlaufe des Wintersemesters an seine Klinik – vorerst als Frequentant – zu nehmen. Glaubst Du es?« *Albert:* Eduard A. (1841-1900). Univ.-Professor der Chirurgie.

4] *Onkel Karl:* K. Markbreiter, gestorben 1889 im 44. Lebensjahr. Bruder von A. S.'s Mutter (s. Anmerkung 3 zum 27. 7. 1889).

5] *ein neues Throat Hospital:* The London Throat Hospital for Diseases of the Throat, Nose and Ear.

6] *Whistler:* William MacNeill W., gestorben 1900 im Alter von 63 Jahren.

7] *Stewart:* William Robert Henry Stewart.

8] *Brown:* Lennox Browne (1841-1902), Laryngologe, auch Spezialarzt für Lungenleiden.

38 9] *Crystal Palace:* 1851 errichtetes Ausstellungsgelände. 1936 durch Brand vernichtet.

10] *zu dem Stuwersten:* Stuwer (eigentlich Stubenrauch) war der Name einer Feuerwerker-Familie des 18. und 19. Jahrhunderts.

39 25. 6. 1888

40 1] *unzähligen Hietzings:* Hietzing, ein Villenviertel, war damals noch Vorort von Wien. Heute der 13. Wiener Gemeindebezirk.

2] *bei Schiff:* Bisher nicht identifiziert; vielleicht Verwandte des Arztes Dr. Schiff (s. Brief von »etwa 10. 4. 1888«).

3] *Leversens:* Nicht mit Sicherheit festzustellen.

41 4] *Althaus:* Julius A. (1833-1900), Neurologe. Aus Deutschland gebürtig, gründete er 1866 das »Hospital for Epilepsy and Paralysis« in London.

5] *Butlin:* Henry Trentham B. (1854-1912) (1911 geadelt), Chirurg. Präsident des Royal College of Surgeons of England.

6] *St. Barthol. Hosp.:* St. Bartholomew's Hospital.
7] *adenoider Veget.:* adenoider Vegetationen = Wucherungen.
8] *Ord:* William Miller Ord (1834-1902). Dozent der Anatomie am St. Thomas's Hospital.
9] *consulting physician:* In Spitälern als Berater herangezogener Facharzt.
10] *ein Pfund:* waren damals 20 englische Schillinge. 1971 wurde das Dezimalsystem in England eingeführt (1 Pfund = 100 pence).
11] *eine Guinee:* waren 21 englische Schillinge. Die Münze wurde 1813 eingezogen. Blieb im Sprachgebrauch jedoch üblich.
12] *»Ich hätte gern nur immer fort gewacht ..«:* ›Faust‹, I. Teil, 42
(Nacht). (Wagner: »Ich hätte gern nur immer fortgewacht, / Um so gelehrt mit Euch mich zu besprechen.«)

16. 7. 1888

1] *Ostende:* A. S. reiste am 31. 7. nach Ostende, wo er am 13. 8. mit 42
seiner Familie zusammentraf, mit der er dann gemeinsam, mit Aufenthalten in Brüssel und Baden-Baden, am 25. 8. nach Wien zurückkehrte.
2] *Joseph Sweetheart:* ›Joseph's Sweetheart‹, Schauspiel in 5 Akten von Robert Buchanan (1841-1901) nach Henry Fieldings Roman ›Joseph Andrews‹.
3] *Strakosch:* Alexander S. (1845-1909), Vortragsmeister. Er war 43
in diesen Tagen von einer achtmonatigen Amerikatournee zurückgekehrt und hielt sich in Bad Ischl auf.

6. 8. 1888

1] *Radetzky:* Johann Joseph Wenzel R., Graf von Radetz (1766 bis 43
1858), österreichischer Feldmarschall.
2] *vom Tode G.s:* In einem Brief vom 31. 7. wird erwähnt, daß ein 44
Herr Geißler vom Schlag gerührt worden war.
3] *eine Kleinigkeit:* A. S. half Jeanette Heeger mit Geldsendungen.
4] *recommandirt:* eingeschrieben.

1889

25. 2. 1889

44 1] *mehr als dreiviertel Jahre:* A. S. war zuletzt während seines Kurzbesuchs in Wien zwischen den Aufenthalten Berlin und London am 16. Mai 1888 am Thalhof bei Reichenau gewesen.

45 2] *Zwischen denselben Mauern:* O. W. war im Januar einige Zeit wegen allerlei Besorgungen in Zusammenhang mit der Vermählung ihrer Schwester Gabriele mit Georg Graf von Haugwitz-Hardenberg-Reventlow (1848-1897) in Wien gewesen.

46 3] *Der Geist der Medizin ist leicht zu fassen:* ›Faust‹, I. Teil (Studierzimmer, Schülerszene).

4] *der Lieder süßen Mund gab mir Apoll:* »Ihm schenkte des Gesanges Gabe, / Der Lieder süßen Mund Apoll«, aus Schillers Ballade ›Die Kraniche des Ibykus‹.

5] *Das Leben ist der Güter höchstes nicht:* »Das Leben ist der Güter höchstes nicht, / Der Übel größtes aber ist die Schuld«, Schluß des 4. Aktes von Schillers ›Braut von Messina‹.

Sommer 1889

46 1] *Marie Glümer:* (Bühnenname für Chlum) 1873-1925. Schauspielerin. Sie kam im Mai 1889 durch Vermittlung des Arztes Theodor Friedmann (1860-1914) als Patientin zu A. S. in die Ordination. Damit begann eine stürmische Beziehung, an deren Bedeutung für A. S., trotz einer schweren Krise, sich im Grunde niemals etwas änderte und die bis zum Tode M. G.s andauerte. Nach ihrem Selbstmord am 16. 11. 1925 in München schrieb A. S. in sein Tgb: »[...] keinem Wesen verdankt mein Dichtertum so viel wie ihr. Keine hat mich geliebt wie sie (besonders nach ihrem ›Betrug‹ – Seit Jahren spielte sie nicht mehr; sie lebte (wie fast ihr ganzes Leben lang) in den bescheidensten Verhältnissen, – und immer fast ohne Klage. Gusti umschwesterte sie engelhaft. In den letzten Jahren half ich ein wenig aus; die Dankbarkeit war beschämend. – Am meisten von ihr steckt in ›Irene Herms‹ [in ›Der einsame Weg‹].«

2] *erwisch' ich deinen Brief:* Einen Brief, den M. G., was sie oft tat, vom Fenster herunterwarf. (Tgb 13. 7. 89: »Und so erleb ich wieder eine merkwürdige bizarre Jugendliebe mit dem Bedürfnis, vor *ihren* Fenstern hinundherzugehn, Verse zu machen!«)

3] *Die Worte deiner M.:* Mutter, Aloisia Chlum, gestorben 1920 im 82. Lebensjahr.
4] *sister:* Auguste (Gusti) Chlum (auch Glümer). Über sie schreibt A. S. am 22. 2. 92 in sein Tgb: »Gusti, die eine sehr gescheidte Person ist [. . .] Bildungstrieb. Schöner Verstand, dem das Reifen versagt blieb. Ruinirte Jugend durch das traurige Leben als Lehrerin. – Viel echte Güte, scheintodte Sinne.«

27. 7. 1889
1] *in den folgenden Zeilen:* »Reise am 27. 7 nach Ischl, schreib an 47
Jean[ette] einen Abschiedsbrief, – habe immerfort das Bedürfnis an Mizi zu schreiben. –« (Nachträgliche Tgb-Notiz v. 8. 8. 1889).
2] *in jedem Augenblicke steckt ein Stück Ewigkeit:* »Es gibt ja vielleicht Augenblicke, die einen Duft von Ewigkeit um sich sprühen« sagt Fritz Lobheimer im 2. Akt ›Liebelei‹, deren Uraufführung 6 Jahre später (am 9. 10. 1895) stattfinden sollte. (S. auch Anmerkung 1 zum Februar 1891).
3] *ich bleibe recht lang weg:* A. S. kehrte erst am 20. 8. endgültig 48
nach Wien zurück. Am 29. 7. erreichte ihn allerdings in Bad Ischl die Nachricht vom Tod seines Onkels (s. Anmerkung 4 zum 15. 6. 88), zugleich mit einem Brief von Jeanette, in welchem sie ihm drohte, sich umzubringen. Er kam zum Begräbnis Karl Markbreiters kurz nach Wien und traf laut Tgb am 2. 8. Jeanette, die »blaß, heiser, vernichtet« ist. »Ich mache Zugeständnisse –«

4. 8. 1889
1] *Goisern:* Bad Goisern im österreichischen Salzkammergut, süd- 48
lich von Bad Ischl gelegen.
2] *in den einzelnen Nächten:* A. S. übernachtete, von seinem Bru- 49
der und dem Freund, Paul Goldmann (s. Anmerkung 6 zum 29. 8. 89), begleitet, in Traunkirchen und am Almsee. Vom 11.-14. 8. wurden vom Grundlsee aus verschiedene Tagesausflüge unternommen. Die Fußpartie führte weiter über Eisenerz und Weichselboden nach Mariazell. Am 17. 8. traf A. S. zu Besuch im Thalhof ein, wo er 3 Tage blieb.

5. 8. 1889 49
bei N. vorbeifuhr: Neulengbach, 40 km westlich von Wien. Die 50
Familie Chlum verbrachte in dieser Gegend den Sommerurlaub.

6. 8. 1889

51 *in dem Ansbacher Wirtshaus:* richtig: Anzbach, ein kleiner Ort 3 km von Neulengbach entfernt. (Tgb 13. 7.: »In einem kleinen Wirtshaus an der Westbahn treffen wir uns – ein heißer Sommernachmittag – sie ist reizend, das Ideal des ›süßen Mädels‹, wie ichs geträumt!«)

7. 8. 1889

51 *besuche Bekannte:* A. S. besuchte seinen Schul- und Studienkollegen Fritz Kapper und dessen Braut, Adele Cohn (s. ›Jugend in Wien‹, 6. Buch).

51 27. 8. 1889

52 1] *die paar Zeilen:* In einem Kartenbrief vom 24. 8. drückt Olga Waissnix Zweifel darüber aus, daß A. S. ihrer Einladung folgen würde und bittet ihn »zum Troste« um »einen lieben, langen Brief«.

2] *die Gründe dafür?:* Nach dem dreitägigen Aufenthalt im Thalhof (s. Anmerkung 2 zum 4. 8.) notiert A. S. am 21. 8. in sein Tgb: »So kam es auch, daß es mich in Rchn. [Reichenau] nicht hielt – trotz Olga, trotzdem diese herrliche Frau, das Abenteuer meines Lebens selbst mich bat. Nun, unter einem nichtigen Vorwand reiste ich gestern früh ab. Und warum? Weil ich Mizi geschrieben hatte, ich werde Dinstag Nachm. jedenfalls ›dort‹ – am Muttergottesbilde sein. [...] zu nichts hab ich Lust oder Ruhe. [...] Doch schrieb ich in Rchn einige auf Olga bezügliche Gedichte, die aber deutlich die Gefühlsdecadence verrathen – Und doch überkam mich manchmal ein süßes Wohlsein in Olgas Nähe.« (Siehe die Gedichte ›Sie‹ und ›Am Flügel‹ in A. S.-Waissnix, Anhang, S. 347 ff.)

29. 8. 1889
Fortsetzung des Briefs vom 27. 8. 1889

52 1] *manches Plänchen, mancher Plan:* ›Die Frage an das Schicksal‹ wurde vom 26. bis 30. 8. geschrieben. Jetzt in Dram. Werke I.

53 2] *Greißler:* kleiner Gemischtwarenhändler.

54 3] *»Haben schon viele dasselbe empfunden ...«:* Anfangszeilen eines unbetitelten zweistrophigen Gedichts von A. S. datiert »6. Juli 79« (im Nachlaß).

4] *»Die Blasirten«:* Tgb 8. 9. 1889: »›Die Blasirten‹ begonnen, komme damit nicht in Fluß, lasse es wohl stehen.« Jetzt in E. u. V.

5] *Rodaun:* Ort in unmittelbarer Nähe südlich von Wien.
6] *Dr. Goldmann:* Paul G. (1865-1935). Journalist, Kritiker und 55
damals Mitredakteur der von seinem Onkel Fedor Mamroth gegründeten Zeitschrift ›An der Schönen Blauen Donau‹, in der die ersten Gedichte von A. S. unter dem Pseudonym »Anatol« erschienen. 1890 wurde Goldmann Theaterkorrespondent der ›Neuen Freien Presse‹ in Berlin, 1891 Korrespondent der ›Frankfurter Zeitung‹ zunächst in Brüssel und dann in Paris. Später lebte er viele Jahre in Berlin, um schließlich nach Wien zurückzukehren, wo er auch starb. A. S. schreibt in ›Jugend in Wien‹ (7. Buch), daß ihn mit Goldmann »Durch viele Jahre eine der stärksten Beziehungen« seines Lebens verbunden habe. Um die Jahrhundertwende trat eine Entfremdung ein. Tgb 23. 1. 1903: »Beinahe daemonisch hat er sich in seinem Referat über die ›letzten Masken‹ verrathen. – Seine Lebenslüge: ›Wenn ich Zeit hätte, wär ich ein großer Dichter‹. –« Am 11. 3. 1903: »Las Nachm. die Briefe P. G. über Bea. [›Der Schleier der Beatrice‹] aus dem Jahr 1900, die sehr entzückt lauten. Ärgere mich nun doch ein wenig, daß er aus Motiven, die ihm selbst nicht bewußt sind, alles von mir ablehnt – sobald er daran ist, sich oeffentlich darüber auszusprechen.« Und am 17. 12. 1904 stellt A. S. im Tgb fest: »Seit geraumer Zeit hat meine Correspondenz mit Paul Goldm. aufgehört. Im wesentlichen sind wir wohl fertig miteinander, und könnten auf dieser Basis wieder einmal in ein anständiges Verhältnis kommen. –«

28. 8. 1889 55
1] *Heut Nachmittag:* Das Rendezvous in Neulengbach kam zu- 57
stande.
2] *Montag kommst du?:* Marie Glümer war bereits Sonntag, den 1. 9. (bis zum 4.) in Wien. Sie kehrte am 9. 9. dann endgültig vom Sommerurlaub nach Wien zurück.
3] *ordinire dann schon allein:* A. S.'s Eltern waren am 2. 9. in London, vom 8. bis 16. in Paris und anschließend in Heidelberg (s. Anmerkung 1 zum 16. 9. 1889).

4. 9. 1889
im Coupé: A. S. hatte Marie Glümer nach ihrem kurzen Wien- 57
Besuch in ihren Urlaubsort zurückbegleitet.

58 5. 9. 1889
59 *Fürst E.:* Nicht identifiziert.

7. 9. 1889
60 *diese ewigen Scenen:* Tgb 7. 7.: »Begreiflich, daß ich diese Tage hindurch Jeanette rein vergaß. – Und diese! Welch ewige Scenen!.. Wie sie bald weint, bald droht, bald wieder mir die Hand küßt – wie sie mich mit ihrer Eifersucht zur Raserei bringt, [...]«

60 8. 9. 1889
61 *nach den Erfolgen des gestrigen Abends:* Nicht festzustellen.

9. 9. 1889
61 1] *in Paris:* S. Anmerkung 3 zum 28. 8. 1889.
2] *Trubel der Ausstellung:* Es war die Weltausstellung, von der A. S.'s Mutter u. a. schreibt: »[...] gestern waren wir Abends in der Ausstellung, die bei elektrischem Licht einen Anblick bietet, den die lebhafteste Phantasie sich nicht träumen läßt; [...]«
3] *ein gewisser Siwek:* Nicht identifiziert.
62 4] *Hahns:* Nicht identifiziert.
5] *galvanok.:* galvanokaustische; (Galvanokaustik: Entfernung von Polypen etc. mit Instrumenten, die galvanischer Strom glühend macht).
6] *die nächste Nummer der Zeitung:* Seit dem 1. 1. 1887 redigierte A. S. zusammen mit Dr. Béla Weiss die von seinem Vater gegründete ›Internationale Klinische Rundschau‹.

16. 9. 1889
62 1] *seinen Vortrag:* A. S.'s Vater hielt den Vortrag am 15. 9. in der Sitzung des »Internationalen Kongresses für Laryngologie und Otologie zu Paris« unter dem Titel ›Aphorismen zu Diagnose und Therapie der Kehlkopftuberkulose‹. Abgedruckt in der ›Internationalen Klinischen Rundschau‹, 3. Jg., Nr. 40 vom 6. 10. 1889.
63 2] *Onkel und Tante Mandl:* Es dürfte sich um ungarische Verwandte handeln, die aus Paris kommend in Wien Station machten.
3] *Hotelcalamitäten:* A. S.'s Mutter schreibt aus Paris am 9. 9.: »[...] wir sind gestern Abend angekommen, und – haben keine Wohnung gehabt d. h. zwei Zimmer in einer ›Brasserie de femmes‹

die den schönen Namen ›Isle d'amour‹ führt – Papa wollte um keinen Preis die Nacht dort zubringen [...] und so mußten wir die Gastfreundschaft Mathildens annehmen; [...]« *Mathilde:* Rosenberg, geb. Jellinek (s. Anmerkung 2 zum 23. 5. 1888).

4] *Episode:* Der Anatol-Einakter ›Episode‹ erschien in Heft 18 des 4. Jahrgangs der Zeitschrift ›An der Schönen Blauen Donau‹.

5] *ein Bild des Deutschen Volkstheaters:* Das neuerrichtete Theater wurde am 14. 9. 1889 mit Ludwig Anzengrubers dreiaktigem Volksstück ›Der Fleck auf der Ehr'‹ eröffnet.

6] *Omen:* Sechs Stücke von A. S. sollten im Deutschen Volkstheater ihre Uraufführung erleben, mehrere ihre österreichische Erstaufführung. 1920 sollte A. S. den Volkstheaterpreis für ›Professor Bernhardi‹ erhalten.

7] *Rosette Hellmesberger:* 1854-1916. Sängerin und Schauspielerin 1883 an der Wiener Hofoper, 1889 nur ein Jahr am Deutschen Volkstheater, dann Gastspielreisen.

8] *Tyrolt:* Rudolf T. (1848-1929). Schauspieler und Schriftsteller. 1884-1888 am Wiener Hofburgtheater, seit 1889 Mitglied des Deutschen Volkstheaters. Er war einer der bedeutendsten Volksschauspieler.

23. 9. 1889 *63*

im Verschwender: ›Der Verschwender‹, Original-Zaubermärchen mit Gesang in 3 Akten (1834) von Ferdinand Raimund (1790-1836). Die Nachschrift des Briefes ist mit Bleistift hinzugefügt. *67*

5. 10. 1889

1] *»Aus meinen großen Schmerzen ...«:* »Aus meinen großen Schmerzen / Mach ich die kleinen Lieder«, Anfangszeile von Heinrich Heines Gedicht ›Lyrisches Intermezzo, XXXVI‹ im ›Buch der Lieder‹. *69*

2] *im Wiedentheater:* das Theater an der Wien im 4. Bezirk (Wieden), 1801 von Emanuel Schikaneder eröffnet. Hier fanden die Uraufführungen des ›Fidelio‹ und des Violinkonzerts von Beethoven statt; Kleist schrieb sein ›Käthchen von Heilbronn‹ für diese Bühne; hier auch die Uraufführung von Grillparzers ›Ahnfrau‹. Später Stätte der klassischen Operette (u. a. Uraufführung von Lehars ›Die lustige Witwe‹). *70*

3] *Aff. Cl.:* ›Der Fall Clemenceau‹, Schauspiel in 3 Akten von Alexandre Dumas fils und Armand d'Artois. A. S. besuchte am Abend des 5. 10. die Premiere. Marie Glümer sah das Stück erst am 6. 10. und wünschte, daß A. S. noch eine weitere Vorstellung besuche.

72 8. 10. 1889

73 *deine Verse:* Auf einem undatierten Zettel steht in M. G.'s Handschrift: *Fragment* Jamben
Wie du [inmitt?] all dieser Erdenfreuden
Ein echter Erdensohn Dich elend wähnst
Statt Wiederkehr all dieser Feierstunden
Das Erdendunkel Du herbei Dir sehnst
Ja wahrlich denk' ich Du hast Gott vergessen
Gott und die Andacht die in Lieb' sich einen
Mit Weh und Wonne ungestilltem Sehnen
Mit Freud und Schmerzensthränen, die wir weinen. –

14. 11. 1889

74 Der Brief dürfte erst am 15. 11. geschrieben sein, da A. S. am 14. nicht notiert, daß er M. G. sah.

22. November 1889

75 1] *in der Gasse:* Margarethenstraße, im 4. Wiener Gemeindebezirk.
2] *deinen Bruder:* Franz Chlum. Später Postamtsdirektor.
3] *ein Rec.:* Recept.

76 4] *einen Dienstmann:* S. Anmerkung 3 zum 7. 4. 1888.
5] *den englischen:* er befindet sich nicht mehr unter den Briefen.

3. 12. 1889

77 Zu diesem Schreiben gibt es keinen Antwortbrief.

78 1] *Meine neue Adresse:* Giselastraße 11 (heute Bösendorferstraße) im 1. Wiener Gemeindebezirk (Innere Stadt).
2] *vor jenem Abend:* Am 3. 12. schrieb M. G. einen Kartenbrief an A. S. in die Poliklinik: »Ich will Dich vor meinem, *muß* Dich vor meinem Debut sehen. –« Am 5. 12. spielte sie dann bei einer Vortragsübung der Schauspielschule, die dem ›Conservatorium für Musik und darstellende Kunst der Gesellschaft der Musikfreunde‹ angeschlossen war, in dem fünfaktigen Lustspiel von Moser und Schönthan ›Krieg im Frieden‹ die 6. Szene des 3. Akts.

Ende 1889
Ich ziehe es vor, dir zu schreiben: Am 18. 12. notiert A. S. in sein Tgb: »Brief J.[eanette] auf die Poliklinik. Ich zu ihr mit Fritz [Kapper]. Selbstmordversuch Nachts im Prater; Quetschung an der Brust. – Revolver mitgenommen. Mz [Mizi Glümer] vergeblich erwartet. Bei J. Ruhiger.« 78

1890

30. 7. 1890
Würnitz: Urlaubsort der Familie Chlum, 30 km nordöstlich von Wien. 79

Anfang August 1890
1] *die l. Zeilen der Mama:* Der Brief ist nicht mehr vorhanden. 80
2] *daß ihr wohl und heiter angelangt seid:* A. S.'s Vater war vom 4. - 9. 8. als Vertreter des k. k. Ministeriums für Kultur und Unterricht zum 10. Internationalen medizinischen Kongreß in Berlin delegiert worden. Er hielt dort am 8. 8. einen Vortrag ›Über Kombination von Tuberkulose und Syphilis des Kehlkopfes‹ (in: ›Internationale Klinische Rundschau‹, 4. Jg., Nrs. 34, 36, 38, 40.) Julius S. begleitete seine Eltern.
3] *einige Fragen:* Der Antwortbrief ist nicht vorhanden.
4] *Kaposi:* Moritz K. (1837-1902), Universitätsprofessor, Begründer der modernen Dermatologie.
5] *Neudörfer:* Ignaz N. (1825-1898), Generalstabsarzt, Univ. Dozent, Abteilungsvorstand (Chirurgie) an der Allgemeinen Poliklinik in Wien.
6] *Nothnagel:* Hermann N. (1841-1905), Internist. Seit 1882 Leiter der I. Medizinischen Klinik.
7] *Semmola:* Mariano S. (1831-1896), Professor der Pharmakologie und Therapie in seiner Vaterstadt Neapel.

17. 8. 1890
1] *noch nach Interlaken:* A. S.'s Eltern und Bruder fuhren von Berlin über Luzern nach Interlaken, Genf und Chamonix. Sie kehrten am 26. 8., nach kurzem Aufenthalt in Bad Ischl, nach Wien zurück. 80

81 2] *Lola Beeth:* 1862-1940, Sängerin, zuerst an der Hofoper Berlin und von 1888-1895 an der Wiener Hofopfer.

3] *St. Veith:* Villenviertel am westlichen Stadtrand von Wien, heute Teil des 13. Gemeindebezirks Hietzing.

4] *Spitzer (Maison):* Die k. k. Hof-Mode- und Weißwarenhandlung G. & E. Spitzer, Kärtnerring 12.

5] *Maier:* Nicht identifiziert.

6] *Sievring:* richtig Sievering; damals Vorort, heute zum 19. Wiener Gemeindebezirk gehörend.

7] *Xr:* Abk. für Kreuzer.

8] *Hajek:* Marcus H. (s. Anmerkung 9 zum 24. 7. 1883).

9] *wimmelt es jetzt von Sängern:* Zum ›Vierten deutschen Sängerbundfest‹ waren 3000 Teilnehmer nach Wien gekommen.

Mitte September 1890

82 1] *mein Papa verreist:* Möglicherweise wurde er, wie sehr oft im In- und Ausland, zu einem Konsilium gerufen.

2] *während du dort bist:* Marie Glümer war vom 19. 9. 1890 bis 31. 3. 1891 am Salzburger Landestheater engagiert.

September 1890

84 Hier handelt es sich um Fragen, die A. S. auf der Fahrt nach Salzburg mit Bleistift auf zwei Briefbogen für ein offenbar bevorstehendes Gespräch notiert hat.

1] *gegen G.:* Nicht identifiziert.

2] *F.:* Theodor Friedmann (s. Anm. 1 zum Sommer 1889).

3] *er sei verlobt:* Theodor Friedmann hatte sich am 13. Mai mit Flora Fischhof verlobt und heiratete sie am 22. 10. 1889.

Salzburg September 1890

85 1] *Salzburg:* A. S. war vom 19. 9.-4. 10. dort.

86 2] *Dora:* Kohnberger.

3] *ein paar Zeilen von Ihnen:* O. Waissnix antwortete am 27. 9.

86 6. 10. 1890

87 *die Neulengbacher Gegend:* Siehe Anmerkung zum 5. 8. 1889.

7. 10. 1890 88
1] *das Blitzmädel:* ›Ein Blitzmädel‹, Posse mit Gesang in 4 Akten 89
von Carl Costa (ursprünglich Kostia, 1832-1907).
2] *jeden Theaterzettel:* M. G.s Antwort: »Zetteln kann ich dir keine schicken. Mama spart immer und kauft keines. –«
3] *bei M.s:* Irene Mandl, geb. Markbreiter (s. Anmerkung 3 zum 17. 7. 1875).
4] *auf der Pol.:* A. S. war Assistent an der Poliklinik. 90

12. 10. 1890
1] *Guckerl:* Das Guckloch in der Eingangstür. 90
2] *bei Rosenbergs:* Tgb 11. 10.: »Bei Spitzer-Rosbg. – Poker –« 91
3] *Douzzi:* M. G.s Kosename für A. S.
4] *Wer ist »Er«:* Nicht identifiziert.

27. 10. 1890
1] *als Alma:* In ›Die Ehre‹, Schauspiel in 4 Akten (1889) von Her- 91
mann Sudermann (1857-1928). A. S. hatte das Stück am 23. 10. im 92
Theater an der Wien gesehen. M. G. sah er als Alma in Salzburg am 25. 1. 1891.
2] *daß G. an Fr. wegen Berichten schreibt:* M.G. bittet in ihrem Brief an A. S. vom 25. 10.: »Paul Goldmann soll meine Erfolge in Wiener Zeitungen unterbringen, ich werde in Wien bleiben, Engerl. –«
3] *Fr.:* Nicht identifiziert.
4] *Biederm.:* Therese Biedermann, Edle von Singer (1865-?), Soubrette.
5] *Ein Schauspieler:* Fritz Elrif (s. auch Anmerkung 4 zum 24. 11. 93
1890).

14. 11. 1890
1] *eine Stelle aus Bourget:* In ihrem Brief an A. S. vom 27. 9. zitiert 96
O. W. aus ›Un cœur de femme‹ von Paul Bourget (1852-1935): »Ah! les malentendus des éloignements! Les cruelles, les irréparables mésintelligences qu'emportent et que redoublent ces feuillets sur lesquels nous ne savons pas, nous n'osons pas mettre tout le sang de notre amour et toutes les larmes! Écrire à la femme que l'on aime, après plusieurs jours! de séparation, c'est lui parler sans voir ses

yeux; c'est jeter des paroles, dont le retentissement dans cette création idolatrée vous échappe, hélas, et qui vous la perdent quelque fois pour toujours; c'est ne pas la sentir sentir!« (Vgl. A. S.-Waissnix, S. 226 f.)

2] *Grünfeld:* A. S. glaubte O. W. mit dem berühmten Pianisten Alfred Grünfeld (1852-1924) Arm in Arm gehen und in einen Wagen einsteigen gesehen zu haben; er hatte sich jedoch in der Person geirrt.

3] *Sie schrieben mir vor nicht langer Zeit:* Nur der Schluß dieses Briefs, der Ende Oktober oder Anfang November geschrieben worden sein muß, ist erhalten.

4] *Sie thun es ja sowieso mehrstentheils:* Das letzte Wort ist mit einem *) gekennzeichnet und diesem Zeichen fügte A. S. unter den Text der ersten Briefseite hinzu: »Sie Kind! das freut Sie wieder!«

97 5] *von Koch's großartiger Entdeckung:* Robert Koch (1834-1910), Entdecker des Tuberkel- sowie des Cholerabazillus; er erfand 1890 das Tuberkulin und erhielt 1905 den Nobelpreis für Medizin.

98 6] *arbeite an einem neuen Stück:* ›Das Märchen‹, Schauspiel in drei Aufzügen. Jetzt in Dram. Werke I. Am 24. November notiert A. S. in sein Tgb: »Mährchen begonnen«. In einer weiteren (undatierten) Notiz: »Begann das Mährchen zu schreiben. ›Das Mährchen von der Gefallenen‹. Befreie mich. – Psychologisches aus meinem Verhältnis mit Mz [Mizi Glümer] – auch viel äußere Umstände – hoffe, daß es gelingt! – hoffe! –«

7] *sc.:* scilicet: lateinisch für selbstverständlich, natürlich, freilich, vorausgesetzt.

8] *Demel:* Die Firma Ch.[ristoph] Demel's Söhne, Hofzuckerbäcker; berühmte, noch heute bestehende Konditorei.

18. 11. 1890

99 1] *[?]:* Ein abgekürztes Wort, das auch in M. G.s Brief unleserlich ist.

100 2] *den ersten:* Sein Name wird hier und in allen anderen Briefen, auch in A. S.'s Tagebuch nur abgekürzt mit »G.« bezeichnet. Über ihn notiert A. S. am 27. 9. 90: »Jenen ersten kenn ich nicht. Wie muß sie ihn geliebt haben! Er hat sie ja verführt! – Und wenn ich denke, wie ich heuer im Sommer, wenn ich zu ihr hinausfuhr, stets vor dem Stationsgebäude aussteigen mußte, in welchem sie verführt

worden ist! [...] Und er wurde ihr zuwider. Sie verliebte sich in Theodor F.[riedmann] meinen guten Freund – sie löste die Verlobung mit dem ersten – um ihm gehören zu können.«

19. 11. 1890 103

1] *als Suzanne:* in ›Die Welt, in der man sich langweilt‹ (1881) von Edouard Pailleron (1834-1899). Die Rolle des Grafen Roger von Ceran spielte der Schauspieler Adolf Suchanek. 105

2] *»Eva«:* Schauspiel in 5 Akten (1888) von Richard Voß (1851 bis 1918).

3] *Sandrock:* Adele S. (1863-1937). Eine der berühmtesten Schauspielerinnen der deutschsprachigen Bühnen ihrer Zeit. Sie begann ihre glanzvolle Laufbahn 1889 als Tragödin am Wiener Deutschen Volkstheater, war ab 1895 am Hofburgtheater engagiert, das sie infolge ihrer Launenhaftigkeit 1898 verließ. Sie war dann bei Max Reinhardt in Berlin tätig, ging auf erfolgreiche Gastspielreisen, die aber bald, nicht zuletzt infolge jener schwierigen Charaktereigenschaften, ein betrübliches Ende fanden. Nach einer Zeit des Elends, nahe der Verarmung, wurde Adele Sandrock in den Zwanzigerjahren durch den Film neu entdeckt. Sie erlebte eine erstaunliche, überraschende künstlerische Wiedergeburt und beendete ihre Laufbahn als gefeierte »Komische Alte«. Genau drei Jahre nach diesem Brief, im November 1893, lernte A. S. Adele Sandrock anläßlich der Uraufführung des ›Märchens‹ im Deutschen Volkstheater (1. Dezember), in dem sie die Rolle der Fanny Theren spielte, kennen, und es entspann sich eine stürmische Liebesbeziehung, die allerdings nicht lange dauerte. (Vgl. ›Dilly‹).

4] *wegen Koch:* S. Anmerkung 5 zum 14. 11. 90.

5] *meinen Schwager:* Marcus Hajek (s. Anmerkung 9 zum 24. 7. 1883). Über ihn Tgb 8. 9. 89: »Mein Schwager überflügelt mich medizinisch unendlich. Seine Natur bleibt mir fremd.«

24. 11. 1890

1] *Sonntag 8. A:* Sonntag 8 Uhr Abend. 106

2] *zu deinem großen Erfolg:* Bei einem Theatervereinsabend trug M. G. ›Tempora mutantur‹ von Rudolf Baumbach (1840-1905) vor und das Scherzgedicht ›Wie sieht der Teufel aus‹.

3] *von wem war das Bouquet?:* M. G. schreibt, daß sie es »vom Comité« bekam.

4] *E. Honneurs gemacht:* Fritz Elrif (s. Anmerkung 5 zum 27. 10. 1890).

5] *Wer trug noch vor –?:* Das ganze Ensemble.

107 6] *bei Kohnbergers:* Der Fabrikant Innozenz Kohnberger und seine Frau, Dora (s. Anmerkung 6 zum 9. 8. 86).

7] *Tewele's:* Franz Tewele (s. Anmerkung 19 zu »etwa 10. 4. 88«) und seine Frau, Marie (gestorben 1916).

108 8] *Berta Hausner:* 1869-1932. Schauspielerin.

9] *auf wiedersehen:* A. S. war am 29./30. November in Salzburg.

109 10] *als Suz.:* als Suzanne (s. Anmerkung 1 zum 19. 11. 1890).

1891

109 16. 1. 1891

110 1] *broken down:* O. W. schreibt am 7. 1., nachdem ihr A. S. von seinem Verhältnis mit Marie Glümer erzählt hatte: »Ich bin in der letzten Zeit nervöser und erregter denn je (ein bißchen broken down war ich ja doch über Ihre Erzählung, wenn ich mir dieses Gefühl auch nicht erlauben will).«

2] *bei Dora:* Kohnberger.

3] *»Sprüche in Versen«:* ED: ›An der Schönen Blauen Donau‹, 6. Jg., 2. Heft, 15. 1. 1891. Jetzt in A u. B.

4] *ein Gedicht von mir:* ›Morgenandacht‹. ED: ›Die Gesellschaft‹, München, Februar 1891. Jetzt in ›Frühe Gedichte‹.

»Verschwunden ist der Mondenschein / Von Zimmerwand und Decke; / Nun gleist der dumme Tag herein / In unsre Dämmerecke. / Und blaß in dem verschwommnen Licht / Inmitten heller Linnen, / Schau ich, wie um Dein Angesicht / Die Locken ringeln und rinnen./ Was hab' ich all in dieser Nacht / In Dich hineingeträumet, / Den Leib – von wilder Lust umfacht – / Mit heiliger Glut umsäumet. / Wie hab ich Dich gebenedeit, / Wie hoch emporgehoben, / Von einer neuen Jungfräulichkeit / Den Glanz um Dich gewoben. / Das war von einem holden Wahn / Der trügevolle Schimmer. / Ach, was Du je gefühlt, getan / Schleppst Du mit Dir für immer. / Und öffnest Du die Augen schwer / Die großen, dunklen, matten, / So fließen bläulich um sie her / Vergessner Freuden Schatten. / Und darum hast Du diese Nacht, / Selbst unbewußt im Innern, / In unsre Kammer mitgebracht / Vergangener Lust Erinnern. / Wie hat die schale Träumerei / Den wachen Sinn verdrossen, / O dummer Tag, nun ists vorbei, / Die Zauber all verflossen. / Und alles, was uns aufgeblüht / So trunken, wird zunichte, / Ja, was so heilig Dich umglüht / War Licht von meinem Lichte. / Mein süßes Mädel lagst Du hier / Und bist nun eine Dirne / Es blinkt der fahle Morgen Dir / Im Goldhaar auf der Stirne.« (1890)

5] *lesen Sie's langsam:* O. W. hatte das Manuskript nicht nur »oft u. langsam gelesen und auch copirt«. Sie fährt fort: »Nur eine Bemerkung gestatten Sie. Als Sie mir damals bei Dora Ihr Drama schilderten, beschrieben Sie mir die Geschichte Ihrer Liebe, Sie sagten mir damals, daß die Heldin den Helden unendlich geliebt hätte. Wenn dies der Fall ist, wird diese Dame Ihre Sachen lesen u. da kann ich mir keine schrecklichere ausgesuchtere Grausamkeit denken, als die Herausgabe dieses sonst so schönen Gedichtes. Bitte thun Sie's lieber nicht. –«

6] *Mein Schauspiel im 2. Akt:* ›Das Märchen‹ (s. Anmerkung 6 zum 14. 11. 90).

7] *Häuslich schief:* Tgb im Januar (ohne Tagesdatum): »Zu Hause mattes Verhältnis – V.[ater] soll meine Reise nach S[a]lzb[urg] kennen.«

8] *Goldmann geht vielleicht weg:* Nach seinem Ausscheiden aus der 111
›Neuen Freien Presse‹ und der Zeitschrift ›An der Schönen Blauen Donau‹ ging Paul Goldmann zunächst nach Frankfurt zur ›Frankfurter Zeitung‹, dann nach Brüssel und Paris.

9. 2. 1891

1] *nach einem Sonntag bei dir:* A. S. fuhr am Samstag, den 7. 2., 111
nach Salzburg und am darauffolgenden Tag nach Wien zurück. Nachdem er sieben Mal in Salzburg war, schreibt er am 26. 2. 91 ins Tgb: »Dieses Hinfahren Nachts im Postzug. [. . .] Dann Nachts immer mit dem halbein Uhr Schnellzug zurück, am dunkeln Morgen in Wien, u nach dem Umkleiden auf die Klinik.«

2] *V. todtenstill auf der Poli:* Vormittag totenstill auf der Polikli- 112
nik.

3] *lassen wir [. . .] über:* Austriazismus: überlassen wir.

Februar 1891 113

1] *den Duft von Ewigkeit:* S. Anmerkung 2 zum 27. 7. 89.

2] *Ihre Sylvia:* Entwurf einer Erzählung von Olga Waissnix.

3] *der Persönlichkeit [...]:* Hier fehlt im Original ein Wort; es handelt sich offensichtlich um einen Flüchtigkeitsfehler. Vermutlich »bewirkt, verursacht, fördert«.

4] *C. Larcher, S. 386:* ›Physiologie de l'amour moderne. – Fragments posthumes d'un ouvrage de Claude Larcher recueillis et publiés par Paul Bourget, son exécuteur testamentaire‹ (1891). Claude Larcher ist fiktiv für Paul Bourget (1852-1937).

5] *die Hebbel'schen Tagebücher:* Friedrich Hebbel (1813-1863). Seine Tagebücher reichen über einen Zeitraum von mehr als 26 Jahren. Sie gehörten zu A. S.s Lieblingslektüre.

114 6] *Mein Stück:* ›Das Märchen‹, s. Anmerkung 6 zum 14. 11. 90.

115 7] *Wie freue ich mich, Sie bald hören [...] zu können:* Am 27. 2. haben A. S. und O. W. abends Rendezvous »gerade, während Mz Benef. [s. den folgenden Brief] hat. Freue mich darüber, weil ich durch das Mädel unendlich leide. –« O. W. bedauert, daß sie nie einen Geliebten haben werde. »Ich werde so weiterleben, wie schon 5 Jahre. – Eigentlich nur, weil ich Angst vor Skandal. – Spaziergang von K[un]stverein über die Wieden. Wir lieben uns ja nicht mehr! – Das ist des Räthsels banale Lösung!«

8] *noch balder:* scherzhafte Korruption des Komparativs von bald.

12. 3. 1891

115 1] *über dein Benefice:* ›Das zweite Gesicht‹, Lustspiel von Oskar Blumenthal, hatte am 27. 2. Premiere und war zugleich Benefiz-Vorstellung für M. G. Es war üblich, zur Ehrung verdienter Künstler derartige Vorstellungen zu veranstalten. Der Erlös kam dem Gefeierten zu.

116 2] *Herrgottschnitzer:* ›Der Herrgottschnitzer von Ammergau‹, Schauspiel in 5 Aufzügen (1880) von Ludwig Albert Ganghofer (1855 bis 1920). M. G. spielte die ›Loni‹.

3] *Witz über unser Repertoire:* In ihrem Brief vom 11. 3. zählt M. G. die noch bevorstehenden Aufführungen bis zu ihrer Rückkehr nach Wien auf »[...] und ich bin mit meinem Repertoire fertig. Dann kommt aber ein großes, Douzzi (s. Anmerkung 3 zum 12. 10. 90): Unser Repertoire – ich glaube ein Stückchen wird sich bis an unser Lebensende am Repertoire erhalten – nicht wahr?«

4] *heute in 14 Tagen:* M. G. kehrte am 31. 3. nach Wien zurück. Ab 28. Mai war sie in Baden bei Wien engagiert.

5] *die Ros.:* Nicht mit Sicherheit festzustellen. 117
6] *Kapper:* Hans, der Sohn von Fritz und Adele Kapper (s. Anmerkung zum 7. 8. 89).

6. 6. 1891
Brief mit der Anschrift »Herrn Dr. Rich. Beer-Hofmann *Brünn* Hotel Neuhauser« 117
1] *Beer-Hofmann:* Richard B.-H. (1866-1943), emigrierte 1938 nach den USA, wo er starb. Erzähler, Lyriker, Dramatiker. A. S. lernte ihn am 8. 10. 1890 kennen; Tgb 19. 4. 91: »Mir ist BH höchst sympathisch. – Affectirt, viel Schönheitssinn, viel Verständnis, Liebenswürdigkeit, Geist neben Scheingeist, allerdings nicht in die Tiefe gehend«. Er war Trauzeuge bei A. S.'s Hochzeit (26. 8. 1903). Zwischen beiden Dichtern bestand lebenslang die ungetrübteste Freundschaftsbeziehung.
2] *Ihre liebenswürdigen Zeilen:* R. B.-H. war vom 18. 5. bis 14. 6. zu einer Waffenübung in Brünn.
3] *Edi = Kafka.* Eduard Michael Kafka (1868-1893). Schriftsteller und Journalist. Er stand der Gruppe des ›Jungen Wien‹ als Begründer und Mitherausgeber der Zeitschrift (1889-91 in Brünn) ›Moderne Dichtung‹, die ab 1891 ›Moderne Rundschau‹ hieß und in Wien erschien, nahe.
4] *Aus der Kaffeehausecke:* Die Idee einer Sammlung verschiedener Beiträge kam nicht zustande. A. S. hatte am 3. 2. und am 28. 8. 1890 eine Skizze ›Gespräch in der Kaffeehausecke‹ geschrieben, der unmittelbar darauf, am 31. 8. und 15. 9., eine zweite mit dem Titel ›Gespräch, welches in der Kaffeehausecke nach Vorlesung der ›Elixiere‹ geführt wird‹. Beide Skizzen jetzt in E. u. V. 118

2. 7. 1891
1] *in mein Coupé:* Auf der Rückreise aus Baden bei Wien (s. Anmerkung 4 zum 12. 3. 91), Tgb 1. 7.: »Im Coupé eine Skizze begonnen ›Das *Himmelbett*‹.« Die Erzählung ist jetzt in: E. u. V. aufgenommen. 118
2] *Am Südbahnhof [. . .] genachtmahlt:* Das Restaurant stand unter der Leitung von Ludwig Schneider (gest. 1913), dem Vater von Olga Waissnix, der in der Wiener Innenstadt auch den sehr beliebten Stefanskeller führte.

119 3] *Guntramsdorf:* Zwischen Baden und Wien gelegen. A. S. und M. G. trafen einander dort am 4. Juli.

4] *Gumpolds:* Gumpoldskirchen, eine wegen ihres Weines sehr beliebte Ortschaft, ebenfalls zwischen Baden und Wien gelegen.

5] *vom Sacher:* Berühmtes Wiener Hotel und Restaurant ersten Ranges.

6] *Franzensbad:* A. S. fuhr nicht zu seiner Schwester nach Böhmen.

7] *in der Arena:* Name des Badener Sommertheaters im Kurpark, an das M. G. engagiert war. Es wurde 1906 neu erbaut und existiert heute noch unter demselben Namen.

8] *die Bemerkung der R.:* Es dürfte sich um Marie (Mizi) Rosner handeln, die M. G. mit deren Bräutigam in Baden getroffen hatte. Sie war 1889 kurze Zeit Schauspielerin am Wiener Deutschen Volkstheater gewesen. A. S. kannte sie aus dieser Zeit. Es blieb jedoch eine platonische Beziehung, über die A. S. in ›Jugend in Wien‹ (7. Buch) schreibt: »Vielleicht bedeutete für das liebe, blonde Kind der Hauptreiz unseres Beisammenseins das Bewußtsein, daß ihr Liebhaber – ob er es nun war oder nicht – im gleichen Hause mit mir wohnte, daß er um ihre Besuche bei dem jungen Arzt wußte und sich in Eifersucht verzehrte. Zuviel Psychologie übrigens! Sagen wir einfach: er war ein Narr, sie war ein kleines Luder, und ich war ungeschickt.«

9] *von Dr. K.:* Nicht identifiziert.

10] *Samstag Guntramsdorf:* Das Rendezvous kam zustande.

27. 7. 1891

119 1] *Hugo von Hofmannsthal:* 1874-1929. (Pseudonyme: Theophil Morren, Loris). Er wurde durch Gustav Schwarzkopf im Herbst 1890 in den Griensteidl-Kreis eingeführt. Am 29. 3. 1891 schreibt A. S. in sein Tgb: »Bedeutendes Talent, ein 17j. Junge, Loris, (v. Hofmannsthal.) Wissen, Klarheit und, wie es scheint, auch echte Künstlerschaft, es ist unerhört in dem Alter.« A. S. gab dem um zwölf Jahre Jüngeren bald eigene Arbeiten zur Begutachtung; 1892 schrieb Hofmannsthal, zunächst unter dem Pseudonym Theophil Morren, später Loris, den vielzitierten ›Prolog zu dem Buch »Anatol«‹. Die enge Freundschaft der beiden Dichter dauerte bis zu Hofmannsthals Tod. Am 23. 7. 1929 schrieb A. S. an Hedwig Fischer: »Es trifft mich schwer, daß er nicht mehr auf Erden ist – wir wollen

in solchen Augenblicken nicht vor großen Worten zurückscheuen; ich hab ihn sehr geliebt, – nicht nur weil er (für mich) von vielen Dichtern die ich bewundre vielleicht der »wirklichste« war und weil er, wenn auch um 12 Jahre jünger als ich, ein Gefährte meiner Jugend war; – auch weil er der merkwürdigste und dabei, bei mancher Problematik seines Wesens, ein höchst menschlicher Mensch war, dies in sehr umfassendem Sinne genommen.«

2] *Paul Goldmann:* S. Anmerkung 6 zum 29. 8. 1889.

3] *längst hätte schreiben sollen:* Hofmannsthal hatte A. S. am 13. 7. aus Bad Fusch im Pinzgau, Land Salzburg, geschrieben.

4] *die Kugel:* Kaffee-Restaurant auf dem Platz Am Hof in der Wie- *120*
ner Innenstadt.

5] *Ausschußsitzungen:* In einer konstituierenden Versammlung war am 7. 7. 91 die Wiener ›Freie Bühne, Verein für moderne Literatur‹, nach dem Vorbild ›Freie Bühne‹ in Berlin, gegründet worden. In den Vereinsvorstand wurden gewählt: Friedrich Michael Fels als Obmann, Edmund Wengraf und Hermann Fürst als Obmann-Stellvertreter, Eduard Michael Kafka und Robert Fischer als Schriftführer, Jacques Joachim als Kassier, Julius Kulka als Bibliothekar. Zum Ausschuß gehörten: A. S., Felix Salten, Dr. Hugo von Hofmannsthal senior, Engelbert Pernerstorfer, Heinrich Osten, Wilhelm Vita, Ernst Lohwag und Emil Mark. Ibsen wurde zum Ehrenmitglied ernannt. – Am 28. 10. 91 wurde der »Erste gesellige Abend« mit folgendem Programm veranstaltet: Friedrich M. Fels hielt den Eröffnungsvortrag unter dem Titel ›Die Moderne‹; dann las Hofschauspieler Georg Reimers Gedichte von Karl Henkell, Felix Dörmann und Konrad Nies; nach ihm las Hofschauspieler Max Devrient Gedichte von Jakob Julius David und A. S. (von diesem ›Am Flügel‹ und ›An die Alten‹; vgl. ›Frühe Gedichte‹). Das Programm schloß mit folgender Notiz: »Fräulein Helene Odilon wurde durch ein Verbot der Direction gehindert, ihre liebenswürdige Zusage an dem Abende mitzuwirken, einzuhalten.« (S. Anmerkung 9 zum 13. 11. 1892).

6] *Pernerstorfer:* Engelbert P. (1850-1918). Schriftsteller und Politiker (österreichischer deutsch-nationaler, seit 1891 sozial-demokratischer Parlamentsabgeordneter).

7] *Wengraf:* Edmund W. (1860-1933). Schriftsteller, Journalist.

8] *Osten:* Heinrich O. (ursprünglich Siegfried Ostersetzer) (1856 bis 1931). Schriftsteller, Journalist. Gab mit Edmund Wengraf die Wochenschrift ›Neue Revue‹ als Fortsetzung der ›Wiener Literaturzeitung‹ heraus.

9] *Kafka:* Eduard Michael K.

10] *Kulka:* Julius K. (1865-1893).

11] *Salten:* Felix S. (ursprünglich Siegmund Salzmann, 1869 bis 1945, in Zürich als Emigrant gestorben). Erzähler, Kritiker, Feuilletonist, Dramatiker. Präsident des österreichischen PEN-Klubs bis 1933. Er begleitete A. S.'s Werk durch viele Jahrzehnte mit verständnis- und liebevollen Besprechungen und blieb ihm bis zu seinem Tode freundschaftlich verbunden.

12] *Burckhardt:* richtig Burckhard, Max Eugen (1854-1912). Jurist, Schriftsteller, Kritiker. 1890-98 Direktor des Wiener Burgtheaters, dann Rat des Verwaltungsgerichtshofes. A. S. setzte ihm in dem »anarchistischen Hofrat« Dr. Winkler in ›Professor Bernhardi‹ ein Denkmal.

13] *Alkandi:* Burckhard hatte ›Alkandi's Lied. Dramatisches Gedicht in einem Aufzuge‹, am 14. 7. zurückgeschickt. (Jetzt in Dram. Werke I).

14] *Mein Stück:* ›Das Märchen‹ (s. Anmerkung 6 zum 14. 11. 90).

15] *Ihren himmelblauen Einakter:* ›Gestern‹. Studie in einem Akt, in Reimen. Erschienen 1891 unter dem Pseudonym Theophil Morren. Am 7. 10. 91 las Hofmannsthal bei A. S. den Einakter in Anwesenheit von Salten und Beer-Hofmann vor; A. S. notiert in sein Tgb: »Von großer Schönheit; etwas das noch selten von einem jungen u auch selbst selten von ältern geschrieben wird. Man bekam eine neue Zärtlichkeit für seine eigne Neurose.«

16] *erster oder siebenter Grad:* Eine im Freundeskreis entstandene, nicht weiter erklärte Klassifizierung.

17] *Burckhardt:* Jacob B. (1818-1897). Schweizer Kultur- und Kunsthistoriker, Geschichtsphilosoph. (›Die Kultur der Renaissance in Italien‹, 1860).

18] *Lie:* Jonas Lauritz Idemil L. (1833-1908). Norwegischer Schriftsteller.

19] *Nietzsche:* Friedrich N. (1844-1900). (›Jenseits von Gut und Böse‹, 1886).

20] *Den Ihrigen:* Die Eltern Hofmannsthals (s. Anm. 10 zum 15. 9. 1895).

21] *Schwarzkopf:* Gustav S. (1853-1939). Kritiker, Erzähler. Später, unter Hugo Thimig, Beirat der Burgtheaterdirektion. Ein Freund A. S.'s aus dem Griensteidl-Kreis, mit dem er zeitlebens herzlich verbunden blieb.

22] *bei Ihnen:* Im Sommerfrischenort Bad Fusch (s. Anm. 3).

23] *werden Sie mir bald wieder schreiben?:* H. v. H. antwortete Anfang August, ohne nähere Datierung (vgl. A. S. – Hofmannsthal, S. 10 f.).

22. 9. 1891

Kartenbrief mit der Anschrift »Herrn Dr. Rich. Beer-Hofmann *Wien* III Seidlgasse 30« *121*

1] *Seidlgasse:* B.-H. wohnte dort in dem Haus seiner Adoptiveltern von 1885 bis Herbst 1892. Es gehörte seinem Onkel, Sigmund Beer (1826-1905).

2] *Halle a. d. Saale:* Dort fand die 64. Versammlung der ›Gesellschaft Deutscher Naturforscher und Ärzte‹ statt. A. S. verließ Wien am 19. 9., war am 20. in Halle a. d. S., am 24. in Leipzig, am 25. in Dresden und kehrte am 26. 9. nach Wien zurück. Er berichtete über die Tagung in der ›Internationalen Klinischen Rundschau‹, 5. Jg., Heft XXXIX. Signiert »A. S.«

1892

11. 3. 1892

Brief mit der Anschrift »Herrn Dr. Rich. Beer-Hofmann *Abbazia* Pension Quisisana« *121*

1] *Kafka:* Eduard Michael K.

2] *Vereinsabend:* Tgb 3. 3. 91: »*Vortragsabend.* Pollandt las von mir: ›Anfang vom Ende‹ u. ›Tagebuchblatt‹ –« (Beide in ›Frühe Gedichte‹.) *Pollandt:* Max P. (1861-1905). Schauspieler am Wiener Deutschen Volkstheater seit dessen Gründung, ging 1892 nach Düsseldorf.

3] *Bahr's »treue Adele«:* Hermann Bahr (1863-1934). Schriftsteller, Dramatiker, Essayist und Theaterkritiker. Führend im häufig ›Jung-Wien‹ genannten Kreis österreichischer Schriftsteller, die einander im Café Griensteidl trafen. A. S. lernte ihn am 27. 4. 91 kennen. Bahr war seit 1894 Mitherausgeber der Wochenschrift ›Die Zeit‹. Vom 1. 9. bis 31. 10. 1918 leitete er zusammen mit Max Devrient und Robert Michel das Wiener Burgtheater. (›Die treue Adele‹, Skizze, 1888 in Paris entstanden).

4] *Meixner:* Julius M. (1850-1913). Schauspieler. Seit 1889 Mitglied des Deutschen Volkstheaters in Wien.

5] *Liliencron:* Detlev von L. (eigentlich Friedrich Adolf Axel Freiherr von L.), 1844-1909. Schrieb außer seinen Gedichten auch Dramen, Novellen und epische Dichtungen.

6] *Korff:* Heinrich Freiherr Schmiesing von Korff, 1868 geboren und im Gothaischen Genealogischen Taschenbuch zuletzt 1938 als Oberregisseur, in Berlin lebend, erwähnt. Österreichischer Journalist, Publizist.

7] *Blumenthal:* Oskar B. (1852-1917). Feuilletonredakteur (1875 bis 1887) am ›Berliner Tageblatt‹, gründete 1888 das Berliner Lessingtheater und leitete es bis 1897. Schwankdichter, u. a. ›Zum weißen Rössl‹, zumeist in Zusammenarbeit mit Gustav Kadelburg (1851-1925).

8] *die erst und zweitgradigen:* S. Anmerkung 16 zum 27. 7. 91.

9] *mein neues Stück:* ›Familie‹. Schauspiel in drei Akten. Jetzt in E. u. V.

122 10] *an meiner Novelle:* Arbeitstitel ›Naher Tod‹, später ›Sterben‹. Jetzt in Erz. Schriften I.

11] *Fontane (Verlag):* F. Fontane & Co., Berlin. Friedrich Fontane war ein Sohn Theodor Fontanes.

12] *Anatol-Cyclus:* Die unter dem Titel ›Anatol‹ vereinigten 7 Einakter wurden (auch vom S. Fischer Verlag) refüsiert, vom Bibliographischen Bureau, Berlin, 1892 auf A. S.'s Kosten gedruckt, wozu er sich das nötige Geld (500 Mark) von seinem Freund Wilhelm König (gest. 1916 im 55. Lebensjahr) ausborgen mußte. U: Wien, Deutsches Volkstheater und Berlin, Lessingtheater am 3. 12. 1910 (ohne ›Denksteine‹ und ›Agonie‹). Die eigentliche Uraufführung des gesamten Zyklus erfolgte 1893 in Prag-Smichow in tschechischer Sprache.

13] *Aveugles:* Die auf Anregung Ferry Bératons (s. Anmerkung 5 zum 30. 11. 92) geplante Aufführung von Maurice Maeterlincks (1862-1949) Drama ›Les Aveugles‹ (1890) fand nicht statt. Es kam aber am 2. Mai zu einer Aufführung der ›Freien Bühne‹ im Theater in der Josefstadt von Maeterlincks ›L'Intruse‹ (›Der Eindringling‹); Hermann Bahr leitete den Abend mit einer »Conférence« ein.

14] *Pantomime:* Tgb 2. 2. 92: »BH. [Beer-Hofmann] erzählte den Inhalt seiner *Pantomime,* 4 aktg Pierrot [...?], entzückende Feinheiten.« Es handelt sich um die Pantomime in 4 Akten ›Pierrot hypnotiseur‹, s. Szenarium hiezu in ›Hugo von Hofmannsthal-Richard Beer-Hofmann. Briefwechsel‹, hrsg. von Eugene Weber, S. Fischer, Frankfurt am Main 1972 (Anhang).

15] *Café Griensteidl:* Tgb 20. 2.: »Vertrage Griensteidl nicht; die Atmosphäre Kulka etc deprimirt mich. –«

16] *Taine:* Hippolyte T. (1828-1893). Französischer Kulturkritiker, Philosoph, Historiker. (›Les origines de la France contemporaine‹).

17] *Du Prel:* Carl Du Prel (1839-1899). Deutscher Schriftsteller. Schrieb vorwiegend über Psychologie, Hypnotismus, Spiritismus, Somnambulismus. (U. a.: ›Philosophie der Mystik‹, 1885).

18] *Restif de la Bretonne:* Nicolas Edmé Restif de la Bretonne (1734-1806), schrieb eine große Anzahl sozial-kritischer Romane. Durch seine freizügige Darstellung erotischer Szenen gilt er als Vorläufer des französischen Realismus.

19] *Kretzer:* Max K. (1854-1941). Fabrikarbeiter, Malergehilfe; Mitarbeiter der sozialdemokratischen Presse in Berlin, auch Dramatiker. Sozialkritische Romane um die Not des Großstadtproletariats, u. a.: ›Die Betrogenen‹ (1881), ›Meister Timpe‹ (1888).

21. 3. 1892

1] *beiliegender Brief:* Nicht erhalten. 123

2] *seine Distichen:* ›Vielfarbige Distichen‹ (ED: ›Allgemeine Kunstchronik‹, jetzt in ›Gedichte und lyrische Dramen‹, hrsg. von Herbert Steiner, Stockholm, Bermann-Fischer 1946).

3] *Bilanz der Ehe:* ›Die Bilanz der Ehe. Satirische Skizzen, I. Passiva, II. Dubiosa‹ von Gustav Schwarzkopf (s. Anmerkung 21 zum 27. 7. 91).

4] *Tod des Tizian:* ›Der Tod des Tizian‹, ein dramatisches Fragment. (ED: ›Blätter für die Kunst‹, 1. Band, 1892, jetzt in: ›Gedichte und lyrische Dramen‹.) Aufgeführt als Totenfeier für den Maler Arnold Böcklin im Künstlerhause zu München am 14. 2. 1901.

5] *neue Henze'sche Zeitung:* ›Allgemeine Theater-Revue für Bühne und Welt. Illustrierte Halbmonatsschrift für dramatische Kunst und Litteratur‹. Gegründet und redigiert von Max Henze. Verlag Alfred H. Fried & Co., Berlin. Das Fragment erschien jedoch nicht in die-

ser Zeitschrift, sondern im Herbst 1892 im 1. Heft von Stefan Georges ›Blätter für die Kunst‹. *Max Henze von Starorypinski:* 1871 bis 1903. Schauspieler am Berliner Schillertheater.
6] *las ihn mir heute Nachmittag vor:* Tgb 21. 3.: »Tiefe u schöne Verse über Kunst. Eine Art Herrenmoral in der Kunst. –«
7] *Central:* Kaffeehaus, im Gebäude der ehemaligen Österr.-Ungarischen Bank, Ecke Herrengasse und Strauchgasse. Neben dem Café Griensteidl anfangs durch Karl Kraus und Peter Altenberg der bedeutendste Treffpunkt der Wiener Literaten (vgl. ›Theorie des Café Central‹ von Alfred Polgar in: ›An den Rand geschrieben‹, Berlin 1926). Es existiert seit dem Zweiten Weltkrieg nicht mehr.

25. 7. 1892

123 1] *Theodor Herzl:* 1860-1904. 1891-95 Pariser Korrespondent, ab 1896 Feuilletonredakteur der ›Neuen Freien Presse‹ in Wien. Dramatiker. Begründete mit seiner Schrift ›Der Judenstaat, Versuch einer modernen Lösung der Judenfrage‹ (1895) theoretisch den Zionismus und entwarf in dem Roman ›Altneuland‹ (1902) ein Zukunftsbild dieses Staates.
2] *Goldmann:* Herzl in seinem Antwortbrief vom 29. 7.: »Dr. Goldmann hat mir eine große Freude bereitet, als er mir zur Bekanntschaft mit Ihrem ›Märchen‹ verhalf. Wir saßen damals auf der Journalistentribüne des Palais Bourbon, wohin mich ja der wunderliche Lauf meines Lebens gebracht hat, und sprachen von Wien, das mir mit den Leiden und Beschwerlichkeiten, an denen es für mich so voll war, zu verblassen beginnt. Goldmann war sehr entzückt von diesem Wien. Stadt seiner Freunde! Er nannte Ihren Namen. Ich war ziemlich erstaunt, Sie so rühmen zu hören.«
3] *Sammlung von Anatolstückeln:* S. Anmerkung 12 zum 11. 3. 1892.
4] *noch was andres von mir:* A. S. vollendete die Erzählung ›Sterben‹ zwei Tage nach diesem Brief, am 27. 7., und hatte wohl auf einen baldigen Abdruck gehofft. Sie erschien jedoch, nachdem die ›Frankfurter Zeitung‹ abgelehnt hatte, erst im Oktober 1894 in ›Neue Deutsche Rundschau‹ (s. Anmerkung 10 zum 11. 3. 92).
5] *»Episode«:* Der zum ›Anatol‹-Zyklus gehörende Einakter war erstmals in ›An der Schönen Blauen Donau‹ 4, Heft 18, 1889 erschienen.

5. 8. 1892

1] *daß Sie mich sogar »loben« werden:* In einem ausführlichen Brief vom 29. 7. beschäftigt sich Herzl eingehend mit dem ›Märchen‹ und schließt mit dem Bekenntnis: »Mit einem Wort, lieber Schnitzler: ich glaube an Sie.« 124

2] *»als ich zum ersten Mal dich sah«:* Verszeile aus ›Der Trompeter von Säckingen‹ (1854) von Joseph Victor von Scheffel (1826-1886).

3] *akad. Lesehalle:* Der Studentenverein an der Wiener Universität Akademische Lesehalle wurde 1870 gegründet, war deutschnational gefärbt und wurde 1881 »wegen Überschreitens ihres statutenmäßigen Wirkungskreises« aufgelöst (vgl. ›Jugend in Wien‹, 3. und 4. Buch).

4] *dreiaktiger Lustspieldichter:* ›Seine Hoheit‹ (1885).

5] *Siegfried Wertheimer:* Es dürfte sich um A. S.'s Schulkameraden handeln.

6] *»Tabarin«:* Schauspiel in einem Akt von Catulle Mendès, deutsch von Theodor Herzl.

7] *»Die Aufgeregten«:* Möglicherweise ein Arbeitstitel oder Titel eines der zahlreichen Theaterstücke Herzls, die nicht veröffentlicht wurden.

8] *In Kammer:* am Attersee im Salzkammergut, August 1885.

9] *Das neue Burgtheater:* Die Eröffnung des neuen Hauses an der Ringstraße hatte am 14. 10. 1888 stattgefunden. 125

10] *Brummel:* George Bryan Brummell (1778-1840). Der Prototyp des Dandy, »Beau Brummell« genannt.

11] *causa Hirschkorn:* ›Causa Hirschkorn‹, Lustspiel, 1890.

12] *das Neue von der Venus:* ›Neues von der Venus‹ (Plaudereien und Geschichten), F. Freund, Leipzig 1887. 126

13] *das »Buch der Narrheit«:* (Feuilletons), F. Freund, Leipzig 1888.

14] *»Der Flüchtling«:* Lustspiel in einem Akt. Bei der Premiere am 4. 5. 1889 spielten Friedrich Mitterwurzer, Wilhelmine Sandrock, Hugo Thimig und Max Devrient.

15] *»Prinzen aus Genieland«:* Lustspiel in 3 Aufzügen (1891).

16] *Paul:* Goldmann.

30. 8. 1892

1] *Bad Ischl:* A. S. war vom 26. 8. bis 11. 9. in Bad Ischl, reiste über Bozen nach Riva, von dort am 16. 9. nach Trient, vom 17. bis 22. 126

war er in Venedig und am 24. 9. kehrte er, mit kurzem Aufenthalt auf dem Semmering, nach Wien zurück. Vom 11.-20. 9. war er in Begleitung seines Bruders Julius, und er notiert am 15. 9. in sein Tgb: »Mein Bruder nicht die richtige Reisegesellschaft. Vertragen uns gut, haben uns aber wenig zu sagen; theilweise gewiß gegenseitig[er] Stolz, da keiner anfängt und wir nie über Herzensangelegenheiten gesprochen haben. – Er ist wenig nachgibig [sic] und wir sind ganz ungleiche Naturen. –«

127 2] *Was soll ich ohne dich!:* Tgb 23. 8.: »[...] seit vorgestern Abend ist Mizi, die durch Jahre mein Glück, mein alles, meine einzige Seligkeit war, weg; in W. [Wiesbaden] – Und sie ist fort, indem sie mir mit unerhörter Selbstüberwind[un]g den Tag der Abreise verschwieg. So verabschiedete ich mich vorgestern von ihr, beim Omnibus, wo sie einstieg, nach Haus zu fahren, nachdem wir im Imperial dinirt – und ich glaubte sie Montag Abend, gestern wiederzusehen. [...] Und nun, gestern Mitt[a]g [...] find ich einen Brief mit dem Poststempel Westbahnhof u ihre Schrift. – Das Herz stand mir stille – Und in dem Brief stands. – Seit ich ihn erhalten, kann ich nur weinen, weinen und weinen. –«

3] *meines Stücks:* ›Familie‹, Drama. Jetzt in E u. V.

4] *Strobl:* am Wolfgangsee, 13 km westlich von Bad Ischl.

5] *seines neuen Stücks:* ›Ascanio und Gioconda‹, fünfaktige Renaissancetragödie.

6] *in der Provence:* Dies war Hugo von Hofmannsthal Maturareise.

7] *Pläne für den Winter:* Es handelt sich um Privataufführungen im Kreis von Frau Bertha Flegmann (s. Anmerkung 7 zum 16. 12. 1892), eventuell auch von ihr zu fördernde Aufführungen im Rudolfsheimer Theater, die aber nicht zustande kamen.

8] *Gestern:* ›Gestern‹, s. Anmerkung 15 zum 27. 7. 1891.

9] *von S.:* Salten. Eine Tagebuchnotiz vom 15. 9. lautet: »Salten hat's durch seine unglaublichen niedrigen Fallotereien mit mir gründlich verdorben, [...]«

10] *alle zu Loris:* A. S. und Salten waren, ohne Beer-Hofmann (Tgb 31. 8.) »bei Loris. Tizians Tod. –« (S. Anmerkung 5 zum 21. 3. 1892).

11] *»Undine«:* Zauberoper (1845) von Gustav Albert Lortzing (1801-1851).

12] *in W.:* Wiesbaden. *128*
13] *Frau Jacobsohn:* Bei ihr wohnte Marie Glümer.
14] *dein Telegramm:* vom 30.8.: »Brief kommt verspätet, nicht Angst haben. Mitzi«

13. 9. 1892
Kartenbrief mit der Anschrift »Dr. Richard Beer-Hofmann Ischl Grazerstraße 4 OberOesterreich« *129*
1] *Riva:* Siehe Anmerkung 1 zum 30. 8. 1892.
2] *verstimmt:* Tgb 13. 9.: »Ich bin verurtheilt, nie etwas von den Schönheiten einer Reise genießen zu können: die Sehnsucht u die Unruhe plagen mich.«

29. 9. 1892
1] *Toupinel:* ›Der selige Toupinel‹, Schwank in 3 Akten (1891) von Alexandre Bisson (1848-1912). *129*
2] *Kündigung:* Tgb 2. 10.: »[...] das *Eng*[agement] *in W.* hat sie gekündigt, [...] Ich schrieb ihr, [...] dringende Wiederkehr«. Sie lehnte wegen häuslicher mißlicher Verhältnisse ab, zu kommen, was A. S. »sehr erschüttert«, und er ist »wüthend, daß ihre Liebe nicht stark genug, einfach auf und davon zu mir. –«
3] *Jaray:* Alexander (Sándor) J. (1870-1943; gestorben als Emigrant in London, nicht schon 1916, wie bisher in Lexika angeführt.) Aus Ungarn gebürtiger Schauspieler und Bildhauer. Von ihm stammt u. a. die im Burgtheater aufgestellte Büste Schnitzlers. Durch ihn wurde am 10. 1. 1916 im Rahmen der ›Kriegsfürsorge‹ im Volksbildungshaus Wiener Urania der ›Anatol‹-Einakter ›Agonie‹ uraufgeführt.
4] *Torresani:* Karl Ferdinand von T. Freiherr von Lanzenfeld di Camponero (1846-1907). Österreichischer Offizier und Schriftsteller (u. a. ›Schwarzgelbe Reitergeschichten‹, 1892).
5] *Fels:* Friedrich Michael F. (eigentlich Mayer) (1864-?). Journalist. Tgb 20. 4. 91: »[...] sieht aus wie der Inn am Albrechtsplatz, schreibt viel, ist angenehm, auch das arische an ihm. Glaube nicht, daß viel dichterisches Talent vorhanden. Jedenfalls schriftstellerisches.« *der Inn:* Eine der neun Marmorstatuen von Johann Meixner (1819-1872), die österreichische Flüsse als grimmige, bärtige Männer darstellen.

6] *Freund Fritz:* Aufführung einer italienischen Operngesellschaft im Rahmen der ›Internationalen Musik- und Theaterausstellung‹. ›L'Amico Fritz‹, lyrische Oper in 3 Akten (1891), Libretto von P. Suardon, nach dem Roman ›L'ami Fritz‹ von Erckmann-Chatrian, fand unter der Leitung des Komponisten, Pietro Mascagni (1863 bis 1945), im Ausstellungstheater im Prater statt.

7] *Lucia:* Fernando de L. (1860-1925).

131 8] *von Prag:* S. Brief an Marie Glümer vom 9. 11. 1892.

9. 10. 1892

131 1] *Wienstraße:* Im 4. Gemeindebezirk; heute Rechte Wienzeile.

2] *Entsch:* ›A. [Albert] Entsch Theater-Agentur und Verlag dramatischer Werke‹ in Berlin. Den Vertrieb für Österreich-Ungarn besorgte der Rechtsanwalt und Bühnenschriftsteller Oskar Friedrich Eirich (1845-1921).

132 3] *Anatolbuch:* S. Anmerkung 12 zum 11. 3. 92.

4] *mein Stück:* »Das Märchen«.

5] *meine Novelle:* ›Sterben‹ (s. Anmerkung 10 zum 11. 3. 92).

6] *heute Nachmittag:* Tgb 9. 10.: »Nm mit Loris bei BHofm. – ›Gestern‹ declamirt, Richard in Tricot, ich im Schlafrock. –«

12. 10. 1892

133 1] *Eng:* Engagement.

134 2] *»Tosca«:* Schauspiel in 3 Akten und 6 Bildern von Victorien Sardou, wurde im Carltheater aufgeführt.

3] *Bernhardt:* Sarah (eigentlich Henriette Rosine Bernhard, 1844 bis 1923). Es war dies das zweite Gastspiel der gefeierten Schauspielerin in Wien.

4] *Duse:* Eleonora D. (1859-1924). Ihr erstes Gastspiel in Wien hatte im Februar 1892 ebenfalls im Carltheater stattgefunden. (Vgl. Hugo von Hofmannsthal–A. S. Briefwechsel, Seite 16). Zur Charakteristik dieser beiden Schauspielerinnen siehe G. B. Shaw ›Duse and Bernhardt‹ in ›Our Theatres in the Nineties‹, Constable, London, 3. Band.

5] *des Ausziehens:* A. S. übersiedelte nach Wien I., Grillparzerstraße 7.

6] *N. Fr. Presse:* Die ›Neue Freie Presse‹ war die führende liberale Tageszeitung der österreichischen Monarchie.

7] *der zwölfte ist heute:* Am 12. 7. 1889 hatte die intime Beziehung zu Marie Glümer begonnen.

15. 10. 1892 *136*

1] *N. Presse:* A. S. sandte M. G. Geld, damit sie die ›Neue Freie Presse‹ abonnieren sollte; sie legte das Geld zu ihren Ersparnissen, um sich ein Paar schwarze Schuhe machen lassen zu können. *138*

2] *10 fl.:* 10 Gulden.

9. 11. 1892

Der Brief ist nach St. Gallen/Schweiz gerichtet, wo M. G. seit dem 18. 10. im Engagement stand. *139*

1] *Stellen [...] mit dem Cognac:* In ihrem Brief vom 7. 11. schreibt M. G. nicht, daß sie trinkt, sondern: »Ich besaufe mich noch mit Cognac [...]«, um ihr »Unglück« zu betonen.

2] *welches Weib du um Liebe anflehen möchtest:* M. G. schreibt: »[...] mir ist so, daß ich mich einem Lumpenweib in die Arme stürzen möchte, sie um Liebe anflehen [...]« *140*

3] *Haubenprobe:* Probe zu dem Schauspiel in 4 Akten ›Die Haubenlerche‹ (1891) von Ernst von Wildenbruch (1845-1909). Das Stück hatte am 26. 10. Premiere gehabt. Eine Zeitungskritik schrieb: »Die Titelrolle gab Frl. Glümer prächtige Gelegenheit, sich bei unserm Theaterpublikum in vorteilhaftester Weise einzuführen; ist doch die Rolle der naturwüchsigen, unverdorbenen Lene eine ungemein dankbare.«

4] *Director:* Carl Schröder.

5] *Neumann:* Angelo N. (1838-1910). Von 1862-76 Bariton an der Wiener Hofoper. Dann Direktor des Stadttheaters Leipzig. Gründer des reisenden Wagner-Theaters (1882/83). 1883 Direktor des Theaters in Bremen. Seit 1885 Leiter des Deutschen Landestheaters in Prag. Dorthin berief er Gustav Mahler in eines seiner frühesten Engagements.

6] *wann ich in Berlin drankomme:* S. Anmerkung 6 zum 14. 11. 90. ›Das Märchen‹ wurde in Deutschland nie aufgeführt und kam am Prager Deutschen Theater nur im Rahmen des Schnitzler-Zyklus zum 50. Geburtstag (15. 5. 1912) unter Heinrich Teweles zur Aufführung.

7] *Orientreise:* ›Die Orientreise‹, Schwank in 3 Akten von Oskar *141*

Blumenthal und Gustav Kadelburg. Die Premiere hatte am 29. 9. 92 im Lessingtheater, Berlin, stattgefunden.
8] *des Bibl. Bureau's:* S. Anmerkung 12 zum 11. 3. 92.
9] *»Klippen der Ehe«:* Schauspiel in 4 Akten von Wilhelm Wallis. Die Premiere fand am 11. 11. statt. *Wilhelm Wallis:* Schweizer Schriftsteller, damals Redakteur am ›St. Galler Tagblatt‹.
10] *das »letzte Wort«:* ›Das letzte Wort‹, Theaterstück in 4 Akten (1889) von Franz von Schönthan (1849-1913).

12. 11. 1892
142 Handschrift. Veröffentlicht in ›Neue Zürcher Zeitung‹, 8. 1. 1966.
1] *»Gestern«:* S. Anmerkung 15 zum 27. 7. 1891.
2] *Einleitungsverse zum »Anatol«:* S. Anmerkung 1 zum 27. 7. 1891.
3] *Musotte:* Schauspiel in 3 Akten (1891) von Guy de Maupassant (1850 bis 1893) und Jacques Normand. Die Premiere fand am Wiener Deutschen Volkstheater statt.
143 4] *sitzen gar drei beisammen:* Tgb 9. 10. 1891: »Loris, Salten, BHofm [Beer-Hofmann] u ich werden nemlich schon als Clique betrachtet.«
5] *Tabarin:* S. Anmerkung 6 zum 5. 8. 1892.
6] *Ihre Schlußpointe:* Zu dem ›Anatol‹-Einakter ›Weihnachtseinkäufe‹, der erstmals in der ›Frankfurter Zeitung‹ vom 24. 12. 1891 erschienen war, schreibt Herzl Anfang November 1892 an A. S.: »In der zweiten [Geschichte], die mir zu lang ausgesponnen scheint, erwarte ich eine andere weiberkundigere Pointe. Die Frau erfährt, daß das »Mädl« nichts anderes auf der Welt hat, als den Anatol – *darum* nimmt sie ihr ihn weg. Hah?«

143 13. 11. 1892
144 1] *Aufführung der »Klippen«:* S. Anmerkung 9 zum 9. 11. 92.
2] *Sandrock:* S. Anmerkung 3 zum 19. 11. 1890.
3] *Bayer:* Bertha B. (1850-?).
4] *Gabillonrolle:* Zerline Gabillon, geb. Würzburg (1835-1892). Wie ihr Gatte, Ludwig Gabillon (1825-1896), Mitglied des Burgtheaters.
5] *Nhil:* Robert N. (ursprünglich Reinhold Steegmüller, 1858 bis 1938). Kam vom Hamburger Thaliatheater September 1892 an das Deutsche Volkstheater. Ab 1900 war er am Hamburger Schauspielhaus engagiert.

6] *Liebhardt:* Ignaz Liebhardt (1850-1900).

7] *Löwe:* Konrad Loewe (ursprünglich Löw, 1856-1912). Von 1888 bis 1891 am Burgtheater, dann am Deutschen Volkstheater engagiert. Er war auch schriftstellerisch tätig.

8] *Giampetro:* richtig Giampietro, Joseph (1866-1913). Komiker, Bonvivant. Nach 1899 trat er am Theater an der Wien hauptsächlich in Operetten auf.

9] *Odilon:* Helene O. (ursprünglich Petermann, 1863-1939). 1893 wurde sie die erste Gattin des gefeierten österreichischen Volksschauspielers Alexander Girardi.

10] *Gerhard:* Leo Gerhard (Pseudonym für Leo Geiringer, 1851 bis 1900).

11] *Gesellsch concert:* Konzert der Gesellschaft der Musikfreunde.

12] *Conservatorium:* Das ›Conservatorium der Musikfreunde in Wien‹, gegründet 1817. Ihm war die Schauspielschule angeschlossen, deren Schülerin auch Marie Glümer war. Das Conservatorium befand sich im Musikvereinsgebäude, schräg gegenüber von A. S.'s damaliger Wohnung.

17. 11. 1892

1] *Winterthurerfahrt:* Das St. Gallener Ensemble gab dort regel- *146*
mäßig Gastspiele. M. G. spielte an diesem Abend die Jessica im ›Kaufmann von Venedig‹.

2] *Rosé:* Arnold (Josef) R. (1863 in Rumänien geboren; 1946 in *147*
London als Emigrant gestorben). Von 1881-1938 Konzertmeister des Hof-, später Staatsopernorchesters (jetzt Wiener Philharmoniker). Begründer (1882) des nach ihm benannten Streichquartetts. Er heiratete 1902 Gustav Mahlers Schwester Justine (1868-1938).

3] *Riedhof:* Nach seinem Erbauer, Josef Ried, benanntes kleines Gasthaus, das 1850 von dem Restaurateur Benedikter übernommen und zu einem vornehmen Betrieb umgestaltet wurde.

4] *Sonnenthal:* Adolf Ritter von S. (1834-1909). Mitglied des Burgtheaters von 1856 bis zu seinem Tode. Einer der berühmtesten Wiener Schauspieler jener Zeit.

5] *»Maria Magdalena«:* Bürgerliches Trauerspiel in 3 Akten (1844) von Friedrich Hebbel (1813-1863).

6] *Berliner Neueste Nachrichten:* Am 11. 11. schrieb F. M. Fels in seiner Kritik über »gewandte, graziöse, feinsinnige Plaudereien im

Stil Gyps«. *Gyp:* Ps. für Comtesse de Martel de Janville, 1850 bis 1932.

18. 11. 1892

147 1] *Polikl:* Poliklinik.

148 2] *Regie:* Wurde damals auf dem Theaterzettel nicht namentlich angeführt.

3] *Hausner:* S. Anmerkung 7 zum 24. 11. 1890.

4] *das M.:* ›Das Märchen‹.

5] *Wolter:* Charlotte W. (1834-1897). Von 1862 bis zu ihrem Tode Mitglied des Burgtheaters. Gefeierte Tragödin.

6] *in Venedig:* S. Anmerkung 1 zum 30. 8. 1892.

149 7] *Gyges:* ›Gyges und sein Ring. Eine Tragödie in fünf Akten‹ von Friedrich Hebbel.

8] *an meinem Stück:* Tgb vom gleichen Tag: »Den 2. Akt Fam. [Familie] in guter Stimmung begonnen.«

9] *Mamroth:* Fedor M. (1851-1907). Kritiker und Feuilletonist. 1873 an der Wiener ›Neuen Freien Presse‹, seit 1889 an der ›Frankfurter Zeitung‹. Gründete 1886 in Wien die Zeitschrift ›An der Schönen Blauen Donau. Unterhaltungsblatt für die Familie‹, in der eine Anzahl von frühesten Arbeiten A. S.'s unter dem Pseudonym »Anatol« erschienen waren. Mamroth war ein Onkel von A. S.'s Freund Paul Goldmann (s. Anmerkung 6 zum 29. 8. 89).

150 19. 11. 1892

1] *Brüll:* Eduard B., Vater von Emil Brüll (s. Anmerkung 14 zum 27. 11.), der für das Buch ›Anatol‹ dankt.

2] *Weinberger:* Karl Rudolf Michael (Charles) Weinberger (1861 bis 1939). Österreichischer Operettenkomponist.

151 3] *bei einem Vortrag:* ›Die Menschen in Ibsens Dramen. Eine kritische Studie‹. (Gesammelte Werke, Prosa I.)

27. 11. 1892

151 1] *an der Wien:* Entlang des Wienflusses, der die Stadt – zum Großteil heute überdeckt – durchquert und an M. G.'s Wohnbezirk Wieden vorbeifließt.

2] *Margarethner Hof:* ›Wiener Terrassen-Café Margarethenhof‹ im 5. Gemeindebezirk, Margarethenplatz 4.

152 3] *in G.:* St. Gallen.

4] *Slzbg:* Salzburg.
5] *Provinzthverh.:* Provinztheaterverhältnisse. *153*
6] *Bei Ronacher:* An diesem Abend (21. 10.) war A. S. in Begleitung Beer-Hofmanns im Ronacher. An Stelle des 1884 abgebrannten Stadttheaters für Anton Ronacher 1887/88 errichtetes ›Concert- und Ballhaus Ronacher‹, ein Etablissement, das Theater-, Ballsaal, Hotel, Restaurant und Kaffeehaus vereinigte. 1945-55 beherbergte es das kriegszerstörte Burgtheater. Heute unbenützt.
7] *Karlweis:* C. Karlweis (Pseudonym für Karl Weiß, 1850-1901). Wiener Volksdramatiker, der auch dem Griensteidl-Kreis angehörte.
8] *Pol:* Poliklinik.
9] *auf die Höhe:* ›Auf der Höh'‹, Schauspiel in 4 Aufzügen von Ludwig Ganghofer (1855-1920).
10] *Weisse:* Adolf (ursprünglich Weiß, gest. 1933 im 77. Lebensjahr). Seit 1889 Mitglied des Deutschen Volkstheaters und von 1905 bis 1916 dessen Direktor.
11] *Schwarzkopf:* S. Anmerkung 21 zum 27. 7. 1891.
12] *Müller:* Leopold M. (1844-1912). Aus der Rheinpfalz gebürtiger Opernsänger. 1896 Direktionssekretär des Deutschen Volkstheaters, dann Direktor (zusammen mit A. Aman) des Carltheaters. Gründete 1908 das Wiener Johann-Strauß-Theater. *154*
13] *kommt Loris zu mir:* Tgb: »Nm [Nachmittag] Loris bei mir. – Plauderten. –«
14] *bei Brüll's:* Nicht festzustellen, ob A. S. bei seinem Jugendfreund, dem späteren Bankier und Librettisten Emil Brüll (Pseudonym Limé, 1861-1930) eingeladen war oder bei dessen Onkel, dem Opernkomponisten Ignaz Brüll (1846-1907). Tgbvermerk: »Bei Brülls. Recht langweilig – Ignaz Br. spielte hübsch Clavier.« (S. auch Anmerkung 1 zum 19. 11. 1892.)

30. 11. 1892
1] *Pol.:* Poliklinik. *154*
2] *Weihn:* Weihnachten.
3] *Neue Bekanntschaften:* Am 30. 11. fing A. S.'s Verhältnis mit Josephine (Fina, Fifi, Fifine) Lydia von Weisswasser an, die im Sommer als Patientin zu ihm gekommen war. Tgb 7. 12. 92: »Ein süßer Brief, voll Vertrauen von Mz [Mizi], der mich wieder zu Thränen rührt. Und nach meinen Briefen, die so echt aus meinem Herzen *155*

kommen, muß sie mir ja glauben! – Und *bin* ich denn untreu? –« Am 15. 12.: »Ich nehme ihr nichts weg; nicht das geringste. Ich könnte sie nicht zärtlicher lieben. Sophisme? – Ich würde unter Abstinenz entsetzlich leiden, und Dirnen ekelten mich an. F. ist ein gescheidtes u liebenswürdiges Geschöpf. –« [...] »Im äussern erinnert sie an Jean. [Jeanette Heeger] u Olga [Waissnix].« Am 23. 12.: »Ich ärgre mich über meine Ausschweif[un]g.« Am 27. 12.: »Mir ist fast, als könnte ich sie [Mizi], gerade durch mein Verh mit F. besser, schöner, ungequälter lieben als wenn ich ›treu‹ wäre. F. findet, ich liebe sie nicht. Sie hat ja so recht. – [...] Die Liebe ist zuweilen sehr süß, wenn man nicht verliebt ist.«

4] *BeerHofm:* Beer-Hofmann.

5] *Bératon:* Ferry B. (Pseudonym für Fritz Perathoner, 1859 bis 1900). Schriftsteller, Journalist, Maler. Karl Kraus bezeichnete ihn in seinem Pamphlet ›Die demolirte Litteratur‹ als »Unglücksrabe der Journalistik« und »das mißratene Kind der Malerei«. Bératon fertigte ein Relief von A. S. an. (S. Anmerkung 13 zum 11. 3. 1892).

6] *Pfob:* Karl Pfob war der Eigentümer des Kaffeehauses in der Innenstadt, Am Graben 29.

7] *Schick:* Friedrich Schik (1857-?), Journalist, Theaterkritiker. Über ihn notiert A. S. im Februar 1891 in sein Tgb: »Schick, interessant, beruhigend u anregend. –« (S. Anmerkung 2 zum 30. 11.)

8] *Devrient:* Max D. (1858-1929). Mitglied des Wiener Burgtheaters von 1882 bis zu seinem Tode.

9] *Burckhard:* S. Anmerkung 12 zum 27. 7. 1891.

10] *Hartmann:* Ernst H. (1844-1911). Mitglied des Burgtheaters von 1864 bis zu seinem Tode.

14. 12. 1892

156 1] *Provinznockerl:* Ein (kleines) Nockerl (vom ital. gnocco) ist die wienerische Bezeichnung für ein ungeschicktes oder dummes Mädchen.

2] *von S.:* Salten (s. Anmerkung 9 zum 30. 8. 1892).

3] *seitdem ich nach Ischl fuhr:* Seit Ende August.

157 4] *Jüdin von Toledo:* Laut Tgb war A. S. an diesem Tag nicht im Theater.

5] *eine Skizze:* Laut Tgb handelt es sich um eine Skizze mit dem Titel ›Skelet‹.

6] *meinen 3. Akt:* ›Familie‹ (s. Anmerkung 9 zum 11. 3. 1892).
7] *Metternich:* Pauline Fürstin M.-Winneburg, geb. Gräfin Sándor de Slavnicza, 1836-1921. »Grande dame« der Wiener Gesellschaft. Enkelin und Schwiegertochter des Staatskanzlers Clemens Fürst Metternich-Winneburg (1773-1859).
8] *»Thermidor«:* Schauspiel (1891) von Victorien Sardou (1831 bis 1908).
9] *Fratz:* Meist ein unartiges Kind, doch auch: ein lieber Fratz. *158*

16. 12. 1892
1] *Gewerbemuseum:* Österreichisches Museum für angewandte *158*
Kunst, mit dem Gebäude der Kunstgewerbeschule verbunden.
2] *Venus von Milo:* Dieser Gipsabguß stand in A. S.'s Arbeitszimmer neben seinem Stehpult.
3] *Knorr:* Hilmar K. (1847-1919). Deutscher Schauspieler.
4] *Postavka:* Lucienne Postawka, geb. Cot (1847-1936). Eine mit dem österreichischen Eisenbahnbeamten Leopold P. verheiratete Französin, die mit der Familie Chlum gut befreundet war. Sie hieß wohl in früherer Ehe Valenais, und A. S. erwähnt sie häufig in seinem Tgb, schreibt aber den Namen stets unrichtig »Valné«.
5] *Gusti:* Marie Glümers Schwester (s. Anmerkung 4 zu Sommer 1889).
6] *Flegmann:* Bertha F. geb. Menkes, engagierte sich für junge *159*
Künstler. Sie schreibt an A. S. am 3. 12.: »Heute hatte ich in Angelegenheit einer Bekannten bei Paula Löwe Theaterdirectrice in Rudolfsheim zu thun, welche gerne Ihre ›Anatollen‹ Sächelchen aufführen möchte.« Auch Aufführungen in privatem Kreise waren von ihr vorgeschlagen worden. *Paula Löwe:* verehelichte Czerniawski, aus Bonn gebürtige Schauspielerin. 1867/68 am Carltheater, dann dem dramatischen Lehrfach zugewandt, mit eigener Schauspielschule. 1892 übernahm sie die Direktion des Rudolfsheimer Volkstheaters in Wien, das sie bis zu dessen Schließung im April 1897 leitete.
7] *Sonnenthal:* S. Anmerkung 4 zum 17. 11. 1892. Die Korrespondenz zwischen Sonnenthal und A. S. erschien in ›Adolf von Sonnenthals Briefwechsel‹. Nach den Originalen herausgegeben von Hermine von Sonnenthal. Verlags Anstalt 1912, Stuttgart und Berlin. (Siehe auch Brief vom 11. 5. 1911.)

8] *Fulda:* Ludwig F. (1862-1939). Deutscher Dramatiker, Lustspielautor, Übersetzer. Mitbegründer der Berliner ›Freien Bühne‹. Aus der ›Dichterakademie‹ ausgeschlossen, verließ er 1933 wegen seiner jüdischen Abstammung Deutschland und nahm sich nach seiner Rückkehr in die Heimat am 30. 3. 1939 in Berlin das Leben. Fulda gehörte zu A. S.'s Freundeskreis. 1922 war er einer der Sachverständigen im ›Reigen‹-Prozeß.

19. 12. 1892

160 1] *Sonnenthal:* S. Anmerkung 8 zum vorhergehenden Brief.
2] *anläßlich Ihres Geburtsfestes:* am 21. Dezember.

30. 12. 1892

161 1] *jener Brief:* Herzls Brief an A. S. vom 29. 7. 1892 (s. Anmerkung 1 zum 5. 8. 1892).
2] *die Gründe:* Herzl schreibt am 16. 11. aus Paris: »Ich bin von mir abgekommen. Das ist der Grund, warum ich Ihrem so freundlichen Wunsch, Ihnen etwas von mir zu schicken, nicht entspreche. Ich kann diesen Wunsch nur für eine Freundlichkeit halten, und daß ich bei einer gewissen Einsicht, zu der ich herangealtert bin, doch nicht so frei von Eitelkeit bin, um das Gelesenwerden nur der Reciprocität verdanken zu wollen, werden Sie begreiflich finden.«
3] *Ihre Manuscripte:* Herzl antwortet am 2. 1. 1893: »Meine Manuscripte! Ich habe sie vergessen. Von der Kunstübung ist mir nur etwas Liebe zur Kunst geblieben und an manchen Tagen oder in verlorenen Stunden ein Heimweh nach der Dichtung. Nicht ungestraft ist man Journalist. [...] Wenn ich die alte Kiste mit den alten Manuscripten finde, will ich Ihnen ein altes Stück schicken.« Am 4. 5. 1893 kondoliert Herzl A. S. zum Ableben seines Vaters; in seinem Dankschreiben erinnert A. S. Herzl an sein Versprechen: »Ihr heutiges Feuilleton hat mir wieder gezeigt, einen wie schönen Dienst Sie mir eben jetzt mit den alten Stücken erwiesen.« Herzl am 19. 5.: »Verzeihen Sie, daß ich erst heute antworte, und daß ich Ihren freundlichen Wunsch nicht erfülle. Wie ernst muß es mir mit meinem Entschlusse sein, meine Theaterstücke begraben sein zu lassen, wenn ich sie selbst auf Ihre liebe und unter solchen Umständen wiederholte Aufforderung nicht hervorhole. Ich will wirklich nichts mehr von mir wissen.«

31. 12. 1892 *162*

1] *Dr. Adler:* Adolf A., I., Jasomirgottstraße 4. *163*

2] *Tausenau:* Richard T. (1861-1893. Selbstmord). Schulkollege von A. S. und einer seiner nächsten Freunde, »[...] der mir durch sein Wesen so auch seine Erlebnisse der merkwürdigste blieb.« (Vgl. ›Jugend in Wien‹, 6. Buch). [...] »lebte und lumpte in jedem Sinn über seine Verhältnisse weiter, benahm sich in der Bezahlung seiner Spielschulden lässiger, als es selbst in unserem darin notgedrungen etwas laxen Freundeskreis üblich war, gab sich, obwohl sein Glück bei Frauen sich in einem vielfach beneideten Maße ankündigte, wahllos mit Weibern aller Kategorien ab, [...]« (Vgl. ›Jugend in Wien‹, 4. Buch). »[...] und wenn Hofreiter [im ›Weiten Land‹] den Liebhaber seiner Frau über eine Wiese in den Garten seiner Villa huschen und durch das Schlafzimmerfenster verschwinden sieht, so habe ich dabei Richards gedacht [...]« (Vgl. ›Jugend in Wien‹, 4. Buch).

3] *Wimmer:* Josef W. (1834-1903). Journalist, Dramatiker. Gründete 1858 mit O. F. Berg (Ps. für Ottokar Franz Ebersberg, 1833 bis 1886) das Wiener Witzblatt ›Tritsch-Tratsch‹. Seine Lokalposse mit Gesang ›Wiener Feiertage‹ in 3 Akten (Musik von Ernst Reiterer) sah A. S. im Carltheater.

4] *Ehrenstein:* Gisela von E. war die Schwester der Hofopernsängerin Louise von Ehrenstein (1867-1944).

5] *Eröffnung der Polikl.:* Die 1871 gegründete Poliklinik hatte ihren Sitz zunächst in der Wipplingerstraße 29, ab 1880 in der Schwarzspanierstraße 12 und konnte nun in das eigene neugebaute Spital, Mariannengasse 10, übersiedeln, wo sie sich noch heute befindet. 1938 in das Eigentum der Stadt Wien übergeleitet, heißt sie seither ›Allgemeine Poliklinik der Stadt Wien‹. A. S.'s Vater hielt die Festansprache unter dem Motto »Saxa loquuntur«.

6] *Flaubert:* Gustave F. (1821-1880).

7] *Mme Mongodin:* ›Madame Mongodin‹ von Ernest Blum und Raoul Toché hatte am 28. 11. in St. Gallen Premiere gehabt. (S. Anmerkung 1 zum 2. 2. 1893.) *164*

1893

Mitte Januar 1893
Maschinenabschrift

164 1] *Teweles:* Heinrich T. (1856-1927). Österreichischer Schauspieler, Dramaturg. Nach Angelo Neumanns Tod Leiter des Kgl. Deutschen Landestheaters in Prag. (Tgb 9. 1.: »Brief von Teweles. Die Intendanz (Prag) hat dem Märchen das vidi verweigert! –« Notiz am 12. 1.: »Nm Prag Brief. Intendant ›sittlich entrüstet‹ Zu Haus regte ich mich auf, weil man sich auf seine Seite stellen wollte. –«)

165 2] *Herr Intendant:* Dr. Ludwig Schlesinger. Landesausschußbeisitzer, Führer der Fortschrittspartei, Direktor des deutschen Mädchenlyzeums. Verfasser der ›Geschichte Böhmens‹.

3] *vor einem Jahre:* Teweles hatte am 5. 1. 1892 geschrieben: »Gestatten Sie mir, Ihnen zu sagen, daß Ihr Stück mir einen bedeutenden Eindruck gemacht hat, daß es einen gesunden, von der Affectirtheit der Berliner und Wiener Jungen vollständig fernen Realismus offenbart und feinste Beobachtungsgabe bekundet – kurz es ist das Werk eines berufenen Dichters, und für mich war es eine Oase in der dramatischen Wüste, die zu durchschreiten ich nach meinem Beruf verurteilt bin.« (Vgl. H. T.s Lebenserinnerungen ›Theater und Publikum‹, 1927).

16. 1. 1893

165 1] *Fels:* S. Anmerkung 5 zum 29. 9. 1892.

2] *Räubervorstellung:* Im Rudolfsheimer Volkstheater spielte am 14. 1. Karl Kraus als Gast in Schillers ›Die Räuber‹ die Rolle des Franz Moor. Max Reinhardt spielte den Spiegelberg. In der Nachmittagsaufführung des folgenden Tages spielte Theodor Herzl den Kosinsky.

17. 1. 1893

166 *dein Telegramm:* »Briefe verspätet 1000 Küsse« (ohne Unterschrift).

167 18. 1. 1893

168 *mein neues Stück:* Tgb 24. 1.: »Die *Familie* geschlossen. – Unbefriedigt. – Das Märchen ganz persönlich, in der Familie persönliches u unpersönliches ohne Harmonie beisammen. – Hoffe auf das nächste. –«

2. 2. 1893

1] *Mongodin:* S. Anmerkung 7 zum 31. 12. 1892. A. S. sah die Aufführung im Carltheater. 168

2] *In welcher Toilette:* M. G.'s Brief beginnt mit großen Lettern, alles folgende unterstrichen: »In Madame Mongodin hatte ich mein Almacostume an das du kennst und von einem Pelznehmen war keine Rede, das war ein Extempore vom Sch. [Schweighofer]. Ich war ganz nett, nicht unanständig. Sind Sie nun zufrieden.« Eine Zeitungskritik aus St. Gallen lautet: »Fräulein Glümer (Clorinde [ursprünglich Modell, dann Chansonettensängerin]) endlich erschien in Spiel und in den Toiletten völlig als das verführerische Persönchen, das noch anderen Leuten wie Herrn Mongodin den Kopf verdrehen könnte, was notabene zu seiner Entschuldigung dienen darf.«

3] *Boskay:* richtig Boczkay, Anna (1863-?), Schauspielerin und Sängerin. 169

4] *Schweighofer:* Felix S. (1842-1912). Komiker. (Memoiren: ›Mein Wanderleben‹.)

5] *Knaack:* Wilhelm K. (1829-1894). Kam 1857 aus Deutschland an das Wiener Carltheater und wurde hier einer der beliebtesten Komiker.

6] *Kraus:* Oskar K. (gest. 1923 im 60. Lebensjahr). Kurarzt, später auch Kgl. schwedischer Generalkonsul in Karlsbad.

7] *im Domino:* Maskenmantel.

8] *BeerHofm:* Richard Beer-Hofmann.

9] *in die Luft:* Wienerisch für »an die Luft«.

10] *Anfang März:* A. S. war vom 1. bis 11. 3. in Abbazia (heute Opatija in Jugoslawien). 170

11] *Pol.:* Poliklinik.

12] *ich geh jetzt weg:* Tgb 2. 2.: »Nm [Nachmittag] bei Fifi [Weisswasser]. – Ich werde nervös, weil ja doch geschieden werden muss – u beschloss, so bald wie möglich; – ja, kämpfte, es ihr gleich zu sagen. – Liebe mich nicht, sagt ich ihr zum Abschied. –«

4. 2. 1893

1] *diese beiliegende Karte:* Der Text liegt in einer von A. S. mit Bleistift geschriebenen Abschrift bei: »R. [Rübsam] verkehrt schon wieder mit M. aber nun heimlich, trotzdem er sie so gemein in der Stadt bloßgestellt. R. ist ein Mensch ohne jeden Charakt. ganz 170 gem[einer] Mensch, er hat sie entsetzlich blamirt u. ausge[saugt?], außerdem hat er in der Stadt noch mehr Verhältnisse. Erkundigen Sie sich [unleserlich] Ihr Vater [unleserlich]«

2] *Ressner:* Franz R. (Bühnenname für Carl Rößler, 1864-1948). Er war später bei Brahm in Berlin, dann am Intimen Theater in München engagiert, wurde freier Schriftsteller in München und emigrierte nach London, wo er starb. (U. a. ›Der Feldherrnhügel‹ zusammen mit Alexander Roda-Roda und ›Die fünf Frankfurter‹.) – *Roda-Roda:* Alexander R.-R. (Ps. für Sándor Friedrich Rosenfeld, 1872-1945).

3] *Rühsam:* richtig Carl Rübsam. Schauspieler. Sohn des Sängerpaares Friedrich (1830-1899) und Franziska Rübsam (1831-1895) und Bruder des Baritons Richard Rübsam (1870-1931). Einige Jahre später (1896) spielte er in Preßburg den Fritz in ›Liebelei‹.

171 4] *Dummheit oder Gemeinheit:* M. G. telegraphiert aus St. Gallen am 7. 2.: »Ruhig sein, Gemeinheit, mich lieb haben.« Und A. S. schreibt am 9. 2. in sein Tgb: »War Tags über verstimmt über die anon. Karte; [...] schrieb ein Stück Novellette; ging Abends sehr contre cœur zu Fifi [...]« Und dann weiter im Tgb: »Es scheint wirklich, d[a]ß das Leben nun einmal so ist. – Würde Mz ahnen, daß ich bittre Thränen des Abschieds von einer andern vergieße, – so würde sie es für eine Fabel halten – würde Fifi erfahren, daß ich täglich glühende Briefe einer andern schreibe und eigentlich nur diese andre liebe, – so würde sie's nicht glauben. Und wenn ich wem erzählte, daß ich Mz rasender liebe als je, und daß ich um Fifi weine, – so würde er mich für einen Poseur halten. Und ich bin es nicht, u alles ist wahr – aber es fügt sich eben nicht in Schablonen. –« Jahrzehnte später sagt Aigner im ›Weiten Land‹: »So vieles hat zugleich Raum in uns –!« Vgl. Dram. Werke II, S. 281.

16. 2. 1893

172 1] *Winterthurertag:* M. G. spielte dort am 7. 2. in ›Fedora‹ von Victorien Sardou.

173 2] *Weiß-Wellenstein:* Die Wiener Bankiersfamilie Weiss von Wellenstein.

3] *unsre Damencapellenproduction:* Tgb 14. 2.: »Bei Weiss Generalprobe Ulk.« Am 15. 2.: »Damenkapelle; ich trompetete. –« Die Kapelle bestand aus »Kries, P[aul] Horn, Mathias, Schiff, Eug[en]

Brüll, ich. –« *Kries:* Es dürfte sich um Dr. Ernst Kris handeln. – *Mathias:* Wohl der spätere Rechtsanwalt Adolf Mathias (s. Anmerkung 20 zum 22. 6. 1897.)

4] *Dr. Schiff:* Nicht mit Sicherheit festzustellen, ob mit Dr. Schiff im Brief vom »etwa 10. 4. 1888« identisch.

5] *Bernhardonsolo:* Als Vorbild diente der Schauspieler Joseph Felix von Kurz, genannt Bernardon (1717-1784). Verfasser von etwa 300 Komödien; Schöpfer einer überaus erfolgreichen komischen Figur des Wiener Theaters, des Nachfolgers des Hanswurst.

6] *zu deinem Benefice:* Siehe Anm. 11 vom 20. 3. 1893.

7] *Strafportos:* In der wienerischen Umgangssprache für: Strafporti.

19. 2. 1893

1] *Bild:* M. G. schreibt täglich beschwichtigende Briefe, und A. S. notiert am 18. 2.: »Beruhigung – Bild Mz's. –« 174

2] *in die Wiedner Gegend:* M. G.s Wohnbezirk.

3] *das aussieht wie das akad. Gymnasium:* Der 1863-66 erbaute neugotische Backsteinbau, der heute noch existiert, war die Schule, die u. a. Peter Altenberg, Richard Beer-Hofmann, Hugo von Hofmannsthal und A. S. besuchten.

4] *mit Herrn R.:* Carl Rübsam, s. Anmerkung 3 zum 4. 2. 1893. 175

5] *nicht nur 2:* ›Zwei glückliche Tage‹, Schwank in 4 Akten von Gustav Kadelburg (1851-1925) und Franz von Schönthan. 176

20. 3. 1893

1] *Krall:* Emilie K. (1875-1900; Selbstmord). Schauspielerin. 1895 bis 1897 Mitglied des Hofburgtheaters. Sie heiratete 1895 Franz von Jauner (s. Anmerkung 1 zu »Anfang März 1898«). 176

2] *St G. Engagement:* Sankt Gallener Engagement.

3] *aus Ab.:* Abbazia (s. Anmerkung 8 zum 2. 2. 1893).

4] *das mit dem Secretair:* Er hatte M. G. bei einer Probe beleidigt, sie verließ daraufhin das Theater und verlangte eine offizielle Entschuldigung.

5] *dein Wiederkommen:* Marie Glümer kam in den letzten Märztagen nach Wien. 177

6] *Buxbaum:* Olga B. Schauspielerin.

7] *»Gläubiger«:* Tragikomödie in einem Akt von August Strindberg (1849-1912).

8] *o Picarde:* ›Der Kurmärker und die Picarde‹, Singspiel (1859) von Louis Schneider (1805-1878).

9] *R.:* Carl Rübsam (s. Anmerkung 3 zum 4. 2. 1893).

10] *zur Première:* ›Bernhard Lenz‹, Schauspiel in 5 Aufzügen von Adolph Wilbrandt.

11] *Lolo's Vater:* ›Lolos Vater‹, Volksstück in 4 Akten von Adolf L'Arronge, wurde im Deutschen Volkstheater aufgeführt. Die Rolle der Odilon spielte Marie Glümer anläßlich ihrer Benefiz-Vorstellung. Die Kritik, die einem Brief beiliegt, lautet über sie in dieser »angenagten Rolle«: »Die Vorstellung gab Frl. Glümer Gelegenheit, den vollgiltigen Beweis einer ganz eigenartigen Begabung zu bringen. Mit wachsendem Interesse sahen wir, wie sie die Lolo in einer Weise spielte, die ein vollständiges Wirklichkeitsbild lieferte. Man hätte zeitweilig glauben können, daß die Rolle für sie geschrieben worden sei. Sie durchlebte die Lolo förmlich und dieser Eindruck war um so erstaunlicher, als sie die Rolle keineswegs fest im Gedächtnis hatte. Man sieht daraus wieder, was das Naturell für eine Schauspielerin bedeuten kann. Frl. Glümer besitzt das richtige Empfinden für die Darstellung leichtsinniger weiblicher Charaktere [...] Und so war es verblüffend, wie Frl. Glümer zahlreiche Momente traf, [...] wie sie als verheiratete Frau den verliebten Narren zum besten hält und ihn von der eingeflüsterten Eifersucht durch ihr Cocotten-Benehmen kuriert. Sie brachte im dritten Akt Manieren auf die Bretter, an denen Dumas fils seine helle Freude gehabt haben würde.«

29. 3. 1893

178 1] *der »Verläumderin«:* Tagebucheintragungen in diesen Tagen: Am 22. 3.: »Entsetzlicher anonymer Brief.« Am 24. 3.: »An. [Anonyme] Karte. – Brief. – Entsetzlich verstimmt. –« Am 25. 3.: »Telegramm von Mizi [›Brief folgt bin zu aufgeregt‹], ziemlich nichtssagend. –« Am 28. 3.: »Brief von Mz. Nur als Schuldgeständnis zu betrachten! – Entsetzlich – – Alles vernichtet. –« Am 29. 3.: »Kein Brief. – Gefoltert von den Gedanken an die unsägliche Verlogenheit ihrer Briefe! – Dabei hat sie nur dasselbe gethan wie ich. – Und ich habe sie wahnsinnig geliebt, während ich sie betrog, u habe nun doch die ehrlichste Entrüstung. – [...] Der Traum, das Glück meines Lebens zerstört, u schändlicher als ich je geahnt, – durch monate-

lang fortgesetzten Betrug – und ohne die anon. Briefe hätt ich vielleicht nie was erfahren!«

2] *[drei Wörter unleserlich]:* In Bleistiftschrift mehrere Worte von A. S. übereinander geschrieben. 179

3] *eines Comödianten:* Carl Rübsam (s. Anmerkung 3 zum 4. 2. 1893). 180

30. März [Nachschrift]

4] *die letzten Nachrichten:* Tgb 30. 3.: »Früh 2 anon. Briefe. – Regten mich nicht sehr auf, eigentlich nichts neues, da ich von Mz's Schuld überzeugt bin. – [. . .] Abds ganz gut aufgelegt, offenbar über ihre Verzweiflung – u darüber daß sie da ist! – Ich weiß, daß sie mich betrogen hat; – ich weiß, daß sie mich liebt. – Ich weiß, daß ich ihr nie verzeihen werde. –« 180

4. 4. 1893 181

1] *über Italien:* S. Anmerkung 10 zum 2. 2. 1893.

2] *in der Akazie:* »Zur Akazie« hieß das Hotel, in dem Carl Rübsam wohnte.

7. 4. 1893

1] *wieder bei mir meldeten:* Der Brief von Olga Waissnix ist vom 3. 4. 182

2] *ich war in Abbazia:* S. Anmerkung 10 zum 2. 2. 1893. 183

3] *es war nemlich der 22. Februar:* Laut Tgb war es nicht der 22., sondern der 27. 2. 1891.

4] *Mein Stück:* ›Familie‹, s. Anmerkung 9 zum 11. 3. 1892.

5] *eines allegorischen Gedichts:* ›Artifex‹ (im Nachlaß).

6] *meinen Papa leidend:* A. S.'s Vater starb wenige Wochen später, am 2. Mai.

7] *in Prag:* Siehe Brief von »Mitte Januar 1893«.

8] *Parfum:* Der Schwank in 3 Akten ›Le parfum‹ (›Im Pavillon‹) von Ernest Blum und Raoul Toché wurde im Deutschen Landestheater in Prag aufgeführt.

9] *ein Agent:* A. Entsch (s. Anmerkung 2 zum 9. 10. 1892).

10] *eine Novelle:* ›Sterben‹ erschien erstmals in der ›Neuen Deutschen Rundschau‹, V. Jg., 10. bis 12. Heft. Oktober bis Dezember 1892 (s. auch Anmerkung 10 zum 11. 3. 1892).

184 11] *Emanuel Reicher:* 1849-1924. Damals Schauspieler am Berliner Lessingtheater, nach 1895 am Deutschen Theater unter Otto Brahm, der ihn den »Ziehvater der modernen Schauspielkunst« nannte.

12] *in einem Berliner Salon:* Die Uraufführung der ›Frage an das Schicksal‹ fand als Privataufführung im Salon des Berliner Rechtsanwalts, Publizisten und Dramatikers, Dr. Richard Grelling (1853 bis 1929), statt.

13] *Jarno:* Josef J. (ursprünglich Josef Cohner, 1866-1932). Theaterleiter und Schauspieler, bis 1899 vorwiegend am Residenztheater (nur in der Spielzeit 1895/96 bei Brahm) in Berlin, 1899 bis 1923 Direktor des Theaters in der Josefstadt. Er setzte sich sehr für den noch unbekannten A. S. ein und veranstaltete auch diese Erstaufführung. Er war mit der Wiener Volksschauspielerin Hansi Niese (1875-1934) verheiratet.

14] *dort anwesenden Freunde:* A. S. hatte am 14. 1. 1893 durch einen Brief von Eduard Michael Kafka aus Berlin davon erfahren.

15] *Wertheim:* Elsa W. (gestorben 1945). Sie heiratete 1900 den Heldentenor Leo Slezak (1873-1946).

16] *Dr. Mathias:* S. Anmerkung 3 zum 4. 2. 1893.

17] *»Wenn ich könnte, wie ich wollte«:* S. Anmerkung 3 zum 31. 10. 1886.

18] *als aus dem vorletzten:* vom 14. Januar 1893.

185 19] *Welches Bad:* Olga Waissnix reiste im Juni nach Bad Hall in Oberösterreich.

20] *eine Waffenübung:* A. S. mußte offenbar nicht zu einer Waffenübung einrücken; es findet sich keine diesbezügliche Notiz im Tgb.

8. 4. 1893

185 1] *Orpheum:* ›Danzers Orpheum‹, ein Varietétheater, seit 1872 unter der Leitung von Eduard Danzer, das aus dem 1866 gegründeten k. k. privilegierten Harmonietheater hervorgegangen ist. 1908 wurde hier die ›Neue Wiener Bühne‹ als Sprechbühne eröffnet. Das Theater existierte bis 1928.

2] *Kunstausstellung:* Im Künstlerhaus fand die XXI. Jahres-Ausstellung statt.

3] *»Paetus, es schmerzt nicht«:* Aus ›Arria und Messalina‹, Trauerspiel in 5 Aufzügen von Adolph Wilbrandt (5. Aufzug, 1. Szene).

4] *in Ihrem Vergleich:* Olga Waissnix hatte geschrieben, daß sie eine Grillparzer-Biographie gelesen habe, »an ihn erinnern Sie mich so sehr. Auch sein Werdegang war eine Reihe von Gewittern, auch ihm fehlte jenes eherne Selbstvertrauen, das die Stümper so erfreulich auszeichnet u. das auch Ihrer Künstlerseele so fremd ist. Auch Sie, der Vorkämpfer einer neuen Zeit, werden viele Schwierigkeiten haben, aber Sie müssen einfach berühmt werden, wer sollte es denn sonst, wenn nicht Sie! –« *186*

22. 4. 1893

1] *Herr P.:* Rudolf Cuny de Pierron (gestorben 1922 im Alter von *186*
70 Jahren). Lederhändler in Wien (nicht Fabrikant, als den ihn A. S. *188*
bezeichnet).

2] *R.:* Carl Rübsam (s. Anmerkung 3 zum 4. 2. 1893). *189*

3] *in der Akazie:* S. Anmerkung 2 zum 4. 4. 1893.

4] *als abgedanktes Mensch:* Das Mensch = verächtlicher Ausdruck für eine Frauensperson; Dirne. Siehe auch in diesem Sinn am Schluß dieses Briefs: *das niederträchtigste [Mensch].*

26. 4. 1893 *191*

1] *P.:* Rudolf Cuny de Pierron (s. Anmerkung 1 zum 22. 4. 1893). *192*

2] *nach W.:* nach Wiesbaden (s. Anmerkung 2 zum 30. 8. 1892). *193*

29. 4. 1893

1] *ich erlaube mir nur einige Bemerkungen:* Hierzu Tgb 29. 4.: *194*
»Fand von Mz folgenden Zettel: – ›Lieber mich *elend* heißen als gar keine Nachricht. – Der Frühling tödtet mich – oh mein Gott! – Für *dich* wird die heimgegangene Liebe bei andern eine neue werden, aber ich ich ich! Habe Mitleid, kein Erbarmen.‹«

2] *nach Venedig:* S. Anmerkung 1 zum 30. 8. 1892.

3] *Ausstellgstheater:* Ein im Volksprater für die im Jahre 1893 abgehaltene ›Internationale Ausstellung für Musik- und Theaterwesen‹ errichteter Holzbau, der nach Beendigung der Ausstellung abgebrochen wurde. (›Wehe den Besiegten‹, Drama in 3 Aufzügen von Richard Voß).

4] *herumstieren:* durchwühlen.

29. 5. 1893

200 *Ich weiß, daß du leidest:* Tgb 29. 5.: »Von Mz sehr schöne Briefe! – Ich beantworte sie im lasciate ogni speranza-Stil. –« (Im Sinn von »Laßt alle Hoffnung fahren«; Anspielung auf den letzten Vers der Inschrift über der Höllenpforte in Dantes ›Divina Commedia‹: »Lasciate ogni speranza, voi ch'entrate!«)

2. 6. 1893

202 1] *in W.:* Wiesbaden.

203 2] *Wint.nächten:* Das Theater in Winterthur wurde vom St. Galle-
204 ner Ensemble bespielt.

13. 6. 1893

206 1] *diesen Sommer in Wien:* Theodor Herzl am 19. 5.: »Ich werde meine wenigen Urlaubswochen heuer in Österreich zubringen. Ich erwarte die Entbindung meiner Frau.«

2] *einrücken muß:* S. Anmerkung 20 zum 7. 4. 1893.

3] *Bruck:* Bruck an der Leitha, 40 km östlich von Wien gelegen, war Garnisonsstadt.

4] *das Ereignis:* Herzls drittes Kind, Margarethe (später Trude genannt), kam am 20. Mai in Paris zur Welt. Sie heiratete 1917 den tschechischen Großindustriellen Richard Neumann. Schwer nervenkrank, wurde sie 1918 in der Wiener psychiatrischen Heilanstalt Am Steinhof interniert, 1942 von den Nationalsozialisten in das Konzentrationslager Theresienstadt verschickt, wo sie am 15. 3. 1943 zugrunde ging.

5] *hab ich mich »derfangen«:* wienerisch für: mich erholt (von den Aufregungen durch den Tod des Vaters).

6] *Ich schreibe jetzt:* Am 29. 5. notiert A. S. in sein Tgb, daß er im Café Auböck [d. i. das Café Reichsrath, I., Reichsrathsstr. 11] die ›Verwandlungen‹ [Arbeitstitel der Novelle ›Die kleine Komödie‹] »weitergeschrieben – nach langer, langer Zeit!«

207 7] *»Flüchtling«:* S. Anmerkung 14 zum 5. 8. 1892.

8] *»Man spuckt aus u geht weiter«:* Herzl hatte am 29. 7. 1892 an A. S. geschrieben: »Noch möchte ich wünschen, daß Sie nicht in die Kloaken einer Coterie geraten, sich von kleinlichem Lob nicht verzärteln, von engherzigem Tadel nicht verdrossen machen lassen sollen. Als einem feinen Menschen wird Ihnen der Schlamm des Thea-

terlebens manchmal die Galle heben. Man spuckt aus und geht weiter. Vorwärts.«
9] *so berichten Sie mir:* Herzl antwortete am 15. 6. 1893.

21. 6. 1893
1] *Ihre älteste:* Pauline Herzl (1890-1930). Sie war nach kurzer Ehe (1910/11) geschieden, schwer geistesgestört und starb als Rauschgiftsüchtige in Bordeaux. *207*
2] *Prinzen aus Genieland:* S. Anmerkung 15 zum 5. 8. 1892. *208*
3] *Franker:* Heinrich Franker (1857-?).
4] *Ernst:* Carla E. (1869-1925). Österreichische Schauspielerin am Carltheater von 1891-95, dann in Wiesbaden und Dresden, ab 1900 am Schillertheater in Berlin.
5] *Lenor:* Robert von L. (1855-1900). Österreichischer Schauspieler.
6] *Ihre Geschichten von Barnay, vom Flüchtling u. s. w.:* Herzl antwortet am 15. 6.: »Hier die Geschichte des Flüchtlings. 1887 wollte ich eine italienische Reise machen. Reisegeld gabs verflucht wenig. Groller (Illustrierte Zeitung) war charmant genug, mir damals zu sagen, ich solle wie für die blaue Donau etwas Dramatisches für ihn schreiben. Gerade sauste mir der Ihnen bekannte Einfall dieses Einakters durch den Kopf. Hingesetzt und hingeschleudert. Ich glaube in drei Tagen. Ich wollte schon abreisen. Nicht mehr deutlich weiß ich, ob ich das Honorar vorgeschossen bekam. Ich vermute es, denn ich reiste ab und schrieb mich dann bis Neapel durch. (Freilich hat mein guter Vater auch was hergegeben.) Dieser Schmarrn, den ich wie alle meine Stücke dem Burgtheater einreichte, wurde ich weiß nicht mehr warum – gewiß aus keinem literarischen Grunde – angenommen und lag dann zwei Jahre. Förster wurde Direktor. Ich war bei der Allg. Ztg. Ich hatte in der Redaktion einen unangenehmen Kollegen, einen boshaften Narren, der mich molestierte wo er konnte und mit dem ich nicht einmal auf dem Grüßfuß stand. Dieser schrieb eine häßliche Notiz über Försters Sohn. Förster glaubte, daß mein »Kamerad« mich Unaufgeführten rächen wollte und setzte den Flüchtling erschrocken an.

Sind das Komödien, was? Noch besser die Berliner Geschichte des Flüchtlings. Sie wissen, daß ich mit meinem Stück ›Der Bernhardiner‹ – nicht mein schlechtestes, was freilich nichts sagen will – am Berliner Theater einen der beschämendsten Durchfälle am ›Berliner

Theater‹ erlitt. Es war ein Lustspiel, das Barnay weil er eine Rolle für sich zurecht schneidern wollte als Schauspiel spielte. Es war eine verstohlene Satire auf die Sentimentalität und jene Halben, die sich vom qu'en dira-t-on leiten lassen. Alle Absichten wurden ins Gegenteil verkehrt, u. zw. unter meinen Augen. Ich war schwach genug zu allem Ja zu sagen, aber hauptsächlich war ich wirtschaftlich schwach. Ich brauchte die Aufführung.

Barnay wußte wohl, daß ich ihm geschrieben und gesagt hatte, daß mein Stück ›Was wird man sagen?‹ ein Lustspiel sei, und daß ich es als solches gespielt wünsche. Er sah auch, wie tapfer und schweigsam ich den ganzen Mißerfolg allein trug, ohne zu maukezen. Ich hätte aus der Verhunzung meines Stücks immerhin ein Feuilleton herausfetzen können. Ich hatte aber nach der Niederlage die richtige Haltung, so wie ich sie vorher nicht hatte. Es wäre geschmacklos und feig gewesen, die Schuld abzuwälzen.

Aber wenn mich ganz Berlin und was dahinter steht – also alle deutschen Theater – für einen unfähigen Idioten tief unter nehmen wir an Triesch halten mußten, der eine Barnay kannte das Unrecht, das ich ruhig aushielt. Nun, er lehnte dennoch ein Stück ab, mit dem ich vielleicht meine Revanche hätte nehmen können, obwohl seine Regisseure es zur Aufführung empfahlen: das unter dem schlechten Titel Prinzen aus Genieland im Carltheater von den Possendarstellern wie ich glaube nicht umgebrachte Künstlerlustspiel.

Barnay gibt jetzt sein Theater auf. Er ordnet offenbar sein Haus bevor er wieder auf Reisen geht. Vielleicht findet er, daß man den Journalisten nicht unversöhnt herumgehen lassen darf – und gibt als letzte Novität seiner Direktion mein Stückchen, ohne mich zu fragen.

Verstehen Sie das Leben, Freund!

Ich habe Barnay für die Aufmerksamkeit nicht gedankt. Er ist davon wahrscheinlich sehr überrascht. Wie überrascht wäre er aber, wenn er wüßte, daß ich alles verziehen obschon nicht vergessen hatte. Und daß er gerade durch den Fehler, den er begangen, vor dem Stahl meiner Feder immer sicher war. Diese Leute wissen nicht, daß wir Anderen die Zeitung nie für unsere Privatangelegenheiten verwenden.« *Groller:* Balduin (Ps. für Adalbert Goldscheider, 1848 bis 1916). Aus Ungarn stammender Journalist und Schriftsteller. Chefredakteur der ›Neuen Illustrirten Zeitung‹, der österreichischen

Ausgabe von ›Über Land und Meer‹. *die blaue Donau:* Die Zeitschrift ›An der Schönen Blauen Donau‹, s. Anmerkung 9 zum 18. 11. 1892. *mein guter Vater:* Jakob Herzl (1835-1902), Holzhändler. *Förster:* August F., (1828-1889). Schauspieler und Regisseur, vor allem Übersetzer und Bearbeiter französischer Bühnenwerke, am Hofburgtheater von 1858-1876. Dann Theaterleiter in Leipzig und Berlin. 1888 wurde er der erste Direktor des neuen Hauses des Hofburgtheaters an der Ringstraße. *›Der Bernhardiner‹:* Dieses Lustspiel hieß später ›Was wird man sagen?‹. Im Oktober 1889 vom Wiener Hofburgtheater abgelehnt, wurde es im März 1890 in Prag und im Oktober 1890 in Berlin aufgeführt. *Barnay:* Ludwig Barnay (1842-1924). Schauspieler. Damals Direktor des Berliner Theaters. *Triesch:* Friedrich Gustav T. (1845-1907). Österreichischer Lustspielautor.

7] *noch in Paris:* Herzls Antwort kam, vom 29. 6. datiert, aus Morschach am Vierwaldstättersee, von wo er allerdings nach Paris zurückfahren mußte. Seine Reise nach Österreich avisierte er darin für September. *208*

8] *Frau Gemahlin:* Julie Naschauer (1868-1907) heiratete Theodor Herzl im Juni 1889. A. S. war mit ihrem Bruder, Paul Naschauer (1866-1900), gut befreundet. *209*

5. 7. 1893

Briefpapier mit Trauerrand. *209*

1] *Bad Ischl:* A. S. war vom 2.-15. 7. dort.

2] *meines allegor Gedichts:* ›Artifex‹ (s. Anmerkung 5 zum 7. 4. 1893).

3] *Bic.:* A. S. notiert am 13. 6. in sein Tgb: »Erste Bicycl[e]-Lection«.

4] *Meine Stimmung recht schlecht:* Salten antwortet am 6. 7.: »Ebenso leer, ebenso verstimmt und verärgert wie Sie [...] es ist nur der Unterschied, daß Sie in Ischl sind und Bicycle fahren können, während ich in Wien braten muß und im ekelhaften Bureau arbeiten, das ich gerne bald ganz verlassen möchte. Es war auch eine verfehlte Sache, daß ich [...] mir einreden ließ, ich hätte Beruf zum Beamten einer Assekuranz, so plötzlich. Und ich glaube noch immer, daß es gehen müßte, sich mit schriftstellerischer Arbeit 50 fl. per Monat zu verdienen.«

5] *den sonderbarsten der Zufälle:* A. S. traf in Bad Ischl eine Schauspielerin, die mit Marie Glümer in Salzburg engagiert gewesen war. Diese erzählte seinem Freund Fritz Kapper von zwei Verhältnissen der Glümer während ihres dortigen Engagements. »Verstimmend seine ersichtliche Freude, mit der er [es] mir mittheilte.« (Tgb. 5. 7.)
6] *Jarno:* S. Anmerkung 13 zum 7. 4. 1893. Er gastierte häufig am Bad Ischler Stadttheater und inszenierte die Uraufführung von ›Abschiedssouper‹ am 14. Juli. A. S. berichtet: »Abends mit Beer-Hofmann in einer Loge. Unter uns ein Herr mit seiner Tochter, der während des Stücks geht: ›Das is nix für Dich!‹« (Aus: ›Anatol-Einakter‹, Blatt 3, im Nachlaß). Am Tag darauf erhielt A. S. folgendes anonymes Telegramm: »Der Rachegeist der verdorbenen Mädchen umschwebe Sie und raube Ihnen den Schlaf.«
7] *Wild:* Ignaz W. (ursprünglich Stiaßni, 1849-1909). Schauspieler bis 1877, dann Theater- und Konzertagent. Herausgeber der ›Wiener Theater-Zeitung‹. Seit 1885 Direktor des Stadttheaters Bad Ischl, 1894-99 Leiter des Theaters in der Josefstadt.
8] *»Frage«:* ›Die Frage an das Schicksal‹ wurde aus Furcht vor der Zensur nicht aufgeführt. Stattdessen spielte man zu Beginn ›Fräulein Frau‹, Lustspiel in 3 Akten von Gustav von Moser und Robert Misch (1860-1929). (Vgl. ›Arthur Schnitzler. Anatol‹ hrsg. von Ernst L. Offermanns, ›Komedia 6‹, Walter de Gruyter & Co., Berlin, 1964).
9] *Paul Horn:* 1867-1936. Er verließ 1932 Wien und starb in Mentone. Er war ein Freund des Kreises um A. S. und das Vorbild zu Anatol. Im ›Prager Tagblatt‹ erschien nach seinem Tod ein Feuilleton (von Siegfried Trebitsch, aber nicht signiert) mit dem Titel ›Anatol ist gestorben‹. Salten antwortet am Donnerstag, den 6. 7., daß P. H. in Aussee sei »und Specht von Samstag an bei ihm«.
10] *»seine« Grethe:* Die Schauspielerin Grethe Wreden war damals Paul Horns Freundin. Er heiratete 1899 Risa Strisower (1878-1939; Selbstmord).
11] *Richard Specht:* 1870-1932. Österreichischer Journalist, 1910 Mitherausgeber der Zeitschrift für Musik und Theater ›Der Merker‹. Literarisch nur wenig erfolgreich, zählte er durch seine Freundschaft mit A. S. und anderen jungen Dichtern zum Kreis von ›Jung-Wien‹. Später einflußreicher Theater- und Kunstkritiker. 1925 Professor an der Wiener Akademie für Musik und darstellende Kunst.

Verfasser der ersten Monographie ›Arthur Schnitzler. Der Dichter und sein Werk. Eine Studie‹, S. Fischer, Berlin 1922.
12] *mittelst der neuen Bahn:* Die Salzkammergut-Lokalbahn zwischen Salzburg und Bad Ischl, die 1957 eingestellt wurde.

7. 7. 1893
Briefpapier mit Trauerrand. *210*

12. 7. 1893
Briefpapier mit Trauerrand. *211*
1] *bei Simon's:* Josef Simon (1854-1926). Bankier und bedeutender Kunstsammler. Durch seine Initiative wurde 1901 der Wiener Musikverlag ›Universal Edition‹ gegründet. Er war mit der Schwägerin von Johann Strauß, Luise geb. Deutsch, verheiratet. Seine Tochter, Margarethe (1891 geboren und, nach Wien zurückgekehrt, 1977 gestorben), heiratete 1916 den Bruder von Julius Schnitzlers späterer Frau, Dr. Paul Altmann (1877-1953), Direktor der Elin A. G. für Elektrische Industrie.
2] *Johann Strauß:* (Sohn), 1825-1899.
3] *kaum erhörten Redseligkeit:* Tgb 11. 7.: »Dort Joh. Strauss, der von seinen russischen Abenteuern erzählt. – Wie er den Blondin kommen läßt u ihn dann beschwört, ja nicht seilzutanzen. – Wie er in den Karpathen mit seiner Musikbande Räuber trifft – und von ihnen um Gnade angefleht wird. –« *Blondin:* Charles (eigentlich Jean François Gravelet, 1824-1897). Akrobat, Seiltänzer, der mehrmals die Niagarafälle überquerte.
4] *Brahms:* Johannes B. (1833-1897).
5] *Kahlenberg:* A. S.'s Mutter, Schwester und Schwager hatten auf dem Kahlenberg, am westlichen Stadtrand Wiens, eine Sommerwohnung gemietet.

14. 8. 1893
1] *Bei der »schönen Aussicht«:* Das Gasthaus ›Zur schönen Aussicht‹ *211*
im damaligen Vorort Ober-Döbling, heute dem 19. Wiener Gemeindebezirk, wurde von dem Restaurateur Franz Diglas geführt. Dort wohnte die Operettensängerin Antonie Diglas (1871-?).
2] *Virginier:* Österreichische Zigarrensorte, mit Mundstück aus Stroh.
3] *Heiligenstadt:* wie Klosterneuburg am Fuß des Kahlenbergs (s. *212*

Anmerkung 5 zum 12. 7.) gelegen. Zeitweise Wohnsitz Beethovens, der dort im Laufe der Jahre mehrmals sein Domizil wechselte. In einem dieser Häuser schrieb er das nach diesem Ort benannte ›Heiligenstädter Testament‹.

4] *Gigohl:* Karikierte Verzerrung des wienerischen Ausdrucks Gigerl für Geck, Stutzer.

5] *Klabriaspartie:* ›Klabriaspartie‹, jüdische Posse von Adolf Bergmann. *Klabrias:* auch Klaberjaß. Kartenspiel polnischen Ursprungs mit 32 Blättern, gewöhnlich von drei Teilnehmern gespielt, ähnelt dem deutschen Jaß. Beliebter Ausspruch von A. S.: »Zitate sind entweder aus Faust oder aus der Klabriaspartie.«

6] *Frl. G.:* Marie Glümer.

7] *vertröstende Phrasen:* Oskar Blumenthal schreibt aus Berlin am 12. 8., die Verzögerung der Aufführung des ›Märchen‹ erkläre sich nur daraus, »daß gerade auf dem Lessing-Theater sowohl in der letzten wie in der vorletzten Saison die in Ihrem Stücke aufgeworfene Frage, in welcher Weise die Vergangenheit eines Mädchens auf ihr gegenwärtiges Schicksal einwirkt, allzu oft behandelt ist, so daß augenblicklich dieses Thema auf ermüdete Hörer treffen würde.«

8] *unsre Partie:* A. S. traf Salten am 23. 8. in Dölsach in Osttirol. Die Reise, teilweise per Fahrrad, ging weiter über Toblach – Cortina, zu Tizians Geburtshaus in Pieve de Cadore – Lienz – Dellach – Villach – Klagenfurt – Graz. Am 31. 8. über den Semmering und Reichenau/Thalhof (Tgb: »Meine Erinnerung[en] werden schimmlig.« [. . .] »Alles dort ist fremd und kalt. –«) Rückkehr nach Wien.

9] *in die Brühl:* Vorderbrühl und Hinterbrühl im südlichen Wienerwald, nahe von Wien.

10] *zur »Liebsten«:* Josephine von Weisswasser (s. Anmerkung 3 zum 30. 11. 1892).

11] *Baden:* Schwefelheilbad, 30 km südlich von Wien gelegen. (Tgb: »Bei Schlesing[ers]. – Die kleine Else mit ihrer naiv verderbten Verliebtheit, naiv verliebten Verderbtheit, verderbt verliebten Naivetät etc.«)

12] *ein junges Mädel:* Gisela Adler, verehelichte Fischer. Sie war eine Tochter von Philipp und Regine Adler, geb. Mandl, einer Schwester von Ludwig Mandl (s. Anmerkung 3 zum 17. 7. 1875). (Vgl. ›Jugend in Wien‹, 4. und 7. Buch.)

13] *wann ich wegfahre:* Dienstag, den 22. 8. (siehe Anmerkung 9).

14] *Herr P.:* Rudolf Cuny de Pierron (s. Anmerkung 1 zum 22. 4. 1893).
15] *Mlle D.:* Antonie Diglas (s. Anmerkung 1).

17. 8. 1893
Briefpapier mit Trauerrand. 213
1] *Preßbaum:* Ausflugsort, 20 km westlich von Wien gelegen.
2] *eine Nacht »der Liebe«:* mit Josephine von Weisswasser.

2. 10. 1893
Der Brief wurde von A. S. irrtümlich mit »2. 9.« datiert. 213
1] *Baden bei Wien:* S. Anmerkung 11 zum 14. 8. 1893.
2] *Meissl u Schadn:* Hotel und Restaurant am Neuen Markt in Wiens Innenstadt, das 1945 abbrannte.
3] *der Heinrich:* Zahlkellner im Café Griensteidl.
4] *vor Ihrer Abreise:* A. S. hatte Herzl in Baden bei Wien am 22. 214 und 24. 9. besucht. (Tgb: »Mit ihm, BeerHofm u Loris soupirt. – Wenig erquicklich.«) Eine weitere Begegnung ist nicht vermerkt.
5] *Sündfluth:* A. S. war am 7. 10. bei der Premiere von ›Die Sündfluth‹, Schauspiel in 4 Akten von Marco Brociner und Konrad Loewe.

26. 10. 1893
1] *Waisnix:* Zur Schreibweise siehe Anm. 5 zum 9. 8. 1886. 214
2] *Ihre Aufforderung abwarten:* A. S. war zuletzt vom 9. bis 11. 9. im Thalhof gewesen. (Tgb 10. 9.: »Ineinandertauchen der Augen wie einst; u ich hatte die Empfindg, dass ich sie wieder lieben würde, wenn wir länger beisammen wären. – [. . .] Der Gemahl wieder eifersüchtig, wie sie mir sagt. – Ein Moment war mir wirklich, als wären diese ganzen Jahre mit Mz [Marie Glümer] nicht gewesen. – Jetzt aber, Abends, ist mir wieder sehr weh, wie ich an dieses Mädel denke. –«
3] *Das Märchen [. . .] zur Aufführung:* Olga Waissnix fragt in ihrem Brief vom 10. 11.: »Und die Sandrock? Sie hat so große, traurige Augen, u. Sie, Herr Doctor, ein so großes Bedürfnis nach Liebe, glauben Sie, daß sie in Ihrem Leben eine Rolle spielen wird?«
4] *Glöckner:* Josefine (Pepi) G. (1874-1954). Später verheiratet mit 215 dem Schauspieler Leopold Kramer (1869-1942). Er spielte die Titel-

rolle des ›Anatol‹ bei der Uraufführung im Deutschen Volkstheater am 3. 12. 1910. Pepi Glöckner gab die Annie im ›Abschiedssouper‹.
5] *Kutschera:* Viktor K. (1863-1933).
6] *Giampetro:* richtig Giampietro, s. Anmerkung 8 zum 13. 11. 1892.
7] *Berg:* Leopoldine B. (1842-1894).
8] *Hell:* Adele H. (1861-?). Mitglied des Hofburgtheaters von 1882 bis 1893.
9] *Bock:* Anna B. (ursprünglich Brust) (1869-?).
10] *Trenk:* Melanie T.
11] *einige kleinere Sachen:* Tgb 15. 10.: »Komödiantin ›Helene‹ vollendet.« ›Helene‹ ist die erste von zwei unter dem Titel ›Komödiantinnen‹ vereinigten Erzählungen (die zweite trägt den Titel ›Fritzi‹). Jetzt in Erz. Schriften I. Auch die Erzählung ›Verwandlungen‹ (später die ›Kleine Komödie‹, s. Anmerkung 6 zum 13. 6. 1893) war damals bereits beendet.
12] *ein Stück:* ›Das arme Mädel‹, späterer Titel ›Liebelei‹, Schauspiel in 3 Akten. Jetzt in Dram. Werke I.

27. 11. 1893

216 *Broda:* Moritz Broda (1842-1910). Von 1870-89 am Wiener Carltheater, dann am Deutschen Volkstheater in Wien tätig.

28. 11. 1893

217 1] *die reizende Sendung:* O. W. hat »eine kleine Handarbeit« gesandt und schreibt dazu: »Bei jedem Stiche dachte ich Ihrer, wünschte Ihnen vieles, alles. –«
2] *die Verse:* O. W. legte auch das von ihrer Hand abgeschriebene ›Thalhof-Festspiel‹ (undatiert) bei, welches A. S. am 4. 9. 1886 zum Geburtstag von Eveline Brandeis-Weikersheim, geb. Joel-Ellis (1859 bis 1940) verfaßt hatte und das am 5. 9. dort aufgeführt worden war. Sie fügte folgende Zeilen hinzu: »Es war einmal – wie Märchenglocken klingt es / Von ferne über Berg und Höh' und Thal. / Es war einmal, mit Zauberstimme dringt es / Süß an mein Ohr, – das Lied: ›Es war einmal!‹« (Der Text des Festspiels ist abgedruckt in: A. S. – Waissnix, Anhang, S. 336 ff.)
3] *Ob Sie dann je dazukommen werden:* Tgb 1. 12.: »1. Akt Erfolg, 2. großer Erfolg (2, 3 mal allein gerufen.) 3. Akt viel Zischen, eiserner Vorhang fiel rasch auf Zeichen von der Direct[ions]loge

(Geiringer!)« – Das ›Märchen‹ verschwand nach der 2. Aufführung vom Spielplan. *Geiringer:* Anton G. (1855-1942, deportiert). Direktionssekretär, später Verwaltungsdirektor des Deutschen Volkstheaters.

4. 12. 1893
Briefpapier mit Trauerrand. *218*

6. 12. 1893
Briefpapier mit Trauerrand. *218*
So, hier bin ich wieder: A. S. hatte bereits am Morgen kurz auf einen Brief der Sandrock vom vorhergehenden Tag geantwortet. Er besuchte sie abends und blieb »die halbe Nacht«.

10. 12. 1893
1] *herzlichen Dank:* Herzl gratulierte am 8. 12. aus Paris »zur Mär- *220*
chenaufführung. Die Bühne ist erobert. Sie werden sie nicht mehr verlassen. Nur sich treu bleiben! und ringsherum reden lassen.«
2] *das Urtheil des Schütz:* Friedrich Schütz (1845-1908). Österreichischer dramatischer Schriftsteller, Kritiker der ›Neuen Freien Presse‹. Seine Besprechung in dieser Zeitung war am 2. 12. erschienen.
3] *endlich wieder gut geht:* Herzl war an Malaria erkrankt.
4] *Freund Paul:* Goldmann.
5] *die Feuilletons von Bahr:* Herzl bittet um Übersendung von *221*
»Bahrs Artikel-Serie über Jung-Österreich (Deutsche Zeitung)«. Die Serie war in der ›Deutschen Zeitung‹ in drei Folgen, am 20. 9., am 27. 9. und am 7. 10. 1893 erschienen.

11. 12. 1893
1] *Palastrevolution:* ›Eine Palastrevolution‹, Lustspiel von Richard *221*
Skowronnek (1862-1932).
2] *in Berlin:* Zu dieser Aufführung kam es nicht.
3] *Wiener Neustadt:* Kleine Stadt, 50 km südlich von Wien. Das dortige Stadttheater gilt hier sarkastisch als Prototyp eines mittelmäßigen Provinztheaters.

29. 12. 1893

222 Briefpapier mit Trauerrand.

1] *dein Brief:* Er besteht aus dem einen Satz: »Eigentlich mein Arthur hab ich Dich *außerordentlich* lieb, Du mein süßer sonniger Frühlingsgruß. A.«

2] *Dilly:* Kosename für Adele Sandrock; so auch Diltsch.

1894

18. 1. 1894

223 Veröffentlicht in ›Forum‹, 3. Jahr, Heft 34, Wien, Oktober 1956.

1] *Sekretär Müller:* S. Anmerkung 12 zum 27. 11. 1892.

2] *löbliche Direktion:* Emerich Bukovics von Kiss-Alacska (1844 bis 1905). Schriftsteller, Theaterkritiker, Übersetzer, Dramaturg. Seit 1889 bis zu seinem Tode Direktor des Wiener Deutschen Volkstheaters.

224 3] *»Auf der Höh'«:* S. Anmerkung 9 zum 27. 11. 1892.

17. 5. 1894

224 1] *den lieben Brief:* »Mach Du nur ruhig Deine Parthie morgen, und komme dann Abends 10 Uhr zu mir. [. . .]«

225 2] *gedraht:* von drahn = drehen: aus Nacht Tag machen; die Nacht durchschwärmen.

3] *Schweizerhaus:* eine Gaststätte.

4] *braisgegr-önten [. . .]:* Karikaturistische Wiedergabe der Aussprache des Ausrufers, der diese »preisgekrönte Herkuleskraftmaschine« anpries.

5] *Diltsch:* S. Anmerkung 2 zum 29. 12. 1893.

12. 6. 1894

226 1] *Frankgasse 1:* A. S.'s Mutter war, Witwe geworden, vom Burgring 1 in die Frankgasse 1 übersiedelt. A. S. wohnte und ordinierte seit dem 15. 11. 1893 bis zu seiner Verheiratung (1903) gleichfalls dort.

2] *Brandes:* Georg B. (ursprünglich Morris Cohen, 1842-1927). Bedeutender dänischer Kritiker, Literarhistoriker und Biograph. Er war Führer der nationalradikalen Jugend, und da er aus diesem

Grunde 1872 die freigewordene Lehrkanzel in Kopenhagen nicht erhielt, zog er von 1877 bis 1883 nach Berlin. 1902 erhielt er in seiner Heimat eine staatliche Professur. Er förderte junge Dichter wie Björnson, Ibsen, Jacobsen und führte Nietzsche in Skandinavien ein. Brandes wurde einer der besten Freunde von A. S. (Vgl. ›Georg Brandes und Arthur Schnitzler. Ein Briefwechsel‹ hrsg. von Kurt Bergel, Bern 1956).

3] *Ihren Brief bekommen:* Brandes dankt A. S. am 26. 5. für die 227
Übersendung des ›Märchen‹.

4] *kurze Reise:* A. S. war vom 3.-8. 6. in München, am 9. in Bad Ischl, am 10./11. besuchte er seine Mutter und Schwester in Bad Hall in Oberösterreich. Man soupierte zu viert mit der ebenfalls dort anwesenden Olga Waissnix.

5] *Ihr letztes [. . .] Buch:* ›Menschen und Werke. Essays‹, Frankfurt a. M. 1894.

6] *»Um Reinlichkeit wird gebeten«:* Anspielung auf ähnliche Aus- 227
sprüche von Kritikern anläßlich der englischen Erstaufführung der ›Gespenster‹ von Ibsen, wie sie G. B. Shaw in ›The Quintessence of Ibsenism‹ (1891) zusammengestellt hat.

5. 7. 1894

1] *Ihre freundlichen Worte:* Herzl gratulierte am 3. 7. aus Paris zur 228
Hochzeit von Julius Schnitzler mit Helene geb. Altmann (1871 bis 1941; sie starb auf den Bermudas in der Emigration), die am 8. 7. stattfand.

2] *in so liebenswürdiger Weise erkundigen:* Herzl schreibt: »Warum schicken Sie mir nicht, was Sie schreiben? Ich würde es mit Vergnügen auf dem Telegraphenamt zwischen zwei blutrünstigen Depeschen lesen.«

3] *mein Freund Paul:* Goldmann.

4] *Ihre schönen und wahren Worte:* S. Anmerkung 1 zum 5. 8. 229
1892.

5] *in Aussee:* A. S. und Herzl sahen einander am 31. 8. (Tgb: »Herzl liest seinen Einakter ›Die Glosse‹ im Kahn vor; sehr hübsche Stellen, hübsche Hintergrund-Handlung. – Herzl im Gespräch stetes Bedürfnis, sich geltend zu machen. –«) Am 8. und 11. 9. kam es zu Wiederbegegnungen in Baden bei Wien und in Wien.

5. 10. 1894

229 Brief mit der Anschrift »Herrn Dr. Richard Beer-Hofmann *Rom* Hotel Quirinal [a posta ferma = gestrichen] *Italien*«

1] *von Ihrer italien. Reise:* R. B.-H. war September/Oktober am Comersee, in Mailand, Florenz, Neapel, Rom, Venedig.

2] *Guercino:* (ursprünglich Giovanni Francesco Barbieri, 1591 bis 1666). Bolognesischer Maler.

3] *im »Lübke«:* Wilhelm Lübke (1826-1893). Kunsthistoriker, ›Grundriß der Kunstgeschichte‹.

230 4] *Ploetz:* Karl P. (1819-1881). (›Auszug aus der Weltgeschichte‹, immer wieder in neuen Auflagen, und auch heute noch ein vielbenutztes Nachschlagwerk.)

5] *Schwestern Rondoli:* ›Les sœurs Rondoli‹, Titelnovelle (1884) einer gleichnamigen Novellensammlung von Guy de Maupassant (1850-1893), erschienen vom 29. 5. bis 5. 6. 1884 in ›L'Echo de Paris‹.

6] *Ludassy:* Julius Gans von L., 1858-1922. Dramatiker, Erzähler. Er war mit A. S.'s Cousine Olga, geb. Mandl, verheiratet (s. Anmerkung 3 zum 17. 7. 1875).

7] *17gradig:* S. Anmerkung 16 zum 27. 7. 1891.

8] *Schmetterlingsschlacht:* ›Die Schmetterlingsschlacht‹, Komödie in 4 Akten von Hermann Sudermann. A. S. sah das Stück erst am 17. 10. im Burgtheater.

9] *»Man sagt«:* Lustspiel in 4 Akten von Victor Léon und Heinrich von Waldberg (1861-?) im Wiener Deutschen Volkstheater.

10] *»Liebelei«:* Am Tag vorher hatte A. S. das Stück beendet und erstmals im Tgb diesen Titel vermerkt (s. Anmerkung 12 zum 26. 10. 1891).

11] *Rosenkranz:* Carl R. (1805-1879). Deutscher Philosoph. (›Diderots Leben und Werke‹, 1866).

12] *Keller:* Otto K. (1861-1928). Österreichischer Musikschriftsteller. Er heiratete 1896 Elsa von Suppé (geboren 1875). Ihre Mutter, Pauline von Suppé, geb. Markbreiter (1851-1923), die jüngste Schwester von A. S.s Mutter, war mit dem Sparkassenbeamten Peter von Suppé (gestorben 1894 im 50. Lebensjahr), dem Sohn des Operettenkomponisten Franz von Suppé (1819-1895) verheiratet. (O. Kellers ›Geschichte der Musik‹ erschien 1893).

13] *Leo Ebermann:* 1863-1914. Späterer Titel des Stücks: ›Die

Athenerin‹, Drama in 3 Aufzügen; U: 19. 9. 1896 Hofburgtheater Wien.

14] *in »Kopp« hereinhaun:* Parodistische Anspielung auf die »jüdelnde« Redeweise in der ›Klabriaspartie‹ (s. Anmerkung 5 zum 14. 8. 1893).

15. 10. 1894

Brief mit der Anschrift »Herrn Dr. Richard Beer-Hofmann Neapel 231
(Napoli) [a posta ferma = gestrichen] Hotel Hassler *Italien«*

1] *dieses linke Ohr:* Anspielung auf den jüdischen Witz, in dem der Lehrer den kleinen Moritz fragt, wo er sein linkes Ohr hat; worauf der Befragte mit dem rechten Arm auf sein linkes Ohr zeigt. Verwendet als Illustration einer Redeweise, die den Sinn eines Satzes in sein Gegenteil verkehrt.

2] *mein Stück:* ›Liebelei‹.

3] *einen Einakter:* ›Paracelsus‹, Versspiel in einem Akt, wurde am 11. 9. entworfen, am 18. 10. begann die Ausführung. Im März 1898 greift A. S. den Stoff wieder auf und liest das Stück am 28. 6. Hugo von Hofmannsthal vor. U: Wien, Burgtheater, 1. 3. 1899 (zusammen mit ›Die Gefährtin‹ und ›Der grüne Kakadu‹). Jetzt in Dram. Werke I.

4] *als Dragoner:* Hofmannsthal absolvierte sein Einjährig-Freiwilligenjahr zunächst in Brünn bei dem k. u. k. Dragonerregiment Nr. 6.

5] *»allgem. Zeitung«:* Die Tageszeitung ›Wiener Allgemeine Zeitung. 6 Uhr Blatt‹, gegründet von Theodor Hertzka (1854-1924), existierte von 1880 bis 1934.

6] *der kleine Kraus:* Karl Kraus (1874-1936). Publizist, Essayist, Dramatiker. Als Herausgeber der ›Fackel‹ (s. Anmerkung 2 zum 9. 2. 1911) einer der angesehensten, aber auch gefürchtetesten Kritiker seiner Zeit. (Vgl. A. S. über K. K. in Ges. Werke, 5. Bd., S. 475 f.)

7] *alles beim alten:* Fels war stets in argen Geldnöten und wurde von seinen Freunden durch Spenden unterstützt.

8] *Korff:* S. Anmerkung 6 zum 11. 3. 1892. Er war seit 14. 8. 1894 mit Leopoldine Marie Fözö (gestorben 1929 in Berlin) verheiratet.

9] *Paul von Schönthan:* Paul Schönthan Edler von Pernwald (1853 bis 1905). Humoristischer Erzähler und Dramatiker. Bruder von

Franz Schönthan Edler von Pernwald (s. Anmerkung 10 zum 9. 11. 1892).

10] *Saubermann:* ›Die Saubermänner. Eine geschlossene Tischgesellschaft von Künstlern und Schriftstellern‹, 1893 gegründet. Zu den rund 40 Mitgliedern zählten u. a. Julius Bauer, Marco Brociner, Vincenz Chiavacci, Otto Fuchs-Talab, Alfred Grünfeld, Alexander Landesberg, Eduard Pötzl, Franz und Paul von Schönthan, Gustav Triesch, Carl Udel, C. Karlweis. Sie trafen einander wöchentlich im Alt-Wiener Gasthof ›Bristol‹ am Kärntnerring. Sie wurden nach dem im Winter 1893 im Rudolfsheimer Volkstheater aufgeführten Stück des aus seinem Prozeß mit Ganghofer bekannten Herrn Saubermann ›D'Schulmoasterische‹ benannt. Die einzelnen Mitglieder hatten Spitznamen. A. S. hieß ›Arthur, der Naturschnitzler‹. Die Gesellschaft wurde 1894 aufgelöst. (Vgl. das unsignierte Feuilleton ›Die Saubermänner‹, in ›Die Presse‹ vom 25. 2. 1894). Beer-Hofmann antwortet am 18. 10. aus Neapel: »Wegen ›Saubermänner‹, suchen Sie es zu vereiteln, daß Schönthan an mich eine Aufforderung richtet beizutreten. Refus wäre Beleidigung, und es ist ganz genug, daß Sie beitreten mußten.«

11] *Julian Sternberg:* (1868-nach Juli 1939). Journalist, Redakteur.

12] *»Zeit«:* ›Die Zeit. Wiener Wochenschrift für Politik, Volkswirtschaft, Wissenschaft und Kunst‹. Gegründet am 1. 10. 1894. Herausgeber waren Isidor Singer (1857-1927), Hermann Bahr und Heinrich Kanner (1864-1930). Fortgesetzt 1904 als die Halbmonatsschrift ›Österreichische Rundschau‹, die 1924 eingestellt wurde.

20. 10. 1894

232 Brief mit der Anschrift »Dr. Richard Beer Hofmann *Neapel* Hotel Hassler«. Veröffentlicht in ›Die Neue Rundschau‹, 68, 1, 1957.

1] *Schmetterlingsschlacht:* S. Anmerkung 8 zum 5. 10. 1894.

2] *Ehre, Sodom, Heimath:* ›Die Ehre‹ (s. Anmerkung 1 zum 27. 10. 1890). ›Sodoms Ende‹, Trauerspiel in 5 Akten (1891). ›Heimat‹, Schauspiel in 4 Akten (1893).

3] *seine Kritik:* in ›Die Zeit‹, Nr. 2 vom 13. 10. 1894. (Jetzt in ›Wiener Theater (1892-1898)‹, Berlin 1899).

233 4] *»Komödianten«:* (›Cabotins‹), Komödie in 4 Akten von Edouard Pailleron (1834-1899) wurde im Deutschen Volkstheater aufgeführt.

5] *meinen letzten Akt:* von ›Liebelei‹.
6] *Burckh.:* Max Eugen Burckhard.
7] *Raimundtheater:* Am 28. 11. 1893 unter der Leitung von Adam Müller-Guttenbrunn (1852-1923) mit Ferdinand Raimunds Zauberspiel ›Die gefesselte Phantasie‹ eröffnet. Heute Operettentheater.
8] *Heding:* Edmund H. (1867-1939). Deutscher Sänger.
9] *Nerz:* Ludwig (Louis) N. (1867-1938). Österreichischer Schauspieler, Bühnenschriftsteller.

30. 10. 1894
1] *Else Singer:* (1878-?), später mit dem Schriftsteller Rudolf Reiner (gest. 1925) verheiratet. Sie war eine Tochter des Chef-Administrators des ›Neuen Wiener Tagblatts‹, Alexander Singer, in dessen Haus A. S. oft zu Gast war. Sie hatte schon im April 1893 an A. S. »anonyme Liebesgeständnisse« geschrieben. (Tgb 7. 8. 1894: »Sie ist kein ganz gewöhnliches Mädel« und am 16. 10.: »Von Else interessanten Brief.«) (Die Briefe sind im Nachlaß erhalten.) 233
2] *hat nur einen Akt:* ›Paracelsus‹ (s. Anmerkung 1 zum 15. 10. 1894). 234
3] *Stützen der Gesellschaft:* ›Die Stützen der Gesellschaft‹, Schauspiel in 4 Akten (1877; deutsch 1878) von Henrik Ibsen (1828 bis 1906). A. S. sah die Premiere im Burgtheater am 29. 10. 1894 (Tgb: »tiefer Eindruck«).

10. 11. 1894
1] *Ihres Stückes:* ›Das neue Ghetto‹, Schauspiel in 4 Akten, geschrieben vom 21. 10. bis 8. 11. 1894. U: Januar 1898 im Wiener Carltheater. Herzl schreibt an A. S. aus Paris am 8. 11., daß er neben dem »leidenschaftlichen Wunsch mein Werk der Welt mitzuteilen, den noch viel, viel leidenschaftlicheren habe, mich zu verbergen [...]« Dazu brauche er »einen gentleman und Künstler [...] die Mithilfe eines feuerfesten, wasserdichten Freundes, der mir sein förmliches Ehrenwort gibt, zu schweigen [...] Wenn das Pseudonymat undurchdringlich bleiben soll, so muß ein ganzer Roman erfunden und durchgeführt werden.« Er wähle den »gewöhnlichen Namen [...] Albert Schnabel. Dieser Albert Schnabel hat bisher in Wien gelebt und reist jetzt nach Italien, um Kunststudien zu treiben. Er reicht das Stück dem Deutschen Theater in Berlin ein – Post- 235

paket in Wien aufgegeben – mit folgendem Begleitbrief: Die Direktion wird ersucht, sich binnen vier Wochen über die Annahme zu entscheiden. Nimmt sie das Stück an, so hat die Aufführung innerhalb zweier Monate zu erfolgen. Der Vertrag ist dem bevollmächtigten Wiener Notar oder Advokaten X. Y. zuzusenden. Lehnt sie es ab, so wird sie gebeten, es mit diesem Begleitbrief an das Lessingtheater abzugeben. Dieses hat dieselben Bedingungen. Lehnt es auch ab, so geht das Stück ans Berliner, dann ans Neue Theater. Will keine der regulären Theater es spielen, so ists der Freien Bühne zu geben. Lehnt auch diese es ab, so ist das Stück an den Advokaten oder Notar zurückzusenden. Dann wird es im Druck erscheinen. In Wien wird es nicht eingereicht.« A. S. möge mit dem Notar allein verkehren, verrechnen. »Denn da ich den Einfluß, den ich aus der Zeitung ziehen könnte, nie für mich verwende [. . .] ist es gleichgiltig ob mein Name auf dem Stück steht. [. . .] Andererseits habe ich nicht mit Vorurteilen, die sich an meine frühere Produktion heften, zu kämpfen. [. . .] Es war mein Vergnügen während dieser glücklichen siebzehn Tage, mir neben, unter und über dem Stück diesen Verfasserroman zusammenzuspinnen. [. . .] Es ist möglicherweise dumm, daß ich die Canaillen der Theaterdirektion nicht auf die gemeine Art der Andern zwinge, mich zu spielen. Wäre ich überzeugt, daß meine Werke es wert sind, so würde ich aus einer höheren Künstlermoral heraus auch zu Mitteln greifen, die mich anwidern. Aber diese Überzeugung habe ich nicht – der Produktionsrausch ist was anderes – und ohne solche Überzeugung wärs blos gemein.«

2] *erfüllt haben:* statt »erfüllt hat«.

3] *Schick:* S. Anmerkung 7 zum 30. 11. 1892. Er war der Sohn des Notars Dr. Josef Anton Schik und hatte selbst Jura studiert.

4] *eine Art Nordauscher Kugel:* Anspielung auf den Roman ›Die Kugel‹ (1895) von Max Nordau (ursprünglich Max Simon Südfeld) (1849-1923). Er war Arzt, lebte seit 1880 bis zu seinem Tode in Paris und war Schriftsteller und führender Zionist. Ihm ist ›Das neue Ghetto‹ »in herzlicher Freundschaft gewidmet«. Verlag R. Löwit, Wien und Berlin 1920).

236 5] *Brahm:* Otto B. (ursprünglich Abrahamsohn, 1856-1912). Literarhistoriker, Biograph. Theaterkritiker an der ›Vossischen Zeitung‹ und der Wochenschrift ›Die Nation‹; Mitbegründer der Berliner ›Freien Bühne‹, wo er die Erfolge Ibsens und Gerhart Haupt-

manns anbahnte. Wenige Wochen nach der Eröffnungsvorstellung (20. 9. 1889) erschien die von Brahm und S. Fischer gegründete Wochenschrift ›Freie Bühne für modernes Leben‹, die ab 1892 ›Freie Bühne für den Entwicklungskampf der Zeit‹ hieß und als Monatsschrift erschien. Ab 1894 war der Titel ›Neue Deutsche Rundschau‹ und ab 1904 ›Die Neue Rundschau‹, seit Ende 1962 ›Neue Rundschau‹. 1894 übernahm Brahm von L'Arronge das Berliner Deutsche Theater, 1904 das Lessingtheater. (Siehe A. S.-Brahm.)

6] *Lautenburg:* Sigmund Lautenburg (1852-1918). Seit 1887 Direktor des Berliner Residenztheaters; 1894 übernahm er außerdem das Theater am Schiffbauerdamm. 1897 Leiter des Neuen Theaters in Berlin.

7] *die Glosse:* ›Die Glosse‹, Komödie in Versen in einem Akt (1894) von Theodor Herzl.

8] *Meine Novelle:* Die Buchausgabe der Erzählung ›Sterben‹ erschien am 20. 11. 1894 bei S. Fischer, Berlin.

9] *Ein Stück:* ›Liebelei‹.

17. 11. 1894

1] *Mit Ihrem Stück:* ›Das neue Ghetto‹, s. Anmerkung 1 zum 10. 11. 94. 237

2] *Hellmannische Erziehung:* Hellmann heißen die Eltern der Hermine Samuel in ›Das neue Ghetto‹.

3] *Am meisten hab ich [...] einzuwenden:* Theodor Herzl befolgte in seiner Endfassung den Großteil von A. S.'s Ratschlägen.

4] *chassirt:* hinausgeworfen. 238

30. 11. 1894

1] *die Novelle:* ›Sterben‹, s. Anmerkung 8 zum 10. 11. 1894. 239

2] *so viel Gutes:* Herzl schreibt u. a. am 27. 11.: »Im übrigen ist es ein kleines Meisterwerk mit vielen Farben in Grau und der erreichten Vollendung im Verschweigen.«

3] *Ihre Einwendung gegen den Beginn:* Herzl schreibt: »Ich hatte [...] einigemal das Gefühl der Länge. [...] Nicht als ob ich gegen die Grisaille dieses Anfangs empfindungslos wäre. Das ist fein wie das Ganze, aber es gibt Grenzen in der Feinheit. [...] Ihre ganze Novelle ist eine feine Arbeit in Grau. Aber eben deshalb hätte ich für den Anfang lebhaftere Farben gewünscht.«

4] *Einführung B.'s:* Die Figur im Stück namens Bichler. 240

241 5] *der Begleitbrief:* Herzl teilt A. S.'s Besorgnisse bezüglich der Theaterdirektoren (s. Brief vom 10. 11.) nicht und schreibt bereits am 13. 11.: »Ich werde zwei Tage nach Absendung des Manuscriptes folgenden Brief an den ersten Direktor (zur Weitergabe) schikken. »An die Direktoren der unten benannten Bühnen. Der Verfasser reicht sein Werk dem ersten, dann dem zweiten etc. ein. Verschiedene Gründe können den einen oder anderen Direktor verhindern, es aufzunehmen. Dann soll er es weitergeben. Der später drankommt, möge sich erinnern, daß viele Werke, die später Erfolg hatten, zuerst zurückgewiesen wurden, und es ohne Vorurteil lesen. Nimmt es keiner an, so wird es veröffentlicht, mit diesem Brief und mit den Namen der Direktoren, die es ablehnten. In einer unbegreiflichen Gutmütigkeit oder Schamhaftigkeit verschwiegen bisher die Bühnendichter ihre Ablehnungen. Der Verfasser möchte darin etwas Neues einführen: die Verantwortlichkeit der Theaterleiter. Wer ein Stück ablehnt, soll dafür einstehen. Der Gerechte und von literarischen Rücksichten Geleitete hat das nicht zu fürchten. Aber auch die Irrtümer der Bühnenleiter sollen bekannt werden: Das verspricht schätzbares Material. Das Publikum wird erfahren, was abgelehnt worden, nachdem es schon wußte, was gespielt worden. – Der Verfasser.«

6] *Sch.:* Friedrich Schik, s. Anmerkung 3 zum 10. 11. 1894.

7] *Ihr köstliches Feuilleton:* Am selben Tag, als A. S. diesen Brief schrieb, erschien in der ›Neuen Freien Presse‹ die 4. Folge der Feuilletonserie ›Das Palais Bourbon‹, die 1895 in Buchform unter dem Titel ›Das Palais Bourbon. Bilder aus dem französischen Parlamentsleben‹ bei Duncker und Humblot, Paris, veröffentlicht wurde.

8] *mit der Glosse:* S. Anmerkung 7 zum 10. 11. sowie Brief vom 15. 12. 1894.

241 12. 12. 1894

242 1] *in der Ausstellung:* Am 1. 12. wurde im Künstlerhaus die ›Ausstellung der Münchener Secession und der Freien Vereinigung Düsseldorfer Künstler‹ eröffnet.

2] *L. v. Hofmann:* Ludwig von H. (1861-1945). Deutscher Maler und Graphiker.

3] *Stuck's »Krieg«:* Franz von Stuck (1863-1928). Deutscher Maler, Graphiker, Bildhauer und Architekt.

4] *»Das Alter«:* Ölgemälde von Leopold Graf von Kalckreuth (1855 bis 1928). Maler und Graphiker.
5] *»Entsagung«:* Das Schauspiel in 4 Akten von Wilhelm Karczag (1857-1923) hatte am 24. 11. im Wiener Deutschen Volkstheater Premiere. Bahrs Besprechung erschien in ›Die Zeit‹ am 1. 12. 1894.

15. 12. 1894
1] *Abschreiber:* Herzl schreibt am 11. 12.: »Das Manuscript von meiner Hand kann ich natürlich nicht einreichen. [. . .] Also will ich mein definitives Manuscript in Wien abschreiben lassen. Vielleicht können Sie sich eine Schreibmaschine ausleihen. [. . .] Gehts mit der Maschine nicht, so müßten wir uns von Schick oder vielleicht lieber von der Universität einen Abschreiber holen. Die Wahl des Abschreibers ist wichtig, weil er ja später was verraten könnte. Darum möchte ich auch nicht, daß das Mscpt. einem Theater-Abschreibe-Bureau übergeben würde. Der Schreiber muß bei Ihnen sitzen – ich mache Ihnen viel Mühe! – [. . .] Bezahlen Sie ihn reichlich, lieber Freund, und teilen Sie mir gütigst sofort alle Ihre Auslagen mit, [. . .] Wenn alles fertig, bitte ich Sie die Reinschrift von einem Buchbinder brochieren zu lassen, dem aber nur ein paar Stunden Zeit gelassen werden dürfen, damit er das Buch nicht lese.« 243
2] *Haben Sie nichts mehr damit versucht?:* Herzl antwortet am 17.: »Die Glosse hab ich ins Massengrab meiner alten Stücke geworfen. Es ist ja kein Zweifel, daß ich mir die Aufführung irgendwo »richten« könnte. Das mag ich nicht. Begreifen Sie nicht, daß mir die Journalisten-Machereien beim Theater repugniren? Lieber nicht aufgeführt, als aus Gefälligkeit oder Furcht.«

19. 12. 1894
1] *sympath. Figuren:* Herzl schreibt am 17. 12. an A. S.: »Ich finde nicht, daß zu wenig »sympathische« Figuren da sind. Und wenn auch, soll ich meine Misanthropie fälschen? Soll ich gerade dort wo es mir niemand glauben wird lauter wunderedle Menschen sehen und zeigen? [. . .] Ich will durchaus keine Verteidigung oder »Rettung« der J.[uden] machen, ich will die Frage nur mit aller Macht zur Diskussion stellen! Die Kritiker und das Volk sollen dann verteidigen oder anklagen. Komm ich nur auf die Bühne, so ist der Zweck erreicht. [. . .] Aussprechen will ich mich – von der Leber und 244

vom Herzen weg. [...] Was aber Ihr feiner Dichtersinn richtig herausgefunden hat, ist: daß im Stück mehrere andere verworren mitschwingen. Diese Stücke leben auch schon lange und so stark in mir, daß sie bei der Loslösung dieses Stückes es ein bischen befleckt haben. Ich werde also nur diese Unreinheiten weglöschen müssen. Größere Gesänge schlafen noch auf ehernen Saiten. Wenn ich mir eines Tages die Freiheit von Tagelöhnern erwerbe, kommen die höheren Sachen. Ich habe noch einen ganzen Frühling in mir – vielleicht blüht er noch einmal heraus.«

2] *Loewe:* Theodor L. (1855-1936). Leiter des Lobe-Theaters in Breslau. Verfaßte auch Novellen, Dramen und Gedichte.

245 3] *Tabarin:* Das einaktige Schauspiel ›Tabarin‹ (s. Anmerkung 6 zum 5. 8. 1892) hatte am 2. 5. 1895 im Burgtheater Premiere.

24. 12. 1894

245 1] *von gestern:* A. S. war am 23. 12. bei Familie Singer zu Besuch gewesen (Tgb 24. 12.: »Von Else ein lieber Brief; seltsames Mädel eigentlich. –« Und am 3. 1. 95: »[...] sie ist nach Dresden in ein Pens.[ionat] geschickt worden. Else's Briefe gehören eigentlich zu meinen besten Freuden – vielleicht ist es das schönste aus dieser Zeit.«

246 2] *Nußdorf:* Ein früherer Vorort von Wien; seit 1892 in den 19. Bezirk eingemeindet.

3] *Schwiegermutter meines Bruders:* Emma Altmann, geb. Strasser (1849-1930), Witwe des Kaufmanns Carl A. (1838-1889).

26. 12. 1894

247 1] *Die angerathene Correctur:* Herzl ließ das Wort »sprengen« durch »schießen« ersetzen. »Dieser Ausdruck wird wohl volks- und arbeitsmäßiger sein.«

2] *Von meinem Stück:* ›Liebelei‹.

3] *Ihre Rücksicht:* Herzl schrieb am 23. 12.: »Aus Ihrem letzten Brief, lieber Freund, ersehe ich, daß Sie selbst dem Deutschen Theater jetzt ein Stück vorlegen. Ich freue mich herzlich darüber und werde mit meinem vorher zu Blumenthal gehen, damit das Massenangebot nicht gegenseitigen Druck ausübe. Mir liegt wie Sie wissen nichts daran, an welches Theater ich zuerst gehe, und bringe Ihnen damit gar kein Opfer.«

4] *absolut:* Das Wort ist dreimal unterstrichen.

1895

7. 1. 1895

1] *Heute ist das Ghetto abgesandt worden:* Herzl schreibt am 1. 1.: 247
»Verständigen Sie mich, lieber Freund, vom Tag des glücklichen Abgangs. Denn von da ab werde ich die Stunden zählen.«

2] *gar so streng:* Als Postskriptum am 1. 1.: »Wenn Sie mich nicht ärgern wollen, bitte ich um sofortige Einsendung des Kostenverzeichnisses.«

3] *Begleitbrief:* Herzl schreibt: »In der Beilage finden Sie die Einbegleitung. Sie besteht aus zwei Teilen. 1/ ein Vorwort, welches auf das Respektblatt vor der Titelseite zu schreiben ist (u. zw. von der Hand des Abschreibers) oder, wenn kein Respektblatt freigelassen wurde, in auffälliger Weise hinzukleben ist. 2/ ein kurzer Brief an den ersten Direktor. Dieser Brief hat gesondert rekommandiert am Tage nach Absendung des Mscrpt. abzugehen. Zu adressieren ist dieser Brief an Blumenthal oder Brahm. Ich stelle es Ihnen ganz frei, möchte aber nicht, daß Sie sich darin irgendwie von Gefälligkeit leiten lassen. *Mir* ist es absolut gleichgültig, ich würde es Ihnen freimütig sagen, wenn ich ein Interesse daran hätte, zuerst zu Brahm zu gehn. Umsomehr als es vermutlich ohnehin eine Rundreise werden wird.«

4] *der einzige lebende Mensch:* Herzl erwidert darauf am 9. 1.: »Ich 248
freue mich, daß ich Sie zu meinem Vertrauten gemacht habe. Sie sind der Einzige. Zweimal war die Versuchung stark, mich hier mitzuteilen. Zuerst beim Bildhauer Beer, der meine Büste machte. Bei dem ist nämlich das Stück entstanden. Einmal während einer Sitzung ereiferte ich mich, als ich ihm die Judenfrage in Österreich auseinandersetzte. Das schwang in mir stark fort als ich wegging. Auf dem Heimweg fiel mir das ganze Stück ein. Am nächsten Tag sagte ich ihm: Beer, wenn ich jetzt nicht ein Taglöhner wäre, sondern mich vierzehn Tage nach Ravello oberhalb von Amalfi setzen könnte, schriebe ich ein Stück.« Herzl schrieb das Stück und als er nach dessen Beendigung wieder zu einer Sitzung kam, reizte es ihn »ungemein, es ihm zu sagen und es ihm vorzulesen. Ich widerstand aber und erklärte meine Abwesenheit mit Zeitungssachen. Die zweite Versuchung war Nordau, der mir ein sehr guter Freund ist und mir in seiner rüden Wahrheitsliebe gewiß alle Fehler – die er hätte

wahrnehmen können – gesagt hätte. Als er mir nun kürzlich sein neuestes Stück vorlas, riß es mich wieder. Aber der Vorsatz war gefaßt. Ein wirkliches Geheimnis darf höchstens auf vier Augen stehen.« *Beer:* Friedrich B. (1846-1912), aus Brünn gebürtig.

14. 1. 1895

249 1] *Das Manuskript:* Herzl bietet am 9. 1. A. S. das Manuskript als Geschenk an. »Hat das Stück den Erfolg, den ich nicht für unmöglich halte, wird's Ihnen in 10-20 Jahren eine hübsche Erinnerung sein. Und verkracht es, gleich meinen früheren Versuchen, so möge es Sie späterhin an den Beginn unserer Freundschaft erinnern, die hoffentlich dauern wird.« (Das Manuskript befindet sich nicht mehr im Nachlaß).

2] *das nächste Stück:* ›Unser Käthchen‹, Lustspiel in 4 Akten, das am 4. 2. 1899 im Wiener Deutschen Volkstheater zur Aufführung kam.

3] *unbedingt gesammelt herausgeben:* S. Anmerkung 7 zum 30. 11. 1894.

30. 1. 1895

250 *beifolgenden Zettel:* Nicht mehr erhalten.

18. 2. 1895

250 1] *Telegramm:* ist verschollen.

2] *von Schick:* Der Brief vom 16. 2. befindet sich im Nachlaß.

3] *Dr. Schnabels:* S. Anmerkung 1 zum 10. 11. 1894.

251 4] *Neue Presse:* richtig ›Neue Freie Presse‹.

5] *Heimathfeuilleton:* Am 16. 2. war in der ›Neuen Freien Presse‹ Herzls Bericht über ›Pariser Theater. (»Heimat« von Sudermann)‹ mit Sarah Bernhardt erschienen. Sie spielte die Rolle der Magda.

6] *mit zweien:* ›Der Flüchtling‹ und ›Tabarin‹ waren lange Zeit im Spielplan des Wiener Hofburgtheaters.

252 7] *Müller-Guttenbrunn:* Adam M.-G. (Pseudonym: Ignotus, 1852 bis 1923). Schriftsteller, Erzähler, Dramatiker. 1886-92 Feuilletonredakteur und Theaterkritiker der ›Deutschen Zeitung‹. Er leitete von 1892-96 das Wiener Raimundtheater, seit 1898 das Kaiser-Jubiläums-Stadttheater in Wien und wurde 1919/20 großdeutscher Abgeordneter im österreichischen Parlament. Herzl telegraphiert

seine Antwort: »Dank für lieben Trostbrief. Nennen Sie mich Müller-Guttenbrunn gegen ehrenwörtliches Silentium« und läßt am 20. 2. einen Brief folgen: »Ich folge Ihrem Rat, mich wenigstens dem Direktor zu nennen – da man es nun leider mit niederen Menschen zu tun hat – und ich das Stück ebensogut ungeschrieben hätte lassen können, wenn es nicht einmal gelesen wird. Aber ist es für uns nicht sehr demütigend zu denken, daß zu dieser Zeit ein wirklicher Schnabel mit ungelesenen Manuscripten herumvagabundiert und verzweifelt. Und vielleicht hat er mehr Talent als der Pseudoschnabel!«

8] *Herrn Müller:* Leopold M., s. Anmerkung 12 zum 27. 11. 1892.

9] *(wegen der Burg):* A. S. hatte Herzl am 19. 1. kurz mitgeteilt, daß ›Liebelei‹ am Burgtheater angenommen worden sei. Herzl telegraphiert: »Hocherfreut. Gratuliere« und schreibt am 20. 2.: »Sie sind kindisch, auch zu erwähnen, daß Sie dem Deutschen Theater die Burgannahme mitteilten. Das war so selbstverständlich und korrekt wie nur möglich.«

10] *Langkammer:* Karl L. (Pseudonym Gustav Axleitner, 1854 bis 253
1936). Schauspieler, Dramatiker und Regisseur. 1900 Direktor des Theaters an der Wien, 1905 Oberregisseur am Bürgertheater in Wien.

11] *Mein Stück:* Die Berliner Erstaufführung von ›Liebelei‹ fand (zusammen mit Kleists ›Der zerbrochene Krug‹) am 4. 2. 1896 statt.

9. 3. 1895

1] *der Tritt ist gegeben:* Herzl an A. S. vom 4. 3.: »Bitte geben Sie 253
Müllern [Müller-Guttenbrunn] einen Tritt in den Hintern. Die Erklärungsfrist ist doch schon um.«

2] *die Verbotenen Früchte von Cervantes:* ›Verbotene Früchte‹, 254
Lustspiel in 3 Aufzügen nach einem Zwischenspiel des Miguel de Cervantes (1547-1616) von Emil Gött (1864-1908) wurde zusammen mit Herzls ›Tabarin‹ am 2. 5. 1895 am Wiener Hofburgtheater erstaufgeführt.

27. 3. 1895

1] *den Brief:* Aus der Direktion des Raimund-Theaters erhielt A. S. 254
folgenden handgeschriebenen Brief, datiert vom 26. 3.: »Ich habe das Schauspiel ›Ghetto‹ mit außerordentlichem Interesse gelesen u.

halte das Stück, obwohl mich die Lösung nicht befriedigte u. ich dem Helden mehr Spielraum gegönnt hätte, für eine der interessantesten Arbeiten, die mir seit Langem untergekommen. Das Stück hat frappante Züge von Lebenswahrheit, es ist reich in seinem Detail u. es wird getragen von einer Idee, der man weder die Actualität, noch die tiefere Bedeutung absprechen kann. / Und trotz alledem – würden *Sie* es aufführen? Und glauben Sie, daß sich irgendwo in deutschen Landen ein großes Theater findet, welches »Ghetto« aufführt? Ich glaube es nicht! Sie können das Stück also ruhig noch einige Tage hier liegen lassen, ich will es noch von anderen, ganz unbeteiligten Personen, deren Urtheil mir werthvoll ist, lesen lassen. *Wenn* das Stück in Wien jemals aufgeführt wird, so kann dies nur im R.-Th. geschehen. *Dank* werden wir keinen dafür ernten, weder von den Juden, noch von den Antisemiten! / Den Herrn Schnabel würde ich gerne sprechen! / Ihr ergebenster / Adam Müller-Guttenbrunn«

2] *Ihre Anwesenheit in Wien:* Herzl und A. S. sahen einander am 26. 3., am 28. 3. (Tgb: »Gespräch über Paul Goldmann«) und am 29. 3. (Tgb: »Mit Herzl und Richard [Beer-Hofmann] im Riedhof soupirt. – Kann in H.'s Gesellschaft nicht wirklich warm werden; mich eigentlich nicht einmal annähernd wohl fühlen.«) Am 30. 3. war A. S. von Herzl zur ›Brillantenkönigin‹, Operette in 3 Akten von Theodor Taube (ursprünglich Herdlička, 1840-1904) und Isidor Fuchs (1849-?), Musik von Eduard Jakobowsky, ins Carltheater und nachher ins Hotel Sacher eingeladen.

6. 4. 1895

255 1] *M.-G.:* Müller-Guttenbrunn (s. Anmerkung 7 zum 18. 2. 1895).

2] *in gewünschter Weise:* Herzl an A. S. aus Paris am 3. 4.: »Folgendes ist meiner Weisheit letzter Schluß: ich will noch einmal zu Blumenthal gehen und wenn der nicht drauf eingeht mein Stück bei S. Fischer dem Jungen-Verleger in Berlin herausgeben, eventuell die Druckkosten selbst bezahlen. / Ich bitte Sie also die nachstehenden drei Briefe zu schreiben:

I. Herrn Müller-Guttenbrunn (rekommandiert).

Geehrter Herr! Herr A. Schnabel dankt Ihnen für die rasche Erledigung. Er begreift die Opportunitätsgründe Ihrer Ablehnung. Endlich bittet er mich, Ihnen in seinem Namen mitzuteilen, daß er Sie

Ihres Ehrenwortes über seine Verfasserschaft absolutes Stillschweigen zu beobachten selbst dann nicht entbindet, wenn er gezwungen sein sollte, sich einem anderen Direktor zu nennen. Ich bitte Sie mir mitzuteilen, ob Sie nichts dagegen haben, daß Ihr Ablehnungsbrief ganz oder teilweise in die Vorrede der Buchausgabe dieses Stückes aufgenommen werde. / Hochacht. / Dr. A. Schn[itzler]
II. Herrn O. Blumenthal, Berlin.
Geehrter Herr! Sie haben mein Stück D.[as] G.[hetto] [...] kurzweg abgelehnt, ohne es zu lesen. Ich nehme Ihnen das nicht weiter übel. Unbekannte Autoren müssen sich von Theaterdirektoren einiges gefallen lassen. Aber es scheint, daß Sie Unrecht hatten, das Buch nicht einmal zu öffnen. Herr Müller Guttenbrunn hat das Stück gelesen und will es nur aus Rücksicht auf die Juden nicht spielen. Sie sind Jude, wie der Verfasser selbst, und können die Unternehmung wagen. Es gibt keinen vernünftigen jüdischen Rabbiner, der anders spräche, als dieses Stück spricht. Es ist eine ehrliche Judenpredigt. Die Juden werden an den heimlichen Judenzeichen erkennen, daß ein wohlwollender Bruder zu ihnen aus dem Stücke heraus redet. Müller Guttenbrunn schreibt: Ich habe das Schauspiel ›D. G.‹ von zwei gebildeten Männern lesen lassen, von einem Juden und einem Christen, und Beide verwarfen das Stück, beide aus Opportunitätsgründen, aber sie ... (etc. aus dem Brief bis inclusive »verzichtete« abzuschreiben). / Dieser Brief und das Manuscript erliegen beim Verleger S. Fischer in Berlin. Wenn Sie es nun lesen wollen, so bitte ich das Manuscript von Herrn Fischer abholen zu lassen. Er wird es Ihnen auf acht Tage leihen. Lassen Sie es nicht holen oder entscheiden Sie sich nicht innerhalb einer Woche, so erscheint das Stück in Druck. – / Hochachtungsvoll Albert Schnabel.
III. Herrn S. Fischer, Berlin.
Geehrter Herr. Ich sende Ihnen heute das Manuscript eines 4aktigen Schauspiels D.[as] G.[hetto] von A. Schnabel. Lesen Sie es sofort. Der Brief des Direktors Müller, den ich Ihnen hier beilege und *sorgsam* aufzubewahren bitte, sagt Ihnen, welcher Art das Wagnis ist. Schreiben Sie mir gefälligst, ob und unter welchen Bedingungen Sie geneigt sind, das Stück zu verlegen. / Sollte Direktor Blumenthal das Manuscript von Ihnen verlangen, so bitte ich es ihm auf acht Tage zu leihen. Nicht für länger. / Ich bitte Sie, meine Intervention jedermann, besonders Blumenthal gegenüber streng geheim zu hal-

ten. Dr. Schnabel bat mich nur, ihn bei Ihnen einzuführen, im übrigen wünscht er nicht, unter irgend Jemandes Patronanz zu stehen. / Bestätigen Sie mir freundlichst, daß Sie diese Bedingung genau einhalten werden. / Hochachtungsvoll / Dr. A. Schnitzler.
Diese 3 Briefe enthalten alle Vorschriften für Sie, mein gefälliger lieber Freund. Ich habe der Kürze halber den Briefen gleich die definitive Form gegeben. Wenn Fischer antwortet, daß er es nicht auf seine Kosten drucken lassen will, so bewilligen Sie ihm die Druckkosten, die ich Ihnen sofort einschicken werde, sobald ich den Betrag kenne. Bedingung: sofortiges Erscheinen.«

255 3] *S. Fischer:* Samuel Fischer (1859-1934). Gründer und Inhaber des S. Fischer Verlags in Berlin. Seit 1950 in Frankfurt am Main. (Vgl. ›S. Fischer und sein Verlag‹ von Peter de Mendelssohn, S. Fischer, Frankfurt am Main, 1970).

4] *»Freie Bühne«:* S. Anmerkung 5 zum 10. 11. 1894.

5] *mein neues Stück:* ›Liebelei‹.

1. 5. 1895

256 1] *den Brief des M.-G.:* Müller-Guttenbrunn an A. S. vom 9. 4.: »ich betrachte es als ganz selbstverständlich, daß ich nicht das Recht habe, das Pseudonym Albert Schnabel zu lüften [...] / Ihre Anfrage bezüglich meines Briefes [s. Wortlaut unter Anmerkung 1 zum 27. 3.] überrascht mich. Derselbe wurde in der Eile hingeworfen u. ich kann mir nicht denken, daß dessen Veröffentlichung dem Stücke nützen oder dessen Schicksal auch nur beeinflußen kann. Jedenfalls hätte ich meine Ablehnung eingehender u. literarischer begründet, wenn ich an eine Veröffentlichung gedacht hätte. Nach meinem Gefühl könnte mein letzter Bf. nur benützt werden, wenn auch der *erste* [dieser Brief existiert nicht mehr, jedoch zitiert Herzl einiges in seinem Briefentwurf unter I in der Anmerkung 2 zum 6. 4.] benützt würde, denn in meinem Ablehnungsschreiben ist mein eigenes Urtheil über das Stück nicht enthalten. / Ich überlasse die ganze Sache dem Taktgefühl des Herrn Verfassers. Er wird am besten wissen, was er thun darf. Was ich geschrieben, vertrete ich unter allen Umständen.«

2] *läßt [...] Fischer wieder auf Antwort warten:* Herzl hierzu am 5. 5.: Fischer hat sichs zu lang überlegt. Jetzt will ich nicht mehr.«

3] *Dr. Julius Baumgarten:* Rechtsanwalt, Schriftsteller. Ebenfalls am

5. 5. erkundigt sich Herzl: »Welcher Baumgarten ersetzt Schick? Der einst im Deutsch-österreichischen Leseverein war? Um Gotteswillen, das ist eine gräuliche Plaudertasche. Nur sorgen Sie dafür, daß er das Manuscript nicht liest!«

4] *Ihre Misstimmung über diese verspätete Première:* Herzl schreibt am 26. 4.: »Die Tabarin-Première Montag (s. Anmerkung 2 zum 9. 3.) langweilt mich sehr. Vor zehn Jahren wäre sie mir echt gewesen. Damals wollt ich so gern auf die Bühne kommen, wärs auch nur als Bearbeiter gewesen. Jetzt das! Und dabei siehts aus als würde mir ein Gefallen erwiesen. Misère de moi!«

5] *Duncker u Humblot:* Verlag, 1798 in Leipzig gegründet, heute in Berlin.

16. 5. 1895

1] *von Ihnen abgegebenen Wortlaut:* S. Anmerkung 2 zum 6. 4. 1895. *257*

2] *Baumgarten:* S. Anmerkung 3 zum 1. 5. 1895.

3] *Tabarin:* A. S. sah die Aufführung am 7. Mai.

4] *Mitterwurzer:* Friedrich M. (1844-1897). Mitglied des Hofburgtheaters von 1871 bis 1880 und von 1894 bis 1897. In den Jahren 1880-94 war er Oberregisseur am Wiener Stadttheater und ging dann auf Gastspielreisen, u. a. auch nach den U.S.A. Er spielte bei der Uraufführung der ›Liebelei‹ am 9. 10. 1895 die Episodenrolle des »Herrn« im 1. Akt. *258*

5] *Robert:* Emerich R. (Bühnenname für E. Magyar, 1847-1899). Mitglied des Hofburgtheaters von 1878 bis zu seinem Tode. Er trat als Paracelsus in A. S.'s gleichnamigem Einakter am 7. 3. 1899 zum letztenmal auf.

7. 6. 1895

Jour: Abk. für: Jour fixe = wöchentlicher oder regelmäßiger Empfangstag. *258*

15. 6. 1895

Brief mit der Anschrift »Herrn k. u. k. Lieutenant Dr. Richard Beer-Hofmann, im kk Landwehr-Inf-Regmt Nr. 12 *Časlau.*« *260*

1] *Časlau:* (tschechisch: Časlav), damals Mittelböhmen; heute ČSSR. B-H. war dort beim Landwehr-Infanterie-Regiment Nr. 12 vom 31. 5. bis 16. 6. zu einer Waffenübung eingerückt.

261 2] *Dörmann:* Felix D. (ursprünglich Biedermann, 1870-1928). Lyriker, Erzähler, Dramatiker. (Er schrieb zusammen mit Leopold Jacobson (1878-1949) u. a. das Libretto zu der Operette ›Der Walzertraum‹ von Oscar Straus.) Er gehörte zum Griensteidl-Kreis. (Tgb 25. 6.: »Auch Dörmann wieder da; ein recht verlogener u nichtiger Mensch, dem manche merkwürdig schöne Gedichte gelungen sind. –«)

3] *die Kritik vom kleinen Kraus:* Von Fanny Gröger (1869-1936) war im S. Fischer Verlag ein Band von Erzählungen ›Adhimukti‹ erschienen. Karl Kraus besprach das Buch am 12. 6. 1895 in der ›Neuen Freien Presse‹: »[...] In unser junges Österreich, wo die Talente so dicht an einem Kaffeehaustisch zusammensitzen, daß sie einander gegenseitig an der Entfaltung hindern, wird Fräulein Gröger eine willkommene Abwechslung bringen. Während ihre literarischen Altersgenossen, aus Furcht, ›ein Spiel von jedem Druck der Luft‹ zu werden, sich längst in das Schneckengehäuse ihres vergeblichen Ich zurückgezogen haben und nur zeitweise heraustreten, um dessen kokette Windungen zu betrachten, scheint sich Fräulein Gröger *trotz* ihrer Jugend ein offenes Auge erhalten zu haben.«

4] *Adhimukti:* Name eines indischen Königs.

5] *Lothar:* Rudolf L. (ursprünglich Spitzer, 1865-1943; in der Emigration verschollen). Erzähler, Kritiker, Essayist, Bühnenschriftsteller (u. a. Libretto zu der Oper ›Tiefland‹ von Eugen d'Albert). (Vgl. ›Jugend in Wien‹, 7. Buch.) Herausgeber, zusammen mit Ernst Viktor Zenker, der Wiener Wochenschrift ›Die Wage‹. – Das dreiaktige Lustspiel ›Frauenlob‹ wurde nicht am Burgtheater, sondern am Wiener Deutschen Volkstheater aufgeführt.

6] *Burckh.:* Tgb 16. 6.: »Traf Burckhard Nachts vor unserm (gemeinsch[aftlichen]) Hause. Gespräch auf der dunkeln Treppe. Er etwas angeheitert. Ich hab Ihnen was angenehmes mitzutheilen, Mitterwurzer spielt den »Herrn«. – Glauben Sie das wirklich – ? – Ich weiß es, das Stück gefällt ihm sehr gut etc. – Ich: Und mir hat man gesagt, daß das Stück überhaupt nicht drankommt. – Wer hat das gesagt!! Uebrigens gewisse Schwierigkeiten, ja ja.. Besezny hat mir gesagt, über das Stück können Sie sich das Genack brechen.. Ich: Nun – das wär es wohl nicht werth; übrigens glaub ich nicht, daß es so riskant ist.. Er: Na, u wenn – werd ich mir halt das Genack brechen..«

7] *Kl. Komödie:* ›Die kleine Komödie‹, ED: ›Neue Deutsche Rundschau‹, 6. Jg., Heft 8, August 1895. Jetzt in Erz. Schriften I.
8] *einen groben Brief:* Der Brief ist nicht erhalten. Tgb 17. 6.: »Correspondenz mit Fischer [...]; ich darauf energisch, er frech, ich heute ironisch. (Vgl. ›S. Fischer und sein Verlag‹ von Peter de Mendelssohn, S. Fischer, 1970, Seite 203 f.).
9] *Zasche:* Theo Z. (1862-1922). Österreichischer Zeichner, Maler und Karikaturist. A. S. wollte die ›Kleine Komödie‹ anonym mit Zeichnungen von Zasche drucken lassen. Fischer war dagegen, was zu einer heftigen Auseinandersetzung führte.
10] *die Novelle zu datieren:* Beer-Hofmann an A. S. vom 11. 6.: »Datiren Sie jedesfalls die Novelle. Man soll wissen, daß sie *vor* Sterben geschrieben ist.«
11] *an meinem Stück:* ›Freiwild‹, an dessen Aufführung A. S. deswegen nicht dachte, weil er in diesem Stück die damals noch unumstritten geltenden militärischen Ehrbegriffe, vor allem das Duell, in Frage stellte.
12] *die böhm. Bäder:* A. S. war vom 3. bis 14. 7. 1895 in Prag, Karlsbad, Marienbad und Franzensbad. Am 13. und 14. Juli besuchte er Marie Glümer und ihre Schwester Gusti in Nürnberg und sah M. G. im Sommertheater in einer Aufführung von ›Fernands Ehecontract‹ (›Un fil à la patte‹) von Georges Feydeau. Anschließend, vom 15. 7. bis 10. 8., war A. S. in Bad Ischl.
13] *Mein rechtes Ohr:* A. S. litt von da ab unter starken Ohrgeräuschen, die in steigendem Maße zu Schwerhörigkeit führten. Unter dem Druck dieser ihn quälenden Erscheinungen verfaßte A. S. am 24. 8. 1911 auf dem Semmering das folgende, bisher unveröffentlichte, Gedicht, das laut Tgb zunächst den Titel ›Vogelschrei‹ trug:

Gespensterstimmen

Da ruh ich auf brauner Waldesbank;
Es klagt und klingt ein Vogelsang.
Doch weiß ich, – stumm ist rings das Revier,
Es rauscht und zwitschert nur tief in mir.
Da – plötzlich: ein schriller lebendiger Schrei –
Im Astwerk ein Vogel – und flattert vorbei
Und wieder schweigt es im Wald weitum.
Doch in mir die Stimmen, die bleiben nicht stumm,
Sie schrillen und zwitschern noch heller auf,

Als freuten Gespenster sich zu Hauf.
»Der flog davon – wir bleiben hier –
Wo immer du wandelst, – wir wandeln mit dir!
Uns hörst du klingen, bei Tag und bei Nacht,
Auch zur Winterszeit und in Kellerschacht,
Uns wirst du noch hören, wenn rings in der Welt
Kein Laut dir mehr tönt – und kein Schrei'n dir gellt.
Wir bleiben – in stummgewordenem Raum
von fernen Lenzen ein höhnender Traum.

21. 6. 1895

261 Der Originalbrief befindet sich in der Handschriftensammlung der Wiener Stadt- und Landesbibliothek (I. N. 36780).

30. 6. 1895

263 1] *die wunderschöne Stimmung:* Herzl an A. S. vom 23. 6.: »Mein lieber Freund, Dank für Ihren Brief. Die Sache liegt in Prag, eine Entscheidung ist noch nicht da. Das ganze ist jetzt in den Hintergrund meines Bewußtseins getreten. / Aber Sie hatten damals Recht, als Sie mit Ihrem klugen Blick sahen, daß ich mit dieser einen Eruption mir die Sache nicht vom Herzen und nicht von der Seele geladen habe. / In den Wochen, seit ich Ihnen nicht geschrieben, ist etwas Anderes, Neues, viel Größeres in mir aufgeschossen, was mir jetzt wie ein Basaltberg vorkommt, vielleicht weil ich noch so erschüttert bin und das Entstandene noch so fürchterlich glüht. Wochen der ungeheuerlichsten Produktionsaufregung, in der ich manchmal fürchtete, verrückt zu werden. / Es sind vorläufig nur die Planskizzen – sie sind schon ein ganzes Buch. / Wir werden, wenn wir im Sommer im Salzkammergut zusammentreffen, darüber reden. / Dieses Werk ist jedenfalls für mich und mein ferneres Leben von der größten Bedeutung – vielleicht auch für andere Menschen. Denn was mich annehmen läßt, daß ich etwas Wertvolles entworfen habe, ist die Tatsache, daß ich dabei keine Sekunde lange literatenhaft an mich gedacht habe, sondern immer an andere Menschen, welche schwer leiden. / Noch ein paar Tage Arbeit, und die Sache ist so fertig, daß sie nicht mehr verloren gehen kann, auch wenn ich durch Umstände des Lebens an der minutiösen Ausführung verhindert werden sollte. / Dann verlasse ich Paris auf einige Tage, um mich zu erholen. Mein Urlaub ist das noch nicht; den trete ich erst Mitte oder Ende Juli an. / Sie kennen das liebe Gedicht von Heyse ›an den Künstler‹, das ich oft citiere. Da heißt es /... Bangend, er könnte über Nacht / Hinfahren, ehe dies Werk vollbracht. / Das ist meine Stimmung. / Ich habe den Stoß bisheriger Notizen im Comptoir d'Escompte deponiert, in der Kasse Nr. 6, Fach Nr. 2. Um zu öffnen muß man jeden der drei Knöpfe siebenmal nach rechts drücken. Jemand muß das wissen, falls ich »hinfahre über Nacht«. / Das sind jetzt Sie. / Komme ich Ihnen aufgeregt vor? Ich bin es nicht. Ich war nie in einer so glücklichen hohen Stimmung. Ich denke nicht ans Sterben, sondern an ein Leben voll männlicher Taten, das alles Niedere, Wüste, Verworrene, das je in mir gewesen sein mag, auslöscht, aufhebt und alle mit mir versöhnt, so wie ich mich durch diese Arbeit mit allen versöhnt habe. / Ich grüße Sie herzlich / Ihr Freund / Herzl.«

2] *etwa Mitte Juli:* S. Anmerkung 12 zum 15. 6. 1895.

3] *Was ist es?:* Die Abhandlung ›Der Judenstaat, Versuch einer modernen Lösung der Judenfrage‹ (s. Anmerkung 1 zum 25. 7. 1892). (Tgb 4. 11.: »Herzl bei mir; Gespräch Judenfrage; seine Idee einer Lösung, an die er ernstlich glaubt.«)

4] *mit einem Stück zu Ende kommen:* Der erste Akt von ›Freiwild‹ wurde am 2. 8. zu Ende geschrieben, das Schauspiel am 4. 12. »skizzenhaft fast beendet«. Anfang 1896 nahm A. S. das Stück von neuem vor, und am 5. 6. war es »sozusagen beendet«.

5] *auch kleineres:* Tgb 25. 6.: »Schreib am ›Weisen‹ [›Die Frau des Weisen‹]; neulich ›Empfindsame‹ [›Der Empfindsame‹]. Sind Historietten, nach denen ich große Sehnsucht habe. –«

6] *die Prager Entscheidung:* (S. auch Anmerkung 1). Herzl hatte sein Stück ›Das neue Ghetto‹ dem Dramaturgen Teweles am 19. 5. 1895 zur Aufführung am Prager Landestheater angeboten. Der Präsident der israelitischen Kultusgemeinde, Dr. Arnold Rosenbacher, gab jedoch nicht seine Zustimmung, und so wurde das Stück erst nach der Wiener Aufführung am Deutschen Volkstheater, im Sommer 1896, in Prag aufgeführt. (Vgl. ›Theater und Publikum‹ von Heinrich Teweles, Prag 1927).

10. 7. 1895

264 1] *in Prag gewesen:* A. S. war vom 3.-6. Juli in Prag. Am 4. 7. traf er dort Marie Reinhard (s. Anmerkung 1 zum 16. 7.), die aus Franzensbad kam und ebenfalls bis zum 6. blieb.

265 2] *derfangt:* volkstümlich für: sich fassen.

3] *Besezny:* Josef Freiherr von Bezecny (1829-1904). Jurist, Sektionschef im Finanzministerium, von 1885-98 Generalintendant der Hoftheater, Gouverneur der Boden-Creditanstalt. A. S. schrieb den Namen fast immer unrichtig.

4] *Broda:* Moritz B., (s. Anmerkung zum 27. 11. 1893).

5] *Wilhelmine Sandrock:* 1861-1948. Schauspielerin. Mitglied des Hofburgtheaters von 1884-98. Schwester von Adele Sandrock.

6] *Dienstmänner:* S. Anmerkung 3 zum 7. 4. 1888.

7] *›Hänsel und Gretel‹:* Märchenoper (1893) von Engelbert Humperdinck (1854-1921). Libretto von Adelheid Wette, der Schwester Humperdincks.

8] *»Der arme Jonathan«:* Operette (1890) von Carl Millöcker (1842 bis 1899).

9] *Dimitrij:* ›Dimitriy‹, Oper (1882) in 4 Akten von Antonin Dvořák (1841-1904).

10] *Attaché:* ›Ein Attaché‹, Lustspiel von Henri Meilhac (1831 bis 1897).

11] *Hartmann:* Ernst H. (1844-1911). Schauspieler am Wiener Hofburgtheater von 1864 bis zu seinem Tode.

12] *Kallina:* Anna K. (1874-1948). Schauspielerin am Wiener Burgtheater von 1888-1933. Sie spielte die Mizzi Schlager bei der Uraufführung der ›Liebelei‹ am 9. Oktober 1895.

13] *Heut fuhr ich nach Franzensbad:* A. S. besuchte dort Marie Reinhard über den Tag (s. Anmerkung 1 zum 16. 7. 1895).

16. 7. 1895

266 1] *Marie Reinhard:* 1871-1899. Gesangslehrerin. Sie kam im Juli 1894 als Patientin in A. S.'s Ordination. Diese Begegnung war der Beginn einer der tiefsten und bedeutungsvollsten, aber auch tragischsten Beziehungen in Schnitzlers Leben. M. R. nahm nicht nur innigen, sondern auch schöpferischen Anteil an A. S.'s Arbeit; sie las seine Manuskripte, machte Vorschläge für Änderungen und Verbesserungen; auch in dieser Hinsicht vertraute ihr A. S. unein-

geschränkt. 1897 begleitete M. R. Schnitzler nach Paris, am 7. September desselben Jahres gebar sie einen toten Sohn. Am 18. März 1899 starb M. R. innerhalb von zwei Tagen an einer Sepsis nach einem Blinddarmdurchbruch. Ihr Tod war für A. S. eine der größten Erschütterungen seines Lebens. Die sonst so sorgfältigen Eintragungen in sein Tagebuch setzen während der nächsten Jahre fast vollkommen aus und beschränken sich auf stichwortartige Notizen. Auch in späteren Jahren vergaß A. S. niemals, in seinem Tagebuch des Todestages zu gedenken.

2] *Samstag-Sonntag Brief:* aus Franzensbad.

3] *ins Theater:* Stadttheater Bad Ischl.

4] *Pserhofer:* Arthur P. (1873-1907). Er übersiedelte 1901 von Wien nach Berlin, wo er Leiter des Theaters am Alexanderplatz wurde und an verschiedenen Kabaretts beteiligt war. (›Jugendsünden‹, Schwank in einem Aufzug.)

5] *den zweiten jungen Mann:* Josef Jarno spielte den Theodor Kaiser bei der Berliner Erstaufführung von ›Liebelei‹ am Deutschen Theater am 4. 2. 1896.

6] *in der Dependance:* der Hotel-Pension Rudolfshöhe in Kaltenbach bei Bad Ischl, deren Besitzer, Leopold Petter (gest. 1917), auch ein sehr begabter Maler war.

17. 7. 1895

1] *antisemitische Exzesse:* M. R. schreibt am 16. 7. aus Franzens- *267*
bad über eine Dame, die »jüdelt«, und überdies sei ihrem Antisemitismus Vorschub geleistet worden, weil sie Mutter und Tochter Fürst kennenlernte. Die Tochter sang, und die Mutter hörte sie reden. »Davon bin ich (ohne jede Übertreibung gesprochen) noch heute krank.«

2] *gegen die fürstliche Familie:* Eine Familie namens Fürst (siehe oben).

3] *Goethe Gespräche:* ›Gespräche mit Goethe in den letzten Jahren seines Lebens‹ von Johann Peter Eckermann (1792-1854).

4] *Cavalleria:* ›Cavalleria rusticana‹, Oper (1890) von Pietro Mascagni.

5] *Pagin:* Lotte P., Opernsängerin.

6] *Geschichte von dem greisen Dichter:* ›Die Geschichte von einem greisen Dichter‹. Der kurze Entwurf mit dem Arbeitstitel ›Später Ruhm‹, jetzt in ›Entworfenes und Verworfenes‹, Ges. Werke, 6. Band. Die Erzählung befindet sich unveröffentlicht im Nachlaß.

7] *dessen Frau:* Rosa Joël (ursprünglich Jokl), Schauspielerin am Wiener Deutschen Volkstheater, war seit Mai mit Hermann Bahr verheiratet. Die Ehe wurde 1909 geschieden, und im August desselben Jahres heiratete er die berühmte Altistin Anna von Mildenburg (1872-1947).

8] *Frau Dr. Kapper:* S. Anmerkung zum 7. 8. 1889.

9] *Frau Dr. Hirschler:* Wohl die Arztwitwe Betti H., die in Wien in demselben Haus wie die Familie Reinhard wohnte (s. Anmerkung 2 zum 25. 8. 1899).

268 10] *Frau Dr. F.:* Gattin des Kurarztes Dr. Leopold Fellner, in deren Villa M. R. wohnte (s. Anmerkungen 1 und 12 zum 10. 7.).

19. 7. 1895

268 1] *beim »Leopold«:* S. Anmerkung 6 zum 16. 7. 1895.

268 2] *vorteilhafte Verbindungen:* Boshaft-ironischer Kommentar zu Schwarzkopfs übergroßer Zurückhaltung in solchen Dingen.

3] *Neue Revue:* Die Wochenschrift war die Fortsetzung der ›Wiener Literaturzeitung‹, deren ursprünglicher Titel ›Wiener Bücherzeitung‹ lautete. Herausgeber waren Heinrich Osten und Edmund Wengraf. Sie existierte von Dezember 1893 bis Mai 1898.

4] *Zeit:* ›Die Zeit‹, s. Anmerkung 12 zum 15. 10. 1894.

21. 7. 1895

269 1] *Tante:* Laut Tagebuch »Londoner und Pariser Verwandte«.

270 2] *Frau Eysler:* Risa.

3] *Eysler:* Otto E. (geb. 1861, gest. zwischen 1923 und 1927). Mitschüler A. S.'s im Akademischen Gymnasium. Seit 1886 Herausgeber der ›Lustigen Blätter‹ und später von ›Lachendes Jahrhundert‹.

4] *Ehrenstein:* Tgb 20. 7.: »Der bescheidene 20j Musiker Ehrenstein.«

5] *die »Historiette«:* Tgb 20. 7.: »Vorm ›Weise‹ gearbeitet, [...]« (s. Anmerkung 5 zum 30. 6. 1895).

6] *»La Chartreuse de Parme«:* Roman (1839) von Stendhal (d. i. Marie-Henri Beyle, 1783-1842).

7] *wann wir einander ungefähr wiedersehen werden:* A. S. war vom 11.-14. 8. in Wien und sah M. R. täglich. Am 15. kehrte er nach Bad Ischl zurück.

27. 7. 1895
1] *aus meinem nächsten Stück:* ›Freiwild‹. 271
2] *nach Kopenhagen:* Diese Reise kam nicht zustande. 272
3] *in Salzburg:* A. S. fuhr am 19. 8. von Bad Ischl nach Salzburg. Am 24. unternahm er mit Salten teils per Rad, teils per Bahn eine Reise über St. Johann und den Achensee nach Bad Tölz und fuhr von dort nach München.

28. 7. 1895
1] *Richard:* Beer-Hofmann. 273
2] *Hans von Kahlenberg:* Pseudonym für Helene Keßler, geb. von Monbart (1870-1957). Schwarzkopf schreibt am 24. 7.: »Man hat mir vor einigen Tagen ein Buch ›Ein Narr‹ von H. v. K. zugeschickt. Wieder Einer, der Talent zu haben scheint. Es ist entsetzlich.«
3] *Table des hôtes:* richtig: table d'hôte.
4] *Rudolf Golm:* (ursprünglich Goldscheid, 1870-1931). Erzähler, Dramatiker, Essayist. Gründer und Präsident der soziologischen Gesellschaft in Wien, Mitbegründer der ›Deutschen Gesellschaft für Soziologie‹, Mitherausgeber der ›Annalen der Natur- und Kulturphilosophie‹. (U. a. ›Der alte Adam und die neue Eva. Ein Roman unserer Übergangszeit‹, E. Pierson, Dresden 1895.)

4. 8. 1895 273
1] *Mendèsschen Märchen:* Catulle Mendès (1841-1909). Französischer Dichter. (›Vergessene Liebesworte‹ in: ›Novellen‹, deutsch von Henriette Devidé. Reclam, Leipzig. Univ. Bibl. Nr. 3934). 274
2] *F.:* Nicht identifiziert.
3] *Historiette:* S. Anmerkung 5 zum 30. 6. 1895.
4] *Hänsel u Grethel:* S. Anmerkung 7 zum 10. 7. 1895.
5] *meinem Neffen:* Julius Schnitzlers älterer Sohn, Hans, der später Arzt wurde (1895-1966). Er starb als Emigrant in Chicago.
6] *Coquelin:* Benoît Constant (genannt Coquelin aîné, 1841-1909). Schauspieler und Schriftsteller (›L'art du comédien‹, u. a.) oder Ernest Coquelin (genannt Coquelin cadet, 1848-1909). Schauspieler wie sein Bruder.
7] *so komm ich erst [. . .] nach Wien:* S. Anmerkung 7 zum 21. 7. 275

1. 9. 1895

275 1] *u. S.:* und Salten (s. Anmerkung 3 zum 27. 7. 1895).

2] *die Salomé:* Lou Andreas-Salomé (1861-1937). Schriftstellerin, Mitarbeiterin der ›Neuen Deutschen Rundschau‹ 1891-1900; Psychoanalytikerin. Tochter eines deutsch-russischen Generals, seit 1887 mit dem Göttinger Orientalisten Friedrich Carl Andreas verheiratet. Befreundet mit Nietzsche, Rilke und Sigmund Freud. Sie kam am 3. 9. nach München.

3] *Burckhard:* Max Eugen B., s. Anmerkung 12 zum 27. 7. 1891.

276 4] *Glaspalast:* Ausstellungsgebäude. A. S. besuchte es am 30. 8.

5] *Secession:* Besuche am 28. 8. und 1. 9.

6] *Heyden:* Hubert von H. (1860-1911). Maler und Graphiker. Mitglied der Münchener Secession.

7] *Meistersinger:* am 27. 8.

8] *Tristan:* am 29. 8.

9] *Geschwister und Clavigo:* am 28. 8.

10] *Conrad-Ramlo:* Marie C.-R. (1850-1921). Seit 1868 bis zu ihrem Tode Schauspielerin am Münchener Hoftheater. Auch Verfasserin von Romanen und Novellen.

11] *wie ist denn Ihr Rennen ausgefallen?:* In seinem Brief an A. S. vom 9. 8. aus der Kavalleriekaserne in Göding an der March in Mähren (s. Anmerkung 4 zum 15. 10. 1894) hatte H. v. H. geschrieben: »Sonntag ist das Rennen. Wenn ich an die Bretterwand hinflieg und mir das Genick brech (unwahrscheinlich, aber möglich) sollt Ihr meine vielen Notizen auf Zetteln herausgeben, in Gedankengruppen geordnet, mit einem sehr einfachen, die Associationen aufdeckenden Commentar. Denn meine Gedanken gehören alle zusammen, weil ich von der Einheit der Welt sehr stark durchdrungen bin.« (Vgl. A. S.-Hofmannsthal, S. 58.)

4. 9. 1895

277 1] *ein Ausflug:* A. S. unternahm den Ausflug mit Paul Goldmann, Richard Beer-Hofmann und Lou Andreas-Salomé.

2] *Kleist:* Heinrich von K. (1777-1811). (Tgb. 7. 12. 1914: »Las wieder ›Hermannsschlacht‹. Die Genialität des Stücks ging mir tiefer ein als in früherer Zeit; – aber die Deutschen sollten sich nicht geschmeichelt fühlen.«)

3] *Samstag in Wien:* A. S. kehrte am 7. 9. zurück. (Tgb: »Nm mit Mz Rh sehr schön verbracht, [...]«)

15. 9. 1895
Brief mit der Anschrift »Herrn Dr. Richard Beer-Hofmann Schönberg im Stubaithal Tirol« 277
1] *werden Sie bald südlicher gehen:* B.-H. fuhr dann nach Gardone am Gardasee.
2] *mich falsch verstanden:* B.-H. hätte mit Lou A.-S., mit der er im 278 Stubaithal war, nach Kopenhagen reisen sollen, überlegte es sich aber und schreibt am 10. 9.: »Offiziell ist *sie* verhindert nach Kopenhagen zu reisen und kann es erst im Oktober.« A. S. folgerte daraus, daß B.-H. solange weg sein werde, B.-H. berichtigt ihn am 13. 9.: »Sie haben mich falsch verstanden; nicht Ende Oktober, Ende Sept. will ich in Wien sein.« (Zu dieser problematischen Beziehung vgl. das autobiographische Jungmädchen-Tagebuch ›Jutta‹ in: ›Amor‹. ›Jutta‹. ›Die Tarnkappe‹. Drei Dichtungen von L. A.-S. Aus dem Nachlaß hrsg. und mit einem Nachwort versehen von Ernst Pfeiffer. Insel Verlag, 1981.)
3] *Leseprobe:* zu ›Liebelei‹ fand am 18. 9. statt. (Tgb: »Es muß festgehalten werden, d[a]ß ich heute einen ›kühnen Traum‹ verwirklicht gesehen habe, als Dichter ins Burgtheater zu gehen.«)
4] *ihre Feindseligkeit:* Zwischen A. S. und Adele Sandrock war es zu Anfang des Jahres zu Zerwürfnissen gekommen. Sie drohte sogar die Rolle der Christine am Burgtheater nicht zu spielen, sandte ihm seine Briefe und Photographien zurück und beschimpfte ihn brieflich und telephonisch. Daraufhin löste A. S. die Beziehung. (Vgl. ›Dilly‹, S. 258 ff.)
5] *ihrer russischen Freundin:* Olga Golovin.
6] *J. J. David:* Jakob Julius D. (1859-1906). Östereichischer Lyriker, Erzähler und Dramatiker. Sein vieraktiges Schauspiel ›Neigung‹ wurde erst 1898 am Burgtheater aufgeführt.
7] *Speidel:* Ludwig S. (1830-1906). Damals der führende Theaterkritiker Wiens.
8] *»Alte Wiener«:* Volksstück mit Gesang in 4 Akten (1879) von Ludwig Anzengruber. Musik von Franz Roth (1837-1907).
9] *Laube:* Heinrich L. (1806-1884). Deutscher Dramatiker, Erzähler und Kritiker. Einer der Wortführer des »Jungen Deutschland«. 1849

bis 1867 Direktor des Wiener Hofburgtheaters; 1871 gründete er das Wiener Stadttheater, das er (mit einer Unterbrechung 1874/75) bis 1879 leitete. Sein Schauspiel in 5 Akten ›Böse Zungen‹ wurde am Deutschen Volkstheater aufgeführt. (Werke u. a.: ›Das Burgtheater‹, 1868).

10] *Die Eltern Hugos:* Bankdirektor Dr. iur. Hugo August Hofmann Edler von Hofmannsthal (1841-1915) und Anna Maria Josefa, geb. Fohleutner (1849-1904).

11] *Göding:* S. Anmerkung 11 zum 1. 9.

12] *Bruck:* S. Anmerkung 3 zum 13. 6. 1893.

13] *Gold:* Alfred G. (1874-?). Österreichischer Novellist, Feuilletonist und Kritiker. Lebte bis 1901 als Redakteur der ›Zeit‹ in Wien, seit 1907 als Korrespondent der ›Frankfurter Zeitung‹ in Berlin.

279 14] *Brion:* Louise B. (1870-1942). Mitglied des Wiener Hofburgtheaters von 1896 bis 1899.

15] *an der Kleinen Komödie:* Die Brief-Novelle ›Die kleine Komödie‹ war im August in der ›Neuen Deutschen Rundschau‹ erschienen.

16] *Götterliebling:* Arbeitstitel für die Novelle ›Der Tod Georgs‹. (Jetzt in: ›Gesammelte Werke‹, S. Fischer, Frankfurt a. M. 1963).

17] *Lou:* Andreas-Salomé (s. Anmerkung 2 zum 1. 9.).

28. 9. 1895

279 *Ihre Briefe:* Else Singer war für längere Zeit von ihren Eltern nach Dresden geschickt worden. (Tgb 26. 9.: »Von Else, [...] heute ein Brief, in dem sie mir erklärt, sie habe sich in mich verliebt, habe sich meine Liebe ›erschreiben‹ wollen, nun sehe sie, die Specul. [ation] sei misglückt, wozu also – ? – Dazu schickt sie mir meine Briefe zurück.«)

30. 9. 1895

280 1] *daß ich endlich wieder was von Ihnen höre:* Der Anlaß nach fünfmonatiger Schreibpause war die Zeitungsmeldung über die Uraufführung der ›Liebelei‹.

2] *mein Frühling:* Am 2. 4. schrieb O. W.: »Ich will Ihre gegenwärtige Liebe [Marie Reinhard] den ›Frühling‹ nennen, weil es der erste heurige Frühlingstag war, an dem Sie mir von ihr erzählten.«

3] *Hall:* Bad Hall, Sole-Jod-Kurort in Oberösterreich.

4] *Sollte es wirklich nicht möglich sein?:* O. W. schrieb am 29. 9.:

»Wenn ich nicht zu Ihrer Première komme, so werden Sie sich wundern, u. mit Recht (ich bin nemlich so arrogant mir das einzubilden). Leider scheine ich aber zu den Aufführungen Ihrer Geisteskinder gar nicht zu incliniren.«

16. 10. 1895

1] *Ihre sehr lieben Worte:* vom 10. 10., dem Tag nach der Uraufführung der ›Liebelei‹. 281

2] *Eveline:* Neumann, später verehelichte von Wahl; eine Schwägerin des 1924 im Alter von 44 Jahren verstorbenen Textilindustriellen, Heimatforschers und Schriftstellers Konrad Mautner.

3] *die Änderungen:* A. S. dachte daran, Weyrings Schwester im 2. Akt auftreten zu lassen. (Tgb 22. 10.: »Sah ein, daß es besser zu lassen. Der Charakter des alten W. ginge nur zu Grunde. –«)

1896

9. 2. 1896

1] *Berlin:* A. S. reiste am 29. 1. nach Berlin, wo am 4. 2. (dem Vorabend von Brahms 40. Geburtstag) am Deutschen Theater nach Kleists ›Der zerbrochene Krug‹ die ›Liebelei‹-Premiere stattfand. Am 11. 2. Rückkehr nach Wien. 282

2] *eilf:* Veraltete Form für elf.

3] *bei Uns:* Ein bei der Hebamme Leopoldine Kirchrath schon seit 1895 gemietetes Absteigquartier in Wien I., Salvatorgasse 11.

4] *in den »Webern«:* ›Die Weber. Schauspiel aus den vierziger Jahren‹ von Gerhart Hauptmann. Die Uraufführung hatte am 25. 9. 1894 stattgefunden.

5] *Jonas:* Justizrat Dr. Paul Jonas, Rechtsanwalt und Notar; viele Jahre Brahms vertrauter Freund und Syndikus seines Theaters.

6] *Mito von Minotto:* Agnes Sorma (eigentlich Zaremba), verehelichte Gräfin M. v. M. (1865-1927). Die »deutsche Duse« genannt. 1896 verließ sie Brahms Ensemble, gründete ihr eigenes Gastspieltheater und gehörte 1904-08 den unter Max Reinhardts Leitung stehenden Berliner Bühnen an. Sie spielte die Christine.

7] *Begas:* Margarethe B., geb. Philipp, die im Alter von 15 Jahren (etwa 1864/65) den Bildhauer Reinhold Begas (1831-1911) heiratete.

8] *Harden:* Maximilian H. (Pseudonym für Maximilian Felix Ernst Witkowski, 1861-1927). Ursprünglich Schauspieler, später einflußreicher, sehr umstrittener Publizist; gründete 1892 die politische Wochenschrift ›Die Zukunft‹ und war Mitbegründer der ›Freien Bühne‹ in Berlin.

283 9] *ich verschrieb mich:* A. S. hatte zuerst »Engel« unterschrieben und korrigierte dies durch Überschreiben in »Arthur«.

25. 2. 1896

283 1] *ein Stück in Versen:* ›Alkandi's Lied. Dramatisches Gedicht in einem Aufzuge‹. Geschrieben Oktober/November 1889. ED: ›An der Schönen Blauen Donau‹, 5, Heft 17 und 18, 1890. Jetzt in Dram. Werke I. (Brahm antwortet ablehnend am 9. 3.: »[...] ich glaube nicht, daß Sie gut tun würden, dieses Anfängerstück trotz seiner hübschen Verse jetzt noch herauszubringen, nachdem Ihre Kunst so sicher erstarkt ist.«

284 2] *ein durchgefallenes Stück:* ›Das Märchen‹.

4. 3. 1896

284 1] *Richard Specht:* S. Anmerkung 11 zum 5. 7. 1893.

2] *Frl. Witt:* Lotte W. (1870-1938), Schauspielerin. Damals in Hamburg engagiert. Mitglied des Burgtheaters von 1898 bis 1930.

3] *Don Jouans Närrin:* Unveröffentlicht.

4] *mit Ihrem Papa und Ihrer Mama:* Ladislaus Specht (Importgeschäft für indische und amerikanische Baumwolle) und Pauline, geborene Kuh. Der Anthroposoph Rudolf Steiner (1861-1925) war sechs Jahre Hauslehrer von Richard Specht und seinen Brüdern Arthur, Ernst und Otto.

5] *bei den alten Brülls:* Die Eltern des Schulkollegen Emil Brüll waren Eduard Brüll und Josefine, geborene Horn (s. auch Anmerkungen 1 zum 19., sowie 14 zum 27. 11. 1892).

27. 6. 1896

286 1] *dieses Packets:* Olga Waissnix hatte A. S. offenbar anläßlich seines Besuchs in der Villa ihres Vaters in Vöslau am 24. 6. um Übersendung ihrer beiderseitigen Briefe, die A. S. der Eifersucht des Gatten wegen stets in seiner Verwahrung hatte, gebeten. Sie schickte sie ihm zurück und schrieb am 29. 6.: »Im großen Ganzen hab' ich

die Empfindung einer Enttäuschung. Eines ist mir aber klar, die Jahre schönen Genießens liegen vor uns; wir mußten uns durch die verschiedensten Irrthümer durchringen, um auf die heutige wunschlose Höhe gegenseitigen Verstehens zu gelangen. Ich glaube, wir werden uns mit der Zeit noch immer mehr werden, Gott gebe es! –«

2] *Peter Altenberg:* (Pseudonym für Richard Engländer, 1859 bis 1919). Autor kurzer Prosatexte mit subjektiv-impressionistischer Note. Gehörte dem Kreise ›Jung Wien‹ an. In früheren Jahren hatte er zu den Verehrern von O. W. gezählt.

3] *nach Hamburg:* A. S. reiste am 3. 7. von Wien nach Hamburg. Am 8. Juli trat er von dort eine Schiffsreise nach Norwegen an. Am 26. Juli besuchte er Ibsen in Christiania. Die Reise ging dann weiter über Stockholm, Upsala, Göteborg nach Kopenhagen. Vom 2.-22. August hielt A. S. sich in Skodsborg in der Nähe von Kopenhagen auf, traf am 25. 8. in Berlin, am 27. 8. in München ein und kehrte am 29. 8. nach Wien zurück.

4] *Fräulein Schwester:* Franziska (Fanny) Schneider (1871-1951), später mit Sektionsrat Dr. Hans Kneiß verheiratet.

5] *Es war so wunderbar:* Tgb 24. 6.: »Sprach davon, wie in manchen Momenten, Tagen, Vergangenheit Tendenz des Lebendigwerdens hat – z. B. heute – [. . .]«

7. 7. 1896

1] *Zweiter Brief:* A. S. numerierte seine Briefe von der Nordland- *286*
reise an Marie Reinhard durchlaufend (aber nicht immer richtig). (Vgl. ›Arthur Schnitzler an Marie Reinhard (1896)‹, 30 Briefe dieser Reise hrsg. von Therese Nickl in ›MAL‹, Special Arthur Schnitzler Issue, Vol. 10, Nrs. 3/4, 1977. S. 23-68).

2] *wie ein Waschel:* Dialektausdruck für einen Knäuel aus Bast, *287*
Stroh oder Draht zum Scheuern. Waschelnaß = triefnaß.

3] *Dehmel:* Richard D. (1863-1920). Deutscher Lyriker, Erzähler, Essayist und Dramatiker. Sein Drama ›Der Mitmensch‹ war 1895 erschienen.

4] *Orpheum:* S. Anmerkung 1 zum 8. 4. 1893. *288*

5] *Grehlinger:* Poldi Grehlinger, Figur aus ›Freiwild‹. *289*

6] *»Reuter«:* Gabriele Reuter (1859-1941). Deutsche Schriftstellerin. Ihr Roman ›Aus guter Familie. – Leidensgeschichte eines Mädchens‹ war 1895 erschienen und erregte großes Aufsehen.

7. 7. 1896

290 *Etwas bahrisch:* bezieht sich auf Hermann Bahr.

7. 8. 1896

290 1] *Skodsborg:* S. Anmerkung 3 zum 27. 6. 1896.

2] *mit Richard (und Paula):* Beer-Hofmann und Paula Lissy (1879 bis 1939; sie starb in Zürich, auf dem Weg in die Emigration nach USA). Heirat 1898.

291 3] *am zweiten Akt:* ›Freiwild‹.

4] *von Ihrer Novelle:* H. v. H. arbeitete damals an einem Zyklus, zu dem ›Die Geschichte der beiden Liebespaare‹, ›Die Geschichte des Freundes‹, ›Die Geschichte des Soldaten‹, ›Die Geschichte des Cadett-Offiziersstellvertreters‹ u. a. gehören sollten.

292 5] *Christiania:* das heutige Oslo.

6] *Ibsen:* Der Besuch hatte am 26. 7. stattgefunden, nachdem es schon am vorhergehenden Tage zu einer Zufallsbegegnung vor dem Grand Hotel gekommen war. S. Anmerkung 3 zum 27. 6. 1896.

7] *Nansen:* Peter N. (ursprünglich Nathanson, 1861-1918). Dänischer Journalist, Novellist und Dramatiker. 1896-1916 Verlagsleiter bei Gyldendal.

8] *von Ihnen zu hören:* H. v. H.'s Antwort ist vom 21. 8. aus Alt-Aussee.

13. 8. 1896

292 1] *seine Frau:* Seit 14. 3. 1896 war Nansen, in zweiter Ehe, mit Betty Anna Maria Müller verheiratet.

293 2] *beim Gottesfrieden:* ›Gottesfriede‹, Roman. Deutsch 1895 bei S. Fischer, Berlin.

3] *»Juliens Tagebuch«:* Roman (1893).

294 4] *Max Messer:* 1875-1930. Rechtsanwalt in Wien; Essayist.

14. 8. 1896

295 1] *Mein Arbeiten:* an ›Freiwild‹.

2] *Kleistbiographie von Brahm:* ›Heinrich von Kleist‹, F. Fontane & Co., Berlin 1892.

3] *die Pickwickier:* ›Die Pickwickier‹ (›Pickwick Papers‹, 1837), Roman von Charles Dickens (Ps. Boz, 1811-1870).

4] *Triomphe de la mort:* ›Trionfo della morte‹ (1894) und ›L'innocente‹ (1892), Romane von Gabriele d'Annunzio (1863-1938).

5] *Maria:* Die Titelfigur des Romans ›Maria. Ein Buch der Liebe‹, 1894. 296
6] *an den Frühling:* Marie Reinhard (s. Anmerkung 2 zum 30. 9. 1895). 297
7] *inconnue:* »L'inconnue plus pure que les autres« wird Marie Glümer in diesem Briefwechsel genannt.
8] *nur mit zwei Worten:* O. W. beantwortete diesen Brief am 6. 9. aus Abbazia.

19. 8. 1896 297
1] *zum mindesten mit der gleichen Sehnsucht:* Das Wort »mindesten« ist durch größere Schrift hervorgehoben. 298
2] *schon am 30. August:* »schon« ist durch vergrößerte Schrift hervorgehoben.
3] *Marie Herzfeld:* 1855-1940. Österreichische Essayistin, Übersetzerin aus dem Skandinavischen und Italienischen.
4] *Björnson:* Björnstjerne B. (1832-1910). Norwegischer Dramatiker; erster skandinavischer Nobelpreisträger (1903). 299
5] *Welttratschen:* Im Österreichischen bezeichnet das Wort »Tratschen« einen Menschen, der gerne über andere in nicht immer wohlwollendem Sinn spricht.
6] *der fürchterlichen Scene:* Die Szene zwischen Oberleutnant Rohnstedt und Paul Rönning im 2. Akt von ›Freiwild‹ (Dram. Werke I, S. 309-11), die A. S. während der Arbeit besondere Schwierigkeiten bereitete.
7] *in K.:* Kopenhagen.
8] *Frl. H.:* Wahrscheinlich ein in M. R.s Briefen erwähntes Fräulein Hasterlik.
9] *Schl:* Schladming in der Steiermark.
10] *mit deinen Eltern:* Generalsekretär-Stellvertreter der Österreichischen Alpinen Montangesellschaft, Carl Reinhard (1834-1905) und seine Frau, Therese (1844-1926).
11] *die Bovary:* ›Madame Bovary‹ (1857) von Gustave Flaubert (1821-1880).
12] *Wo wir uns am 1. September sehn?:* Salvatorgasse 11. (S. Anmerkung 3 zum 9. 2. 1896.)

23. 8. 1896

299 1] *Vorlesestunde:* A. S. las Brahm und Rudolf Rittner ›Freiwild‹ vor. (Tgb: »Im ganzen versprachen sie sich eine starke Wirkung. –«) Die Uraufführung fand am 3. 11. statt. Rittner spielte den Rönning, Max Reinhardt den Enderle. A. S. war vom 26. 10. bis 9. 11. in Berlin.

300 2] *einen »lebendigen« Artikel:* ›Loris‹, in: ›Freie Bühne für den Entwicklungskampf der Zeit‹, Jg. 3, Nr. 1, Januar 1892.

301 3] *Albert Langen:* 1869-1909. Verleger. 1896 wurde er einer der Mitgründer und Herausgeber der satirischen Wochenschrift ›Simplicissimus‹.

4] *Daudet:* Alphonse D. (1841-1897).

5] *Sarah Kainz:* S. Anmerkung 20 zu »etwa 10. 4. 1888«.

6] *Grétor:* Julius Rudolph Vilhelm (Willy) G. (1868-1923). Dänischer Maler und Kunsthändler. Mit Frank Wedekind (1864-1916) befreundet. Er war das Vorbild für dessen ›Marquis von Keith‹ (1901), und ihm ist ›Erdgeist‹ (1893) gewidmet.

7] *Apulejus:* Lucius Apuleius (um 124 - um 180 n. Chr.). Römischer Schriftsteller. Sein »Metamorphoseon libri XI« entstand 160/170 n. Chr. Übersetzung: ›Metamorphosen‹ (bzw. ›Der goldene Esel‹).

8] *einen 1aktigen Dramenstoff:* Aus der Erzählung ›Der Witwer‹, beendet 1894 (jetzt in: Erz. Schriften I), entwickelte sich der Einakter ›Die Gefährtin‹. (Jetzt in: Dram. Werke I).

14. 9. 1896

302 1] *Ihr Brief:* vom 11. 9. Am 9. 9. hatte A. S. den Kontrakt über ›Freiwild‹ bereits erhalten.

303 2] *Sorma:* Sie spielte die Rolle der Anna Riedel.

3] *Sauer:* Oskar S. (1856-1918).

304 4] *dem Deutschen Volkstheater:* ›Freiwild‹ hatte am Carltheater am 4. 2. 1898 Premiere. Marie Glümer spielte die Pepi Fischer.

5] *zur Première nach Berlin:* Burckhard kam nicht zur Berliner Aufführung.

6] *das wird Sie ja erst am 20. interessieren:* Scherzhafte Anspielung darauf, daß Leo Ebermanns dreiaktiges Drama ›Die Athenerin‹ Brahm erst nach Kenntnisnahme der Wiener Kritiken interessieren würde, was aber nicht stimmte. Brahm antwortet am 21., er sei nicht »zerknirscht« ob des Erfolgs; »ich bin verstockt genug, meine Meinung für eine unbefangene zu halten, die Wiener für das Gegenteil. –«

7] *»Hannele«:* (1894), späterer Titel: ›Hanneles Himmelfahrt‹ (1896), Traumdichtung in zwei Akten von Gerhart Hauptmann. *305*

8] *Sudermann-Abend:* Der Einakterzyklus ›Morituri‹ (›Taja‹, ›Fritzchen‹, ›Das Ewig-Männliche‹).

30. 9. 1896 *305*

Strumpfwirkerskinder beseitigen: Brahm hatte die Figur der neunjährigen Lina Binder in ›Liebelei‹ gestrichen. *307*

21. 11. 1896

Dieses Telegramm sowie der hier folgende Brief befinden sich im Besitz von Herrn Dr. Leo P. Reckford in USA. Sie wurden in ›Arthur Schnitzlers »Ritterlichkeit«. Fragment aus dem Nachlaß‹, hrsg. von Rena R. Schlein, Bouvier Verlag Herbert Grundmann, Bonn 1975, erstmals abgedruckt. *307*

Stücke gegens Duell: Die Dramen ›Liebelei‹ und ›Freiwild‹.

22. 11. 1896

1] *von dem glücklichen Ausgang:* In den Artikeln ›Die Enthüllungen über die Affaire Dreyfus‹, ›Die Affaire Dreyfus‹ und ›Dreyfus, die öffentliche Meinung und die deutsche Regierung‹, die in der ›Frankfurter Zeitung‹ am 16. 9., am 11. 11. sowie am 12. 11. 1896 erschienen, forderte Paul Goldmann die Wiederaufnahme des Dreyfus-Prozesses, da seiner Meinung nach die Verurteilung auf einem Justizirrtum beruhte. Daraufhin wurde er von dem früheren Deputierten Lucien Millevoye in der Pariser Zeitung ›La Patrie‹ (›Justice!‹, am 15. 11. 96) »lâche coquin« genannt, eine Beleidigung, die Goldmann zum Duell zwang. Bei dessen Austragung wurde niemand verletzt. (S. auch Anmerkung 8 zum 9. 9. 1899). *308*

2] *Leo:* Van-Jung (A. S. schreibt auch Fan-Jung und Vanjung), (1866-1939; er starb in der Emigration in Riga). Mathematiker und Musiker. Intimer Freund von A. S. aus dem Griensteidl-Kreis. Kaufmannssohn. Seine Mutter, Klara geb. Wengerova aus Rußland, gest. 1913 im 75. Lebensjahr in Wien. Er war liiert mit seiner Cousine, Isabella Wengerova, die, 1877 in Minsk geboren, am Wiener

Konservatorium bei Julius Dachs ausgebildet, eine namhafte Konzertpianistin und Musikpädagogin wurde. 1924 Professorin am Curtis Institute of Music in Philadelphia (zu ihren Schülern zählten Samuel Barber und Leonard Bernstein), 1950 erhielt sie ein Ehrendoktorat und starb 1956 in New York.

1897

7. 1. 1897

309 1] *seine Absichten:* Salten hat sich um die Direktion am Teplitzer Stadttheater beworben. (Tgb 14. 1.: »Dem Salten Empfehlgbrief u 1000 fl [für die erforderliche Kaution] geliehn.«)

2] *des Bahrschen Stückes:* Nicht mit Sicherheit festzustellen, um welches Stück es sich hier handeln mag. Bahrs Lustspiel ›Das Tschaperl‹, ›Josephine‹ und ›Der Star‹ entstanden um diese Zeit.

3] *freche Komödie:* S. Brief vom 23. 5. 1897 und Anmerkung 6 dazu.

4] *zehn Dialoge:* ›Reigen‹.

5] *»Glocken«-Besetzungsschwierigkeiten:* ›Die versunkene Glocke‹, ein deutsches Märchendrama in fünf Akten von Gerhart Hauptmann.

6] *Reinhold:* Babette Reinhold-Devrient (1863-1940). Von 1889 bis 1932 Mitglied des Wiener Burgtheaters. Mit dem Burgschauspieler Max Devrient (1858-1929) verheiratet. Sie bekam die Rolle des Rautendeleins schließlich doch für die Premiere am 9. 3.

310 7] *»Wildente«:* Schauspiel in 5 Akten von Henrik Ibsen.

8] *Georg Hirschfeld:* 1873-1942. Deutscher Dramatiker und Erzähler. Gehörte dem engeren Freundeskreis Brahms (vgl. ›Otto Brahm, Briefe und Erinnerungen‹, Berlin 1925), Hauptmanns und A. S.'s an. (›Die Mütter‹, Schauspiel in 4 Akten). (S. auch Anm. 4 zum 7. 10. 1898 und Anm. 12 zum 27. 8. 1909.)

9] *»Jugend«:* Liebesdrama in 3 Akten (1893) von Max Halbe (1865 bis 1944).

10] *Musset:* Alfred de M. (1810-1857). – ›Lorenzaccio‹, Drama in 5 Akten (1834). Die Uraufführung hatte am 3. 12. 1896 mit Sarah Bernhardt in der Titelrolle in Paris stattgefunden.

11] *Maurice Donnay:* 1859-1945. (›Die Verliebten‹ = ›Amants‹, 1895).

11. 1. 1897

1] *»weil ich Ihrer vergessen«:* Im Nachlaß befindet sich ein Brief von Paul Goldmann an A. S. vom 8. 1. aus Paris, in dem er eine Stelle aus einem an ihn gerichteten Brief von Brandes zitiert: »À propos, meinem Versprechen getreu sandte ich Herrn Hofmann-Beer meine neue Sammlung Essais, er hat mir aber mit keiner Silbe geantwortet. Auch Schnitzler vergißt mich, sandte mir nicht sein Schauspiel.« *311*

2] *einer These zu Liebe:* A. S. betont selbst, daß ›Freiwild‹ als Thesenstück gedacht ist. Es wendet sich gegen den in der damaligen Gesellschaft vielfach noch herrschenden Duellzwang.

3. 2. 1897

1] *einen so herzlichen Brief:* Brandes beantwortete A. S.'s Brief am 16. Januar. *312*

2] *Ihren »Shakespeare«:* Brandes bittet A. S. in seinem Brief, sein »fürchterlich dickes Buch« über Shakespeare (›William Shakespeare‹, 1895/96) zu lesen und seine Meinung darüber zu äußern. Am 9. 7. antwortet A. S.: »Ich bin eben im letzten Drittel Ihres Shakespeare; langsam und mit einer tiefen Freude an dem wunderbaren Entwicklungsgang, den Sie erzählen und einer gleichen Freude an dem unvergleichlichen Erzähler, lese ich dieses schöne Buch. Was ich immer so sehr an Ihnen bewundere, hier ist es wieder: wenn Sie ein Werk erklären, steigt der Mensch auf, der es geschaffen; wenn Sie einen Menschen schildern, seine ganze Zeit, und so kommt aus allem, was Sie geben, der Schein und das Tönen des Lebens über die, welche es fassen können.« *313*

3] *der Duft von todten Sachen:* Drei Jahre bevor er dies schrieb, hatte A. S. in der Erzählung ›Blumen‹ zur Problematik des Erlebens geschrieben: »Tote Dinge spielen das Leben. Und wenn welkende Blumen nach Moder riechen, so ist es nur Erinnerung an die Zeit, wo sie blühten und dufteten.« (Vgl. Erz. Schriften I, S. 227).

4] *manche Verdrießlichkeiten:* Marie Reinhards Schwangerschaft; Unannehmlichkeiten ihren Eltern gegenüber.

26. 2. 1897

1] *so lang geschwiegen haben:* Über zwei Monate waren vergangen, seit O. W. und A. S. einander im Künstlerhaus zuletzt gesprochen hatten. *314*

2] *werde Ende März abreisen:* A. S. fuhr am 7. 4. nach München, wo er mit Marie Reinhard zusammentraf, von dort am 10. 4. gemeinsam mit ihr über den Bodensee und Zürich nach Paris. M. R. fuhr am 23. 5. über die Schweiz nach Wien zurück, A. S. am 24. 5. weiter nach London, am 1. 6. über Vlissingen nach Hannover und am 2. 6. über Prag nach Wien zurück, wo er am 3. 6. eintraf.

3] *eine Scenenreihe:* ›Reigen‹. (Tgb 24. 2.: »›Liebesreigen‹ beendet. –«) A. S. änderte den ursprünglichen Titel ›Liebesreigen‹ auf den Rat Alfred Kerrs hin, der diesen Titel irreführend fand, in ›Reigen‹.

4] *zuerst ein paar Kleinigkeiten:* Am 12. 3. wurde die Novellette ›Der Ehrentag‹ begonnen. (Jetzt in Erz. Schriften I.) Am 22. 3. notiert A. S.: »Begann den ›andern Abschied‹.« (Späterer Titel: ›Die Toten schweigen‹, jetzt in Erz. Schriften I).

5] *ein Roman entwickelt sich:* ›Wurstel. Ein Wiener Roman‹; Arbeitstitel: ›Theaterroman‹ (Fragment). ED: ›Literatur und Kunst‹, Heft 13, April 1967, Otto Müller Vlg, Salzburg. Jetzt in: ›Entworfenes und Verworfenes‹, Ges. Werke, Band 6, S. 469 ff.

6] *»Zwei Städte«:* (›A Tale of Two Cities‹), Roman (1859) von Charles Dickens.

315 7] *Der Frühling:* Marie Reinhard (s. Anmerkung 2 zum 30. 9. 1895).

8] *Inconnue:* Marie Glümer (s. Anmerkung 8 zum 14. 8. 1896).

9] *Volosca:* das heutige Volosko, nordöstlich von Abbazia (Opatija), am adriatischen Meer.

10] *Lovrana:* das heutige Lovran, südlich von Abbazia.

11] *mit der »Agathe« vergleichen?:* O. W. hatte geschrieben: »[...] ich vegetier' so dahin, wie die Agathe am Schluß von ›Aus guter Familie‹, (s. Anmerkung 6 zum 7. 7. 1896).

315 29. 3. 1897

316 1] *ein Wort als Empfangsbestätigung:* O. W.'s Antwort datiert »Abbazia, es war am letzten Märze« (Anspielung auf den Vers aus Scheffels ›Der Trompeter von Säckingen‹, 14. Stück, Lieder jung Werners II.): »Als ich zum erstenmal dich sah, / Es war am sechsten Märze, / Da fuhr ein Blitz aus blauer Luft / Versengend in mein Herze / ...«

2] *eine complizirte Existenz:* infolge von Marie Reinhards Schwangerschaft.

3] *im Bösendorfer Saal:* Am 28. 3. fand in diesem Konzertsaal im ehemaligen Liechtensteinpalais, I., Herrengasse 6-8 (heute ein Hochhaus), eine Vorlesung zu wohltätigem Zweck statt. Georg Hirschfeld las die Novelle ›Bei Beiden‹, Hugo v. Hofmannsthal ›Der Thor und der Tod‹, A. S. den 1. Akt von ›Freiwild‹ und Hermann Bahr eine kurze Erzählung ›Anekdote‹. Es war dies A. S.'s erste öffentliche Vorlesung.
4] *über Ihr Befinden:* O. W. schreibt am 13. 5. vor ihrer Operation: »Ich bin sehr ruhig, wenn man so viele Schmerzen wie ich seit 6 Jahren gelitten hat, sehnt man sich nach Erlösung.« Sie starb am 4. November.

26. 4. 1897
1] *Paris:* S. Anmerkung 2 zum 26. 2. 1897. Am 14. 4. hatten A. S. *317*
und Marie Reinhard die Wohnung gefunden. (Tgb 25. 5.: »Lebe mit Mz Rh eigentlich sehr gut. –«)
2] *Richard:* Beer-Hofmanns Brief aus Wien ist vom 21. 4. datiert.
3] *Sagen Sie mir, wie es Ihnen geht:* Salten antwortet am 5. 5. in einem langen Brief, daß er in Riva gewesen sei. (»Es gibt keinen Menschen, kein Buch, nichts in meinem Leben, zu dem ich nicht eine total veränderte Beziehung hätte, als vorher. Das ist natürlich nicht erst in acht Tagen geworden, aber erst auf meiner Reise. [...] Das Bicycle und Frl. M. [Metzl] füllen meine übrige Zeit aus. Seit der Reise ist auch hier eine entscheidende Wende eingetreten. Das macht mich auch besser und ruhiger und gibt meinem Leben wieder einen vollen Duft, denn ich habe lange Niemanden lieb gehabt.« *Metzl:* Ottilie (Otti) M. (1868-1942). Schauspielerin, Mitglied des Hofburgtheaters von 1891-99. Sie wurde im April 1902 Saltens Frau und starb 1942 als Emigrantin in Zürich.

26. 4. 1897
Brief mit der Anschrift »Herrn Dr. Richard Beer-Hofmann *Wien* *317*
I. Bezirk. Wollzeile 15. Autriche«.
1] *Guimet:* Museum, das die 1885 dem Staat vermachte Sammlung (hauptsächlich Ostasiatica) des Emile Guimet (1836-1918) aus Lyon beherbergt.
2] *Wie geht es Paula:* Sie erwartete ihr erstes Kind, Mirjam, die am *318*
4. September zur Welt kam.

3] *mit »Riesenschritten«:* Marie Reinhard erwartete ebenfalls im September ein Kind. (S. Brief an R. B.-H. vom 25. 9. 1897.)

4] *zu einem »wirklichen« Brief:* R. B.-H. bittet A. S. am 21. 4. um den von ihm am 14. 4. »verheißenen ›wirklichen Brief‹«.

5] *Graf:* Max G. (1873-1958). Musikkritiker. Später Professor für Musikgeschichte an der Wiener Staatsakademie.

6] *Paul:* Goldmann.

7] *der kleine Kraus:* Karl Kraus.

8] *von »Flohtheatern des Arthur Schnitzler«:* Offensichtlich eine sarkastische Anspielung. Näheres nicht ermittelt.

9] *Lavedan:* Henri, 1859-1940. Erzähler und Dramatiker.

10] *Courteline:* Georges (ursprünglich G. Moineaux, 1860-1929). Erzähler und Dramatiker.

26. 4. 1897

319 1] *»La loi de l'homme«:* von Paul Ernest Hervieu (1857-1915).

2] *»La Douloureuse«:* von Maurice Donnay (1859-1945).

3] *»La Carrière«:* von Abel Hermant (1862-1950).

4] *»Snob«:* von Paul-Gustave Guiche (1860-1935).

320 5] *aus dem Raimund'schen Märchen:* ›Der Alpenkönig und der Menschenfeind. Romantisch-komisches Original-Zauberspiel in zwei Aufzügen‹ von Ferdinand Raimund (1790-1836).

9. 5. 1897

320 1] *Den Empfang Ihres freundlichen Neides:* Der Brief, auf den hier angespielt wird, ist verschollen.

2] *Mauclair:* Camille M. (ursprünglich C. Faust, 1872-1945). Schriftsteller. Er gründete 1893 mit dem Schauspieler und Theaterleiter Aurélien Marie Lugné-Poe (1869-1940) das Théâtre de l'Œuvre.

3] *La Jeunesse:* Ernest L. J. (1874-1917). Schriftsteller, Karikaturist. (›L'Imitation de notre maître Napoléon‹, Roman, 1897).

321 4] *»Ton sang«:* von Henry Bataille (1872-1922).

5] *Douloureuse, Carrière, Snob:* S. Anmerkungen 2, 3, 4 zum 26. 4. 1897.

6] *»für mich eingestanden ist [. . .]«:* In seiner Besprechung in ›Die Zeit‹, Band 11, Nr. 135 vom 1. 5. 1897 ›Emanuel Reicher. (Als Gast im Carltheater vom 28. April bis zum 3. Mai 1897)‹ schreibt Hermann Bahr: »Er ist für unseren Schnitzler eingestanden, als die guten Wiener noch vornehm über ihn lächelten; [. . .]«

20. 5. 1897
Brief mit Anschrift »Dr Richard Beer-Hofmann *Wien I* Wollzeile 322
15 *Autriche*
1] *Sie aber fahren:* Paula Lissy war bereits in Bad Ischl und am 3. 6. brachte R. B.-H. auch seinen Vater dorthin.
2] *kaum über einen Menschen ärgern können:* A. S. erwähnt im Tgb einen Züricher Dozenten ohne Namensnennung.
3] *»Mourir«:* Die Novelle ›Sterben‹, übersetzt von Gaspard Valette, 323
erschien bei Perrin, Paris 1896.
4] *Mit Ihr:* Marie Reinhard.
5] *die Scene:* der 8. Dialog aus ›Reigen‹ (›Der Dichter und die Schauspielerin‹).
6] *Biebitz:* Der Name des Dichters in dieser Szene ist Robert Biebitz.
7] *Können Sie's endlich?:* R. B.-H. schreibt am 5. 6., er habe vier Radfahrlektionen genommen, lerne weiter. (»Ich hoffe aber, daß Rad u. Radfahren mich nicht hindern werden, am . . .ten Capitel zu arbeiten.«).

23. 5. 1897
1] *Paris:* Tgb an diesem Tag: *»Mz reist früh* nach Basel. Bahnhof 323
kalt. – Sie sehr; ich mäßig bewegt. Beim Nachhauskommen das leere Zimmer, Unordng; – Zärtlichkeit, Einsam. –«
2] *Ihr schöner Brief:* vom 13. 5. aus Berlin.
3] *im Juli nach Ischl:* A. S. war vom 26. 6. bis 24. 7. dort.
4] *Die Umstände dürften es fügen:* Die bevorstehende Niederkunft 324
Marie Reinhards.
5] *Wie lange Sie im Riesengebirge bleiben:* Am 3. 6. läßt Brahm A. S. in wenigen Zeilen wissen, daß er am andern Tag zu Gerhart Hauptmann nach Schreiberhau fahre und 8-10 Tage dort bleiben wolle. (»Eine kleine Verlängerung des Aufenthaltes, falls Sie wirklich erscheinen, machte ich gern.«)
6] *es ist mir mancherlei eingefallen:* A. S. überlegte, die ›Entrüsteten‹ als Stück zu schreiben. Am 26. 6. skizziert er in Paris ein dreiaktiges Schauspiel ›Das Kind‹, dessen endgültiger Titel im Novem-

ber ›Das Vermächtnis‹ wird. Aus dem Stoff ›Die Entrüsteten‹ entwickelte sich später der Roman ›Der Weg ins Freie‹.
7] *Für die »Frechheit« stehe ich ein:* Brahm fragt: »Ist die freche Komödie weitergediehen, von der Sie mir schrieben?« Es handelt sich um ›Die Entrüsteten – Ein Lustspiel‹.
8] *wobei es wenigstens nicht knallt:* Anspielung auf Brahms Einwendung gegen die Schüsse am Ende von ›Freiwild‹.
325 9] *Hervieus Tenailles:* ›Les Tenailles‹, Schauspiel (1895) von Paul Ernest Hervieu.

325 23. 5. 1897
326 1] *Karlweis:* C. Karlweis (Pseudonym für Karl Weiß, 1850-1901). Beamter, 1891 Inspektor der österreichischen Staatsbahnen. Erzähler, Dramatiker (Schwänke, Komödien, politische Satiren). Gehörte zum Griensteidl-Kreis.
2] *zu einem Ausflug:* A. S. war mit Paul Goldmann in St. Cloud und in Ville d'Avray.

17. 6. 1897
326 1] *gestern hab ich dir nicht geschrieben:* Marie Reinhard konnte nach den damaligen Moralbegriffen nicht nach Wien zurückkehren und verbrachte daher mit ihrer Mutter einige Zeit in Luzern, dann in Axenfels (wohin dieser Brief gerichtet ist), im Juli waren sie in Andermatt und Bad Ragaz. Am 4. 8. wohnte M. R. zwei Tage im Hotel Kummer, Wien 7., Mariahilferstraße 71 a. (1904 abgerissen, 1905 neu aufgebaut und heute noch unter demselben Namen bestehend). Ab 6. 8. bezog sie die von A. S. gemietete Wohnung in Mauer bei Wien (s. Anmerkung 2 zum 23. 7. 1897).
2] *Julius und Helene:* Bruder von A. S. und dessen Frau.
3] *Liebhartsthal:* ebenso wie Dornbach und Döbling zu jener Zeit Vorortbezirke von Wien.
4] *Frau K.:* Kirchrath (s. Anmerkung 3 zum 9. 2. 1896).
5] *Erdbrustgasse 1462:* Heute in den Häuserkomplex Erdbrustgasse 46-Kollburggasse 2/4 im 16. Wiener Gemeindebezirk (Ottakring) aufgegangen.
327 6] *Kienzl:* Wilhelm K. (1857-1941). Opernkomponist (›Der Evangelimann‹, 1895; ›Kuhreigen‹, 1911). Bruder von Hermann K. (s. Anmerkung 1 zum 17. 4. 1907).

7] *Radpartie:* Den Ausflug über Klosterneuburg unternahm A. S. mit Marie Glümer (Tgb 16. 6.: »Beim Kfh [Kaffeehaus] von Salten für sie Laterne ausgeliehn. – Bei ihrem Hausthor ich plötzlich: Hast du mich lieb? – Sie hörte es nicht. Dann sie: Hast du mich lieb – Wie früher! – Zurück ins Kfh. Salten sprach gegen sie, was ich eigentlich durchaus nicht vertrug. – Insbesondre findet er es wegen der andern (Mz II) schrecklich. Dann glaubt er, es müsse noch irg[en]dwas künstlerisches darin für mich liegen, warum ich nicht drüber weg käme –«). *Mz II:* Marie (Mizi) Reinhard.
8] *(Feiertag):* Fronleichnam.
9] *den Entrüsteten gewidmet:* Tgb: »Vorm. 3 letzten Akte der ›Entrüsteten‹ entworfen.«
10] *Hugo:* A. S. besuchte in der Brühl, südlich von Wien, die Familie des Generalsekretärs der Anglo-Österreichischen Bank, Dr. Emil Schlesinger (gestorben 1899), dessen Tochter Gertrud (Gerty) (1880 bis 1959) im Juni 1901 Hugo von Hofmannsthals Frau wurde.

21. 6. 1897
1] *ersehnte Briefe:* aus Axenfels/Schweiz. *328*
2] *die eine Novelle:* ›Die Toten schweigen‹. ED: in ›Cosmopolis‹, Heft 22, Oktober 1897. Jetzt in Erz. Schriften I.
3] *in Venedig:* ›Venedig in Wien‹ war ein 1895 gegründetes, groß angelegtes Vergnügungsetablissement im Prater. Vier Tage später, am 25. Juni, wurde das auf diesem Gelände errichtete Riesenrad zum ersten Mal in Betrieb genommen.
4] *ich annoncire morgen:* Im ›Neuen Wiener Tagblatt‹ vom 22. 6. findet sich folgende Anzeige: »In einem Vororte Wiens wird kleine möblirte Wohnung mit Garten, event. kleines, möblirtes Häuschen, per August zu miethen gesucht. Anträge unter ›Ungenirt‹ an die Expedition.«
5] *Anträge für später:* Das uneheliche Kind hätte nicht bei der Mut- *329*
ter bleiben können; A. S. hatte noch wenige Tage vor der Niederkunft in der Zeitung annonciert: »Kostort für neugeborenes Kind nur in oder sehr nahe der Stadt, nur bei gut situierter Familie mit gesunder Wohnung gesucht. Chiffre ›Rodaun‹.«
6] *Dr. M.:* Dr. Ludwig (Louis) Mandl (1862-1937). Gynäkologe; später Universitätsprofessor. Er war ein Vetter zweiten Grades von A. S. und Marie Reinhards Arzt.

7] *zu den Schlierseern:* Das so genannte Bauerntheater gastierte im Wiener Deutschen Volkstheater.

22. 6. 1897

329 Die Zahl »22« ist viermal unterstrichen.

1] *Die Aschantees:* ›Ashantee‹, Skizzen von Peter Altenberg (S. Fischer, Berlin 1897). Anläßlich eines im Tiergarten des Wiener Praters damals im Rahmen der Jagdausstellung aufgebauten Negerlagers geschrieben.

2] *den G.:* Paul Goldmann.

3] *die Wagnerbiogr.:* ›Richard Wagner‹ (1896) von Houston Stewart Chamberlain (1855-1927) oder ›Das Leben Richard Wagners‹ in 6 Bänden (1894-1911) von Carl Friedrich Glasenapp (1847 bis 1915).

4] *die Schicksale der Lei:* Abkürzung für ›Liebelei‹.

5] *Penzing:* wie Nußdorf, früher Vororte von Wien. Heute eingemeindet in den 12., resp. 19. Bezirk. A. S. war dort per Rad auf Wohnungssuche.

330 6] *meine Tante:* Keine Erwähnung im Tgb.

7] *Marie Herzfeld:* S. Anmerkung 3 zum 19. 8. 1896. Sie war wie A. S.'s Mutter in Güns geboren. Eine Verwandtschaft ließ sich bisher nicht feststellen.

8] *Terofal:* Xaver T. (1862-1940). Bayrischer Volkskomiker, Regisseur, Leiter des 1892 gegründeten Schlierseer Theaters.

9] *die Zeit:* In der Ausgabe Nr. 141 der ›Zeit‹ vom 12. 6. war die überaus lobende Besprechung von Hermann Bahr (›Die Schliersee'r‹) erschienen.

10] *Lieserl vom Schliersee:* ›'s Lieserl vom Schliersee‹, Volksstück mit Gesang und Tanz in 4 Akten nach einer Erzählung des Dr. Hermann von Schmidt. Für die Bühne eingerichtet von Hans Neuert.

331 11] *in der Redaction:* der ›Zeit‹, Wien IX, Günthergasse 1.

12] *Neumann-Hofer:* Gilbert Otto N.-H. (Pseudonym Otto Gilbert, 1857-1941). Theaterkritiker beim ›Berliner Tageblatt‹ und beim ›Deutschen Montagsblatt‹. Direktor des Berliner Lessingtheaters von 1897 bis zur Übernahme des Theaters durch Otto Brahm, 1904.

13] *Jubiläumstheater:* Das Kaiserjubiläumstheater wurde 1898 unter der Leitung von Adam Müller-Guttenbrunn (s. Anmerkung 7 zum 18. 2. 1895) mit Kleists ›Hermannsschlacht‹ eröffnet. Damals schon und heute noch ›Volksoper‹ genannt.

14] *Gregorig:* Josef G. (1846-1909). Wäscheerzeuger und Kommunalpolitiker. Leitete stürmische Wählerversammlungen, 1889 Gemeinderat (Führer der »Antisemiten«); 1897 Reichsratsabgeordneter. Gründete den ›Bund der Antisemiten‹, dessen Obmann er bis zu seinem Austritt (1904) blieb.

15] *»Agnes Jordan«:* Schauspiel in 4 Akten von Georg Hirschfeld.

16] *Timon Sums:* Scherzname für Max Burckhard in Umdrehung des Titels seines Romans ›Simon Thums. Einige Tage aus seinem Leben‹. (Cotta, Stuttgart, 1897).

17] *Klein:* Joseph K. (1863-1927). Schauspieler am Wiener Raimundtheater.

18] *Karinski:* Figur in ›Freiwild‹.

19] *meiner Novellen:* A. S. arbeitete damals an ›Der Ehrentag‹ und ›Die Toten schweigen‹.

20] *Direktor Koriconer:* Wohl Bankdirektor Moritz Koritschoner, dessen Tochter Adele (Lili) seit 1890 mit Adolf von Sonnenthals Sohn, Felix (1861-1916), verheiratet war. Seine Tochter Stephanie wurde die Gattin von Adolf Mathias (s. Anmerkung 3 zum 16. 2. 1893).

21] *frühen Abschlusses:* der Schwangerschaft.

27. 6. 1897 *332*

1] *Linsemann:* Paul L. (1871-?), Theaterleiter in Berlin, Kritiker *333*
und Bühnenschriftsteller. ›Die Theaterstadt Berlin‹, eine kritische Umschau von Paul Linsemann mit einem Geleitwort von Maximilian Harden. Verlag Richard Taendler, Berlin 1897. Bahrs Besprechung in ›Die Zeit‹, Nr. 143, S. 202-203.

2] *Frau des Linsemann:* Nina Sandow (Bühnenname für Nina Schwarz, 1860-?). Am 2. Oktober 1955 feierte sie ihren 95. Geburtstag.

28. 6. 1897 *333*

1] *Nathorff:* Eugen N. (gestorben 1902). Er war mit Simonetta, geb. *334*
von Hofmannsthal (1845-1891) verheiratet. Ihr Vater und Hugo von Hofmannsthals Großvater waren Brüder.

2] *Maran:* Gustav M. (Bühnenname für G. Dolezal, 1854-1917). Komiker.

3] *las Brandes:* ›William Shakespeare‹, s. Anmerkung 2 zum 3. 2. 1897.

8. 7. 1897

334 1] *manche von den Versen:* ›Das kleine Welttheater oder Die Glücklichen‹. Dramatische Dichtung. EA: Insel-Verlag, Leipzig 1903. U: München, Residenz-Theater, 6. 10. 1929 (Gedächtnisfeier für Hofmannsthal). Vor der Buchausgabe erschien in ›Pan‹, III. Jahrgang, 3. Heft, Dezember 1897: ›Figuren aus dem Puppenspiel »Das kleine Welttheater«‹ und mit dem Titel ›Aus einem Puppenspiel‹ der Schluß der Dichtung in der Wochenschrift ›Die Zukunft‹, Berlin, 22. Band, Heft 20 vom 12. 1. 1898.
2] *an einem Stück:* Arbeitstitel ›Das Kind‹, später ›Das Vermächtnis‹.

335 3] *Salzburg:* Zu einem Zusammentreffen kam es nicht.
4] *eine Radelraunzen:* Österreichischer Dialektausdruck für einen Menschen, der dauernd jammert und sich beklagt.
5] *Unterach:* am Attersee im Salzkammergut.
6] *Stri's:* Strisowers, eine mit A. S. und Hugo von Hofmannsthal befreundete Wiener Bankiersfamilie (s. Anmerkungen 9, 10 zum 5. 7. 1893).
7] *den 2. Band Mozart:* ›Mozart‹ von Otto Jahn (1813-1869, Altertumsforscher, Musik- und Literarhistoriker). Erschienen in 4 Bänden, 1856-59; 2. endgültige Fassung in 2 Bänden, 1867.
8] *Richard arbeitet:* an der Novelle ›Der Tod Georgs‹ (s. Anmerkung 16 zum 15. 9. 1895).
9] *mit einer merkwürdig gescheiten Frau:* Rosa Freudenthal, geborene Peretz. Sie war mit dem Rechtsanwalt Hermann F. in Berlin verheiratet und starb 1905.
10] *Schreiben Sie mir bald:* H. v. H.'s Antwort aus Bad Fusch ist vom 9. Juli.

18. 7. 1897

335 1] *mit deiner Schwester:* Karoline (Lola) Reinhard (1869-1959), war mit dem Direktor der Riunione Adriatica di Sicurtà (Adriatische Versicherungs-Gesellschaft), Rudolf Burger, verheiratet. Dessen Schwester, die Schriftstellerin Friderike Maria, verehelichte von Winternitz (1882-1971), wurde 1920 die erste Frau von Stefan Zweig (1881-1942).

2] *die Tour von R. nach Wien:* M. R. unterbrach die Reise von Bad Ragaz in der Schweiz nach Wien und übernachtete in Saalfelden im Salzburgischen. 336
3] *die kleine Radtour:* sie unterblieb; A. S. kehrte am 25. 7. direkt per Bahn nach Wien zurück. In den letzten Julitagen mietete er eine Wohnung in Mauer bei Wien, in die M. R. am 6. 8. einzog. A. S. fuhr am 19. 8. abermals (bis 30. 8.) nach Bad Ischl.
4] *dieses Stück:* S. Anmerkung 6 zum 23. 5. 1897.

23. 7. 1897
1] *Frau K.:* Kirchrath, s. Anmerkung 3 zum 9. 2. 1896. 337
2] *in Mauer:* S. Anmerkung 3 zum 17. 6. 1897. M. R. antwortet am 28. 7.: »Mit Mauer bin ich einverstanden, nur den Preis finde ich sehr hoch.« (Die Wohnung war unmöbliert und laut Inventar stellte Frau Kirchrath die notwendigsten Einrichtungsgegenstände sowie Wäsche, Küchen- und Eßgeschirr, etc. gegen separate Rechnung zur Verfügung.)
3] *Gmunden:* Im dortigen Stadttheater fand die erste österreichische Aufführung von ›Freiwild‹ statt.
4] *der Direktor:* Alfred Cavar (um 1859-1920). Direktor des Grazer Stadttheaters, zuletzt Leiter des Wiener Raimundtheaters.
5] *Grossmüller:* Frieda G., Soubrette. Sie wurde die zweite Frau des Schauspielers Rudolf Retty (1846-1913; Selbstmord), des Vaters von Rosa Albach-Retty, die 1905 an das Wiener Burgtheater kam und als die letzte Hofschauspielerin 1980 im 106. Lebensjahr starb.
6] *Pepi Weiß:* Sie war 1897 am Theater in der Josefstadt engagiert.
7] *Rottmann:* Alexander R. (1869-1916). Mitglied des Hofburgtheaters von 1894 bis 1896.
8] *Straßmayer:* Leopold S. (1846-1927). 338
9] *Telegramm Hugo's:* verschollen.

25. 9. 1897
1] *Leo:* Van-Jung, s. Anmerkung 2 zum 22. 11. 1896. 338
2] *das Traurige:* Marie Reinhards Sohn starb nach der Geburt. (Tgb: »Wie ich das todte Kind sehe, – erschüttert, wie noch nie . . muß weinen, weinte stundenlang. – Der Garten trauriger, stiller –

das Kind auf dem Tisch; sehr schön; ich mußt es auf die Wange küssen. Tiefer Schmerz, den ich durchaus nicht erwartet.«)

2. 10. 1897

338 1] *Rosa Freudenthal:* S. Anmerkung 9 zum 8. 7. 1897. A. S. hatte sie in Bad Ischl kennengelernt. Sie war dann vor ihrer Rückkehr nach Berlin vom 1.-18. September in Wien und dort bei A. S.'s Mutter und Schwester öfter zu Gast.

2] *»Königskinder«:* ›Königskinder. Ein deutsches Märchen in 3 Akten‹ (1897) von Ernst Rosmer (Pseudonym für Else Bernstein, geb. Porges, 1866-1949). Musik von Engelbert Humperdinck (1910 zu einer Oper erweitert). A. S. besuchte die Vorstellung mit Rosa Freudenthal am 11. 9. im Theater an der Wien.

339 3] *Hans Land:* (ursprünglich Hugo Landsberger, 1861-1935). Deutscher Erzähler und Dramatiker. 1905 Schriftleiter von Reclams ›Universum‹. (Essay ›Arthur Schnitzler‹ in ›Weltrundschau zu Reclams Universum‹, 1. 4. 1906, S. 159-161.)

4] *Hollaender:* Felix H. (1867-1931). Deutscher Erzähler und Dramatiker. Pressechef, Dramaturg und Regisseur am Deutschen Theater und einer der engsten Mitarbeiter Max Reinhardts. Er leitete 1920 dessen Berliner Bühnen und wurde nach seinem Bruch mit Reinhardt Theaterkritiker. 1892 schrieb er zusammen mit Hans Land das soziale Drama ›Die heilige Ehe‹. (Die Schreibung des Namens wurde vereinheitlicht, da A. S. ihn häufiger richtig mit ae als irrtümlich mit ä schrieb.)

5) *eine Novelle:* Tgb 2. 10.: »Nm [Nachmittag] schrieb ich an R F, kleidete den Tod des Kindes in eine Novelle. –« (Am 30. 9. hatte A. S. notiert: »Nach dem Tod des Kindes hatte ich tiefe Empf[in]-d[un]g eines Zusammenhanges zwischen dem Tod des Kindes u meinem Mangel an Interesse f. d Kind vor der Geburt. –«)

6] *»so frage nur bei edlen Frauen an«:* »Willst du genau erfahren was sich ziemt, so frage nur bei edlen Frauen an«, aus Goethes ›Torquato Tasso‹.

340 7] *Zaccone:* richtig Ermete Zacconi (1857-1949). Führte Ibsen in Italien ein. Er gastierte im Carltheater. A. S. sah ihn am 26. 9. in ›La morte civile‹, Schauspiel in 4 Akten (1862) von Paolo Giacometti (1816-1882), am 28. 9. in ›I Disonesti‹, Schauspiel in 3 Akten

(1893) von Gerolamo Rovetta (1851-1910), am 30. 9. in Shakespeares ›Rè Lear‹.
8] *Julius u Helene:* A. S.'s Bruder und dessen Frau.
9] *trotz des Kreuzels:* Welche Gedichte angekreuzt waren, läßt sich nicht feststellen; der Brief befindet sich nicht im Nachlaß.

9. 10. 1897
1] *Agnes Jordan:* S. Anmerkung 15 zum 22. 6. 1897. 341
2] *Richard:* Beer-Hofmann.
3] *so weit voneinander wohnen:* A. S. und R. B.-H. wohnten damals beide im 1. Bezirk; zu Fuß kaum eine Viertelstunde von einander entfernt.
4] *der Bahr:* Rosa Freudenthal erwähnt in ihrem Brief vom 4. 10., daß Felix Hollaender Bahr in ihr Haus bringen möchte.

18. 11. 1897
1] *Deine Ansicht:* In einem Brief an A. S. vom 12. 11. drückt Bahr seine Ansicht über das Recht eines Vortragenden, Änderungen vorzunehmen, aus. (1893 war er aus der ›Deutschen Zeitung‹ ausgeschieden, weil zwei seiner Theaterkritiken ohne seine Zustimmung geändert worden waren!) Vgl. ›The letters of Arthur Schnitzler to Hermann Bahr‹, hrsg. von Donald G. Daviau, Chapel Hill, The University of North Carolina Press, 1970. 343
2] *aus einer früheren Fassung:* Im Nachlaß befinden sich zwei Fassungen der Novelle ›Die Toten schweigen‹: ein Fragment aus den Jahren 1896-97 mit dem Titel ›Abschied‹ und eine handschriftliche Fassung, datiert vom 12. 3. 1897.
3] *Daß ich nicht dabei sein kann:* A. S. war vom 24. bis 27. 11. in Prag. Am 25. hielt er eine Vorlesung im Deutschen Casino; am 27. fand die Premiere von ›Freiwild‹ statt. 344

24. 11. 1897
1] *als damals:* S. Anmerkung 1 zum 10. 7. 1895. 344
2] *Tew.:* Heinrich Teweles, s. Anmerkung 1 zu »Mitte Januar 1893«.
3] *Frau B.:* Charlotte Bondy geb. Brühl, die 1910, in ihrer zweiten Ehe, die Frau von Heinrich Teweles wurde und 1914 im Alter von 60 Jahren starb.

26. 11. 1897

344 1] *Thaller:* Willy T. (1854-1941). Später in Wien Gesangskomiker am Deutschen Volkstheater und am Theater an der Wien.

343 2] *Vorlesung:* Sie fand im Deutschen Casino statt.

3] *einen Teil der Novelle:* A. S. las aus ›Die Toten schweigen‹ vor.

4] *bei Bondys:* S. Anmerkung 3 zum 24. 11.

5] *Klar:* Alfred Klaar (ursprünglich Aaron Karpeles, 1848-1927). Österreichischer Essayist, Kritiker, auch Dramatiker; Professor für deutsche Literaturgeschichte an der deutschen Technischen Hochschule, Prag. 1901 Redakteur der ›Vossischen Zeitung‹, Berlin. Als Sachverständiger des ›Deutschen Bühnenvereins‹ gab Klaar im Dezember 1920 ein Gutachten zur ›Reigen‹-Aufführung im Kleinen Schauspielhaus ab, die er als durchaus nicht sittenwidrig beurteilte.

6] *Adler:* Friedrich A. (1857-1938). Lyriker und Dramatiker. 1891 bis 1896 Rechtsanwalt in Prag.

7] *Salus:* Hugo S. (1866-1929). Gynäkologe. Lyriker und Novellist.

1898

Anfang März 1898

345 Maschinenabschrift

346 1] *Müller:* S. Anmerkung 12 zum 27. 11. 1892.

2] *»Freiwild« endgültig vom Repertoire abgesetzt:* nach nur sieben Vorstellungen (s. Brief an G. Brandes vom 27. 3. 1898).

347 März 1898

Maschinenabschrift

1] *Jauner:* Franz J. (seit 1889 Ritter von, 1831-1900), Schauspieler. Seit 1878 Leiter der Wiener Hofoper, 1881 des Ring-Theaters, 1895 des Carl-Theaters, das er bereits 1872-78 geleitet hatte. Seit 1895 mit der Burgschauspielerin Emilie Krall verheiratet (s. Anmerkung 1 zum 20. 3. 1893). Er verübte Selbstmord.

348 2] *als irgend ein Anderer:* Tgb 8. 3.: »Hörte neulich durch Reusch, dass Freiwild auf höhern Wink vom Repert[oire] verschwinden mußte. –« *Reusch:* Hubert R., gestorben 1925. Deutscher Schauspieler, später Direktor am Deutschen Theater, Hannover und Bremen, sowie am Wiener Deutschen Volkstheater. Er war der Regisseur der

›Reigen‹-Aufführung am Berliner Kleinen Schauspielhaus im Jahre 1920.

27. 3. 1898

1] *während Ihres Wiener Aufenthalts:* Brandes war vom 25. 1. bis 2. 2. 1898 in Wien. 348

2] *Den Band aus den Hauptströmungen:* ›Die Hauptströmungen in der Literatur des 19. Jahrhunderts‹, in deutscher Sprache 1872 ff. erstmals erschienen.

3] *über das Nationalgefühl:* Die Broschüre ›Nationalgefühl‹ von Georg Brandes (1894), Druck einer Rede, gehalten am 1. 2. 1894 anläßlich der Einweihung der neuen Räume des Freisinnigen Studentenvereins in Kopenhagen.

4] *Mein neues Stück:* ›Das Vermächtnis‹ wurde von der Zensur in Wien freigegeben. 349

5] *ein paar einaktige Sachen:* ›Paracelsus‹; ›Die Gefährtin‹; ›Der grüne Kakadu‹.

6] *»Lust«:* Roman von Gabriele d'Annunzio (›Il piacere‹, 1889).

7] *»Triumph des Todes« und »Der Unschuldige«:* S. Anmerkung 5 zum 14. 8. 1896.

8] *nach Venedig:* Zu dieser Reise kam es nicht.

15. 7. 1898

Maschinenabschrift. Der Originalbrief befindet sich im Besitz der Jewish National and University Library, Jerusalem.

1] *Wilhelm Heller:* Seine damalige Absenderadresse lautete: Eger (Schillerhaus); später lebte W. H. als Kaufmann in Leitmeritz an der Elbe und setzte sich 1913 für eine dortige Vorlesung des ›Professor Bernhardi‹ ein. Er kämpfte allerdings erfolglos gegen die Zensur. Erst am 9. 2. 1919 telegraphierte er A. S. über die ausverkaufte Erstaufführung am dortigen Theater. 350

2] *Graz:* Am 11. 7. unternahm A. S. mit Marie Reinhard eine Reise, teils per Rad, teils per Bahn, nach Graz, wo M. R.'s Schwester und Schwager (s. Anmerkung 1 zum 18. 7. 1897) lebten. Am 17. fuhr A. S. weiter nach Schladming und Bruck-Fusch zu Hofmannsthals, vom 20.-25. nach Bad Gastein, wo er seine Mutter und Schwester besuchte. Am 26. 7. traf er Gustav Schwarzkopf in Salzburg, wohin am 27. auch Richard Beer-Hofmann kam. Am 29. 7. fuhren die Freunde ab, und Marie Reinhard traf mit ihrer Schwester in Salzburg ein. Vom 31. 7. bis 9. 8. wurden die Eltern Reinhard in Tegernsee besucht. Am 11. 8 verabschiedete sich A. S. in München von M. R. und fuhr nach Basel, wo er mit Hugo von Hofmannsthal zusammentraf, um mit ihm an den Genfersee zu fahren. Am 17. 8. Abschied von H. v. H. in Montreux, A. S. allein weiter nach Genf – Interlaken – Luzern – Mailand – Bologna – Padua – Verona. Am 3. 9. kehrte er nach Wien zurück.

19. 7. 1898

351 Dieser Brief wurde im April 1967 von Dr. Rudolf Hirsch, Frankfurt am Main, aufgefunden und wird hier zum ersten Mal abgedruckt. Aufgrund des Tgb ist er in das Jahr 1898 einzuordnen.

21. 7. 1898

351 1] *Übersiedlungsnachricht:* M. R.'s Schwester und Schwager übersiedelten in eine andere Grazer Wohnung. M. R. half dabei und fürchtete, nicht programmgemäß in Salzburg eintreffen zu können (s. Anmerkung 2 zum 15. 7.).

352 2] *»Entbehren sollst du, [. . .]«:* ›Faust‹ I, Studierzimmer.

3] *Familie Speyer mit 3 Töchtern:* Der Textilfabrikant Albert Speyer und seine Frau Nanette, geb. Wallach hatten sechs Töchter (von denen Julie später mit Jakob Wassermann verheiratet war) und einen Sohn. A. S. und Hugo von Hofmannsthal waren zeitlebens mit der Familie freundschaftlich verbunden. (Vgl. Guy Stern, ›Hugo von Hofmannsthal and the Speyers: a report on an unpublished correspondence‹ in: ›PMLA‹ (›Publications of the Modern Language Association of America‹) 73/1, März 1958).

4] *Clara Sternberg:* Sie war die intimste Freundin von M. R. und heiratete später Hermann Speyer (gestorben 1912 im 43. Lebensjahr).

5] *Rudolfsheim:* Früher Vorort, heute zum 15. Wiener Gemeindebezirk gehörend.

6] *Fleischmann:* Der Gynäkologe, Primararzt Dr. Carl F. (1859 bis 1941) und Mathilde, geborene Wetzler (1872-1972), Tochter des Großindustriellen Bernhard Wetzler (1839-1922) und seiner früh verstorbenen Frau, Ernestine, geborene Thorsch. Mathilde F.s Schwester, Selma (genannt Mimi), verehelichte von Kérpely, starb 1913 im Alter von 33 Jahren in San Remo. Carl und Mathilde F. starben als Emigranten in London.

7] *Landauer:* Pferdekutsche mit herunterklappbarem Verdeck.

8] *Villa Wassing:* Sie gehörte dem Arzt Dr. Anton Wassing (ursprünglich Wassertrilling), einem Schulkollegen von A. S. (vgl. ›Jugend in Wien‹, 4. Buch).

9] *Johann Klein:* Ein Verwandter von A. S., großmütterlicherseits, (1838-1927), Mitchef des Großhandelshauses M. L. Biedermann in Wien. Sein Sohn, Arthur, änderte die Firma im Jahre 1920 in ›M. L. Biedermann & Co., Bankaktiengesellschaft‹.

10] *Frankl:* Dr. Lothar Frankl von Hochwart (1862-1914). Neurologe. Sohn des Arztes und Schriftstellers August Ludwig F. v. H. (1810-1894).

11] *Else:* Die Tochter des Hofburgschauspieler-Ehepaares Josef (1835-1907) und Olga Lewinsky, geborene Precheisen (1853-1935). Sie wurde 1905 die Frau des Opernsängers Cäsar Krause.

12] *Grünbaum:* Die Herrenschneiderfirma Heinrich Grünbaum. A. S. gehörte lange zu ihren Kunden.

13] *Gust. Schwarzk.:* Gustav Schwarzkopf. *353*

14] *Durchsicht des Vermächtnisses:* M. R. schreibt: »Das Vermächtnis habe ich heute abgeschickt. Es hat mich *sogar* beim collationieren tief ergriffen. –«

15] *Lola u Rudi:* Burger, Schwester und Schwager von M. R. (s. Anmerkung 1 zum 18. 7. 1897).

10. 8. 1898

Karte mit Anschrift »Tegernsee, Villa Horn« *353*

Mürren: Ort im Berner Oberland.

31. 8. 1898

Karte mit Anschrift »Wien I., Maysedergasse 6, 2. Stock« *353*

24. 9. 1898

1] *den Lulu:* Die Figur des dreizehnjährigen Sohnes von Professor Losatti im ›Vermächtnis‹. *354*

2] *Gerzhofer:* Camilla G. Sie war 1910-13 Mitglied des Hofburgtheaters; vorher spielte sie dort Kinderrollen.

3. 10. 1898

354 1] *Berlin:* A. S. war vom 2.-12. 10. in Berlin. Am 8. fand die Uraufführung von ›Das Vermächtnis‹ am Deutschen Theater statt. Es kam nur zu sechs Wiederholungen, dann verschwand das Stück vom Spielplan.

2] *Cellini:* Benvenuto C. (1500-1571). Florentinischer Goldschmied, Bildhauer, Dichter. Seine Selbstbiographie ›Vita‹ (begonnen 1558, hrsg. 1728) hat Goethe 1796 übersetzt.

3] *zwei Geschichten von Wassermann:* Möglicherweise aus dem Novellenband ›Die Schaffnerin‹ (Albert Langen, 1896).

4] *Dujardin:* Edouard D. (1861-1949). Französischer Schriftsteller. Durch seinen Roman ›Les lauriers sont coupés‹ (1888), in Form des inneren Monologs geschrieben, wurde A. S. angeregt, diese Technik 1900 in seiner Novelle ›Leutnant Gustl‹ sowie später in seiner Novelle ›Fräulein Else‹ (1924) anzuwenden. (Vgl. Werner Neuse, ›»Erlebte Rede« und »Innerer Monolog« in den erzählenden Schriften Arthur Schnitzlers‹, in: ›PMLA‹ (Publications of the Modern Language Association of America 49/1, 1934).

5] *Faber:* Hermann F. (Pseudonym für Hermann Goldschmidt, 1860 bis ?). Zunächst als Jurist im Staatsdienst, wurde er später freier Schriftsteller. Er hatte sich anläßlich der Aufführung seines Schauspiels ›Ewige Liebe‹ in Wien aufgehalten und fuhr im gleichen Zug mit A. S. nach Berlin.

6] *Lehmann:* Else L. (1866-1940). Hervorragende Schauspielerin des Brahm-Ensembles.

7] *Frau K.-t:* Kirchrath, s. Anmerkung 3 zum 9. 2. 1896.

355 8] *Rittner:* Rudolf R. (1869-1943). Der bedeutende Schauspieler, mit dessen Namen Gerhart Hauptmanns und Brahms Theaterruhm auf immer eng verbunden bleiben wird. Er kam vom Residenztheater zu Brahm und gab im Jahre 1907, auf der Höhe seines Ruhmes den Schauspielerberuf auf, um sich als Landwirt auf ein Gut in Schlesien zurückzuziehen.

9] *Sarow:* Lotti Sarrow (1877-?). Verheiratet mit dem österreichischen Schriftsteller Stefan Vacano (gest. 1963).

10] *Pöllnitz:* Luise von P. kam 1896 vom Lessingtheater zu Brahm und war eine geschätzte »Mütter«-Darstellerin. Sie starb während der Spielzeit 1904/05.

11] *Elsinger:* Marie E. (1874-?). Aus Österreich gebürtige Schauspielerin. Sie war nur 1898/99 bei Brahm; vorher und nachher am Berliner Lessingtheater. (U. a. spielte sie 1911 die Rolle der Genia im ›Weiten Land‹ am Deutschen Schauspielhaus in Hamburg. Robert Nhil spielte den Friedrich Hofreiter.)

12] *Dumont:* Louise D. (1862-1931). Eine der angesehensten Schauspielerinnen ihrer Zeit, sowie Regisseurin und Theaterleiterin. Mit ihrem Gatten, Gustav Lindemann (1872-1960), gründete sie das Düsseldorfer Schauspielhaus.

13] *Lux:* Dora L. Sie kam 1898 vom Neuen Theater am Schiffbauerdamm zu Brahm, blieb bis 1900 und gastierte dann wiederholt in Berlin.

14] *Winterstein:* Eduard von W. (ursprünglich von Wangenheim, 1871-1961). Kam vom Schillertheater zu Brahm, war 1901 am Lessingtheater. Gehörte danach den Reinhardtbühnen bis zu deren Auflösung im Jahre 1933 an.

15] *Carla Ernst:* 1869-1925. Österreichische Schauspielerin.

16] *Frl. Kornfeld:* Möglicherweise die Sängerin Sonja Kornfeld.

17] *Forster:* Ellen F., verehelichte von Brandt (1866-1921). Sängerin an der Wiener Hofoper von 1887 bis 1906.

18] *Dovsky:* Beatrice (Pseudonym für Beatrice Freifrau von Vay, geborene Drewikowsky), gestorben 1923 im Alter von 54 Jahren. Schauspielerin und Schriftstellerin (u. a. Libretto zu ›Mona Lisa‹, Oper (1915) von Max von Schillings [1868-1933]).

19] *Kerr:* Alfred K. (ursprünglich Kempner, 1867-1948). Einer der einflußreichsten Theaterkritiker Berlins in den 20er Jahren. Frühester und mächtigster Förderer von Hauptmann und Ibsen; heftiger Gegner Sudermanns. (Siehe A. S.'s ›Bemerkungen zu Alfred Kerrs Schriften‹ in A u. B, S. 489 f.)

4. 10. 1898

A. S. schrieb irrtümlich »Montag«, der 4. Oktober war jedoch ein Dienstag. *356*

»Kempinski«: Eines der bekanntesten Restaurants in Berlin, damals Leipzigerstraße 25. Nach 1945 am Kurfürstendamm als Hotel und Restaurant gleichen Namens neu erbaut.

5. 10. 1898

356 1] *Meyer-Cohn:* Eine in Berlin sehr angesehene Bankiersfamilie. Im Juli 1893 traf A. S. in Bad Ischl »Frau Meyer-Cohn, einstige Helene Dubs, mit der ich vor 12 Jahren auf einigen Bällen tanzte, u die eine sehr kluge, künstlerisch empfindende Frau ist.«

2] *wird im Burgtheater viel schöner sein:* Rostands ›Cyrano de Bergerac‹, in der Übertragung von Ludwig Fulda, mit Ernst Hartmann (1844-1911) in der Titelrolle, hatte am 11. 10. im Hofburgtheater Premiere. Marie Reinhard schreibt an A. S., sie hoffe, zu dieser Aufführung eine Karte zu bekommen.

357 3] *Lessing:* Emil L. (1857-1921). Oberregisseur des Deutschen Theaters unter Brahm. Von A. S. nicht sehr geschätzt.

4] *Bie:* Oskar, auch Oscar B. (1864-1938). Deutscher Kunst- und Musikschriftsteller und -kritiker, 1894-1922 Redakteur der ›Neuen [Deutschen] Rundschau‹, Professor an der Technischen Hochschule Charlottenburg. (U. a. ›Die Oper‹, S. Fischer, Berlin 1914).

5] *Heilborn:* Ernst H. (1867-1941). Erzähler, Berliner Theaterkritiker der ›Frankfurter Zeitung‹. Ab 1911 Herausgeber des ›Literarischen Echo‹, ab 1930 Redakteur von ›Die Literatur‹ (s. Anmerkung 1 zum 1. 12. 1906).

7. 10. 1898

357 1] *Erich Schmidt:* 1853-1913. Germanist. 1885 Direktor des Goethe-Schiller-Archivs in Weimar. 1887 Ordinarius in Berlin. Lessing-, Goethe- und Kleistforscher. Entdecker des ›Urfaust‹. Herausgeber der Schriftenreihe ›Quellen und Forschungen‹.

2] *»Zaza«:* Schauspiel in 5 Akten von Pierre Berton (1842-1912) und Charles Simon war am 24. 9. am Berliner Theater erstaufgeführt worden.

3] *Philipp Stein:* 1853-1909. Seit 1889 bei der ›Berliner Zeitung‹ als Theater-, Kunst- und Literaturkritiker. Mitarbeiter von Wochen- und Monatsschriften.

358 4] *Bruder von Georg Hirschfeld:* Julius H., dessen Witwe, Elly, geb. Lesser (1875-?), im Jahre 1899 die Frau von Georg H. wurde (s. Anmerkung 12 zum 27. 8. 1909).

5] *v. Putlitz:* Joachim Freiherr Gans Edler von und zu Putlitz (1860 bis 1922) Generalintendant des Stuttgarter Hoftheaters.

6] *Diese Loetis:* M. R. schreibt am 6. 10. an A. S.: »Durch Else

[Lewinsky, s. Anmerkung 11 zum 21. 7. 1898] habe ich erfahren, daß die Löti schon lang in Wien ist und zu Ress kommt, also mit irgend jemandem studiert, ohne mir nur eine Silbe mitzutheilen.« *Löti:* Wiener Industriellenfamilie. *Ress:* Johann R., gestorben 1916 im Alter von 76 Jahren. Angesehener Gesangslehrer. Professor am Wiener Konservatorium. Später Lehrer von A. S.'s Frau, Olga.

7] *Töpfer:* Restaurant in der Dorotheenstraße 66/67.

9. 10. 1898

1] *mit Julius:* A. S.'s Bruder war zu der Uraufführung am 8. 10. für einen Tag nach Berlin gekommen. *358*

2] *chambr. sep.:* chambre séparée. *359*

3] *Fulda und Frau:* Ida Fulda war Schauspielerin. Sie heiratete 1910 in zweiter Ehe den Komponisten Eugen d'Albert (1864-1932).

4] *S. Fischer und Frau:* Hedwig Fischer, geborene Landshoff (1871 bis 1952). Verheiratet seit 1. 10. 1893.

5] *kleine Herbstreise:* M. R. antwortet am 10. 10.: »Für eine kleine Reise kann ich mich nicht frei machen, mein geliebter Arthur, obwohl mein sehnlichster Wunsch dahin geht, wie Du Dir denken kannst.«

10. 10. 1898

1] *Frau Schlenther:* Die 1860 in Wien geborene Schauspielerin Paula Conrad (1854-1916), war die Gattin Paul Schlenthers, seit 26. 1. 1898 Direktor des Hofburgtheaters (bis 1910). Früher Publizist, Literatur- und Theaterkritiker. Gründete mit Otto Brahm die ›Freie Bühne‹. *360*

2] *Wiener Aufführungstermin:* M. R. berichtete, daß die Premiere von ›Vermächtnis‹ am 4. November stattfinden sollte. »Unter den Mitwirkenden ist die Sandrock nicht genannt.« (S. Brief an M. R. vom 11. 10.)

3] *Wer denn?:* Hedwig Bleibtreu (1868-1958) spielte statt Adele Sandrock die Rolle der Emma Winter.

4] *Georg Hirschfelds Vater:* Emil H., Silberwarenfabrikant.

5] *Paul Scharf:* Sohn von Alexander S. (1834-1904), dem Industriellen und Eigentümer der ›Wiener Sonn- und Montagszeitung‹. *361*

6] *Aufführung meiner Stücke:* Am 29. 4. 1899 fand die Berliner Erstaufführung der Einakter ›Paracelsus‹, ›Die Gefährtin‹ und ›Der grüne Kakadu‹ am Deutschen Theater statt.

7] *Auf deinen Vorschlag:* M. R. in ihrem Brief vom 9. 10.: »In Bezug auf unsere gemeinschaftliche Berliner Reise habe ich Dir einen sehr gescheidten Vorschlag zu machen, mein Arthur, was ich aber mündlich thun werde. –«

11. 10. 1898

361 A. S. datierte diesen Brief irrtümlich »99«.

1] *Herrnfeld:* Donat H. (um 1868-1916). Er leitete mit seinem Bruder Anton seit 1891 im Alexanderplatz-Hotel, später in ›Kaufmann's Varieté‹ das ›Original Budapester Possen- und Operettentheater‹. 1906 eröffneten sie das sogenannte ›Gebrüder Herrnfeld-Theater‹, in dem mehr als 100 Stücke, die sie selbst verfaßt hatten und in denen Donat Herrnfeld verschiedene Judentypen zur Darstellung brachte, aufgeführt wurden. Sie brachten Berlin zum ersten Male jüdisches Theater. Ihr Haus wurde unter der nationalsozialistischen Herrschaft Theater des Jüdischen Kulturbundes, der dort Schauspiel und Oper bot.

362 2] *Emma W.:* Emma Winter im ›Vermächtnis‹.

3] *Sandrock Krise:* Adele Sandrock schreibt am 12. 10. an A. S.: »Wenn Sie mir diese Dreckrolle in Ihrem Stück zugedacht haben, so ist die Unverschämtheit noch größer als vom Direktor – Sie hätten allein aus Anstand, weil ich Ihnen diesen Schmarrn Liebelei durchgebracht und vor einem sicheren Durchfall gerettet habe, so viel Takt und Dankbarkeit besitzen sollen, sich nicht so pöbelhaft zu benehmen. Da sieht man wieder, was ein schmutziger Mensch ist. Sandrock«. Sie lehnte es ab, die Mutter der Hohenfels (die Rolle der Betty Losatti) zu spielen, was auf einem vielleicht nicht ganz ungewollten Mißverständnis ihrerseits beruhte, denn A. S. hatte ihr die Rolle der *jungen* Witwe Emma Winter zugedacht, was sie zur Mutter der Medelsky gemacht hätte. So provozierte sie einen Vertragsbruch, und Schlenther nahm die Gelegenheit schleunigst wahr, um der »schwierigen« Schauspielerin den Kündigungsbrief überreichen zu lassen. *Medelsky:* Lotte M. (1880-1960). Mitglied des Burgtheaters 1896-1947. (Vgl. Wagner-Vacha.)

4] *Hohenfels:* Stella H. (Bühnenname für Loderbang, 1857-1920). Mitglied des Burgtheaters von 1873 bis zu ihrem Tode. Sie war seit 1889 mit Schlenthers Nachfolger am Burgtheater, Alfred Freiherr von Berger, verheiratet (s. Anmerkung 1 zum 7. 9. 1906).

5] *etwas Kunst sehen:* A. S. war in einem im Tgb nicht näher bezeichneten Museum.
6] *Pelik.gasse:* In der Pelikangasse (Ecke Mariannengasse 20) befanden sich das Privatsanatorium und die Wohnung des Dr. Anton Loew (gestorben 1907 im 60. Lebensjahr). M. R. schreibt, daß sie einer Nichte seiner Frau [Sophie Loew-Unger], einer Russin namens Unger, Gesangsunterricht erteilen soll (»3 fl [Gulden] für die halbe Stunde«).
7] *Deine Post an Br.:* M. R. hatte geschrieben: »Dem Direktor Brahm lasse ich sagen, er möge das Vermächtnis sehr oft und die vorherigen Stücke ab und zu wiederaufführen.«

16. 10. 1898
1] *Hermann Ubell:* 1876-1947. Österreichischer Kunsthistoriker und Lyriker. Damals am archäologischen Institut der Universität Graz tätig, wo auch mehrere Zusammentreffen Ubells mit A. S. im Juli 1898 stattgefunden hatten; später Museumsdirektor in Linz an der Donau, Oberösterreich. *362*
2] *Artikel in der Zeit:* ›Die Zeit‹, Band 17, Nr. 211 vom 15. 10. 1898, S. 41 f.
3] *eine schöne Reise:* S. Anmerkung 2 zum 15. 7. 1898. *363*

28. 11. 1898
Die Originalbriefe an Ludwig Fulda befinden sich im Freien Deutschen Hochstift, Frankfurt a. M. *363*
1] *an der Freien Bühne:* Fulda war damals deren Präsident und die Freie Bühne war als »Geschlossener Verein« der Zensurbestimmungen nicht unterworfen.
2] *wieder in Berlin sein wird:* Brahm war vom 17. 11. bis 1. 12. in Wien und besuchte die Premiere vom ›Vermächtnis‹ am 30. November im Hofburgtheater.

28. 12. 1898
1] *Antwort von Brahm:* Bezüglich der Arbeitsteilung schreibt Brahm am 22. 12.: »[...] *Für* Tor und Tod war ich auch in Wien nicht, ich war höchstens nicht dagegen. Fulda aber ist dagegen, und er hat zu entscheiden; nicht ich, sondern er ist der Präsident der ›Freien Bühne‹. Ich lege Wert darauf, das zu betonen, grade weil *364*

ich selbst, als ich noch der Vorsitzende des Vereins war, eine durch Kultur gemilderte Autokratie des Präsidenten stets verlangte und weil die Interessen der ›Freien Bühne‹ und des Deutschen Theaters wohl vielfach parallel laufen, aber doch auch sich kreuzen können.« (Vgl. A. S. – Brahm, Seite 69.)

2] *Melusine:* Tgb 7. 12.: »Abd las Wassermann bei mir (Georg H[irschfeld], Rich [Beer-Hofmann], Hugo [v. Hofmannsthal]) Melusine vor, 3 Akte, nach d Roman. Eigenart, Feinheit; als Stück keinen Erfolg versprechend.« ›Melusine. Ein Liebesroman‹, Wassermanns Erstlingswerk, war 1896 bei Albert Langen erschienen.

3] *zu einem Vortrag:* Er fand nicht statt.

4] *Ich lasse die Aufführung [...] nicht zu:* Die Uraufführung der Einakter ›Paracelsus‹, ›Die Gefährtin‹, ›Der grüne Kakadu‹ fand am 1. 3. 1899 am Wiener Hofburgtheater statt. Sonnenthal spielte den Henri. Obwohl erfolgreich, wurde ›Der grüne Kakadu‹ schon am 18. Mai zum letzten Mal aufgeführt und dann auf »Befehl einer Erzherzogin« hin unterdrückt, ohne formell verboten zu werden. Die Berliner Erstaufführung des Zyklus fand am 29. April 1899 am Deutschen Theater statt. (Vgl. Otto P. Schinnerer, ›The Suppression of Schnitzler's ›Der grüne Kakadu‹ by the Burgtheater. Unpublished Correspondence‹, in: ›The Germanic Review‹, vol. VI, no. 2, April 1931, S. 183-192.)

5] *Sie kommen ja bald zu uns:* Fulda besuchte Wien im Februar 1899.

1899

4. 1. 1899

365 *Fr. B.:* Freie Bühne.

12. 1. 1899

366 1] *wieder zu Bette liegen:* Brandes war fünf Monate mit einer Venenentzündung bettlägerig.

2] *Streit mit den Deutschen:* Brandes schreibt am 7. 1.: »Und jetzt liege ich in Streit mit den Deutschen wegen der Austreibung der Dänen aus Schleswig. Gibt es etwas widerlicheres als Preußen? Nicht Frankreich einmal.«

3] *Lesen Sie manchmal Wiener Zeitungen?:* Brandes antwortet am 22. 1.: »Sie haben wohl meinen Protest gegen die Ausweisungen der Dänen gelesen, oder auch nicht. 100 Zeitungen aller Länder haben ihn abgedruckt, aber die Neue Freie [Presse] ist ja preußisch.«

4] *daß das »Vermächtnis« einigen Beifall bei Ihnen gefunden hat:* *367*
Brandes an A. S.: »Mit ruhiger genießender Freude las ich Ihr ›Vermächtnis‹. Es ist ein völlig originales Ding, sehr discret und vornehm, tief pessimistisch und human. [. . .] Es ist nur Schade [!], daß das Stück so ganz und gar traurig ist, dann wird es nicht so viel Bühnenerfolg haben können, wie ich es wünschte. Der Vater ist wunderbar gezeichnet. Aber überhaupt, ich hab Ihr Talent so lieb. Etwas freut mich schon, weil es von Ihnen ist.«

5] *die unmöglichsten Änderungen:* A. S. war bereit, den Namen des Herzogs von Chartres auf Vorschlag Hofrat von Jettels von der Hoftheaterzensur in den des Herzogs von Cadignan zu ändern, sowie einige Freiheitsrufe auf der Bühne zu unterdrücken, doch bestand er darauf, die Rolle des Kommissärs beizubehalten. *Jettel:* Emil Freiherr Jettel von Ettenach (1846-1925).

6] *fünfactigen Sache:* ›Der Schleier der Beatrice‹.

7] *daß er geheiratet hat:* Die Hochzeit hatte am 14. Mai 1898 statt- *368*
gefunden. (Tgb: »Leo Vanj[ung] holt mich ab; Tempel Florianigasse; schäbig u klein; Rich[ard] u Paula erscheinen; wir sind Trauzeugen; mein einstiger Religionslehrer Löwy traut sie; ich segne Paula. –«)

8] *Mirjam:* geboren am 4. September 1897. Sie heiratete 1924 Ernst Czuczka (1890-1962), emigrierte mit ihm nach USA, wo der Familienname in Lens geändert wurde und lebt jetzt in New York. Im selben Jahr schrieb R. B.-H. sein ›Schlaflied für Mirjam‹.

9] *Noemi:* richtig Naëmah B.-H., geboren am 20. 12. 1898, gestorben 1971 in New York.

10] *seine neue Novelle:* ›Der Tod Georgs‹ erschien erstmals in dem selben Heft des ›Pan‹ wie das ›Schlaflied für Mirjam‹ (Jg. 4, Heft 2 vom 15. 11. 1898).

11] *die Juden von Zirndorf:* Der Roman ›Die Juden von Zirndorf‹ erschien 1897 bei Albert Langen und war Wassermanns erster großer Erfolg. Brandes war stark von diesem Buch beeindruckt (vgl. Georg Brandes, ›Jakob Wassermann‹ in ›Gestalten und Gedanken‹, München 1903).

12] *Sind Ihnen die Novelletten zugekommen:* Brandes am 22. 1. 1899: »[...] ich habe sie mit großer Aufmerksamkeit gelesen. Für mich ist die Novelle die zuerst in Cosmopolis stand – ich erinnere mich nicht des Titels [›Die Toten schweigen‹] – ein *Meister*werk erstaunlich wahr und packend.«

13] *Von Ihrem Ausflug nach Polen:* Brandes am 7. 1. 1899: »Das letzte Mal war ich in Polen, wo ich wegen meines Buches über Polen (das deutsche wird polnisch übersetzt werden) eingeladen und komisch vergöttert wurde. (›Indtryk fra Polen‹, 1888 – ›Polska. Przetozyl‹. Z. Pozmanski, Lwow 1898).

14] *von Ihren Gedichten:* ›Ungdomsvers‹, Kopenhagen 1898. Die Gedichte wurden nicht ins Deutsche übersetzt. (Brandes am 23. 1.: »Meine Gedichte! Was soll ich darüber sagen. Lesen Sie Dänisch, so werden Sie einräumen daß zwei oder drei sehr gut sind. [...] Es ist eine Art Jugend-Tagebuch.«

10. 3. 1899

368 *Einreichungsversuch in Berlin:* In diesem Zusammenhang steht ein undatiertes Telegramm etwa vom 20. 3.: »Kakadu polizeilich genehmigt. Ich gratuliere. Brahm.« (Vgl. A. S.-Brahm, S. 71).

22. 3. 1899

369 1] *ein Tag ist schrecklicher als der andre:* Marie Reinhard war am 18. 3. nach nur zweitägiger Krankheit an einem Blinddarmdurchbruch gestorben.

2] *nach Graz:* A. S. war vom 1.-3. April in Graz.

3] *Kommen Sie bald zurück?:* Hofmannsthal kondolierte A. S. am 20. 3. und fügte hinzu: »Heut war meine Promotion, von morgen bin ich in Berlin Hôtel Windsor Behrenstraße.« Am 18. 3. hatte die Uraufführung von ›Die Hochzeit der Sobeide‹ und ›Der Abenteurer und die Sängerin‹ am Deutschen Theater in Berlin gleichzeitig mit der am Wiener Hofburgtheater stattgefunden. A. S. war am Vormittag des 17. März »theilweise Generalprobe Hugo«.

4] *Wenn ich komme:* A. S. war vom 24. 4. bis 2. 5. in Berlin, anläßlich der dortigen Erstaufführung seines Einakter-Zyklus ›Paracelsus‹; ›Die Gefährtin‹; ›Der grüne Kakadu‹.

13. 4. 1899
1] *Rilke:* Rainer (René) Maria R. (1875-1926). 370
Der Briefwechsel zwischen den beiden Briefschreibern, herausgegeben von Heinrich Schnitzler, wurde in der Zeitschrift ›Wort und Wahrheit‹, XIII. Jg. (1958), S. 283-298 (Freiburg und Wien) veröffentlicht. Die Korrespondenz besteht aus 15 Schriftstücken und erstreckt sich über die Jahre 1896 bis 1902. Alle in dem vorliegenden Briefband abgedruckten Briefe sind in obiger Zeitschrift erstmals erschienen.
2] *für Ihre Bücher herzlich zu danken:* ›Am Leben hin. Novellen und Skizzen‹ (Adolf Bonz & Comp., Stuttgart 1898) und ›Zwei Prager Geschichten‹ (ebenda 1899).
3] *am Tag nachdem ich Sie zuletzt gesehn:* Tgb 16. 3.: »Rilke, Orlik« (ohne weitere Zusätze). Der Maler und Graphiker Emil Orlik (1870-1932) war ein Jugendfreund Rilkes. (Vgl. Aufsatz von R. M. Rilke über Orlik mit dem Titel ›Ein Prager Künstler‹ in: ›Ver Sacrum‹, 3. Jg., Heft 7, 1900). A. S. sprach Rilke offenbar kurz bei der Generalprobe der Hofmannsthalschen Stücke im Burgtheater am 17. März (s. Anmerkung 3 zum 22. 3.), ohne dies im Tgb vermerkt zu haben. (Rilke an A. S. am 15. 4.: »Daß Sie mir, sehr verehrter Herr Doctor, aus verdunkelten Stunden heraus – dennoch schreiben, bedeutet mir fast mehr als ein längerer Brief, der sich leicht und unwillkürlich aus der Stimmung löst. Vielen Dank!«)
4] *nächste Woche in Berlin:* A. S. reiste am 24. 4. nach Berlin, um der Erstaufführung seines Einakterzyklus (s. auch Anmerkung 4 zum 22. 3.) am Deutschen Theater beizuwohnen. Rilke verließ Berlin am 25. 4., also am Tage nach A. S.'s Ankunft, um mit Lou Andreas-Salomé und deren Mann seine erste Reise nach Rußland anzutreten. (Rilke an A. S. am 15. 4. aus Berlin: »Am 24. oder 25. reise ich fort – aber hoffentlich nicht ohne Erinnerung an eine Gemeinsamkeit.«)
5] *Salomé:* Lou Andreas-S., s. Anmerkung 2 zum 1. 9. 1895.

25. 4. 1899
an einem der nächsten Nachmittage: A. S. war am 28. 4. abends bei Fulda. 370

8. 5. 1899

370 1] *ein neues Buch:* ›Der grüne Kakadu. Paracelsus. Die Gefährtin. Drei Einakter‹, S. Fischer, Berlin 1899.

371 2] *sagen Sie mir kein Wort darüber:* Brandes antwortete am 11. 5.: »[...] ich antworte nur; ich habe selbst viel erfahren, Verluste gelitten, bisweilen recht Hartes ausgestanden; Sie sind jung, ich bin alt, ich wage deshalb sonst keinen Vergleich, ich glaube aber, wir haben Eins gemeinsam, den inneren Born, den unversiegbaren Lebenstrieb, dem das Leben immer wieder werth ist.« A. S. dankte am 19. 5.: »Es ist etwas Erquickendes in der Art, wie Sie einem Worte sagen, die von einem andern ausgesprochen, eben nichts als Worte wären. Ich bin jung, sagen Sie! Nun, wenn es selbst so wäre, – unter gewissen Umständen sind Jugend, Frühling, Sonne so traurige Dinge, daß man in ihrem Bewußtsein zusammenschauert statt sich zu freuen. Diese Abende, die ich jetzt manchmal auf dem Lande draußen verbringe, die Orte wo ich hinkomme, alles das dampft von Erinnerungen; – ahnt man denn wie tief manche Gräber sind! –«

3] *Jener dänische Schriftsteller:* Karl Halfdan Larsen (1860-1931). Brandes hatte ihm ein Empfehlungsschreiben an A. S. mitgegeben.

21. 6. 1899

371 *Olga Gussmann:* geboren am 17. Januar 1882 in Wien, gestorben am 13. Januar 1970 in Lugano (Schweiz). Damals Schauspielschülerin. Sie studierte später Gesang und gab auch Konzerte. Ihre ersten Briefe an A. S. unterschrieb sie mit dem Pseudonym »Dina Marius«. – Am 9. August 1902 kam ihr und A. S.'s Sohn, Heinrich, zur Welt; am 26. August 1903 heiratete sie A. S. Am 13. September 1909 wurde die Tochter, Lili, geboren. Im Jahre 1921 wurde die Ehe geschieden; man blieb aber in Freundschaft verbunden. (Vgl. Olga Schnitzler, ›Spiegelbild der Freundschaft‹, Salzburg 1962). O. S. vernichtete in den sechziger Jahren zahlreiche Briefe ihrer Korrespondenz, manche sind verschollen; daher dienen als Quelle häufig Maschinenabschriften, wie bei diesem Brief. (Das in der Abschrift übersehene Wort lautete wohl: möge, soll.)

6. 7. 1899

372 *Wollen Sie sich's holen?:* Tgb 11. 7.: »Nachm junges Mädchen, Dina M. da, intell. Mädchen, (Brief vorher) –«

15. 7. 1899
1] *Gerhart Hauptmann:* 1862-1946. 372
2] *Singer:* Isidor S., s. Anmerkung 12 zum 15. 10. 1894.
3] *Burckhard:* Max Eugen B., s. Anmerkung 12 zum 27. 7. 1891.
4] *an Brahm:* Als Beilage erwähnt in A. S.'s Brief an Brahm vom 15. 7. 1899 (vgl. ›A. S.-Brahm‹, Seite 75).
5] *Friedensfest:* ›Das Friedensfest. Eine Familienkatastrophe‹ in 373
3 Akten (1890).
6] *Weber:* S. Anmerkung 4 zum 9. 2. 1896.

25. 8. 1899
1] *Ischl:* A. S. war vom 15. 8. bis 12. 9. in Bad Ischl. 373
2] *Ihre freundliche Antwort:* Hauptmann antwortet auf A. S.'s Brief vom 15. 7.: »[...] Sie sind so liebenswürdig und es ist mir schwer, Ihnen etwas abzuschlagen. Aber das kann ich ja gar nicht tun, was Sie wünschen. Wäre ich in Wien! Allein ich bin ja unendlich weit weg und fühle zu genau, daß es über meine Kräfte geht, in der Weise mitzuwirken, wie es sein müßte, wenn ich meinen Namen auf dem Blattitel rechtfertigen sollte [...] Ich denke oft an unseren Spaziergang auf dem Semmering [...]«
– Am 19. 1. 1899 war A. S. bei der Erstaufführung von ›Fuhrmann Henschel‹ (mit Sonnenthal in der Titelrolle) im Burgtheater. Tgb 22. 1.: »Semmering. Mit Gerh Hauptmann spazieren; tausend Dinge, künstl. Schaffen, Wagner, seine Pläne, mit ihm u Schlenther genachtmahlt.«

25. 8. 1899
Von A. S. irrtümlich »25. 7.« datiert.
1] *Die Entschwundene:* Marie Reinhard. 374
2] *nah von dem Haus:* Die Rückfront des sogenannten Philipp-Hofes, in dem sich der Jockey-Klub befand (das Gebäude wurde während des 2. Weltkriegs vollkommen zerstört), lag gegenüber dem Wohnhaus der Familie Reinhard, Wien I., Maysedergasse 6.
3] *»die Bergwerke zu Falun«:* ›Das Bergwerk zu Falun‹, Trauerspiel in 5 Akten. 1900 vollendet; als ganzes erstmals nach Hofmannsthals Tod bei der Bibliophilen Gesellschaft, Wien 1933, gedruckt.
4] *Marie Schey:* geborene Horschetzky (1821 bis 22. 8. 1899).

5] *Bozische Sachen:* Boz war das Pseudonym für Charles Dickens (s. Anmerkung 4 zum 14. 8. 1896).

6] *M. E.:* Marie Elsinger (s. Anm. 11 zum 3. 10. 1898). A. S. war kurze Zeit mit ihr liiert. (Tgb 18. 9. 1899: »Ohne sie im geringsten zu lieben, hab ich sie gern, sie macht gar nicht nervös, ist hübsch, gutmütig – [...] M. E. ist mir bei der Bea. [›Der Schleier der Beatrice‹] sehr zustatten gekommen.«) Er traf M. E. am 13. 9. in München. Vom 16. bis 19. war er mit ihr in Nürnberg. Sie reiste von dort zu Mann und Kindern nach Berlin, A. S. nach Frankfurt-Wiesbaden. Am 4. 10. war er ebenfalls in Berlin, von wo er am 12. 10. nach Wien zurückkehrte.

375 7] *und alles dies für eine einzge Nacht:* »Sie sollen alle dir gehören: Steine / Und Kleider aus Damast und Perlenschnüre / Sind alle dein, und zu dem allen noch / Ein Schleier von so wunderbarer Schönheit, / Wie keiner, den ein Mädchen dieses Lands / Und niemals eine Herzogin getragen. / So kostbar, daß der Fürst von Pergamum / Ihn und nur ihn allein als Hochzeitsgabe / Der Fürstin schenkte, die er sich erwählt. / Ich geb' ihn dir für eine einz'ge Nacht.« (Dram. Werke I, S. 612 f.)

8] *Kapper:* S. Anmerkung zum 7. 8. 1889.

9] *Ebermann:* S. Anmerkung 13 zum 3. 10. 1894.

375 4. 9. 1899

1] *ein hübsches Buch:* Die Novellen ›Flucht‹ und ›Das Manhard-Zimmer‹ erschienen in der Novellensammlung ›Der Hinterbliebene‹, Wiener Verlag, 1900.

2] *mit dem Stück:* ›Der Gemeine‹, Schauspiel in 3 Aufzügen, wurde am Wiener Deutschen Volkstheater vorbereitet, es kam aber erst am 25. 11. 1902 am Neuen Theater in Berlin zur Aufführung.

3] *In der Zeitung:* Salten war Redaktionsleiter der ›Wiener Allgemeinen Rundschau‹, die am 3. 7. 1899 erstmals als literarische Revue der ›Wiener Allgemeinen Montagszeitung‹ erschien, am 18. 12. desselben Jahres jedoch wieder eingestellt wurde. Mitarbeiter waren u. a.: Hugo von Hofmannsthal, Georg Hirschfeld, Franz Karl Ginzkey, Jakob Wassermann und Richard Dehmel.

4] *Ihre Goethespäße:* Aus Anlaß von Goethes 150. Geburtstag erschienen am 28. 8. mehrere Anekdoten und Späße über ihn in der ›Wiener Allgemeinen Montagszeitung‹.

5] *Adamus:* Franz (Pseudonym für Ferdinand Bronner, 1867-1948). Österreichischer Gymnasiallehrer, Schriftsteller. Sein Sohn wurde unter dem Namen Arnolt Bronnen (1895-1959) als führender expressionistischer Erzähler und Dramatiker, besonders durch sein Stück ›Vatermord‹ (1920) bekannt. (›Familie Wawroch. Ein österreichisches Drama in vier Akten.‹ Albert Langen, München 1898. Erstaufführung am Deutschen Volkstheater in Wien am 21. 4. 1900).

6] *S. Tr.:* Siegfried Trebitsch (1869-1956). In Zürich in der Emigration gestorben. Österreichischer Erzähler und Dramatiker. Bekannt geworden als Übersetzer der Dramen George Bernard Shaws.

7] *Dann vorerst München:* S. Anmerkung 6 zum 25. 8. 1899.

8] *des neuen Maupassant:* ›Vater Milon und andere Novellen aus 376
dem litterarischen Nachlaß.‹ Übersetzt von Friedrich von Oppeln-Bronikowski (1873-1936). Verlag E. Goldschmidt, Berlin 1899.

9] *mein Stück:* ›Der Schleier der Beatrice‹ wurde unter dem Arbeitstitel ›Shawl‹ in Bad Ischl am 9. 9. »vorläufig abgeschlossen«. (Siehe auch Brief vom 29. 9.)

10] *Ida F.:* Vermutlich Ida Falk, von der Briefe aus den Jahren 1896 376
bis 1899 im Nachlaß vorhanden sind.

11] *eine vorübergehende Verbindung:* Im Tagebuch als »H. S.« erwähnt.

9. 9. 1899

1] *mein Stück:* S. Anmerkung 9 zum vorhergehenden Brief. 376

2] *M. E.:* Marie Elsinger (s. Anmerkung 11 zum 3. 10. 1898).

3] *bei Neumann Hofer engagirt:* Er war damals Direktor des Les- 377
singtheaters in Berlin.

4] *M. G.:* Marie Glümer war zu dieser Zeit gleichfalls am Lessingtheater engagiert.

5] *Abschieds-annie:* Die Figur der Annie im ›Abschiedssouper‹.

6] *gleich doppelt:* Das Tgb vermerkt »Joh. Fr.« und »H. S.« (Beide Frauennamen konnten bisher nicht identifiziert werden.)

7] *mein Stück dort vorlesen:* S. Anmerkung 9 zum 4. 9.

8] *Mercier und das andre Gesindel:* Die ›Neue Freie Presse‹ berichtet in diesen Wochen ausführlich über die Wiederaufnahme des Prozesses gegen den französischen Offizier jüdischer Abstammung Alfred Dreyfus (1859-1935), der 1894 statt des schuldigen Majors

Marie Charles Graf Walsin-Esterházy zu Unrecht, aufgrund gefälschter Dokumente, wegen Landesverrats lebenslänglich auf die Teufelsinsel Cayenne verbannt worden war. Dies löste eine innenpolitische Krise in Frankreich aus, in die Emile Zola mit seinem berühmten veröffentlichten Brief (›J'accuse‹) gegen die Regierung eingriff. General Auguste Mercier (1833-1921) war von 1893-95 Kriegsminister. 1899 kam es zu einer neuerlichen Verurteilung zu zehn Jahren einfachen Gefängnisses unter Zubilligung mildernder Umstände, Dreyfus wurde jedoch nach wenigen Tagen in Freiheit gesetzt und begnadigt. Seine Rehabilitierung erfolgte erst 1906.

9] *Ebermann [...] ein Stück vollendet:* Um welches Stück es sich hier handelt, war nicht zu ermitteln. Nach der ›Athenerin‹ (s. Anmerkung 13 zum 5. 10. 1894) veröffentlichte Leo Ebermann nichts mehr.

10] *Richard:* Beer-Hofmann hatte im Sommer sein fünfaktiges Trauerspiel in Versen ›Der Graf von Charolais‹ begonnen. Er beendete es im September 1904. EA: S. Fischer, Berlin 1905. U: Neues Theater Berlin, 23. 12. 1904.

11] *Maran:* S. Anmerkung 2 zum 28. 6. 1897. Er spielte den Fuhrmann Henschel.

12] *bei einigen Offenbach's:* Auf dem Repertoire standen 1899 die Operetten ›Schöne Helena‹, ›Pariser Leben‹ und ›Blaubart‹. Kapellmeister war der aus Ungarn gebürtige Komponist Rudolf Raimann (1861-1913).

13] *Luëger:* Karl Lueger (1844-1910). Rechtsanwalt; Führer der Christlichsozialen; von 1897 bis zu seinem Tode Bürgermeister von Wien.

14] *Vergani:* Ernst V. (1848-1915). Gründete 1888 das deutschnationale ›Deutsche Volksblatt‹ (1922 eingestellt).

15] *C. H. Wolff:* Karl Hermann Wolf (1862-1941). Reichstags- und Landtagsabgeordneter, Schriftsteller. Gründer (1890) und Chefredakteur der Wochenschrift ›Ostdeutsche Rundschau‹, die unter anderen Titeln, zuletzt wieder als ›Ostdeutsche Rundschau‹, bis 1920 erschien.

16] *Muschelkinder:* Im Deutschen Volkstheater hatte am 2. 9. die Premiere des Schauspiels in 4 Akten, ›Muschelkinder‹, nach Guy de Maupassants Roman ›Pierre et Jean‹ (1888), deutsch von Marie von Berks (1859-1910), stattgefunden.

17] *endlich ein Stück:* Zuletzt hatte Schwarzkopf zusammen mit C. Karlweis das Schauspiel in 4 Akten ›Eine Geldheirat‹ (1891) verfaßt.

29. 9. 1899 378
1] *Wiesbaden:* A. S. war vom 24. 9. bis 2. 10. in Wiesbaden.
2] *wo die Brücken einstürzten:* Österreich und Bayern wurden damals von katastrophalen Unwettern heimgesucht.
3] *M. E.:* Marie Elsinger, s. Anmerkung 11 zum 3. 10. 1898.
4] *wir Schwestern:* Die Schwestern von Marie Elsinger hießen Jenny (Pseudonym: Vandée) und Milli; beide waren ebenfalls Schauspielerinnen.
5] *meine 3 Einakter:* Am 14. 9. sah A. S. die drei Einakter im Residenztheater (Tgb: »Gefährtin wirkte am stärksten auf mich.«); am 15. 9. »incognito« die Premiere von ›Vermächtnis‹ (Tgb: »[...] war sehr verstimmt auch über die Verpatzung des schönen Sujets.«).
6] *Blumenthal Kadelburg Proben:* zu dem Lustspiel in 3 Akten ›Als ich wiederkam‹, das am 30. 9. am Lessingtheater erstaufgeführt wurde.
7] *in Berlin vorlesen:* Tgb 7. 10.: »Abd bei Brahm, las Bea [›Der 379
Schleier der Beatrice‹] vor; ich glaube, sie machte einen ziemlich starken Eindruck auf ihn.«
8] *»Madame Bovary«:* Roman (1857) von Gustave Flaubert (1821 bis 1880).
9] *France:* Anatole (Ps. für Jacques-Anatole Thibault, 1844-1924). Nobelpreis 1921. ›L'orme du mail‹ (1896), der erste der vierbändigen Romanreihe ›L'histoire contemporaine‹ (1896-1901).
10] *Polna:* Südöstlich von Prag gelegen. Dort wurde im März 1899 ein christliches Mädchen, Agnes Hruza, ermordet. Der dreiundzwanzigjährige jüdische Feldhüter Leopold Hilsner wurde vom Schwurgericht Kuttenberg der Ermordung mitschuldig gesprochen. Seitens tschechisch-österreichischer Antisemiten wurde mit allen Mitteln eine Propaganda (besonders im ›Deutschen Volksblatt‹) betrieben, um den Fall zu einem Ritualmord zu stempeln. Es kam aufgrund der Nichtigkeitsbeschwerde des Obersten Gerichtshofs zu einer zweiten Verhandlung und zur abermaligen Verurteilung. Nach vielen Jahren Haft wurde der etwas schwachsinnige Hilsner aus dem Kerker entlassen. Der Mord wurde niemals aufgeklärt. (Vgl. Max Burckhards Feuilleton ›Leopold Hilsner‹ in der ›Neuen Freien Presse‹ vom 23. 12. 1906).

11] *Versammlung im Musikvereinssaal:* Dort fand am 28. 9. eine Versammlung des antisemitischen Volkswirtschaftlichen Vereines statt. Die ›Neue Freie Presse‹ schrieb: »Die Tagesordnung, welche Reden über Dreyfus und Polna ankündigte, versprach auserlesene Hetzereien, und der Massenandrang aus allen Bezirken war demnach ein enormer.« Bürgermeister Lueger und der Vereinsobmann Ernst Vergani waren anwesend. Die Schlußworte des Reichstagsabgeordneten Hermann Bielohlawek (1861-1918), ebenfalls aus der ›Neuen Freien Presse‹ zitiert: »Wir predigen nicht Mord an den Juden, aber Eines verlangt das christliche Volk, daß die Juden unter ein Separatgesetz gestellt werden. (Langanhaltender Beifall.) [...] Nicht nur der Jude Dreyfus allein gehört auf die Teufelsinsel, sondern alle Juden gehören dorthin! (Nicht endenwollender Beifall.)«

12] *»Verschwinden meiner 3 Einakter:* ›Der grüne Kakadu‹ wurde zwischen März und Juli 1899 achtmal aufgeführt; Erzherzogin Marie Valerie, eine Tochter des Kaisers Franz Joseph, stellte das Ansinnen an Schlenther, das Stück vom Spielplan abzusetzen. Mitte Oktober schrieb A. S. an Schlenther: »Entweder haben Sie die Güte, meine drei Einakter wieder ins Repertoire aufzunehmen, genau so wie es unter normalen Umständen geschehen müßte, mit Kainz als Paracelsus und Henri, wie es Ihre bereits im Sommer kundgegebene Absicht war, es sei denn, daß gegen diese Neubesetzung plötzliche gewichtige Bedenken künstlerischer Natur entstanden wären, oder verlangen Sie von Ihrer vorgesetzten Behörde, daß man Ihnen die Stücke offiziell verbietet; denn der Ihnen zugekommene Wink, den ›Kakadu‹ verschwinden zu lassen, d. h. ihn seltener zu geben und früher definitiv abzusetzen, als dies [nach] dem Grad des Erfolgs Publikum sowohl als Autor fordern dürften, und dadurch die Interessen des Autors sozusagen aus dem Hinterhalt zu schädigen, ist ein durchaus unwürdiges Ansinnen, das unter der Möglichkeit jeder Diskussion steht.« Schlenther beugte sich den »oberen Theaterbehörden« und antwortet A. S. am 9. 11., man habe ihm die »Mißbilligung über Aufführungen des ›Grünen Kakadu‹ so nachdrücklich und so häufig ausgesprochen«, daß er wohl die beiden anderen Einakter weiter aufzuführen gedenke, den ›Kakadu‹ aber vom Repertoire absetzen müsse. (Vgl. ›Wiener Schnitzler-Aufführungen 1891-1970‹ von Renate Wagner und Brigitte Vacha, München 1971.)

13] *St. Michael in Eppan:* italienisch: Appiano, im damaligen Südtirol, heute zu Italien gehörig. 380
14] *»werd geklabbert«:* d. h. »es wird Klabrias gespielt«. In jüdischen Kreisen beliebtes Kartenspiel (s. Anmerkung 5 zum 14. 8. 1893).
15] *Gregorig:* S. Anmerkung 14 zum 22. 6. 1897.

1900

2. 3. 1900
1] *Edlacher Hof:* Hotel in Edlach bei Payerbach-Reichenau, wo sich 380
A. S. bis zum 5. 3. aufhielt.
2] *an der Novelle:* Wohl ›Jugendliebe‹, späterer Titel ›Frau Berta Garlan‹. ED: ›Neue Deutsche Rundschau‹ 12, Heft 1, Januar 1901; Heft 2, Februar 1901; Heft 3, März 1901. Jetzt in Erz. Schriften I.
3] *ein wundervolles Buch:* ›Der Tod Georgs‹ (S. Fischer, Berlin 1900. Teildrucke früher in ›Pan‹, IV, 2, 1898, und in ›Die Zeit‹, Nr. 266 bis 269, 1899. Jetzt in ›Gesammelte Werke‹, SFV, Frankfurt 1963).
4] *Um Goethe zu variieren:* »Alles Gescheite ist schon gedacht wor- 381
den; man muß nur versuchen, es noch einmal zu denken.‹ (›Sprüche in Prosa«.)
5] *Heut vor einem Jahr:* Es war 16 Tage vor Marie Reinhards Tod.
6] *»Zeit ist nur ein Wort –«:* ›Der Schleier der Beatrice‹, 2. Akt; Dram. Werke I., Seite 602 (»Ja, wahrlich, Zeit ist nur ein Wort, nicht mehr!«)
7] *weniger witzig als in San remo:* richtig: San Remo. Beer-Hofmann schrieb am 22. 2. an A. S.: »Wie ich meinen Brief überlese, finde ich daß er ›witzig‹ ist. ›Gott sei Dank er wird witzig!‹ Aber der Hofmarschall Kalb, der das sagt weiß nicht daß das für den Ferdinand ein schlechtes Symptom ist. Für mich auch.«
8] *Gustav:* Schwarzkopf, s. Anmerkung 21 zum 27. 7. 1891.
9] *Mayer:* Oskar (1876-1915). Beamter; Schriftsteller. Er lebte später in München, wo er starb. (U. a. Libretti zu den Opern ›Griseldis‹ und ›Rahab‹ von Clemens v. Franckenstein.)

3. 5. 1900
1] *daß Sie sich wieder nicht wohl befinden:* Es handelte sich um 382
eine neuerliche Venenentzündung.

2] *in Abbazia:* A. S. war am 28./29. 4. in Triest; von dort reiste er über Ragusa (Dubrovnik) – Lapad (Lopud) – Spalato (Split) nach Abbazia (Opatija). Am 8. 4. kehrte er nach Wien zurück.

3] *Ihren Absagebrief:* Brandes folgte einer Einladung der ungarischen Regierung, das Land zu bereisen.

4] *die albernen Angriffe:* Brandes an A. S. vom 30. 4.: »Die deutschen Blätter haben Dutzende von Schmähartikeln gegen mich enthalten, weil ich in dem Klub in Budapest, aufgefordert, eine französische Einleitung zu machen (was mir lächerlich vorkam), einfach sagte ›Die Sprache, deren ich mich bediene ist nicht die Ihre und nicht die meine, nicht Ihre Lieblingssprache und nicht die meine, doch es ist die, worin wir uns am leichtesten verstehen.‹ Das wird ein *hämischer* Angriff auf Deutschland und die deutsche Kultur genannt.«

383 5] *daß Sie auch mir für Wien danken:* Brandes war im März in Wien gewesen. Er schreibt: »Ich bin Ihnen und Beer-Hoffmann [sic!] wie gewöhnlich vielen Dank für Wien schuldig. / Sie beiden und Gomperz's Haus und Lanckoronski waren dies mal mein Wien. Ich habe Sie sehr lieb und freue mich, daß wir Freunde sind.« *Gomperz:* Theodor G., s. Anmerkung 1 zum 15. 12. 1910.

6] *von jenem traurigen Ereignis:* Der Tod Marie Reinhards.

7] *eine Novelle:* In dieser Zeit entstanden: ›Ein Erfolg‹; ›Wohltaten, still und rein gegeben‹; ›Legende‹.

8] *eine Komödie:* ›Der einsame Weg‹ wurde am 25. 8. als Novelle und Theaterstück mit dem Arbeitstitel ›Junggesellenstück‹ begonnen.

9] *Der Schleier der Beatrice:* Paul Schlenther hatte im Februar 1900 das Recht der Erstaufführung verlangt und in einem Brief an A. S. erklärt, nur das Burgtheater könne dieses Stück spielen. Er hielt A. S. mehrere Monate hindurch mit Ausflüchten aller Art hin und erklärte schließlich, keine bindende Zusage für einen Aufführungstermin geben zu können. (Siehe auch Brief an Olga Gussmann vom 23. 8. 1900.)

10] *das neue Buch von Bourget:* ›Drame de famille‹, fünf Erzählungen von Paul Bourget.

11] *Lanckoronski:* Karl Anton Graf von Brzezie-Lanckoronski (1848-1933). Dr. phil. h. c., Kunstsammler, zeitweise als Oberstkämmerer Leiter der Staatlichen Kunstsammlungen in Österreich. In seinem Brief an A. S. vom 30. 4. erwähnt Brandes den Titel ›Rund um die Welt‹. Das im Text unleserliche Wort bezieht sich zweifellos auf dieses Buch.

12] *Federn:* Karl F. (1868-1943). Österreichischer Essayist, Novellist, Dramatiker und Übersetzer. (›Dante. Seine Zeit, sein Leben und sein Werk‹, Leipzig 1899.) F. starb als Emigrant in London.

13] *Emerson:* Ralph Waldo E. (1803-1882). Amerikanischer Dichter und Essayist. (›Essays‹, übersetzt und mit einer Studie über den Autor versehen von Karl Federn, Halle 1894.)

14] *Gibbon:* Edward G. (1737-1794). Bedeutendster englischer Historiker des 18. Jhdts. Im Jahre 1906 stellte A. S. auf eine Anfrage hin eine Liste von zehn Lieblingsbüchern zusammen (s. Brief an Hugo Heller »Ende September 1906«), darunter nannte er den Band über Julian aus Gibbons Römischer Geschichte (›History of the Decline and Fall of the Roman Empire‹, 1776-88).

20. 6. 1900

Hofschauspielhaus: richtig: Königliches Schauspielhaus, in Berlin. 384

23. 6. 1900 384

1] *Christians:* Rudolf C. (1869-1921). Er spielte bei der Uraufführung des ›Anatol‹-Einakters ›Weihnachtseinkäufe‹ in den Wiener Sofiensälen am 13. Januar 1898 als Partner von Adele Sandrock den Anatol. 385

2] *Matkowsky:* Adalbert M. (ursprünglich Matzkowsky, 1858 bis 1909).

7. 7. 1900

1] *auch meine Hoffnungen sind gering:* Fulda schreibt am 29. 6. an A. S.: »Was die Chancen beim Schauspielhaus betrifft, so ist es mir zweifelhaft, ob bei der dort herrschenden und von oben herab gewünschten Prüderie man die Aufführung riskiren wird.« 385

2] *ins Vorarlberg wandern:* A. S. und Beer-Hofmann trafen am 16. 8. Alfred Kerr und Paul Goldmann in Innsbruck. Von dort begaben sich die Freunde über Bludenz – Schruns – Gargellen – Klosters – Chur und Thusis nach Pontresina. Am 27./28. 8. war A. S. mit dem Ehepaar Fulda in Trafoi und Meran beisammen. Am 1. 9. kehrte er nach Wien zurück. 386

9. 7. 1900

386 1] *recht angenehme Stunden:* A. S. besuchte in Gstatterboden im Gesäuse (Steiermark) Leopoldine Müller, später verehel. Manoschek, mit der er eine zeitlang liiert war. (Tgb 13. 6.: »Wirklich ein liebes angenehmes fideles und nebstbei reizendes Geschöpf, [...]«

2] *der 5aktigen Komödie:* Aus diesen Skizzen (Arbeitstitel ›Die Entrüsteten‹) entwickelte sich später der Roman ›Der Weg ins Freie‹.

3] *Nilquellen:* ›Die Quellen des Nil‹, Lustspiel. Unveröffentlicht; im Nachlaß.

4] *Meine Novelle:* ›Frau Berta Garlan‹.

5] *Grünwald:* Ida G. Sie war die Sekretärin von A. S., Beer-Hofmann und Hugo v. Hofmannsthal. Ihre Nachfolgerin wurde im Oktober 1912 Frieda Pollak (1881-1937). (Vgl. Alice Schmutzers Nachruf ›Die Sekretärin A. S.'s‹ in ›Neue Freie Presse‹ vom 10. 8. 1937.)

6] *Schwägerin und Neffen:* Helene Schnitzler mit ihren Söhnen Hans und Karl (geboren 11. 10. 1896; lebt jetzt in Australien).

7] *mit einer [...] gescheidten jungen Dame:* Olga Gussmann (s. Anmerkung zum 21. 6. 1899).

17. 7. 1900

387 1] *von Ihrem kleinen Ausflug:* Hofmannsthal klagt in seinem Brief aus Bad Fusch am 15. 7. über »eine solche Verdrossenheit, solche Gelähmtheit aller inneren Sinne« und daß er einen Ausflug plane. Am 18. 7. erhielt A. S. eine gemeinsame Ansichtskarte von HvH und Beer-Hofmann aus Salzburg.

2] *ein kleines Lustspiel:* ›Die Quellen des Nil‹.

3] *mit einer ziemlich sonderbaren Novelle:* ›Leutnant Gustl‹, geschrieben vom 14. bis 19. Juli. Am 27. 5. hatte A. S. die ›Leutnantsgeschichte‹ nach Saltens Schilderung eines Vorfalls, der einem seiner Bekannten im Foyer des Musikvereinssaals in Wien passiert war, skizziert. (S. Anmerkung 1 zum 15. 11. 1900.)

4] *große Novelle:* ›Frau Berta Garlan‹ erschien in ›Neue Deutsche Rundschau‹, XII. Jahrgang, 1.-3. Heft, Januar-März 1901.

388 5] *Oskar Meyer:* richtig Mayer (s. Anmerkung 9 zum 2. 3. 1900).

6] *nicht hübschen Schauspielerin:* Olga Gussmann.

7] *»Madonna Dianora«:* Unter diesem Titel fand am 15. 5. 1898 im Deutschen Theater in Berlin im Rahmen einer öffentlichen Matinee der ›Freien Bühne‹ die Uraufführung von Hofmannsthals ›Die Frau im Fenster‹ mit Louise Dumont in der Titelrolle statt.

8] *mit ihrer Schwester:* Elisabeth (Liesl, Lisl) Gussmann (1885 bis 1920). Sie war 1903-07 Schauspielerin am Berliner Schillertheater (Wallnertheater), mußte sich wegen ihres Lungenleidens von der Bühne zurückziehen und heiratete 1908 den Schauspieler Albert Steinrück (s. Anmerkung 1 zum 29. 4. 1912). (Vgl. das Kapitel ›Das Haus Steinrück‹ in Max Krells Autobiographie (1961) ›Das alles gab es einmal‹; Kasimir Edschmids Nachruf ›Einer Frau. Lisl Steinrück zum Gedächtnis‹ in ›Frankfurter Zeitung‹ vom 27. 4. 1920; Renate Wagner, ›Die Schwägerin. Elisabeth Steinrück, geb. Gussmann, Olga Schnitzlers Schwester‹ in: MAL, Vol. 10, Nrs. 3/4, 1977. Seite 169 bis 178).

9] *ein junges blondes Ding:* Berta Schimitschek, Fabrikantentochter aus Wien, Freundin der beiden Schwestern Gussmann.

10] *20jähriger Verehrer:* Paul Mosé (ursprünglich Moses; seit 1916 Bühnenname Marx, 1879-1956). Schauspieler und Regisseur. Er gehörte zu A. S.'s engstem Freundeskreis.

11] *Gestern:* S. Anmerkung 15 zum 27. 7. 1891.

12] *Dr. Redlich:* Josef R. (1869-1936), Universitätsprofessor. 1918 und 1931 Finanzminister. 1926 Leiter des Instituts für vergleichendes Recht an der Harvard University, Boston. Er war seit 1897 (in erster Ehe) mit Alice (Alix), geb. von Simon, verheiratet.

13] *Schreiben Sie mir:* In seinem Antwortbrief vom 27. 7. teilt Hofmannsthal u. a. seine Verlobung mit Gerty Schlesinger mit.

etwa 25. 7. 1900

1] *im Wurstelprater:* Über einen Praterbesuch und die Tage des 25., 389
26. und 27. 7. finden sich im Tgb keine Eintragungen. Der Brief liegt in Maschinenabschrift vor und ist zum Teil in Olga Schnitzlers ›Spiegelbild der Freundschaft‹, Salzburg 1962, abgedruckt.

2] *der treffliche Paul:* Paul Marx (Mosé). S. Anmerkung 10 zum vorhergehenden Brief).

3] *dem berühmten Krenfleisch:* Das letzte Wort der Novelle ›Leutnant Gustl‹. (»Ich bin grad gut aufgelegt ... Dich hau' ich zu Krenfleisch!«)

4] *Wassermann:* Jakob W. (1873-1934). Aus Fürth (Bayern) gebürtig, kam er 1898 als Theaterberichterstatter der ›Frankfurter Zeitung‹ nach Wien und lernte bald A. S. und seinen Kreis kennen. Im Sommer 1899 machten die beiden mit Richard Beer-Hofmann eine Fußtour durch die Dolomiten. (Vgl. Jakob Wassermann, ›Erinnerungen an Arthur Schnitzler‹ in ›Die Neue Rundschau‹, Jg. 43, Heft 1, Januar 1932). Wassermann war stets anwesend, wenn A. S. seinen nächsten Freunden ein neues Werk vorlas. Die freundschaftlichen Beziehungen zwischen den beiden blieben bis zu A. S.'s Tod bestehen. Jakob Wassermann war in erster Ehe mit Julie, geborener Speyer (1876-1963, gestorben in Riehen bei Basel) und in zweiter Ehe mit Martha Stross, geborener Karlweis, verheiratet. Sie war eine Tochter des Dramatikers C. Karlweis (s. Anmerkung 1 zum 23. 5. 1897), lebte als Psychoanalytikerin in Ottawa (Kanada) und starb 1965 im 77. Lebensjahr. – ›Die Geschichte der jungen Renate Fuchs‹ war im Vorabdruck in der ›Neuen Deutschen Rundschau‹ vom Januar bis Juli 1900 erschienen.

5] *Die Mitterwurzer:* Olga bittet in ihrem Brief A. S. um die Vermittlung der Bekanntschaft mit Wilhelmine Mitterwurzer, geb. Rennert (1848-1909), die von 1871 bis zu ihrem Tode Mitglied des Hofburgtheaters und mit dem Schauspieler Friedrich Mitterwurzer verheiratet war (s. Anmerkung 4 zum 16. 5. 1895).

390 6] *Klara Militsch:* ›Klara Militsch‹, Novelle (1882) von Iwan S. Turgenjew (1818-1883).

7] *hochgemut:* Dieses selten gebrauchte Wort erscheint Jahrzehnte später in der Novelle ›Fräulein Else‹. Dort heißt es: »Hochgemut sind Sie, nicht hochmütig, Else.« (Erz. Schriften II, Seite 325).

8] *Die Sezessionsbühne:* Das Ensemble der Berliner Secessionsbühne am Alexanderplatz, der u. a. die Schauspieler Rudolf Christians, Friedrich Gregori, Friedrich Kayssler und Max Reinhardt sowie Else Heims angehörten, gastierte vom 14. 7. bis 2. 8. im Theater in der Josefstadt.

9] *Café unter den Arkaden:* Das Arkadencafé in der Reichsratsstraße im 1. Wiener Gemeindebezirk, hinter der Universität.

10] *Elsbeth Meyer-Förster:* geborene Blasche (1868-1902). Schriftstellerin. Seit 1890 die Frau des deutschen Erzählers und Dramatikers Wilhelm Meyer-Förster (1862-1934), des Verfassers u. a. des Schauspiels in 5 Akten ›Alt-Heidelberg‹. Die Secessionsbühne führte anläßlich dieses Gastspiels in Wien ihr Drama in 3 Akten ›Der gnädige Herr‹ auf.

4. 8. 1900

1] *Hugo Hofm.:* von Hofmannsthal. 390

2] *»Marionetten«:* Die Uraufführung fand am 8. 3. 1901 in Wolzogens Buntem Theater ›Überbrettl‹, Berlin, statt. Jetzt in E u. V, S. 269 ff. 1904 umgearbeitet unter dem Titel ›Zum großen Wurstel‹, Burleske in einem Akt, erstmals in ›Die Zeit‹ vom 23. 4. 1905 (Osterausgabe) erschienen. (S. auch Brief vom 11. 4. 1905). EA: ›Marionetten. Drei Einakter‹. Berlin, S. Fischer 1906. (›Der Puppenspieler‹; ›Der tapfere Cassian‹; ›Zum großen Wurstel‹.)

3] *Onkel mit Familie:* Felix Markbreiter. Seine Kinder: Charles Gustavus (Gustav), geb. 1886; Amelia Margaret (Sissy), geb. 1887; Andrée Marie, geb. 1888. 391

4] *Afrika:* Dort war im Oktober 1899 der Burenkrieg ausgebrochen, der 1902 zu Ende ging. Am 1. 9. 1900 wurde die Südafrikanische Republik zur britischen Kolonie erklärt.

5] *China:* Mitglieder von chinesischen Geheimgesellschaften (Boxer) stifteten 1900 einen Aufstand gegen die Fremden im Lande an. (Vgl. A. S.'s Fragment ›Boxeraufstand. Entwurf zu einer Novelle‹. ED: ›Die Neue Rundschau‹, 68. Jahrgang 1957, Erstes Heft. Jetzt in: Erz. Schriften I.)

6] *in Detmold:* In einem eventuellen Engagement. 392

7] *Paul:* Marx, s. Anmerkung 10 zum 17. 7. 1900.

23. 8. 1900 392

1] *seiner Frau:* Ella Hirschfeld, s. Anm. 4 zum 7. 10. 1898 und Anm. 12 zum 27. 8. 1909.

2] *Friedjung:* Heinrich F. (1851-1920). Historiker. Gründete 1883 die ›Deutsche Wochenschrift. Organ für die gemeinsamen Interessen Österreichs und Deutschlands‹, die er drei Jahre leitete. Dann war er Chefredakteur der ›Deutschen Zeitung‹ in Wien. 1891 wurde er in den Wiener Gemeinderat gewählt. (Hauptwerke: ›Der Kampf um die Vorherrschaft in Deutschland 1859-1866‹; ›Kaiser Karl IV. und sein Anteil am geistigen Leben seiner Zeit‹; ›Der Krimkrieg und die österreichische Politik‹.) 394

3] *in Meran:* A. S. kehrte nach dreitägigem Aufenthalt in Meran am 1. 9. nach Wien zurück.

4] *in Wien ärgere ich mich weiter:* Am Tag nach seiner Rückkehr erhielt A. S. von Schlenther einen Brief mit der endgültigen Ablehnung des ›Schleiers der Beatrice‹. Der Vorfall gab Anlaß zu einer Protesterklärung, unterzeichnet von den Schriftstellern und Kritikern Hermann Bahr, Julius Bauer, Jakob Julius David, Robert Hirschfeld, Felix Salten und Ludwig Speidel, die in den führenden Wiener Tageszeitungen veröffentlicht wurde. In dieser Erklärung heißt es: »Wir erheben Einspruch dagegen, daß es dem Direktor des Burgtheaters gestattet sein soll, sich in so auffallender Weise zu widersprechen und im September ein Stück abzulehnen, dessen Erstaufführung er im Februar gewünscht hat.« Und weiter: »Wir erachten es im Interesse der Autorität des Direktors des Burgtheaters für geboten, daß sein in Ausübung des Amtes hinausgegebenes Wort einer gewissen Verläßlichkeit nicht entbehre, und wir sahen uns genötigt, in dem vorliegenden Fall das Wort zu ergreifen, weil das Verfahren, das hier gegen einen bekannten Schriftsteller geübt wurde, uns mit aufrichtiger Besorgnis für die Behandlung erfüllt, die heranwachsenden, noch nicht beglaubigten Talenten am Burgtheater zu Teil werden.« Weitere öffentliche Erklärungen von seiten Schlenthers und A. S.'s beendeten diesen Vorfall, der in der deutschen und österreichischen Presse ausführlich besprochen wurde. (Vgl. Otto P. Schinnerers Aufsatz ›Schnitzlers »Der Schleier der Beatrice«‹, ›The Germanic Review‹, vol. VII, no. 3, New York, July 1932, p. 263 ff.

5] *Balkonscene:* ›Romeo und Julia‹, 2. Akt, 2. Szene.

6] *»wenn Sie einmal in Ihrem Leben hin kommen«:* Olga an A. S. am 8. 8.: »Grüßen Sie mir Salzburg; das ist eine Stadt, auf die ich besonders neugierig bin. Paul [Marx] hat uns neulich davon erzählt: es liege eine Peter-Altenberg-Traumstimmung über den Straßen, [...] Vielleicht komme ich sogar noch bis nach Salzburg in meinem Leben!« (S. Anmerkung 1 zum 22. 6. 1901).

395 7] *»Fürst und Dichter«:* Olga schlägt in ihrem Brief vor: »Könnte man den Clemens [in ›Literatur‹] nicht zum Fürsten avancieren lassen, damit Sie ›Fürst und Dichter‹ gleich als typische Bezeichnung haben? – und etwa auch als Titel? –«

8] *»Ellen von der Weiden«:* ›Ein Tagebuch‹ von Gabriele Reuter erschien von Ende Juni bis 9. August 1900 in 35 Fortsetzungen in der ›Neuen Freien Presse‹. Bis 1933 erreichte die Buchausgabe bei S. Fischer, Berlin, 65 Auflagen!

9] *Necker:* Moritz N. (1857-1915). Österreichischer Schriftsteller. Olga über ihn am 10. 8.: »Moriz Necker schreibt heut über ›Die

Weber‹. Er ist der sympathischeste unter den Kritikern; ganz merkwürdig gescheit.«

10] *Der Kadett . . . »Herzog«??:* Olga schreibt an A. S. über einen Jüngling im Hause, in dem sie in Payerbach wohnt, der »in die Cadettenschule kommt, . . . zum Soldaten wie geschaffen« sei [. . .] »Typus – ›Herzog‹ in spe.«

11] *Ludwig Wolff:* 1876-? Aus Österreichisch-Schlesien gebürtiger Erzähler; Dramaturg am Theater in der Josefstadt.

12] *Agnes Jordan Traum:* ›Agnes Jordan‹, Schauspiel in 4 Akten von Georg Hirschfeld.

13] *Victor Léon:* (ursprünglich Hirschfeld, 1858-1940). Dramaturg, Regisseur, Verfasser von Volksstücken und Operettentexten, u. a. ›Opernball‹ (Heuberger); ›Wiener Blut‹ (Strauß).

14] *Elly:* Hirschfeld, s. Anm. 4 zum 7. 10. 1898 u. Anm. 12 zum 27. 8. 1909.

15] *die Entrüsteten:* S. Anmerkung 2 zum 9. 7. 1900.

19. 10. 1900

Das Datum wurde in O. G.'s Handschrift hinzugefügt. *396*

Novelle von Hieronymo: Arbeitstitel für die Erzählung ›Der blinde Geronimo und sein Bruder‹, am 27. 10. beendet und in vier Nummern der ›Zeit‹ zwischen 22. 12. 1900 und 12. 1. 1901 erstmals veröffentlicht. (Damals noch unter dem Titel ›Der blinde Hieronymo und sein Bruder‹.) Jetzt in: Erz. Schriften I.

15. 11. 1900

1] *eine Erzählung:* Sie erschien am 25. 12. unter dem Titel ›Lieutenant Gustl‹ in der ›Neuen Freien Presse‹. Unter demselben, mit dem Zusatz »Novelle« und illustriert von Moritz Coschell, als Einzelausgabe 1901 bei S. Fischer erschienen, erreichte sie bis 1919 21 Auflagen. Jetzt in Erz. Schriften I. *397*

2] *nicht bös gemeinte Bemerkung:* Nichts Näheres darüber im Tgb. Herzl antwortet am 16. 11.: »Lieber Freund Schnitzler, ich habe Sie und Ihr Talent immer zu gern gehabt, um Ihre liebenswürdige Erklärung nicht mit dem größten Vergnügen und Dank anzunehmen. Bedenken Sie, wie viel Unrecht man mir tut, der ich doch kein engherziger oder übelwollender Mensch bin, und Sie werden begreifen, daß ich mit der Zeit empfindlich werde. / Also Schwamm drüber.«

397 17. 11. 1900

398 *Ich reise Montag:* A. S. war vom 22. bis 24. 11. in Breslau, wo er am Vormittag des 23. 11. einer Probe des ›Schleiers der Beatrice‹ im Lobe-Theater beiwohnte und abends im Anschluß an eine Vorlesung von Elisabeth Meyer-Förster seine Novelle ›Lieutenant Gustl‹ las. Vom 24. bis 28. war A. S. in Berlin, dann fuhr er nach Breslau zurück, wo am 1. 12. die Uraufführung des ›Schleiers der Beatrice‹ stattfand. (Tgb: »Viel Beifall, viel Opposition. – Schlechte Aufführg. –«) Auch Marie Glümer, Kerr, Bahr, Salten und Bukovicz wohnten der Premiere bei. Mit den drei letzteren kehrte A. S. am 2. 12. nach Wien zurück.

1901

17. 1. 1901

400 1] *des Stückes:* ›Der Schleier der Beatrice‹ (s. Anmerkung zum 17. 11. 1900).

2] *Das Volkstheater:* Das Wiener Deutsche Volkstheater spielte das Stück nicht. Die Wiener Erstaufführung fand am 23. Mai 1925 am Burgtheater unter der Regie von Franz Herterich (1877-1966) und mit Hilde Wagener (geb. 1904) als Beatrice statt.

5. 3. 1901

401 1] *Berlin:* Ort und Datum von O. G. mit Bleistift hinzugefügt. A. S. war vom 3. bis 10. 3. in Berlin, wo am 8. 3. die Uraufführung von ›Marionetten‹ (s. Anmerkung 2 zum 4. 8. 1900) stattfand, nachdem Otto Brahm am 12. 2. an A. S. geschrieben hatte »daß das liebenswürdige Stückchen leider zu unserem Zweck nicht passe und das Publikum im Deutschen Theater nicht die dafür erforderliche Empfänglichkeit haben würde«. Gleichzeitig riet er, es Wolzogen zu überlassen. »Dort würde es nach meinem Gefühl des nachdrücklichsten Erfolges sicher sein.«

2] *einen vacirenden Mimen:* Programm im A. S.-Archiv nicht vorhanden. Die ›Vossische Zeitung‹ vom 9. 3. berichtet wohl über die Aufführung, nennt jedoch keine Besetzung.

3] *für den ernsten Freund:* In dem Einakter ›Zum großen Wurstel‹ heißt er »der traurige Freund«.

4] *Brackenburg:* »Ein Vetter Brackenburgs« (der Figur in Goethes ›Egmont‹).

5] *Den Helden:* Die Figur heißt »Der Held des Stückes«.

6] *Hofmeister:* Oscar H. (1868-?) 1893-99 Mitglied des Hofburgtheaters, 1899 am Berliner Theater, 1900 an der Secessionsbühne in Berlin, von wo er 1901 zu Brahm kam. 1904 ging er dann an das Stuttgarter Schauspielhaus und wurde schließlich Sprachmeister in Reinhardts Schauspielschule.

7] *Strizi:* richtig Strizzi, vom italienischen strizzare: Strolch.

8] *Wolzogen:* Ernst Freiherr von W. (1855-1934). Verfasser humoristischer Gesellschaftsromane und Dramatiker. 1893-99 in München, gründete 1897 mit Ludwig Ganghofer die ›Literarische Gesellschaft‹. Am 18. 1. 1901 eröffnete er in Berlin das literarische Kabarett ›Buntes Theater (Überbrettl)‹.

9] *die wirkliche Liesl:* Elisabeth Gussmann (s. Anmerkung 8 zum 17. 7. 1900.

10] *Wohlbrück:* Olga W. (1867-1943). Schriftstellerin und Schauspielerin. Seit 1899 in zweiter Ehe mit Leo Feld (Hirschfeld) verheiratet (s. Anmerkung 3 zum 2. 6. 1904). 1903 heiratete sie in dritter Ehe den Komponisten Waldemar Wendland (1873-1947).

11] *bei Gl.s:* Tgb 3. 3.: »Gusti Gl. [Glümer] holt mich. Mit ihr zu M. G. [Mizi Glümer] Sonderbar, bewegt; sie weiß noch nicht, was ihr fehlt, man wagt nicht es ihr zu sagen. – Fühle wieder tief, daß ich keine mehr liebe als sie. –« Um welche Erkrankung es sich handelte, war nicht festzustellen.

12] *Du – wärst die Ruh:* Anspielung auf das von Franz Schubert *402*
(1823) vertonte Gedicht Friedrich Rückerts ›Du bist die Ruh‹.

8. 3. 1901

Ort und Datum sind von O. G. mit Bleistift handschriftlich hinzu- *402*
gefügt.

1] *M. G.:* Marie (Mizi) Glümer.

2] *Goldm.:* Goldmann.

3] *Petrasch:* Eugenie P., geborene Wohlmuth (1860-?), Schriftstellerin und Vortragsmeisterin. Als Professorin für dramatische Kunst am Wiener Konservatorium war sie Lehrerin von Olga und Liesl Gussmann. Ihre Schwester war mit dem Wiener Musikkritiker Eduard Hanslick (1825-1904) verheiratet.

4] *Lindau:* Paul L. (1839-1919). Erzähler, Dramatiker und Kritiker. 1895-99 Intendant des Meininger Hoftheaters, Direktor des Berliner Theaters, des Deutschen Theaters, dann 1. Dramaturg der Kgl. Schauspiele Berlin. Gründete (1872) ›Die Gegenwart. Wochenschrift für Literatur, Kunst und öffentliches Leben‹. Herausgeber von ›Nord und Süd. Eine deutsche Monatsschrift‹.
5] *als Pratergast:* Tgb 8. 3.: »Marionetten fielen ziemlich ab. Ich saß auf der Bühne, im Volk, mit Gusti Gl[ümer] –«
6] *Die Bunte Bühne:* A. S. meint Wolzogens ›Buntes Theater‹ (s. Anmerkung 8 zum 5. 3.).
7] *die Klara:* Die Rolle der Klara Spohr in Hebbels ›Maria Magdalena‹.

22. 3. 1901

403 1] *Zwillingsschwester:* ›Die Zwillingsschwester‹, Lustspiel in 4 Akten von Ludwig Fulda. A. S. sah die Aufführung am 6. 3. in Berlin.
2] *über Genua:* A. S. fuhr am 25. 3. nach Nizza und über Genua – Pisa nach Rom. Dort hielt er sich vom 31. 3. bis 11. 4. auf. Bis 17. 3. war er in Florenz; er kehrte am 19. 4. über Bologna nach Wien zurück.

25. 3. 1901

403 Die Briefe an O. G. von dieser Reise sind durchnumeriert und nach Wien IX., Grüne Thorgasse 17 adressiert.
1] *auf dem S.:* Semmering.
2] *in der Küber-Gegend:* Küb, ein Höhenkurort, nahe von Payerbach, wo A. S. und Olga im Sommer 1900 weilten.
3] *Souvenirs d'égotisme:* ›Souvenirs d'égotisme, autobiographie et lettres inédites‹ (1892).

404 26. 3. 1901
1] *Beer H.:* Beer-Hofmann.
2] *Lou Salomé:* Lou Andreas-Salomé (s. Anmerkung 2 zum 1. 9. 1895).
3] *René Rielke:* Rainer Maria (René) Rilke, s. Anmerkung 1 zum 13. 4. 1899.
4] *Conc. Rosenthal:* A. S. war am 20. 3. bei einem Konzert des Pia-

nisten Moriz Rosenthal gewesen; um welchen Dr. Kaufmann es sich hier handeln mag, geht aus dem Tgb nicht hervor.

5] *Gerstner:* Die bekannte, heute noch existierende Konditorei in Wiens Innenstadt.

6] *Magda Fuchs:* Sie war seit 1897 mit Dr. iur. Heinrich Graf Taaffe (1872-1928) verheiratet und starb 1918. *405*

7] *Frau Horwitz:* Es dürfte sich um die Mutter der Schauspielerin Mirjam Horwitz handeln.

8] *»Die bösen Mütter«:* Gemälde von Giovanni Segantini (1858 bis 1899).

9] *Joseffi:* Josef Josephi (ursprünglich Ichhäuser, 1852-1920). Schauspieler, später Operettentenor.

27. 3. 1901 *406*

1] *Mont Eberlé:* Über Montée Eberlé gelangt man zur Festung.

2] *mit der elektrischen:* In Österreich gebräuchlicher Ausdruck für Straßenbahn. *407*

28. 3. 1901 *407*

1] *die geredteste Partie:* Eine zwischen zwei Familien durch viel Reden, Zureden und Besprechungen zustande gebrachte Ehe. *408*

2] *Röcknitz:* Der Freiherr von R. auf Witzlingen ist eine Figur in Sudermanns dreiaktigem Schauspiel ›Das Glück im Winkel‹ (1896).

3] *Liesl:* Gussmann. *409*

4] *Beroldsheimer:* richtig Martin Berolzheimer. Vize-Generalkonsul der Vereinigten Staaten von Amerika in Wien.

5] *Hinterbrühl:* Als Sommerfrische beliebter Ort; 20 km südlich von Wien.

6] *Zabel:* Eugen Z. (1851-1924). Literarhistoriker, Schriftsteller. *410*

29. 3. 1901

1] *Wärndorfers:* Samuel W. (gestorben 1912) und Bertha W., geb. Neumann (gest. ca. 1921). Ihre Tochter, Marie, genannt Lisa (gestorben ca. 1957 in Beverly Hills, Kalifornien), war die Frau von Georges Sachs des Renaudes (gest. 1931). Die beiden Söhne des Ehepaares Wärndorfer waren August (1865-ca.1942), Sachverständiger und Schätzmeister für orientalische Kunst, und Fritz (1868 bis 1939 in New York), der (als Förderer) zusammen mit Josef Hoff- *410* mann (1870-1956) und Kolo Moser (1868-1918) die ›Wiener Werkstätte Productiv-Gemeinschaft von Kunsthandwerkern‹ gründete.

2] *Minni's der Benediktinerin:* Hermine Marie (Minnie) Benedict (gestorben an ihrem 57. Geburtstag am 25. 11. 1928). Sie heiratete 1918 Herbert Graf Schaffgotsch (1860-1943). Ihre Mutter, Marianne Benedict, geborene Neumann (gest. 1930), und Bertha Wärndorfer waren Schwestern.

411 3] *Rhigi:* Das Hotel-Restaurant Righi bei dem hochgelegenen Forte Castellaccio.

4] *einige Paläste:* Palazzo Rosso und der gegenüberliegende Palazzo Bianco, aus dem 16. Jh., mit Kunstsammlungen.

5] *Götter neben mir:* Anspielung auf das erste Gebot: »Du sollst keine anderen Götter neben mir haben« (2. Mos. 20, 3).

412 31. 3. 1901 Nachmittag

413 *»da jener Herr Pisa ...«:* Anspielung auf die Worte des Herzogs im 2. Akt des ›Schleiers der Beatrice‹: »Ich will nicht sein, wie dieser Herr von Pisa, / der mit dem Szepter durch die Straßen ritt!« (Dram. Werke I, Seite 609).

1. 4. 1901

414 1] *Wassermanns:* Jakob und Julie. Er arbeitete damals an seinem Roman ›Der Moloch‹ (S. Fischer, Berlin 1902).

415 2] *»mit meines Geistes Aug«:* ›Hamlet‹, 1. Akt, 2. Szene.

2. 4. 1901

1] *mit W.'s:* Wassermanns.

417 2] *Petrasch:* S. Anmerkung 3 zum 8. 3. 1901.

3] *Römpler:* Alexander R. (1860-1909). Mitglied des Hofburgtheaters von 1890 bis zu seinem Tode. Er war der Lehrer der Schwestern Gussmann an der Schauspielschule. Seine Frau war die Burgschauspielerin Hedwig Bleibtreu (1868-1958). A. S. erwarb 1910 die Römplersche Villa in der Sternwartestraße 71, wo er mit seiner Familie bis zu seinem Tode wohnte.

4] *Jesusroman:* Wassermann schrieb am 21. 3. 1902 an Hedwig Fischer: »... Jetzt kommt der Moloch, dann Alexander in Babylon, dann Engelhart Ratgeber, dann Christus, jedes muß ein Schlag sein.« (Vgl. Peter de Mendelssohn, ›S. Fischer und sein Verlag‹, S. 347).

5] *Julian der Apostat:* Flavius Claudius Julianus, römischer Kaiser 361-363, wegen Rückkehr zum Heidentum »Apostata« (»der Abtrünnige«) genannt.

4. 4. 1901

1] *Die Petrasch:* Olga schrieb am 28. 3. an A. S., daß »die Petrasch 418
den Mädeln vom 1. Jahrgang verbietet, mit ›den Gussmanns‹ zu verkehren; den Grund brauchen sie nicht zu wissen ... Ich habe gefiebert vor Wut. –«

2] *Hülsen:* Georg Graf von Hülsen-Haeseler (1858-1922). Intendant der Königlichen Schauspiele in Wiesbaden, ab 1904 auch des Berliner Hoftheaters. Olga hatte erfahren, daß eine Schauspielerin ihres Fachs in Wiesbaden gesucht, mittlerweile aber eine andere von Hülsen bereits engagiert worden war.

3] *Schwarzkopf:* Olga schrieb am 28. 3. an A. S.: »Am Schottenthor traf ich Schwarzkopf, [...] Er hat eine Menge gescheidter Dinge gesagt, wir haben vom Anatol und von Dir gesprochen. Vom Egoismus: zu oberst Hugo [von Hofmannsthal], dann Richard [Beer-Hofmann], dann Du. Er meint, Du seist wohl äußerlich im Stande, jemandem Opfer zu bringen, aber innerlich bist Du zu sehr mit Dir beschäftigt, um eine ganze Stunde lang über irgend jemanden nachzudenken; so wie er es oft über Dich thut. Ich sagte ihm, ich sei davon überzeugt, daß er Dir einer der liebsten Menschen sei, aber er meint, das sei kein Beweis. Du bist so und Du kannst nichts dafür. – Dann über Deine frühere Zeit. Er meint, Du hast gewiß nie darunter gelitten, daß Du so lange gebraucht hast, um zu Dir zu kommen. Du hast früher nicht viel über Dich nachgedacht, weil es Dir zu gut gegangen ist, und Du zu viel mit Deinem Vergnügen beschäftigt warst. Die sogenannten Freunde, mit denen Du nur Abenteuer gemeinschaftlich erlebt hast. Dann wegen Anatol, meint er, er könne es nicht leiden, wenn Menschen nichts besseres zu thun haben, als unausgesetzt zu lieben, und noch dazu mit der größten Wichtigkeit über die ›Seele‹ der betreffenden Circusdamen und Ballettmädeln nachdenken. / Ich bin immer bemüht, Dich vor mir selbst in's bestmöglichste Licht zu setzen. Schw. nimmt alle Dinge bei ihrer zweifelhaftesten und dunkelsten Seite.«

4] *Die gleichen dummen Thränen:* Filippo, im 1. Akt des ›Schleiers der Beatrice‹: »Und als / Der Fächer dir zerbrach am ersten Abend, / Im selben Augenblick, da hinter dir / Die Tür zum Garten schloß, in diese Schatten / Wie in die Dunkel eines neuen Schicksals / Du tratest, hast du damals nicht geweint? / So große, dumme Tränen einem Fächer – / Und mir! Denn eins ist dir so schwer, so leicht / Wie's andre! Lebe wohl!« (Dram. Werke I, Seite 577 f.).

420 5] *Burckhardt:* Jacob B. (s. Anmerkung 17 zum 27. 7. 1891). Um Verwechslungen zu vermeiden, wurde der Name – von A. S. zumeist Burckhard geschrieben – korrigiert. (›Der Cicerone. Eine Anleitung zum Genuß der Kunstwerke Italiens‹, 1855.)

6] *Tasso:* Torquato T. (1544-1595).

7] *Jaray u Frau:* Alexander J. (s. Anmerkung 3 zum 29. 9. 1892). Seine Frau, Lea, übernahm 1919 die Wiener Galerie Würthle, setzte sich sehr für die moderne Kunst in Österreich ein und starb als Emigrantin 1969 in London.

5. 4. 1901

420 Die Ortsangabe wurde nachträglich von O. G. mit Bleistift hinzugefügt.

421 1] *Cellini:* (S. Anmerkung 2 zum 3. 10. 1898.) Er soll bei der Belagerung Roms durch kaiserliche Söldnertruppen im Jahre 1527 den Connetable Karl von Bourbon erschossen haben.

2] *Cagliostro:* Alessandro Graf von C. (ursprünglich Giuseppe Balsamo, 1743-1795). Abenteurer; 1789 in Rom wegen Ketzerei zum Tod verurteilt, dann vom Papst zu lebenslänglicher Haft begnadigt. (Vgl. Goethes ›Der Groß-Cophta‹, Lustspiel in 5 Akten, 1791).

3] *für ein historisches Trauerspiel:* Wohl Anregung zu ›Die Frau mit dem Dolche‹. A. S. arbeitete im Frühjahr und Sommer 1901 an dem Einakter. EA: ›Lebendige Stunden. Vier Einakter‹, S. Fischer, Berlin 1902. Jetzt in: Dram. Werke I.

4] *Für Julian:* Die Figur des Julian Fichtner in dem ›Junggesellenstück‹, dessen erste Fassung A. S. im Sommer 1901 abschließt. (S. Anmerkung 8 zum 3. 5. 1900.)

422 9. 4. 1901 Vormittag

423 1] *(mit W.s):* Jakob und Julie Wassermann.

424 2] *mit Jaray's:* S. Anmerkung 7 zum 4. 4. 1892.

3] *ctm:* centesimi.
4] *Goethe:* ›Italienische Reise für Frau von Stein‹ (1786-88).
5] *Taine (Italie):* ›Voyage en Italie‹ (1866) von Hippolyte Taine.
6] *Gschnas:* Wienerisch für Plunder, Talmi, wertloses Zeug.

11. 4. 1901 425
1] *Burkhard:* S. Anmerkung 3 zum 1. 9. 1895. 426
2] *Chimborasso:* richtig Chimborazo; erloschener Vulkan in Equador.
3] *Brociner:* Marco B. (1852-1942). Redakteur beim ›Bukarester Tageblatt‹, seit 1887 in Wien. Theaterkritiker, Erzähler und Dramatiker. (Werke u. a.: ›Jonel Fortunat‹, Roman, 1889; ›Aus der Tragikomödie des Lebens‹, Erzählungen, 1890; ›Radu Gleva‹, Roman, 1892; ›Hochzeit von Valeni‹, Schauspiel, zusammen mit Ludwig Ganghofer, 1889). 427
4] *seine schriftstellerischen Werke:* Max Burckhard schrieb u. a.: ›Ästhetik und Sozialwissenschaft‹, 1895; ›s' Katherl‹, Volksstück, wofür er 1898 den Raimundpreis erhielt; ›Theater. Kritiken, Vorträge und Aufsätze‹, 1904.
5] *kauft sich vielleicht ein Rad:* Als Original, das er war, verließ Burckhard 1899 das Burgtheater in voller Uniform mit Orden – auf dem Fahrrad.
6] *Ellen Key:* 1849-1926. Schwedische Essayistin, Frauenrechtlerin. (Werke u. a.: ›Das Jahrhundert des Kindes‹, S. Fischer, 1902; ›Über Liebe und Ehe‹, S. Fischer, 1904). (Vgl. Georg Brandes: ›Ellen Key‹ in Gesammelte Schriften, IV. Band, 3. Teil.)
7] *Helge Rhode:* richtig Rode (1870-1937). Lyriker, Essayist und Dramatiker. (›Königssöhne‹, Schauspiel in 4 Akten, 1896). Bei aller Bewunderung war er ein scharfer Kritiker von Georg Brandes (Vgl. Brandes' Kritik von Rodes Dramen: ›Helge Rode‹, Gesammelte Schriften, IV. Band, 3. Teil.
8] *Heine:* Heinrich H. (1797-1856). ›Reisebilder‹ (1827-31).
9] *Gsell Fels:* Theodor G. F. (1810-1898). Verfasser von Reise-und Kunstführern für Italien.
10] *Ephraim:* Sohn Josephs, Ahnherr des israelitischen Stammes Israel.
11] *Lea:* Frau Jakobs, des Stammvaters Israels.
12] *die englischen Verwandten:* S. Brief vom 16. 4. 1901.

12. 4. 1901

429 1] *Es filippelt:* Anspielung auf die Figur des Dichters Filippo Loschi in ›Der Schleier der Beatrice‹.

2] *wo wir an lichten Tagen nicht hinabschauen:* ›Der Schleier der Beatrice‹, 2. Akt. Herzog: »Er ist's! Heut weiß ich's! / Und weiß auch, daß ich's wußte tief in mir, / Wo wir an lichten Tagen nicht hineinsehn, [. . .]« (Dram. Werke I, Seite 608).

14. 4. 1901

430 1] *großherzogliche Madonna:* Die ›Madonna del Granduca‹ von Raffaello Santi da Urbino (1483-1520).

2] *Andrea del Sarto:* eigentlich Andrea d'Angelo (1486-1531). Florentinischer Maler.

3] *Perugino:* Pietro Vannucci, genannt Perugino (um 1448-1523). Hauptmeister der umbrischen Malerschule, Lehrer Raffaels.

432 4] *Margarethe Fürst:* Nicht identifiziert.

5] *Gábor Nobel:* richtig Nobl (1864-1938). Später Vorstand der dermatologischen Abteilung der Allgemeinen Poliklinik in Wien. Jugendfreund A. S.'s, der bei der privaten Theateraufführung anläßlich des 25. Jahrestags der Promotion und des Eintritts in die Redaktion der ›Wiener Medizinischen Presse‹ von Professor Johann Schnitzler am 1. 6. 1886 mitwirkte. (Vgl. ›Jugend in Wien‹, 5. Buch.) Nobl verübte Selbstmord.

15. 4. 1901

432 1] *Rosmer-Probe:* Wohl die Probe eines Stücks von Ernst Rosmer (Pseudonym für Elsa Bernstein, s. Anmerkung 2 zum 2. 10. 1897).

2] *diese bösen Stunden:* Es handelt sich um eine Schwangerschaft, die Olga nicht meldete.

3] *mein »Papier«:* Tgb 14. 4.: »Nm ›Junggesell‹ überdacht. –«

433 4] *Der harte Lyriker:* Gemeint ist die Figur des Sala im ›Einsamen Weg‹.

5] *Schaeffer:* Im Tgb erwähnt A. S. am 14. 4. »E. Schaefer« – wohl den Kunsthistoriker Emil Schaeffer (geb. 1874 in Österreichisch-Schlesien), Verfasser von ›Arthur Schnitzler. Eine Studie‹ in ›Die Gesellschaft‹, XIII, 4, 1897, und u. a. einer Monographie über van Dyck.

6] *bin ich Bologna schuldig:* Das Drama ›Der Schleier der Beatrice‹ spielt größtenteils in Bologna.

16. 4. 1901

1] *Cousin Gustav:* Gustav Frid, Seniorchef des Bankhauses Frid & 434
Thiemann. Seine Mutter, Emma Frid geb. Markbreiter (1845-1903), war eine Schwester von A. S.s Mutter. Im Februar 1928 war er zu Gast im Hause Marcus Hajek, stürzte bewußtlos zusammen und starb noch in derselben Nacht im Alter von 62 Jahren.

2] *Goethe und Römpler:* offenbar studierte Olga damals bei Römpler eine Goethe-Rolle.

3] *meines Lüsterrocks:* Lüster: ein glänzender Wollstoff aus Mo- 435
hairgarn mit Kammgarn, Baumwolle und Seide gemischt.

8. 6. 1901

1] *ein Brief wie Ihr letzter:* Ein Dankesbrief für »die Dedication 435
des ›Leutnant Gustl‹« aus Karlsbad vom 28. 5.

2] *mein nächstes Stück:* Tgb 15. 6.: »›Herbst‹ begonnen.« Vom 1. bis 7. 7. arbeitete A. S. »ohne viel Glück am Junggesellen (Herbst).« Es handelt sich also um einen weiteren Arbeitstitel für den ›Einsamen Weg‹.

22. 6. 1901

1] *Salzburg:* A. S. reiste mit Olga am 11. 6. nach Salzburg; vom 436
26. bis 28. waren sie in Innsbruck, und am 29. trafen sie mit Liesl Gussmann in Landeck zusammen. Vom 1. bis 12. 7. hielten sich die drei in St. Anton am Arlberg auf. Am 13. 7. besuchte A. S. die Ehepaare Wassermann und S. Fischer. Vom 13. 7. bis 12. 8. Aufenthalt in Vahrn, über Bozen vom 16. bis 26. 8. in Welsberg, wohin Paul Goldmann und Richard Beer-Hofmann zu Besuch kamen. Von Villach in Kärnten fuhren Olga und Liesl Gussmann am 27. 8. nach Wien zurück. A. S. hielt sich vom 27. bis 29. 8. in Pörtschach/Wörthersee auf und kehrte am 30. 8. (mit Paul Goldmann) nach Wien zurück.

2] *Observer:* Noch heute ein Büro für Zeitungsausschnitte und Personalnachrichten.

3] *Arthur W.:* Vermutlich A. S.'s Vetter, Arthur Wilheim (auch Willheim) jun., der in Budapest lebte. Seine Mutter, Johanna W., geborene Schnitzler (gest. 1925), war eine jüngere Schwester von A. S.s Vater. Arthur W. heiratete 1910 Ida geb. Eisenschimel, die Tochter von Ludwig und Antonie E., geb. Schubert.

4] *Leitartikel der N. Fr. Pr.:* Aus diesem Artikel erfuhr A. S., daß er seiner Militärcharge verlustig erklärt worden war. Der Beschluß lautete wörtlich: »Der Ehrenrat der Landwehroffiziere und Kadetten, Wien, hat über die wider den Oberarzt Dr. Arthur Schnitzler im Verhältnis der Evidenz des k. k. Landw. I. R. Klagenfurt Nr. 4 erhobene Anschuldigung, daß er als dem Offiziersstande angehörig eine Novelle verfaßte und in einem Weltblatte veröffentlichte, durch deren Inhalt die Ehre und das Ansehen der österr. u. ung. k. u. k. Armee herabgesetzt wurde, sowie daß er gegen die persönlichen Angriffe der Zeitung ›Reichswehr‹ keinerlei Schritte unternommen hat.« (Vgl. Otto P. Schinnerer ›Schnitzler and the Military Censorship, Unpublished Correspondence‹, ›Germanic Review‹, vol. V, no. 3 [July 1930] sowie ›Die Wahrheit über »Leutnant Gustl«‹ in ›Die Presse‹ [Wien] vom 25. 12. 1959).

5] *Allg. Ztg.:* ›Wiener Allgemeine Zeitung. 6 Uhr Blatt‹, s. Anmerkung 5 zum 15. 10. 1894.

6] *Ostdeutsche Rundschau:* Wiener Tageszeitung mit Abendblatt, hrsg. von Karl Hermann Wolf (s. Anmerkung 15 zum 9. 9. 1899).

7] *Deutsche Zeitung:* Christlichsoziales Organ. Wiener Tageszeitung. Der von A. S. erwähnte Artikel erschien am 21. 6. 1901.

8] *Hilsner:* S. Anmerkung 11 zum 29. 9. 1899.

437 9] *Die Bozner Geschichte:* Dort war es wenige Tage zuvor auf offener Straße zu einer blutigen Auseinandersetzung zwischen einem Infanterie-Oberleutnant und einem Magistratsbeamten gekommen, wodurch Letzterer durch einen Säbelhieb schwer verletzt worden war. Der Oberleutnant, der sich vor der ihn verfolgenden Volksmenge zurückziehen mußte, schlug mit dem Säbel einen Malergehilfen nieder, der gleichfalls schwer verletzt wurde. Vor der Kaserne erfolgten dann lärmende Demonstrationen. Als Ursache des Rencontres werden in den Zeitungsberichten wiederholte Reibungen zwischen Zivilisten und Offizieren angegeben.

10] *Grödner Thal:* Damals Südtirol, heute Val Gardena/Italien.

26. 6. 1901

1] *in der Reichswehr:* ›Die Reichswehr‹, konservative Wiener Tageszeitung (1889-1904). Herausgeber war der Lustspielautor (u. a. ›Die Katakomben‹) Gustav Davis (ursprünglich David, 1856-1951), der später die ›Kronenzeitung‹ herausgab. Die ›Reichswehr‹ wurde hauptsächlich in Militärkreisen gelesen, erschien zweimal täglich; Sonntagbeilagen abwechselnd ›Der Kamerad‹ und ›Die Vedette‹. Am 22. 6. 1901 erschien folgender Artikel eines anonymen Kritikers unter dem Titel ›Leutnant Gustl‹: »[...] besehe man sich den Fall Schnitzler doch auch einmal von der anderen Seite, vom Standpunkte des Officiers, der Armee. Da ist es vor Allem ganz gleichgiltig, was Herr Schnitzler literarisch wollte oder nicht wollte, als er den ›Lieutenant Gustl‹ niederschrieb. Auf die Beurtheilung künstlerischer Intentionen und literarischer Tendenz läßt sich kein Officiers-Ehrenrath ein. Für das Officierscorps und den seines Ehrschutzes waltenden Ehrenrath kann es nicht von Belang sein, was der Herr Landwehr-Oberarzt in der Evidenz Dr. Arthur Schnitzler als Verfasser der Skizze ›Lieutenant Gustl‹ gemeint und empfunden hat, sondern einzig und allein, was die Cameraden, was die Armee bei der Lektüre dieser Skizze empfunden und gemeint und was die Oeffentlichkeit dazu gesagt hat. Und darin ist ein Irren unmöglich. Es gibt keinen Officier, der die famose ›Studie‹ Schnitzler's gelesen hat und der dabei nicht den subjektiven Eindruck einer Verhöhnung jener Ansichten und Satzungen empfangen hätte, die dem Officier nun einmal sacrosankt sind. Wo lebt denn ein so widerlicher Ignorant und Cyniker, ein so jämmerliches, charakterloses Subjekt, wie es dieser ›Lieutenant Gustl‹ ist? Man nenne ihn, man zeige mit Fingern auf ihn, dann wird es bald zu Ende sein mit seiner Lieutenantsherrlichkeit. Aber den Kerl nicht nennen, nicht zeigen können, und ihn doch öffentlich in der Uniform eines k. und k. Lieutenants aufführen, das ist eine Insulte, das ist eine Herabwürdigung des Officiersstandes. Das ist die Grundempfindung, das ist die spontane Meinungsäußerung jedes Officiers, der den ›Lieutenant Gustl‹ kennen zu lernen das mäßige Vergnügen hatte. Und wie begleitet die Oeffentlichkeit diese Meinung? An allen Orten hört man es zischeln oder kichern: Ja, ja, so sind die Herren Officiere, ein Lieutenant Gustl neben dem andern, man kennt das. Da schießt dem Officier das Blut zum Kopf und mit einigem Rechte wirft er die Frage auf, 437 ob er sich das denn gefallen lassen müsse, daß Einer eine Fratze in Officiersrock und Officiersmütze an die Wand malt und die Oeffentlichkeit auffordert, recht ungeniert ihre Glossen dazu zu machen? Man sagt ihm, das müsse er sich allerdings gefallen lassen, denn das sei eben die Freiheit des dichterischen Schaffens, daß Einer an Niedertracht der Gesinnung erfinden kann, was ihm beliebt, und es in Waffenrock oder Richtertoga kleiden kann, wie er für gut findet. Und so schweigt der Officier und zuckt die Achseln. Wenn man ihm aber nun auch noch sagt, der Mann, der Dichter, der die Caricatur des ›Lieutenant Gustl‹ entworfen hat zum innigen Vergnügen Aller, die dem Officierscorps, die der Armee nicht sonderlich wohlgesinnt sind, dieser Mann, dieser Dichter, sei selbst Officier, trage auch das goldene Porte-épée, sei also Einer, von dem die Oeffentlichkeit behaupten kann, er müsse das wissen, er habe sicherlich porträtgetreu gezeichnet – dann hört für ihn denn doch der Spaß auf. Oder soll er auch das ruhig hinnehmen, soll er auch das ganz in der Ordnung finden, daß der Herr Landwehr-Oberarzt in der Evidenz Dr. Schnitzler bei passender Gelegenheit mit Federhut, Säbel und Porte-épée einherstolzen und bei anderer passender Gelegenheit ›Studien‹ schreiben dürfe, die, ob nun gewollt oder nicht, den Effect einer Verunglimpfung des Officiersstandes hervorrufen? Das kann Niemand dem Officierscorps zumuthen, Niemand zumindest, dem die Armee wirklich ›die unzerbrechliche Klammer für das Reich‹ ist. Nein, der Fall Schnitzler ist durchaus nicht geeignet, eine ›große politische Frage‹ aufzurollen, wie es die ›Neue Freie Presse‹ so gerne sähe. Der Fall Schnitzler ist nichts als das typische Beispiel einer Carambolage kleinlicher literarischer und persönlicher Eitelkeit. Der Schriftsteller Dr. Arthur Schnitzler gefiel sich außerordentlich mit Sturmhut und Schleppsäbel und der Oberarzt in der Evidenz der Landwehr Dr. Arthur Schnitzler gefiel sich nicht minder gut im Rüstzeug des liberalen Kämpen, der den Officiersbegriff auf seine Stahlfeder spießt. Und das ist um eine Eitelkeit zu viel, um die Eitelkeit des Schleppsäbels und Sturmhutes. Die hat der Officiers-Ehrenrath amputiert.«

438 2] *Freunde sein und bleiben dürfen:* Bahr antwortet A. S. am 5. 7. im selben Sinn.

4. 7. 1901
ED in A.S.-Rilke, S. 287 f.
1] *zwei Bücher:* ›Der Schleier der Beatrice‹ und ›Lieutenant Gustl‹. 438
2] *von Ihnen zwei Briefe:* vom Mai 1901 und vom 24. 6. 1901.
3] *Ihre Flugblätter:* Bei dem einen handelt es sich um die Rilke-Sondernummer von ›Frühling. Moderne Flugblätter‹, hrsg. von Paul Leppin, Prag, 4. Heft, April 1901. Die zweite dürfte wohl das Rilke-Sonderheft von ›Avalun. Ein Jahrbuch neuer deutscher lyrischer Wortkunst‹, hrsg. von Richard Scheid, München 1901, gewesen sein.
4] *das einzige Theater:* S. Anmerkungen 9 zum 3. 5. 1900 und 4 zum 23. 8. 1900.

7. 12. 1901
1] *über mein kleines Stück:* Rilke hatte am 3. 12. an A. S. geschrieben: »[...] an diesem Abend, vor einer halben Stunde habe ich meiner Frau das kleine Schauspiel ›Lebendige Stunden‹, das wir in der Neuen Deutschen Rundschau fanden, vorgelesen – und es hat uns beide sehr unmittelbar ergriffen und festgehalten und – hält uns noch. Mir ist es ganz besonders lieb um einer gewissen, man könnte fast sagen: äußerlichen Verwandtschaft mit ›Der Gefährtin‹ willen. Und jetzt scheint mir sogar, als ob diese Verwandtschaft nicht so äußerlich wäre, wie man zunächst meinen könnte. Denn es ist eine ganz bestimmte Stimmung, gleichsam der Duft vom Wesen einer toten Frau, in dem diese beiden Dramen spielen wie andere in einem Abend oder in einer bürgerlichen Wohnstube. Der leise Nachklang einer Persönlichkeit ist hier dramatisiert und wirkt geradezu wie der Ort, an dem die Szene vor sich geht. Der leere Lehnstuhl ist der Platz an dem die Lebende oder Sterbende zu suchen war: das Stück aber spielt in jener Stunde (jener einen geheimnisvollen Stunde), wo die Tote gleichsam in allen Dingen ist, wo alles erfüllt ist von ihr, wie erschüttert von ihrem Abschied. Und durch diese Mitergriffenheit des Raumes haben sie [!] einen Akteur aus ihm gemacht, dessen Schweigen die Stimmen der Redenden wundersam im Gleichgewicht hält. Und der Konflikt dieses Dramas liegt noch tiefer als der der Gefährtin und ist noch dramatischer, weil die letzten heftigen Bewegungen der Handlung hier nicht die Tote entlarven, sondern vielmehr die beiden Männer erfaßt haben, die Lebenden. Durch jene ganz unerwartete Wendung, mit welcher 439

Heinrich die Last des Briefes gleichsam abwirft, indem er nachweist, daß er nicht für ihn bestimmt war, wird die Handlung ganz wieder den beiden Männern gegeben und die Tote hat keinen Theil mehr daran.
Sie weiß nicht mehr davon. Sie ist schon überlebt, überwunden von dieser einzigen Reflexbewegung des Lebens, die Heinrich in seiner Bedrängnis macht. Und aus dieser Stimmung heraus begreift man den Schluß in seiner ganzen Einfachheit und Stärke. Sogar der Schauplatz ändert sich: der letzte Blick fällt auf den Garten!«
2] *Zusendung Ihres Buchs:* ›Die Letzten‹, Axel Juncker Verlag, Berlin 1902. (Das im Besitz von Heinrich Schnitzler befindliche Exemplar trägt die Widmung: »An A. S., in herzlicher Verehrung: Rainer Maria Rilke. Westerwede, im Nov. 1901.«) Inhalt: ›Im Gespräch‹; ›Der Liebende‹; ›Die Letzten‹.
3] *aus den Flugblättern:* S. Anmerkung 3 zum 4. 7. 1901.
4] *ein sehr [...] Drama:* Das fehlende Wort, im Originalbrief infolge Durchlochung beschädigt und daher kaum leserlich, könnte entweder »schönes« oder »feines« sein.
5] *zur letzten Klarheit:* Das Wort »letzten« ist gleichfalls beschädigt; es könnte auch »höchsten« heißen.
6] *Ihr Stück:* ›Das tägliche Leben‹, Drama in zwei Akten; Albert Langen, München 1902. U: Berlin, Residenztheater, 20. 12. 1901.
7] *Berger:* Alfred Freiherr von B. war Direktor des neugegründeten Deutschen Schauspielhauses in Hamburg von 1900 bis 1910. (S. Anmerkung 1 zum 7. 9. 1906.)
8] *Ihrer verehrten Frau:* Rilke war seit April 1901 mit der Bildhauerin Clara Westhoff (1878-1954) verheiratet, 1902 trennte er sich von ihr.

22. 12. 1901

440 Der Originalbrief, der lange als verschollen galt, befindet sich in der Handschriftenabteilung der Stadt- und Landesbibliothek Dortmund.
1] *Ihr freundliches Telegramm:* Brahm telegraphierte am 18. 12. aus Berlin: »Vollständige Inszenierung läßt sich noch nicht ermöglichen, doch wollen wir Montag mit Beleuchtung, Kostümen, Frisuren so probieren, daß Sie ungefähres Bild erhalten. Porträts noch nicht fertig. Dienstag müßte Feiertags wegen Probe unterbleiben.

Bitte Nachricht, ob Sie kommen. Gruß Brahm« (Vgl. A.S.-Brahm, S. 105, wo auch der vorliegende Brief einzureihen wäre.)
2] *Ich kenne ja das Stück:* ›Die Frau mit dem Dolche‹.
3] *mehr als aus Ihrem Brief:* Über diesen Brief vom 17. 12. notiert A. S. am 18.12. in sein Tgb: »Aergerlicher Brief von Brahm gegen die Dolchfrau, soll sie zurückziehn, nach Berlin kommen, selbst sehen. Ich erwiderte energisch.«
4] *der verschrobene Sinn:* Brahm hatte am 17. 12. geschrieben: »Aber das Paradoxe und für mein Gefühl – Sie verzeihen! – Verschrobene der Idee macht mir immer mehr Bedenken, um nicht zu sagen Bangen.«
5] *Leonhard:* Die Rolle des Leonhard/Lionardo wurde von einem sehr mittelmäßigen Schauspieler, Richard Hahn, dargestellt, der 1901 aus Chemnitz zu Brahm kam und 1902 nach Leipzig abging.
6] *Bassermann:* Albert B. (1867-1952). Er begann als Mitglied der ›Meininger‹ (1890-95) und wurde 1900 von Brahm vom Berliner Theater ans Deutsche Theater geholt. Eine seiner Glanzleistungen war die Rolle des Stephan von Sala im ›Einsamen Weg‹. (S. Brief an Brahm vom 2. 11. 1903). Im Herbst 1909 ging er zu Reinhardt; er wurde einer der größten Schauspieler der deutschen Bühne. 1937 emigrierte er nach den USA und kehrte im Alter von 80 Jahren nach Europa zurück, um wieder in Deutschland zu spielen.

29. 12. 1901
Die Jahreszahl 1901 wurde in O. G.'s Handschrift in Tinte hinzugefügt. *441*
1] *Berlin:* A. S. war vom 28. 12. 1901 bis 1. 1. 1902 in Berlin. Am 4. 1. fand dort die Uraufführung des Einakterzyklus ›Lebendige Stunden‹ statt.
2] *train 8. 47:* ›Le train de 8^h 47‹, Roman (1888) von Georges Courteline (s. Anmerkung 10 zum 26. 4. 1897).
3] *Sommerstorff:* Otto S. (ursprünglich Otto Müller, 1859-1934). *442* Aus Österreich gebürtig, wurde von Brahm als Ersatz für Josef Kainz vom Berliner Theater ans Deutsche Theater geholt. 1906 ging er ans Kgl. Schauspielhaus. Er und seine Frau, Teresina Gessner (1865-1921 nachweisbar) wurden das beliebteste Bühnen-Liebespaar des Berliner Publikums.

4] *Triesch:* Irene T. (1877-1964). Eine der hervorragendsten Schauspielerinnen des Brahm-Ensembles; kam 1901 vom Frankfurter Theater nach Berlin. Nach Brahms Tod spielte sie nur noch auf Gastspielreisen. Verheiratet mit dem Pianisten Frederic Lamond (1868 bis 1948).

5] *»die unsre nicht«:* Lionardo: »Doch wieder kommt die Nacht!« Paola: »Die unsre nie/ [...]« (Dram. Werke I, Seite 713.)

6] *Gefries:* Gfrieß = österreichischer Dialektausdruck für Gesicht.

7] *Lessing:* Emil L. (1857-1921). Schauspieler, seit 1895 Regisseur, ab 1898 Oberregisseur bei Brahm. Später Leiter der Volksbühne, Theater am Bülowplatz in Berlin.

8] *Guiche:* Figur in ›Cyrano de Bergerac‹ von Rostand.

9] *Devrient:* S. Anmerkung 8 zum 30. 11. 1892.

10] *den alten Vockerath:* Figur in Gerhart Hauptmanns ›Einsame Menschen‹.

443 11] *Reinhardt:* Max R. (ursprünglich Goldmann, 1873-1943). Er spielte die Rolle des Anton Hausdorfer.

12] *z. Th.:* zum Theil.

444 13] *Dreyer:* Max D. (1862-1946). Erzähler, Lyriker und Dramatiker.

14] *Wolzogen Theater:* S. Anmerkung 8 zum 5. 3. 1901.

15] *Bierbaums Trianon:* Otto Julius Bierbaum (1865-1910). Journalist, Kritiker und Schriftsteller. Herausgeber des ›Modernen Musenalmanachs‹ (1891-94) in München; ging 1893 nach Berlin, wurde dort Redakteur der Zeitschrift ›Die Freie Bühne‹, gründete 1894 die Zeitschrift ›Pan‹; nach 1899 Mitherausgeber der Zeitschrift ›Die Insel‹. Das von ihm gegründete Trianon-Theater hielt sich nur einige Wochen.

16] *Überbrettlmalheur in Wien:* Das zweite Wiener Gastpiel von Ernst von Wolzogens ›Überbrettl‹ (›Buntes Theater‹) vom 17. bis 30. 9. 1901 am Carltheater war ein Mißerfolg und hatte sehr schlechte Kritiken.

17] *Paul:* Marx (Mosé).

30. 12. 1901

444 1] *nur jetzt nicht [...] herumlaufen:* Olga erwartete ein Kind; Heinrich Schnitzler wurde am 9. 8. 1902 in der Hinterbrühl bei Wien geboren.

2] *Dr. Schw.:* Der Rechtsanwalt und Schriftsteller Dr. Max Schwarzkopf (1857-1928), Bruder von Gustav Schwarzkopf.

3] *Vacano:* Er heiratete später Lotti Sarrow (s. Anmerkung 9 zum 3. 10. 1898).

4] *zur Dolchfrau:* ›Die Frau mit dem Dolche‹. 445

5] *Rechtsanwalt Jonas und Frau:* Paul und Clara Jonas (s. Anmerkung 5 zum 9. 2. 1896).

31. 12. 1901

Ortsangabe und Datum wurden in O. G.'s Handschrift in Tinte hinzugefügt. 446

1] *bei Schw.:* Gustav Schwarzkopf.

2] *Fischer:* Hanns F. (1865 - nach 1937). Von 1894-1904 bei Brahm, dann am Hoftheater Dresden. 1918-19 Direktor des Dresdner Schauspielhauses, 1920 Direktor des Thaliatheaters Hamburg. Später Spielleiter und Schauspieler am Stadttheater Altona.

3] *mit dem neuen Schluß:* Zu den verschiedenen Fassungen vgl. Reinhard Urbachs ›Schnitzler-Kommentar‹, S. 171-176.

4] *Georg Hirschf.:* Hirschfeld. 447

5] *Coschell:* Moritz C. (1875-?). Historien-, Interieur- und Landschaftsmaler. Radierer. In Wien geboren, lebte ab 1899 in Berlin.

6] *Frl. Gl. heiratet:* Marie (Mizi) Glümer heiratete den Schauspieler Paul Martin, der 1898 vom Wiener Carltheater zu Brahm kam und bis 1900 blieb. Später war er vorübergehend Direktor der Berliner Sezessionsbühne, dann des Neuen Theaters am Schiffbauerdamm. – Die Ehe ging nach kurzer Zeit in die Brüche.

7] *»ich bin ja so complicirt«:* Worte der Margarete in A. S.'s Einakter ›Literatur‹: »Wenn ich ein Kind gehabt hätt', wär' vielleicht alles anders gekommen – möglich, vielleicht auch nicht. Ich bin ja sehr kompliziert.« (Dram. Werke I, Seite 740.)

1902

Neujahr 1902 447

1] *den rothen Hahn:* ›Der rote Hahn‹, Tragikomödie in 4 Akten von Gerhart Hauptmann. Die Uraufführung hatte am 27. 11. 1901 am Deutschen Theater Berlin stattgefunden. 448

2] *Lesser:* Max L. Journalist. Berliner Theaterreferent für das ›Neue Wiener Tagblatt‹.
3] *Freudenthals:* S. Anmerkung 9 zum 8. 7. 1897.
4] *Martersteig:* Max M. (1853-1926). Schauspieler, Kritiker, Theaterhistoriker. Intendant in Köln, Weimar und am Neuen Theater am Augustusplatz in Leipzig. Herausgeber des ›Jahrbuchs der bildenden Kunst‹ 1902, 1903. Schrieb u. a. ›Das deutsche Theater im 19. Jahrhundert‹, Leipzig 1904. Er war mit der Schauspielerin Gertrud Eysoldt verheiratet, später geschieden (s. Anmerkung 3 zum 15. 11. 1904).
5] *seine Frau:* Selma Harden. Sie beging 1933 Selbstmord.
6] *Helferich:* Hermann H. (Ps. für Emil Heilbut, 1861-1921). Kunstschriftsteller, Begründer und erster Herausgeber von ›Kunst und Künstler. Monatsschrift für Kunst und Kunstgewerbe‹ im Verlag Bruno Cassirer.
7] *Reinhard:* Max Reinhardt.
8] *E-soi-Blicken:* Bezieht sich auf einen Witz, der auf die Distanzlosigkeit zwischen Juden anspielt: »Ein galizischer Jude fährt in der Eisenbahn und hat es sich recht bequem gemacht, den Rock aufgeknöpft, die Füße auf die Bank gelegt. Da steigt ein modern gekleideter Herr ein. Sofort nimmt sich der Jude zusammen, setzt sich in bescheidene Positur. Der Fremde blättert in einem Buch, rechnet, besinnt sich und richtet plötzlich an den Juden die Frage: ›Ich bitte Sie, wann haben wir Jomkipur?‹ (Versöhnungstag.) ›Aesoi‹, sagt der Jude und legt die Füße wieder auf die Bank, ehe er die Antwort gibt.« (Zitiert aus: Sigmund Freud ›Der Witz und seine Beziehung zum Unbewußten‹; 6. Band der Ges. Werke. Unter Mitwirkung von Marie Bonaparte hrsg. von Anna Freud. London-Frankfurt a. M., 1940, 1968.) (Vgl. auch A. S.'s ›Der Weg ins Freie‹, Erz. Schriften I, S. 755 f.).
9] *in das Wolzogensche:* Tgb 1. 1.: »Abds Wolzogen Theater. Nett. W. gesprochen. –«
449 10] *Dreyer:* Er besaß ein Haus in Göhren auf der Insel Rügen.
11] *Hartleben:* Otto Erich H. (1864-1905). Lyriker, Erzähler und Dramatiker. Sein größter Bühnenerfolg war ›Rosenmontag‹, Offizierstragödie in 5 Akten (1900). Sein Besitz: Villa Halkyone bei Salò am Gardasee.
12] *»Schleier der Beatrice«:* A. S. hatte zuerst ›Die Frau mit dem

Dolche‹ geschrieben und diesen Titel dick mit dem anderen überschrieben.

9. 1. 1902
Telegramm: Es ist undatiert, aber wohl vom 7. oder 8. 1. und lautet: 449
»Spiele Kakadu bestimmt. Bitte Garantie nach Ihrem eigenen Berliner Vorschlag 1500 festsetzen und weiteres Ergebnis Lebendigen Stunden zu überlassen. Gehe 6 Tage Heidelberg, Europäischer Hof. Herzlich Brahm« – Im Rahmen eines Gastspiels des Deutschen Theaters im Wiener Carltheater, das am 5. Mai begann, wurde nur der Zyklus ›Lebendige Stunden‹ aufgeführt. Am 7. Juni fand dann in Fortsetzung dieses Gastspiels im Lustspieltheater in Budapest eine Aufführung der ›Lebendigen Stunden‹ in A. S.'s Anwesenheit statt.

13. 5. 1902
Maschinenabschrift
1] *Wilhelm von Wymetal:* 1863-1937. Schauspieler; später Ober- 450
spielleiter an der Wiener Staatsoper. Er hatte schon im Juni 1899 die Rolle des Doktor Hausmann in ›Die Gefährtin‹ und den Rollin in ›Der grüne Kakadu‹ am Neuen Deutschen Theater in Prag gespielt. A. S. verewigte Wymetal im ›Leutnant Gustl‹: »Meiner Seel', das sollt' ich hinterlassen, daß sich der Kopetzky oder der Wymetal an meiner Statt mit dem Kerl schlagen [. . .]« (Erz. Schriften I, Seite 362).
2] *Heinrich:* sowie Hausdorfer sind Gestalten aus ›Lebendige Stun- 451
den‹.
3] *Prager »Freiwild«-Aufführung:* Wymetal spielte damals die Rolle des Husarenleutnants Vogel (s. Anmerkung 3 zum 18. 11. 1897).

1. 10. 1902
Maschinenabschrift
1] *Dr. Stephan Epstein:* (Ps. Stéphane Estienne, Dr. med. et phil., 1866-?), der sich damals an seinem Sommersitz Saint-Briac/Bretagne, Moulin Girard, aufhielt. Über ihn notiert A. S. im Tgb vom 20. 4. 1904: »N[ach]m Dr St. Epstein Paris, früher Assistent v Dubois, polyhist, jetzt Dramaturg bei Antoine, dessen Vielgereistheit, Vielseitigkeit u Fleiß mir imponirt. Es ist doch recht wahrscheinlich daß ich mehr bin – u doch fühl ich mich gerade solchen

Geschäftigen gegenüber oft als der Geringere. –« Epstein übersetzte zusammen mit Émile Lutz den ›Grünen Kakadu‹ (unveröffentlicht; als Typoskript im Nachlaß). »Le peroquet vert« wurde am 7. 11. 1903 am Théâtre Antoine mit André Antoine als Prosper aufgeführt. Georg Brandes vermittelte den Kontakt zwischen A. S. und Antoine (vgl. A. S.-Brandes, S. 77 f.).

2] *Antoines Hoffnungen:* André-Leonhard Antoine (1858-1943). Schauspieler und Bühnenleiter. Gründer und Leiter des Théâtre Libre (1887-94), des Théâtre Antoine (1897-1906), sowie des Théâtre de l'Odéon (1906-14). Er machte den Naturalismus auf der französischen Bühne heimisch und beeinflußte die moderne Theaterbewegung in ganz Europa.

3] *Lacroix:* Sigismond L. (ursprünglich S. Krzyźanowski, 1845 bis 1907). Aus Polen gebürtiger Historiker. (›Actes de la Commune de Paris pendant la révolution‹ in 7 Bänden, 1892-1905).

4] *»Origines«:* ›Les origines de la France contemporaine‹ (1876 bis 1894) von Hippolyte Taine.

5] *Ihre Übersetzung von »Freiwild«:* ›Le privilège (titre provisoire)‹ von Stéphane Estienne befindet sich als Typoskript im Nachlaß in Freiburg/Br.

19. 10. 1902

452 Briefpapier mit Aufdruck »Wiesenstein Agnetendorf i. R.«

1] *Agnetendorf i. R.:* A. S. fuhr vom 13.-18. 10. zur Premiere von Maeterlincks ›Monna Vanna‹ nach Berlin, wo er auch Besprechungen wegen der im Frühjahr 1903 geplanten Aufführung von ›Der Schleier der Beatrice‹ bei Brahm führte. Anschließend war A. S. 2 Tage bei Gerhart Hauptmann in Agnetendorf im Riesengebirge, von wo er am 21. 10. nach Wien zurückkehrte.

2] *etwa Sulz:* Eine kleine Ortschaft südlich von Wien gelegen.

3] *Grete Marschalk:* Nach Hauptmanns Scheidung von seiner ersten Frau, Marie geb. Thienemann, heiratete Hauptmann am 18. 9. 1904 die Geigerin und Schauspielerin Margarethe Marschalk (1875 bis 1957).

4] *Der »Bürgergeneral«:* Einaktiges Lustspiel von Goethe (1793).

1903

7. 1. 1903
zum 2. Akt: Es handelt sich um ›Das gerettete Venedig‹, nach dem Stück des englischen Dramatikers Thomas Otway (1652-1685), das H. v. H. am 6. 1. in Rodaun im Freundeskreis und in Anwesenheit seines Vaters vorgelesen hatte. *453*

24. 2. 1903
1] *Berlin:* A. S. war dort vom 22. 2. bis 9. 3. Am 7. 3. fand die Berliner Erstaufführung des ›Schleiers der Beatrice‹ statt. *454*
2] *Paul Goldm.:* Goldmann.
3] *Paul:* Marx (Mosé).
4] *Mirjam:* Horwitz, gestorben 1967 im 79. Lebensjahr. Schauspielerin. Später mit dem Schauspieler, Regisseur und Theaterleiter Erich Ziegel (1876-1950) verheiratet.
5] *Dr. Kah:* Arthur Kahane (1872-1932). Jugendfreund Max Reinhardts; Chefdramaturg der Reinhardtbühnen bis zu seinem Tode. Am 25. 2. eröffnete Reinhardt sein Neues Theater am Schiffbauerdamm mit Ludwig Thomas ›Lokalbahn‹.
6] *bei Loew.:* Raphael Löwenfeld (1854-1910). Leiter des Berliner Schillertheaters, 1902 gliederte er diesem das frühere Friedrich-Wilhelmstädtische Theater an. 1907 rief er das Schillertheater in Charlottenburg ins Leben.
7] *In den »Jugendfreunden«:* ›Jugendfreunde‹, Lustspiel in 4 Akten von Ludwig Fulda.
8] *Beisl:* Österreichische Bezeichnung für ein einfaches Gasthaus.
9] *Iwald:* Leopold I. Er kam 1902 vom Lessingtheater zu Brahm und ging 1905 ans Schillertheater. 1919 kam er ans Wiener Deutsche Volkstheater (s. Anmerkung 17 zum 13. 8. 1904). *455*
10] *die kleine Medelsky:* Hermine M., eine Schwester von Lotte M. (s. Anmerkung 3 zum 11. 10. 1898). Sie war später am Deutschen Landestheater in Prag engagiert.
11] *»sie« ihm zurückbitten:* S. den hier folgenden Brief an O. G. *456*
12] *Heinrich den Wichtigen:* Der am 9. 8. 1902 geborene Sohn.

26. 2. 1903
1] *P. G.'s:* Paul Goldmanns. *456*

2] *dann mit Paul:* Paul Marx.
3] *Br.:* Brahm.
457 4] *Fürstenberg (Berlin W):* Vermutlich der Bankier Carl Fürstenberg, Bellevuestraße 6 A.
5] *Ellyn:* Ellyn Sigmund. Damals noch an der Schauspielschule, wurde Herbst 1903 (lt. A. S.'s Tgb) nach München engagiert.
6] *Bea:* ›Der Schleier der Beatrice‹.
7] *Ansorge:* Konrad A. (1862-1930). Pianist; bedeutender Musikpädagoge.
8] *das Sandrockcostume:* Adele Sandrock spielte am 14. 3. 03 im Wiener Deutschen Volkstheater die Pauline in ›Die Frau mit dem Dolche‹ und die Margarete in ›Literatur‹. – Am 17. 3. wurde A. S. für den Zyklus ›Lebendige Stunden‹ der Bauernfeldpreis verliehen. (S. Anmerkung 2 zum 10. 4.)

Anfang März 1903
Maschinenabschrift
458 *Eugenie Kaufmann:* Eine Wienerin, mit Mädchennamen Hiller-Moor, war eine Jugendfreundin von A. S.'s Schwester Gisela. Ihr Mann hieß Nathan K; das Ehepaar lebte in Mannheim.

6. 4. 1903
458 1] *Deinen neuen Band:* ›Rezensionen. Wiener Theater 1901-1903‹, S. Fischer, Berlin 1903. Die Widmung lautet: »Meinem lieben Arthur Schnitzler nach zwölf Jahren. Sankt Veit. Ostern 1903.« Bahr hatte auf einem von Emerich v. Bukovics abgekauften Grundstück 1900 nach Plänen seines Freundes Joseph Olbrich (1867-1908) in Ober St. Veit, Wien XIII., Winzerstraße 22, ein Haus erbauen lassen, das, später umgebaut, heute noch gut erhalten ist.
459 2] *als mit Dir vercliquet:* Bahr hatte am 4. 4. an A. S. geschrieben, daß die Widmung A. S. »zuwider oder auch nur unbequem« sein könnte, »vielleicht weil man wieder Clique sagen wird«.
3] *Die Nachricht des N Wr Journ:* Bahr hatte geschrieben, daß er im ›Neuen Wiener Journal‹ die Nachricht gelesen habe, daß A. S. geheiratet hätte. Er heiratete erst am 26. August 1903.
4] *Zum Cap. Reigen:* Bahr wollte eine Kritik über ›Reigen‹ schreiben. Offenbar ergaben sich aber, ebenso wie für Salten, Schwierigkeiten, eine solche drucken zu lassen. Salten konnte sein Feuilleton

›A. S. und sein Reigen‹ in ›Die Zeit‹ vom 7. 11. 1903 veröffentlichen (s. Brief an Salten vom 7. 11. 1903).

5] *mein Schwager:* Marcus Hajek (s. Anmerkung 9 zum 24. 7. 1883).

6] *Singer:* Isidor S. (s. Anmerkung 12 zum 15. 10. 1894).

8. 4. 1903

nach Linz: A. S. war vom 8. bis 9. 4. in Linz, am 10. in Gmunden *460*
und kehrte am Ostersonntag, dem 11. 4., nach Wien zurück.

10. 4. 1903 *460*

1] *Freund:* Fritz F. Er wurde ab 1905 Leiter des 1899 gegründeten *461*
Wiener Verlags, in dem die erste Buchausgabe des ›Reigen‹ 1903 in 40 000 Exemplaren erschien (bis 1931 104 000 Exemplare). Am 16. 3. 1904 wurde diese Ausgabe für Deutschland beschlagnahmt.

2] *in der Dtsch. Zeitg:* (S. Anmerkung 7 zum 22. 6. 1901.) Leitartikel unter dem Titel ›Im Kampfe für unsere Literatur‹ am 5. 4. und ein weiterer unter dem Titel ›Ein literarischer Beutezug‹ am 9. 4. Der erste Artikel beschäftigt sich ausschließlich mit der Verleihung des Bauernfeldpreises an A. S. (s. Anmerkung 1 zum 10. 2. 1908), in dem zweiten wird abermals auf die Verleihung hingewiesen. Und weiter heißt es: »Und wie zum Hohne auf die Preiskrönung hat ihr Schnitzler die Veröffentlichung eines Buches auf den Fuß folgen lassen, das zu dem Skandalösesten und Schimpflichsten alles in deutscher Sprache Geschriebenen gehört. Über die Schamlosigkeit, mit welcher in seinem soeben erschienenen Buche ›Reigen‹ Schnitzler zehnmal den Fortpflanzungsakt schildert, so wie man es bisher nur in verbotenen obszönen Büchern aus Ofen-Pest fand, soll noch anderwärts die Rede sein. Heute sei diese schmutzige pornographische Erscheinung, mit der ein Literat die Zuerkennung des Bauernfeld-Preises quittiert, nur als Signal der künstlerischen Gesinnung bezeichnet, welche der Clique nicht bloß unverdächtig, sondern höchst anerkennenswert erscheint.«

10. 4. 1903 *462*

»Gmunden, Hotel Schiff« von Olga Gussmann mit Bleistift hinzu- *462*
gefügt.

in dem Buch: Ludwig August Frankl (s. Anmerkung 10 zum 21. 7. 1898). ›Zur Biographie Friedrich Hebbels‹ (1884); ›Zur Biographie Franz Grillparzers‹ (1883).

26. 6. 1903

463 1] *aus Ihrem Brief:* aus Cortina vom 19. 6.

2] *von der Reise:* A. S. war mit Olga vom 28. 5. bis 2. 6. zunächst in Venedig, dann, vom 6. bis 14. 6. in Padua, Vicenza, Verona, Mailand, Lugano und Bozen. Am 16. 6. Rückkehr nach Wien.

3] *Hans:* Schlesinger (1875-1932). Maler, später Priester (P. Antonin). H. v. H.'s Schwager.

4] *versificirte Nachricht:* Weder die Karte aus Venedig noch die versificierte Nachricht ist erhalten.

5] *Madame Bèha:* Hoteliersfrau.

6] *das Sie damals arbeiteten?:* H. v. H. war im August 1898 in Lugano und schrieb damals nebst mehreren Distichen die Erzählung ›Reitergeschichte‹ und das Drama ›Die Hochzeit der Sobeïde‹.

7] *Generoso:* Monte Generoso bei Lugano.

8] *Torcello:* In der Lagune von Venedig gelegenes Fischerdorf mit berühmten frühmittelalterlichen Bauten.

9] *Luini:* Bernardino L. (um 1475- um 1531). Mailänder Maler.

10] *Junggesellen-, Egoistenstück:* Arbeitstitel für den ›Einsamen Weg‹.

464 11] *Roman:* ›Der Weg ins Freie‹. ED: ›Die Neue Rundschau‹, XIX. Jahrgang, 1. bis 6. Heft, Januar bis Juni 1908. Jetzt in Erz. Schriften II.

12] *lustspielartige Komödie:* Nicht mit Sicherheit festzustellen, ob es sich um den späteren ›Professor Bernhardi‹-Stoff handelt, der sich in diesen Tagen aus dem Stoffkomplex des ›Einsamen Wegs‹ entwickelt, oder um das ›Journalistenstück‹, später ›Fink und Fliederbusch‹.

13] *Dumas:* Alexandre D. père (1802-1870). – ›Les trois mousquetaires‹, 1844.

14] *Mirjam:* Beer-Hofmann, s. Anmerkung 8 zum 12. 1. 1899.

15] *Schall und Rauch:* Kleinkunstbühne ›Schall und Rauch‹, am 9. 10. 1901 von Max Reinhardt eröffnet; zu Beginn der Spielzeit 1902/1903 unter dem Namen ›Kleines Theater‹ weitergeführt. Vom 19. bis 30. 6. 1903 fand im Deutschen Volkstheater, Wien, ein

Ensemble-Gastspiel des Kleinen Theaters und des von Reinhardt am 25. 2. 1903 eröffneten Neuen Theaters, Berlin, statt.
16] *»Erdgeist«:* Tragödie in 4 Akten (1895) von Frank Wedekind (1864-1918). Ursprünglich Teil der fünfaktigen Tragödie ›Die Büchse der Pandora‹ (1892-94 entstanden). A. S. sah das Stück am 24. 6.
17] *Kleinoscheg:* Österreichische Sektmarke.
18] *Mendel:* Paß südwestlich von Bozen.
19] *um den 10. August:* A. S. fuhr am 12. 8. 1903 nach Bozen und unternahm von dort aus eine Radtour, besuchte zunächst auf der Mendel seine Mutter und seine Schwester und fuhr dann über Madonna di Campiglio nach Riva am Gardasee. Er hielt sich dort und in Triest vom 18. bis 22. 8. in der Gesellschaft von Paul Goldmann auf und kehrte am 22. 8. nach Wien zurück.
20] *Lassen Sie baldigst von sich hören:* Die Antwort H. v. H.'s wurde am 1. 7. am Brenner geschrieben.

10. 7. 1903
Maschinenabschrift
1] *Dr. Bauer:* Ludwig B. (1876-1935). Journalist, Dramatiker. *464*
Mitarbeiter der Wochenschrift ›Die Zukunft‹, der ›Jugend. Münchner illustrierte Wochenschrift für Kunst und Leben‹ und der ›Neuen Freien Presse‹; Wiener Theater- und Feuilletonkorrespondent der ›Münchner Neuesten Nachrichten‹, Herausgeber der Wiener Zeitschrift ›Don Quixote‹ (1902/03). Später Mitarbeiter der Baseler ›National-Zeitung‹. (Vgl. ›Schnitzler‹ in ›Tagebuch‹, 12, XLIV, 1931.)
2] *zwei Hefte:* Nicht festzustellen.
3] *»Pandorabüchse«:* ›Die Büchse der Pandora‹, Tragödie in 3 Aufzügen (1902) von Frank Wedekind. *465*

12. 9. 1903
Maschinenabschrift *465*
1] *XVIII. Spöttelgasse 7:* Bis zu ihrer Eheschließung am 26. 8. 1903 wohnten A. S. bei seiner Mutter, Wien IX, Frankgasse 1 und Olga Gussmann in der Gentzgasse 110 im XVIII. Wiener Gemeindebezirk. Am 2. 9. 1903 wurde die gemeinsame Wohnung (heute Edmund-Weiß-Gasse) bezogen.
2] *mit Ihrem Artikel über mich:* Nicht festzustellen.

2. 11. 1903

466 1] *in Hinsicht auf mein Bemühen:* Tgb 25. 10.: »Dieses Stück hat mir viel Qual, ja Thränen gekostet. Der erste (kaum mehr erkennbare Einfall) kam in La Prèse, im J. 1900, während Paul Goldm. spazieren ging. – Im nächsten Jahr Salzburg, nach O's Krankheit begann ichs zu schreiben, in 3 Akten, Sala existirte schon in jetziger Art und Irene Herms. Ich dachte, es wäre bald fertig – ließ es liegen. – Dann verschmolz es mit dem Aerztestück, es kam eine Misgeburt heraus, die ich im Feber O[lga] u Gustav [Schwarzkopf] vorlas u die natürlich verworfen wurde. – Ich hatte die Absicht, es für lange aufzugeben. – In Lugano, Juni entwickelte sich das Stück, losgetrennt vom Aerztestück (das gleichfalls neu entworfen wurde), aufs neue. – Heimgekehrt wurde es, flüchtig ohne Elan geschrieben; fortgelegt. – Mitte September nahm ich es mit Entschiedenheit vor, dictirte es und schrieb es (mit Ausnahme von den 2 Johanna Auftritten u einigen Kleinigkeiten) völlig neu, und las dieses Product [Olga u Gustav] vor. –«

467 2] *Pöllnitz:* S. Anmerkung 10 zum 3. 10. 1898.

3] *Stieler:* Kurt S. (1877-1963). Er kam 1902 als »jugendlicher Held« aus Lodz zu Brahm und blieb bis zu dessen Tode eines seiner zuverlässigsten Ensemblemitglieder.

4] *mit beträchtlicher Spannung:* Tgb 10. 11.: »Brief von Brahm; der das schöne u neuartige am Einsamen Weg schätzt; einige Unverständlichkeiten u Knappheiten rügt. –«

5] *»Rose Bernt«:* ›Rose Bernd‹, Schauspiel in 5 Akten von Gerhart Hauptmann. U: 31. 10. 1903 bei Brahm. Am Wiener Hofburgtheater
468 unter Schlenther im Februar 1904 auf Veranlassung der Erzherzogin Marie Valerie abgesetzt.

6] *Hey- bis Goldmann:* Moritz Heimann (1868-1925). Essayist, Novellist, Dramatiker. Lektor des S. Fischer Verlags von 1896 bis zu seinem Tode. Mitarbeiter der ›Neuen Rundschau‹, Berliner Theaterreferent der ›Zeit‹. Durch seine Heirat mit Gertrude Marschalk (in deren 2. Ehe) war er mit Gerhart Hauptmann sowie mit dem Erzähler und Dramatiker Emil Strauß (1866-1960) verschwägert.

7] *Lesser:* Max L., s. Anmerkung 2 zu »Neujahr 1902«.

8] *mit Vernachlässigung Schiffs:* Leo Schiff, Oberkassierer des Brahmschen Theaters. Er hatte nach der Publikumsreaktion bei einer Premiere ein untrügliches Gefühl, ob ein Stück erfolgreich sein würde oder nicht. Brahm hielt auf sein Urteil große Stücke.

7. 11. 1903

1] *Semmering:* 6. bis 9. 11. Aufenthalt dort mit Olga. Tgb 2. 11.: 468
»In der ›Zeit‹ Feuill von Salten ›A. S. u der Reigen‹, das mich, wegen wie mir schien nicht ganz unperfiden Bemerkungen über ›süßes Mädel‹ und ›Kleinkunst‹ trotz hohen Lobes, erregte u zu einem heftigen-höflichen Brief an S. veranlaßte. –«

2] *grüne Cravate:* Vgl. A. S.'s Skizze ›Die grüne Krawatte‹, ED: 469
›Neues Wiener Journal‹ vom 25. 10. 1903. Jetzt in Erz. Schriften I.

10. 11. 1903

von der Vorlesung zu absentiren: Am 12. 11. las A. S. den ›Ein- 472
samen Weg‹ vor. Anwesend waren Beer-Hofmann, Hofmannsthal, Van-Jung, Wassermann und auch Salten. (S. auch Brief vom 12. 11. an Salten).

10. 11. 1903

1] *Exc:* ›Excentrik‹, erstmals in der Zeitschrift ›Jugend‹ 2, Nr. 30, 473
München 1902 erschienen. (Jetzt in Erz. Schriften I.) Bahr las die kurze Erzählung am 8. 10. 1903 im Bösendorfer-Saal.

2] *Bös. Saal:* Bösendorfer-Saal.

3] *Recurs:* Tgb 10. 11.: »Von Bahr Einsendg des Recurses an die Statthalterei, wegen Verbot der Reigen Vorlesung. Betont das systematische (heuchlerisch feige) Todtschweigen des Buches durch die Wiener Presse.« Der Recurs war von Burckhard verfaßt worden, der aber nicht genannt werden wollte. (Nicht im Nachlaß.)

4] *(oder Völkische?):* So versehentlich in A. S.-Bahr; es heißt richtig: (oder Vossische? [Zeitung]).

5] *Lamprecht:* Karl L. (1856-1915). Kulturhistoriker. Sein Werk 474
›Deutsche Geschichte‹ erschien in 19 Bänden (1891-1909).

6] *Salten:* S. Brief an ihn vom 7. 11. 1903.

7] *Mäxen:* Die Figur des Max sowie die Titelfigur in ›Anatol‹ wurden zu Prototypen des Wiener Lebemanns in der Literatur gestempelt.

10. 11. 1903

unserer mündlichen Unterhaltung: Tgb. 17. 11.: »Abends Brahm 474
bei uns – Über die Weber (Aufführg in Wien, Censur.) – Bemerkungen zu meinem Stück. –« Die Zensur hätte Brahm gestattet, den 1., 2. und 5. Akt zu spielen, die anderen nur zu lesen.

475 12. 11. 1903

476 *heute Nachmittag:* S. Anmerkung zum 10. 11. 1903.

1904

Anfang 1904
Maschinenabschrift

479 1] *Maurice Vaucaire:* 1866-1918. Er übersetzte ›Abschiedssouper‹ (›Souper d'adieu: comédie en un acte‹, Ollendorff, Paris 1905) und zusammen mit Maurice Rémon (1861-?) ›Anatol‹ und ›Die Gefährtin‹ (›Anatole‹, suivi de ›La Compagne‹, Stock et Cie, Paris 1913).

2] *ein Vorwort:* ›Petit chagrin‹ (›Fesseln der Liebe‹, Komödie in 3 Akten, deutsch von Otto Eisenschitz). A. S. hatte die Aufführung am 15. 9. 1903 gesehen. (Tgb 3. 11. 1904: »›Fesseln d Liebe‹ v. Vaucaire neulich Berlin fielen durch. Ich hatte contre cœur, und aus Gefälligkeit für Vaucaire, der mich brieflich u. telegr. drum bat, ein Vorwort zu der dtsch Ausgabe geschrieben – was mir in allen Berl. Blättern übel genommen wird – (u bei welcher Gelegenheit Liebelei u Abschsouper über den Klee gelobt wird.) Was mich ein wenig enervirte. –«

3. 2. 1904
Maschinenabschrift. Veröffentlicht in ›Literatur und Kritik‹, Heft 12, Wien, März 1967.

479 *Marie Schmidt:* Aus ihrem Brief vom 18. 1. geht hervor, daß sie gebürtige Österreicherin war, die in Meerane in Sachsen, Bismarckstraße 3, lebte.

7. 3. 1904

479 1] *Bachrach:* Dr. Daniel B., Rechtsanwalt in Wien.

2] *von Leidenfrost:* Hier dürfte es sich um eine Namensverwechslung handeln. A. S. hatte einen Mitschüler namens Fluck Edler von Leidenkron.

3] *Bollart:* richtig Bollarth.

480 4] *Barasch:* Marcell B. war aus Bukarest gebürtig und gehörte im Untergymnasium zu den »vertrauteren Freunden« von A. S. (vgl. ›Jugend in Wien‹, 1. Buch).

21. 3. 1904
Maschinenabschrift 480
1] *Nagelstock:* Dr. Walter N., Chefredakteur-Stellvertreter des ›Neuen Wiener Journals‹.
2] *Gustav Davis:* S. Anmerkung 1 zum 26. 6. 1901.

13. 4. 1904
1] *Richard Klein:* Sohn von Johann und Bertha Klein, geb. Bachrich (gest. 1907 im Alter von 57 Jahren), s. Anmerkung 9 zum 21. 7. 1898. Er war Maler und lebte damals in Paris. 481
2] *Pisko:* Der Kunstsalon Gustav Pisko, Wien I., Parkring 2; später Auktionshaus, Wien III., Lothringerstraße 14.
3] *Haberfeld:* Dr. Hugo H. Kunstkritiker. Später Direktor der Galerie Miethke; beeideter Sachverständiger und Schätzmeister.

1. 6. 1904
Maschinenabschrift
1] *Carl Schlundt:* Buch- und Kunsthändler in Frankfurt/Oder. 481
2] *»Brixener Chronik«:* ›Zeitung für das katholische Volk‹ (Chefredakteur Dr. Josef Egger). Am 21. 5. 1904 findet sich über eine Aufführung im dortigen Walthersaal folgende Kritik: »Aber schon ganz unbefriedigt, ja mißgestimmt haben gestern die Theaterbesucher den Saal verlassen und man hat sich verwundert gefragt, wie man nur ein solches Stück wie »Liebelei« als Benefizvorstellung wählen kann. Ein blödes Stück, ohne Gehalt und literarischen Wert, in dem sich nur Lappalien aneinander reihen, nennt der Theaterzettel: ›Schnitzlers bestes Bühnenwerk.‹ Wie man nur so unklug sein konnte, einem gut besetzten Haus zum Abschied einen solchen Wisch vorzusetzen! Gespielt wurde dem Stück entsprechend und man sah es den Darstellern an, daß sie keine Freude mit der Sache hatten. Vielleicht verwischt eine gute Schlußvorstellung am Samstag den ungünstigen Eindruck.«

2. 6. 1904
1] *Vollmoeller:* Karl Gustav V. (1878-1948). Lyriker, Erzähler, Übersetzer, Dramatiker. Archäologe, Philologe. Auto- und Flugzeugkonstrukteur. Mitarbeiter an Filmen, so z. B. zusammen mit 482

Carl Zuckmayer am ›Blauen Engel‹. (›Catherina, Gräfin von Armagnac und ihre beiden Liebhaber‹, Versdrama in 3 Akten und einem Nachwort (S. Fischer, Berlin 1903). ›Das Mirakel‹, Große Pantomime in 2 Akten und einem Zwischenspiel (1912), Musik von Engelbert Humperdinck.)

2] *Loewe:* Konrad L., s. Anmerkung 7 zum 13. 11. 1892.

3] *Leo Feld:* (ursprünglich Leo Hirschfeld, 1869-1924). Bruder von Victor Hirschfeld (Ps. Victor Léon, s. Anmerkung 13 zum 23. 8. 1900). Mitarbeiter an Zeitschriften in Wien, in Berlin am ›Überbrettl‹ (s. Anmerkung 8 zum 5. 3. 1901) tätig; Dramaturg in Braunschweig; Verfasser von Theaterstücken (u. a. ›Lumpen‹, ein Schlüsselstück über das Café Griensteidl).

4] *Gesangslehrerin:* Fanny Mütter (1858-1919). Tochter des aus Lemberg gebürtigen Spediteurs Hermann M. und Amalia geb. Tannenzapf. Sie war, wie auch ihre Cousine, A. S.'s erste Jugendliebe Franziska Reich (»Fännchen« genannt, später verehel. Lawner, 1862 bis 1930), von Jugend auf mit A. S. eng befreundet. (Vgl. ›Jugend in Wien‹.)

5] *eine schöne Reise:* A. S. und Olga fuhren am 30. 4. nach Fiume, dann über Abbazia nach Ancona; sie waren am 3. 5. in Rom, vom 8. bis 14. 5. in Neapel, vom 15. bis 24. 5. in Sizilien, und über Neapel – Ancona – Fiume kehrten sie am 30. 5. nach Wien zurück. (Tgb 13. 5.: »Sorrent. – Vollmoeller. Mit seinem Automobil hinauf. Er hat Il Pizzio gemiethet. Schönes Landhaus in altem wunderbaren Park. Herrliche Blicke. [. . .] V.s Spekulationen. Seltsame Personnage; lebendig, begabt, nicht ohne bewußte aber vielleicht genialische Schwindelhaftigkeit. –«)

6] *vielleicht gar zur Gräfin von Armagnac:* Die Uraufführung hatte am 6. 12. 1903 am Stadttheater Elberfeld stattgefunden. (1922 mit Henny Porten verfilmt.)

23. 7. 1904

483 1] *Von Reichenau zurück:* Schnitzlers waren mit Liesl Gussmann und Albert Steinrück vom 12.-23. 7. dort. (Tgb 22. 7.: »Dachte oft an Reichenau zu früherer Zeit, besonders da ich Olga W. [Waissnix] liebte. Kümmerte mich um die Natur gar nicht. Wußte kaum, wo Rax u Schneeberg war. –«)

2] *ein Roman:* ›Der Weg ins Freie‹. Tgb 9. 8. 1902: »Begann um 5 den Roman«. – Um 4 Uhr Nachmittag war A. S.'s Sohn Heinrich zur Welt gekommen. Am 24. 3. 1903 nahm A. S. die Arbeit am Roman wieder auf. Tgb 22. 7. 1904: »Es ist seltsam, wie lebendig mir die Todte [Marie Reinhard] wird, wie ich ihren Ton treffe, und wie eigentlich alle Schauer ihres Entschwundenseins entwichen sind. –«

3] *Ihr Feuilleton:* ›Tantièmen‹, war am 16. 7. in der ›Neuen Freien Presse‹ erschienen.

4] *Ihre Mitteilung Karlsruhe betreffend:* Fulda berichtet in seinem Brief vom 14. 7. aus dem Karersee-Hotel (Süd-Tirol): »Von Karlsruhe habe auch ich nie mehr als M. 200 bekommen« und A. S. solle »mehrere Vorträge hintereinander in benachbarten Städten halten.«

5] *der ganzen Tournée:* Eine Vortragsreise fand aber damals nicht statt.

6] *Karersee:* Fulda besaß später dort ein eigenes Haus (Villa Laurin).

7] *in völlig befreiter Stimmung:* Fuldas Ehe ging damals in die Brüche. Er schreibt am 22. 8. vom Karersee an A. S.: »Es ist vielleicht so etwas wie höhere Gerechtigkeit, daß mein hartes Schicksal mir erst vor Augen rückt, wieviel werthvoller Besitz mir beschieden ist. Lassen Sie mich zu diesen Aktiven meiner inneren Buchführung stets auch Ihre Freundschaft zählen! – Dieser Sommer hat mir endlich gebracht, was ich in langen, schlimmen Zeiten vergeblich suchte: die Rückkehr meines Seelenfriedens und die Aussicht auf Gesundung. [...] Erst jetzt kann ich ermessen, unter was für einem furchtbarem Druck ich gelebt habe; erst jetzt, wie nahe der Schnitt an meinem Leben vorbeigegangen ist.« Er heiratete 1908 Lala Hermann, Tochter des Charakterdarstellers Professor Karl H. (ursprünglich Grünvalszky, 1849-1905).

9. 8. 1904 484

1] *nach dem Tod Herzls:* Tgb 4. 7.: »Nm. Kunde von Theodor Herzls Tod, der mich sehr erschütterte.« – Herzl war am 3. 7. 1904 in Edlach, Niederösterreich, gestorben.

2] *günstige Erledigung vom Militär:* H. v. H. erwartete seine Einberufung zu einer Waffenübung, die jedoch bis zum November aufgeschoben wurde.

3] *Vehse:* Karl Eduard V. (1802-1870). Von 1825-39 Archivar in Dresden. (›Geschichte der deutschen Höfe seit der Reformation‹,

Hamburg 1851-59. II. Abteilung: ›Geschichte des österreichischen Hofs und Adels und der deutschen Diplomatie‹. Die Kapitel über Karl V. befinden sich im 1. und 2. Teil dieser Abteilung.)

4] *Hebbel-Tagebücher:* 1863 ist Hebbels Todesjahr.

485 5] *Sagen Sie auch Wassermann:* H. v. H. wohnte im August auf dem, zwischen Bad Aussee und Altaussee gelegenen Ramgut der Familie von Oppenheimer – Felix Freiherr von Oppenheimer zählte zu seinem engsten Freundeskreis – ganz nahe also von Jakob Wassermann, der in Altaussee ansässig war, sowie von Richard Beer-Hofmann, der einige Zeit des Sommers in Bad Aussee verbrachte und sein 1899 begonnenes Trauerspiel ›Der Graf von Charolais‹ im September vollendete.

6] *das Los der Juden:* Der Aufsatz erschien in der ›Neuen Rundschau‹. Erst Ende 1920 verfaßte Wassermann die Schrift ›Mein Weg als Deutscher und Jude‹.

13. 8. 1904

485 1] *an Reinhardt geschrieben:* Der Brief dürfte verschollen sein und war wohl die Antwort auf Max Reinhardts Telegramm vom 6. 8.: »Steinrück schreibt mir voll Begeisterung über eine Vorlesung dreier Einakter von Ihnen. Sie, verehrter Herr Doktor, waren der Erste, an den ich dachte, als ich mein Unternehmen begründete. Damals und seit damals haben ich und meine Leute Sie oft mit unseren Wünschen bedrängt. Wenn ich den Versuch heute wiederhole, geschieht es in dem Glauben, daß Sie Ihre Werke unseren jungen Bestrebungen nicht werden dauernd verschließen können, und in der Hoffnung, daß Sie sich unserem stürmischen Werben werden nicht länger versagen wollen. Verehrungsvoll, Max Reinhardt« (Vgl. ›A. S. - Reinhardt‹, Seite 42).

2] *3 Einakter:* ›Der tapfere Cassian‹ (der Brahm in seinem Brief an A. S. vom 11. 8. »s. Zt. als nicht aufführbar« erschien), ›Marionetten‹ und ›Das Haus Delorme‹.

3] *Reinhardts Antwort:* In Abwesenheit Reinhardts von Berlin telegraphierte Arthur Kahane am 18. 8., daß man die Einsendung der Stücke erwarte, man von einer Wiederaufnahme des ›Grünen Kakadu‹ gesprochen habe und die Geheimhaltung selbstverständlich sei.

486 4] *das Kleine:* Reinhardts ›Kleines Theater‹, wo am 22. 11. 1904

›Der tapfere Cassian. Ein Puppenspiel in einem Akt‹ uraufgeführt wurde; gefolgt von ›Der grüne Kakadu‹ mit Alexander Moissi als Henri; beide Stücke unter der Regie von Richard Vallentin, der den ›Grünen Kakadu‹ auch in Wien, am 14. 10. 1905, am Deutschen Volkstheater inszenierte.

5] *»Ehrenarzt«:* ›Der Arzt seiner Ehre‹, Komödie in einem Akt von Paul Mongré (Ps. für Felix Hausdorff, geb. 1868 in Breslau).

6] *»Medaille«:* ›Die Medaille‹, Komödie in einem Akt (1901) von Ludwig Thoma (1867-1926).

7] *»Eindringling«:* ›Der Eindringling‹ (›L'Intruse‹) von Maurice Maeterlinck.

8] *»Lebendige Stunden«-Zyklus:* Die Einakter ›Lebendige Stunden‹, ›Die Frau mit dem Dolche‹, ›Die letzten Masken‹ und ›Literatur‹ erschienen unter dem Titel ›Lebendige Stunden. Vier Einakter‹, S. Fischer, Berlin 1902.

9] *»Der Puppenspieler«:* ›Studie in einem Aufzug‹, sollte ursprünglich dem Zyklus ›Lebendige Stunden‹ eingegliedert werden. Gehörte mit den Einaktern ›Der tapfere Cassian‹ und ›Zum großen Wurstel‹ (eine Umarbeitung von ›Marionetten‹) zu dem Zyklus ›Marionetten. Drei Einakter‹, S. Fischer, Berlin 1906.

10] *mein neues Stück:* ›Zwischenspiel‹, Komödie in drei Akten. EA: S. Fischer, Berlin 1906. Jetzt in Dram. Werke I. U: Hofburgtheater, 12. 10. 1905, mit Josef Kainz und Lotte Witt in den Hauptrollen. A. S. erhielt am 15. 1. 1908 für dieses Werk den Grillparzerpreis.

11] *auf den »E. W.« haben mich E. W.:* In Hinsicht auf den ›Einsamen Weg‹ haben mich Euer Wohlgeboren [. . .]

12] *eine kleine Reise:* A. S. fuhr am 3. 9. über Bad Ischl nach Lueg am Wolfgangsee (5. bis 16. 9.), wo Max Burckhard ein Haus besaß. Vom 17. bis 20. Aufenthalt in Salzburg, am 20. Rückkehr nach Wien.

13] *Agnetendorf:* Brahm teilte A. S. am 11. 8. von dort mit: *487*
»Hauptmann hat sich gut erholt [. . .] Im September wird er voraussichtlich heiraten.« (S. Anmerkung 3 zum 19. 10. 1902).

14] *mit seinem neuen Stück:* ›Elga. Sechs Szenen.‹ U: Berlin, Lessingtheater, 4. 3. 1905.

15] *»Geyer«:* ›Florian Geyer. Die Tragödie des Bauernkriegs in einem Vorspiel und 5 Akten‹. U: Berlin, Deutsches Theater, 4. 1. 1896.

16] *sein Verhalten:* Brahm an A. S. am 3. 4. 1904: »[...] und Rittner streikt für Julian [Fichtner im ›Einsamen Weg‹]. Er ist nicht verpflichtet mitzumachen, und gutwillig ist er dazu nicht zu kriegen. Nun hat zwar Hofmeister den Julian (schaudern Sie nicht) zweimal in Vertretung gespielt und sich anständig aus der Affaire gezogen. Aber für die Wiener Premiere werden weder Sie noch ich diese Besetzung sonderlich gut finden.«

17] *Iwald:* Leopold I. Ein von A. S. wenig geschätzter Schauspieler, der 1903 im ›Puppenspieler‹ die Rolle des Oboisten Eduard Jagisch gespielt hatte. (S. Anmerkung 9 zum 24. 2. 1903.)

18] *Hetmann:* Brahm schwankte bezüglich der Besetzung dieser Rolle in Wedekinds ›Hidalla oder Sein und Haben‹ (1904; späterer Titel ›Karl Hetmann, der Zwergriese‹) und bat A. S. »um Ihre Tips«.

19] *Lustspielstimmung:* Brahm an A. S. am 11. 8.: »Daß Sie sich in dem lustspielhaften Gebilde [Zwischenspiel] bestärken, freut mich [...] Ihre Frau, die ich herzlich grüße, soll Ihnen nur gute Sachen kochen, die nicht melancholisches Geblüt machen [...]«

25. 8. 1904

487 1] *denken wir abzureisen:* S. Anmerkung 12 zum 13. 8. 1904.

488 2] *heiteres (3aktiges) Stück:* ›Zwischenspiel‹.

3] *Der Roman:* ›Der Weg ins Freie‹.

14. 11. 1904

488 1] *Berlin:* A. S. war am 12. 11. nach Berlin zur Aufführung seines Einakterabends bei Max Reinhardt gereist (s. Anmerkung 4 zum 13. 8.) und kehrte am 24. 11. nach Wien zurück.

2] *Del.:* ›Das Haus Delorme. Eine Familienszene‹. ED: ›Ver Sacrum, Neue Hefte für Kunst und Literatur‹, 1970 (hrsg. von Reinhard Urbach). Jetzt in E u. V. U: Wien, Akademietheater, 24. 2. 1979.

3] *Burg:* Eugen B. (1871-1944). Er spielte die Rolle des Grain im ›Grünen Kakadu‹ und im Dezember des selben Jahres, ebenfalls im Kleinen Theater, den Anatol in ›Abschiedssouper‹.

489 4] *Vallentin:* Richard V. (1874-?). S. Anmerkung 4 zum 13. 8. 1904.

5] *ins Neue Theater:* Reinhardt hatte 1903 neben dem Kleinen Theater (Unter den Linden) noch das Neue Theater (am Schiffbauerdamm) gemietet und führte beide Häuser bis zur Übernahme des Deutschen Theaters im Jahre 1905. Dann übernahm Viktor Barnowsky das Kleine Theater, während Reinhardt das Neue Theater noch in der Spielzeit 1905/06 leitete.

6] *Vereinsvorstellung Jux:* Tgb 13. 11.: »Hinter der Scene (es wird eben ›Jux‹ gespielt) hör ich unter andern M. Gls [Marie Glümers] Stimme. – Erinnerung an Baden [bei Wien], da hört ich sie vom Park oben, während sie unten in der Arena spielte. – Seltsam. Sie kam, im Altwienercostume, wir redeten. –« (S. Brief vom 2. 7. 1891 und Anmerkung 8 hierzu).

7] *Ihr Bub:* Hans Martin.

8] *Liesl:* Gussmann.

9] *raide und raider:* raide = frz. für schroff.

10] *»Traumulus«:* Tragische Komödie (1904) in 5 Akten von Arno Holz (1863-1929) und Oscar Jerschke (1861-1928).

11] *Kronpraetendenten*: ›Die Kronprätendenten‹. Historisches Schauspiel in 5 Akten (1863) von Henrik Ibsen.

12] *Hollaender:* S. Anmerkung 4 zum 25. 9. 1897. 490

13] *Licho:* Adolf Edgar L. (ursprünglich Lichowetzer), Schauspieler, Regisseur und später Direktor des Albert-Theaters in Dresden. – Außer den Cassian spielte er an diesem Abend den Philosophen Grasset im ›Grünen Kakadu‹.

14] *Eisfeld:* Max E. (1863-1935).

15] *Eckert:* richtig Alexander Ekert (1875-1920). Gebürtiger Österreicher. Er spielte die Rolle des Martin im ›Tapferen Cassian‹, den Max im ›Abschiedssouper‹ im Kleinen Theater am 14. 12. 1904, sowie den Theodor in ›Liebelei‹ am 19. 9. 1907 in den Berliner Kammerspielen.

16] *Mein Zimmer:* A. S. wohnte im Hotel Bristol.

17] *diese Ansichtskarte:* Ein Scherz, der sich darauf bezieht, daß O. am Anfang ihrer Bekanntschaft sich einmal beklagte, sie bekomme von A. S. nur Ansichtskarten.

15. 11. 1904

1] *Telegramm:* Nicht im Nachlaß. 491

2] *Eckert:* S. Anmerkung 15 zum 14. 11. 1904.

3] *Eysolt:* richtig Gertrud Eysoldt (1870-1955). Sie spielte die Sophie im ›Tapferen Cassian‹ und die Leocadie im ›Grünen Kakadu‹;

war später Regisseurin und leitete das Berliner Kleine Schauspielhaus, wo 1921 ›Reigen‹ uraufgeführt wurde. Im ›Reigen‹-Prozeß war sie eine der Hauptangeklagten und wurde, wie alle anderen, freigesprochen. (Vgl. Wolfgang Heine, ›Der Kampf um den ›Reigen‹. Vollständiger Bericht über die sechstägige Verhandlung gegen Direktion und Darsteller des Kleinen Schauspielhauses Berlin‹, Ernst Rowohlt, 1922. – Gertrud Eysoldt war in erster Ehe mit Max Martersteig (s. Anmerkung 4 zu »Neujahr 1902«) und in zweiter Ehe mit dem Maler Benno Berneis (1884-1916) verheiratet.

4] *Moissi:* Alexander M. (1880-1935).

5] *Durieux:* Tilla D. (Bühnenname für Ottilie Godefroy, 1880 bis 1971). Sie spielte die Séverine im ›Grünen Kakadu‹ und wurde eine der interessantesten Schauspielerinnen Deutschlands.

6] *Matthaeus Müller:* Deutsche Sektmarke.

7] *Patry:* Albert P. (1864-1939). 1904-06 bei Brahm, dann am Kgl. Schauspielhaus in Berlin. Oberregisseur am Staatstheater unter dem Intendanten Leopold Jessner (1878-1945; gestorben als Emigrant in Los Angeles).

8] *»Unser Paul«:* Paul Marx.

9] *Grossmann:* Richard.

10] *Wohlgemuth:* Rosa W. Darstellerin kleiner Rollen.

11] *Ernst Góth:* Journalist, der, wie aus einem Brief von A. S. an Bahr hervorgeht, 1902 beim ›Pester Lloyd‹, der größten deutschsprachigen liberalen Tageszeitung Ungarns tätig war. Sie existierte von 1854-1945.

12] *Eibenschütz:* richtig Camilla Eibenschitz (1884-1958).

13] *Frisch:* Ephraim F. (1873-1942). Dramaturg bei Max Reinhardt, Erzähler, Lektor, Theaterkritiker. Herausgeber der Zeitschrift ›Der Neue Merkur. Monatsschrift für geistiges Leben‹, München (1914 bis 1925).

14] *Frau vom Meere:* ›Die Frau vom Meere‹, Schauspiel in 5 Akten (1888) von Henrik Ibsen.

15] *pneumatische Karte:* express per Rohrpost.

16] *Wedl:* Restaurant.

493 17] *Morgenröthe:* ›Die Morgenröthe. Komödie aus dem Jahre 1848‹ von Josef Ruederer (s. Anmerkung 5 zum 18. 11. 1904).

15. 11. 1904
Brief mit der Anschrift »Herrn Dr. Richard Beer-Hofmann *Rodaun* 493 *bei Wien* Liesingerstraße 1.« Veröffentlicht in ›Die Neue Rundschau‹, 68, 1, 1957.
1] *Rodaun:* B.-H. wohnte von Dezember 1901 bis Ende 1906 in der Liesingerstraße 2 (heute Ketzergasse 380), ganz nahe von Hofmannsthals Haus. A. S. schrieb als Hausnummer versehentlich »1«.
2] *Arrangirprobe:* ›Der Graf von Charolais‹ wurde am 23. 12. 1904 unter der Regie von Max Reinhardt am Neuen Theater mit Friedrich Kayßler (1874-1945) in der Titelrolle uraufgeführt.
3] *auf Wiedersehen:* B.-H. kam am 18. 11. nach Berlin und wohnte im selben Hotel wie A. S.
4] *für den Filipp:* Moissi spielte auf Wunsch B.-H.'s den Philipp.
5] *seine Aussprache:* Moissi stammte aus Triest und verlor niemals seinen Akzent ganz.

18. 11. 1904
1] *das Stück:* ›Zwischenspiel‹. 494
2] *Trebitsch:* S. Anmerkung 6 zum 4. 9. 1899.
3] *Korn:* Gertrude K.
4] *Wangel:* Hedwig W. (1875-1961). Angesehenes Mitglied des Reinhardt-Ensembles.
5] *Ruederer:* Josef R. (1861-1915). Aus München gebürtiger Dramatiker und Erzähler. Mitbegründer des dortigen Intimen Theaters.
6] *Esoi:* S. Anmerkung 8 zu »Neujahr 1902«.
7] *wegen A.:* Albert Steinrück, den Liesl Gussmann 1908 heiratete. 495
8] *Paul:* Marx (s. Anmerkung 10 zum 17. 7. 1900).

19. 11. 1904
1] *Glasenapp:* Kurt von G. (1856-1937). Oberregierungsrat, Leiter 495 der Theaterabteilung im Polizeipräsidium Berlin. Nach dem Ersten Weltkrieg richtete er die Filmzensur ein, und nach seinem Ausscheiden aus dem Staatsdienst wurde er Geschäftsführer des Verbandes Deutscher Erzähler.
2] *Richard:* Beer-Hofmann.
3] *R.:* Max Reinhardt.
4] *Schwarzkopf:* Gustav S., s. Anmerkung 21 zum 27. 7. 1891.
5] *des 2. Aktes:* von R. B.-H.'s ›Der Graf von Charolais‹.

6] *Morgenröthe:* S. Anmerkung 17 zum 15. 11. 1904.
7] *Brahmpremière:* A. S.'s nächstes Stück ›Zwischenspiel‹ wurde nicht bei Brahm, sondern am 12. 10. 1905 am Wiener Hofburgtheater uraufgeführt (s. Anmerkung 10 zum 13. 8. 1904). Am 25. 11. 1905 folgte dann die Berliner Erstaufführung bei Brahm. Vorlesungen kamen damals in Deutschland nicht zustande.
8] *Hochsinger:* Der Arzt Dr. Carl H., seit 1888 mit A. S.'s Jugendfreundin Rosa geb. Sternlicht, einer Tochter des Rechtsanwalts Dr. Leopold S. und von Linda geb. Feinberg, verheiratet, war Leiter des ›Ersten öffentlichen Kinder-Kranken-Institutes in Wien‹. Am 12. 10. 1904 wurden im Carl-Theater im Rahmen einer Wohltätigkeitsaufführung ›Der Puppenspieler‹, ›Literatur‹ und ›Die letzten Masken‹ aufgeführt. Es war dies die Wiener Erstaufführung von ›Der Puppenspieler‹.
9] *Jacobsohn:* Siegfried J. (1881-1926). Kritiker. Gründer (1905) und Herausgeber der Zeitschrift ›Die Schaubühne‹. Unter dem 1918 geänderten Titel ›Die Weltbühne‹ existierte diese linksgerichtete Berliner Wochenschrift bis zum Jahre 1933.
10] *Baron:* Erwin B. (gest. 1924 im Alter von 46 Jahren).
11] *der Siebzehnjährigen:* ›Die Siebzehnjährigen‹ (1904) von Max Dreyer.
497 12] *Ilka:* Rolle in ›Krieg im Frieden‹, Lustspiel in 5 Akten von Gustav Moser und Franz von Schönthan. Die Aufführung fand im Lessingtheater statt.
13] *Mütter:* Fanny M. (s. Anmerkung 4 zum 2. 6. 1904).

21. 11. 1904

497 1] *Passagetheater:* Es wurde im Herbst 1906 dann unter dem Namen ›Lindentheater‹ als Lustspielbühne eröffnet und so wie auch das Kleine Theater von Viktor Barnowsky geleitet.
2] *Glümers:* Marie (Mizi) Glümer lebte, von Paul Martin getrennt, mit ihrem Sohn und ihrer Schwester Gusti zusammen.
3] *Benvenistis Tod:* S. Anmerkung 23 zu »etwa 10. 4. 1888«.
4] *Hiller:* Bisher nicht identifiziert.
498 5] *Marx:* Dr. Paul M. (1861-?). Chefredakteur der 1901 gegründeten »Modernen illustrierten Zeitung« ›Der Tag‹.
6] *Bondi:* Georg (1865-1935). Der Verleger von Stefan George und der Autoren seines Kreises; Zeitschrift ›Blätter für die Kunst‹.

7] *Else Schiff:* Sie war mit Albert Bassermann verheiratet; kam 1904 aus Nürnberg zu Brahm, ging 1906 nach Hannover und war seit 1908 bei Max Reinhardt engagiert. Für A. S. war sie die unqualifizierte Schauspielerin schlechthin.
8] *Georg und Elly:* Hirschfeld.
9] *Ilka:* S. Anmerkung 12 zum 19. 11. 1904.
10] *Dinstag »Première«:* Tgb 22. 11.: »Cassian fiel rundweg ab. Kakadu ließ sich auch so an und wurde dann ein Sturm. Mußte (nach langem Zögern) auf die Bühne. –«

5. 12. 1904
1] *Relief:* S. Brief vom 19. 11. und Anmerkung 10 hierzu. 499
2] *Weihnachtsausflug:* Bahr hatte am 4. 11. A. S. aufgefordert, mit ihm und Max Burckhard, der in Lueg am Wolfgangsee ein Haus besaß, die Weihnachtsfeiertage zu verbringen. O. und A. S. waren vom 26. bis 30. 12. dort. Bahr kam nicht.
3] *Krampus:* In Deutschland Knecht Ruprecht genannt.
4] *»Puppenspieler«:* S. Brief vom 19. 11. und Anmerkung 8 dazu. Bahr hatte A. S. am 4. 11. um ein Exemplar gebeten, da er eine Kritik der Aufführung zu schreiben beabsichtigte. Über diesen Abend schreibt A. S. am 12. 12. in sein Tgb: »Abend Carlth. ›A. S Abend‹ was überall (trotz meiner Gegenbitte) groß angeschlagen stand. Solche Dinge machen mich innerlich schamroth. – [. . .] Letzte Masken machte wie ich fand weniger Wirkung als in der frühern Darstellg; – sie war auch (trotz, u. mit Heine mäßig). – Puppenspieler anst[än]d[i]g von Jarno, Claar, Wagen; schien zu fesseln, am Schluß besser, nach dem Schluß zu enttäuschen. – Literatur war gleichfalls meiner Empf[in]d[ung] nach die bisher schlechteste Aufführg; die [Rosa Albach-] Retty war höchst anmutig. Treßler, Heine komisch, aber nach andrer Richtung als das Stück. – Ich spürte wieder so genau, wo meine Kunst versagte – merkte schlampige Übergänge, Grobheiten – etwa wie ein Kratzen auf dem Teller. Kam wieder zur Überzeug, daß es die andern Momente sind, die bei eventueller Wirkung meiner dramat. Sachen maßgebend sind, mehr als künstlerische. – Gut sind ›die letzten Masken‹ vom Eintreten d Weihgast an. –« *Heine:* Albert H. (1867-1949). Schauspieler und Regisseur, von November 1918 bis Januar 1921 Direktor des Wiener Burgtheaters. Er spielte die Rollen des Rademacher in den ›Letzten Mas-

ken‹ und des Gilbert in ›Literatur‹. *Claar:* Hans C. (1861-1918). Mitglied des Burgtheaters 1902-03, dann am Theater in der Josefstadt tätig und schließlich, bis zu seinem Tode, Direktor des Linzer Landestheaters. *Wagen:* Frieda W. – *Tressler:* Otto T. (1871-1965). Mitglied des Burgtheaters seit 1896. *Weihgast:* Figur in dem Einakter ›Die letzten Masken‹.

etwa 11. 12. 1904

499 1] Der Brief erschien in ›Die Zukunft‹, Berlin, den 17. 12. 1904, unter dem Titel ›Der Fall Jacobsohn‹ und mit der Fußnote: »Ein Brief des Dichters (der Doctor medicinae und Praktischer Arzt ist) und eine Ergänzung des im vorigen Heft (›Der kleine Jacobsohn‹) Gesagten.«

2] *Fall Jacobsohn:* Der Theaterkritiker Alfred Gold hatte Siegfried Jacobsohn des Plagiats beschuldigt und im ›Berliner Tageblatt‹ den Beweis veröffentlicht, daß dieser etwa zwanzig Zeilen, die Gold vor sieben Jahren über die Duse geschrieben hatte, nun von Jacobsohn fast wörtlich über Adele Sandrock wiederholt worden seien. Jacobsohn erklärte in seiner Erwiderung in ›Die Welt am Montag‹, sein Gedächtnis habe ihm den bösen Streich gespielt; es würden »Worte, Bilder, Sätze und ganze Satzfolgen fremder Autoren« in ihm schlummern, »die (gemeint sind die Sätze, nicht die Autoren) durch die geringste Assoziation geweckt würden«. Harden, von Jacobsohns Unschuld überzeugt, veröffentlichte in ›Die Zukunft‹ vom 10. 12. 1904 einen Artikel (›Der junge Jacobsohn‹), in dem er für den kaum Vierundzwanzigjährigen sehr entschieden Stellung nahm und hatte auch in einem Brief vom 29. 11. A. S., von dem er (Harden) gehört hatte, daß er freundlich über Jacobsohn gesprochen und den Fall als medizinisch erklärlich hingestellt habe, um seine Stellungnahme gebeten.

500 3] *Arthur R. H. Lehmann:* Herausgeber von ›Der Censor. Halbmonatsschrift für Politik, Wissenschaft, Künste und Litteratur. Gegen den Sozialismus und die Entartung auf allen Gebieten‹. (Schriften u. a.: ›Krankheit, Begabung, Verbrechen, ihre Ursachen und ihre Beziehungen zu einander‹. Berlin, 1904).

14. 12. 1904

504 1] *so schöne Worte:* In seiner Kritik von ›Der Puppenspieler‹ erzählte Bahr zunächst den Inhalt und richtete sich dann in der Art eines offenen Briefs direkt an A. S.: »Ich glaube nicht mehr, Arthur, daß Entsagung Reife ist. Ich glaube, sie ist nur innere Schwäche. (Furcht von Menschen, die sich bewahren wollen, weil sie noch nicht wissen, daß dies der Sinn des Lebens ist: sich zu zerstören, damit Höheres lebendig werde). Ich glaube, daß dies weite Leben, das da draußen winkt, ungeheuer reich an wilder Schönheit und verruchtem Glück ist: es wartet nur auf einen großen Räuber, der es zwingen wird. Ich glaube nicht mehr an die kleinen Tugenden des gelassenen zuschauenden Geistes. Ich glaube nur noch an die große Kraft ungestüm verlangender Leidenschaft. Und ich glaube, daß einer von uns, gerade einer von uns, dies machen muß, dies Werk, das die letzte Nacht einer alten Zeit enthalten wird, aus der schon in der Ferne, blutig froh, die Sonne der neuen bricht. Mach' du's!« (Vgl. ›Glossen zum Wiener Theater 1903-1906‹ von Hermann Bahr, S. Fischer, Berlin 1907). (S. auch Brief an Bahr vom 17. 9. 1905).

2] *Eins. Weg:* ›Der einsame Weg‹.

3] *Anekdote von der alten Streitmann:* Die Mutter des Operetten- *505*
tenors Karl Streitmann (1853-1937) soll den Ausspruch in jüdischem Jargon getan haben: »As mer brav is, derf mer alles« (»Wenn man brav ist, darf man alles«).

4] *der »Innere Friede und die schuldbefreite Brust«:* Anspielung auf Rustans Worte in Grillparzers dramatischem Märchen in 4 Aufzügen ›Der Traum ein Leben‹ (1834): »Breit es aus mit deinen Strahlen, / Senk es tief in jede Brust / Eines nur ist Glück hienieden, / Eins, des Innern stiller Frieden, / Und die schuldbefreite Brust. / Und die Größe ist gefährlich, / Und der Ruhm ein leeres Spiel. / Was er gibt sind nichtge Schatten, / Was er nimmt, es ist so viel.«

5] *Mahler:* Gustav M. (1860-1911). (Tgb: »Abd Mahler-Sympho- *506*
nie (III) im Ges[ellschafts] Concert. Triumphaler Erfolg. –«

6] *pneumatisch:* S. Anmerkung 15 zum 15. 11. 1904.

7] *bei uns zu nachtmahlen:* Es findet sich keine Erwähnung dieses Besuchs von Bahr in A. S.'s Tgb.

8] *des P.:* des ›Puppenspielers‹.

20. 12. 1904

Veröffentlicht in: ›Adolf von Sonnenthals Briefwechsel‹. Nach den *506*

Originalen herausgegeben von Hermine von Sonnenthal‹. Deutsche Verlags Anstalt, Stuttgart und Berlin 1912.

1] *zum heutigen Tag:* Der 21. 12. war Sonnenthals 70. Geburtstag.

2] *als Henri:* Er hatte diese Rolle bei der Uraufführung am Burgtheater am 1. 3. 1899 gespielt.

1905

2. 1. 1905

506 1] *den »deutschen Grafen«:* ›Der deutsche Graf‹, Komödie in 5 Akten. S. Fischer, Berlin 1906. U: Köln, Stadttheater, 11. 1. 1906.

2] *Umadressirung:* Vollmoeller fragt in seinem Brief vom 24. 12. 1904, ob A. S. nach Lesen des Stücks das Manuskript an das Neue Theater weitersenden wolle.

507 3] *die Theaterschwächen:* Vollmoeller an A. S. am 24. 12. 04: »Ihr ›Einsamer Weg‹ [. . .] hat mir viel zu denken gegeben. Es ist so ungefähr das litterarisch und menschlichst Feinste was ich von modernen Stücken kenne, auch von den Ihren. [. . .] In der rein theatralischen Technik bin ich nicht immer mitgegangen. Vor allem im Anfang. Später wirds zwingend. Aber das ist wohl meine persönliche Schwerfälligkeit (zum Teil) mich an modern redende Menschen zu gewöhnen die sich exponieren.«

4] *Elberfeld:* Vollmoeller schrieb an A. S., daß die ›Giulia‹ in Elberfeld »aus sittlichen Gründen einen wohlverdienten Durchfall« erlebte. (S. Anmerkung 3 zum 26. 9. 1905.)

5] *kommen im Mai:* Vollmoeller kam am 26. 2. nach Wien und besuchte A. S. noch am selben Tag. (Tgb: »Er war wieder sehr amusant u problematisch. Eine ganze Anzahl von Gesichtern – ja er sieht sogar abwechselnd höchst elegant u wie eine Art Strolch aus. –«

6] *mit Ihrer Frau:* Die Tänzerin Maria Carmi.

7] *Orangenpark von Sorrent:* S. Anmerkung 5 zum 2. 6. 1904.

5. 1. 1905

508 Maschinendurchschrift des Briefes, der sich im Archiv der Künste, Berlin (Alfred-Kerr-Archiv) befindet; mit A. S.'s handschriftlichen Korrekturen und Unterschrift.

1] *Kerr:* (S. Anmerkung 19 zum 3. 10. 1898). Tgb 3. 1.: »Den Brief an Kerr (für die Oeffentlichkeit) aufgesetzt. Hatte ursprünglich nicht daran gedacht, aber Hugo von Hofmannsthal animirte mich gestern. –« Am 5. 1. riet Jacobsohn ab, den Brief im ›Tag‹ zu veröffentlichen – worin A. S. »gern einstimmte«.
2] *Sello:* Erich S. (1852-1912). Deutscher Jurist und Lyriker. (›Ein später Strauß‹, Schuster und Löffler, Berlin 1904). Kerrs Artikel über Sellos Gedichte ist verschollen.
3] *des Falles Jacobsohn:* S. Anmerkung 1 zu »etwa 11. 12. 1904«.

10. 1. 1905
1] *Hervay-Vorlesung:* Tamara Hervay von Kirchberg, geb. Elvira 510
Leontine Bloch (1860-?). Aus Deutschland gebürtige Tochter eines Artisten, der sich Bellachini nannte. Sie war im Herbst 1904 wegen Bigamie zu vier Monaten Kerkerhaft verurteilt worden. (Vgl. ›Der Fall Hervay‹ in ›Die Fackel‹, Nr. 165, VI. Jahr, vom 8. Juli 1904; ›Der Hexenprozeß von Leoben‹ in ›Die Fackel‹, Nr. 168, VI. Jahr, vom 10. 11. 1904 sowie ›Die Strafsache Hervay‹ von Max Burckhard in ›Die Zeit‹ vom 23. 2. 1905). Ihr fünfter Ehemann, Dr. Franz Hervay von Kirchberg, Bezirkshauptmann von Mürzzuschlag in der Steiermark, hatte im Juli 1904 Selbstmord begangen und, mittellos geworden, versuchte T. H. nun als Rezitatorin ihren Lebensunterhalt zu verdienen. (Vgl. die Selbstbiographie ›Tamara von Hervay, ihr Leben und Denken‹, Szelinski & Comp. Verlag, Wien 1905).
2] *Karlweis-Sache:* A. S.'s erste öffentliche Vorlesung (s. Brief vom 29. 3. 1897).

10. 1. 1905 511
1] *für das Stück:* ›Der deutsche Graf‹ (s. Anmerkung 1 zum 2. 1.).
2] *eignet sich für das Neue Theater:* Die Uraufführung fand am Stadttheater Köln am 11. 1. 1906 statt.

20. 3. 1905
Maschinenabschrift
1] *Karl Oettinger:* Ingenieur-Chemiker, damals Adjunkt an der 513
k. k. technischen Hochschule, Wien.
2] *Fall Thameyer:* Die Novelle ›Andreas Thameyers letzter Brief‹, entstanden vom 7. bis 9. 2. 1900. ED: ›Die Zeit‹ 8, Band 32, Nr. 408

vom 26. 7. 1902. EA: Auswahlsammlung ›Die griechische Tänzerin. Novellen‹, Wiener Verlag, Wien und Leipzig 1905.

11. 4. 1905

513 1] *Distichen:* ›Schiller-Feier‹ in ›Die Zeit‹, Beilage vom 23. 4. 1905 (›Die Schiller-Zeit‹). Jetzt im A u. B, Seite 15.

2] *Illustrator:* Die Zeichnungen zum ›Großen Wurstel‹ in der Osterbeilage der ›Zeit‹ vom 23. 4. stammten von der österreichischen Karikaturen-Zeichnerin und Malerin Bertha Czegka (1880-?).

12. 4. 1905

513 *Milena Preindlsperger:* geb. Mrazovič (1863-1927). Früher Journalistin, Buchdruckereiinhaberin; Erzählerin. (›Das Grabesfenster. Eine Sarajevoer Geschichte aus dem Beginn der Okkupation‹, Edlinger, Innsbruck 1905). Sie war seit 1896 mit dem Primararzt des Landesspitals in Sarajevo, Dr. Joseph Preindlsperger, verheiratet.

30. 7. 1905

515 1] *Dein neues Stück:* ›Die Andere‹, Schauspiel in 5 Akten (S. Fischer, Berlin 1905). U: Münchener Schauspielhaus am 4. 11. 1905. In Wien wurde das Stück am 25. 11. 1905 am Deutschen Volkstheater erstaufgeführt. A. S. sah diese Aufführung nicht, da er bei der Premiere von ›Zwischenspiel‹ (am 25. 11.) in Berlin war. (Tgb 28. 11.: ›Die Andre‹ von Bahr war ein Theaterskandal. –«)

516 2] *bekannte ungeladene Flinte:* Bezieht sich auf folgende Anekdote: Ein junger Schriftsteller liest Dumas ein Stück vor. Zu Beginn des Stücks tritt ein Mann auf, der sein Gewehr an die Wand lehnt. Dumas unterbricht den Lesenden mit der Frage: »Was geschieht später mit dem Gewehr?« Der Schriftsteller antwortet sehr erstaunt: »Nichts.« Dumas drauf: »Dann ist das Stück nicht gut, denn alles, auch die geringfügigste zufällige Handlung, muß mit dem Kern des dramatischen Geschehens in Beziehung stehen.«

17. 9. 1905

516 1] *nicht zu Hause:* A. S. war an diesem Tag selbst in St. Veit, traf Bahr jedoch nicht an.

2] *»Zwischenspiel«:* EA: S. Fischer, Berlin 1906. Jetzt in: Dram. Werke I. (S. Anmerkung 10 zum 13. 8. 1904.)

3] *»Der Ruf des Lebens«:* Schauspiel in drei Akten (S. Fischer, Berlin 1906). (Siehe Brief vom 23. 1. 1906.)

4] *die Widmung:* Bahr nahm in seinem Brief vom 17. 9. A. S.'s 517
Widmung dankbar an. Es ist dies einer der seltenen Fälle, in denen A. S. eines seiner Werke jemandem widmete.

5] *öffentlich aussprachst:* S. Anmerkung 1 zum 14. 12. 1904.

6] *Hietzing:* der 13. Wiener Gemeindebezirk.

26. 9. 1905

1] *vom Semmering:* A. S. war mit Olga und deren Schwester, Liesl, 517
vom 22. bis 26. auf dem Semmering.

2] *Orestie:* Die Übersetzung ›Des Aischylos Oresteia‹ erschien 1908 in Berlin. Die beiden ersten Dramen der Trilogie (›Agamemnon‹ und ›Totenopfer‹) wurden 1911 von Max Reinhardt im Zirkus Schumann aufgeführt.

3] *Lustspieltheater:* In der Wintersaison 1905/06 lassen sich nur drei Aufführungen von Vollmoellers ›Giulia‹ (s. Brief vom 2. 1.) an diesem Theater nachweisen.

4] *Drama:* ›Der Ruf des Lebens‹. 518

5] *meinen Roman:* Am 30. 1. hatte A. S. seinen Roman ›Der Weg ins Freie‹ nach längerer Unterbrechung fortgesetzt.

6] *etliche dramatische Pläne:* Tgb 27. 9.: »– Nm [Nachmittag] das Aerztestück [›Professor Bernhardi‹], in fünf Acten skizzirt. –«

1. 10. 1905 518

1] *zum Herrn Direktor:* A. S. hatte am 14. 9. an Brahm geschrie- 519
ben, daß er den ›Ruf des Lebens‹ vorläufig nur dem Freunde, nicht dem Direktor vorlege.

2] *beide Stücke:* A. S. hatte ursprünglich beabsichtigt, den ›Ruf des Lebens‹ Max Reinhardt und ›Zwischenspiel‹ Otto Brahm zur Aufführung zu geben. Brahm an A. S. vom 1. 9.: »Mir kommt es darauf an, beide Stücke zu haben und Sie, der unser Hausfreund seit so vielen Jahren gewesen ist – [. . .] Sie nicht mit einem neuen Hauptwerk woanders gastieren zu sehen.«

3] *der Nachbar:* Max Reinhardt.

4] *nach dem Vorgefallenen:* A. S. hatte die Komödie von Reinhardt zurückgezogen, was ihm durch die »geradezu märchenhafte Nachlässigkeit der Leute im Beantworten von Fragen« beträchtlich erleichtert wurde. (A. S. an Brahm vom 14. 9.) Am 17. 9. schrieb Brahm an A. S. die kurze Mitteilung, Reinhardt »rühme sich, das neue Stück von Schnitzler abgelehnt zu haben«, mit dem Hinzufügen: »Nun kann Brahm es bringen, der nimmt das, was wir nicht mögen.« In einem 2. Brief Brahms vom gleichen Tag schickt er den Vertrag über ›Zwischenspiel‹. (Tgb 4. 10.: »Kahane kam, sich wegen der bekannten Schlampereien u Unwahrheiten in der Komoedienaffaire zu entschuldigen. Erklärte es als ausgeschlossen, d[a]ß Reinh. eine ›Ablehnung colportirt‹. Über mein Verhältnis zu Reinhardt u sein's zu mir, das sich trotz gegenseitg Hochschätz[un]g nicht zu einem geraden gestalten will. – Kah. blieb von 6-10 – er hatte doch noch gehofft, das andre Stück zu kriegen.«

5] *jenes Telegramm:* vom 12. 9.: »Manuscript soeben, zwei Briefe seit einigen Tagen abgegangen. Neues Theater« (Vgl. A. S.-Reinhardt, Seite 50).

522 6] *in der Josefstadt:* Tgb 20. 9.: »Vm Theater in d Josefstadt; Haeberle u Kainz vor dem Eingang, mit ihnen hinein; Schl. [Schlenther] kam mir entgegen, reichte mir die Hand; die Probe begann u. verstrich, als wäre nichts geschehn. [S. Anmerkung 4 zum 23. 8. 1900]. Es war eine Arrangirprobe; Kainz übellaunig, Witt zuvorkommend, sich am Schluß in ein Gespräch mit mir über das Problem einlassend. –« Damals probte das Burgtheater zeitweilig im Theater in der Josefstadt. Die Uraufführung fand am 12. 10. 1905 statt.

7] *Haeberle:* Else H. (1877-1937), Frau des Schriftstellers und Verlegers Felix Speidel (1875-?); Mitglied des Burgtheaters 1898-1920. Sie spielte die Rolle der Marie Rhon.

8] *Goltz:* Alexander Demetrius G. (1857-1944). Aus Ungarn gebürtiger Maler. 1904-07 Vorstand des Ausstattungswesens im Hofburgtheater. Präsident der Genossenschaft der bildenden Künstler in Wien. Verheiratet mit der Schauspielerin Maria Mell (s. Anmerkung 2 zum 26. 10. 1906).

9] *Lehner:* Gilbert L. (1844-1923). Dekorationsmaler; seit 1880 k. k. Dekorationsinspektor des Hofburgtheaters.

10] *Urban:* Josef U. (1872-1933). Architekt und Illustrator. Gründete 1899 zusammen mit seinem Schwager, dem Maler Heinrich Lefler (1863-1919), die Wiener Künstlervereinigung Hagenbund.

11] *Jaray:* Nicht festzustellen, um welchen der zahlreichen Architekten resp. Innendekorateure dieser Familie es sich handeln mag.

12] *Kakadu:* ›Der grüne Kakadu‹ hatte – nach der Ablehnung durch das Burgtheater – am 12. 10. seine Wiener Erstaufführung (zusammen mit Kleists ›Der zerbrochene Krug‹) am Deutschen Volkstheater, mit Leopold Kramer als Henri.

13] *in der Burg:* Tgb 29. 9.: »Abds nach vielen Jahren wieder bei Liebelei (u Gefährtin). [. . .] Kein Sitz zu haben! Es ist schwer aufs Burgtheater zu verzichten. Nun sinds bald zehn Jahre seit der Première. – Das Stück ergriff mich, [Lotte] Medelsky u [Arnold] Korff [als Fritz Lobheimer] waren unerhört gut, mit das schönste, das ich auf der Bühne je gesehn. Ich hörte sehr schlecht. –«

14] *ein erstes Szenarium:* S. Anmerkung 6 zum 26. 9. 1905.

15] *daß Sie kommen:* Brahm war zu der Uraufführung von ›Zwischenspiel‹ nach Wien gekommen. Vom 16.-20. 10. 1905 waren A. S., Brahm, Salten, Hofmannsthal, Kainz und seine Frau sowie Wassermann auf dem Semmering.

20. 12. 1905

1] *das Königsbüchl:* ›Das Buch der Könige‹, Müller, München und Leipzig, 1905. 522

2] *Glossy:* Karl G. (1848-1937). Schriftsteller, Bibliothekar, Archiv- 523
und Museumsdirektor der Stadt Wien. Er gehörte dem Zensur-Beirat an und berichtet über das Aufführungsverbot des ›Professor Bernhardi‹ bis 1918 in: ›Vierzig Jahre Deutsches Volkstheater. Ein Beitrag zur deutschen Theatergeschichte.‹ Wien 1929. (Verfasser u. a. von ›Schnitzlers Einzug ins Burgtheater‹ in: ›Wiener Studien und Dokumente‹, Wien 1933).

3] *Nichtigkeiten:* ›Bemerkungen‹ in: ›Österr. Rundschau‹, 5, LX bis LXI. S. 395 f.

4] *Wasserm. Vorlesung:* Wassermann las in seiner Wohnung in Hietzing am 27. 12. seine Novelle ›Clarissa Mirabell‹ den Freunden Leo Van-Jung, Arthur Kaufmann, Richard Beer-Hofmann und A. S. vor.

5] *Semmering, Jänner:* A S. war im Januar 1906 nicht auf dem Semmering.

1906

3. 1. 1906

523 *Fred:* Alfred W. F. (ursprünglich Alfred Wechsler, 1879-1922). Schriftsteller, vorwiegend über Kunst und Künstler. Essays, Novellen. (›Briefe an eine junge Frau‹, Insel, 1901; ›Die Prae-Raphaeliten. Eine Episode englischer Kunst‹ in: ›Ueber Kunst der Neuzeit‹, 4. ›Fragonard‹ in: ›Die Kunst‹, 33.)

23. 1. 1906

524 1] *nach allem, was ich lese:* Die Zeitungsberichte über die Uraufführung von Gerhart Hauptmanns ›Und Pippa tanzt! Ein Glashüttenmärchen in 4 Akten‹ am 19. Januar. A. S. sah die Aufführung am 4. 2. während seines Berlin-Aufenthalts anläßlich des 50. Geburtstags von Brahm am 5. 2. 1906.

2] *Orloff:* Ida O. (Bühnenname für Iduschka Weissbeck, 1889 bis 1945) (Selbstmord). 1910-13 Schauspielerin am Wiener Burgtheater. Sie spielte die Rolle der Katharina in A. S.'s Schauspiel ›Der Ruf des Lebens‹, das am 24. 2. 1906 am Lessingtheater uraufgeführt und sehr bald abgesetzt worden war, zuvor u. a. die Hedwig in Ibsens ›Wildente‹.

3] *Frau Kraus:* Bühnenname Grete Hofmann (1875-1962). Verheiratet mit dem berühmten Heldentenor der Berliner Oper und der Bayreuther Festspiele, Ernst Kraus (1863-1941).

4] *Schiff:* Else S., s. Anmerkung 7 zum 21. 11. 1904. Sie sollte die Rolle der Irene spielen.

525 5] *Marr:* Hans M. (Bühnenname für Johann Julius Richter, 1876 bis 1949). Von 1904-1912 bei Brahm, von 1914-19 und dann von 1924 bis zu seinem Tode Mitglied des Burgtheaters.

6] *Walser:* Karl W. (1877-1943). Schweizer Maler, Graphiker. Er schuf die Bühnenbilder zum ›Ruf des Lebens‹. (Er malte u. a. auch die Fresken in der Halle von S. Fischers Haus in Grunewald.)

7] *Gestern in Breslau:* A. S. las am 22. 1. im Saal der Freunde in Breslau ›Weissagung‹, ›Weihnachtseinkäufe‹ und ›Exzentrik‹ vor und kehrte am 23. 1. nach Wien zurück.

8] *Werner Sombart:* 1863-1941. Nationalökonom und Soziologe. 1906-1931 Universitätsprofessor in Berlin. Gründete 1907 ›Morgen. Wochenschrift für deutsche Kultur‹ und gab sie zusammen mit Richard Strauss, Georg Brandes, Richard Muther »unter Mitwirkung von Hugo von Hofmannsthal« heraus. Die Zeitschrift wurde 1909 mit der ›Neuen Revue‹ vereinigt.

27. 1. 1906

1] *vorgeschlagene Striche:* Der Regisseur von ›Ruf des Lebens‹ war Emil Lessing (s. Anmerkung 7 zum 29. 12. 1901). *525*

2] *S. 15:* Die hier zitierten Seitenzahlen entsprechen den Seitenzahlen in den Dram. Werken I wie folgt: Seite 15 – Seite 967, S. 26 – S. 972, S. 45 – S. 982, S. 53 – S. 985, S. 78 – S. 998, S. 86/87 – S. 1001 f. Die Szene zwischen Max und Irene findet sich auf Seite 1004 ff. S. 93 – S. 1024, S. 129/130 – S. 1024 f. *526*

3] *nur einer gewesen sein?:* Üblicherweise nahm zunächst der Regisseur Lessing seine Striche vor. Dann wurde der Autor um seine Stellungnahme gebeten, und schließlich brachte Brahm die endgültigen Striche an. A. S. hatte offenbar den Verdacht, daß Brahm schon bei diesen ersten Strichen seine Hand im Spiel hatte, da er Brahms Abneigung gegen Sterbeszenen auf der Bühne kannte. *527*

13. 3. 1906

1] *viel Mühe gehabt:* A. S. arbeitete den 3. Akt von ›Ruf des Lebens‹ auch in späteren Jahren, ja bis kurz vor seinem Tode, immer wieder um. *527*

2] *Rußland:* Die eigentliche Uraufführung hatte kurz vor der Berliner Aufführung am Kaiserlichen Theater Petersburg stattgefunden und man bot A. S. 1000 Rubel Vorschuß an, wenn er das Erscheinen des Stücks in Buchform bis Oktober hinausschieben wolle. A. S. nahm dieses Angebot nicht an; das Buch erschien 1906 bei S. Fischer. *528*

3] *ein geschwindeltes Citat:* »Das Leben ist die Fülle, nicht die Zeit, / Und noch der nächste Augenblick ist weit!« Schlußvers aus ›Der Schleier der Beatrice‹.

26. 4. 1906

Maschinenabschrift

1] *Fürst Sumbatoff:* Alexander Iwanowitsch S. (1853-1927). Schriftsteller und Schauspieler unter dem Bühnennamen Juschin. Von 1882 bis zu seinem Tode am Kaiserlichen (dann Akademischen) Schauspielhaus in Moskau tätig, nachher als Direktor. *529*

2] *Rotenstern:* Peter R.-Swesditsch. Russischer Publizist. Korrespondent der liberalen Moskauer Tageszeitung ›Russkija Wedomosti‹. Lebte nach 1906 in Paris und veröffentlichte 1913 in russischer Sprache einen Essay über A. S. in der Monatsschrift ›Sovremennyj mir‹. (U. a. ›La Russie en Révolution. Les clairsobscurs du Maximalisme‹, Genf 1917).

3] *andern Übersetzungen:* Vgl. ›A. S. und das russische Theater‹ von Elisabeth Heresch in ›Neue Zürcher Zeitung‹, 10./11. 6. 1978, wo es u. a. heißt: »Für das Verständnis der Werke war die Übersetzungsfrage sicher nicht unbedeutend, um so weniger, als sich niemand in Rußland an Autorisationen gebunden fühlte und viele Liebhaberübertragungen im Umlauf waren.« (Vgl. auch E. Heresch, »A. S. in Rußland« in: MAL, vol. 10, nrs. 3/4, 1977.)

27. 4. 1906

529 1] *mein Telegramm:* verschollen.

2] *die Sache:* Salten lebte damals als Korrespondent der ›Neuen Freien Presse‹ in Berlin und berichtete A. S. über die, seiner Meinung nach, völlige Unzulänglichkeit Reichers in der Rolle des Julian Fichtner im ›Einsamen Weg‹. Da ein Gastspiel des Brahm-Ensembles für Anfang Mai in Wien geplant war, riet Salten A. S., Rittner, mit dem er diesbezüglich gesprochen hatte, für die Rolle des Julian zu gewinnen.

3] *einem Brief Jacobsohns:* im Nachlaß.

530 4] *telegr. ich an Brahm:* Das Telegramm ist verschollen.

5] *Ich telegr. nun an Rittner:* Wortlaut siehe im hier folgenden Brief.

6] *liebenswürdigen Telegramm:* Wortlaut ebenfalls im hier folgenden Brief.

7] *Wischnewski:* Alexander W. (Bühnenname für Alexander Leonidovič Višneveckij, 1861-1943).

8] *Stanislawski:* K. S. S. (Bühnenname für Konstantin Sergejewitsch Alexejew, 1863-1938). Schauspieler und Theaterleiter. Gründete 1898 mit Wladimir Iwanowitsch Nemirowitsch-Dantschenko (1858-1943) das in Europa sehr einflußreiche naturalistische ›Moskauer Künstlerische Theater‹.

9] *Ljuschin:* A. S. meint den Schauspieler und Regisseur Wasilij Wasiljewitsch Luschskij (Bühnenname für Kaluschskij, 1869-1931).

10] *Leonidow:* Leonid Mironowitsch L. (1873-1941). Schauspieler (Tragöde) und Regisseur.

11] *Frau Tschechow:* Olga Leonardowna Knipper (1868-1950), seit 1901 mit Anton Tschechow (1860-1904) verheiratet. Sie verkörperte alle seine großen Frauenrollen noch Jahrzehnte nach seinem Tod.

12] *bei Rotenstern's:* Peter R.-Swesditsch (s. Anmerkung 2 zum vorhergehenden Brief) und Anna Rotenstern-Tesi, die ebenfalls Schriftstellerin und Übersetzerin war.

13] *im Theater:* A. S.'s sahen die Aufführung von Tschechows ›Onkel Wanja‹ am 18. 4.; am 19. ›Czar Fjodor Ioannowitsch‹, Tragödie in 5 Akten von Alexei Konstantinowitsch Tolstoi (1817-1875). Mit diesem Stück war das neu gegründete Moskauer Künstlerische Theater am 14. 10. 1898 eröffnet worden. Das Gastspiel in Wien fand vom 11.-21. 4. im Bürgertheater statt.

14] *Dr. Kaufmann:* Dr. jur. Arthur K. (1872-1938). Aus Jassy in Rumänien gebürtiger Philosoph und Privatgelehrter. Er gehörte zum engsten Freundeskreis und wurde von A. S. testamentarisch (neben Richard Beer-Hofmann) als Berater für seinen Sohn, Heinrich, eingesetzt. Seine einzige veröffentlichte Arbeit ›Zur Relativitätstheorie. Erkenntnistheoretische Erörterungen‹ erschien in ›Der Neue Merkur‹, Monatshefte, 3. Jg., 1919/20.

15] *Frl. Erl:* Dora E. Schauspielerin, die im selben Haus wie Schnitzlers wohnte. Enkelin des Hofopernsängers Josef Erl (1812-1874). Sie hatte 1905 die Rolle der Anna Riedel in ›Freiwild‹ am Wiener Deutschen Volkstheater gespielt.

16] *Pötzleinsdorferwald:* Pötzleinsdorf, ein Vorort, der seit 1892 in den 18. Bezirk eingemeindet ist.

17] *Frau v. Lützow:* Die Karte ist verschollen. Linda von Lützow, 531
Übersetzerin (u. a. von Gabriele d'Annunzios ›Die Gloria‹, S. Fischer, Berlin 1900).

18] *die Prozeßangelegenheit:* Eine Ehrenbeleidigungsaffaire zwischen Salten und Julius Gans von Ludassy (s. Anmerkung 6 zum 5. 10. 1894).

19] *55 Kronen:* Im August 1892 wurde die Gulden- durch die Kronenwährung abgelöst, die im Dezember 1924 in die Schillingwährung umgewandelt wurde.

20] *Neuwaldegg:* Vorort, seit 1892 in den 17. Wiener Gemeindebezirk einbezogen.

21] *die Sache wegen Daenemark:* Salten besuchte A. S. am 2. 8. in Marienlyst.
22] *(am Roman):* ›Der Weg ins Freie‹.
23] *B. Z.:* ›Berliner Zeitung‹, Verlag Ullstein & Co., gegründet 1876.
24] *die Kinder:* Paul (1903-1937), später Filmregisseur, und Anna Katharina (1904-1977). Sie wurde die Frau des Schauspielers Hans Rehmann; nach dessen Tod heiratete sie den Züricher Rechtsanwalt Dr. Veit Wyler.

28. 4. 1906
531 1] *Ihren Brief:* vom 24. 4.
532 2] *Ihre freundliche Einladung:* Am 4. 5. wurde das erste Gastspiel des Lessingtheaters im Theater an der Wien mit A. S.'s Einakter ›Der Puppenspieler‹ (mit Bassermann) und Hauptmanns ›Elga‹ eröffnet. Außer A. S. war auch Kainz in der Loge.
533 3] *den Einsamen Weg:* Bei der Aufführung am 15. Mai (A. S.'s 44. Geburtstag) war A. S. laut Tgb: »Mit O in Brahms Loge. –« (S. Brief vom 16. 5.)

5. 5. 1906
533 Nach Wien, Hotel Imperial, adressiert.
1] *Hans Müller:* (Pseudonym: Müller-Einigen, 1882-1950). Bruder des Schriftstellers und Theaterkritikers Ernst Lothar, 1890-1974). Dramatiker: u. a. ›Die Flamme‹, Schauspiel in 3 Akten, 1920; Erzähler, Librettist: ›Violanta‹, Oper in 3 Akten, 1916; ›Das Wunder der Heliane‹, Oper in 3 Akten, 1927, beide von Erich Wolfgang Korngold (1897-1957) vertont.
2] *Karczag-Wallner:* Der Bühnenschriftsteller Wilhelm Karczag (s. Anmerkung 6 zum 12. 12. 1894) leitete von 1901-22 das Theater an der Wien, bis zum Jahre 1911 zusammen mit Karl Wallner (ursprünglich Blaziček, 1859-?).

16. 5. 1906
534 1] *aus Theater und Hotel:* Das Ehepaar Schnitzler war nach der Aufführung des ›Einsamen Wegs‹ im Hotel Meissl und Schadn, mit Brahm, »Bahr und Frau, Reicher u Sohn, Julius u Helene, später [Siegfried] Trebitsch«.
2] *klingender Brief:* Salten aus Berlin, 14. 5.: »Lieber Freund, mor-

gen spielen sie in Wien Ihren ›Einsamen Weg‹. Irgendwie habe ich dabei das Gefühl, daß ich mir selbst (und vielleicht auch Ihnen ein wenig) dort fehle. Jedenfalls möchte ich, daß Sie an diesem Tag einen Gruß von mir haben. Herzlichst Ihr Felix Salten.«

3] *Aufnahme in Berlin:* ›Der einsame Weg‹ war bei der Uraufführung eher ein Mißerfolg gewesen.

4] *den Rehberg:* ›Herr Wenzel auf Rehberg und sein Knecht Kaspar Dinckel‹, Novelle; S. Fischer, Berlin 1907.

5] *Ihr Berliner Feuilleton:* ›Die fremde Stadt. Thema mit Varia- 535
tionen‹ in: ›Die Zeit‹ vom 13. 5. (Morgenblatt).

6] *Herzl-Biographie:* Salten an A. S. vom 1. 5.: »Ich bin im Begriff, die Herzl-Biographie zu übernehmen, was ich mir als eine Art von Denkmal-Porträt sehr schön denke.« (Vgl. ›Theodor Herzl‹, Essay in ›Geister der Zeit‹; Paul Zsolnay, Berlin-Wien-Leipzig 1924).

7] *die Wartburgerreise:* Am 9. 5. hatten Salten, Paul Lindau und Marie Barthel eine Grußkarte an A. S. von der Wartburg gesandt (im Nachlaß).

8] *Spanien:* Salten sollte als Berichterstatter zur Hochzeit des Königs Alfons XIII. (1886-1931; abgedankt) mit Prinzessin Ena von Battenberg nach Madrid fahren. Es kam damals zu einem Bombenattentat mit mehreren Todesopfern in der Begleitung des Hochzeitspaares.

9] *Dr. Pollak:* wohl Jakob P., später Medizinalrat.

10] *Heringsdorf:* wie Swinemünde beliebtes Ostseebad.

11] *seine Frau:* Olga Gans von Ludassy, s. Anmerkung 6 zum 5. 10. 1894.

12] *Ihre Prozeßsache:* Salten berichtet postwendend am 17. 5., daß Ludassys Anwalt in der Ehrenbeleidigungsaffaire Verjährung geltend zu machen trachte. (». . . Ohnehin störte mich genug, daß dieses Schwein sich immer durch unsere Briefe wälzt. Herzlichst Ihr F. S.«)

13] *Richard:* Beer-Hofmann.

14] *Fünfabend Stück:* ›Die Historie von König David‹, ein geplanter Zyklus, dessen Vorspiel ›Jaákobs Traum‹, sowie dessen 1. Teil ›Der junge David‹ (Sieben Bilder) vollendet wurden; der Rest blieb Fragment: ›Vorspiel auf dem Theater zu König David‹ und der Beginn der ersten Szene aus ›König David‹. S. Richard Beer-Hofmann, Gesammelte Werke, S. Fischer, Frankfurt 1963.

536 15] *neues Fräulein:* Erzieherin.

16] *Lotte Pohl-Glas:* Sozialistin; Januar 1895 kurze Zeit inhaftiert. Aus ihrer Liaison mit Felix Salten entstammte eine im Frühsommer 1895 geborene Tochter, die bald starb. Charlotte Pohl war mit dem späteren österreichischen Gesandten in der Sowjetunion, Dr. Otto Pohl, verheiratet und war Sekretärin der internationalen Gewerkschaftsorganisation. Das Ehepaar beging in Paris 1940 beim Einmarsch der deutschen Truppen Selbstmord.

17] *2 schöne Gedichte:* ›Der einsame Weg. An Arthur Schnitzler‹:
Alle Wege, die wir treten, / Münden in die Einsamkeit –
Nimmermüde Stunden jäten / Aus, was wuchs an Lust und Leid.
Alles Glück und alles Elend / Blaßt zu fernem Widerschein –
Was beseligend, was quälend, / Geht – läßt uns mit uns allein.
Schritt ich eben nicht im Reigen? / Und was traf, das traf gemeinsam –
Bietet keine Hand sich? – Schweigen / Sieht mich an – der Weg wird einsam!
Ob ich stieg von Glückes-Thronen, / ob ich klomm aus Leidens-Gründen –
Dort, wohin ich geh zu wohnen, / will sich Keiner zu mir finden.
Ein Erkennen nur, mit klaren / Augen will mich hingeleiten:
Daß auch vorher um mich waren – / Unerkannt – nur Einsamkeiten.

(Ges Werke, S. 636 f.

536 18] *»Altern«:* Ges. Werke, S. 660 f.

31. 5. 1906

Veröffentlicht in ›Adolf von Sonnenthals Briefwechsel‹. Nach den Originalen hrsg. von Hermine von Sonnenthal. Verlags Anstalt 1912.

1] *Vater Christinens:* Sonnenthal spielte den alten Weiring bei der Uraufführung der ›Liebelei‹ am 9. 10. 1895.

537 2] *betrogener Professor:* Bei der Uraufführung von ›Die Gefährtin‹ am 1. 3. 1899 spielte er die Rolle des Professors Robert Pilgram.

3] *Comödiant aus verdächtiger Schenke:* Am 18. 5. 1899 war er der Henri im ›Grünen Kakadu‹.

24. 6. 1906

1] *Einakter:* ›Der Faun‹ ist der Titel des zweiten Einakters des Zyklus ›Grotesken‹ (die anderen beiden heißen ›Der Klub der Erlöser‹ und ›Die tiefe Natur‹; Konegen, Wien 1907). Bahr antwortet am 4. 7., daß er beabsichtige, den ›Faun‹ nach A. S.'s Vorschlägen auszubauen, es blieb jedoch bei der Absicht. 537

2] *Narr:* ›Der arme Narr‹, Lustspiel. (Konegen, Wien 1906).

3] *reisen wir ab:* A. S. und seine Familie waren (mit Erzieherin) am 26./27. 6. in Berlin und vom 28. 6. bis 9. 8. in dem nördlich von Kopenhagen gelegenen Seebad Marienlyst. 9. bis 11. 8. Kopenhagen, 12. 8. über Berlin nach Weimar. Am 17. Ilmenau – Eisenach –, am 20. 8. Nürnberg. Rückkehr nach Wien am 21. 8. 538

12. 7. 1906

Dieser Brief sowie der hier folgende sind nach Nordwyk, Holland gerichtet. 539

1] *das A-Stück:* Es handelt sich um das bereits 1901 geplante »Literatenstück«, das sich mit einer Episode aus dem Leben Peter Altenbergs befaßt. Am 29. 1. 1907 erscheint der Arbeitstitel ›Worte‹, im Frühjahr wird die fünfaktige Tragikomödie ›Das Wort‹ abgeschlossen. A. S. war jedoch mit dem Ergebnis nicht zufrieden, besonders mit dem 4. und 5. Akt. (Tgb 21. 11. 1907: »Las mit großem Vergnügen P. Altenb. neues Buch Märchen des Lebens. – Ahne, warum mir das P. A. Stück so misglückt ist: aus Sympathie für P. A. –«) Wiederaufnahme des Stücks 1920. Das Fragment wurde aufgrund der letzten Fassung des Jahres 1927 von Kurt Bergel aus dem Nachlaß herausgegeben (S. Fischer, Frankfurt 1966).

2] *Stanislawski:* S. Anmerkung 8 zum 27. 2. 1906.

3] *einen Einakter:* ›Komtesse Mizzi oder Der Familientag‹, Komödie in einem Akt; die erste Fassung war in der Zeit vom 18. 6. bis 4. 7. 1906 entstanden (s. Anmerkung 6 zum 14. 5. 1908).

4] *irgendwo eine Rede halten:* Brandes an A. S. vom 11. 7.: »Vorläufig soll ich arme Sau Empfangsrede an das Allthing halten.« *Allthing:* Die Mitglieder des isländischen Alting [sic!] besuchten Kopenhagen im Sommer 1906; anläßlich eines Empfangs im Festsaal der Universität hielt Brandes am 17. 8. die Festrede. 540

5] *nicht lesen konnte:* Brandes an A. S.: »Wenn ich Ihre Karte einigermaßen richtig dechiffriere – die Schrift ist räthselhaft – so fragen Sie nach meinem Befinden und sagen mir daß – – – Jemand mich grüßen läßt.«

6] *Bülow:* Hans Guido Freiherr von B. (1830-1894), Dirigent, Pianist, Komponist. Der erste Gatte von Cosima Liszt (1837-1930), die 1870 Richard Wagner (1813-1883) heiratete. (›Briefe und Schriften‹, herausgegeben von Bülows Witwe Marie, geb. Schanzer.)

540 28. 7. 1906

541 1] *in dem B-Stück:* Brahm schlägt in seinem Brief vom 21. 7. vor, daß A[ltenberg]-Stück (s. Brief vom 12. 7. und Anmerkung 1) »im Interesse der Direktion« das B-Stück oder das A-B-C-Stück zu nennen. In seinem Brief vom 31. 7. schreibt Brahm: »Das H-Z-Stück wird jedenfalls bildschön; . . .«

2] *zwei andere Stoffe:* ›Professor Bernhardi‹, Komödie in 5 Akten, (beendet April 1912) und die Komödie in 3 Akten ›Fink und Fliederbusch‹ (beendet April 1916).

542 3] *Freytags »Bilder«:* ›Bilder aus der deutschen Vergangenheit‹ von Gustav Freytag (1816-1895).

4] *nächsten Einakter:* Zwischen 1904 und 1930 entstand ein Einakter mit dem Arbeitstitel ›Landsknecht‹, der unvollendet blieb. (Jetzt in E u. V.)

5] *Poe:* Edgar Allan P. (1809-1849).

6] *der höhnische Hugo:* von Hofmannsthal.

7] *Frau Jonas:* Clara, geb. Kahn, mit Justizrat Paul Jonas verheiratet (s. Anmerkung 5 zum 9. 2. 1896). Sie stand in engster Beziehung zu Otto Brahm und stellte die Bibliographie seiner ›Kritischen Schriften‹ zusammen.

8] *die Kinder:* Lili, Eva und Fritz Jonas.

542 6. 8. 1906

543 1] *wieder in Wien:* Felix Salten kehrte in die Redaktion der ›Zeit‹ zurück.

2] *daß Brandes neulich hier war:* Er besuchte A. S. am 28. 7.

3] *Emilie Bardach:* Wienerin, Tochter des aus Galizien stammenden Kaufmanns Sigmund B., die Ibsen im Sommer 1889 in Gossensaß/Tirol kennenlernte. Die leidenschaftliche Zuneigung des Einundsechzigjährigen zu dem achtzehnjährigen Mädchen fand ihren Ausdruck in den Schauspielen ›Hedda Gabler‹ und ›Baumeister Sol-

ness‹. E. B. übersiedelte nach dem 1. Weltkrieg in die Schweiz, blieb unvermählt, und starb 1955 in Gümlingen bei Bern.
4] *die Briefe:* Ibsens Briefe an Emilie Bardach sind deutsch geschrieben. (Vgl. Hans Erich Lampl ›Nova über Henrik Ibsen und sein Alterswerk. Das »Tagebuch« der Emilie Bardach (1889-90)‹; 1977.)

7. 9. 1906
1] *Berger:* Alfred Freiherr von B. (1853-1912). Von 1887-90 artistischer Sekretär des Hofburgtheaters, 1894 a. o. Professor der Ästhetik an der Universität Wien; übernahm 1900 die Leitung des neugegründeten Deutschen Schauspielhauses in Hamburg; von 1910 bis 1912 Direktor des Wiener Hofburgtheaters. 544
2] *Aufführung in Wien:* S. Brief vom 28. 4. 1906 und Anmerkung 3 hierzu.
3] *Ruf des Lebens:* S. Anmerkung 2 zum 23. 1. 1906.
4] *Kommischarschewska:* richtig Wera Fjodorowna Kommissarschewskaja (1864-1910). Schauspielerin, 1896-1902 am Petersburger Alexander-Theater, gründete 1904 ein eigenes Theater in Petersburg. Es fanden sich eine Reihe von A. S.'s Stücken immer wieder auf ihrem Spielplan; sie selbst verkörperte darin die großen Frauenrollen. Ihr Regisseur war Wsewolod Emiljewitsch Meyerhold (1874-1940), dessen Inszenierungen auch auf Tourneen in weite Teile Rußlands gingen, wodurch das Interesse an A. S. und die Verbreitung seiner Werke sehr groß wurde. 545
5] *ein altes Halbe'sches Stück:* Es dürfte sich laut Kürschners Theater-Almanach um das Drama in 3 Akten ›Der Strom‹ (1904) von Max Halbe (1865-1944) handeln.

Ende September 1906
1] *Hugo Heller:* 1870-1923. Buch- und Kunsthändler, Wien I., Bauernmarkt 3. Hrsg. der ›Wiener Buch- und Kunstschau‹, Veranstalter von Kunstausstellungen, Lesungen und Vorträgen; führte auch eine Konzertagentur. – Der hier vorliegende Brief erschien in der Schrift ›Vom Lesen und von guten Büchern. – Eine Rundfrage, veranstaltet von der Redaktion der ›Neuen Blätter für Literatur und Kunst‹. 32 Originalbriefe von Peter Altenberg, Hermann Bahr, J. J. David, Marie v. Ebner-Eschenbach, Prof. Forel, W. Fred, Prof. Freud, Robert Gersuny, Ferdinand Gregori, Hermann Hesse, Prof. 546

Mach, J. Meier-Graefe, Anna v. Mildenburg, Hans Thoma, Ludwig Thoma, Jakob Wassermann u. a. Eingeleitet durch einen Brief von Hugo von Hofmannsthal. Wien, Hugo Heller und Cie., 1907.«

2] *Gibbon:* Edward G., s. Anmerkung 14 zum 3. 5. 1900.

3] *Marbot:* Jean-Baptiste Antoine Marcelin Baron de M. (1782 bis 1854). Französischer General. (›Mémoires‹, Paris 1891. 3 Bände).

26. 10. 1906

546 1] *Max Mell:* 1882-1971. Österreichischer Dramatiker, Erzähler und Lyriker. (Tgb 13. 10.: »Las das mir von Mell übersandte Mscrpt der »Komoedianten«. – Talent, ja; aber keine innern Notwendigkeiten. Meine Jugendsachen waren beinah alle viel schlechter als die der (irgendwie in Betracht kommenden) jungen Leute von heute; aber es flossen reinere Quellen. Wie wenig dacht ich damals an Oeffentlichkeit, Erfolg, Ruhm. Das waren gewissermaßen Märchenworte für mich. Diese jungen Dichter von heute sind wie innerlich rauchend von bösen Flammen des Ehrgeizes. Ihre heftigsten Visionen sind ein gefülltes Parket . . . hundert Auflagen . . . ein gedrucktes ›Er ist mehr als der . . und der . .‹ Sie könnten immer – auch was andres geschrieben haben. –«

547 2] *Ihrem Fräulein Schwester:* Maria Mell (1885-1954). Schauspielerin (1901 am Burgtheater engagiert). Sie war die Frau des Malers Alexander D. Goltz (s. Anmerkung 8 zum 1. 10. 1905).

3] *alle Wege zu beschreiten:* Mell antwortet am 7. 1.: »Ich kann alle Schritte für eine Aufführung aber durchaus mit innerer Ruhe tun, weil ich selbst jene Distanz zu dem Stück noch nicht habe, die mir erforderlich scheint, Ihrer Wertung in allem beizustimmen. Nach dem, was ich an mir erfuhr, geht aber wahrscheinlich mein Weg dorthin, und es ist möglich, daß ich Ihre Worte zu den meinen machen werde, sobald ich ein neues Stück geschrieben habe oder die ›Komödianten‹ gespielt sehe. Der Weg über das neue Stück wäre mir lieber.«

1. 12. 1906

548 1] *Literarisches Echo:* ›Das litterarische Echo. Halbmonatsschrift für Litteraturfreunde‹, 1898 in Berlin gegründet, änderte 1930 den Titel in ›Die Literatur‹ und wurde 1943 von der ›Europäischen Literatur‹ übernommen.

2] »*Ritter Blaubart*«: Märchenspiel in 5 Akten von Herbert Eulenberg (1876-1949), am 8. 11. 1906 am Lessingtheater erstaufgeführt. *549*
3] *Leo Berg:* (Ps.: Dr. Pascal; Ludwig Gorel, 1862-1908). Aus Westpreußen gebürtiger Journalist, Kritiker. Herausgeber (zusammen mit E. M. Kafka) von ›Die Moderne. Halbmonatsschrift für Kunst, Literatur, Wissenschaft und soziales Leben‹ (1891), gründete 1893 die kurzlebige Zeitschrift ›Der Zuschauer‹, verfaßte den Sammelband ›Kulturprobleme der Gegenwart‹; ferner u. a. ›Aus der Zeit – gegen die Zeit‹, Berlin 1905.

20. 12. 1906
Dieser Brief wurde den Herausgebern in Maschinenabschrift von Herrn Georg Pfitzner, Wien XIII., freundlicherweise zur Verfügung gestellt. *549*
Herr Doktor: Nicht festzustellen.

1907

16. 1. 1907
Alexander Salkind: Dr. iur. (1887-?). Politischer Redakteur beim ›Wiener Fremdenblatt‹; Chefredakteur der ›Mittagszeitung‹; Gründer, Herausgeber und Chefredakteur der ›Fremdenpresse‹. (Tgb 18. 1.: »Vorher Salkind, ein junger russischer Jude aus wohlhabender Familie bei mir, der eine oberflächliche Broschüre über mich geschrieben, deren Maschinschrift ich gelesen.« (›Arthur Schnitzler. Eine kritische Studie über seine hervorragendsten Werke‹. Berlin-Leipzig, Modernes Verlagsbureau, 1907. *550*

18. 1. 1907
1] *wir speisen:* Tgb 19. 1.: »Bahr u Salten zu Tisch. Salten der Oesterreicher und Preußenfeind. Polit. Discussion, die sich ins unfaßliche verlor.« *550*
2] *Ihr Husarenfieberfeuill.:* Feuilleton in ›Die Zeit‹ vom 18. 1. über ›Husarenfieber‹, Schwank in 4 Akten von Gustav Kadelburg und Richard Skowronnek, dessen Premiere tags zuvor am Wiener Burgtheater stattgefunden hatte.

6. 2. 1907

551 Veröffentlicht in ›A. S.-Nabl‹. – Der Brief lag in einer Maschinenabschrift mit eigenhändiger Unterschrift vor.

1] *Franz Nabl:* 1883-1974. Bedeutender österreichischer Erzähler. ›Gedächtnisworte für Arthur Schnitzler‹ in: ›Literatur‹, 34, III, 1931.

2] *»der Schwur des Martin Krist«:* Erschienen 1911 in dem Novellenband ›Narrentanz‹. Tgb 18. 2.: »Las ein Stück von Nabl, ›Weihe‹. Der Autor hatte mir neulich ein novellist. Manuscr geschickt, mit der Frage, ob es ›Sterben‹ zu ähnlich. – Nicht unbegabt. Aber mehr Zeit als Talent. (Im Gegensatz zu Leuten wie Hans Müller etc die mehr Talent als Zeit haben, sich hetzen, innerlich u äußerlich.)«

3] *ein Exemplar:* mit handschriftlicher Widmung an A. S.

13. 2. 1907

551 1] *Carl Friese:* Er hatte später ein Filmatelier in Wien VII., Siebensterngasse 42-44, und wollte den ›Schleier der Pierrette‹ 1919 verfilmen; der Plan scheiterte aber an Geldmangel. (S. auch Brief vom 20. 2. 1907.)

2] *Stocker:* Paula S. Mitarbeiterin von C. Friese.

23. 2. 1907

552 1] *»Dämmerseelen«:* Novellenband, S. Fischer, Berlin 1907. (›Das Schicksal des Freiherrn von Leisenbohg‹; ›Die Weissagung‹; ›Das neue Lied‹; ›Die Fremde‹; ›Andreas Thameyers letzter Brief‹.) Tgb. 19. 3.: »Dämmerseelen, vor kaum 3 Wochen in 3 Auflagen, Fischer druckt schon 2 neue. Unerwartet.«

553 2] *Alfred W. Fred:* S. Anmerkung zum 3. 1. 1906.

3] *Handl:* Willi H. (1872-1920/21). Aus Wien gebürtiger Kritiker, viele Jahre am ›Berliner Lokal-Anzeiger‹. Der erste Biograph Hermann Bahrs (1913); Verfasser u. a. (gemeinsam mit Julius Bab) von ›Deutsche Schauspieler‹.

4] *Rudolf Holzer:* 1875-1965. Feuilletonist, Essayist, Theaterkritiker, Dramatiker. Von 1924-33 Chefredakteur der ›Wiener Zeitung‹. Nach 1945 Feuilletonredakteur der ›Presse‹. (Werke u. a. ›Die Wiener Vorstadtbühnen‹, 1951). Er war mit der Schauspielerin Alice Hetsey verheiratet (s. Anmerkung 5 zum 6. 5. 1911).

5] *von Weilen:* Alexander Ritter Weil von W. (1863-1918). Literarhistoriker; Kritiker; Shakespeare-Forscher; Kustos der Hof-

bibliothek. (›Arthur Schnitzler. Zum fünfzigsten Geburtstage‹ in ›Österreichische Rundschau‹, 31, IV.)
6] *Kronfeld:* Dr. phil. Ernst F. Moritz K. (1865-1942). Botaniker und Journalist. Kulturredakteur bei verschiedenen Wiener Zeitungen.
7] *Felix Poppenberg:* 1869-1915. Kritiker, Essayist; seit Mitte der neunziger Jahre, bis zu seinem Freitod, Mitarbeiter der ›Neuen Rundschau‹.
8] *Max Lesser:* geboren 1850 in Westpreußen; bis 12. 8. 1925 nachweislich. Berliner Theaterreferent des ›Neuen Wiener Tagblatts‹.

15. 3. 1907
Maschinenabschrift
1] *Vajda:* Ladislaus (László) V., lebte damals in Budapest. Er verfaßte 1923 mit A. S. das Drehbuch zu dem Stummfilm ›Der junge Medardus‹ (Regie: Michael Kertész, der sich später Curtis nannte). Premiere des Films: 5. 10. 1923 in Wien. Bezüglich der Uraufführung von ›Reigen‹ in Budapest (in ungarischer Sprache!) s. Brief vom 13. 9. 1912 und Anmerkung 4 hierzu. *553*
2] *Ihres Cabarets:* Vajda berichtet A. S., daß »jetzt ein vornehmes Cabaret gegründet wurde«.

29. 3. 1907
Maschinenabschrift mit eigenhändiger Unter- und Nachschrift. *553*
1] *Sudermann:* Hermann S. (1857-1928). Um die Jahrhundertwende einer der erfolgreichsten naturalistischen Dramatiker und Erzähler.
2] *an den Grafen Trast:* Figur in Sudermanns ›Ehre‹. *554*
3] *das kleine Buch:* Ein Exemplar von ›Marionetten. Drei Einakter‹. (S. Fischer, Berlin 1906.)

11. 4. 1907
1] *Ing. Fritz Epstein:* Präsident des ›Jüdischen Bildungs- und Geselligkeitsvereins für den XVI. und XVII. Bezirk‹ in Wien. *554*
2] *eine Ausnahme:* Am 10. 2. 1907 hatte im Bösendorfer Saal – veranstaltet vom ›Zionistischen Frauen-Verein Wien‹ – eine Vorlesung »zugunsten der Erbauung eines Waisenhauses in Palästina für die Hinterbliebenen Kinder der in Rußland gemordeten Juden« statt- *555*

gefunden. Es lasen: Jakob Wassermann ›Das Los der Juden‹; Richard Beer-Hofmann ›Gedichte‹; Felix Salten ›Der Ernst des Lebens‹ und A. S. ›Leutnant Gustl‹.

17. 4. 1907
Briefdurchschlag

555 1] *Miss Kauser:* Alice K. Sie war die Vertreterin des S. Fischer Verlags in den Vereinigten Staaten und bemühte sich aufopferungsvoll, Gerhart Hauptmann und A. S. dort bekannt zu machen. Übersetzerin von ›Die Frau mit dem Dolche‹ (›The Lady with the Dagger‹), in Maschinenschrift im Nachlaß Marbach am Neckar.

556 2] *der Übersetzer:* Maurice Vaucaire, s. Anmerkung 1 zu »Anfang 1904«.

3] *meines Bevollmächtigten:* Stephan Epstein, s. Anmerkung 1 zum 1. 10. 1902.

4] *Liebelei:* ›The Reckoning‹ hatte (in einer unautorisierten Übersetzung) am 12. 2. 1907 Premiere am Berkeley Lyceum Theatre. Ein Jahr zuvor, im Februar 1905, wurde A. S.'s ›Liebelei‹ als allererste A. S.-Aufführung in englischer Sprache in Amerika (ebenfalls in unautorisierter Übersetzung) unter dem Titel ›Flirtation‹ durch die ›Progressive Stage Society‹ auf die Bühne gebracht. Auch ab 13. 1. 1908 kam es noch zu 24 Aufführungen von ›The Reckoning‹ im Madison Square Theatre. Spätere Titel: ›Light-o'-Love‹ und ›Playing with Love‹.

5] *Colbron:* Grace Isabel C. (?-1943). Amerikanische Schriftstellerin. (Werke u. a.: ›The Love that Binds‹, 1906; ›The Man with the Black Cord‹, 1911; ›The Lady in Blue‹, 1922). Übersetzerin deutschsprachiger und skandinavischer Autoren. (›Anatol. Living Hours. The Green Cockatoo‹, erschien 1917 in New York bei Boni & Liveright, mit einer Einleitung von Ashley Dukes, in der Serie ›The Modern Library of the World's Best Books‹. ›Dissolution. A Viennese Comedy of Love‹ in ›Golden Book Magazine‹, 16. XCII, 1932. ›Episode‹ in ›Golden Book Magazine‹, 17, XCVII, 1933. Zusammen mit Marya Mannes übersetzt, erschien 1933 ›Reigen‹. ›The Affairs of Anatol and Other Plays‹, eingeleitet von Ashley Dukes, in ›Modern Library‹, New York.)

6] *Miss Gray:* richtig Katherine Grey (1873-1950). Aus San Francisco gebürtige Darstellerin großer Frauenrollen.

7] *Robert Hunter:* Leiter des Berkeley Lyceum Theatre in New York. 557

8] *Ashwell:* Lena Margret A. (1872-1957). Ihre Autobiographie: ›Myself a Player‹, London, 1936.

9] *»Elektra«:* Tragödie in einem Aufzug. Frei nach Sophokles von Hugo von Hofmannsthal (S. Fischer, Berlin 1904). U: Berlin, Kleines Theater, 30. 10. 1903. Oper von Richard Strauss (1864-1949); U: Dresden, 25. 1. 1909. 558

17. 4. 1907
Briefdurchschlag

1] *Hermann Kienzl:* 1865-1928. Österreichischer Journalist. Lebte in Berlin, wo er auch starb. Herausgeber von ›Das Blaubuch. Wochenschrift für öffentliches Leben, Literatur und Kunst‹, 1906 von Albert Kalthoff gegründet; ging 1911 in ›Die Gegenwart‹ (1872 bis 1930) auf. Später war Hermann Kienzl Leiter der Berliner Monatsschrift ›Österreich-Deutschland. Zentralorgan des Österreichisch-Deutschen Volksbundes‹ (Heim ins Reich-Verlag). Verfasser von: ›Das Wiener Volk im »Jungen Medardus«‹, in: ›Hilfe‹, 17, VI (Beiblatt), 1911; ›A. S. zum 50. Geburtstag‹, in: ›Theater‹, 3, XVIII, 1912. – In einem Brief an A. S. vom 11. 4. teilt er mit, daß er »nach Schluß der Theatersaison« einen Essay über A. S. zu schreiben beabsichtige. 559

2] *im Wiener Verlag:* ›Die griechische Tänzerin. Novellen‹. Neuauflage der Ausgabe aus dem Jahre 1905 (unter Weglassung der Novelle ›Andreas Thameyers letzter Brief‹).

5. 8. 1907

1] *Ihre Frau erholt:* Nach einer Operation. Die folgenden vier Wochen wurden in Marienbad zur Kur verbracht. Für September war eine Reise nach Athen geplant, die aber nicht zustande kam. 560

2] *bis nach dem 20. bleiben:* Schnitzlers reisten am 26. 8. ab, am 8. 9. waren sie in Meran, vom 9. bis 11. in Bozen, von wo sie am 12. 9. nach Wien zurückkehrten.

3] *Richard und Paula:* Beer-Hofmann. 561

4] *Plattformwandelei:* scherzhafte Bezeichnung für den offenbar üblichen Spaziergang auf der Hotelterrasse.

5] *Epstein*: Marie, Tochter des Architekten Josef Hudetz (1842 bis 1909), war die Frau des Bankiers Egon Epstein.

6] *Anna Epstein:* geborene Loeb, war, wie ihre ältere Schwester, Clara Katharina, verehelichte Pollaczek (1875-1951), gleichfalls Schriftstellerin. Sie war mit dem Ministerialbeamten Dr. Paul Epstein verheiratet, der 1916 im Alter von 40 Jahren Selbstmord beging. A. E. lebte und unterrichtete später im Kloster Schloß Goldenstein bei Salzburg, wurde von dort nach Theresienstadt deportiert und starb an Typhus. Ihre Tochter Anna und deren Mann kamen ebenfalls in einem Lager um. Ihre beiden Söhne sind verschollen.

7] *Schwestern der Frau Auernheimer:* Die Frau des Schriftstellers Raoul Auernheimer (s. Anmerkung 1 zum 6. 12. 1910): Irene Beate, geb. Guttmann (gestorben 1967 im 88. Lebensjahr in Kalifornien). Ihre Schwester, Ella (1873-1957), war mit dem Generaldirektor des Österreichischen Lloyd in Triest, Hofrat Albert Frankfurter (1868-1952) verheiratet. Die andere Schwester, Leonie, blieb unvermählt.

8] *Ihren Morgenruf:* Salten an A. S. am 3. 8.: »Bahr hat mir vom Lido einen entrüsteten Brief geschrieben, weil mich der Pötzl im Tagblatt [›Das gelobte Wien‹, am 28. 7.] gelobt hat. Und der Pötzl hat mich gelobt, weil ich im ›Morgen‹ [›Der Wiener Korrespondent‹ im Heft Nr. 4 des 1. Jahrgangs vom 5. 7.] Wien gelobt habe. Es ist eine düstere Sache, wie Sie sehen. Aber was soll ich tun? Ich zittere, daß mich am Ende nächstens auch noch der Seligmann lobt oder der Hugo Ganz und dann wird mich Bahr sicherlich total verachten, und komm ich einmal in die Oper, wird die M. [Mildenburg] zu singen aufhören, weil ich da bin. Mir fehlt zu meinem gänzlichen Untergang nur noch, daß Robert Hirschfeld ein Feuilleton über mich schreibt, und daß Gustav S. kopf [Schwarzkopf] in einem Aufruf die Wiener einlädt, meine Bücher fleißiger zu kaufen. Dann bin ich ganz kaputt, und kann mich von Dr. Spitzer ehrlicherweise nicht einmal mehr photographieren lassen. – *Pötzl:* Eduard (1851-1914). Feuilletonredakteur beim ›Neuen Wiener Tagblatt‹. *Seligmann:* Adalbert Franz S. (1862-1945). Maler und Kunstkritiker. *Hugo Ganz:* 1862-1922. Korrespondent der ›Frankfurter Zeitung‹ in Wien. *Dr. Spitzer:* Friedrich Viktor S. (1854-1922), Sohn des mährischen Zuckerindustriellen David S. (1812-1895). Chemiker, Musiker und hervorragender Photograph (auch medizinisch-wissenschaftlicher Aufnahmen für das Wiener Anatomische Institut). Der Architekt Josef Hoffmann baute 1902 für ihn die berühmte Jugendstil-Villa in Wien XIX, Steinfeldgasse 4.

9] *12 Berliner Feuilletons:* Salten antwortet am 15. 8.: »Die ›englische Reise‹ suche ich selbst schon seit Monaten vergebens. Sonst hätten Sie sie schon.«

10] *an dem Roman:* ›Der Weg ins Freie‹ wurde am 25. 8. »vorläufig« abgeschlossen, im Winter 1907/08 gefeilt und am 21. 1. 1908 endgültig abgeschlossen, nachdem der Anfang schon in der ›Neuen Rundschau‹ erschienen war (s. Anmerkung 1 zum 15. 11. 1907).

11] *Bülow:* S. Anmerkung 6 zum 12. 7. 1906.

12] *Die Mannschen Zwei Racen:* ›Zwischen den Rassen‹, Roman von Heinrich Mann (Albert Langen, München 1907).

26. 9. 1907

Maschinenschrift mit A. S.'s Unterschrift; veröffentlicht in ›Die Neue Rundschau‹, 68, 1957.

1] *Ihres schönen Artikels:* ›Arthur Schnitzler‹ in der ›Neuen Freien 562
Presse‹ vom 22. 9.

2] *nur das »Nur« hörte:* Anspielung auf »Man spricht vergebens viel, um zu versagen; / Der andre hört von allem nur das Nein« (Goethe, ›Iphigenie auf Tauris‹, I., 3).

3] *einer bekannten jüdischen Anekdote:* Ein Jude namens Pinkeles 563
beantragt Namensänderung, worauf ihm der betreffende Beamte sagt: »Was haben Sie gegen Pinkeles? Denken Sie an Aristoteles, Praxiteles etc – können Sie sich was Schöneres oder Besseres vorstellen?« – Der Witz ist allerdings durch A. S.'s Einsetzen unpassender Namen verballhornt.

11. 10. 1907

1] *Dein neues Stück:* ›Die gelbe Nachtigall. Komödie in drei Ak- 564
ten‹ (S. Fischer, Berlin 1907), Max Reinhardt gewidmet. Bahr war seit Herbst 1906 Dramaturg und Regisseur bei Reinhardt. (Tgb 7. 10.: »Las Bahrs ›gelbe Nachtigall‹. Angeschwollene Anekdote, mit einigen lustigen, in der Charakteristik einer Kainzfigur auch bedeutungsvolleren Einzelnheiten [sic!], im ganzen wirr. – Glaube, daß mir das Stück mein Schauspielerstück [›Große Szene‹] unmöglich (?) macht.«

2] *Kadlbürgerlich:* in der seichten Art des Lustspielautors Gustav Kadelburg.

19. 10. 1907
Maschinendurchschlag

565 1] *Hanns von Zobeltitz:* (Pseudonym: Hanns von Spielberg, 1853 bis 1918). Schriftsteller. Redakteur der Zeitschrift ›Daheim‹, sowie von ›Velhagen und Klasings Monatsheften‹. – Der Brief ist nach Graz, Steiermark, gerichtet.
2] *Was den Roman anbelangt:* ›Der Weg ins Freie‹.

15. 11. 1907
Maschinendurchschlag

566 1] *in der neuen Rundschau:* ›Der Weg ins Freie‹ erschien erstmals in Fortsetzungen in der ›Neuen Rundschau‹, 19. Heft 1-6, von Januar bis Juni 1908 und im selben Jahr als Buch bei S. Fischer.

567 2] *die Renate:* ›Die Geschichte der jungen Renate Fuchs‹ von Jakob Wassermann war von Januar bis Juli 1900 im Vorabdruck in der ›Neuen Rundschau‹ erschienen.

16. 11. 1907
Maschinendurchschlag

568 *die geänderte Anzeige:* Fischer beeilte sich, A. S., der offenbar das Gefühl hatte, daß der Roman im Verlag nicht gefallen habe, zu beruhigen und schrieb am 18. 11.: »Nach den Streichungsvorschlägen und nach der Anzeige müssen Sie ja den Eindruck haben, als ob wir Ihrem Roman mit Skepsis gegenüberständen. Ich kann Ihnen die Versicherung geben, daß Bie und ich (das Manuskript haben nur wir beide gelesen) jede Fortsetzung mit größter Neugierde erwartet haben und daß wir uns in keiner Weise enttäuscht fühlen. Die Kürzungsvorschläge sind, was ich an dieser Stelle noch einmal wiederholen muß, nur mit Rücksicht auf die Raumfrage und auf die Wirkung der fortsetzungsweisen Veröffentlichung geschehen.« (Vgl. de Mendelssohn, ›S. Fischer und sein Verlag‹, S. 464.)

5. 12. 1907
Maschinenabschrift

569 1] *Redakteur:* Schriftleiter des ›Morgen‹ (s. Anmerkung 8 zum

23. 1. 1906) war damals Dr. Arthur Landsberger (1876-1933; Selbstmord).

2] *Beitrag zur objektiven Beurteilung:* Harden hatte den engsten Kreis um Wilhelm II. und die »Hofkamarilla« übler Machenschaften (u. a. Spiritismus, Homosexualität) beschuldigt. Der Freund des Kaisers, Philipp Fürst zu Eulenburg-Hertefeld (1847-1921), verklagte ihn wegen Verleumdung, und Harden wurde Ende Dezember 1907 verurteilt. Eulenburg mußte den Hof verlassen; ein Meineidsverfahren gegen ihn wurde ohne Urteil vertagt. – Die in einer Rundfrage um Stellungnahme gebetenen Schriftsteller sollten die Frage beantworten, ob man es bei Harden »mit einem Manne zu tun habe, der seine zweifellos hervorragenden Gaben zum Zwecke des allgemeinen Wohles verwendet, oder ob er sich ihrer lediglich in seinem Privatinteresse bedient.« (S. Brief vom 21. 12.)

21. 12. 1907
Maschinenabschrift

Rundfrage Harden betreffend: Die Antworten wurden in folgender Reihung abgedruckt: Richard Dehmel, Max Liebermann, Thomas Mann, Max Dauthendey, Michael Georg Conrad, Frank Wedekind, Otto Julius Bierbaum, Björnstjerne Björnson, Arno Holz, Joseph Viktor Widmann, Gustaf af Geijerstam, August Strindberg, Hanns Heinz Ewers, Siegfried Trebitsch, Arthur Holitscher und A. S. – Von ihm wurde lediglich der Schluß seines Briefes vom 5. 12. abgedruckt. Unter Weglassung der ersten beiden Worte beginnt der Satz mit: »*Die* Erwägung, daß innerhalb [...]«, fährt dann wortgetreu fort und schließt abgeändert, wie folgt: »[...] Stärke seiner Begabung – *wenn* ich mich auch mit seinen *Äußerungen* nach Inhalt und *Tonart* nicht selten in Widerspruch *befinde.* Arthur Schnitzler.« *570*

1908

24. 1. 1908

1] *Gustav Pick:* S. Anmerkung 3 zum 9. 8. 1886. A. S.'s Ur-Urgroßvater, Moses Schey, war der Urgroßvater von Gustav Pick (vgl. ›Jugend in Wien‹, 6. Buch, wo A. S. schreibt, daß G. Pick das *570*

Urbild des alten Eißler in ›Der Weg ins Freie‹ vorstellt). – 1885 veranstaltete Fürstin Pauline Metternich in der Rotunde ein großes Fiaker-Jubiläumsfest zugunsten der Wiener Freiwilligen Rettungsgesellschaft. Der Höhepunkt wurde erreicht, als Alexander Girardi, auf dem Kutschbock eines Fiakers sitzend, zum ersten Mal das ›Fiakerlied‹ sang, das heute noch eines der populärsten Wienerlieder ist.

2] *Glückwunsch:* anläßlich der Verleihung des Grillparzerpreises an A. S. für die Komödie »Zwischenspiel« am 15. 1. 1908.

10. 2. 1908
Maschinenabschrift

570 1] *Jakob Minor:* 1855-1912. Universitätsprofessor. Literarhistoriker. Er gehörte dem Preisrichterkollegium (neben Paul Schlenther, Ludwig Hevesi, Max Burckhard und Erich Schmidt) an, das A. S. den Grillparzerpreis zuerkannt hatte. Minor hatte sich schon 1903, anläßlich der Verleihung des Bauernfeldpreises, für A. S. eingesetzt, als seitens des Rechtsanwalts und Abgeordneten Dr. Robert Pattai (1846-1920) eine Interpellation beim Unterrichtsminister eingebracht worden war, mit der Begründung, daß die Rechte der nichtjüdischen Schriftsteller durch die Bevorzugung der Juden geschmälert würden. Minor entgegnete damals: »Man kann bei der Beurteilung von Dichterwerken doch nicht erst ein konfessionelles Register anlegen.« Der Unterrichtsminister, Wilhelm von Hartel (1839 bis 1907), war als Vizepräsident der Akademie der Wissenschaften auch Mitglied des Kuratoriums der Bauernfeld-Stiftung und erklärte, daß unter seiner Teilnahme »Gerechte und Sünder, Christen und Juden, Ausländer und Inländer diese Auszeichnung zuerkannt erhielten, da nach dem Stiftsbriefe nicht der Taufschein, sondern die literarischen Leistungen maßgebend wären«. (Vgl. Sigmund Münz, ›Österreichische Profile und Reminiszenzen‹, Deutsch-Österreichischer Verlag, Wien und Leipzig 1913, S. 195 ff.) (S. auch Anmerkung 2 zum 10. 4. 1903.)

571 2] *Hofrat Suess:* Eduard S. (1831-1914). Geologe, Paläontologe, Politiker. 1898-1911 Präsident der Österreichischen Akademie der Wissenschaften.

3] *Hauptmannbankett:* anläßlich der Burgtheater-Aufführung des ›Armen Heinrich‹ am 29. 11. 1902.

16. 3. 1908 573

1] *eine dreiaktige Komödie:* Am 12. 3. findet sich im Tgb der Arbeitstitel ›Der Verführer und die drei Jungfrauen‹; aus diesem Plan wurde 1924 die ›Komödie der Verführung‹. 574

2] *ein fünfaktiges Schauspiel:* ›Professor Bernhardi‹; A. S. erwähnt im Tgb am 18. 3. diesen endgültigen Titel.

3] *Historie:* Tgb 13. 3.: »Den Medardus hergenommen, die Notizen.«

4] *die Lebendigen:* Brahm berichtet am 14. 3. aus Dresden (Sanatorium Dr. Hermann Lahmann, Weißer Hirsch) bezüglich der ›Lebendigen Stunden‹, daß sowohl Presse als auch Publikum freundlich waren – »aber diese unfreundliche Saison und die Launigkeit gegenüber Einaktern, die in den reaktionären Zeitläuften wieder aufkam [. . .] ließ es zu keinem ganzen Gedeihen kommen.« 575

5] *Gastspiel in Wien:* 1908 fand kein Gastspiel des Lessingtheaters statt.

14. 5. 1908

Maschinendurchschlag

1] *aus München:* Schnitzlers waren vom 2. bis 13. 5. in München. 575

2] *das Buch:* ›Der Weg ins Freie‹.

3] *der gedruckten Auflagen:* Der Roman erreichte in drei Jahren 22 Auflagen und bis 1929 136 Auflagen.

4] *über den Roman schreiben wird:* S. Fischer antwortet am 18. 5. und bittet A. S., er möge selber einen Rezensenten vorschlagen. »Die litterarische Buchkritik liegt augenblicklich sehr darnieder«, Kerr scheine ihm der Geeignetste, er »bezweifle aber, ob er die Sache übernehmen würde«, und nennt weiterhin die Österreicher Handl, Polgar, Salten, Fred und Bahr. »Bei uns kämen eventuell Eloesser, Poppenberg, Paul Wiegler in Betracht. [. . .] Auch an Hermann Bang wäre zu denken, ich fürchte aber, daß er dem Milieu Ihres Romans etwas fremd gegenübersteht.« (Vgl. de Mendelssohn, ›S. Fischer und sein Verlag‹, S. 474). *Eloesser:* Arthur E. (1870 bis 1938). – *Paul Wiegler:* 1878-1949. Wie Eloesser Kritiker und Literarhistoriker. Später Redakteur im Ullstein-Verlag. 576

5] *der Herausgeber einer Zeitschrift:* Lion Feuchtwanger (1884 bis 1958). Er starb als Emigrant in Los Angeles. Theaterkritiker; damals Redakteur des ›Spiegel. Münchener Halbmonatsschrift für Literatur, Musik und Bühne‹. 1. Jg April bis Oktober 1908. Dann mit ›Schaubühne‹ vereinigt. (Werke u. a.: ›Die häßliche Herzogin‹, 1923; ›Jud Süß‹, 1925 geschrieben, war das erfolgreichste deutsche Buch im Ausland; ›Erfolg‹, 1930).

6] *in der Neuen Presse«:* ›Komtesse Mizzi oder Der Familientag‹ war erstmals in der Osterbeilage der Wiener ›Neuen Freien Presse‹ vom 19. 4. erschienen. U: Am 5. 1. 1909 am Deutschen Volkstheater in Wien (zusammen mit ›Liebelei‹).

7] *Ihrem Bühnenvertrieb:* S. Fischer hatte 1903 seinem Buchverlag einen eigenen Bühnenvertrieb angeschlossen. Mit der Übertragung der früheren Werke A. S.'s gab es tatsächlich große Schwierigkeiten, bis es erst im Winter 1908/09 Fischer gelang, A. S.'s gesamtes dramatisches Werk in seinem Theaterverlag zu vereinigen.

29. 5. 1908

577 *Dr. Jonas Fränkel:* 1879-1965. Seit 1909 habilitiert für deutsche Literatur in Bern. 1921-49 dort a. o. Universitätsprofessor. (Über ihn im Tgb 11. 8. 1904: »Ein braver, kluger, leider sehr schwerhöriger und armselig aussehender Mensch.«) – Oskar Bie teilte dann am 3. 10. A. S. mit, daß Willi Handl die Besprechung des Romans übernommen habe. Sie erschien in der ›Neuen Rundschau‹, 19, XII, 1908.

30. 5. 1908

578 *der sich vernehmen ließ:* ›Schnitzlers Wiener Roman‹, Feuilleton in ›Die Zeit‹ vom 30. 5. 1908.

4. 7. 1908

578 1] *Seis am Schlern:* das heutige Siusi. Schnitzlers reisten am 19. 6. ins Salzkammergut, am 23. über Innsbruck nach Salegg-Seis. Vom 10. bis 30. 7. waren dort Otto Brahm, vom 27. 7. bis 7. 8. auch das Ehepaar Wassermann und Agnes Speyer. A. S. und Frau blieben bis 2. 9. in Seis und kehrten über Bozen und München am 14. 9. nach Wien zurück.

579 2] *beinah überflüssiges Sätzchen:* es lautet: »Jetzt fehlt nur noch der Bruder, dachte er geärgert und stellte sich unwillkürlich eine Auseinandersetzung vor, in deren Verlauf sich der junge Mann als Rächer der Hausehre aufzuspielen suchte und Georg ihn mit außer-

ordentlich treffenden Worten in seine Schranken verwies.« (Erz. Schriften I., S. 767.) A. S. hatte im ›Jungen Medardus‹ die Gestalt des Bruders, der die Ehre der Schwester zu schützen sucht, wieder aufgenommen.

3] *Wassermannschen Romans:* ›Caspar Hauser oder Die Trägheit des Herzens‹, Deutsche Verlagsanstalt, Leipzig 1908. *580*

15. 9. 1908

Briefdurchschlag; nach Frankfurt am Main gerichtet.

1] *Neumann:* Franz (František) N. (1874-1929). Tschechischer Komponist und Dirigent. Komponierte ›Liebelei‹, eine Oper in 3 Akten, die am 18. 9. 1910 in Frankfurt am Main uraufgeführt wurde. *581*

2] *des Doppeladlermarsches:* ›Unter dem Doppeladler‹ von Josef Franz Wagner (1856-1908). – Am 1. 10. erklärt sich Neumann einverstanden mit der Änderung, am 23. 3. 1909 widerruft er jedoch diesen Entschluß mit der Begründung: »In der 3. Scene des 1. Aktes habe ich doch den *ersten* Theil des Doppeladlermarsches beibehalten, denn er gefällt mir besser und paßt sich der Situation ›rhythmisch‹ besser an.«

23. 9. 1908

Briefdurchschlag mit A. S.'s Korrekturen.

1] *Dr. Franz Servaes:* 1862-1947. Aus Köln gebürtiger Schriftsteller. Bis 1899 Theaterkritiker bei der ›Vossischen Zeitung‹, Berlin, dann Kunstreferent bei der Wiener ›Neuen Freien Presse‹. *581*

2] *Ihren Artikel im ›Blaubuch‹:* ›Schnitzlers Wiener Roman‹ war am 10. 9. im ›Blaubuch‹, 3. Jg., Nr. 37, S. 1111-1115, erschienen. (S. Anmerkung 1 zum 17. 4. 1907.)

3] *die lautesten öffentlichen Lober:* A. S. vermutet, daß nur »Salten oder Auernheimer (oder beide)« gemeint sein können (Tgb 15. 9.). *582*

4] *Ihrer gefälligen Antwort:* Servaes antwortete am 3. Okt. aus Rom, daß dieser Artikel, dem ein zweiter folgte und den er A. S. zugesandt habe, vor 3-4 Monaten geschrieben, nicht für das ›Blaubuch‹ bestimmt war, durch »seltsame Umstände« an dieses »ihm völlig fernstehende Blatt« geraten sei. Hätte er die Möglichkeit der Revision gehabt, hätte er den Satz, den A. S. ihm vorwirft, gestrichen, »nicht weil sein Inhalt falsch ist, sondern weil er geeignet ist, Mißverständnisse zu erwecken«. Er hoffe in einem mündlichen Gespräch sich mit A. S. auseinandersetzen zu können, und schließt mit »Die Welt ist, wie sie ist, und wir Beide werden sie nicht ändern.«

29. 9. 1908
Maschinenabschrift

582 1] *Ihren freundlichen Vorschlag:* Es handelt sich um die Programmgestaltung der Thalia-Gesellschaft in Budapest, die ihre Tätigkeit am 17. 10. auf der Volksbühne in der Rottenbiller-utsa mit der Erstaufführung in Ungarn von Ibsens ›Gespenster‹ eröffnete.

583 2] *Lizenz zur Aufführung:* Dem Antwortschreiben Bánóczis vom 6. 10. war offenbar »ein Artikel« beigelegt »als Erklärung dessen, weshalb ›Vermächtnis‹ von uns nicht dargestellt werden konnte«; er ist verschollen. Max Reinhardt hatte im Mai 1908 ›Liebelei‹ am Vigszinhaz in Budapest aufgeführt, und wenngleich die Interpretation im ›Pester Lloyd‹ vom 30. 5. als »zu deutsch« empfunden worden war, so wurde doch das Interesse an weiteren A. S.-Aufführungen dadurch geweckt.

7. 12. 1908
Briefdurchschlag

583 *Leonie Meyerhof-Hildeck:* (Pseudonym: Leo Hildeck, 1858-1933). Deutsche Kritikerin, Schriftstellerin, Bühnenautorin. Der Brief ist nach Frankfurt am Main gerichtet.

15. 12. 1908

584 Briefdurchschlag. Veröffentlicht in ›Forum‹, 3. Jahr, Heft 34, Wien, Oktober 1956.

1] *Leopold Kramer:* 1869-1942. Schauspieler, seit 1897 (bis 1914) am Wiener Deutschen Volkstheater. 1918-27 Direktor des Deutschen Landestheaters in Prag. Eine seiner berühmtesten Rollen war A. S.'s Anatol.

2] *den Fürsten in der »Comtesse Mizzi«:* Bei der Uraufführung am 5. 1. 1909 spielte Kramer beide Rollen: den fünfundfünfzigjährigen Fürsten Egon und danach den jungen Theodor in ›Liebelei‹.

3] *»Letzten Masken«:* Der Zyklus ›Lebendige Stunden‹ hatte am 14. 3. 1903 seine Wiener Erstaufführung am Deutschen Volkstheater gehabt.

4] *den Anatol:* in der österreichischen Erstaufführung von ›Anatols Hochzeitsmorgen‹ am 16. 1. 1903, ebenfalls am Deutschen Volkstheater (s. Anmerkung 5 zum 4. 8. 1909).

5] *ich verreise:* A. S. war vom 17. bis 20. 12. mit O. in Budapest. 585
Am 18. fand dort am Ungarischen Nationaltheater die Premiere von ›Liebelei‹ statt. (Tgb: »Übervolles Haus, z. Th. wegen des Debuts einer bisherigen Cabaretistin [sic!] als Christine. Die Vorstellung nicht gut; die Debutantin sehr begabt. Das Stück schien zu wirken. Ich wurde sehr oft gerufen. [...] Sah das erste Mal ein Stück von mir, ohne die Sprache zu verstehn.« – *Cabaretistin:* Vilma Medgyaszay (1887-?), die als die ungarische Yvette Guilbert galt.

15. 12. 1908
Briefdurchschlag 585
dieses ganz besonderen Saftes: »Blut ist ein ganz besondrer Saft« 586
(›Faust‹ I., Studierzimmer).

16. 12. 1908
Briefdurchschlag
Samuel Jankolowitz: Ein neunzehnjähriger Gymnasiast. 586

19. 12. 1908
1] *Heinrich Schnitzler:* geboren am 9. August 1902. 587
2] *Budapest:* s. Anmerkung 5 zum 15. 12.

1909

11. 1. 1909
Briefdurchschlag
1] *Dr. Scherlag:* Marek S. (1878-1962). Aus Chorostkow in Galizien 587
gebürtiger zionistischer Schriftsteller, Lyriker und Übersetzer. Jurastudium in Wien; Bankbeamter. Emigrierte 1939 nach Haifa.
2] *Ihre zweite Besprechung:* in einer Czernowitzer deutschsprachigen Zeitung. Die erste Besprechung Scherlags war, wie aus einem Brief vom 2. 1. 1909 hervorgeht, im Oktober 1908 bereits erschienen.
3] *Hauser'sche Notiz:* Otto Hauser (Pseudonym: Ferdinand Büttner, 1876-1944). Österreichischer Literarhistoriker, Lyriker, Erzähler,

Übersetzer und Rassenkundler. Er hatte in der erwähnten Notiz geschrieben, daß A. S. persönlich »den zionistischen Standpunkt speziell« nicht vertrete.

18. 1. 1909

587 *Julius Bab:* 1880-1955, gestorben als Emigrant in Roslyn Heights, U.S.A. Kritiker, Schriftsteller. Damals Dramaturg am Hebbeltheater in Berlin.

23. 1. 1909

Handschrift. Veröffentlicht in: ›Briefe an Auguste Hauschner‹, hrsg. v. Martin Beradt und Lotte Bloch-Zavřel, Rowohlt, Berlin 1929, S. 106.

588 1] *Auguste Hauschner:* geb. Sobotka (1851-1924). In Prag geborene, in Berlin mit dem Fabrikanten und Maler Bruno H. (gest. 1910) verheiratete Schriftstellerin. Offenbar war auch sie von A. S. in Erwägung gezogen worden, eine Besprechung über ›Der Weg ins Freie‹ für ›Die Neue Rundschau‹ zu schreiben, denn Oscar Bie nimmt hierzu in seinem Brief an A. S. vom 3. 10. 1908 folgendermaßen Stellung: »Frau Hauschner paßt wohl nicht in die Sphäre der Rundschau, und deswegen habe ich davon abgesehen. Sie aufzufordern, um (unter uns) nicht eine Tür zu öffnen, die vielleicht dann zu oft zugemacht werden müßte. –«

2] *Ihren schönen Artikel:* in ›Die Hilfe‹ (1895-1943); Wochenschrift mit dem Untertitel: ›Gotteshilfe, Selbsthilfe, Staatshilfe, Bruderhilfe‹, seit 1902: ›Nationalsoziales Volksblatt‹, ab 1905: ›Nationale Wochenschrift‹, ab 1907: ›Wochenschrift für Politik, Literatur und Kunst‹. Hrsg. war der protestantische Pastor und Sozialpolitiker Friedrich Naumann (1860-1919).

1. 2. 1909

Briefdurchschlag

589 1] *Seligmann:* Ingenieur. Der Brief ist nach Linz a. d. Donau/Oberösterreich gerichtet.

2] *Kürschners Literaturkalender:* der von Joseph Kürschner (1853 bis 1902) gegründete ›Deutsche Literaturkalender‹, der bis heute erscheint.

15. 3. 1909
Briefdurchschlag
1] *Eduard Goldbeck:* 1866-? Damals Journalist in Berlin. Dramatiker. War auch in Posen und Hamburg tätig, lebte zuletzt in New York. 589
2] *weithin sichtbarer Stelle:* in ›Die Zukunft‹, 66. XXIV.

24. 4. 1909
Prag: A. S. wohnte am 23. 4. der Premiere von ›Ruf des Lebens‹ bei und fuhr am 24. nach Dresden weiter, wo er Besprechungen mit Franz Neumann und dem Generalmusikdirektor der Kgl. Oper, Ernst von Schuch (1846-1914), über die Aufführungschancen der Oper ›Liebelei‹ führte (s. Anmerkung 1 zum 15. 9. 1908). 590

19. 5. 1909
1] *Felix und Julie Markbreiter:* A. S.' Verwandte in London (s. Anmerkung 3 zum 23. 5. 1888 und Anmerkung 1 zum 14. 11. 1910). 590
2] *Die Aufführung:* ›Liebelei‹ in englischer Übersetzung von G. Valentine Williams (›Light o' Love‹) wurde am 14. 5. durch die ›Afternoon Theatre Society‹ im Londoner ›His Majesty's Theatre‹ erstaufgeführt. Regie: Max Behrend (1862-1927), Regisseur und Schauspieler; damals Leiter des Mainzer Stadttheaters; später Intendant des Schauspielhauses in Frankfurt am Main.
3] *im Volkstheater:* am 5. 1. 1909 (s. Brief und Anmerkung 2 vom 15. 12. 1908). 591
4] *»die Unverwüstlichkeit« des Stückes:* Dies schrieb Robert Hirschfeld in seiner Kritik im ›Neuen Wiener Tagblatt‹ vom 6. 1. 1909.
5] *seit einigen Wochen ganz vortrefflich:* Olga S. erwartete ihr zweites Kind.

27. 5. 1909
Briefdurchschlag
1] *Matras:* Ferdinand M. (1878-1955). Dramatiker, Kritiker, Essayist. Neffe des Komikers Josef Matras (1832-1887). Er war damals Redakteur bei der von August Sauer gegründeten ›Deutsche Arbeit. Monatsschrift für das geistige Leben der Deutschen in Böhmen‹ (1901 bis 1944), hrsg. durch Richard Batka ›Im Auftrage der »Gesellschaft zur Förderung deutscher Wissenschaft, Kunst und Litera- 591

tur in Böhmen«‹. Von 1912 an war F. M. Mitarbeiter bei der ›Czernowitzer Allgemeinen Zeitung‹. Nach dem 1. Weltkrieg lebte er in Wien. (Werke u. a. ›Studentenschwester‹, Volksschauspiel in 4 Akten und einem Vorspiel, 1909).

2] *Anwesenheit in Prag:* S. Anmerkung zum 24. 4. 1909.

3] *Regie und Darstellung:* ›Der Ruf des Lebens‹ unter der Regie von Paul Eger. (Tgb 23.: »[Ferdinand] Onno als Max Eindruck eines zukunftsreichen Schauspielers. [Hermine] Medelsky Marie.«

9. 6. 1909

592 Briefdurchschlag. Veröffentlicht in ›Literatur und Kritik‹, Heft 13, Wien, April 1967.

Irma Janiczek: Nicht identifiziert.

4. 8. 1909

593 1] *Edlach:* A. S. verbrachte dort den Sommerurlaub mit seiner Familie vom 15. 7. bis 21. 8.

2] *In Ihrem letzten Brief:* vom 24. 7. aus Bad Nauheim.

3] *Wüst:* Ida W. (1884-1958). Sie kam 1906 vom Leipziger Stadttheater zu Brahm und ging 1910 an das Neue Schauspielhaus, Berlin, wo sie in der Zwischenkriegszeit eine der führenden Bühnen- und Filmschauspielerinnen Deutschlands wurde.

4] *Monnard:* Heinz M. (1873-1912). Er hatte 1908 in München den Amadeus in ›Zwischenspiel‹ verkörpert. (S. auch Anmerkung 2 zum 13. 9. 1912).

5] *Concordia-Vorstellung:* Die Matinee fand am 11. 6. 1909 statt und war die eigentliche Erstaufführung, fünf Tage vor der Aufführung am Deutschen Volkstheater (s. Anmerkung 4 zum 15. 12. 1908).

6] *Herterich:* Hilde H. Sie kam 1908 von Zürich; spielte u. a. im November 1911 die Rolle der Erna im ›Weiten Land‹, neben Monnard als Friedrich Hofreiter.

594 7] *in der Nähe von Weihnachten:* ›Komtesse Mizzi‹ wurde erst am 30. 12. 1912 zusammen mit Schönherrs ›Erde‹ bei Brahm aufgeführt.

8] *die halbwahrärgerlichen Notizen:* S. den nächstfolgenden Brief.

14. 8. 1909

1] *der Akademischen Bühne:* Die ›Akademische Bühne‹ war eine Studentenvereinigung, die gelegentliche Aufführungen veranstaltete; geleitet von den Brüdern Alfred und Fritz Rotter, Theatergroßunternehmern in den zwanziger und dreißiger Jahren, die sich einen zweifelhaften Ruhm erwarben. Brahms Antwort vom 18. 8.: »[. . .] die Akademische Bühne mit ihrem Geschäftsdeutsch ist Ihnen wohl selbst verdächtig geworden; es sind ein paar jüdische Jünglinge, die keck lügen, und ich spreche: veto.« 594

2] *in einem zärtlichen Telegramm:* vom 13. 8.: »Bin bis 31. August bestimmt München. Kann jeden Tag außer 20., Gespenster-Premiere, freimachen und freue mich sehr auf Ihr Kommen und das, was Sie mitbringen. Herzlichst grüßend, Reinhardt.« (Vgl. A. S.-Reinhardt, S. 60.) Sein Ensemble gastierte bis 12. 9. im Münchener Künstlertheater. 596

3] *Ausstattungsstück mit Gesang und Tanz:* Scherzhafte Bezeichnung für den ›Jungen Medardus‹. A. S. spielt hier auf seine Verhandlungen mit Reinhardt an, die er von August 1908 bis Februar 1909 bezüglich einer Aufführung des Singspiels ›Der tapfere Kassian‹, allerdings erfolglos, geführt hatte. (Vgl. A. S. – Reinhardt, S. 55 ff.)

22. 8. 1909

Maschinenabschrift

1] *Oppenheimer:* Dr. iur. Felix Freiherr von O. (1874-1938). Einer der engsten Freunde Hofmannsthals; ab 1907 Mitherausgeber der ›Österreichischen Rundschau‹ (s. Anmerkung 12 zum 19. 10. 1894), neben Alfred Freiherrn von Berger, Karl Glossy und Leopold Freiherrn von Chlumecky (1873-1940). 1906 waren ›Bemerkungen‹ von A. S., 1908 die Novelle ›Der Tod des Junggesellen‹, 1910 Auszüge aus ›Das weite Land‹ in dieser Zeitschrift erschienen. 596

2] *die wiederholte freundliche Aufforderung:* Hierzu Tgb 16. 8.: »Ein Brief Dr. Oppenheim [sic!], der die Geschmacklosigkeit hat mich in echtem Glossy Stil, devot – zur Mitarbeiterschaft an der Oest Rdsch wieder einzuladen – u dazu noch um billige Preise zu ersuchen! –« (S. auch Brief an Olga vom 29. 8.)

24. 8. 1909

597 1] *München:* A. S. war vom 24. 8. bis 1. 9. in München.

2] *Dr. Foges:* Arthur F., 1920 im Alter von 51 Jahren gestorben. Universitätsdozent, Chirurg im Wiener Rudolfinerhaus. (Vgl. Felix Saltens Feuilleton ›Gedenkblatt für einen Arzt‹ in ›Neue Freie Presse‹ vom 12. 1. 1921.)

3] *Dr. Hatvan:* wohl Ludwig (Lacy) Baron von Hatvany-Deutsch (1880-1961). In Budapest geborener Schriftsteller, über den A. S. am 18. 12. 1908 im Tgb notiert: »Dr. Deutsch de Hatvany, 28j. junger sehr reicher Mann, fesselnd, häßlich, absprechend, geistreich.«

598 4] *»Hinterm Zaun«:* Komödie in 3 Akten von Carl Rößler.

5] *Vanderbilt:* Amerikanische Millionärsfamilie.

6] *Dr Owsley:* Fred D. Owsley aus Tiverton, Greenwood, Virginia.

7] *die nix raacht:* jiddisch für: die nicht raucht.

8] *Ausstellung:* S. Brief vom 27. 8.

9] *Sorma und Gemahl:* S. Anmerkung 6 zum 9. 2. 1896.

10] *Edmund Reinhardt:* (ursprünglich Goldmann, 1877-1929). Max Reinhardts Bruder war der kommerzielle Leiter der Theaterunternehmungen.

11] *»Gespenster«:* wurden im Künstlertheater aufgeführt (s. Anmerkung 2 zum 14. 8.)

12] *der nächste Sohn:* Am 13. 9. wurde A. S. eine Tochter, Lili, geboren. Sie heiratete am 30. 6. 1927 den italienischen Offizier Arnoldo Cappellini (1889-?; im 2. Weltkrieg verschollen) und beging am 26. 7. 1928 in Venedig Selbstmord.

13] *Strakosch:* S. Anmerkung 3 zum 16. 7. 1888.

14] *Gedongasse:* Steinrücks wohnten in München-Schwabing, Gedonstraße 6.

15] *Brann:* Paul B. (1873-1955). Schriftsteller. Gründer (1905) und Leiter des berühmten ›Marionetten-Theaters Münchner Künstler‹, mit dem er 1909, 1911, 1914 und auch noch in späteren Jahren Gastspiele in Wien gab. Ernst Stern (1876-1954) malte seine Dekorationen und Prospekte. Frau Helene Stern war die Schöpferin der Kostüme, Jakob Bradl (1864-1919) und Ignaz Taschner (1871-1913) schnitzten die Holzköpfe und Joseph Wackerle (1880-1959) schuf die zarten Porzellangesichter. Auf Branns Repertoire stand auch das Singspiel ›Der tapfere Cassian‹ (Musik von Oscar Straus).

16] *Speidel:* Albert Freiherr von S. (1838-1912). Kgl. Bayerischer Generalintendant der Hofbühnen und der Hofmusik.
17] *klingt wie ein Wappen:* Anspielung auf die Worte des Arztes Büdinger im ›Jungen Medardus‹ (2. Aufzug, 1. Szene): »Jaceat ubi jacet. Hahaha ... es klingt wie ein Sprichwort, indes ich erfand es soeben.« (Dram. Werke II, S. 92.)

25. 8. 1909
1] *Houssaye:* Henry (1848-1911). Französischer Historiker (›1815‹ *599*
erschien in 3 Teilen bei Perrin et Cie., Paris 1895-1905).
2] *Dingelstedt:* Franz (seit 1876 Freiherr von) D. (1814-1881). Re- *600*
dakteur in Augsburg, 1842 Korrespondent in Wien, 1846 Dramaturg des Stuttgarter Hoftheaters; Theaterintendant in München und Weimar. 1867 artistischer Direktor der Wiener Hofoper, Ende 1870 des Hofburgtheaters. 1875 Generaldirektor beider Hofbühnen. Lyriker, Erzähler, Dramatiker, Shakespeare-Übersetzer.
3] *Frankfurter:* Adolf F., einer der aktivsten Theateragenten seiner Zeit.
4] *den Buben:* Hans Martin.
5] *Heller:* Ludwig H. (1872-1919). *601*
6] *Albert:* Steinrück.
7] *den jungen Ergas:* Dr. Rudolf Ergas (1885-?). Kunsthistoriker. Arztsohn; Neffe von A. S.'s Schulkollegen Max Vinbert (ursprünglich Weinberg), mit dem er 1885 seine Doktorreise unternahm (vgl. ›Jugend in Wien‹). Seit Juli 1908 mit der Wiener Schauspielerin Friederike (Fritzi) Schaffer (1890-1971) verheiratet. Nach ihrer Scheidung heiratete sie 1940 den Dramatiker Fritz von Unruh (s. Anmerkung 1 zum 15. 2. 1912).
8] *»Judith«:* Tragödie in 5 Akten (1840) von Friedrich Hebbel.
9] *»Lysistrata«:* Die Komödie von Aristophanes sah A. S. am 29. 8.
10] *was bayrisches ansehen:* A. S. war am 30./31. 8. in Hohenschwangau und Schloß Neuschwanstein.
11] *Frau Bloch:* Emma B., die Hebamme, die zur Vorbereitung der bevorstehenden Entbindung bereits im Hause Schnitzler wohnte.
12] *die brave:* Anspielung auf sage-femme = Hebamme; frz. sage = weise, klug, brav.

27. 8. 1909

601 1] *Exc. Speidel:* (S. Anmerkung 16 zum 24. 8.) Am 1. 9. besuchte er A. S. im Hotel; »[...] sehr nett, wegen Aufführung einiger meiner Sachen.« (Tgb)

602 2] *Grethe Minde:* Nach einer altmärkischen Chronik. Historische Novelle (1880) von Theodor Fontane (1819-1898).

3] *Béla Haas:* gestorben am 22. 12. 1909 im Alter von 62 Jahren. Sehr vermögender Junggeselle; eine der bekanntesten Wiener Stadtfiguren; amüsanter Witze-Erzähler (vgl. Nachruf in ›Neue Freie Presse‹ vom 23. 12. 1909).

4] *Hollaender:* S. Anmerkung 4 zum 2. 10. 1897.

5] *Heims:* Else H. (1878-1958). Schauspielerin; die erste Frau von Max Reinhardt und Mutter seiner beiden Söhne, Wolfgang (1908 bis 1979) und Gottfried (geboren 1913).

6] *Frau Dr. Loewenfeld:* Emmy L. geb. Wolff. Arztwitwe und Mäzenin Reinhardts.

7] *der jaceat ubi jacet Doctor:* S. Anmerkung 16 zum 24. 8. 1909.

8] *Polgarismus:* S. Anmerkung 8 zum 18. 12. 1909.

603 9] *die Basteienscene:* 3. Akt, 1. Szene erschien als Vorabdruck in der Osterbeilage der ›Neuen Freien Presse‹ vom 27. 8. 1910.

10] *Erstaufführung an der Burg:* Die Uraufführung fand schließlich am 24. 11. 1910 unter Alfred von Berger statt, der am 1. 3. 1910 die Leitung des Burgtheaters übernahm.

11] *Schl.:* Schlenther.

12] *Nach Dachau:* Georg und Elly Hirschfeld wohnten dort in ihrem Haus ›Moosschwaige‹. Auf diesem Besitz lebte dann Elly H., nach erfolgter Scheidung (1911), mit dem schwedischen Maler, Holzschneider, Bühnenbildner und Buchillustrator, Carl Olof (Olaf) Petersen (geb. 1880). Sie heirateten 1913 und übersiedelten, kurz vor Petersens Tod im Jahre 1939, nach Ulricehamn in Schweden. (Vgl. Carl O. und Elly Petersen: ›Die Moosschwaige. Ein Buch v. jungen Menschen und v. Tieren, v. Lebenslust, v. Blumen und v. Sonne.‹ Knorr & Hirth, München 1932.) – Georg H. heiratete 1912 in zweiter Ehe, Hedwig, geb. Hassel (1884-?). (S. Anmerkung 4 zum 7. 10. 1898.)

604 13] *Bernheimer:* Kunsthandlung.

14] ∞: Mathematisches Zeichen für unendlich.

28. 8. 1909
1] *Meyer:* richtig Oskar Mayer, s. Anmerkung 9 zum 2. 3. 1900. 604
2] *Gemüts-Esoi:* S. Anmerkung 8 zu »Neujahr 1902«.
3] *Albert:* Steinrück.
4] *Speidels:* Felix und Else (s. Anmerkung 7 zum 1. 10. 1905). 605
5] *»Dantons Tod«:* Drama in 3 Akten (1835) von Georg Büchner. Uraufführung am 8. 5. 1910 in Hamburg.
6] *Krähwinkel:* ›Freiheit in Krähwinkel‹, Posse mit Gesang (1848) von Johann Nestroy, wurde unter dem Titel ›Revolution in Krähwinkel‹ im Rahmen des Reinhardtschen Gastspiels aufgeführt.

29. 8. 1909
1] *Excellenz:* Freiherr von Speidel (s. Anmerkung 16 zum 24. 8.). 606
2] *Basil:* Friedrich B. (ursprünglich Friedrich Meyer, 1862 bis 1938). Damals am Hoftheater in München als Schauspieler und Regisseur tätig. 1911 inszenierte er ›Das weite Land‹ und spielte die Rolle des Albertus Rhon am dortigen Residenztheater.
3] *Georg's Stück:* Das Schauspiel ›Das zweite Leben‹ von G. Hirschfeld wurde damals nicht bei Brahm, sondern im Februar 1910 am Burgtheater in Wien aufgeführt.
4] *Wegener:* Paul W. (1874-1948). Von 1905 bis 1921 am Deutschen Theater in Berlin. Auch Darsteller und Regisseur im Film.
5] *mit Schl.:* Schlenther. 607
6] *Mönichkirchen:* A. S. fuhr nicht nach dem südöstlich von Wien gelegenen Sommerfrischenort.
7] *Oppenh.s Brief:* Siehe A. S.'s Brief an ihn vom 22. 8. 1909.

30. 8. 1909 607
1] *Neuschwanstein:* das 1869-86 erbaute Schloß des Bayernkönigs Ludwigs II. (1845-1886). 608
2] *Meinhard:* Carl M. (1886-1949). Bis 1908 Schauspieler am Lessingtheater unter Brahm. Leitete dann das Berliner Theater und eröffnete 1911 das Theater in der Königgrätzer Straße, beide zusammen mit Rudolf Bernauer (1880-1953; in der Emigration in London). Meinhard starb als Emigrant in Buenos Aires.
3] *mit Schl.:* Schlenther. 609

16. 10. 1909
Maschinenabschrift

609 1] *Grein:* Jack (eigentlich Jacob) Thomas G. (1862-1935). Gebürtiger Holländer, 1895 britischer Staatsbürger. Schriftsteller, Kritiker und Manager. Gründete 1891 das Independent Theatre of London nach dem Vorbild des Antoineschen »Théâtre Libre«, sowie das German Theatre, London (1901-07).

2] *»Das oesterreichische Antlitz«:* Essays. (S. Fischer, Berlin 1909).

9. 12. 1909

610 1] *Ihr modernes Werk:* ›Das weite Land‹.

2] *Marr:* Hans M.

3] *Lossen:* Lina L. (1878-1959).

611 4] *über meinen Einfall denken:* Brahm antwortet A. S. am 16. 12., es gehöre eine Drehbühne, ein großes Personal – und sehr viel Geld zu einer Aufführung des ›Jungen Medardus‹. »Woher soll ein ehrlicher Mensch bei unseren, dank Max Reinhardt u. a., so desolaten Theaterzuständen das nehmen? [...] und nur der Zwang der Umstände ist es, der mich – sehr gegen mein Wünschen – zu dem negativen Resultat kommen läßt: I trau mi nöt. –«

5] *eine mündliche Bemerkung:* hierzu Brahms Antwort, gleichfalls vom 16. 12.: »Schlenther hat mir in der Tat damals bei Meißl und Schadn den Eindruck bestätigt, den ein Brief an Sie erweckte: wenn Zensur und Drehbühne stimmen, dann sei's so weit. Und auf meine Frage, was bei einem Wechsel der Direktion Ihnen die Annahme nütze, erwiderte er: er werde Ihnen, wenn Zensur und Drehbühne stimmen, die Annahme außer durch den Kontrakt noch in Briefform mit einer Terminangabe anzeigen, und an die müsse auch der evtl. Nachfolger sich gebunden halten – meinte er. Das war's, was ich sein ernsthaftes Medardus-Denken nannte.«

6] *In der Kanzlei:* des Burgtheaters.

17. 12. 1909
Briefdurchschlag

611 1] *Dr. Strecker:* Ludwig S. (1853-1943). Er leitete seit 1873 den Musik-Verlag B. Schott's Söhne und wurde dessen Inhaber. (›Richard Wagner als Verlagsgefährte‹, Mainz 1951.)

2] *des Klavierauszuges:* der Opernpartitur ›Liebelei‹ von Franz Neumann (s. Anmerkung 1 zum 15. 9. 1908).

3] *Das Titelbild:* Es zeigt in eher süßlicher Gestaltung ein Mädchen in Biedermeierkostüm an einem Spinett sitzend, auf dem brennende Kerzen stehen. *612*

4] *Weingartner:* Felix von W. (1863-1942). Dirigent, Komponist. Er wurde 1911 Gustav Mahlers Nachfolger als Hofoperndirektor in Wien, war 1919-24 Direktor der Wiener Volksoper und 1935/36 abermals Leiter der Wiener Staatsoper.

5] *Toldy:* László (Ladislaus) T. (1882-1929). Ungarischer Komponist (›Zöld Kakadu‹).

6] *zu meiner Pantomime:* ›Der Schleier der Pierrette‹ nach Motiven des ›Schleiers der Beatrice‹ (opus 18) von Ernst von Dohnanyi (1877 bis 1960). Libretto bei Ludwig Doblinger und Bernhard Herzmansky, Wien, Leipzig 1910. Klavierauszug, 1909. U: 22. 1. 1910 am Königlichen Opernhaus, Dresden. Dirigent: Ernst von Schuch.

18. 12. 1909 *612*

1] *wohlbegründetes Nein:* S. Anmerkung 4 zum 9. 12. 1909. *613*

2] *verzeihen Sie das harte Wort:* Anspielung auf diese oft wiederkehrende Redensart des vom Berliner Humoristen Julius Stettenheim (1831-1916) erfundenen Lügenberichterstatters Wippchen.

3] *Ihr sarmatischer Freund:* Anspielung auf Schlenthers ostpreußische Herkunft. (Sarmatien = Land zwischen Weichsel und Wolga.)

4] *bei dem betreffenden Sektionschef:* Emil Freiherr Jettel von Ettenach (1846-1925). (Tgb 21. 12.: »Zuerst sprach er über Kakadu, Beatrice, dann wie zufällig über Medardus, hatte ihn angeblich nicht ganz gelesen, befugte mich endlich, der Direktion mitzutheilen, er habe nichts dagegen.«)

5] *mit direktorialer Bewilligung:* Tgb 17. 12.: »Zu Rosenbaum in die Burg. Ich solle zu Jettel, selbst wegen ev. Censurbedenken sprechen. R. ist überzeugt, daß Jettel direct auf Schl.s [Schlenther] Wunsch schiebe und Schl. weitre Schiebung vorhabe. Tiefere Gründe: Schl.'s Haß gegen mich, u dann: ›Schönherr soll durchaus zum ersten oesterr. Dichter gemacht werden. Da dazu seine Kraft nicht reicht, müssen Sie, der wirklich erste, niedergedrückt werden. Gegen Medardus liegt nichts vor, als daß er von Ihnen ist.‹«

6] *der Ruf:* ›Der Ruf des Lebens‹ hatte seine österreichische Erstaufführung am 11. 12. am Deutschen Volkstheater und A. S. notiert nach der Generalprobe: »Bekam wieder eine starke Beziehung zu dem Stück« und am 11. 12.: »Eine Art ›Sensationspremière‹«.

7] *die schlimmsten Großmänner:* Stefan Großmann (1875-1935). Politischer Publizist, Essayist. Seit 1904 Redakteur der Wiener ›Arbeiterzeitung‹. Gründer (1906) der ›Wiener Freien Volksbühne‹. Er ging 1913 nach Berlin und wurde Feuilletonredakteur bei der ›Vossischen Zeitung‹. Mitarbeiter der ›Neuen Rundschau‹. Gründer der in Berlin (1920-33) erscheinenden radikal-liberalen Wochenzeitschrift ›Das Tagebuch‹, Mitherausgeber der literarischen Zeitschrift ›Der Strom‹ (1911-14, 1925 ff.).

8] *und Polgars:* Alfred Polgar (ursprünglich Pollak, 1873-1955), Erzähler, Theaterkritiker und Feuilletonist; damals bei der ›Wiener Allgemeinen Zeitung‹. Für A. S. war Polgar der Prototyp des abstoßenden Literaten; als Gleissner ist er die unsympathischste Figur in A. S.'s Tragikomödie ›Das Wort‹ (Fragment. Aus dem Nachlaß herausgegeben und eingeleitet von Kurt Bergel, S. Fischer, Frankfurt am Main 1966).

24. 12. 1909

613 1] *das letzte Telegramm:* datiert vom 20. 12. 1903 hatte folgenden Wortlaut: »Ihrem Wunsche entsprechend erfolgt heute Zurückstellung des Medardus. Wir bedauern Ihre Hartnäckigkeit unseren nicht unbilligen Wünschen gegenüber, in dieser Spielzeit das moderne Werk mit Bassermannrolle, in der nächsten die Historie zu spielen, umso mehr als Sie damit deutlich dokumentieren, daß Ihnen nicht sowohl an dauernder künstlerischer Verbindung mit unserem Theater als lediglich an der Darstellung dieses außergewöhnlichen Stückes gelegen ist, für das nach Ihrem eigenen Ausspruch kaum eine zweite Bühne so sehr in Betracht kommt. Im Auftrage, Kahane« (Vgl. A. S. – Reinhardt, S. 72 f.).

2] *die Komödie refüsiert hätten:* ›Zwischenspiel‹ (s. Anmerkung 4 zum 1. 10. 1905).

615 3] *der »Tapfere Cassian«:* eine »Versifizierte Neufassung« (1908), vertont von Oscar Straus (1870-1954). ED: Doblinger, Leipzig, Wien 1909.

616 4] *Sliwinsky:* Adolph (auch Adolf Sliwinski, 1858-1916). Inhaber des Berliner Theaterverlags Felix Bloch Erben.

5] *Herzmansky:* Bernhard H., Wiener Musikverleger und Agent. 617
6] *Trebitsch:* Siegfried T. (s. Anmerkung 6 zum 4. 9. 1899). (Tgb 12. 7. 1909: »Trebitsch zu Tisch, gab ihm auf sein Ersuchen pouvoir zu Reinhard[t] (München), von Medardus (dessen Namen ich aber nicht nannte [)], als nur für ihn möglich zu sprechen.«
7] *ein modernes Stück:* ›Das weite Land‹. 620
8] *auf dem Semmering:* A. S. besuchte Brahm vom 11.-13. 11. dort.
9] *bleibt Ihnen überlassen:* A. S. erhielt erst nahezu ein Jahr später 621 von Max Reinhardts Sekretär, Richard Metzl, den folgenden Brief, datiert 22. 11. 1910: »Sehr geehrter Herr Doktor, vor kurzem war ich mit Herrn [Samuel] Fischer zusammen, wir sprachen viel von Ihrem schönen neuen Stück ›Der junge Medardus‹, und Herr Fischer meint, es wäre ein Wunsch von Ihnen, daß das Stück im Deutschen Theater gespielt würde. Am nächsten Tage habe ich mit Max Reinhardt über diese Angelegenheit eine längere Unterredung gehabt. Er will den ›Medardus‹ auch gern bringen, jedoch bleibt er bei seinem seinerzeitigen Entschluß, er wünscht, daß Sie ihm auch Ihr anderes neues Stück überlassen. Der ›Medardus‹ kann in Berlin bloß im Deutschen Theater gespielt werden, keine andere Berliner Bühne ist in der Lage, das Stück zu besetzen und aufzuführen. Nun ist es selbstverständlich, daß das Deutsche Theater nicht nur die Stücke von Ihnen spielen will, die Brahm nicht spielen kann, sondern auch Ihr nächstes Stück erhält. Unter dieser Voraussetzung ist Direktor Reinhardt bereit, den ›Medardus‹ noch in dieser Saison aufzuführen.« (Vgl. A. S. – Reinhardt, S. 80.) – Erst Viktor Barnowsky (1875-1952), der das Kleine Theater von Reinhardt und nach Otto Brahms Tod auch dessen Lessingtheater übernahm, führte am 24. 10. 1914 ›Der junge Medardus‹ auf.

27. 12. 1909
1] *präsumptiven Nachfolger:* Alfred Baron Berger wurde am 1. 3. 622 1910 (bis 24. 8. 1912) Direktor des Hofburgtheaters. ›Der junge Medardus‹ hatte am 24. 11. 1910 seine Uraufführung auf dieser Bühne.
2] *jenes Gesprächsfragment:* S. Anmerkung 5 zum 9. 12. 1909. 623
3] *zum ewigen Gedächtnis:* Brahms Bemerkung hiezu vom 28. 12.:

»Den Brief an Reinhardt hätt ich gern gelesen: als document humain, als literaturgeschichtliche Abrechnung im Schnitzler-Stil, und so denke ich ihn mir höchst remarkabel.«

1910

18. 1. 1910
Maschinenabschrift

623 1] *Peter Swesditsch:* Rotenstern-Swesditsch (s. Anmerkung 2 zum 26. 4. 1906).

624 2] *»Zweikampf«:* ›Ein Zweikampf‹. Erzählung (identisch mit ›Das Duell‹).

3] *»Schatten des Todes«:* ›Aus den Papieren eines alten Mannes‹.

4] *Onkel Wanja:* S. Anmerkung 13 zum 27. 4. 1906.

23. 1. 1910
Maschinenabschrift

624 1] *Zinaida Wengerova:* Übersetzerin; Vertreterin des Buchverlags Schipovnik in St. Petersburg (heute Leningrad). Schwester von Isabella W., s. Anmerkung 2 zum 22. 11. 1896.

2] *»Apollo«:* ›Apollon‹; russische Monatsschrift.

3] *Dymow:* Osip D. (ursprünglich Osip Isidorovič Perel'man, 1878 bis 1959). Russischer Erzähler und Dramatiker. Er emigrierte 1917 in die Vereinigten Staaten, lebte später in Berlin. (U. a.: ›Nju. Eine Alltagstragödie‹, 1908).

4] *des zweiten Stückes:* wohl ›Das weite Land‹.

625 5] *Stanislawski [...] in Wien persönlich:* S. Anmerkung 8 zum 27. 4. 1906. A. S. sprach Stanislawski mehrmals, als das Moskauer Künstlerische Theater in Wien gastierte.

6] *nach einer russischen Aufführung:* ›Das weite Land‹ wurde 1910 bereits in St. Petersburg in russischer Sprache aufgeführt, also noch vor der Uraufführung in deutscher Sprache am 14. 10. 1911 (s. Anmerkung 6 zum 14. 11. 1910). (Vgl. A. S.–Brahm, Brief an A. S. vom 18. 1. 1911, S. 320).

3. 5. 1910
Briefdurchschlag. Veröffentlicht in ›Literatur und Kritik‹, Heft 12, Wien, März 1967.

1] *Walter Graetzer:* Er wurde Schriftsteller und Eigentümer des Avesta Verlags in Wien.
2] *Herrn Papa:* D. Dolph Graetzer in Olmütz (gest. 1920).

4. 5. 1910
1] *Paul Stefan:* (Pseudonym für Dr. iur. P. S. Gruenfeldt, 1879 bis 1943; als Emigrant in New York gestorben). Österreichischer Musikschriftsteller. Chefredakteur des ›Anbruch‹, Redakteur der Wiener Tageszeitung ›Die Stunde‹ sowie der Wochenschrift ›Die Bühne‹. Verfaßte: ›Arthur Schnitzler: Zum sechzigsten Geburtstag‹ in ›Das literarische Echo‹, 24, XIX, 1922. – ›A. S. und Arnold Schönberg. Zwei Widmungsblätter aus Wien‹. Jahrbuch der literarischen Vereinigung Winterthur, 10. Gabe, 1925. – ›Arthur Schnitzler‹ in ›Jahrbuch der literarischen Vereinigung Winterthur‹, 14 (1933). *625*
2] *Mahler:* Am 7. Juli 1910 feierte Gustav Mahler seinen 50. Geburtstag (s. Anmerkung 5 zum 14. 12. 1904). Aus diesem Anlaß erschien, von Paul Stefan herausgegeben, im Verlag R. Piper, München, ›Gustav Mahler. Ein Bild seiner Persönlichkeit in Widmungen‹. – A. S.'s 1. Entwurf seines Beitrags lautete [Maschinenabschrift]: »Von allen Musikern, die heute leben – und manche von diesen sind mir wahrhaft wert – haben Sie, verehrter Meister, mir am meisten gegeben, Freude und Ergriffenheit, wie ich sie nur den Größten verdanke. Und wahrscheinlich hätte ich mir erlaubt, Ihnen an diesem schönen Jubeltage, darum besonders schön, weil er an Hoffnungen noch reicher erscheint als an Erfüllungen, meinen Dank in der bescheidenen Form eines privaten Glückwunschschreibens darzubringen. Aber da es nun einmal Sitte geworden ist, bei solchen Gelegenheiten heiter-belebte Festzüge zu arrangieren, so will ich unter denjenigen nicht fehlen, die heute huldigend unter Ihrem Fenster vorbeiziehen, ahne beruhigt, daß kein Fahnenschwenken und kein Jubelruf Sie in der Weiterführung Ihres Werks stören wird und neige mich Ihrer hohen Kunst in Bewunderung und Liebe.« *626*
3] *das Ihnen nicht bedenklich vorkommt:* Paul Stefan betont in seinem Brief an A. S. vom 3. 5., daß die Festschrift nicht als Adresse gedacht sei, und daß er, Stefan, sich vor allem hüten müsse, was, bei der schwierigen Stellung Mahlers, namentlich in Wien, als »Flucht in die Öffentlichkeit«, als Verquickung privater Glückwünsche und öffentlichen Eintretens ausgelegt werden könnte. – A. S.'s *627*

Widmung in der Festschrift lautet schließlich: »Von allen Musikern, die heute schaffen – und manche von ihnen sind mir wahrhaft wert –, hat keiner mir mehr gegeben als Gustav Mahler; – Freude und Ergriffenheit, wie ich sie nur den Größten verdanke. Mir über die letzten Ursachen starker künstlerischer Erlebnisse ästhetisch-kritische Rechenschaft abzufordern, habe ich kaum je den Drang verspürt; und aussichtsloser noch als anderswo dünkt mich solches Beginnen dem Tongebild gegenüber, dessen Urgesetze in die starren Wurzeltiefen mathematischer Formeln gegründet sind und dessen letzte Wirkungen innerhalb der fernsten, im Metaphysischen verschwimmenden Grenzen sich entscheiden. Mir bleibt also – was oft auch pedantischeren Genießern als letzte Ausflucht winkt – nichts andres übrig als meinem eingeborenen Gefühle zu vertrauen, – und zu danken, wo ich empfangen habe. Es ist ein schönes Bewußtsein, solchen Dank an einem Tage aussprechen zu dürfen, der, an Hoffnungen womöglich noch reicher als an Erfüllungen, die Höhe eines begnadeten Künstlerdaseins bedeutet. – Zum 7. Juli 1910. Arthur Schnitzler« – Andere Beiträge stammten von: Hermann Bahr, Julius Bittner, Max Burckhard, Hugo von Hofmannsthal, Gustav Klimt, Richard Strauss, Bruno Walter u. a. m. – Dieser Geburtstagsgruß wurde von der Kritik sehr gelobt, denn »die Musikstadt Wien hat im fünfzigsten Lebensjahre des Österreichers Gustav Mahler kein einziges seiner größeren Werke zur Aufführung gebracht!« (Vgl. ›Merker‹, 2, 14. 1911.)

627 4. 6. 1910
Briefdurchschlag
1] *Torel:* Jean Thorel, ›Amourette. Pièce en trois actes.‹ Paris, Société des Auteurs Dramatiques, 1897.
2] *Der Entwurf von Walser:* Zu ›Der junge Medardus‹; nicht vorhanden.
3] *gesammelte Werke:* ›Die Theaterstücke‹ erschienen 1912 anläßlich des 50. Geburtstages von A. S. bei S. Fischer, Berlin, in vier Bänden. 1922 kam diese Ausgabe anläßlich des 60. Geburtstages um einen fünften Band vermehrt heraus. 1928 erschienen ›Die erzählenden Schriften‹ in sechs Bänden bei S. Fischer.
628 4] *Dr. Kapp:* Julius K. (1883-1962). Bis 1908 in Frankfurt/Main, dann in Berlin lebender Musikschriftsteller. Gründete 1921 die ›Blät-

ter der Staatsoper‹, Berlin. 1920-45 Dramaturg der Berliner Staatsoper. 1948-54 künstlerischer Beirat an der Städtischen Oper Berlin. Lebte damals als freier Schriftsteller im Allgäu. Er hatte 1908 in der ›Mannheimer Theaterzeitung‹ einen Artikel über A. S. anläßlich einer dortigen ›Liebelei‹-Aufführung veröffentlicht und 1912 verfaßte er eine Monographie über ihn mit einer Einführung über »Jung-Österreich« (Xenien Verlag, Leipzig).

5] *Buch über Wedekind:* Julius Kapp, ›Frank Wedekind. Seine Eigenart und seine Werke‹, Berlin 1908.

6] *Anton Lindner:* (Pseudonym: Pierre d'Aubecq, 1874-1928). In Galizien geborener Lyriker und Essayist.

16. 6. 1910

Maschinenabschrift

1] *Richard Heuberger:* 1850-1914. Komponist (u. a. ›Der Opernball‹, Operette, 1899), Dirigent, Musikkritiker. Schrieb u. a. auch eine Schubert-Monographie. Tgb 13. 6.: »Heuberger, pneumat. eine Bitte um Operntext.« *629*

2] *Sacher-Masoch:* Leopold Ritter von S.-M. (1836-1895). Erzähler, Romanschriftsteller.

26. 7. 1910

1] *Frau Jonas, Tochter und Schwiegersohn:* (S. Anmerkungen 7 und 8 zum 28. 7. 06). Eva und Dr. Hans Prinzhorn, Arzt; schrieb später mehrere bedeutende Werke, u. a. ›Bildnerei der Geisteskranken. Ein Beitrag zur Psychologie und Psychopathologie der Gestaltung.‹ Springer, Berlin 1922. *630*

2] *wie es K. gehe:* Josef Kainz war im Mai von A. S.'s Bruder wegen Darmkrebses operiert worden, war zur Erholung auf dem Semmering und starb am 20. September 1910 in Wien.

3] *W. L.:* ›Das weite Land‹.

4] *Helene:* A. S.'s Schwägerin.

2. 11. 1910

In Maschinenschrift. Nur der Schluß des Briefes ist erhalten, ohne Unterschrift. Offenbar ein Briefentwurf. *631*

zu Ihrer Nachschrift: H. v. H. hatte seinem Brief vom 29. 10. aus Schloß Grätz bei Troppau folgende Nachschrift angefügt: »P. S. Ich möchte nicht gern mit einem Ihrer Kinder in dauerndem Unfrieden *631* leben, und da ich den Roman [›Der Weg ins Freie‹] damals halb zufällig, halb absichtlich in der Eisenbahn liegen lassen habe, so bitte ich Sie jetzt, wo zwei Jahre darüber hingegangen sind, mir das Buch wieder einmal zu schenken, wenn Sie ein überflüssiges Exemplar haben.« (A. S.-H.v.H., S. 256-259.)

14. 11. 1910

632 1] *Julie Markbreiter:* geborene Jellinek, war seit 1885 mit dem jüngsten Bruder von A. S.'s Mutter verheiratet (s. Anmerkung 3 zum 23. 5. 1888). Sie starb 1938 im Alter von 75 Jahren in London.

2] *new age:* »The New Age. A weekly review of politics, literature and art.« Hrsg. von A. R. Orage in London. Innerhalb einer Serie mit dem Titel ›Modern Dramatists‹ erschien als fünfter Beitrag ›Arthur Schnitzler‹ in vol. XII, nr. 26, vom 27. 10. 1910.

3] *Ashley Dukes:* 1885-1959. Schriftsteller, Dramatiker, Kritiker und Übersetzer. (›Arthur Schnitzler‹ in ›Modern Dramatists‹, Frank Palmer, London 1911. – ›Arthur Schnitzler‹ in ›The Youngest Drama. Studies of Fifty Dramatists‹, Ernest Benn, London 1923).

4] *im Volkstheater der »Anatol«:* U des Zyklus (jedoch ohne ›Denksteine‹ und ›Agonie‹) am 3. 12. 1910; zugleich am Lessingtheater, Berlin.

633 5] *Vorlesung in München:* Am 9. 12. las A. S. im Saal des Hotels ›Vier Jahreszeiten‹ die Schenkenszene (1. Akt, 2. Szene) aus dem ›Jungen Medardus‹ vor, sowie ›Leutnant Gustl‹ und ›Weihnachtseinkäufe‹.

6] *»Weites Land« in Berlin:* Die Uraufführung fand erst am 14. 10. 1911 gleichzeitig an den Theatern: Lessingtheater, Berlin; Lobe-Theater, Breslau; Residenztheater, München; Deutsches Landestheater, Prag; Altes Stadttheater, Leipzig; Schauburg, Hannover; Stadttheater, Bochum und am Wiener Hofburgtheater statt.

17. 11. 1910

633 1] *über mein Stück:* Am 15. 11. schrieb Bahr an A. S. aus London, daß er von dem Gedanken abgekommen sei, über den ›Jungen Medardus‹ eine Kritik zu schreiben.

634 2] *Oswald:* Der Maler Oswald Alving, Sohn der Frau Alving in Ibsens ›Gespenster‹.

3] *als ich ihm das Stück vorlas:* S. Brief vom 27. 8. 1909.

4] *dies ganz unter uns:* Am 19. 11. schreibt A. S. an Bahr: »[...]

beim Durchsehen der Abschrift meines letzten Briefes an Dich merk ich, daß meine Schreiberin eine Stelle (›dies ganz unter uns‹) irrtümlich unter- statt durchstrichen hat. Zur Vermeidung von Mißverständnissen: Es ist natürlich kein Geheimnis, daß die Burg heute keinen Medardus hat. Mir war nur eine Bemerkung gegen Gerasch (persönlicher Art) beim Diktieren durch den Kopf gegangen, die aber, vor der Aufführung auszusprechen ich nicht richtig gefunden hätte. Pedantisch und herzlichst / Dein A« (Vgl. A. S.–Bahr, S. 108). – *Gerasch:* Alfred G. (1877-1955). Mitglied des Burgtheaters 1907 bis 1920. Er spielte den jungen Medardus.

5] *erst später erfuhr ich:* S. Brief vom 24. 12. 1909.

6] *Balaithy:* Robert von Balajthy (1855-1924; Selbstmord). Österreichischer Schauspieler. Zunächst Meininger, dann Raimundtheater in Wien, von 1910-13 am Hofburgtheater.

7] *Korff:* Arnold K. (ursprünglich Kirsch, 1868-1938), 1897-99 am Carl-Theater, bis 1913 Mitglied des Hofburgtheaters und dann wieder von 1918-20 an dieser Bühne.

8] *Medelsky:* Lotte M., s. Anmerkung 3 zum 11. 10. 1898. Sie spielte die Rolle der Agathe Klär.

9] *Wohlgemuth:* Else W., später verehelichte Gräfin Thun (1881 bis 1972). Mitglied des Burgtheaters von 1910-38; 1945. Sie spielte die Rolle der Helene von Valois.

10] *Reimers:* Georg R. (1860-1936). Mitglied des Burgtheaters von 1885 bis zu seinem Tode. Er spielte die Rolle des Marquis von Valois.

11] *Strassny:* Fritz Strassni (1868-1938). Mitglied des Burgtheaters von 1909 bis zu seinem Tode. Er spielte den »uralten Herrn«.

12] *Heller:* Eduard H. (1854-?) Mitglied des Burgtheaters von 1907 bis 1928. Er spielte den Drechslermeister Berger.

13] *glückliche Vortragsreise:* Bahr berichtete am 26. 9. 1910 aus 635
London, daß er eine Vortragsreise im Rheinland plane. Am 22. 10. wiederholte er diese Absicht in einem weiteren Brief aus London. (Vgl. A. S.–Bahr, S. 155, Anm. 322).

14] *Frau Gemahlin:* Die Hofopernsängerin Anna von Mildenburg (1872-1947). Bahr war mit ihr seit 1909 in zweiter Ehe verheiratet.

15] *etwa am 7. Dezember:* A. S. fuhr am 8. 12. nach München, am 9. fand die Vorlesung statt (s. 14. 11.). (Tgb 9. 12.: »Bei Glümers. Meine Briefe in der Hutschachtel. Nahm einen Theil gleich mit.«)

– Am 10.12. sah er im Schauspielhaus eine Aufführung von ›Letzte Masken‹, ›Literatur‹ und ›Komtesse Mizzi‹ (Tgb: »M. Gl als Comtesse sehr gut, aber zuweilen dilettantisch – u auch dadurch rührend.«) – Am 11./12. besuchte er seine Schwägerin, die lungenkranke Liesl Steinrück, und am 13. kehrte er nach Wien zurück.

26. 11. 1910

635 Veröffentlicht in: ›Forum‹, 3. Jahr, Heft 34, Wien, Oktober 1956.

1] *Thimig:* Hugo T. (1854-1944). Mitglied des Burgtheaters von 1874 bis 1917 und 1921 bis 1923. Vom 1. 9. 1912 bis 17. 3. 1917 war er Direktor des Burgtheaters, 1924 bis 1933 Schauspieler am Theater in der Josefstadt. Er war der Vater der Schauspielerin Helene Thimig (1889-1974), der zweiten Frau von Max Reinhardt, und der Schauspieler Hermann (geboren 1890) und Hans Thimig (geboren 1900). Seine Privatsammlung wurde 1922 der Grundstock der Theatersammlung der Österreichischen Nationalbibliothek.

636 2] *die Ausstattung:* In seinem Buch ›Hugo Thimig erzählt‹, hrsg. von Franz Hadamovsky, Graz-Köln 1962, heißt es nach der Premiere des ›Jungen Medardus‹: »Die enormen Kosten der Ausstattung (62 000 Kronen), die hohen Spielhonorarspesen, der mit der langen Spielzeit verbundene starke Lichtverbrauch machen das Stück zu keinem wirthschaftlichen Gewinn.«

637 30. 11. 1910

638 Briefdurchschlag

1] *nach meiner Vorlesung:* S. Brief an O. S. vom 27. 8. 1909.

2] *Erfolg immer entschiedener:* Bis zum Jahre 1927 erreichte ›Der junge Medardus‹ 88 Aufführungen. Am 27. 3. 1914 wurde A. S. für das Stück der (seit 1908 nicht vergebene) Raimundpreis verliehen.

3] *die Wiener Tage:* Das Ehepaar S. Fischer war zur Premiere des ›Jungen Medardus‹ nach Wien gekommen.

3. 12. 1910

638 Briefdurchschlag mit A. S.'s eigenhändigen Korrekturen.

1] *Dr. Richard Rosenbaum:* (1867-1942 nach Theresienstadt deportiert). Schriftsteller. Von 1898-1915 literarisch-artistischer Sekretär des Burgtheaters. Gründer des Wiener Donau-Verlags.

2] *Strial:* Anna, geb. Sikora. Schauspielerin. Verheiratet (in dessen 2. Ehe) mit dem Schauspieler und späteren Direktor des Salzburger Landestheaters, Alexander Strial (1874-1957). Freundin von O. S. Sie starb am 1. 6. 1981 in Salzburg, wenige Wochen vor Vollendung ihres 101. Lebensjahres.
3] *aus meinem Brief:* S. Briefe an Alfred Baron Berger vom 26. 11.

6. 12. 1910
1] *Raoul Auernheimer:* 1876-1948; als Emigrant in den USA gestorben. Essayist, Novellist, Journalist, Dramatiker. Seine Mutter, Jenny A., war eine Cousine Theodor Herzls. (S. Anmerkung 7 zum 5. 8. 1907.) 640
2] *»und unser Vetter der Marquis? . . .«:* Die Beziehung des Zitats zum alten Burgtheater erklärt sich wohl durch eine parodistisch-deklamatorische Sprechweise.
3] *Atmosphäre des Anatol:* Auernheimers Kritik über ›Anatol‹ am Deutschen Volkstheater erschien in der ›Neuen Freien Presse‹ am 6. 12.
4] *unter dem Strich:* Der untere Teil der ersten Seite verschiedener Tageszeitungen war, so wie auch die der ›Neuen Freien Presse‹, für Feuilletons bestimmt. (Vgl. R. Auernheimer ›Unter dem Strich‹, in ›Neue Freie Presse‹ vom 21. 1. 1936).
5] *fahr ich nach München:* S. Anmerkung 15 zum 17. 11. 1910.

15. 12. 1910
Maschinenabschrift. Nicht zur Gänze veröffentlicht in: ›Theodor Gomperz. Ein Gelehrtenleben im Bürgertum der Franz-Josefs-Zeit‹. Neubearbeitet und herausgegeben von Robert A. Kann. Verlag der Österreichischen Akademie der Wissenschaften, Wien 1974, S. 461 f. 641
1] *Theodor Gomperz:* 1832-1912. Professor für klassische Philologie an der Universität Wien.
2] *XVIII. Sternwartestraße 71:* Die Familie Schnitzler war am 16. 7. 1910 in das von Hedwig Bleibtreu-Römpler erworbene Haus eingezogen (s. Anmerkung 3 zum 2. 4. 1901).
3] *Die Szene [. . .], die Sie vermissen:* 4. Aufzug, 3. Szene.

15. 12. 1910
Maschinenabschrift
Elise Gomperz: geborene von Sichrovsky (1848-1929). 642

642 17. 12. 1910
Briefdurchschlag

643 1] *»Schall und Rauch«:* S. Anmerkung 15 zum 26. 6. 1903.

2] *im nächsten Jahr am Burgtheater:* ›Der Schleier der Beatrice‹ wurde erst am 23. 5. 1925 dort aufgeführt.

644 3] *Besseres zu tun haben wird:* S. Fischer berichtet am 15. 12., betreffs seiner Anfrage bei Bahr: »Er schreibt mir, daß es ihn sehr locke und daß er über keinen andern deutschen Dichter so gern ausführlich und von ganzem Herzen schreiben würde wie über Sie.« Seine Pläne für die drei nächsten Jahre hielten ihn jedoch gefangen.

4] *darum auch nahegelegt:* S. Brief an S. Fischer vom 4. 6. 1910.

5] *Aesoi-Frage:* S. Anmerkung 8 zu »Neujahr 1902«.

645 6] *der ungarische Anatol:* Fünf Szenen des Zyklus hatten am 25. 2. 1911 in einer Übersetzung von Ludwig Biró im Magyar Szinház, Budapest, Premiere und erzielten einen großen Publikumserfolg.

23. 12. 1910

645 1] *Weisse:* Adolf W., s. Anmerkung 10 zum 27. 11. 1892.

2] *Marberg:* Lili M. (1876-1962). Von 1911 bis 1950 Mitglied des Burgtheaters.

3] *eine gleichzeitige Aufführung:* S. Anmerkung 6 zum 14. 11. 1910.

646 4] *der neue Bahr:* ›Die Kinder‹, Komödie in 3 Akten.

5] *der neue Hauptmann:* ›Die Ratten‹, Berliner Tragikomödie in 5 Akten.

6] *Schönherr:* Karl S. (1867-1943). Dramatiker und Arzt. ›Glaube und Heimat. Die Tragödie eines Volkes‹.

7] *in München:* A. S. sah die Aufführung am 10. 12. mit Marie Glümer als Komtesse Mizzi (s. Anmerkung 15 zum 17. 11. 1910). Gustav Waldau (Bühnenname für Gustav Freiherr von Rummel, 1871-1958) spielte in allen drei Einaktern die Hauptrolle.

8] *die Einakter unseres Wassermann:* ›Hockenjos‹ wurde zusammen mit H. v. H.s ›Der Thor und der Tod‹ aufgeführt. 1911 kam es dann in Berlin zur Aufführung seiner beiden Einakter ›Hockenjos‹ und ›Gentz und Fanny Elßler‹.

647 9] *Nach Berlin:* S. Brief vom 24. 2. 1911 und Anmerkung 1 hierzu.

10] *den »Kleist« abschließen:* Es handelt sich um die Umarbeitung von Brahms zuerst 1884 erschienener Biographie ›Heinrich von

Kleist‹ unter dem Titel ›Das Leben Heinrichs von Kleist‹, für die Neuausgabe 1911.
11] *Ihr Tegler Brief:* Aus dem Kurhaus Tegel bei Berlin.

1911

10. 1. 1911
Maschinenabschrift
Schwadron: Abraham (Avraham Sharon) S. (1878-1957). Aus Zloczow in Galizien gebürtiger jüdischer Volkskundler und hebräischer Schriftsteller. Studierte in Wien Chemie, lebte seit 1927 in Palästina. Er besaß eine bedeutende Autographen- und Porträtsammlung, die er der Jüdischen National- und Universitätsbibliothek in Jerusalem vermachte. Sein Vater war der Kaufmann Isidor S. *647*

13. 1. 1911
Maschinenabschrift
1] *Rosenheim:* Richard R. Regisseur an der Berliner Komischen Oper. Früher Direktorstellvertreter (neben Angelo Neumann) am Deutschen Landestheater in Prag. *648*
2] *Gregor:* Hans G. (1866-1945). Anfänglich Schauspieler, dann Theaterdirektor in Görlitz und Elberfeld-Barmen. Gründete 1905 die Komische Oper in Berlin [erfolgreich um Ensemblearbeit und lebendigen Inszenierungsstil bemühtes Privatunternehmen.] Von 1911 bis 1918 Direktor der Wiener Hofoper. ›Liebelei‹ war am 20. 1. 1911 die letzte Premiere unter seiner Leitung in Berlin. A. S. besuchte Gregor in der Hofoper am 23. 3. (Tgb: »Er spricht von den ›anarchischen‹ Zuständen, die er an der Oper vorgefunden; mit Beispielen. – Sieht aus wie ein reiferer Schauspieler eines kleinern Hoftheaters; etwas redselig, leidlich brutal, ziemlich von sich eingenommen, ganz klug, wenig künstlerisch, als ganzes mittelmäßiger Mensch. –«) *649*
3] *Reznicek:* Emil Nikolaus von R. (1860-1945). Aus Wien gebürtiger Dirigent und Komponist. (Werke u. a.: die Opern ›Donna Diana‹; ›Das Opfer‹; ›Das goldene Kalb‹; ›Ritter Blaubart‹.) 1. Kapellmeister an der Komischen Oper, Berlin, und Professor für Komposition an der Hochschule für Musik in Berlin.
4] *Einladung zur Premiere:* A. S. ist ihr nicht gefolgt.

19. 1. 1911

649 1] *mit Ihrem Brief:* Am 18. 12. 1910 hatte Brandes – nach mehr als zweijähriger Unterbrechung – an A. S. geschrieben: »Medardus habe ich sehr genau gelesen, laut vorgelesen, [...] Die – im Goetheschen Sinn über Kleist – fesselnde ›Verwirrung des Gefühls‹ in Medardus ist so recht Ihre Domäne. Sehr fein ist die schwache Andeutung einer geistigen Verwandtschaft zwischen Helene und Napoleon. Die ganze Wiener Atmosphäre vor 100 Jahren haben Sie geben wollen. Und wenn ich nicht irre, lag es Ihnen besonders am Herzen, zu zeigen, auf welchem Hintergrund von Spießbürgerlichkeit und lässiger Frivolität, die in Wien zu Hause waren, und auf welchem Hintergrund von unnationalem Wesen und Gehorsam dem Eroberer gegenüber, die in Deutschland hervortraten, der Heroismus einiger Wenigen sich geltend machte. Eine nachsichtige Menschenverachtung durchdringt das Schauspiel und findet u. a. in mir ein Echo.« – *Verwirrung des Gefühls:* Goethe schrieb am 13. 10. 1807 in sein Tagebuch: »Der antike Sinn in Behandlung des Amphitryons ging auf Verwirrung der Sinne ... Der gegenwärtige, Kleist, geht bey den Hauptpersonen auf die Verwirrung des Gefühls hinaus.«

650 2] *im Cottage:* Villenkolonie im 18. Wiener Gemeindebezirk.

3] *in einem sehr schönen Haus:* Hasenauerstraße 59. Erbaut 1906. Nach dem 2. Weltkrieg abgerissen.

4] *seine drei Kinder:* Die Töchter Mirjam und Naëmah (s. Anmerkungen 8 und 9 zum 12. 1. 1899) sowie der Sohn Gabriel (1901 bis 1971).

5] *Josef Hoffmann:* 1870-1956. Aus Mähren gebürtig; studierte Architektur bei Karl von Hasenauer und Otto Wagner. Mitbegründer der Wiener Secession sowie der ›Wiener Werkstätte‹ (s. Anmerkung 1 zum 29. 3. 1901). Trat 1905 mit der Klimtgruppe aus der Secession aus. 1912 gründete er den ›Österreichischen Werkbund‹.

21. 1. 1911
Maschinenabschrift

651 1] *Philipp Bock:* Die Anschrift des Briefs lautet »Kaiserlich-Russischer Hoftheaterdirektor a. D.« Früher deutsch-russischer Oberregisseur und Theaterimpresario, der in St. Petersburg eine deutschsprachige Bühne leitete.

2] *in Ihrem Brief an Dr. Brahm:* Brahm hatte am 18. 1. einen kur-

zen diesbezüglichen Brief an A. S. geschrieben (vgl. A. S.–Brahm, S. 320).
3] *mit der russischen Übersetzerin:* Zinaida Wengerova (s. Brief vom 23. 1. 1910).

4. 2. 1911
Maschinenabschrift
Viktor Klemperer: 1881-1960. Literaturhistoriker, Herausgeber (mit Eugen Lerch) ab 1925 des ›Jahrbuchs für Philologie‹. War bis 1933 Professor für Romanistik an der Technischen Hochschule in Dresden, nach 1945 an der Humboldt Universität in Berlin und in Halle. ›Arthur Schnitzler‹ erschien als IV. Folge der Reihe ›Deutsche Dramatiker der Gegenwart‹ in ›Bühne und Welt. Halbmonatsschrift für Theaterwesen, Literatur und Musik‹, XIII. Jg, Nr. 9, Februar-Heft 1911. ›Arthur Schnitzler‹ in ›Jahrbuch für jüdische Geschichte und Literatur‹, 14. Band, Berlin, 1911. – Unter seinen Werken: ›LTI – Lingua Tertii Imperii‹, 3. Aufl. 1957. *654*

9. 2. 1911
Maschinenabschrift
1] *Harley Granville-Barker:* 1877-1946. Englischer Schauspieler, Dramatiker, Regisseur, Kritiker. 1904 Leiter (zusammen mit J. E. Vedrenne) des Londoner Court Theatre. Machte Theatergeschichte mit seinen Shakespeare-Inszenierungen, sowie durch seine Aufführungen von Werken Ibsens, Maeterlincks, Galsworthys etc. Er spielte die Rolle des Anatol mit großem Erfolg im Londoner Little Theatre, wo fünf Einakter des Zyklus' am 11. 3. 1911 Premiere hatten. *655*
2] *Ihrer Anatol-Übersetzung:* ›Anatol. A sequence of Dialogues by A. S.; paraphrased for the English stage by Granville Barker‹. Kennerley, New York 1911 (Little, Brown and Co., Boston 1931). 1912 wurden ›The Affairs of Anatol‹ mit John Barrymore in der Titelrolle in New York mit großem Erfolg aufgeführt.
3] *Ihr kleines Vorwort:* »It seems that in a faithful translation the peculiar charm of these dialogues will disappear. To recreate it exactly in English one must be another Schnitzler: which is absurd. This is the only excuse I can offer for my paraphrase. H. G. B.« *656*

9. 2. 1911
Maschinenabschrift
656 1] *Dr. Albert Ehrenstein:* 1886-1950, als Emigrant in New York im Armenhaus gestorben. Aus Wien gebürtiger expressionistischer Lyriker, Erzähler und Essayist; lebte später in Berlin.
2] *Brief von Stefan Grossmann:* Am 8. 2. erwähnt A. S. seinen Brief im Tgb: »[...] antwortete gleich höflich, wie es dem Gr. Brief entsprach. – Man lasse niemanden zur Thür herein. Besonders keine Literaten.« (S. Brief an Ehrenstein vom 6. 5.)
3] *Fackel-Kraus:* Karl Kraus (s. Anmerkung 6 zum 15. 10. 1894) war Herausgeber der etwa dreimal monatlich erscheinenden Zeitschrift ›Die Fackel‹ (1899-1936). Den größten Teil der Beiträge schrieb er selbst, vereinzelt erschienen bis 1911 auch Beiträge anderer Autoren. Kraus führte einen erbitterten Kampf gegen das in Österreich besonders einflußreiche Pressewesen, insbesondere gegen die ›Neue Freie Presse‹.
4] *Privatgespräche:* Tgb 12. 10. 1910: »A. Ehrenstein, dem ich seine Mscrpte zurückgebe. Anfangs befangen, u irgendwie feindselig; redete dann auch allerlei kluges. Der kleine Kraus sein Kreis; Ehrenst.'s Versuche in d Oeffentlichkeit zu dringen; Production; über Weg ins freie, etc.; sein Wunsch, etwas über mich zu schreiben; über Recensiren – und Kritisiren – Fehler anstreichen und Zusammenhänge sehen.«

24. 2. 1911
657 1] *Berlin:* Schnitzlers waren vom 22. bis 28. 2. in Berlin. O. S. gab am 23. 2. einen Liederabend im Klindworth-Scharwenka-Saal.
2] *am Montag »Anatol«:* Tgb 27. 2.: »Abds 40. Vorstellg mit Anatol. Übertraf meine Befürchtungen. Monnard schrecklich, Reicher unerträglich. Die Damen gut. Ich sagte zu Brahm: Aus dieser Inszenirung spricht [Emil] Lessings ganzer Haß gegen Wien. –«
3] *Michaelis:* Dora, geborene Speyer (s. Anmerkung 3 zum 21. 7. 1898). Sie war seit 1902 mit dem Berliner Patentanwalt Dr. Karl Michaelis verheiratet. Beide emigrierten später in die USA.

6. 5. 1911
mein letzter Brief an Sie: Siehe 9. 2. 1911.
657 Maschinenabschrift

6. 5. 1911
Maschinenabschrift
1] *Heinrich Teweles:* Er hatte nach dem Tod Angelo Neumanns (20. 12. 1910) die Leitung des Kgl. Deutschen Landestheaters in Prag übernommen. 660
2] *Einladung zur Aufführung des »Medardus«:* Die Aufführung fand im Rahmen der ›Mai-Festspiele‹ am 27. 5. statt, und Schnitzlers waren aus diesem Anlaß vom 26. bis 28. in Prag. (Tgb: »Abd Medardus Première. – Zu lange Zwischenakte. Vor Schönbrunn 40 Minuten. Trampeln u Applaudiren. Ich erschien vom Schluß des 3. Akts an. Sehr großer Erfolg. Schluß 1/4 1. –«)
3] *Dr. Eger:* Paul E. (1881-1947). Er war Dramaturg am Deutschen Theater in Prag und der Regissseur des ›Jungen Medardus‹. (S. auch Anmerkung 1 zum 31. 10. 1911.) 661
4] *Onno:* Ferdinand (Bühnenname für F. Onowotschek, 1881 bis 1969). Mitglied des Burgtheaters 1902-30. Er spielte die Titelrolle.
5] *Hetsey:* Alice H. (1875-1939). Seit 1901 mit dem Schriftsteller Rudolf Holzer verheiratet (s. Anmerkung 4 zum 23. 2. 1907). Sie spielte die Rolle der Frau Klähr.

11. 5. 1911
Veröffentlicht in: ›Forum. Monatsblätter für kulturelle Freiheit‹. III. Jahr, Heft 34, Wien, Oktober 1956.
Hermine von Sonnenthal: 1863-1922. Schriftstellerin. Tochter des Schauspielers Adolf von Sonnenthal. (S. Brief an Marie Glümer vom 16. 12. 1892 sowie an Sonnenthal vom 19. 12. 1892.) 662

1. 6. 1911
Maschinenabschrift
1] *Heinrich Mann:* 1871-1950 (in Santa Monica, Kalifornien gestorben; bestattet 1961 in Ostberlin). 1930-1933 Präsident der Sektion Dichtkunst in der Preußischen Akademie der Künste. 1933 Emigration nach Frankreich, dann in die Vereinigten Staaten. A. S. und H. Mann verband eine lebenslange Freundschaft. (›Der Romancier des Theaters‹.) In »Merker«, 3, 9, 1912. – ›A. S. zu seinem 60. Geburtstag (15. Mai 1922)‹. In ›Die Neue Rundschau‹, 33, V, 1922. – ›A. S. Gedächtnisrede gehalten 1931‹. In ›Essays‹, Berlin, Aufbau-Verlag, Band I. (Ausgewählte Werke in Einzelausgaben, Band 11, 1954). 662

2] *Dr. Robert:* Eugen R. (ursprünglich Eugen Robert Weiß), gestorben 1944 als Emigrant in London. Er war damals an dem 1906 eröffneten Lustspielhaus in München tätig. 1916 Direktor und Oberspielleiter am Berliner Residenztheater. 1920 Direktor der ›Tribüne‹ (1921 verbunden mit dem Theater am Kurfürstendamm).

663 3] *Mit Ihrem Stück:* ›Schauspielerin‹, Drama in 3 Akten (s. Anmerkung 1 zum 26. 6.).

8. 6. 1911
Maschinenabschrift

663 *Ernst Rotmund:* 1886-1955. Aus Westpreußen gebürtig; begann 1904 bei Brahm. Die Anschrift des Briefs ist an den »Großherzoglichen Schauspieler in Mannheim« gerichtet. Spielte bis 1944 an verschiedenen Bühnen, nach 1945 an den Kammerspielen in München.

10. 6. 1911
Maschinenabschrift

664 1] *Otto König:* (Ps. André Flisseau), gest. 1932 im Alter von 50 Jahren. Lyriker, Feuilletonist, Theaterkritiker. Redakteur beim ›Merker. Österreichische Zeitschrift für Musik und Theater‹ (1909 bis 1922), hrsg. von Richard Batka und Richard Specht. Sein Beitrag anläßlich des 50. Geburtstages im ›A. S.-Heft‹ (3, 9, 1912) waren ›Terzinen‹. – Nach dem 1. Weltkrieg war König in Innsbruck Hrsg. der Wochenschrift ›Widerhall‹.

2] *persönliche Erinnerungen:* Tgb 19. 5. 1911: »Heut Nacht starb Gustav Mahler. Ich habe ihn ein einziges Mal gesprochen, Spätherbst 1905 bei Rosé. Gesehn zuletzt voriges Jahr Sommer in der Kärntnerstraße, u ging ihm, wenn mich meine Erinnerung nicht täuscht, ein paar Schritte nach, weil mich sein Gang interessirte. –«

3] *Ihr Mahlerheft:* ›Der Merker‹, 3. Jg., Heft 5, 1. März-Heft 1912.

4] *eine cyklische Aufführung:* S. Schluß der Anmerkung 3 zum 4. 5. 1910.

13. 6. 1911
Maschinenabschrift.

664 *Dr. Kapp:* Julius K. (S. Anmerkung 3 zum 4. 6. 1910.)

20. 6. 1911
Maschinenabschrift
»Amerika«: Als Skizze ED: ›An der Schönen Blauen Donau‹, 4, *666*
Heft 9 vom 1. 6. 1889. Jetzt in Erz. Schriften I.

24. 6. 1911
Briefdurchschlag
1] *Thieben:* Emilio T. Er lebte in Mailand und war Übersetzer und *666*
Kritiker.
2] *Levy:* Dr. Cesare Levi (1874-1926). In Triest geboren; lebte in Florenz. Journalist, Theaterkritiker. Übersetzer von ›Letzte Masken‹, ›Literatur‹, ›Abschiedssouper‹ ins Italienische. (Vgl. seine Studie ›Arturo Schnitzler‹ in ›Nuova Antologia‹, 1. 3. 1910.)
3] *Geschichte von Dionysia:* Die Erzählung ›Die Hirtenflöte‹, am *667*
13. 3. 1909 zu Ende diktiert. ED: ›Die Neue Rundschau‹, 22, Heft 9, September 1911. Jetzt in Erz. Schriften II.
4] *Vogeler:* Heinrich Vogeler-Worpswede (1872-1942). Maler und Radierer, auch Innendekorateur. Seit 1925 in der Sowjetunion. 1941 aus Moskau evakuiert und in der Verbannung in Kasachstan gestorben. Er illustrierte für den SFV 1898 Hauptmanns ›Versunkene Glocke‹ und ›Der arme Heinrich‹ (1902).
5] *noch ein anderer:* 1912 erschien eine Einzelausgabe von ›Die Hirtenflöte‹ mit 9 Illustrationen des österreichischen Malers und Radierers Ferdinand Schmutzer (1870-1928), die als Titelbild ein Portrait von A. S. zeigt.
6] *N. R.:* ›Die Neue Rundschau‹. *668*

26. 6. 1911
Maschinenabschrift
1] *Ihr Stück:* ›Schauspielerin‹, Drama in 3 Akten, behandelt wie die *668*
gleichnamige Novelle die Tragödie von H. Manns zehn Jahre jüngerer Schwester Carla (geb. 1881), die im Sommer 1910 Selbstmord begangen hatte. Das Stück wurde niemals am Wiener Burgtheater aufgeführt.
2] *Durieux:* Tilla D. spielte die Rolle der Leonie Hallmann am Theater in der Königgrätzerstraße in Berlin. A. S. sah die Generalprobe am 4. 11. 1911. (U: 6. 11.)
3] *Hagen:* Hertha von H., geb. Emilie von Popp (1876-1962). Sie

war seit 1908 mit dem Schauspieler Gustav Waldau (s. Anmerkung 7 zum 23. 12. 1910) verheiratet.
4] *Medelsky:* Lotte.
5] *meine Novelle:* ›Der Mörder‹ war in der Pfingstbeilage der ›Neuen Freien Presse‹ am 4. 6. erschienen.
6] *Mitte September:* Zu dieser Reise und Begegnung kam es nicht; A. S.'s Mutter starb am 9. September 1911.

20. 9. 1911
Maschinenabschrift
670 1] *in den nächsten Tagen verreise:* S. Brief vom 4. 10. 1911.
2] *Proben des »Weiten Landes«:* U: 14. 10. (s. Anmerkung 6 zum 14. 11. 1910). Regie führte Hugo Thimig, der auch die Rolle des Hotelportiers Rosenstock spielte (s. Brief vom 4. 10.). Else Wohlgemuth spielte alternierend mit Lili Marberg die Rolle der Genia. (Tgb 25. 9.: »Berger's gar nicht mehr wiederzugebende Schwankungen – ein Dutzend in der Viertelstunde, z. B. in der Alternirungsfrage. Bald ist er der Tyrann, bald der Diplomat, bald will er die Wohlgemuth vernichten, bald hofft er, sie wird ihm von selbst in die Arme laufen, bald *muß* sie die Rolle spielen, bald wär ihm so die Medelsky lieber – u. s. f.«
671 3] *Tressler:* spielte nicht in zweiter Besetzung den Hofreiter. Diese Rolle wurde nach Korffs Abgang von Harry Walden (1875-1921) gespielt.
4] *Arndt:* Ernst A. (1861-1938). Mitglied des Burgtheaters 1910 bis 1932.
5] *Haeberle:* Sie spielte nicht die zweite Besetzung.

23. 9. 1911
672 1] *»Das Tänzchen«:* Lustspiel in 3 Akten. (Tgb 22. 9.: »Besser als Kinder u auch als Konzert; besonders in der Gestaltung. Das anekdotische nicht stark. –«) U: 20. 9. 1911.
2] *mit der »Mizzi«:* ›Komtesse Mizzi‹ (s. Brief an Brahm vom 30. 12.).
3] *es geht ihr viel besser:* O. S. war an Bronchitis erkrankt.
4] *an Ihrem schönen »Kleist«:* S. Anmerkung 10 zum 23. 12. 1910.

4. 10. 1911

1] *zur Generalprobe:* Sie fand am 13. 10. statt. 672

2] *Rosenstock:* Das Vorbild zu dieser Figur war der Portier des Südbahnhotels auf dem Semmering; er hieß Rostler.

3] *das Urbild:* A. S.'s Jugendfreund, der Großindustrielle Louis Philipp Friedmann (1861-1939). (Vgl. ›Jugend in Wien‹.)

4] *Hagemann:* Dr. phil. Carl H. (1871-1945). Seit 1910 Direktor 673
des Deutschen Schauspielhauses in Hamburg und Regisseur aller drei von A. S. hier genannten Werke. 1906-1910 und wieder 1915 bis 1920 Intendant in Mannheim und später in Wiesbaden, danach Intendant der Berliner Funkstunde und Oberspielleiter der Volksoper, Berlin. 1930 Lehrauftrag am Theaterwissenschaftlichen Institut in Berlin. Theaterhistoriker, Übersetzer von Stücken Oscar Wildes, Autor zahlreicher Monographien, u. a. ›Regie‹ und ›Spiele der Völker‹.

5] *Korff:* Er spielte den Friedrich Hofreiter.

6] *Marberg:* Sie spielte die Rolle der Genia Hofreiter.

7] *Das Eulenburg-Stück:* ›Alles um Geld‹. »Ein Stück« von Herbert Eulenberg (5 Aufzüge). U: 20. 9. 1911 am Berliner Lessingtheater.

8] *»Das Tänzchen« mit der »Komtesse«:* Anspielung auf ›Figaros Hochzeit‹ (s. auch Briefe an Brahm vom 23. 9. und 30. 12. 1911).

9. 10. 1911

Maschinenabschrift

1] *Theodor Loewe:* Theaterleiter in Breslau (s. Anmerkung 2 zum 673
19. 12. 1894).

2] *der Szene:* in ›Das weite Land.‹ 674

3] *auch am 14. Oktober:* Über die gleichzeitigen Uraufführungen s. Anmerkung 6 zum 14. 11. 1910.

20. 10. 1911 674

Gedenkfest: Vor fünfundzwanzig Jahren, am 1. 9. 1886, hatte 675
S. Fischer seinen Verlag gegründet. Zum Jubiläum fand am 22. 10. eine Feier im Hotel Kaiserhof statt. Am selben Tag erschien ein 400 Seiten starker Almanach, ›Das XXVte Jahr‹, mit Beiträgen und Bildnissen der Fischer-Autoren und einer umfassenden Bibliographie, dessen Ertrag der Pensionsanstalt deutscher Journalisten und Schriftsteller gewidmet war. A. S.'s Beitrag war die

Skizze ›Die dreifache Warnung‹, deren Erstdruck in ›Die Zeit‹ vom 4. 6. 1911 (›Die Pfingst-Zeit‹) erschienen war. Jetzt in Erz. Schriften II. (Vgl. P. de Mendelssohn, S. Fischer und sein Verlag, S. 561 ff.)

20. 10. 1911
Maschinenabschrift

675 1] *Ihre zwei Feuilletons:* Über ›Das weite Land‹ hatte Salten in ›Die Zeit‹ vom 15. 10. geschrieben; am 17. 10. erschien seine Kritik im Morgenblatt des ›Pester Lloyd‹.

676 2] *fahre ich über Prag:* S. Anmerkung zu dem hier folgenden Brief.

3] *die Dagobert-Generalprobe?:* ›Le Bon Roi Dagobert‹, Lustspiel in 4 Akten (in Versen) von André Rivoire (1872-1930) wurde von Salten in Versen übertragen (›Der gute König Dagobert‹) und hatte seine Uraufführung am 19. 1. 1910 am Deutschen Theater in Berlin gehabt. Schnitzlers sahen die Aufführung am 5. 12. im Wiener Deutschen Volkstheater.

30. 10. 1911

676 1] *Prag:* A. S. war vom 30. 10. bis 1. 11. in Prag. Am 1. 11. hielt er in Dresden einen Vortragsabend. Am 2. 11. fuhr er nach Berlin, wo er einer Aufführung von ›Das weite Land‹ beiwohnte. Am 5. 11. traf A. S. seine Frau, aus Wien kommend, am Bahnhof. Gemeinsame Weiterfahrt nach Hamburg. Besuch einer Aufführung von ›Das weite Land‹ am 6. 11., von ›Der Schleier der Beatrice‹ am 7. 11. und von ›Anatol‹ am 8. 11. Am 11. 11. sahen A. S. und Olga in München ›Das weite Land‹. Am 13. 11. Besuch bei Liesl Steinrück in Partenkirchen. Am 17. 11. Rückkehr nach Wien.

2] *Frau Teweles:* Heinrich Teweles war seit 1910 mit Charlotte Bondy verheiratet. (S. Anmerkung 3 zum 24. 11. 1897.)

3] *Schmoranz:* Gustav S. (1858-1930). Direktor des 1881 gegründeten Kgl. Böhmischen Landes- und Nationaltheaters.

4] *»Jan Hus«:* Drama von Alois Jirásek (1851-1930).

5] *Kwapil:* richtig Jaroslav Kvapil (1868-1950). Tschechischer Schriftsteller, Lyriker, Übersetzer und Librettist, u. a. für Dvořák.

677 6] *der »fremde Herr«:* Gemeint ist die Rolle »Ein Herr« in ›Liebelei‹.

7] *mit seiner sympathischen Frau:* Olga Salus (gest. 1926).

8] *der 2½jährige Bub:* Wolfgang Salus. Später Lyriker (›Musik der Stunden‹, Gedichtband, 1931).

9] *die Mutter der Gattin:* Louise Engel.

10] *eine sehr eine gute Suppe:* Diese grammatikalisch gewiß nicht korrekte Wortstellung entspricht sowohl dem wienerischen als auch dem jüdischen Dialektgebrauch.

11] *Rebb-Huhn:* Anspielung auf Rebbe (hebr. Rabbi) = ein Frommer, der durch sein Beispiel Anhänger um sich sammelt und anleitet.

12] *Literaturgeschichte:* Albert Soergels ›Dichtung und Dichter der Zeit. Schilderung der deutschen Literatur der letzten Jahrzehnte‹ erschien bei R. Voigtländer, Leipzig. (Die erwähnte Stelle im vollen Wortlaut: »Er ist vorsichtiger, er ist objektiver, er ist weicher, inniger, müder, melancholischer, nicht gleich heimisch wie das Anpassungsgenie Bahr, Schnitzler kommt aus dem gleichen und doch einem anderen Land, er kommt von anderen Studien.« Vgl. das Kapitel »Arthur Schnitzler«, S. 457-468).

31. 10. 1911

1] *Kußmaul:* Adolf K. (1822-1902). (›Jugenderinnerungen eines al- 678
ten Arztes‹, 1899).

2] *Fritz:* F. Bondy (1888-1980). Der Sohn von Heinrich Teweles und Charlotte Bondy (s. Anmerkung 3 zum 24. 11. 1897) war der unter dem Namen N. O. Scarpi in der Schweiz ansässig gewordene Feuilletonist, Satiriker und Übersetzer; dessen Sohn ist der heute dort lebende Publizist und Literaturkritiker François Bondy, Vater des Regisseurs Luc Bondy.

3] *Medelsky:* Hermine, s. Anmerkung 10 zum 24. 2. 1903.

4] *Lichtenthal:* Frühere Vorstadt auf dem Gebiet des heutigen 9. Wiener Gemeindebezirks.

5] *Faber:* Marius.

6] *Bißgurn:* vom mhd bizgurra: bissige Stute; österreichischer Ausdruck für ein keifendes Weib.

7] *der Comment:* vom frz. comment?: wie? Ehrenkodex, studentische Bräuche bei Mensur.

8] *Neff:* Margarethe N.

9] *Frau Meinhold-Aigner:* Die Rolle wurde von Elfriede John (? bis 679
1955) gespielt.

10] *Schütz:* Max S.
11] *Tiller:* Anton T.
12] *Früchteln:* österr. für: junge, leichtsinnige Menschen.
13] *außergelahnt:* Dialektform für: hinausgeworfen.
14] *Spezi's:* österr. für: spezielle (Busen-)Freunde.
15] *draußt:* Dialektform für: draußen.
16] *Stahlener:* Ein Vergnügungslokal (s. Anmerkung 5 zu »etwa 10. 4. 1888«), das ein paar Jahre später abgerissen wurde.
17] *gedraht:* drahn (wienerisch) von drehen; die Nacht durchschwärmen.
18] *Plattenbruder:* Einer, der einer Gauner- resp. (wienerisch) Plattenbande angehört.
19] *Huttig:* Alfred H. (1882-1952). Aus Wien gebürtig; 1920 wurde er Leiter verschiedener Bühnen in der Tschechoslowakei, nach 1945 Schauspieler am Wiener Deutschen Volkstheater und später Intendant der Vereinigten Bühnen in Graz.
20] *Monati:* Rosa M. (gestorben 1929 in Prag).
21] *Rittig:* Alfred R.
22] *Paul Kreindl:* Der Darsteller dieser Figur war Hans Balder (um 1883-1928).
680 23] *»Gspaß«:* Wienerisch für: Späße, Scherze.
24] *von den »Rundfragen«:* Vgl. Dram. Werke II, S. 283 f. und S. 290.
25] *Oskar Baum:* 1883-1941. Er verlor im Alter von 11 Jahren bei einer Auseinandersetzung zwischen tschechischen und deutschen Schülern sein Augenlicht. Musiklehrer und -referent. Erzähler, Dramatiker. Er starb in Prag kurz vor der Deportation, seine Frau, Margarete, kam im Konzentrationslager Theresienstadt ums Leben.
26] *bei Ziegler's:* Der Bankdirektor Dr. Ernst Ziegler (geb. 1870) war mit Alice Bondy (geb. 1880), der Tochter von Charlotte B., verheiratet (s. Anmerkung 3 zum 24. 11. 1897). Dr. Ernst Z. starb in Theresienstadt, seine Frau in Auschwitz.

31. 10. 1911

680 1] *Eger will ein Theater in Berlin übernehmen:* Er wurde 1912 Intendant des Hoftheaters in Darmstadt und 1918-26 des Deutschen Schauspielhauses Hamburg. Später Direktor des Deutschen Theaters

in Prag und von 1942-47 Direktor des Stadttheaters in Luzern, wo er starb. (S. Anmerkung 3 zum 6. 5.)

2] *Lehmann:* Else L. (s. Anmerkung 6 zum 3. 10. 1898) war mit dem Prager Zeitungsbesitzer und -herausgeber Oskar Kuh verheiratet. Hier dürfte eine Verwechslung vorliegen. *681*

3] *eine Vorlesung:* S. den hier folgenden Brief.

4] *Stephi:* S. Bachrach (1887-1917; Selbstmord). Sie war eine der besten Freundinnen von Schnitzlers. Ihr tragisches Schicksal wurde zum Inhalt des 1925 im Rikola Verlag, Wien, erschienenen Schlüsselromans ›Julia. Der Roman einer Leidenschaft‹ von Georg Gorgone (Ps. für den Chefarzt des Cottage-Sanatoriums, Dr. Rudolf Urbantschitsch).

1. 11. 1911

1] *wann du mir nachkommst:* S. Anmerkung 1 zum 30. 10. *682*

2] *Dr. Friedrich Adler:* 1857-1938. Rechtsanwalt in Prag. Lyriker und Dramatiker.

3] *ins Casino:* Das Deutsche Haus (Tagungsort der Schriftstellervereinigung ›Concordia‹, in deren Rahmen der Vortrag stattfand) wurde auch Casino genannt.

4] *Redegonda:* Die Erzählung ›Das Tagebuch der Redegonda‹. ED: ›Süddeutsche Monatshefte‹ 9, Band I, Heft 1, Oktober 1911. Jetzt in Erz. Schriften I.

5] *die Sophienalpenstelle:* Der politische Dialog über die »Judenfrage« im 3. Kapitel des Romans.

6] *Matras:* Ferdinand.

7] *Dr Max Brod:* 1884-1968. Schriftsteller, Theater- und Musikkritiker des ›Prager Tagblatts‹. Retter und Herausgeber des Nachlasses von Franz Kafka. Er lebte nach 1939 in Palästina. Dramaturg des Habimah-Theaters in Tel-Aviv.

8] *»Erraten«:* An jenem Abend sollte laut Tgb der »Völser Weiher« erraten werden, sowie der »Ärger Egers, daß Teweles ›Liebe höret nimmer auf‹ angenommen«. (Tragikomödie ›Die Liebe höret nimmer auf‹ von Otto Ernst, Pseudonym für Otto Ernst Schmidt [1862 bis 1926]).

9] *was ich dort lesen werde:* A. S. las die Erzählungen ›Der Mörder‹ (ED: ›Neue Freie Presse‹, 4. 6. 1911; jetzt in Erz. Schriften I) und ›Leutnant Gustl‹.

10] *Herr Engler:* Inhaber der Buchhandlung Tillmann und Arrangeur des Vortragsabends.

19. 11. 1911
Maschinenabschrift

683 1] *wäre es mir sympathisch gewesen:* Salten hatte eine Besprechung des ›Jungen Medardus‹ anläßlich der Wiener Uraufführung im Januar-Heft 1911 der ›Neuen Rundschau‹ zugesagt, dieses Versprechen jedoch ohne Angabe von Gründen nicht gehalten. Deshalb hielt Oskar Bie eine gleichzeitige Würdigung beider A. S.-Stücke für »eine gute Gelegenheit, mit dem wir die Versäumnis erklären, an der wir selbst schuldlos sind«. (Brief vom 22. 3. im Nachlaß.)

2] *in der Neuen Rundschau:* Kerrs Besprechung des ›Jungen Medardus‹ erschien in der ›Neuen Rundschau‹, 22, XII, 1911. (Vgl. Alfred Kerr, ›Die Welt im Drama‹, 2. Band; S. Fischer, Berlin 1917).

3] *anläßlich des »Einsamen Weges«:* Besprechung in der ›Neuen Rundschau‹, 15, 1904, jetzt in ›Die Welt im Drama‹, I. Band.

684 4] *im »Tag«:* Kerr war von 1909 bis 1919 ständiger Theaterkritiker bei dieser Berliner Tageszeitung. Sein Beitrag über ›Das weite Land‹ war am 17. 10. 1911 erschienen. (Vgl. Alfred Kerr, ›Die Welt im Drama‹, 2. Band).

5] *Norbert Jacques:* 1880-1954. Journalist. Verfasser von Abenteuer- und Reiseromanen. – Er heiratete 1912 Grete Samuely, die seit 1906 A. S.'s Sekretärin war; Tochter eines gut befreundeten Ehepaares, des Medizinalrats Dr. Isidor Samuely und dessen Frau Clara, geb. Friedländer.

30. 11. 1911
Maschinenabschrift

685 *das eben erschienene Stück:* ›Jedermann. Das Spiel vom Sterben des reichen Mannes erneuert‹. (S. Fischer, Berlin 1911). U: Berlin, Zirkus Schumann, 1. 12. 1911, mit Alexander Moissi als Jedermann.

9. 12. 1911
Maschinenabschrift

686 1] *Felix Bloch Erben:* Bühnenvertrieb. Verlag dramatischer und musikalischer Werke. Berlin NW, Louisenstraße 21.

2] *Schleier der Pierrette:* U: 20. 9. 1911 an der Wiener Hofoper unter der Direktion von Hans Gregor. Dirigent: Franz Schalk (1863 bis 1931).

3] *am Beginn eines Caruso-Abends:* Am Abend der Uraufführung hatte Gregor zunächst »das malentendu« bedauert, daß A. S. nicht verständigt worden war. Tgb.: »Dann hielt ich meine Meinung nicht zurück: es sei verkehrt, Pierrette als Lever de rideau vor Caruso's erstem Auftreten zu geben. Er [Gregor] redete sich aus, und herum: [...] In den Regieverschlag; Gregor brachte einen illustern Gast, Caruso kam schon als Bajazzo; Vorstellung. [...] Die Pantomime wurde besser gespielt als gestern [bei der Generalprobe], fiel aber ab. (Ich hatte Gregor gesagt: Und wenn es das größte Meisterwerk wäre, heute muß es durchfallen.) –« *Caruso:* Enrico C. (1873 bis 1921).

27. 12. 1911

Maschinenabschrift

1] *Carl Sternheim:* 1878-1942. Erzähler und Dramatiker. Heraus- *687*
geber (1908-10), zusammen mit Franz Blei, der Zweimonatsschrift ›Hyperion‹.

2] *Der Aufruf:*

»Aus der Mitte des Publikums kommt Anfrage auf Anfrage an uns: Es fühle sich durch die fortwährenden Polizeiverbote in seinem Empfinden, seinem Urteil auf's höchste verwirrt und beunruhigt. Der Gatte wisse nicht mehr, was er seiner Frau, der Erzieher nicht, was er den Zöglingen von unseren Büchern anbieten dürfe.

Sei denn wirklich aus dem Geist unserer Schriften die Polizei zu ihrem Vorgehen gegen uns nicht befugt? Könnten wir Autoren auf unsere Ehre versichern, wir stellten in unseren Dichtungen dem sittlichen Gefühl einer großen Nation, deren geistiges Wohl uns anvertraut ist, keine Falle?

Nun denn im Bewußtsein unserer unendlichen Verantwortung auf Manneswort für jetzt und alle Zukunft: Mit Andacht und Demut hören wir auf die Empfindungen der Kinder unserer Zeit. Keine irdische Macht, aber die Stimme Gottes aus der Brust des Menschen diktiert uns die Forderungen der Vernunft, Schönheit und Sittlichkeit. Ihr Leser, nicht wir Schreibenden (die wir ja nur Euer geheimstes Sprachrohr in die Welt sind) prägt diese neuen Wahrheiten, die den Hütern der alten bequemen Formeln ein Entsetzen sind, und die sie im Keim zu vernichten trachten.

Ihr Leser selbst seid in Eurem Willen zu heutiger Wahrheit aufs heftigste angegriffen. Helft Euch, indem Ihr zum Kampf entschlossen, einem geharnischten Proteste beitretet. Helft endlich uns mit der Tat gegen Willkür und Vergewaltigung, wir gehen gemeinsam in neue Zeiten hinein!« – Dieser Aufruf sollte in Zukunft jedem Buch der angeschriebenen Autoren (Bahr, Blei, Borngräber, Dauthendey, Dehmel, Eulenberg, Hauptmann, Heinrich und Thomas Mann, Schmidtbonn, A. S., Sternheim, Vollmoeller, Wedekind) beigelegt sowie den Tageszeitungen mitgeteilt werden.

28. 12. 1911

687 Visitenkarte mit Trauerrand. A. S.'s Mutter war am 9. 9. gestorben.

30. 12. 1911

687 Zu diesem im A. S.–Brahm Briefwechsel veröffentlichten Brief lag eine Photokopie des handgeschriebenen Originals vor. Offensichtliche Druckfehler, die sich aus dem Vergleich ergaben, wurden korrigiert.

1] *die gute Komtesse:* Am 27. 12. schrieb Brahm an A. S.: »›Tänzchen‹ und ›Mizzi‹ wollten sich nicht recht vertragen, stießen sich in der Zeit und im Raum. Deshalb hab ich mich entschließen müssen, von dieser Kombination abzusehen und eine andere zu unternehmen. Gleich nach dem Bahr denke ich an die ›Erde‹ von Schönherr zu gehen, die für uns Novität ist und daran – Reize contrario – die ›Mizzi‹ zu fügen. Die Zusammenstellung hat ja wohl zuerst etwas Frappierendes, aber ich halte sie für günstig und praktisch. ›Österreichischer Abend‹, oder von Zill im Zillertal bis Rodaun.« – Die Aufführung fand am 30. 1. 1912 bei Brahm statt.

688 2] *das »Knechtl«:* Figur aus ›Erde‹.

3] *begabte Kindermörder:* Brahm hatte seinerzeit die Rolle der neunjährigen Lina in ›Liebelei‹ gestrichen.

4] *Walter:* Erich von W. Er war 1908-11 am Wiener Burgtheater tätig gewesen und ging dann zu Brahm nach Berlin.

5] *Ihr schöner Kleist:* (S. Anmerkung 10 zum 23. 12. 1910). – Brahm an A. S. vom 10. 12.: »Vom ›Kleist‹ kommt eine Neuauflage noch vor Weihnachten; ich habe eckckelhaft mit den Korrekturen zu schaffen gehabt.«

6] *Stauffer-Bern-Buch:* Neuauflage des 1892 erschienenen Werks ›Karl Stauffer-Bern. Sein Leben. Seine Briefe. Seine Gedichte. Dargestellt von Otto Brahm‹ (1911). *Karl Stauffer-Bern:* 1857-1891. Schweizer Maler, Radierer und Bildhauer.

7] *auf den Semmering:* Brahm und Schnitzler waren vom 11. bis 16. 1. dort.

8] *Nordwest und Südbahn:* Bahnhöfe in Wien.

9] *Die Volksbühne:* Die 1890 gegründete ›Freie Volksbühne‹ spaltete sich 1892 in die stärker politisch (sozialdemokratisch) akzentuierte ›Freie Volksbühne‹ (Vorsitz: Franz Mehring) und die liberale ›Neue Freie Volksbühne‹ unter Bruno Wille. Erst 1913 fanden sich die beiden wieder, zu einem Kartell ›Verband der Freien Volksbühnen‹, zusammen.

10] *Adolph Paul:* 1863-1943. Dramatiker und Erzähler. In Schweden geboren, seit 1889 freier Schriftsteller in Berlin. Berichterstatter skandinavischer Blätter.

31. 12. 1911
Maschinenabschrift

1] *Englisch:* Paul August E. (1887-?). Aus Oberschlesien gebürti- *689*
ger Jurist, 1912 Syndikus und Großkaufmann in Berlin. Später freier Schriftsteller. Verfasser zahlreicher wirtschaftswissenschaftlicher Schriften. Der Brief ist nach Breslau gerichtet.

2] *Hofrat Burckhard:* Max Eugen, s. Anmerkung 12 zum 27. 7. 1891.

3] *Pseudonymen-Lexikon:* Gemeint ist das ›Deutsche Anonymen-Lexikon‹ (6 Bände, 1903-11) von Michael Holzmann und Hanns Bohatta. (Siehe Brief vom 7. 3. 1912.)

4] *Mutzenbacher:* ›Josefine Mutzenbacher. Roman einer Wiener Dirne‹. (1906 anonym erschienen; damals Felix Salten zugeschrieben; später wurde seine Autorschaft erwiesen.) Neuausgabe: ›Josefine Mutzenbacher. Die Lebensgeschichte einer Wiener Dirne, von ihr selbst erzählt‹. München, Rogner und Bernhard, 1970.

1912

3. 2. 1912

689 Brief in Maschinenschrift mit A. S.'s handgeschriebenem Schlußabsatz und Unterschrift.

1] *Tante Julie:* Markbreiter, s. Anmerkung 1 zum 14. 11. 1910.

2] *Aufführung des »Märchen«:* Am 28. 1. hatte die englische Erstaufführung von ›Das Märchen‹ (unter Beibehaltung des deutschen Titels) durch die ›Adelphi Play Society‹ im Londoner Little Theatre in einer Übersetzung von C. E. Wheeler und H. Granville-Barker stattgefunden.

690 3] *schon Gedrucktes:* ›Paralipomena‹ zum ›Weg ins Freie‹, in ›Jüdischer Almanach 5670‹, Wien 1910. Jetzt in A u. B, S. 171 f.

12. 2. 1912

Maschinenabschrift

690 1] *L. Andro:* Pseudonym für Therese Rie (1879-1934). Österreichische Dramatikerin und Erzählerin. (Novellenband ›Die Augen des Hyronimus‹, Berlin 1905).

2] *Pfitzner:* Hans Erich P. (1869-1949). Komponist, Dirigent und Musikschriftsteller. Damals Direktor der Oper sowie des Konservatoriums in Straßburg. (›Palestrina‹, Musikalische Legende in 3 Akten. Text ebenfalls von Pfitzner. U: 12. 6. 1917 am Münchner Prinzregenten-Theater unter Bruno Walter.)

12. 2. 1912

691 Maschinenabschrift. Veröffentlicht in ›Neue Zürcher Zeitung‹ vom 8. Januar 1966. Dort Datierung irrtümlich »1913«.

die freundliche Mitteilung: Am 5. 2. schrieb Grossmann aus München an A. S.: »Nachdem ich nun in München ›Das weite Land‹ mit Hr. Steinrück sah, möchte ich Ihnen, [...] sagen, daß ich nun erst das Werk wirklich gefühlt habe und das verfluchte Zeitungshandwerk anklage, welches Einen zwingt, im Handumdrehen ein paar leichtfertige Dinge innerhalb einiger Stunden über eine Dichtung zu sagen. – Durch Herrn *Steinrück* sah ich erst, wie viel menschliche Stärke im Hofreiter steckt, wie viel sittliche Energie bei aller Freiheit, wie viel Willens-training bei aller Ungebundenheit. – Das verdammte Gesetz der Nähe verwirrt Einen oft, ich sah nur das Äußerliche, die Wiener Nichtsthuer-Atmosphäre, das war oberflächlich und anmaßend.«

15. 2. 1912

Veröffentlicht in ›MAL‹, vol. 10, nos 3/4, University of California at Riverside, 1977. (›Der Briefwechsel Fritz von Unruhs mit A. S.‹. Hrsg. von Ulrich K. Goldsmith.) *692*

1] *Fritz von Unruh:* 1885-1970. Pazifistischer Dramatiker, Erzähler und Maler. Generalssohn. Bis 1911 aktiver Kavallerieoffizier. Ging 1932 nach Italien und Frankreich, wurde dort 1940 interniert und flüchtete vor dem deutschen Einmarsch nach New York. 1952 Rückkehr nach Deutschland, 1955 wieder zurück in die Vereinigten Staaten, 1962 endgültige Rückkehr nach Deutschland. (S. Anmerkung 7 zum 25. 8. 1909.)

2] *Ihres Dramas:* Unruh hatte A. S. am 31. 1. seine Erstlingsarbeit ›Offiziere. Ein Drama‹ übersandt, dessen Uraufführung am 11. 11. 1911 am Deutschen Theater, Berlin, in Max Reinhardts Regie stattgefunden hatte. Er schrieb: »Ich würde glücklich sein, wenn Sie den Willen herauserkennen, der mich dazu trieb, meinen Degen mit der Feder zu vertauschen. Wenn Sie fühlten, daß es mir heilig ist mit meinem Drang für des Lebens Schönheit zu kämpfen – so wollte ich mit meinen bescheidenen Gaben mutig weiterschaffen.«

3] *»Rosenmontag«:* Siehe Anmerkung 11 zu »Neujahr 1902«.

26. 2. 1912

Maschinenabschrift

Lothar: (S. Anmerkung 5 zum 15. 6. 1895). Er übernahm ab 1. 9. 1912 das Neue Operettentheater Berlin, um es als ›Komödienhaus‹ weiterzuführen. Zur Eröffnung wollte er den ›Jungen Medardus‹ mit Ferdinand Onno in der Titelrolle aufführen; da dieser Plan scheiterte, bat er A. S., ihm das Manuskript von ›Das Haus Delorme‹ zu übersenden. *693*

7. 3. 1912

Maschinenabschrift

1] *Holzmann:* Dr. Michael H. (1860-1930). Aus Mähren stammender Germanist und Lexikograph. Oberbibliothekar der Wiener Uni- *693* versitätsbibliothek. S. auch Brief an Paul Englisch vom 30. 12. 1911 und Anmerkung 3 hierzu.

2] *Bohatta:* Hanns B. (1864-1947). Bibliothekar an der Wiener Universitätsbibliothek, später Hofrat und Lektor für Buch- und Bibliothekswesen an der Universität Wien. (Siehe Anmerkung 3 zum 30. 12. 1911.)

20. 3. 1912

Maschinenabschrift

694 1] *Friedrich Hofreiter:* 1875-1933. Aus Salzburg gebürtig. Damals Verwalter, später Direktor des Gaswerks in Bozen.

2] *Penn:* Name des Bergführers im ›Weiten Land‹.

3] *Seis:* Heute Siusi, in Südtirol (Alto adige).

29. 4. 1912

694 1] *Albert:* A. Steinrück (1872-1929). A. S.'s Schwager. Einer der großen Schauspieler und Regisseure seiner Zeit. Begabter Maler. 1905-1908 bei Reinhardt in Berlin, dann bis 1920 am Münchner Hof- und Residenztheater engagiert, von wo er nach Berlin, an das Deutsche Theater, zurückkehrte.

2] *in Salzburg:* A. S. und Frau Olga waren vom 1. bis 6. 4. dort und sahen Albert Steinrück am 1. 4. als Baumeister Solneß, am
695 2. 4. als Narr in ›Was Ihr wollt‹.

3] *wenn Speidel gehen sollte:* Tgb 2. 4.: »Die Speidel Hetze in München. Angriffe gegen Albert, den ›allmächtigen‹ Regisseur.« – Der Intendant Albert von Speidel starb am 1. 9. 1912; sein Nachfolger wurde der Komponist und Dirigent Clemens Freiherr von Franckenstein (s. Brief an Alfred Mayer vom 10. 10. 1912).

2. 6. 1912

696 Das Originalschreiben befindet sich im Nachlaß des Grafen M. im Haus-, Hof- und Staatsarchiv Wien, Faszikel 10.

1] *Albert Graf Mensdorff-Pouilly-Dietrichstein:* 1861-1945. Von 1904 bis 1914 österreichisch-ungarischer Botschafter in London. Ab 1920 erster Delegierter bei der Völkerbundversammlung.

2] *schönen Worte:* Es handelt sich wohl um ein Gratulationsschreiben zu A. S.'s 50. Geburtstag am 15. 5. 1912.

3] *jenes »Debut«:* Am 6. 1. 1886 feierte A. S.'s Vater den 25. Jahrestag seiner Promotion sowie seines Eintritts in die Redaktion der ›Wiener Medizinischen Presse‹. Aus diesem Anlaß wurde im Hause des Professors Schnitzler ein von A. S. verfaßtes ›Festspiel‹ aufgeführt (im Nachlaß). Gäste waren u. a. Graf Mensdorff, der damalige Fürst von Koburg, seit 1908 König Ferdinand I. von Bulgarien, die Fürstin Pauline Metternich, der damalige Dompropst und spätere Weihbischof von Wien, Gottfried Marschall (1840 bis 1911), sowie eine Reihe von berühmten Schauspielern und Sängern. (Siehe ›Jugend in Wien‹, 5. Buch).

13. 6. 1912
Maschinenabschrift. Veröffentlicht in ›Forum‹, 3, 34, Wien, Oktober 1956. *697*
1] *Kurt Junker:* um 1875-1953. Schauspieler, erst am Deutschen Theater in Berlin, dann während vieler Jahrzehnte am Kgl. Hof- (später Staats-) Theater in Stuttgart.
2] *Hofreiter-Gestalt:* Hauptfigur in ›Das weite Land‹.

17. 6. 1912
Maschinenabschrift
1] *Alfred Freiherr von Berger:* Er starb nur wenige Wochen, nachdem er diesen Brief erhalten hatte, am 24. August. Sein Nachfolger wurde (bis 1917) der Schauspieler Hugo Thimig. *698*
2] *auf der k. k. Hofbühne zugelassen werden könnte:* S. Brief vom 23. 9. 1912 und Anmerkung 1 hierzu.

13. 9. 1912
Maschinenabschrift
1] *Ernst Friedmann:* Laut Kürschners Theateralmanach war er damals in der Inspektion des Berliner Lessingtheaters tätig. *699*
2] *der Akademisch-Dramatische Verein:* 1890 gegründet, veranstaltete dieser nach dem Vorbild der Berliner ›Freien Bühne‹ geschlossene Aufführungen der von der Zensur verbotenen Stücke. Am 25. 6. 1903 wurden während einer geschlossenen Veranstaltung überraschend drei Szenen aus ›Reigen‹ im Kaimsaal (Tonhalle) aufgeführt. August Weigert (1877-?) und Heinz Monnard spielten unter fingierten Namen mit. Der Verein, ein Zusammenschluß von Studenten, wurde daraufhin vom Senat der Universität verboten.

3] *Elf Scharfrichter:* Eines der berühmtesten Kabaretts um die Jahrhundertwende; in München-Schwabing (1901-03).

4] *der »Reigen« in Ungarn:* Die Uraufführung fand (in ungarischer Sprache!) am 13. 10. 1912 statt; weitere Aufführungen wurden polizeilich verboten.

23. 9. 1912

699 1] *für Ihren Brief:* Brahm hatte am 19. 9. geschrieben: »[...] ich erkannte die vortreffliche Menschenschilderung, den guten Bau, den famosen Dialog, aber leider auch das uns Fremdartige des Milieus [...]« Schon am 8. 5. notiert A. S., nachdem er das Stück O. B. in Berlin vorgelesen hatte, daß dieser fand, »es müsse zuerst in Wien drankommen, wegen des spezifisch oesterreichisch-katholisch-jüdischen Themas. Auch hat er Bedenken, weil eben kein erotisches Motiv mitspielt.«

700 2] *Barnowsky:* S. Brief an ihn vom 3. 12. 1912.

3] *Volkstheater:* Das Deutsche Volkstheater in Wien.

4] *Glücksmann:* Heinrich G. (1864-1947). Dramaturg, Schriftsteller und Journalist. Starb als Emigrant in Argentinien.

5] *die Zensur:* ›Professor Bernhardi‹ wurde vom Zensor, Statthaltereirat Dr. Bruno Graf zu Castell-Rüdenhausen (1877-1923), nicht zugelassen. Die Wiener Erstaufführung fand am 21. 12. 1918, sechs Wochen nach dem Zusammenbruch der Habsburger Monarchie, anläßlich der Wiedereröffnung des Deutschen Volkstheaters statt. Auf der zum Burgtheater gehörenden Bühne des Akademietheaters wurde das Werk erst am 30. 4. 1965 aufgeführt.

1. 10. 1912
Maschinenabschrift

700 1] *Nemirowitsch-Dantschenko:* Der Brief ist an ihn nach Moskau gerichtet.

701 2] *eben eines vollendet:* ›Professor Bernhardi‹ war von Ende Februar bis Ende April 1912 abgeschlossen worden.

10. 10. 1912
Maschinenabschrift

701 1] *Alfred Mayer:* A. Karl M. (1860-1932). In Frankfurt/M. geborener Schriftsteller, Theater- und Kunstkritiker. Lebte viele Jahre

in Berlin, dann in München. Er heiratete 1917 die um 33 Jahre jüngere Elisabeth, geb. Holnstein; 1923 Scheidung. Der Ehe entstammte eine Tochter, Eva Elisabeth.

2] *Franckenstein:* Clemens Freiherr von F. (1875-1942). Damals 701
Leiter der Münchner Hofoper; von 1914 bis 1918 und von 1924 bis 1934 Generalintendant der bayerischen Staatstheater.

3] *Georg von Wergenthin:* Figur aus A. S.'s Roman ›Der Weg ins Freie‹.

4] *Mein Stück:* ›Professor Bernhardi‹ (s. Brief vom 23. 9. 1912 und 702
Anmerkungen 1 und 5 hierzu).

10. 10. 1912
Maschinenabschrift

Zimmels: Dr. Salomon Z. Tgb 18. 10.: »N[ach]m ins Gymnasium; 702
mit Dr. Zimmels, Religionslehrer; er bat mich aus Disciplinargründen Heini doch ein paar Mal in den Tempel zu schicken. (Die zelotische Cultusgemeinde, der Z. nicht clerical genug)«

12. 11. 1912

1] *Berlin:* A. S. war vom 11. bis 13. 11. in Berlin, um einigen Pro- 703
ben des ›Professor Bernhardi‹ beizuwohnen, und vom 24. 11. bis 1. 12. war er mit seiner Frau anläßlich der Uraufführung abermals dort. Sie fand am 28. 11. in Viktor Barnowskys Kleinem Theater statt; am selben Abend starb Otto Brahm. Die Trauerfeier fand am Vormittag des 1. 12. in der Urnenhalle, Gerichtsstraße, statt. (Tgb: »Hauptmann sprach, dann Hülsen, dann ich (frei, und völlig unbefangen), Reicher, Schlenther. –« – A. S.'s Grabrede ist mit Bleistift handschriftlich auf drei Postkarten des Hotels Adlon, Berlin, geschrieben (im Nachlaß): »30/11 912 *Heute ists eine Woche* daß ich Otto Brahm zum letzten Male sah / (Ein Tag wie heute) / Er kam von seinem *letzten Spaziergang* zurück – *am Tag darauf* sollte er jenen Gang antreten, von dem er nicht mehr wiederkehrte

Wir *plauderten* über Angelegenheiten, die in jener Stunde ihm wohl geringfügig erscheinen mußten, aber er brachte allem was mich und nicht ihn berührte, die gleiche rührende Theilnahme entgegen wie sonst – / *Als ich ihn verließ,* in schlimmer Ahnung, gingen mir die Jahre durch den Sinn, die ich mit ihm verbunden war . . / Der Anfang unsrer Beziehung fiel mir ein – u ich *dachte seines 40. Geburtstages* . . . an dem ich zufällig das erste Mal vor einem kleinen Kreise das Wort an ihn richtete. Es galt *ihm zu danken* für das Verständnis, die Liebe die er einem meiner ersten Werke entgegengebracht hatte

Und *ihm zu danken steh ich heut an seinem Sarg* – nicht nur für mich – auch im Namen jenes Oesterreich, des jungen Oesterreich, dem er so viel Verständnis entgegengebracht – (mehr fast als die Heimat) – / Und *mir persönlich* ist er ein Freund gewesen, wie er einem selten beschieden ist – u wäre er auch nicht der Otto Brahm der der Lit-Theater-Cultur-Geschichte angehört – den Freund, den wundervollen Menschen könnte mein Herz niemals vergessen – / Fahre wohl – Otto Brahm!« (ED: ›Neue Zürcher Zeitung‹, 13. 9. 1970).

– Am 4. 2. 1916 notiert A. S. nach beendeter Lektüre der Brahmbriefe an ihn: »Ein Mensch! Ein Mann! Ein Freund! Auch wo er misverstand, wohlwollend; unbeirrt, – wenn er auch zuweilen irrte; – und Humor, Haltung, Ernst! – In meinem Literaten- oder Literaturleben bin ich keinem bessern begegnet; – beim Durchlesen dieser Briefe fühlt ich wieder, wie viel mir mit ihm gestorben ist.«

2] *mit B.:* Viktor Barnowsky.

3] *im Prinzen Wilhelm:* Restaurant.

4] *Schach:* Max S. (Tgb: »Der Direktor der Lichtspielgesellschaft u. Hr Schach überbringen mir Liebelei-Film Vertrag. Ich bespreche aber unterschreibe noch nicht.«) – Dieser Film wurde niemals gedreht. Erst im folgenden Jahr, 1913, wurde in Dänemark von der Nordisk-Film der erste ›Liebelei‹-(Stumm)Film unter dem Titel ›Elskovsleg‹ nach dem Drehbuch von A. S. hergestellt. Die Premiere fand am 22. 1. 1914 in Kopenhagen statt. (Siehe ›A. S. und der Film‹ von Walter Fritz, in JIASRA, Vol. 5, No. 4, 1966).

18. 11. 1912
Maschinenabschrift

703 1] *Andrian:* Leopold Reichsfreiherr von Andrian zu Werburg (1875 bis 1951). Sohn des Anthropologen Ferdinand v. A.-W. und einer Tochter des Komponisten Giacomo Meyerbeer. Jurist, Diplomat, Lyriker und Erzähler. Damals österreichischer Generalkonsul in War-

schau, wohin auch sowohl dieser Brief als auch der vom 7. 12. 1912 gerichtet ist. Während des 1. Weltkriegs (1915-1917) Vertreter des Außenministeriums in Warschau. Letzter Generalintendant der Hoftheater in Wien. Mitbegründer der Salzburger Festspiele. Seit 1938 Emigrant in der Schweiz, Brasilien und Nizza. Er starb in Fribourg/Schweiz. Andrian gehörte zu den engsten Freunden H. v. Hofmannsthals. (Seine autobiographische Erzählung ›Der Garten der Erkenntnis‹, S. Fischer, Berlin 1895).

2] *Rolle der Presse:* Andrians Brief ist nicht erhalten. *704*

3. 12. 1912
Maschinenabschrift
durch den Tod Otto Brahms: S. Anmerkung 1 zum 12. 11. 1912. *704*

7. 12. 1912
Maschinenabschrift
Herr Dr. K.: Rudolf Kaufmann (1871-1927). Später Professor für *705*
Innere Medizin und Abteilungsvorstand an der Allgemeinen Wiener Poliklinik. Verheiratet mit der Schauspielerin Garda Irmen (geb. 1874). Sie nahm sich wenige Tage nach Hitlers Einmarsch in Österreich (1938) das Leben.

19. 12. 1912
Maschinenabschrift
1] *Wilhelm Neumann:* 1860 - nach 1938. Aus Ungarn gebürtiger *706*
Journalist, damals Redakteur beim ›Fremdenblatt‹ in Wien.

2] *k. k.:* Abkürzung für »kaiserlich-königlich«; 1867-1918 Bezeichnung für die Behörden und Verwaltungseinrichtungen der österreichischen Reichshälfte von Österreich-Ungarn.

3] *k. u. k.:* Abkürzung für »kaiserlich und königlich«; Bezeichnung für die der österreichischen und ungarischen Reichshälfte gemeinsamen Behörden und Einrichtungen.

28. 12. 1912
Maschinenabschrift
1] *Egon Heller:* in Prag. Näheres nicht ermittelt. *707*

2] *Artikel:* In der 1883 gegründeten ›Die Neue Zeit. Wochenschrift der Deutschen Sozialdemokratie‹ war am 15. 11. 1912 (31. Jg. 1. Bd.,

Nr. 7) eine Rezension des deutschen Politikers und Journalisten Hermann Wendel (1884-1936) über A. S.'s ›Gesammelte Werke. Erste Abteilung: die erzählenden Schriften. S. Fischer, Berlin 1912‹, erschienen. Der von Heller angedeutete Passus bezieht sich auf die Besprechung über A. S.'s Roman ›Der Weg ins Freie‹ und lautet: »Gewiß hat er nie das Klischee-Wien, [...] aber noch weniger das arbeitende, das kämpfende Wien, das Wien der Nationalitäten- und Klassenkämpfe, [...] auch nicht das kleinbürgerliche Wien, das Wien der Luegerei und der christlichsozialen Interessencliquen und auch nicht das großbourgeoise und nicht das aristokratische Wien, sondern er gibt nur [...] einen Extrakt aus dem geistigen Wien [...]: ein Literaten-Wien.«

EMPFÄNGER UND DATEN DER BRIEFE

ERWÄHNTE WERKE VON ARTHUR SCHNITZLER

Kursiv gesetzte Ziffern verweisen auf den Anhang

ALLGEMEINES VERZEICHNIS

Kursiv gesetzte Ziffern verweisen auf den Anhang, **halbfette** Ziffern auf Briefe an die betreffende Person.

Inhalt